Otherland
Stadt der goldenen Schatten (Band 1)
Fluß aus blauem Feuer (Band 2)
Berg aus schwarzem Glas (Band 3)
Meer des silbernen Lichts (Band 4)

http://www.tadwilliams.de

Tad Williams

Otherland

Band 3
Berg aus schwarzem Glas

Aus dem Englischen übersetzt
von Hans-Ulrich Möhring

Klett-Cotta

Ihr wißt ja, wem dieses Buch gewidmet ist,
auch wenn er es immer noch nicht weiß.

Mal sehen, mit ein bißchen Glück
können wir die Sache vielleicht
bis zum letzten Band geheimhalten.

Was bisher geschah

Stadt der goldenen Schatten

Klatschnaß im Schützengraben, nur dank seiner Kameraden *Finch* und *Mullet* vor Todesangst noch nicht völlig verrückt geworden, scheint sich *Paul Jonas* von den Tausenden anderer Infanteristen im Ersten Weltkrieg nicht zu unterscheiden. Doch als er sich unversehens auf einem leeren Schlachtfeld wiederfindet, allein bis auf einen in die Wolken wachsenden Baum, beschleicht ihn der Verdacht, er könnte doch verrückt sein. Als er den Baum emporklettert und oben ein Schloß in den Wolken, eine Frau mit Flügeln wie ein Vogel und ihren schrecklichen riesenhaften Wächter entdeckt, scheint sich der Verdacht zu bestätigen. Doch als er im Schützengraben wieder aufwacht, hält er eine Feder der Vogelfrau in der Hand.

In Südafrika in der Mitte des einundzwanzigsten Jahrhunderts hat *Irene »Renie« Sulaweyo* ihre eigenen Probleme. Renie ist Dozentin für Virtualitätstechnik, und ihr neuester Student, ein junger Mann namens *!Xabbu*, gehört zum Wüstenvolk der Buschleute, denen die moderne Technik eigentlich zutiefst fremd ist. Zuhause übernimmt Renie die Mutterrolle für ihren kleinen Bruder *Stephen*, der begeistert die virtuellen Teile des weltweiten Kommunikationsnetzwerks - des »Netzes« - durchforscht, und verbringt ihre wenige freie Zeit damit, ihre Familie zusammenzuhalten. Ihr verwitweter Vater *Long Joseph* scheint sich nur dafür zu interessieren, wo er was zu trinken herbekommt.

Wie die meisten Kinder fühlt sich Stephen vom Verbotenen magisch angezogen, und obwohl Renie ihn schon einmal aus einem gruseligen virtuellen Nachtclub namens Mister J's gerettet hat, schleicht er sich abermals dort ein. Bis Renie herausfindet, was er getan hat, liegt Stephen schon im Koma. Die Ärzte können es nicht erklären, aber Renie ist sich sicher, daß ihm irgend etwas online zugestoßen ist.

Der US-Amerikaner *Orlando Gardiner* ist nur wenig älter als Renies Bruder, aber er ist ein Meister in mehreren Netzdomänen und verbringt wegen einer schweren Krankheit, an der er leidet, die meiste Zeit in der Online-Identität von *Thargor*, einem Barbarenkrieger. Doch als Orlando mitten in einem seiner Abenteuer auf einmal das Bild einer goldenen

Stadt erblickt, die alles übertrifft, was er jemals im Netz gesehen hat, vergißt er darüber seine gefährliche Situation, so daß seine Thargorfigur getötet wird. Trotz dieses schmerzlichen Verlusts kann Orlando sich der Anziehung der goldenen Stadt nicht entziehen, und mit der Unterstützung seines Softwareagenten *Beezle Bug* und der widerwilligen Hilfe seines Online-Freundes *Fredericks* ist er entschlossen, die goldene Stadt aufzuspüren.

Auf einem Militärstützpunkt in den Vereinigten Staaten stattet unterdessen ein kleines Mädchen namens *Christabel Sorensen* ihrem Freund *Herrn Sellars*, einem sonderbaren, von Verbrennungen entstellten alten Mann, heimlich Besuche ab. Ihre Eltern haben ihr das verboten, aber sie hat den alten Mann und die Geschichten, die er erzählt, gern, und er erscheint ihr viel eher bedauernswert als furchterregend. Sie weiß nicht, daß er sehr ungewöhnliche Pläne mit ihr hat.

Je besser Renie den Buschmann !Xabbu kennen und seine freundliche Ausgeglichenheit wie auch seinen Außenseiterblick auf das moderne Leben schätzen lernt, um so mehr wird er ihr zum Vertrauten, als sie sich aufmacht, herauszufinden, was mit ihrem Bruder geschehen ist. Sie und !Xabbu schmuggeln sich in Mister J's ein. Die Art, wie sich die Gäste in dem Online-Nachtclub in allen möglichen virtuellen Widerwärtigkeiten suhlen, bestätigt zwar ihre schlimmsten Befürchtungen, aber zunächst sieht es nicht so aus, als hätte etwas ihren Bruder körperlich schädigen können - bis sie beide eine grauenhafte Begegnung mit der hinduistischen Todesgöttin Kali haben. !Xabbu erliegt Kalis raffinierter Hypnose, und auch Renie ist kurz davor, doch mit Hilfe einer geheimnisvollen Gestalt, deren simulierter Körper (»Sim«) eine gesichtslose weiße Leere ist, gelingt es ihr, sich selbst und !Xabbu aus Mister J's zu befreien. Bevor sie offline geht, übergibt ihr die Gestalt noch Daten in Form eines goldenen Juwels.

Im Ersten Weltkrieg (oder was so aussieht) desertiert Paul Jonas unterdessen von seiner Einheit und versucht, durch das gefährliche Niemandsland zwischen den Linien in die Freiheit zu entkommen. Unter ständigem Regen und Granatenbeschuß taumelt und robbt er über Schlamm- und Leichenfelder, bis er sich irgendwann in einer gespenstischen Umgebung befindet, einer flachen, nebeligen Leere, die noch unheimlicher ist als sein Schloßtraum. Ein schimmerndes goldenes Licht taucht auf und zieht Paul an, doch bevor er in dieses Leuchten hineingehen kann, erscheinen seine beiden Freunde aus dem Schützengraben und verlangen von ihm, daß er mit ihnen zurückkehrt. Müde und verwirrt will er schon nachgeben, doch als sie näher kommen, erkennt er, daß Finch und Mullet überhaupt nicht mehr wie Menschen aussehen, und er flieht in das goldene Licht.

Der älteste und vielleicht reichste Mensch der Welt im einundzwanzigsten Jahrhundert heißt *Felix Jongleur*. Rein physisch ist er so gut wie tot, und er verbringt seine Tage in einem selbstgeschaffenen virtuellen Ägypten, wo er als *Osiris*, der Gott des Lebens und des Todes, alles beherrscht. Sein wichtigster Diener, sowohl in der virtuellen als auch in der realen Welt, ist ein Serienmörder, ein australischer Aboriginemischling, der sich selbst *Dread* nennt, das Grauen, und bei dem zu der Lust daran, Menschen zu jagen, noch eine erschreckende außersinnliche Fähigkeit zur Manipulation elektronischer Schaltungen kommt, mit der er Sicherheitskameras stören und sich überhaupt allen Nachstellungen entziehen kann. Jongleur hat Dread vor Jahren entdeckt, und er hat viel dafür getan, die Kräfte des jungen Mannes zu schulen, und ihn zu seinem hauptsächlichen Mordinstrument gemacht.

Jongleur/Osiris ist auch der Vorsitzende einer Gruppe, der einige der mächtigsten und reichsten Leute der Welt angehören, der *Gralsbruderschaft*. Diese Gruppe hat sich ein unvergleichliches virtuelles Universum errichtet, das Gralsprojekt, auch Otherland oder Anderland genannt. (Der letztere Name kommt von einem Wesen, das als der »Andere« bezeichnet wird und das im Gralsprojekt-Netzwerk eine zentrale Rolle spielt. Diese mächtige Kraft, ob künstliche Intelligenz oder eine noch rätselhaftere Erscheinung, ist weitgehend unter Jongleurs Kontrolle, zugleich aber das einzige auf der Welt, wovor sich der alte Mann fürchtet.)

Es gibt innere Streitigkeiten in der Gralsbruderschaft, weil es so lange dauert, bis das geheimnisvolle Gralsprojekt endlich zur Vollendung gediehen ist. Alle Mitglieder haben Milliarden darin investiert und warten schon ein Jahrzehnt ihres Lebens oder noch länger darauf. Angeführt von dem US-Amerikaner *Robert Wells*, dem Präsidenten eines gigantischen Technologiekonzerns, rebellieren einige gegen Jongleurs Vorsitz und seine Politik der Geheimhaltung, zu der es auch gehört, keine Auskünfte über den Andern zu geben.

Jongleur unterdrückt eine Meuterei und befiehlt seinem Lakaien Dread, einen Schlag gegen ein Gralsmitglied in die Wege zu leiten, das bereits aus der Bruderschaft ausgetreten ist.

Nachdem sie mit knapper Not dem virtuellen Nightclub Mister J's entrinnen konnten, sind Renie und ihr Student !Xabbu fester denn je davon überzeugt, daß zwischen dem Club und Stephens Koma ein Zusammenhang besteht. Doch als Renie das Datenobjekt untersucht, das die geheimnisvolle weiße Gestalt ihr mitgegeben hat, entfaltet es sich zu dem erstaunlich realistischen Bild einer goldenen Stadt. Die beiden bitten Renies frühere Professorin *Doktor Susan Van Bleeck* um Hilfe, aber sie kann das Geheimnis der Stadt nicht lüften, ja nicht einmal mit Sicherheit sagen, ob es sich um einen real existierenden Ort handelt. Die Professorin beschließt, sich an eine Bekannte zu wenden, die möglicherweise helfen kann, eine Rechercheurin namens *Martine Desroubins*. Doch bevor Renie und die schwer aufspürbare Martine Kontakt aufnehmen können, wird Doktor Van Bleeck in ihrem Haus überfallen und furchtbar mißhandelt und ihre gesamte Anlage zerstört. Renie begibt sich eilig ins Krankenhaus, doch Susan hat gerade noch Zeit, sie auf die Fährte eines Freundes zu setzen, bevor sie stirbt und eine zornige und entsetzte Renie zurückläßt.

Unterdessen hat Orlando Gardiner, der kranke Teenager in den USA, dermaßen besessen die Spur der goldenen Stadt aufgenommen, die er im Netz gesehen hat, daß sein Freund Fredericks anfängt, sich Sorgen um ihn zu machen. Orlando ist schon immer sehr eigen gewesen – Simulationen von Todeserfahrungen üben auf ihn eine Faszination aus, die Fredericks nicht verstehen kann –, aber jetzt scheint er völlig abzuheben. Als Orlando auch noch in den berühmten Häckerknoten TreeHouse eindringen will, bestätigen sich Fredericks' schlimmste Befürchtungen.

TreeHouse ist der letzte anarchische Freiraum im Netz, ein Ort, wo keine Vorschriften den Leuten diktieren, was sie machen können oder wie sie aussehen müssen. Doch obwohl Orlando TreeHouse faszinierend findet und dort unerwartete Verbündete in der *Bösen Bande* findet, einer Gruppe von Häckerkindern, die im virtuellen Raum als Haufen winziger, geflügelter gelber Affen auftreten, erregen seine Versuche, die Herkunft der goldenen Stadt zu ergründen, Verdacht, und er und Fredericks müssen fliehen.

Mit Hilfe von Martine Desroubins sind Renie und !Xabbu derweil ebenfalls in TreeHouse gelandet, weil sie hinter einem alten pensionierten Häcker namens *Singh* her sind, Susan Van Bleecks Freund. Als sie ihn finden, erzählt er ihnen, er sei der letzte aus einer Gruppe spezieller Programmierer, die einst das Sicherheitssystem für ein geheimnisvolles Netzwerk mit dem Decknamen »Otherland« bauten, und seine Kollegen seien alle unter merkwürdigen Umständen ums Leben gekommen. Er sei der einzige Überlebende.

Renie, !Xabbu, Singh und Martine kommen zu dem Schluß, daß sie in das Otherlandsystem eindringen müssen, um herauszufinden, welches Geheimnis das Leben von Singhs Kollegen und von Kindern wie Renies Bruder wert ist.

Paul Jonas' Flucht aus den Schützengräben des Ersten Weltkriegs hat nur dazu geführt, daß er jeden Bezug zu Raum und Zeit verloren hat. Weitgehend erinnerungslos irrt er durch eine Welt, in der eine weiße Königin und eine rote Königin sich gegenseitig bekriegen, und wird abermals von den Finch- und Mulletfiguren verfolgt. Mit Hilfe eines Jungen namens *Gally* und beraten von einem umstandskrämerischen, eiförmigen Bischof kann Paul ihnen entkommen, doch seine Verfolger ermorden Gallys Freunde, eine Schar Kinder. Ein riesiges Ungetüm, Jabberwock genannt, lenkt Pauls und Gallys Feinde ab, und die beiden springen in einen Fluß.

Als sie wieder an die Oberfläche kommen, sind sie in einer anderen Welt, einer höchst skurrilen Version des Mars, wo sich Ungeheuer und abenteuernde englische Gentlemen tummeln. Paul trifft die Vogelfrau aus seinem Schloßtraum wieder, die jetzt *Vaala* heißt, aber diesmal ist sie die Gefangene eines marsianischen Fürsten. Tatkräftig unterstützt von dem tollkühnen *Hurley Brummond* rettet Paul die Frau. Auch sie meint Paul zu kennen, aber weiß nicht, woher. Als die Finch- und Mulletfiguren wieder auftauchen, flieht sie. Bei dem Versuch, sie einzuholen, stürzen Paul und Gally mit einem gestohlenen fliegenden Schiff ab, in das sichere Verderben, wie es scheint. Nach einem seltsamen Traum, in dem er sich wieder in dem Wolkenschloß befindet und dort von Finch und Mullet in ihrer bislang bizarrsten Erscheinungsform unter Druck gesetzt wird, wacht Paul ohne Gally inmitten von Neandertalerjägern in der Eiszeit auf.

In Südafrika werden Renie und ihre Gefährten unterdessen von Fremden bedroht und müssen die Flucht ergreifen. Mit Hilfe von Martine (die sie noch immer nur als Stimme kennen) finden Renie und !Xabbu, begleitet von Renies Vater und Doktor Van Bleecks Hausangestelltem *Jeremiah Dako*, eine stillgelegte Militärbasis in den Drakensbergen, die ursprünglich für Versuche mit unbemannten Kampfflugzeugen gedacht war. Sie setzen zwei V-Tanks instand (Wannen zur Immersion in die virtuelle Realität), damit Renie und !Xabbu auf unbestimmte Zeit online gehen können, und bereiten ihr Eindringen in Otherland vor.

Auf dem Militärstützpunkt in den USA hingegen läßt sich die kleine Christabel überreden, dem gelähmten Herrn Sellars bei der Ausführung eines komplizierten Plans zu helfen, der sich erst dann als Fluchtversuch herausstellt, als er aus seinem Haus verschwindet und damit den ganzen Stützpunkt (vor allem Christabels Vater, den Sicherheitschef) in helle Aufregung versetzt. Mit dem Beistand eines obdachlosen Jungen von außerhalb hat Christabel ein Loch in den Zaun des Stützpunkts geschnitten, aber nur sie weiß, daß Herr Sellars gar nicht auf diesem Wege geflohen ist, sondern sich in Wirklichkeit in einem Tunnelsystem unter dem Stützpunkt versteckt hält, von wo aus er nunmehr seine mysteriöse »Aufgabe« frei weiterverfolgen kann.

In der verlassenen unterirdischen Militäranlage in den Drakensbergen steigen Renie und !Xabbu in die V-Tanks, gehen online und dringen zusammen mit Singh und Martine in Otherland ein. In einer grauenhaften Begegnung mit dem Andern, der das Sicherheitssystem des Netzwerks zu sein scheint, stirbt Singh an einem Herzanfall, doch die übrigen drei überleben und können zunächst gar nicht glauben, daß sie sich in einer virtuellen Umgebung befinden, so unglaublich realistisch ist das Netzwerk. Noch in anderer Hinsicht ist die Erfahrung merkwürdig. Martine hat zum erstenmal einen Körper, !Xabbu hat die Gestalt eines Pavians angenommen, und besonders folgenschwer ist ihre Entdeckung, daß sie sich nicht wieder offline begeben können. Renie und die anderen erkennen, daß sie in einem artifiziellen südamerikanischen Land gelandet sind. Als sie die Hauptstadt erreichen, ist sie die goldene Stadt, nach der sie so lange gesucht haben. Dort werden sie festgenommen und sind jetzt Gefangene von *Bolivar Atasco*, einem Mann, der mit der Gralsbruderschaft zusammenhängt und von Anfang an am Bau des Otherlandnetzwerks mitgewirkt hat.

In den USA hat Orlandos Freundschaft mit Fredericks die Bewährungsprobe zweier Enthüllungen überstanden, nämlich daß Orlando an der seltenen Krankheit der frühzeitigen Vergreisung leidet und nur noch kurze Zeit zu leben hat und daß Fredericks in Wirklichkeit ein Mädchen ist. Sie werden unerwarteterweise von der Bösen Bande an Renies Häckerfreund Singh angekoppelt, als dieser gerade die Verbindung zum Gralsnetzwerk herstellt, und rutschen mit hindurch nach

Anderland. Nach ihrer eigenen fürchterlichen Begegnung mit dem Andern geraten Orlando und Fredericks ebenfalls in die Gefangenschaft Atascos. Doch als sie, zusammen mit Renies Schar und noch anderen, dem großen Mann vorgeführt werden, stellt sich heraus, daß Atasco sie gar nicht zusammengerufen hat, sondern Herr Sellars, und dieser erscheint jetzt in Gestalt des eigenartigen leeren Sims, der Renie und !Xabbu das Entkommen aus Mister J's ermöglichte.

Sellars erklärt, daß er sie alle mit dem Bild der goldenen Stadt angelockt habe - die unauffälligste Methode, die ihm eingefallen sei, da ihre Feinde von der Gralsbruderschaft ungeheuer mächtig und gnadenlos seien. Er berichtet, daß Atasco und seine Frau früher der Bruderschaft angehörten, aber austraten, als ihre Fragen zum Netzwerk nicht beantwortet wurden. Dann schildert Sellars, wie er entdeckt habe, daß das geheime Otherlandnetzwerk in einem unerfindlichen, aber nicht zu leugnenden Zusammenhang mit der Erkrankung Tausender von Kindern wie Renies Bruder Stephen stehe. Bevor er das weiter ausführen kann, erstarren die Sims von Atasco und seiner Frau urplötzlich, woraufhin Sellars' Sim verschwindet.

In der wirklichen Welt hat Jongleurs Mordwerkzeug Dread mit dem Angriff auf Atascos befestigte Insel in Kolumbien begonnen und nach der Ausschaltung der Abwehranlagen und der Wachmannschaften beide Atascos umgebracht. Mit seinen besonderen Fähigkeiten - seinem »Dreh« - zapft er daraufhin ihre Datenleitungen an, hört Sellars' Ausführungen mit und gibt seiner Assistentin *Dulcinea Anwin* die Anweisung, eine der bei Atasco online versammelten Personen, zu denen auch Renie und ihre Freunde gehören, aus der Leitung zu werfen. Damit kann Dread die Identität dieser Person annehmen und sich als getarnter Spion in den Kreis von Renie und ihren Freunden einschleichen.

Sellars taucht noch einmal in der virtuellen Welt der Atascos auf und beschwört Renie und die anderen, in das Netzwerk hinein zu fliehen, er wolle sich unterdessen darum bemühen, ihre Anwesenheit zu verbergen. Sie sollen nach einem Mann namens Jonas Ausschau halten, einem rätselhaften VR-Gefangenen, dem Sellars zur Flucht aus den Klauen der Bruderschaft verholfen hat. Die Gruppe um Renie gelangt aus der Stadt der Atascos hinaus auf den Fluß und von dort durch ein elektrisches blaues Leuchten hindurch in die nächste Simwelt. Gequält und überwältigt von dem Übermaß auf sie einströmender Daten enthüllt Martine schließlich Renie ihr Geheimnis: sie ist blind.

Ihr Schiff ist ein riesiges Blatt geworden. Eine Libelle von der Größe eines Düsenjägers saust über sie hinweg.

In der wirklichen Welt können Jeremiah und Renies Vater Long Joseph in ihrem Stützpunkt im Berg nur passiv die stummen V-Tanks beobachten, sich grämen und warten.

Fluß aus blauem Feuer

Paul Jonas irrt weiterhin ziellos durch Raum und Zeit. Er hat sein Gedächtnis zu einem großen Teil wiedererlangt, aber die letzten paar Jahre seines Lebens sind und bleiben dunkel. Er hat keine Ahnung, wieso er von einer Welt in die nächste gerät, ständig verfolgt von den beiden Kreaturen, die er als *Finch* und *Mullet* kennt, und er weiß nach wie vor nicht, wer die geheimnisvolle Frau ist, die ihm immer wieder begegnet, mitunter auch im Traum.

Nachdem er um ein Haar ertrunken wäre, wacht er in der Eiszeit bei einem Stamm von Neandertalern auf. Die Frau erscheint ihm abermals im Traum und erklärt ihm, um zu ihr zu gelangen, müsse er »einen schwarzen Berg, der bis zum Himmel reicht«, finden.

Nicht allen Höhlenmenschen ist der ungewöhnliche Fremde willkommen; einer geht auf ihn los, und der gewalttätige Streit endet damit, daß Paul in der eisigen Wildnis ausgesetzt wird. Er überlebt einen Angriff pferdegroßer Höhlenhyänen, doch er bricht im Eis ein und stürzt ein weiteres Mal in den Fluß.

Andere schlagen sich genauso mühsam und qualvoll durch wie Paul, auch wenn sie etwas besser Bescheid wissen. *Renie Sulaweyo* war ausgezogen, um mit ihrem Freund und früheren Studenten *!Xabbu*, einem Buschmann aus dem Okawangodelta, hinter das Geheimnis um das Koma ihres Bruders *Stephen* zu kommen. Zusammen mit der blinden Rechercheurin *Martine Desroubins* ist es ihnen gelungen, in Otherland einzudringen, in das größte und phantastischste VR-Netzwerk der Welt, gebaut von einem verschworenen Kreis mächtiger Männer und Frauen, die sich selbst die *Gralsbruderschaft* nennen. Mit dem rätselhaften *Herrn Sellars* als Drahtzieher im Hintergrund lernt Renie andere von den Machenschaften der Gralsbruderschaft betroffene Personen kennen –

Orlando Gardiner, einen todkranken Teenager, und seinen Freund *Sam Fredericks* (in Wirklichkeit ein Mädchen, wie Orlando erst kürzlich herausgefunden hat), eine Frau namens *Florimel*, einen schrillen Vogel, der sich *Sweet William* nennt, eine chinesische Großmutter namens *Quan Li* und einen mürrischen jungen Mann in einem futuristischen Panzeranzug, der das Handle *T4b* führt. Aber irgend etwas hält sie innerhalb des Netzwerks fest, und die neun Schicksalsgenossen sind gezwungen, auf einem Fluß aus blauem Feuer, der durch sämtliche Simulationswelten von Anderland fließt, von einem virtuellen Environment ins nächste zu fliehen.

In der Simwelt, in die sie zuerst geraten, sieht es weitgehend genauso aus wie in der Realität, nur daß Renie und ihre Gefährten weniger als ein Hundertstel ihrer normalen Größe haben. Ihnen droht Gefahr von den dort vorkommenden Insekten und auch von größeren Tieren wie Fischen und Vögeln, und die Mitglieder der Gruppe werden getrennt. Renie und !Xabbu werden von Wissenschaftlern gerettet, die die Simulation dazu benutzen, das Insektenleben aus einer ungewöhnlichen Perspektive zu erforschen. Bald darauf stellen die Wissenschaftler fest, daß sie genau wie Renie und !Xabbu online gefangen sind. Renie und !Xabbu begegnen einem merkwürdigen Mann namens *Kunohara*, dem Besitzer der Insektensimulation, der aber angibt, der Gralsbruderschaft nicht anzugehören. Kunohara frappiert sie mit undurchsichtigen Rätseln, dann verschwindet er. Als ein Schwarm (im Vergleich zu ihnen gigantischer) Treiberameisen die Forschungsstation angreift, kommen die meisten Wissenschaftler ums Leben, und Renie und !Xabbu können nur knapp einer ungeheuerlichen Gottesanbeterin entkommen.

Als sie in einem der Flugzeuge der Insektenforscher zum Fluß zurück fliehen, erblicken sie Orlando und Fredericks, die auf einem Blatt den Fluß hinuntertreiben. Bei dem Versuch, sie zu retten, passieren Renie und !Xabbu gleichzeitig mit ihnen das Gateway auf dem Fluß, aber die beiden Paare landen in verschiedenen Simulationen.

Unterdessen werden in der wirklichen Welt außerhalb des Netzwerks noch andere Leute in das immer weitere Kreise ziehende Rätsel um Otherland verstrickt. *Olga Pirofsky*, Darstellerin in einer Kindersendung im Netz, leidet auf einmal an furchtbaren Kopfschmerzen. Sie hat den Verdacht, es könnte einen Zusammenhang mit ihrer Online-Tätigkeit geben, und auf der Suche nach der Ursache ihrer Beschwerden erfährt sie von der anscheinend netzbedingten Erkrankung, die so viele Kinder (unter anderem Renies Bruder) befallen hat. Olgas Nachforschungen erregen auch die Aufmerksamkeit des Rechtsanwalts *Catur Ramsey*, den die Eltern von Fredericks wie auch die von Orlando beauftragt haben, Ermittlungen über die Krankheit anzustellen, da in der wirklichen Welt beide Teenager seit ihrem Eintritt in das Otherlandnetzwerk im Koma liegen.

John Wulgaru, der sich selbst *Dread* nennt und das Morden als eine Art Hobby betreibt, hat sich als ein schlagkräftiges, wenn auch nicht hundertprozentig loyales Instrument des unerhört reichen *Felix Jongleur* erwiesen, des Vorsitzenden der Gralsbruderschaft (der die meiste Zeit in seiner ägyptischen Simulation verbringt, maskiert als der Gott Osiris). Doch durch die Ermordung eines ehemaligen Mitglieds der Bruderschaft auf Jongleurs Befehl hat Dread von der Existenz des Otherlandnetzwerks Wind bekommen und sogar einen der Sims aus Renies herumirrendem Häuflein gekapert. Während sein Herr und Gebieter Jongleur mit den letzten Vorbereitungen für die volle Inbetriebnahme des Otherlandnetzwerks beschäftigt ist - dessen wahrer Zweck weiterhin nur der Bruderschaft bekannt ist -, geht Dread diesem neuen und faszinierenden Rätsel nach. Als Spion unter Sellars' Rekruten zieht Dread jetzt durch das Netzwerk und versucht seine Geheimnisse zu ergründen. Doch anders als für Sellars' bunt zusammengewürfelte Truppe ist Dreads Leben nicht in Gefahr: er kann offline gehen, wann er will. Er heuert eine Softwarespezialistin namens *Dulcy Anwin* an, damit sie im Wechsel mit ihm den gekidnappten Sim führt. Ihr Boß fasziniert Dulcy, aber er verunsichert sie auch, und sie fragt sich, ob sie mehr für ihn empfindet, als ihr lieb ist.

In Australien kommt derweil ein Stück von Dreads Vergangenheit ans Licht. Eine Polizistin namens *Calliope Skouros* bemüht sich, einen scheinbar völlig alltäglichen Mordfall aufzuklären. Einige der Brutalitäten, die an der Leiche des Opfers verübt wurden, weisen auf eine australische Sagengestalt hin, den sogenannten Woolagaroo. Die Polizistin kommt zu der Überzeugung, daß irgendein Zusammenhang zwischen uraustralischen Mythen und dem von ihr bearbeiteten Mord an der jungen Frau besteht.

Im Otherlandnetzwerk befinden sich Renie und !Xabbu nunmehr in einer völlig pervertierten Version des *Zauberers von Oz*, deren trostloser Schauplatz Kansas ist, genau wie am Anfang der echten Geschichte. Die Otherlandsimulationen scheinen zusammenzubrechen, auf jeden

Fall werden sie immer chaotischer. Auf der Flucht vor den mörderischen Nachstellungen des Löwen und des Blechmanns - die offenbar Paul Jonas' Finch und Mullet in abermals verwandelter Gestalt sind - finden Renie und !Xabbu unerwartete Verbündete in der jungen und naiven Emily 22813 und einem wortkargen Zigeuner, der sich Azador nennt. Emily gesteht ihnen später, daß sie schwanger ist, und gibt Azador als Vater an. Sie können aus Kansas entkommen, nachdem sie während eines der immer häufiger auftretenden »Systemspasmen« von Azador getrennt wurden, aber zu ihrer Überraschung wechselt Emily (die sie für Software gehalten haben) mit ihnen in die nächste Simulation über.

Orlando und Fredericks sind in einer sehr merkwürdigen Welt gelandet, einer Küche aus einem alten Zeichentrickfilm, bevölkert von Wesen, die Warenetiketten und Besteckschubladen entsprungen sind. Sie helfen einem indianischen Comic-Krieger bei der Suche nach seinem entführten Kind, und nach einem Kampf mit Comic-Piraten und der Begegnung mit einer weissagenden Schlafenden und einer unerklärlichen Kraft - bei denen es sich in Wirklichkeit um Paul Jonas' geheimnisvolle Frau und das offenbar empfindungsfähige Betriebssystem des Netzwerks, den sogenannten Andern, handelt - gelangen sie aus der Küche in eine Simulation, die das alte Ägypten darzustellen scheint.

In der Zwischenzeit haben ihre vormaligen Weggefährten, die blinde Martine und der Rest der von Sellars herbeigerufenen Schar, den Weg aus der Insektenwelt in eine Simulation gefunden, in der der Fluß nicht aus Wasser, sondern aus Luft besteht und deren vorzeitlich wirkende Bewohner auf Windströmungen fliegen und an senkrechten Steilwänden in Höhlen hausen. Martine und die anderen nennen den Ort Aerodromien, und obwohl sie sich anfangs nicht recht trauen, stellen sie bald fest, daß auch sie fliegen können. Eine Gruppe Eingeborener lädt sie ein, in das Lager des Stammes mitzukommen.

Paul Jonas findet sich nach der Eiszeit in einer sehr anderen Umgebung wieder. Beim Anblick der vertrauten Wahrzeichen Londons glaubt er zunächst, er sei zu guter Letzt doch noch heimgekehrt, bald aber muß er erkennen, daß er statt dessen durch ein England irrt, das durch einen Angriff vom Mars fast vollkommen zerstört wurde - tatsächlich handelt es sich um den Schauplatz von H.G. Wells' *Krieg der Welten*. Paul begreift, daß er nicht nur an Orte gelangt, die räumlich und zeitlich weit voneinander entfernt sind, sondern auch in rein fiktive

Welten. Er lernt ein absonderliches Ehepaar kennen, die *Pankies*, die zunächst seine Verfolger Finch und Mullet in einer neuen Maske zu sein scheinen, aber die keine Anstalten machen, ihm etwas zuleide zu tun. (Paul wird auch von einem speziellen Softwareprogramm namens *Nemesis* gejagt, doch das ist ihm noch nicht bewußt.) Als Paul und die Pankies nach gemeinsamer Flußfahrt in Hampton Court Halt machen, wird Paul von einem Fremden in das dortige Labyrinth geführt und in dessen Zentrum durch ein Gateway aus strahlendem Licht geschubst.

Auf der anderen Seite findet sich Paul in der Landschaft von Coleridges berühmtem Gedicht »Xanadu« wieder, und der Mann, der ihn dort hinbefördert hat, stellt sich als *Nandi Paradivasch* vor. Nandi ist Mitglied im sogenannten *Kreis*, einem Bund, der die Gralsbruderschaft bekämpft. Paul erfährt endlich, daß er weder verrückt ist noch in eine andere Dimension katapultiert wurde, sondern daß er ein Gefangener in einem unglaublich realistischen Simulationsnetzwerk ist. Aber Nandi hat keine Ahnung, weshalb die Bruderschaft an Paul – der in einem Museum tätig war und sein früheres Leben als sehr unspektakulär in Erinnerung hat – ein derartiges Interesse haben könnte, daß sie ihn durch ganz Anderland hetzt. Nandi eröffnet ihm auch, daß alle Simulationen, in denen Paul bisher war, einem einzigen Mann gehören – Felix Jongleur, dem Vorsitzenden der Gralsbruderschaft. Bevor Nandi ihm noch mehr erzählen kann, müssen sie sich notgedrungen trennen: Nandi wird von Kublai Khans Soldaten verfolgt, Paul fährt durch ein weiteres Gateway in die nächste Simwelt.

In der wirklichen Welt geht es nicht weniger abenteuerlich zu. Renies und !Xabbus physische Körper befinden sich in speziellen Virtualitätstanks in einer aufgelassenen südafrikanischen Militärbasis, wo *Jeremiah Dako* und Renies Vater *Long Joseph Sulaweyo* auf sie aufpassen. Von Langweile und Depressionen gequält stiehlt sich Long Joseph heimlich aus dem Stützpunkt, um Renies Bruder Stephen besuchen zu gehen, der weiterhin in einem Durbaner Krankenhaus im Koma liegt; Jeremiah bleibt allein im Stützpunkt zurück. Doch als Joseph beim Krankenhaus ankommt, wird er mit vorgehaltener Waffe in einem Wagen entführt.

Der mysteriöse Herr Sellars lebt ebenfalls auf einem Militärstützpunkt, allerdings in den Vereinigten Staaten. *Christabel Sorensen* ist ein kleines Mädchen, dessen Vater Sicherheitschef des Stützpunkts ist und das trotz ihrer jungen Jahre ihrem Freund Sellars dabei geholfen hat, dem Hausarrest zu entfliehen, in dem ihr Vater und andere ihn seit

Jahren halten. Sellars versteckt sich in alten Tunneln unter dem Stützpunkt, wobei ihm nur der obdachlose Straßenjunge *Cho-Cho* Gesellschaft leistet. Christabel kann den Jungen nicht ausstehen. Sie sorgt sich um die Sicherheit des gebrechlichen Herrn Sellars und wird von Schuldgefühlen gepeinigt, weil sie genau weiß, daß ihre Eltern böse wären, wenn sie von ihrem Tun erfahren würden. Doch als ihre Mutter sie dabei ertappt, wie sie sich mit Herrn Sellars über eine eigens für sie modifizierte Brille unterhält, sitzt Christabel zuletzt wirklich in der Patsche.

Martine, Florimel, Quan Li, Sweet William und T4b genießen es, in Aerodromien fliegen zu können, doch die Situation wird ungemütlich, als ein junges Mädchen des Stammes entführt wird. Martine und die übrigen wissen es nicht, aber das Mädchen ist von Dread, weiterhin getarnt als einer von Martines vier Gefährten, weggeschleppt, gepeinigt und ermordet worden. Die Aerodromier geben den Fremden die Schuld an dem Verschwinden und werfen sie allesamt in ein stockdunkles Höhlenlabyrinth, die »Stätte der Verlorenen« genannt, wo sie von unerklärlichen, unheimlichen Wesen umdrängt werden, die Martine mit ihrer gesteigerten nichtvisuellen Wahrnehmungsfähigkeit besonders erschreckend findet. Die Phantome sprechen alle mit einer Stimme von dem »Einen, der Anders ist«: Er habe sie im Stich gelassen, statt sie, wie versprochen, über den »Weißen Ozean« zu bringen. Die Stimmen nennen auch alle aus Martines Schar bei ihrem richtigen Namen. Alle sind verblüfft und erschrocken und merken erst nach einer Weile, daß Sweet William verschwunden ist - um das schuldbeladene Geheimnis seiner wahren Identität zu verbergen, meinen sie. Etwas Gewaltiges und Ungeheures - der Andere - dringt urplötzlich in die lichtlose Stätte der Verlorenen ein, und Martine und die anderen fliehen vor seiner grauenerregenden Nähe. Martine sucht verzweifelt nach einem der Gateways, damit sie aus der Simulation herauskommen, bevor der Andere oder der Verräter Sweet William ihnen etwas tun kann.

Zur gleichen Zeit entdecken Orlando und Fredericks, daß die ägyptische Simulation keine originalgetreue historische Nachbildung, sondern eine mythische Version ist. Sie begegnen dem wolfsköpfigen Gott *Upuaut*, der ihnen erzählt, wie er und die ganze Simwelt unter Osiris, dem obersten Gott, zu leiden haben. Leider ist Upuaut kein besonders intelligenter oder zuverlässiger Gott, und er faßt Orlandos Murmeln im Schlaf als göttliche Weisung auf, Osiris zu stürzen - obwohl Orlando lediglich ein Traumgespräch mit seinem Softwareagenten *Beezle Bug* führt, der ihn von der realen Welt aus nur in bestimmten Schlafphasen erreichen kann. Upuaut stiehlt ihr Schwert und ihr Boot und läßt Orlando und Fredericks hilflos in der Wüste zurück. Nach tagelangem Fußmarsch am Nil entlang kommen sie an einen widernatürlichen Tempel, von dem eine schreckliche, unwiderstehliche Kraft ausgeht. Sie können ihr nicht entrinnen. In einem Traum wird Orlando von der geheimnisvollen Frau besucht, die auch Paul Jonas immer wieder erscheint, und sie erklärt sich bereit, ihnen beizustehen, doch als sie dem Tempel schon ganz nahe sind, stoßen sie lediglich auf die *Böse Bande*, eine Gruppe ganz kleiner Kinder in der Simgestalt winziger gelber fliegender Äffchen, die sie kurz vor dem Eintritt in das Netzwerk kennengelernt haben. Orlando kann es nicht fassen, daß das der ganze Beistand sein soll, den die Frau ihnen versprochen hat. Der grauenhafte Tempel zieht sie unablässig näher heran.

Paul Jonas ist aus Xanadu in das Venedig des späten sechzehnten Jahrhunderts gelangt und trifft plötzlich wieder auf *Gally*, einen Jungen, den er aus einer der früheren Simulationen kennt und mit dem er eine Zeitlang zusammen war, aber Gally erinnert sich nicht an Paul. Der Junge bringt ihn zu einer Frau namens *Eleanora*, von der er sich Hilfe verspricht; sie kann zwar Gallys fehlende Erinnerungen nicht erklären, aber sie bekennt, daß sie früher in der wirklichen Welt die Geliebte eines kriminellen Bandenbosses war, der dieses virtuelle Venedig als Geschenk für sie bauen ließ. Ihr Liebhaber war ein Mitglied der Gralsbruderschaft, aber starb zu früh, um noch von den Unsterblichkeitsmaschinen profitieren zu können, an denen die Gralsbrüder arbeiten, und lebt nur in Form einer fehlerhaften Kopie fort. Bevor Paul mehr erfahren kann, wird deutlich, daß das gräßliche Paar Finch und Mullet - die *Zwillinge*, wie Nandi sie nannte - ihn in Venedig aufgespürt hat: Er muß erneut fliehen, diesmal mit Gally. Doch bevor sie das Gateway erreichen können, das ihre einzige Chance ist, werden sie von den Zwillingen gestellt. Unversehens tauchen auch die Pankies auf, und einen Moment lang stehen sich die beiden spiegelbildlichen Paare gegenüber, aber die Pankies verziehen sich rasch und lassen Paul in der Konfrontation mit den Zwillingen allein. Gally wird getötet, und Paul kommt nur knapp mit dem Leben davon. Da er trotz allem weiterhin dem Geheiß der Frau aus seinem Traum in der Eiszeit folgen will, läßt er sich von Eleanora in eine Simulation des antiken Ithaka versetzen, wo er »die Weberin« treffen soll, wie es hieß. Noch immer am Boden zerstört und todtraurig über Gallys Verlust erfährt er, daß er in dieser neuen Simulation der berühmte griechische Held Odysseus und daß die Weberin seine Gattin Penelope ist - die geheimnisvolle Frau in einer neuen Gestalt. Aber wenigstens sieht es so aus, als bekäme er endlich Antwort auf seine Fragen.

Renie, !Xabbu und Emily stellen fest, daß sie aus Kansas in eine noch viel verwirrendere Umgebung geflohen sind, eine Welt, die nicht ganz fertig zu sein scheint und wo es weder Sonne, Mond noch Wetter gibt. Unabsichtlich haben sie Azador einen Gegenstand weggenommen, der wie ein gewöhnliches Feuerzeug ausieht, aber tatsächlich ein Zugangsgerät ist, eine Art Schlüssel zum Otherlandnetzwerk, der einem aus der Gralsbruderschaft gestohlen wurde (General *Daniel Yacoubian*, einem von Jongleurs Rivalen um die Macht). Sie untersuchen das Gerät, um es zum Funktionieren zu bringen, und dabei kann !Xabbu einen Übertragungskanal öffnen und entdeckt am anderen Ende Martine, die in der Stätte der Verlorenen verzweifelt ein Gateway zu finden versucht. Gemeinsam gelingt es ihnen, einen Durchgang für Martine und ihre Schar herzustellen, doch als diese in dem Glauben eintreffen, von einem mörderischen Sweet William verfolgt zu werden, stellt sich heraus, daß William seinerseits tödlich verwundet ist und daß der Mörder Dread sich statt dessen hinter der Großmutter Quan Li verbirgt. Nachdem sein Geheimnis gelüftet ist, entkommt Dread mit dem Zugangsgerät, und Renie und die anderen müssen in der befremdlichen Welt bleiben, vielleicht für immer.

Inhalt

Was bisher geschah > VII
Vorspann > 3

Eins · In Träumen gefangen

1	Fremde unter sich	> 29
2	Ein antiquierter Ton	> 53
3	Der Sitz des Teufels	> 71
4	Heikle Bodenverhältnisse	> 87
5	Als Tourist in Madrikhor	> 107
6	Qual der Wahl	> 131
7	Krieg im Himmel	> 153
8	Das Haus	> 177

Zwei · Engel und Waisen

9	Augen aus Stein	> 209
10	Gottes einzige Freunde	> 233
11	Quarantäne	> 255
12	Der unheimliche Gesang	> 277
13	Die Molkerei	> 301
14	In Banditenhand	> 317
15	Warten auf den Exodus	> 337

Drei · Scherben

16	Freitagabend am Ende der Welt	> 367
17	Die Madonna der Fenster	> 391
18	Träume in einem toten Land	> 411
19	Von einem Herzschlag zum nächsten	> 429
20	Beim Elefanten	> 453
21	Das Turritorium	> 473
22	Wäsche wider Willen	> 497

23	Dem Wind überlassen	>515
24	Ernste Spiele	>543
25	Ein Job zu ungewöhnlichen Konditionen	>561
26	Vor der Schlacht	>577

Vier · Sonnenuntergang auf den Mauern

27	Unterwegs nach Hause	>599
28	Ein Obolos für Persephone	>619
29	Fahrten ins Ungewisse	>645
30	Spielball der Götter	>673
31	Die Stätte, wo sie ruhen	>701
32	Das Trojanische Pferd	>719
33	Ein Stück des Spiegels	>745
34	In Ewigkeit	>773
35	Der Weiße Ozean	>801

Ausblick >809

Vorspann

> Während die Frau sprach, zog die Flamme der Öllampe mehrmals seinen Blick auf sich, und die flackernde Helle kam ihm in diesem ruhigen Raum wie das einzig Wirkliche im ganzen Universum vor. Selbst ihre Augen, die großen dunklen Augen, die er so gut kannte, schienen nur ein Detail aus einem Traum zu sein. Es war beinahe nicht zu glauben, aber dies hier war endlich, ganz ohne Frage, sie. Er hatte sie gefunden. *Aber so einfach kann es nicht sein*, dachte Paul Jonas. *Das wäre das erste Mal.* Und natürlich hatte er recht.

Zuerst hatte es tatsächlich den Anschein, als ob eine langverschlossene Tür zu guter Letzt doch noch aufgegangen wäre - oder vielmehr, als ob Paul, dem das Entsetzen über Gallys Tod immer noch in den Knochen steckte, die Endrunde eines extrem langwierigen und unbegreiflichen Wettkampfs erreicht hätte.

Die Frau des verhinderten Heimkehrers Odysseus, die alle für seine Witwe hielten, vertröstete ihre Freier schon seit geraumer Zeit mit der Ausrede, vor jedem Gedanken an eine neue Vermählung müsse sie erst ihrem Schwiegervater das Leichentuch gewebt haben. Allnächtlich, wenn die Freier betrunken eingeschlafen waren, trennte sie dann die Arbeit des Tages heimlich wieder auf. Darum traf Paul, als er in der Gestalt ihres Mannes zu ihr kam, sie am Webstuhl an. Als sie sich umdrehte, sah er, daß das Motiv des Tuches Vögel waren, hell blickende, schön geflügelte Vögel, jede einzelne Feder ein kleines Wunder aus farbigen Fäden, aber er schaute nicht lange darauf. Die geheimnisvolle Erscheinung, die in so vielen Gestalten und in so vielen Träumen zu ihm gekommen war und die sich an diesem Ort als hochgewachsene, schlanke Frau im reifen Alter darstellte, stand ihm jetzt wartend gegenüber.

»Es gibt so viel, was wir zu bereden haben, mein langverschollener Mann - so viel!«

Sie bot ihm ihren Hocker an. Als er sich gesetzt hatte, kniete sie sich mit natürlicher Grazie zu seinen Füßen auf die Steinplatten. Wie alle im Haus roch sie nach Wolle, Olivenöl und Holzrauch, aber darunter war noch ein Duft, den Paul als ihren ureigenen empfand, ein Hauch von Blumigkeit, Körperlichkeit. Seltsamerweise gab sie ihm keinen Begrüßungskuß, ja rief nicht einmal die Dienerin Eurykleia zurück, um ihrem so lange vermißten Gatten Wein oder Speisen bringen zu lassen, aber Paul war nicht enttäuscht: Antworten auf seine vielen Fragen interessierten ihn viel mehr. Die Lampenflamme flackerte, dann wurde sie still, als ob die Welt den Atem anhielte. Alles an ihr wirkte vertraut, sprach von einem Leben, das er verloren hatte und unbedingt wiedergewinnen wollte. Er wollte sie an sich pressen, aber irgend etwas, vielleicht ihr kühler, ein wenig banger Blick, hielt ihn ab. Er war von den Ereignissen ganz benommen und wußte nicht, wo er anfangen sollte.

»Wie ... wie heißt du?«

»Wie ich heiße? Penelope, du Seltsamer«, sagte sie, und ein Verwunderungsfältchen erschien zwischen ihren Brauen. »Hat dich die Fahrt in das düstere Reich des Todes sogar um dein Gedächtnis gebracht? Das wäre aber sehr traurig.«

Paul schüttelte den Kopf. Den Namen von Odysseus' Gemahlin kannte er, aber er hatte keine Lust, bei einem vorgegebenen Szenarium mitzuspielen. »Aber wie heißt du *wirklich*? Vaala?«

Der sorgenvolle Blick verfinsterte sich. Sie beugte sich zurück wie vor einem Tier, das sie jeden Augenblick anspringen konnte. »Bitte, Odysseus, sage mir, was du von mir zu hören wünschst. Ich will dich nicht erzürnen, denn sonst könnte es geschehen, daß deine Seele gar keine Ruhe mehr findet.«

»Seele?« Er streckte die Hand nach ihr aus, doch sie scheute zurück. »Meinst du denn, ich bin tot? Sieh doch, ich lebe! Faß mich an!«

Noch während sie ihm mit einer ebenso anmutigen wie entschlossenen Bewegung auswich, wechselte ihre Miene schlagartig von Furcht zu Verwirrung. Gleich darauf überkam sie eine tiefe Traurigkeit, und ein Blick erschien, der keinen Bezug zu ihren vorherigen Reaktionen zu haben schien. Es war beängstigend mit anzusehen.

»Ich habe dich lange genug mit meinen Frauensorgen aufgehalten«, sagte sie. »Die Schiffe zerren an den Ankertauen. Die Helden Agamemnon und Menelaos und die andern warten ungeduldig, und du mußt übers Meer nach dem fernen Troja fahren.«

»Was?« Paul wurde aus dem plötzlichen Stimmungsumschlag nicht schlau. Eben noch hatte sie ihn behandelt, als wäre er das Gespenst ihres Mannes, jetzt wollte sie ihn hopplahopp in den Trojanischen Krieg schicken, der längst aus sein mußte - wieso sonst sollten alle so staunen, daß er noch lebte?»Aber ich bin doch gerade zu dir heimgekehrt. Du sagtest, du hättest mir viel zu erzählen.«

Einen Moment lang gefror Penelopes Gesicht, bevor es auftaute und den nächsten, wieder ganz anderen Ausdruck annahm, eine Leidensmaske erzwungener Tapferkeit. Was sie sagte, gab praktisch keinen Sinn. »Bitte, guter Bettler, zwar bin ich sicher, daß Odysseus, mein Gatte, tot ist, aber wenn du mir irgend etwas von seinen letzten Tagen berichten kannst, verspreche ich dir, daß du nie wieder Hunger leiden wirst.«

Ihm war zumute, als stellte sich ein fester Bürgersteig, auf den er zu treten gemeint hatte, als ein sausendes Karussell heraus.»Warte! Ich verstehe nichts von alledem! Kennst du mich denn nicht? Eben hast du noch das Gegenteil gesagt! Wir sind uns in dem Schloß des Riesen begegnet! Dann haben wir uns auf dem Mars wiedergesehen, wo du Flügel hattest! Dort war dein Name Vaala!«

Erst verhärtete sich das Gesicht seiner Frau, die auf einmal nicht mehr seine Frau war, dann aber wurde ihr zorniger Blick milder.»Du Armer«, sagte sie mitfühlend.»Nur einige der vielen Schicksalsschläge zu leiden, die meinen erfindungsreichen Gatten ereilten, hat dich um den Verstand gebracht. Ich werde dir von meinen Mägden ein Bett anweisen lassen, ein wenig abseits, wo die grausamen Freier dir nicht das Leben zur Qual machen. Vielleicht weißt du mir am Morgen verständigere Auskunft zu geben.« Sie klatschte in die Hände, und die greise Eurykleia erschien in der Tür.»Besorge diesem alten Mann einen sauberen Schlafplatz, und gib ihm zu essen und zu trinken!«

»Das kannst du nicht mit mir machen!« Paul beugte sich vor und packte den Saum ihres langen Kleides. Mit einem Auflodern echter Wut fuhr sie zurück.

»Du gehst zu weit! Dieses Haus ist voll von bewaffneten Männern, die dich nur zu gern umbringen würden, wenn sie hoffen dürften, mich damit zu beeindrucken.«

Er sprang auf und wußte nicht, was er tun sollte. Die ganze Welt schien mit einem Schlag eingestürzt zu sein.»Kannst du dich wirklich nicht an mich erinnern? Vor wenigen Minuten konntest du es noch. Mein wirklicher Name ist Paul Jonas! Sagt dir das gar nichts?«

Penelope entspannte sich, aber ihr förmliches Lächeln war steif, geradezu gequält, und einen Moment lang meinte Paul, hinter ihren Augen ein verängstigtes Wesen flattern zu sehen, einen eingesperrten Vogel, der verzweifelt zu fliehen versuchte. Der Eindruck verblaßte; sie winkte ihm zu gehen und wandte sich wieder ihrer Webarbeit zu.

Draußen vor der Tür legte er der alten Frau die Hand auf die Schulter. »Sag mir, kennst *du* mich?«

»Selbstverständlich, Odysseus, selbst in diesen Lumpen und mit deinem grauen Bart.« Sie führte ihn die schmale Stiege ins Erdgeschoß hinunter.

»Und wie lange bin ich weg gewesen?«

»Zwanzig schreckliche Jahre, Herr.«

»Warum denkt meine Frau dann, ich sei jemand anders? Oder daß ich im Begriff sei, nach Troja aufzubrechen?«

Eurykleia schüttelte den Kopf. Sie wirkte nicht übermäßig beunruhigt. »Vielleicht hat der lange Kummer sie krank im Kopf gemacht. Oder vielleicht hat ein Gott ihren Blick umnachtet, so daß sie die Wahrheit nicht sehen kann.«

»Oder vielleicht bin ich einfach verloren«, murmelte Paul. »Vielleicht bin ich dazu verurteilt, ewig umherzuirren.«

Die alte Frau schnalzte mit der Zunge. »Du solltest vorsichtig mit deinen Worten sein, Odysseus. Die Götter hören alles.«

Er lag zusammengerollt auf der gestampften Erde des Küchenfußbodens. Die Sonne war untergegangen, und der kalte Nachtwind vom Meer pfiff durch das große, zugige Haus. Die angenehme Wärme des Backofens, die von den Steinen abstrahlte, versöhnte ihn völlig mit der Asche und dem Schmutz um ihn herum, doch selbst die Tatsache, daß er es warm hatte, statt irgendwo draußen frieren zu müssen, war kein großer Trost.

Denk doch mal nach, sagte er sich. *Im Grunde wußtest du genau, daß es nicht so leicht werden würde. Die Dienerin sagte:* »*Vielleicht hat ein Gott ihren Blick umnachtet.*« *Könnte es das sein? Irgendein Zauber oder sowas?* Es gab in dieser Welt so viele Möglichkeiten, und an handfesten Tatsachen wußte er nur das wenige, was Nandi Paradivasch, mit vielen bewußten Auslassungen, ihm erzählt hatte. Paul war als Kind im Lösen von Rätseln oder in Strategiespielen nie besonders gut gewesen, hatte viel lieber vor sich hingeträumt, jetzt aber verfluchte er dieses Kind, das er gewesen war, für seine Trägheit.

Aber niemand würde ihm diese Arbeit abnehmen.

Während Paul darüber nachsann, was aus ihm geworden war – eine denkende Figur, vielleicht die einzige, auf diesem großen Spielbrett des Homerischen Griechenland –, kam ihm, gedämpft und doch mächtig wie ferner Donner, eine Erkenntnis. *Ich gehe das völlig falsch an. Ich denke über diese Simwelt nach, als ob sie real wäre, obwohl sie bloß eine Erfindung ist, ein Spielzeug. Aber ich muß sie als Erfindung begreifen lernen. Welche Spielregeln gelten hier? Wie funktioniert dieses Netzwerk tatsächlich? Warum bin ich Odysseus, und was soll hier mit mir geschehen?*

Er versuchte angestrengt, sich an seinen Griechischunterricht in der Schule zu erinnern. Wenn diese Simwelt sich um die lange Fahrt aus Homers Odyssee drehte, dann konnte das Haus des Königs auf Ithaka nur am Anfang der Geschichte vorkommen, beim Aufbruch des Irrfahrers, oder am Schluß, bei seiner Rückkehr. Und auch wenn dieser Ort noch so realistisch war – wie alle Simwelten, in die es ihn bisher verschlagen hatte –, real war er trotzdem nicht: Vielleicht konnte einfach nicht jede Eventualität einprogrammiert werden. Vielleicht gab es sogar für die Besitzer des Otherlandnetzwerks finanzielle Grenzen. Das würde bedeuten, daß es eine endliche Anzahl von Verhaltensmöglichkeiten geben mußte, begrenzt zum Teil dadurch, was die Replikanten verstehen konnten. Irgendwie hatte Pauls Erscheinen hier in der Frau, die derzeit Penelope hieß, verschiedene gegensätzliche Reaktionen ausgelöst.

Aber wenn er widersprüchliche Verhaltensweisen auslöste, warum hatte die Dienerin Eurykleia ihn dann sofort als verkleideten und nach langer Abwesenheit heimgekehrten Odysseus erkannt, ohne ein einziges Mal an dieser Erkenntnis irre zu werden? Damit folgte sie weitgehend der Originalvorlage, sofern er sich auf seine Lektüre vor langer Zeit verlassen konnte. Warum also sollte die Dienerin richtig reagieren und die Herrin des Hauses nicht?

Weil sie verschiedenen Kategorien angehören, begriff er. *Es gibt in diesen Simulationen nicht bloß zwei Typen von Personen, echte und falsche, es gibt wenigstens noch einen dritten Typ, auch wenn ich nicht weiß, was es damit auf sich hat. Gally war einer von diesem dritten Typ. Die Vogelfrau, Vaala oder Penelope, oder wie sie in Wirklichkeit heißen mag, muß auch eine sein.*

Das klang fürs erste halbwegs logisch. Die Replikanten, die restlos Teil der Simulationen waren, hatten keinerlei Zweifel daran, wer sie waren oder was um sie herum geschah, und verließen die Welten, für die sie geschaffen worden waren, anscheinend niemals. Im Grunde verhielten sich Reps wie die alte Dienerin so, als ob sie und die Simulationen vollkommen real wären. Sie waren zudem gut programmiert; wie erfahrene Schauspieler gingen sie über Patzer und Unsicherheiten der menschlichen Teilnehmer einfach hinweg.

Am anderen Ende des Spektrums waren sich die richtigen Menschen, die Bürger, immer darüber im klaren, daß sie sich in einer Simulation befanden.

Aber es gab offenbar noch einen dritten Typ, Figuren wie Gally und die Vogelfrau, die sich von einer Simwelt in die andere bewegen konnten, aber sich dabei in jedem Environment Gedächtnis und Ichidentität in unterschiedlichem Maße bewahrten. Was waren sie also? Gestörte Bürger? Oder weiter fortgeschrittene Reps einer neuen Art, die nicht simulationsspezifisch war?

Da kam ihm ein Gedanke, und selbst die wohlige Wärme vom Backofen konnte nicht verhindern, daß ein eisiger Schauder ihm über den Rücken kroch.

Gott steh mir bei, das trifft auf Paul Jonas genauso zu wie auf sie. Was macht mich so sicher, daß ich ein richtiger Mensch bin?

> Die helle Morgensonne über Ithaka drang in fast jeden Winkel des Hauses und scheuchte den inkognito reisenden König nicht lange nach Tagesanbruch von seiner Lagerstatt neben dem Ofen hoch. Paul hatte ohnehin kein Bedürfnis, länger liegenzubleiben - das Wissen, daß die Küchenmägde virtuell waren, machte ihre giftigen Bemerkungen über seine Abgerissenheit und Schmutzigkeit auch nicht viel liebenswerter.

Obwohl die alte Eurykleia bereits alle Hände voll damit zu tun hatte, den Wünschen der Freier und des übrigen Hauses nachzukommen, sorgte sie dafür, daß er etwas zu essen erhielt - sie hätte ihm viel mehr gebracht als das Stück Brot und den Becher mit stark verdünntem Wein, die er sich geben ließ, aber er hielt es nicht für klug, bei irgend jemand Neid oder Verdacht zu schüren. Das Behagen, mit dem er das krustige Brot kaute, brachte ihn auf die Frage, wie wohl sein wirklicher Körper ernährt wurde. Jedoch trotz des kärglichen Mahles und seines Bemühens, nicht weiter aufzufallen, berieten sich etliche der Mägde bereits flüsternd darüber, welchen von ihren Favoriten unter Penelopes Freiern sie dazu bewegen sollten, diesen dreckigen Alten aus dem Haus zu jagen. Paul wollte sich nicht mit einem der adligen

Schnorrer messen - selbst wenn er die Kraft und Ausdauer bekommen haben sollte, einen dieser strotzenden Recken zu besiegen, war er doch müde und niedergeschlagen und absolut nicht zu weiteren Kämpfen aufgelegt. Um jede Konfrontation zu vermeiden, nahm er seinen Brotkanten und ging hinaus, um an der Steilküste spazierenzugehen und nachzudenken.

Einerlei, was die Schöpfer dieser Simulation sonst noch im Sinn gehabt hatten, dachte Paul, das wunderbar klare, helle Licht des Mittelmeeres hatten sie jedenfalls hervorragend hingekriegt. Selbst so früh an diesem heißen Morgen sahen die Felsen an der Küste makellos weiß aus wie frisches Papier und reflektierten das Licht derart grell, daß er nicht zu dicht in ihrer Nähe stehen konnte. Obwohl er die Sonne im Rücken hatte, mußte er die Augen beschatten.

Ich muß die Spielregeln lernen, dachte er, während er den unter ihm kreisenden Möwen zusah. *Nicht bloß für Griechenland, sondern für dieses ganze Netzwerk. Ich muß sie durchschauen, oder ich werde ewig im dunkeln tappen. Die andere Erscheinungsform von Vaala, die Frau, die zuerst im Traum zu mir gesprochen hat und dann durch das Neandertalerkind, meinte, ich müsse zu einem schwarzen Berg.*

»Er reicht bis zum Himmel«, hatte sie ihm erzählt, »er verdeckt die Sterne. Dort liegen alle Antworten auf deine Fragen.« Doch als er wissen wollte, wie er dort hinkomme, hatte sie geantwortet: »*Ich weiß es nicht. Doch kann sein, daß es mir einfällt, wenn du mich findest.*« Und dann hatte die Traumversion von Vaala ihn hierhergeschickt, die Frau zu suchen, die allem Anschein nach sie selbst in anderer Gestalt war - aber an dem Punkt setzte die Logik vollkommen aus. Wie konnte es sein, daß sie Bescheid wußte ... und dennoch *nicht* Bescheid wußte? Was mochte das zu bedeuten haben? Es sei denn, seine Vermutung vom Vorabend traf zu und sie war weder ein normaler Mensch noch simuliert, sondern etwas anderes. Hatte sie vielleicht gemeint, daß sie je nach der Simulation Zugriff auf unterschiedliche Erinnerungen hatte?

Aber in der Gestalt dieser Penelope scheint sie überhaupt nichts zu wissen, dachte er säuerlich. *Sie weiß nicht mal, daß sie nur eine Rolle spielt, weiß nicht, daß sie selbst mich hierhergeschickt hat.*

Er bückte sich, hob einen flachen Stein auf und schleuderte ihn in die steife Brise vom Meer; erst Sekunden später platschte er am Fuß des schroffen Kliffs ins Wasser. Der Wind wechselte die Richtung und

schubste Paul einen Schritt näher an den Abgrund heran, immer noch in sicherer Entfernung vom Rand, aber doch nahe genug, daß sich sein Unterleib bei dem Gedanken an den langen Sturz zusammenkrampfte.
Es gibt so vieles, was ich nicht weiß. Kann ich wirklich von etwas sterben, das hier in einer Simulation passiert? Die goldene Harfe meinte, es sei zwar nichts real, aber trotzdem könnte das, was ich sehe, mich verletzen oder töten. Wenn dies alles ein Simulationsnetzwerk ist, hatte sie mit der ersten Behauptung recht, und ich sollte davon ausgehen, daß die zweite ebenfalls stimmt, auch wenn sie nicht sehr vernünftig klingt. Nandi benahm sich jedenfalls so, als ob wir beide in Xanadu in echter Gefahr schwebten ...

Schrill pfeifende Musik ertönte ein ganzes Stück weit hinter ihm und störte seine Konzentration. Er seufzte, Fragen über Fragen, und nirgends ein Ende abzusehen. Wie war dieser andere griechische Mythos nochmal, von einem vielköpfigen, drachenartigen Ungeheuer - der Hydra? Wenn man ihr einen Kopf abschlug, wuchsen dafür zwei neue nach - erging es ihm nicht ganz ähnlich? Man sollte meinen, das Zusammentreffen mit Nandi und der Venezianerin Eleanora hätte alle Rätsel aufklären müssen, die ihn plagten, aber je mehr Fragen er weghackte, um so schneller ließ er einen dichten Strauß neuer Hydraköpfe sprießen. Es war wie ein verwickelter modernistischer Thriller über entfesselte Verschwörungstheorien, eine Fabel über die Gefährlichkeit paranoider Wahnvorstellungen.

Die Flöte schrillte abermals, als ob ein Kind seine Aufmerksamkeit gewinnen wollte. Er runzelte die Stirn über die Ablenkung - aber zur Zeit war eigentlich *alles* Ablenkung. Selbst die Mitteilungen, die ihm anscheinend helfen sollten, waren dubios. Eine Traumversion von Vaala hatte ihn hierher zu einer anderen Version von ihr geschickt, die ihn nicht kannte. Er hatte einen hilfreichen Hinweis von der goldenen Harfe erhalten, die er im Schloß eines Riesen gefunden hatte, aber dann hatte sie erst wieder in der Eiszeit zu ihm gesprochen, wo sie zu einem Juwel geworden war.

War das Schloß nun ein Traum oder eine andere Simulation? Und von wem stammt diese Harfenbotschaft überhaupt? Wenn sie von Nandis Leuten stammt - sie sind meines Wissens die einzigen, die versuchen könnten, einen wie mich zu warnen -, warum hatte dann Nandi noch nie von mir gehört? Und wer ist diese Vogelfrau Vaala, und warum bin ich mir so gottverdammt sicher, daß ich sie kenne?

Paul holte den letzten Rest Brot aus einer Falte seines zerschlissenen Kittels, kaute und schluckte ihn hinunter und setzte dann seinen Weg auf dem Felsgrat in der ungefähren Richtung der aufdringlichen Flöte fort. Als er dem Pfad bergab folgte, wurde das Spielen von einem lauten und rasch immer lauter werdenden Bellen übertönt. Es war kaum durch seine zerstreuten Gedanken in seine Wahrnehmung gedrungen, als schon vier mächtige Doggen mit weit aufgerissenen roten Mäulern in wilder Jagd den Pfad hinaufgeprescht kamen, aufgeregt und blutrünstig kläffend. In jähem Schrecken blieb er stehen und wich ein paar Schritte zurück, aber der Hang hinter ihm war steil und bot keine Zuflucht, und daß er keine Chance hatte, vor diesen vierbeinigen Monstern davonzulaufen, war ihm klar.

Während er sich bückte und den Boden nach einem Ast abtastete, mit dem er sich wehren und das Unvermeidliche immerhin noch ein wenig hinauszögern konnte, gellte ein lauter Pfiff über den Hügel. Die Hunde hielten etwa zehn Meter vor Paul an und drehten sich wütend bellend auf der Stelle, kamen aber nicht näher. Ein schlanker junger Mann trat weiter unten hinter einem Stein hervor, musterte Paul kurz und pfiff dann noch einmal. Die Hunde zogen sich knurrend zurück, verzichteten sichtlich ungern auf die sichere Beute. Als sie den jungen Mann erreicht hatten, gab dieser dem vordersten einen leichten Klaps auf die Flanke, und alle trotteten wieder den Hang hinunter. Er winkte Paul, ihm zu folgen, dann setzte er eine Flöte an die Lippen, drehte sich um und schlenderte mit heiterem, wenn auch nicht sehr musikalischem Gefiepe hinter den rasch enteilenden Hunden her.

Paul wußte nicht, was er von alledem halten sollte, aber er hatte nicht vor, jemanden zu kränken, dem so große, angriffslustige Tiere aufs Wort gehorchten. Er ging hinterher.

Ein ebenes Stück Land zwischen den Hügeln kam hinter der nächsten Biegung in Sicht, ein weiter, offener Platz mit wenigen Gebäuden darauf, aber was Paul zunächst für eine zweite große Wohnanlage hielt, etwas primitiver gebaut als der Königssitz auf dem Hügel, stellte sich bald als ein Gehöft heraus, in dem Vieh gehalten wurde, vor allem Schweine, wie es aussah. Ein ausgedehnter ummauerter Bereich war in Koben unterteilt worden, von denen jeder mehrere Dutzend Mutterschweine beherbergte. Einige hundert weitere lagen draußen vor den Koben auf dem weitläufigen Hof, faul und träge wie reiche Touristen an einem Drittweltstrand.

Der junge Mann mit den Hunden war irgendwohin verschwunden, aber ein leicht hinkender älterer Mann tauchte jetzt aus dem Schatten einer der höheren Mauern auf, die Sandale, die er gerade ausbesserte, noch in der breiten Hand haltend. Sein Bart war fast gänzlich grau, aber sein massiger Oberkörper und seine muskulösen Arme deuteten darauf hin, daß er sich die Kraft seiner jüngeren Jahre zu einem gut Teil bewahrt hatte.

»Komm, Alter«, rief er Paul zu. »Du hast Glück gehabt, daß mein Junge bei den Hunden war, als sie auf dich losgingen. Mich freut es natürlich auch - ich habe hier schon genug Scherereien, und es hätte mir Schimpf und Schande gebracht, wenn sie dich zerrissen und gefressen hätten. Komm, trink einen Wein mit mir, und dabei kannst du mir deine Geschichte erzählen.«

Der Mann und seine Worte stießen irgendeine Erinnerung in Paul an, aber er bekam sie nicht richtig zu fassen. Abermals verfluchte er sich dafür, daß er so unaufmerksam gewesen war, als er Homer gehabt hatte, erst in Cranleigh und dann noch einmal an der Universität.

Andererseits, woher hätte ich das wissen sollen? Klar, wenn mir damals jemand gesagt hätte: »Hör mal, Jonas, eines Tages wirst du in einer Live-Version der Odyssee landen und dort um dein Leben kämpfen müssen«, da hätte ich die Nase wahrscheinlich ein bißchen tiefer in die Bücher gesteckt. Aber wer hätte das ahnen können?

»Sehr freundlich von dir«, sagte er zu dem Mann, in dem er den Obersauhirten vermutete, den königlichen Hoflieferanten für Schweinefleisch sozusagen. »Ich hatte nicht vor, deine Hunde wütend zu machen. Ich bin leider fremd hier.«

»Fremd? Du bist wohl mit dem Schiff gekommen, das bei der Grotte des Phorkys anlegte? Sei's drum, nur ein Grund mehr. Es soll niemand von Eumaios sagen, er habe einem Fremden nicht die gebührende Gastfreundschaft erwiesen.«

Paul glaubte sicher, den Namen schon einmal gehört zu haben, aber das bloße Wissen, daß er ihn kennen müßte, half ihm nicht im geringsten.

Die Hütte des Sauhirten war spärlich eingerichtet, aber es war dennoch angenehm, aus der Sonne zu kommen, die schon lange vor Mittag heiß vom Himmel brannte, und keine Staubwolken mehr aufzuwirbeln. Der mit Wasser versetzte Wein, den Eumaios ihm reichte, war ebenfalls willkommen. Paul nahm einen langen Zug, dann noch einen, ehe er sich für eine Unterhaltung gerüstet fühlte.

»So sage mir denn die Wahrheit, Fremder«, begann Eumaios. »Du kommst von dem phäakischen Schiff, das gerade lange genug in der

Bucht Halt machte, um sich mit frischem Wasser aus der Quelle einzudecken, ist es nicht so?«

Paul zögerte, dann nickte er. Irgendwas mit den Phäaken war in der Odyssee vorgekommen, so weit reichte seine Erinnerung noch.

»Falls dies dein erster Besuch in Ithaka ist, hast du dir einen schlechten Zeitpunkt dafür ausgesucht.« Eumaios rülpste und rieb sich den Bauch. »Zu andern Zeiten hätte ich dir ein Mastschwein vorsetzen können, aber gegenwärtig kann ich nur ein Ferkel erübrigen, und ein mageres und kleines obendrein. Die Freier, die sich im Hause meines Herrn einquartiert haben, verprassen sein Gut. Trotzdem, Bettler und Fremde kommen im Namen des Zeus, du sollst also nicht hungrig von dannen gehen.«

Der Sauhirt schwadronierte noch eine ganze Weile über dieses Thema weiter und verbreitete sich ausführlich darüber, wie lasterhaft Penelopes unerwünschte Freier seien und wie übel die Götter seinem Herrn Odysseus mitgespielt hätten. Paul erinnerte sich dunkel daran, daß er irgendwie verwandelt sein mußte - einer der Götter hatte Odysseus' Gesicht verändert, damit er unerkannt von seinen Feinden nach Hause zurückkehren konnte -, und fragte sich, wieso die alte Eurykleia ihn hatte erkennen können, wenn der Sauhirt ihn als einen Fremden behandelte.

Nach vielleicht einer Stunde müßigen Geplauders schlachtete sein Gastgeber zwei Ferkel, zerlegte sie und briet ihr Fleisch an Spießen über dem Feuer. Trotz der Freundlichkeit des Mannes merkte Paul, wie er langsam ungeduldig und mißmutig wurde. *Ich könnte hier wochenlang herumspazieren und mir von all den edlen alten Bedienten überschwengliche Lobeshymnen auf ihren edlen verschollenen Herrn anhören, aber unterdessen muß ich in meinem eigenen Haus auf dem Fußboden schlafen.* Er besann sich und grinste schief. *Im Haus der Figur, die ich darstelle. Aber Tatsache ist, daß ich was unternehmen muß.*

Eumaios setzte ihm Gerstengrütze und Spieße mit gebratenem Schweinefleisch vor. Beim Essen redete Paul über dies und das, aber er hatte nicht gut genug von dem Epos im Kopf, um viel erzählen zu können, was den Sauhirten interessierte. Unterstützt von dem Essen, mehreren gut gefüllten Schalen Wein und der nachmittäglichen Hitze verfielen er und Eumaios schließlich in eine satte, schweigende Dumpfheit, die sich nicht sehr von der der Tiere draußen unterschied. Eine dunkle Erinnerung regte sich in Paul.

»Hat der König nicht einen Sohn? Tele... irgendwas?«

»Telemachos?« Eumaios rülpste abermals leise und kratzte sich. »Ja, ein Prachtkerl, ganz der Vater. Er hat sich heimlich auf die Suche nach unserm armen Odysseus begeben - ich glaube, er wollte zu Menelaos, dem Kameraden seines Vaters vor Troja.« Während er die schlechte Behandlung beschrieb, die Telemachos von den Freiern erdulden mußte, ging Paul die Frage durch den Kopf, ob die Abwesenheit des Sohnes zum Szenarium der Simwelt gehörte, oder ob es einen direkten Bezug zu ihm gab. Hätte Gally dieser Sohn sein sollen? Der Gedanke war schmerzlich ernüchternd, und einen Moment lang betrachtete Paul sich selbst wie von außen - hingelümmelt in der stinkenden Hütte eines imaginären Sauhirten, betrunken von verdünntem Wein und unverdünntem Selbstmitleid. Es war kein schöner Anblick, nicht einmal in seiner Vorstellung. *Sei nicht blöde*, sagte er sich. *Das System hätte nur dann wissen können, daß ich Gally bei mir hatte, wenn er mit mir in diese Simulation gekommen wäre, und das ist er nicht. Diese Bestien haben ihn in Venedig umgebracht.* So unklar ihm sein eigener Zustand war, an Gallys Schicksal war kaum zu zweifeln - die grauenhafte, erschütternde Szene war völlig eindeutig gewesen.

Aber während er an den Jungen dachte, kam ihm abermals die Frage, wie das ganze System funktionieren mochte. Es gab Bürger und Replikanten, soviel war klar, aber fielen alle anderen, die Gallys und die Penelopes, in ein und dieselbe Kategorie? Die Vogelfrau war hier, aber es gab auch eine Version von ihr auf dem Mars. Und was war mit der, die ihm im Traum erschien? Wenn es mehrere Versionen von ihr gab, konnten diese dann niemals koexistieren, niemals ihr Wissen einander mitteilen? Sie mußten *irgendeinen* roten Faden gemeinsam haben, wie sonst hätte die Traumfrau in der Neandertalerwelt von ihrem anderen Ich hier auf Ithaka wissen können?

Und was war mit seinen Verfolgern, diesen beiden scheußlichen Kreaturen, die ihn von einer Simulation zur anderen hetzten? Waren *sie* richtige Menschen?

Die letzten Momente in Venedig fielen ihm wieder ein, das bizarre Durcheinander der Ereignisse - Eleanora, eine reale Frau, die jedoch in ihrer eigenen Simulation als eine Art Gespenst erschienen war, die Finchfigur und die Mulletfigur, die ihn einmal mehr aufgespürt hatten, herzlos und gnadenlos wie ansteckende Viren ... und die Pankies.

Mein Gott, wie passen die da rein? überlegte Paul. *Sie sahen aus wie Finch und Mullet, aber sie waren anders - der gleiche Fall wie bei den verschiedenen Gestalten meiner Vogelfrau. Aber in jeder Simulation, wo ich war, hat es immer nur eine Ver-*

> 14

sion von ihr gegeben, entweder eine real vorkommende Figur wie Penelope oder eine Traumgestalt. Die Pankies und ihre Doppelgänger sind beide zur gleichen Zeit in Venedig aufgetaucht ...

Er konnte den merkwürdigen Ausdruck nicht vergessen, der auf Undine Pankies breitem, schwammigem Gesicht erschienen war, die instinktive, geradezu automatische Reaktion. Sie und ihr schmächtiger Ehemann hatten sich einfach abgewandt und waren in den Katakomben verschwunden wie zwei Schauspieler, die gemerkt hatten, daß sie im falschen Stück waren.

Seltsam, wie häufig wichtige Dinge - besonders solche, die mit der geheimnisvollen Frau zu tun hatten - sich im Dunstkreis der Sterbenden und Toten abspielten. Die venezianischen Grüften, der sterbende Neandertalerjunge, die exhumierten Leichen im Friedhof an der Westfront. Tod und Sterben. Obwohl, in Hampton Court hatte es auch ein Labyrinth gegeben. Labyrinthe und Friedhöfe - was faszinierte diese Leute daran?

Ein Gedanke keimte in ihm auf. Schlagartig nüchtern geworden setzte er sich gerade hin. »Ich habe eine Frage, guter Eumaios«, begann er unvermittelt. Wenn diese Wesen Maschineneffekte waren, dann war es um so wahrscheinlicher, daß es Regeln gab, Logik ... Antworten. Er mußte bloß herausfinden, wie sie lauteten. »Erzähle mir, wie die Menschen in deinem Land die Götter um Hilfe bitten.«

Penelope erteilte ihm am Abend abermals eine Abfuhr, indem sie Paul anfangs als den bemitleidenswerten Bettler behandelte, den sie am Tag zuvor fortgeschickt hatte, dann aber rasch in den schmerzlichen Abschied einer liebenden Gattin umschwenkte, ihm Glück auf seiner Fahrt nach Troja wünschte und ihm wortreich beteuerte, sie werde sein Haus und sein Gut treulich verwalten und seinen kleinen Sohn zu einem wackeren Mann aufziehen. *Ich hab sie offensichtlich mit irgendwas in eine Schleife gebracht*, dachte er. Es tat weh mit anzusehen, wie die Frau, der er so lange nachgejagt war, etwas beweinte, das keinen Bezug zur aktuellen Realität hatte, nicht einmal zur verzerrten Realität des Simulationsnetzwerkes, doch es bestätigte ihn in seinem Vorhaben. *Ich könnte ewig so weitermachen*, schien es ihm, *und es würde nicht das geringste ändern.*

»Warum kann deine Seele keine Ruhe finden, lieber Mann?« fragte sie plötzlich mit einem erneuten jähen Umschwung. »Ist es, weil deine

Gebeine unbetrauert an einem fernen Gestade liegen? Weil die Götter, die dir zu Lebzeiten zürnten, deinen Namen und deine Taten auslöschen wollen? Habe keine Angst, nicht alle Götter sind dir feind, und du sollst nicht ungerächt bleiben. Andere werden mit Geschichten aus diesen fremden Ländern dein Angedenken und deinen guten Namen wieder aufrichten. Gerade jetzt begehrt mich ein Mann zu sprechen, um mir von deinem Leben und deinen Taten während deiner Abwesenheit zu berichten, und eines Tages wird dein Sohn, der verständige Telemachos, imstande sein, deinen schmählichen Tod zu vergelten.«

Diese Mitteilung ließ kurz die Neugier in ihm aufflackern, bis er begriff, daß der Mann, von dem sie sprach, er selbst war, daß sie diese andere Episode in die jetzige Szene einbaute, in der er als sein eigener Geist auftrat.

Es ist so, wie ich gleich dachte, sagte er sich deprimiert. *Dies könnte immer so weitergehen. Irgendwie hab ich diese Schleife ausgelöst - ich muß sie auch beenden.* Ein eisiger Gedanke durchfuhr ihn: *Aber wenn sonst gar nichts mehr von ihr übrig ist? Wenn sie bloß eine kaputte Puppe ist, nichts weiter?*

Paul schüttelte die Vorstellung ab - er konnte es sich schlicht nicht leisten, diese Möglichkeit in Erwägung zu ziehen. Die Suche nach dieser Frau war nahezu das einzige, was seinem Leben einen Sinn gab. Er mußte daran glauben, daß sein Gefühl, sie zu kennen, etwas bedeutete. Er mußte daran glauben.

Zwei weitere Tage vergingen.

Aus einem eigenartigen Gefühl der Treue heraus gab Paul Penelope eine letzte Chance, die Wahrheit zu erkennen, aber wieder pendelte sie sich, nach dem Ausschlag in die Extreme von Paul als Geist und Paul als Bettler, auf die Vorstellung ein, er sei im Aufbruch nach Troja, und wollte nichts anderes hören. Ein ums andere Mal sagte sie ihm liebevoll trauernd Lebewohl, nur um anschließend gleich wieder von vorn mit dem Abschiednehmen anzufangen. Das einzige, worauf sie *nicht* kam, war das Szenarium, das alle anderen Ithakesier durchspielten - daß seine Figur, Odysseus, im verborgenen aus dem Trojanischen Krieg heimgekehrt war, gealtert zwar, aber gesund und wohlbehalten. Er vermutete, das hatte eine Bedeutung, aber verstand nicht, welche. Auf jeden Fall war er jetzt entschlossen, die Schale des Rätsels zu zertrümmern, statt den Rest seines Lebens mit fruchtlosen Lösungsversuchen zu verbringen.

Die alte Dienerin Eurykleia, stellte er mit geradezu krankhafter Dankbarkeit fest, behandelte ihn weiterhin mit dem felsenfesten Vertrauen einer treuen Märchenamme. Als er ihr dargelegt hatte, was er wollte, wiederholte sie ihm seine Anweisungen, um ihm zu zeigen, daß sie sich alles richtig gemerkt hatte.

Er ging den krakeelenden Freiern und den treulosen Mägden und Hausdienern aus dem Weg und verbrachte die restliche Zeit damit, auf der Insel, dem Traum-Ithaka, umherzuwandern. Er suchte Eumaios noch einmal auf und unternahm dann, nach der Wegbeschreibung des Sauhirten, einen langen Spaziergang über die von Bienen summenden Hügel zu einer kleinen ländlichen Kultstätte auf der anderen Seite der Insel. Der Ort wurde allem Anschein nach schon lange nicht mehr gepflegt: Eine gesichtslose, von Wind und Wetter abgewetzte Statue stand in einer Nische, die von den Resten längst verwelkter Narzissen völlig eingestaubt war, umgeben von Zypressenzweigen, die so trocken waren, daß sie jeden Geruch verloren hatten.

Während er im Gespräch mit göttlichen Mächten vor dem vergessenen Heiligtum in der Mulde am Hang stand, die Luft drückend und still bis auf das ewige Atmen des Meeres, betete er sicherheitshalber auch für sich selbst. Gewiß, dies war bloß eine Simulation, das aufwendige Machwerk von Menschen, wie er einer war, und somit betete er letzten Endes zu einem Team von Gearingenieuren und Grafikdesignern, aber sein Boß in der Tate Gallery hatte ihm oft eingeschärft, die Verdrehtheit und Selbstverliebtheit von Künstlern niemals zu unterschätzen.

> Benommen erwachte er aus einem Traum von Gally und wußte im ersten Augenblick nicht, wo er war.

Er befühlte den Boden. Er lag auf Sand, und im Westen, wo die Sonne hinter den Hügeln untergegangen war, glomm ein schwaches, ersterbendes Licht. Er war beim Warten am Strand eingeschlafen.

Der verlorene Junge war ihm in seinem Traum als der noch unbekannte Telemachos erschienen, ein schöner Jüngling mit schwarzen Ringellocken, der aber Gallys listigen Gassenbengelblick gehabt hatte. Er war auf einem dunklen Fluß in einem kleinen Boot durch treibende Nebelschwaden gepaddelt und hatte Pauls Namen gerufen. Der Drang, auf ihn zuzueilen, war stark gewesen, aber irgendeine Lähmung im Traum hatte Paul daran gehindert, sich zu bewegen oder auch nur zu antworten, während der Junge in einer Wolke aus weißem Nichts entschwand.

Jetzt hatte er Tränen der Hilflosigkeit auf den Wangen, ganz kühl im Abendwind vom Meer, aber allem Jammer zum Trotz verspürte er auch eine Bestätigung: Dieser Traum von Gally auf dem Unterweltsfluß bedeutete bestimmt, daß er richtig handelte. Während Paul sich aufsetzte und den Schlaf abschüttelte, faßte er sich langsam wieder. Der Strand war leer bis auf ein paar Fischerboote, deren Besitzer sich schon lange zum Abendessen begeben hatten. Meer und Himmel verschmolzen zusehends zu einer einzigen dunklen Masse, und das Feuer, das er am Nachmittag mit viel Mühe entzündet hatte, flackerte nur noch schwach. Paul sprang auf, und wie er gesagt bekommen hatte, legte er erst Zypressenzweige und dann größere Stücke Treibholz nach, bis die Flammen wieder hoch auflodertem. Als er diese Arbeit getan hatte, war das Sonnenlicht gänzlich erloschen und strahlten die Sterne von einem Himmel herab, der nicht durch die in Pauls Zeitalter allgegenwärtige künstliche Beleuchtung eingegraut war.

Als ob sie darauf gewartet hätten, daß alles ordentlich vorbereitet war, drangen jetzt von weiter unten am Strand Stimmen an sein Ohr.

»Dort, wo das Feuer brennt - siehst du es, Herrin?«

»Aber das ist sehr sonderbar. Bist du sicher, daß es keine Räuber oder Piraten sind, die dort ein Lager aufgeschlagen haben?«

Paul stand auf. »Hierher, Penelope«, rief er. »Du brauchst keine Furcht vor Räubern zu haben.«

Penelope trat aus der Dunkelheit, das Schultertuch fest um sich gezogen, und im Feuerschein sah man ihren Blick tiefer Befremdung. Trotz ihres Alters und ihrer kürzeren Beine folgte Eurykleia ihr dicht auf dem Fuße.

»Ich bringe sie, Herr«, verkündete die Dienerin. »Wie du befohlen hast.«

»Danke.« Er hatte das Gefühl, etwas Poetischeres sagen zu sollen, aber für derartige Sachen fehlte ihm die Begabung. Seine persönliche Homerübersetzung würde leider prosaisch bleiben müssen.

Penelope lachte nervös. »Ist das ein Komplott? Hast du, meine älteste und liebste Dienerin, mich an diesen Fremden verraten?«

»Du erkennst mich also immer noch nicht?« Paul schüttelte den Kopf. »Es spielt keine Rolle. Dir wird nichts geschehen, das verspreche ich. Ich schwöre es bei allen Göttern. Bitte, setz dich.« Er holte tief

Atem. Es war ihm so einleuchtend vorgekommen, als er es geplant hatte - seine Entscheidung, den Kampf gegen die Simulation aufzugeben, sich vielmehr darauf einzulassen und so diese Frau auf schmerzlosem Wege wieder zur Vernunft zu bringen, damit sie ihm von Nutzen sein konnte, wie ihr Alter ego es zweifellos beabsichtigt hatte.»Und zwar«, erklärte er,»werde ich die Götter um Hilfe anrufen.«

Penelope warf Eurykleia einen scharfen Blick zu, dann ließ sie sich würdevoll im Sand nieder. Ihr dunkles Schultertuch und die noch dunkleren Haare, deren wenige graue Strähnen im Sternenlicht nicht zu sehen waren, faßten das bleiche, mißtrauische Gesicht mit einem Schattenrahmen ein. Ihre großen, wie ausgeschnittenen Augen schienen Blicklöcher in die Nacht zu sein.

Die Dienerin reichte Paul ein Bronzemesser, das in ein Stück Tuch gewickelt war. Auch er hatte ein Bündel dabei, aus dem er die dürren Hinterläufe eines geschlachteten schwarzen Schafes auspackte, den Lohn, den er sich von Eumaios' Schwager damit verdient hatte, daß er einen Nachmittag lang eine Hürde ausgebessert hatte. Es erschien Paul als ein armseliges Opfer, aber Eumaios - der seine erste Adresse gewesen war, weil er an Schweinefleisch als Opfergabe gedacht hatte - hatte ihm versichert, ein schwarzer Schafbock sei das einzige, was in Frage komme, und Paul hatte sich dem zweifellos überlegenen Wissen des Mannes gebeugt.

Während Penelope mit bangem Schweigen zusah, häufte Paul Stöcke auf das Feuer und schnitt dann Fleisch und Fett von den Schenkeln des Schafbocks herunter, wie Eumaios es ihm erklärt hatte. Er legte die Knochen auf den Stockhaufen und darüber das Fleisch und das Fett. Gleich darauf stiegen dicke Rauchwolken von dem Opferfeuer auf, und als der Wind wechselte, bekam er nicht nur den verlockenden Duft von bratendem Fleisch in die Nase, sondern auch etwas Tieferes, Älteres und weitaus Verstörenderes - den Geruch von Brandopfern, von angstvoll bezahlter Schuld, von menschlicher Unterwerfung unter ein übermächtiges und mitleidloses Universum.

»Ich verstehe das nicht«, hauchte Penelope. Ihre großen Augen verfolgten jede seiner Bewegungen, als ob er ein wildes Tier wäre.»Was machst du da? Warum sollte ich herkommen?«

»Du denkst, du kennst mich nicht«, erwiderte Paul. Er versuchte einen ruhigen Ton zu bewahren, aber er begann eine merkwürdige Begeisterung zu fühlen, womit er überhaupt nicht gerechnet hatte. Der Traum vom armen, toten Gally, die prasselnden Flammen am windigen Strand, die Nähe der Frau, deren Gesicht so lange sein einziger Talisman gewesen war, dies alles zusammen gab ihm das Gefühl, endlich auf der Schwelle zu etwas Realem, etwas Entscheidendem zu stehen.»Du denkst das, aber die Götter werden dir dein Gedächtnis zurückgeben.« Er war sich jetzt sicher, daß er das Richtige tat. Das ekstatische Glühen in seinem Kopf bewies es. Schluß damit, sich treiben zu lassen! Jetzt bezwang er die Simulation mit ihren eigenen Mitteln und machte sie sich dienstbar.»Sie werden jemand senden, und sie wird dir helfen, dich zu erinnern!«

»Du machst mir angst.« Penelope wandte sich Eurykleia zu, und Paul hoffte, diese würde ihr begütigend zureden, aber die Dienerin blickte genauso unglücklich wie ihre Herrin.

»Dann sag mir einfach, was ich wissen muß.« Paul trat vom Feuer zurück und breitete die Arme aus. Der Wind blies durch sein dünnes Gewand, aber er fühlte nur die Hitze der Flammen.»Wer bist du? Wie sind wir hierhergeraten? Und wo ist der schwarze Berg, von dem du mir erzählt hast?«

Sie starrte ihn an wie ein in die Enge getriebenes Tier.

Es fiel ihm schwer, geduldig zu bleiben, am liebsten hätte er geschrien. Er hatte so lange gewartet, war von einem Ort zum anderen gestoßen, gezerrt und geworfen worden, immer der Passive, immer der Ausgelieferte. Er hatte hilflos daneben gestanden, als der Junge, sein einziger wirklicher Freund in diesem bizarren Universum, vor seinen Augen getötet wurde. Jetzt sollte diese Hilflosigkeit ein für allemal ein Ende haben.»Erzähl mir einfach von dem schwarzen Berg! Wie kann ich ihn finden? Weißt du nicht mehr? Deswegen bin ich hier. Deswegen hast *du* mich hierhergeschickt!«

Sie duckte sich noch mehr zusammen. Ein Funkenflug stob aus dem Feuer auf und wirbelte auf dem Wind davon.

»Nicht? Na gut, dann muß ich die Götter anrufen.« Er würde die Logik ihrer eigenen Welt gegen sie kehren. Er würde eine Erscheinung heraufbeschwören.

Als er sich in den Sand kniete, meldete sich Eurykleia nervös zu Wort: »Das ist Schaffleisch, nicht wahr, Herr? Sicher doch ein schwarzes Mutterschaf, oder, Herr?«

Er begann, mit beiden Händen einen langsamen Rhythmus auf den Boden zu schlagen, wie der alte Eumaios es ihm beschrieben hatte.»Es ist ein Bock. Still jetzt, ich muß mich auf den Spruch besinnen.«

Die Dienerin war aufgeregt und erschrocken. »Aber so etwas ist ein Opfer an ...«

»Pssst.« Er verlangsamte seine Schläge auf den Sand und intonierte dann rhythmisch:

> »Heil dir, Unsichtbarer,
> Aidoneus, Sohn des Ältesten, Kronos,
> Bruder des Donnerers Zeus,
> Heil!
> Heil dir, Gott der dunklen Säulen,
> Hades, Herrscher der Unterwelt,
> König im Reiche des Schweigens,
> Heil!
> Nimm dieses Fleisch, Gott der trächtigen Tiefe,
> Nimm dieses Opfer.
> Erhöre mein Flehen ...«

Er hielt inne. Er hatte den Gott des Todes angerufen, was an diesem Ort bestimmt so wirksam war wie die Szenerie eines Friedhofs oder die Anwesenheit eines sterbenden eiszeitlichen Kindes.

»Schick mir die Vogelfrau!« schrie er und schlug dazu weiter im Takt auf den Sand. »Sage ihr, ich will sie sprechen! Ich will, daß diese Penelope sie sieht!« Die Worte klangen plump, unpassend neben der dichterischen Diktion der Beschwörung, und er rief sich die Worte der Traumfrau ins Gedächtnis. »Komm zu uns! Du mußt zu uns kommen!«

Stille trat ein. Nichts geschah.

Wütend begann Paul abermals, auf den Sand einzutrommeln. »Komm zu uns!«

»He-Herr«, stotterte Eurykleia, »ich dachte, du wolltest die Hilfe der Raterin Athene erflehen, die deiner Sippe schon lange freundlich gesonnen ist, oder des großen Zeus. Ich dachte, du wolltest vielleicht sogar den Meeresgott Poseidon um Vergebung bitten, von dem viele sagen, du habest ihn mit irgend etwas gekränkt, und deshalb habe er dich auf deiner Heimfahrt zu vernichten gesucht. Aber dies, Herr, dies ...«

Sein letzter Schlag auf den Boden schwang noch nach, ein lautloses Echo, das er dennoch hinab in die Tiefe pulsen fühlte. Die hellen Flammen schienen jetzt langsamer zu flackern, als müßte ihr Licht durch tiefes Wasser dringen oder erreichte ihn durch eine verzögerte und nachlassende Übertragung.

»Was hast du?« Seine Ungeduld wurde von einem pochenden Magendrücken gedämpft - die Furcht der Dienerin war groß und echt. Ihre Herrin Penelope schien jenseits von Angst und Schrecken zu sein, denn ihre Züge waren schlaff und reglos bis auf die Augen, die fiebrig aus ihrem leichenblassen Gesicht blickten. »Was willst du mir sagen, Alte?«

»Herr, du solltest keine Gebete um ... solche Sachen an ... an den Unterirdischen richten!« Eurykleia rang mühsam nach Luft. »Haben dir die Jahre ... in fremden Ländern den ... das Gedächtnis geraubt?«

»Wieso denn nicht? Hades ist ein Gott, oder etwa nicht? Die Leute beten zu ihm, nicht wahr?« Zum Druck in seinem Magen kam noch ein würgender Brechreiz hinzu.

Die alte Dienerin schlug in die Hände, doch sie schien die Sprache verloren zu haben. Die Erde unter Pauls Füßen wirkte straff wie ein Trommelfell, eine atmende Membran, die in einem langsamen, fernen Rhythmus schwang. Doch das Schwingen wurde stärker.

Es ist kein Fehler, ich weiß, daß es kein Fehler ist ... oder?

Noch während er die Klauen des Zweifels zufassen fühlte, war sie da.

Ihr Ebenbild Penelope sprang auf und taumelte auf dem mit einemmal abgründig gewordenen Sandboden zurück, denn der Umriß der Vogelfrau bildete sich aus dem Rauch heraus, eine Engelsgestalt in einem einheitlichen luftigen Grauton, deren große Flügel hinter ihr zu zerfließen schienen. Das Gesicht der Erscheinung war eigenartig formlos, ähnlich der vom Regen abgescheuerten Statue des Unterweltsgottes in seiner Nische auf der anderen Seite der Insel. Aber nach dem ungläubigen Entsetzen auf ihrem Gesicht zu urteilen, erkannte Penelope dennoch ihr eigenes Abbild, selbst in dieser körperlosen Form.

Das Rauchgesicht wandte sich ihm zu. »*Paul Jonas, was hast du getan?*«

Er wußte nicht, was er sagen sollte. Alles, was er geplant hatte, alles, womit er gerechnet hatte, löste sich in nichts auf. Die Erdoberfläche schien nur noch eine dünne Haut über einem ungeheuer tiefen Schlund zu sein, und etwas bewegte sich dort unten, etwas Riesengroßes, vor dem es, Reue hin oder her, kein Entrinnen gab.

Der Engel zitterte, und die Rauchwolke wallte. Selbst in dieser schemenhaften Form konnte er deutlich die Züge der Vogelfrau aus dem

Schloß des Riesen erkennen, und ungeachtet seines Schreckens verzehrte er sich nach ihr. »*Du hast den Einen, der Anders ist, gerufen*«, sagte sie. »*Er sucht jetzt nach dir.*«
»Was meinst du damit?«
»*Du hast ihn angerufen. Den Einen, der dies alles träumt. Warum hast du das getan? Er ist schrecklich!*«

Trotz seiner inneren Wirrnis nahm Paul schließlich wahr, daß Penelope schon seit einer ganzen Weile vor Grauen stöhnte und jammerte. Sie war hingefallen und warf sich Sand auf den Kopf, als wollte sie sich begraben. Er zog sie hoch, teils um ihr zu helfen, aber teils auch aus Wut darüber, daß ihre Halsstarrigkeit ihn an diesen Punkt gebracht hatte.

»Schau hin! Das ist sie!« schrie er den Rauchengel an. »Du hast mich zu ihr geschickt, aber sie kann mir nicht sagen, wo ich hinsoll. Ich wollte, daß sie mir erklärt, wie ich zu dem schwarzen Berg komme.«

Die Erscheinung war so wenig bereit wie Penelope, ihrem Double in die Augen zu blicken: Als Paul seine verhinderte Gemahlin in ihre Richtung stieß, zuckte die Engelsgestalt zurück, so daß eine Welle durch ihren ganzen Körper lief und ihre Flügel verwackelten. »*Wir können nicht ...*« Das Gesicht aus Rauch verformte sich. »*Wir dürfen nicht ...*«

»Mach einfach, daß sie es mir sagt. Oder sag *du* es mir! Ich halte das nicht mehr aus!« Paul spürte eine stärker werdende Kraft unter den Füßen und gleichzeitig hinter den Augen, einen ringsherum anwachsenden Druck, der förmlich die Luft zu sprengen schien. »Wo ist dein gottverdammter schwarzer Berg?« Er schubste Penelope abermals auf die Erscheinung zu, aber es war, als wollte er zwei sich abstoßende Magneten mit Gewalt zusammenbringen. Penelope riß sich mit tierischer Stärke von ihm los und stürzte weinend in den Sand.

»Sag's mir!« brüllte Paul. Er wandte sich an den Engel. »Warum sagt sie es mir nicht?«

Der Schemen löste sich langsam auf. »*Sie hat es dir gesagt. Sie hat dir, was sie weiß, in der einzigen Weise gesagt, die ihr möglich ist. Deshalb habe ich dich zu ihr geschickt. Sie ist diejenige, die weiß, was du als nächstes tun mußt.*«

Paul haschte nach ihr, doch die Engelsgestalt war tatsächlich aus Rauch: sie zerrann zwischen seinen zupackenden Fingern. »Was soll das heißen?« Er drehte sich um und ergriff statt dessen Penelope, schüttelte sie. Sein Zorn drohte zu explodieren, die kaum noch zu haltende Spannung der Nacht war wie ein großer dunkler Blutklumpen in seinem Kopf. »Wohin soll ich gehen?«

Penelope schrie vor Qual und Entsetzen auf. »Warum tust du mir das an, Odysseus?«

»Wo soll ich hin?«

Sie weinte und schlotterte. »Nach Troja! Du mußt nach Troja! Deine Gefährten erwarten dich dort!«

Paul ließ sie los und taumelte zurück, als ob ihn ein Stein getroffen hätte. Die Erkenntnis schnitt ihm wie ein Messer durchs Herz.

Troja – das einzige, was sie gesagt hatte, das nicht das Ende der Geschichte signalisierte, die einzige Antwort, die nicht zu der übrigen Simulation paßte. Durch die Wolke des inneren Aufruhrs hindurch, ausgelöst durch sein Kommen, hatte Penelope ihm die ganze Zeit über mitgeteilt, was er wissen mußte ... aber er hatte nicht hingehört. Statt dessen hatte er sie hierhergeschleppt, die Frau, die er so sehr gesucht hatte, und sie unbekümmert um sein Versprechen, ihr werde kein Leid geschehen, unbarmherzig gequält. Er hatte eine Kraft angerufen, der keiner von ihnen zu begegnen wagte, obwohl sie ihm bereits mehrmals die Auskunft gegeben hatte, die ihr anderes Ich ihm nicht geben konnte.

Was es auch sein mochte, das er aus den dunklen Tiefen heraufbeschworen hatte, das Ungeheuer war er selber.

Mit tränenblinden Augen kehrte Paul dem Feuer den Rücken zu und wankte über den Sand davon, auf den er eben noch getrommelt hatte. Er stolperte über die zusammengekrümmt daliegende Eurykleia, aber blieb nicht stehen, um festzustellen, ob sie lebendig oder tot war. Das Ding, vor dem sich sogar die geflügelte Frau gefürchtet hatte, war jetzt ganz nahe, qualvoll nahe, so nahe wie sein eigener Herzschlag.

Er sucht nach mir, hat sie gesagt. Er stolperte abermals und fiel hin, und torkelnd wie ein Betrunkener rappelte er sich wieder auf. *Den Unterirdischen nennen sie ihn.* Er konnte die atmende Lebendigkeit der Erde unter sich spüren. Ein Teil von ihm, ein winzig kleiner, ferner Teil, protestierte schrill, es sei alles bloß Einbildung, er dürfe nicht vergessen, daß er sich in einem großangelegten virtuellen Spiel befand, aber das war wie eine Kinderflöte in einem Orkan. Jedesmal, wenn seine Füße den Boden berührten, fühlte er die Gegenwart des dunklen Unbekannten mit so schmerzhafter Intensität, als ob er auf einer heißen Herdplatte liefe.

Ein jäher Einfall veranlaßte ihn, den Strand hinunter zu den Fischerbooten zu eilen. Er griff sich das erste, schob es über den glitschigen

> 24

Sand und fluchte wie von Sinnen, wenn es kurz steckenblieb. Zuletzt schwamm es frei im flachen Wasser, und er wälzte sich über den Rand hinein.

Bloß keine Erdberührung mehr. Seine Gedanken waren durcheinander wie ein vom Tisch gewischtes Kartenspiel. *Etwas Großes. Totes. Aber jetzt kann es mich nicht mehr finden.* Es war unglaublich erschütternd gewesen, was es auch sein mochte - konnte eine bloße Simulation so etwas bewirken?

Er nahm eines der im Boot liegenden Ruder und paddelte auf das weindunkle Meer hinaus. Als er sich umdrehte, konnte er vom Strand nur mehr die ersterbende Flamme seines Feuers erkennen. Falls Penelope und Eurykleia noch dort waren, hüllte die Dunkelheit sie ein.

Die immer höher werdenden Wellen hoben den Bug des kleinen Bootes mit jedem Anrollen in die Höhe und ließen ihn dann mit lautem Klatschen wieder fallen. Paul legte das Ruder beiseite, um sich an den Bootswänden festzuhalten.

Troja, dachte er, während er krampfhaft versuchte, mit nüchternen Überlegungen dem übermächtigen Grauen zu trotzen. *Ein schwarzer Berg. Gibt es in der Nähe von Troja einen Berg ...?*

Die nächste Woge warf ihn beinahe über Bord, und er klammerte sich noch fester an das Boot. Obwohl keine Wolken am Himmel waren, nichts zwischen ihm und den diamanthellen Sternen, droschen die Wellen immer heftiger auf den kleinen Nachen ein. Eine riß mit einem mächtigen Schwung das ganze Boot hoch und höher, bis er dachte, gleich würde es kentern und ihn ins Wasser befördern. Als er auf dem Wellenkamm langsam abkippte, sah er vor sich eine unnatürlich geformte Woge aufsteigen, höher als alle anderen, eine dunkle, an den Rändern lumineszierende Masse, in der das Meer selbst die Gestalt eines bärtigen Mannes mit einer Krone annahm, zehnmal größer als er. Einen Moment lang meinte er, das »andere« Wesen, von dem der Engel gesprochen hatte, habe ihn gefunden, und er gab alle Hoffnung auf.

Eine donnernde Stimme ließ seine Schädelknochen erzittern. »*Listenreicher Odysseus«,* dröhnte sie,*»Sterblicher, du weißt, daß ich, Poseidon, geschworen habe, dich zu vernichten. Dennoch verläßt du die Sicherheit deiner heimischen Insel und begibst dich abermals in meinen Machtbereich. Du bist ein Narr. Du hast wahrlich den Tod verdient.«*

Der große Meereskönig hob die Hand. Die Wellen, die daraufhin auf Pauls zerbrechliches Boot zurasten, waren berghoch. Es stieg zuerst langsam empor, dann wurde es mit einem jähen Ruck hoch in die Luft geschleudert.

Er klammerte sich an die wirbelnde Nußschale und konnte dabei nur einen einzigen Gedanken fassen: *Ich bin ein Narr, das stimmt – ein hirnverbrannter Idiot* ...

Als er hinunter ins Wellental stürzte und dort aufschlug, schien das Meer hart wie Stein zu sein. Sein Boot zerbarst in Stücke, und Paul wurde in die zermalmende, nasse Schwärze hinabgezogen.

Eins

In Träumen gefangen

»Da die Menschen ... unterschiedlicher Art sind, sollten wissenschaftliche Wahrheiten auch in unterschiedlicher Form dargestellt werden und als gleichermaßen wissenschaftlich gelten, ob sie nun in der handfesten Form und den kräftigen Farben eines physikalischen Beispiels oder in der Zartheit und Blässe einer symbolischen Formulierung erscheinen.«

James Clerk Maxwell, Ansprache von 1870 vor der Britischen Akademie der Wissenschaften.

Kapitel

Fremde unter sich

NETFEED/NACHRICHTEN:
Netzrebell hält die "digitale Klassenschranke" weiterhin für ein Problem
(Bild: afrikanische Schulkinder vor einem Wandbildschirm)
Off-Stimme: Ansel Kleemer, ein "altmodischer Revoluzzer", wie er sich selbst tituliert, dessen Lebensinhalt es sei, den wirtschaftlich und politisch Mächtigen ein Dorn im Auge zu sein, will mit einer neuen Protestaktion die Aufmerksamkeit der UNComm auf die "digitale Klassenschranke" lenken, die nach Kleemers Ansicht dabei ist, sich zu einer dauerhaften Kluft in der Weltgesellschaft zu verfestigen.
(Bild: Kleemer in seinem Büro)
Kleemer: "Es ist eigentlich ganz einfach — das Netz reproduziert die weltwirtschaftliche Ungleichheit, das Gefälle zwischen den Besitzenden und den Habenichtsen. Früher einmal dachten die Leute, die Informationstechnologie würde allen Vorteile bringen, aber mittlerweile ist klar, daß, wenn sich die Dinge nicht ändern, das Netz weiterhin nach dem gleichen Prinzip funktionieren wird wie alles andere: Wenn du's dir leisten kannst, kriegst du's. Wenn nicht, kannst du zusehen, wo du bleibst."

> Es war nur eine Hand, die mit gekrümmten Fingern aus der Erde stieß wie eine rosigbraune Sukkulente, aber sie wußte, daß es die Hand ihres Bruders war.

Als sie sich bückte und die Hand ergriff, merkte sie, wie diese sich langsam, verschlafen in ihren Fingern bewegte, und erkannte überglücklich, daß er noch lebte. Sie zog.

Stephen kam Stück für Stück aus dem zähen Grund hervor - erst die ganze Hand mit dem Handgelenk, dann der übrige Arm, wie die Wurzel einer unnachgiebigen Pflanze. Schließlich brachen Schulter und Kopf durch die aufplatzende Erdoberfläche. Seine Augen waren geschlossen, seine Lippen zusammengepreßt und zu einem verschwörerischen Lächeln verzogen. Hektisch, um ihn nur ja rasch freizubekommen, verstärkte sie ihre Anstrengungen und zog auch seinen Rumpf und seine Beine heraus, aber irgendwie hielt sein zweiter Arm, der noch nicht zu sehen war, ihn weiter in der Erde fest.

Sie zerrte und zerrte, aber das letzte Stück von ihm wollte einfach nicht ans Licht kommen. Sie stellte sich breitbeinig hin, bückte sich tief und legte noch mehr Kraft in das Ziehen. Auf einmal kam Stephens Arm mit einem Ruck aus dem Boden hervor, blieb aber dennoch verankert. Mit der Hand hielt er eine andere kleine Hand umklammert, deren Besitzer noch in der Erde steckte.

Obwohl ihr immer klarer wurde, daß irgend etwas nicht stimmte, zog Renie verzweifelt weiter, um Stephen loszumachen, aber jetzt entstieg eine Kette kleiner schmutziger Gestalten der Tiefe, ähnlich den Plastiksteckperlen, mit denen sie als Kind gespielt hatte, eine Unmenge kleiner Kinder, die sich alle an den Händen hielten und von denen das letzte immer noch verwurzelt war.

Renie sah nicht sehr deutlich - der Himmel verdunkelte sich, oder sie hatte Schmutz in die Augen bekommen. Sie unternahm eine letzte Anstrengung, zog so kräftig, wie sie es überhaupt vermochte, so daß sie einen Augenblick lang Angst hatte, sie würde sich selbst die Arme aus den Gelenken reißen. Das letzte der Kinder löste sich aus der Erde. Doch die Hand dieses Kindes wurde abermals von einer Hand gehalten, nur daß diese letzte kindliche Faust so groß wie ein kleines Auto war und das Handgelenk aus dem Boden ragte wie ein mächtiger Baumstamm. Die ganze Erde bebte, als dieses letzte ungeheuerliche Glied der Kette, vielleicht erzürnt von Renies hartnäckigem Ziehen, sich schwerfällig aus dem dunklen, kalten Grund nach oben ans Tageslicht zu wühlen begann.

»Stephen!« schrie sie. »Laß los, Junge! Du mußt loslassen ...!«

Doch seine Augen blieben fest geschlossen, und er hielt weiter die

Kette der anderen Kinder fest, auch als die Erde sich aufwölbte und die riesige Gestalt darunter unaufhaltsam emporkam ...

Keuchend und zitternd fuhr Renie in die Höhe und stellte fest, daß sie sich nach wie vor in dem dünnen, unveränderlichen Licht der unfertigen Simwelt befand, umgeben von den schlafenden Gestalten ihrer Gefährten - !Xabbu, Florimel, Emily 22813 aus der zerfallenden Oz-Simwelt und der stacheligen Silhouette von T4b, der langgestreckt am Boden lag wie eine abgebrochene Kühlerfigur. Von Renies Bewegung wurde !Xabbu wach; seine Augen, aufmerksam und klug, klappten auf. Wie immer war es erstaunlich, diesen Blick in dem fast schon komischen Paviangesicht zu sehen. Als er sich aus seiner zusammengerollten Lage an ihrer Seite aufrichten wollte, schüttelte sie den Kopf.

»Schon gut. Ich hab bloß schlecht geträumt. Schlaf weiter.«

Er sah sie zweifelnd an, weil der rauhe Ton ihrer Stimme ihn mißtrauisch machte, aber schließlich legte er sich mit einem geschmeidigen äffischen Achselzucken wieder hin. Renie atmete tief durch, dann stand sie auf und spazierte über den Hang zu der Stelle, wo Martine saß, das blinde Gesicht himmelwärts gerichtet wie eine Satellitenschüssel.

»Hast du Lust, ein bißchen zu schlafen, Martine?« fragte Renie und setzte sich. »Ich denke, ich werde eine Weile wach sein.« Das völlige Fehlen von Wind und Umweltgeräuschen in dem Environment erweckte ständig den Eindruck eines unmittelbar bevorstehenden Gewitters, aber sie hatten mittlerweile, soweit sie das sagen konnten, schon mehrere Tage ohne jedes Wetter an dem Ort verbracht, von einem Gewitter ganz zu schweigen.

Martine drehte sich zu ihr um. »Ist was mit dir?«

Es war seltsam: Renie konnte noch so oft das ausdruckslose Simgesicht ihrer Gefährtin angucken, wenn sie sich abwandte, konnte sie sich kaum mehr daran erinnern. Es hatte in Temilún jede Menge ähnlich aussehender Sims gegeben, deren Gesichter dennoch lebendig und individuell gewirkt hatten - Florimel hatte so eines, und selbst die falsche Quan Li hatte wie ein echter Mensch gewirkt. Martine jedoch schien eine völlig unpersönliche Standardvorgabe bekommen zu haben.

»Ich hab bloß schlecht geträumt. Von Stephen.« Renie befingerte den sich merkwürdig anfühlenden Boden. »Vielleicht war's eine Mahnung, wie wenig ich bisher für ihn getan hab. Aber es war auf jeden Fall ein seltsamer Traum. Ich hatte schon ein paar von der Art. Es ist schwer zu erklären, aber mir ist jedesmal, als ... als wäre ich wirklich dort, wo sie spielen.«

Martine nickte langsam. »Ich glaube, ich habe ähnliche Träume, seit wir in diesem Netzwerk sind. In manchen habe ich das Gefühl, Dinge zu sehen, die ich erst seit der Zeit kenne, als ich schon mein Augenlicht verloren hatte. Vielleicht hängt das mit unseren veränderten Sinneseingaben zusammen, vielleicht läßt es sich überhaupt nicht so recht erklären. Dies hier ähnelt in vieler Hinsicht Huxleys schöner neuer Welt, Renie. Sehr wenige Menschen haben jemals derart realistische Wahrnehmungen von etwas eigentlich Irrealem gehabt - jedenfalls sehr wenige, die nicht vollkommen wahnsinnig waren.«

Renies Grinsen war gequält. »Das heißt, wir haben alle mehr oder weniger einen anhaltenden schizophrenen Schub.«

»In gewisser Weise ja«, sagte Martine nachdenklich. »Eine Erfahrung, die gewöhnlich Verrückten vorbehalten ist ... oder Propheten.«

Wie !Xabbu, hätte Renie beinahe hinzugefügt, aber sie war sich nicht sicher, was sie damit meinte. Sie blickte zu ihren übrigen Gefährten hinüber, besonders zu !Xabbu, der sich so zusammengekugelt hatte, daß sein schlanker Schwanz direkt vor seiner Schnauze lag. Nach seinem eigenen Selbstverständnis war der Buschmann so wenig ein Mystiker, wie er ein theoretischer Physiker oder ein Philosoph war: Er wandte einfach die Gesetze des Universums an, wie sein Volk sie verstand.

Warum auch nicht? mußte Renie zugeben. *Wer kann schon sicher sagen, daß sie sich irren und wir recht haben?*

Das Schweigen zog sich eine Minute hin, dann noch eine. Obwohl die Seltsamkeit des Traumes ihr noch innerlich nachhing, vor allem das Grauen ganz am Schluß, verspürte sie auch eine Art Frieden. »Dieser komische Ort, an dem wir hier gelandet sind«, sagte sie schließlich, »was stellt er deiner Meinung nach eigentlich dar?«

Martine runzelte die Stirn und überlegte. »Du meinst, ob es so ist, wie es zu sein scheint - daß die Gralsleute hier noch nicht fertig sind? Ich weiß es nicht. Es scheint die naheliegendste Erklärung zu sein, aber bestimmte ... Empfindungen, die ich hier habe, Eindrücke, die ich nicht beschreiben kann, stimmen mich nachdenklich.«

»Zum Beispiel?«

»Wie gesagt, ich kann sie nicht beschreiben. Aber was dieser Ort auch darstellen mag, er ist auf jeden Fall der erste seiner Art, an dem ich je gewesen bin, so daß meine Spekulationen kein großes Gewicht haben. Es könnte sein, daß wegen des Systems, das die Gralsbruderschaft benutzt, jeder unfertige Ort derartige ...«, abermals runzelte sie die Stirn,»... derartige ... Anzeichen von Lebendigkeit abgibt wie dieser hier.« Bevor Renie sie bitten konnte, das näher zu erläutern, erhob sich Martine.»Ich würde dein freundliches Angebot gern annehmen, Renie, wenn es noch gilt. Die letzten paar Tage waren unglaublich hart, und ich stelle fest, daß ich viel erschöpfter bin, als ich dachte. Was immer es mit diesem Ort auf sich hat, wenigstens können wir uns hier ausruhen.«

»Selbstverständlich, schlaf ein wenig. Uns steht noch eine ganze Menge bevor - es sind einige Entscheidungen zu treffen.«

»Dabei mußten wir schon soviel reden, um uns nur unsere Schicksale mitzuteilen.« Martine lächelte müde.»Ich bin sicher, Florimel und T4b waren nicht sehr unglücklich darüber, daß wir für ihre Lebensgeschichten keine Zeit mehr fanden.«

»Bestimmt. Aber die kommen heute dran, ob es ihnen paßt oder nicht.« Renie merkte, daß sie mit den Fingern einen kleinen Graben in den seifigen Untergrund gekratzt hatte. Ihr Traum fiel ihr wieder ein, und sie erschauerte und scharrte ihn wieder zu.»Sie werden reden müssen. Ich werde keine solche Geheimnistuerei mehr hinnehmen. Die könnte schuld an Williams Tod gewesen sein.«

»Ich weiß, Renie. Aber sei nicht zu scharf. Wir sind Bundesgenossen, die in einer feindlichen Umgebung in der Falle sitzen, und müssen aufeinander Rücksicht nehmen.«

Sie unterdrückte ein leises Aufflackern von Ungeduld.»Ja, natürlich. Aber um so dringender müssen wir wissen, wer uns den Rücken deckt.«

> T4b und Florimel kehrten als letzte zurück. Als sie schließlich um die Biegung des Hangs herumkamen und über einen Untergrund, der wie ein schillernder Ölfilm von einem Moment zum anderen subtil die Farbe wechselte, auf das unnatürliche Lagerfeuer zustapften, löste ihre lange Abwesenheit bei Renie ein nervöses Mißtrauen aus. Andererseits waren die beiden, auch wenn sie als einzige das Geheimnis ihrer Identität noch nicht preisgegeben hatten, ein ziemlich unwahrscheinliches Verbündetenpaar. Wie zur Bestätigung dieser Tatsache platzte T4b bei seiner scheppernden Rückkehr ins Lager sofort mit ihren Erlebnissen heraus und wurde dafür von Florimel mit einem unwirschen Blick bedacht.

»Ham so'n Tierdings gesehn«, erklärte er. »Voll keinen Körper, irgendwie. Bloß so ... Licht. Aber total wieselig, äi.«

Auf den ersten Blick schien sich Florimels Sim von Martines kaum zu unterscheiden, eine Frau aus der Temilún-Simwelt der Atascos, die mit ihrer großen Nase und ihrer dunklen, rötlich braunen Hautfarbe eine gewisse Ähnlichkeit mit den Mayas hatte. Aber genau wie zwei gleich gekleidete Menschen einen vollkommen verschiedenen Eindruck machen können, so schien Florimels kleiner Sim im Gegensatz zu Martines nichtssagendem Äußeren, dem man ihren scharfen Verstand und ihr hohes Verantwortungsbewußtsein nicht anmerkte, die geballte Intensität eines Napoleon zu besitzen und sah ihr Gesicht keineswegs so unfertig oder standardmäßig aus wie Martines.

Noch ein Geheimnis, dachte Renie müde, *und wahrscheinlich kein besonders wichtiges.*

»... Es war kein Tier im üblichen Sinne des Wortes«, erklärte Florimel gerade. »Aber es war das erste Phänomen, das wir gesehen haben, das kein fragloser Teil der Landschaft war. Es war sehr flink und geschmeidig, aber T4b hat recht - es war entweder aus Licht, oder wir konnten es nur partiell erkennen. Es ist gewissermaßen aus dem Nichts aufgetaucht und hin und her gehuscht, als ob es nach etwas suchte ...«

»Und dann isses einfach weggeploppt, so in so'n Luftloch, irgendwie«, beendete T4b die Schilderung.

»Wie? Was?« Renie wandte sich hilfesuchend an Florimel.

»Er meint, daß es ... na ja, es schien wirklich in ein Loch in der Luft zu springen. Es ist nicht einfach verschwunden, es ...« Sie hielt inne und zuckte mit den Achseln. »Was auch immer, es ist jedenfalls weg.«

!Xabbu, der bis jetzt das Feuer geschürt hatte, meldete sich zu Wort. »Und was habt ihr sonst noch gesehen?« fragte er.

»Massenhaft Nullnix«, antwortete T4b, während er sich umständlich neben dem Lagerfeuer niederließ. Die reflektierten Flammen erzeugten ungewöhnliche, beinahe stofflich wirkende Muster auf seinem Panzer.

»Das gleiche wie hier haben wir überall gesehen«, übersetzte Florimel und deutete dabei auf den Hang, an dem sie standen. »In tausend Variationen, aber alle im wesentlichen genauso ...«

»Faß mich nicht an!« Emily sprang auf und wich vor T4b zurück.

»Hab ich gar nicht. Voll beduppt und behuppt biste«, knurrte er.

»Wollt nix weiter als nett sein, wollt ich.« Sofern ein Kampfroboter ein Schmollgesicht ziehen konnte, zog er eines.

Florimel gab einen großen Seufzer von sich, wie um zu unterstreichen, was sie den ganzen Tag hatte aushalten müssen. »Es war überall so - unfertig, chaotisch, still. Ehrlich gesagt, es gefällt mir nicht.« Sie machte eine wegwerfende Handbewegung. »Was allerdings interessant sein könnte, ist, daß wir keine Spur von einem Fluß oder etwas Ähnlichem gefunden haben, nicht einmal von einem Luftfluß wie im letzten Environment.«

»William hatte solchen Spaß daran, in diesem Fluß zu fliegen«, sagte Martine plötzlich. »Er lachte in einem fort. Er meinte, es wäre das erste im ganzen Netzwerk, für das es sich gelohnt hätte, soviel Geld auszugeben.« Alle verstummten. Sweet Williams steif gewordener virtueller Körper lag nur ein kurzes Stück entfernt in einer Art Grube auf der anderen Seite eines Buckels, der in allen möglichen verfließenden Farben schillerte. Niemand blickte in die Richtung, aber alle dachten deutlich daran.

»Also kein Fluß«, sagte Renie. »!Xabbu und ich haben auch nichts dergleichen gefunden. Alles andere war so, wie du sagst - das gleiche in Grün. Nur sowas wie ein Tier haben wir nicht gesehen.« Sie seufzte. »Was bedeutet, daß es keinen offensichtlichen und einfachen Weg gibt, durch diese Simwelt und aus ihr raus zu kommen.«

»Es gibt nicht einmal einen Hinweis darauf, welche Richtung wir einschlagen sollten«, fügte Florimel hinzu. »Es gibt keine Sonne, weder Morgen noch Abend, überhaupt keine Himmelsrichtungen. Wir haben nur deshalb zurückgefunden, weil ich eine Fährte aus zerbrochenen ... na ja, Stöcken würde man vermutlich sagen ... gelegt hatte.«

Wie Brotbröcklein, dachte Renie. *Ist das nicht aus »Hänsel und Gretel«? Wir spielen in einem bescheuerten Märchen mit - nur daß unser Märchen, genau wie diese Welt, noch nicht fertig ist ... und wir möglicherweise nicht zu denen gehören werden, die am Schluß nicht gestorben sind und heute noch leben.* Zu den anderen sagte sie: »Wir hatten !Xabbus Nase und seinen Orientierungssinn, obwohl ich zugeben muß, daß ich ein wenig nervös war - für mich sieht es überall gleich aus.«

»Habt ihr was zu essen gefunden?« fragte Emily. »Ich hab total Hunger. Ich krieg nämlich ein Baby, gelt?«

»Stell dir vor«, sagte Florimel, so daß Renie sich die Entgegnung sparen konnte, »das ist uns tatsächlich schon aufgefallen.«

> Nachdem sie sich einmal dazu durchgerungen hatte, konnte Florimel es anscheinend kaum erwarten, mit ihrer Geschichte anzufangen. Sie hatten sich kaum um die Feuergrube versammelt, da ergriff sie schon das Wort: »Ich bin in München geboren. Anfang der dreißiger Jahre, während des Inneren Notstands. Der Stadtteil, in dem meine Mutter lebte, war ein Industrieslum. Wir wohnten zusammen mit einem Dutzend anderer Familien in einem kleinen ausgebauten Fabrikgebäude. Später wurde mir klar, daß ich es hätte schlechter haben können - viele der Familien waren politisch aktiv, einige Erwachsene wurden sogar von der Polizei wegen irgendwelcher Vergehen am Anfang der Migrantenrevolte gesucht, und ich lernte viel darüber, wie es wirklich in der Welt zugeht. Vielleicht zuviel.«

Sie blickte prüfend in die Runde, ob jemand vielleicht eine Frage stellen wollte, aber Renie und die anderen hatten zu lange darauf gewartet, etwas von dieser fremden Schicksalsgenossin zu erfahren, um sie zu unterbrechen.

Florimel neigte den Kopf und fuhr zügig fort. »Für meine Mutter war es definitiv zuviel. Als ihr Lebensgefährte, der vielleicht mein Vater war und vielleicht auch nicht, während eines Vorfalls umkam, den die Behörden als ›Krawall‹ bezeichneten, aber der eigentlich eher ein Versuch war, große Teile der gesellschaftlichen Randgruppen zusammenzutreiben und zu internieren, floh sie ganz aus München und zog in das Elztal im Schwarzwald.

Vielleicht könnt ihr euch noch an den Namen Marius Traugott erinnern - inzwischen ist er schon lange tot. Er war ein geistiger Lehrer, ein holistischer Heiler, ich vermute, man könnte ihn einen Mystiker nennen. Er schwamm auf der esoterischen Welle Ende des vorigen Jahrhunderts ziemlich weit nach oben, erwarb unter der alles privatisierenden Regierung Reutzler eines der letzten idyllischen Gebiete im Schwarzwald und gründete ein alternatives Zentrum, das er die Harmoniegemeinde nannte.«

»War das eine von ... wie hieß sie noch gleich?« Renie versuchte sich an die Medienberichte zu erinnern. »Hat sie zur Kirche der Sozialen Harmonie gehört?«

Florimel schüttelte den Kopf. »Nein, eigentlich nicht. Einer von Traugotts frühen Schülern spaltete sich von ihm ab und gründete die Sozialharmonistische Armee in den USA, aber wir waren anders, glaub mir - auch wenn viele Leute unsere Harmoniegemeinde natürlich als religiösen Kult bezeichneten. Aber es spielt keine Rolle, wie du es nennst, Kult, Kommune, soziales Experiment. Meine Mutter wurde dafür gewonnen, und als ich erst wenige Jahre alt war, trat sie bei und tauschte ihre spärliche Habe gegen ein schmales Bett in einer Schlafbaracke und einen Platz zu Füßen von Doktor Traugott ein. Obwohl er sich ausschließlich von Rohkost ernährte, starb Traugott nur wenige Jahre später im Alter von achtzig Jahren. Die Harmoniegemeinde jedoch ging weder ein noch zerfiel sie. Mehrere ihrer Leiter führten sie fort, und sie machte zwar hin und wieder zum Teil recht extreme weltanschauliche Zickzacks durch – als ich ungefähr zwölf war, bewaffnete sich die Gemeinde eine Zeitlang gegen einen befürchteten Schlag des Staates, und irgendwann einmal versuchten einige der mehr mystisch eingestellten Mitglieder, Botschaften zu den Sternen zu senden –, doch alles in allem blieb sie weitgehend so, wie sie unter Doktor Traugott gewesen war. Für mich war sie schlicht und einfach mein Zuhause. Wir Kinder aßen zusammen, schliefen zusammen, sangen zusammen. Unsere Eltern taten das gleiche – gemeinschaftlich leben, meine ich –, aber die beiden Gruppen waren weitgehend unabhängig voneinander. Die Kinder wurden alle zusammen unterrichtet, wobei das Schwergewicht sehr deutlich auf Philosophie, Gesundheitslehre und Religion lag. Es ist nicht sehr verwunderlich, daß ich mich für Medizin zu interessieren begann. Verwunderlich ist eher, daß die Stiftung Harmoniegemeinde mir, als ich alt genug war, tatsächlich ein Studium in Freiburg finanzierte. Ein Faktor wird allerdings gewesen sein, daß die Gruppe der Schulmedizin und von außen kommenden Ärzten mißtraute und daß wir bis zu dem Zeitpunkt nur eine einzige Schwester als Pflegekraft für fast sechshundert Leute hatten.

Ich werde euch nicht mit Geschichten darüber langweilen, wie meine Studienjahre mich veränderten. Junge Leute kennenzulernen, die ihre Mutter nicht ›Schwester in Gott‹ nannten und die ihr Leben lang im eigenen Zimmer im eigenen Bett geschlafen hatten, war wie die Begegnung mit Wesen von einem andern Stern. Erklärlicherweise betrachtete ich meine Sozialisation bald mit anderen Augen als vor meinem Weggang von der Gemeinde, wurde kritischer gegen die mir anerzogenen Überzeugungen, mochte die Wahrheiten von Doktor Marius Traugott nicht mehr fraglos hinnehmen. In Anbetracht dessen überrascht es euch vielleicht, daß ich nach Abschluß meines Studiums dennoch nach Hause zurückkehrte. Obwohl ich keinen Doktortitel besaß, wurde ich mit meiner Ausbildung zur wichtigsten ärztlichen Betreuerin der Harmoniegemeinde.

Ich denke, ich muß euch das erklären, oder ihr werdet es mißverstehen, wie es meistens passiert. Es stimmt, daß Traugotts Ideen zum großen Teil Unsinn waren und daß viele der von seinen Lehren und von der Kommune angezogenen Leute zu denen gehörten, die nicht die Kraft und die Wendigkeit besaßen, im großen wirtschaftlichen Existenzkampf draußen mitzuhalten. Aber hieß das, daß sie kein Recht auf Leben hatten? Wenn sie einfältig oder leichtgläubig waren oder es einfach satt hatten, eine Leiter hochzuklettern, die sich schon viele Male als zu schlüpfrig für sie erwiesen hatte, mußten sie deshalb wertlose Menschen sein?

Meine Mutter war nämlich so jemand. Sie hatte zwar dem politischen Straßenkampf bewußt den Rücken gekehrt, aber sie wollte keineswegs statt dessen einfach die Werte der Bourgeoisie übernehmen. Was sie wollte, waren ein Bett, ein sicherer Platz, um ihre Tochter großzuziehen, und die Gesellschaft von Menschen, die sie nicht anschrien, sie sei dumm oder rückgratlos, bloß weil sie Angst hatte, mit Steinen auf Polizisten zu werfen.

Die Mitglieder meiner Großfamilie in der Gemeinde waren überwiegend freundliche Leute. Sie fürchteten sich vor vielen Dingen, aber die Angst war bei ihnen nicht in Haß umgeschlagen. Noch nicht. Daher machte ich es mir nach dem Studium zur Aufgabe, ihnen zu helfen, und obwohl ich die Regeln und Lehren der Harmoniegemeinde nicht länger blind akzeptierte, setzte ich mich bedenkenlos dafür ein, das Leben ihrer Mitglieder zu verbessern. Und ich verbesserte es tatsächlich, sehr rasch sogar. Ich hatte mich an der Universität mit jemandem angefreundet, dessen Vater Manager in einem großen Unternehmen für Ärzte- und Krankenhausbedarf war, und auf seine Bitten hin - und sehr zu meiner Überraschung - stiftete uns das Unternehmen ein paar hervorragende Apparate.

Es wird Zeit, daß ich zur Sache komme.« Sie schnaubte. »Ich rede ohnehin schon viel zu lange. Ich habe euch nur deswegen von meinem Leben in der Harmoniegemeinde erzählt, weil das meine Person besser erklärt als alles andere. Aber ihr sollt auch wissen, daß meiner Mutter teils durch ihre Erfahrungen in München, teils durch Doktor Traugott eine Furcht vor dem modernen Leben mit seiner totalen Kommunikation und seinen imaginären Welten - kurzum, vor dem Leben des

Netzes - eingeimpft worden war. Ich lernte in meiner Studienzeit, frei mit diesem Leben umzugehen, aber ein Teil von mir fürchtete es weiterhin. Es widersprach allem, was man uns zu verehren gelehrt hatte, war das Gegenteil des Rohen, des Unmittelbaren, des *Lebendigen*. Als ich meine stille Rebellion gegen Marius Traugotts Lehren unternahm, stellte ich mich dem, was ich fürchtete, und verbrachte schließlich fast genausoviel Zeit in den Informationswelten wie alle außer den hartnäckigsten Nostalgikern unter meinen Kommilitonen. Als ich in die Harmoniegemeinde zurückkehrte, ließ ich es sogar auf eine Kraftprobe mit dem Gemeinderat ankommen, bei der ich drohte wegzugehen, wenn sie mir nicht wenigstens eine Leitung gestatteten, die eine größere Bandbreite als reine Sprachkommunikation bewältigen konnte. Ich erklärte ihnen, ohne eine solche Leitung könnte ich nicht ihre Ärztin sein, was nur zum Teil stimmte. Mein Erpressungsmanöver hatte Erfolg.

Damit führte ich das Netz in die Harmoniegemeinde ein. Niemand außer mir rührte die Systemstation an, und nach einer Weile legten sich die Befürchtungen des Gemeinderats. Schließlich geriet ihre Existenz fast ganz in Vergessenheit, doch irgendwann mußte ich für mein Vergnügen bezahlen, teuer bezahlen. Aber zu dem Zeitpunkt machte ich nur selten davon Gebrauch, jedenfalls nachdem die Sache ihren anfänglichen Neuheitswert verloren hatte. Ich hielt Kontakt mit ein paar Freunden aus dem Studium. Ich bemühte mich, allgemeinmedizinisch auf dem laufenden zu bleiben. In seltenen Fällen experimentierte ich mit einigen der anderen Möglichkeiten, die das Netz bot, aber meine Arbeit in der Gemeinde beanspruchte mich sehr. In vieler Hinsicht war ich fast genauso von der modernen Welt abgeschottet wie du, !Xabbu, in deinen jungen Jahren am Okawango.

Was alles veränderte, war mein Kind - und ein Mann namens Anicho Berg.

Meine Mutter kam bei einem Unfall ums Leben - genau wie deine, Renie. Es geschah im Winter, vor zwölf Jahren. Die Heizung in der Baracke, in der sie mit einigen der älteren Harmoniefrauen wohnte, ging defekt, und sie erstickten. Es gibt schlimmere Tode. Danach jedoch regte sich in mir zum erstenmal das Gefühl, daß meine Mitkommunarden die Familienbindung womöglich doch nicht voll ersetzen konnten, daß mir ohne meine Mutter der tiefe persönliche Bezug zur Welt, ja zu meinem eigenen Leben fehlte. Vielleicht versteht ihr, was ich meine.

Es war nicht sehr fernliegend für eine Frau über vierzig, an ein Kind zu denken. Es war auch nicht schwierig für eine Frau mit einem abgeschlossenen Medizinstudium und der Zuständigkeit für die ärztliche Versorgung einiger hundert Leute, eine künstliche Befruchtung vorzunehmen. Ich überlegte kurz, ob ich einfach eine meiner eigenen unbefruchteten Zellen klonen sollte, aber ich wollte nicht bloß eine zweite Ausgabe von mir selber. Ich nahm mehrere gesunde Samenproben von verschiedenen Spendern, taute sie auf und mischte sie zusammen.

Obwohl ihre Zeugung so klinisch vonstatten ging, brachte ich meine Tochter Eirene nach Ablauf von neun vollen Monaten zur Welt und in meinen Augen war sie wunderschön, schöner, als ich sagen kann. Daß eine Frau, die ihr ganzes Leben in einer Gemeinschaft verbracht hat, auf einmal ihr Kind eifersüchtig hütet und bewacht, erstaunt euch vielleicht nicht besonders.

Wenn ich weiter in der Harmoniegemeinde leben wollte, mußte ich zulassen, daß sie zusammen mit den andern Kindern in die Gemeindeschule ging, und ich hatte nicht den Wunsch wegzugehen – es war das einzige Zuhause, das ich jemals wirklich gehabt hatte. Aber es war mir wichtig, sie zusätzlich selber zu unterrichten und keine weitgehend unbeteiligte Figur wie meine Mutter zu sein, die mich nur geringfügig liebevoller und vertrauter behandelt hatte als irgendeine der übrigen Schwestern in Gott. Ich war Eirenes *Mutter*, und sie wußte das. Ich sagte es ihr jeden Tag. Sie fühlte es.«

Florimels geraffte Darstellung kam plötzlich unerwartet ins Stocken. Es dauerte einen Moment, ehe Renie begriff, daß die Frau mit den Tränen rang.

»Entschuldigt, bitte.« Es war ihr offensichtlich peinlich. »Wir kommen jetzt zu den Dingen, die zu sagen, ja nur zu erinnern mir sehr schwerfällt.

Anicho Berg war zunächst niemand, vor dem man Angst haben mußte. Er war ein dünner, ernster junger Mann, der der Gemeinde schon lange angehörte, seit seiner Jugend. Irgendwann hatten er und ich sogar eine kurze Affäre, aber das hatte wenig zu bedeuten, weil es Liebesbeziehungen außerhalb der Kommune schlicht nicht gab, und obwohl wir keine der Gruppen waren, die die freie Liebe propagierten, war Doktor Traugott auch nicht sexfeindlich gewesen – sein Augenmerk galt nur mehr den Ernährungsgewohnheiten und Verdauungsproblemen der Leute. Wir waren normale, gesunde Menschen. Viele von uns sammelten über die Jahre Erfahrungen, und einige heirateten. Aber Anicho war ehrgeizig und konnte es nicht ertragen, daß so, wie das Leben in der Kommune lief, er nur einer von vielen war. Er baute seine Machtposition im Gemeinderat aus, was nicht schwer war - wenige in der Harmoniegemeinde hatten irgendwelche Machtgelüste. Hatten wir nicht der Welt, wo solche Dinge wichtig waren, den Rücken gekehrt? Aber indem wir uns zu einer friedfertigen Schafherde machten, übten wir vielleicht eine unwiderstehliche Anziehung auf einen gerissenen Wolf aus. Und genau das war Anicho Berg.

Ich werde diesen Teil der Geschichte nicht weiter ausdehnen, denn er ist traurig und das Ende absehbar. Die von euch wie Martine, die die Nachrichtennetze verfolgen, haben möglicherweise sogar von dem unruhmlichen Ende der Harmoniegemeinde gehört. Es kam zu einer Schießerei mit der Polizei, bei der mehrere Leute starben, darunter auch Berg; mehrere andere wurden verhaftet. Ich war nicht dabei - Berg und seine Kohorten hatten mich und Eirene Monate vorher vertrieben. Ironischerweise machte Anicho damit Stimmung gegen mich, daß er mir den Besitz von Netzgeräten vorwarf - was machte ich, wollte er wissen, spät nachts, wenn die andern in der Kommune schliefen? Strom verbrauchen, mit Fremden kungeln, und bestimmt nicht mit guten Absichten, sollte das bedeuten. Ich muß leider sagen, daß in dem Klima, das er und seine Freunde schufen, meine Mitkommunarden das glaubten.

Ich rede schon wieder länger, als ich eigentlich wollte. Wahrscheinlich weil ich so lange geschwiegen habe. Ich hatte das alles beinahe vergessen, ganz als wären diese Dinge einer Fremden widerfahren. Aber jetzt, wo ich davon spreche, sind die Wunden wieder frisch.

Was ich natürlich machte und was rasch mein ganzes Leben übernahm, war nur eines: Ich versuchte herauszufinden, was mit meiner Tochter passiert war. Denn wie so viele andere, das wissen wir ja inzwischen, war sie plötzlich von einer unerklärlichen Krankheit befallen worden. Ich hatte zunächst keine Ahnung, daß es irgendwie mit dem Netz zusammenhängen könnte, denn ich war der Meinung, sie hätte meinen Anschluß immer nur unter meiner Aufsicht benutzt. Ich war so dumm, und daß ich diese bittere Einsicht mit vielen vielbeschäftigten Eltern teile, wie ich jetzt weiß, macht den Schmerz nicht geringer. Eirene konnte der Versuchung nicht widerstehen, und wenn ich auf Visite ging, nutzte sie die Zeit, um die virtuellen Welten jenseits der Gemeindemauern zu erforschen. Erst später, als ich die Buchungen auf meinem Benutzerkonto überprüfte, entdeckte ich, wie weit sie umhergeschweift war. Aber anfangs wußte ich nur, daß meine Tochter etwas so Jähes und Brutales wie einen Schlaganfall erlitten hatte und daß Ärzte, die weitaus kompetenter waren als ich, ihr nicht helfen konnten. Aber während ich so gezwungen war, meine Kontakte zu Krankenhäusern und Klinikärzten und neuromedizinischen Spezialisten immer weiter auszudehnen, hatten Berg und andere damit begonnen, in den Mitgliedern unserer Kommune die Angst vor der Außenwelt zu schüren. Ich nehme an, sowas passiert einfach in abgeschlossenen Gemeinschaften. Selbst große, offene Gesellschaften werden hin und wieder von Paranoiawellen erfaßt, aber eben weil sie groß und offen sind, vergeht die Paranoia gewöhnlich wieder. In einer eingeschworenen Gruppe wie der Harmoniegemeinde jedoch kann die Paranoia immer weiterschwelen, vor allem, wenn sie von einigen angefacht wird, bis schließlich die Flammen aus der Glut schlagen. Berg und seine treuesten Gefolgsleute, viele davon junge Männer, die erst in den Monaten unmittelbar davor eingetreten waren, nahmen die einflußreichen Leute aufs Korn und wollten sie zwingen, sich entweder Berg anzuschließen oder sich ruhig zu verhalten. Unter anderen Umständen hätte ich mich dagegengestellt, hätte vielleicht sogar den Widerstand angeführt, um mir den Ort, der schließlich mein Zuhause war, zu erhalten. Aber ich konnte mich um nichts anderes mehr kümmern als darum, Heilung für Eirene zu finden. Tag für Tag und oft die ganze Nacht durchkämmte ich stundenlang das Netz - und nach zwei Jahren gelangte ich auf diesem Wege schließlich in die Scheinwelt der Atascos.

Aber lange davor mußte ich erleben, wie sich mein Zuhause bis zur Unkenntlichkeit verwandelte. Als ich mir irgendwann ernstliche Sorgen um meine Sicherheit machen mußte - das heißt, weniger um meine als um die von Eirene -, verließ ich die Harmoniegemeinde.

Das klingt jetzt einfacher, als es war. Mittlerweile fürchtete ich mich vor Anicho Berg, und ich traf ziemlich gründliche Vorkehrungen, damit niemand etwas von meiner Flucht merkte, bevor ich weg war, und verwischte auch meine Spuren, so gut ich konnte. Ich wurde natürlich sofort als Verräterin gebrandmarkt, um so mehr, als ich einen Großteil der teuren medizinischen Apparate mitnahm, aber ich hatte keine Wahl, denn ich holte auch Eirene aus dem Stadtkrankenhaus heraus, um mich selbst um sie kümmern zu können, sobald wir untergetaucht waren. Wir zogen nach Freiburg, dem einzigen anderen Ort, den ich kannte und wo ich mir recht gute Chancen ausrechnete, keinen Harmonieleuten zu begegnen. Was ich nicht wußte, war, daß im Zuge der immer höher schlagenden Paranoia in der Gemeinde Anicho Berg meine Flucht dazu benutzte, mich als überführte Spionin hinzustellen. Als Berg von der Polizei in einem Kampf erschossen wurde, der anfangs kaum mehr als eine Landnutzungskontroverse war, sich aber rasch zu einem kleinen Krieg auswuchs, waren mehrere seiner Anhänger, die kurz vor der Kapitulation entkommen konnten, davon überzeugt, daß ich sie an den Staat verraten hatte.

Seit der Zeit also halte ich mich versteckt, mittlerweile nicht mehr in Freiburg, sondern in Stuttgart, wo ich sehr spärliche Kontakte zur Außenwelt habe. Ich weiß nicht, ob Bergs Anhänger noch Jagd auf mich machen, weil ich in ihren Augen am Tod ihres Führers schuld bin, aber es sollte mich wundern, wenn sie aufgegeben hätten – sie sind geistig nicht sehr beweglich und nicht gerade offen für neue Ideen, zumal wenn der Abschied von den alten Ideen das Eingeständnis bedeuten würde, daß sie irregeleitet wurden.

Ich kann daran nichts ändern. Ich kann höchstens noch etwas an Eirenes Zustand ändern. Wenn nicht, gibt es für mich keinen Grund mehr, noch weiterzuleben ... aber ich werde vor meinem Tod wenigstens alles daransetzen, den Leuten, die ihr das angetan haben, ins Gesicht zu spucken.«

Das dramatische Ende von Florimels Schilderung machte alle sprachlos und betroffen. Renie fühlte sich von der Heftigkeit der Deutschen seltsam beschämt, so als ob dadurch die Ernsthaftigkeit, mit der sie darum rang, die Krankheit ihres Bruders aufzuklären, in Zweifel gezogen worden wäre.

Eine Sache aber machte sie stutzig. »Wenn du dich versteckt hältst«, fragte Renie schließlich, »wenn du befürchten mußt, daß diese Leute immer noch hinter dir her sind, warum hast du uns dann deinen Namen gesagt?«

»Ich habe dir nur einen Vornamen gesagt«, erwiderte Florimel und zog dann eine Miene, die halb finster und halb belustigt war. »Und was macht dich überhaupt so sicher, daß das mein richtiger Name ist? Hast du deinen richtigen Namen benutzt, als du mit dieser Suche im Netz angefangen hast? Wenn ja, dann sinkst du leider in meiner Achtung.«

»Nein, natürlich nicht«, bekannte Renie widerwillig.

Die kleine Emily beugte sich mit großen Augen vor. Sie hatte Florimels Geschichte viel aufmerksamer verfolgt, als irgend jemand es erwartet hätte. Dennoch fragte sich Renie, was eine, die anscheinend das Leben nur aus einer Simulation des Netzwerks kannte, mit so einer Schilderung anfangen konnte. Doch die Frage des Mädchens traf ins Schwarze. »Was ist mit deinem Kind? Wie konntest du deine Tochter allein lassen?«

Florimel, die die jüngste Vergangenheit des Mädchens aus Renies Berichten über die Neue Smaragdstadt kannte, blickte Emily an, als könnte sie die Ursache ihres Interesses vermuten. »Meine Tochter?« Sie zögerte. Als sie nach einer Weile weitersprach, war ein innerer Schutzwall gefallen, und einen Moment lang waren das Leid und die Verletzlichkeit selbst auf ihrem Simgesicht deutlich zu erkennen. »Ich habe sie nicht allein gelassen. Ich sagte ja, daß ich bei der Flucht aus der Harmoniegemeinde meine Anlage mitgenommen habe. Es ist eine sehr gute Anlage. Eirene ist mit mir verbunden, wir hängen am selben telematischen Anschluß. Wir sind über eine Direktleitung an dieses Netzwerk angekoppelt. Ich weiß also wenigstens, wo sie ist - daß sie lebt. Ich kann sie in ihrem furchtbaren Schlaf fühlen, und ... und sie ist immer bei mir ...« Florimel deckte eine zitternde Hand über ihr Gesicht.

Martine brach das lange, mitfühlende Schweigen. »Ich habe eine zweite Person gespürt«, sagte sie leise. »Ich habe mich gefragt, wie das sein kann, und ehrlich gesagt war das alles so neu für mich, daß ich nicht wußte, ob ich recht hatte, aber ich habe von Anfang an noch eine Person bei dir gespürt.«

»Dort, wo sich mein wirklicher Körper befindet, liegt sie neben mir, in meinen Armen.« Florimel sah zur Seite, um den Blicken der anderen nicht zu begegnen. »Die Apparate halten unsere Körper gesund, unsere Muskeln intakt. Ja, Eirene ist bei mir.« Sie holte tief Luft. »Und wenn sie mich verläßt ... werde ich es merken ...«

Es waren ausgerechnet T4b und Emily, die sie tröstend berührten. Florimel sträubte sich nicht, aber sie nahm sie auch mit keiner Geste zur Kenntnis. Nachdem vielleicht eine halbe Minute wortlos verstrichen war, stand sie auf und ging vom Feuer weg in die unvollendete Landschaft hinaus, bis sie nur noch eine kleine, dunkle Gestalt vor dem ewigen Grau war.

Nach Florimels Geschichte war es schwer, überhaupt einen Ton aus T4b herauszubringen. Er beantwortete Renies Fragen zunächst nur lustlos und einsilbig. Ja, er heiße Javier Rogers, wie die Stimme der Verlorenen angegeben hatte, habe aber den Namen nie gemocht. Ja, er wohne in einer Vorstadt von Phoenix, aber eigentlich komme er aus So-Phi - er sprach es wie den Mädchennamen aus -, aus South Phoenix, Central Avenue, von der Straße.

»Bin kein seyi-lo Bürgerbubi«, erklärte er nachdrücklich.

Nach weiterem Nachbohren kam Stück für Stück in zerhacktem Goggleboyslang eine recht absonderliche und spannende Geschichte heraus. Trotz seines Namens war er ein Hopi-Halbblut, dessen Mutter sich als junge, auf der Reservation lebende Frau in einen Lkw-Fahrer verliebt hatte. Ihr Entschluß, mit dem Mann durchzubrennen, war mit ziemlicher Sicherheit das letzte romantische Ereignis in ihrem Leben gewesen: Sie und ihr Freund hatten bald darauf den Abstieg in Alkohol und Drogen angetreten, mit gelegentlichen kurzen Unterbrechungen durch auf die Welt kommende Kinder, von denen Javier das erste gewesen war. Nach Dutzenden von Vorkommnissen, wiederholten Mißhandlungen von Frau und Kindern unter Drogeneinfluß, kleinen Verbrechen und Beschwerden der Nachbarn, hatte das Jugendamt eingegriffen und die Rogerskinder ihren Eltern weggenommen. Mama und Papa Rogers schienen es kaum zu registrieren, dazu waren sie zu sehr damit beschäftigt, in ihrer Abwärtsspirale weiterzutrudeln. Die Kinder waren zu einer Pflegefamilie gekommen, die Javier nicht leiden konnte, und nach mehreren Zusammenstößen mit ihrem neuen Pflegevater war er weggelaufen.

Danach war er einige Jahre lang mit hispanischen und indianischen Goggleboygangs durch die Straßen von South Phoenix gezogen, vor allem mit einer, die sich nach einem altamerikanischen Stamm in Arizona, der noch vor den Hohokam gekommen war, Los Hisatsinom nannte, »die Alten«. Die Gang hatte eine große alte Multiworx-Station von Krittapong in einer leerstehenden Innenstadtwohnung, und sie hingen alle reichlich am Netz. Los Hisatsinom hatte einen leicht mystischen Einschlag, den T4b nur mit den Worten beschreiben konnte, »Fen vom tiefsten, Mann, tiefer geht's nicht«, aber sie gingen auch der sehr viel pragmatischeren Tätigkeit nach, Ausschuß- oder Demokassetten von mexikanischen Chargefabriken zu kaufen, über die Grenze zu schmuggeln und auf dem Gearschwarzmarkt von Phoenix und Tucson zu verschieben.

So war es beinahe zwangsläufig (auch wenn er das deutlich nicht so sah), daß T4b irgendwann verhaftet wurde, »auf 'nem kleinen Hit«, wie er es ausdrückte. Die Polizei hielt ihn an, als er gerade einen Lieferwagen voll gestohlener Ware fuhr, obendrein ohne den mildernden Umstand eines Führerscheins. Weil er minderjährig war, kam er eine Zeitlang in eine Jugendstrafanstalt und anschließend nicht wieder in eine Pflegefamilie, sondern in eine spezielle offene Anstalt für straffällige Jugendliche. Als diese Maßnahmen einigermaßen gegriffen hatten und er ein halbes Jahr weitgehend sauber und unauffällig geblieben war, wurde er freigelassen und unter die Vormundschaft seiner Großeltern väterlicherseits gestellt, eines Paares im fortgeschrittenen Alter, das ihren Enkel in zehn Jahren nur einmal gesehen hatte. Oma und Opa Rogers hatten sich zu spät um die Vormundschaft für die jüngeren Kinder bemüht, und als sie damit gescheitert waren, hatten sie statt dessen Javier als eine Art Trostpreis bekommen. Sie wußten nicht so recht, was sie mit einem Goggleboy anfangen sollten, der von der Kopfhaut bis zu den kleinen Zehen phantasievolle Leuchtstoffmuster unter der Haut hatte, vom Vorstrafenregister ganz zu schweigen, aber sie machten das Beste daraus. Sie steckten ihn wieder in die Schule und kauften ihm eine preiswerte Konsole, damit er seine Datenzapffähigkeiten nutzbringend anwenden, vielleicht eines Tages sogar beruflich verwerten konnte.

Es wurde rasch deutlich - und hierüber äußerte sich T4b zum erstenmal ausführlich, wenn auch wie immer etwas verquast -, daß er ein Naturtalent war. (»Megaklasse Netzhäcksar«, lautete seine Selbstbeschreibung.) Seine Großeltern gewannen den Eindruck, ihr Experiment könnte womöglich gelingen. Natürlich war die Sache nicht ganz problemlos - eine der Hauptattraktionen des Netzes war, daß er weiter mit seiner alten Bande herumziehen konnte, wenn auch bloß virtuell -, aber es war durchaus so, daß der junge Javier auf einmal ein Gefühl von Freiheit und offenen Möglichkeiten erlebte, das ihm vorher unbekannt gewesen war. »Zombig bombig«, nannte er die Erfahrung geradezu poetisch. Aber wie er im weiteren ausführte, wurde das Netz erst dann zu seinem fast ausschließlichen Lebensinhalt, als eine mysteriöse Krankheit seinen Freund Matti erwischte.

»Das höre ich zum erstenmal, daß jemand deines Alters von dem Online-Virus der Gralsbruderschaft, oder was es sonst sein mag, befallen wird«, bemerkte Florimel. »Von der Sache, an der auch meine Eirene erkrankt ist.«

»Und?« entgegnete T4b barsch. »Meinste, ich dupp?« Seine unveränderliche Maske mit der grimmigen Miene eines Kabukikriegers und sein eng anliegender, stacheliger Ganzkörperpanzer machten es schwer, den Namen Javier mit ihm zusammenzubringen, aber man konnte darunter sehr wohl das unsichere Straßenkind spüren.

Im Grunde, dachte Renie, tragen sie sowieso alle das gleiche Kostüm. Ob sie aus meiner Straße in Pinetown kommen oder aus »So-Phi«, oder wie das heißt, die meisten von ihnen sind derart gepanzert, daß sie sich kaum noch bewegen können. Nur daß man es hier in der VR tatsächlich sehen kann.

»Ich meine gar nichts«, sagte Florimel ruhig. Jetzt, wo sie endlich ihre Geschichte erzählt hatte, war die vorherige Schroffheit zu einem gut Teil von ihr abgefallen; sie klang, fand Renie, beinahe menschlich. »Ich versuche nur, Informationen zu bekommen, die für uns alle wichtig sein könnten. Wie alt war dieser Matti, als das passierte?«

T4b starrte sie an und wandte sich dann abrupt ab, wobei er sich in Sekundenschnelle von einem furchterregenden Roboter in ein Kind im Stachelkostüm verwandelte. Renie fragte sich, ob es nicht angebrachter wäre, sich nach *seinem* Alter zu erkundigen.

»Bitte antworte. Es könnte uns helfen, T4b«, sagte Martine. »Wir sind alle aus denselben Gründen hier, oder wenigstens sind wir alle denselben Gefahren ausgesetzt.«

T4b nuschelte etwas.

»Was?« Renie bezähmte den Drang, ihn zu schütteln, in erster Linie deshalb, weil es kaum gefahrlos anzufassende Stellen an ihm gab. Sie hatte es noch nie vertragen, wenn die Leute Katz und Maus mit ihr spielten. »Wir verstehen dich nicht.«

In T4bs ruppigem Ton klang die Scham durch. »Neun. Erst neun. Aber da war nix säuisch dran - nicht wie bei diesem William. Bin kein Babysexer, äi.«

»William hat gesagt, daß er nichts Unrechtes gewollt und getan hat«, warf Martine mit einer derart begütigenden Stimme ein, daß Renie unwillkürlich nicken mußte. »Ich habe ihm geglaubt. Und dir glaube ich auch.«

Renie meinte, von Florimels Mund die Worte *Ich nicht* ablesen zu können, aber sie wurde von T4bs Reaktion abgelenkt.

»Ihr rafft das nicht.« Er griff sich eine Handvoll der unirdischen Erde und zerquetschte sie in seiner servomotorischen Faust zu durchsichtigem Pulver. »Matti, der war cräsh, hat mehr draufgehabt als ihr alle. Hier, da, überall ist der rein im Netz. Für 'nen Mikro war der extramax. Was den erwischt hat, muß megatransmäßig gewesen sein. Also hab ich mich voll bematrixt und bin los, ihn suchen.« Es folgte eine Beschreibung seiner Suchaktion im ganzen Netz, die Monate gedauert haben mußte und darin gipfelte, daß er in der Nähe einer Ehrenmauer in einem VR-Park, in dem sich die jüngsten Goggleboys wie Matti tummelten, eines von Sellars' goldenen Juwelen entdeckte.

Renie fragte sich, ob Javier Rogers' Großeltern reich waren, und wenn nicht, wie er es sich leisten konnte, so lange online zu bleiben; sie hätte auch gerne gewußt, wer sich im Augenblick um T4bs physischen Körper kümmerte. Plötzlich meldete sich Emily mit einer Frage, die Renie selbst hin und wieder auf der Zunge gelegen hatte.

»Sag mal«, erkundigte sich die junge Frau in halb verächtlichem, aber auch ein ganz klein wenig kokettem Ton, nachdem sie T4b seit seiner Rückkehr wie einen Aussätzigen behandelt hatte, »was willst du eigentlich darstellen? Einen Raumfahrer oder sowas?«

Florimel hatte alle Mühe, nicht laut loszuprusten.

»Raumfahrer?« fragte T4b aufs höchste empört. Es war ein Wort aus der Mottenkiste, und er wiederholte es, als ob sie ihn gefragt hätte, ob er Bauer oder Straßenkehrer sei. »Bin kein seyi-lo Raumfahrer. Das issen Kampfanzug Manstroid D-9 Screamer, wie in *Boyz Go 2 Hell!*« Er blickte sich um, aber keiner wußte damit etwas anzufangen. »*Boyz Go 2 Hell?*« versuchte er es noch einmal. »Mit den Schrecklichen Schreddern und den Ätzfetzern ... irgendwie ...«

»Falls das ein interaktives Spiel ist«, sagte Renie, »hast du mit uns die Falschen erwischt. Wenn Orlando und Fredericks hier wären, wüßten sie sicher Bescheid.«

»Kennen nicht mal Manstroid Screamer ...«, murmelte er und schüttelte seinen großen behelmten Kopf.

»Ich habe auch eine Frage«, schaltete sich !Xabbu ein. »Ist diese Maske das einzige Gesicht, das du hier hast, oder hast du noch eines darunter?«

T4b starrte ihn an wie vom Donner gerührt. »Drunter ...?«

»Unter der Maske«, sagte Florimel. »Hast du überhaupt schon mal versucht, sie abzunehmen?«

Er hatte sich zu ihr umgedreht, aber reagierte nicht auf ihre Worte, sondern blickte nur wie im Traum durch sie hindurch. Schließlich faßten seine dornenbewehrten Hände langsam nach den ausgestellten Seiten der Kampfmaske und fuhren suchend an den blanken Rändern entlang, bis ein Finger in einen Schlitz unter einem der flossenartigen

Gebilde glitt. Er fand den entsprechenden Schlitz auf der anderen Seite und drückte in beide. Es machte laut klick, dann klappte das Vorderteil der Maske auf wie das Visier eines mittelalterlichen Ritters.

Das Gesicht, das dahinter hervorguckte, war das eines braunhäutigen Jugendlichen mit langen schwarzen Haaren und weit aufgerissenen Augen. Selbst die runenartigen Muster unter der Haut, die schwach leuchtend auf Backen, Hals und Stirn prangten, konnten nicht verhehlen, daß es ein ganz normales, denkbar unspektakuläres Gesicht war. Renie zweifelte nicht daran, daß sie eine sehr überzeugende Simulation des echten Javier Rogers vor sich sah.

Nach wenigen Sekunden hielt T4b dem Druck ihrer versammelten Blicke nicht mehr stand und klappte die Maske wieder zu.

> Das Feuer war heruntergebrannt. Sie hatten geredet und geredet, bis sie in einen Zustand surrealer Zeitlosigkeit verfallen waren, wie er selbst in dieser Umgebung ungewöhnlich war.

»... Damit stehen wir also vor folgender Alternative«, sagte Renie gerade abschließend: »Sollen wir diesen Ort erforschen und schauen, ob wir einen Ausgang finden? Oder suchen wir nach dem Feuerzeug, das ... ich wollte schon sagen Quan Li, aber natürlich war es nicht Quan Li. Suchen wir also statt dessen nach dem Feuerzeug, mit dem wir eine Chance hätten, auf unsere Umwelt einzuwirken?«

»Suchen, wie soll'n das gehen?« fragte T4b. Wie bei Florimel schien sich sein rauher Ton nach dem Bekenntnis etwas gemildert zu haben. Sogar sein demonstrativ unverständlicher Goggleboyjargon hatte sich der normalen Ausdrucksweise ein wenig angenähert. »Wir bräuchten eins, um eins zu finden.«

»Vielleicht auch nicht.« Renie wandte sich !Xabbu zu. »Deshalb hab ich dich das Gateway für dieses Monster öffnen lassen. Ich hatte die Hoffnung, wenn es klappt, würdest du es dir vielleicht merken können. Meinst du, es besteht Aussicht, daß du dieses Gateway wiederfindest? Indem du ... tanzt oder sonst irgendwas machst?«

!Xabbu blickte bekümmert drein, ein eigenartig natürlicher Gesichtsausdruck für eine runzlige Pavianstirn. »Ich fand es schon mit dem Feuerzeug in der Hand schwer genug, Renie. Und ich sagte dir bereits, das Tanzen, das Suchen nach Antworten ist nicht so, wie wenn du etwas mit der Post bestellst. Es gibt keine Liefergarantie.«

»Es gibt heutzutage auf gar nichts mehr eine Garantie.« Sie konnte dabei nicht einmal lächeln.

»Ich wüßte vielleicht etwas.« Martine sprach langsam. »Ich habe manches gelernt, seitdem ich an diesem Ort bin und seit !Xabbu und ich durch das Zugangsgerät ... eine Verbindung aufbauen konnten, kann man vermutlich sagen. Möglicherweise können wir gemeinsam das Gateway wiederfinden und es öffnen.« Sie richtete ihre blinden Augen auf Renie. »Ich denke, es wäre ein ziemliches Glücksspiel, aber warum nicht, wenn ihr alle zum Spielen aufgelegt seid. Die Alternativen sind ohnehin spärlich genug.«

»Laßt uns abstimmen.« Ein Blick auf die Gesichter ihrer Gefährten erweichte Renie. »Wenn ihr nicht zu müde seid, heißt das. Wahrscheinlich können wir auch bis morgen warten.«

»Können wir nicht auf jeden Fall warten?« fragte Martine. »Wäre es nicht geraten, diesen ungewöhnlichen Teil des Netzwerks als erstes zu erforschen, egal, was wir tun?«

»Aber wenn wir warten, geben wir diesem Bastard eine größere Chance zu entkommen«, wandte Renie ein. »Ganz zu schweigen davon, daß du und !Xabbu den Einblick, den ihr gewonnen habt, verlieren könntet, ihn einfach vergessen könntet. So als wolltet ihr euch an den Namen eines Fremden erinnern, den ihr drei Tage vorher gehört habt.«

»Ich weiß nicht, ob das ein guter Vergleich ist«, sagte Martine, »aber vielleicht ist an dem, was du sagst, etwas dran.«

»Na schön, Renie«, meinte Florimel mit amüsierter Resignation in der Stimme. »Du gibst sowieso keine Ruhe, bevor du nicht deine Abstimmung bekommen hast. Ich denke, ich weiß, wie du und !Xabbu euch entscheiden werdet. Ich für mein Teil bin dafür, daß wir hierbleiben, bis wir mehr über diesen Ort wissen.«

»Aber ...«, setzte Renie an.

»Reicht es nicht, daß wir abstimmen?« fragte Florimel. »Mußt du auch noch die Leute niederreden, die nicht deiner Meinung sind?«

Renie zog die Stirn kraus. »Du hast recht. Tut mir leid. Also, stimmen wir ab!«

»Ich will auch abstimmen«, sagte Emily plötzlich. »Ich weiß, daß ich nicht zu eurer Gruppe gehöre, aber ich habe sonst nichts und niemand, und ich will mitstimmen.« Es klang, als wäre es ihr Herzenswunsch.

Renie war nicht wohl bei dem Gedanken, einer Person, die womöglich nicht einmal ganz real war, gleiche Rechte wie allen anderen einzuräumen. »Aber, Emily, du weißt vieles nicht, was wir wissen - du hast nicht all das durchgemacht ...«

»Sei nicht so fies!« rief das Mädchen. »Ich hab alles gehört, was ihr gesagt habt, seit wir hier sind, und ich bin nicht doof.«

»Laß sie«, grollte T4b. Die Peinlichkeit, daß er allen sein nacktes Gesicht gezeigt hatte, schien überstanden zu sein. »Hältste dich für was Besseres oder was?«

Renie seufzte. Sie hatte kein Verlangen danach, Emilys möglichen Status näher zu diskutieren, denn das hätte vor dem Mädchen selbst geschehen müssen. »Was haltet ihr andern davon, daß Emily mit abstimmt?«

Florimel und Martine nickten langsam. »Erinnere dich an das, was ich gesagt habe, Renie«, bemerkte !Xabbu leise.

Nämlich daß sie seiner Meinung nach real ist, dachte Renie. *Das sollte ich lieber nicht vom Tisch wischen - es kommt nicht oft vor, daß er sich irrt.* »Also gut«, sagte sie. »Was meinst du, was wir tun sollten, Emily?«

»Abhauen«, erwiderte das Mädchen prompt. »Ich find's gräßlich hier. Irgendwie nicht normal. Und es gibt nichts zu essen.«

Renie mußte sich eingestehen, daß sie sich gegen eine Stimme zu ihren Gunsten gesträubt hatte, aber ihre Bedenken gegen die Wählerin waren dennoch nicht ganz ausgeräumt. »Gut. Wer jetzt?«

»Ich neige leider eher zu Florimels Ansicht«, meldete sich Martine. »Ich muß mich ausruhen - wir haben eine furchtbare Zeit hinter uns.«

»Das haben wir alle!« Renie bremste sich. »'tschuldigung. Mir sind wieder die Pferde durchgegangen.«

»Das war auch meine Überlegung«, sagte Florimel zu Martine. »Ich will noch nicht irgendwo anders hin, und sei es nur deshalb, weil ich erst wieder zu Kräften kommen muß. Vergiß nicht, daß ihr schon einen Tag länger hier seid als wir, Renie. Vielleicht wenn wir andern uns ein wenig erholen konnten und uns hier ein wenig umgetan haben ...«

»Damit kommen wir zu dir, T4b.« Renie wandte sich der stacheligen, im Feuerschein funkelnden Gestalt zu. »Wofür bist du?«

»Fen, die Dupse wollt uns exen! Sie schnappen und schrotten, da bin ich für.« T4b ballte eine gepanzerte Faust. »Die darf uns nicht durch die Lappen gehn, äi.«

»Ich hab meine Zweifel, daß es eine ›Sie‹ ist«, sagte Renie, aber im stillen war sie zufrieden: Damit waren vier gegen zwei dafür, hinter dem

Spion - vor allem hinter Azadors Feuerzeug - herzujagen. »Das war's dann wohl.«

»Nein.« !Xabbu hob eine kleine Hand. »Ich habe meine Stimme noch nicht abgegeben. Florimel ging davon aus, daß ich für dich stimmen würde, Renie. Aber das tue ich nicht.«

»N-nicht?« Wenn er erklärt hätte, er und nicht Quan Li sei der mörderische Fremde, wäre sie fast genauso überrascht gewesen.

»Wenn ich mir unsere Freunde anschaue, sehe ich, daß sie sehr müde sind, und ich finde, sie sollten sich ausruhen, bevor wir uns in die nächste Gefahr stürzen. Aber mehr noch, Renie, graut mir vor dem Menschen, der sich hinter Quan Lis Gesicht verbarg.«

»Ist doch klar«, sagte Renie. »Meinst du, mir graut nicht davor?«

!Xabbu schüttelte den Kopf. »Das meine ich nicht. Ich ... fühlte etwas, sah etwas. Mir fehlen die Worte dafür. Aber es war, als ob ich für einen Moment den Atem der Hyäne aus den alten Sagen spürte, oder noch Schlimmeres. Eine tiefe, gierige Finsternis wohnt in dem Menschen, wer es auch sein mag. Ich möchte ihm nicht in die Arme laufen. Jedenfalls noch nicht, nicht ehe ich darüber nachdenken kann, was ich gesehen habe, gefühlt habe. Ich bin dafür, daß wir warten.«

Renie war gründlich verdattert. »Das ... das heißt, es steht drei zu drei ... Was machen wir also?« Sie kniff die Augen zusammen. »Ist das jetzt genauso, wie wenn ich überstimmt worden wäre? Das fände ich nicht fair.«

»Sagen wir doch lieber, daß wir bald noch einmal abstimmen.« Martine tätschelte Renie die Hand. »Vielleicht sieht die Welt ganz anders aus, wenn wir mal eine Nacht durchgeschlafen haben.«

»Nacht?« Florimel lachte trocken. »Da verlangst du zuviel, Martine. Aber einfach schlafen wird's auch tun.«

Martines Lächeln war traurig. »Sicher, Florimel. Ich vergesse manchmal, daß es für andere nicht immer Nacht ist.«

Kapitel

Ein antiquierter Ton

NETFEED/NACHRICHTEN:
Gruchow bestreitet Manipulation des russischen Präsidenten
(Bild: Gruchow beim Verlassen eines Fast-Food-Restaurants)
Off-Stimme: Obwohl er die Medien gegenwärtig meidet, hat der namhafte Behaviorist Doktor Konstantin Gruchow kategorisch bestritten, dem russischen Präsidenten Nikolai Poljanin auf Anweisung hochrangiger Personen in Poljanins faktisch lahmgelegter Regierung einen Kontrollchip eingesetzt zu haben. Auch sein plötzlicher Besuch im Kreml während der kürzlichen Erkrankung des Präsidenten sei reiner Zufall gewesen ...
(Bild: Gruchow im Universitätsgarten, aufgezeichnete Stellungnahme)
Gruchow: "... Das ist doch absurd. Es ist schwer genug, jemanden vom Ladendiebstahl abzuhalten — wie soll man da einen Politiker kontrollieren können ...?"

> Auf den Tod zu warten, stellte Joseph Sulaweyo zu seiner Überraschung fest, war im Grunde ganz ähnlich wie jedes andere Warten: Nach einer gewissen Zeit driftete man innerlich ab.

Long Joseph lag für sein Gefühl schon mindestens eine Stunde mit einer Art Sack über dem Kopf auf dem Boden eines Autos, während seine Entführer langsam durch die Straßen von Durban fuhren. Das harte Schienbein des Mannes, der ihn vor dem Krankenhaus abgefangen hatte, preßte Joseph den Arm an die Seite, und die noch härtere Mündung des Revolvers lag auf seinem Kopf wie der Schnabel eines mörderischen Vogels. Der Sack selbst war muffig und eng und hatte den Ammoniakgestank alter, verschwitzter Sachen.

Es war nicht das erste Mal in seinem Leben, daß Joseph von bewaffneten Männern entführt wurde. Zwanzig Jahre vorher hatte einer der Schlägertypen aus der Nachbarschaft seine Cousins zusammengetrommelt, weil es Gerüchte gab, seine Frau habe ihn betrogen, und gemeinsam hatten sie Joseph aus dem Haus geschleift, auf einen Laster verfrachtet und waren dann mit ihm zu einer Kaschemme am anderen Ende von Pinetown gefahren, die einem der Männer gehörte. Sie hatten mit Revolvern herumgefuchtelt und Joseph ein paar Schläge verabreicht, aber mindestens ein Dutzend Zeugen hatten gesehen, wie er auf die Straße gezerrt worden war, und wußten, wer es getan hatte. Die ganze Sache war eine Schau, mit der der Ehemann der Frau, über die gemunkelt wurde, sein Gesicht wahren wollte. Joseph hatte viel mehr Angst vor einer brutalen Tracht Prügel gehabt als davor, getötet zu werden.

Diesmal nich, dachte er bei sich und fühlte, wie er am ganzen Leib eiskalt wurde. *Nich bei den Typen. Die Leute, an die Renie da geraten is, die geben sich nich mit Rumbuffen und Anbrüllen ab. Die fahren mit dir aus dem Township raus und pusten dich einfach mit Kugeln voll.*

Außer ein paar knappen, zum Teil geflüsterten Sätzen am Anfang, als sie ihn in den Wagen bugsierten, hatten seine beiden Entführer kein Wort mehr gewechselt. Der Fahrer schien es nicht eilig zu haben, vielleicht wollte er auch bloß keine Aufmerksamkeit erregen. Wie auch immer, jedenfalls war Joseph am Anfang starr vor Entsetzen gewesen, hatte dann aber festgestellt, daß er einen derart hohen Grad von Angst nicht lange halten konnte. Nachdem er die Vorstellung, in Kürze zu sterben, ein paar dutzendmal innerlich durchgespielt hatte, versank er in eine Art Wachtraum.

Is das so, wie Renie sich fühlt, da unten im Dunkeln? Er änderte seine Lage auf dem Wagenboden ein wenig, weil sein Rücken unangenehm durchgedrückt war. Der Mann mit dem Revolver stieß ihn an, aber mehr reflexhaft als drohend. *Wenn ich sie doch bloß nochmal sehen könnte, bloß noch einmal. Ihr sagen, daß sie 'ne gute Tochter is, auch wenn sie mich genervt hat mit ihrem Gepester.*

Er dachte an Renies Mutter Miriam: die hatte ihn auch gepestert und ihn doch geliebt, daß es eine Wonne war. Einmal, als sie sich noch nicht lange kannten, hatte er sich nackt ausgezogen und auf der Wohnzimmercouch auf sie gewartet. Sie hatte gelacht, als sie hereinkam und ihn sah, und gesagt: *Was soll ich mit 'nem Verrückten wie dir anfangen? Wenn ich jetzt meine Mutter dabeigehabt hätte, was dann?*

Tut mir echt leid, hatte er erwidert, *aber du mußt ihr sagen, daß ich nich an ihr interessiert bin.*

Miriam war fast geplatzt vor Lachen. Als sie in jener Nacht zusammen auf den Laken gelegen hatten, weil der alte Ventilator kaum Bewegung in die heiße Luft im Zimmer brachte, hatte er ihr erklärt, daß sie ihn heiraten werde.

Na, von mir aus, hatte sie geantwortet, und dabei hatte er hören können, wie sie dort im Dunkeln an seiner Seite grinste. *Sonst hab ich wahrscheinlich sowieso keine Ruhe vor dir.*

Sie hatten Renie in demselben Bett gezeugt, und Stephen auch. Und Miriam hatte ihre letzte Nacht zuhause dort mit ihm geschlafen, die Nacht vor dem schrecklichen Tag, an dem sie nicht mehr aus dem Kaufhaus heimgekommen war. Das war die letzte Nacht gewesen, in der sie Bauch an Bauch zusammen lagen und sie ihm wie üblich ins Ohr schnarchte. Manchmal, wenn das Kopfweh ihn plagte, hatte ihn das fast wahnsinnig gemacht, und jetzt hätte er alles dafür gegeben, es noch einmal hören zu dürfen. Er hätte in ihren letzten Tagen neben ihr im Krankenhausbett geschlafen, aber ihre Verbrennungen waren zu schlimm. Sie wimmerte schon bei der leisesten Bewegung der Matratze, ja, wenn man bloß eine Zeitschrift neben ihren Arm legte.

Verdammt, es is hundsgemein, dachte er und machte dann einen für ihn ungewöhnlichen Gedankensprung. *Vor allem für die arme Renie. Erst die Mutter, dann der Bruder, und jetzt hat auch noch ihr saublöder Vater es geschafft, sich umbringen zu lassen, und sie hat gar niemand mehr.* Er malte sich kurz eine Szene aus, wie der Wagen sein Ziel erreichte und er den überraschten Kidnappern mit einem blitzschnellen Gewaltspurt entfloh, aber die Unwahrscheinlichkeit war so groß, daß er nicht einmal in der Phantasie daran festhalten konnte. *Nich mit diesen Typen,* sagte er sich. *Männer, die einen ganzen Wohnblock abfackeln, bloß damit eine wie Renie den Mund hält und sich nich einmischt, die machen bestimmt keinen Fehler ...*

Unvermittelt bremste der Wagen ab und blieb dann stehen. Der Fahrer stellte den Motor aus. Long Josephs Körper wurde augenblicklich zu Eis - es kostete ihn seine ganze Selbstbeherrschung, sich nicht zu bepissen.

»Ich fahr nicht mehr weiter«, sagte der Fahrer. Der Sitz zwischen ihnen dämpfte seine Stimme, so daß Long Joseph sich anstrengen mußte, um ihn zu verstehen. »Ist das klar?«

Das war eine seltsame Bemerkung unter den Umständen, aber bevor Joseph darüber nachdenken konnte, gab der Mann mit dem Revolver einen grunzenden Laut von sich und drückte ihm die Mündung fest an den Hals. »Steh auf«, knurrte er Joseph an. »Und mach keine Dummheiten.«

Orientierungslos mit dem dunklem Sack über dem Kopf gelang es Long Joseph schließlich, unsanft unterstützt von den beiden Gangstern, steif und schwerfällig aus dem Wagen zu krabbeln und sich auf die Beine zu stellen. Er hörte einen fernen Schrei, der wie in einer langen Straße hallte. Die Wagentür schlug zu, der Motor ging an, und das Auto rauschte davon.

Jemand zog ihm den Sack vom Kopf und riß ihn dabei an den Haaren, so daß er unwillkürlich vor Schmerz und Schreck aufjaulte. Zuerst kam ihm die dunkle Straße mit der einen flackernden Laterne blendend hell vor. Hohe, mit Graffiti besprühte Mauern ragten zu beiden Seiten auf. Fünfzig Meter weiter brannte ein Feuer in einer Metalltonne, umringt von einer kleinen Schar von Gestalten, die sich die Hände wärmten, aber bevor er auch nur daran denken konnte, ihnen zuzurufen, hatte er schon den Revolver im Rücken.

»Dreh dich um und geh los. Da durch.« Er wurde zu einem Eingang in einer der Mauern geschoben. Auf Anweisung des Killers zog Joseph die Tür auf und trat in einen stockfinsteren Raum. Alles in ihm krampfte sich zusammen, weil er sicher war, jede Sekunde eine Kugel in den Hinterkopf zu bekommen. Als etwas klickte, machte er einen Satz. Einen Moment später stellte er fest, daß er zwar noch am Leben, aber nunmehr endgültig außerstande war, seine Blase zu beherrschen. Er empfand eine absurde Befriedigung, daß er in den letzten paar Stunden nicht viel zu trinken gehabt hatte – wenigstens würde man ihm seine Feigheit nicht so sehr anmerken, wenn er starb.

Eine Neonröhre ging zuckend über ihm an. Er war in eine Werkstatt oder einen Lagerraum gebracht worden, leer bis auf ein paar Eimer Farbe und mehrere kaputte Stühle, eine Räumlichkeit, wie ein pleite gegangener Handwerker sie mieten mochte, um seine Gerätschaften so lange zu lagern, bis er sie verkaufen konnte. Joseph sah seinen langgestreckten Schatten auf dem Fußboden, daneben den seines Kidnappers.

»Dreh dich um!« befahl der Killer.

Long Joseph gehorchte zaghaft. Der Schwarze, der vor ihm stand, hatte einen Mantel an, der irgendwann einmal ziemlich edel gewesen sein mußte, aber jetzt genauso schmuddelig war wie das weiße Hemd, das er darunter trug. Seine Haare waren einmal modisch frisiert gewesen, aber in letzter Zeit nicht mehr geschnitten worden. Selbst Joseph, dessen Beobachtungsgabe rekordverdächtig schlecht war, merkte, daß der Mann nervös und durcheinander war, aber die Waffe in der Hand des Kerls bewog ihn, auf eine entsprechende Bemerkung zu verzichten.

»Erkennst du mich?« fragte der Entführer.

Joseph schüttelte hilflos den Kopf - obwohl jetzt, wo der Mann es erwähnte, kam ihm irgendwas an dem Gesicht dunkel bekannt vor ...

»Ich heiße Del Ray Chiume. Sagt dir das was?« Der Killer trat von einem Fuß auf den anderen.

Long Joseph zog die Stirn kraus, immer noch ängstlich, aber jetzt auch sinnierend. »Del Ray ...?« Da ging ihm ein Licht auf. »Bist du nich mal mit meiner Tochter Renie gegangen?«

»Allerdings!« Der Mann lachte laut auf, als ob Joseph ihm in einem heiß umstrittenen Punkt endlich recht gegeben hätte. »Und weißt du auch, was deine Tochter gemacht hat? Hast du überhaupt die leiseste Ahnung?«

Joseph beobachtete, wie der Revolver auf und nieder ging, auf und nieder. »Ich hab keinen Schimmer, worum's geht.«

»Mein Leben hat sie ruiniert, das hat sie gemacht.« Del Ray unterbrach sein Hin- und Herwippen, um sich mit dem Mantelärmel über die feuchte Stirn zu wischen. »Ich habe alles verloren, bloß weil deine Tochter keine Ruhe geben konnte.«

»Ich weiß nich, was du da redest.« Joseph nahm seinen ganzen Mut zusammen. »Wieso haste mich entführt? Willste mich umbringen, weil meine Tochter mit dir Schluß gemacht hat oder was?«

Del Ray lachte abermals auf. »Spinnst du? Spinnst du total, Alter? Das ist schon Jahre her. Ich bin längst verheiratet! Aber wegen deiner Tochter kann ich meine Ehe vergessen. Ich habe mein Haus verloren, alles. Und es ist alles ihre Schuld!«

Renie hatte offensichtlich einiges für sich behalten, fand Long Joseph. Und da hatte sie die Frechheit, an *seinem* Verhalten rumzukritisieren. Allmählich kam es ihm so vor, als hätte er gute Chancen, doch noch am Leben zu bleiben, und er war hin- und hergerissen zwischen dem Gefühl, gleich zusammenklappen zu müssen, und dem Wunsch, vor irrsinniger Freude laut loszubrüllen. Das hier war kein schwerer Junge. Long Joseph kannte die Sorte. Dieser Del Ray war so ein Geschäftstyp, einer von denen, die deinen Darlehensantrag mit höhnischem Grinsen ablehnen, aber dann, wenn es hart auf hart kommt und sie nicht mehr den großen Chef markieren können, keinen Mumm haben.

»Also, willste mich jetzt erschießen oder was? Denn wenn nich, dann steck die verdammte Knarre weg und fuchtel nich damit in der Gegend rum wie so'n Mafiakiller.«

»Killer!« Del Rays Lachen war theatralisch bitter. »Du hast ja keinen blassen Dunst, Alter. Ich habe die verfluchten Killer erlebt. Sie sind gekommen und haben mich ins Gebet genommen - das war, bevor sie mir das Haus angezündet haben. Einer davon hatte Fäuste so groß wie dein Kopf, der bulligste, häßlichste Bure, den du je gesehen hast. Ein Gesicht wie ein Sack voll Steine. Und weißt du, was sie gesagt haben? Wenn ich nicht mache, was sie wollen, haben sie gesagt, wurden sie meine Frau erst vergewaltigen und dann umbringen, vor meinen Augen.« Del Ray brach auf einmal in Tränen aus.

Long Joseph war ratlos - was machte man mit einem weinenden Mann, der einen Revolver in der Hand hielt? Davon abgesehen, was machte man *überhaupt* mit einem weinenden Mann? »Wieso ham die sowas machen wollen?« fragte er beinahe freundlich. »Weswegen ham die dich auf'm Kieker gehabt?«

Del Ray blickte jäh auf; in seinen Augen brannte ein irres Feuer. »Wegen deiner Tochter, deswegen! Weil Renie mich in was reingezogen hat, wovon ich gar nichts wissen wollte, und jetzt hat mich meine Frau verlassen, und ... und ...« Die Tränen kamen wieder. Er sank zu Boden und setzte sich mit ausgestreckten Beinen hin wie ein hingeplumpstes Kleinkind. Der Revolver lag zwischen seinen Knien.

»Und jetzt willste *mich* erschießen?« fragte Long Joseph. »Die ganze Zeit haste vorm Krankenhaus gewartet, um mich zu erschießen?« Er überlegte einen Moment. »Oder haste Renie erschießen wollen?«

»Nein, nein.« Wieder wischte sich Del Ray sein schweißglänzendes Gesicht mit dem Ärmel ab. »Nein, ich muß mit Renie reden. Sie muß diesen Leuten sagen, was sie wissen wollen, damit ich mich nicht länger zu verstecken brauche.«

Joseph schüttelte den Kopf; mit dieser Logik kam er nicht mit. »Ich kann Renie gar nix sagen. Sie is nich hier. Ich hab bloß meinen Sohn besuchen wollen, und genau das werd ich auch tun. Falls du mich nich doch noch erschießt.« Er riskierte ein spöttisches Grinsen - wenn er sich recht erinnerte, hatte er diesen großmäuligen Kerl nie besonders leiden können und keinen Zweifel an seiner Genugtuung gelassen, als Renie ihn endlich los war.

Del Rays Hand fuhr hoch, die Pistole wieder umklammert, und das erschreckend große schwarze Loch zeigte genau auf Long Josephs Gesicht.

»Du spinnst wirklich«, sagte Del Ray. »Du weißt nicht, was du für ein Glück hast, daß ich dich zuerst erwischt habe. Meine Brüder und ich halten seit vielen Tagen die Augen nach dir oder Renie offen, aber wenn *ich* vor diesem Krankenhaus Wache stehen kann, dann können das die Killer schon lange. Glaubst du im Ernst, du könntest da einfach reinmarschieren und deinen Sohn besuchen, ohne daß die das erfahren? Diese Kerle werden dich nicht bloß umbringen, Alter, erst foltern sie dich, damit sie deine Tochter kriegen - und dann überleg mal, was sie mit ihr anstellen werden.«

Joseph runzelte die Stirn. »Ich kapier das alles nich. Hört sich für mich wie der reine Blödsinn an, noch blödsinniger als das Zeug, das Renie verzapft.« Er kniff die Augen zusammen und versuchte sich an die Zeit zu erinnern, als er noch mit jemand reden und sich verständlich machen konnte und der ihn seinerseits auch verstand. Es schien Jahre her zu sein. »Tu dies Ding weg, Mann. Erzähl mir einfach, was passiert is.«

Del Ray starrte ihn an, dann blickte er auf seinen ausgestreckten Arm und den in seiner Faust zitternden Revolver. Er steckte die Waffe in seine Manteltasche.

»Sehr gut«, sagte Joseph. »Schon viel besser. Und jetzt erzähl mir, was mit dir los is.« Er sah sich in dem schlecht beleuchteten Raum um und fixierte dann Del Ray Chiumes angespanntes, verschwitztes Gesicht. »Sag mal, können wir nich irgendwo hingehen? Ich bräuchte echt was zu trinken.«

> Es war nicht gut, zuviel nachzudenken, mußte Jeremiah feststellen.

Wenn man mit niemandem reden konnte als mit sich selbst und nirgends hingehen konnte als immer in dieselben hallenden Räume, wenn man keine Sonne zu sehen bekam und die Radiostimmen einem von einer Welt vorbrabbelten, die nichts mit einem zu tun hatte, bis man schließlich am liebsten gebrüllt hätte, wenn man ansonsten kaum etwas anderes hörte als die Atemzüge und elektronisch verstärkten Herzschläge zweier Leute, die dich de facto irgendwo in der Fremde hatten sitzen lassen, dann war es nicht geraten, sich allzu viele Gedanken zu machen.

In all den Jahren, die er für die Van Bleecks gearbeitet hatte, erst für beide, den Herrn und die Frau Doktor, aber sehr viel länger für die verwitwete Susan allein, hatte es Zeiten gegeben, in denen Jeremiah Dako gedacht hatte: *Ich würde alles, was ich habe, für ein bißchen Zeit zum Ausspannen und Nachdenken geben.* Als Sekretär, Haushälter, Koch und Chauffeur einer brillanten, kratzbürstigen, mit sich selbst beschäftigten alten Frau hatte er ein Arbeitspensum bewältigt, bei dem zwei jüngere Männer auf dem Zahnfleisch gegangen wären, aber Jeremiah war stolz auf seine Fähigkeit gewesen, alles mannhaft zu tragen, was das Leben (oder Susan Van Bleecks geringes Talent für Organisation und Pünktlichkeit) ihm auflud, und den Dampf seiner Frustration nur in kleinen Ausbrüchen schlechter Laune und gereizter Übereifrigkeit abzulassen. Er hatte sein Privatleben dafür aufgegeben, hatte die Kneipen- und Clubszene über so lange Zeiträume hinweg nicht frequentiert, daß er an den wenigen freien Abenden, die seine Mutter anderweitig beschäftigt war, nicht nur niemanden mehr kannte, sondern auch bei der Musik und der Mode draußen war, so als ob ein kompletter Generationswechsel stattgefunden hätte, als er gerade mal nicht hingeschaut hatte.

Doch auch wenn er kaum noch zu der Schwerarbeit bereit war, die es kostete, im Privatleben am Ball und im Gespräch zu bleiben, wenn er die Vor- und Nachteile abgewogen und sich mit einem zölibatären Leben ebenso wie mit der viel erschreckenderen Aussicht eines einsamen Lebensabends weitgehend abgefunden hatte, so hatte er doch seine Träume nicht völlig aufgegeben. In all den Jahren aufreibender Plackerei hatte ihm niemals etwas wirklich gefehlt außer Ruhe, Zeit zur Besinnung. Das war das schlimmste am mittleren Alter, hatte er gemerkt: Wenn man nicht aufpaßte, verflog das Leben in so halsbrecherischem Tempo, daß man sich am Ende eines Jahres eigentlich an nichts Besonderes erinnern konnte.

Und so hatte er sich in all den Jahren bei Susan nach ein wenig Zeit für sich selbst gesehnt, wirkliche Zeit und wirkliche Muße, nicht die eine Woche im Jahr, in der er mit seiner Mutter zu den Spielautomaten von Sun City fuhr (die sie liebte, während er auf eine kurze und diskrete Romanze hoffte, die sich auch tatsächlich ein paarmal ergeben hatte, nachdem Mama zu Bett gegangen war, eine nette Begegnung in einer Casinobar, von deren Erinnerung er das ganze restliche Jahr zehrte).

Jeremiah hatte sich so sehr gewünscht, einmal ungestört nachdenken und lesen zu können, wenigstens ein Stückchen von dem jungen Mann zurückzugewinnen, der er einmal gewesen war, von dem Gefühl, daß in der Welt leben gleichbedeutend sein sollte mit die Welt verändern. Was war aus den ganzen Büchern geworden, die er früher gelesen hatte, große Denker, afrikanische Geschichte, Sexualpolitik? In den Jahren in Kloof hatte er von Glück sagen können, wenn er die Zeit fand, sich die Verkehrsmeldungen anzuschauen und ab und zu ein Rezept herunterzuladen.

Und jetzt war der Traum nach all den Jahren auf diese höchst unerwartete Weise Wirklichkeit geworden. Er konnte lesen und denken, soviel er wollte, er hatte keine ablenkende Gesellschaft, und an seine Aufmerksamkeit wurden keine höheren Anforderungen gestellt, als auch ein vierjähriges Kind erfüllen konnte. Er hatte genau das, was er sich immer gewünscht hatte. Und er fand es unerträglich.

Jetzt, wo Long Joseph, tja, geflohen war, oder wie er es sonst nennen sollte, mußte Jeremiah viel öfter, als ihm lieb war, an die schreckliche Verantwortung denken, der einzige Mensch zu sein, der für Renies und !Xabbus Sicherheit zuständig war. Bis jetzt hatte es wenig Anlaß zur Sorge gegeben: Obwohl ihre Herzkurve mehrmals jäh emporgeschnellt war, hatte kein Wert je das funktionierende Warnsystem des Militärs aktiviert, und so mußte er annehmen, daß sie die normalen Höhen und Tiefen des virtuellen Daseins durchlebten. Nicht daß an alledem irgend etwas normal zu nennen war.

Das war natürlich nichts Neues. In seinen vielen Jahren als Doktor Van Bleecks Begleiter und Beschützer hatte die Verantwortung für ihre Sicherheit schwer auf ihm gelastet. In Durban hatte es mehrere Wellen gewaltsamer Autoentführungen gegeben, darunter ein Jahr lang den Terror einer Bande jugendlicher Raubmörder, die eiskalt Autofahrer umbrachten, nur damit sie einen bestimmten Kfz-Programmchip stehlen konnten, der damals auf dem Schwarzmarkt einen hohen Preis erzielte. Zweimal war Jeremiah in rasanten Verfolgungsjagden Überfällen entkommen, die ihm höchst bedrohlich erschienen waren, und einmal hatte er trotz sofortigen Durchstartens an einer Kreuzung eine ganze Weile noch drei Gangster an der Motorhaube hängen gehabt, die versuchten, die teure splitterfeste Scheibe mit Montiereisen zu zertrümmern. Als der letzte der jungen Kriminellen auf die Straße gestürzt war und Jeremiah den Weg nach Hause einschlagen wollte, hatte die geschockte Susan ihn gebeten, sie statt dessen ins Krankenhaus zu fahren. Ihr Herz hatte dermaßen schnell gepockert, erzählte sie ihm später, daß sie sicher mit einem Herzstillstand gerechnet hatte. Bei dem Gedanken daran überlief es ihn immer noch eiskalt. Es gab so viele Gefahren auf der Welt, so viele wahnsinnige, verzweifelte Leute! Eine tiefere, schleichendere Kälte breitete sich in ihm aus, eine große Niedergeschlagenheit, bei der ihm fast übel wurde. Da stand er hier in dieser riesigen unterirdischen Festung und grämte sich, weil Susan beinahe einmal ein Unglück geschehen wäre, aber dachte gar nicht daran, daß ihr *tatsächlich* eines geschehen war und daß er als ihr Beschützer zuletzt so vollständig versagt hatte, wie man überhaupt nur versagen konnte. Männer waren ins Haus eingebrochen und hatten Susan van Bleeck so furchtbar zusammengeschlagen, daß sie daran gestorben war. Nach all den Diensten, die Jeremiah ihr im Laufe der Jahre erwiesen hatte, den außerordentlichen wie den alltäglichen, war dies das klägliche Ende gewesen. Er hatte versäumt, sie zu beschützen, und die Verbrecher hatten sie umgebracht.

Und jetzt hatte man ihm die ganze Verantwortung für zwei weitere Leute aufgehalst, Leute, mit denen er nicht reden, die er nicht einmal sehen konnte. Aber wenn irgend etwas schiefging, wenn ihr Herz stehenblieb oder wenn eines Nachts, während Jeremiah schlief, jemand der Militärbasis den Strom abstellte, dann läge die Schuld an ihrem Tod trotzdem bei ihm.

Er hatte gute Lust, Renies Vater zu folgen, in die große Welt dort draußen zu fliehen und die Verantwortung jemand anders zu überlassen. Aber es war natürlich niemand anders da, was die Pflicht noch bedrückender, noch unausweichlicher machte.

Jeremiah war gerade dabei, diese Unmöglichkeiten zum x-ten Mal durchzuspielen – seit Long Josephs mitternächtlichem Verschwinden bewegten sich seine Gedanken in ziemlich engen, deprimierenden Kreisen –, als das Fon zum erstenmal klingelte.

Es war so ein vollkommen unerwarteter Ton, daß er zunächst nicht einmal wußte, was es war. Der antiquierte Telefonhörer, der auf seiner metallenen Gabel an der großen Betonsäule neben den Bedienerkonsolen hing, hatte seine anfängliche Kuriosität verloren und war längst einer von vielen Gegenständen in seinem Blickfeld geworden, etwas, das seine Aufmerksamkeit nur erregt hätte, wenn es plötzlich weg gewesen wäre, und auch dann wohl erst nach Tagen. Als das durchdringende Klingeln losging, ein metallisches Schnarren, wie er es vorher noch nie gehört hatte, begriff er erst beim fünften oder sechsten Mal, wo es herkam.

Sofort wurden jahrzehntelang trainierte Sekretärsreflexe wach, und einen Augenblick lang war er ernsthaft versucht dranzugehen – er sah sich förmlich den Hörer abnehmen und »Hallo?« sagen wie jemand aus einem historischen Film. Dann ging ihm die volle Tragweite der Sache auf, und er blieb starr vor Angst sitzen, bis das Klingeln aufhörte. Sein Puls hatte sich gerade wieder annähernd normalisiert, als das Klingeln von neuem begann.

Das Fon klingelte in der nächsten halben Stunde alle fünf Minuten, dann hörte es auf, endgültig, wie es schien.

Nachdem der Schreck einigermaßen abgeklungen war, wischte er das Ganze schließlich vom Tisch, ja, er mußte sogar über seine Reaktion schmunzeln. Offenbar hatten Martine und Singh die Telekomleitungen wieder angeschlossen, ansonsten hätte Long Joseph auch nicht ins Netz gekonnt, nicht einmal im reinen Empfangsmodus. Wenn es demnach eine funktionierende Leitung gab, konnten natürlich Anrufe durchkommen, auch versehentliche. Irgend jemand hatte eine Nummer aktiviert, die zufällig zum »Wespennest« gehörte, vielleicht ein Selbstwählgerät, oder er hatte sich schlicht verwählt. Es wäre natürlich idiotisch abzunehmen, doch selbst wenn er es täte, wäre wahrscheinlich keine Katastrophe. Nicht daß er das Fon auch nur anfassen würde, falls es noch einmal schnarren sollte – Jeremiah war müde und bekümmert, aber nicht dumm.

Die Frage erschien ihm sehr viel weniger akademisch, als sich das Fon vier Stunden später abermals meldete, dann wieder eine halbe Stunde lang alle fünf Minuten klingelte, dann aufhörte. Dennoch geriet er nicht in Panik. Es war bedeutungslos und würde bedeutungslos bleiben, solange er nicht dranging, und er sah keine Veranlassung, das zu tun.

Das Fon klingelte weiter, manchmal in Abständen von nur zwei Stunden, manchmal nach einer Schweigephase von acht, einmal sogar zehn Stunden – immer dasselbe Fon, immer in demselben sturen Fünfminutentakt. Wenn es bloß Gear war, entschied Jeremiah, bloß mechanisch, dann mußte eine derart gezielte Aggression der Selbstwähler des Teufels persönlich sein. Und wenn nicht?

So sehr er auch grübelte, er kam auf nichts Gutes, das hinter den Anrufen stehen konnte. Wollte vielleicht jemand vom E-Werk oder der Telekom herausfinden, warum ein stillgelegter Stützpunkt mehr Energie abzapfte als die ganzen Jahre vorher? Oder drohte noch größere Gefahr von denselben unbekannten Verbrechern, die Susan so übel zugerichtet und Renies Haus angezündet und weiß Gott was noch alles getan hatten? Es war ausgeschlossen, daß jemand, den sie kannten, ihren Aufenthalt an diesem Ort auch nur vermutete, und damit gab es nicht den geringsten Grund zu reagieren, so daß er die Sache eigentlich leichtnehmen konnte. Dennoch, das ständige Klingeln war nervtötend. Er versuchte den Läutmechanismus zu deaktivieren, aber das altertümliche Gerät hatte keinen externen Regler. Ein Versuch, das gesamte Fon von der Säule zu entfernen, verlief ebenso fruchtlos: Er quälte sich den halben Nachmittag mit den klemmenden Schrauben ab und schrammte sich nur die Knöchel auf, bis er in einem Wutanfall mit dem untauglichen Schraubenschlüssel auf den Apparat eindrosch, wovon zwar die Schichten graugrüner Farbe abblätterten, aber der schwere Stahlmantel nicht einmal eine Delle bekam.

Es hörte nicht auf. Das Fon klingelte jeden Tag, meistens mehrmals am Tag, und jedesmal, wenn das geschah, erschrak er. Manchmal riß ihn der Ton aus dem Schlaf, obwohl er inzwischen auf der anderen Seite des unterirdischen Stützpunkts schlief, wo er vollkommen abgeschottet war. Aber am Ende der ersten Woche hörte er es trotzdem, selbst im Traum. Es klingelte und klingelte und klingelte.

> »Mann, warst du lange weg. Haste bloß *eine* Flasche Wein besorgt?« Joseph schob die Tüte herunter und beäugte das Etikett. Wenigstens hatte Del Ray ihm Mountain Rose besorgt, wie bestellt. Das Zeug mochte schmecken wie Katzenpisse, aber auf die Wirkung war Verlaß.

»Kannst du alles haben. Ich trinke keinen Wein«, sagte Del Ray. »Jedenfalls nicht die Sorte Wein, die sie hier in der Gegend verkaufen. Ich habe mir ein Bier mitgebracht.« Er hielt eine Flasche Steenlager hoch.

»Red Elephant hättste dir holen sollen.« Joseph setzte die Plastikflasche an und nahm einen satten Schluck. »Das is'n gutes Bier.« Er hockte sich mit dem Rücken zur Wand auf den Fußboden, ohne sich um die Ölflecken zu kümmern, die seine Hose bekam. Vor einer Stunde war er sich noch sicher gewesen, daß ihm eine Kugel blühte, kein Wein, und von daher war er in ausgezeichneter Stimmung. Er hatte Renies Verflossenem sogar verziehen, daß er ihn entführt hatte, obwohl er nicht ganz von der Idee abgekommen war, ihm ordentlich eine in die Fresse zu geben, nur so aus Prinzip, damit er sich merkte, daß man sich lieber nicht mit Long Joseph Sulaweyo anlegte. Aber nicht solange dieser Chiume noch den Revolver in der Tasche hatte. »Und wozu soll nu dieser ganze Quatsch hier gut sein?« fragte Joseph und leckte sich die Lippen.

»Wieso rennste mit 'ner Knarre rum wie irgend'n Pinetowner Zuhälter?«

Del Ray, der gerade einmal den ersten Schluck von seinem Bier getrunken hatte, zog ein finsteres Gesicht. »Weil es Leute gibt, die mich umbringen wollen. Wo steckt Renie?«

»Nee!« Diesmal hatte Joseph das Recht auf seiner Seite, da war er sich ganz sicher. Das war ein neues Gefühl für ihn, und er hatte vor, es auszukosten. »Du kannst nich ankommen und mich mit roher Gewalt kidnappen und dann erwarten, daß ich deine ganzen Fragen beantworte.«

»Vergiß nicht, daß ich immer noch den Revolver habe.«

Long Joseph winkte wegwerfend ab. Der Knabe konnte ihm nichts mehr vormachen. »Dann schieß doch. Aber wenn du *nich* schießt, dann erzähl mir lieber, wieso du auf der Straße über harmlose, rechtschaffene Bürger herfällst.«

Del Ray verdrehte die Augen, aber schluckte die bissige Bemerkung hinunter. »Daran ist deine Tochter schuld, und wenn sie dir nichts davon erzählt hat, dann tu ich es jetzt. Sie ist damit schließlich zu *mir* gekommen. Ich hatte jahrelang kein Wort mehr mit ihr geredet. Ich war verheiratet ... Ich war verheiratet ...« Er bekam wieder ein weinerliches Gesicht und verstummte eine Weile. »Mein Leben lief prima. Da rief mich Renie mit irgendeiner verrückten Geschichte über einen virtuellen Nightclub an, und jetzt ist alles kaputt.«

Nachdem er Renies Bitte und ihr Treffen auf der Golden Mile geschildert hatte, starrte Del Ray eine Weile schweigend auf sein Bier. »Diese drei Kerle kamen an und haben mich ins Gebet genommen«, sagte er schließlich. »Und damit ging das ganze Schlamassel los.«

Joseph bemerkte mit Sorge, daß in seiner Flasche nur noch wenige Schlucke übrig waren. Er drückte den Pfropfen drauf und stellte sie auf den Boden, knapp außerhalb seines Blickfeldes, damit sie etwas länger vorhielt. »Und wer waren die Kerle, die mit dir reden wollten? Buren, haste gesagt?«

»Zwei waren Afrikaander. Einer war schwarz. Der Wortführer, der häßliche weiße Hüne, erklärte mir, ich hätte Fragen gestellt, die mich nichts angingen - ich hätte ein paar wichtige Leute sehr betrübt. Sie wollten wissen, wer Renie ist, und vor allem, warum sie Kontakt zu einer Französin namens Martine Desroubins hat ...«

»Mach halblang. Das alles wegen dieser Franzosentussi?«

»Du kannst mir ruhig glauben. Ich habe ihnen gesagt, ich wüßte weder von dieser Frau noch sonstwas, Renie wäre bloß eine alte Freundin, die mich um einen Gefallen gebeten hätte. Ich hätte ihnen nichts sagen sollen, aber ich hatte Angst.

Kurze Zeit später kamen sie wieder und sagten, Renie würde nicht mehr in der Unterkunft wohnen - ihr wärt ausgezogen. Sie sagten, sie müßten unbedingt mit ihr reden, sie wollten ihr klarmachen, daß es klüger wäre, die Finger von der ganzen Sache zu lassen. Also machte ich ...«

»Moment mal!« Long Joseph richtete sich auf und hätte dabei um ein Haar die Plastikflasche umgestoßen. Trotz seines aufsteigenden Zorns hielt er sie geistesgegenwärtig fest. »*Du* warst das, der Renie ans Messer liefern wollte, jetzt weiß ich's wieder. Du hast ihren Anruf geortet ...«

»J-ja ... hab ich.«

»Ich sollte dir den Kopf abreißen!« Seine Worte täuschten über seine heimliche Freude hinweg. Das bewies messerscharf, was Joseph schon immer über Typen wie Del Ray gedacht hatte, Studierte, Schickis. »Du kannst von Glück sagen, daß du noch den Revolver hast.«

»Verdammt, ich wollte das nicht! Aber sie wußten, wo *ich* wohnte, sie standen bei mir vor der Haustür! Und sie haben versprochen, sie würden ihr nichts tun.«

»Ja, ja. Und das glaubst du, wenn dir'n Afrikaanderbulle sowas sagt.«

»Die waren nicht von der Polizei. Die hatten mit der Polizei nicht das geringste zu tun. Aber es waren auch nicht die üblichen Kriminellen. Sie müssen die Informationen über mich von jemand ganz oben in der UNComm bekommen haben, denn sie wußten nicht nur, daß ich mit Renie gesprochen hatte, sie wußten auch, was ich für sie getan, mit wem ich sonst noch gesprochen, welche Dateien ich gecheckt hatte. Und das Ortungsgear - eines Tages komme ich zur Arbeit und stelle fest, daß irgend jemand es auf mein System installiert hat. Nein, das waren keine gewöhnlichen Knochenbrecher. Die hatten beste Verbindungen.«

»Du hast also Renie ans Messer geliefert«, wiederholte Joseph, der nicht vorhatte, sich von seinem hohen moralischen Roß ziehen zu lassen. »Wegen dir ham wir fliehen müssen.«

Del Ray hatte nicht mehr den Nerv zu widersprechen. »Mir ist es noch schlimmer ergangen. Sie haben mir erklärt, wenn ich Renie nicht finde, bringen sie meine Frau um. Und als ich sie nicht finden konnte, bin ich gekündigt worden. Dann haben sie uns das Haus über dem Kopf angezündet.«

Joseph nickte wissend. »Unser Haus hamse auch abgefackelt. Ich hab Renie grad noch rausholen können.«

Der jüngere Mann hörte gar nicht zu. »Es war irgendwie wegen dieser Martine - sie haben mich mehrmals gefragt, wieso Renie mit ihr zu tun hat, ob ich den Kontakt hergestellt hätte.« Er schüttelte den Kopf. »Sie haben mein Haus angezündet! Wenn die Hunde nicht gebellt hätten, wären Dolly und ich verbrannt. Es ging so schnell - Brandbomben, meinte die Polizei.«

Long Joseph sagte nichts, aber er war beeindruckt. Die Art Leute kriegte man sonst bloß in Netzthrillern zu sehen. Allein die Tatsache, daß sie hinter ihm her waren, erhöhte das Gefühl seiner Wichtigkeit. Er trank den Wein aus, wobei er die Flasche noch einmal kräftig drückte, um ja nichts verkommen zu lassen, dann warf er sie lässig in eine Ecke, als ob sie eine der Brandbomben wäre, die Del Ray Chiume aus seinem Haus vertrieben hatten. Del Ray zuckte bei dem Gepolter zusammen.

»Dolly hat mich verlassen. Sie ist zu ihrer Familie in Manguse zurückgezogen. Seitdem verkrieche ich mich bei Freunden, hier in dieser Werkstatt von meinem Cousin, da und dort. Sie scheinen derzeit nicht sehr intensiv nach mir zu suchen, aber ich bin nicht so dumm, daß ich einfach wieder in mein altes Leben zurückspaziere und rufe: ›Hier bin ich! Kommt, bringt mich doch um!‹«

Long Joseph wog innerlich ab, ob er sitzen bleiben und die schwere, wohlige Wärme der ersten Flasche Mountain Rose genießen oder ob er probieren sollte, Del Rays unbestreitbare Schuld als Druckmittel zu benutzen und ihn eine zweite Flasche holen zu lassen. »Und was willste von *mir*?« fragte er. »Wieso biste mit deiner Knarre auf mich los wie einer vonner Mafia? Wieso hab ich meinen Jungen nich besuchen dürfen?«

Del Ray schnaubte. »Du mußt verrückt sein, Alter. Du wärst niemals zu deinem Sohn gekommen, ohne daß es jemand gemerkt hätte. Du kannst dich glücklich preisen, daß ich dich als erster gesehen habe. Du solltest mir dankbar sein. Wenn diese Gangster dich geschnappt hätten, würdest du jetzt mit Benzin übergossen in einem Graben liegen, und sie würden ein angezündetes Streichholz über dich halten und dich fragen, ob du ihnen vielleicht sonst noch was mitteilen wolltest.«

Joseph schauderte bei der Vorstellung, die sich nicht sehr von dem unterschied, was er sich vor einer kurzen Stunde noch selber ausgemalt hatte, aber er dachte nicht daran, das vor diesem feinen Pinkel zuzugeben. »Und was jetzt?«

Die Augen des jüngeren Mannes leuchteten auf, als wäre er aufgefordert worden, die Handlung einer Geschichte zu erzählen, die er schon lange schreiben wollte. »Renie muß diesen Leuten unbedingt sagen, was sie wissen wollen. Wenn sie mit dieser Martine geredet hat, muß sie ihnen versprechen, das nie wieder zu tun. Sie muß von dieser Frau wegbleiben! Das ist es, weshalb sie so wütend sind. Dann wird alles wieder gut. Dann kann ich wieder ins normale Leben zurückkehren.«

Selbst Long Joseph, der nur einen höchst nebulösen Begriff vom Ausmaß der Schwierigkeiten hatte, in denen Renie steckte, konnte sich des Gefühls nicht erwehren, daß Del Ray das etwas sehr optimistisch sah. Nicht daß es eine Rolle gespielt hätte. »Es is nich so einfach«, sagte er. »Überhaupt nich so einfach. Renie is nich in der Gegend. Es is viel komplizierter, was sie und ich machen, und wir können nich alles umschmeißen, bloß weil ein paar Afrikaandergangster dir ans Leder wollen.« Er blickte in Del Rays kummervolles Gesicht und schüttelte den Kopf mit dem ernsten Bedauern eines Propheten, der den sündhaften Wandel der Menschheit betrachtet. »Wenn ich meinen Jungen besucht hab, denken wir drüber nach, wie dir zu helfen is.«

»Wenn du was ...? Was zum Teufel denkst du dir, Mann?« Del Ray setzte sich gerade hin und stieß sich den Kopf an einem Regalbrett. »Das Krankenhaus steht unter Quarantäne! Und selbst wenn nicht, werden dir diese Dreckskerle das Herz rausreißen, sobald du nochmal dort vor dem Eingang erscheinst!«

Joseph war die Ruhe selbst. »Dann mußt du dir was einfallen lassen, wie wir da reinkommen, Junior.«

»Wir? *Wir?*«

»So isses. Ich bin hier, um meinen Sohn zu besuchen, und wenn ich ihn nich zu sehen kriege, dann bring ich dich auch nich zu Renie oder zu dieser Martine. Dann darfst du dich den Rest deines Lebens in so 'nem Loch verkriechen. Also fang lieber an, drüber nachzudenken.« Er lehnte sich mit dem überlegenen Lächeln eines mit allen Wassern gewaschenen Abenteurers zurück. »Und während du dir was ausdenkst, kannst du mir gleich noch 'ne Flasche Wein holen gehn.«

Kapitel

Der Sitz des Teufels

NETFEED/MODE:
Straßenmode ade, sagt die Haute Couture
(Bild: Goggleboys an einer Straßenecke)
Off-Stimme: Nachdem sie es so eilig hatten, den
Straßenlook zu übernehmen, sind die großen Modehäuser damit gründlich hereingefallen — und zwar
genau bei den Käufern von der Straße. Ladenketten
wie Packrat und Cloz melden, daß die 'Chutes' in
den Regalen Staub ansetzen, weil die Kids derzeit
das hautenge Spraylatex bevorzugen.
(Bild: Betchy Barcher von Cloz vor der aktuellen
Auslage)
Barcher: "Wir haben ein paar Wochen gebraucht, um
das Ruder rumzureißen, aber jetzt haben wir überall Latex. Die Kids wollen 'Sprays', und die sollen
sie haben."

> Der Abend war mild, die Wüste leer und ruhig, und dennoch wurde Orlando Gardiner von einer Kraft vorwärtsgezwungen, die so mächtig war wie ein Orkan. Sein Freund Fredericks hatte erstaunliche Stärke und Findigkeit bewiesen, aber das Zertrümmern der großen Urne hatte diese Stärke restlos erschöpft, und jetzt wurde auch er unwiderstehlich zu dem drohend aufragenden Tempel und dem darin schlafenden schrecklichen Ding hingezogen.

Ob sie nun den gleichen Zwang fühlten oder nicht, die kleinen gelben Affenkinder der Bösen Bande fühlten auf jeden Fall *etwas*, denn sie kreischten entsetzt und klammerten sich an Orlando wie winzige Fledermäuse. Als Thargor hatte er so wenig an, daß die meisten sich mit ihren winzigen Fingern in sein nacktes Fleisch krallten und so einen unsanft zwickenden Mantel lebendiger Leiber bildeten, der sehr schmerzhaft gewesen wäre, wenn Orlando nicht viel größere Sorgen gehabt hätte.

Irgendwas Gräßliches ist in diesem Tempel, und es zieht uns rein. Ich hab diese Göttin um Hilfe gebeten, aber sie hat uns bloß diese dämlichen Affen geschickt. Das gibt keinen Sinn! Aber was gab in Otherland schon Sinn? *Spielt das überhaupt noch eine Rolle? Ich sterbe sowieso, ob dieses ... Ding uns nun kriegt oder nicht.*

Er tat widerwillig einen Schritt vorwärts, dann noch einen. Die Affen kraxelten hurtig als vielarmige und vielbeinige kneifende Masse nach hinten auf seinen Rücken, so daß sein breiter Körper sie vor dem Tempel abschirmte. Ihnen graute vor diesem Ort, was nur natürlich war, aber wieso um alles in der Welt hatte die Göttin gemeint, diese Kinder könnten ihnen helfen?

»Lauf weg, Landogarner!« quiekte ihm eines ins Ohr. »'s Große Fiese Nix wohnt da drin. 's ganze Gear spinnt. Lauf weg!«

Es kostete Orlando schon alle Kraft, nicht vornüber zu fallen, und so verschwendete er keine Zeit mit Erklärungen, daß er in diesem Moment sowenig weglaufen konnte wie eine Oper auf türkisch komponieren. Als ihm eben aufging, daß das gelbe Mikroäffchen das Wort »Gear« benutzt hatte und daß in der Tat hinter diesem Wahnsinn ganz profane Apparate standen, stolperte er über etwas, das halb vergraben im Sand lag. Es war eine Scherbe der zerbrochenen Urne, in der die Bande gefangen gewesen war, ein Stück, auf dem eine Feder in einem abgerundeten Rechteck eingeritzt war.

»*Geh in die Dunkelheit*«, hatte die Göttin Ma'at ihm gesagt. »*Du wirst mein Zeichen sehen.*« Aber ihr Zeichen hatte ihm bis jetzt nur winzige Affen beschert, ein sehr zweifelhafter Segen. Er zwang sich trotzdem stehenzubleiben, wobei er sich gegen einen Zug stemmen mußte, der sich anfühlte, als ob in einem hoch in der Atmosphäre fliegenden Jet ein Fenster herausgedrückt worden wäre, dann hob er mühsam mit seinen tauben Fingern das Tonstück auf, bevor er abermals vor dem Tempel kapitulierte.

»Was willse mit machen?« erkundigte sich ein an seinem Kopf hängendes Äffchen. »Das is von der Frau.«

»Ihr ... kennt sie?« Orlando verlangsamte mit äußerster Kraftanstrengung seine Schritte, aber dadurch vergrößerte sich der Abstand zu dem vor ihm gehenden Fredericks noch mehr.

»Hat mit uns im Dunkeln gesprochen. Uns Geschichten erzählt!« Der Affe hangelte sich nach oben in die schwarzen Haare des Thargorsims. »Umdrehn is echt besser, Landogarner.«
»Malocchio abbondanza!« kreischte ein anderer Affe ängstlich.
»Wegbleiben von, hat die Frau gesagt!«
»Ich würde ... liebend gern ... wegbleiben«, stieß Orlando zwischen zusammengebissenen Zähnen hervor. Sein Kopf hämmerte so heftig, daß er meinte, gleich werde ihm eine Arterie platzen wie ein verstopftes Rohr. »Es ... geht nicht. Der Zug ... ist zu stark.« Er atmete tief und zitternd ein. Von seinem machtlos vorwärtsstapfenden Freund sah er jetzt nur noch den gebeugten Rücken. »Hast du ... ›Gear‹ gesagt ...?«
»'s Gear spinnt total da«, sagte die Klette in seinem Haar. Er hatte den Verdacht, daß es Zunni war, aber bei dem Geschnatter an seinem Kopf war es schwer, sich zu konzentrieren. »Wie 'ne große Dingsibumsi - Singilatät oder so.«
»Singularität?« Wenn er nicht beinahe vor Qual vergangen wäre, hätte er laut gelacht. »Meinst du sowas wie ein schwarzes Loch? Aber das hier ist *virtuell*, verblockt nochmal!« Seine Stimme klang so rauh und schroff, daß einige der Äffchen von ihm fortflatterten. Es war frappierend, sie in der Luft kreisen zu sehen - da ihm ungefähr so zumute war, wie wenn er von einem riesigen Abfluß verschluckt wurde, konnte er nicht verstehen, wieso sie nicht ebenfalls geradewegs auf den Tempel zufliegen mußten. »Ohhhh«, stöhnte er. Das Sprechen fiel ihm immer schwerer. »Werdet ihr denn nicht ... angezogen?«

Zunni, wenn sie es war, redete weiter, als ob er nichts gesagt hätte. »Singularität? Alle Pfeile in eine Richtung? Is das nich richtig?«
»Zu umkehrig!« fiepte ein anderes Stimmchen. »Is nich so klein.«
Orlando wurde aus alledem nicht schlau und hatte mittlerweile nicht mehr die Kraft, sich darüber den Kopf zu zerbrechen. Er merkte, daß er die Tonscherbe so fest umklammert hielt, daß seine Finger weiß geworden waren.

»Musse hin, aber will gar nicht?« Die kleine gelbe Gestalt war zu nah, um klar erkennbar zu sein. Verschwommen flatterte sie vor seinen Augen, ätherisch wie eine Engelsvision. »Dann musse durch und huppen.«
»N-n, Zunni«, widersprach eines der anderen. »Nich huppen.« Diese Stimme war so hoch und lispelnd wie die eines kleinen Kindes, das noch nicht einmal in die Schule ging. »Drumrums besser. Gavvy Well machen.«

»Sie meint ›Gravity Well‹«, raunte Zunni vertraulich. »Das isn Spiel, gell?«

Die Fassade des roten Steintempels ragte jetzt vor Orlando auf wie eine Felswand, unwirklich hoch, unwirklich steil und erschlagend, und immer noch keckerten die Affen untereinander. Fredericks hatte recht, dachte er mit wachsender Verzweiflung. *Es ist wirklich, als ob du dich mit Corn Flakes unterhalten wolltest* ...

»Lieber schnell rennen, Landogarner«, meinte ein anderes der kleinen Wesen schließlich. »Isses beste.«

»'s einzige«, erklärte ein anderes. »Misterioso fabuloso. Brauchse die besten Tricks.«

»Ich kann nicht ... wegrennen«, knirschte er. »Das hab ich euch doch gesagt. Es ... es hat mich.«

Zunni seilte sich an einer Haarsträhne über seine Stirn ab und piekste ihm in die Backe. »Nein, *draufzu* rennen musse. Ganz schnell. Und schnelle Sachen denken.«

»Ah, Zunni, du riesendumme Itipoti du!« quiekte ein anderes Äffchen. »Das bringt nix. Einfach schnell rennen muß er.«

»Schnelle Sachen noch dazu denken«, flüsterte die vor seiner Nase baumelnde Zunni im Verschwörerton. »'s Große Fiese Nix schläft ganz fest - vielleicht gehts auszutricksen.«

Orlando weinte beinahe, so sehr strengte er sich an, seine Schritte zu verlangsamen. Der düstere Eingang des Tempels stand vor ihm, eine breite schwarze Öffnung in der Fassade, die wie eine große Zahnlücke aussah. Etliche Meter vor ihm war Fredericks nur noch ein hellgrauer Schemen, von der Dunkelheit beinahe schon verschlungen. »Das versteh ich nicht«, keuchte er. »Draufzu rennen? Rennen?«

»Wir helfen«, versprach Zunni. Sie kletterte ihm auf die Schulter, dann sprang sie auf seinen Rücken, wo er sie zwar nicht mehr sehen, aber immer noch ihre Stimme hören konnte. »Dann komm*se* schnell wieder raus, wie in Gravity Well. Paß auf, wir schieben!«

Und plötzlich zog sich die ganze Flatterstaffel der winzigen Affen zwischen seinen Schulterblättern zusammen und verpaßte ihm einen überraschend kräftigen Stoß. Er flog nach vorn und ruderte wie wild mit den Armen, um nicht der Länge nach hinzuschlagen. Alles wirbelte vor seinen Augen, als ob Otherlands Umsetzungszeit zum erstenmal das wirkliche Leben nicht erreichen könnte, aber rasch wurde ihm klar, daß es in Wahrheit noch eigenartiger war: Der Eingang, die mächtigen Sandsteinquader der Mauern, sogar der sich erstaunt in Zeitlupe umdrehende Fredericks, alles wurde urplötzlich flächig und streckte und rundete sich zu einem Tunnel, den er hinunterjagte. Orlando haschte nach Fredericks, als er an ihm vorbeisauste, durch ihn hindurch, weiter ... Einen Moment lang fühlte er, wie er das harte Tonstück mit der eingeritzten Feder krampfhaft vor sich hielt wie einen Schild, während die Finger seines Freundes seine andere Hand faßten, dann fiel alles körperliche Empfinden von ihm ab, und er war nur noch ein Auge, das in einen unendlich tiefen Brunnen stürzte, ein Ohr, das nichts anderes mehr hörte als das Brausen eines unaufhörlichen Windes.

Ich bin drin! konnte er gerade noch denken, als schlagartig ein Bild vor ihm aufzuckte, klar und deutlich, obwohl er es nur innerlich wahrnahm, nicht mit dem Gesichtssinn. Was der Tempel verbarg, erkannte er plötzlich ohne jeden Zweifel, und was dabei doch den Tempel umfing wie ein Schatten, der größer war als der Gegenstand, der ihn warf, war die ungeheuerliche schwarze Pyramide aus seinem Wüstentraum ...

... Die Pyramide ... der Sitz des Teufels ...

Etwas traf ihn wie eine Bombe, ein großer, wummernder Schlag, als ob er ein Hammer wäre, der soeben auf einen titanischen Amboß gedonnert war, ein tiefer, nachhallender Ton wie die Geburt einer Welt ... oder ihr Ende ...

Aus ...!

Der Tunnel um ihn herum verwackelte und zerfloß in schimmernde Lichtflecken.

Erste Stufe, begriff er dunkel. Seine Gedanken waren so fern wie die Stimmen von Zugvögeln, die unsichtbar über den Nachthimmel flogen. *Ich hab den ersten Schritt in den Tempel getan ... in die Finsternis ...*

Der Donnerhall verklang. Das zitternde, gleißende Licht formierte sich neu. Er war wieder ein Kind, das seiner Mutter vom Brunnen nach Hause folgte und beobachtete, wie sie mit wiegenden Hüften den Blechkanister auf dem Kopf balancierte. Es raschelte im trockenen Gras, und er sah eine rotbraune Schlange auf den Pfad huschen. Seine Mutter drehte sich mit schreckensweiten Augen um, aber die Schlange war zwischen ihnen ...

Jetzt saß er auf dem Rücksitz eines Wagens, der an der Küste entlangfuhr. Vorne stritten sich seine Eltern, und neben ihm saß seine große Schwester, schnitt Grimassen und stieß ihn mit dem Hals ihrer

kopflosen Puppe. Er trat nach ihr, aber sie hielt Abstand, und seine Eltern, nach denen er schrie, waren zu sehr mit ihrem eigenen Streiten beschäftigt. Als das Auto um eine Kurve bog, spiegelte sich die Sonne grell auf dem Wasser, und einen Moment lang war er von dem Licht geblendet, das die Gesichter seiner Eltern scharf umriß ...
Seine zwei jüngeren Brüder waren aus dem Zelt gekrochen. Seine Mutter schrie, was das kranke Baby in ihren Armen nur noch mehr aufbrachte, aber das schlimme war, daß seine Mutter richtig Angst hatte, weil es draußen stockfinstere Nacht und sein Vater noch nicht wieder da war. Er schlüpfte durch die Zeltklappe und an den nervösen Ziegen vorbei, die blökten und mit ihren Glocken bimmelten. Der Nachthimmel dehnte sich schier unendlich in alle Richtungen, und die Sterne funkelten stechend, und er rief immer wieder die Namen seiner Brüder ...

Aber ich hab doch gar keine Brüder, dachte er. *Und das sind gar nicht meine Eltern, oder?*

Auf einmal ereignete sich alles gleichzeitig.

Eine Hütte hoch am Hang in einem Gebirgstal, und sein Fahrrad lag in einer Grube neben dem Weg davor, die Räder an den Gabeln angerostet, weil er es den ganzen Winter über dort liegengelassen hatte, um in einem Konflikt mit seinem Vater zu gewinnen, von dem dieser gar nichts wußte ...

Die Stelle in dem langen Eingangsflur, wo die Bilder seiner Mutter und seiner älteren Schwester mit einer Blumenvase dazwischen auf einem Tisch standen und wo seine Großmutter manchmal, an heiligen Tagen, eine Kerze anzündete ...

Spielen im Fluß, bevor die Regenzeit wieder kam, die Ufer bis weit unten vom Wasser entblößt, nur Schlamm. Sein Cousin und einer der anderen Dorfjungen rangen miteinander, und sie rutschten aus und verschwanden in der morastigen Brühe, so daß er es mit der Angst zu tun kriegte, aber dann kamen sie lachend wieder hoch, von Kopf bis Fuß einheitlich kackbraun außer den leuchtenden Augen und den Zähnen ...

Wo es jetzt Abend geworden war, holten sie die Fahne seines Onkels ein, und er stand total stramm und hoffte, daß sein Onkel seine kerzengerade Haltung bemerkte ...

Aus ...

Zweite Stufe. Die Lichtflecken zerfielen in kleinere, eckigere Stückchen, Scherben menschlicher Leben, Tausende von hellen, splittrigen

Szenen, zerbrochenen Fenstern gleich: auf einem hohen Bergpfad den Pferden folgend, die bunte Troddel einer Decke im Blick ... ein scharfes Bellen des Hundes, der etwas in der Nachbarwohnung hörte, wo eigentlich niemand zuhause sein sollte ... das weinende Gesicht seines kleinen Bruders, pummelig und rot und völlig erschüttert, daß er in den Sandkasten geschubst worden war ... ein Paar neue Schuhe, ordentlich auf seinen zusammengefalteten Sonntagsanzug gestellt ...

Und die ganze Zeit über lauerte ein großes dunkles Etwas unter diesen kurzen Schlaglichtern, als ob er, das beobachtende Auge, ein Taucher wäre, der knapp unter der Oberfläche schwamm, während gleichzeitig ein Wesen, das unbegreiflich viel zu groß und viel zu weit unten war, langsam, ganz langsam unter ihm dahinzog. Es wußte nicht, daß er da war, und seine Neugier war fast so groß wie sein Entsetzen, aber nichts auf der Welt konnte schutzloser sein als er, ein Wurm ohne Haken, der über dem großen Schatten im Wasser trieb ...

Aus ...

Die dritte Stufe brachte das Dunkel, als ob das unter ihm schwimmende Große Nichts aufgestiegen wäre und ihn zufällig, ohne es selbst zu merken, auf einen Happs hinuntergeschluckt hätte. Das Dunkel umgab ihn jetzt, durchdrang ihn, aber es war ein Dunkel, das brannte, die Dunkelheit in der Backröhre, nachdem jemand die Klappe zugemacht hat.

Er schrie, aber wortlos. Er kannte keine Worte. Es gab Lichtblitze, aber sie hatten nicht mehr Sinn als die brennende Dunkelheit. Er war nicht nur körperlos, sondern auch namenlos. Er kannte keine Brüder, keine Schwestern, keine Väter, keine Mütter, nur Schmerz und Tumult. Er war eine Singularität, ein unendlich kleiner Punkt im Zentrum des Alls, und alles, was ihn umgab, war endlich. Er explodierte immer und immer wieder.

Die Impulse kamen jetzt schneller, kamen heißer, schneller und heißer und es ging nicht, er versuchte es aber er spürte und hörte und sah nichts überhaupt nichts als schnell und heiß und

Schneller heißer schneller heißer zerbrochen zuckend kratz Nadel Weißglut kann nicht aufhören schlagen nein nicht mehr nein nicht noch schneller heiß aufhören nicht noch nein es hört nicht auf zu weh auf weh zu tun nicht warum versteht nicht heiß noch schneller drinnen aufhören drinnen heißer draußen aufhören noch schneller nicht noch heißer es soll ...

Aufhörensollaufhörenhörtnichtaufwarumnichtsoll ...

Und dann hörte es endlich auf. Etwas Blaues, etwas Ruhiges, etwas klebrig Kühles floß über und machte alles langsam, ganz langsam, ein wunderbares schleichendes siruplangsames Überfrieren, das ihn hielt und bedeckte und sein tiefes schwarzes leeres Herz langsam schlagen ließ, ganz ganz langsam, bis es nur noch einmal in hundert Jahren schlug, einmal in einem Äon, einmal am Anfang von allem und dann noch einmal ganz am Schluß, wenn alles endlich aufhörte ...
Aus ... Die vierte Stufe.
Und mit diesem einen gewaltigen Dröhnen kam das Nichts. Und es kam als Erlösung.

Er stieg namenlos aus der totalen Schwärze in eine andere, nicht so tiefe Nacht auf, an einen ganz stillen Ort, wo es keine andere Zeit gab als *jetzt*. Er dachte nur deshalb, daß es ein Ort war, weil er sich irgendwie als individuelles Wesen wahrnahm und von daher das vage Gefühl hatte, zwangsläufig an einem Ort sein zu müssen, aber er hatte es nicht eilig herauszufinden, wo er war, nicht einmal, wer er war. Die Annahme der persönlichen Existenz brachte, wie er wußte, gewisse Verpflichtungen mit sich, und er hatte im Moment keinerlei Bedürfnis nach etwas, das so strapaziös und bindend war.

Obwohl die Schwärze alles umfing, hatte sie eine Gestalt, eine Gestalt, die er schon einmal gesehen hatte, unten breit, oben schmal - ein Berg, eine ausgetrunkene und dann umgedrehte Tasse, eine Pyramide ... Er war im Dunkeln - *war* das Dunkel -, aber er nahm dennoch die schwarze Form in ihrer ganzen geometrischen Unmöglichkeit wahr, die Schenkel, die zusammenstrebten und gleichzeitig parallel nach oben ins Unendliche liefen.

Und mit dem Gefühl, im Herzen der schwarzen Pyramide am Leben und winzig klein und im Augenblick noch unbemerkt zu sein, begann in der Leere etwas zu knistern. Er sah in der Dunkelheit vor sich einen Spalt entstehen, sah, daß es ein Licht war, was ihn aufriß, ein zischendes, prasselndes Flammen wie beim Feuerwerk am Tag der Vereinten Nationen ...

... Er blickte mit einer ganz schlimmen Atemwegsinfektion auf den Balkon seiner Eltern, viel zu krank, um das Feuerwerk gucken zu gehen, selbst das auf der Wiese der Wohnanlage, aber seine Eltern veranstalteten für ihn allein ein eigenes Feuerwerk auf dem Balkon, damit er es von seinem Bett aus sehen konnte ...

Die schartige Stelle riß immer weiter auf, und das Licht floß jetzt heraus. Einen Moment lang - nur einen Moment - war er enttäuscht, daß die schöne Dunkelheit so leicht und so achtlos verdorben wurde. Doch im Schwarzen schwimmend konnte er nicht den Blick von dem Licht abwenden, das sich vor ihm zu einem Feld regelmäßiger Formen und winkliger Linien ausdehnte, zu einem Netzmuster von weißen Linien auf schwarzem Untergrund, die zu schwarzen Linien auf weißem Untergrund wurden ...

... *Decke* ...

... Und plötzlich begriff er, daß er auf dem Rücken lag und zur Decke eines Anstaltszimmers hinaufschaute, überall schalldämpfende Platten und pflegeleichte Oberflächen.

Krankenhaus. Das Wort ging ihm nach einer Weile auf, und damit dämmerte ihm langsam die Erkenntnis, daß er wach geworden sein mußte - er mußte irgendwie aus dem Netzwerk hinausgeraten und in seinen Körper zurückgekehrt sein. Ein anderer Gedanke meldete sich zaghaft, und er machte sich auf den Schmerz gefaßt, den ... den ... (endlich kam ihm der Name) den Fredericks beschrieben hatte, aber nachdem er länger zu den Schallschluckplatten emporgeblickt hatte, spürte er immer noch nichts. Dafür hatte er die Anwesenheit zweier Personen neben seinem Bett bemerkt, die sich von beiden Seiten über ihn beugten und die nur seine Mutter und sein Vater sein konnten. Eine stille Freude erfüllte ihn, als er die Augen aufschlug.

Die Gestalt zur Linken war so tief in Schatten gehüllt, daß er sie nicht sehen, nur fühlen konnte. Was er wahrnahm, war Bewußtsein, aber auch eine Leere und die damit einhergehende Kälte. Es war keine angenehme Empfindung.

Die Gestalt zu seiner Rechten hatte einen Kopf, der nur aus Licht bestand.

Ich bin hier schon mal gewesen, dachte er. *Aber da war es irgendwas wie ein Amt, ein Büro, kein Krankenhaus. Am Anfang, als ... als ich durch bin nach ...*

Hallo, Orlando, sagte das Wesen, dessen Gesicht von seinem eigenen Strahlen unkenntlich gemacht wurde. Es sprach mit der Stimme seiner Mutter, aber es war nicht seine Mutter, auf gar keinen Fall. *Du hast uns gefehlt. Dabei waren wir gar nicht fern von dir.*

Wer ist »wir«? Er wollte sich aufsetzen, aber es ging nicht. Das Wesen links von ihm bewegte sich, die eisige Gestalt, die er nicht richtig sehen konnte; einen Moment lang blieb ihm fast das Herz stehen, solche Angst hatte er, es könnte ihn anfassen. Er drehte sich ruckartig weg, aber das Licht auf der anderen Seite war schmerzhaft grell, so daß er gezwungen war, sich wieder den Schallschluckplatten zuzuwenden. Etwas Kleines krabbelte dort, winzig, vielleicht ein Käfer, und er heftete seine Aufmerksamkeit darauf.

»Wir« im Sinne von »ich«, fuhr seine Mutter fort, die nicht seine Mutter war. »Du«, könnte man vermutlich sogar behaupten. Aber natürlich wäre auch das nicht ganz richtig.

Er verstand nichts von alledem. Wo bin ich? Was ist das für ein Ort hier?

Das Lichtwesen zögerte. Ein Traum, würde ich sagen. Vielleicht wäre das die beste Erklärung.

Heißt das, ich rede mit mir selbst? Findet das alles bloß in meinem Kopf statt?

Das kalte Feuer wackelte. Er begriff, daß die Gestalt lachte. Wie dadurch verärgert, machte das schattenhafte Wesen am linken Rand seines Blickfeldes eine Bewegung. Er meinte, seinen Atem zu hören, ein langsames, schlafschweres Geräusch aus weiter Ferne. Nein, nein, erwiderte die Gestalt rechts von ihm. So simpel ist es nicht. Du redest allerdings mit dir selbst, aber nur insofern, als von dort die Worte kommen.

Bin ich tot?

Das Wort hat in diesem Gespräch nicht viel zu bedeuten. Das Leuchten wurde ein wenig stärker, blendete ihn so sehr, daß eine Träne in sein rechtes Auge trat. Orlando mußte blinzeln. Du bist dazwischen, an einer Grenze. Du stehst in der Mitte zwischen Himmel und Hölle - an einem Ort, der mit der Erde überhaupt nichts zu tun hat, einerlei, was die mittelalterliche Theologie dazu sagt.

Bist du ... Gott? Selbst in seiner Verstörtheit und Losgelöstheit konnte ein Teil von ihm es nicht glauben. Es wirkte alles zu glatt, zu simpel. Das kalte Wesen auf seiner anderen Seite beugte sich näher heran, oder es kam ihm so vor, denn er fühlte einen eisigen Schatten über sich kriechen, und er kniff fest die Augen zu aus Angst, er könnte sehen, was dort stand.

Die Stimme, die zu dem strahlenden Gesicht gehörte, war freundlich. Die Frage lautet folgendermaßen, Orlando. Es ist eine Art Konfirmandenfrage ...

Mit fest geschlossenen Augen wartete er, aber das Schweigen dauerte an. Als er gerade schon alles riskieren und die Augen öffnen wollte, sprach die sanfte Stimme wieder.

Wenn Gott allmächtig ist, dann kann der Teufel nichts weiter sein als eine Dunkelheit im Geist Gottes. Doch wenn der Teufel real und eigenständig ist, dann ist jede Vollkommenheit von vornherein ausgeschlossen, und es kann keinen Gott geben ... abgesehen von den ehrgeizigen Bestrebungen gefallener Engel ...

Orlando strengte sich an, die Stimme zu vernehmen, die immer leiser

geworden war und das letzte Wort nur noch flüsterte. Als ob er sehend besser hören könnte, schlug er die Augen auf und sah ...
Schwärze, totale Schwärze, völlige Vernichtung, alles war ...
Aus ...

> Zum zweitenmal in einer Spanne, die ihm sehr kurz vorkam, schien er wieder im Krankenhaus zu sein. Er hatte die Augen zugekniffen, und da die Möglichkeit bestand, daß die beiden beängstigenden Gestalten ihn immer noch flankierten wie Bücherstützen, hatte er es nicht eilig, sie zu öffnen, aber Orlando merkte, daß er flach auf dem Rücken lag, fest in Decken eingewickelt oder sonstwie gefesselt, und daß jemand mit einem kalten, feuchten Tuch seine Stirn abtupfte.

Für die Krankenhaustheorie sprach auch, daß er sich absolut grauenhaft fühlte.

»Grad hat er geblinzelt«, sagte Fredericks in dem aufgeregten Ton eines Menschen, der lange auf etwas gewartet hat.

»O Gott«, stöhnte Orlando. »Bin ich denn ... noch am Leben? Herrje, sowas Verblocktes!«

»Das ist nicht witzig, Gardiner.«

Als er die Augen aufschlug, erstarb ihm eine zweite sarkastische Bemerkung auf den Lippen. Es war nicht Fredericks, der ihm die Stirn kühlte, sondern eine runde Ägypterin mit dunkler Haut und ungeduldiger Miene. »Wer bist du?« fragte Orlando.

»Schön still, hörst du.« Ihr Tonfall klang, als hätte sie sich im Fluß geirrt, denn sie war jedenfalls eher am Mississippi als am Nil zuhause. »Du warst fast tot, Junge, da denk ich, du hältst dich lieber noch ein Weilchen ruhig.«

Orlando blickte den hinter ihr stehenden Fredericks an und formte mit den Lippen die Worte: *Wer ist sie?* Sein Freund zuckte ratlos mit den Achseln. Der Raum selbst gab keinen Aufschluß - die Wände waren aus weiß getünchten Lehmziegeln, die Decke war weiß verputzt, und außer dem knubbeligen, kissenlosen Bettgestell, auf dem er lag, standen keine Möbel im Zimmer.

Die Frau legte ihm sanft, aber bestimmt eine Hand auf die Brust und drückte ihn auf die raschelnde Matratze zurück. Als er sich wehren wollte, merkte er, daß er ganz fest in eine rauhe Decke eingepackt worden war: die Arme klebten ihm buchstäblich an den Seiten.

»Was soll das?« protestierte er. Es war ihm nicht geheuer, derart hilflos zu sein. »Willst du 'ne Mumie aus mir machen oder was?«

»Red keinen Unfug.« Sie tupfte ein letztes Mal, dann stand sie auf, die Fäuste in ihre fülligen Hüften gestemmt. Obwohl Fredericks den schmächtigen Pithlitsim trug, ging sie ihm nur bis zur Schulter. Aufrecht stehend hätte Orlandos Thargorkörper aus luftiger Höhe auf sie herabgeblickt. »Du bist kein König, du bist bloß ein gewöhnlicher Gott wie dein Freund hier, außerdem bist du nicht mal tot. So einer wie du wird nicht mumifiziert, Junge. Jetzt sprich dein Gutenachtgebet und schlaf noch ein Ründchen.«

»Was soll der Käse? Wer *bist* du? Was läuft hier eigentlich?«

»Dir ging's wieder echt dreckig, Orlando.« Fredericks sah die Frau an, als müßte er um Redeerlaubnis bitten, doch sie wandte den Blick nicht von ihrem Patienten ab. »Als wir durch waren ... als wir aus diesem Tempeldings raus waren ... hast du ...«

»Du hast dich aufgeführt wie ein Irrer«, stellte die Frau nüchtern fest. »Rumgetobt und gebrüllt und ein Heidentheater gemacht hast du. Du wolltest irgendeine Hauswand eintreten, und dann wolltest du zu Fuß über den Nil.«

»Oh, verdammt ...« Orlando schauderte. »Aber wie bin ich hier gelandet? Und warum willst du mir nicht sagen, wer du bist?«

Die Frau musterte ihn scharf, wie um einzuschätzen, ob er die Mühe eines ernsthaften Gesprächs überhaupt wert war. »Gewöhn dir das Fluchen ab, Junge. Ich heiße Bonita Mae Simpkins. Meine Familie nennt mich Bonnie Mae, aber du kennst mich noch nicht so gut, deshalb kannst du einstweilen Missus Simpkins zu mir sagen.«

Die Kopfschmerzen, die anfangs bloß gräßlich gewesen waren, wurden mit jedem Moment unerträglicher. Orlando fühlte ein Augenlid heftig zucken, aber das war seine geringste Sorge. »Ich ... ich hätt gern ein paar Erklärungen, aber ich fühl mich ziemlich gedumpft«, räumte er ein.

»Du bist nicht gesund, Junge, da ist das kein Wunder. Du brauchst Schlaf.« Sie kniff die Brauen zusammen, aber ihre Hand auf seiner Stirn fühlte sich sanft an. »Hier.« Sie zog etwas aus einer Falte ihres lockeren weißen Baumwollkleides. »Schluck das. Danach wird's dir ein bißchen bessergehen.«

Unter dem Druck dieses Blickes widersprach er nicht, sondern schluckte die pulverige Kugel trocken hinunter. »Was ist das?«

»Ägyptische Arznei«, antwortete sie. »Viel davon ist aus Krokodils-Aa.« Beim Anblick von Orlandos entsetzter Miene gestattete sie sich zum erstenmal ein flüchtiges Lächeln. »Aber die hier nicht. Bloß Weidenrinde. In ein paar tausend Jahren, nehm ich mal an, werden die Leute Aspirin dazu sagen.«
Orlando fand das nicht so heiter wie Missus Simpkins, aber er hatte nicht mehr die Kraft, ihr das mitzuteilen. Er legte sich zurück. Fredericks hockte sich neben ihn und nahm seine Hand. »Du wirst schon wieder okay, Gardiner.«
Orlando wollte seinen Freund daran erinnern, daß er mit tödlicher Sicherheit nie wieder okay werden würde, aber da wurde er auch schon wie von Flußschlingpflanzen, die sich um die Beine eines Ertrinkenden wickelten, in die Tiefe hinabgezogen.

Als er das nächste Mal erwachte, fühlte er sich ein wenig besser, und nach einigen Verhandlungen durfte er sich sogar hochsetzen. Ihm war, als ob in seinen sämtlichen Nerven das Leben neu zu prickeln begänne. Was immer in seiner Matratze steckte, es stachelte wie eine Roßhaarfüllung, und das durch die Tür einfallende Licht übergoß die weißen Wände mit einer nahezu schmerzhaften Helligkeit.
Als Missus Simpkins kurz einmal ins Nebenzimmer ging, rief er Fredericks zu sich. »Was läuft hier?« flüsterte er. »Was ist mit dem Tempel passiert, und wie sind wir hierhergekommen? Und wo sind wir hier überhaupt?«
»Bei irgend jemand zuhause.« Fredericks blickte über die Schulter, um sicherzugehen, daß die erschröckliche Missus Simpkins nicht in Sicht war. »Ziemlich groß, das Haus. Aber sie hat die Wahrheit gesagt, du hast echt total gescännt. Ein Haufen Typen mit Keulen und so wollt dich lynchen, aber sie hat dich beruhigt gekriegt.«
»Aber wo sind wir? Immer noch in Ägypten, stimmt's? Wie hat's uns hierher verschlagen?«
Fredericks zog ein unglückliches Gesicht. »Ägypten, bong, aber sonst hab ich keine Ahnung. Als wir endlich bei diesem Tempel waren - ich dachte wirklich, da kommt gleich'n Monster raus und frißt uns voll auf oder so -, hatt ich 'nen Blackout, glaub ich, und hinterher bin ich einfach irgendwie ... wieder aufgewacht. Du warst weg. Aber ich war dicht am Fluß, und rundrum war so 'ne große Stadt. Auf einmal hör ich irgendwelche Leute schreien, und als ich nachgucken geh, bist du das,

und du stehst im Fluß und scännst megamäßig und brüllst irgendwas vom Amt Gottes.«

»Ich kann mich an nichts erinnern«, sagte Orlando kopfschüttelnd. »Aber ich hatte echt unheimliche ... ich weiß nicht, Träume, Erfahrungen ... wo's um diesen Tempel ging.« Plötzlich erschrak er, denn ihm war etwas eingefallen. »Wo sind die Affenkids?«

»Sie sind hier. Sie wollen bloß nicht ins Haus kommen - sie haben Bammel vor dieser Frau. Sie sind auf dir rumgeklettert, als du noch geschlafen hast, am ersten Nachmittag, und sie hat sie mit 'nem Besen rausgescheucht. Ich glaube, sie haben sich auf einen Baum da draußen im Hof verzogen.«

»Ich kapier das alles nicht ...«, sagte Orlando. »Herrje, was hat eine, die Bonnie Mae heißt, im alten Ägypten zu schaffen ...?«

»An den Pyramiden des Pharaos haben auch nicht haufenweise Leute mitgebaut, die Orlando Gardiner hießen«, ließ sich eine scharfe Stimme von der Tür vernehmen. »Oder?«

Fredericks fuhr schuldbewußt auf. »Es geht ihm besser«, meldete er, »da hat er ein paar Fragen gestellt.«

»Kann er gern«, sagte Missus Simpkins. »Kann er gern. Und ich hätte auch die eine oder andere. Zum Beispiel, wo du das herhast, und warum du es so fest in der Hand gehalten hast, daß noch Fingerabdrücke im Ton zu sehen sind.« Sie hielt Orlando die Urnenscherbe mit der eingezeichneten Feder vor die Nase und schwenkte sie hin und her. »Red offen mit mir, Junge. Der liebe Gott ist auf Lügner nicht gut zu sprechen - er kann Leute nicht ausstehen, die nicht die Wahrheit sagen.«

»Hör mal«, entgegnete Orlando, »nichts für ungut und so, aber warum sollte ich dir *irgendwas* sagen? Ich weiß nicht, wer du bist. Ich meine, vielen Dank, daß du dich um uns gekümmert und uns hier aufgenommen hast, aber vielleicht sollten wir uns jetzt verabschieden, damit du dein Haus wieder für dich hast.« Er riß sich zusammen und stellte sich hin, doch dann mußte er sich noch mehr zusammenreißen, um nicht gleich wieder hinzufallen. Seine Beine fühlten sich wie weichgekocht an, und schon die Anstrengung, sich aufrecht zu halten, brachte ihn zum Keuchen.

Bonita Mae Simpkins' Lachen klang alles andere als heiter. »Du weißt nicht, was du redest, Junge. Erstens kannst du nicht mal um die Ecke gehen, ohne daß dein Freund dich stützt. Zweitens wird es in einer Stunde dunkel, und wenn du dann da draußen rumläufst, wirst du in Stücke gerissen. In *dieser* Löwengrube kannst du nicht den Daniel spielen.«

»In Stücke gerissen?«

»Sag du's ihm«, forderte sie Fredericks auf. »Widerreden kann ich zur Zeit einfach nicht verknusen.« Sie verschränkte die Arme über ihrer breiten Brust.

»Hier ... hier ist irgendwie Krieg oder so«, sagte Fredericks. »Bei Nacht ist es draußen nicht sehr sicher.«

»Nicht sehr sicher?« schnaubte die Frau. »Der Herrgott hat dir die Gabe der Untertreibung in wahrhaft erstaunlichem Maß verliehen, junger Freund. Die Straßen von Abydos sind voll von Greueln, und das ist gewißlich wahr. Kreaturen mit den Köpfen von Geiern und Bienen, Männer und Frauen, die Blitze schleudern und in fliegenden Schiffen fahren, Skorpione mit menschlichen Händen, Ungeheuer, wie du sie dir nicht mal vorstellen kannst. Da draußen geht's zu wie in der Endzeit, wie in der Offenbarung Johannis, wenn der liebe Gott mir mal nachsieht, daß ich sowas von einem Ort sage, der eigentlich nichts weiter ist als eine armselige Kopie seiner Welt, nichts weiter als das Werk sündiger Menschen.« Sie fixierte Orlando mit einem glasharten Blick. »Hinzu kommt, daß dieser ganze Irrsinn, soweit ich das sehe, deine Schuld ist, Junge.«

»Was?« Orlando wandte sich Fredericks zu, aber der zuckte nur mit den Achseln und schaute verlegen. »Was soll das nun schon wieder heißen?«

»Na ja«, erwiderte sein Freund. »Erinnerst du dich noch an Upadupa? Den Kerl mit dem Wolfskopf? Anscheinend hat er hier 'ne Revolution angezettelt.«

»Osiris ist zur Zeit nicht da, aber seine Stellvertreter Tefi und Mewat sind gehässige Schweinehunde«, erklärte Missus Simpkins. »Sie werden alles dransetzen, die Sache wieder hinzubügeln, bevor ihr Boß zurückkommt, und für Bestien wie sie heißt das im Klartext: Folter und Morde bis zum Gehtnichtmehr - wobei sie mit beidem ohnehin noch nie kleinlich gewesen sind. Also erzähl du mir nicht, was du tun oder nicht tun willst, Junge.«

Orlando war einen Moment lang stumm vor Entsetzen und versuchte, aus alledem schlau zu werden. Das Licht auf der Wand gegenüber hatte bereits einen dunkleren Ton, die Schatten krochen langsam die weiße Fläche empor, und während die Worte der Frau noch in ihm nachhallten, spürte er beinahe den angehaltenen Atem einer Stadt, die ängstlich auf den Einbruch der Dunkelheit wartete. »Und ... und was sollen wir jetzt tun? Was ist deine Rolle in dem Ganzen ... Ma'am?«

Missus Simpkins grunzte zum Zeichen ihrer Genugtuung über einen respektvolleren Orlando. »Was meine Rolle ist, Junge, das ist noch nicht für deine Ohren bestimmt, aber daß du durch das Viertel der Pyramidenbauer getrampelt kommst, die Feder der Ma'at so fest in der Hand, als ob sie dein letzter Halt im Leben wäre, dafür hätte ich gern eine Erklärung«

»Woher ... kennst du sie?«

»Wer stellt hier die Fragen, Junge?« Sie funkelte ihn grimmig an. Orlando war überzeugt, daß sie zwischen ihren Augenbrauen eine Walnuß knacken konnte, wenn sie wollte. »Ich kenne sie nicht bloß, mein Mann Terence hat in den Kerkern des Osiris sein Leben gelassen, um ihre Geheimnisse zu bewahren, und acht weitere von meinen Freunden sind ebenfalls dort umgekommen. Vielleicht verstehst du jetzt, daß mein Geduldsfaden in dieser Sache ein bißchen kurz ist. Und jetzt red mit mir!«

Orlando holte tief Luft. Der Selbsterhaltungsinstinkt riet ihm dringend ab, noch eine weitere Frage zu stellen, aber er lebte schon zu lange mit dem Todesurteil, um sich leicht einschüchtern zu lassen. »Sag mir bloß noch, wer deine Freunde sind, bitte! Warum seid ihr hier?«

Bonita Mae Simpkins atmete ihrerseits tief ein. »Ich bete um Geduld, Junge.« Sie schloß die Augen, als meinte sie das ganz wörtlich. »Wir sind Der Kreis, junger Mann, und wir werden jeden einzelnen von diesen Sündern und falschen Göttern mit dem Expreßfahrstuhl in die Hölle befördern. Und jetzt fang endlich an zu reden.«

Kapitel

Heikle Bodenverhältnisse

NETFEED/INTERAKTIV:
IEN₁ Hr. 4 (Eu₁ NAm) — "Backstab" ("Dolchstoß")
(Bild: Kennedy im Kampf mit einem Krokodil)
Off-Stimme: Stabbak (Carolus Kennedy) und Shi Na
(Wendy Yohira) müssen sich auf der Suche nach einer
chemischen Substanz₁ hinter der auch der verbrecherische Doktor Methusalem (Moische Reiner) her ist₁
einen Weg durch den Amazonas-Regenwald bahnen.
5 Yanoama-Hauptdarsteller benötigt₁ dazu Statisten.
Flak an: IEN.BKSTB.CAST

> »Nein, das fühlt sich ganz normal an.« Florimel machte die Augen auf. »Alles fühlt sich genauso an wie im realen Leben. Scharfes fühlt sich scharf an, Weiches fühlt sich weich an, Heißes fühlt sich heiß an, selbst wenn das Feuer künstlich ist. Es wird übrigens gerade ein wenig unangenehm.«

»Oh, Verzeihung.« Renie zog den schwelenden Stock von Florimels nacktem Schienbein weg. Sie prüfte an ihrer eigenen Hand nach: Die Hitze fühlte sich in der Tat völlig realistisch an. »Das heißt, selbst an diesem Ort haben wir trotz allem eine nahezu perfekte Simulation.«

»Aber wir wissen immer noch nicht, wie und warum«, sagte Martine stirnrunzelnd. »Wir benutzen alle ganz verschiedene Anlagen. Renie, du und !Xabbu, ihr habt nicht einmal telematische Implantate. Aber wir alle bekommen Eingaben, die gleichermaßen lebensecht erscheinen.«

»Am Anfang nicht«, erinnerte sich Renie. »Da meinte !Xabbu, sein Geruchssinn sei enttäuschend beschränkt, seiner Ansicht nach deshalb, weil sie in dem militärischen VR-System, das wir benutzen, darauf nicht viel Wert gelegt hätten. Aber in letzter Zeit hab ich ihn nicht mehr drüber klagen hören. Vielleicht hat er sich einfach dran gewöhnt.«

Martine schien etwas sagen zu wollen, aber statt dessen trat ein merkwürdiger Ausdruck in ihr Gesicht, ihr Satellitenpeilblick, wie Renie ihn im stillen nannte, da sie mit ihm immer so wirkte, als würden ihr aus den schwarzen Tiefen des Raumes Informationen zugebeamt.

»Da ist er«, sagte Florimel und erhob sich. »Wir können ihn fragen.«

Renie drehte sich um und sah !Xabbus vertraute Gestalt regungslos auf dem Grat eines nahen Hügels stehen; er schien sie zu beobachten. »Da sind sie ja schnell wieder zurück. Wo Emily und T4b wohl stecken?«

»Wahrscheinlich balgen sie sich«, bemerkte Florimel trocken, »und schlagen mit ihren Schulranzen aufeinander ein. Manchmal ist schwer zu sagen, ob sie die ärgsten Feinde oder ein junges Liebespaar sind.«

»Tja, wenn Emily nach einem Stiefvater für ihr Kind sucht, ist die Auswahl in dieser Gruppe ziemlich begrenzt.« Sie kniff die Augen zusammen. »Warum steht !Xabbu einfach so da?« Ein eisiger Hauch durchfuhr sie, und sie hob den Arm und winkte der unbeweglichen Affengestalt. »!Xabbu?«

»Er ist es nicht«, sagte Martine mit seltsam gepreßter Stimme.

»Was?«

»Er ist es nicht.« Martine hatte ebenfalls ihre blicklosen Augen zusammengekniffen, so daß es aussah, als ob sie starke Kopfschmerzen hätte. »Ich kann nicht sagen, was oder wen ihr da seht, aber !Xabbu ist es mit Sicherheit nicht.«

Während Renie sich noch aufrappelte, machte der Pavian auf dem Hügel eine kleine Bewegung - ob zurück oder zur Seite war schlecht zu erkennen - und war verschwunden.

Die Stelle, wo er gestanden hatte, war leer und das unfertige Land offen und unbelebt, so weit das Auge reichte, eine knittrige Flickendecke, hinter deren niedrigen Falten und Buckeln sich nichts und niemand verstecken konnte.

»Wo ist er hin?« wunderte sich Renie. »Hier kann man doch nirgends verlorengehen.«

»Höchstens so wie das Ding, das T4b und ich gestern gesehen haben«, meinte Florimel. »Es trat einfach durch die Luft und war weg.«

»Na schön, aber was *war* das eben? Was meinst du, was es war, Martine?«

»Tut mir leid, daß ich nicht mehr von Nutzen sein kann«, entschuldigte sich die Französin, »aber ich habe nicht die geringste Ahnung. Ich weiß nur, daß sein Muster nicht das von !Xabbu war. Was ich ›sehe‹, ist schwer zu beschreiben. Aber ich kann dir sagen, daß es komplizierter und doch zugleich weniger kompliziert wirkte als wir.«
»War es so wie diese Geisterkinder, von denen du erzählt hast?« wollte Renie wissen. »Wie eins von denen?«
»Nein. Die fühlten sich wie Menschen an, einerlei, was sie in Wirklichkeit waren. Die Gestalt eben kam mir wie ein Zeichen für etwas anderes vor, so als ob das Ding, das dir !Xabbu zu sein schien, eine Art Handpuppe wäre und ich die Hand darunter wahrgenommen hätte.«
Florimel stieß einen rauhen Ton aus. »Ich kann nicht behaupten, daß mir das gefällt. Kann es sein, daß uns irgendwer von der Gralsbruderschaft auf den Fersen ist? Oder ist vielleicht sogar die falsche Quan Li in anderer Gestalt zurückgekehrt?«
Martine schüttelte den Kopf und rieb sich die Augen, als wären sie durch das Starren auf etwas müde geworden. »Ich glaube nicht. Vielleicht war es bloß eine seltsame Laune dieses Environments. Eine Reflexion vielleicht, etwas wie ein Echo des echten !Xabbu.«
Renie konnte nicht anders als den unheimlichen Gedanken mitzuteilen, der sich ihrer bemächtigt hatte. »Vielleicht ist das ... dieser Ort. Der uns beobachtet, uns analysiert, Kopien von uns macht.«
»Doppelgänger«, sagte Florimel sinnierend.
Renie nickte. »Sowas in der Art. Aber die Vorstellung gefällt mir gar nicht.« Sie erschauerte und blickte sich um. »Ich weiß, wir haben schon drüber abgestimmt, und ich möchte die Entscheidung nicht umstoßen, aber mir war dieser Ort von Anfang an nicht geheuer, und jetzt noch weniger als vorher.« Was sie nicht sagte und jetzt, wo ihre Gefährten sie besser kannten, vielleicht auch nicht sagen mußte, war, daß sie sehr heftig den Drang verspürte, etwas zu tun - das Bedürfnis bummerte in ihr wie ein Trommelschlag.
»Das wissen wir, Renie«, sagte Martine begütigend. »Aber wir können ohnehin nichts tun, ehe die anderen wieder da sind.«
Renie setzte gerade an, etwas zu entgegnen, da fiel ihr unversehens eine Gespenstergeschichte ein, die ihre Großmutter ihr früher von einem Sterbenden erzählt hatte, dessen Geist seinen Angehörigen in der Ferne genau im Augenblick seines Todes erschienen war. Sie bekam einen derartigen Schreck, daß sie eine Weile nichts mehr sagen konnte.

Ihr fiel ein solcher Stein vom Herzen, als !Xabbu und die anderen zu guter Letzt zurückgestapft kamen, daß sie den Mann im Paviansim stürmisch umarmen und ihn dann immer wieder einmal kurz anfassen mußte, während die drei von ihrem Erkundungsgang berichteten.

»... Im Grunde genommen«, sagte er, »haben wir in allen vier Richtungen, in die wir wanderten, nichts gefunden außer gewissen kleinen Merkwürdigkeiten wie das Tier, das T4b und Florimel gestern sahen, und ein paar Sachen, die mir auffielen.«

»Der Affenmann ist über so Luft gestolpert«, erklärte T4b höchst vergnügt.

»So war es nicht«, sagte !Xabbu, der sich vielleicht ein wenig in seiner Ehre gekränkt fühlte. »Vielmehr habe ich entdeckt, daß es außer Stellen, wo der Boden sich heikel anfuhlt oder wo wir durch vor uns befindliche Dinge hindurchfassen können, auch Stellen gibt, wo die Luft gewissermaßen fest geworden ist. Wenigstens ist sie dicker, als Luft eigentlich sein sollte, als ob sie ... mir fällt kein Wort dafür ein. Als ob sie im Begriff wäre ... etwas zu werden.«

»Was heißt das?« Renie war über !Xabbus glückliche Rückkehr so erleichtert, daß es ihr schwerfiel, sich zu konzentrieren.

»Bestimmte Stellen sind für uns unsichtbar, und andere lassen sich nicht anfassen, obwohl kein Grund dafür zu erkennen ist.« Er hob die Hände zum Zeichen, daß er keine bessere Erklärung hatte.

»Wir können unseren Sinnen nicht völlig trauen, das scheint die Lektion zu sein«, sagte Florimel energisch. »Das war bisher überall in diesem Netzwerk so, wenn auch auf andere Weise.«

»Aber hier ist es nicht dasselbe, und das weißt du auch.« Renie fand Florimel etwas sympathischer, seit sie ihre Lebensgeschichte erzählt hatte, aber etwas an der Art der Frau stieß ihr trotzdem noch ab und zu auf. »Wir haben hier etwas erlebt, was du wissen solltest, !Xabbu.« Sie berichtete ihm kurz von dem Phantompavian. Die Sache schien ihn betroffener zu machen, als sie erwartet hatte, und dadurch fielen ihr ihre eigenen Ängste wieder ein.

»Ihr habt also jemand mit meiner Gestalt gesehen«, sagte er und nickte langsam. »Aber er hat nicht mit euch geredet.«

»Geredet? Er hat sich nicht mal bewegt, erst kurz bevor er verschwand.« Seine bekümmerte Miene gefiel ihr gar nicht. War er verstört, weil sie die Erinnerung an eine seiner Schauergeschichten in ihm geweckt hatte? »Martine meint, es könnte eine Art Reflexion sein.«

»Wie ein Echo oder eine Luftspiegelung«, ergänzte die blinde Frau. »Vielleicht ist Luftspiegelung das bessere Bild, weil sie durch eine Lichtbeugung entsteht.«

»Vielleicht.« Der Mann im Affensim klang gedrückt.

»Es könnte auch sowas sein wie die Sache, die uns auf dem Schiff mit Azador passiert ist«, sagte Renie plötzlich. »Diese merkwürdige Störung, als alles auseinanderzufallen schien.« Was im Grunde gar nichts erklärte, begriff sie, sondern nur ein weiteres Beispiel für ihre Ahnungslosigkeit war.

»Es werden doch keine andern Affen sein, oder?« fragte Emily sichtlich besorgt. Die Erwähnung von Azador hatte ihre Aufmerksamkeit erregt. »Vielleicht hat der Löwe die Affen hinter uns hergeschickt.«

Renie verkniff sich eine scharfe Erwiderung. Sie bezweifelte sehr, daß die Sache irgend etwas mit der Neuen Smaragdstadt zu tun hatte, der einzigen Simulation, die Emily kannte, aber ihre Vermutung war auch nicht abseitiger als die von jemand anders.

Das ist wirklich so, als wäre man in einem Kindermärchen, dachte sie unglücklich. *Das alles scheint keine Logik zu haben, keine Regeln - es könnte buchstäblich alles wahr sein. Wie sollen wir unter den Umständen irgendwas zuwege bringen?*

Wieder eine Frage - sie hatte allmählich einen ganzen Stapel beisammen - ohne Antwort.

> »*Code Delphi. Hier anfangen.*

Hier spricht Martine Desroubins. Ich setze mein Journal fort. Wenn man bedenkt, wieviel mehr Muße wir seit dem Eintritt in diese Welt haben, von der Renie nur als ›Niemandsland‹ oder ›Flickenland‹ spricht, sollte man meinen, daß ich es öfter führen würde, aber außer dem summarischen Bericht vor zwei Tagen, in dem ich die Ereignisse bis zu unserer Wiedervereinigung mit Renie und !Xabbu geschildert habe, bin ich vor lauter Hektik zu nichts gekommen.

Die Rätsel, die dieser Ort uns aufgibt, werden mit jedem Tag größer. Nicht nur ist das Environment von tierischem Leben so gut wie unberührt und nur sehr spärlich bewachsen, die ganze Landschaft scheint darüber hinaus willkürlichen Veränderungen unterworfen zu sein, die sich schwerlich als Nachahmung realer geographischer Verhältnisse begreifen lassen. Abgesehen von der generellen Trennung von

Boden und Luft, die beide weitgehend dort bleiben, wo sie hingehören, ist alles ständig im Fluß. Ich habe sogar aufgehört, meine Gefährten um Beschreibungen dessen, was sie sehen, zu bitten, weil es so oft grundverschieden von dem ist, was meine Sinne mir mitteilen. Sie leben in einem instabilen, aber mehr oder weniger verständlichen Gelände von Hügeln und Tälern, in dem Gegenstände verteilt sind, die Bäumen, Felsen und anderen natürlichen Gegebenheiten ähneln. Mir hingegen macht es öfter den Anschein, daß meine Gefährten und ich uns an einem Ort befinden, an dem die Ränder immer im Übergang sind - der Boden wirbelt in Wolken empor, die sie nicht sehen können, die Luft ist stellenweise so dicht, daß sie für mein Empfinden das Licht verdecken müßte, aber sie sagen, das sei nicht der Fall, und ohnehin kommt das Licht aus allen Richtungen und gar keiner.

Dennoch kann ich nicht behaupten, daß es mich beunruhigt. Von einer Panik, wie ich sie in den letzten Stunden in der Stätte der Verlorenen so stark verspürte, kann keine Rede sein. Die Veränderungen sind langsam und fühlen sich an, als würden sie im Einklang mit der Umgebung geschehen. Ich lerne die Informationen lesen, die ich bekomme, damit ich nicht desorientierter bin als die anderen.

Dabei gibt es durchaus Gründe zur Besorgnis. Renie und Florimel sahen heute eine Erscheinung, von der sie meinten, es sei !Xabbu, der uns von fern beobachte. Ich sah keineswegs die ›Gestalt‹ des Buschmanns, die Zeichen, an denen ich ihn erkenne, sondern vielmehr ein eigenartiges komplexes Gebilde, das mir irgendwie größer vorkam als der virtuelle Raum, den es beanspruchte. Meine Wahrnehmungsfähigkeit ist noch neu, und ich kann es nicht deutlicher sagen. Als wir uns später neben dem Feuer schlafen legten, erblickte T4b etwas, das er für Emily hielt, ein Stück von unserem Lager weg. Aus Sorge um sie ging er darauf zu, ohne zu merken, daß die wirkliche Emily nur wenige Meter entfernt auf der anderen Seite von Florimel schlief. Die falsche Emily verschwand, bevor der Jüngste aus unserer Schar sie erreichen konnte.

Was hat das alles zu bedeuten? Und wie hängen diese Simulation und diese Phänomene mit den bizarren Erschütterungen zusammen, bei denen das ganze Netzwerk zusammenzubrechen scheint? Ich habe keine Ahnung. Aber vielleicht ist es in gewisser Weise gar nicht so schlecht, daß wir an so einem ungewöhnlichen Fleck sind. Es verringert unsere Differenzen zu einem Zeitpunkt, an dem wir alle müde, ängstlich und gereizt sind und zudem eine echte Meinungsverschiedenheit haben. Orlando und Fredericks zu verlieren war schlimm genug, aber solange wir sie nur als vermißt betrachten können, besteht immerhin noch die Chance, sie wiederzufinden, auch wenn sie noch so gering ist. Aber William sterben zu sehen und entdecken zu müssen, daß Quan Li nicht die war, als die sie sich ausgab, waren schreckliche Schläge.

Interessanterweise hat Renie sich nicht so verändert, wie ich es vermutet hätte. Sie ist von Haus aus impulsiv, und ich hätte erwartet, daß unsere vollständige Unfähigkeit bisher, auch nur eines der Rätsel von Anderland zu lösen, ihre Gereiztheit und Ungeduld steigern würde. Statt dessen scheint sie in sich einen Quell der Stärke gefunden zu haben und hat eine verlorene Abstimmung über unser weiteres Vorgehen mit Fassung getragen – noch erstaunlicher deswegen, weil die ausschlaggebende Stimme gegen sie von ihrem Freund !Xabbu kam.

Irgendwie haben ihre Erfahrungen sie ... mir fällt nicht das richtige Wort ein. Weiter gemacht? Tiefer vielleicht. Sie hat sich stets durch Selbstsicherheit, Scharfsinn und Tapferkeit ausgezeichnet, aber auch durch eine gewisse Unbeherrschtheit. Jetzt hat sie sich zwar durchaus nicht völlig gewandelt, aber scheint innerlich ruhiger geworden zu sein. Möglicherweise ist das !Xabbus Einfluß. Es wäre naheliegend zu meinen, daß er als Vertreter einer ganz anderen Lebensweise sie mit seiner simplen, altüberlieferten Weisheit beeinflußt hat, aber damit würde man ihn sehr unterschätzen. Nach dem, wie ich ihn kennengelernt habe, ist seine Weisheit niemals simpel, und obwohl sie manchmal aus der tausend Generationen zurückreichenden Vergangenheit seines Volkes kommt, entspringt ein Großteil auch der ureigenen Lebenserfahrung eines intelligenten jungen Mannes, der am äußersten Rand der sogenannten ›Zivilisation‹ großgeworden ist und der somit reichlich Gelegenheit hatte zu lernen, daß das meiste von dem, was die Welt für wichtig hält, überhaupt nichts mit ihm zu tun hat.

Ich glaube wirklich, daß !Xabbu bei weitem den schwierigsten Weg von uns allen zu gehen hat, wenn er eine zehntausend Jahre lang bestehende und bewährte Kultur mit einer Welt technologischer Revolutionen versöhnen will, die in ihrem ständigen Wuchern und Fortschreiten einem Krebsgeschwür ähnelt. Unser momentaner Aufenthaltsort könnte ein Sinnbild für das Gefühl sein, das unsere ›Stadtwelt‹, wie !Xabbu sie nennt, ihm einflößt.

Er hat noch eine andere Wirkung auf Renie, aber ich weiß nicht, ob sie sich darüber ganz im klaren ist. Ich bin mir nicht sicher, ob er sich in sie verliebt hat - eine der Sachen, die ich wegen meiner Blindheit zweifellos nicht mitbekomme, ist die Art, wie Menschen sich anschauen -, aber es ist keine Frage, daß er ihr treu ergeben ist. Genausowenig kann ich mit Sicherheit sagen, ob sie ihn liebt, aber wenn er nicht da ist, ist sie ein anderer Mensch - was ich als ihren neugefundenen inneren Frieden wahrnehme, steht dann auf wackligen Füßen. Wenn ich sie in der Sprache herzlicher, aber unverfänglicher Kameradschaft miteinander reden höre, möchte ich mitunter einen von ihnen - meistens Renie - packen und tüchtig durchschütteln. Aber müssen sie nicht in ihrem eigenen Tempo entdecken, was sie aneinander haben? Auf jeden Fall sind die Unterschiede zwischen ihnen sehr groß, und so hoffe ich vielleicht halbherzig auf eine Entwicklung, die sich als tragischer Irrtum herausstellen könnte. Dennoch gibt es definitiv Augenblicke, in denen ich am liebsten die gute Fee mit dem Zauberstab wäre. Ich glaube, dann würde ich einen magischen Spiegel zaubern, in dem beide sich mit den Augen des anderen sehen könnten.

Und wo bleibe ich in alledem? Wie üblich spreche ich von anderen, denke an andere, beobachte und beurteile andere, manipuliere sie gelegentlich sogar. Immer stehe ich außerhalb. Was macht eine gute Fee, wenn sie gerade keine Neugeborenen segnet oder eine Kutsche und ein Kleid für Aschenputtel herbeihext? Sitzt sie vielleicht außerhalb des Kreises um ein Lagerfeuer, betrachtet die anderen im Schlaf und murmelt leise vor sich hin?

Wenn ja, dann bin ich wohl die geborene gute Fee.

Jemand regt sich, wie ich höre. Es ist T4b, was wohl bedeutet, daß meine Zeit, Wache zu halten, bereits zu Ende ist. Ich werde gleich weitersprechen, hoffe ich ...

Code Delphi. Hier aufhören.«

> Obwohl der Schrei eindeutig von einer menschlichen Stimme kam, klang er so extrem, daß Renie ihn im ersten jähen Wachwerden nicht wahrhaben wollte. Während sie sich schlaftrunken aufsetzte, noch ganz im Traumnebel befangen, wünschte sie wider alle Vernunft, sie hätte ihn nicht gehört, sie könnte sich einfach in die Bewußtlosigkeit zurücksinken und jemand anders darauf reagieren lassen.

Nachdem ihre Augen aufgeklappt waren, dauerte es noch eine ganze Weile, bevor sie begriff, daß noch etwas nicht stimmte.

»Es ist *dunkel*!« rief sie. »Wie ist das passiert? Wo ist das Licht hin?«

»Renie! Hier ist ein großes Loch!« antwortete eine Stimme. »Jemand ist reingefallen!«

Sie rollte sich auf die Seite und sah im trüben Schein der Flammen, daß auf der anderen Seite des Feuers, wo vorher fester Boden gewesen war, jetzt ein großes schwarzes Nichts klaffte. »Wer?«

»Martine!« sagte Florimel heiser. »Ich kann sie nicht sehen, aber ich höre sie.«

Auch T4b stieß wilde Schreie aus, in denen Renie keine Worte ausmachen konnte. »Himmel Herrgott«, herrschte sie ihn an, während sie auf den Rand des Loches zukroch, »meinst du, das nützt was?« Obwohl es Nacht war, plötzlich und zum erstenmal, meinte sie, in der Tiefe eine Bewegung zu erkennen, schwache rotschwarze Schatten: die unheimliche Transparenz des Untergrunds ließ den Feuerschein durchschimmern. »Martine?« rief sie. »Kannst du mich hören?«

»Ich bin hier, Renie.« Die Stimme der blinden Frau klang krampfhaft beherrscht. »Ich halte mich fest, aber der Boden ist sehr locker. Ich habe Angst, mich zu bewegen.«

Renie sah Florimel auf der anderen Seite der breiten Grube, aber ihr war klar, daß sie beide nicht ausreichen würden. »Helft uns, !Xabbu, T4b!« sagte Renie. »Sie kann sich nicht mehr lange halten.«

»Meine Hand!« T4b hörte sich benommen an, fast wie unter Drogen. Renie hatte keine Ahnung, was er meinte, aber !Xabbu stand schon neben ihr. »Laß mich ab«, sagte er. »Ich halte sie fest, und wir ziehen sie heraus.«

Die leicht bestürzt blickende Florimel schüttelte entschieden den Kopf. »Du bist nicht stark genug.«

»Ich bin stark«, erklärte !Xabbu. »Nur mein Körper ist klein.«

Renie wollte keine Zeit mit Wortgeplänkeln vergeuden. Sie war geneigt, !Xabbu zu vertrauen, auch wenn sie die Vorstellung, ihn in das Dunkel abzulassen, erschreckend fand. »Wenn er es sagt, ist es so. Komm herüber und hilf mir, Florimel. T4b, hilfst du nun mit oder nicht?«

Von dem Goggleboy war nur ein seltsames Würgen zu hören. Er kauerte auf der anderen Seite der Grube, eine stachelige Gestalt wie ein großer Kaktus.

Nachdem Renie und Florimel je eines seiner dünnen Beine ergriffen hatten, krabbelte !Xabbu auf den Händen über den Rand und tauchte mit dem Kopf zuerst in das Loch. Als er so tief hing, wie ihre Arme reichten, konnte er Martine, die trotz ihrer ruhigen Entgegnungen deutlich in Not war, immer noch nicht erreichen. Renie und Florimel zogen !Xabbu wieder hoch, dann gingen sie ganz vorsichtig auf die Knie und schoben sich an das Loch heran, so daß sie nebeneinander flach auf dem Boden lagen und ihre Schultern über den Rand hinausragten. »Wir brauchen dich dringend, T4b!« rief Renie. Ihre in die dunkle Tiefe hinabschallende Stimme klang dumpf und hohl. »Wir brauchen jemand, der uns festhält!«

Gleich darauf schloß sich eine Hand um einen ihrer Knöchel, und Renie seufzte erleichtert auf. !Xabbu stieg über sie und Florimel hinweg und hangelte sich an ihren Armen nach unten, als ob diese Lianen waren, bis sie ihn schließlich an den Knocheln fassen konnten. Selbst sein geringes Gewicht fühlte sich an, als ob es sie über den Rand schleifen könnte, und Renies Stimme war atemlos, als sie fragte: »Kommst du an sie dran?«

»Ich bin nicht ...« Er stockte kurz, dann sagte er: »Ich habe sie. Halt fest, Martine. Nimm meine Hand, aber laß mit der anderen noch nicht los.« Den nächsten Worten hörte Renie an, daß er den Kopf nach oben gewandt hatte. »Aber wie wollt ihr beiden uns hochziehen?«

Mit der absonderlichen, seifigen Erde des Environments in Mund und Nase und dermaßen langgestreckten Armen, daß die Sehnen jeden Moment zu reißen drohten, war Renie nicht mehr bloß ängstlich, sondern von nacktem Grauen gepackt. Sie und Florimel konnten sich nirgends abstützen, und mit jeder Sekunde wurde es schwerer, !Xabbus Gewicht zu halten und zugleich damit rechnen zu müssen, daß Martines auch noch dazukam.

»T4b!« schrie sie. »Kannst du uns nach hinten ziehen?« Da keine Antwort kam, bewegte Renie sachte ein Bein. Sie fürchtete, wenn sie zu heftig austrat, könnte er loslassen. »Kannst du uns nach hinten ziehen?«

Ein dünnes Stimmchen antwortete: »Das kann ich nicht. Es ist schon schwer, euch überhaupt zu halten.«

»Emily! Bist *du* das da hinten?« Renie mußte ihre panische Wut auf T4b unterdrücken – das war nicht der Zeitpunkt dafür. Sie bemühte sich, ihre Stimme nicht überschnappen zu lassen, aber sie merkte, wie ihre Selbstbeherrschung gewissermaßen an den Rändern ausfaserte. »T4b, verdammt nochmal, wenn du nicht mitziehst, werden Martine und !Xabbu abstürzen! Komm und hilf uns!«

Eine Weile kam keine Reaktion. Renie konnte beinahe fühlen, wie ihre Arme sich karamelartig streckten, immer länger und dünner wurden. Sie wußte, daß sie nicht mehr lange festhalten konnte, daß gleich etwas passieren würde. Da packte eine große, schmerzhaft dornige Hand sie hinten an ihrem Jumpsuit und fing an zu ziehen.

Doch aus Renies erleichtertem Aufatmen wurde augenblicklich ein gepeinigtes Zischen, als Martine den Halt verlor und nun mit ihrem vollen Gewicht im Leeren baumelte.

Ihre Schultern und Ellbogen schienen mit glühendem Gummi gefüllt zu sein, und sie war sich sicher, gleich loslassen zu müssen. Wie in ihrem Traum war es, als wollte sie die ganze Welt aus der Tiefe ans Licht zerren. Im nächsten Moment schleifte die Hand an ihrem Rücken sie ein Stück weit vom Abgrund weg, so daß sie die Knie krumm machen und die Ellbogen auf den Boden stemmen konnte. Jetzt konnte sie auch ihr Rückgrat beugen und selber Zug ausüben.

Martine hangelte sich über den Rand, und in ihrer verzweifelten Anstrengung, der Grube zu entkommen, robbte sie buchstäblich über Florimel hinweg. !Xabbu, der sich beiseite gedrückt hatte, um sie hochzulassen, folgte wenige Sekunden später. Alle vier sackten keuchend zusammen.

»Danke, danke. O mein Gott, ich danke euch.« Martines Stimme, vom Boden noch zusätzlich gedämpft, war kaum mehr als ein ersticktes Murmeln. Renie hatte noch nie eine solche Gefühlswallung bei der blinden Frau erlebt.

»Wir müssen ein Stück weg«, sagte !Xabbu und erhob sich auf alle viere. »Wir wissen nicht, ob es hier nicht noch mehr Einbrüche gibt.«

Als sie durch die ungewohnte Finsternis zur Glut des Lagerfeuers zurückgestolpert und -gekrochen waren, richtete Renie sich abrupt auf. »T4b? Was zum Teufel ist mit dir los? Warum hast du uns nicht geholfen, als ich dich gerufen hab?«

»Er ist noch drüben beim Loch«, sagte Emily eher interessiert als mißbilligend. »Ich glaub, er weint.«

»Was?« Renie stellte sich wacklig auf die Beine. »T4b - Javier? Was ist los?«

»Er wollte mir helfen ...«, begann Martine, aber Renie schritt bereits auf die zusammengekauerte Gestalt des Kampfroboters zu, so wenig geheuer ihr die dicht daneben klaffende Grube auch war.

»Javier?« Er schaute nicht auf, aber im trüben Feuerschein sah sie, wie seine Schultern sich versteiften. »T4b, was ist mit dir?«

Er wandte ihr die finster blickende Kriegermaske zu, aber sein Ton war der eines erschrockenen, verängstigten Jungen. »M-meine Hand ... meine verblockte *Hand!*« Er hielt ihr seinen linken Arm hin. Zuerst dachte sie, er habe sich so fürchterlich den Arm gebrochen, daß dieser spitzwinklig abgeknickt sei; es dauerte eine Weile, bis sie erkannte, daß seine Hand schlicht und einfach weg war, direkt am Handgelenk säuberlich abgetrennt. Die Stulpe des Kampfhandschuhs endete in einer stumpfgrauen Fläche, die an Blei erinnerte, aber einen ganz schwachen Schimmer hatte.

»Was ist passiert?«

»Er wollte mich von der Wache ablösen.« Martine trat vorsichtig näher, wobei sie einen weiten Bogen um die Stelle machte, wo der Boden aufgerissen war. »Als ich gerade wegging, merkte ich urplötzlich, daß die Erde vor mir einfach ... verschwand. Nein, das ist zu simpel, es war eher so, daß ein ganzer Bereich aus Luft und Land ... sich veränderte. Als ob ein unsichtbares Feld eine großflächige Bodenprobe entnehmen würde.« Ihre schwere Atmung deutete darauf hin, daß sie sich von dem Schock ihres Erlebnisses immer noch nicht ganz erholt hatte. T4b hielt den betroffenen Arm dicht an seinen Körper und wiegte ihn wie ein verletztes Kind hin und her. »Wenn ich nicht blind gewesen wäre«, fuhr Martine fort, »wäre ich, glaube ich, im Dunkeln einfach hineingetreten, aber weil ich spürte, daß etwas nicht stimmte, bin ich hart am Rand stehengeblieben. Als ich ins Wanken geriet, hat T4b mich zurückgezogen, aber ich denke, seine andere Hand muß die Ebene durchstoßen haben, wo Boden und Luft noch im Übergang waren, denn er stieß einen Schrei aus ...«

»Ja! Den hab ich gehört«, warf Renie ein, als ihr der schreckliche Ton wieder einfiel, der sie geweckt hatte.

»... Und als ich zu ihm gehen wollte, bin ich gestolpert und über den Rand gerollt.« Martine hielt inne, rang um Fassung.

Renie schüttelte den Kopf. Dieses Problem mußte jetzt warten. »Florimel!« rief sie. »Du bist unsere Ärztin. Wir brauchen dich jetzt!«

Wie alles andere in dieser bizarren und ungewöhnlichen Umgebung folgten auch T4bs Verletzung und der unerwartete Einbruch der Nacht nicht den normalen Naturgesetzen.

Der Goggleboy hatte zwar seine Hand verloren, aber soweit sich feststellen ließ, nur ihre virtuelle Entsprechung: T4b spürte noch eine Hand an seinem Arm (obwohl er erklärte, sie fühle sich »seyi-lo max« an, wie

»voll unter Strom«), auch wenn niemand anders sie spüren konnte und sie auch für das Environment nicht existent zu sein schien. Nach dem anfänglichen Schock hatte er keine Schmerzen, und die graue Stelle am Handgelenk, wo die Amputation erfolgt war, behielt einen schwachen Glanz. Was immer der Wegfalleffekt gewesen war, bei näherer Betrachtung stellte sich heraus, daß er auch ein Stück von Martines weitem Kleid so sauber wie mit einem Laserskalpell abgeschnitten hatte.

Obwohl sie noch lange zusammenhockten und die Sache beredeten, bevor sie sich schließlich wieder schlafen legten, war es immer noch dunkel, als der letzte von ihnen aufwachte, und nicht nur in Renie regte sich der Verdacht, daß ihnen nunmehr eine Nacht bevorstand, die mindestens so lange dauerte wie das graue Zwielicht der ersten Tage.

»Und wir haben überhaupt keine Ahnung, wie lange sich dieser nächste Teil hinziehen wird«, bemerkte Florimel. »Es könnte doch sein, daß wir die ersten sechs Monate dieses grauen Lichtes versäumt haben.«

»Ich hab Angst!« Obwohl sie sich bei Martines Rettung überraschend tapfer verhalten hatte, war Emily rasch wieder in die Rolle der Quenglerin zurückgefallen. »Ich will hier weg, und zwar *sofort*. Ich halt's hier nicht mehr aus!«

»Ich möchte nicht, daß es so aussieht, als wollte ich mir eine schwierige Lage zunutze machen«, sagte Renie, »aber ich finde, wir sollten nochmal abstimmen. Die Dunkelheit ist schlimm genug - diese Brennholzattrappen werden uns bald ausgehen, und neue zu suchen wird kein Vergnügen sein -, aber wenn sich auch noch Stücke der Landschaft einfach in Wohlgefallen auflösen ...«

Martine nickte. »Ich frage mich wirklich, was mit mir passiert wäre, wenn ich in diesen Leerraum hineinspaziert wäre, bevor der arme T4b seine Hand darin verlor. Ob ich wohl noch existieren würde? Ob mein virtueller Körper fort wäre, aber mein Gehirn noch irgendwie online gefangen wäre, als eine Art Gespenst?« Die Vorstellung schien sie tief zu verstören.

»Es bringt nichts, darüber nachzudenken«, sagte Florimel. »Und wir brauchen auch keine Kampfabstimmung durchzuführen, Renie, jedenfalls was mich betrifft. Die Entwicklung hier hat dir recht gegeben. Wir müssen fort.«

»Falls wir fort *können*«, gab Martine zu bedenken. Sie wirkte sowohl kleiner als auch weniger entrückt, wie verändert von der Auslöschung, der sie um Haaresbreite entgangen war. »Vergeßt nicht, es war nie mehr als eine Idee von Renie, daß wir auch ohne das Instrument der Gralsbruderschaft hier wieder herausfinden könnten.«

Renie starrte die halbtransparenten Figuren des Feuers an. »Wenn der dringende Wunsch rauszukommen es irgendwie leichter macht, dann ist es auf jeden Fall gerade *sehr viel* leichter geworden.«

»Es hat keinen Zweck.«!Xabbu klang mutloser, als Renie ihn je gehört hatte. Stunden mußten vergangen sein, und er und Martine hatten alles versucht, was ihnen eingefallen war. Zuletzt hatten sie sogar alle gebeten, Händchen haltend einen Kreis um das Feuer zu bilden und sich auf die Vorstellung eines golden leuchtenden Gateways zu konzentrieren – eine »Séance«, hatte Florimel es verächtlich genannt –, aber es hatte alles nichts genützt. »Ihr habt euer Vertrauen in mich gesetzt, Renie, du und die anderen, aber ich habe versagt.«

»Sei nicht albern, !Xabbu«, sagte Martine. »Von Versagen kann keine Rede sein.«

Er berührte sie mit seinen langen Fingern sachte am Arm, eine Geste der Dankbarkeit für ihre freundlichen Worte, dann entfernte er sich ein kleines Stück und hockte sich mit dem Rücken zum Feuer, eine kleine, kummervolle Gestalt.

»Das Problem ist, daß !Xabbu und ich einander nicht erklären können, was wir wissen«, sagte Martine leise zu Renie. »Er und ich haben uns neulich, als wir noch getrennt waren, irgendwie ... berührt, aber das war dank des Gateways, das durch das Instrument der Bruderschaft bereits geöffnet worden war. Beide können wir nicht mit Worten ausdrücken, was wir empfunden, was wir erfahren haben. Wir sind wie zwei Wissenschaftler, die keine gemeinsame Sprache haben – die Kluft ist zu groß, wir können uns unsere Entdeckungen darüber hinweg einfach nicht mitteilen.«

Florimel schüttelte resigniert den Kopf. »Wir sollten schlafen. Wenn es beim Aufwachen immer noch dunkel ist, werde ich versuchen, mehr Brennholz aufzutreiben.«

Renie sah zu T4b hinüber, der schon schlief, nachdem Erschöpfung und Erschütterung schließlich über das Adrenalin gesiegt hatten; auch Emily hatte sich in die Bewußtlosigkeit geflüchtet. Sie hätte gern etwas Optimistisches gesagt, doch ihr fiel nichts ein; sie wagte nicht daran zu denken, was geschehen konnte, wenn sie das Gateway nicht wieder geöffnet bekamen. Eine Welle des Unglücks und der Angst durchströmte sie. Schlimmer noch war der niedergeschmetterte Anblick, den ihr Freund !Xabbu bot. Mit vorsichtigen Schritten begab sie sich über den wenig vertrauenerweckenden Boden zu ihm. Als sie neben ihm stand, wußte sie immer noch nichts Hilfreiches zu sagen, und so setzte sie sich einfach neben ihn und ergriff seine kleine Hand.

Nach langem Schweigen sagte !Xabbu unvermittelt: »Vor vielen, vielen Jahren gab es einen anderen mit meinem Namen. Er gehörte meinem Volk an, und genau wie meine Eltern mich, so nannten auch seine ihn ›Traum‹, nach dem Traum, der uns träumt.« Er hielt inne, wie um Renie etwas erwidern zu lassen, aber sie fühlte nur einen schmerzhaften Druck ums Herz und traute sich nicht, etwas zu sagen.

»Er saß im Gefängnis, genau wie mein Vater«, fuhr !Xabbu fort. »Ich kenne seine Worte nicht aus den Erinnerungen meines Volkes, sondern weil er einen der wenigen Europäer kennenlernte, die die Sitten und Gebräuche meines Volkes studierten. Eines Tages fragte dieser weiße Forscher meinen Namensvetter, warum er die ganze Zeit so unglücklich sei, warum er immer nur still dasitze, das Gesicht im Schatten. Und der Mann namens Traum antwortete ihm: ›Ich warte darauf, daß der Mond mir wiederkehrt, damit ich an die Stätte meiner Leute zurückkehren und ihre Geschichten hören kann.‹

Zuerst dachte der Forscher, Traum spräche davon, zu seinen Angehörigen zurückzukommen, und er fragte ihn, wo sie wohnten, aber Traum sagte: ›Ich warte auf die Geschichten, die aus der Ferne kommen, denn eine Geschichte ist wie der Wind – sie kommt von weither, und wir fühlen sie. Die Leute hier besitzen meine Geschichten nicht. Sie sprechen nicht so, daß es zu mir spricht. Ich warte, bis ich auf meinem Weg umkehren kann, bis der Mond mir wiederkehrt, und ich hoffe darauf, daß jemand hinter mir auf dem Weg, jemand, der *meine* Geschichten kennt, eine Geschichte erzählt, die ich auf dem Wind hören kann – daß ich im Zuhören auf dem Weg umkehren kann ... und daß mein Herz den Weg nach Hause findet.‹

So empfinde ich auch, Renie, genauso wie dieser Mann namens Traum empfand. Beim Tanzen ging mir auf, daß ich nicht versuchen sollte, zu sein, was ich nicht bin, sondern daß ich handeln muß, wie meine Leute handeln, denken muß, wie meine Leute denken. Aber das hat mich einsam gemacht. Diese Welt ist anscheinend kein Ort, wo ich die Geschichten verstehe, Renie.« Mit gesenkten Augen schüttelte er langsam den Kopf.

Seine Worten trafen sie ins Herz. Ihre Augen füllten sich mit Tränen. »Du hast Freunde in dieser Welt«, brachte sie zögernd über die Lippen. »Menschen, die sich sehr viel aus dir machen.«

Er drückte ihre Hand. »Ich weiß. Aber selbst die Freunde meines Herzens können den größeren Hunger nicht immer stillen.«

Wieder trat ein langes Schweigen ein. Renie hörte, wie Martine und Florimel sich ein paar Meter weiter leise unterhielten, aber die Worte erschienen ihr bedeutungslos, so sehr wünschte sie sich, den Kummer des kleinen Mannes mit irgend etwas lindern zu können. »Ich ... ich liebe dich,!Xabbu«, sagte sie schließlich. Nackt und ungeschützt hingen die Worte im Raum. Sie wußte nicht, was sie damit meinte, und hatte auf einmal vor etwas Angst, das sie nicht genau benennen konnte. »Du bist mein bester und engster Freund.«

Er lehnte seinen haarigen Kopf an ihre Schulter. »Ich liebe dich auch, Renie. Selbst die schärfsten Schmerzen meines Herzens werden weniger, wenn du und ich zusammen sind.«

Die Situation erschien Renie heikel. Er hatte es so ruhig hingenommen, so nüchtern, daß sie beinahe gekränkt war, obwohl sie sich selbst nicht sicher war, wie sie das bedeutungsschwere Wort gemeint hatte. *Aber was er damit meint, weiß ich auch nicht,* erkannte sie. *Wir sind so unterschiedlicher Herkunft, in gewisser Weise kennen wir uns noch kaum.* Verlegen ließ sie seine Hand los und faßte nach dem rauhen Ding, das an ihrem Handgelenk gescheuert hatte. »Was ist das?«

»Meine Schnur.« Er lachte leise und knüpfte sie auf. »Dein Schnürsenkel, meine ich, den du mir gegeben hast. Ein kostbares Geschenk.« Seine Stimmung hatte sich aufgeheitert, oder wenigstens tat er aus Rücksicht auf sie so. »Möchtest du sehen, wie ich noch eine Geschichte damit erzähle? Wir können ans Feuer gehen, wo du etwas siehst.«

»Später vielleicht«, sagte sie. Sie hoffte, daß ihn das nicht beleidigte. »Ich bin müde,!Xabbu. Aber die Geschichten, die du neulich damit erzählt hast, haben mir sehr gut gefallen.«

»Es kann noch andere Sachen. Oho, es ist ein kluges Stück Schnur! Ich kann damit zählen und noch schwierigere Sachen machen. In mancher Hinsicht, weißt du, kann das Fadenspiel wie ein Abakus sein und viele komplizierte Gedanken wiedergeben ...« Er verstummte.

Renie war innerlich so mit dieser jüngsten verwirrenden Szene zwischen ihnen beiden beschäftigt, daß sie!Xabbus Geistesabwesenheit eine Weile gar nicht registrierte. Es dauerte noch länger, bis sie plötzlich begriff, worüber er nachdachte. »Mensch, !Xabbu, könntest du es *dafür* benutzen? Wäre das eine Möglichkeit?«

Er sprang bereits auf allen vieren zurück zum Feuer, offenbar fiel ihm in der Eile die tierische Fortbewegungsart leichter. Sie beschlich eine leichte Besorgnis angesichts seiner zunehmenden Gewöhnung an Pavianbewegungen, doch die gefährlich aufwallende Hoffnung verdrängte alles andere.

»Martine«, sagte er, »streck deine Hände aus. Ja, so.«

Ein wenig verdutzt ließ die Blinde es geschehen, daß er ihre Hände nahm und die Innenflächen einander zukehrte, Finger ausgestreckt. Er schlang geschickt den Schnürsenkel darüber, schob dann seinerseits die Finger in die Schlinge und bewegte sie flink. »Diese Figur heißt ›die Sonne‹, die Sonne am Himmel. Verstehst du?«

Martine nickte langsam.

»Und schau, hier ist ›die Nacht‹. So, und dies bedeutet ›fern‹ und dies ... ›nahe‹. Ja?«

Jeder andere, glaubte Renie sicher, hätte ihn gefragt, was der Blödsinn solle, aber Martine blieb lediglich einen Moment lang mit konsterniertem Gesicht still sitzen und bat ihn dann, es noch einmal langsamer zu machen. Er tat es und zeigte ihr dann Figur um Figur. Seine Hände spielten eine Reihe einfacher Bilder durch, aber Renie kannte ihn gut genug, um zu wissen, daß dies erst der Anfang war - die Grundelemente des Fadenspiels.

Nachdem ungefähr zwei Stunden vergangen waren, hörte !Xabbu auf zu reden. Martine war schon eine ganze Weile vorher verstummt. Florimel und Renie stocherten abwechselnd die Überreste des Feuers auf, aber mehr, um sich selbst zu beschäftigen, als weil !Xabbu oder Martine dessen bedurft hätten. Bis auf ein gelegentliches Fingerwackeln, wenn sie etwas nicht verstand, oder eine sanfte Berührung von ihm, wenn sie einen Fehler gemacht hatte, kommunizierten die beiden jetzt ausschließlich durch die Schnur.

Renie erwachte aus einem flachen Schlummer; Traumbilder von Netzen und Zäunen, die aus irgendeinem Grund Sachen durchließen, statt sie zu halten, liefen noch in ihrem Gehirn ab. Sie konnte zuerst nicht verstehen, woher das gelbe Licht kam.

Ist die Sonne wieder da ...? war der erste kohärente Gedanke, der ihr durch den Kopf ging. Dann begriff sie, was sie da sah. Mit jagendem

Herzen sprang sie auf und weckte hastig Florimel. Martine und !Xabbu saßen sich mit geschlossenen Augen auf dem Boden gegenüber, vollkommen regungslos bis auf die Finger, die sich jetzt sehr langsam in dem Fadengespinst bewegten, als nähmen sie nur noch ganz winzige Korrekturen vor.

»Steht auf!« schrie Renie. »Es ist das Gateway, das Gateway!«

T4b und Emily rieben sich erschrocken die verschlafenen Augen.

Renie hielt sich nicht mit Erklärungen auf, sondern zerrte sie auf die Füße; mit Florimels Hilfe schob sie die beiden zu dem schimmernden Rechteck aus kaltem Feuer hin, bevor sie Martine und !Xabbu holen ging. Sie zögerte einen Augenblick, unsicher, ob die Ablenkung irgendwie den Stromkreis unterbrechen und den strahlenden Durchgang zum Verlöschen bringen würde, aber es war nicht zu ändern. An eine Flucht ohne !Xabbu und Martine war gar nicht zu denken. Als sie die beiden sanft schüttelte, schienen sie aus einem Traum zu erwachen.

»Kommt schnell!« sagte sie. »Ihr habt's geschafft! Ihr seid absolut brillant!«

»Bevor du dich zu sehr freust«, brummte Florimel neben dem Gateway, »denk dran, daß sie einen Durchgang geöffnet haben, damit wir einen Mörder jagen können.«

»Florimel«, erwiderte Renie, als sie Martine half, sich zu dem goldenen Licht hinzubegeben, »du hast vollkommen recht. Du kannst auf der andern Seite den Sicherheitsdienst übernehmen. Und jetzt sei still.« Sie sah zu, wie ihre Gefährten hindurchtraten und einer nach dem anderen in dem blendenden Licht verschwanden. Als Martine durch war, beugte sie sich hinab und nahm !Xabbu bei der Hand.

»Das hast du gut gemacht«, lobte sie ihn.

Beim Eintritt in das Gateway blickte sie auf das sonderbare Land zurück, das sie beherbergt hatte und das jetzt in dem hellen Licht noch befremdlicher wirkte. Etwas bewegte sich in der Nähe des Feuers – einen Moment lang meinte sie, eine menschliche Gestalt zu erkennen, aber entschied dann, es sei bloß der Wind, der die Funken aufwirbelte.

Aber es gibt hier keinen Wind, fiel ihr ein. Dann schloß sich das Leuchten um sie.

> Nemesis.2 gab die instabile Erscheinungsform der Flamme auf und nahm kurz eine Gestalt an, die der der soeben verschwundenen Wesen

glich. Während das ikonische Zeichen für den Verbindungspunkt, durch den sie gerade gegangen waren, langsam verglomm, machte Nemesis.2 Anstalten, die Gestalt ganz aufzugeben, aber es konnte immer noch nicht zu einer eindeutigen Reaktion auf diese seltsamen Organismen finden.

Es hatte sie mehrere Zyklen lang beobachtet, viel länger, als es - beziehungsweise sein vollständigeres Mutterprogramm - irgendeine andere Anomalie beobachtet hatte, und obwohl es die richtigen Signale nie bekommen hatte, die »XPauljonasX«-Signale, die die Wiederauffindung auslösen würden, hatte es doch etwas an ihrer Informationssignatur gegeben, das sein Interesse erregt und es in einer Art statischer Schleife festgehalten hatte. Hätte man Nemesis.2 Gefühle zusprechen können - was bestenfalls ein grotesker Anthropomorphismus gewesen wäre -, so hätte es Erleichterung verspüren müssen, daß es von der unbefriedigenden, ungelösten Situation befreit war. Doch statt dessen drängte eine starke Aktivierung seiner jagdspezifischen Unterprogramme es dazu, ihnen zu folgen, in ihrer Nähe zu bleiben und sie zu studieren, bis es sich ein für allemal darüber im klaren war, ob es sie ignorieren oder sie aus der Matrix entfernen sollte.

Nemesis.2 wäre den Organismen und ihren unerklärlichen Signaturen längst gefolgt - und war jederzeit dazu imstande, da der Weg, den sie genommen hatten, ihm so deutlich war, wie Fußspuren im Neuschnee es für einen Menschen wären -, aber dieser Knoten hier war selber anomal, und mehr als das, er hatte Anklänge an die größere Anomalie, die das ursprüngliche Nemesisprogramm stutzig gemacht und angelockt hatte (wieder bedurfte es menschlicher Worte, um das Verhalten eines hochkomplizierten, aber leblosen Stücks Code zu beschreiben) und die mit dazu beigetragen hatte, daß es sich einschränkte und vervielfachte, um den sich gleichfalls vervielfältigenden Anforderungen besser gerecht zu werden.

Nemesis.2, oder wenigstens die ursprüngliche Version des Programms, war nicht mit der Fähigkeit zu zögern ausgestattet worden. Daß es dies jetzt tat, hin- und hergerissen zwischen sofortiger Verfolgung der anomalen Organismen und genauerer Erkundung des anomalen Standorts, an dem es sich befand, erklärte vielleicht, warum manche Programmierer, darunter durchaus auch Mitarbeiter in dem hochangesehenen Jericho-Team, das Nemesis geschaffen hatte, von ihren mit viel Phantasie und Arbeitseinsatz entwickelten Produkten gern behaupteten: »Daß du ihnen sagen kannst, was sie tun sollen, heißt noch lange nicht, daß du ihnen sagen kannst, was sie tun sollen.« Nemesis.2 analysierte, verglich und analysierte abermals. Auf seine kalte Art wog es ab. Eine minimale Zahlendrift, und es entschied sich.

Es dachte nicht, und darum hätte es die Mitteilung, daß es damit eine Kettenreaktion auslöste, die die Welt für alle Zeiten verändern würde, nicht verstanden.

Und selbst wenn es sie verstanden hätte, wäre es ihm egal gewesen.

Kapitel

Als Tourist in Madrikhor

NETFEED/NACHRICHTEN:
Wieder soll Nanotech an einem Hauseinsturz schuld sein
(Bild: Notlager der deutschen Familie Öztürk in ihrem Vorgarten)
Off-Stimme: Die Öztürks aus dem westfälischen Paderborn sind nur der jüngste Fall, in dem eine Familie Schadensersatzklage gegen die DDG AG erhebt, den Hersteller von TeppoDynam, einem nanoautomatischen Teppich- und Polstermöbelreiniger, der nach ihren Angaben ihr Haus zerstörte.
(Bild: Fundamente des Hauses der Öztürks)
In einem neuen Frontalangriff gegen die schwer unter Beschuß stehende nanotechnische Industrie geben die Anwälte der Öztürks einem Herstellungsfehler in dem Reinigungsprodukt TeppoDynam die Schuld daran, daß die winzigen schmutzfressenden Nanoautomaten weit über den Punkt hinaus weitermachten, an dem sie sich hätten abstellen sollen. Sie vernichteten daraufhin nicht nur den ganzen Teppich, sondern auch den Fußboden, die Hauskatze und fast das ganze Gebälk der bescheidenen Doppelhaushälfte, die daraufhin einstürzte ...

> Christabel hatte entdeckt, daß sie hören konnte, was Mami und Papi unten im Wohnzimmer redeten, wenn sie die kleine Luke aufhielt, aus der der Reinigungsautomat kam, um den ganzen Schmutz vom Boden aufzusaugen.

Als sie noch richtig klein gewesen war, nicht wie jetzt, hatte sie Angst gehabt vor dem Schlotzboter, wie ihr Vater ihn nannte (stets quittiert vom Ausruf ihrer Mutter: »Iii, Mike, das ist eklig!«). Die Art, wie er plötzlich herauskam, auf seinen kleinen Noppen und Hochhebebeinen durchs Zimmer krabbelte und mit seinen roten Lichtern blinkte, als ob es Augen wären, hatte sie immer an die Minierspinne erinnert, die sie mal in der Schule in Bio gesehen hatte. Häufig war sie nachts weinend aufgewacht, weil sie geträumt hatte, er sei herausgekommen und versuche, die Decken von ihrem Bett zu saugen. Ihre Mutter hatte ihr viele Male erklärt, er sei nur ein Automat, er komme nur zum Saubermachen heraus, und wenn er nicht arbeite, sitze er nicht lauernd hinter der kleinen Klapptür, sondern im Erdgeschoß am anderen Ende der Röhre auf seiner Feststation und lade sich auf.

Die Vorstellung, daß das kleine quadratische Ding lautlos irgendwo im Dunkeln saß und Strom trank, hatte sie genauso gruselig gefunden, aber manchmal mußte man seine Eltern einfach in dem Glauben wiegen, sie hätten einem geholfen.

Jetzt, wo sie ein großes Mädchen war, *wußte* sie, daß es bloß ein Automat war, und darum hatte sie sich so gut wie gar nicht gefürchtet, als sie auf den Gedanken gekommen war, die Luke zu heben und zu probieren, ob sie nicht hören konnte, worüber ihre Eltern sich stritten. Sie hatte den Kopf direkt in das dunkle Loch gesteckt und nach einer Weile sogar die Augen aufgemacht. Die Stimmen ihrer Eltern klangen weit weg und blechig, als ob sie selber Roboter wären, was ihr gar nicht gefiel, aber nachdem sie ihnen eine Weile gelauscht hatte, dachte sie fast überhaupt nicht mehr an den gräßlichen kleinen Kasten.

»... Das ist mir egal, Mike, sie *mußte* wieder zur Schule gehen. Das ist gesetzlich vorgeschrieben!« Ihre Mutter hatte vorher geschrien, aber jetzt hörte sie sich bloß noch erschöpft an.

»Na schön. Aber ansonsten geht sie mir keinen Schritt aus dem Haus, und sie wird hingebracht und hinterher wieder abgeholt!«

»Von mir, heißt das, nicht wahr?« Christabels Mami klang, als wollte sie gleich wieder zu schreien anfangen. »Schlimm genug, daß du zur Zeit nie zuhause bist, aber jetzt soll ich auch noch die Gefängniswärterin für unser Kind spielen ...«

»Ich begreife dich nicht«, fuhr Papi sie an. »Macht dir das *gar nichts* aus? Sie hat irgendeine ... Sache mit einem erwachsenen Mann laufen – das hast du selbst gehört! Es kann irgendein bizarres Softsexding sein. Unser kleines Mädchen!«

»Das wissen wir doch gar nicht, Mike. Sie hat diese komische Brille, und ich hab gehört, wie eine Stimme da rauskam und ihren Namen sagte ...«

»Und ich hab dir bereits erklärt, daß das *nicht* die handelsübliche MärchenBrille ist, Kaylene. Irgendwer hat daran rumgefummelt und einen Nahbereichstransponder eingebaut.«

»Nur zu, schneid mir das Wort ab! Laß mich nicht ausreden! Auf die Art behältst du wenigstens recht, stimmt's?«

Irgend etwas zerbrach mit einem lauten Klirren. Christabel war so erschrocken, daß sie sich den Kopf an der Luke stieß und dann bewegungslos in der Stellung verharrte aus Angst, sie könnten sie gehört haben. Hatte Papi mit etwas geworfen? War er aus dem Fenster gesprungen? Sie hatte das einmal im Netz jemand machen sehen, einen dicken Mann, der von der Polizei gejagt wurde. Sie rechnete damit, daß das Schreien wieder losgehen würde, doch die nächsten Worte ihres Vaters klangen leise und bedauernd.

»Herrje, tut mir leid. Ich hab sie gar nicht da stehen sehen.«

»Es war bloß eine Vase, Mike.« Es dauerte ein Weilchen, bis ihre Mutter weiterredete. »Müssen wir uns wirklich streiten? Natürlich mach ich mir auch Sorgen, aber wir können sie nicht einfach ... einsperren. Wir wissen doch gar nicht mit Sicherheit, ob etwas nicht in Ordnung ist.«

»Etwas ist nicht in Ordnung, glaub mir.« Er klang ebenfalls nicht mehr böse, nur müde. Christabel mußte den Atem anhalten, um zu hören, was er sagte. »Hier jagt zur Zeit ein Debakel das nächste, Schatz, und ich laß es an dir aus. Es tut mir leid.«

»Ich kann es immer noch nicht glauben - dieser Fleck ist so *sicher*, Mike. Wie ein Städtchen aus einem alten Buch. Freundliche Nachbarn, spielende Kinder auf den Straßen. Wenn wir in Raleigh-Durham oder Charlotte Metro wohnen würden, hätte ich sie keinen Moment aus den Augen gelassen, aber ... aber *hier*!«

»Es hat einen Grund, daß es so ist, Kaylene. Wir sind hier völlig ab vom Schuß, alles Wichtige passiert heutzutage um den Pazifik rum, an der Westküste oder im Südwesten. Dieser Stützpunkt wäre wahrscheinlich schon vor Jahren dichtgemacht worden, wenn nicht dieser eine alte Mann gewesen wäre, auf den wir aufpassen sollten. Und er ist entkommen. Und auch noch während meiner Dienstzeit.«

Es tat Christabel weh, wie die Stimme ihres Vaters jetzt klang, aber sie konnte nicht aufhören zu lauschen. Seine Eltern so zu belauschen war, als würde man sich ein Bild von jemand Nacktem anschauen oder einen verbotenen Film gucken, einen mit Blut und abgehauenen Köpfen.

»Schatz, ist es so schlimm? Du erzählst nie was von deiner Arbeit, und ich bemühe mich, dich damit in Ruhe zu lassen, wenn du zuhause bist - ich weiß ja, daß alles geheim ist -, aber in letzter Zeit wirkst du furchtbar angespannt.«

»Du machst dir keine Vorstellung. Die haben mir, ganz brutal gesagt, die Eier in den Schraubstock gespannt. Paß auf. Nimm mal an, deine Aufgabe, deine *wirkliche* Aufgabe, nicht der alltägliche Scheißdreck, besteht darin, dafür zu sorgen, daß niemand eine bestimmte Bank ausraubt. Und jahrelang hat nicht nur niemand sie ausgeraubt, nein, nicht einmal falsch geparkt hat je einer davor, so daß alle denken, du schiebst die ruhigste Kugel der Welt. Und eines Tages, wo du denkst, es ist ein Tag wie jeder andere, raubt nicht nur jemand die Bank aus, sondern transportiert das ganze verdammte Gebäude ab. Wenn du jetzt der Bankwächter wärest, wie wäre *dir* da zumute? Und was meinst du, wie die Aussichten für deine Karriere danach wären?«

»O Gott, Mike.« Ihre Mutter klang erschrocken, aber sie hatte auch den flüsterigen Ton, den sie immer hatte, wenn sie Papi küssen wollte, aber er mit irgendwas beschäftigt war und sie nicht ließ. »Mir war nicht klar, daß es so schlimm ist. Dieser wunderliche alte Mann ...?«

»Dieser alte Saftsack, genau. Aber ich darf dir nicht mehr darüber erzählen, Schatz, ich darf es wirklich nicht. Jedenfalls passiert diese Sache mit Christabel nicht gerade zu einem günstigen Zeitpunkt, um es mal so auszudrücken.«

Eine lange Stille folgte.

»Und was sollen wir nun mit unserm kleinen Mädchen machen?«

»Ich weiß es nicht.« Scherben klirrten. Papi war dabei aufzuheben, was er kaputtgemacht hatte. »Aber mich erschreckt das alles zutiefst, und die Tatsache, daß sie uns nichts sagt, macht es noch schlimmer. Ich hätte nie gedacht, daß sie uns so anlügt, Kaylene, daß sie so etwas vor uns verheimlicht.«

»Mich erschreckt die Sache auch.«

»Eben, und deshalb der Hausarrest. Sie wird ohne einen von uns nirgendwo anders hingehen als in die Schule, und zwar so lange, bis wir die ganze Wahrheit wissen. Ich werde überhaupt gleich nochmal mit ihr reden.«

Das letzte, was Christabel hörte, als sie aus der Luke des Reinigungsautomaten herauskroch, waren die Worte ihrer Mutter: »Sei nicht zu streng zu ihr, Mike. Sie ist noch ein kleines Mädchen.«

Während sie mit geschlossenen Augen auf dem Bett lag und sich schlafend stellte, hörte sie die Schritte ihres Papis *stampf, stampf, stampf* die Treppe heraufkommen. Manchmal, wenn sie darauf wartete, daß er hochkam und sie einmummelte und ihr einen Gutenachtkuß gab, fühlte sie sich fast wie die Prinzessin in *Dornröschen*, die darauf wartete, daß der schöne Prinz durch die stachelige Dornenhecke kam. Zu anderen Zeiten war ihr zumute wie in einem Spukhaus, wenn man hört, daß das Ungeheuer immer näher kommt.

Er öffnete leise die Tür, dann spürte sie, wie er sich auf ihre Bettkante setzte. »Christabel? Wach auf, Liebes.«

Sie tat so, als hätte sie ziemlich fest geschlafen. Ihr Herz schlug immer noch ganz schnell, als ob sie lange gerannt wäre. »Was?«

»Du bist ganz rot im Gesicht«, sagte er besorgt. »Hast du dir irgendwas eingefangen?« Er legte ihr seine große Hand auf die Stirn. Sie war kühl und hart und sehr, sehr schwer.

»Mir geht's gut, denk ich.« Sie setzte sich hin. Sie wollte ihn nicht anschauen, weil sie wußte, daß er sie mit seinem Ernstblick betrachtete.

»Hör zu, Christabel, Liebes, ich möchte, daß wir uns recht verstehen. Die Sache mit der MärchenBrille – wenn deine Mami und ich uns deswegen so aufregen, dann nicht, weil wir dich für böse halten, sondern weil wir uns Sorgen machen. Und es macht uns sehr unglücklich, wenn du uns nicht die Wahrheit sagst.«

»Ich weiß, Papi.« Sie wollte ihn immer noch nicht anschauen, weniger aus Angst als aus dem sicheren Gefühl heraus, daß sie anfangen würde zu weinen, wenn sie ihm ins Gesicht sah.

»Warum erzählst du uns dann nicht einfach, was los ist? Wenn es jemand in deinem Alter ist, und ihr macht bloß Quatsch, verstellt eure Stimmen oder sowas, dann werden wir dir nicht böse sein. Aber wenn es ein Erwachsener ist – tja, dann müssen wir das wissen. Verstehst du das?«

Sie nickte. Seine Finger faßten ihr Kinn und hoben ihr Gesicht hoch, bis sie ihn anschauen mußte, sein großes, breites Gesicht, seine müden Augen, die Bartstoppeln. Es waren die Bartstoppeln – Papi rasierte sich *immer* jeden Morgen, außer samstags, und manchmal rasierte er sich zweimal am Tag, wenn er und Mami zum Essen ausgingen -, sie waren schuld, daß ihr auf einmal schwummerig im Magen war und daß ihr Gesicht wieder ganz heiß wurde.

»Hat jemand dich angefaßt? Hat irgend jemand was mit dir gemacht?«

»N-nein.« Christabel fing an zu weinen. »Nein, Papi!«

»Red doch mit mir, Kleines. Sag mir einfach, was es mit dieser Brille auf sich hat.«

Sie versuchte zu antworten, aber konnte zuerst nur so Geräusche machen wie der Staubsauger. Der Schnodder floß ihr aus der Nase, und sie wollte ihn mit dem Ärmel abwischen. Ihr Papi zog ein Papiertuch aus der Zoomer-Zizz-Schachtel und reichte es ihr. Als sie wieder sprechen konnte, sagte sie. »Ich kann's nicht sagen. Es ist Geheimnis, und ...« Sie schüttelte den Kopf, weil sie es nicht erklären konnte. Alles war so schrecklich, alles. Herr Sellars war bei diesem bösen, garstigen Jungen, und sie konnte nicht einmal von zuhause weg, um ihm zu erklären, daß ihre Eltern die Brille hatten und daß sie Mami und Papi ganz traurig machte, weil sie lügen mußte, und daß ihr Papi so müde aussah ... »Ich kann nicht.«

Einen Moment lang meinte sie, er würde wieder wütend werden wie am ersten Abend und losbrüllen oder welche von ihren Spielsachen kaputtmachen, so wie er Prinz Pikapik an die Wand geworfen und sein Innenleben zerdeppert hatte, so daß der Otter jetzt nur noch im Kreis humpeln konnte. Seine Backen waren ganz rot, so rot wie einmal, als er und Captain Parkins sich zu viele »genehmigt« hatten und Sachen über die Cheerleader-Mädchen auf dem Wandbildschirm sagten, die Christabel ganz verlegen und nervös machten.

»Na gut.« Er stand auf. »Es geht bei uns nicht mehr zu wie im Mittelalter, Christabel, nicht mal so wie vor dreißig Jahren. Ich werde dir also keine Tracht Prügel geben, wie ich sie von meinem Vater gekriegt habe, wenn ich nicht mit der Wahrheit rausrücken wollte. Aber du *wirst* uns sagen, wo du die Brille herhast, und du wirst nicht zum Spielen rausgehen oder Netz gucken oder ins Seawall Center fahren oder sonst etwas machen, was du gern magst, bis du mit diesen albernen Faxen aufhörst, und wenn wir dich bis zur Highschool im Haus einschließen müssen.«

Er ging hinaus und zog die Tür hinter sich zu. Christabel fing wieder an zu weinen.

> Der Mann, der sich drohend vor ihm aufgebaut hatte, war so groß und breit, daß er die Schankstube mit ihrem ohnehin recht spärlichen Lichteinfall weitgehend verdunkelte. Was man von seinem Gesicht und seiner sonstigen Haut sehen konnte, war mit Tätowierungen überzogen, und in seinen buschigen Bart waren Tierknöchelchen geflochten. Er hob eine Hand, groß wie eine Bärenpranke, und legte sie auf den Tisch, der hörbar knarrte.

»Ich bin Grimmbart der Unholde«, grollte er, »der Töter des Riesen Vaxirax und anderer fast genauso berüchtigter Ungeheuer. Ich habe es mir zur Gewohnheit gemacht, jeden Tag wenigstens einen Mann mit meinen bloßen Händen umzubringen, einfach damit ich nicht aus der Übung komme. Und am liebsten knöpfe ich mir solche vor, die ungefragt auf meinem persönlichen Hocker sitzen.« Da seine Zähne offensichtlich niemals einer so weibischen Prozedur wie dem Putzen unterzogen worden waren, blitzten sie weniger, als daß sie kurz moosgrün in Erscheinung traten. »Und wer bist *du*, kleiner Mann?«

»Ich ... ich heiße Kä-tör von Rhamsi«, stammelte der andere, »Söldner auf Durchreise. Ich bin ... fremd hier, und ich wußte nicht ...«

»Schön, daß ich noch deinen Namen erfahre, bevor ich dir den Kopf abreiße«, unterbrach ihn Grimmbart, »damit die Barden den Toten von heute der langen Liste hinzufügen können. Die Barden führen sehr genau Buch über meine Taten, mußt du wissen, und mit Namen und so sind sie ziemlich pingelig.« Grimmbarts Atem war erstklassig gerendert und in der Tat so wenig hold, wie der Beiname des Mannes erwarten ließ: Der VR-Dufteffekt hätte nahezu jeden davon überzeugt, daß er in der Windrichtung eines überfahrenen und verwesenden Aases stand.

»Ups.« Kä-tör ruckte mit dem Hocker nach hinten. »Eigentlich wollte ich grade gehen.«

Zehn Sekunden später saß Catur Ramsey mit weit gespreizten Beinen draußen auf der düsteren Straße, und aus der Tür hinter ihm scholl Gelächter. Selbst er mußte zugeben, daß sein rascher Abgang mit abschließendem Sturz auf den Hintern wahrscheinlich einen Lacher wert gewesen war. »Lieber Himmel!« sagte er. »Was ist das für ein Scheißspiel hier? Das ist schon die dritte Bar, aus der ich hochkant rausfliege.«

»*Erstmal*«, sagte die Stimme in seinem Ohr, »*ist es eine Taverne und keine Bar. Den Kram mußte draufhaben, sonst passiert dir das immer wieder. Alle hacken immer auf den Anfängern rum.*«

»Ich habe ja gesagt, ich hätte was anderes machen sollen als einen bewaffneten Söldner - einen Dieb oder einen Zauberer oder sonstwas. Vielleicht einen mittelalterlichen Buchhalter. Bloß weil ich ziemlich groß bin und diesen überdimensionalen Dosenöffner am Gürtel hängen habe, will sich jeder mit mir anlegen.«

»Jo, aber wenn du mal an einen gerätst, vor dem du nicht weglaufen kannst, hast du auf die Art wenigstens 'ne Chance zu überleben«, gab Beezle mit seinem breiten Brooklyner Akzent zu bedenken. »Und bei dem Tempo, das du vorlegst, wird das nicht mehr lange auf sich warten lassen ...«

Ramsey rappelte sich auf und klopfte sich Knie und Hinterteil seiner schweren wollenen Kniebundhosen ab. Sein Schwert, das er bis jetzt noch nicht aus der Scheide zu ziehen gewagt hatte, schlug an seinen Schenkel. Nicht nur hatte das baumelnde Ding ihm ein paarmal beim Weglaufen von Kneipenschlägereien behindert, es hatte außerdem irgendeinen bizarren Namen, den er ständig vergaß.

»Wie heißt dieses Ding nochmal? Wutfurz oder Blutwurst oder so?«

Beezle, eine körperlose Jiminy Grille im Ramseys Ohr, seufzte. »Es heißt Blutdurst. Es stammt aus dem Tempel des heulenden Gottes in deinem Heimatland Rhamsi, jenseits der Grenzen von Mittland. Wie schaffst du's, dir deinen juristischen Krempel zu merken? Du hast'n Gedächtnis wie'n Sieb, Sportsfreund.«

»Ich mache mir Notizen. Ich sitze an einem Schreibtisch und spreche in mein Bürosystem. Ich habe Kanzleihelfer. Ich muß für meine Ermittlungen normalerweise nicht durch die stinkenden Gossen der altehrwürdigen Stadt Modderloch kriechen.«

»Madrikhor. Wenn du willst, daß ich über deine Witze lache, solltest du mein Empathielevel ein bißchen höher stellen, damit ich sie schneller mitkriege.«

Ramsey knurrte, aber innerlich mußte er wider Willen darüber grinsen, wie sehr sich das Ganze offenbar als vollkommener Reinfall entpuppte. »Schon gut. Heb dir deine Energie lieber dafür auf, einen neuen Platz zu finden, wo ich Prügel beziehen kann.«

Hierherzukommen war ihm zunächst als gute Idee erschienen, zumal als die meisten der anfänglichen, so vielversprechend aussehenden Fährten sich mehr oder weniger als Data Morganas erwiesen hatten, die beim Näherkommen zurückwichen und sich dann in nichts auflösten. Beezle hatte viele Informationen über Orlandos letzte paar Monate geliefert, aber ihnen nachzugehen, war erstaunlich schwierig gewesen. Die TreeHouse-Leute hatten Ramseys diskrete Anfragen sämtlich abgeschmettert, zum Teil wohl auch deshalb, weil mehrere Kinder von Netzwerkbenutzern gleichzeitig schwer erkrankt waren, offenbar am Tandagoresyndrom. Vielleicht weil sie eine Klage witterten, wollte keiner der Informatiker bei Indigo Gear je etwas von einem Orlando Gardiner gehört haben, nur eine Werberin mußte zugeben, daß sie ihm ein Stipendium gegeben hatten. Ramsey hatte das Gefühl, ohne die Angst vor möglichen Anprangerungen wegen Vertragsbruch, begangen an einem im Koma liegenden Kind, hätte Indigo dieses Stipendium längst zurückgezogen und sämtliche Unterlagen darüber vernichtet.

Die letzte und größte Hoffnung auf Informationen über Orlandos Aktivitäten in jüngster Vergangenheit war Mittland gewesen, doch auch hier geriet er in eine Sackgasse nach der anderen. Nachdem Anfragen, die Netzwerkdateien einsehen zu dürfen, mit einer höflichen, aber unverkennbaren Verzögerungstaktik beantwortet worden waren, so daß sich seine Nachforschungen auf normalem Wege ein paar Jahre hingezogen hätten, war er gezwungen gewesen, die Suche von innen anzugehen. Doch sein Eintritt in die Simwelt hatte dazu geführt, daß er sich nicht nur mindestens so dumm vorkam, wie er befürchtet hatte, sondern auch dumm in bestimmten Hinsichten, die er nicht vorhergesehen hatte, wovon sein schmerzendes Steißbein jetzt deutlich Zeugnis ablegte.

Beezle hatte ihn zuerst an den ehemaligen Standort von Senbar-Flays magischem Turm geführt, aber das Bauwerk war mittlerweile verschwunden und, wie Beezle mitteilte, nach längerer Nichtbenutzung aus den Dateien von Mittland gelöscht worden. Als Beweis für die Geschwindigkeit der virtuellen Stadterneuerung stand bereits das Schloß eines anderen Zauberers an der Stelle, eine kleine, juwelenfunkelnde Phantasie mit maurischen Minaretten. *Attraktives Einstiegs-Château für Hexer*, hatte Ramsey sich die Maklerannonce vorgestellt. Es gab sogar Gerüchte von einem Dschinn, der das Gelände bewachte, und der Anwalt verspürte keinerlei Ehrgeiz herauszufinden, ob das stimmte. Es war deutlich, daß an diesem Ort nichts zu holen war. Der Junge, der einst den Zauberer gespielt hatte, lag immer noch in einem Krankenhaus in Florida auf der Intensivstation, aber was Mittland anbelangte, war Senbar-Flay passé.

Ein Ritt in das ferne Katzenrückengebirge, der nahezu eine Woche seiner entsetzlich knappen Freizeit fraß, war nur eine Fortsetzung von Ramseys Pechsträhne. Xalisa Thols Grabhügel, der Ort, wo nach Beezles Angaben die ganze Sache angefangen hatte, war ebenfalls fort. Die Einheimischen munkelten nervös von der Nacht, in der er verschwunden war, von einem furchtbaren Schneesturm, bei dem sich niemand vor die Tür getraut habe, und von den Schneewölfen, die es hätten geraten erscheinen lassen, nach dem Sturm nicht gleich aus dem Haus zu rennen.

Also war Ramsey in der Hoffnung, auf die altmodische Weise etwas aufzutun, nach Madrikhor zurückgekehrt. Im wirklichen Leben hatte er sich, wenn er in Personenschadensfällen ermitteln mußte, in einige der häßlichsten Stadtteile von Washington und Baltimore begeben, wie schlimm konnte es da sein, in einem virtuellen Märchenland den Schnüffler zu spielen?

Schlimmer, als er gedacht hatte, stellte sich heraus. Selbst die unangenehmsten Bewohner der Sozialsiedlung Edwin Meese Gardens hatten nie versucht, Ramsey einen Basilisken in den Hosenlatz zu stopfen.

Er saß in einer kleinen, heruntergekommenen Taverne, die »Zum blauen Räuber« hieß, trank gerade seinen Becher Met aus und pries sich glücklich, daß er für die Geschmackssimulation seines Gears nicht mehr angelegt hatte, als eine Gestalt auf seinen wohlweislich gewählten Platz in einer der dunkleren Ecken zugeschlingert kam. Es war ein langer, gelegentlich qualvoller Tag gewesen, und der »Blaue Räuber« lag in einem der anrüchigeren Viertel von Madrikhor, so daß Ramsey, als jetzt der Fremde vor ihm stehenblieb und dann noch eine andere unbekannte Figur neben ihm erschien, seufzte und sich auf die nächste Abreibung gefaßt machte.

»Ho!« sagte der größere der beiden, ein muskulöser Bursche mit breitem Kinn und langem Schnurrbart. »Wie wir hören, suchst du Auskünfte.«

»Und wir haben Auskünfte zu verkaufen, fürwahr«, fügte sein Gefährte, ein drahtiger kleiner Mann mit rotblonden Haaren, kurz darauf hinzu. Ihre Stimmen hatten eine merkwürdige Ähnlichkeit, obgleich die des Kleineren ein wenig höher war.

»Ach?« Ramsey bemühte sich, kein Interesse zu zeigen. In einer Stadt voller Leute, die teure Spiele spielten, hätte ihn nichts weniger überrascht, als daß jemand ihn um sein Geld erleichtern wollte, aber nichts hätte ihn mehr überrascht, als wenn er dafür etwas Brauchbares bekommen hätte. »Was bringt euch auf den Gedanken, daß ich bereit wäre, für eure Auskünfte etwas zu bezahlen?«

»Potzblitz, hast du dich nicht überall im Abenteurerviertel nach Thargor, dem Dunklen, umgehört?« erwiderte der Große. »Nun, fürwahr, wer hier vor dir steht, ist Belmak der Bukanier mit seinem Gefährten, dem Roten Filou. Wir können dir helfen.«

Es gab eine Pause, dann meldete sich der Kleine. »Gegen Gold, versteht sich.«

»Versteht sich.« Ramsey nickte gewichtig. »Gebt mir eine Ahnung davon, was ihr wißt, und ich gebe euch eine Ahnung davon, was ich zu zahlen bereit wäre.« Seine Befürchtung, verprügelt zu werden, war geringer geworden, nicht jedoch das Gefühl, daß er hier seine Zeit verschwendete. Wenn die echten Personen hinter diesen skurrilen Maulhelden überhaupt schon im führerscheinfähigen Alter waren, hätte es ihn sehr gewundert.

»Wir bringen dich zu einer bestimmten Person, die dir sagen kann, wo Thargor sich aufhält«, erklärte der Rote Filou mit spitzbübischem Augenzwinkern. Er schien sich aber dabei etwas getan zu haben, oder vielleicht war ihm ein Ascheteilchen vom Feuer ins Auge geweht, denn er verbrachte eine Weile damit, abwechselnd zu zwinkern und es sich zu reiben. Als er fertig war, setzte sich sein Gefährte abrupt in Bewegung, als ob er auf ein Stichwort gewartet hätte.

»Du mußt uns folgen, wahrlich, so ist es«, verkündete der Schnauzbärtige. »Fürchte nicht, daß dir ein Leid geschehen könnte, denn du hast das Wort Belmaks, der noch nie einen Mann hintergangen hat.«

»*Was meinst du, Beezle?*« subvokalisierte Ramsey. »*Das ist unsere erste Fährte, seit wir hier sind. Hast du je von diesen Kerlen gehört?*«

»*Glaube nicht, aber die Leute hier wechseln manchmal die Figuren.*« Das unsichtbare Krabbeltier schien sich zu bedenken. »*Wir können's ja mal probieren. Ich leg grad noch alle Daten darüber, was wir heute gemacht haben, außerhalb ab. Dann müssen wir beim nächsten Einsatz nicht einen Haufen Zeug nochmal abkaspern, falls es nötig sein sollte, schnell rauszugehen.*«

»Na gut«, erklärte Ramsey daraufhin. »Geht voraus. Aber keine Tricks.« Es war fast unmöglich, nicht in die B-Film-Melodramatik der Simwelt zu verfallen.

Entweder waren Belmak und der Rote Filou sturzbetrunken, oder sie kamen aus einem fremden Land, wo der Boden ganz anders beschaffen war, denn beide konnten nur mühsam gehen. Sie redeten auch kein Wort, und während sie Ramsey bei leichtem Nieselregen durch die schlüpfrigen, kopfsteingepflasterten Gassen des Abenteurerviertels führten, versuchte er sich darüber klarzuwerden, was ihn an den beiden befremdete.

»Ich muß gestehen, daß ich eure Namen nicht kenne, edle Helden«, sagte er. »Vielleicht könntet ihr mir etwas von euch erzählen. Ich bin hier leider fremd.«

Belmak der Bukanier ging noch drei Schritte, dann drehte er sich zu Ramsey um. Sein Begleiter stolperte ein Stück weiter, bevor er stehenblieb wie ein Mann, der in jedem Hosenbein eine Bowlingkugel hatte. Eigenartigerweise schaute er weiter unverwandt geradeaus, als Belmak sprach.

»Wir sind berühmt, und das nicht nur in Madrikhor, sondern auch in Qest und Sulyaban und allen Städten, die am Großen Ozean liegen. Berühmt.« Er verstummte unvermittelt.

»Wir haben fürwahr viele Abenteuer erlebt«, fügte der Rote Filou hinzu, wobei er nach wie vor in die andere Richtung blickte. Dann setzten er und Belmak ihren Holpermarsch fort.

»Beezle, was ist los mit diesen Kerlen?« wisperte Ramsey.

»Ich glaube, ›Kerle‹ ist das falsche Wort, Sportsfreund«, antwortete der Käfer. »Ich denke, es ist einer. Einer, heißt das, der zwei Sims führen muß – und das ohne besonders gutes Gear.«

»Hat er deswegen so Schwierigkeiten, sie beide fortzubewegen?« Ramsey fühlte einen mächtigen Lachdrang in sich aufsteigen.

»Nicht nur das. Hast du gemerkt, daß sie auch nicht gleichzeitig gehen und reden können?«

Es war zuviel. Er prustete los und mußte sich zusammenreißen, um vor Kichern nicht völlig zu vergehen. Wie mechanische Figuren in einem mittelalterlichen Glockenturm wandten sich Belmak und der Rote Filou langsam zu ihm um.

»Sag an, was lachst du?« fragte der Rote Filou.

»E-es ist nichts«, antwortete Ramsey japsend. »Mir ist nur grade ein Witz eingefallen.«

»Potzblitz also«, sagte Belmak. »Wahrlich«, ergänzte er. Mit einem letzten mißtrauischen Blick drehte er sich wieder nach vorne. Der Rote Filou folgte seinem Beispiel, und unbeholfen wie Kleinkinder in Schneeanzügen setzten sich beide erneut in Bewegung. Da Ramsey sich die Augen wischte und damit zu tun hatte, nicht gleich wieder loszukichern, achtete er beim Hinterherbummeln nicht auf die steinerne Pferdetränke, die auf der Straße stand, bis er mit dem Knie unsanft dagegen stieß.

Belmak hielt an und betrachtete den fluchend auf der Stelle hüpfenden Ramsey. »Madrikhor ist eine gefährliche Stadt«, bemerkte er. »Ja«, pflichtete der Rote Filou einen Moment später bei. »Fürwahr.«

Nachdem er den beiden Strolchen über eine Stunde lang in einem so unglaublich langsamen Tempo gefolgt war, daß er sie rückwärts gehend hätte überholen können, fand er ihre Unbeholfenheit überhaupt nicht mehr komisch. Bei jedem trägen Schritt mußte Catur Ramsey gegen den aufsteigenden Ärger ankämpfen.

Ein Pech auch, daß dieser Gardiner es nicht mit Science-fiction hat. Wieso konnte er sich kein Szenarium aussuchen, wo jeder seinen kleinen privaten Atomraketenwagen hat oder sowas in der Art?

Obwohl es auf Mitternacht zuging, war das Treiben in der Stadt nicht weniger emsig als bei Tageslicht, allerdings war es anders geworden. In einer virtuellen Welt voller Diebe, Mörder und Schwarzmagier, deren Alter egos in vielen Fällen längst schon im Bett hätten sein müssen, war es nicht verwunderlich, daß Madrikhor mit dem Einbruch der Dunkelheit einen Wandel von der pseudomittelalterlichen Urigkeit zur fiebrigen Horrorfilmatmosphäre durchmachte. Es gab kaum eine düstere Stelle, wo nicht jemand lauerte, kaum einen verborgenen Winkel, wo nicht außerhalb des Scheins der Straßenlaterne ein Handel geschlossen oder ein Verrat begangen wurde. Die Gestalten, die durch die windigen Straßen eilten, trugen wallende Umhänge, aber die Körperformen, die man erkannte, waren sehr phantasievoll, und in vielen der aus tiefen Kapuzen blickenden Augen funkelte ein Licht, das nicht eben menschlich wirkte.

Es ist mehr wie Halloween als sonstwas, dachte Ramsey. *Als ob jede Nacht im Jahr Halloween wäre.* Obwohl er müde war und langsam griesgrämig wurde, konnte er doch nicht alles pauschal verurteilen. Zu den wenigen gleichbleibenden Dingen in seiner Kindheit hatten die Feiertage gehört, die sich nie viel verändert hatten, einerlei wo die Familie sie beging. Manchmal hatten sie in einer ganz normalen Siedlung statt auf einem Militärstützpunkt gewohnt, und die Halloweens dort waren die allerbesten gewesen.

Eine dunkle Gestalt im wehenden Cape sprang hoch oben quer über die Gasse von Dach zu Dach, und plötzlich sehnte er sich nach den Halloweens zurück, nach dem fröhlichen Schrecken, den er empfunden hatte, wenn gewohnte Straßen finster und geheimnisvoll und vertraute

Gesichter durch Masken und Schminke fremd geworden waren. Er wünschte auf einmal, er hätte sich als Kind mehr für solche Sachen wie Rollenspiele interessiert und zu einer Zeit, wo er sich noch voll auf Scheinwelten einlassen konnte, einen Ort wie Mittland gefunden. Jetzt konnte er nur ein Tourist sein. Wie Wendy und ihre Brüder, die mit dem Erwachsenwerden das Nimmerland des Peter Pan verloren hatten, war auch er über den Punkt hinaus, wo er noch einmal hineingekonnt hätte. Aber er konnte wenigstens nahe genug kommen, um den Verlust zu spüren.

Der »Blaue Räuber« hatte schon in einem der weniger anheimelnden Viertel von Madrikhor gelegen, aber im Vergleich zu der Gegend, in die Belmak und der Filou ihn jetzt führten, war es dort geradezu paradiesisch gewesen. Sie befanden sich eigentlich gar nicht mehr in der Stadt, sondern waren in eine sich meilenweit erstreckende Elendssiedlung gekommen, deren Behausungen aus den schlechtesten und wertlosesten Materialien gebaut waren und aneinanderklebten wie die Waben in einem Bienenstock, auf den sich jemand gesetzt hatte.

»Was zum Teufel ist das für eine Gegend, Beezle?« flüsterte er. »Wo sind wir?«

»In der Henkerstadt. Orlando hat sich hier nicht viel aufgehalten.«

»Es ist ein Ghetto!«

»Das kommt dabei raus, wenn man alles nach dem Laisser-faire-Prinzip laufen läßt, und sei's nur imaginär.«

Ramsey fragte sich verwundert, ob er einen sozialistischen Einschlag in Beezles Programmierung entdeckt hatte. »Ist es gefährlich?«

»In dieser Spielwelt«, erwiderte der Käfer, »was wär da nicht gefährlich? Aber klar, es ist nicht grade lauschig hier. Zombies, finstere Kobolde, jede Menge abgewrackte Diebe und Strolche. Ich glaub, draußen bei der Müllhalde treiben sich auch noch Werwölfe rum.«

Ramsey schnitt eine Grimasse und zog heimlich Blutsturz, oder wie das Ding hieß, aus der Scheide.

Belmak blieb lange genug stehen, um die Worte loszuwerden: »Hab keine Angst, wir sind fast da.«

»Wahrlich«, setzte sein Begleiter hinzu, »so ist es.« Sie hörten sich beide ziemlich atemlos an.

Ramsey mußte an Beezles Bemerkung über Werwölfe denken, als immer deutlicher wurde, daß es sich bei dem Ort, zu dem er gebracht wurde, nur um die erwähnte Müllhalde handeln konnte, einen Berg aus

> 120

Abfällen mit mehreren vorgelagerten Hügeln, der mitten in der Henkerstadt eine Fläche von einigen Straßenkarrees einnahm. Überall schwelten Feuer, von denen sich die meisten wohl in dem Unrat selbst entzündet hatten. Der mittelalterliche Müll, bestehend vor allem aus Kot, Knochen und zerbrochenen Töpfen, war selbst für ein virtuelles Environment hochgradig deprimierend. Bis auf wenige in den Haufen herumfleddernde Gestalten, die in dem roten Schein der niedrigen Flammen kaum zu erkennen waren, war die Umgebung menschenleer; Ramsey sah nicht, was er an so einem Ort zu suchen haben sollte.

Er hob das Schwert, dessen Namen er sich einfach nicht merken konnte. »Soll das ein Hinterhalt werden oder was? Wenn ja, wäre es mir lieber gewesen, ihr hättet ihn ein paar Meilen früher veranstaltet und uns den weiten Weg erspart.«

»Kein ... Hinterhalt«, keuchte der Rote Filou, der deutlich noch mehr außer Atem war als Ramsey. »Unser Ziel ist ... da drüben.« Der rothaarige Mann deutete auf einen dunklen Klumpen am Fuße eines der Abfallhügel; auf den ersten Blick schien es sich um einen weiteren Müllhaufen zu handeln, doch als Ramsey angestrengt spähte, erkannte er im Feuerschein die vagen Umrisse eines sich bewegenden Schattens davor. Er hielt das Schwert vor sich und marschierte über den matschigen Grund darauf zu. Belmak und sein kleiner Gefährte konnten nicht Schritt halten und fielen schnell zurück.

Der Klumpen stellte sich als eine Hütte heraus, falls man dieses Wort auf ein Gebäu anwenden konnte, das nur ein notdürftiger Verschlag aus alten Brettern und Bruchsteinen war. In die Ritzen gestopfte Lumpen, die wohl den Wind oder vielleicht den allgegenwärtigen schmutzigen Rauch abhalten sollten, gaben ihr das Aussehen einer Puppe, die dabei war, ihre Füllung zu verlieren. In der Öffnung (dem Türrahmen, wenn es denn eine Tür gegeben hätte) stand eine hochgewachsene Gestalt, die wie so viele in dieser Stadt in einen langen schwarzen Umhang mit einer Kapuze gehüllt war.

Ramsey schritt entschlossen auf diese Erscheinung zu. Er war schon gut zwei Stunden länger online, als er geplant hatte, die Füße taten ihm weh, und wenn er noch lange wartete, war es sogar zu spät, um sich aus dem Schnellrestaurant an der Ecke einen Happs zu essen kommen zu lassen. Er wollte jetzt entweder etwas Greifbares geliefert bekommen oder augenblicklich aus der Simwelt verschwinden, falls diese neue Unternehmung sich als so fruchtlos erwies, wie er vermutete.

»So, hier bin ich«, herrschte er die schweigende Gestalt an. »Zwiddeldum und Zwiddeldei hängen ein bißchen zurück, aber sie werden sicher bald kommen. Ich habe einen verdammt langen Fußmarsch hinter mir, also wer bist du, und was für Informationen hast du zu verkaufen?«
Eine ganze Weile verharrte die dunkle Gestalt unbewegt wie eine Statue. »Du vergißt dich«, sagte sie schließlich mit tiefer, eindrucksvoller Stimme. »Niemand spricht so mit dem großen Hexenmeister ... *Dreyra Jarh!*« Der Fremde stieß die Arme in die Luft, so daß die weiten Ärmel um lange, blasse Hände flatterten, und augenblicklich verwandelte ein jäher Blitz die ganze Müllhalde der Henkerstadt in ein fotografisches Negativ. Ein Donnerschlag in der Höhe ließ Catur Ramseys Ohren knacken. In dem sternchentunkelnden Dunkel nach dem grellen Licht mußte der benommene Ramsey, um nicht das Gleichgewicht zu verlieren, sich auf das Schwert in seiner Hand stützen wie auf das dritte Bein eines Dreifußes. Sein anfänglicher Schreck verebbte rasch. »Ja, ganz nett«, sagte er. Er war zu geblendet, um seinen Widersacher zu erkennen, und konnte nur hoffen, daß er in die richtige Richtung blickte. »Das dürfte ein ziemlich teurer Trick gewesen sein - hat dich wahrscheinlich das Taschengeld eines ganzen Monats gekostet oder einen Haufen Bonuspunkte, die du hier mit wochenlangem eifrigen Rumgerenne gesammelt hast, oder was weiß ich. Aber wenn du mehr als ein oder zwei solcher Tricks auf Lager hättest, würdest du nicht hier draußen im Dreck sitzen, stimmt's oder hab ich recht? Dann hättest du einen Palast wie das mordsmäßige Zaubererschloß, das ich neulich gesehen habe.«
Dreyra Jarh zögerte kurz, dann schob er langsam die Kapuze zurück, unter der ein kahlgeschorener Schädel und ein langes, hageres und leichenblasses Gesicht zum Vorschein kamen. »Okay, Gardiner, du hast gewonnen. Laß uns reden.«
Gardiner? Ramsey setzte an, ihn aufzuklären, doch dann überlegte er es sich noch einmal. »Na gut, reden wir.«

Dreyra Jarhs Haus, entschied Ramsey, war wahrscheinlich eines der wenigen realistischen Beispiele für original mittelalterliche Lebensbedingungen in ganz Mittland. Das Ambiente wurde nicht besser durch die getrockneten Dungfladen, die der Hexenmeister zum Heizen benutzte, aber unter den gegebenen Umständen war ein solcher Brennstoff sinnvoll: Diese Gesellschaft konnte es sich nicht leisten, Papier oder auch nur Holz zu vergeuden. Er hoffte, daß das nicht auch ein Omen für die Qualität von Dreyra Jarhs Informationen war.

Vielleicht um wenigstens irgendwie noch den Überlegenen spielen zu können, hatte der Hexer sich auf der einzigen Sitzgelegenheit in der einzigen Stube der Hütte niedergelassen, einem hohen, aber wackligen Hocker, so daß Ramsey sich auf den nackten Erdboden setzen mußte.

Im Feuerschein war ein schmales, himmelblaues Spitzbärtchen an Dreyra Jarhs Kinn zu erkennen, eine Geckerei, die darauf hindeutete, daß er einst bessere Tage gesehen hatte, oder wenigstens darauf, daß die Person hinter der Figur mehr Zeit für Schönheitspflege als für Raumausstattung aufwandte.

»Beezle«, murmelte Ramsey, ohne die Lippen zu bewegen, »hast du je von diesem Typ gehört? Wieso meint er, ich wäre Orlando?«

»Von ihm gehört? Heilige Scheiße, klar hab ich von dem gehört. Er und Thargor hatten sich öfter in der Wolle, als du zählen kannst, aber früher hat er viel mehr hergemacht als jetzt. Er hatte mal 'n ganzes Land, richtig in Besitz, weißte? Damals war er der Magierkönig von Andarwen. Aber er hat's in 'nem Würfelspiel mit 'nem Dämon verloren. Als Thargor das letztemal mit ihm zusammengerasselt ist, hatte er immerhin noch 'n Riesenanwesen, und alles darauf - Diener, Jagdhunde, die ganze Chose - war aus lebendigem Glas.« Beezle überlegte einen Moment. »Ich würde sagen, er ist seit damals ziemlich unter die Räder gekommen.«

Ramsey konnte sich ein Schnauben nicht verkneifen. »Sieht so aus.«

»Du bist doch Orlando Gardiner, nicht wahr?« Trotz seines grimmigen Totenschädellooks hörte sich der Hexenmeister beinahe flehend an. Er hatte einen leichten Akzent, von dem Catur Ramsey nicht recht wußte, wo er ihn hintun sollte. »Ich mache ein Schiedsgerichtsiegel auf alles, was in diesem Raum passiert, wenn du willst. Ungeduppt, ich schwöre, ich sag's nicht weiter. Aber ich muß es wissen.«

Ramsey zögerte, aber er wußte, daß er auch nach wochenlanger Ermittlungsarbeit keine Lügen über diese Spielwelt erzählen konnte, die glaubwürdig genug gewesen wären. »Nein, bin ich nicht. Ich habe nur Erkundigungen nach seiner Figur eingezogen, Thargor.«

»Mist!« Dreyra Jarh erhob sich und stampfte wütend auf. »Gottverdammter oberblockigster Blockmist!«

»Hast du mich bloß deshalb hier rausgelockt?« fragte Ramsey, als sich der andere ein wenig beruhigt hatte. »Weil du dachtest, ich wäre Orlando Gardiner?«

»Ja«, antwortete der Zauberer mürrisch. »Tut mir leid.« Die Entschuldigung klang nicht sehr überzeugend.

Nach einem Fußweg von gut fünf virtuellen Meilen durch einige der abstoßendsten Gegenden, die Madrikhor zu bieten hatte, dachte Ramsey nicht daran, sich so billig abspeisen zu lassen. »Was wolltest du ihm sagen?«

Das hagere Gesicht wurde sofort mißtrauisch. »Nichts.«

»Hör zu, ich interessiere mich nicht nur für Thargor, sondern auch für Orlando Gardiner selbst. Ich ermittle für seine Eltern in einer Sache.«

»Für seine Eltern? Wieso?«

»Langsam, ich bin es, der hier Fragen stellt - und zwar deshalb.« Ramsey zog eine klimpernde Börse aus seinem Mantel. Das Geld hatte ohnehin nur noch für ein oder zwei Einsätze reichen sollen. »Den bekommst du, wenn du mir hilfst. Alles - zwanzig goldene Imperialisten.«

»Imperiale.« Aber der Zauberer, der einst über ein ganzes Land geherrscht hatte, war offensichtlich interessiert. »Bloß für ein Gespräch mit dir?«

»Sofern das Gespräch einigermaßen ergiebig ist.« Ramsey legte den Geldbeutel neben sein Knie. »*Sag mir Bescheid, wenn er was eindeutig Falsches erzählt, Beezle, okay?*« murmelte er. Dann fragte er: »Warum wolltest du mit Orlando Gardiner reden?«

Dreyra Jarh setzte sich wieder auf seinen Hocker und legte die langen Hände in den Schoß. »Na ja, er ist ein alter Hase hier, genau wie ich. Wir sind zwar verfeindet, quasi ...«

»Verfeindet?« Catur zog eine Braue hoch.

»Nicht im wirklichen Leben! Bloß hier. In Mittland. Wir haben große Kämpfe gegeneinander geführt, klar? Ich hab versucht, ihn zu vernichten, er hat versucht, mich zu vernichten. Wir haben uns nie geext, aber es ging immer hin und her, mal hat der eine gewonnen, mal der andere ...«

»*Da ham wir schon die erste faustdicke Lüge, Sportsfreund*«, meldete sich Beezle treu. »*Orlando hat gegen diesen Heini nie in irgendwas verloren.*«

»... Aber dann hat irgendein popeliger Dutzenddämon ihn abserviert, und das Hohe Schiedsgericht hat seinen Einspruch abgelehnt, und weg war er.«

Ramsey nickte. Bis jetzt war alles im wesentlichen richtig. »Und?«

»Und es kursieren alle möglichen Gerüchte, er hätte vor seinem Abgang wegen 'ner goldenen Stadt rumgefragt, von der niemand in

Mittland je was gehört hatte. Aber dann war er weg, klar? Deshalb hab ich nie checken können, was da so geil dran war.«

Bei der Erwähnung der goldenen Stadt wurde Ramsey sehr still. Das Knistern und Knacken des Feuers wirkte unnatürlich laut, die heruntergekommene Bude noch kleiner als vorher.

»Dann hab ich dieses Juwelendings gefunden«, fuhr Dreyra Jarh fort. »Einer von meinen Unterzombies, die für mich an der Grabungsstätte der verschollenen Katakomben von Perinyum gearbeitet haben, kam damit an. Unterzombies machen sich nichts aus Juwelen und solchen Sachen - als Arbeiter sind sie ziemlich spitze. Als ich das Ding untersucht hab, ist es irgendwie ... ich weiß nicht, aufgegangen ...«

»Ja?« Es fiel ihm schwer, die Erregung nicht durchklingen zu lassen. »Und dann ...?«

Bevor der Hexer weitererzählen konnte, zuckte Ramsey zusammen, weil Beezles Stimme sich wieder in seinem Ohr meldete. »*He, Sportsfreund, es kommt jemand ...!*«

Ramsey drückte sich auf ein Knie hoch und versuchte, sein Schwert aus der Scheide zu ziehen, was leider bedeutend kniffliger war, als es sich in Abenteuerfilmen darstellte. Er mühte sich immer noch damit ab, den Knauf aus den Falten seines Mantels freizubekommen, als Belmak der Bukanier und sein Freund, der Rote Filou, einstimmig keuchend in der Türöffnung erschienen.

»Potzblitz!« Belmak schien der Meinung zu sein, daß damit alles Wesentliche gesagt war, und beschäftigte sich wieder damit, nach Atem zu ringen. Nach einer ganzen Weile blickte der Rote Filou neben ihm auf.

»Der Fremde eilt ... wie der Wind!« Der Filou machte eine ausladende Geste, die zeigen sollte, wie windeseilig Ramsey ihnen davongelaufen war und wie mannhaft sie sich um seine Verfolgung bemüht hatten.

Der leichenblasse Hexer wedelte ungeduldig mit den Fingern. »Sehr schön. Wir reden gerade. Ihr könnt wieder abzischen.«

Belmak glotzte fassungslos. »Was?«

»Du hast richtig gehört: Zieht Leine! Ihr könnt runter in die Taverne gehen und dort auf mich warten.«

»Da kommen wir doch grade her!«

»Es wird euch nicht umbringen. Haut ab!«

Belmak und der Rote Filou sahen aus, als ob es sie sehr wohl umbringen könnte. In einem plötzlichen Anfall von Mitgefühl zog Ramsey aus seiner Börse eine Münze, von der er ziemlich sicher war, daß sie kleiner war als ein Imperial, und warf sie dem Roten Filou zu, der sie beinahe gefangen hätte. Ein wenig getröstet hob der Glücksritter die Münze auf und stampfte wieder in die von Abfallfeuern erhellte Nacht hinaus.

»Unterzombies sind nicht für *alles* zu gebrauchen«, bemerkte der verlegene Dreyra Jarh zur Erklärung. »Und ich bin zur Zeit ein bißchen knapp bei Kasse ...«

»Erzähl einfach die Geschichte fertig. Du hattest ein Juwel gefunden.«

Die Geschichte des Hexers nahm einen ähnlichen Verlauf wie die Orlandos, soweit Ramsey sie kannte. Er war von der goldenen Stadt besessen gewesen, so anders als alles, was er jemals in Mittland gesehen hatte, war sie gewesen und so hundertprozentig sicher er, daß sie ein Abenteuer verhieß, bei dem nur die allererstklassigsten Spieler auf einen glücklichen Ausgang hoffen konnten. Doch die Suche war fruchtlos geblieben, und er hatte jede Möglichkeit innerhalb der Simwelt wie auch außerhalb im RL erschöpft, um die Stadt aufzuspüren. Er hatte seine Position als einer der bedeutendsten Hexenmeister von Mittland ausgenutzt, um die ganze Simwelt auf den Kopf zu stellen, hatte überall gesucht, jedermann befragt, virtuelle archäologische Expeditionen zu jeder dunkel erinnerten potentiellen Grabungsstätte in dem gesamten Spielenvironment durchgeführt.

»Ich bin dran pleite gegangen«, erklärte er traurig. »Nach einer Weile hab ich Imperiale ausgegeben, die ich gar nicht hatte. Aber ich hab sie nicht gefunden. Ich mußte immerzu denken, daß Orlando vielleicht Glück gehabt hat, daß er sich deswegen aus dem System abgeseilt hat, aber ich konnte ihn nicht erreichen.« Der Zauberer versuchte, seine Stimme beiläufig klingen zu lassen, doch es mißlang. »Und ... und hat er?«

Ramsey war damit beschäftigt, einzelne Stücke zu einem sinnvollen Ganzen zusammenzusetzen, und daher halb in Gedanken versunken. »Hmmm? Hat er was?«

»Hat er die Stadt gefunden, Mann?«

»Ich weiß nicht.« Nach ein paar weiteren Fragen stand Ramsey auf, wobei er die unangenehme Entdeckung machte, daß man in einem virtuellen Environment genauso steif werden konnte, wenn man zu lange in einer unbequemen Position saß, wie im realen Leben. Er warf Dreyra Jarh die Börse in den Schoß. »Du mußt Informationen über einige der Quellen haben, die du angezapft hast«, bemerkte er. »Suchpfade, solche Sachen.«

»Hä?«

»Na ... Daten darüber, was du gemacht hast, um die Stadt zu finden.«
»Denke schon.« Der Hexer zählte seine Einnahmen. Es war deutlich, daß er mit dem Geld, so froh er war, es zu haben, weder sein Land zurückkaufen noch auch nur allzu viele neue Unterzombies anheuern konnte.
»Hör mal zu«, sagte Ramsey. »Wenn du mir deine gesamten Dateien zugänglich machst, strikt privat natürlich, dann verspreche ich dir, daß für dich dabei sehr viel mehr rausspringt als dieser Beutel mit Spielgeld.« Er versuchte sich über das tatsächliche Alter von Dreyra Jarhs Rollenspieler klarzuwerden. »Wie wär's mit so tausend Krediten? Echtes Geld. Damit müßtest du dir eigentlich jede Menge Zauberkram kaufen können. Und vielleicht könntest du sogar dem armen Kerl, der Belmak und den Filou spielen muß, anständiges Gear besorgen.«
»Du willst mir ... Geld geben? Um zu sehen, was auf meinem System drauf ist?«
»Ich bin Anwalt. Du kannst es von mir aus machen, wie du willst - mit einem Vertrag oder sonstwie. Aber ja, ich will Zugang zu allem haben, was du je gemacht hast. Und hast du die goldene Stadt oder das Juwel noch?«
Dreyra Jarh schnaubte. »Kein Gedanke. Das ganze Ding hat sich *pffftt* verflüchtigt. Futsch. Hat noch ein kleines Loch in meinen Speicher gefressen, als ob es überhaupt nie dagewesen wäre. Du wirst sehen.«

Bevor ihm einfiel, daß er einfach offline gehen konnte, war Catur Ramsey schon ein gutes Stück am Rand der riesigen Unrathaufen zurückgegangen. Er war tief in Gedanken und hatte keinen Sinn für etwas anderes als die mögliche Tragweite dessen, was er soeben erfahren hatte.
Was Orlando widerfahren war, war auch anderen widerfahren. Aber aus irgendeinem Grund war es nicht bei allen so weit gegangen. Der Knabe, der Dreyra Jarh spielte, war vollkommen pleite und nicht sehr glücklich darüber, aber er lag immerhin nicht im Koma.
Sinnierend blieb Ramsey ein paar hundert Meter vor einer Bude stehen, die nur geringfügig größer und einladender war als der Verschlag des Hexenmeisters. Das über dem Eingang baumelnde Schild wies sie als die Taverne »Zur guten Entsorgung« aus. Im Eingang erblickte er zwei bekannte Gesichter.
Als er Kä-tör von Rhamsi erkannte, forderte Belmak der Bukanier ihn lautstark auf, sich zu ihnen zu gesellen.

»Nein, danke«, rief Ramsey zurück. »Ich muß gehen. Macht's gut, ihr beiden.«

Kurz bevor die Müllhalde, Madrikhor und Mittland überhaupt verschwanden, sah Catur Ramsey erst Belmak, dann den Roten Filou nacheinander zum Abschied winken.

> Dread entledigte sich des Quan-Li-Sims an einem dunklen, stillen Ort und ließ ihn dort wie eine Marionette mit schlaffen Fäden sitzen. Obwohl es in dieser neuesten Simulationswelt noch sehr viel mehr zu erforschen gab, hatte er bereits genug gesehen, um zu wissen, daß es keinen Mangel an Verstecken gab - ein Wissen, das sein Raubtierherz erfreute. Außerdem gab es jetzt, wo er Sellars' Klege von Flaschen und lich los war, keine Veranlassung mehr, so zu tun, als ob immer jemand in dem Sim präsent wäre.

Bei dem Gedanken an sie und an die Art, wie sie sich auf ihn gestürzt hatten wie Schakale auf einen Löwen, durchzuckte ihn ein kurzer, beißender Haß, aber er unterdrückte ihn rasch. Er war hinter einem größeren Feind her, und die Idee, die in ihm zu glühen begonnen hatte, war weitaus wichtiger als diese Nullen und der kleine Ärger, den sie ihm bereitet hatten.

Mit einem einzigen Befehl war er offline, lag ausgestreckt auf einer komfortablen Massagecouch in seinem Büro in Cartagena. Er drückte zwei Adrenaxtabletten aus dem Spender und schluckte sie, dann leerte er den Inhalt der Wasserflasche, die er vor Beginn dieser letzten Sitzung neben die Couch gestellt hatte. Er stellte die Musik in seinem Kopf von Barockstreichern und phasenverschobenem Knochenkontrabaß, die ihm zur Erforschung der neuen Simwelt geeignet erschienen waren, auf etwas Ruhigeres und Kontemplativeres um, passend zu den Szenen vom Helden, der sein großes Werk in Angriff nimmt - Magnum-opus-Musik.

Alles würde unendlich sublim sein. Er würde einen beispiellos kühnen und verwegenen Schlag führen, der selbst den Alten Mann überrumpeln würde. Dread wußte das Wie noch nicht, aber er spürte, daß er näher kam, so wie er beim Jagen die Gegenwart seiner Beute spürte.

Er prüfte nach, ob Dulcy Anwin auf seinen gedächtnisstützenden Anruf reagiert hatte. Sie hatte. Als er sie abermals anklingelte, ging sie sofort dran.

»Hallo.« Er setzte ein kleines, munteres Lächeln auf, aber das von den

Weckaminen aufgeputschte dunkle Etwas in ihm hätte am liebsten wie eine Kürbislaterne gegrinst ... wie ein Totenkopf. »Hast du deine freien Tage genossen?«

»Und wie!« Sie war ganz in Weiß gekleidet, und der konservative, aber modische SlantSuit betonte den neuen goldenen Hauch, den ihre blasse Haut nach einem Tag Sonnenbaden bekommen hatte. »Ich hatte ganz vergessen, wie es sich anfühlt, einfach Sachen in der Wohnung zu machen - die Post zu lesen, Musik zu hören ...«

»Gut, gut.« Er behielt das Lächeln bei, aber hatte das Gerede bereits satt. Das war eine der wenigen Sachen, die er an Männern mochte - manche konnten tatsächlich den Mund halten, solange es nichts zu sagen gab. »Dann kann's also losgehen?«

»Unbedingt.« Ihr erwiderndes Lächeln war strahlend, und einen Augenblick lang beschlich ihn ein leises Mißtrauen. Spielte sie etwa ein eigenes Spiel? Er hatte ihr in den letzten paar Tagen vor ihrem verordneten Kurzurlaub keine besondere Aufmerksamkeit geschenkt. Sie war immerhin ein gefährliches, schwaches Kettenglied. Er gab seiner inneren Musik ein paar langsame, pingende Töne hinzu, auf Steine tropfendes Wasser, und bügelte die plötzliche Falte aus seiner ruhigen, selbstsicheren Stimmung.

»Gut. Also, es hat ein paar Veränderungen gegeben. Ich informiere dich später ausführlich darüber, aber zuerst habe ich etwas Wichtiges für dich zu tun. Dafür brauche ich dich in deiner Eigenschaft als Gearprofi, Dulcy.«

»Ich höre.«

»Ich arbeite grade an etwas, deshalb will ich im Moment nicht, daß du den Sim benutzt, aber ich habe in die Simulation einen Kasten einprogrammiert, und ich hätte gern, daß du dir anschaust, was darin ist. Es sieht aus wie ein normales altes Feuerzeug - du weißt schon, die altmodischen Anzünder für Zigaretten und so -, aber es ist mehr. *Viel* mehr. Ich möchte also, daß du es genau unter die Lupe nimmst. Du sollst mit allen Mitteln rauskriegen, wie es funktioniert und was es macht.«

»Ich verstehe nicht so recht«, sagte sie. »Was ist das für ein Ding?«

»Es ist ein Gerät, mit dem man im Otherlandnetzwerk Gateways aufrufen kann. Aber ich bin mir ziemlich sicher, daß es auch andere Verwendungen dafür gibt. Um das rauszufinden, brauche ich dich.«

»Aber ich kann nicht in den Sim rein und es auf die Weise ausprobieren?«

»Noch nicht.« Er beherrschte seine Stimme, aber es paßte ihm nicht, wenn seine Anweisungen mit Fragen beantwortet wurden. Er tat unauffällig einen tiefen Atemzug und lauschte seiner Musik. »Und noch etwas. Es wird sowas wie Tags haben, mit denen man sein Heimsystem identifizieren kann, doch selbst wenn nicht, möchte ich, daß du feststellst, wo es herkommt.«

Sie blickte zweifelnd. »Ich probier's. Und dann?«

»Dann fingieren wir ein Signal, es sei zerstört oder verloren, oder was weiß ich. Wenn es ein separates Objekt ist, könnte es sein, daß es weiter funktioniert.«

Sie runzelte die Stirn. »Wenn es im Moment funktioniert, wäre es dann nicht einfacher, wir benutzen es, bis jemand es merkt, statt daß wir das Risiko eingehen, es abzustellen und vielleicht nicht wieder anstellen zu können?«

Er holte ein weiteres Mal tief Luft. »Dulcy, dieses Ding gehört einem der Konsorten des Alten Mannes. Wenn diese Gralssäcke irgendwie spitzkriegen, *daß* jemand es hat, dann werden sie auch feststellen können, *wer*. Und wenn sie das raushaben, wird binnen zehn Minuten ein Rollkommando deine Tür aufsprengen und dich so rasch und gründlich von der Bildfläche verschwinden lassen, daß deine Nachbarn meinen werden, du hättest dich in Luft aufgelöst. Das wird in der wirklichen Welt passieren, nicht in einem VR-Netzwerk. Hast du das verstanden?«

»Ja, hab ich.« Diesmal war sie leise und respektvoll, wie es sich gehörte.

»Gut. Melde dich alle drei Stunden bei mir, oder dann, wenn du auf was Interessantes stößt.« Er brach die Verbindung ab.

Er lehnte sich auf der Couch zurück, zündete sich eine schlanke, schwarze Corriegaszigarre an und dachte darüber nach, wann er wohl wieder im RL auf die Jagd gehen konnte. Er stellte sich den Tag vor, an dem er die rothaarige, vorwitzige Dulcinea Anwin nicht mehr gebrauchen konnte. Er konnte in wenigen Stunden in New York sein ...

Doch selbst diese gewohnte und unterhaltsame Spekulation konnte ihn nicht lange von seinen neuen Plänen ablenken. *Und wenn ich ein Gott bin*, dachte er, *was werde ich dann jagen? Andere Götter?*

Er fand die Vorstellung ausgesprochen reizvoll.

Kapitel

Qual der Wahl

NETFEED/UNTERHALTUNG:
Psychopathische Gewalt? Na, was denn sonst!
(Besprechung des interaktiven Spiels "Rabenmutter
IV — Mutti ist die Bestie!")
Off-Stimme: "... Aber Gott sei Dank sind die Leutchen
von U Suk Gear inzwischen über den Gehirnkrampf
weg, den sie bei RM III hatten, wo die Spieler für
das Verstümmeln, Vergewaltigen oder Abschlachten
unschuldiger Zivilisten tatsächlich Punkte abgezogen bekamen. Das krieg noch einer geboxt! Ultrabrutal IST ultrabrutal, tick? Wenn Mord nicht mehr
gleich Mord sein darf, ist man bald soweit, daß
die Figuren ständig anhalten und überlegen müssen —
und macht das vielleicht Spaß? Keinen Byte ..."

> Paul Jonas klammerte sich an eine Spiere seines zertrümmerten Bootes und bemühte sich, den Kopf über der Oberfläche des aufgewühlten Meeres zu halten. Er wußte kaum, wo der Himmel war, ganz zu schweigen davon, wie er das ferne Troja finden sollte, und über den schwarzen Berg hatte er auch nichts erfahren. Zu seinen Feinden zählten jetzt noch Götter, und die wenigen Freunde, die er besaß, hatte er im Stich gelassen.

Wenn Elend Geld wäre, dachte er, während er versuchte, das Salzwasser auszuhusten, bevor ihn die nächste Welle erwischte, *dann wäre ich der reichste Mann in diesem ganzen beschissenen imaginären Universum.*

Die Nacht schien sich endlos lange hinzuziehen und sich zudem nicht aus Minuten oder Stunden zu addieren, sondern aus Tausenden von hastigen Atemzügen, die er zwischen den auf ihn einstürzenden Wellen erhaschte. Daß er weder Kraft noch Gelegenheit hatte, sich seine ganzen Fehlschläge vor Augen zu führen, war das einzig Gute an seiner verzweifelten Lage. Im besten Fall gelang es ihm, das Kinn etwas höher über Wasser zu heben und sich für kurze, dunkle Dämmermomente in wirre Traumfragmente zu verlieren. In einem beugte sich sein riesengroß wirkender Vater zu ihm herunter und sagte in einem Ton leiser Verachtung: »*Wenn du bloß irgendwelche x-beliebigen Buchstaben einträgst, wirst du das Rätsel bestimmt nicht lösen, oder?*« Die Brillengläser seines Vaters warfen das Licht zurück, so daß Paul keine Augen sah, nur reflektierte Neonröhren von der Decke.

In einem anderen hielt Paul etwas Glänzendes in der Hand. Als er sah, daß es eine Feder war, verspürte er ein kurzes Aufflackern von Freude und Hoffnung, obwohl er keine Ahnung hatte, wieso, aber die Feder war noch zarter als ein Schmetterlingsflügel; er gab sich zwar alle Mühe, seine Traumhand ruhig zu halten, aber trotzdem zerkrümelte das leuchtende blaugrüne Ding zu irisierendem Pulver.

Was habe ich getan? dachte er, als das Bewußtsein wiederkehrte und die Wellen auf ihn niederklatschten. *Selbst wenn das hier bloß eine Simulation ist, warum bin ich drin? Wo ist mein Körper? Warum werde ich durch eine bizarre Suche gegängelt, deren Sinn und Zweck ich nicht verstehe, wie ein dressierter Hund, den man zwingen will, Shakespeare zu spielen?*

Es gab natürlich keine Antwort, und selbst seine verzweifelte Wiederholung der immergleichen Fragen wurde allmählich zu einer Litanei des Grauens. Vielleicht gab es überhaupt kein Darum, nur einen endlosen Katalog von Warums. Vielleicht war sein Leiden bloß ein Spiel des Zufalls.

Nein. Die Augen zusammengepreßt, um sie vor dem brennenden Salz zu schützen, von den Wogen durchgeschüttelt wie die gefesselte über dem Sattel liegende Geisel eines berittenen Straßenräubers, rang er um inneren Halt. *Nein, da spricht wieder der, der sich treiben läßt. Ich habe einen Fehler gemacht, aber ich habe versucht, etwas zu tun. Das ist besser, als sich treiben zu lassen. Viel besser.*

Gequält hast du die Frau, wandte ein anderer Teil von ihm unwiderlegbar ein. *Penelope hat um ihr Leben gebangt. Ist das besser? Vielleicht solltest du doch lieber wieder nutzlos sein.*

Es hatte keinen Zweck, mit sich selbst zu hadern, begriff er, während die Nacht dahinkroch und die Wellen sich über ihn ergossen wie in einer endlosen Slapsticknummer aus dem Varieté der Hölle. Das Elend kannte immer sämtliche Schwachstellen. Das Elend behielt immer recht.

Bei Tagesanbruch stellte sich die Lage ein wenig besser dar, wenigstens in seinem Innern: Paul hatte sich mit seinen streitenden Stimmen geeinigt und eine Art Détente erzielt. Er war mit sich selbst übereingekommen, daß er der Abschaum des Universums war, hatte jedoch als mildernde Umstände Amnesie, Todesangst und Verwirrung angeführt. Es gab kein abschließendes Urteil, wie es schien. Noch nicht.

Die Wirklichkeit, wie sie sich seinen schmerzenden Augen darbot, sah anders aus. Das leere Meer erstreckte sich in alle Richtungen. Seine Arme waren so verkrampft, daß er den Eindruck hatte, selbst wenn er wollte, könnte er das Mastteil gar nicht loslassen, doch er vermutete, daß diese Situation nicht ewig anhielt. Irgendwann würde er abgleiten und sich der vollen Umarmung der Wasser überlassen, die er so lange verschmäht hatte.

Der Gedanke seines bevorstehenden Ertrinkens war ihm vertraut, ja geradezu lieb geworden, als er das erste Zeichen von Land erblickte.

Zunächst schien es nur ein winziger weißer Punkt am Horizont zu sein, einer von Millionen Wellenkämmen, aber bald ragte es selbst über die höchsten Wogen deutlich hinaus, wuchs langsam dem fast wolkenlosen blauen Himmel entgegen. Mit der Versessenheit eines Idioten oder eines Künstlers starrte Paul es nahezu eine Stunde lang an, bevor ihm endlich klarwurde, daß er den Gipfel eines Inselberges vor sich sah.

Einen Arm aus dem Klammergriff um die Spiere zu lösen dauerte qualvoll lange, aber schließlich war er soweit, daß er damit paddeln konnte.

Die Insel kam viel schneller näher, als eigentlich möglich war, und der Teil von ihm, der den eigenen Willen noch nicht völlig aufgegeben hatte, schöpfte den Verdacht, daß das System bestimmte Aspekte der Erfahrung beschleunigte, um schneller zu den Stellen zu kommen, die die Designer wahrscheinlich für die Glanzlichter hielten. Wenn das stimmte, hatte Paul keinerlei Einwände gegen die Aufweichung der Realität und hätte liebend gern noch mehr davon gehabt.

Er erkannte jetzt, daß die Spitze des Berges nur der höchste Punkt einer ganzen Kette war, die einen natürlichen Hafen umschloß. Eine stolze Stadt lag daran, weiße Lehmhäuser den ganzen Hang entlang, von steinernen Mauern umschlossen, aber die Strömung trieb ihn an der Bucht und dem breiten Hafendamm vorbei zu einer anderen Stelle mit einem flachen, hellen Sandstrand und Felsenbecken. Der langsame, stetige Zug des Meeres gab ihm zum erstenmal seit langem das Gefühl, daß die Designer, oder sonstwer, tatsächlich nach ihm Ausschau hielten. Was er von den mit Olivenbäumen bestandenen Hängen und der fernen Stadt sehen konnte, der stille Friede der ganzen Szene, ließ ihm Tränen in die Augen treten. Er verfluchte sich für seine Waschlappigkeit - seit seinem überstürzten Aufbruch von Ithaka war erst ein Tag vergangen -, konnte aber nicht leugnen, daß ihm ein Riesenstein vom Herzen fiel.

Die Flut schwemmte ihn knapp an einer großen Klippe vorbei, die ein paar hundert Meter vor der freundlichen Küste im Meer stand, und als das Hindernis passiert war, erblickte Paul mit Staunen und Freude menschliche Gestalten am Strand - junge Frauen, wie es aussah, schlank und klein, deren üppige schwarze Haare und helle Kleider flatterten, während sie mit den Schritten irgendeines Spieles oder Tanzes beschäftigt waren. Er wollte ihnen gerade zurufen, damit sie nicht erschraken und wegliefen, wenn er unversehens angespült wurde, als sich plötzlich eine Wolke vor die Sonne wälzte und alles, Berg, Strand und Meer, verdunkelte. Die Mädchen unterbrachen ihr Spiel und sahen auf, und im nächsten Moment rollte ein brutaler Donnerschlag über den Himmel, so daß sie schutzsuchend auf einige Höhlen über den Felsenbecken zuliefen.

Paul blieb zum Wundern nur ein kurzer Augenblick - eine Minute vorher war der Himmel noch völlig klar gewesen -, da fegten auch schon schwarze Gewitterwolken über ihn hinweg, tauchten die Welt in ein brodelndes Grau und schütteten Regentropfen aus, die sich hart wie Kiesel anfühlten. Der Wind blies jählings auf und brachte die Wellenkämme zum Schäumen. Paul wurde mit seiner Spiere von einem Strömungswechsel zur Seite gerissen, so daß er erst parallel zum Strand und dann davon fort schwamm, und alles Paddeln und wütende Schimpfen auf den grollenden Himmel konnte nichts daran ändern, daß er wieder aufs offene Meer hinausbefördert wurde. Bald war die Insel hinter ihm verschwunden. Unter dem Donner konnte er das Gelächter Poseidons wie den tiefsten Baßpedalton einer Kirchenorgel hören.

Als das Gewitter abflaute, war er wieder in der Wasserwüste. Die kurze Hoffnung und ihre gemeine Vereitelung erschienen ihm rückblickend so natürlich und so passend zu allem anderen, was ihm widerfahren war, daß er sich sogar schwertat, Empörung zu empfinden. Auf jeden Fall hatte er kaum mehr Kraft für etwas anderes übrig, als sich an die Spiere zu klammern, auch wenn ihm das mehr denn je als bloßes Hinauszögern des Unvermeidlichen vorkam.

Ich weiß nicht, was ich getan habe, aber es kann gar kein so gräßliches Verbrechen geben, daß ich eine derartige Bestrafung verdient hätte.

Er hatte arge Krämpfe in den Fingern, und obgleich er seine Position laufend änderte, verringerte das seine Schmerzen nicht. Mit jedem neuen Sturz kalten, salzigen Wassers, jedem jähen Auf und Ab in den Wellen fühlte er, wie sein Griff schwächer wurde.

»Hilf mir!« schrie er Seewasser spuckend zum Himmel auf. »Ich weiß nicht, was ich verbrochen habe, aber es tut mir leid! Hilf mir! Ich will nicht sterben!«

Als das Holz seinen tauben Fingern entglitt, beruhigte sich plötzlich die See um ihn herum. Eine Gestalt schimmerte auf, ätherisch und doch unverkennbar mit dem hauchzarten Umriß der großen Flügel, die ihre über den besänftigten Wellen schwebende Erscheinung in eine Wolke aus flirrendem Licht hüllten. Er starrte sie fassungslos an, nicht ganz sicher, ob er in Wirklichkeit nicht schon losgelassen hatte, ob dies nicht nur die letzte betörende Vision war, die einem Ertrinkenden gewährt wurde.

»Paul Jonas.« Ihre Stimme klang leise und traurig. »*Ich gehöre hier nicht her. Es ... tut mir weh, hier zu sein. Warum kommst du nicht zu uns?*«

»Ich weiß nicht, was das alles heißen soll!« stieß er hervor, wobei er mühsam die Tränen der Wut zurückhielt. Trotz der Stillung der Wellen waren seine Hände immer noch verkrampft. »Wer *bist* du? Wer ist ›wir‹? Wie kann ich zu euch kommen, wenn ich nicht weiß, wo ihr seid?«

Sie schüttelte den Kopf. Ein Sonnenstrahl durchdrang sie, als ob sie eine gläserne Vase wäre. »*Ich weiß die Antworten auf diese Fragen nicht, und ich weiß nicht, warum ich sie nicht weiß. Ich weiß nur, daß ich dich in der Dunkelheit fühle. Ich weiß nur, daß ich dich brauche, daß mein ganzes Wesen nach dir ruft. Ideen, Worte, zerbrochene Bilder – viel mehr gibt es nicht.*«

»Ich werde hier sterben«, erwiderte er mit erschöpfter Bitterkeit. Er rutschte ab und schluckte Salzwasser, dann zog er sich hoch, bis er die Spiere wieder unter dem Kinn hatte. »Also setz nicht zu hohe Hoffnungen ... auf mich.«

»*Wo ist die Feder, Paul?*« Sie fragte es, als stellte sie ein Kind zur Rede, das seine Schuhe oder seine Jacke verloren hatte. »*Ich habe sie dir zweimal gegeben. Sie sollte dir helfen, den Weg zu finden, dich schützen - dich vielleicht sogar durch die Schatten des Einen, der Anders ist, führen.*«

»Die Feder?« Er war sprachlos. Es war, als wäre ihm eröffnet worden, sein Universitätsexamen hänge davon ab, daß er den Bleistift wiederfand, den er am Tag der Einschulung bekommen hatte. Er überlegte angestrengt. An die erste Feder konnte er sich kaum mehr erinnern - sie war so fern wie ein Gegenstand in einem Traum. Er nahm an, daß sie irgendwo auf dem Mars verlorengegangen war, vielleicht auch schon früher. Die zweite, die ihm der kranke Neandertalerjunge in die Hand gepreßt hatte, war vermutlich in der Höhle des Menschenvolks liegengeblieben. »Ich wußte nicht ... Woher hatte ich wissen sollen ...?«

»*Du mußt wissen, daß ich sie dir nur dreimal geben kann*«, erklärte sie feierlich. »*Du mußt das wissen, Paul.*«

»Woher denn? Ich verstehe nichts von alledem! Du redest, als ob das ein Märchen wäre ...«

Sie gab keine Antwort, sondern holte etwas aus den Nebeln ihrer gespenstischen Erscheinung hervor. Die Meeresbrise riß es ihr aus den Fingern, aber Paul bekam es zu fassen, als es vorbeiflatterte. Es war ein Tuch oder Schleier, zart wie Spinnweben und mit einem schwach schimmernden Glanz. Eingewoben war eine stilisierte Feder in leuchtenden Grün- und Blautönen und anderen Farben, die mit dem Wechsel des Lichts changierten. Er starrte das Gewebe begriffsstutzig an.

»*Es kann dir helfen*«, sagte sie. »*Aber du mußt bald zu uns kommen, Paul. Ich kann hier nicht bleiben - es tut weh. Komm schnell! Es wird immer schwerer, dich durch die dichter werdende Düsternis aufzusuchen, und ich habe Angst.*«

Bei diesen trostlosen Worten sah er auf und begegnete dem Blick ihrer dunklen Augen, dem einzigen an ihrer ganzen nebulösen Gestalt, das einen vollkommen realen Eindruck machte. Der Himmel verfinsterte sich wieder. Gleich darauf erblickte er an ihrer Stelle jemand anders - dieselbe Frau, aber jünger und auf eine Art gekleidet, die deutlich Jahrtausende später als das Homerische Griechenland war und dennoch irgendwie altmodisch wirkte. Bei ihrem Anblick - Locken, die mit der Jacke und dem langen dunklen Rock geradezu verschmolzen, die einfache weiße Bluse, die ihr kummervolles Gesicht noch betonte - erschrak er so tief, daß er beinahe wieder von der treibenden Spiere geglitten wäre. Diese Vision von ihr war so anders, so unwirklich und doch in einer Weise wirklich wie keine zuvor, daß er einen Moment lang das Atmen vergaß. Noch ein paar heftige Herzschläge rasten durch seine Brust, indessen sie, diese qualvoll vertraute Fremde, ihn mit einem Ausdruck tiefer, ohnmächtiger Sehnsucht ansah. Dann war sie fort, und er war wieder allein auf dem weiten Meer.

In einem letzten klaren Moment, bevor Müdigkeit und Elend und Verwirrung ihn wieder überwältigen, band Paul sich mit dem Tuch an der Spiere fest, indem er es unter den Armen durchzog und dann plump verknotete. Was es auch sonst noch sein oder darstellen mochte, es war jedenfalls solide genug, um ihm das Leben zu retten. Mit qualvoll gezerrten Armmuskeln ließ er endlich das Maststück los.

Von den Wellen gewiegt schlief er immer wieder kurz ein, aber die Träume, die ihm kamen, waren viel schärfer und klarer als vorher und anfangs schmerzlich bekannt - ein Wald staubiger Pflanzen, das krachende Wüten eines Maschinenriesen, das endlose, herzzerreißende Lied eines eingesperrten Vogels. Doch diesmal liefen noch andere unheimliche Fäden durch das Traumgewebe, nie zuvor geträumte beziehungsweise erinnerte Dinge, die ihn in seinem Halbschlaf zusammenzucken ließen. Das Schloß des Riesen umgab ihn wie ein lebendiges Wesen, und von jeder Wand blickte ein starres, unbewegtes Auge. Eine Wolke von schlagenden Flügeln hüllte ihn ein, als ob die Luft selbst zu brausendem Leben erwacht wäre. Das letzte Geräusch, das ihn aus der Dunkelheit aufschreckte, war das laut krachende Splittern von Glas.

Bis zum Kinn im kalten Seewasser hängend schüttelte Paul sich den Kopf frei und hörte gerade noch das ferne Rumpeln des Donners verhallen. Die untergehende Sonne schien ihm in die Augen, eine breite, blendende Goldschicht auf der Oberfläche der Wellen. Er war weiter dazu verdammt, auf dem Meer zu treiben. Seine Enttäuschung währte nur kurz: Als seine Augen sich an den grellen Schein gewöhnt hatten, sah er die Insel.

Es war eine andere, nicht die weite, bergige Küste, von der der Sturm ihn abgetrieben hatte, sondern ein kleiner, bewaldeter Felsen, einsam in der Weite der dunkel werdenden See. Er paddelte darauf zu, zunächst behindert von dem langen Tuch, das ihn an die Spiere fesselte, aber dann mit zunehmendem Elan. Er bekam einen panischen Schrecken, als vor ihm auf einmal die spitzen Klippen der Küste aus dem Wasser ragten wie beim Anblick der Gorgo versteinerte Schiffe, aber ein gütiges Schicksal oder etwas Komplizierteres sandte ihm eine günstige Strömung, die ihn unbeschadet daran vorbei trug. Bald fühlte er rauhen Sand unter den Füßen und schaffte es, sich an den Strand zu schleifen. Obwohl er am ganzen Leib zitterte und seine Finger so kalt und steif waren, daß es Tierpranken hätten sein können, fummelte er den Knoten auf und schlang sich den Schleier mit dem Federzeichen um den Hals, dann kroch er an einen Platz, wo der Sand weiß und trocken war, und fiel in einen tiefen, traumlosen Schlaf.

Es war die Nymphe Kalypso, die ihn weckte.

Als sie mit dem Morgenlicht im Rücken vor ihm stand und ihre schwarzen Haare so sanft im Wind spielten wie Seetang in einer Meeresströmung, dachte er zuerst, die Vogelfrau sei zurückgekehrt. Als er Kalypsos atemberaubende, marmorne Schönheit erblickte und begriff, daß dies nicht die Erscheinung aus seinen Träumen war, war er sowohl enttäuscht als auch erleichtert.

Am ganzen Leib von einer feinen Sandkruste überzogen rappelte er sich auf ihr Winken hin auf und folgte ihr. Sie führte ihn durch Wiesen voller Schwertlilien und sang dabei ein Lied von so unglaublicher Lieblichkeit und Vollkommenheit, daß es ganz und gar unwirklich klang.

Ihre Grotte war eingebettet in einen Erlen- und Zypressenhain, der Eingang von Wein umrankt. Der Klang fließenden Wassers gesellte sich zu ihrem Gesang, und die beiden Melodien, das kristallklare Tönen silberner Quellen und das Lied der weichen, reinen Stimme, verbanden sich und lullten ihn in einen Wachschlaf, so daß er eine Weile überlegte, ob er am Ende doch ertrunken und in einem himmlischen Paradies gelandet war.

Sie reichte ihm Ambrosia und süßen Nektar, die Speise der Unsterblichen, und er aß und trank, obwohl ihr Singen ihm beinahe schon Stärkung genug war. Als sie ihn mit langen, kühlen Fingern berührte und ihn erst zu den Quellen führte, um ihm dort das Salz von der Haut zu waschen, und dann in die tieferen Schattenregionen der Grotte zu ihrem Bett weicher Binsen, sträubte er sich nicht. Ein Teil von ihm wußte, daß er untreu war, obwohl er sich nicht vorstellen konnte, wem, aber er war so lange einsam gewesen, so einsam, wie kein Mensch sein sollte, und seine Seele war ausgehungert. Und als nach der langen Zeit geflüsterter Worte und perlender Schweißtropfen, in der das ferne Rauschen des Meeres den rhythmischen Hintergrund zu ihrem sich steigernden Stöhnen bildete, Paul aufschrie und sich vergehen fühlte, da wollte er nicht danach fragen, in was für eine Leere, was für eine Illusion er sich verströmte.

Er konnte die wohltuende Zuwendung nicht zurückweisen, einerlei, was dahinter liegen mochte.

> »Du bist traurig, kluger Odysseus. Was quält dich?«

Er drehte sich um und sah sie mit wallenden Haaren über den Strand gleiten. Er wandte sich wieder seiner Betrachtung des endlos anrollenden abendlichen Meeres zu. »Nichts. Mir geht's gut.«

»Dennoch ist dir das Herz schwer. Komm mit zur Grotte und besteige mit mir das Lager der Liebe, o holder Sterblicher, oder wenn du willst, bleiben wir hier und betten uns auf den weichen, duftenden Sand.« Sie strich mit einer kühlen Hand über seine sonnengebräunten Schultern und ließ dann ihre Finger nach unten wandern.

Paul mußte ein Schütteln unterdrücken. Eigentlich war nichts daran auszusetzen, auf einer paradiesischen Insel mit einer wunderschönen Göttin gestrandet zu sein, die ihm jeden Wunsch von den Augen ablas und ein halbes dutzendmal am Tag mit ihm schlafen wollte, aber obwohl ihm die Gelegenheit, sich auszuruhen und verwöhnen zu lassen, willkommen gewesen war, tat ihm dennoch das Herz weh, und auch andere Teile litten allmählich ein wenig. Wer diesen Abschnitt der virtuellen Odyssee erfunden hatte - der mindestens fünf Jahre im Leben des epischen Helden eingenommen hatte, wenn Paul sich recht erinnerte -, war entweder ein primitiver, unersättlicher Lustmolch oder hatte nicht viel über die Sache nachgedacht.

»Ich wäre gern eine Weile allein«, gab er schließlich zur Antwort.

Ihr entzückender Schmollmund hätte bei einem Mann mit etwas weniger abgestumpftem Geschlechtstrieb einen Herzstillstand auslösen können. »Selbstverständlich, Geliebter. Aber bleibe mir nicht zu lange fern. Ich verzehre mich nach deiner Berührung.«

Kalypso wandte sich um und glitt wie auf geöltem Glas, ja schwebte förmlich den Strand hinunter. Der Schöpfer dieses Prachtexemplars hatte ihr die langbeinige Figur eines Netzrevue-Hypergirls und die

Stimme und Ausstrahlung einer Shakespearedarstellerin gegeben und sie zu der Traumfrau gestylt, die jeden heterosexuellen Mann in alle Ewigkeit glücklich und zufrieden gemacht hätte. Paul war gelangweilt und deprimiert. Das Quälende daran war, begriff er, daß er ... nirgends war. Er war nicht zuhause, jedenfalls nicht in dem Sinne, wie *er* zuhause verstand - ein halbwegs anständiger Job, ein paar halbwegs anständige Freunde, ab und zu ein ruhiger Freitagabend allein, an dem er einfach vor dem Wandbildschirm hängen konnte und nicht geistreich tun mußte. Und er machte auch keine Fortschritte darin, dieses Zuhause zu finden oder irgendeines der Rätsel seines derzeitigen Daseins zu lösen.

Aber da war der letzte Augenblick mit der Vogelfrau gewesen, dieses Aufblitzen eines anderen Lebens. Er hatte einen Namen durch seinen Kopf raunen gehört, beinahe jedenfalls, der jedoch kaum eine Erinnerungsspur hinterlassen und sich mit anderen Namen, die er kannte, vermischt hatte - Vaala, Viola. Aus irgendeinem Grund kam immer wieder *Avila* nach oben, aber er wußte, daß das nicht stimmen konnte - hieß so nicht eine Heilige, die heilige Teresa von Ávila? Sie war, soweit Paul sich erinnern konnte, eine mittelalterliche Hysterikerin gewesen, die als Motiv für eine ansehnliche Zahl von Gemälden und Standbildern gedient hatte. Aber er wußte, daß seine eigene Vision, das Bild des altmodisch gekleideten Mädchens, ihm genauso wichtig war wie der heiligen Teresa die Vision Gottes. Er wußte nur nicht, was sie zu bedeuten hatte.

Das ferne Schmachten von Kalypsos Lied trieb durch die sandelholzduftende Luft zu ihm herüber. Ein beklemmend zwiespältiges Gefühl von Begehren und Abscheu durchschauerte ihn. Kein Wunder, daß Visionäre wie Teresa sich hinter Klostermauern einschließen mußten. Sex war so ... ablenkend.

Er mußte hier weg, soviel war klar. Er hatte alle Freuden ausgekostet, die Ruhe und virtuelle Gesellschaft schenken konnten, und wenn er wie der wirkliche Odysseus jahrelang auf dieser Insel würde leben müssen, dann wäre er lange vor Ablauf der Frist aufgebraucht wie die Malkreide eines Schulkinds, von hirntot ganz zu schweigen. Aber die Frage war, wie? Sein Stück Holz war zurück ins Meer gespült worden. Es gab kein Boot auf der Insel und auch kein Holz, das nicht zu irgendeinem berückend schönen Baum gehörte. Er konnte vermutlich versuchen, ein Floß zu bauen, aber er war darin vollkommen unbewandert, und hinzu kam, daß die Nymphe Kalypso ihn mit dem eifersüchtigen Besitzerblick einer Katze beobachtete, die eine erjagte Maus bewacht.

Aber ich muß weiter, erkannte er. *Ich habe gesagt, ich würde mich nicht mehr treiben lassen, und ich darf es auch nicht. Ich sterbe, wenn ich es doch tue.* Das war bestimmt keine Übertreibung: Auch wenn er nicht buchstäblich tot umfiel, würde ein Teil von ihm, ein ganz entscheidender Teil, mit Sicherheit verkümmern und zugrunde gehen.

Der Gesang der Nymphe wurde lauter, und trotz seiner Desinteressiertheit und Müdigkeit verspürte er eine gewisse Regung. Lieber jetzt gleich, beschloß er, vielleicht ließ sie ihn dann einmal eine Nacht durchschlafen. Widerwillig schlurfte er über den Sand zurück zur Grotte.

Die Morgensonne schimmerte eben erst durch die Zypressenzweige, als etwas Seltsames geschah.

Paul saß vor dem Höhleneingang auf einem Stein, nachdem er gerade ein weiteres Nektar-und-Ambrosia-Frühstück hinuntergewürgt hatte – er hatte Kalypso in Verdacht, daß sie ihm das Zeug als eine Art Potenzmittel verabreichte –, und überlegte sich, ob er sich dazu aufraffen konnte, die Insel nach Früchten oder sonst etwas zu durchforsten, das wenigstens eine Ähnlichkeit mit normalem Essen hatte, als vor ihm die Luft zu flimmern und zu pulsen begann. Er konnte nur stier auf das sich ausbreitende grelle weiße Licht glotzen, das erst eigentümlich fest umrandet blieb und dann unversehens eine ungefähr menschliche, aber gesichtslose Gestalt annahm.

Die Erscheinung hing zappelnd vor ihm in der Luft. Die kindliche Stimme, die daraus ertönte, war so unerwartet, daß er im ersten Moment nicht verstand, was sie sagte: »Mira! Mann, op an! Wie in *Shumamas Schiffbruch Show!*« Die Gestalt rotierte und schien ihn auf einmal zu sehen, obwohl es unmöglich zu sagen war, in welche Richtung die weiße Leere des Kopfes blickte. »Eh, bise Paul Jonas?« Sie sprach seinen Nachnamen aus, als ob er mit »Tsch« anfinge.

»Wer ... wer bist du ...?«

»Keine Zeit, Mann. Ich soll was sagen von el viejo. Mierda, wer'sen das?« Damit war Kalypso gemeint, die im Eingang der Grotte erschienen war, einen eigentümlich leeren Blick in ihrem schönen Gesicht. »Treibses mit der? Ay, hombre, 'ast du 'n Schwein!« Der formlose Kopf wackelte. »Pues, der Alte will wissen, warums nich weitergeht mit dir, eh, 'ase die andern gefunden?«

»Die andern? Welche andern?«

Die Erscheinung zögerte, dann neigte sie den Kopf wie ein Hund, der auf ein fernes Geräusch lauscht. »Er sagt, 'ase das Juwel gefunden, vato, muse also wissen.« Es dauerte eine Weile, bis bei Paul der Groschen fiel.

»Das goldene Ding? Den Kristall?«

»Yeah, klar. Er sagt, du solls den Off machen, Mann. Kannse nich sowo bleiben - geht die ganze Sache vorn 'und.«

»Wer sagt das? Und wie soll ich hier wegkommen, wenn ...?«

Das leuchtende Wesen hörte ihn entweder nicht oder interessierte sich nicht für seine Fragen. Es flackerte, flammte hell auf und erlosch dann. Der Spuk war vorbei und die Luft über der Insel wieder still.

»Die Götter haben sich deiner zuletzt doch noch erbarmt, treuer Odysseus«, sagte Kalypso unvermittelt. Er hatte sie ganz vergessen und schreckte jetzt auf, als er ihre Stimme hörte. »Mich jedoch stimmt es traurig - sie sind hartherzig und neidisch. Warum muß Zeus sich einmischen, wenn eine der Unsterblichen sich einen menschlichen Geliebten nimmt? Selber hat der ägistragende Gott Dutzende sterblicher Frauen geliebt und mit ihnen allen Kinder gezeugt. Aber er hat den olympischen Boten gesandt, und so muß sein Wille geschehen. Ich wage nicht, mich ihm zu widersetzen, fürchte ich doch, den Zorn des Donnerers auf mich zu ziehen.«

»Olympischer Bote?« Paul wandte sich ihr zu. »Wovon redest du?«

»Von Hermes, dem Träger des goldenen Stabes«, erwiderte sie. »Da wir Unsterblichen das Künftige vorauswissen, so wußte ich, daß er eines Tages mit einem Befehl vom Olymp kommen und unser Liebesglück beenden würde. Ich dachte aber nicht, daß es so bald schon geschehen würde.«

Sie sah dermaßen kummervoll drein, daß in Paul einen Moment lang so etwas wie ein echtes Gefühl für sie wach wurde, bis er sich - nicht zum erstenmal - wieder klarmachte, daß sie ein Codekonstrukt war, nicht mehr und nicht weniger, und daß sie genau dasselbe sagen und tun würde, einerlei, wer in der Rolle des verirrten Odysseus bei ihr erschien. »Also ... also das war seine Botschaft?« fragte er. »Zeus will, daß du mich ziehen läßt?«

»Du hast den strahlenden Hermes, den Götterboten, vernommen«, antwortete sie. »Die unsterblichen Olympier haben dir schon genug Leid bereitet - es wird dir nicht frommen, dich hierin gegen den Willen des Donnerers aufzulehnen.«

Innerlich jubilierte er. Ein Bote war es bestimmt gewesen (und ein reichlich sonderbarer zudem), aber gesandt von demjenigen, der Paul seinerzeit die Juwel-Botschaft hatte zukommen lassen, und der hatte schwerlich etwas mit dem Olymp zu tun. Kalypso jedoch hatte den Vorfall einfach in ihre Welt eingebaut, so wie Penelope versucht hatte, Pauls verwirrende Gegenwart in ihrer Welt plausibel zu machen. Er hatte einen Kommunikationsversuch von irgend jemandem - außerhalb des Systems? - erlebt, Kalypso eine Weisung des obersten Gottes.

»Es macht mich traurig, dich verlassen zu müssen«, sagte er mit der ihm geboten erscheinenden Heuchelei, »doch ich weiß nicht, wie das gehen soll. Ich habe kein Boot. Das nächste Land ist meilenweit entfernt - so weit kann ich nicht schwimmen.«

»Meinst du, ich würde dich ohne Geschenke fortschicken?« fragte sie ihn mit einem tapferen Lächeln. »Meinst du, die unsterbliche Kalypso würde einfach zusehen, wie ihr Geliebter im weindunklen Meer ertrinkt? Komm mit mir in den Wald, dort werde ich dir eine Axt aus wohlgeschliffener Bronze geben. Du wirst dir ein Floß bauen, das dich über das Reich des Poseidon hinwegträgt, auf daß die Götter dich zum dir bestimmten Ziele führen können.«

Paul zuckte mit den Achseln. »Na schön. Das hört sich ganz vernünftig an.«

Kalypso brachte die versprochene Axt - ein mächtiges, zweischneidiges Gerät, das dennoch so leicht und ausbalanciert in Pauls Händen lag wie ein Tennisschläger - und dazu noch andere Werkzeuge, dann führte sie ihn in ein Wäldchen mit Erlen, Schwarzpappeln und hohen Fichten. Sie stockte, als wollte sie ihm etwas sagen, doch dann schüttelte sie wehmütig den Kopf und entschwebte wieder den Pfad hinauf zu ihrer Grotte.

Paul blieb eine Weile zwischen den Bäumen stehen und lauschte dem durch die Wipfel rauschenden Seewind. Er hatte keine rechte Ahnung, wie er es anstellen sollte, ein Floß zu bauen, aber es hatte keinen Zweck, sich darüber zu grämen. Er würde sein Bestes tun - auf jeden Fall konnte er erst einmal damit anfangen, ein paar Bäume zu fällen.

Die Arbeit ging ihm überraschend leicht von der Hand. Trotz seiner fehlenden Erfahrung grub sich die Axt mit jedem Schlag tief ins Holz; es dauerte nicht lange, da lief ein Zittern durch den ersten Baum, und sein Fall kam so plötzlich, daß die breiteren Äste Paul beinahe erwischt hätten. Beim nächsten paßte er besser auf, und bald lagen über ein Dutzend der geradesten und schlanksten Bäume am Boden. Als er sie zufrieden betrachtete, angenehm außer Atem, aber im Zweifel, was als nächstes zu tun sei, raschelte es im Gebüsch. Eine Wachtel hopste aus dem grünen Laub und setzte sich auf einen Stein. Der kleine Vogel starrte ihn mit einem Auge an und drehte dann den Kopf, um ihn mit dem anderen fixieren zu können.

»Du mußt die Stämme entasten und entrinden«, sagte die Wachtel mit der Stimme eines schelmischen Mädchens. »Haben deine Eltern dir denn gar nichts beigebracht?«

Paul gaffte sie an. Ihm waren zwar schon merkwürdigere Dinge untergekommen, aber dennoch war er einigermaßen überrascht. »Wer bist du?«

Sie gab ein kleines belustigtes Zwitschern von sich. »Eine Wachtel! Oder wie sehe ich aus?«

Er nickte - dagegen war nichts zu sagen. »Und du weißt, wie man ein Floß baut?«

»Besser als du, wie es scheint. Du kannst von Glück sagen, daß Kalypso dich hergebracht hat, denn du hast nicht einmal die Dryaden um Erlaubnis gefragt, bevor du ihre Bäume umgehauen hast, und jetzt müssen sie sich alle neue Quartiere suchen.« Sie wippte mit dem Schwanz. »Wenn du die Stämme entastet hast, mußt du sie alle auf die gleiche Länge bringen.«

Wahrscheinlich war es klüger, einer geschenkten Wachtel nicht ins Maul zu schauen, dachte er und machte sich an die Arbeit. Der Axtstiel aus Olivenholz fühlte sich an wie ausschließlich für seine Hand geschnitzt, und die Arbeit ging ebenso zügig vonstatten wie das Fällen der Bäume. Bald hatte er eine Reihe nahezu identischer Stangen beisammen.

»Nicht schlecht«, sagte seine neue Freundin. »Aber ich bin mir nicht sicher, ob ich mir von dir ein Nest bauen ließe. Na gut, aber jetzt weiter im Text, solange du noch Tageslicht hast.«

Paul schnaubte bei dem Gedanken, Anweisungen von einem kleinen braunen Vogel entgegenzunehmen, aber unter der geduldigen Anleitung der Wachtel war das Floß in kurzer Zeit fertiggestellt, ein robustes kleines Gefährt mit einem Mast, einem Halbdeck und einem Ruder sowie einer Art Umzäunung aus Weidenflechtwerk an den Rändern als Wehr, damit das Meer nicht ungehindert über das Deck spülen konnte.

Kalypso kam später am Tag mit einer großen Rolle aus schwerem, glänzendem Leintuch, das als Segel dienen sollte, doch ansonsten arbeitete Paul allein beziehungsweise in der Gesellschaft der kleinen Wachtel. Mit ihren klugen Ratschlägen und den fast wundertätigen Werkzeugen kam er unglaublich flott voran. Am späten Nachmittag war nur noch die Takelage zu machen, und während er die einzelnen Teile verseilte und es mit Fassung trug, daß die Wachtel dabei hierhin und dorthin hüpfte und Empfehlungen vermischt mit mildem Vogelspott aussprach, hatte er auf einmal eine Empfindung, die er bis dahin nicht gekannt hatte, das warme Gefühl, etwas geleistet zu haben.

Ach was, mach dir nichts vor. Das alles wird doch bloß so hingemogelt, daß unfähige Deppen wie du tun können, was sie tun müssen, ohne die Regeln der Simulation zu verletzen. Ich bin mir ziemlich sicher, daß es im Original gar keine magische Wachtel gab, weil der wirkliche Odysseus wahrscheinlich das altgriechische Gegenstück zu einem modernen Flugzeugträger aus einem Haufen Federn und einem Stock zusammenschustern konnte ...

Bei dem Gedanken an Federn vergewisserte er sich kurz, daß er das Tuch immer noch um die Taille trug. Wenn er von diesen Dingen irgend etwas begriff, durfte er dieses letzte Geschenk der Vogelfrau auf keinen Fall verlieren.

Vogelfrau ... Ich sollte mir einen besseren Namen für sie ausdenken. So hört sie sich an wie die Heldin aus einem Actioncomic.

Nachdem sich der Rat der Wachtel, noch ein paar kleinere Bäume als Walzen zu schlagen, als sinnvoll herausgestellt hatte, konnte er schließlich sein Floß über den weißen Strand zum Meer ziehen, wo Kalypso wieder erschien.

»Komm, Odysseus«, sagte sie.»Komm, mein sterblicher Geliebter. Die Sonne küßt schon beinahe die Wellen - zu solcher Tageszeit bricht man nicht zu einer gefährlichen Fahrt übers Meer auf. Schenke mir noch diese letzte Nacht, dann kannst du auf der morgendlichen Flut davonsegeln.«

Ohne es recht zu merken, wartete er auf einen Kommentar von der Wachtel, die ihm zum Strand hinunter gefolgt war.»Sie ist nett, aber manchmal auch ziemlich halsstarrig«, sagte der Vogel mit einer Stimme, die er allein zu hören schien.»Wenn du die Nacht dableibst, wird sie dich derart mit Küssen überhäufen, daß du am Morgen dein Vorhaben abzufahren vergessen haben könntest. Dann werden die Götter noch zorniger auf dich sein.«

Paul mußte wider Willen grinsen. »Was verstehst du denn von Küssen?«

Sie starrte ihn einen Moment lang an und flitschte dann mit einem verärgerten Schwanzwackeln hinter einen Felsen. Erst tat es ihm leid, daß er sich nicht ordentlich bei ihr bedankt hatte, doch dann fiel ihm ein, daß er es mit einer reinen Codekreatur zu tun hatte, auch wenn sie noch so charmant war. Dies veranlaßte ihn, noch einmal zu überdenken, was Kalypso ihm anbot und was die Göttin mit ziemlicher Sicherheit selber war.

»Nein, Herrin«, sagte er. »Ich danke dir, und niemals werde ich meine Zeit hier auf deinem holden Eiland vergessen.« Paul hätte sich am liebsten geohrfeigt - obwohl er keinerlei Talent dafür hatte, verfiel er unwillkürlich in eine blumige epische Sprache. »Egal, jedenfalls muß ich los.«

Bekümmert nahm Kalypso von ihm Abschied und gab ihm noch Schläuche voll Wein und Wasser mit sowie Krüge voll Wegzehrung, die sie ihm bereitet hatte. Als er gerade das Floß ins Wasser befördern wollte, kam die kleine Wachtel wieder um den Felsen getrippelt und hopste auf das Ruder. »Und wo willst du hin?« fragte sie.

»Nach Troja.«

Der Vogel legte den Kopf schief. »Du bist völlig durcheinander, edler Odysseus, vielleicht hast du dir den Kopf irgendwo angeschlagen. Ich bin sicher, deine Frau wartet sehnsüchtig darauf, daß du nach Hause kommst und ihr mit eurem flügge werdenden Sprößling hilfst, statt daß du dich wieder mit den Trojanern rumprügelst. Aber wenn du es dir in den Kopf gesetzt hast, achte darauf, daß die Sonne immer zu deiner Linken untergeht.« Sie hüpfte herunter. Er dankte ihr für ihre Hilfe, schob dann das Floß von den Walzen ins Wasser, stieg ein und stieß es mit der langen Stange, die er sich gemacht hatte, vom Ufer ab.

»Lebwohl, Sterblicher!« rief Kalypso, wobei ihr eine Träne lieblich im Auge glänzte und die Haare sich wie Gewitterwolken um ihr allzu perfektes Gesicht bauschten. »Ich werde dich niemals vergessen!«

»Gib auf Skylla und Charybdis acht!« piepste die Wachtel. Nach Pauls dunklen und lückenhaften Erinnerungen an Homer waren das irgendwelche gefährlichen Felsen. »Sonst packen sie dich wie eine Schlange ein Ei!«

Er winkte und segelte aufs offene Meer hinaus, das von der sinkenden Sonne inzwischen in eine gehämmerte Kupferplatte verwandelt worden war.

Im Heldenzeitalter nachts auf See zu sein war auf einem Floß eine ganz andere Sache, als wenn man an ein Stück Holz geklammert im Wasser strampelte. Der Himmel war pechschwarz und der Mond nur eine haarfeine Sichel, aber die Sterne schienen zehnmal heller als alle Sterne, die er je gesehen hatte. Er verstand, wie die Alten darauf gekommen waren, in ihnen Götter und Helden zu sehen, die auf die Taten der Menschen herabschauten.

Zur längsten, finstersten Stunde der Nacht kamen ihm auch die Zweifel wieder. Wenn ihm der kleine Gally und sein schrecklicher Tod einfielen, konnte er sich des Gedankens nicht erwehren, daß dadurch alles, auch seine eigenen Hoffnungen und Ängste, sinnlos geworden war, doch selbst an seinem tiefsten Punkt war Paul klar gewesen, daß es nichts brachte, sich lange solchen Gedanken zu überlassen, und jetzt war er noch weniger dazu bereit. Das Floß ließ sich auch mit seinen stümperhaften Handgriffen hervorragend steuern - die Segel und die Takelage bewegten sich offenbar genauso durch Zauberkraft wie die fast von selbst arbeitende Axt -, die Nachtluft war salzig frisch, die Wellen glitzerten im Sternenlicht, und bisher war er dreimal kurz von Delphinen umringt und begleitet worden, deren geschmeidige Schönheit ihm wie ein Segen vorkam. Paul konnte seine Trauer- und Schuldgefühle nicht abschütteln, aber er konnte sie wenigstens ein bißchen in den Hintergrund drängen. Er war ausgeruht, und er war wieder unterwegs, auf der Suche nach Troja und dem, was das Schicksal dort für ihn bereithielt.

Das Schicksal? Paul lachte laut auf. *Meine Güte, du bist vielleicht ein Einfaltspinsel! Das ist eine Spielwelt hier! Du hast ungefähr soviel Schicksal wie eine herumprallende Flipperkugel - ping, und schon flippt Jonas wieder eins weiter. Hoppla, jetzt geht's da lang! Ping!*

Und wenn schon, es konnte nichts schaden, sich gut zu fühlen, wenigstens ein Weilchen.

Das erste Anzeichen dafür, daß er seinen bruchstückhaften Erinnerungen der Klassiker etwas allzu rasch vertraut hatte, kam mit dem ersten Morgengrauen - ein langsames, aber stetiges Stärkerwerden der Strömung. Es war eine Strömung, die ihm vorher gar nicht aufgefallen war, aber sie brachte sein Gefährt, ungeachtet des geblähten Segels, ganz offenbar geringfügig vom Kurs ab.

Er war so damit beschäftigt gewesen, das Floß zwischen den gelegentlichen kleinen Felseninseln hindurchzumanövrieren und die verwirrenden Dinge zu überdenken, die ihm die Vogelfrau - sein Engel, wie er sie jetzt lieber nannte - erzählt hatte, daß er kaum mehr einen Gedanken an die Warnung der kleinen Wachtel verschwendet hatte. Doch als jetzt die Strömung ihn nicht mehr losließ und ein leises, aber eindeutiges Dröhnen an sein Ohr drang, wurde ihm plötzlich flau im Magen.

Wart mal, dachte er, *Skylla und Charybdis* - waren das bloß Felsen? War nicht eine davon ein Strudel, der Schiffe verschlang und zermalmte wie ein Müllschlucker Küchenabfälle? Und, ging ihm langsam auf, als das tiefe Dröhnen immer stärker anschwoll, würde sich ein solcher Strudel nicht genau so anhören?

Er ließ die Ruderpinne los und wankte nach vorn, wo er einen Arm um den Mast schlang und angestrengt in die Richtung spähte. Befreit vom Gegensteuern des Ruders konnte das kleine Gefährt dem Zug nun ganz nachgeben, und das ruckartige Umschwenken nach Westen hätte ihn fast von Deck geschleudert. Im Morgennebel lagen zwei mächtige Felseninseln mit wenigen hundert Metern Abstand dazwischen vor ihm, die linke eine hoch aus dem Meer aufragende schroffe Bergspitze, von schwarzen Wolken umhüllt. Wo die Wellen an ihre düsteren Wände schlugen, sah sie rauh genug aus, um die Stahlseiten eines modernen Schlachtschiffs aufzukratzen, und Paul segelte ganz gewiß nicht in einem modernen Schlachtschiff. Der Anblick war erschreckend, doch das Floß hielt auf die andere, niedrigere Felseninsel zu. Die zur Meerenge liegende Seite war ungefähr zu einem Halbkreis gekrümmt und ließ an ein abgesunkenes Amphitheater denken; in der Mitte dieser Bucht strudelten die Wasser mit unglaublicher Gewalt im Kreis herum und dann trichterförmig nach unten, so daß ein großes zylindrisches Loch im Meer entstand, in dem ein Bürohochhaus ohne weiteres hätte verschwinden können.

Der Wind blies auf. Trotz des kühlen Morgens plötzlich mit Angstschweiß bedeckt, jeder Tropfen eine kalte Nadelspitze auf seiner Haut, stürzte Paul über das bereits leicht schräg liegende Deck zur Ruderpinne zurück. Er riß daran, bis das Floß auf einem Kurs war, der es näher an die spitzen Felsen zur Linken brachte: Dort hatte er wenigstens eine Chance vorbeizukommen, aber wenn er einmal im Bannkreis des Mahlstromes war, konnte nichts ihn mehr retten. Das Ruderholz ächzte unter der weiter seitwärts ziehenden Strömung, und während er sich an die Pinne klammerte, betete er, daß die Wachtel im

Schiffsbau wirklich so kundig gewesen war, wie es den Anschein gemacht hatte.

Eine der Brassen riß mit einem beängstigenden Knall, als das Floß in die Meerenge einfuhr; die unbefestigte Rahe schlug wild hin und her, und das Segel flappte kraftlos. Ohne die Unterstützung des Windes trieb das Floß auf den Strudel zu. Nach einem Augenblick hilfloser Panik fiel Paul der Schleier um seine Taille ein. Er knüpfte ihn rasch auf und band damit die Pinne fest, um möglichst den Kurs zu halten, ehe er zum Mast eilte. Die Rahe drehte sich mit dem wechselnden Wind, und er bekam etliche harte Schläge auf Arme und Rippen ab, doch schließlich gelang es ihm, sie zu packen, die Brasse darum zu schlingen und so gut zu verknoten, wie er es unter den Umständen fertigbrachte. Gewiß wären die meisten Seeleute davon nicht beeindruckt gewesen, aber das war ihm ganz egal. Die wirbelnden schwarzen Wasser der Charybdis kamen mit jeder Sekunde näher.

Er taumelte zum Heck zurück. Der Schleier hatte sich durch das Ziehen der Strömung bereits gestreckt und gelockert, und er mußte mit dem ganzen Oberkörper gegen die Pinne drücken, um den Bug des Floßes wieder zu den spitzen Felsen auf der Ostseite umzulenken, und dann weiter eisern dagegenhalten, als sein geschundenes Gefährt den äußersten Ring des Strudels berührte, eine Qual für seine ohnehin schon malträtierten Rippen. Paul kniff die Augen zu und biß die Zähne zusammen, dann schrie er, so laut er konnte, doch das Geräusch ging unhörbar im Tosen des Wassers unter. Die Pinne tat einen Ruck und schob sich langsam zurück, als ob eine Riesenhand das Ruder drehte. Paul brüllte abermals vor Wut und Furcht und drückte und drückte.

Es war nicht zu sagen, wieviel Zeit vergangen war, als er spürte, wie der Zug des Strudels langsam nachließ.

Erschöpft und so schwach in den Knien, daß er kaum mehr stehen konnte, öffnete er die Augen und sah die mörderischen Felsenspitzen des Inselberges so dicht über seinem Kopf herausstehen, daß er sie vom Rand des Floßes aus beinahe hätte berühren können. Er konnte gerade noch verhindern, daß er an der zackigen Wand entlangschrammte, da stieß ein unfaßbar langes Etwas mit gebleckten Reißzähnen im gefräßigen Rachen von oben herab. Paul hatte nicht einmal mehr Zeit aufzuschreien, als das schlangenartige Gebilde nach ihm schnappte, aber da seine Beine einknickten und er aufs Deck fiel, verfehlte ihn die angreifende Bestie – eine Art Tentakel aus rauhem, rissigem Leder – und biß dafür den starken Mast durch, als wäre er eine ungekochte Spaghettinudel. Das Maul am Ende des Tentakels fischte sich das Segel aus den Trümmern des Mastes und schüttelte es wild, und gleich darauf wirbelten kleine Stoffetzen durch die Luft, so daß Paul das Gefühl hatte, in einer besonders widerwärtigen Schneekugel um Balance zu kämpfen. Ihm blieb kaum Zeit, nach seiner Axt zu greifen, bevor das große Schlangending abermals nach ihm haschte. Wenn es ein Tentakel war, dann befand sich der übrige Körper irgendwo hoch oben an der Felswand, in der dunklen Höhle, aus der diese Extremität hervorragte; wenn es kein Bein, sondern ein Hals war, dann besaß das daran befindliche Gesicht weder Augen noch Nase. Was es auch war, am Ende dieses riesigen schuppigen Muskelstrangs klaffte ein geifernder Maul mit schrecklichen Zahnreihen wie bei einem großen weißen Hai. Paul wankte zurück und schwang die Axt, so kräftig er konnte. Die Freude darüber, wie tief der Hieb drang, verflog sofort, als das Ungetüm mit der in seinem Fleisch steckenden Axt zurückfuhr und ihn drei Meter über das Deck hinaushob. Rötlicher Schleim schäumte aus der tiefen Wunde und spritzte ihm ins Gesicht. Einen Moment lang war er wie gelähmt und wußte nicht, ob er seine einzige Waffe weiter festhalten oder sich zur Rettung vor den schnappenden Zähnen fallenlassen sollte, da riß das Axtblatt heraus, und er stürzte hart auf die Stämme, die er so sorgsam gefällt und behauen hatte.

Das Unding zuckte offensichtlich schmerzgepeinigt hin und her, knallte gegen die Felsen und verspritzte aus dem halb von seinem langen Stiel abgetrennten Kopfstück überallhin Schaum. Trotz seiner eigenen brennenden Verletzungen verspürte Paul eine grausame Genugtuung darüber, daß er es so schmerzhaft getroffen hatte. Da glitten aus der Höhle oben fünf weitere, ganz genauso aussehende Mäuler an langen Schlangenhälsen herab.

Die nächsten Augenblicke verflogen wie ein wahnsinniger, chaotischer Traum. Die augenlosen Köpfe schossen auf ihn zu. Er konnte dem ersten, dann dem zweiten Stoß ausweichen. Einem Kopf hackte er ein Stück schuppige Haut ab, aber ein dritter schnappte von hinten nach ihm und hätte ihn beinahe erwischt. Das Segel war fort, und der zersplitterte Mast bot wenig Schutz, aber trotzdem schlitterte er über das schaumglatte Deck und stellte sich mit dem Rücken dagegen, während er unentwegt mit der Axt nach den lauernden und plötzlich vorschnellenden Köpfen schlug, die nach einer Möglichkeit suchten, ihn durch den Wirbel der rasiermesserscharfen Schneide zu erwischen. Paul hieb in einen Kiefer, und das Maul wich zischend und rosigen Schleim spuckend zurück, allerdings nicht sehr weit.

Trotz der wunderbaren Leichtheit seiner Waffe ermüdete er zusehends, und die Köpfe griffen jetzt nicht mehr so überstürzt an. Sie wiegten sich wie Kobras, warteten auf eine Lücke in seiner Abwehr. Das Brüllen der Charybdis wurde schon seit einer Weile wieder lauter. Pauls einziger flüchtiger Gedanke war, daß er jetzt wahrscheinlich auch noch in den Strudel hineingezogen wurde, damit die Götter sich seines Verderbens auch ganz sicher sein konnten, wobei ihm allerdings auffiel, daß das Geräusch sich verändert hatte und jetzt nach einem tiefen Gurgeln klang, ungefähr so, als ob der größte Riese der Welt Suppe schlürfte. Auf einmal, während die Köpfe der Skylla weiter hin und her tänzelten und darauf warteten, daß die Axt in seinen erlahmenden Händen ein kleines bißchen langsamer zuhieb, hörte das Donnern des Strudels schlagartig auf, und das Meer wurde still.

Die ungeheure Stille dauerte nur wenige Herzschläge lang – Paul konnte das vielköpfige feuchte Schnauben der Skylla und das Klatschen der Wellen an die Felsen hören –, dann spie die Charybdis plötzlich mit einem Gebrüll, das mindestens so laut war wie vorher, die verschlungene Meeresflut in einer gewaltigen Fontäne wieder aus, die mehrere hundert Meter hoch in die Luft schoß. Die blinden, gefräßigen Köpfe zögerten, als die ersten Güsse des weißgrünen Wassers niedergingen, dann schleuderte die Urgewalt des umgekehrten Strudels Pauls Floß so ungestüm in die Höhe, als ob es von einem Katapult abgeschossen worden wäre. Bevor die Wasser über sie hereinbrachen, schnappten die Mäuler der Skylla noch einmal nach ihm, aber er war schon fort. Die große Welle ließ den kleinen hölzernen Untersatz in solcher Windeseile durch die Meerenge wirbeln, daß Paul gerade noch die Ruderpinne fassen konnte. Seine Hand schloß sich um den Schleier.

Schwarze Felsen sausten an ihm vorbei, und das Meer war erst über, dann unter, dann wieder über ihm. Durch fliegende weiße Gischt stieg er immer höher empor, so daß er einen Moment lang, aller Schwerkraft enthoben am Ende des dünnen Schleiers hängend, das Meer und die beiden Felseninseln unter sich liegen sah. Dann warf ihn die Welle wieder hinab, und wie ein hüpfender Stein schlug er einmal und noch einmal auf dem Rücken des Meeres auf, bevor ein letzter Aufprall ihm das Bewußtsein raubte.

Kapitel

Krieg im Himmel

NETFEED/NACHRICHTEN:
"Gepanzertes" Kleinkind überlebt lebensgefährlichen Sturz
(Bild: Jimmy mit Vater und Stiefmutter)
Off-Stimme: Der dreijährige Jimmy Jacobson, vor zwei Jahren schon einmal Gegenstand eines weithin bekannt gewordenen elterlichen "Liebeskrieges" um das Sorgerecht für ihn, hat offenbar aufgrund biologischer Modifikationen einen Sturz aus dem dritten Stock überlebt. Sein Vater Rinus Jacobson, dem damals das Sorgerecht zugesprochen wurde, erklärt, er habe durch Anwendung 'einfacher biologischer Gesetzmäßigkeiten' das Skelett des Jungen gefestigt und seine Haut härter gemacht.
(Bild: Rinus Jacobson bei einer Pressekonferenz)
Jacobson: "Ich habe es selbst durchgeführt. Diese Erfindung wird Eltern auf der ganzen Welt eine große Hilfe sein. Jetzt, wo ich die Methode perfektioniert habe, kann jeder zum Schutz der Kleinen dasselbe tun, was ich getan habe."
Off-Stimme: Jacobson plant, die genetisch veränderten Organismen, die nach seinen Angaben in Verbindung mit einer normalen UV-Lampe festigend auf Haut und Knochen heranwachsender Kinder wirken, auf den Markt zu bringen.
Jacobson: "Dadurch entsteht — wie soll ich sagen? — eine Art Rinde. Wie die Haut eines Nashorns. Dieses Kind wird sich niemals die Knie aufschürfen oder das Gesicht zerschrammen."
Off-Stimme: Mitarbeiter der Kinderschutzbehörde sind skeptisch, von Nachbarn ganz zu schweigen, und es ist ein Ermittlungsverfahren eingeleitet worden.

(Bild: unkenntlich gemachter Nachbar)
Nachbar: "Ich will mal so sagen: Selbst wenn er das hingekriegt hat — und ein bißchen steif sieht der Junge ja aus —, würde es uns nicht wundern, wenn Jacobson ihn selbst aus dem Fenster geschmissen hätte, um es zu testen ..."

> Es war eine ganze Weile her, daß Orlando so lange am Stück geredet hatte, und gesundheitlich ging es ihm nicht besonders. Als er den Teil seiner neueren Lebensgeschichte erreichte, wo er und Fredericks in den Hafen von Temilún kamen, fühlte er sich in etwa so, wie er sich damals gefühlt hatte - todmüde und krank.

Bonita Mae Simpkins sagte sehr wenig und unterbrach ihn nur, um sich hin und wieder einen Netboy-Slangausdruck erklären zu lassen oder um ihn zu rüffeln, wenn er sich zu lange bei Details aufhielt, die nur für Teenager interessant waren. Sie hatte bis jetzt noch nichts von sich preisgegeben, aber gerade ihre Verschwiegenheit flößte Orlando eher Vertrauen ein. Wer sie auch sein mochte, sie setzte jedenfalls keine Überredungskünste ein, um Informationen aus ihm herauszuholen.

Ein brennender Docht in einer Schale mit Öl verbreitete ein flackerndes gelbes Licht und lange Schatten im Raum. Draußen im imaginären Ägypten war es dunkel geworden, und von Zeit zu Zeit drangen sonderbare Geräusche durch die heiße Wüstennacht an ihr Ohr. Als Orlando gerade vom Tod der Atascos und der Flucht aus ihrem Thronsaal berichtete, ertönte ganz in der Nähe ein schreckliches klagendes Schluchzen, und er verstummte mit klopfendem Herzen. Fredericks, der am Fuß des Bettes saß, war ebenfalls blaß und nervös.

»Keine Bange, Junge«, sagte Missus Simpkins zu ihm. »Bevor er weg ist, hat Herr Al-Sajjid dieses Haus mit einem Schutz versehen. Man könnte sagen, es ist ein Abwehrzauber drumrum, aber das wäre heidnisch, und was er gemacht hat, ist viel wissenschaftlicher. Deshalb kommt auch niemand hier rein - jedenfalls nicht heute nacht.«

»Wer ist Herr Al-Sajjid?«

»Du bist noch nicht fertig mit Reden, und ich hab noch nicht angefangen. Mach weiter.«

Orlando zuckte mit den Achseln und nahm den Faden der Geschichte wieder auf. Er handelte die Flucht aus Temilún und ihre Abenteuer in

> 154

der Insektenwelt im Eiltempo ab und zog eine Grimasse, als Fredericks darauf bestand, daß er schilderte, wie er gegen den gigantischen, mörderischen Hundertfüßler gekämpft hatte. Was ihn peinlich berührte, war weniger die Geschichte selbst - er hatte sich ganz wacker gehalten, fand er - als die Tatsache, daß sie eindeutig zu den draufgängerischen Details gehörte, die diese strenge Frau nicht interessierten. Er leitete rasch zu ihrem Aufenthalt in der Cartoonwelt über und mußte dann die Schilderung ihrer Erlebnisse im Eisschrank mehrmals wiederholen, da Missus Simpkins etliche Punkte sehr genau wissen wollte.

»Also das war sie auch, die Federgöttin? Bist du sicher?«

Orlando nickte. »Es ... es fühlt sich an wie dieselbe Person. Sie sah auch genauso aus, quasi. Wer ist sie?«

Die Frau, die ihn verhörte, schüttelte nur den Kopf. »Und das andere Wesen, das du nur gefühlt hast - der ›Leibhaftige‹, wie dein Freund hier es genannt hat, der Teufel? Erzähl mir davon nochmal.«

Er tat es oder versuchte es wenigstens, aber es war schwer, die Erfahrung in Worte zu fassen, so schwer, wie echt heftige Schmerzen zu beschreiben - das hatte er bei Leuten, die seinen Zustand verstehen wollten, oft genug vergebens versucht, um zu wissen, daß es nie richtig funktionierte. »Und, war es der Teufel?« fragte er, als er zu Ende erzählt hatte, obwohl er ziemlich sicher zu wissen meinte, was diese Frau mit ihrem ständigen Gerede vom Herrgott und Jesus Christus antworten würde.

Sie überraschte ihn. »Nein, ich glaube nicht. Aber es könnte etwas sein, das beinahe noch schlimmer ist. Ich glaube, es ist ein Teufel, den sterbliche Menschen geschaffen haben, Menschen von einem solchen Hochmut, daß sie sich für Gott persönlich halten.«

»Was meinst du damit?«

Wieder schüttelte sie nur den Kopf. »Es ist zuviel, wir können das nicht alles auf einmal bereden. Außerdem bist du müde, Junge - du hängst da wie ein Schluck Wasser. Du brauchst Schlaf.«

Orlando und Fredericks zuckten beide zusammen, als etwas, das kein Hund war, direkt vor dem Fenster auf der Straße winselte und bellte.

»Ich werde 'ne ganze Weile noch nicht schlafen können«, wandte Orlando wahrheitsgemäß ein. »Erzähl uns, wo du herkommst. Du hast es versprochen.«

»Ich hab gar nichts versprochen.« Sie starrte ihn durchdringend an, aber er kannte sie mittlerweile gut genug, um zu wissen, daß sie nicht böse war, sondern nachdachte. Sie wandte sich Fredericks zu. »Ich nehme an, du willst es auch hören.«

Orlandos Freund nickte nachdrücklich. »Es wär nett, zur Abwechslung mal *irgendwas* zu erfahren.«

»Na schön. Aber ich will keine Fragen hören, bis ich fertig bin, und wenn ihr vorher eure Schnäbel aufreißt, werde ich kommentarlos abrauschen.« Sie kniff die Brauen zusammen, um deutlich zu machen, daß es ihr ernst war. »Und ich werde nichts zweimal sagen.

Mein Mann Terence und ich gehören der Offenbarungskirche Jesu Christi in Porterville, Mississippi, an, und wir sind stolz drauf, im Weinberg des Herrn zu arbeiten. Das müßt ihr zuallererst mal begreifen. Wir sind Christen von der resoluten Sorte, könnte man sagen, jedenfalls sagt das unser Pastor. Wir legen uns tüchtig für Jesus ins Zeug, und mit Larifarikram wie Kirchenpicknicks und gemeinsamem Autowaschen haben wir nix am Hut. Wir gehen zur Kirche, und wir singen, und wir beten, und manchmal wird's dabei ein bißchen laut. Manche Leute meinen, wir wären Krakeeler, denn wenn der Herr seine Hand auf einen von uns legt, können wir nicht anders, als zu rufen und zu jubeln und es allen zu sagen.«

Wie hypnotisiert vom Rhythmus ihrer Stimme mußte Orlando wider Willen nicken, obwohl er nur eine höchst vage Vorstellung hatte, wovon sie redete. Seine Eltern hatten ihn nur einmal in eine Kirche mitgenommen, zur Hochzeit eines Cousins, und gingen selber eigentlich nur zur Kammermusik hin, wenn eines der Gotteshäuser in der Nähe zum Konzertsaal umfunktioniert wurde.

»Und wir haben's auch nicht damit, ständig über andere zu urteilen«, erklärte sie in einem Ton, der so klang, als wäre Orlando im Begriff gewesen, sie genau dessen zu beschuldigen. »Unser Gott ist allmächtig, und er zeigt den Menschen die Wahrheit. Was sich hinterher in ihren Herzen tut, geht nur sie und Gott was an. Ist das klar, Jungs?«

Orlando wie auch Fredericks beeilten sich, das zu bejahen.

»Gut. Nun hat der Herr Terence und mich nicht mit Kindern gesegnet - sein Plan mit uns sah anders aus, aber ich müßte lügen, wenn ich behaupten wollte, ich hätte nie damit gehadert. Aber wir bekamen beide reichlich Gelegenheit, mit Kindern zu arbeiten, Terence als Werkunterrichtslehrer in der Mittelstufe, ich als Schwester in der Notaufnahme im Krankenhaus von De Kalb. So traurig es ist, aber eine Menge Kinder, die da ankommen, sind wirklich übel dran. Wenn ihr meint, ihr hättet Gott in euerm Herzen und euerm Leben nicht nötig, dann habt ihr noch nie erlebt, wie nach einem Schulbusunfall ein Krankenwagen nach dem andern ankommt und jedesmal zwei oder drei Kinder einliefert. Das ist ein ganz schöner Härtetest.

Na, egal, das tut nichts zur Sache. Was ich eigentlich sagen will, ist, daß unser Leben ziemlich ausgefüllt war. Der Herr hatte uns bereits unsere Arbeit gegeben, und Nichten und Neffen hatten wir auch, und wenn wir manchmal darüber rumgrübelten, warum Gott uns nicht selber auch ein Kind gönnte, dann grübelten wir jedenfalls nicht lange. Dann kam Herr Al-Sajjid in die Offenbarungskirche.

Er war so ein kleiner dunkelhäutiger Mann, ging mir knapp über die Schulter, und ich bin alles andere als groß, und als Pastor Winsallen ihn nach vorn holte und vorstellte, dachte ich erst, er würde für eins von diesen unterentwickelten Ländern sammeln, von denen man nur was hört, wenn grade mal wieder ein Erdbeben war oder sowas. Aber er hatte eine sympathische Stimme, sehr distinguiert, wie dieser englische Gentleman, der immer im Netz in der Kunstfleischwerbung kommt – wißt ihr, wen ich meine? Na, jedenfalls erzählte uns dieser Herr Al-Sajjid, er würde zu den Kopten gehören. Ich wußte nicht, was das heißen sollte, dachte erst, er hätte irgendwas mit Helikoptern zu tun, und konnte mir keinen Reim drauf machen. Aber er erklärte, er käme aus Ägypten, und die Kopten wären eine christliche Kirche, auch wenn wir noch nie was von ihnen gehört hatten. Er hielt eine kleine Ansprache über die Gruppe, deren Mitglied er war, und sie nannte sich Kreis der Gemeinschaft und machte alle möglichen wohltätigen Sachen in armen Ländern, und dann führte Pastor Winsallen eine Kollekte für ihn durch, wie ich's mir schon gedacht hatte.

Erst hinterher haben wir die ganze Wahrheit spitzgekriegt. Pastor Winsallen fragte Terence und mich, ob wir noch auf ein Gespräch dableiben würden, wenn die übrige Gemeinde nach Hause gegangen war, und da sagten wir natürlich ja. Wir dachten, er würde uns bitten, den kleinen Mann bei uns zuhause unterzubringen, und mir war ganz mulmig, weil ich noch die ganzen Sachen von meiner Mutter in Kisten im Gästezimmer stehen hatte und ewig nicht gelüftet hatte und gar nichts. Wahrscheinlich war ich auch ein bißchen besorgt, weil ich noch nie einen Ausländer im Haus gehabt hatte und nicht wußte, was so einer ißt und überhaupt. Aber das war's gar nicht, was der Pastor wollte.«

Missus Simpkins hielt sinnierend inne. Einen Moment lang lächelte

sie beinahe, das heißt, sie verzog den Mund, vielleicht aus Verlegenheit.
»Das war der seltsamste Abend in meinem Leben, das kann ich euch sagen. Was rauskam, war nämlich, daß die Gruppe von diesem Herrn Al-Sajjid einmal viel größer und ... ungewöhnlicher war, als er vorher verraten hatte, und außerdem kannte Pastor Winsallen ein paar von ihnen aus seiner Studienzeit und wollte ihnen gerne helfen. Aber das wirklich Seltsame sollte erst noch kommen. Herr Al-Sajjid fing an, seine Geschichte zu erzählen, und ich muß sagen, es hörte sich echt wie irgendwas aus den verrücktesten Science-fiction-Spinnereien an. Draußen wurde es dunkel, während er redete, und ich dachte, ich wäre in einem Traum, so unglaublich waren die Sachen, die er erzählte. Aber unser Pastor Winsallen – Andy Winsallen, den ich kenne, seit er als Dreizehnjähriger mit einem gebrochenen Bein eingeliefert wurde, der saß dabei und nickte bloß zu allem. Er kannte es schon, und er glaubte es, das war offensichtlich.

Ihr kennt manche Sachen, die Herr Al-Sajjid uns erzählte, weil ihr sie auch erzählt bekommen habt – von den Gralsleuten und den schlimmen Sachen, die sie unschuldigen Kindern antun –, aber es kam noch mehr. Herr Al-Sajjid sagte uns, seine Gruppe, dieser ›Kreis‹ von einig zusammenarbeitenden Leuten aus den verschiedensten Religionen, wäre der Meinung, daß die Gralsleute die Kinder irgendwie für ihre Unsterblichkeitsmaschinen bräuchten und daß sie in Zukunft immer mehr davon nötig hätten, weil schon einige Kinder gestorben wären, obwohl das Projekt erst ein paar Jahre lief, und diese Leute sich vorgenommen hätten, ewig zu leben.«

»Heißt das, daß Sellars einer von denen war, Orlando?« fragte Fredericks plötzlich. »Einer von diesem Kreis der Gemeinschaft, oder wie sie sich nennen?«

Orlando konnte nur mit den Achseln zucken.

»Ich für mein Teil hab noch nie was von euerm Sellars gehört«, erklärte Missus Simpkins. »Na ja, aber das merkwürdigste an dem Abend war, als Herr Al-Sajjid uns erzählte, daß einer der Leute aus dem Kreis – die richtige Gruppe hat das mit der ›Gemeinschaft‹ nicht im Namen, das ist bloß einer von ihren Wohltätigkeitsverbänden – ein Russe war, ein Wissenschaftler, glaube ich, und der hatte den andern aus dem Kreis erklärt, seiner Meinung nach wären diese Gralsbrüder dabei ... tja, ein Loch in Gott zu bohren.«

Orlando wartete einen Moment ab, weil er dachte, nicht richtig gehört zu haben. Er warf Fredericks einen raschen Blick zu, doch der blickte, als hätte er gerade einen Stein an den Kopf bekommen. »Ein Loch in ...? Was ist *das* für ein Scänblaff? Das heißt, na ja, nichts für ungut, aber ...«

Bonita Mae Simpkins' Lachen klang wie ein Peitschenknall. »Genau das hab ich auch gesagt, Junge! Nicht ganz die Worte, aber unterm Strich ziemlich genau dasselbe. Ich war überrascht, daß Pastor Winsallen das nicht gotteslästerlich fand, aber der saß einfach da und guckte ernst. Ich dachte mir: Schöne Sachen scheint der junge Spund im Studium gelernt zu haben, jedenfalls hab *ich* noch nie sowas gepredigt gehört.« Sie lachte wieder. »Herr Al-Sajjid versuchte es uns zu erläutern. Er hatte so ein freundliches Lächeln! Er meinte, bei allen Unterschieden zwischen unsern Glaubensrichtungen - seinen Kopten, uns Baptisten, den Buddhisten und Moslems, und was sie sonst noch an Religionen in ihrem Kreis haben - gäbe es doch eine Sache, die wir alle gemeinsam hätten. Er sagte, wir alle glaubten, wir könnten uns, na ja, in den richtigen Geisteszustand versetzen, um Gott zu erreichen. Wahrscheinlich drücke ich das falsch aus, weil er ein sehr guter Redner war, und ich bin das nicht, aber darauf läuft's mehr oder weniger raus. Wir streben nach Gott oder nach dem Unendlichen, oder wie die Leute sonst dazu sagen. Na ja, einige der Leute im Kreis, sagte er, hätten das Gefühl, irgendwas sei ... nicht richtig. Wenn sie beteten oder meditierten, oder was sie sonst machten, spürten sie eine Veränderung in ... in dem Ort, wo sie hingingen, oder in der Empfindung dabei. Im Heiligen Geist, würden wir von der Offenbarungskirche sagen. Zum Beispiel, wenn du in ein Zimmer gehst, das du gut kennst, kannst du manchmal spüren, ob jemand anders drin ist, nicht?«

Orlando schüttelte den Kopf. »Da komm ich leider nicht mit. Mir tut der Kopf weh. Nicht von dem, was du erzählst«, fügte er hastig hinzu. »Einfach weil ich krank bin.«

Diesmal war das Lächeln der Frau geradezu gütig. »Natürlich, Junge. Und ich rede und rede. Es gibt darüber sowieso nicht viel mehr zu berichten, weil ich im Grunde selber nicht verstehe, was das heißen soll. Aber du leg dich jetzt erstmal schlafen, und morgen überlegen wir, wo wir hingehen.«

»Wo wir hingehen?«

»Wie gesagt, das ist eine Kriegszone hier. Diese elenden Kreaturen Tefi und Mewat, die Handlanger von Osiris, sind kräftig dabei, den Aufstand niederzuschlagen. Aber wenn das geschehen ist, verspreche ich dir, daß sie von Haus zu Haus gehen und sich jeden greifen, den sie als Sympathisanten bezeichnen möchten, damit alle eine Heidenangst kriegen und sowas nicht wieder vorkommt. Und ihr beiden seid auffällig wie zwei bunte Hunde. So, und jetzt geht schlafen.«

Orlando schlief, aber nicht sehr ruhig. Wie vorher, als er in dem Tempel gefangen war, trieb er in einem schwarzen Meer aufgewühlter Fieberträume, das in Wellen über ihn hinwegschwappte. Verschiedene Kindheitsbilder, allesamt nicht aus seinem eigenen Leben, folgten eines nach dem anderen, dazu im Wechsel rätselhafte Visionen der schwarzen Pyramide, die wie ein ungeheurer schweigender Beobachter alles überragte. Am befremdlichsten jedoch waren Träume, die nicht von Kindern und auch nicht von Pyramiden handelten, sondern von Dingen, an die er sich weder aus dem Wachen noch aus seinen Träumen erinnern konnte - ein von Wolken umlagertes Schloß, ein Dschungel voll blütenschwerer Zweige, das Kreischen eines Vogels. Er träumte sogar von Ma'at, der Göttin der Gerechtigkeit, aber nicht, wie sie ihm vorher erschienen war, mit Feder und in ägyptischer Tracht: Die Traumversion war in einem Käfig eingesperrt, ein geflügeltes Wesen, das mehr Ähnlichkeit mit einem Vogel als mit einem Menschen hatte und seine Blöße nur mit Federn bedecken konnte. Der einzige identische Zug war die Traurigkeit, der tiefe, kummervolle Blick in ihren Augen.

Als er aufwachte, strahlten die weißen Wände im Morgenlicht. Sein Kopf tat immer noch weh, aber er fühlte sich ein wenig klarer an als am Abend zuvor. Die Träume waren nicht ganz verflogen: In den ersten bewußten Momenten lag er einerseits in einem Bett in Ägypten und schaukelte andererseits auf stürmischer See. Als er mit einem Stöhnen die Beine von der Pritsche schwang, rechnete er halb damit, in kaltes Wasser zu tauchen.

Bonita Mae Simpkins' kleiner, schwarzhaariger Kopf lugte um den Türpfosten. »Meinst du, du bist schon soweit, daß du aufstehen kannst, Junge? Soll ich dir einen Topf bringen?«

Ein erster Versuch hatte ihn überzeugt, daß er sich mit dem Aufsetzen noch Zeit lassen sollte. »Einen was?«

»Einen Topf. Du weißt schon, um dein Geschäft drin zu machen.«

Orlando schüttelte sich. »Nein, danke!« Er überlegte einen Augenblick. »Das haben wir hier doch gar nicht nötig.«

»Na ja, manchen Leuten ist es lieber, Sachen auf die normale Art zu machen, wenn sie sich lange in der VR aufhalten, selbst wenn es keine wirkliche Rolle spielt.« Sie hatte aus der Hand gelegt, womit sie gerade beschäftigt gewesen war, und betrat jetzt das Zimmer. »Herr Dschehani - ein anderes Mitglied im Kreis - meinte, daß man sich seelisch leichter tut, wenn man sich so verhält, als wäre man noch in der wirklichen Welt, und einfach weiter trinkt und ißt und sogar ...«

»Alles klar«, sagte Orlando hastig. »Wo ist Fredericks?«

»Er schläft. Er hat die halbe Nacht bei dir gewacht. Du hast ein Mordstheater gemacht.« Sie legte ihm die flache Hand auf die Stirn, dann richtete sie sich auf. »Du hast im Schlaf von Ma'at gesprochen, der Göttin mit der Feder.«

Orlandos Vorsatz, Missus Simpkins zu fragen, ob seine Träume ihr etwas sagten, wurde von einer Wolke kleiner gelber Schwirrer vereitelt, die durch die Tür gesaust kamen und sich auf seinen Armen und Beinen und diversen anderen Flächen in dem spärlich eingerichteten Zimmer niederließen.

»Wach! Landogarners wach!« kreischte Zunni fröhlich und sprang von seinem Knie, um einen kleinen Salto in der Luft zu machen. »Jetzt dicke Spaßbombe puffi machi!«

»*Kawumm!*« schrie ein anderes Äffchen und tat so, als würde es explodieren, indem es sich gegen einige seiner Gefährten warf und einen großen Ringkampf auslöste, der Orlandos Bauch hinunterrollte und furchtbar kitzelte.

»Runter von ihm, ihr Hallodris!« sagte Missus Simpkins gereizt. »Der Junge ist krank. Auch wenn wir hier im alten Ägypten sind, heißt das noch lange nicht, daß es keine Besen gibt, und wenn ihr nicht wollt, daß ich eure ganze Rasselbande hier rausfege, dann setzt auch da auf den Stuhl und benehmt euch anständig.«

Daß die Böse Bande diesem Befehl sofort nachkam, war eine der erstaunlichsten Sachen, die Orlando je gesehen hatte. Sein ehrfürchtiger Respekt vor der kleinen runden Frau stieg noch eine Stufe höher.

Fredericks kam herein, rieb sich die verquollenen Augen und gab dabei die neueste Meldung ab. »Da draußen schreit ein Haufen Leute rum.«

»Freddicks!« riefen die Affen. »Pith-pith, der große Dieb! Komm, spielen! Spielen!«

»Allerdings«, sagte Missus Simpkins. »Falls Orlando sich stark genug fühlt, gehen wir aufs Dach und schauen mal.«

Nachdem er sich langsam hochgequält hatte, stellte Orlando mit Genugtuung fest, daß er sich immerhin einigermaßen auf den Beinen halten konnte. Er folgte ihr in den Flur, Fredericks und die Affen dicht dahinter. Das Haus war größer, als Orlando angenommen hatte - der Flur allein war fast fünfzehn Meter lang -, und die schönen Wandmalereien von Blumen und Bäumen und einem Binsenfeld voller Enten deuteten darauf hin, daß es einer bedeutenden Persönlichkeit gehören mußte.

»Ja, so ist es«, beantwortete seine Führerin die Frage. »Oder so war es. Es gehörte Herrn Al-Sajjid, der Staatssekretär im Palast war, ein königlicher Schreiber.«

»Ich verstehe nicht.«

»Weil ich noch nicht fertig erklärt habe. Alles zu seiner Zeit.«

Sie führte die Schar den Flur hinunter, durch eine Reihe von Familiengemächern und in einen luftigen Säulenraum, der wohl das Schlafzimmer des Hausherrn gewesen war, aber allem Anschein nach schon länger nicht mehr benutzt wurde. Eine Tür führte von dort in einen schönen umfriedeten Garten mit Blumenpergolen und einem Teich; Orlando staunte, wie sehr die Anlage einem modernen Garten glich. Sie verweilten nicht darin, sondern gingen hinter der voranstampfenden Missus Simpkins über mehrere Rampen aufs Dach hinauf, das flach und mit Lehm verputzt war. An einem Ende war ein Sonnendach aufgespannt worden, und in seinem Schatten verteilte Polster und Hocker sowie ein hübscher kleiner Tisch aus bemaltem Holz zeigten, daß dies an warmen Tagen wahrscheinlich ein beliebter Aufenthalt war.

Orlando bemerkte diese Details im Vorübergehen, aber unmittelbarer faszinierte ihn der Anblick der sich zu allen Seiten ausbreitenden Stadt selbst. Jenseits der Gärten und Mauern der großzügigen Villa lagen andere, ähnliche Anwesen, umgeben von einem breiten Gürtel kleinerer Häuser in schmaleren Straßen, die sich nach außen hin bis zum Fluß erstreckten. Selbst aus so großer Distanz erkannte er nackte Menschen, die sich an den Ufern im Schlamm zu schaffen machten, vielleicht Lehmziegel für weitere Villen stachen. Obwohl immer noch Hunderte von Booten und Schiffen auf ihm verkehrten, hatte der Nil offensichtlich einen sehr niedrigen Wasserstand und waren die Schlammfelder breit.

Aber das interessanteste Panorama eröffnete sich in der Gegenrichtung zum Fluß. Im äußersten Westen, herrlich auf dem Grat der Berge gelegen, die parallel zum breiten Nil verliefen, erblickte Orlando eine wunderschöne Stadt von Tempeln und Palästen, so blendend weiß, daß sie selbst in der relativ milden Morgensonne wie eine Fata Morgana flimmerte.

»Abydos«, sagte Missus Simpkins. »Aber nicht wie im echten Ägypten. Das da ist der Wohnsitz von Osiris. Einen ›Leibhaftigeren‹ als ihn wird hoffentlich keiner von uns je zu Gesicht bekommen.«

Näherbei, an den Vorhügeln klebend wie Entenmuscheln am umgedrehten Rumpf eines Bootes, lagen noch viele andere Tempel ganz unterschiedlichen Stils; zwischen den Tempelhügeln und Orlandos erhöhtem Blickpunkt erstreckte sich die Stadt mit ihren Häusern, ein heller Lehmziegelkasten am anderen, so daß man meinen konnte, eine extrem ausgeuferte Auslage rechteckiger Töpferwaren vor sich zu haben.

Die linde Brise wechselte die Richtung, und ein Tumult von Stimmen scholl plötzlich zu ihnen herüber, überraschend nicht zuletzt deshalb, weil er von so weit her kam. Eine riesige Menschenmenge drängte sich um ein Gebäude am Rand der Tempelhügel, einen mächtigen pyramidenförmigen Bau aus aufgeschichteten Steinblöcken; er sah älter aus als fast alle anderen Bauten im Umkreis. Orlando konnte nicht erkennen, was den Massenandrang auslöste, auch nicht, wie viele Leute es waren, aber es war keine ruhige und friedliche Menge; er sah sie in Wellen anbranden und wieder zurückweichen, ganz als ob sie lose von etwas zusammengehalten würde.

»Was ist da los?« fragte Fredericks. »Hat das was mit den Unruhen in den Straßen bei unserer Ankunft zu tun?«

»Hat es«, bejahte Missus Simpkins und schrie dann so plötzlich los, daß Orlando und Fredericks beide zusammenzuckten: »Kommt sofort hier aufs Dach zurück, ihr Affen!« Die gelben Übeltäter flatterten maulend wieder in den Schatten des Sonnendaches. »Das ist der Tempel des Re dort drüben, wo die Menschenmenge ist«, erklärte sie, ohne die Proteste der Bande zu beachten. »Seht ihr den Bau, der aussieht wie zwei zusammengeschobene Treppen? Euer Freund ist da drin.«

»Unser Freund?« Orlando begriff gar nichts mehr. Das von den zahllosen Dächern der Lehmziegelstadt abstrahlende Licht verschlimmerte seine Kopfschmerzen.

»Meinst du den Typ mit dem Wolfskopf?« fragte Fredericks. »Upsi-Dupsi, oder wie er hieß?«

»Upuaut, ja«, erwiderte Missus Simpkins leicht säuerlich. Sie konnte Witze nicht leiden, wenn sie nicht von ihr waren.»Seine Rebellion ist in die Hosen gegangen, aber er hat Zuflucht im Tempel des Re genommen. Tefi und Mewat können den Tempel so eines wichtigen Gottes nicht entweihen, indem sie ihn einfach dort rausholen - jedenfalls nicht ohne das Einverständnis ihres Herrn und Meisters, und Osiris ist noch nicht wieder zurück. Aber vorsichtshalber haben viele aus der Arbeiterschaft und einige der kleineren Götter, die auf Upuauts Seite sind, sich zu einer Art lebendiger Schutzmauer zusammengeschlossen, um die Soldaten vom Tempel fernzuhalten. Im Augenblick herrscht also eine Pattsituation.«

Orlando spürte mittlerweile die Wirkung von zuviel grellem Licht recht deutlich.»Also dahin hat's ihn verschlagen. Das ist ... ähem ... das ist interessant. Aber du hast gesagt, wir müßten schnell hier weg, und mir geht's auch nicht besonders gut, weshalb stehen wir dann hier und gaffen irgend so 'nen Tempel an?«

»Deshalb«, sagte Missus Simpkins, während sie ihn am Ellbogen faßte und zur Rampe herumdrehte,»weil das der Ort ist, wo ihr hinwollt.«

> Obwohl es seine eigene Gestalt war, die ihn aus dem Spiegelfenster ansah - das Gesicht hartkantig wie vor hundert Jahren, die silbernen Haare etwas länger, aber makellos frisiert -, fühlte Felix Jongleur sich so gedemütigt wie damals in dunklen Kindheitstagen, wenn er auf dem Boden knien und mit anhören mußte, wie die älteren Jungen seine Bestrafung beratschlagten. Er war es nicht gewohnt, einen anderen Körper als den des Gottes Osiris zu tragen oder gar seine persönlichen virtuellen Domänen zu verlassen, und Veränderungen in seiner Routine waren ihm zutiefst zuwider.

Aber er hatte keine Wahl. Der älteste und möglicherweise mächtigste Mann auf Erden wurde man nicht, ohne einige der härteren Lektionen des Lebens zu lernen, und eine davon war, daß es Zeiten gab, in denen man den Stolz hintanstellen mußte. Er atmete tief ein, beziehungsweise eine Reihe kybernetisch geregelter Pumpen tat es für ihn, doch kurz bevor er hindurchtrat, signalisierte ihm ein Blinken am Rand seines Gesichtsfeldes einen Anruf auf einer der Notfalleitungen.

»Was gibt es?« herrschte er den Priester-Ingenieur an, der im Fenster erschien.»Ich habe jetzt gleich eine wichtige Sitzung.«

»Der ... das ... System«, stammelte der kahlköpfige Gottesdiener, der auf den besonders bissigen Ton seines Herrn nicht vorbereitet gewesen war. »Seth, meine ich. Er ... es ... gibt ein Problem.«

»Schon wieder?« Jongleurs Ärger war mit einer kräftigen Dosis Furcht durchmischt, aber vor einem seiner Lakaien ließ er sich das natürlich nicht anmerken. »Berichte!«

»Seth ist jetzt seit vierzig Stunden im K-Zyklus. Den haben wir sonst nie viel länger als die Hälfte der Zeit laufen lassen.«

»Wie sind die anderen Indikatoren?«

Der Priester wußte nicht so recht, wie er respektvoll mit den Achseln zucken sollte, und machte schließlich eine Bewegung, die nach einem leichten Schüttelkrampf aussah. »Sie sind ... weitgehend normal, o Herr. Alles läuft reibungslos. Es hat ein paar kleine Perturbationen gegeben, aber nicht heftiger als in den ganzen letzten Monaten. Aber dieser K-Zyklus, Herr ...«

Jongleur wurde plötzlich von einem irrationalen Schrecken davor erfaßt, dieser untere Charge könnte den momentanen Sim des sterblichen Mannes im weißen Maßanzug sehen, aber eine rasche Überprüfung bestätigte ihm, daß der Priester die volle Herrlichkeit des Osiris erlebte. »Ja, ja, die Länge des Zyklus ist ungewöhnlich. Aber die Zeremonie steht vor der Tür, und damit wird das System in vieler Hinsicht außergewöhnlich beansprucht. Behalte die Indikatoren im Auge, und sage Bescheid, falls sich irgend etwas drastisch verändert. Aber wenn es nicht gerade einen totalen Meltdown gibt, will ich in der nächsten Stunde in keiner Weise gestört werden. Ist das *absolut klar*?«

Die Augen des Priester-Ingenieurs weiteten sich. »Ja, Herr. Hab Dank, o Gott, der du der Erde das Getreide entsprießen läßt ...«

Jongleur kappte die Verbindung, als der Mann die ersten Verse des Ergebenen Abschiedsdankes anstimmte.

Eines mußte Jongleur seinem Gralsbruder lassen - Jiun Bhao hatte ganz zweifellos Stil. Sein virtueller Wohnsitz hatte nichts von dem Prunk, in dem andere Mitglieder der Bruderschaft sich ergingen, keine Spur von Märchenschloß auf schwindelerregend steilen Felsen, keine exzessiven Manieriertheiten (meistens begleitet von einem genauso exzessiven Mangel an Manieren). Aber es gab auch keine falsche Bescheidenheit: Der Knoten des Finanziers präsentierte sich als elegante Komposition breiter heller Wände und raffiniert verlegter Bodenplatten mit ungewöhnlichen dunklen Akzentlinien, die das Auge fesselten, wenn der Blick darauf fiel. Hier und da war mit scheinbarer Absichtslosigkeit ein Kunstwerk hingestellt worden - die zart bemalte Doucai-Porzellanfigur eines Wasserträgers, die drollige Bronze eines Bären mit Maulkorb, der eine Frucht zu fressen versucht -, aber insgesamt dominierte der Eindruck von klaren Linien und Raum. Selbst Licht und Schatten waren kunstvoll eingesetzt, so daß man die Höhe der Decken oder die Länge der abgehenden Korridore zunächst einmal nicht abschätzen konnte.

Passend zu der unauffälligen Eleganz seines Hauses trug Jiun Bhao einen Sim im grauen Anzug, der seinem wirklichen Zustand als gut erhaltener Neunzigjähriger entsprach. So wie er jetzt im zentralen Hof erschien und auf Jongleur zukam, hätten sie zwei gepflegte Großväter sein können, die sich im Park trafen. Keiner streckte die Hand aus. Es gab keine Verbeugung. Die prekäre Natur ihrer Beziehung enthob sie der Notwendigkeit solcher Gesten.

»Du erweist mir eine große Ehre, mein Freund.« Jiun Bhao deutete auf zwei Sessel, die neben einem murmelnden Brunnen bereitstanden. »Bitte, setzen wir uns und reden.«

Jongleur lächelte und nickte. »Die Ehre ist ganz meinerseits - mein letzter Besuch bei dir liegt schon zu lange zurück.« Er hoffte, mit dem stillschweigenden Eingeständnis des Rangwechsels zwischen ihnen das Treffen gleich in ersprießliche Bahnen gelenkt zu haben. Man konnte sich darüber streiten, wer von den beiden reicher war oder in der wirklichen Welt über mehr Macht verfügte - Jiun Bhao hatte ganze asiatische Volkswirtschaften fest in der Hand. Ihr einziger Rivale in beiden Punkten war Robert Wells, aber der Amerikaner hatte nie ein Imperium von der Art zu schaffen versucht, wie sowohl Jongleur als auch Jiun eines aufgebaut hatten. Doch bis jetzt war Jongleur durch seine Position als Vorsitzender der Bruderschaft unbestreitbar im Vorteil gewesen, wenigstens in allem, was mit dem Gral zusammenhing. Bis jetzt.

Ein Weilchen saßen beide Männer einfach da und lauschten dem Wasser. Ein kleiner brauner Spatz kam aus der unergründlichen Höhe über dem Hof herab und setzte sich auf den Zweig einer Zierpflaume. Jiun betrachtete den Vogel, und dieser erwiderte seinen Blick mit gut simulierter Unbefangenheit.

»Apropos«, sagte Jiun, indem er sich wieder Jongleur zuwandte. »Ich hoffe, daß du noch Zeit zur friedlichen Besinnung findest, mein Freund. Es sind hektische Tage gerade.« Der Finanzier breitete seine

Hände in einer Geste der Ergebenheit aus.»Das Leben ist etwas Wunderbares - erst wenn wir vor lauter Arbeit nicht mehr dazu kommen, es zu leben, vergessen wir das manchmal.«

Jongleur lächelte wieder. Jiun mochte nur wenig mehr als halb so alt sein wie er, aber er war gewiß kein Dummkopf. Jiun fragte sich, ob Jongleur jetzt, am kritischsten Punkt, seiner Aufgabe gewachsen war, und brachte sowohl das Thema implizit zur Sprache als auch dezent seine Meinung zum Ausdruck, daß er die raffgierigen Amerikaner nicht besonders sympathisch fand.»Gerade bei solchen Gelegenheiten wie jetzt wird mir wieder bewußt, warum wir dieses Projekt einst vor vielen Jahren begonnen haben, alter Freund«, entgegnete Jongleur vorsichtig.»In ruhigen Momenten, wenn wir dankbar genießen können, was wir besitzen und was wir geschaffen haben.«

»Es tut gut, einen solchen Moment mit dir zu teilen. Wie ich schon sagte, dieser Besuch ist eine große Ehre.« Jiun tat so, als ob er den Besuch nicht praktisch verlangt hätte, wenn auch in das Mäntelchen höflicher Anregung gekleidet.»Darf ich dir eine Erfrischung anbieten?«

Jongleur winkte ab.»Zu gütig. Nein, vielen Dank. Ich dachte mir, du wüßtest vielleicht gern, daß ich morgen, wenn wir uns mit der restlichen Bruderschaft treffen, einen Termin für die Zeremonie bekanntgeben werde. Bis zum letzten Schritt - oder zum wahren Anfang, könnte man genausogut sagen - sind es nur noch wenige Tage.«

»Ah.« Jiun Bhaos Augen waren trügerisch mild, aber selbst diese Simulation seines Gesichts war ein Wunder an subtiler Ausdrucksfähigkeit. Es gab Gerüchte, wonach er in früheren Zeiten ohne ein Wort die Ermordung von Konkurrenten befohlen und nur mit einem Blick müder Einwilligung das Todesurteil besiegelt hatte.»Wundervolle Neuigkeiten. Darf ich dann annehmen, daß die ... Unregelmäßigkeiten des Betriebssystems nunmehr der Vergangenheit angehören?«

Jongleur schnippte nicht vorhandene Fusseln von seinem virtuellen Anzug, um einen Moment Bedenkzeit zu gewinnen.»Es wird noch an ein oder zwei Details gearbeitet, aber ich versichere dir, daß sie für das Gelingen der Zeremonie keinerlei Bedeutung haben.«

»Das ist gut zu hören.« Jiun nickte langsam.»Ich bin sicher, die übrige Bruderschaft wird sich ebenfalls über deine Ankündigung freuen. Sogar Herr Wells.«

»Ja, natürlich. Er und ich haben unsere Meinungsverschiedenheiten«, sagte Jongleur und mußte dabei innerlich grinsen, wie die Gesellschaft und die Umgebung einen fast automatisch zu höflichen Untertreibungen nötigten, »aber wir haben dennoch ein gemeinsames Ziel. Jetzt sind wir soweit, dieses Ziel zu erreichen.«

Sein Gastgeber nickte abermals. Nach einem Schweigen, während dessen Jongleur mehrere kleine Fische beobachtete, die unter der gekräuselten Wasseroberfläche des Brunnens schattenhaft dahinhuschten, sagte Jiun: »Ich möchte dich um einen kleinen Gefallen bitten, alter Freund. Zweifellos eine Zumutung, aber ich würde dich bitten, darüber nachzudenken.«

»Bitte, sprich.«

»Ich bin am Gralsprozeß selbst außerordentlich interessiert, wie du weißt, und zwar vom ersten Tag an, als du mir von deinen Forschungen erzähltest - erinnerst du dich noch? Es ist erstaunlich, wenn man bedenkt, wie schnell die Zeit vergangen ist.«

Jongleur erinnerte sich nur zu gut daran - Jiun Bhao und sein asiatisches Konsortium waren eine ausschlaggebende Hürde bei der Startfinanzierung gewesen; hinter der Fassade höflicher Diskussion waren die Verhandlungen noch brutaler geführt worden als normalerweise. »Natürlich.«

»Dann wirst du meinen Wunsch verstehen. Da die Zeremonie so eine prachtvolle, ja einmalige Gelegenheit ist, möchte ich dich um das Privileg des Beobachterpostens bitten.«

»Ich fürchte, ich verstehe nicht.«

»Ich möchte gern der letzte sein. Damit ich mir unsere Leistung in ihrer ganzen Großartigkeit zu Gemüte führen kann, bevor sie sich an mir selbst verwirklicht. Andernfalls wird meine Aufregung mit Sicherheit so groß sein, daß es mir hinterher um all die Details leid tun wird, die mir entgangen sind.«

Einen Moment lang war Jongleur aus dem Gleichgewicht gebracht. Argwöhnte Jiun irgendein falsches Spiel? Oder - und *der* Gedanke war wirklich beunruhigend - wußte der chinesische Magnat mit seinen unerschöpflichen Mitteln irgend etwas, das selbst Jongleur verborgen geblieben war? Aber wenn er zögerte, konnte das einen eventuellen Argwohn bei Jiun nur verstärken. »Selbstverständlich. Ich hatte eigentlich vorgesehen, daß wir bei der Zeremonie alle gemeinsam den Becher leeren, aber für einen, der mir - *und* dem Projekt natürlich - zum entscheidenden Zeitpunkt soviel Unterstützung gewährt hat, ist kein Gefallen zu groß.«

Jiun neigte das Haupt. »Du bist ein wahrer Freund.«

Jongleur war sich nicht ganz sicher, was er sich hatte abhandeln lassen, aber er wußte genau, was er dafür bekommen hatte - die praktisch bombenfeste Zusage Jiuns, ihn im Fall einer Konfrontation mit Wells zu unterstützen. Er war darauf gefaßt gewesen, sehr viel mehr zu opfern, und dennoch keineswegs sicher, daß er bekommen würde, was er wollte.

Den Rest der Stunde über plauderten sie in der wohlwollend unverbindlichen Art von Jägern, die mehrere Generationen von Fuchshunden beurteilen, über Enkel, Urenkel und Ururenkel. Auf Geschäftliches kam das Gespräch nicht mehr, denn alles Wesentliche war geregelt. Noch mehrere Spatzen ließen sich auf dem Zweig nieder, auf dem schon der erste saß, und waren damit zufrieden, in einem Raum zu sitzen und sogar zu schlafen, wo das einzige Geräusch das Murmeln des Wassers und die ebenso leise Unterhaltung zweier alter Männer war.

> »Was soll das?« protestierte Orlando, als Bonita Mae Simpkins ihn, Fredericks und die Wolke winziger schwefelgelber Primaten wieder die Treppe hinunterführte. »Da gehen wir bestimmt nicht hin, mitten in einen Haufen Soldaten rein. Das scännt doch, Mensch!«

»Werd mir ja nicht pampig, Junge«, versetzte sie. »Sonst hast du ganz schnell gar keine Freunde mehr in dieser Stadt.«

»Aber das ist doch Irrsinn! Du hast selbst gesagt, wir dürften uns von diesen Osiristypen nicht erwischen lassen. Warum sollten wir ihnen dann direkt in die Arme laufen?« Er wandte sich zu Fredericks um, aber der war sichtlich genauso perplex und zuckte bloß mit den Schultern.

»Es würde dir nichts schaden, ein bißchen Geduld zu lernen.« Missus Simpkins legte den Kopf schief. »Ah, er ist da.«

»Wer ist da?« fragte Orlando, aber sie eilte bereits geschäftig den Hauptflur hinunter. Er und Fredericks folgten ihr, die Affenwolke im Schlepptau wie die visuelle Darstellung eines wilden Radaus. In der Tür blieben alle stehen. Auf der langen Rampe, die von der Außenpforte zur erhöhten Hauptetage des Hauses führte, kam eine der absonderlichsten Erscheinungen angewatschelt, die Orlando je gesehen hatte, ein winziger Mann, weniger als einen Meter groß, mit dicken, mißgebildeten Gliedmaßen. Sein Gesicht war noch merkwürdiger und so grotesk mit seinem breiten Fischmaul und seinen vorquellenden Augen, daß er eine Maske aufzuhaben schien, aber trotz dieses deformierten Äußeren waren die wache Intelligenz und das spöttische Funkeln in dem glotzenden Blick nicht zu übersehen.

»Sehr freundlich, daß du kommst«, sagte Missus Simpkins und verblüffte dann Orlando und Fredericks, indem sie sich vor dem bizarren Zwerg verbeugte. »Wir stehen in deiner Schuld.«

»Noch nicht«, erwiderte dieser und bleckte dann sein mächtiges Pferdegebiß zu einem breiten Grinsen. »Aber ich sag Bescheid, wenn's soweit ist.«

»Dies«, sagte sie zu den Jungen an ihrer Seite, »ist Bes. Er ist ein wichtiger Gott - und ein gütiger dazu.«

»Ein Hausgott«, winkte der Vorgestellte bescheiden ab, »ein kleiner Gott des Herdes und häuslicher Dinge.«

»Dies sind Thargor und Pithlit«, erklärte sie mit einem warnenden Blick auf die beiden. »Sie sind Kriegsgötter von einer kleinen Insel im Großen Grünen.«

»Kriegsgötter?« Bes richtete seine Glotzaugen auf Fredericks. »Muß wirklich klein sein, die Insel - der Dünne da sieht eher so aus, als würde er sich im Hintertreffen weitaus wohler fühlen als an der Front. Wie ist es, darf ich jetzt reinkommen, oder soll ich hier draußen in der Mittagssonne schmoren, bis ich so schuppig wie Sobek bin?«

Missus Simpkins bat ihn eilig herein und führte ihn nach unten in den größten Raum der Privatgemächer. »Sehr großzügig von dir, daß du uns hilfst«, sagte sie.

»Ich habe nur gesagt, daß ich bereit wäre, drüber nachzudenken, Mütterchen.« Der Zwerg fuhr fort, Orlando und Fredericks zu mustern, während er die Affen, die sich auf Orlandos Schultern versammelt hatten und den Neuankömmling mit unverhohlener Neugier betrachteten, praktisch nicht zu bemerken schien. »Erst müssen diese beiden wenigstens eines von meinen Rätseln lösen.« Er drehte sich mit erstaunlicher Grazie im Kreis und blieb dann stehen. »Jetzt sagt mir, wer bin ich?« Bes ließ sich auf alle viere fallen und streckte den Hintern in die Luft, dann kroch er rückwärts durchs Zimmer und stieß dazu leise, geschäftige Furztöne aus. Die Affen lachten so sehr, daß einige von Orlando herunterpurzelten und sich an seinen Gürtel klammern mußten, um nicht auf den Boden zu fallen. Selbst Orlando mußte grinsen. Missus Simpkins verdrehte bloß die Augen.

Der Zwerg hielt an und sah auf. »Erkennt ihr nicht Chepri, den Kotkäfer, den einzigen Gott in allen Himmeln, der an der Nase so braun beschmiert ist wie am Hintern?« Er schüttelte den Kopf. »Was lernen junge Götter heutzutage eigentlich noch?« Bes wälzte sich auf den Rücken und ließ seine Glieder erschlaffen, dann kreuzte er feierlich die Hände über der Brust und schloß die Augen. »Dann nennt mir den. Wer bin ich?« Nach einer Pause löste sich eine pummelige Hand und bewegte sich krabbelnd nach unten in die Schamgegend, wo sie zufaßte und drückte.

Verlegen, aber dennoch belustigt konnte Orlando nur den Kopf schütteln.

»Bei den schlenkernden Eutern der Hathor, erkennt ihr nicht unsern Herrn Osiris? Wer sonst könnte tot sein und dabei doch voll unersättlicher Begierde?« Der Unmut in der Stimme machte Orlando plötzlich klar, daß dieses Rätselspiel todernst gemeint war - daß ihre Rettung davon abhängen konnte. Bevor er sich überlegen konnte, worauf der Zwerg mit seinem Osirisrätsel angespielt hatte, war der winzige Mann schon wieder auf die Füße gesprungen. »Ich gebe euch noch eine letzte Chance. Sagt mir, wer ich bin.«

Er hielt die Hände an seine kringeligen Haare und spreizte die Finger wie rissige Ohren, zog dann seinen Mund zähnefletschend in die Breite, warf den Kopf in den Nacken und heulte wie ein kranker Hund. Die völlig begeisterte Böse Bande tat es ihm nach, so daß der Raum von dem schrillen Gejaule nur so widerhallte. »O weh!« stöhnte der Zwerg. »Es ist zwar Tag, aber ich bin ganz wirr im Kopf und heule deshalb die Sonne an statt den Mond.«

Fredericks lachte plötzlich auf. »Es ist Umpa-Lumpa!«

»Upuaut«, sagte Orlando dankbar. »Das ist Upuaut.«

»Na gut«, schaltete sich Missus Simpkins ein, »wenn wir jetzt mit diesen Spielen fertig sind ...«

Bes zog eine buschige Braue hoch. »Der war zu leicht, glaube ich. Probieren wir noch einen.« Er wartete, bis die Bande sich halbwegs beruhigt hatte, dann hielt er sich mit den Händen die Augen zu. Durch irgendeinen Bauchrednertrick schien seine Stimme von überall im Zimmer zu kommen, nur nicht aus seinem breiten Mund.

»Ich bin im Dunkel verloren«, seufzte er. »Ich liege eingesperrt in einem Sarg und irre für alle Zeit durch Dunkelheit und Kälte ...«

»Den kenne ich auch«, sagte Orlando. »Und die Nummer find ich nicht komisch.«

Der Zwerg ließ die Hände sinken. »Aha, dann hattest du also recht, Mütterchen. Ein bißchen was wissen sie doch.« Er wandte sich wieder an Orlando. »Du sagst die Wahrheit. Es ist kein guter Witz.« Er breitete die Arme aus wie zur Begrüßung, machte dann unversehens einen Salto rückwärts und landete nahe der Zimmertür auf seinen kurzen O-Beinen. »Also, gehen wir. Der Tempel von Großvater Re wartet auf uns.«

»Moment mal«, knurrte Orlando. Die Energie, die ihn befähigt hatte, aufzustehen und aufs Dach zu steigen, verebbte allmählich, und er hatte Mühe, sich zu beherrschen. »Wie sollen wir an den ganzen Soldaten vorbeikommen? Und wieso sollten wir überhaupt dort hinwollen?«

»Ihr müßt hier weg«, erklärte Missus Simpkins in der plötzlich eingetretenen Stille. »Ich hab euch ja gesagt – dieses Haus ist für euch und für jeden, der euch hilft, nicht mehr sicher.«

»Aber warum gehen wir nicht einfach am Fluß lang zum nächsten Gateway, oder wie die Dinger heißen? Warum klärt uns niemand über irgendwas auf? Wir wissen immer noch nicht, was *du* hier eigentlich treibst, und schon gar nicht, warum wir bei irgend so 'ner dämlichen Revolution mitmachen sollen.«

Sie nickte zustimmend. »Du hast recht, Junge. Ich bin dir den Rest meiner Geschichte schuldig. Ich erzähle dir unterwegs, soviel ich kann. Aber bei Tag ist der Nil voll von Booten mit Soldaten im Dienst von Tefi und Mewat, und bei Nacht würdet ihr sowieso nie zum Fluß kommen, sondern vorher von irgendwas gefressen werden – wenn ihr Glück hättet.«

Fredericks meldete sich zu Wort. »Aber warum grade *dorthin*?«

»Weil dort das einzige Gateway ist, das ihr erreichen könnt«, antwortete sie leise. »Und Bes ist der einzige, der euch hinbringen kann.«

»Nicht falls wir den ganzen Tag hier rumgammeln wie die alte Taweret, wenn sie mit Verstopfung in den Seerosen steht und wartet, daß ihr Darm in Schwung kommt«, bemerkte Bes.

Missus Simpkins griff sich einen dicken weißen Umhang, den sie Orlando über die Schultern legte. »Der hält dir die Sonne vom Leib, Junge. Du bist noch nicht ganz auf dem Damm.« Auf ihre Anweisung, aber nicht ohne gedämpftes Protestgequieke begab sich das Affengeschwader unter den Umhang. »Wir müssen hier nicht mehr Zirkus haben, als unbedingt nötig ist«, sagte sie.

Aber wenn sie nach etwas aussahen, sinnierte Orlando grämlich, als er dem erstaunlich leichtfüßigen Zwerg zur Tür hinaus und durch den Garten der Villa folgte, dann am ehesten nach einer Zirkustruppe.

»He, wenn wir schon in diesen Tempel gehen und Wolfi wiedersehen müssen«, sagte Fredericks munter, »vielleicht können wir uns dann wenigstens dein Schwert zurückholen, was meinst du?«

Orlandos Müdigkeit wurde noch größer, als er sah, wie Bes über die Gartenmauer kletterte, wohl in der Absicht, sie auf einem unauffälligeren Weg aus dem Haus zu führen. »Ich kann's kaum erwarten«, sagte er.

> In Zeiten wie diesen, ging es dem Mann durch den Kopf, der sowohl Felix Jongleur war als auch Osiris, Herr über Leben und Tod, war das Dasein als höchstes Wesen ziemlich einsam.

Das Treffen mit Jiun Bhao war ermutigend gewesen, aber die Wirkung hatte nicht lange angehalten. Als er jetzt im ewigen blauen Nichts der Vorebene seines Systems lag, zerbrach er sich bereits den Kopf darüber, was für einen Teufelspakt der chinesische Finanzier ihm aufgenötigt hatte. Jongleur war es nicht gewohnt, Geschäfte abzuschließen, bei denen er das Kleingedruckte nicht gelesen hatte.

Noch größere Sorgen jedoch machten ihm die jüngsten Meldungen über den Andern, der sich weiter tief im K-Zyklus befand und keinerlei Anzeichen erkennen ließ, das in nächster Zeit zu ändern. Niemand sonst in der Bruderschaft ahnte, wie instabil das System hinter dem Gralsnetzwerk in Wirklichkeit war, und während die Tage bis zur Zeremonie dahinschwanden, regte sich in Jongleur immer mehr der Verdacht, er könnte einen furchtbaren Fehler gemacht haben.

Gab es eine Möglichkeit, das Netzwerk vom Andern abzukoppeln und ihn durch ein anderes System zu ersetzen, noch zu diesem späten Zeitpunkt? Robert Wells und seine Jericholeute bei Telemorphix hatten durchaus Sachen entwickelt, mit denen es gehen könnte, auch wenn bei dem Wechsel mit Sicherheit eine gewisse Funktionstüchtigkeit verlorenginge. Zum mindesten würden die Umsetzungszeiten länger werden, und vielleicht müßte man auch in Kauf nehmen, daß einige der weniger wichtigen Speicherelemente dabei draufgingen, ganz zu schweigen davon, daß die Zeremonie selbst noch weiter verschoben werden müßte, aber die wesentlichen Funktionen des Netzwerks würden bestimmt erhalten bleiben, und die Vollendung des Gralsprojekts könnte voranschreiten. Aber konnte er das riskieren? Wells hoffte genauso inbrünstig auf den Erfolg des Projekts wie Jongleur selbst, doch das bedeutete noch lange nicht, daß er still und brav sitzenbleiben würde, wenn der Vorsitzende der Bruderschaft sein Scheitern eingestand. Nein, der Amerikaner würde das Projekt retten und dann das größtmögliche politische Kapital daraus schlagen. Die Aussicht war unerträglich. Doch im anderen Fall machte er alles, absolut alles von einem System abhängig, das sich mit jedem Tag mehr als unberechenbar und unkontrollierbar erwies.

Er zuckte unruhig oder hätte es getan, wenn sein Körper nicht in der viskosen Flüssigkeit seiner Konservierungskammer von einem porösen Mikrofasermaterial festgehalten worden wäre. Seit weit über hundert Jahren hatte er niemanden mehr voll und ganz in seine Pläne eingeweiht, aber in Zeiten wie diesen wünschte er beinahe, anders gehandelt zu haben.

Jongleurs Gehirn schickte wieder ein Bewegungssignal aus, um nervöse Energie zu entladen, und abermals funkte das Signal ins Nichts. Er lechzte nach Bewegungsfreiheit, aber konkreter lechzte er nach der wohltuenden Umgebung seiner Lieblingssimulation. Vorher jedoch mußte er sich noch um ein paar Sachen kümmern.

Mit einem Gedanken öffnete er ein Kommunikationsfenster. Wenige Momente später erschien darin Finneys Gesicht beziehungsweise der Geierkopf seiner ägyptischen Inkarnation Tefi. »Ja, o Herr?«

Jongleur stutzte. »Wo ist der Priester? Was machst *du* dort?«

»Ich nehme deine Interessen wahr, o Herr über Leben und Tod.«

»Es gibt allerdings Interessen von mir, die du wahrzunehmen hast, aber ich wüßte nicht ...« Ein jäher Verdacht durchzuckte ihn und damit ein Schauder gespannter Erwartung. »Ist es Jonas? Habt ihr ihn erwischt?« Eine wahrscheinlichere, aber immer noch hoffnungsvolle Erklärung fiel ihm ein. »Oder habt ihr ihn etwa in meinem Ägypten geortet?«

Der Geierkopf senkte sich. »Ich muß leider gestehen, daß wir seinen gegenwärtigen Aufenthalt nicht kennen, Herr.«

»Zum Donnerwetter! Dann sucht gefälligst nach ihm! Habt ihr vergessen, was ich jederzeit mit euch machen kann, wenn mir danach ist?«

Ein heftiges Schnabelschütteln. »Wir vergessen nichts, Herr. Wir müssen bloß ... ein paar Kleinigkeiten in Ordnung bringen, dann nehmen wir die Fährte sofort wieder auf. Wirst du uns bald mit deiner Gegenwart beehren?«

Jongleur schüttelte den Kopf.»Später. Aber ...« Er blickte auf die Anzeige mit den Ziffern der Greenwicher Zeit, immer noch Wahrzeichen der Weltherrschaft, auch wenn das britische Seereich längst auf eine einzige träumende Insel zusammengeschrumpft war.«... Aber heute vielleicht nicht mehr. Bei den ganzen Sitzungen, die noch anstehen, würde es mich zu sehr ablenken.«
»Sehr wohl, Herr.«
Felix Jongleur zögerte. War das Erleichterung, was er da in der unmenschlichen Miene seines Dieners sah? Aber solche Befürchtungen konnten nicht so wichtig sein wie die Entscheidung, die er treffen mußte, und die Zeit für diese Entscheidung wurde langsam knapp. Er brach die Verbindung ab.

Was nun? Sollte ... sollte er den Andern fallenlassen? Sollte er die Apep-Sequenz auslösen? Er konnte natürlich nichts unternehmen, solange er von Wells keine Garantien bekam, und dazu würde er den Telemorphix-Ingenieuren sein gesamtes System offenlegen müssen. Es schauderte Jongleur bei dem Gedanken. Grabräuber. Leichenschänder. Aber gab es eine Alternative?

Wieder wünschte er sich einen Menschen, nur einen einzigen, dessen Rat er trauen konnte. Vor einiger Zeit hatte er noch gehofft, der Aboriginemischling Johnny Wulgaru könnte ein solcher Mensch werden – seine Intelligenz und seine vollständige Gefühllosigkeit hatte Jongleur gleich bei der ersten Begegnung in der sogenannten Privaten Jugendaufsicht in Sydney erkannt, einer Verwahranstalt für verkorkste Kinder. Aber wie sich herausgestellt hatte, war der junge Dread zu wild, um sich gänzlich zähmen zu lassen, und zu sehr seinen Raubtiertrieben unterworfen, um jemals wirklich vertrauenswürdig zu sein. Er war ein nützliches Werkzeug, und wenn er sich am Riemen riß, wie es gerade den Eindruck machte, dachte Jongleur sogar daran, ihm ein wenig mehr Verantwortung zu übertragen. Bis auf die lästige Sache mit der Stewardeß – ein Mord, der nach Informationen von Jongleurs Agenten von der kolumbianischen Polizei und IntPol als ungelöst und wahrscheinlich unlösbar zu den Akten gelegt worden war – gab es keinerlei Anzeichen von Fehlverhalten. Aber ein Kampfhund, das war ihm inzwischen klar geworden, konnte niemals ein zuverlässiger Partner werden.

Früher hatte er auch einmal überlegt, ob Finney es vielleicht verdiente, von Jongleur ins Vertrauen gezogen zu werden, trotz seiner absonderlichen Beziehung zu dem fast schon untermenschlichen Mudd.

Aber mit der Nacht der Scherben war das anders geworden - war alles anders geworden.

Jongleur seufzte. In dem Festungsturm hoch über dem Lake Borgne meldeten die Systeme seinem Gehirn imaginäre Muskelbewegungen, veränderten geringfügig das O_2/CO_2-Verhältnis und vollzogen die sonstigen Einstellungen, um die Erfahrung der Bekörperung nahezu perfekt zu imitieren, auch wenn immer eine fast unmerkliche Differenz blieb.

Kapitel

Das Haus

NETFEED/MODERNES LEBEN:
Sepp Oswalt tödlich verunglückt
(Bild: Oswalt lächelnd vor DP-Publikum)
Off-Stimme: Sepp Oswalt, der liebenswerte Moderator der "Death Parade", kam bei Dreharbeiten für die Sendung ums Leben, als ein Bauarbeiter, der in einem Anfall geistiger Umnachtung gedroht hatte, ein Gebäude zu zerstören, versehentlich eine Kranladung Stahlträger auf Oswalt und sein Kamerateam kippte. Obwohl Oswalt und sein Team getötet wurden, hielten die automatischen Sicherheitskameras des Gebäudes den bizarren Unfall fest, so daß die Aufnahmen im Anhang der letzten fertiggestellten Folge der "Parade" zu Ehren von Sepp Oswalt gesendet werden können.

> Das Gateway blieb nicht lange offen. Wenige Sekunden, nachdem Renie mit !Xabbu an der Hand hindurchgetreten war, leuchtete die Lichtfläche auf und erlosch dann, so daß sie nunmehr geblendet in der Dunkelheit standen.
Emily rief: »Ich sehe nichts!«
»Wir befinden uns in einem großen Raum.« Martine klang erschöpft – Renie konnte nur vermuten, wie sehr das Öffnen des Durchgangs sie und !Xabbu angestrengt hatte. »Er ist sehr hoch und sehr lang, und ich spüre viele Hindernisse auf dem Fußboden in unserer Höhe, deshalb wäre ich dafür, daß niemand herumgeht, bis ich das Terrain sondiert habe.«
»Ein bißchen Licht gibt es«, bemerkte Renie, »aber nicht viel.« Die geblendeten Augen erholten sich langsam. Sie konnte die Ränder unför-

miger Gegenstände und undeutliche graue Flecken in der Höhe ausmachen. »Da oben sind Fenster, glaub ich, aber es ist schwer zu sagen. Sie sind entweder teilweise zugezogen, oder sie haben eine echt merkwürdige Form.«

»Martine, müssen wir sonst noch irgendwas wissen?« fragte Florimel scharf. Wie es schien, nahm sie ihre Ernennung zur Sicherheitsbeauftragten, die Renie mehr im Scherz ausgesprochen hatte, sehr ernst.

»Mir fällt sonst nichts auf. Ich kann nicht erkennen, ob der Fußboden bis zu den Wänden durchgeht, wir sollten also erstmal bleiben, wo wir sind.« Die Französin dachte offensichtlich an ihren kürzlichen Sturz, und Renie pflichtete ihr von Herzen bei.

»Dann setzen wir uns lieber hin. Sind alle da? !Xabbu?« Als er mit einem anderweitig beschäftigt klingenden Knurren antwortete, ließ sie sich nieder, auf einem Teppich, wie es sich anfühlte. »Na, jedenfalls ist es hier anders als vorher, aber es wäre schön, mehr zu erfahren.«

»Ich werde gleich etwas zerbrechen«, verkündete !Xabbu plötzlich aus kurzer Entfernung.

»Wieso denn das?«

»Hier stehen Möbel - viele der Dinge sind Stühle und Tische. Ich möchte einen zerbrechen und schauen, ob ich ein Feuer anzünden kann.« Der kleine Mann brauchte lange, vielleicht weil er geeignetes Holz suchte, aber schließlich hörten alle es splittern. Als !Xabbu zurückkehrte, sagte er: »Wie es aussieht, ist etliches ohnehin schon zerbrochen.« Er machte sich an die langwierige Arbeit, ein Stück gegen ein anderes zu zwirbeln.

In dem Bewußtsein, daß sie die verantwortungsvolle Rolle der Führerin de facto übernommen, vielleicht sogar regelrecht gefordert hatte, kroch Renie zu einer kurzen Truppeninspektion in der Runde herum. Martine war damit beschäftigt, sich in der neuen Umgebung zurechtzufinden. Florimel paßte auf etwaige unangenehme Überraschungen auf und wollte nicht in ihrer Konzentration gestört werden. Renie fiel etwas ein, das sie Emily fragen wollte, aber bevor sie sich zu dem Mädchen begab, hielt sie bei T4b und wechselte ein paar leise Worte mit ihm.

»Ist wieder da«, sagte er verwundert und hielt seine linke Hand hoch, so daß sie die Silhouette vor dem Hintergrund eines der grauen Fenster sehen konnte. Die Hand machte zwar einen etwas durchscheinenden Eindruck, obwohl das bei den schlechten Lichtverhältnissen schwer zu

sagen war, aber er hatte recht: sie war unbestreitbar wieder da. Renie faßte sie an und zog dann rasch ihre Finger zurück.
»Es ... *kribbelt.* Wie Strom.«
»Echt satt, was?«
»Wahrscheinlich.« Während er seine wiederhergestellte Extremität bewunderte, kroch sie weiter zu Emily, die etwas abgerückt von den anderen saß. »Emily?« Das Mädchen reagierte nicht. »Emily? Alles in Ordnung mit dir?«
Sie drehte sich langsam um. »Komisch«, sagte sie schließlich. »Einen Moment lang dachte ich, das wäre gar nicht mein Name.«
»Was meinst du damit?«
»Ich weiß nicht. Es hat sich einfach nicht wie mein Name angehört, sondern irgendwie ... nicht richtig.«
Renie hatte keine Ahnung, was sie damit anfangen sollte, und ließ es dabei bewenden. »Ich wollte dich fragen, ob du noch das Juwel hast, das Geschenk von Azador.«
Emily zögerte. »Mein hübsches Ding? Was mir mein süßer Pudding gegeben hat?«
Zu hören, wie jemand den überheblichen Schnösel Azador als »süßen Pudding« bezeichnete, und nicht laut loszulachen, war schwer, aber Renie schaffte es. »Ja. Ich würde es mir gern anschauen, wenn ich darf.«
»Zu dunkel.«
»Na gut, dann möchte ich es in der Hand halten. Ich geb es dir wieder, Ehrenwort.«
Das Mädchen reichte ihr widerwillig den Edelstein. Emily hatte recht - es war in der Tat zu dunkel, um viel zu erkennen. Renie drehte ihn in den Fingern, fühlte seine Härte und Schwere, seine Facetten.
»Hat es je was gemacht?«
»Wie, gemacht?«
»Ich weiß nicht - sich verändert. Mit dir geredet. Dir Bilder gezeigt.«
Emily kicherte. »So'n Quatsch! Das geht doch gar nicht!«
»Kann sein.« Sie gab es zurück. »Kann ich es mir nochmal anschauen, wenn wir wieder Licht haben?«
»Okay.« Emily amüsierte sich immer noch über die Vorstellung eines redenden Juwels. Als Renie zu den anderen zurückkrabbelte, wuchs unter !Xabbus emsig tätigen Händen gerade eine kleine Flamme empor. Der Buschmann nahm drei abgebrochene Tischbeine und hielt sie

mit den gesplitterten Enden ins Feuer, bis sie brannten, dann reichte er eines Renie, eines Florimel, und eines behielt er selbst. Als die Fackeln aufflammten, breitete sich gelbes Licht bis zu den Wänden aus, so daß sie den Raum erkennen konnten. Er war so groß, wie Martine gemeint hatte, ein weitläufiger Saal mit hoher Decke wie in einem alten Palast - Renie malte sich aus, wie juwelengeschmückte adelige Damen aus irgendeinem Kostümschinken im Netz unter dem momentan leider verstaubten Kronleuchter mit den Fächern wedelten und tratschten. Große Gemälde hingen hoch an den Wänden, aber entweder war der Fackelschein zu trübe, oder die Bilder waren zu alt, jedenfalls waren in den klotzigen Rahmen nur undeutliche Umrisse sichtbar. Einzelne Möbel standen hier und da auf dem mit Teppichen ausgelegten Fußboden, so als ob der Raum einst ein Lesesaal oder ein überdimensionaler Salon gewesen wäre, aber wie !Xabbu schon berichtet hatte, waren viele Möbel kaputt, wobei die Ursachen hohes Alter und Vernachlässigung zu sein schienen, nicht menschliche Gewalteinwirkung.

Florimel starrte zu der hohen Decke hinauf. »Der Raum ist irrsinnig groß. Wie ein Bahnhof! Ich glaube nicht, daß ich je in einem so großen Saal war. Was für ein Palast das wohl sein mag?«

»Irgendso 'n scänscheiß Draculaschuppen«, ließ sich T4b vernehmen. »Hab sowas mal in *Entfesselte Vampiressen: Lutschmilla und ihre Schwestern* gesehn.«

»In einem hat T4b recht«, sagte Renie. »Ich hab schon erfreulichere Räumlichkeiten gesehen. Meint ihr, das Ganze ist eine Ruine? Oder könnte hier noch jemand wohnen?«

Emily stand plötzlich auf und trat näher an die übrige Gruppe heran. »Ich weiß, was für ein Ort das hier ist.« Ihre Stimme klang gepreßt. »Es sind Augen in den Wänden.«

»Martine, ist irgendwer in der Nähe?« fragte Renie. »Beobachtet uns wer?«

»Soweit ich sagen kann, nicht.« Die blinde Frau schüttelte den Kopf. »Die Information ist hier sehr statisch. Dem Anschein nach ist es schon eine ganze Weile unbewohnt.«

»Gut.« Renie stand mit erhobener Fackel auf. »Dann denke ich, wir sollten anfangen, uns umzusehen. Wenn wir einfach hier rumsitzen, finden wir Quan Li nie - den Spion, meine ich.«

Niemand war von der Idee begeistert, aber es brachte auch niemand sinnvolle Einwände vor. !Xabbu brach von noch ein paar kaputten

Stühlen Beine als Ersatzfackeln ab und stampfte daraufhin das Lagerfeuer aus, wobei er ein kleines durchgebranntes Loch in dem alten Teppich hinterließ, für das Renie sich irgendwie schämte. Sie traten den Weg durch den düsteren Raum an.

»Dicht zusammenbleiben«, ermahnte Renie. »Wir wissen nicht, was diese Simulation darstellen soll. T4b könnte recht haben, es könnte Vampire oder sowas geben.«

»Augen«, wiederholte Emily leise. Renie fragte sie, was das heißen solle, aber das Mädchen schüttelte nur den Kopf.

Es dauerte ungefähr eine Viertelstunde, bis sie sich vorsichtig durch den großen Saal bewegt hatten. Unterwegs untersuchten sie viele der zerfallenden Einrichtungsgegenstände, ohne dem etwas Wesentliches entnehmen zu können. Mobiliar und Zierat sahen nach dem europäischen Barock aus, aber es gab andere Elemente, die wahrscheinlich aus einer früheren Epoche stammten, und einige - etwa eine Tafel mit der wenig wirklichkeitstreuen Holzschnitzerei einer Eisenbahn -, die eindeutig später waren. Renie meinte auch, ganz oben an einer der Wände eine Reihe verstaubter elektrischer Strahler zu erspähen, aber bei der Dunkelheit konnte man nicht sicher sein.

Sie traten durch die hohe, breite Flügeltür am Ende des Saales, Florimel an der Spitze zusammen mit T4b, der immerzu seine neue Hand beugte und streckte, Martine und Emily dahinter. Renie und !Xabbu bildeten die Nachhut und machten daher als letzte die Entdeckung, daß der Raum auf der anderen Seite bis auf die Umrisse der hohen Fenster - mehr und kleiner - und die Möbel - weniger und keine dicken Teppiche darunter, sondern ein Holzfußboden - ziemlich genauso war wie der erste.

»Wer hier gelebt hat«, bemerkte Renie, »muß was gegen beengte Verhältnisse gehabt haben.«

Die drei Bilder in diesem Raum hingen tiefer, nur wenige Meter über dem Parkett, und Renie schaute sie sich an. Zwei stellten offenbar Jagdszenen dar, allerdings sehr stilisiert. Die Jäger sahen wie Menschen aus, wenn auch eigentümlich archaisch, aber die Tiere, auf denen sie ritten, hatten nur entfernte Ähnlichkeit mit Pferden, als wären sie nach Beschreibungen von jemandem gemalt worden, der noch nie eines mit eigenen Augen gesehen hatte.

Das Bild in der Mitte war ein großes Porträt einer Person, die ebenso gut ein Mann wie eine Frau sein konnte. Es war schwer zu sagen, weil sie von Kopf bis Fuß in eine dunkle Kutte gehüllt war, die mit dem im Lauf der Zeit fast schwarz gewordenen Hintergrund verschmolz. Die sitzende Person hatte sich die Kapuze so tief ins Gesicht gezogen, daß in ihrem Schatten nur zwei stechende, funkelnde Augen, eine vorspringende Nase und ein harter Mund zu sehen waren.

Renie wünschte, sie hätte nicht so genau hingeschaut.

Dieser zweite riesige Raum hatte Türen an allen vier Seiten. Nachdem sie bis zur Tür am entgegengesetzten Ende gegangen waren und einen Blick auf das nächste hangargroße Zimmer dahinter geworfen hatten, marschierten Renie und die anderen zu einem der Seiteneingänge. Der Flur davor verlief parallel zu den großen Sälen, und obwohl auch er mit Gemälden und Büsten in düsteren Nischen gesäumt war, hatte er mit wenigen Metern Breite und ähnlicher Höhe eher menschliche Dimensionen; sie mußten nicht abstimmen, um sich auf den Weg zu einigen, der ihnen allen lieber war.

»Links oder rechts?« fragte Renie Martine.

Die blinde Frau zuckte mit den Schultern. »Ich kann keinen Unterschied erkennen.«

»Dann laßt uns diesen Flur in der Richtung zurückgehen, aus der wir gekommen sind. Wenn wir nichts finden, bleiben wir auf die Art im Umkreis des ersten Zimmers – von dem wissen wir wenigstens, daß man dort ein Gateway öffnen kann.«

Der Vorsatz war nicht schlecht, aber nachdem sie eine gute halbe Stunde den Korridor hinuntergetrottet waren, an einer verschlossenen Tür nach der anderen vorbei, und ein paarmal in weitere riesige, verlassene Räume hinein- und deprimiert wieder hinausgegangen waren, kamen Renie langsam Zweifel an der Möglichkeit, sich noch zu erinnern, in welchem der Säle sie losgegangen waren. Die Ausstattung taugte kaum als Anhalt; die meisten der Bilder waren so nachgedunkelt und verschmutzt, daß sie alles mögliche darstellen konnten. Die Büsten porträtierten durchweg alte Männer, die einen mehr oder weniger europäischen Eindruck machten, aber bei der Vielfalt der Gesichter und dem Ausmaß, in dem die Vertiefungen des dunklen Steins von Staub verklebt waren, hätte sie nicht einmal das beschworen.

Nach ungefähr einer Stunde brachte Martine mit der Ankündigung, sie spüre eine Veränderung der Information, Abwechslung in den eintönigen Marsch.

»Was für eine Veränderung?« fragte Renie. »Menschen?«

»Nein. Bloß ... ausgeübte Kraft. Es ist schwer zu erklären, und um sicher zu sein, ist die Entfernung ohnehin zu groß. Ich sage euch Bescheid, wenn wir näher kommen.«

Wenige Minuten später blieb die Blinde stehen und deutete auf die Korridorwand gegenüber von den gigantischen Räumen, die sie zuerst durchstöbert hatten. »Dort. In der Richtung ist, glaube ich, der Fluß.«

»Der *Fluß*?« Florimel beäugte kritisch die Wand; sie schien sanft zu pulsieren, eine vom Flackern der Fackeln hervorgerufene Täuschung. »Du meinst *den* Fluß? Den, der durch sämtliche Simulationen fließt?«

»Ich weiß es nicht, aber so fühlt es sich jedenfalls an. Es ist ein starkes, sich stetig wandelndes Strömen, das ist alles, was ich mit Bestimmtheit sagen kann, und es liegt in dieser Richtung.«

Sie versuchten die Türen auf der anderen Seite des Flurs zu öffnen, aber erst nachdem sie mindestens ein Dutzend durchprobiert hatten, fanden sie eine, die nicht abgeschlossen war. Sie durchquerten abermals einen großen Raum, diesmal mit Sitzreihen an den Wänden, als hätten hier einst irgendwelche Aufführungen stattgefunden. Die meisten Sitze waren kaputt. Die leere Fläche in der Mitte des Raumes, wo der Staub dick wie Puderzucker lag, gab keinen Hinweis darauf, was die Zuschauer hier einst gesehen haben mochten.

Hinter einer Tür auf der gegenüberliegenden Seite stießen sie auf eine breite Galerie, die ähnlich wie der Korridor vorher auf einer Seite von der Wand, auf der anderen jedoch von einem kunstvollen Holzgeländer begrenzt war. Über dem Gang verlief zwar noch eine Decke, aber hinter dem Geländer kam keine Wand. Jenseits davon sahen sie nur Dunkel; das Geräusch fließenden Wassers stieg leise aus der Tiefe auf.

Renie prüfte das Geländer sorgfältig, bevor sie sich darauf lehnte. Der Fackelschein fiel auf nichts, weder in der Tiefe noch gegenüber. »Lieber Himmel«, stöhnte Renie. »Es ist ein weiter Weg zum Fluß - er muß mindestens zehn Stockwerke unter uns sein.«

»Häng dich nicht so raus«, riet T4b ihr besorgt. »Mann, komm da ex von.«

»Ich bin müde«, erklärte Emily. »Ich will nicht mehr weitergehen.«

!Xabbu befingerte das Geländer. »Ich könnte hinunterklettern und nachschauen, was dort ist.«

»Untersteh dich.« Renie blickte die anderen an. »Können wir noch ein kleines Stück weiter? Wenn wir hier rechts gehen, bewegen wir uns von der Richtung her wieder auf unsern Ausgangspunkt zu.«

Die Gruppe willigte ohne große Begeisterung ein, nur Emily mußte ihre Meinung noch mehrmals deutlich zum Ausdruck bringen. Renie bemühte sich nach Kräften um Geduld - das Mädchen war schließlich schwanger, jedenfalls schien es so, und hatte jetzt gute zwei Stunden laufen müssen - und konzentrierte sich darauf, sich das zu erklären, was sie bis jetzt gesehen hatten.

»Könnte es sein, daß das hier den Buckingham-Palast oder den Vatikan darstellen soll?« fragte sie Martine leise. »Es ist so riesig!«

Martine schüttelte den Kopf. »Es gleicht keinem Bauwerk, von dem ich je gehört habe, und mir scheint es viel größer zu sein als diese beiden.«

In ihrer ungewöhnlichen Situation, in der die Fackeln links vom Geländer weiterhin nichts als leeren Raum erhellten und ihnen das starke, aber gedämpfte Rauschen von Wasser in den Ohren klang, bemerkten sie zunächst gar nicht, daß die Galerie sich verbreiterte - daß die Wand auf der Rechten mit ihrer Reihe von Türen sich jetzt mehr und mehr von dem Geländer wegkrümmte. Als der Zwischenraum irgendwann zehn, zwölf Meter betrug, stieß die Schar plötzlich auf ein zweites Geländer, das erst im Bogen von der Wandseite herankam und dann parallel zum ersten weiterlief.

Sie blieben stehen und sahen sich nervös um. Obwohl die mittlerweile gewohnte Wand mit den Türen und Nischen sich rechts von ihnen in einer weiten Kurve fortsetzte, brach die Galerie daneben ab und bildete das zweite Geländer eine unmißverständliche Absperrung. Dahinter war die Dunkelheit fast so tief wie auf der linken Seite und wurde nur von wenigen vage schimmernden eckigen Formen in der Ferne durchbrochen. Das doppelte Geländer faßte einen mit Teppich ausgelegten Laufsteg ein, der einsam wie eine Brücke über eine Schlucht von ihnen fort ins Leere führte.

!Xabbu war bereits von der sicheren Galerie heruntergetreten und bewegte sich vorsichtig den Holzsteg entlang, wobei er trotz seines tierischen Gangs die Fackel hoch über den Kopf hielt. »Fühlt sich stabil an«, sagte er, »und scheint auch in gutem Zustand zu sein.«

»Nicht da drauf«, sagte Emily schaudernd. »Will nicht.«

Renie verspürte auch keine besondere Lust dazu, aber ihr kam plötzlich ein Gedanke. »Wartet mal. Die Lichter, da drüben.« Sie deutete auf die schwach leuchtenden Rechtecke weit hinten auf der rechten Seite des großen Freiraums.

»Es sind Fenster«, sagte Florimel. »Was soll damit sein?«

»Es sind *erleuchtete* Fenster«, erwiderte Renie. »Die ersten Lichter außer unsern eigenen, die wir bis jetzt gesehen haben.«

»Na und? Sie sind so weit weg, daß man sie nicht mal richtig erkennen kann. Wir haben keine Ferngläser dabei.«

»Aber es könnte irgendwo da vorn eine Querverbindung geben«, meinte Renie. »Oder vielleicht geht dieser offene Raum nur ein kurzes Stück weit, und auf der andern Seite kommt bald wieder eine Galerie. So oder so ist es das erste Zeichen, daß sich außer uns jemand Lebendiges hier aufhält.«

Die Debatte, die sich anschloß, war angespannt und hätte länger gedauert, wenn nicht alle müde gewesen wären. Obwohl Martine und !Xabbu Renie beipflichteten und sogar Florimel widerwillig einräumte, es könnte geraten sein, noch ein bißchen weiter zu kundschaften, machten Emily und T4b so heftige Einwände, daß sie einen Kompromiß erzwangen: Sollte sich nichts Wichtiges ergeben haben, wenn nach Martines unfaßbarem, aber bis dahin recht zuverlässigem Zeitgefühl eine halbe Stunde vergangen war, würden sie umkehren und ihre Suche in weniger nervenaufreibenden Gefilden fortsetzen.

Als der kleine Trupp auf den Laufsteg hinaustrat, der hinreichend breit und von starken Geländern gesichert war, ging es T4b so offensichtlich schlecht, daß Renie ihre Unnachgiebigkeit fast schon bereute. Sie erinnerte sich, was Martine von dem Luftfluß erzählt hatte – wie schwer T4b zu bewegen gewesen war, zusammen mit den anderen abzuspringen und sich den Windströmungen zu überlassen –, und sie fragte sich, ob er vielleicht eine Phobie hatte.

Ach was, dachte sie. *Besser, wir finden's jetzt raus und nicht irgendwann später, wenn's vielleicht um die Wurst geht.*

Der furchterregende Kampfroboter hielt sich strikt in der Mitte der drei Meter breiten Bahn, ohne auch nur einen Schritt nach links oder rechts abzuweichen, und trat so vorsichtig auf dem felsenfesten Boden auf, als hätte er ein Trampolin unter sich. Er wies Renies Versuche, ihm aufmunternd zuzureden, mit tierischen Unmutslauten ab.

Sie waren kaum hundert Schritt gegangen, als Martine auf einmal Renie am Ellbogen faßte. »Ich fühle etwas«, flüsterte sie.

Renie winkte den anderen, stehenzubleiben. »Sag.«

»Da ist etwas ... jemand. Vielleicht mehrere. Ein Stück vor uns.«

»Ein Glück, daß wir dich haben, Martine.« Renie überlegte. Der Holzsteg war denkbar ungünstig, wenn es zu einem Kampf kam, aber schließlich war es ihr erklärtes Ziel, anderen Leuten zu begegnen und etwas über dieses Environment zu erfahren. Wieso sollte es überhaupt jemand sein, der ihnen feindlich gesonnen war? Es sei denn, es war die falsche Quan Li ... Das ließ Renie abermals zaudern - jetzt, wo sie alle müde und niedergeschlagen waren, wäre es in der Tat furchtbar, es mit dem geschmeidigen, katzenartigen Wesen zu tun zu bekommen, das sie in der letzten Simulation zu fünft nicht hatten niederringen können. Aber es war wohl unwahrscheinlich, daß ihr Feind sich bei einem Vorsprung von zwei Tagen hier in diesem gottverlassenen Winkel herumtrieb, wenn er oder sie das Zugangsgerät der Gralsbruderschaft hatte.

Nein, Renie war sich sicher, daß die Person, hinter der sie her waren, sich entweder ganz aus dem Staub gemacht oder sich wenigstens einen angenehmeren Teil der Simulation gesucht hatte. Sie würde ihnen nicht auflauern, weil sie gar nicht ahnen konnte, daß sie kamen.

Florimel stimmte dem zu, wenn auch nicht ohne gewisse Vorbehalte. Nach einer kurzen geflüsterten Auseinandersetzung setzten sie ihren Weg fort, diesmal ohne jeden weiteren Wortwechsel.

Sie hatten so etwas wie eine Insel erreicht - eine Stelle, wo sich die Geländer an beiden Seiten nach außen bogen und die Gehfläche sich zu einem großen Oval verbreiterte, so daß die ganze Figur von oben wie die Silhouette einer Python mit einer halbverdauten Mahlzeit aussehen mußte -, als Martine abermals Renies Arm berührte.

Die Insel war deutlich als ein Ort der Unterhaltung und des geselligen Beisammenseins gedacht. Die Geländer waren hier höher, und ringsherum standen überall an den Rändern, außer quer zur Laufrichtung, hohe, staubige Schränke; die offene, mit Teppichen ausgelegte Fläche war mit prall gepolsterten Sofas und Sesseln vollgestellt. Obwohl ihr Herz vor Furcht und gespannter Erwartung raste, malte Renie sich im Geiste aus, wie die vornehmen Herren und Damen der Ballsäle hier so etwas wie gepflegte Picknicks abhielten - vielleicht bei Tageslicht, wenn sie unten den Fluß dahinströmen sehen konnten.

Martine deutete auf einen Schrank an einem Geländer, einen riesigen Kasten mit kunstvollem Schnitzwerk, dessen Messingbeschläge mittlerweile altersschwarz waren. Sie schlichen leise heran. Als sie sich mit ein paar Meter Abstand im Halbkreis darum postiert hatten, sagte Renie laut: »Wir wissen, daß du da drin bist. Komm raus, wir werden dir nichts tun.«

Eine Weile geschah gar nichts, dann knallten plötzlich die Türen so blitzartig auf, daß eine aus den oberen Angeln brach und schief hängenblieb. Emily kreischte. Die Gestalt, die aus dem düsteren Inneren sprang, schwang etwas Langes und Scharfes, und Renie konnte sich gerade noch für ihre dämliche Treuherzigkeit verfluchen, bevor der im Fackelschein blinzelnde Fremde stehenblieb und ihnen drohend das große Messer entgegenstreckte.

»Ich habe kaum etwas außer den Sachen, die ich am Leibe trage«, erklärte der junge Mann atemlos. »Wenn ihr sie euch holen wollt, werdet ihr sie nicht billig bekommen.« Der Sprecher war sehr dünn, und es war schwer zu sagen, was heller war, seine strohblonde Mähne oder seine milchweiße Haut; wenn seine Augen nicht dunkel gewesen wären, hätte Renie ihn für einen Albino gehalten. Er schwenkte das Messer abermals, ein unangenehm aussehendes Gerät, das so lang wie sein Unterarm war. »Dies ist Flechsenfetz, dessen Ruhm euch zweifellos zu Ohren gekommen ist, und ich werde nicht zögern, es zu gebrauchen!«

»Flechsenfetz?« Renie hätte vor Verblüffung beinahe gelacht.

»Wir wollen dir nichts Böses tun«, sagte !Xabbu.

Die Augen des jungen Mannes weiteten sich kurz beim Anblick des sprechenden Affen, aber er senkte das Messer nicht - das bei genauerem Hinsehen, fand Renie, trotz seiner respektablen Größe eher zum Gemüseschneiden zu taugen schien. »Das stimmt«, bestätigte sie. »Du kannst dein Messer wegstecken.«

Er musterte sie scharf und nahm dann ihre Gefährten in Augenschein. »Wo sind eure Waffen?« fragte er leicht verwundert, aber immer noch mißtrauisch.

»Waffen? Kannste haben!« Obwohl er sich weiterhin wie ein Hochseilartist in einer steifen Brise bewegte, drohte T4b mit einer großen Stachelfaust. »Op das an, Messerbubi!«

»Laß das!« fuhr Florimel ihn an. »Wir haben keine Waffen, und wir wollen nichts von dir«, erklärte sie dem Fremden. »Wir haben uns bloß verlaufen.«

Der argwöhnische Blick des bleichen jungen Mannes war nicht gänzlich verflogen, aber er schien über ihre Worte nachzudenken. Das Messer sank ein wenig; es sah Renie ziemlich schwer aus. »Seid ihr aus dem Abendfensterflügel?« fragte er. »Ich kenne eure Tracht nicht.«

»Ja, wir kommen von weit her.« Renie versuchte zustimmend zu klingen, ohne sich auf irgend etwas festzulegen. »Wir wissen nicht genau, wo wir sind, und wir ... wir haben dich dort im Schrank gehört. Wir wären dir dankbar, wenn du uns helfen würdest, und würden unsererseits für dich tun, was wir können.«

Mit einigermaßen beruhigtem Atem blickte der Jüngling sie einen Moment lang durchdringend an, dann schob er behutsam sein Messer in die Schärpe um seine Taille. Seine Tracht mit ihren Grau- und Brauntönen entsprach ungefähr Renies Vorstellung vom Sonntagsstaat eines Bauern aus dem siebzehnten Jahrhundert, ein blusenartiges Hemd mit weiten Ärmeln, Kniebundhosen und weiche Stiefel-Mokassins - hießen die nicht so?»Schwört ihr, daß ihr keine bösen Absichten hegt?« fragte er. »Schwört ihr bei den Baumeistern?«

Sie hatte keine Ahnung, wer die Baumeister waren, aber sie wußte, daß sie und ihre Begleiter nichts gegen diesen jungen Häufling hatten. »Wir schwören.«

Er atmete ein letztes Mal tief aus und schien dabei noch weniger zu werden, sofern das möglich war. Er war klapperdürr; Renie fand seine Entschlossenheit, einem halben Dutzend Fremder die Stirn zu bieten, höchst imposant. Sie staunte noch mehr, als er sich zu dem Schrank mit der hängenden Tür umdrehte. Er beugte sich in das dunkle Innere und rief: »Komm heraus, Sidri«, woraufhin er Renie und die anderen noch einmal streng ins Auge faßte. »Ihr habt euer Wort gegeben.«

Das Mädchen, das hervorkam, war so dünn und blaß wie ihr Beschützer und trug ein langes graues Kleid und darüber einen blumenbestickten Chorrock. Renie dachte sich, dies müsse die Schwester des Jünglings sein, doch dieser verkündete: »Das ist meine Verlobte Sidri, eine Novizin der Wäscheschrankschwestern. Ich bin Zekiel, ein Messerschmiedlehrling - oder vielmehr, ich *war* ein Lehrling.« Ein stiller Stolz schwang in seiner Stimme, und jetzt, wo seine Geliebte erschienen war, wandte er nicht die Augen von ihr, obgleich sie ihren Blick hinter schneebleichen Wimpern züchtig gesenkt hielt. »Wir sind Flüchtlinge, müßt ihr wissen, weil unsere Meister unsere Liebe verbieten wollten.«

T4b stöhnte. »Nicht schon wieder so 'n seyi-lo Märchenzeugs! Ich will hier runter, äi.«

> »*Code Delphi. Hier anfangen.*

Wie üblich, scheint es, geraten wir in einer neuen Simulation regelmäßig in Verwicklungen mit Menschen und Situationen, die gewiß nicht weniger kompliziert sind als in der wirklichen Welt. Diesmal jedoch gibt es Unterschiede, positive und negative. Wir haben jetzt ein Ziel, nämlich die Wiedergewinnung von Renies Zugangsgerät, und wie ich bei meinem letzten müde und hastig subvokalisierten Diktat erwähnte, haben !Xabbu und ich zudem die Möglichkeit entdeckt, auch ohne Hilfsmittel auf das System einzuwirken, wenngleich nur sehr geringfügig. Ich habe keine Worte dafür - das Ganze war gewissermaßen eine extreme Übung in wortloser Kommunikation -, aber ich bin dadurch auf Ideen gekommen, die ich sorgfältig prüfen muß. Wie dem auch sei, wir sind auf der Spur eines Mörders in diese Simulationswelt hineingegangen, und das bißchen, was wir erfahren haben, hat unsere Chancen nicht vergrößert, diesen Gegner zu überwinden, von den eigentlichen Feinden, der Gralsbruderschaft, ganz zu schweigen.

Aber es hat keinen Zweck, sich verrückt zu machen, wir können nicht mehr als sorgfältig planen, und die Simulation selbst ist durchaus nicht uninteressant. Der große, seit langem verlassene Raum, der bei meinem letzten Journaldiktat meine einzige Erfahrungsgrundlage war, ist, wie sich herausstellte, nur einer von vielen solcher Räume. Wir sind stundenlang durch Korridore und andere Riesensäle geirrt und erst ganz zum Schluß auf andere Leute gestoßen - einen Jungen namens Zekiel und seine Liebste, Sidri. Wir haben mit ihnen an einer breiten Stelle einer Galerie hoch über dem Fluß ... tja, kampiert, könnte man vielleicht sagen, und stundenlang geredet. Sie sind von den Ihren fortgelaufen, eine erfreuliche Mitteilung, weil wir jetzt wenigstens wissen, daß es in dieser Spukschloßatmosphäre überhaupt andere Menschen gibt. Zekiel meinte, sie seien gerade deswegen in diesen Teil des Hauses geflohen, weil er verlassen ist - wobei mir die Bezeichnung ›Haus‹ für ein derartiges Mammutbauwerk eine ziemliche Untertreibung zu sein scheint. Sie fürchten, daß Sidris Orden sie wieder einfangen will, da Novizinnen der Schwesternschaft gewissermaßen als Leibeigene übergeben werden und weder heiraten noch den Orden verlassen dürfen. Das Paar ist jetzt unterwegs zu einem anderen Teil des Hauses, wo sie beide, so glauben sie, frei zusammenleben können, nämlich zum sogenannten Großen Refektorium, das sie, soweit mir ersichtlich ist, nur aus alten gerüchteweisen Überlieferungen kennen.

Wenn ich sie so erzählen höre, verwundert es mich, wie sehr alle Teile von Anderland, die wir bisher gesehen haben, von Mythen und

Geschichten durchdrungen sind. Eine merkwürdige Obsession, scheint mir, wenn man sich einmal klarmacht, wer das alles hier gebaut hat. Ich hätte nie gedacht, daß milliardenschwere Industrielle und politische Tyrannen sich für die Strukturen von Märchen interessieren, aber wahrscheinlich kenne ich einfach nicht sehr viele.

Sidri und Zekiel können beide nicht viel älter als fünfzehn oder sechzehn sein, aber sie sind Produkte einer mehr oder weniger mittelalterlichen Ordnung und betrachten sich offensichtlich als volljährig. Sidris Orden, die Wäscheschrankschwestern, scheint irgendwie mit der kultischen Pflege von ... na ja, von Wäsche betraut zu sein. Zekiels Zunft, ansässig in der sogenannten Messerschmiede, hütet und pflegt die Schneidewerkzeuge eines Küchenkomplexes, der nach seiner Beschreibung sehr altertümlich und ausgedehnt sein muß. Um sich und seine Angebetete vor Banditen und Ungeheuern zu schützen, die beide, wie er mit großer Bestimmtheit behauptet, die Flure dieses verödeten Hausteiles unsicher machen, hat er eine der Zeremonialklingen gestohlen, ein großes Hackmesser mit dem liebreizenden Namen ›Flechsenfetz‹. Für dieses Verbrechen, denkt er, wird er jetzt gewissermaßen steckbrieflich gesucht, und ich bin gern bereit, ihm das zu glauben.

Was uns betrifft, die Auswärtigen, so haben wir immer noch keine Vorstellung von den wahren Ausmaßen dieses Gebäudes und der Welt, von der es umgeben ist. Sidri wie auch Zekiel haben auf die Frage leicht befremdet reagiert, vielleicht hat ja ihre streng reglementierte, altmodische Erziehung sie davon abgehalten, herumzukommen oder auch nur nachzuforschen. Wir haben zwar vereinzelte Hinweise auf spätere technische Erfindungen gesehen, die vom Ende des neunzehnten oder vom Anfang des zwanzigsten Jahrhunderts stammen könnten, aber nach Zekiels Beschreibungen zu urteilen leben die meisten Bewohner ungefähr wie die frühen Siedler in Amerika, indem sie von den Schätzen des Hauses und seiner Nutzflächen mit derselben unschuldigen Schmarotzermentalität zehren, mit der die europäischen Kolonisten die unerschöpflich scheinenden natürlichen Ressourcen ihres neuen Kontinents ausbeuteten.

In den wenigen Stunden unserer Unterhaltung hat Zekiel - der sich besser auskennt, weil er ein weniger abgeschirmtes Dasein geführt hat - beiläufig mindestens ein Dutzend verschiedene Gruppen erwähnt, die das Haus bevölkern. Manche nennt er ›Stämme‹, wohl wenn sie sich

> 190

eher durch ihren Wohnort als durch ihre Tätigkeit auszeichnen. Seine Messerschmiedegemeinschaft bezeichnet Zekiel als ›Zunft‹, aber andere belegt er mit Namen wie ›Abendfensterstamm‹ oder ›Flußbeckenstamm‹. Der Fluß scheint in der Tat durch diese gesamte Simulation zu laufen oder wenigstens durch dieses gewaltige Gebäude, das offensichtlich das einzige ist, was Zekiel von der Welt kennt. Er stellt so etwas wie ein einigendes Band der diversen Kulturen dar, obwohl er offenbar von ganz oben im Haus nach ganz unten fließt und sich daher nur für Fahrten flußabwärts eignet. Die meisten langen Flußfahrten enden wohl in einem noch längeren Fußmarsch zurück.

Im Fluß leben Fische, und es gibt Fischer, deren Beruf es ist, sie zu fangen. Sonstige Fleischlieferanten sind Kühe, Schweine und Schafe, die, wenn ich recht verstanden habe, in Dachgärten gehalten werden, was darauf hindeutet, daß Zekiel und Sidri nicht die einzigen Leute in diesem Haus sind, die noch nie vor die Tür gekommen sind. Hat es hier irgendwann einmal eine Seuche gegeben? frage ich mich. Sind diese Leute die Nachfahren von Überlebenden, die sich einst in diesem großen Haus verbarrikadierten wie in Poes ›Maske des roten Todes‹ und es dann nie mehr verließen? Es ist ein seltsamer, gruseliger Ort, soviel steht fest. Der Gedanke, die Person, die sich als Quan Li ausgab, durch so ein Labyrinth zu verfolgen, ist mir nicht geheuer. Ich kann nicht einmal vermuten, wie es im Innern meiner Begleiter aussieht, die mit der Dunkelheit nicht so vertraut sind wie ich, wenn sie Meile um Meile durch düstere Flure wandern müssen.

Das Diskussionsgrüppchen zerstreut sich. Ich glaube, alle wollen sich schlafen legen, obwohl wir nur ungefähr ahnen können, wie spät es wirklich ist, das heißt nach der Zeitrechnung des Netzwerks. Besonders für T4b und Emily war es ein anstrengender Tag. Wir werden unsere Erkundungen morgen fortsetzen.

Aber mir läßt die Frage keine Ruhe, wer dieses bizarre Environment geschaffen hat und zu welchem Zweck. Ist es der reine Zeitvertreib, eine grotesk übersteigerte viktorianische Prunkvilla im virtuellen Raum, oder wollte einer aus der Bruderschaft sich einen Wohnsitz für die Ewigkeit von gebührender Großartigkeit anlegen? Wenn das zweite der Fall ist, dann muß der Schöpfer des Hauses jemand sein, mit dem ich mehr als nur ein paar Gemeinsamkeiten habe, denn sich in diesem riesenhaften verfallenen Labyrinth lebendig einzumauern und sich wie ich in einem unterirdischen Bau zu begraben – unbestreitbar eine

Höhle, allem Komfort zum Trotz -, ist nur ein gradueller Unterschied, und ein finanzieller. Ansonsten würde ich vermuten, daß der Erbauer der Simulation und ich uns sehr ähnlich sind.
Ich finde diesen Gedanken verstörend.
Code Delphi. Hier aufhören.«

> »Aber du meinst, du hättest von so einer Person gehört?« fragte Renie. »Die erst kürzlich hier eingetroffen ist?«
Zekiel strich sich die blonden Haare aus den Augen. »Ich meine, etwas gehört zu haben, gnädige Frau, aber ich kann es nicht sicher sagen. Eine Fremde, eine Frau, die angab, von einem der Dachspeicherstämme zu kommen. Irgend so etwas ist mir flüchtig zu Ohren gekommen, doch wir waren gerade mit den Vorbereitungen für die Große Messerparade beschäftigt, und so habe ich nicht darauf geachtet. Es kommen häufig Leute von weit her, vor allem zum Bibliotheksmarkt.«
»Doch, einige der Schwestern erwähnten eine Fremde«, fügte Sidri leise hinzu. »Auch nachdem sie den Abend und die Nacht mit ihnen zusammen gewesen war, hatte sie noch niemandem voll ins Gesicht geschaut. »Sie meinten, sie müsse Unglück bringen, weil eine junge Obergeschoßküchenmamsell in der Nacht ihrer Ankunft weglief und seitdem nicht mehr gesehen ward.«
Die Zeit war gekommen, Abschied zu nehmen - Zekiel und Sidri wollten ihre Flucht ins Unbekannte fortsetzen, Renie und die anderen wollten sich dorthin aufmachen, wo die jungen Liebenden herkamen. Renie blickte die beiden an, farblos wie Höhlentiere, aber so vollkommen miteinander und den gemeinsamen Plänen beschäftigt, daß diese Begegnung mit der Schar von Fremden für sie nicht mehr als eine kleine Episode in ihrer Liebesgeschichte war.
»Wenn wir diesen Bibliotheksmarkt finden«, erkundigte sich Florimel bei Zekiel, »können wir dann dort Fragen stellen? Wird niemand uns merkwürdig finden?«
Er sah sie an und richtete dann seinen Blick auf T4b und !Xabbu. Sein langes Gesicht legte sich in Lachfalten. »Man wird euch nicht übersehen, das ist sicher. Vielleicht solltet ihr euch in einem der großen leeren Zimmer etwas zum Anziehen suchen - Sammler machen an solchen alten Stätten oft reiche Ausbeute, und ich glaube, die hier sind noch nicht durchstöbert worden.«

Es überstieg Renies Fassungsvermögen, wie Leute es schafften, ihr Leben lang in einem einzigen Haus zu leben, und sei es noch so groß, und dennoch einen ganzen Flügel generationenlang nicht aufzusuchen, aber die Hintergründe der Simwelt interessierten sie im Augenblick weniger als die sehr reale Möglichkeit, daß sie den Spion ausfindig machten.

Zekiel und Sidri standen noch einen Moment lang verlegen am Rand der möblierten Insel, auf dem Sprung, ihren Weg fortzusetzen. »Lebt wohl«, sagte der blasse junge Mann schließlich. »Und habt Dank.«

»Den haben wir nicht verdient«, erwiderte Martine. »Vielmehr habt ihr uns geholfen und uns viele nützliche Dinge erzählt.«

Er winkte ab. »Es war nett, eine Zeitlang unter Menschen zu sein und freundliche Stimmen zu hören. Ich glaube kaum, daß uns ein solches Glück so schnell wieder begegnen wird.« Während er das sagte, ergriff Sidri seine Hand und drückte sie fest, wie man es vielleicht macht, wenn einen beim Anblick eines Leichenzuges ein unheimliches Gefühl beschleicht. Hand in Hand drehten sie sich um und machten sich auf den Weg.

Aber eine Frage ließ Renie keine Ruhe. »Wo *liegt* dieses Haus eigentlich?« rief sie ihnen hinterher.

Zekiel stutzte. »Ich war nur ein Messerschmied«, sagte er. »Diese Frage stellt ihr besser den Bibliotheksbrüdern, die den Lauf des Universums verstehen.«

Renie stieß scharf die Luft aus. »Nein, wo liegt es? Wo in der Welt?«

Jetzt schaute auch Sidri sie verwundert an, so als ob Renie plötzlich angefangen hätte, sie in Differentialrechnung zu prüfen. »Wir verstehen deine Fragen nicht«, sagte das Mädchen schüchtern.

»Wo ... Ich will's mal anders ausdrücken: Wenn ihr ans Ende des Hauses kommt, was ist da? Was seht ihr?«

Zekiel zuckte mit den Achseln. »Den Himmel, nehme ich an. Die Sterne.«

Sie winkten und setzten sich wieder in Bewegung und überließen es Renie, darüber nachzugrübeln, wo sie aneinander vorbeigeredet hatten.

Zwei Stockwerke tiefer fanden sie Kleidungsstücke in einem Zimmer, in dem offensichtlich seit längerer Zeit niemand mehr gewesen war, da selbst die Spinnweben leer und verstaubt waren. Truhen über Truhen türmten sich zu einsturzgefährdeten Stapeln auf, die dennoch die ganzen Jahre über stehengeblieben waren. Renies Schar versuchte aufzupassen, doch schon die ersten näheren Untersuchungen brachten einen solchen Turm ins Wanken, woraufhin der ganze Aufbau mit einem unwahrscheinlichen Getöse umfiel.

»So«, sagte Renie. »Jetzt weiß im Umkreis von Meilen jeder, daß jemand hier drin ist.« Florimel zog eine schwere Decke aus den Trümmern einer aufgesprungenen Truhe und schlug sie auseinander. Ein unleserliches Monogramm durchwirkt mit dem stilisierten Bild einer Laterne kam zum Vorschein. »Nach dem, was der junge Mann uns erzählt hat, wird es niemanden sehr verwundern, wenn hier jemand etwas mitgehen läßt.« Sie knüllte die Decke zusammen und legte sie beiseite.

Renie fand einen Stoß Mieder in einer der anderen Kisten und holte ein Korsett hervor, das von Fischbeinstäbchen nur so strotzte. »Ich kenne Clubs auf der Golden Mile bei uns daheim, wo du darin der Star des Abends wärst, Florimel. In 'ner ganzen Menge Clubs wäre auch T4b ziemlich umschwärmt, wenn er sowas anhätte.« Sie entdeckte einen langen blauen Rock mit einem goldenen Blattmuster, hielt ihn an und tat ein paar Schritte, um zu sehen, wie er im Gehen fiel, dann runzelte sie die Stirn. »Das hat zu sehr was von Maskerade«, sagte sie. »Aber wir wollen uns nicht bloß unauffällig unters Volk mischen, wir wollen einen Mörder fangen, oder eine Mörderin, wer weiß.«

»Das habe ich nicht vergessen«, entgegnete Florimel.

»Was machen wir eigentlich, wenn wir sie oder ihn finden?«

Florimel probierte gerade einen ehemals farbenprächtigen Überwurf an, obwohl ihre Temilúner Bäuerinnentracht nach dem, was Renie an Zekiel und Sidri gesehen hatte, in dieser Welt keinerlei Aufsehen erregen würde. »Wenn wir den Spion finden, und er merkt nicht, daß wir hier sind, werden wir ihn zu überrumpeln versuchen«, sagte sie. »Wenn er es doch merkt, können wir alle Pläne vergessen. Er ist niemand, der sich geschlagen gibt. Wir werden ihn mit Gewalt zur Strecke bringen müssen.«

Renie graute vor dieser Aussicht. »Du bist dir anscheinend sehr sicher, daß es ein Er ist.«

Florimel schob die Unterlippe vor. »Es *ist* ein Mann, wobei mir das erst klar wurde, als wir mit ihm kämpften. Ein solcher Haß fühlt sich anders an, wenn er von einer Frau kommt.«

»Wer auch immer hinter der Maske stecken mag, sie - oder er - hat mir jedenfalls eine Todesangst eingejagt.«

Florimel nickte ernst. »Er hätte uns alle umgebracht, wenn es ihm in den Kram gepaßt hätte, ohne eine Sekunde zu zögern.«

»Renie!« rief !Xabbu von der anderen Seite des Kisten- und Kastenberges. »Komm bitte mal!«

Sie ließ die deutsche Frau allein einen Koffer auspacken, der voll langer Abendhandschuhe zu sein schien. !Xabbu hockte auf dem offenen Deckel einer großen Reisetruhe. T4b stand steif in einer weiten grauen Kutte mit einem weißgrünen geflochtenen Gürtel um die Taille vor ihm. Sein Roboterhelm wirkte vollkommen deplaziert, so als wäre ein UFO auf einem Berggipfel gelandet, doch als sie ihm riet, den Helm abzusetzen, stellte sich der junge Mann taub.

»Sie hat recht«, sagte !Xabbu ruhig. »Wir dürfen nicht zuviel Aufmerksamkeit erregen. Unser Leben steht auf dem Spiel.«

T4b blickte hilflos zu Emily hinüber, doch die grinste nur und amüsierte sich über sein Dilemma. Mit einem Achselzucken, das seine Kapitulation vor einem ungerechten Universum auszudrücken schien, nahm er behutsam den Helm ab. Seine Haare klebten in lebensecht verschwitzten Locken um sein langes, mürrisches Gesicht. Auf beiden Seiten lief über den Ohren ein langer weißer Streifen durch die schwarze Haarpracht.

»Coyotestreifen«, lautete seine trotzige Antwort auf Renies Frage – offenbar der letzte Schrei in der Hisatsinom-Mode.

»Wart mal, ich reib dir ein bißchen Erde ins Gesicht«, sagte sie.

T4b packte ihre Hand. »Knall durch oder was?«

»Willst du wirklich in diesem altertümlichen Environment mit so 'ner Leuchttätowierung rumrennen, die gradezu schreit: ›He, ich bin ein Hexenmeister, verbrennt mich auf dem Scheiterhaufen‹? Nicht? Hab ich's mir doch gedacht.«

Er ließ es widerwillig zu, daß sie ihm das Gesicht beschmierte und die Goggleboymuster unkenntlich machte. »Und mein Helm?« wollte er wissen. »Null Chance, daß ich den hierlaß.«

Florimel lugte um den nächsten Kistenstapel. »Dreh ihn um, dann sieht es aus, als würdest du Geld für einen wohltätigen Zweck sammeln. Vielleicht wirft dir jemand was rein.«

»Lach tot«, knurrte er.

Martine, die genau wie Florimel bäurische Sachen trug, hatte keine Anstalten gemacht, ihre Garderobe zu verschönern; als Renie einen Rock über ihren Jumpsuit zog, glitt die blinde Frau von der Kiste, auf der sie saß. »Wenn ihr alle fertig seid, sollten wir aufbrechen. Der Tag ist halb vorbei, und die meisten Menschen sind mißtrauisch, wenn Fremde bei Nacht eintreffen.«

»Woher weißt du überhaupt, was für eine Tageszeit ist?« fragte Renie.

»Es gibt hier Rhythmen«, antwortete Martine. »Und ich lerne sie langsam kennen. Laßt uns jetzt gehen.«

Zekiels Wegbeschreibung war sehr allgemein gewesen - einen halben Tag lang mehr oder weniger in eine Richtung gehen und zehn Stockwerke nach unten -, aber noch bevor sie die Ebene erreichten, wo der Fluß das Haus durchzog, nahmen sie die ersten Anzeichen wahr, daß hier Menschen wohnten. Flache Steine waren in einigen der breiteren Korridore in die Mitte gelegt und als Feuerstellen benutzt worden, wenn auch außer den Brandspuren nichts mehr davon zu sehen war; aus einigen der schnörkelig vergitterten Luftschächte hörten sie murmelnde Geräusche, die vielleicht bloß der Wind waren, aber die genausogut leise Stimmen sein mochten.

Renie bemerkte auch einen stärker werdenden Geruch, der ihr nur auffiel, weil er in ihrem Leben schon länger nicht mehr vorgekommen war: eine Art Zivilisationsgeruch, den sie ebenso erfreulich wie beunruhigend fand - erfreulich, weil er bestätigte, daß sie allmählich in die Nähe von Menschen kamen, beunruhigend, weil ihr klarwurde, wie fein auf einmal ihr Geruchssinn war.

Am Anfang hier im Netzwerk, als ich meine Maske noch gefühlt habe, konnten wir kaum etwas riechen. Erst neulich hab ich davon erzählt, wie !Xabbu darüber geklagt hat.

Sie befragte ihn. Nachdenklich trottete er weiter auf allen vieren neben ihr her. »Ja, das stimmt«, sagte er schließlich. »Es war sehr unangenehm, aber seit einiger Zeit geht es mir nicht mehr so. Eigentlich kommt es mir so vor, als würde ich jetzt sehr viel über die Nase wahrnehmen.« Er legte seine schmale Stirn in Falten. »Aber vielleicht ist das eine Illusion. Habe ich in meiner Studienzeit an der TH nicht gelesen, daß das Gehirn nach einer längeren Zeit in einer virtuellen Umgebung anfängt, sich selbst Informationen zu konstruieren, die ihm ein stärkeres Normalitätsgefühl geben?«

»Du warst ein guter Student«, sagte Renie schmunzelnd. »Aber damit läßt sich das schwerlich erklären.« Sie zuckte mit den Achseln. »Andererseits, was wissen wir schon? So eine Umgebung wie diese hat es nie zuvor gegeben. Dennoch sollten wir mittlerweile einen besseren Durchblick haben, wie sie funktioniert - wie es zugeht, daß wir online festgehalten werden und daß Dinge wie Neurokanülen und sogar sowas Handfestes wie Gesichtsmasken vor uns verborgen werden können.« Sie grübelte stirnrunzelnd darüber nach. »Das ist im Grunde das seltsamste an dieser virtuellen Welt. Sie kann dem Gehirn über einen direkten Nervenanschluß die Information einspeisen, daß es keine solche Verbindung gibt, keinen Shunt. Das leuchtet ein. Aber wir beide haben eine andere, elementarere Zugangsform, die unsere Sinne nicht umgeht, sondern auf sie einwirkt. Wie können *wir* dann getäuscht werden?«

Sie wußten immer noch keine Antwort auf die Frage, als sie alle nach einem weiteren langen Treppenabstieg eine letzte Kurve umrundeten und feststellten, daß sie endlich den Fluß erreicht hatten. Das Wasser, das ihnen die letzten drei Stockwerke über immer lauter in den Ohren gerauscht hatte, floß durch eine gut dreißig Meter breite bemooste Steinrinne auf gleicher Höhe wie der Fußboden an ihnen vorbei, als ob ein alter römischer Aquädukt im Fundament versenkt worden wäre. Eine Laterne, die erste nicht von ihnen entzündete Lichtquelle, an die sie kamen, hing an einem kleinen Pier, der am Fuß der Treppe vom Flur abging. Das Wasser war in dem schwachen Licht kaum zu erkennen und strömte nach rechts, wo es im düsteren Schatten verschwand.

»Flußaufwärts also«, erklärte Renie. »Wenn die übrigen Angaben der beiden ebenfalls stimmen, dürften wir nur noch eine knappe Stunde Weg bis zu dem Teil des Hauses haben, wo wir auf Menschen treffen werden.« Sie hielt an, als ihr die Widersinnigkeit der Sache aufging. »Lieber Himmel, wie groß *ist* dieses Ding eigentlich?«

Die an den Flur grenzenden Zimmerfronten waren stilistisch vielgestaltiger als die Räume, die sie oben gesehen hatten; offenbar war in den am Fluß liegenden Teilen des Gebäudes mehr Wert auf Abwechslung gelegt worden. Wie weiter oben gingen Türen vom Korridor ab, und auf der halbdunklen Promenade am anderen Flußufer waren ebenfalls welche zu erkennen, aber es gab auch Stellen, wo die Wände herausgebrochen worden waren, vielleicht um freie Sicht zu schaffen, oder wo großzügige Anbauten vorsprangen und über die Wasseroberfläche ragten, so daß der abgeblockte Gehweg über einen Steg umgeleitet wurde, der nur wenige Meter über dem gurgelnden Fluß hing.

Als sie gerade ein solches Hindernis umgingen und durch die zum Fluß gewandten Fenster in das leere Innere eines Zimmers blickten, glitt nahe dem anderen Ufer ein Boot mit einer am Bug baumelnden Laterne vorbei. Renie fuhr erschrocken herum, aber die beiden Gestalten, die in dem kleinen Nachen kauerten, winkten nur und paddelten weiter. Kurz darauf war das Boot in der Dunkelheit entschwunden.

Immer häufiger tauchten jetzt Zeichen menschlichen Lebens auf, und an manchen Stellen konnten sie sogar die Lichter von Feuern und Laternen am anderen Flußufer brennen sehen. Weitere bemannte Fischerboote erschienen; einige trieben einfach vorbei, aber andere bewegten sich zielgerichtet von einer Seite des Flusses zur anderen, als suchten sie nach etwas. In einigen der oberen Wohnungen hörte Renie Musik und Stimmen: Saiteninstrumente, die kratzige Tanzweisen spielten, und rufende oder lachende Menschen.

Als sie gut tausend Meter hinter der ersten Laterne durch einen Wohnbereich kamen, der in jeder Hinsicht wie ein Hafenstädtchen aussah, wenn auch in einer größeren Form eingeschlossen wie ein Schiff in einer Flasche, erblickte Renie etwas, das sie seit Tagen nicht mehr gesehen hatte.

»Tageslicht!« Sie deutete auf Fenster hoch über ihnen. Der schräg einfallende Sonnenschein ergoß sich über die ärmlichen Behausungen, die weiter oben im nachhinein an die Flure angebaut worden waren und die an beiden Seiten so weit über den Fluß hinausragten, daß es beinahe den Anschein hatte, die Bewohner müßten nur die Arme ausstrecken, um sich eine Tasse Zucker hinüberzureichen. Die wucherpilzartigen Dächer der Hütten hatten die großen Fenster und die Wände, in die diese eingelassen waren, fast völlig verdeckt. »Ich geh mal gucken.«

Nur!Xabbu beschloß, sie zu begleiten, die anderen wollten lieber ausruhen und machten es sich an einem menschenleeren Kai auf Fässern bequem. Renie und der Buschmann stiegen eine lange abenteuerliche Treppe hinauf, die im Zickzack von einem Absatz zum anderen gut zwanzig Meter emporführte und etwa zwei Dutzend Hütten miteinander verband. Hier und da war offensichtlich jemand zuhause, und hinter einer offenen Tür, an der sie vorbeikamen, sah eine Frau mit schwarzer Haube und schwarzem Kleid sogar von ihrer Näharbeit auf und begegnete Renies Blick. Sie schien sich über Fremde auf der Treppe nicht zu wundern, obwohl einer der Fremden ein Affe war.

Auch auf dem letzten Treppenabsatz waren sie immer noch weit unter dem tiefsten Fenster, und Renie wollte sich schon mit den kleinen Ausschnitten taghellen Außenwelt begnügen – sie konnte Wolken vorbeiziehen sehen, und der Himmel war von einem beruhigend normalen Blau –, als !Xabbu ausrief: »Da drüben!« Er hatte an der Rückseite der obersten Behausung eine angelehnte Leiter entdeckt, die aufs Dach hinaufführte – eine Möglichkeit, der dichtgedrängten Barackensiedlung zu entfliehen. Als sie hinter ihm herkam, bogen sich die Sprossen unter ihrem Gewicht beängstigend durch, aber sie war jetzt begierig, die Welt zu sehen ... wenigstens die Welt, die ihnen diesmal vorgegaukelt werden sollte.

Als !Xabbu oben war und sich zum Fenster wandte, runzelte er verdutzt die Stirn. Renie nahm die letzten paar Sprossen und stellte sich neben ihn. Sie konnte es kaum erwarten, den Rest des Hauses und das umliegende Land zu sehen, wenigstens den Teil, auf den man von dort freie Sicht hatte.

Die erste beunruhigende Feststellung war, daß sie keineswegs über das Haus hinausschauten, sondern sich in einem relativ niedrigen Teil und auch in dem nicht ganz oben befanden. Der Himmel war real, aber lugte nur zwischen zwei anderen Gebäudeflügeln hindurch, die beide viel höher waren als ihr Aussichtspunkt, sogar höher als die Galerie, von der sie nach dem Abschied von Zekiel und Sidri hinuntergestiegen waren. Das zweite, was sie verstörte, war, daß man keinen richtigen Boden sah, nur kleine Ausschnitte sonnenbeschienener Dachgärten, auf engem Raum zwischen Kuppeln und Türme gequetscht und in einem Fall sogar in der Ruine einer alten, eingestürzten Rotunde angelegt. Das Haus setzte sich draußen vor dem Fenster so weit fort, wie sie schauen konnte, Hallen und Türme und andere Bauformen, für die sie keine Namen hatte, waren zu einem unfaßbaren labyrinthischen Ganzen zusammengewürfelt, einer sich unabsehbar in die Ferne erstreckenden Landschaft von Dächern und Schornsteinen, einem chaotischen Meer grauer und brauner Umrisse, die zuletzt in dem dunkler werdenden goldenen Licht verschwammen.

»Liebe Güte«, murmelte Renie. Ihr wollte nichts anderes einfallen, und so sagte sie es noch einmal.

Sie hatte Skrupel, ihre Entdeckung den anderen mitzuteilen, obwohl die Vernunft ihr sagte, daß es weder für ihre Verfolgung noch für ihre Chancen, aus der Simulation wieder herauszukommen, groß ins Gewicht fiel, ob das Haus ein Ende hatte oder nicht. Erst als Florimel eine Reihe immer gereizter werdender Fragen stellte, berichtete sie ihnen wahrheitsgemäß, was sie gesehen hatte.

»... Und es sah aus, als könnten wir monatelang gehen, ohne nach draußen zu kommen«, schloß sie. »Wie eine Stadt, nur alles ein Gebäude.«

Florimel zuckte mit den Achseln. »Es ist eigentlich egal.«

T4b, der nach längerer Zeit auf ebener Erde seine Keckheit wiedergewonnen hatte, erklärte: »Diese seyi-lo Gralsfuzzis ham zuviel Zeit, zuviel Geld, irgendwie. Ich würd mit sowas wie dem Netzwerk hier die geile Sätte aufziehn - ungeduppt.«

Florimel verdrehte die Augen. »Laß mich raten ... halbnackte Gogglegirls mit Riesenbrüsten und jede Menge laute Musik und Waffen und Autos und Charge, stimmt's?«

T4b nickte lebhaft, sehr beeindruckt von ihrem Durchblick und ihrem guten Geschmack.

Die vom Fluß abgehenden Seitengänge füllten sich zunehmend mit Leuten, die in den verschiedensten Geschäften unterwegs waren. Renie registrierte mit Erleichterung, daß sie und ihre Freunde nicht ganz so ungewöhnlich waren, wie sie befürchtet hatte: Einige der Einheimischen waren so bleich wie Zekiel und Sidri, aber im ganzen gab es ein ziemlich breites Spektrum von Hautfarben und Körpergrößen, auch wenn sie bis jetzt noch niemanden gesehen hatte, den sie als schwarz bezeichnen würde. Wobei, fiel ihr ein, ihr eigener Sim auch nicht *so* furchtbar dunkelhäutig war. Nicht einmal !Xabbus derzeitige Gestalt schien allzu weit über das Übliche hinauszugehen, denn Renie erblickte allerlei Tiere, die zum Markt getrieben wurden, und einige saßen sogar auf den Schultern ihrer Besitzer, Tauben und ein oder zwei Ratten, die eindeutig Haustiere waren. Je länger sie am Flußufer entlangspazierten, das sich inzwischen zu einer Promenade mit improvisierten Verkaufsbuden verbreitert hatte, die Mützen und Seile und Dorrfisch feilboten, um so mehr gingen Renie und ihre Gefährten einfach in der Menge unter.

Sie fragten einen alten Mann, der ein Fischernetz flickte, nach dem Weg zum Bibliotheksmarkt, und obwohl er den Gedanken, daß jemand den nicht kennen könnte, sichtlich erheiternd fand, gab er ihnen vergnügt Auskunft. Breite Flure stießen jetzt in regelmäßigen Abständen rechtwinklig auf den Promenadenkorridor wie große Seitenstraßen, und an einem besonders breiten Boulevard, an dessen Ecke ein Holzschild mit einem rundäugigen Vogel darauf stand, bogen Renie und die anderen ab und bahnten sich durch das Menschengetümmel einen Weg, der vom Fluß wegführte.

Die Schwarze-Eulen-Straße hatte eine anscheinend später eingezogene Holzdecke, aber war noch breiter als die Uferpromenade und mit einer Vielzahl von Läden und Tavernen und sogar Restaurants zu beiden Seiten zudem feiner. Einige aus der geschäftigen Menge hatten Sachen an, die genauso altertümlich und ungewöhnlich wirkten wie die von Renie und ihren Freunden, aber andere, vor allem Männer, waren ungefähr nach der Mode des neunzehnten Jahrhunderts in Gehröcke und Hosen in dezentem Schwarz oder in geringfügig gewagteren dunkelblauen oder dunkelbraunen Farbtönen gekleidet, wie Kontoristen in einem Dickensroman. Sie erwartete beinahe, Ebenezer Scrooge zu begegnen, wie er an seiner Uhrkette nestelte und den Pöbel verfluchte.

Martines Hand auf ihrem Arm riß Renie aus ihrer gedankenverlorenen Menschenbetrachtung.

»Moment mal ...« Die Blinde legte den Kopf schief, dann schüttelte sie ihn. »Nein, nichts.«

»Was dachtest du, was du gehört hättest? Oder gefühlt?«

»Irgend etwas Bekanntes, aber ich bin mir nicht sicher, es war so flüchtig. Hier sind so viele Leute, daß es mir schwerfällt, die ganzen Daten zu verarbeiten.«

Renie senkte die Stimme und beugte sich an Martines Ohr. »Meinst du, es war ... du weißt schon wer?«

Martine zuckte mit den Schultern.

Durch den Betrieb in dem breiten, überfüllten Korridor war die Gruppe ein wenig auseinandergezogen worden. Sicherheitshalber riefen Renie und Florimel die Gefährten wieder zusammen. Das Gedränge wurde noch vermehrt durch Leute, die aus den Nebenarmen dazustießen, teilweise mit hochbeladenen Wagen, deren Fracht häufig die Beute ausgedehnter Raubzüge zu sein schien: Renie bezweifelte, daß Leute aus diesem buntscheckigen Haufen eigenhändig vielarmige Leuchter herstellen konnten, und selbst wenn, dann wohl kaum in so zwielichtiger Schmutzfink wie der Mann, der ihnen gerade entgegenkam.

Fast ohne es zu merken erreichten sie ihr Ziel. Der Gang verbreiterte sich so abrupt, daß man meinen konnte, die Wände hätten sich in nichts aufgelöst, und die Decke entschwand in luftige Höhen, die noch weit über der obersten Sprosse der vorher erklommenen Leiter liegen mußten. Die Räumlichkeit, in der sie sich nunmehr befanden, war so groß wie vier der riesigen Ballsäle in den oberen Etagen zusammen und quoll genauso von Menschen über wie die Korridorstraßen davor. Aber das eigentlich Imposante waren die Bücherregale.

Regale säumten die Bibliothek vom Fußboden bis hinauf zur Decke, Dutzende und Aberdutzende von Regalen, die immer höher und höher stiegen, bis es, wie in einer Perspektivübung im Kunstunterricht, von einem zum anderen keinen Zwischenraum mehr zu geben schien. Allesamt waren sie von vorn bis hinten mit Büchern vollgestopft, so daß die Wände der riesigen Halle abstrakte Mosaike aus bunten Lederbuchrücken geworden waren. An manchen Stellen führten halsbrecherisch lange Leitern viele Meter weit die senkrechten Büchersteilwände hinauf; kleinere Versionen hingen zwischen einer Reihe höherer Regale und einer anderen, vielleicht um Gelehrten oder Bibliothekaren, die häufig zwischen denselben Plätzen hin- und herwandern mußten, den Weg zu erleichtern. Aber zu anderen Stellen in den ungeheuren Regalen schien man nur über erschreckend notdürftige Seilbrücken zu kommen, ein langes, durchhängendes Seil für die Füße, das andere brusthoch, beide an Plattformen in den Ecken des Raumes verankert. Auch sonst taten Seile nützliche Dienste: Vom Fußboden bis zu einer Höhe von vielleicht zwei Stockwerken schützten aus Seide geknüpfte Netze die Regale vor Diebstahl und Vandalismus, so daß man die Bücher zwar sehen, aber nicht anfassen und herausnehmen konnte. Überall auf den steilen Regalen krabbelten Leute in grauen Kutten herum - die für die Bibliothek zuständigen Mönche, von denen Zekiel gesprochen hatte. Still und fleißig wie Bienen in einer Honigwabe flickten diese dunkel gewandeten Gestalten das Buchnetz, wenn irgendwo eine Schnur durchgescheuert oder ein Knoten aufgegangen war, oder bewegten sich vorsichtig auf den oberen Galerien. Mindestens zwei Dutzend standen an verschiedenen Stellen auf Leitern und betätigten langstielige Staubwedel. Die Mönche und die Menge der Marktbesucher schienen sich gegenseitig kaum zur Kenntnis zu nehmen.

»Wahnsinn«, sagte Florimel. »Nicht auszudenken, wie viele Bücher das sein müssen.«

»Ich glaube sieben Millionen dreihundertviertausendunddreiundneunzig nach der jüngsten Zählung«, sagte eine unbekannte Stimme.

»Doch die meisten lagern in den unteren Katakomben. Ich bezweifle, daß sich ein Fünftel davon in diesem Raum befindet.«

Der lächelnde Mann, der neben ihnen stand, war jung, rundlich und kahlköpfig. Als er mit liebevollem Blick zu den Regalen aufschaute, sah Renie, daß seine Haare bis auf ein einzelnes breites Büschel am Hinterkopf abrasiert waren. Seine graue Kutte und seine kuriose Frisur ließen wenig Zweifel an seinem Stand.

»Bist du einer der Mönche?« fragte Renie.

»Bruder Epistulus Tertius«, antwortete er. »Ist dies das erste Mal, daß ihr auf den Markt kommt?«

»Ja.«

Er nickte und musterte sie gründlich, aber Renie konnte weder Berechnung noch Mißtrauen in seinem offenen, rötlichen Gesicht entdecken. »Darf ich euch etwas über die Geschichte unserer Bibliothek erzählen? Ich muß gestehen, daß ich sehr stolz darauf bin - ich kann es immer noch nicht ganz fassen, daß das Schicksal einen Jungen wie mich, einen von den Brennholzsammlern, an so einen wunderbaren Ort geführt hat.« Er erspähte !Xabbu und blickte plötzlich besorgt. »Oder halte ich euch von euren Marktgeschäften ab?«

Renie überlegte, ob er der Meinung war, daß sie einen Käufer für den Pavian suchten. Sie betrachtete den Mönch eingehend, versuchte zu erkennen, ob sich vielleicht das Gesicht des Monstrums, das sich als Quan Li ausgegeben hatte, hinter dem gütigen Äußeren versteckte, aber sie wußte nicht, aus welchem Grund ihr Feind sein Aussehen hätte ändern sollen, falls er hier geblieben war, und konnte auch keinen Hinweis darauf entdecken, daß dieser Mann jemand anders war, als er vorgab. Ein freundlicher Ortskundiger war mit Sicherheit das Beste, was einem in der Fremde begegnen konnte. »Das ist sehr nett von dir«, sagte sie. »Wir würden furchtbar gern mehr erfahren.«

»... Und hier befinden sich die allergrößten Schätze«, erklärte Bruder Epistulus Tertius mit Ehrfurcht in der Stimme. »Dies sind die Bücher, die unser Orden übersetzt hat. Die Weisheit der Alten!«

Angesichts der Hunderttausende von Büchern über ihnen, die von Unmengen grauer Brüder eifrig umsorgt wurden, hörte sich das wie die Pointe eines Witzes an. Der kristallene Reliquienschrein auf dem Tisch vor ihnen enthielt knapp zwei Dutzend Bände. Einer war aufgeschlagen wie ein Ausstellungsstück. In wunderschön gemalten Buchstaben, die in der Fülle von Illuminationen um die Initialen und an den Rändern schier untergingen, stand da geschrieben:» ... *besondere Acht sollte man darauf verwenden, daß man die Leber beim Säubern nicht zersteche, will man den Geschmack des Vogels nicht verderben. Zur Verfeinerung mag man Zankwurz und herbstliche Pfaffenknöpfchen dazugeben, aber keinesfalls darf man ihn überwürzen ...«*

»Es ist ein Rezept«, sagte Renie. Die Marktbesucher wogten an ihnen vorbei, und nur ein niedriger, direkt im Teppich und dem Boden darunter verankerter Holzzaun verhinderte, daß die heiligen Reliquien umgerempelt wurden. Keiner der feilschenden und tratschenden Leute schien darauf erpicht zu sein, über die Absperrung zu springen und das heilige Kochbuch an sich zu reißen.

»Vielleicht, vielleicht!« Ihr Führer war aufgekratzt. »Es gibt soviel, was wir noch nicht ergründet haben. Jetzt, wo wir das Alphabet des Solariumvolkes entschlüsselt haben, kommen bestimmt noch zwei oder sogar drei Bände hinzu, die ihre Geheimnisse preisgeben werden.«

»Meinst du damit, daß alle diese Bücher«, Florimel deutete mit einer ausladenden Handbewegung auf die turmhohen Regalwände, »in unbekannten Sprachen verfaßt sind?«

»Gewiß doch.« Das Lächeln des Mönches ließ nicht nach. »Oh, sie waren schlau, die Alten! Und so viele der Sprachen sind völlig in Vergessenheit geraten. Und dann gibt es Codes, so viele Codes, unglaublich ausgeklügelte ebenso wie solche, die absolut sinnlos und verrückt sind. Und obwohl viele der Codes zweifellos letztlich entschlüsselbar sind, hängen sie mit anderen Büchern zusammen, die irgendwo in der Bibliothek stehen - aber natürlich können wir nicht wissen, mit welchen Büchern, weil wir ja den Code noch nicht verstehen.« Er strahlte vor Glück darüber, daß er so eine lohnende Beschäftigung fürs Leben hatte.

Florimel sagte: »Das ist sehr interessant, Bruder Epistulus, aber ...«

»Bitte, ich bin nur Epistulus Tertius. So Gott will, wird mein Meister noch viele Jahre leben, und danach gibt es noch einen anderen, der vor mir an der Reihe ist, sich diese große Bürde aufzuladen.«

»... Aber kannst du uns irgend etwas über das Haus selbst erzählen? Was ist außerhalb davon?«

»Tja, da müßt ihr mit einem meiner Brüder reden, der eher auf philosophische Dinge spezialisiert ist«, entgegnete er. »Aber zuerst würde ich euch gern meine Spezialität zeigen ...«

»Op an!« rief T4b mit einem unbekannten Ton in der Stimme. Als Renie sich umdrehte, hockte er ein kurzes Stück weiter inmitten von Kindern auf dem Boden. Eines hatte den Ärmel von T4bs Kutte zurückgeschlagen und seine schimmernde Hand entdeckt; der Teenager tat fröhlich so, als wollte er sie packen, und die Kinder quiekten vor Aufregung und gespielter Furcht. Er sah so glücklich aus, daß Renie es nicht übers Herz brachte, etwas zu sagen, obwohl es ihr gar nicht gefiel, daß er solches Aufsehen erregte. Emily stand hinter ihm und sah dem Spiel mit einem versonnenen Ausdruck in ihrem schmalen Gesicht zu.

Martine war näher bei Renie als bei Emily, T4b und den Kindern, aber so wie sie dastand, den Kopf gesenkt, die Lippen lautlose Worte formend, die Augen starr auf nichts gerichtet, schien sie kaum eine Verbindung mit der Gruppe zu haben. Renie verspürte den Drang, zu ihr hinüberzugehen und sich zu erkundigen, ob alles in Ordnung war – die Blinde wirkte auf ähnliche Weise verstört wie bei ihrem Eintritt in das Otherlandnetzwerk –, aber !Xabbu stupste Renie Aufmerksamkeit heischend am Arm, und der Mönch hätte ihnen allen nur zu gern seine übrigen Schätze gezeigt.

»... Und natürlich sind wir in der Enträtselung dieser Sendschreiben nicht weiter als bei den Büchern«, sagte Epistulus Tertius gerade zu Florimel, »aber wir haben unlängst einen Durchbruch bei den Datenvermerken auf einigen Listen erzielt, die der Zivilisation der fernöstlichen Halle entstammen ...«

Eine Bewegung über ihr ließ Renie aufblicken. Mehrere der abstaubenden Mönche auf den Regalen hatten sich vorgebeugt, um die Worte ihres Bruders mitzuhören und die Neuen in Augenschein zu nehmen. Wie Epistulus Tertius hatten sie alle kahlgeschorene Köpfe, doch in jeder anderen Hinsicht schienen sie einer völlig anderen Spezies anzugehören, die jünger, kleiner und agiler war, zweifellos aufgrund der Anforderungen ihrer Arbeit. Sie hingen ohne ersichtliche Furcht an den tückischen Seilen und bewegten sich mit der Sicherheit von Eichhörnchen. Etliche hatten sich die an ihren Kutten hängenden Kapuzen als Staubschutz vorn über Mund und Nase gezogen, so daß nur die Augen und die Schädelplatte zu sehen waren. Ein junger Mann weiter hinten betrachtete die Neuen besonders gespannt, und einen Moment lang hatte Renie beinahe das Gefühl, ihn zu kennen, aber noch während sie ihn anschaute, schien er das Interesse zu verlieren und kraxelte auf ein höheres Regal, wo sie ihn aus den Augen verlor.

Bruder Epistulus Tertius war hartnäckig, und nach wenigen Minuten ließen sie sich von ihm durch das Menschengewühl zu der Gruft führen, wo die antiken Korrespondenzen erforscht wurden. Sprudelnd wie ein Wasserfall teilte der Mönch ihnen Fakten über die Bibliothek mit, von denen die meisten Renie nichts sagten. Sie beobachtete lieber die diversen Bewohner des Hauses bei ihren Geschäften - die rußgeschwärzten Kohlenkastenjungen, die an ihrem freien Nachmittag herumalberten, die Mitglieder der verschiedenen Küchenzünfte, die mit den fahrenden Schleifern verhandelten, die Gaukler und Musikanten, die dem ganzen Getriebe die Atmosphäre eines Renaissancekarnevals verliehen. Erst als sich vor ihnen ein Durchgang vom Marktplatz in die Klostersäle auftat - eine breitere Lücke zwischen den endlosen Bücherregalen und dahinter ein gefliester Flur, in den Epistulus Tertius sie winkte -, wurde Renie klar, warum ihr der Abstaubemönch bekannt vorgekommen war.

Wenn man einen Mönch sah, ging man davon aus, daß es ein Mann war, aber wenn eine Frau sich ihre schwarzen Haare abrasierte, in eine Kutte schlüpfte und sich die Kapuze vors Gesicht zog, so daß es weitgehend bedeckt war ...

»Das war er!« schrie sie auf. »O mein Gott, das war er - ich meine sie! Der Mönch oben auf dem Bücherregal - das war Quan Li Sim!«

Ihre Gefährten wandten sich von Bruder Epistulus Tertius ab und bestürmten sie mit aufgeregten Fragen, doch die erschreckendste stellte !Xabbu.

»Wo ist Martine?« fragte er.

Sie eilten sofort zum Markt zurück, aber die blinde Frau war verschwunden.

Zwei

Engel und Waisen

»Die Grenzen, die das Leben vom Tode scheiden, sind, gelinde gesagt, schattenhaft und verschwommen. Wer will bestimmen, wo das eine aufhört und wo der andere anfängt?«

Edgar Allen Poe, »Das vorzeitige Begräbnis«

Kapitel

Augen aus Stein

NETFEED/INTERAKTIV:
GCN, Hr. 5.5 (Eu, NAm) — "How to Kill Your Teacher"
("Wir bringen unsern Lehrer um")
(Bild: Looshus und Kantee hängen an einer Wand
voller Rasierklingen über einem Feuerkessel)
Off-Stimme: Looshus (Ufour Halloran) und Kantee
(Brandywine Garcia) haben den Mörder Jang zerstört,
aber werden jetzt von Direktor Übelfleisch
(Richard Raymond Balthazar) im Schreckenskerker
gefangengehalten. Gesucht 2 Kerkerknechte, 4 Leichen. Flak an: GCN.HOW2KL.CAST

> Detective Calliope Skouros klappte das Okular von ihrem Gesicht weg und seufzte. Das Sichtgerät drückte auf ihren Nasenrücken. Ihr Kopf fing an weh zu tun. Es war Zeit, sich noch einen Drink zu genehmigen und die Sache für diese Nacht aufzustecken, möglicherweise für immer.

Den dritten Abend hintereinander hatte sie Stunden ihrer privaten Zeit geopfert und über das Benutzerkonto des Dezernats die ungeheuren Datenbestände des IntPolNetzes durchforstet, um irgend etwas zu finden, das sie im Fall Polly Merapanui einen Schritt weiter brachte. Sie hatte die Daten des Opfers Polly unter jedem erdenklichen Gesichtspunkt analysieren lassen, die ganzen sterbenslangweiligen Bagatellen der ursprünglichen Akte ebenso wie jedes einzelne wertlose Krümelchen, das sie und Stan Chan bei ihrer Ermittlung noch hinzugefügt hatten. Sie hatte auch das Stichwort »Woolagaroo« durch den Informationsfleischwolf laufen lassen und wider alle Vernunft gehofft, das

Wort möge auf einem Überweisungsauftrag stehen, als Spitzname benutzt worden sein, irgendwas, aber es hatte alles nichts gebracht.

Calliopes Vater hatte früher öfter einen Witz erzählt, an den sie sich nur noch dunkel erinnerte. Es ging darin irgendwie um ein hemmungslos optimistisches Kind, dem jemand aus Gemeinheit einen riesigen Haufen Pferdescheiße geschenkt hatte und das dann stundenlang darin herumwühlte, weil es sich ausrechnete: »Da muß doch irgendwo ein Pony drin sein!«

Tja, so bin ich, dachte sie. *Und bis jetzt sind nicht allzu viele Ponys dabei rausgekommen.*

Stan hatte einen kleinen Trupp Bauarbeiterfiguren auf seinem Schreibtisch, billige Automaten, die er bei einem Straßenverkäufer mitgenommen hatte und die aus jedem beliebigen Material, das man ihnen gab, Sand oder Würfelzucker oder (in diesem Fall) Zahnstocher, skurrile kleine Gebilde herstellten. Seine Bauarbeiter waren gerade an einem heiklen Punkt: Er sagte nicht einmal hallo, als Calliope ins Zimmer gestürmt kam.

Der Luftzug von der hinter ihr zuschlagenden Tür warf das winzige Bauwerk über den Haufen. Er blickte mißmutig auf, während die stumpfsinnigen Gearteile ihr Werk wieder von vorne begannen. »Schreck laß nach, Skouros, was ist denn in dich gefahren? Du siehst fröhlich aus - das kann nichts Gutes bedeuten.«

»Wir haben's!« Sie ließ sich auf den Bürostuhl fallen und rollte hinter den Schreibtisch wie ein landendes Transportflugzeug. »Komm und schau's dir an!«

Ihr Kollege schnitt eine Grimasse, aber schlurfte zu ihr hinüber und stellte sich hinter ihre Schulter. »Wollen wir vielleicht erklären, was wir haben, oder warten wir einfach, bis Symptome auftreten?«

»Sei so gut und versuch mal zehn Sekunden lang, kein Arschloch zu sein, Stan. Schau her. Ich bemühe mich seit Tagen ohne Erfolg, irgendwas Brauchbares mit ›Woolagaroo‹ zu kriegen. Aber es ist das verdammte Polizeisuchdings, das mich hängen läßt!« Sie strich mit der Hand über den Bildschirm, und ein Buchstabenschwall ergoß sich darüber, als folgte er ihren Fingern.

»Polizeisuchdings?«

»Das Gear, Stan, das Gear! Es macht keine automatischen phonetischen Abgleichungen - dieses Zeug ist echt aus der Steinzeit. Ich hab

›Woolagaroo‹ gesucht, und gekriegt hab ich bloß Hunderte von Nachnamen und Ortsnamen mit gleicher Schreibweise, von denen keiner richtig war und keiner was mit unserm Fall zu tun hatte, soweit ich erkennen konnte. Irgendwann hab ich mich dann gefragt, ob der Sucher, den wir benutzen müssen, vielleicht genauso alt und unbrauchbar ist wie alles andere hier, und ich hab ein paar gleichlautende Varianten eingegeben, weil ich dachte, vielleicht ist der Name drin, aber anders geschrieben, könnte sein, daß der zuständige Kollege ihn nur vom Hörensagen kannte oder sich verschrieben hat. Mensch, bevor ich die Artikel von Professor Jigalong hatte, wußte ich auch nicht, wie man ihn richtig schreibt.«

»Du brauchst noch länger als sonst, um zur Sache zu kommen, Skouros.« Aber sie hatte ihn am Haken, das wußte sie; Stan gab sich alle Mühe, unbeteiligt zu klingen.

»Also hab ich alle möglichen Varianten durchprobiert - ›Woolagaru‹, ›Wullagaroo‹, klar? Und jetzt sieh mal, was rausgekommen ist.«

»Wulgaru, John - auch genannt ›Johnny‹, ›Johnny Dark‹, ›John Dread‹«, las er ab. »Okay, du hast also einen Typ mit einem langen Jugendstrafenregister gefunden. Ziemlich üble Kanaille, wie's aussieht. Aber er ist seit Jahren nicht mehr eingebuchtet worden - und bei seinem frühzeitigen Karrierestart heißt das, daß er wahrscheinlich tot ist. Zudem ist die letzte bekannte Adresse so alt, daß sie schon die Motten hat.«

»Ja! Und zwar ist er im selben Jahr von der Bildfläche verschwunden, in dem Polly Merapanui getötet wurde. Weniger als ein Jahr vorher!« Sie konnte es nicht fassen, daß er es nicht sehen wollte. Ein leiser Zweifel beschlich Calliope - hatte sie sich vor lauter Übereifer verrannt? Aber in ihrem Herzen wußte sie, daß dem nicht so war.

»Du hast also eine Ähnlichkeit zwischen dem Namen von diesem Kerl und 'ner Bemerkung, die die Frau von Pfarrer Buftimufti über ein uraustralisches Märchen gemacht hat, und außerdem ist er ein paar Monate vor unserm Mord verschwunden oder wenigstens seither nicht mehr unter dem Namen verhaftet worden.« Er schob seine Brille die Nase hinauf - wie so vieles an ihm war sein Aussehen betont altmodisch. »Dünn, Skouros. Sehr dünn.«

»Und, du großer Zweifler, wie dünn ist das?« Sie bewegte die Finger, und ein anderes Fenster voller Text erschien wie ein Teppich, der an die Oberfläche eines Teiches steigt. »Unser junger Freund Wulgaru saß mit siebzehn eine Zeitlang in der Jugendanstalt Feverbrook Hospital, auf der Station für die Gewalttäter - ›Bedrohung für sich selbst und für andere‹ lautet die offizielle Formel.«

»Na und?«

»Hast du eigentlich jemals unsere Falldatei gelesen? Polly Merapanui war zur selben Zeit dort, ein kurzer Aufenthalt nach einem halbherzigen Selbstmordversuch.«

Stan blieb eine Weile stumm. »Oha«, sagte er schließlich.

Auf der Fahrt nach Windsor war ihr Kollege ungewöhnlich schweigsam, er machte sie nur darauf aufmerksam, daß es schneller gegangen wäre, sich die Unterlagen einfach ins Büro schicken zu lassen. »Schließlich ist kaum zu erwarten, daß wir sie beide noch dort antreffen, Skouros.«

»Weiß ich. Aber ich bin anders als du, Stan. Ich muß *dort sein*, mir den Ort anschauen. Einen Eindruck bekommen. Und falls du irgendeinen Scheißdreck über ›weibliche Intuition‹ abläßt, kannst du zu Fuß zurückgehen. Das ist *mein* Wagen.«

»Erschreckend.« Seine Augenbrauen gingen kurz in die Höhe. Stan Chan war so stoisch, daß Calliope sich neben ihm manchmal wie eine Zirkusnummer vorkam - ›Die schwitzende, schreiende Monsterfrau‹. Aber er war einer, auf den Verlaß war, und seine Stärken verbanden sich gut mit ihren. Als ›die Emotionale und der Skeptiker‹ gaben sie in den meisten Fällen ein ganz gutes Gespann ab, und obwohl sie gelegentlich ihre Rolle satt bekam - sie wäre auch gern einmal die Coole und Besonnene gewesen -, konnte sie sich nicht vorstellen, mit irgend jemandem besser zusammenzuarbeiten.

Vom Namen her hatte sie halb damit gerechnet, daß das Feverbrook Hospital ein abschreckender Festungsbau mit Türmen und Kuppeln war, eine burgähnliche Anlage, die sich unter finsteren Gewitterwolken am besten machte, und obwohl es in der Tat einen älteren architektonischen Stil verkörperte, stammte dieser Stil aus den Anfängen von Calliopes Jahrhundert und lief bei ihr unter dem Oberbegriff »Kaufparkmanierismus«. Die Gebäude waren auf dem Gelände verstreut wie die Bauklötze eines Kindes, nur in der Mitte des Komplexes waren sie plump aufgetürmt und sollten wahrscheinlich das Verwaltungszentrum darstellen. Die meisten waren in fröhlichen Pastellfarben gehalten, mit Beiwerk in kräftigen Primärfarben - Geländer und Markisen und unschöner kleiner Schnickschnack, der keinen ersichtlichen Gebrauchswert hatte. Das Ganze machte den Eindruck, als sollten damit die geistig Minderbemittelten erst angelockt, dann positiv gestimmt werden. Calliope fragte sich, inwieweit diese Wirkung beabsichtigt war.

Die Leiterin, Doktor Theodosia Hazen, war eine schlanke, hochgewachsene Frau im mittleren Alter, deren Freundlichkeit so geübt wirkte wie Yoga. Sie kam aus ihrem Büro geglitten, kaum daß die Kriminalbeamten angemeldet waren, und ein Lächeln vollendeter Noblesse spielte in ihren Mundwinkeln.

»Selbstverständlich helfen wir euch gern«, sagte sie, als ob Calliope oder Stan gerade gefragt hätte. »Ich habe euch von meiner Assistentin die Unterlagen raussaugen lassen - wir hätten sie euch auch zuschicken können!« Sie lachte über die Umständlichkeit der Prozedur, als ob die Polizisten einen leicht unanständigen Witz erzählt hätten.

»Eigentlich hätten wir uns gern ein bißchen umgeguckt.« Calliope setzte ihrerseits ein strahlendes Lächeln auf und freute sich diebisch, daß sie die andere Frau damit ein wenig aus dem Konzept brachte. »Hat die Klinik sich in den letzten zehn Jahren sehr verändert?«

Doktor Hazen hatte sich gleich wieder gefangen. »Meinst du strukturell oder operationell? Ich habe hier erst seit zwei Jahren die Leitung, und ich bilde mir ein, daß sich die Abwicklung in der Zeit deutlich verbessert hat.«

»Ich weiß, ehrlich gesagt, nicht so genau, was ich meine.« Calliope drehte sich zu Stan Chan um, der offensichtlich schon zu dem Schluß gekommen war, daß er besser daran tat, sich aus dem Gespräch zwischen seiner Kollegin und der Direktorin herauszuhalten. »Wie wär's, wenn wir einen Rundgang machen und ein wenig plaudern?«

»Oh.« Doktor Hazen lächelte abermals, aber es war ein Reflex. »Ich hatte nicht ... Wißt ihr, gerade heute wartet sehr viel Arbeit auf mich ...«

»Natürlich. Das verstehen wir. Dann schlendern wir einfach selbst ein bißchen herum.«

»Nein, ich darf euch nicht ... das wäre schrecklich unhöflich von mir.« Die Direktorin strich ihre graue Seidenhose glatt. »Laßt mich schnell noch ein ganz kurzes Wörtchen mit meiner Assistentin wechseln, dann stehe ich euch zur Verfügung.«

Das Bild, das sich draußen bot, gab gewiß keinen Grund zur Beanstandung; an der frischen Sydneyer Mittagsluft machte selbst der steifbeinigste und verwirrteste Patient nicht den Eindruck, als müßte man sich vor ihm fürchten, und dennoch konnte Calliope ihre Gruselstimmung nicht so recht abschütteln. Bei dem heiteren Ton, mit dem Doktor Hazen auf dieses und jenes Detail hinwies, hätte man meinen können, sie spazierten über das Gelände einer besonders lockeren und unkonventionellen Privatschule. Aber dem war nicht so, rief Calliope sich ins Gedächtnis: Die meisten dieser jungen Leute stellten eine Gefahr dar, und sei es nur für ihre eigene traurige Person; es war nicht ganz einfach, auf den munteren Plauderton der Frau Direktor einzugehen.

Während sie über einen langen lavendelblauen Hof mit überdachten Wandelgängen an den Seiten schritten, sah sich Calliope die Insassen etwas aufmerksamer an. Immerhin war das Mordopfer Polly Merapanui definitiv einmal hiergewesen, und Detective Skouros war bis in die letzte kriminalistische Zelle ihres Körpers davon überzeugt, daß das Mädchen hier auch ihren Mörder kennengelernt hatte.

Zur Patientenschaft, oder wenigstens zu dieser mehr oder weniger zufälligen Auswahl, gehörten nur wenige Aborigines, aber während sie die grämlichen Gesichter aller Farbschattierungen betrachtete, Augen, die sich mangels einer besseren Beschäftigung an jede Bewegung hefteten, mußte Calliope unwillkürlich an Bilder denken, die sie von Viehstationen im Outback gesehen hatte, Porträts der dort lebenden Aborigines, die ihr Land und ihre Kultur verloren hatten und jetzt nur noch beschäftigungslos auf den staubigen Straßen herumstanden und auf etwas warteten, das niemals geschehen würde, ohne die geringste Vorstellung zu haben, was das sein könnte.

Die Klinik verfügte auch über eine stattliche Anzahl bewaffneter Wächter, muskulöse junge Männer, die mehr miteinander redeten als mit den Insassen. Jeder hatte ein Hemd mit dem Feverbrook-Firmenlogo an, so daß sie ein wenig wie Roadies für eine tourende Band wirkten; jeder trug einen Schockstab an der Hüfte.

Doktor Hazen bemerkte Calliopes Blick. »Sie haben selbstverständlich einen Handcode.«

»Wie bitte ...?«

»Die Schlagstöcke. Sie haben einen Handcode, so daß nur die Wächter sie benutzen können.« Sie lächelte, aber auf die verkniffene Art von Meteorologen, wenn sie den Zuschauern versichern, der Hurrikan würde nicht so schlimm werden wie ursprünglich angenommen, aber sie sollten sich trotzdem im Keller verbarrikadieren. »Wir sind sehr auf Sicherheit bedacht, Detective. Wir brauchen Wächter.«

»Daran zweifle ich keine Sekunde.« Mit zusammengekniffenen Augen musterte Calliope ein undefinierbares pastellfarbenes Gebilde, das eine Betonbank oder ein derzeit wasserloser Brunnen sein konnte. »Was ist das da drüben für ein Gebäude?«
»Unser Mediencenter. Möchtet ihr es sehen?«

Das Center war ein offener Großraum wie eine altmodische Bibliothek, in viele individuelle Arbeitsnischen unterteilt und in beiden Geschossen ringsherum in regelmäßigen Abständen mit Wandbildschirmen bestückt. Es gab hier Pfleger oder Betreuer, oder wie man die Leute nannte, die in einer Verwahranstalt arbeiteten, aber allem Anschein nach nur etwa halb so viele wie Wächter. Calliope fühlte einen spontanen Ärger aufflackern, daß sie zu einer Gesellschaft gehörte, der es wichtiger war, Problemkinder zu internieren und ruhigzustellen, als sie zu heilen, aber sie unterdrückte ihn: Sie war selber ein Glied in der Kette, und wie sehr kümmerte sie sich normalerweise um die Leute, die sie verhaftet hatte, oder um ihre Opfer? Nicht übermäßig. Auf jeden Fall hatte sie hier etwas Konkreteres zu tun, als die Mißstände der Zivilisation zu beklagen.

Viele der Insassen waren offensichtlich in verschiedene Medien eingeklinkt, manche über Fernanschlüsse, andere mit altmodischeren Methoden. Sie saßen allein in Sesseln, manche weit von jeder Konsole und jedem Wandbildschirm entfernt; man hätte meinen können, sie schliefen oder seien tief in Gedanken versunken, aber etwas an der Art, wie sie zuckten und die Lippen bewegten, veranlaßte Calliope nachzufragen.

»Die meisten bekommen Therapie-Mods«, erläuterte Doktor Hazen, worauf sie hastig hinzufügte: »Wir setzen ihnen keine Cans ein, wenn sie nicht schon welche haben, aber wenn das der Fall ist - und bei fast allen, die mit Chargeschäden hierherkommen, ist es der Fall -, gibt es keinen Grund, warum wir die Löcher nicht für einen guten Zweck nutzen sollten.«

»Hat es Erfolg?«

»Manchmal.« Sogar die Direktorin brachte bei dieser Antwort keinen sonderlich optimistischen Ton zustande.

Stan war an eine der Nischen herangetreten und beobachtete ein asiatisches Mädchen, das ungefähr dreizehn sein mochte. Sie war deutlich in eine Simulation eingespeist: Ihre Hände fuchtelten hin und her, als wollte sie einen wütenden Hund von ihrer Kehle fernhalten.

»Sind sie online?« fragte Calliope. »Im Netz oder so?«

»Lieber Gott, nein!«, Die Direktorin lachte nervös. »Nein, alles hier ist hausintern. Man kann diesen jungen Leuten keinen freien Zugang zur Außenwelt geben. In ihrem eigenen Interesse, versteht sich. Es gibt zu viele gefährliche Einflüsse, zu viele Dinge, die selbst gesunde Erwachsene nur schwer verdauen.«

Calliope nickte. »Vielleicht sollten wir uns jetzt die Dateien anschauen.«

Die dunkelhäutige Frau, die sie bei ihrer Rückkehr in den Verwaltungskomplex empfing, sah beinahe jung genug aus, um zu den Insassen der Klinik zu gehören, aber Doktor Hazen stellte sie als ihre Assistentin vor. Die junge Frau, die sich anscheinend als Kontrast zum forschen Auftreten ihrer Vorgesetzten einen nervösen, ausweichenden Blick angewöhnt hatte, murmelte der Direktorin etwas zu, das Calliope nicht verstand.

»Tja, wenn es das ist, Ernestine, dann ist es das.« Doktor Hazen geleitete die Besucher in ihr Büro. »Wie es scheint, haben wir nicht viel.«

Eine kurze Überprüfung am Wandbildschirm bestätigte diese Aussage. Über Polly Merapanui gab es eine normale Akte, in der die Einzelheiten ihres Aufenthalts aufgeführt waren - Medikamente und Dosierungen, ärztliche Kommentare, ein paar Bemerkungen darüber, wie sie in der Gruppentherapie interagiert oder wie sie sich bei diversen Arbeiten angestellt hatte. Es gab sogar ein paar Notizen über die »schwierige« Beziehung zu ihrer Mutter. Den letzten Aufzeichnungen war zu entnehmen, daß sie in ein Rehazentrum in Sydney entlassen worden war.

Bei Johnny Wulgaru alias Johnny Dark alias John Dread stand nur das Einlieferungsdatum und das Datum, an dem er in eine normale Jugendstrafanstalt rücküberwiesen worden war.

»Was ist das?« fragte Calliope überrascht. »Wo ist der Rest?«

»Mehr gibt es nicht«, antwortete die Frau Direktor hoheitsvoll. »Ich kann keine Informationen für dich herbeizaubern, Detective Skouros. Anscheinend ist er nach sechs Monaten wegen guter Führung entlassen worden.« Sie betrachtete aus den Augenwinkeln, wie Stan Chan die Unterlagen vor und hinter Wulgaru durchrollte. »Bitte«, sagte sie plötzlich zu ihm. »Wir haben euch gegeben, was ihr wolltet, haben voll kooperiert - diese anderen Informationen haben mit euerm Fall nichts zu tun. Sie sind privat.«

Stan nickte, aber trat nicht von der Station zurück.

»Es fällt mir schwer zu glauben, daß jemand, dessen Strafregister so lang ist wie dein Bein, hier reinschneit und nach einem halben Jahr wieder rausschneit, ohne zu der geringsten Bemerkung Anlaß zu geben.« Calliope holte tief Luft - sie hatte nichts davon, wenn sie sich diese Frau zum Gegner machte. »Du verstehst sicher, daß uns das zunächst mal erstaunt.«

Die Frau Doktor zuckte mit den Achseln. »Wie gesagt, ich kann keine Informationen für euch herbeizaubern.«

»Gibt es dann vielleicht jemanden, der sich an ihn erinnern könnte? Einen der Ärzte - meinetwegen auch einen der Wächter?«

Die Direktorin schüttelte nachdrücklich den Kopf. »Als diese Klinik vor fünf Jahren verkauft wurde, gab es einen kompletten Personalwechsel. Um die Wahrheit zu sagen, Detective, ist es hier früher zu gewissen Unregelmäßigkeiten gekommen, und daher hielten es die neuen Besitzer für das beste, mit einer tabula rasa zu beginnen. In einer Privatklinik kann man das machen - keine Gewerkschaften.« Es war nicht so recht auszumachen, ob sie das guthieß oder nicht, aber Calliope tippte auf das erste.

Ernestine beugte sich vor und flüsterte ihrer Chefin etwas ins Ohr.

»Nicht möglich!« sagte Doktor Hazen. Ihre Assistentin nickte. »Ernestine teilt mir gerade mit, daß es doch noch eine Aushilfskraft von damals gibt - Sandifer, einer der Gärtner.« Ihr Gesicht wirkte ein wenig steinern. »Anscheinend habe ich ihn eingestellt, ohne mir darüber im klaren zu sein, daß er schon vorher hier tätig war.«

»Dann reden wir doch mal mit ihm«, meinte Calliope.

»Ernestine wird ihn holen. Detective Chan, ich habe dich schon einmal darum gebeten - würdest du bitte die Akten dieser Patienten in Ruhe lassen?«

Calliope hatte einen bärtigen alten Grantler mit Schlapphut erwartet, aber Sandifer stellte sich als ein kräftiger, ziemlich gut aussehender Mann Ende dreißig mit einem dramatischen Haarschnitt heraus, wie er zehn Jahre früher modern gewesen war. Calliope konnte ihn sich gut vorstellen, wie er in einer Revivalband spielte und seine Arbeit in der Klinik als seinen »Geldjob« bezeichnete. In der beklemmenden Gegenwart der Direktorin brachte er kaum die Zähne auseinander, bis es Calliope gelang, Doktor Hazen klarzumachen, daß sie gern allein mit ihm gesprochen hätte.

In einem freien Büro taute Sandifer auf. »Arbeitet ihr an 'nem Fall?«

»Nicht doch.« Calliope hatte das Feverbrook Hospital langsam satt.

»Wir fahren bloß in der Gegend rum und reden mit Leuten, weil es uns im Polizeirevier zu langweilig ist. Kanntest du einen Patienten, der vor ungefähr fünf Jahren hier war und der John Wulgaru hieß?«

Sandifer schob nachdenklich die Unterlippe vor und schüttelte dann den Kopf.

»Johnny Dark?« schaltete Stan sich ein. »John Dread?«

»Johnny Dread!« Sandifer lachte schallend. »Yeah, klar erinnere ich mich an Johnny-Boy.«

»Was kannst du uns über ihn erzählen?«

Sandifer lehnte sich gemütlich zurück. »Nicht viel mehr, als daß ich froh bin, ihm niemals draußen begegnet zu sein. Das war ein hundertprozentiger Psycho, da kannste Gift drauf nehmen.«

»Wie kommst du darauf?«

»Seine Augen zum Beispiel. Weißt du, wie Fischaugen aussehen? Daß man nicht mal sagen kann, ob sie lebendig sind oder nicht, solange sie sich nicht bewegen? Genauso war Johnny-Boy. Der härteste kleine Kotzbrocken, den ich je gesehen hab, und ein paar von den Kids, die hier durchkommen, sind verdammt harte Brocken, da kannste Gift drauf nehmen.«

Calliope merkte, wie ihr Puls sich beschleunigte, und konnte sich kaum bezähmen, ihrem Kollegen einen Blick zuzuwerfen. »Hast du eine Ahnung, was aus ihm wurde, nachdem er hier rauskam? Oder hast du vielleicht sogar eine Ahnung, wo er sich gegenwärtig aufhält?«

»Nö, aber das dürfte nicht allzu schwer rauszukriegen sein.«

»Wieso?«

Sandifer blickte von ihr zu Stan und wieder zurück, wie um sich darüber klarzuwerden, ob er irgendwie hereingelegt werden sollte. »Weil er tot ist, Lady. Er ist *tot*.«

> Die Stimmen in ihrem Kopf schweigen jetzt, aber so sehr sie sich anstrengte, Olga konnte sich nicht weismachen, daß alles wieder normal war. *Es ist, als wäre ich in einer andern Welt gewesen,* dachte sie. *Nichts in meinem Leben wird je wieder so sein wie zuvor.*

Die wirkliche Welt sah natürlich mehr oder weniger wie immer aus, und die Firmenzentrale, ein Gebäude, in dem sie viele Male zu Gehaltsverhandlungen und Betriebsfesten gewesen war, machte da keine Ausnahme. Es hatte dieselben hohen Decken wie immer, dieselben geschäftig wie Kirchendiener in einem großen Dom herumhuschenden Angestellten und hier im Eckbüro dieses Managers dasselbe Gesicht auf dem Wandbildschirm, mit dem und hinter dem sie so viele Jahre lang gelebt hatte.

Der Ton war abgestellt, aber die riesige Bildwand hinter dem Schreibtisch war ganz von dem wirbelnden Tanz Onkel Jingles ausgefüllt, der mit wehenden Beutelhosen so schnell und schwungvoll seine Runden drehte, daß selbst die auf Schwarmbewegungen programmierten Vögel Mühe hatten mitzuhalten. Obwohl sie ihre alte Identität weitgehend abgelegt hatte, konnte Olga Pirofsky nicht anders, als die gewandten Bewegungen der Figur zu registrieren. Die Neue führte ihn gerade, die in Mexiko - oder war es New Mexico? Egal, wo sie saß, sie war gut. Roland hatte recht gehabt.

Ich werde nie mehr die Neue sein, nirgends, nie wieder, dachte Olga, und obwohl das keine sehr überraschende Erkenntnis war - schließlich war sie in einem Alter, in dem jede wenigstens angefangen hätte, an den Ruhestand zu denken -, versetzte es ihr doch einen Stich. Es kam ihr beinahe so vor, als sollte sie ignorieren, was in der Nacht geschehen war, und die Stimmen vergessen, die zu ihr gekommen waren und alles verändert hatten. Sie fühlte, wie sehr es ihr um die Kinder leid tat, die sie so viele Jahre lang unterhalten hatte, und wie sehr sie ihr fehlen würden. Aber die Kinder, auf die es jetzt am meisten ankam, waren in ihr, und wenn ihre Stimmen im Augenblick auch verstummt waren, konnte sie doch nicht so tun, als hätte es sie nie gegeben. Alles war anders geworden. Von außen mochte es wie ein ganz normaler Tag aussehen, an dem Onkel Jingle seine immergleichen Kreise drehte und hundert Mitarbeiter hinter den Kulissen ihr Teil dazu beitrugen, aber Olga wußte, daß es nie mehr so sein würde wie früher.

Der Vizepräsident des Unternehmens - Farnham, Fordham, sie wußte nicht mehr, wie er hieß, und sobald sie aus dem Büro heraus war, konnte ihr das sowieso egal sein - verabschiedete sein unsichtbares Gegenüber am anderen Ende der Leitung knapp und forsch. Er grinste Olga an und nickte zum Zeichen, daß er jetzt für sie da war.

»Ich weiß nicht, warum ich lache.« Befremdet über seine eigene deplazierte Reaktion schüttelte er den Kopf und gab dann seinen Zügen einen künstlich betroffenen Ausdruck. »Wir hier bei Obolos Entertainment werden dich vermissen, Olga. Ohne dich wird die Sendung nicht mehr sein, was sie war, soviel steht fest.« Sie war gerade altmodisch genug, um mit innerem Widerwillen zu reagieren, wenn sie ihren Vornamen aus dem Mund eines fast zwanzig Jahre jüngeren Mannes hörte, aber auch altmodisch genug, um es sich nicht zu verbitten, nicht einmal heute, wo sie nichts mehr zu verlieren hatte. Aber Olga wollte auch keine Zeit mit unehrlichem Geschwätz vergeuden - sie hatte noch etliche Dinge zu erledigen, und einige davon erschreckten sie mehr als die Aussicht, wegen wahrscheinlich dauernder Arbeitsunfähigkeit mit *Onkel Jingles Dschungel* aufhören zu müssen.

»Ich werde die Arbeit auch vermissen«, antwortete sie und spürte, daß das stimmte. »Aber ich glaube, es wäre nicht gut für mich, weiter live im Netz zu agieren - mit diesem Problem geht das einfach nicht.« Sie kam sich reichlich verlogen vor, es ein Problem zu nennen, da ihr mittlerweile vollkommen klar war, daß etwas viel Größeres und Seltsameres dahintersteckte, aber hier in der normalen Welt war es leichter, sich mit den Einheimischen in ihrer Sprache zu verständigen.

»Gewiß, gewiß.« Auf dem Bildschirm hinter Fordham oder Farnham hatte Onkel Jingle seinen Tanz beendet und erzählte jetzt mit vielen ausladenden Handbewegungen eine Geschichte. »Selbstverständlich wünschen wir dir alle eine rasche Genesung - was nicht heißt, daß wir dich gleich wieder an die Arbeit hetzen wollen!« Er lachte und blickte dann ein wenig irritiert, als Olga nicht mit einstimmte. »Nun ja, im Grunde, denke ich, ist nicht mehr allzuviel zu klären - diese Abschiedsgespräche sind natürlich in erster Linie eine Formalität.«

»Natürlich.«

Er überflog kurz ihre Akte auf seinem schimmernden Schreibtisch und betete ihr noch einmal einige Punkte ihrer Abfindungsregelung vor, die sie schon mehrmals bei anderen Gesprächen gehört hatte. Nachdem er noch ein paar lobende Platitüden abgelassen hatte, brachte er die Unterredung gnädig zu Ende. Olga ging die Frage durch den Kopf, was für antiquierte Hintergedanken sich wohl mit solchen Besprechungen verbanden - ob dieses Ritual in seiner ursprünglichen Form eine Gelegenheit gewesen war, die weggehende Aushilfskraft abzuklopfen und sich zu vergewissern, daß sie auch kein Familiensilber mitgehen ließ? Oder glaubte die Obolos Entertainment Corporation etwa ihren eigenen Marketingspruch: »*Deine Freunde fürs Leben!*«

Olga ließ den galligen Gedanken fahren. War es immer so? Daß unabhängig davon, mit welcher Gewalt ein Mensch von Wahn oder Vision heimgesucht wurde, das Banale und Kleinliche gelegentlich doch wieder die Oberhand gewann? Hatte Jeanne d'Arc zu den Zeiten, wo ihre Stimmen vorübergehend verstummten, Betrachtungen darüber angestellt, ob dieser oder jener Turm so hoch war wie ein anderer, den sie einmal gesehen hatte, oder ob ihre Rüstung sie dick machte?

Es war erst zwei Nächte vorher geschehen.

Olga hatte die Onkel-Jingle-Figur und die Sendung eine halbe Stunde früher verlassen, weil ihr der Kopf so weh tat. Sie hatte diese Kopfschmerzen schon eine ganze Weile nicht mehr gehabt, aber diesmal waren sie erschreckend heftig gewesen, als ob ihr Schädel ein heißes, dünnschaliges Ei wäre, aus dem etwas mit Gewalt hervorzubrechen versuchte. Selbst nach einer doppelten Dosis Schmerzmittel war sie stundenlang nicht eingeschlafen, und als der Schlaf schließlich gekommen war, hatten monströse Traumbilder sie bedrängt, an die sie sich nicht mehr erinnern konnte, aber von denen sie ebenso wie von den unaufhörlichen Schmerzen mehrmals ruckartig wach geworden war.

Irgendwann zwischen drei und vier, in der kältesten, hohlsten Stunde der Nacht, war sie erneut aufgewacht, aber diesmal war der Schmerz weg gewesen. Sie hatte in einem merkwürdig ruhigen Gemütszustand in die Dunkelheit und Stille um sie herum gelauscht und sich gefühlt, als ob die Ursache der Kopfschmerzen endlich aus dem Ei geschlüpft, aus ihrem Ohr gekrochen und verschwunden wäre. Sie hatte jedoch den Eindruck, daß sie nicht in ihrer alten Verfassung wiederhergestellt, sondern daß ihr für den neu geschenkten inneren Frieden etwas anderes genommen worden war.

Mit traumwandlerischer Sicherheit war sie durchs Haus gegangen, ohne das Licht anzuschalten und auch ohne auf Mischas quengelndes, fragendes Winseln zu achten, und war auf ihren tiefen Stationssessel gerutscht. Als das Glasfaserkabel steckte, ging sie nicht in das Obolos-System und auch nicht auf die tieferen Ebenen ihres eigenen. Sie blieb im Dunkeln sitzen und fühlte das sie umgebende Nichts, fühlte es am anderen Ende des Kabels zischen, fühlte es so dicht in ihrer Nähe, daß es war, als könnte es sie jederzeit anrühren.

Und dann *hatte* es sie angerührt.

Die ersten Momente waren ein grauenerregender Sturz in ein Loch gewesen, in das leere Dunkel, ein unaufhaltsamer Fall Hals über Kopf. *Das ist der Tod, ich sterbe,* war ihr flüchtig durch den Kopf gegangen, bevor sie sich der schwarzen Anziehung überließ. Aber es war nicht der Tod gewesen, oder wenn, dann war das Jenseits viel sonderbarer, als alle religiösen Träume der Welt es je ausgemalt hatten.

Zunächst war es langsam gegangen, daß die Kinder zu ihr kamen - ganz eigene und kostbare Leben, jedes ein Wunder an Individualität, wie eine Schneeflocke in einem offenen Fausthandschuh. Sie hatte jedes Leben so tief erfahren, war so vollständig jedes einzelne Kind geworden, daß der Teil von ihr, der Olga Pirofsky gewesen war, nur noch am Rande des Verlöschens existierte, als eine schattenhafte Gestalt, die an einem Schulhofzaun hing und fassungslos schaute, wie die Kleinen im Zentrum des Geschehens tollten und lachten und tanzten. Dann wurde aus dem langsamen Tröpfeln ein Strom, und die Leben schossen so schnell durch sie hin, daß sie nicht mehr dazwischen unterscheiden konnte - ein Augenblick familiärer Gemeinschaft hier, ein Gegenstand eingehender staunender Betrachtung dort, jedes im Augenblick der Wahrnehmung schon wieder vergangen.

Der Strom war eine Flut geworden, und unter dem Ansturm junger Leben, die sich immer schneller und rasender durch sie hindurch Bahn brachen, hatte Olga gefühlt, wie die letzten Reste ihrer Identität weggeschwemmt wurden. Zuletzt war die Flutwelle so mächtig, daß Hunderte, vielleicht Tausende einzelner Momente eine Einheit wurden, eine einzige überwältigende Empfindung von Verlust und Verlassenheit, die bis in die Zellen ihres Wesens zu dringen schien. Der Fluß der Leben war zu einem einzigen, langgezogenen, stummen Schrei des Jammers verschmolzen.

Verloren! Allein! Verloren!

Die Stimmen hatten sie vollständig in ihren Bann gezogen, stark und heimlich waren sie wie der erste Kuß. Sie sollte ihnen allein gehören.

Als sie aufgewacht war, hatte sie verkrümmt auf dem Boden gelegen. Mischa bellte ängstlich neben ihrem Kopf, und jedes Kläffen war so scharf wie ein Messerschnitt. Das Glasfaserkabel lag eingerollt wie eine verschrumpelte Nabelschnur neben ihr. Ihr Gesicht war noch tränenfeucht, und ihr Unterleib schmerzte.

Außerstande, zu essen, außerstande, den völlig verstörten Mischa zu trösten, hatte Olga sich einzureden versucht, daß sie eine Art Albtraum gehabt hatte - einen Albtraum, der mit einer der furchtbaren Kopfwehattacken zusammengefallen war, klang noch einleuchtender. Wenn sie versucht hätte, jemand anders davon zu überzeugen, hätte sie es vielleicht plausibel darstellen können, aber letztlich stieß jede Rationalisierung auf die transzendente Kraft der Erfahrung selbst und verging davor.

Hatte jemand ihr irgendein schlechtes Gear verpaßt - wie hieß das nochmal? Charge? Aber sie war nirgends hineingegangen. Olga konnte sich nicht überwinden, das Glasfaserkabel gleich noch einmal zu benutzen, doch sie spürte, daß sie noch mehr erfahren mußte, daß die Kinder wieder mit ihr sprechen wollten. Statt dessen rief sie ihr Systemprotokoll am Wandbildschirm auf und überzeugte sich davon, daß sie noch nicht einmal auf die Startebene ihres eigenen Systems gelangt war und schon gar keine Leitung in das allgemeine Netz geöffnet hatte.

Was war es dann gewesen? Sie hatte keine brauchbare Antwort gefunden, aber sie wußte, daß sie es sowenig ignorieren konnte, wie sie die Kopfschmerzen hatte ignorieren können. Wenn die mysteriösen Anfälle damals die Vorboten dieser Erfahrung gewesen waren, dann versöhnte sie das jetzt wenigstens ein bißchen mit ihnen. Vielleicht mußte es stets von Schmerzen begleitet sein, wenn man an etwas rührte, das viel größer war als das normale Leben.

Angerührt, hatte sie gedacht, während die Tasse mit Tee in ihren Händen kalt wurde. *Das ist es. Ich habe etwas angerührt. Ich bin angerührt worden.* Und genau wie die alten Propheten zu ihrer Zeit weltliche Dinge und vor allem weltliche Zerstreuungen hinter sich gelassen hatten, so mußte auch Olga, wie sie an diesem grauen Morgen begriff, sich der Erfahrung hingeben. Konnte sie ihre alte Arbeit wiederaufnehmen und den Kindern in Onkel Jingles Publikum Spielzeug und Anziehsachen verkaufen und Frühstücksflocken, die schrien, wenn man sie schluckte? Nein. Es war an der Zeit, etwas zu verändern, hatte sie entschieden. Dann wollte sie wieder den Stimmen lauschen, herausfinden, was die Kinder von ihr wollten.

Sie mußte einen Anruf machen, aber Olga graute viel mehr davor, als ihr vor dem Gedanken zu kündigen gegraut hatte.

Sobald sie nach Hause gekommen war und Mischa sein Futter hingestellt hatte, ging sie ins Wohnzimmer und schloß hinter sich die Tür. Sie blieb betreten stehen - vor wem wollte sie das eigentlich geheimhalten? Vor Mischa, der in der Küche so hastig würgte, daß rings um den breiten Napf kleine Bröckchen Hundefutter verstreut lagen? Warum sollte sie sich davor schämen, einem Mann, selbst einem netten Mann wie diesem, zu sagen, daß sie sich geirrt hatte.

Weil sie *nicht* geirrt hatte, darum. Weil sie ihn anlügen wollte. Weil sie keine Möglichkeit sah, ihm zu erzählen, was ihr zugestoßen war, ihm nicht sagen konnte, wie sehr sie von der Wahrheit der Erfahrung überzeugt war. Sie spürte auch, daß sie in Gefahr war, den Verstand zu verlieren, aber auch das wollte sie dem netten jungen Mann nicht unbedingt mitteilen.

Als sie Catur Ramseys Dienstnummer schon gewählt hatte, merkte sie erst, daß es weit nach sechs war; mit einer kurzen Erleichterung stellte sie sich vor, nur eine Nachricht hinterlassen zu müssen, als sein Gesicht auf ihrem Bildschirm erschien. Es war keine Aufzeichnung.

»Ramsey.« Seine Augen verengten sich leicht, sie hatte an ihrem Ende keine Bildverbindung hergestellt, so daß er auf einen schwarzen Bildschirm blickte. »Was kann ich für dich tun?«

»Herr Ramsey? Hier spricht Olga Pirofsky.«

»Frau Pirofsky!« Er klang ehrlich erfreut. »Ich bin echt froh, daß du anrufst. Ich hatte ursprünglich vor, es heute nachmittag bei dir zu probieren, aber es war zuviel Trubel. Es gibt ein paar sehr interessante neue Entwicklungen, die ich gern mit dir besprochen hätte.« Er zögerte. »Eigentlich würde ich mich, glaube ich, lieber persönlich mit dir darüber unterhalten - man weiß heutzutage nie, wer mithört.« Als sie den Mund aufmachte, um etwas zu sagen, sprach er hastig weiter. »Keine Sorge, ich komme vorbei. Wird mir guttun, mal wieder rauszukommen - ich verbringe praktisch mein Leben hinter diesem Schreibtisch. Wann würde es dir passen?«

Sie fragte sich, was er wohl für Neuigkeiten hatte, und einen Augenblick lang wurde sie unsicher.

Keine Schwäche, Olga. Du hast eine Menge durchgemacht, und wenn du etwas kannst, dann stark sein.

»Das ... das wird nicht nötig sein.« Sie holte tief Luft. »Ich will ... ich werde eine Weile wegfahren.« Es war sinnlos, ihm etwas vorzumachen - genau wie Polizisten konnten Rechtsanwälte so etwas schnell herausbekommen, nicht wahr? »Ich habe wieder gesundheitliche Probleme, und ich darf keinen Streß mehr haben. Deshalb denke ich, daß wir nicht mehr miteinander reden sollten.« Jetzt war es heraus. Ihr war, als hätte sie endlich einen schweren Stein fallenlassen, den sie den ganzen Nachmittag über mit sich herumgeschleppt hatte.

Ramsey war sichtlich überrascht.»Aber ... Verzeihung, aber hat es sich verschlechtert? Dein ... deine Gesundheit?«

»Ich möchte einfach nicht mehr über diese Dinge reden.« Sie kam sich wie ein Ungeheuer vor. Er war so freundlich gewesen, überhaupt nicht so, wie sie es von einem Anwalt erwartet hatte, aber sie wußte, daß wichtigere Dinge sie riefen, auch wenn sie sich noch nicht ganz sicher war, was für Dinge. Es hatte keinen Zweck, jemand anderen da mit hineinzuziehen, schon gar nicht einen anständigen, vernünftigen Mann wie Catur Ramsey.

Während er noch krampfhaft nach einer höflichen Möglichkeit suchte, sie zu fragen, was mit ihr los sei, erklärte sie ihm:»Ich habe nichts mehr zu sagen«, und brach die Verbindung ab.

Sie schämte sich der Tränen, die sie danach vergoß, wo sie doch nicht einmal während der schlimmsten Kopfschmerzen geweint hatte. Es erstaunte sie, wie einsam sie sich fühlte und wie bang. Sie war dabei, Abschied zu nehmen, aber sie hatte keine Ahnung, wohin die Reise ging.

Mischa stand auf seinen winzigen Hinterfüßen auf ihrem Schoß und strampelte sich ab, um an ihre Augen zu kommen und ihr die Tränen abzulecken.

> Die Informationen des Gärtners Sandifer stammten von einem Arzt, der vor dem Verkauf der Anstalt im Feverbrook Hospital gearbeitet hatte. Der Gärtner hatte den Arzt zufällig beim Einkaufen getroffen, und im Laufe eines flüchtigen Gesprächs über alte Zeiten hatte der Arzt gesagt, der junge Mann, der sich John Dread genannt hatte, sei gestorben. Calliope stellte sich die Unterhaltung über ihn so ähnlich vor, wie Leute über einen notorisch bissigen Hund in ihrem alten Viertel redeten.

Noch bevor sie und Stan wieder an ihrem Auto im Parkhaus der Anstalt waren, hatte Calliope den mittlerweile pensionierten Arzt schon ausfindig gemacht. Er war bereit, sich mit ihnen zu treffen.

Als sie unter dem leisen Gewinsel des kleinen Wagens die Auffahrt zur Autobahn hinaufzuckelten, klappte Stan seinen Sitz ein Stück nach hinten.»Ich sage das nur ungern, Skouros, aber ich glaube, du hast recht. Versteh mich nicht falsch, das hat nichts zu besagen, weil dieser Fall so alt ist, daß er stinkt, und wir nur unsere Zeit vergeuden, aber irgendwer in der Klinik hat mitgeholfen, Johnny-Boys Akte verschwinden zu lassen. Er oder sie hat sich nicht einmal sehr geschickt dabei angestellt. Ich konnte niemanden als ganz neue Patienten finden, die eine derart leere Datei hatten.«

»Aber warum sollte jemand seine Akte versenken? Weil er nach seiner Entlassung jemand umgebracht hat?« Calliope blickte genervt in den Rückspiegel. Mehrere Autos klebten hinter ihr in der Auffahrtspur und fanden das offensichtlich nicht lustig. »Das gibt keinen Sinn - die Hälfte der Leute da hat entweder jemand umgebracht oder es versucht, und die Klinik gibt nicht vor, Wunderheilungen zu vollbringen.«

»Ich wette fünfzig, daß wir das niemals rausfinden.« Er beugte sich vor und fummelte an der Luftzufuhr herum.

Calliope hielt die Wette, aber hauptsächlich deshalb, weil sie Stan immer widersprechen mußte; sie rechnete sich keine großen Chancen aus.

Sie trafen Doktor Jupiter Danney bei ihm um die Ecke im Bondi Baby, einer besonders schrillen Kette rund um die Uhr geöffneter Schnellrestaurants, die sich in erster Linie durch knallbuntes Dekor und ein riesiges Ozeanhologramm samt Surfern in der Mitte jedes Lokals auszeichneten. (Man konnte bauchtief im Meer speisen, wenn man wollte, aber das Donnern der Brecher machte es schwer, sich zu unterhalten.)

Doktor Danney war ein dünner Mann Mitte siebzig mit einem deutlichen Hang zum Dandytum, auch wenn seine antiquierte Krawatte dem Schick eine leicht überspannte Note verlieh. Er lächelte, als sie auf den orange glitzernden Tisch zutraten. »Ich hoffe, es macht euch nichts aus, mich hier zu treffen«, sagte er. »Meine Vermieterin würde die finstersten Vermutungen anstellen, wenn ich Besuch von der Polizei bekäme. Außerdem haben sie hier ein sehr günstiges Seniorenmenü, und bis zur Essenszeit ist es ja nicht mehr lange hin.«

Calliope stellte sich und Stan vor und entschied sich dann für einen Eistee. Ihre Aufmerksamkeit wurde kurzfristig von der aufreizend muffeligen Kellnerin abgelenkt, die eine ganze Backe vom Auge bis zum Mund tätowiert hatte und aussah, als hätte sie eine Zeitlang auf der Straße gelebt. Sie erwiderte Calliopes Blick keck. Als die Polizistin sich wieder einigermaßen gefangen hatte, war Doktor Danney bereits am Ende seines beruflichen Werdegangs angelangt.

»... Als ich aus Feverbrook weg bin, habe ich ein paar Jahre privat praktiziert, aber im Grunde war es für mich zu spät, nochmal von vorn anzufangen.«

»Aber in Feverbrook kanntest du John Wulgaru, ist das richtig?« Sie wurde erneut abgelenkt, diesmal von einem holographischen Surfer, der am Rand ihres Gesichtsfeldes einen spektakulären Sturz baute. Sie haßte diese Lokale - wieso hatten die Leute solche Angst davor, irgendwo hinzugehen, wo man sich unterhalten konnte?

»O ja. Er war mein Paradepatient, könnte man vielleicht sagen.«

»Tatsächlich? Davon war nichts zu merken - aktenmäßig gab es so gut wie nichts über ihn.«

Doktor Danney winkte geringschätzig ab. »Ihr wißt doch, wie diese Privatanstalten sind - da hebt gewiß keiner Unterlagen auf, die nicht mehr gebraucht werden. Ich bin sicher, daß bei der Übernahme ein Haufen Dateien gelöscht wurden.«

»Kann ja sein, wenn er in der Klinik als tot galt.« Die Kellnerin kam, knallte die Getränke hin und rauschte wieder ab; Calliope ignorierte sie heldenhaft und blickte Danney unverwandt über den Rand ihres Glases hinweg an. »Jedenfalls hast du ihn für tot *erklärt*.«

Der alte Mann zeigte ihr seine sehr guten Zähne. »Ich nicht, ich habe die Leiche weder untersucht noch sonstwas. Kein Gedanke. Aber als ich nachhakte, war das die Auskunft, die ich kriegte. Den Jugendamtsunterlagen zufolge starb er - herrje, wann war das, ein Jahr danach, zwei Jahre? -, nachdem er aus der Klinik heraus war.«

Calliope nahm sich vor, genau herauszufinden, was für Unterlagen das sein sollten. »Warum hast du in der Sache nachgehakt? Zumal wenn du bereits eine Privatpraxis hattest?«

»Warum?« Er warf Stan Chan einen Blick zu, als ob Calliopes Kollege die Frage für ihn beantworten könnte. Stan schaute ausdruckslos zurück. »Na ja, weil er so eine Rarität war, nehme ich an. Ich kam mir vor wie einer, der ein neues Tier entdeckt hat. Auch wenn du es der zoologischen Gesellschaft zum Geschenk machst, möchtest du es doch ab und zu besuchen gehen.«

»Würdest du das bitte erläutern.« Sie schüttete ein halbes Päckchen Zucker in ihren Tee, dann beschloß sie, nicht so kleinlich zu sein, und leerte es ganz.

Doktor Danney blinzelte nachdenklich. Er brauchte einen Moment, bevor er antwortete. »Tja, wie soll ich das sagen ... Ich habe in meinem

Beruf eine Menge gesehen, Detective. Die meisten der Kinder, mit denen ich zu tun hatte - alles Kinder mit massiven Problemen, vergiß das bitte nicht -, fielen grob in zwei Kategorien. Manche waren von der Grausamkeit in ihrem häuslichen Umfeld dermaßen zerstört worden, daß sie keine Chance hatten, jemals wie ein normales Mitglied der Gesellschaft zu denken oder zu handeln - ihnen fehlten wesentliche Persönlichkeitsanteile. Bei den andern war das nicht so ausgeprägt, entweder weil sie als kleine Kinder nicht ganz so schrecklich mißhandelt worden waren oder weil sie ein bißchen mehr Grips hatten oder Widerstandskraft, oder was weiß ich. Die hatten eine Chance. Sie konnten wenigstens theoretisch ein normales Leben führen, auch wenn das in der Praxis nicht häufig vorkam.«

»Und in welche Kategorie gehörte John Wulgaru?«

»In keine. Das war das interessante an ihm. Er hatte die schlimmste Kindheit, die du dir vorstellen kannst, Detective - die Mutter Prostituierte, extrem labil und völlig von Drogen und Alkohol abhängig. Sie hatte eine ganze Reihe brutaler, gewalttätiger Partner, die den Jungen mißbrauchten. Er landete frühzeitig im Heim. Auch dort wurde er geschlagen und vergewaltigt. Es waren alle Elemente vorhanden, um einen völlig vertierten Soziopathen aus ihm zu machen. Aber er hatte was Besonderes. Zum einen war er schlau - meine Güte, war der schlau!« Danneys Essen kam, aber er ließ es fürs erste stehen. »Er absolvierte die üblichen Intelligenztests, die ich mit ihm machte, mit Leichtigkeit, und obwohl sein Auffassungsvermögen lückenhaft war, hatte er einen ausgezeichneten Sinn für menschliches Verhalten. Meistens versteht die soziopathische Persönlichkeit andere nur weit genug, um sie zu manipulieren, aber John war beinahe fähig, sich in andere einzufühlen, nur daß es eben keinen einfühlenden Soziopathen geben kann, das ist ein Widerspruch in sich. Ich nehme an, das war ein weiteres Indiz für seine Intelligenz.«

»Sandifer, der Gärtner, meinte, er sei zum Fürchten gewesen.«

»Das war er! Selbst wenn er die logischen Probleme, die ich ihm vorlegte, zerpflückte, tat er das nicht, weil es ihm Spaß machte oder weil er mich beeindrucken wollte. Er *konnte* bei diesen Sachen brillieren, und darum *mußte* er. Verstehst du, was ich meine? Es war, als hätte man es mit einem Künstler oder einem mathematischen Wunderkind zu tun - er stand unter einem totalen Leistungsdruck.«

»Und wieso war das zum Fürchten?« Calliope schaute streng zu Stan

Chan hinüber, der gerade anfing, ein kleines Haus aus Zahnstochern auf dem Tisch zu bauen.

»Weil ihm alles und alle vollkommen egal waren. Na, das stimmt nicht ganz, aber darauf komme ich gleich zurück. Mit Sicherheit gab es keine Menschenseele, die John Wulgaru liebte. Wenn ihm andere Menschen überhaupt ein Gefühl entlockten, dann vermutlich sowas wie eine kalte Verachtung. Sodann war er körperlich ungemein schnell - Reflexe wie ein Sportler, obwohl er nicht sonderlich kräftig gebaut war. Wenn er mich so über den Schreibtisch hinweg anguckte, begriff ich, daß er mir jederzeit, wenn es ihm gerade in den Sinn kam, kurz mal den Hals brechen konnte, bevor ich auch nur imstande war, einen Finger zu rühren. Das einzige, was ihn davon abhielt, war der damit verbundene Ärger - die Bestrafung wäre lästig gewesen, er hätte Freiheiten eingebüßt -, und außerdem hatte ich ihn mit nichts besonders erbost. Aber einem Menschen mit so einem Gehirn gegenüberzusitzen, viel flinker und schärfer als dein eigenes, und er weiß, daß er dich umbringen könnte, wenn er wollte, und weiß auch, daß du es weißt, und es amüsiert ihn nur - Mann, das war ein Gefühl, als ob man nicht mehr mit einem menschlichen Wesen arbeitet, nicht mal mit einem der Psychokrüppel, die ich gewohnt war. Ich kam mir vor wie der erste Wissenschaftler, der ein fremdartiges Raubtier studiert.«

Calliope merkte, wie ihr Puls wieder schneller schlug. Das mußte Pollys Killer sein. War er wirklich tot? Im Interesse der Gesellschaft mußte sie es hoffen, allerdings war es dann schwieriger, den Fall abzuschließen, und höchst unbefriedigend obendrein.

»Und du hast das alles festgehalten?« fragte sie.

»Hab ich, aber das meiste war in der Klinikdatei. Kann sein, daß ich noch ein paar von meinen privaten Aufzeichnungen zuhause habe.«

»Du würdest uns einen Riesengefallen tun, wenn du nachschauen könntest.« Sie verspürte eine freudige Erregung, auch wenn sie nicht sagen konnte, warum. Durch irgendwelche Umstände waren Johnny Wulgarus Unterlagen verlorengegangen, und selbst wenn es ein Versehen gewesen war, war die bloße Tatsache für sie Grund genug, sie sehen zu wollen. »Nur aus Neugier, schien er sich irgendwie für Mythen zu interessieren? Aboriginemythen?«

Doktor Danneys Augen wurden schmal, dann lachte er auf, aber es klang nicht sehr heiter. »Witzig, daß du das fragst.« Die muffelige Kellnerin pfefferte das bewußt altmodische kleine Tablett mit der Rechnung auf den Tisch. In der entstehenden Pause klopfte der alte Mann seine Taschen ab und zog dann umständlich seine Brieftasche heraus. »Ich nehme an, ich soll nochmal wiederkommen«, sagte er. »Wenn ich für euch nach diesen Dateien suchen soll, meine ich.« Er öffnete die Brieftasche und betrachtete den Inhalt.

Calliope verstand den Wink. »Die Rechnung übernehmen wir, Herr Doktor. Wir sind dir sehr dankbar für deine Hilfe.« Sie würde für diesen Fall nie im Leben Auslagen ersetzt bekommen, deshalb mußte sie sie aus eigener Tasche bezahlen. Sie warf Stan einen kurzen Blick zu, aber dessen Lächeln ließ keinen Zweifel daran, daß er schwerlich etwas zuschießen würde.

»Sehr freundlich.« Doktor Danney winkte der Kellnerin und bestellte Nachtisch und Kaffee. Nachdem diese, in ihrem Gang zu einem anderen Tisch gestört, theatralisch die Augen verdreht hatte und weitergeschlurft war, lehnte sich der alte Mann zurück und lächelte breit. »Wirklich sehr freundlich. Also, wo war ich stehengeblieben ...?«

»Bei Aboriginemythen.«

»Genau. Ob er sich dafür interessierte, wolltest du wissen. Nein, er interessierte sich nicht dafür. Er hielt sie für reinen Schwachsinn.«

Calliope mußte sich anstrengen, ihre Enttäuschung zu verbergen. Sie hatte darauf gewartet, daß Doktor Danney ein letztes Kaninchen aus dem Zylinder ziehen würde, doch statt dessen hielt er ihr nur das blanke Futter hin.

»Das hatte den Grund«, fuhr Danney fort, »daß seine Mutter sie ständig im Mund führte. Jedenfalls hat er mir das erzählt. Ihre Mutter - seine Großmutter, die er nie kennengelernt hat - war eine der hoch angesehenen Ältesten, eine Geschichtenerzählerin. Obwohl Wulgarus Mutter von zuhause weggelaufen war und in Cairns lebte, schwadronierte sie am laufenden Band über die alten Geschichten - von der Traumzeit und so weiter. Er wurde wütend, wenn ich danach fragte. Für ihn waren sie offensichtlich mit seiner Mutter verbunden. Nach einer Weile hörte ich auf zu fragen.«

Calliope merkte, daß sie sich vorgebeugt hatte. Das war es! Sie hatte es irgendwie geahnt, und jetzt hatte sie es. In dem Moment wäre sie jede Wette eingegangen, daß sie Polly Merapanuis Mörder entdeckt hatten.

»Ich sagte, daß ihm alles und alle vollkommen egal waren«, erzählte der alte Mann weiter. »Das stimmt natürlich nicht. Negative Emotionen sind auch Emotionen, und er haßte seine Mutter. Ich glaube, wenn sie

am Leben geblieben wäre, hätte er sie eines Tages getötet, aber sie starb, als er noch ziemlich klein war, in der Zeit bei einer seiner ersten Pflegefamilien. Eine Überdosis. Nicht sehr verwunderlich. Er nannte sie immer ›die Traumzeitschlampe‹.«
Eine holographische Welle brach direkt neben ihnen. Unwirkliche Gischt spritzte über den Nachbartisch, so daß Stan Chan zusammenzuckte und sein Zahnstocherhaus umstieß. Er schnitt ein Gesicht und schob die Zahnstocher zu einem Haufen zusammen: Sie sahen aus wie weggeworfene Knöchelchen, die Überreste eines Minikannibalenschmauses.

Kapitel

Gottes einzige Freunde

NETFEED/NACHRICHTEN:
Eher ein Scheidenkrampf
(Bild: erste "SeeScheiden"-Aktion des Dada Retrieval Kollektivs)
Off-Stimme: Eine Gruppe von Datenterroristen, die sich selbst "SeeScheidenStoßtrupp" nennt und sich das Ziel gesetzt hat, "das Netz zu killen", hat ihre erste Aktion unternommen. Die massive Informationsattacke auf eines der zentralen Netzwerke ging jedoch nicht ganz so über die Bühne, wie ihre Ingenieure es geplant hatten. Statt familienorientierte Netzkanäle mit harter Pornographie zu überlagern und Sender in anderen Teilen des Netzes lahmzulegen, blieb die Datenschwemme weitgehend unbemerkt, wenn man einmal von der zufälligen Wiederverschlüsselung interaktiver Sexprogramme absieht, die Beschwerden von seiten einiger Benutzer zur Folge hatte.
(Bild: unkenntlich gemachter Blue-Gates-Kunde)
Kunde: "Wenn sie noch mehr nackte Weiber ins Netz geschmissen hätten, wär's ja chizz gewesen. Aber die bescheuerten Arschlöcher haben die nackten Weiber zerhackt, für die wir schon bezahlt hatten ..."
Off-Stimme: Die unerschütterten Terroristen veröffentlichen einen Soundclip.
(Bild: DRK-Mitglied mit einem Telemorphix-Einkaufsbeutel als Maske)
DRK: "Rom ist auch nicht an einem Tag gefallen, oder? Wartet ab, wir schaffen's schon."

>»Bes!« rief ein Mädchen.»Mutter, sieh mal, das ist er!«
Der häßliche Zwerg blieb so unvermittelt stehen, daß Orlando beinahe über ihn gefallen wäre. Als Bes sein groteskes Grinsen zum besten gab und mit der Hand eine segenspendende Geste machte, hob die Mutter ihre kleine Tochter über die Gartenmauer und hielt sie der Prozession entgegen, um noch mehr von der Strahlkraft des Hausgottes einzufangen.

Die Schar, in der sich Orlando befand, war ohnehin ziemlich auffällig, da außer dem Gott Bes und Orlandos breitschultrigem Barbarensim noch Bonita Mae Simpkins, Fredericks und ein Schwarm winziger gelber Affen dazugehörten – und dennoch führte Bes sie alle im prallen Sonnenschein unverdrossen durch die schmalen Straßen von Abydos.

»Sollten wir nicht ... uns verstecken oder so?« fragte Orlando. Noch mehr Leute lehnten sich aus den Häusern und winkten Bes zu, der ihre Grüße mit der fröhlichen Selbstverständlichkeit eines heimkehrenden Helden erwiderte. Orlando beugte sich weiter zu Missus Simpkins herunter.»Uns hintenrum durch kleine Gäßchen schleichen? Statt voll mitten die Hauptstraße langzuspazieren?«

»Bes weiß, was er tut, Junge. Sie lieben ihn hier, viel mehr, als sie Osiris und seine ganzen Lakaien aus dem Westlichen Palast lieben. Außerdem sind alle Soldaten damit beschäftigt, den Tempel des Re zu umstellen, und streifen nicht in diesem Teil der Stadt herum.«

»Richtig. Sie umstellen den Tempel. Und wir marschieren geradewegs dorthin.« Orlando drehte sich zu Fredericks um, der wenigstens den Anstand hatte, genauso verwirrt zu sein wie er.»Also weil wir den Soldaten aus dem Weg gehen wollen, gehen wir dorthin, wo alle Soldaten sind ...?«

Die Frau schnaubte.»Du hast nicht mehr Glaubensstärke als ein Stück Vieh, Junge. Wie kommst du so durchs Leben?«

Das saß. Im ersten Reflex wollte Orlando eine bissige Bemerkung zurückgeben, ihr klarmachen, daß sie keine Krankheit wie seine und somit nicht das Recht hatte, hochnäsige Urteile über sein Leben abzugeben, aber er wußte, daß sie es in Wirklichkeit nicht so meinte.»Red einfach mit mir, Missus Simpkins«, sagte er matt.»Sonst steig ich da nie durch.«

Sie warf ihm einen raschen Blick zu, vielleicht hatte sie etwas in seinem Ton gehört. Ihr hartes Lächeln verging.»Sag Bonnie Mae zu mir, Junge. Ich glaube, wir sind jetzt soweit.«

»Ich höre ... Bonnie Mae.«

Fredericks ging dicht hinter ihnen, um nichts zu verpassen, was gesagt wurde. Die Affen hatten das Interesse verloren und flatterten hinter Bes her wie ein wehender gelber Umhang, während der kleine Gott mit den Kindern herumalberte, die aus den Häusern liefen und den Weg des unerwarteten Umzugs säumten.

»Ich hab euch erzählt, wie Herr Al-Sajjid zu uns in die Kirche kam, nicht wahr? Und von Pastor Winsallen, wie er uns hinterher mit dem Mann zusammenbrachte und wie sie uns über ihre Gruppe aufklärten, diesen Kreis?«

»Genau«, meldete sich Fredericks, »aber du hast was echt Komisches über Gott gesagt - daß sie ein Loch in ihn reinbohren würden oder so.« Sie lächelte. »Das hab ich gesagt, weil sie's mir so erzählt haben. Mehr oder weniger. Und ich kann's nicht richtig erklären, weil ich's selbst nicht ganz verstanden habe, aber sie sagten, Menschen aller Religionen in der ganzen Welt hätten beim Beten sowas gemerkt - oder beim Meditieren, wenn sie so Orientalen waren, nehm ich mal an. Irgendwas wollte in den Teil von ihnen einbrechen, der mit Gott in Kontakt stand.«

»So als ob das ... ein Ort wäre?« fragte Orlando konsterniert. Die Sonne setzte ihm immer mehr zu. Sie waren mittlerweile in einen weniger erfreulichen Teil der Stadt gekommen - die Einwohner hier waren ärmer, und obwohl auch sie Bes respektvoll grüßten, wurde das Gefolge des Gottes mit verstohlenen Blicken bedacht.

»Als ob es ein Ort wäre. Vielleicht auch nicht. Es spielt keine Rolle, Junge - du oder ich können sowieso nicht entscheiden, ob es stimmt oder nicht. Ein Haufen sehr gescheiter Leute ist jedenfalls der Ansicht. Aber das einzige, was ich wissen mußte, war, daß diese Gralsleute unschuldige Kinder dafür mißbrauchen, irgendeine Unsterblichkeitsmaschine zu bauen, wie aus einem von diesen Science-fiction-Dingern, mit denen die Blagen sich den Verstand verdrehen. Da braucht's keine Religion zu, um zu erkennen, daß *das* was Schlechtes ist.

Also sind wir dem Kreis beigetreten, und Pastor Winsallen hat uns geholfen, das nötige Geld aufzutreiben, damit wir mit Herrn Al-Sajjid und seinen Freunden in eins von ihren speziellen Schulungszentren fahren konnten. Der Gemeinde haben wir erzählt, wir würden Missionsarbeit bei den Kopten machen, was ja irgendwo auch stimmt. Jedenfalls haben die Leute vom Kreis uns technisch voll ausgerüstet und hierhergeschickt, das heißt, eigentlich haben sie uns wohl nirgends hingeschickt. Manchmal ist es schwer, sich das zu merken, weil es sich *anfühlt*, als ob wir wo wären. Herr Al-Sajjid und einige von seinen Freunden wie Herr Dschehani, ein Moslem übrigens, waren Ägyptologen, und deshalb hatten sie sich hier eingenistet, aber Leute vom Kreis sind in viele verschiedene Anderlandwelten eingedrungen.

In den ersten Tagen war es ziemlich aufregend, hinter den feindlichen Linien, wie man es sich als Kind vielleicht erträumt, aber als richtige Arbeiter des Herrn. Der Kreis hatte alles arrangiert, das Haus, wo ihr wart, war eine von unsern sicheren Zonen - so sagt man, glaub ich, dazu. Wir hatten ein paar so Häuser, denn Herr Al-Sajjid war ein ziemlich hohes Tier im Palast. Ab und zu sind andere Leute vom Kreis durchgekommen und haben uns berichtet, was anderswo los ist. Es gibt nämlich keine Möglichkeit, zwischen diesen Welten zu kommunizieren, wenn man nicht zu den Gralsleuten gehört.«

Sie holte tief Atem und wischte sich den Schweiß von der Stirn - die Sonne stand jetzt hoch, und es war unangenehm heiß geworden. Orlando fragte sich, wie sie im wirklichen Leben aussehen mochte. Ihr kleiner, rundlicher, unscheinbarer ägyptischer Sim paßte gut zu ihrer Persönlichkeit, aber gerade er wußte sehr gut, daß man Leute nicht danach beurteilen konnte, wie sie in der VR aussahen.

»Wir saßen also hier«, fuhr sie fort, »und stellten, na ja, Nachforschungen an oder so. Der Kreis ist eine große Organisation, und wir waren bloß Fußsoldaten, könnte man sagen. Dabei hab ich zum erstenmal von der Frau mit der Feder gehört, der Frau, die hier Ma'at heißt. Sie taucht auch in andern Welten auf, soweit wir wissen. Vielleicht ist sie eine von den Gralsleuten, oder sie ist bloß irgendein Effekt, den die Ingenieure mehr als einmal eingebaut haben - diese Gearfritzen sind angeblich große Spaßvögel. Aber sie ist nicht die einzige. Auch Tefi und Mewat, diese Bluthunde, die für Osiris arbeiten, sind in vielen Welten anzutreffen. Die Leute nennen sie die Zwillinge, weil sie immer zusammen auftreten. Wahrscheinlich gibt es noch andere - wir sind mit unsern Nachforschungen nie fertig geworden. Denn auf einmal war hier sozusagen die Hölle los.«

Bes führte sie einen verschlungenen Pfad durch das engste und winkligste Viertel der Stadt, aber dem Fluß hatten sie schon seit längerem den Rücken gekehrt. Wegen seiner Erschöpfung merkte Orlando nur allzu deutlich, daß sie jetzt, wenn auch auf Umwegen, bergauf in die Hügel gingen, in den Bezirk der Götter. Normalerweise wäre er besorgt gewesen, aber bei der Hitze war er vollauf damit beschäftigt, sich auf den Beinen zu halten und Bonnie Maes Geschichte zu lauschen.

»Das allergrößte Geheimnis, nicht wahr, ist der Andere. Kennt ihr den Namen? Du weißt, wen ich meine, Junge, denn du warst näher an ihm dran, als die meisten Leute je kommen. ›Seth‹ nennen ihn die Ägypter hier, aber er hat einen Haufen Namen in den verschiedenen Simulationswelten. Dieses Ding, nicht wahr, ist irgendwie der Schlüssel zum Ganzen, wenigstens denken das die Obergescheiten im Kreis. Ihrer Meinung nach ist er eine Art künstliche Intelligenz, aber er ist auch das System, das dieses ganze Netzwerk am Laufen hält. Ich will gar nicht erst mit Erklärungen anfangen, weil ihr jungen Leute bestimmt mehr von diesem Zeug versteht als ich, aber so hab ich's jedenfalls gesagt bekommen. Die Gralsleute, denken sie, könnten den Versuch gemacht haben, eine völlig neue Art von Leben zu schaffen, nicht wahr? Und das könnte der seltsame Effekt gewesen sein, den die Leute im Kreis gespürt haben - eine Blasphemiewelle, sagte Herr Dschehani dazu. Für einen Muselmann hatte er einen echt feinen Humor. Er wurde von einem gräßlichen Ding mit einem Nilpferdkopf getötet, als Upuauts Revolution danebenging.

Wir hatten nämlich einen Fehler gemacht, nicht wahr, und das solltet ihr jungen Leute euch sehr genau einprägen. Wir hatten uns mit zu vielen Leuten angefreundet - notgedrungen, weil es vor ein paar Wochen eine Veränderung gab. Niemand konnte mehr offline gehen. Auf einmal saßen wir fest, und unsere ganzen Nachforschungen konnten uns nicht helfen.

Wir dachten uns, jeder Feind des Grals - und der Gral bedeutet hier in dieser Welt Osiris, denn wenn der nicht von der Gralsbruderschaft ist, dann weiß ich nicht wer, so wie der dort oben residiert wie ein römischer Kaiser -, jeder Feind von denen also muß unser Freund sein. Als darum euer Wolfsfreund aufkreuzte, haben wir uns ziemlich blauäugig an ihn drangehängt. Aber in Wirklichkeit war er natürlich durchgeknallt wie 'ne kaputte Sicherung. Wir hätten uns niemals mit ihm einlassen dürfen.

Eine Gruppe von uns saß in einem unserer Häuser mit ihm zusammen, als Tefi und Mewat und eine Horde von ihren Teufelsbestien reingestürmt kamen. Herr Dschehani wurde getötet. Herr Al-Sajjid auch, aber den haben sie derart in Stücke gerissen, daß sie, glaub ich, nicht mal merkten, wen sie da am Wickel hatten. Der Wolfmann konnte mit einigen Anhängern und ein paar Leuten vom Kreis entkommen, aber das Glück hatte mein armer Terence nicht.« Sie stockte. Orlando erwartete, Tränen zu sehen oder einen Kloß im Hals zu hören, doch als sie weiterredete, war ihr nichts anzumerken. »Es ist wie bei den alten christlichen Märtyrern - mein Terence wußte, was passieren konnte, als er hierherkam. Er vertraute fest auf den Herrn, wie ich es auch jeden Tag mache. Sie brachten ihn in eine von ihren Zellen, und ich will gar nicht wissen, was sie ihm antaten. Aber er blieb stark. Er *war* stark. Wenn er ihnen mehr verraten hätte als Name, Rang und Nummer, wäre ich heute nicht hier, und das Haus wäre keine sichere Zone für euch gewesen.

Sie warfen seine Leiche auf einen der öffentlichen Plätze. Ich konnte natürlich nicht hingehen und sie holen, durfte nicht mal das geringste Interesse daran zeigen. Tagelang lag sie da. Sims verwesen nicht, aber das macht es nicht besser - schlechter eher ... in mancher Hinsicht eher schlechter.« Wieder stockte sie, und allmählich begriff Orlando, in welchem Maße Bonita Mae Simpkins sich selbst in der Gewalt hatte. Als sie wieder das Wort ergriff, hörte sie sich immer noch beinahe normal an. »Und ich weiß, daß er tot ist, richtig tot. Irgendwas ist verändert. Ich hab's sofort gemerkt. Es ist, wie wenn du aufwachst, und noch bevor du die Augen aufschlägst, weißt du, du bist irgendwo anders als da, wo du sein solltest. Dreiundzwanzig Jahre hab ich mit dem Mann gelebt. Ich *wußte*, daß er nicht mehr da war.«

Sie ging eine Weile schweigend dahin. Fredericks, der gespannt zugehört hatte, wandte sich mit erschütterter Miene ab. Orlando beobachtete angestrengt die um Bes herumschwirrenden Affen und hoffte auf eine Ablenkung.

Als sie seinen Blick bemerkten, lösten sich zwei gelbe Äffchen von dem Geschwader und kamen quiekend angeflattert. »Landogarner! Warum gehse so schleich, schleich, schleich?«

Er machte ihnen ein Zeichen, den Mund zu halten, aber Missus Simpkins hielt die Hand hoch, und die beiden landeten auf ihrem Finger. »Lieber Gott, Kinder«, sagte sie mit einer Stimme, die zwar ein wenig belegt, aber ansonsten volltönend war, »ihr gebt wohl nie Ruhe. Werden eure Mamis und Papis euch nicht vermissen?«

Zunni - Orlando hatte ihre Stimme erkannt - riß die winzigen Äuglein weit auf und sah zu Bonnie Mae empor. »Weiß nich. Machen oft lange Spaßtrips, aber kommen immer wieder. Das wissense doch.«

Missus Simpkins nickte bedächtig. »Sicher wissen sie das.«

Die Gassen waren hier leerer, und Orlando erkannte, daß sie jetzt durch den Friedhofsbezirk zogen. Die wenigen Bewohner, Grabpfleger und ihre Familien, erkannten Bes ebenfalls, aber passend zur Umgebung war ihre Begrüßung verhaltener. Die Gassen selbst waren noch schmaler, kaum mehr als Trampelpfade zwischen den klotzigen Steinbauten, den schmucklosen Ruhestätten von Beamten und Ladenbesitzern, als ob in Abydos für die Toten noch weniger Platz wäre als für die Lebenden.

Aber wenn diese Simulation das ägyptische Jenseits darstellen soll, sinnierte Orlando, *wer soll dann in den Gräbern liegen?* Er kam auf keine plausible Antwort und wurde aus seinen Überlegungen gerissen, als die kleine Schar von der Gräberstraße in einen Tunnel abbog.

Als größter der Gruppe mußte Orlando sich ein wenig bücken, damit er nicht mit dem Kopf an die rauhe Granitdecke streifte, aber ansonsten gab es kein Hindernis. Der Tunnel war sauber, und die Wüstenhitze hatte ihn trocken gebrannt. Das Licht wurde schwächer, je weiter sie sich vom Eingang entfernten, aber zum Sehen reichte es noch aus, obwohl die meisten Seitengänge pechschwarz waren.

»Wo sind wir?« fragte er.

»In einem der Arbeitertunnel«, rief Bes mit leicht hallender Stimme über die Schulter. »Sie ziehen sich durch den Gräber- und Tempelbezirk wie Rattengänge – jedes dieser Löcher führt in einen andern Teil des Komplexes.«

»Und wir kommen auf diesem Weg in den Tempel des Re?«

»Wenn uns vorher nicht irgendwas Großes und Garstiges auffrißt.«

Wieder ein Punkt für den kleinen Gott: Trotz seiner Mattigkeit schämte sich Orlando dafür, wie sehr seine Thargorschlagfertigkeit nachgelassen hatte, seit er sich im Gralsnetzwerk aufhielt.

Als sie in den ersten von vielen abzweigenden Gängen einbogen, die noch kommen sollten, zog Bes eine brennende Öllampe aus seiner lockeren, aber spärlichen Bekleidung. Orlando und Fredericks hatten den Cartoonindianer in der Küchenwelt ähnliche Tricks machen sehen und sagten nichts dazu. Die Mitglieder der Bösen Bande, die offenbar einen weitaus höheren Grad zenbuddhistischer Gelassenheit erreicht hatten, als Orlando ihn sich je erhoffen konnte, taten so, als wären sie Falter und schwirrten mit tragikomischen Selbstverbrennungsposen um die Lampenflamme herum.

Fast eine Stunde lang, schien es, marschierten sie durch einen Gang nach dem anderen, jeder genauso heiß, trocken und leer bis auf eine dünne Sandschicht wie der davor. Als sich in Orlando gerade die Gewißheit auszubreiten begann, daß er das Ende der Wanderung nicht mehr erleben würde, so schwer ging sein Atem und so gummiartig kraftlos und müde fühlten sich seine Beine an, da führte Bes sie durch eine weitere Öffnung und blieb stehen. Er hielt die Lampe in einer Höhe knapp über Orlandos Knien vor sich und leuchtete eine kleine Kammer aus. Der Fußboden war zum größten Teil nicht vorhanden, jedoch die geraden Kanten des etwa fünf Quadratmeter großen Loches zeigten, daß dies kein Zufall war.

»Da runter«, sagte Bes grinsend. »Da wollen wir hin. Gut zwanzig Ellen tief, aber mit Wasser unten. Der Haken ist, daß wir auf dem Weg nicht wieder zurückkommen - die Wände sind glatt wie geschliffener Bernstein. Zum Schutz gegen Tempelplünderer und Grabräuber. Also besser, ihr seid euch sicher, daß ihr das wirklich wollt.«

»Du meinst, wir sollen ... springen?« fragte Fredericks, der eine Zeitlang geschwiegen hatte.

»Wenn's dir lieber ist, kannst du dich auch einfach fallen lassen.« Der kleine Gott feixte. »Die Wände stehen bis unten hin genausoweit auseinander wie hier - damit sich niemand dagegenstemmen und wieder hochklettern kann. Du brauchst also nicht zu befürchten, daß du an den Seiten langschrappst.«

Fredericks blickte zweifelnd. »Kannst du uns nicht irgendwie ... runterfliegen? Deine göttlichen Kräfte einsetzen, oder was weiß ich?«

Bes lachte rauh. »Göttliche Kräfte? Ich bin ein Gott des heimischen Herdes, zuständig für Mistvieh und Hausputz und Menstruationsblut. *Du* bist der Kriegsgott, oder? Einer der Götter, die losstürmen, sobald irgendwo Pauken und Posaunen erschallen? Warum fliegst *du* uns nicht runter?«

Orlando war zu sehr damit beschäftigt, wieder zu Atem zu kommen. Fredericks war auf sich allein gestellt.

»Wir ... wir haben einen fliegenden Wagen«, sagte er schließlich. »Jawohl, den haben wir. Bei uns zuhause.«

Missus Simpkins warf ihm einen scharfen Blick zu. »Sie sind keine sehr wichtigen Götter, Bes. Sei nett zu ihnen.«

Die gelben Affen, die in das Loch hineingesaust waren, kaum daß sie es erblickt hatten, stiegen jetzt aus der Dunkelheit auf wie eine Wolke brennenden Schwefels.

»Weit weit runter!« juchzten sie. »Molto grosso windiger Wind! Dann klatschnasser Platscho grande!«

»Kein Bammel, Landogarner! Die Krokodile sind bloß muy pequeño Babykrokos!«

»Krokodile?« fragte Fredericks erschrocken.

»Die haben sie erfunden«, sagte Bonnie Mae und schlug mit der Hand nach den überdrehten Affen. »Auf, los geht's!«

Bes amüsierte sich köstlich. »Eigenartige Kriege müßt ihr führen auf den kleinen Inseln im Großen Grünen«, sagte er süffisant zu Fredericks. »Weiberkriege mit Zetern und Kratzen und sich in den Lendenschurz Pissen ...«

»He!« rief Fredericks und warf sich in die Brust, um größer zu wirken, was bei einem potentiellen Gegner von der Größe eines Cockerspaniels ziemlich überflüssig war.

»Hör auf.« Orlando war müde und konnte keine Kraft auf solchen Blödsinn verschwenden. »Springen wir. Wie weit müssen wir schwimmen, wenn wir im Wasser sind?«

Immer noch breit grinsend wandte Bes sich ihm zu. »Nicht weit, gar nicht weit. Aber du kommst auf diesem Weg nicht mehr zurück, wie gesagt. Hast du immer noch Lust?«

Orlando nickte matt.

Der Sprung war geradezu erleichternd, eine Aufhebung der Schwerkraft, wenigstens für einen Moment. Das Wasser am Grund war warm wie Blut. Es gab sehr wenig Licht. Fredericks klatschte Sekunden später neben ihm auf, und sie traten auf der Stelle, bis Bes und Bonnie Mae Simpkins hinterhergekommen waren.

»Nochmal!« quietschten die über dem Wasser kreisenden Äffchen.

»Sag mal«, japste Orlando ein paar Minuten später, als Bes ihn auf einen steinernen Fußpfad zerrte, »wenn es keinen Weg zurück gibt, wie willst *du* dann rauskommen, nachdem du uns hingebracht hast?«

»Er ist Bes, Junge«, bemerkte Missus Simpkins.

»Und was soll das heißen?« knurrte Orlando. Der winzige Mann hatte einen Griff wie ein Schraubstock; Orlando schlenkerte mit der Hand, damit das Blut wieder zirkulierte.

»Das heißt, daß selbst Glupschi und Grobsack es sich zweimal überlegen werden, bevor sie mich gegen meinen Willen wo festhalten.« Bes schüttelte sich wie ein Hund, daß das Wasser aus seinem Bart und seinen verfilzten Haaren spritzte. »Wenn sie mir was tun oder mich auch nur gefangennehmen, dann werden sie derart den Zorn der Menge zu spüren bekommen, daß Upuauts kleiner Aufstand daneben wie eine Lustpartie aussehen wird, und das wissen sie genau.«

»Er redet von Tefi und Mewat«, sagte Bonnie Mae leise.

Orlando nickte. Er mußte wieder Kraft sparen. Selbst das kurze Schwimmen in dem lauen Wasser hatte ihn erschöpft, und die Muskeln taten ihm weh.

Der kleine Mann zauberte abermals eine Lampe aus dem Nichts hervor und führte sie damit durch ein weiteres Gewirr von Gängen.

»Komischer Gott«, flüsterte Fredericks. »Sollen wir ihn mal fragen: ›He, ist das 'ne Laterne da unter deinem Lendenschurz?‹«

Orlando grunzte vor Lachen, obwohl es ein wenig weh tat.

Die Gänge wurden breiter. Auf einmal flackerte die Lampenflamme in einem schwachen Luftzug.

»Der Hauch des Re«, sagte Bes und legte einen Moment die Stirn in Falten, bevor er sich für eine Richtung entschied.

»Und das wäre ...?«

»Bloß die Luft, die durch den Tempel streicht. Ich vermute, der Zug kommt von diesen ganzen Tunneln und den unterschiedlichen Lufttemperaturen.« Er grinste über Orlandos Gesichtsausdruck. »Ich bin vielleicht nur ein Hausgott, Junge, aber ich bin nicht blöde.«

Wieder verspürte Orlando fast so etwas wie Zuneigung zu dem häßlichen kleinen Kerl. »Was machst du eigentlich so? Ich meine, wie bringt ein Hausgott so seine Zeit zu?«

»Er zankt sich meistens mit größeren Göttern rum.« Bes' kauziges Gesicht wurde ernst. »Wenn zum Beispiel eine der Hathors beschließt, es sei für ein Kind an der Zeit zu sterben, dann fleht die Mutter mich an, Fürbitte einzulegen. Oder manchmal werde ich in einen Streit zwischen Nachbarn verwickelt – wenn ein Mann seine Tiere auf dem Grund und Boden seines Nachbarn rumtrampeln läßt, dann wacht er unter Umständen am Morgen auf und stellt fest, daß ich in der Nacht da war und seine Tiere krank gemacht habe.«

»Hört sich ziemlich mickrig an.«

Der Blick des Zwerges war pfiffig. »Wir können nicht alle Kriegsgötter sein, nicht wahr?«

Sie trotteten weiter. Orlando konnte sich an seinen Zustand früher am Morgen kaum mehr erinnern – an jenes wunderbare, wenn auch illusorische Gefühl, von Gesundheit durchströmt zu sein wie von Blut.

Auch sonst schien sich niemand in diesen heißen Gängen sonderlich wohlzufühlen. Sogar die Affen erlahmten ein wenig und zogen sich auf ihrer jetzt einigermaßen geraden Bahn hinter Bes zu einem kleinen V auseinander wie Gänse, die zum Überwintern in den Süden fliegen.

Schließlich führte der kleine Hausgott sie eine lange Steigung hinauf, die an einer mit Hieroglyphen gravierten, sehr massiv wirkenden Steinmauer endete. Er hieß sie alle von der Mauer zurücktreten und berührte dann nacheinander mehrere Schriftzeichen derart flink, daß es unmöglich war, seinen Bewegungen zu folgen. Nach einer kurzen Stille rumpelte es, und die Mauer öffnete sich in einem weiten Bogen. Eine riesenhafte hellblaue Gestalt füllte den ganzen Durchgang aus, als sie in den Lampenschein trat. Kreischend flog die Böse Bande in alle Richtungen auseinander.

Einen Moment lang meinte Orlando, einem der ungeheuerlichen Greifen von Mittland gegenüberzustehen, doch dieses Wesen war viel größer, und obwohl es den gleichen Löwenkörper besaß, hatte sein Kopf ein starkknochiges menschliches Gesicht. Es setzte sich auf sein Hinterteil, so daß der Eingang völlig versperrt war, und hob eine Pranke von der Größe eines Lkw-Reifens.»Bes«, brummte die Stimme, daß Orlando die Knochen bebten.»Du bringst Fremde.«

Der kleine Gott trat vor, bis er direkt unter der gewaltigen Tatze stand wie ein einschlagbereiter dicklicher Nagel.»Ja, Dua. Wie steht's mit der Belagerung?«

Der Sphinx beugte sich vor, um nacheinander Orlando, Fredericks und Bonnie Mae in Augenschein zu nehmen. Obwohl seine Größe und sein dumpfer, tierischer Geruch furchterregend waren, hatte er auch eine ganz eigentümliche Schönheit: Die kolossalen Gesichtszüge waren zwar die eines lebendigen Menschen, aber besaßen gleichzeitig etwas Steinernes, als wäre er bereits halb zur Statue erstarrt.»Die Belagerung?« grollte er.»So gut, wie es mit einer Riesendummheit stehen kann. Aber ich bin nicht hier, um Kriege im Himmel zu unterstützen – und auch nicht, um sie abzuwenden. Ich bin hier, um den Tempel des Re zu schützen. Und du, kleiner Bes? Warum bist du hier?«

Der Zwerg verneigte sich.»Um diese Gäste zusammen mit ihren Freunden herzubringen. Um zu sehen, was ich sehen kann. Du weißt schon, dies und das.«

Der Sphinx schüttelte sein gewaltiges Haupt.»Natürlich. Das hätte ich wissen müssen. Ich werde dich durchlassen, und die Fremden auch, obwohl sie alle nicht sind, was sie zu sein scheinen. Du bist mir dafür verantwortlich, was sie hier tun, kleiner Gott.« Duas Kopf schob sich vor wie der Ausleger eines Baggers, bis er nur Zentimeter vor Fredericks' blassem, entsetzt glotzendem Gesicht hing. »Vergeßt nicht, dieser Tempel steht unter der Obhut von mir und meinem Bruder Saf. Wir werden nicht dulden, daß er von außen oder von innen entweiht wird.«

Dua trat aus dem Weg und ließ sie passieren.

»Ihr habt gerade ›Morgen‹ kennengelernt«, sagte Bes vergnügt. »Sein Bruder ›Gestern‹ ist zu Besuchern genauso freundlich.«

»Ich wette, wenn die Fieslinge draußen bleiben, dann nicht deswegen, weil sie Skrupel haben, den Tempel zu entweihen«, sagte Fredericks in bebendem Flüsterton, als sie ein paar Biegungen hinter sich gebracht hatten. »Sie wollen nicht von dem Apparillo da vorn zu Hackfleisch verarbeitet werden.«

»Unterschätzt Tefi und Mewat nicht, Jungs«, sagte Bonnie Mae. »Die haben mehr drauf als nur Körperkraft, und selbst die Sphinxe werden sich nicht mit ihnen anlegen, wenn sie's vermeiden können.« Sie schüttelte den Kopf. »Aber Dua und Saf werden auch nicht kampflos zusehen, wie der Tempel erobert wird. Es wird kein Zuckerschlecken werden, wenn's hier erstmal losgeht.«

»Und in dieses Schlamassel hast du uns reingeführt?« Der Zorn ließ Orlando wieder ein klein wenig erstarken. »Herzlichen Dank auch!«

»Ihr werdet vorher längst weg sein«, entgegnete sie müde. »Wir übrigen werden hierbleiben und die Sache ausbaden.«

Beschämt hielt Orlando daraufhin den Mund. Wenig später gelangten sie durch einen bunt bemalten Bogen in das erste helle Licht seit Betreten des Tunnels Stunden zuvor.

Den Mittelpunkt des Re-Tempels markierte ein einzelner Sonnenstrahl, der von der Decke viele Meter über ihnen durch die von Rauch und Staub getrübte Luft schnitt wie ein Suchscheinwerfer durch den Nebel. Obwohl der Effekt höchst imposant war, lag der Rest des gigantischen Tempelinneren nicht völlig im Dunkeln – in Nischen an sämtlichen Wänden brannten Lampen und beleuchteten die vom Boden bis zur Decke reichenden gemalten Szenen von Res heldenhafter Fahrt über den Taghimmel in seiner Sonnenbarke und von seiner noch heldenhafteren Fahrt durch die Unterwelt in den dunklen Nachtstunden, in denen er gegen die Schlange Apep kämpfte, bis er mit Tagesanbruch endlich den Sieg errang.

Aber natürlich war dies nicht das alte Ägypten – es war die Version, die das Otherlandnetzwerk davon simulierte. Es gab viele Gestalten, die merkwürdiger und faszinierender waren als selbst ein derart eindrucksvolles Bauwerk, und Orlando hatte bereits begriffen, daß der Sphinx Dua hier eher die Regel als die Ausnahme war. Bonita Mae Simpkins hatte zuvor erklärt, daß es bei Nacht in den Straßen von Abydos von Monstern wimmelte. Wenn sie der Meinung war, daß die Leute hier drin normal waren, dann hatte sie, fand Orlando, wahrscheinlich ein bißchen zu lange in Abydos gelebt.

Selbstverständlich gab es auch ganz gewöhnliche Ägypter, von Kindern auf den Armen ihrer Eltern bis hin zu Soldaten, die anscheinend aus der Armee des Osiris desertiert waren (viele von ihnen hatten den etwas gehetzten Blick von Leuten, die sich noch nicht ganz sicher waren, ob sie auf das richtige Pferd gesetzt hatten). Diese einfachen Leute hatten überall ringsherum ihr Bettzeug ausgebreitet, so daß die Haupthalle an den Rändern den Eindruck eines Campingplatzes oder eines der Shantytowns machte, die Orlando immer in den Nachrichten sah. Aber dies war auch ein Aufstand von Göttern, nicht nur von Sterblichen, und die Götter waren absonderlich und phantastisch in ihren mannigfachen Gestalten – Frauen, denen Geweihe aus den schwarzen Locken wuchsen oder die anstelle normaler menschlicher Gesichter die schmalen Köpfe von Schlangen oder von Vögeln hatten. Einige der Götter und Göttinnen waren nur durch ihre Größe oder einen gewissen goldenen Glanz auf der Haut als solche zu erkennen, aber anderen schwebten funkelnde Donnerkeile über den Häuptern oder standen schneckenförmig gekrümmte Widderhörner vom Schädel ab. Einige hatten sogar ganz und gar Tiergestalt angenommen, so eine höchst eindrucksvolle Kuh, im Hinterhandstand vielleicht zweieinhalb Meter groß, mit riesigen braunen Augen voller Mitgefühl und Verständnis. Jedenfalls war dies das Gefühl, das für Orlando sehr stark von ihr ausging, obwohl sie gut fünfundzwanzig Meter von ihm entfernt war und nicht einmal in seine Richtung blickte, was in ihm den Verdacht nährte, daß es zu ihren Eigenschaften als Göttin gehörte, in anderen Einfühlung und Vertrauen zu wecken.

Ihr früherer Weggefährte, der wolfsköpfige Gott Upuaut, thronte über dem Ganzen auf einem Lehnstuhl, der nahe der Mitte des großen Raumes auf einem Podest stand. Das Gesicht des Wolfes war würdevoll – er hatte seine lange Schnauze auf eine Hand gestützt und lauschte drei zu seinen Füßen sitzenden jungen Frauen, die ihm leise Hymnen vorsangen.

Mehrere andere Götter versuchten aus diesem oder jenem Grund seine Aufmerksamkeit zu bekommen, vielleicht weil sie die Verteidigungsstrategie besprechen wollten, aber ohne sichtlichen Erfolg. Orlandos Schwert, das der Wolfgott ihm abgeknöpft hatte, war nirgends zu sehen.
»Findest du dich jetzt allein zurecht, Mütterchen?« fragte Bes Bonnie Mae und holte Orlando damit abrupt in ihre aktuelle Situation zurück. »Oder gibt es jemanden, den ich noch für dich aufspüren soll?«
»Nein, ich habe die andern gesehen«, antwortete sie. »Vielen Dank.«
»Gern geschehen, aber du bist mich noch nicht los.« Der Zwerg machte einen drolligen kleinen Schritt, wirbelte auf dem Absatz herum und entfernte sich dann. »Ich hab's nicht eilig, nach Hause zu kommen«, rief er über die Schulter. »Außerdem gibt es hier jede Menge Leute, von denen mich irgendwer wahrscheinlich in Bälde angehen wird, daß ich ein Ehebett oder eine Geburt segne. Ich schau nochmal bei euch vorbei, bevor ich gehe.«

Missus Simpkins sorgte dafür, daß sie einen weiten Bogen um Upuauts Thron herum machten, was Orlando sehr erleichterte: Er war noch nicht ganz in der Verfassung, mit dem launischen Gott in Berührung zu kommen. Sie führte sie unbeirrt durch das Notlager an einer der Tempelwände, als wäre dies ihr allmorgendlicher Weg zur Arbeit, und brachte sie schließlich zu einer Gruppe von normalen Sterblichen, die in einer Ecke des Raumes zusammengedrängt neben den zyklopischen Blöcken der Tempelmauer im Halbdunkel saßen. Die Böse Bande, die bei dem vielen, was es im Tempel zu sehen und zu hören gab, wieder auflebte, flog voraus und zog über dem kleinen Häuflein gemächliche Kreise in der Luft.

Bonnie Mae faßte Orlando links und Fredericks rechts am Arm. »Dies hier sind Freunde«, erklärte sie ihren anderen Verbündeten, insgesamt vier, die die beiden Neuankömmlinge mit müdem Interesse beäugten. »Ich möchte euch im Moment noch nicht ihre Namen sagen«, fuhr sie fort, »weil es hier zu viele Ohren gibt, aber ich hoffe, ihr glaubt mir.«

Anscheinend zweifelte niemand an ihr, oder vielleicht hatten sie einfach nicht mehr die Energie, Fragen zu stellen. Eine angespannte Erwartung lag in der Luft, als ob alle Gefangene wären, denen der Märtyrertod drohte - was ja durchaus sein konnte, überlegte Orlando nervös.

Eine der vier, die den fast nackten Sim eines kleinen Mädchens hatte, zupfte Bonnie Mae am Ärmel. »Einige aus dem Götterrudel meinen, daß die Zwillinge nicht länger zögern werden«, erklärte sie mit einer

Stimme, die viel älter klang, als die Sprecherin aussah. »Es wird gemunkelt, daß sie bis zum Dunkelwerden warten und dann angreifen.«

»Das ist Kimi«, sagte Bonnie Mae zu Orlando. »Sie kommt aus Japan, und über ihre Religion bin ich immer noch nicht genau im Bilde - irgendein Kult, nicht wahr, Liebes? Was die Zwillinge angeht ... tja, wenn sie angreifen wollen, dann werden sie wohl angreifen. Aber damit bleibt uns nicht viel Zeit, diese beiden hier rauszuschaffen.« Sie seufzte und wandte sich wieder Orlando und Fredericks zu. »Ich sollte euch auch die andern vorstellen.« Sie deutete auf die beiden männlichen ägyptischen Sims, einen alten und einen jungen, die neben Kimi saßen und fröhlich lächelten. »Das da ist Herr Pingalap, und das ist Wassili.«

»Diese ganzen Leute gehören also zum Kreis?« Orlando hatte das unangenehme Gefühl, daß er, von Belagerungen und politischen Intrigen einmal abgesehen, in irgendeine abstruse religiöse Sammlungsbewegung geraten war.

Missus Simpkins nickte. »Ja. Herr Pingalap ist Moslem, genau wie Herr Dschehani einer war. Wassili kommt aus Rußland, und er ... er hat eine sehr interessante Geschichte.«

»Sie meint, daß ich früher ein Verbrecher war«, sagte der junge Mann und lächelte noch ein wenig vergnügter. »Bis mir klar wurde, daß die Endzeit nahe herbeigekommen ist - daß die Wiederkunft des Christos bevorsteht. Ich wollte seinen schrecklichen Zorn nicht zu spüren bekommen. Es wäre grauenhaft, in alle Ewigkeit zu brennen.«

Fredericks lächelte schwach und trat einen Schritt zurück. Orlando blieb stehen, aber nahm sich vor, sich künftig von dem Russen fernzuhalten - Wassili hatte das gleiche fiebrige Leuchten in den Augen wie Upuaut, und Orlando hatte schmerzlich erfahren müssen, was das bedeutete.

»Ich fürchte, den Namen dieses letzten Herrn dort kenne ich nicht«, fuhr Bonnie Mae fort und lenkte damit Orlandos Aufmerksamkeit auf den Mann am hinteren Rand der kleinen Schar. Der Fremde blickte von einer Fliese auf, die er mit schwarzen Zeichen bekritzelt hatte, zu welchem Zweck er ein längliches Stück Holzkohle wie einen Schreibstift in der Hand hielt. Sein Sim wirkte älter als der Wassilis, aber jünger als der von Herrn Pingalap, schlank und unauffällig.

»Nandi, Frau Simpkins«, sagte er. »Nandi Paradivasch. Ich bin soeben aus einer der andern Simulationen eingetroffen, und deine Kameraden waren so gut, mich über die neuesten Entwicklungen zu informieren.«

Er nickte Orlando und Fredericks freundlich, aber knapp zu. »Sehr erfreut, eure Bekanntschaft zu machen. Jetzt entschuldigt mich bitte, ich möchte ein paar Berechnungen über die Gateways anstellen.«

Orlando spürte ein Zupfen in den Haaren, das sich wie Spinnwebfäden anfühlte: Ein paar Mitglieder der Bösen Bande hatten sich dort niedergelassen, weil sie ein Ruheplätzchen suchten. Noch weitere landeten und hielten sich an Fredericks' Schultern fest. »Und was machen wir jetzt?« fragte Orlando.

Missus Simpkins nahm neben den anderen Platz. »Erstmal möchte ich von meinen Freunden hören, was es Neues gibt. Wir haben uns nicht mehr gesehen, seit das mit dieser Belagerung losging. Danach beratschlagen wir, was ihr am besten tut.«

»Chizz.« Orlando lehnte sich mit dem Rücken an die Wand und ließ sich zu Boden gleiten, wo er seine langen Thargorbeine ausstreckte. Ein Teil von ihm bäumte sich kurz gegen die Vorstellung auf, daß alle diese Erwachsenen unter sich abmachen wollten, was er zu tun habe, aber im Augenblick hatte er nicht die Kraft, sich gekränkt zu fühlen. Er pflückte sich ein gelbes Äffchen vom Hals, das ihn mit seinem Gekrabbel kitzelte, und hielt es hoch, damit er ihm in sein winziges Gesichtchen blicken konnte.

»Welcher bist du?«

»Huko. Du hast die Nase voll mit Haaren voll, Alter.«

»Danke für die Mitteilung. Kannst du mir Zunni holen? Oder - wie hieß der andere nochmal - Kaspar?«

»Zunnis da.« Der kleine Huko deutete auf einen Punkt an Orlandos Kopf, den er nicht sehen konnte, knapp oberhalb seines linken Ohres. Orlando führte sachte den Finger an die Stelle und rief ihren Namen. Als er merkte, daß sie sich auf die Fingerspitze gesetzt hatte, holte er sie nach vorne.

»Zunni, ich muß dir ein paar Fragen stellen.«

Ihre Augen wurden groß. »Gehts jetzt mim affengeilen Spaß los, Landogarner?«

»Noch nicht ganz. Ich möchte, daß du mir erzählst, was mit euch passiert ist, nachdem ... nachdem wir das letztemal alle in meinem ElCot zusammen waren. Draußen, nicht hier in Otherland. Ihr wolltet uns zu jemand bringen, der ›Krebs‹ hieß, weißt du noch?«

»Krebs! Krebs!« Huko, der irritierend dicht neben Orlandos Ohr flatterte, gab einen fiepsigen Klagelaut von sich. »Krebs kaputt!«

»Krebs voll putt«, bestätigte Zunni. Sie klang ehrlich bekümmert; so traurig hatte er ein Kind der Bösen Bande noch nie erlebt. »'s Große Fiese Nix is so schlimm in'n rein, daß er totgangen is.«

Orlando schüttelte den Kopf; ein paar der Bandenaffen verloren den Halt, konnten sich aber im letzten Moment noch an seinen Haaren festklammern und baumelten nun vor seinen Augen hin und her. »Was bedeutet das? Was genau ist das Große Fiese Nichts?«

Die sprachliche Kompetenz der Kinder ließ nach wie vor zu wünschen übrig. Es dauerte fast eine Stunde, bis Orlando sich die Geschichte der Bösen Bande zusammengereimt hatte. Fredericks setzte sich irgendwann im Schneidersitz neben ihn, was die Menge der ihn bedrängenden Affen halbierte und die Befragung erleichterte.

Die Flatterhaftigkeit der Affen, im übertragenen wie im wörtlichen Sinne, war nicht das einzige Problem. Sie redeten in einer ganz eigenen Sprache, und obwohl Orlando die meiste Zeit seines jungen Lebens online verbracht hatte, fand er gut die Hälfte dessen, was sie sagten, unverständlich. Diese Kleinen, fast alle aus TreeHouse-Familien gebürtig und allein dadurch schon mit hoher Wahrscheinlichkeit exzentrisch veranlagt, trieben sich länger in den Maschen des weltweiten Telekommunikationsnetzes herum, als sie zurückdenken konnten. Sie sahen die Welt der Virtualität mit ganz anderen Augen als Orlando. Die Bande kümmerte sich nicht groß darum, was ein virtuelles Environment darstellen sollte, da die Kinder sich angewöhnt hatten, mit imitierten Wirklichkeiten völlig selbstverständlich umzugehen, noch bevor sie richtig sprechen konnten. Sie nahmen das Environment viel mehr als das, was es *war*. Selbst das Otherlandnetzwerk war trotz der schier unglaublichen Lebensechtheit, die es für Erwachsene besaß, für sie lediglich eine komplexere Montage aus Markern, Symbolen und Unterprogrammen als sonst – wobei die Böse Bande diese Zusammenhänge mit ihrem Desinteresse an RL-Begriffen einfach so beschrieb: *Sachen, die so waren (wie andere Sachen), die ihrerseits so waren (wie andere Sachen), sofern sie nicht mehr so waren (wie die vorvorigen Sachen).*

Orlando war zumute, als versuchte er philosophische Diskussionen in einer fremden Sprache zu führen, in der er kaum »Wo geht's hier aufs Klo?« sagen konnte.

Dennoch gelang es ihm schließlich mit einiger Mühe, eine ungefähre Vorstellung von ihren Erlebnissen im Netzwerk zu bekommen, auch wenn er sich sicher war, daß ihm in dem wilden Geschnatter, das ihm fast wie der Bewußtseinsstrom einer Art Gruppenseele vorkam, wichtige Einzelheiten entgingen. Die Bande hatte ganz ähnliche Dinge durchgemacht wie Orlando und Fredericks, wenigstens am Anfang - das Gefühl, in eine Leere hineingezogen und von einer großen und unheimlichen Intelligenz, die sie das Große Fiese Nichts nannten, überprüft, ja regelrecht umlauert zu werden. Doch statt in einer Simulation wie Temilún aufzuwachen, wie es Orlando und Fredericks widerfahren war, hatten die Bandenkinder im Anschluß daran einfach eine lange Dämmerzeit durchlebt. Irgend etwas hatte versucht, mit ihnen in einer Art und Weise zu kommunizieren, die sie entweder nicht ganz verstehen oder Orlando nicht erklären konnten, aber sie erinnerten sich an Bilder von Ozeanen, die es zu überqueren galt, und von anderen wie sie, die auf sie warteten. Nach einer Weile war ihnen ein leichter begreifliches Wesen erschienen, die Gestalt, die sie einfach »die Frau« nannten.

Die Göttin Ma'at hatte ihnen begütigend zugeredet wie eine Mutter und versprochen, sie würde ihnen nach Kräften helfen, sie sollten keine Angst haben, aber sie hatte ihnen keinen Aufschluß darüber geben können, wo sie sich befanden oder was mit ihnen geschah.

Mittlerweile jedoch hatten einige der jüngeren Bandenmitglieder es tatsächlich sehr mit der Angst zu tun bekommen. Das wurde noch schlimmer, als eine der kleinsten, ein Mädchen namens Schamina, anfing, vor Schmerz ganz schrecklich zu schreien. Das Schreien hatte nach kurzer Zeit aufgehört, aber das Äffchen war starr und stumm geworden und hatte sich danach nicht mehr bewegt. Orlando vermutete, daß sie von besorgten Eltern offline geholt worden war. Die Erinnerung an Fredericks' Erlebnis und die Vorstellung, einem ganz kleinen Kind könnte so etwas Furchtbares passiert sein, erfüllten ihn mit kalter Wut.

Viel mehr wußten die Bandenkinder nicht zu berichten. Getröstet von gelegentlichen Besuchen der Frau hatten sie gewartet und vor sich hingedöst wie eingesperrte Tiere, bis Orlando und Fredericks die Urne zerbrochen und sie befreit hatten. Wie oder warum sie dort hineingeraten waren, war nicht aus ihnen herauszubekommen.

»Aber wie habt ihr uns an dem Tempel vorbeigelotst?« fragte Orlando.

»Das war echt megaschlimm«, sagte Fredericks schaudernd. »Sowas will ich nie wieder durchmachen. Nie wieder. Da wär's mir noch lieber, jemand zieht mir den Stecker raus.«

Zunni schnitt ein Gesicht, das deutlich machte, wie die Unfähigkeit dieser älteren Kids, die einfachsten Sachen zu kapieren, sie nervte. »Nich *vorbei*, mitten *durch*. Zu stark zum von Wegkommen. Musse hin und durch, bevors wieder schnapp macht. Aber du bist schleich, schleich, schleich gangen. Warum?«

»Ich weiß nicht«, bekannte Orlando. »Irgendwas ist passiert, während ich ... da drin war, oder was weiß ich wo, aber ich bin mir nicht sicher, was.« Er wandte sich an Fredericks. »Es war, als ob Kinder mit mir reden würden. Nein, als ob sie in mir drin wären. Millionen von Kindern.«

Fredericks runzelte die Stirn. »Scännig. Meinst du, es waren solche wie Renies Bruder, die Kinder, die im Koma liegen ...?«

»Könnt ihr Jungs mal auf ein Wort rüberkommen?« rief Bonnie Mae. »Herr Paradivasch möchte euch gern ein paar Fragen stellen.«

Orlando seufzte. Er hatte gehofft, sich ein wenig ausruhen zu können - sämtliche Muskeln taten ihm weh, und sein Kopf war so schwer wie die Steinblöcke des Tempels. Dennoch krochen er und Fredericks zu den anderen hinüber.

»Frau Simpkins hat mir eure Geschichte erzählt, jedenfalls soweit sie sie kennt«, sagte der Fremde. »Aber ich würde zu ein paar Punkten gerne Genaueres wissen, falls ich euch damit nicht lästig falle.«

Orlando mußte unwillkürlich über seine hyperkorrekte Redeweise schmunzeln, doch statt der erwarteten Fragen über ihre Begegnungen mit der Göttin Ma'at oder ihr erstes Zusammentreffen mit Sellars schien sich der Mann, der sich Nandi nannte, in erster Linie dafür zu interessieren, wie sie in die Simwelten, die sie besucht hatten, hinein- und wieder hinausgekommen waren. Orlando hatte zum Teil nur recht vage Erinnerungen daran - die Erkenntnis, wie häufig er krank gewesen war, erschreckte ihn richtig -, aber Fredericks half ihm bei den problematischen Stellen.

»Wieso interessierst du dich so für dieses Zeug?« erkundigte sich Orlando schließlich. »Wo kommst du überhaupt her?«

»Ich habe mich in vielen Teilen des Netzwerks aufgehalten«, sagte Paradivasch ohne eine Spur von Wichtigtuerei. »Zuletzt bin ich aus einer von Felix Jongleurs Simulationen geflohen, wobei ich allerdings, offen gestanden, mehr Glück als Verstand hatte.« Er lächelte. »Ich war als Gefangener in Xanadu, aber eine Art Erdbeben löste unter den abergläubischen Wachen Kublai Khans einen Aufstand aus, und da der

Khan selbst nicht zugeben war, gerieten die Unruhen außer Kontrolle.«
Er zuckte mit den Achseln. »Aber das spielt keine Rolle. Wichtig ist, daß wir zwei, vielleicht sogar drei wesentliche Punkte falsch gesehen haben, und noch mehr Fehler können wir vom Kreis uns nicht leisten.«

Der junge Mann namens Wassili hob den Kopf. »Du solltest auf Gott vertrauen, mein Freund. Er wacht über uns. Er leitet uns. Er wird dafür sorgen, daß seine Feinde zuschanden werden.«

Nandi Paradivasch lächelte matt. »Das mag schon sein, Wertester, aber es war ihm noch nie unlieb, wenn seine treuen Diener sich selbst zu helfen versuchten, und ebenso gewiß mußten manche, die untätig auf Gottes rettendes Eingreifen warteten, zu ihrem Leidwesen feststellen, daß sie weitaus weniger im Mittelpunkt seines Plans standen, als sie gemeint hätten.«

»Das grenzt an Blasphemie«, murrte Wassili.

»Schluß jetzt.« Bonnie Mae Simpkins wandte sich gegen den jungen Mann wie eine knurrige Bärenmutter. »Du hältst jetzt mal ein Weilchen den Mund, dann kommst du an die Reihe. Ich möchte hören, was Herr Paradivasch zu sagen hat.«

»Folgendes.« Paradivasch starrte auf die über und über beschriebene Fliese. »Als die Gralsbruderschaft vor ein paar Wochen das System dichtmachte, nahmen wir an, dies wäre der letzte Schritt - sie hätten ihr geplantes Vorhaben abgeschlossen und wollten jetzt die Früchte ernten. Das war eine naheliegende Vermutung. Sie allein konnten frei mit dem System schalten und walten, während andere Benutzer ausgeschlossen waren oder, falls sie sich bereits drinnen befanden wie unsere Brüder und Schwestern vom Kreis, online festsaßen. Aber wie es aussieht, ist die Gralsbruderschaft doch noch nicht soweit. Ein wesentlicher Teil ihres Plans ist noch nicht verwirklicht, aber wir kennen davon nicht mehr als das Kennwort ›die Zeremonie‹.«

»Diese Gralstypen müssen jahrhundertelang im Palast der Schatten rumgespukt haben oder so«, flüsterte Fredericks Orlando zu, eine Anspielung auf ein besonders melodramatisches Eckchen in ihrer alten Simwelt Mittland. »Ziehen überall den vollen Grusel ab.«

Orlando strengte sich an, seiner Müdigkeit Herr zu werden. Das klang nach handfesten Informationen, den ersten seit langem. »Du hast von zwei wesentlichen Punkten geredet. Nein, drei. Was sind die andern?«

Paradivasch nickte. »Einer ist das Auftreten von diesem Sellars. Er ist niemand, den wir persönlich kennen, und ich habe noch nie zuvor von ihm gehört, jedenfalls nicht unter diesem Namen. Das ist merkwürdig - jemand, der vorgibt, gegen die Gralsbruderschaft zu arbeiten, und soviel Zeit und Energie in dieses Projekt steckt, ohne Kontakt mit Dem Kreis aufzunehmen. Ich weiß nicht, was ich davon halten soll.«

»Willst du sagen, er wär'n Dupper?« Fredericks klang empört wie schon länger nicht mehr. »Bloß weil er das Spiel nicht so spielt, wie er's deiner Meinung nach müßte?«

Der ältere Mann namens Pingalap meldete sich unwillig. »Wer sind diese jungen Leute, diese Fremden, daß sie hierherkommen und unser Tun anzweifeln?«

Nandi Paradivasch ignorierte seinen Bruder, aber hielt Fredericks' trotzigen Blick eine ganze Weile. »Wie gesagt, ich weiß nicht, was ich davon halten soll. Aber es beunruhigt mich.«

»Nummer drei?« hakte Orlando nach. »Der dritte Fehler?«

»Ah ja. Der wird sich möglicherweise als erfreuliche Entdeckung herausstellen.« Paradivasch hielt seine vollgekritzelte Fliese hoch. »Seit der Schließung des Netzwerks sind wir davon ausgegangen, daß die Gateways zwischen den Simulationen, wenigstens diejenigen, die nicht durch den Fluß fest mit andern Welten verbunden sind, vom Zufall regiert werden. Das macht es ungemein schwer, zu planen oder auch nur Verbindungen zwischen Gruppen des Kreises in verschiedenen Teilen des Netzwerks herzustellen. Aber ich bin mir nicht mehr sicher, daß das stimmt. Es könnte sein, daß eine Ordnung besteht, die einfach subtiler ist, als wir bisher fassen können. Mit den Informationen, die ich selbst zusammengetragen habe, und denen, die ihr zwei mir gegeben habt, kann ich unter Umständen das Muster erschließen, das derzeit die Durchgänge regelt. Wenn das zutrifft, wäre das ein großer Sieg.«

Orlando dachte nach. »Und *wenn* es zutrifft? Was würde euch das nützen?«

Paradivasch blickte von seinen Berechnungen auf. »Es muß dir aufgefallen sein, daß viele dieser Simulationen derzeit in der einen oder anderen Form zusammenbrechen und im Chaos versinken, so als ob das System eine Phase der Instabilität durchlaufen würde. Was du vielleicht nicht weißt, ist, daß die Gefahren hier real sind. Die Abriegelung des Netzwerks nach außen erfolgte nicht auf einen Schlag, sie zog sich über fast zwei Tage hin. Bevor die letzten Ritzen dichtgemacht wurden, wußten diejenigen, die offline gewesen waren, zu berichten, daß die Schrecken von Anderland nicht mehr bloß virtuell waren. Mehrere

Mitglieder unserer Organisation, die in Simulationen ums Leben kamen, starben auch im wirklichen Leben.«

Ein Verdacht, den Orlando schon lange gehegt hatte, bestätigte sich damit. Er fühlte einen kalten Kloß im Magen und vermied es, Bonnie Mae Simpkins anzuschauen. »Und was wird es uns helfen, wenn du die Durchgänge austüftelst?«

Der Fremde faßte ihn fest ins Auge, dann wandte er sich wieder seinen Zahlen zu. »Vielleicht wird es uns ermöglichen, der schlimmsten Vernichtung auch künftig einen Schritt voraus zu sein - solange wie möglich am Leben zu bleiben. Ansonsten nämlich besteht keinerlei Hoffnung mehr. Die Zeremonie kommt, was sie auch sein mag. Die Gralsbruderschaft hat die letzte Runde eingeläutet, und wir haben dem immer noch nichts entgegenzusetzen.«

Orlando blickte den Mann an, der mit diesen Worten anscheinend ein eigenes geistiges Gateway durchschritten hatte und innerlich bereits meilenweit weg war. Kleine gelbe Affen rutschten unruhig auf Orlandos Schulter herum.

Man wird uns zusammentreiben wie Vieh, dachte er voller Grauen. *Von Welt zu Welt wird man uns treiben, bis es kein Entrinnen mehr gibt. Dann wird das Morden erst richtig losgehen.*

Kapitel

Quarantäne

NETFEED/MODE:
Mbinda von der Straße angeödet
(Bild: Mbindas Herbstmodenschau — vorführende Models)
Off-Stimme: Der Modeschöpfer Hussein Mbinda erklärt, Veränderungen in der Straßenmode würden sich wenig auf seinen Stil auswirken. In seiner jüngsten "Chutes"-Kollektion zum Beispiel stehen nach wie vor fließende Stoffe im Vordergrund, aber was ihn interessiere, sagt er, seien Farbe und Form, nicht der Beifall der Straße.
(Bild: Mbinda hinter den Kulissen der Mailänder Modenschau)
Mbinda: "Die Straße ödet mich an. Man kann sich nicht ewig mit Leuten abgeben, die nicht mal soviel Verstand haben, daß sie ins Warme gehen, wenn sie frieren."

> Einen Moment lang meinte Renie, sie hätte tatsächlich geschrien. Sie war noch in den Schluß eines Traumes verstrickt, in dem Martine und Stephen in einer Art Faß eingesperrt waren, das rasch in einem dunklen Fluß versank, und sie die beiden einfach nicht erreichen konnte, so angestrengt sie auch schwamm. Doch dann schlug sie die Augen auf und sah, daß sich die kleine Emily neben ihr hin und her wiegte und daß dem schlafenden T4b der Kopf schlaff auf der breiten, gepanzerten Brust hing. In dem flach einfallenden Licht konnte man auf seinen schmutzigen Wangen Aknenarben erkennen; Renie fragte sich, was einen Jugendlichen wohl dazu bewegen mochte, seine virtuelle Erscheinung mit so etwas zu verunzieren.

Sie war wütend auf sich, weil sie eingeschlafen war, obwohl sie und die beiden jungen Leute im Augenblick gar nichts Besseres tun konnten, nachdem sie stundenlang fruchtlos nach Martine gesucht hatten. Dennoch kam es ihr wie Verrat vor, daß sie ihrer Müdigkeit nachgegeben hatte, wo doch Martine immer noch unauffindbar war.

So viele, die Hilfe brauchen, dachte sie bitter, *und wir haben noch keinem einzigen geholfen.*

Renie strich sich unwillkürlich über die Lider und mußte an ihr wirkliches Gesicht unter der Blasenmaske im V-Tank denken. Ob sie Schlafkrusten in den Augenwinkeln hatte? Sammelten sie sich an den Innenrändern der Maske wie Abraum vor einem Bergwerk? Es war ein widerlicher Gedanke, aber eigentümlich faszinierend. Sie konnte sich den eigenen Körper mittlerweile kaum anders denn als etwas vollkommen von ihr Abgetrenntes vorstellen, obwohl er den Befehlen ihrer Nervenzentren gehorchen mußte, Beugungen durchführte, wenn sie ihre virtuellen Gelenke beugte, um etwas aufzuheben, und sich in der Wanne mit plasmodalem Gel abstrampelte, wenn sie im Geiste durch die Insektendschungel oder über die Güterbahnhöfe des Otherlandnetzwerks rannte. Es tat ihr leid um ihren Körper. Er kam ihr vor wie ausrangiert, ein altes Spielzeug, das einem Kind langweilig geworden war.

Sie schüttelte die bedrückenden Gedanken ab, setzte sich auf und versuchte sich zu erinnern, in welchem der zahllosen Räume des gigantischen Hauses sie gelandet war. Sie kam erst darauf, nachdem sie eine Weile das karge, funktionale Mobiliar betrachtet hatte, den langen Tisch mit den Dutzenden von Stühlen und die in Nischen in der Wand stehenden Ikonen, jede von einer Kerze beleuchtet.

Die Bibliotheksbrüder. Ihr Gemeinschaftsspeisesaal, oder wie sie ihn sonst nennen.
Bruder Epistulus Tertius war über das Verschwinden ihrer Gefährtin entsetzt gewesen, obwohl er an eine Entführung nicht recht glauben mochte - in dieser abgeschlossenen, halbfeudalen Gesellschaft wahrscheinlich kein sehr häufiges Vorkommnis. Er hatte mehrere seiner Brüder als Helfer bei der Durchsuchung des Bibliotheksbereichs zusammengetrommelt und einen anderen mit dem Auftrag losgeschickt, Bruder Custodis Major um ein Gespräch in der Angelegenheit des Abstaubemönches zu bitten, den Renie in Verdacht hatte, ihr verkleideter Feind gewesen zu sein. Epistulus Tertius hatte auch freundlich darauf bestanden, daß Renie und die anderen Besucher das Bibliothekskloster als Operationsbasis benutzten.

Renie bemühte sich, das Problem klar ins Auge zu fassen. Mit jeder Minute, die Martine in den Händen des Mörders war, wuchs die Gefahr. Sie beäugte Emily und fragte sich, warum der Quan-Li-Sim nicht sie anstelle von Martine in seine Gewalt gebracht hatte, so wie vorher in der unfertigen Simulation. Mangels Gelegenheit, oder lag darin eine bestimmte Absicht? Konnte das bedeuten, daß die Bestie Martine unter Umständen am Leben lassen wollte?

Draußen auf dem Flur war Schrittegetrappel zu hören. T4b schreckte auf und gab einen schlaftrunkenen Fragelaut von sich, als Florimel und !Xabbu eintraten.

»Irgendwas Neues?« Renie war erleichtert, daß sie wohlbehalten zurück waren, aber Haltung und Ausdruck sagten ihr bereits, was Florimels Kopfschütteln bestätigte. »Verdammt! Wir müssen doch irgendwas tun können - sie können unmöglich spurlos verschwunden sein.«

»An so einem Ort?« fragte Florimel düster. »Mit Tausenden von Zimmern? Ich fürchte, daß das sehr wohl möglich ist.«

»Der junge Mönch möchte, daß wir alle in die ... wie war noch das Wort?« !Xabbu legte die Stirn in Falten. »Abtsgemächer. Daß wir in die Abtsgemächer kommen. Er machte einen sehr besorgten Eindruck.«

»Bruder Epistulus Tertius«, sagte Florimel. »Mein Gott, was für ein Bandwurm! Wir wär's, wenn wir ihn einfach ›E3‹ nennen - unser Freund da drüben könnte ihn zum Goggleboy ehrenhalber befördern.«

Renie lächelte höflich und warf einen Blick auf T4b, der sich schläfrig das Gesicht rieb. »Wir müssen jedes Hilfsangebot annehmen«, erklärte sie, während Emily, die genauso zerschlagen wie T4b aussah, sich aufrichtete. »Sollen wir alle hingehen?«

»Können wir es wagen, uns zu trennen?« fragte Florimel zurück.

Obwohl das Zimmer mehr als groß war, schien es den Abt der Großen Bibliothek kaum fassen zu können, einen schwergewichtigen Mann mit kleinen scharfen Äuglein und einem liebenswürdigen Lächeln, das mit erstaunlicher Raschheit in seinem feisten Gesicht aufleuchtete. Aber so herzlich das Lächeln auch war, nachdem er sie begrüßt und Renie und Florimel an seinen kolossalen Schreibtisch herangewunken hatte - die anderen setzten sich auf eine Bank neben der Tür -, hatte der Mann, den die übrigen Mönche ehrerbietig mit Primoris anredeten, nicht mehr viel Gelegenheit, davon Gebrauch zu machen.

»Ein schrecklicher Vorfall«, verkündete er Renie und ihren Begleitern. »Wir haben so viel Mühe darauf verwendet, unsern Markt zu einem sicheren Aufenthaltsort für Besucher zu machen, und jetzt zwei Überfälle in einer Woche! Und auch noch von einem unserer eigenen Novizen, falls es stimmt, was ihr sagt.«

»Von einem *falschen* Novizen, Primoris«, warf Bruder E3 hastig ein - Florimels Witz ging Renie nicht mehr aus dem Kopf, und im stillen verfluchte sie die Deutsche dafür. »Von einem, der sich bloß als Novize verkleidet hat.«

»Nun gut, wir werden die Sache aufklären. Ah, da ist ja auch Bruder Custodis Major.« Der Abt hob eine fleischige Hand und winkte. »Tritt ein, Bruder, und bringe Licht in unser Dunkel. Hast du den jungen Übeltäter gefaßt?«

Custodis Major, der einen noch kaum ergrauten roten Bart hatte, obwohl er bestimmt über sechzig war, schüttelte den Kopf. »Ich wünschte, dem wäre so, Primoris. Außer Kleidungsstücken war nichts von ihm zu entdecken.« Er legte ein kleines Bündel auf den Tisch des Abtes. »Tschwanli - so heißt er - war erst seit zwei Wochen bei uns, und keiner der andern Novizen kannte ihn besonders gut.«

»Das glaube ich gern«, sagte Renie, »zumal wenn sie nicht gemerkt haben, daß er eine Frau ist.«

»Was?« Der Abt runzelte die Stirn. »Der Verbrecher ist eine Frau? So etwas ist mir noch nie zu Ohren gekommen.«

»Es ist eine lange Geschichte.« Renie hatte den Blick nicht von dem Kleiderhäuflein abgewendet. »Dürfen wir uns diese Sachen mal anschauen?«

Der Abt machte eine gnädig gewährende Geste. Florimel trat vor Renie heran und faltete vorsichtig die Teile auseinander; Renie schluckte ihren Stolz herunter und ließ sie machen. Viel gab es ohnehin nicht zu untersuchen, eine grobe Hemdbluse und ein Paar lange Wollstrümpfe mit Löchern und losen Fäden. »Als ich sie zuletzt sah, hatte sie was anderes an«, bemerkte Renie.

Bruder Custodis Major zog eine buschige rote Braue hoch. »Dies hier ist die Bibliothek, nicht der Kerker, gute Frau, und wir leben auch nicht mehr in der finsteren Zeit nach dem großen Magazinbrand. Meine Schützlinge haben eine zweite Garnitur, damit sie ihre Sachen in die Wäsche geben können, wenn die Walker kommen.«

»Was ist das?« Florimel hielt einen Finger hoch, an dessen Ende ein winziger weißer Krümel klebte. »Das war im Ärmelaufschlag.«

Epistulus Tertius war von den drei Mönchen am flinksten. Er beugte sich vor, kniff die Augen zusammen und sagte: »Mörtel, oder?«

Bruder Custodis Major war langsamer mit seinem Urteil. Nachdem er den Krümel eine ganze Weile betrachtet hatte, meinte er: »Ich glaube nicht, daß er aus der Bibliothek stammt. Seht her, er ist geformt, und der einzige Mörtel, den wir hier haben, ist an den glatten Wänden in den Klosterräumen – die Bibliothek ist ganz aus Holz und Stein.«

Renie konnte es sich nicht verkneifen, vor grimmiger Freude in die Hände zu klatschen. »Immerhin! Das ist wenigstens etwas!« Sie wandte sich an den Abt. »Gibt es irgendeine Möglichkeit rauszufinden, wo das Stück herkommt? Ich weiß, es ist ein großes Haus, aber ...«

Der Abt hob abermals die Hand, diesmal um weiteren Fragen Einhalt zu gebieten. »Ich bin sicher, das läßt sich machen.« Er holte einen mit Stoff bezogenen Schlauch hinter seinem Schreibtisch hervor und sprach hinein. »Hallo? Hallo, Bruder Vocus?« Er hielt ihn ans Ohr; als keine Antwort kam, schüttelte er ihn und wiederholte dann den ganzen Vorgang. Schließlich sagte er: »Irgend jemand hat anscheinend meine Sprechverbindung nach unten unterbrochen. Epistulus Tertius, bist du so gut und gehst Bruder Factum Quintus holen? Ich glaube, er katalogisiert heute im Ziegelsaal.«

Der Abt drehte sich wieder den Auswärtigen zu, während der junge Mönch durch die Tür verschwand. »Factum Quintus ist unser Experte für dekorative Baustoffe, aber sein Wissen ist keineswegs auf dieses enge Gebiet begrenzt. Er hat auch hervorragend über Krenelierungen gearbeitet – ja, dank ihm konnten wir überhaupt erst aufklären, daß die Halbkuppelapsis-Urkunden, wie sie damals noch hießen, in Wahrheit aus einer ganz anderen Quelle stammen. Wenn sie eines Tages übersetzt sein werden, wird sein Name darin ehrende Erwähnung finden.« Ein Lächeln verwandelte sein Gesicht, so daß es wie eine flauschige Wolke am Himmel aussah. »Ein tüchtiger Mann.«

Renie lächelte zurück, aber innerlich fühlte sie ihren Motor rasen. Sie wollte etwas *tun*, und nur die Erkenntnis, daß Martines Leben von ihnen abhing, machte es ihr möglich, die unnütze innere Stimme zum Schweigen zu bringen, die sofortiges Handeln, ob sinnvoll oder nicht, verlangte.

Schließlich erschien Factum Quintus, lautlos und gespenstisch wie der Dickenssche Geist der künftigen Weihnachten. Der rundgesichtige Bruder E3 (Renie stöhnte innerlich auf – der Name wurde langsam zur

Manie) stand schnaufend hinter ihm in der Tür, als hätte er den anderen Mönch den ganzen Weg bis zu den Abtsgemächern auf dem Rücken tragen müssen. Wobei das keine große Leistung gewesen wäre: Factum Quintus war wohl der dünnste Mensch, den Renie seit langem gesehen hatte, mit einem Gesicht wie ein Fisch, der frontal durch die Glasscheibe eines Aquariums glotzt. Er würdigte sie und die anderen kaum eines Blickes, obwohl es bestimmt das erstemal war, daß er einen Pavian mit dem Abt in einem Raum sah.

»Du hast mich rufen lassen, Primoris?« Seine Stimme klang arglos wie die eines Kindes, dabei sah er aus wie Anfang dreißig.

»Sei doch bitte so gut und sieh dir das einmal an.« Der Abt deutete auf das Mörtelstückchen, das Florimel auf die wieder zusammengefaltete Hemdbluse gelegt hatte.

Der hagere Mönch starrte einen Moment lang mit nahezu ausdruckslosem Gesicht darauf, dann langte er in den Kragen seiner Kutte und zog ein dünnes, rechteckiges Kristallstück an einem Kettchen heraus. Er setzte es sich wie eine Brille auf die Nase – in der Mitte war zu diesem Zweck eine Kerbe ausgeschnitten –, neigte es hin und her und beugte sich dabei mit leisen Schnalzgeräuschen über das weiße Pünktchen. Nach langer Begutachtung richtete er sich auf.

»Stuck. Stammt von einer Ballenblume. Doch, doch. Ein Flickstück, könnte ich mir vorstellen, mit dem einmal ein Ornament außen an einem der älteren Türmchen ausgebessert wurde.« Er nahm den Krümel mit der Fingerspitze hoch, um ihn noch einmal prüfend zu betrachten. »Hmmmm – ah! Ja. Seht ihr die Kurve? Ganz typisch. Habe ich schon länger nicht mehr gesehen, hat mich einen Moment lang verwirrt. Dachte erst, es könnte von der Muschelfassade sein, dort wo die Ecksteine zutage kamen, als der Putz abgeschlagen wurde.« Stark vergrößert hinter der Kristalleiste sahen seine Augen noch fischartiger aus als vorher. »Darf ich es behalten? Ich würde gern mal das Mischungsverhältnis untersuchen.« Er legte es zurück und leckte vorsichtig an dem Finger, mit dem er es hochgehalten hatte. »Mmmmm. Mehr Gips, als ich erwartet hätte.«

»Alles schön und gut«, sagte Renie betont langsam, um ihre Ungeduld im Zaum zu halten, »aber kannst du uns sagen, wo es *herstammt*? Wir suchen jemanden – das Stück haben wir an seinen Sachen gefunden.« Der Abt und Epistulus Tertius bedachten sie wegen des abermals gewechselten Pronomens mit einem verwunderten Blick, aber Renie wollte sich nicht mit Erklärungen aufhalten.»Wir haben es eilig - der Betreffende hat unsere Freundin entführt.«

Factum Quintus betrachtete sie sinnierend, den Finger immer noch an der Zunge, dann drehte er sich abrupt um und schritt aus den Abtsgemächern hinaus. Renie blickte ihm entgeistert nach.»Wo will er hin ...?«

»Epistulus Tertius, folgst du ihm bitte?« sagte der Abt.»Er ist von Natur aus ein wenig ... zerstreut«, erläuterte er Renie und den anderen.»Aus dem Grund wird er auch niemals Factum Major werden. Aber er ist außerordentlich gescheit, und ich bin sicher, daß er euerm Problem nachgeht.«

Kurz darauf erschien Epistulus Tertius wieder in der Tür, noch röter im Gesicht als zuvor (und, hatte Renie das Gefühl, zunehmend von Reue erfüllt, daß er diese Fremden jemals angesprochen hatte).»Er ist in die Krypten gegangen, Primoris.«

»Seht ihr.« Der massige Abt lehnte sich in seinem Sessel zurück wie ein Stück Frachtgut in seinen Seilen.»Er sucht etwas, das euch mit euerm Problem weiterhilft.«

Ein verlegenes Schweigen entstand. Der Abt und die Brüder Custodis Major und Epistulus Tertius, die eigentlich Stille gewohnt sein mußten, starrten nervös die Wände an. Renie und ihre Gefährten fühlten sich ebenfalls ein wenig unbehaglich, mit Ausnahme von !Xabbu und Emily. !Xabbu tat sein Bestes, um sich nicht menschlich zu verhalten, da ihnen in dieser Simulation noch kein einziges sprechendes Tier begegnet war, und hockte im Augenblick auf der Rücklehne der Bank, wo er aus T4bs stinktierähnlich gestreiften Haaren imaginäre Läuse klaubte, sehr zum Verdruß des Goggleboys und zur Erheiterung des Mädchens.

»Wenn wir schon warten müssen«, sagte Renie,»könnt ihr uns dann wenigstens was über diesen Ort hier erzählen? Wie groß ist er? Er scheint riesig zu sein.«

Der Abt sah auf und lächelte.»Die Bibliothek? O ja, ich denke schon, daß sie groß ist, obwohl es ansonsten nur noch zwei wallfahrtsgünstig gelegene Bibliotheken gibt, so daß wir kaum Vergleichsmöglichkeiten haben.«

»Nein, ich meine das Haus selbst.« Renie fiel das Dächermeer wieder ein.»Nach dem, was ich gesehen habe, ist es so ausgedehnt wie eine ganze Stadt. Wie groß ist es?«

Der Abt richtete den Blick auf Bruder Custodis Major, dann wieder auf sie. »Stadt? Ich verstehe nicht.«
»Laß gut sein, Renie«, schaltete sich Florimel ein. »Ist doch egal.«
»Wie weit von hier bis dort, wo es aufhört?« fragte Renie den Abt. Bis zur nächsten Gelegenheit, hier mit jemandem ein normales Gespräch zu führen, konnte es lange dauern. »Wo kein Haus mehr ist?«
»Ach so.« Der dicke Mann nickte langsam. »Ich verstehe. Du bist in religiösen Fragen nicht ganz unbewandert, könnte das sein? Oder kursieren in dem Teil des Hauses, wo ihr herkommt, Legenden über solche Dinge? Natürlich weiß niemand, was jenseits des Hauses ist, weil noch nie jemand dort gewesen und zurückgekehrt ist, um Bericht zu erstatten, genau wie noch nie jemand über die Schwelle des Todes zurückgekommen ist und berichtet hat, was er dort vorfand. Diejenigen, die an die Madonna der Fenster glauben, würden mir freilich in beiden Punkten widersprechen, aber das Haus ist voll von sonderbaren Ideen und Kulten. Wir vom Bibliotheksorden halten uns strikt an die Tatsachen.«
»Es hat also kein Ende? Gar keins? Dieses ... Haus geht einfach endlos immer weiter?«
»Gewiß gibt es welche, die sagen, daß die Baumeister irgendwo dort draußen immer noch am Werk sind.« Der Abt breitete die Hände aus wie zum Eingeständnis einer unangenehmen Wahrheit. »Sie glauben, daß sich in unvorstellbarer Ferne ein Ort finden muß, der, ... tja, der *Nichthaus* ist, anders kann ich es nicht ausdrücken. Daß dort am äußersten Rand alles Seienden die Baumeister immer noch am Bauen sind. Aber die Baumeisterkulte sind zu meinen Lebzeiten deutlich zurückgegangen – eine lange Periode des Friedens und Wohlstands hat wohl diese Auswirkung.«

Bevor Renie sich auch nur annähernd mit der Vorstellung eines Hauses vertraut machen konnte, das eine ganze Welt war – das buchstäblich keine Grenze, kein Ende hatte –, kam der lange, dürre Bruder Factum Quintus wieder ins Zimmer spaziert, diesmal den Arm voller Papier- und Pergamentrollen, deren Enden in alle Richtungen abstanden, so daß er wie ein Seeigel auf Stelzen aussah.

»... Wirklich sehr interessant, wenn man's genauer betrachtet«, sagte er gerade, als hätte es in dem vorangegangenen Gespräch nie eine Unterbrechung gegeben. »Unsere Forschungen im Sanctum Factorum beschäftigen sich überwiegend mit der ursprünglichen Bautätigkeit – den Reparaturarbeiten, die ganz eigene und nicht minder faszinierende

Stile haben, wurde bisher wenig Aufmerksamkeit geschenkt. Natürlich gibt es über einige Renovierungen Unterlagen, aber viel zu wenige.« Da die Rollen ihm die Sicht nahmen, stieß er gegen den Schreibtisch des Abtes und kam dort zum Stillstand wie ein Stück Treibgut an der Hafenmauer. »Doch, doch. Hierüber sollte einmal eine Monographie verfaßt werden, das wäre ein großer Beitrag zur Beförderung der Wissenschaft«, fuhr er fort, obwohl er mit Sicherheit niemanden im Raum sehen konnte, aber er hatte diese Überlegungen offensichtlich schon vorher als Selbstgespräch begonnen.

»Bruder Factum Quintus«, sagte der Abt milde, »du redest wirres Zeug. Bitte, leg diese Urkunden ab - der Tisch steht direkt vor dir.«

Die Rollen purzelten auf die Tischplatte wie ein Haufen übergroßer Mikadostäbchen. Factum Quintus' schmales, glupschäugiges Gesicht war wieder sichtbar. Seine Stirn war gerunzelt. »Ballenblumen, richtig - die finden sich allerdings auch in den Ruinen aus der Neugründerzeit, und ich überlege, ob wir diese Teile des Hauses ebenfalls in Betracht ziehen sollten. In dem Fall hätten wir jedoch keine Reparaturanweisungen, da die frühen Bewohner Buchstaben und Zahlen allem Anschein nach noch nicht kannten.«

»Ich denke, wir können die Neugründerzeit fürs erste außer acht lassen«, beschied ihn der Abt. »Komm, Bruder, zeige diesen guten Leuten, was du gefunden hast.«

Factum Quintus fing an, seine Urkunden auszurollen, wobei er einen vergilbten, welligen Bogen über den anderen breitete und die Umstehenden anwies, mal diese, mal jene Ecke festzuhalten, bis der Schreibtisch des Abtes völlig unter einer Mulchschicht von Dokumenten verschwunden war, in denen man jetzt Baupläne, Arbeitsanweisungen und mit Lettern gestempelte Lieferscheine erkennen konnte. Sie schienen sich über einen Zeitraum von Jahrhunderten zu erstrecken und reichten von naiven Bildchen mit mythischen Wesen an den Rändern, aber ohne eine einzige wirklich gerade Linie, bis zu recht modern wirkenden Grund- und Aufrißzeichnungen, die jeden Schacht und jedes Ornament fein säuberlich vermerkten.

Der staksige Mönch war in seinem Element und gab einen laufenden Kommentar ab, während er sich vorwärts und rückwärts durch die Lagen wühlte. »... Das wäre freilich in den Morgenmansarden, mehrere Tagesreisen entfernt, und zudem noch stromaufwärts, so daß es mir unwahrscheinlich vorkommt. Aber die Ausbesserungsarbeiten im

Turritorium kämen zweifellos in Frage, und ich bin sicher ... hmmm, doch, hier, ziemlich hoher Gipsanteil, das wäre also eindeutig möglich.«

Renie blickte auf den Urkundenberg. »Habt ihr keine Angst, daß ihnen was zustoßen könnte?« Sie fand die Mönche für einen Orden von Bücherhütern ziemlich sorglos. »Was ist, wenn eine zerrissen wird?«

»Das wäre natürlich tragisch«, antwortete Epistulus Tertius, der wieder seinen normalen, wenn auch immer noch rötlichen Teint hatte. Seine Augen verengten sich. »Herrje, du denkst doch nicht etwa, dies wären die Originaldokumente, oder?« Er und Bruder Custodis Major gestatteten sich ein leises Lachen, und selbst der Abt mußte schmunzeln. »Nicht doch. Das sind Abschriften von Abschriften. Einige ziemlich alt und insofern durchaus wertvoll – selbst in dieser modernen Zeit ist es schwer, gute Abschriften von Originalen anfertigen zu lassen, ohne Beschädigungen zu riskieren.«

Factum Quintus hatte seinen Monolog leise fortgesetzt, ohne die um ihn herum ablaufende Unterhaltung zu beachten, und hob auf einmal den Finger, als käme er nunmehr zu einem wesentlichen Punkt. »Wenn wir davon ausgehen, daß der Betreffende in den letzten Tagen von dort gekommen ist, wo dieses Teilchen abgebröckelt ist – und das ist wahrscheinlich, weil der Stuck sonst inzwischen nur noch Staub wäre –, dann können wir die Auswahl, denke ich, auf zwei Orte einengen«, erklärte er. »Es stammt höchstwahrscheinlich entweder aus dem Turritorium oder vom Glockenturm der sechs Schweine.«

»Großartig.« Renie wandte sich an den Abt. »Hast du eine Karte, auf der wir sehen können, wie man dort hinkommt?« Sie blickte auf den Tisch, der mit Plänen jeder Art überhäuft war. »Ich befürchte, das ist eine dumme Frage.«

Bevor der Abt ihr antworten konnte, sagte Factum Quintus plötzlich: »Im Grunde könnte *ich* euch an beide Orte führen. Der Gedanke einer Pionierarbeit über Fassadenreparatur begeistert mich restlos.« Er schüttelte den Kopf. Seine Augen wirkten entrückt, doch ein Licht glomm in ihnen. »Das ist nahezu unerforschtes Gelände.«

»Sind diese Orte so weit weg?« fragte Florimel ihn.

»Niemand hat je auch nur davon geträumt, einen systematischen Überblick über Reparaturarbeiten zu erstellen«, murmelte er, Herrlichkeiten deutlich vor Augen, die andere nur dunkel ahnen konnten. »Doch. Doch, ich werde mitgehen und wenigstens einen Anfang machen.«

Der Abt räusperte sich. Es dauerte etwas, bis Bruder Factum Quintus es mitbekam.

»Ach so«, sagte er. »Wenn du, Primoris, und Bruder Factum Major es erlauben, heißt das.« Sein Gesicht nahm einen leicht schmollenden Ausdruck an wie bei einem Kind, dem man vor dem Essen die Schokolade verboten hat. »Ich wüßte nicht, was es schaden könnte, einen kurzen Abstecher ins Turritorium zu machen und ein paar Dreipässe anzuschauen. Bei meiner Ziegelarbeit bin ich dem Zeitplan um Monate voraus - Walmdächer habe ich ganz fertig und die vorläufige Erfassung der Vierstichtürme so gut wie.«

Der Abt faßte ihn streng ins Auge, aber wenn Factum Quintus etwas von einem Kind hatte, dann schienen seine Erziehungsberechtigten diesem Kind viel durchgehen zu lassen. »Na schon«, sagte der Abt schließlich. »Wenn Bruder Factum dich erübrigen kann, gebe ich meine Zustimmung. Aber du darfst dich nicht in Gefahr begeben. Du bist ein Diener der Bibliothek, kein Mitglied der Flurwache.«

Factum Quintus verdrehte seine großen Augen, aber nickte. »Ja, Primoris.«

»Gott sei Dank«, sagte Renie. Es klang wie ein lange zurückgehaltener Seufzer. »Dann können wir los. Wir können Martine suchen gehen.«

> »*Code Delphi. Hier anfangen.*

Ich weiß nicht, ob ich diesmal überhaupt laut genug spreche, um eine später wieder auffindbare Aufzeichnung zu hinterlassen. Ich traue mich nicht, lauter zu sprechen. Er ist fort, aber ich weiß nicht, wann er wiederkommt.

Er ist der schrecklichste Mensch, der mir je begegnet ist.

Er hat mich so mühelos überwältigt. Mir blieb nur eine Sekunde, um zu merken, daß etwas nicht stimmte - mein Gott, und das trotz meiner Sinne, die mich hätten warnen müssen, daß er ganz in der Nähe war! Aber es kamen mehrere Umstände zusammen, Lärm und die Hitze einer Kohlenpfanne und das Getümmel lachender und springender Kinder, und so hatte er mich geschnappt, bevor ich es gewahr wurde. Ich wurde zu Boden geworfen, sein Arm legte sich würgend um meinen Hals, und binnen Sekunden verlor ich das Bewußtsein. Ich bin sicher, die Leute um uns herum sahen nur jemand hinfallen und jemand anders Hilfe leisten. Es hätte überhaupt keinen Verdacht erregt, wenn er mich aufgehoben und weggetragen hätte. Vielleicht hat er es sogar jemand anders machen lassen, einen guten Samariter, der so unwissentlich zu meinem Verderben beitrug. Er stieß mich um und brachte mich nur mit dem Druck seines Armes augenblicklich zum Schweigen. Er ist erschreckend stark.

Und es war Quan Lis Arm um meinen Hals. Irgendwie macht es das noch furchtbarer. Er bewohnt den Körper einer Frau, die wir zu kennen meinten, wie ein böser Geist. Wie ein Dämon.

Ich muß aufhören und nachdenken. Ich weiß nicht, wie lange ich gefahrlos sprechen kann.

Ich befinde mich in einem Raum, leer wie einige von denen, die wir zuvor durchforschten, aber klein, von Wand zu Wand vielleicht fünf Meter, und mit nur einem erkennbaren Eingang, einer Tür in der Wand gegenüber. Ich weiß nicht, ob wir noch in dem großen Haus sind - ich bin hier aufgewacht und habe keine Erinnerung, wie ich hergekommen bin -, aber es macht sehr den Eindruck. Alte Möbel sind in einer Ecke aufgestapelt, nur einen Stuhl hat er in die Mitte des Zimmers gestellt, auf dem er vor weniger als zehn Minuten noch gesessen und mir fröhlich die gräßlichen Sachen erzählt hat, die er mir jederzeit antun kann, wann es ihm gefällt. Meine Hände sind über meinem Kopf mit einem Stück Tuch gefesselt, und das Tuch ist an etwas festgemacht, das ich nicht recht erkennen kann, eine Wandlampe vielleicht oder eine Wasserleitung. Wenigstens hat er mich so gefesselt, daß ich auf dem Boden sitze - meine Arme schmerzen, aber meine Position könnte schlimmer sein, zumal bei der Vorstellung, längere Zeit darin zubringen zu müssen.

Ich habe Angst. Ich schaffe es mit Mühe und Not ... nicht zu weinen. Was mich vor dem totalen Zusammenbruch bewahrt, ist allein das Wissen, daß die anderen nach mir suchen werden. Aber das macht mir auch Angst um sie, große Angst.

Er ist ein Monster. Ein menschliches, gewiß, aber das ist viel schlimmer als ein Codeprodukt, das auf eine feste Rolle programmiert ist und dabei so wenig Entscheidungsfreiheit hat wie eine automatische Tür - ein Schritt in den Strahl, und die Tür geht auf oder zu. Aber er ist ein Mensch. Er denkt, und dann handelt er. Er genießt das Grauen - oh, wie er es genießt! Die ruhige Art, in der er spricht, beweist es mir - er muß sich beherrschen, um nicht ganz seiner Wollust zu verfallen.

O Gott, ich habe solche Angst ...!

Nein. Das nützt mir nichts. Wenn ich am Leben bleiben will, muß ich nachdenken. Ich darf nicht aufhören nachzudenken. Ich muß mir jede Einzelheit einprägen. Er kann jeden Moment zurückkommen, und wer weiß, welcher Teufel ihn dann gerade reitet. Er hat mit mir geredet, als ich hier zu mir kam - er hat viele Sachen gesagt. Wenn dieses Monster eine Schwäche hat, dann ist es seine Redseligkeit. In seinem Leben, vermute ich, umgibt ein großes Schweigen diese Sache, die ihm am wichtigsten ist, und wenn er mit Leuten sprechen kann, von denen er weiß, daß sie nicht lange genug leben werden, um sein erzwungenes Geheimnis preiszugeben, kann er sich gehenlassen. Und da er sich mir offenbart hat, bedeutet das natürlich ... o Gott. Nein, ich darf nicht daran denken, es lähmt mich. Ich muß mich darauf konzentrieren, wo ich bin, was hier gespielt wird, was ich tun könnte, um zu fliehen ...

Aber er ist stolz, dieser Dämon - stolz wie Luzifer, der zu hoch hinaus wollte. Bitte, Gott, mach, daß er für seinen Stolz bezahlen muß, für seine Verachtung. Bitte ...«

»Ich werde jetzt fortfahren. Ich schäme mich meiner Tränen, aber hilflos sein ist nichts, was mir leichtfällt. Was mir leichtfällt, ist zum Beispiel mich erinnern, und ich will versuchen zu wiederholen, was er zu mir gesagt hat. Das erste war: ›Das Theater kannst du dir sparen. Ich weiß, daß du wach bist.‹ Das wußte ich in dem Moment selber kaum. ›Ich hab gehört, wie dein Atem sich verändert hat. Wenn du Zicken machst, werde ich dich nicht umbringen, aber du wirst dir wünschen, ich hätte es getan. Du weißt, daß ich das tun kann, nicht wahr? Dieses ganze Simulationsnetzwerk ist sehr realistisch, und das gilt auch für Schmerzen. Ich kenn mich da aus - ich hab experimentiert.‹

Ich sagte, ich hätte verstanden. Ich versuchte, mit gefaßter Stimme zu sprechen. Ich weiß nicht, ob es mir gelang.

›Gut‹, sagte er. ›Das ist schon mal ein Anfang. Und wenn wir zusammenarbeiten wollen, ist es wichtig, daß wir uns richtig verstehen. Keine Tricks. Keinen Scheiß.‹ Er hatte die Quan-Li-Stimme ganz aufgegeben, die vorher verwendeten Filter waren abgestellt. Es war eine männliche Stimme mit einem, wie mir scheint, leichten australischen Akzent, ein kultivierter Anstrich über einer Sprache, die rauher und erdiger war.

›Was soll das heißen?‹ fragte ich. ›Wieso zusammenarbeiten?‹

Er schüttelte den Kopf - in dem Moment die einzige Bewegung im Raum. ›Süße‹, sagte er, ›du enttäuschst mich. Ich bin kein Fremder von der Straße. Ich *kenne* dich. Ich bin tagelang mit dir unterwegs gewesen. Ich hab neben dir geschlafen. Ich hab deine Hand gehalten. Und wenn jemand die cleveren Tricks kennt, die du mit deinem Sonar, oder was weiß ich womit, machen kannst, dann bin ich es.‹

›Das heißt?‹ fragte ich.

›Das heißt, daß ich ein kleines Problem zu lösen habe und es möglicherweise allein nicht schaffe. Siehst du, ich bin keiner von diesen altmodischen Spießern, die zu stolz sind, um Hilfe von einer Frau anzunehmen.‹ Er lachte, und das Gräßlichste daran war, daß man es, losgelöst von den Worten vorher und nachher, für das Lachen eines charmanten, heiteren Mannes gehalten hätte. ›Du willst mich doch nicht zwingen, dir sämtliche Mittel zu beschreiben, mit denen ich dich zur Einsicht bringen kann, nicht wahr? Ich bin mit scharfen Sachen sehr geschickt.‹

›Das habe ich gemerkt‹, erwiderte ich halb aus Zorn, halb in der Hoffnung, ihn am Reden zu halten.

›Du denkst an Sweet William?‹ Die angenehme Erinnerung ließ ihn lächeln. ›Dem hab ich wirklich ganz schön den Bauch aufgeschlitzt, was? Das war das Messer, das ich dem fliegenden Mädchen abgeknöpft hatte. Zu schade, daß ich es nicht in die nächste Simulation mitnehmen konnte, da hätte keiner von euch Hand an mich legen können. Oder wenn, wären hinterher nicht mehr alle Finger dran gewesen.‹ Er lachte abermals still vor sich hin. ›Aber keine Bange. Ich treibe mich lange genug in dieser Simulation herum, das Problem ist inzwischen gelöst.‹ Er zog einen gefährlich wirkenden Dolch aus dem Gürtel. Die Waffe hatte einen Handschutz ähnlich dem Korb an einem Säbel, aber die Klinge war kurz, breit und schwer. ›Nettes Gerät‹, erklärte er mir. ›Schneidet Knochen, als wären es Salzstangen.‹

Ich holte tief Luft und hatte plötzlich das Gefühl, fast alles wäre besser, als daß er mir mit diesem scheußlichen Ding zu nahe kam. ›Was willst du von mir?‹

›Ganz einfach, Süße. Ich will, daß du mir hilfst, aus dem Feuerzeug schlau zu werden. Ach, und um uns beiden Zeit und Ärger zu ersparen, halte mich bitte nicht für so dumm, daß ich es dir in die Hand gebe oder dich auch nur in die Nähe kommen lasse. Aber du wirst deine besonderen Wahrnehmungen ein bißchen spielen lassen, damit ich auch ja sämtliche Vorteile aus meinem kleinen Zufallstreffer ziehen kann.‹ Sein breites Grinsen in Quan Lis Gesicht sah bestimmt wie bei einem Totenschädel aus. ›Ich bin ein Gierhals, weißt du. Ich will *alles.*‹ Und obwohl er sich eben noch schonungsvoll gebärdet hatte, trug er dann mehrere Minuten lang eine detailverliebte Aufzählung von Körperfunktionen und den Mitteln vor, mit denen man hier und dort unglaubliche Schmerzen erzeugen könne, und er versicherte mir, dies alles und mehr werde mir widerfahren, falls ich mich sträubte oder irgendwelche Tricks versuchte – die komplette Schreckenslitanei des Erzschurken, wie in einem schlechten Netzfilm. Doch die Art, wie er beim Reden begierig die Schultern vorbeugte und langsam die Finger krümmte und streckte, ließ mich nicht vergessen, daß dies real war, daß er kein Konstrukt war, sondern ein Psychopath auf freiem Fuß in einer straflosen Welt. Schlimmer noch, er versprach mir, er werde sich zuerst Renie und die anderen vornehmen und ihnen in meinem Beisein alle diese Dinge antun.

Ich habe noch nie jemandem den Tod gewünscht, aber als ich ihn im normalen Plauderton schildern hörte, wie er die kleine Emily so lange zum Schreien bringen werde, bis ihr Kehlkopf den Dienst versagte, malte ich mir in glühenden Farben aus, daß mein Zorn sich in Energie verwandelte, aus mir hervorschoß und ihn zu schmutziger Asche verbrannte. Aber die neuen Fähigkeiten, die mir dieses Netzwerk verliehen hat, sind passiver Art. Ich konnte nur wehrlos lauschen, wie er immer weiterredete und eine zukünftige Grausamkeit nach der andern entwarf, bis ich innerlich abschaltete und nur noch ein eintöniges Murmeln vernahm.

Als er aufhörte – vermutlich weil er seinen Trieb fürs erste befriedigt hatte –, sagte er mir, er werde eine Weile fortgehen und ...

Gott steh mir bei, er kommt zurück! Er schleift etwas hinter sich her ... oder jemanden. Gott stehe uns allen bei!

Code Delphi. Hier aufhören.«

> »Das ist die größte Dummheit, die ich mir überhaupt vorstellen kann«, flüsterte Del Ray. Long Joseph hatte auf das Vorrecht des Alters gepocht, deshalb mußte sich Del Ray ganz hinten in die Ecke neben die Abfallanlage quetschen, während Joseph vorn am Rand saß.

»Und du bist der größte Feigling, den ich je gesehn hab«, erwiderte Long Joseph, obwohl er selber mehr als nervös war. Was ihm Sorgen machte, waren weniger Del Ray Chiumes burische Killer, die ihm eigentlich immer noch wie Hirngespinste vorkamen - sie hörten sich dermaßen nach Filmbösewichten an, daß Joseph sie einfach nicht richtig ernst nehmen konnte -, als die Krankenhausquarantäne. Er wußte, daß damit nicht zu spaßen war und daß sie, wenn man sie erwischte, ins Gefängnis wandern würden, wenigstens eine Zeitlang, und er hatte allmählich das Gefühl, daß er wieder zu Renie und den anderen zurückkehren sollte.

»Ich hätte dich erschießen sollen, als ich es noch konnte«, murrte Del Ray.

»Haste aber nich«, trumpfte Long Joseph auf. »Und jetzt halt den Mund.«

Sie kauerten hinter den Müllcontainern in der Garage des Klinikums Durban Outskirt, in der wegen der Quarantäne nur wenige Wagen parkten. Del Ray hatte schließlich vor Josephs hartnäckigem Drängen kapituliert und ein paar Freundschaftsdienste von Verwandten und Nachbarn in Anspruch genommen: Wenn alles gutging, würden sie hineinkommen. Was allerdings, wie Del Ray ständig betonte, die geringste Schwierigkeit war.

Long Joseph war das egal. Der Hüttenkoller, der ihn aus der Militärbasis »Wespennest« hinausgetrieben hatte, war ihm auf seinen Irrfahrten vergangen, und der Durst, der ihm mindestens genauso zugesetzt hatte, war inzwischen mehr als zur Genüge gelöscht. Jetzt, wo sein Verstand ein bißchen aufklarte, kam ihm der Verdacht, wenn er zurückging und nicht mehr geleistet hatte, als etliche Liter Mountain Rose zu trinken, könnte das bei Renie und den anderen einen schlechten Eindruck machen.

Selbst dieser Jeremiah wird über mich die Nase rümpfen. Der Gedanke war schwer erträglich. Schlimm genug, wenn die eigene Tochter einen für einen verantwortungslosen Schwachkopf hielt, aber daß diese Schwuchtel womöglich dasselbe dachte - nee, das ging nicht.

Doch wenn er mit Neuigkeiten von Stephen zurückkam, vielleicht sogar melden konnte, daß sich sein Zustand gebessert hatte, dann würde die Sache ganz anders aussehen.

»*O Papa*«, würde Renie sagen, »*ich hab mir solche Sorgen gemacht, aber jetzt bin ich froh, daß du's getan hast. Das war so mutig ...*«

Ein spitzer Ellbogen in den Rippen riß ihn aus seinen Phantasien. Er wollte protestieren, aber Del Ray beschwor ihn mit auf die Lippen gepreßtem Finger, ja still zu bleiben. Der Fahrstuhl kam herunter.

Aus der Fahrstuhltür trat ein Pfleger, der einen schweren Wagen mit Krankenhausabfällen in Säcken vor sich herschob – Verbandsmaterial, Nadeln und leere Ampullen. Während er in seinem voluminösen Ensuit, in dem er wie ein verirrter Astronaut aussah, zum Einwurfschacht am anderen Ende des Kellerraumes trottete, huschten Del Ray und Joseph hinter den Containern hervor und eilten zum Fahrstuhl. Mit einem Gewaltspurt bekam Del Ray gerade noch die Finger in die Tür, bevor sie zugehen konnte; der Fahrstuhl läutete, aber der Pfleger unter seinem schweren Gesichtsschutz hörte es nicht.

Als sie drin waren und nach oben fuhren, zerrte Del Ray die sterilen OP-Sachen aus der Papiertüte. »Beeil dich«, zischte er Joseph an, als dieser umständlich den Inhalt seiner Taschen umlud, darunter eine halbvolle Plastikflasche mit hustensaftfarbenem Wein. »Um Himmels willen, zieh endlich das Zeug an!«

Als die Tür im zweiten Stock aufging, steckten ihre eigenen Sachen in der Tüte und trugen sie beide OP-Kleidung, die allerdings in Long Josephs Fall beängstigend viel Wade über den weißen Strümpfen freiließ. Del Ray führte ihn rasch den Flur hinunter, der zum Glück völlig leer war, und in den Umkleideraum für Krankenpfleger. Ensuits hingen an Haken an einer Wand wie die verlassenen Puppen riesiger Schmetterlinge. Zwei Männer redeten und lachten unter der Dusche, nur durch eine gekachelte Zwischenwand von ihnen getrennt. Del Ray faßte Joseph am Ellbogen, ohne das empörte Gegrummel des älteren Mannes zu beachten, und schob ihn zu der Wand mit den Environment Suits. Trotz einigen Genestels mit den Verschlüssen hatten sie in weniger als einer Minute die Anzüge an und waren wieder draußen auf dem Gang.

Del Ray, der in seine Tasche fassen wollte, mußte stehenbleiben und den Ensuit aufmachen, um die Hand in den OP-Kittel zu bekommen. Er zog den zusammengefalteten Lageplan heraus, den ihnen sein Cousin gezeichnet hatte. Es war nicht der zuverlässigste Plan aller Zeiten: Der Cousin war zum einen kein großes Zeichentalent, zum andern hatte er die Stelle als Hausmeistergehilfe nur kurzfristig bekleidet, weil sein Vorgesetzter andere Vorstellungen von Pünktlichkeit gehabt hatte als er – eine Tugend, die Del Rays Cousin anscheinend genausowenig lag wie Zeichnen.

»Wenn ihr einen seht, der Nation Uhimwe heißt«, hatte der Cousin ihnen aufgetragen, »den Hausmeister persönlich, dann gebt ihm von mir eins über die Rübe.«

Dem Plan zufolge war die Langzeitstation im vierten Stock. Nach einem geflüsterten Wortwechsel setzte sich Del Ray mit seinem Beschluß durch, die Aufzüge möglichst zu meiden, in denen ihre selbstgebastelten Dienstmarken einer genaueren Überprüfung schwerlich standgehalten hätten. Er bugsierte Joseph zur nächsten Treppe.

Oben angekommen lugten sie um die Ecke, bevor sie auf den Gang traten. Eine kleine Gruppe von Ärzten oder Schwestern - in den trüben, fast undurchsichtigen Ensuits sahen alle ziemlich gleich aus - überquerte ein paar Meter vor ihnen den Flur, mit zusammengesteckten Köpfen ins Gespräch vertieft, unterwegs in einen anderen Teil der Station. Del Ray schob Joseph zu einem Wasserspender, wo ihm zu seinem Entsetzen aufging, daß man durch den Gesichtsschutz unmöglich trinken konnte, so daß die Ausrede denkbar schlecht gewählt war. Nach kurzer panischer Überlegung zog er den älteren Mann in einen Seitengang, wo mit weniger Betrieb zu rechnen war; gleich darauf gingen zwei andere Krankenhausmitarbeiter an der Stelle vorbei, wo sie gerade noch gestanden hatten.

Während Del Ray den Lageplan seines Cousins in das mattweiße Neonlicht hielt und sich zu orientieren versuchte, betrachtete Joseph ihn ungehalten. Der jüngere Mann war deutlich nicht der kühne Draufgänger, den man für so eine Aktion brauchte, schien es ihm. Er war ein Geschäftstyp und hätte es von vornherein bleiben lassen sollen, mit Revolvern rumzufuchteln und mit Kidnapperautos durch die Gegend zu düsen. Joseph fand, daß er selbst die ganze Sache recht gut im Griff hatte. Zum einen war er eigentlich kaum nervös. Na ja, ein bißchen vielleicht. Überhaupt, wo er gerade daran dachte, ein Schlückchen würde seinen Nerven sicher guttun. Wenn Del Ray dann zusammenklappte, konnte er sofort einspringen und das Kommando übernehmen.

Nach kurzem Nachdenken sah er ein, daß es keine gute Idee wäre, direkt hier im Korridor, wo ihn jeder sehen konnte, der um die Ecke kam, den Gesichtsschutz abzunehmen und die Flasche anzusetzen. Da Del Ray immer noch blinzelnd den zerknitterten Zettel hin und her drehte, ging Joseph ein paar Schritte den Flur hinunter, wo eine Tür offenstand. Dahinter war es dunkel und still, und so trat er ein, zerrte an dem Verschluß unten an seinem Gesichtsschutz und versuchte den Knopf zu finden, mit dem der obere Teil sich vom unteren trennen ließ, wie Del Ray ihm gezeigt hatte. Schließlich hatte er ihn und knautschte die Schutzmaske nach oben, damit er an seinen Mund kam, wobei er allerdings nichts mehr sah. Mit einem gewaltigen Schluck hatte er die Plastikflasche beinahe geleert und wog gerade ab, ob er sie ganz austrinken oder den Rest für den nächsten Notfall aufheben sollte, als sich auf dem Bett am hinteren Ende des Zimmers jemand bewegte. Joseph erschrak dermaßen, daß er die Flasche fallen ließ.

Er bewahrte einen bewundernswert kühlen Kopf: Trotz des Schocks gelang es ihm, die Flasche noch im Fallen aufzufangen. Als er sich wieder aufrichtete, die kostbare Flasche fest im Griff, erblickte er eine dicke Afrikaanderin, die sich von den Kissen abstieß und sich aufzusetzen versuchte.

»Ich läute und läute schon seit zehn Minuten«, sagte sie mit vor Schmerz und Ärger verzerrtem Gesicht. Sie musterte Joseph von Kopf bis Fuß. »Du hast die Ruhe weg, was? Ich brauche Hilfe!«

Joseph starrte sie einen Moment lang an und fühlte dabei, wie sich der Wein in seinem Magen in warmes Gold verwandelte. »Glaub ich sofort«, entgegnete er und wich dabei langsam zur Tür zurück, »aber gegen sowas von häßlich is kein Kraut gewachsen.«

»Menschenskind!« herrschte Del Ray ihn an, als er ihn sah. »Wo zum Teufel hast du gesteckt? Was hast du zu grinsen?«

»Wieso stehn wir eigentlich hier im Flur rum?« fragte Long Joseph. »Komm endlich, es wird Zeit.«

Del Ray schüttelte den Kopf und führte ihn auf den Hauptflur zurück.

Für ein kleines städtisches Krankenhaus hatte im Klinikum Durban Outskirt ein Haufen Zimmer Platz gefunden: Sie brauchten noch einmal zehn Minuten, um die Langzeitstation zu finden. Obwohl sie sich freuen konnten, daß ihnen peinliche Begegnungen erspart blieben, fand Joseph es eine Unverschämtheit gegen seinen Sohn und sich, daß so wenig Personal zu sehen war.

»Drogen schießen und rumvögeln tun sie alle«, knurrte er. »Genau wie im Netz. Kein Wunder, daß sie keinen geheilt kriegen.«

Del Ray fand schließlich den richtigen Korridor. Nach drei Vierteln des Ganges und einem guten Dutzend offener Türen, jede der grabesähnliche Eingang in einen Raum voll schattenhafter Körper unter trüben Plastikzelten, kam das Zimmer mit *Sulaweyo, Stephen* auf dem kleinen Namensschildhalter neben der Tür, unter drei anderen Namen.

Zuerst war es schwer zu sagen, welches der vier Betten das von Stephen war, und einen bitteren Augenblick lang wollte Joseph es fast nicht mehr wissen. Er konnte sich plötzlich des Eindrucks nicht erwehren, daß es besser wäre, auf der Stelle umzukehren. Was sollte es bringen? Wenn der Junge noch hier war, dann hatten die Ärzte ihm nicht geholfen, genau wie Joseph es im tiefsten Herzen angenommen hatte.

Er hätte am liebsten den letzten Schluck getrunken, aber Del Ray war bereits an das hintere Bett auf der linken Seite getreten und wartete dort auf ihn.

Am Bett angekommen, blieb Long Joseph eine ganze Weile bewegungslos stehen und wurde aus dem, was er sah, nicht schlau. Erst verspürte er eine gewisse Erleichterung. Das Ganze war ein Irrtum, soviel war klar. Das konnte nicht Stephen sein, auch wenn sein Name auf dem kleinen Bildschirm am Ende des Bettes stand, also hatten sie ihn vielleicht doch geheilt und bloß vergessen, die Namen und so weiter auszutauschen. Doch je länger Joseph die ausgezehrte Gestalt im Sauerstoffzelt anstarrte – Arme vor der Brust gekrümmt, Hände zu knochigen Fäusten geballt, Knie unter den Decken hochgezogen, so daß das Wesen dort im Bett fast wie das Kind im Bauch einer Schwangeren aussah, das er mal auf einem Illustriertenfoto gesehen hatte –, um so deutlicher erkannte er den bekannten Gesichtsschnitt, den Wangenbogen von seiner Mutter, die breite Nase, die Joseph so oft mit der scherzhaften Bemerkung kommentiert hatte, sie sei Miriams einziger Beweis, daß sie ihn nicht betrogen hatte. Es war Stephen.

Der hinter ihm stehende Del Ray blickte mit weit aufgerissenen Augen durch seinen beschlagenen Gesichtsschutz.

»Oh, mein armer Junge«, flüsterte Joseph. In dem Moment hätte aller Wein der Welt seinen Durst nicht löschen können. »Oh, lieber Herrgott, was haben sie mit dir gemacht?«

Kabel auf Stephens Stirn schlängelten sich unter Pflastern hervor wie Lianen; andere waren ihm an die Brust geklebt oder wanden sich um seine Arme. Joseph fand, er sah aus, als wäre er im Dschungel hingefallen, und die Pflanzen hätten angefangen, ihn sich einzuverleiben. Oder als würde er sein Leben in die ganzen Apparate verströmen. Was hatte Renie gesagt? Daß Leute das Netz und die ganzen Kabel und so dazu benutzten, den Kindern was anzutun? Joseph hatte gute Lust, sie alle wegzureißen, die Kabel mit den Fäusten zu packen wie trockenes Gras und sie zu zerfetzen, damit die leise vor sich hinsummenden Apparate seinem Jungen nicht mehr das Leben aussaugen konnten. Aber er war völlig unfähig, sich zu bewegen. Hilflos wie Stephen selbst konnte Joseph nur in das Bett starren, wie er einst in den Sarg seiner Frau gestarrt hatte.

Dieser Mfaweze, ging es ihm durch den Kopf, *dieser verdammte Bestattungsheini, der hat mir einreden wollen, ich sollte sie mir nich nochmal anschauen. Als ob ich sie nich die ganze Zeit angeschaut hätte, wo sie hier in diesem selben Scheißkrankenhaus gelegen hat, völlig verbrannt.* Er hatte den Bestattungsunternehmer umbringen wollen, einfach *irgend jemand,* hatte die riesige schwarze Ladung Haßenergie in seinem Innern nur bezwungen, indem er sich dermaßen betrank, daß er nach der Trauerfeier außerstande gewesen war, aus der Kirche zu gehen, und einfach eine Stunde sitzengeblieben war, nachdem schon alle weg waren. Aber jetzt gab es nicht mal einen Mfaweze, den man hassen konnte. Es gab nichts als die Hülse seines Sohnes, die Augen geschlossen, der Mund schlaff, der ganze Körper eingerollt wie ein verwelkendes Blatt.

Neben ihm blickte Del Ray erschrocken auf. Eine Gestalt mit breiten Hüften und dunklem Gesicht war in der Tür erschienen, eine Frau, das konnte auch der Ensuit nicht verbergen. Sie kam ein paar Schritte näher, dann blieb sie stehen und starrte die beiden an.

Joseph fühlte sich zu leer, um ein Wort zu sagen. Eine Schwester, eine Ärztin - sie war nichts. Sie konnte nichts tun. Nichts hatte noch eine Bedeutung.

»Kann ich euch behilflich sein?« fragte sie mit scharfer, vom Gesichtsschutz verzerrter Stimme.

»Wir ... wir sind Ärzte«, sagte Del Ray. »Hier ist alles in Ordnung. Du kannst mit deinem Dienst weitermachen.«

Die Schwester musterte sie abermals, dann machte sie einen Schritt zurück zur Tür. »Ihr seid keine Ärzte.«

Long Joseph fühlte, wie Del Ray erstarrte, und irgendwie reichte das aus, um ihn in Gang zu bringen. Er trat auf die Frau zu, hob seine große Hand und deutete mit dem Finger auf ihr maskiertes Gesicht.

»Laß ihn bloß in Ruhe!« herrschte er sie an. »Mach's nich noch schlimmer mit dem Jungen! Nimm ihm das Kabelzeugs da ab, daß er atmen kann!«

Die Frau wich so weit zurück, daß sie um ein Haar in das Bett des Patienten hinter ihr gefallen wäre. »Ich rufe den Sicherheitsdienst!« erklärte sie.

Del Ray packte Joseph am Arm und riß ihn von der Schwester weg, zur Tür. »Alles in Ordnung«, wiederholte er idiotisch und wäre beinahe gegen den Türpfosten gerannt.»Kein Grund zur Besorgnis. Wir wollten gerade gehen.«

»Rühr ihn nich an!« schrie Joseph und klammerte sich an den Türrahmen, während Del Ray versuchte, ihn in den Korridor hinauszuzerren. Hinter ihr sah er den Umriß von Stephens Sauerstoffzelt wie eine Sanddüne aufragen, wüst, leblos.»Laß das Kind bloß in Ruhe!«

Del Ray zog mit einem solchen Ruck, daß Joseph auf den Flur stolperte, dann drehte er sich um und sprintete auf die Treppe zu. Joseph tappte wie traumbetäubt hinter ihm her und schlug erst einen schnelleren Trab an, als er schon halb den Flur hinunter war. Seine Brust ging auf und nieder, und er wußte selber nicht, ob er gleich lachen oder weinen würde.

Die Schwester überprüfte das Zelt und die Monitore des Patienten und zog dabei das Pad aus ihrer Tasche. Ihr erster Anruf galt einem schwarzen Van mit verspiegelten Fenstern, der seit Wochen als Dauerparker auf dem Platz vor der Klinik stand und genau auf diese Meldung wartete, und erst nachdem sie noch einmal gut fünf Minuten hatte verstreichen lassen, damit die Eindringlinge auch bestimmt aus dem Gebäude heraus waren, rief sie den Sicherheitsdienst des Krankenhauses an und meldete eine Verletzung der Quarantäne.

Kapitel

Der unheimliche Gesang

NETFEED/WERBUNG:
Onkel Jingle ist dem Tode nahe!
(Bild: Onkel Jingle im Krankenhausbett)
Jingle: "Kommt näher, Kinder. (Hustet.) Habt keine Angst — euer Onkel Jingle macht euch keinen Vorwurf. Bloß weil ich (hustet) STERBE, falls wir jetzt im Aktionsmonat in euerm Jingleporium den 'Lebensgefährlichen Überschuß' nicht abgestoßen bekommen, müßt ihr euch nicht schuldig fühlen. Ich bin sicher, ihr und eure Eltern tut ... was ihr könnt. Außerdem hab ich keine Angst vor ... vor dem großen Dunkel. Klar, ihr werdet mir fehlen, aber, he, selbst euer Onkel Jingle muß irgendwann mal abtreten, stimmt's? Verschwendet ja keinen Gedanken an mich, wenn ich hier krank und traurig und einsam im Krankenhaus liege und sterbe ... (flüstert) ... aber es ist zu schade — die Preise sind sowas von tootaal niedrig ...!"

> Paul wachte mit einem schmerzenden Kopf, noch stärkeren Schmerzen im Arm und Salzwasser im Mund auf.

Er prustete und spuckte, dann versuchte er stöhnend sich zu erheben, doch irgend etwas drehte ihm den Arm auf den Rücken. Es dauerte einen Moment, bis er begriff, in welcher Lage er sich befand. Der Schleier mit der eingewobenen Feder war immer noch als nasses Knäuel um sein Handgelenk geschlungen und fesselte ihn an die Ruderpinne. Der gewaltige Wasserausstoß der Charybdis, von dem sein kleines Floß auf einer riesigen Fontäne emporgeschleudert worden war, hatte ihn auch wieder mit großer Wucht aufs Meer geschmettert; er konnte von Glück sagen, daß sein Arm nicht ausgekugelt war.

Er machte sich mit vorsichtigen Bewegungen los, um Ellbogen und Schulter ja nicht zu belasten, die sich beide anfühlten, als wäre ihnen flüssiges Feuer eingespritzt worden. Seine schwimmende Unterlage war beruhigend stabil und schaukelte nur leicht auf den Wellen. Die Sonne stand hoch im Zenit, heiß und unbarmherzig, und er wollte möglichst schnell wieder unter sein schützendes Halbdeck kriechen.

Doch als er sich endlich gerade hinsetzen konnte, mußte er feststellen, daß es kein Halbdeck mehr gab. Nur der Mast stand noch aufrecht an Deck, und von dem auch nur die untere Hälfte. Das Segel hatte sich an der Kante verfangen, aber schwamm jetzt zum größten Teil im Wasser; der restliche Mast, der immer noch am Segel hing, trieb einige Meter hinter dem Floß. Von Kalypsos Geschenken, den Schläuchen mit Wasser und Wein und den Krügen mit Speisen, war nichts mehr zu sehen, nur etwas Helles, das möglicherweise einer der Krüge war, wippte in gut hundert Meter Entfernung auf den Wellen. Außer den Silhouetten der beiden Felseninseln von Skylla und Charybdis, die jetzt so weit hinter ihm lagen, daß sie nur noch pastellene Schatten waren, war er ringsherum vom ebenen Horizont des Meeres umgeben.

Müde und zerschunden vor sich hinmurmelnd band sich Paul den Schleier um den Hals und machte sich an die qualvolle Arbeit, das schwere Segel einzuholen. Er zerrte auch den zersplitterten Mast an Bord, obwohl ihm sein Arm von der Anstrengung so weh tat wie ein fauler Zahn, spannte dann einen Zipfel der klatschnassen Plane auf und kroch darunter. Augenblicklich fiel er in einen bleischweren Schlaf.

Als er wieder unter dem Segel hervorkroch, konnte er nicht sicher sagen, ob der niedrigere Sonnenstand bedeutete, daß er bloß wenige Stunden oder rund um die Uhr geschlafen und einen vollen Tag verloren hatte. Andererseits war ihm das auch gleichgültig.

Das Wissen, daß das Trinkwasser fort war, machte seinen leichten Durst schlimmer, als er eigentlich war, aber es brachte ihn auch erneut zum Nachdenken über seinen wirklichen Körper. Wer kümmerte sich darum? Offensichtlich wurde er ausreichend ernährt und mit Wasser versorgt – Essen und Trinken beschäftigten ihn viel weniger, als es sonst der Fall gewesen wäre. Aber in was für einer Lage befand er sich? Wachten Schwestern oder sonstige Pflegekräfte mit barmherziger Sorge über ihn? Oder war er an ein automatisches Versorgungssystem angeschlossen und nur ein Gefangener der schattenhaften Gralsbruderschaft, von der Nandi gesprochen hatte? Es war beklemmend, sich seinen Körper als derart abgetrennt vorzustellen, ein Ding, das nicht wirklich mit ihm verbunden war. Aber die Verbindung bestand natürlich, auch wenn er sie nicht direkt fühlen konnte. Es mußte so sein.

Der ganze innere Wirrwarr erinnerte ihn ein wenig an seine einzige Erfahrung mit halluzinogenen Drogen - ein ebenso unkluger wie unglücklicher Versuch in seiner Studienzeit, wie sein Freund Niles zu sein. Niles Peneddyn war in die Welt der Bewußtseinsveränderung natürlich mit derselben Sorglosigkeit eingetaucht, mit der er alles anging, von Sex bis Skilauf, und hatte darin eine Reihe prickelnder Abenteuer erlebt, die eines Tages unterhaltsame Vignetten in seiner Autobiographie abgeben würden. Aber das war der Unterschied zwischen ihnen: Niles segelte durch das Leben und an den Gefahren vorbei, Paul mußte Meerwasser spucken und den zerbrochenen Mast und das zerrissene Segel hinter sich herschleifen.

Psilocybin hatte für Niles neue Farben und neue Erkenntnisse bedeutet. Für Paul hatte es einen ganzen Tag lang Panik bedeutet, Töne, die seinen Ohren weh taten, und eine beängstigende, bis zur Unkenntlichkeit verformte Bilderwelt. Am Schluß hatte er zusammengerollt und mit über den Kopf gezogener Decke in seinem Wohnheimbett gelegen und darauf gewartet, daß die Drogenwirkung endlich abklang, doch auf dem Höhepunkt der Erfahrung war er überzeugt gewesen, daß er verrückt geworden oder sogar in ein Koma gefallen war, daß sein eigener Körper ihm nie wieder gehorchen und er jahrzehntelang in einem winzigen, abgeriegelten Teil seines Bewußtseins eingesperrt sein würde, während seine äußere Hülle hilflos sabbernd in einem Pflegeheim im Rollstuhl herumgeschoben wurde.

Überhaupt, dachte er, *genau so könnte es derzeit mit mir stehen*. Sein Körper unterstand schließlich nicht mehr seiner Kontrolle, sein Psilocybin-Albtraum war Wirklichkeit geworden - jedenfalls virtuelle. Doch die Welt um ihn herum, auch wenn sie noch so falsch sein mochte, wirkte so echt, daß er sich nicht in der gleichen entsetzlichen Weise eingesperrt fühlte.

Die ganze Zeit über beobachtete er dabei gedankenverloren, wie Kalypsos Krug auf den Wellen tanzte, doch als jetzt die Erinnerungen abzogen, ging ihm auf, daß damit etwas nicht stimmte: Für einen Krug war die Form sehr sonderbar, und überhaupt schien er auf höchst untönerne Weise über einer Ansammlung von Treibgut zu hängen. Paul stemmte sich ächzend hoch und spähte in die tiefstehende Sonne.

Der Krug war ein Körper.

Diese Erkenntnis, die Erweiterung seiner gegenwärtigen Welt von einem auf zwei Bewohner, auch wenn der zweite eine Leiche sein mochte, war so bestürzend, daß Paul eine ganze Weile brauchte, um die Situation zu begreifen und sein Verantwortungsgefühl zu mobilisieren. Es wäre anders gewesen, wenn er den Körper ohne weiteres hätte erreichen können, aber die Attacken von Skylla und Charybdis hatten nicht nur den Mast zerstört, sondern auch sein kleines Gefährt von allen Steuerhilfen entblößt, unter anderem von seinen langstieligen Paddeln. Wenn er eine Rettungsaktion oder eher wohl eine etwas förmlichere Seebestattung durchführen wollte, würde er schwimmen müssen.

Es war ein deprimierender Gedanke. Sein Arm war mit Sicherheit verstaucht, wenn nicht gebrochen, der andere Schiffbrüchige war fast mit Sicherheit tot und wahrscheinlich ohnehin kein realer Mensch gewesen, und Gott allein wußte, was für Homerische Ungeheuer diese Meere unsicher machten. Ganz zu schweigen von diesem bärtigen Monstrum Poseidon mit seinem einprogrammierten blinden Haß auf den Odysseussim, in dem Paul zur Zeit steckte.

Darüber hinaus, und das war noch wichtiger, hatte er den dringenden Wunsch, weiterzukommen. Trotz der Rückschläge hatte er die Fahrt bis hierher überlebt und war entschlossener denn je, nach Troja zu gelangen, was auch immer sich daraus ergeben mochte. Er kämpfte darum, sein Schicksal wieder selbst in die Hand zu nehmen - wieviel Energie durfte er auf andere Dinge verschwenden? Wie viele Irrwege durfte er einschlagen?

Und während Paul auf die stille, regungslose Gestalt starrte, schlich die Sonne am Himmel dem Untergang entgegen.

Am Schluß war es das Paradox der Bedürftigkeit, das den Ausschlag gab. Wenn er seine eigene Hilflosigkeit so stark und so qualvoll empfand, wie konnte er dann einem anderen Menschen die Hilfe verweigern? Was würde das über ihn aussagen? Wie wollte er überhaupt beurteilen, was in diesem Fall sein wahrer Eigennutz war - wie, wenn die schiffbrüchige Gestalt ein anderer Nandi war ... oder Gally?

Außerdem, dachte er trübsinnig, als er sich über den Rand ins Wasser ließ, *ist es in der wirklichen Welt auch nicht so leicht zu sagen, wer tatsächlich ein*

Mensch ist und wer nicht. *Du mußt einfach tun, was dir richtig erscheint, und das Beste hoffen.*

Trotz der relativ kurzen Strecke war das Schwimmen anstrengend, schmerzhaft und unheimlich. Paul mußte immer wieder den Kopf heben, um sich zu vergewissern, daß die Richtung noch stimmte, und gegen die kleinen Wellen anschwimmen, die ihn seitwärts ins grüne Nichts abdrängen wollten. Als er schließlich den Körper und seine treibende Bahre erreichte, packte er das nächstbeste Stück Holz - ein Wrackteil von einem zertrümmerten Boot - und hielt sich daran fest, bis er wieder bei Atem war. Das Opfer war niemand, den er kannte, was ihn nicht sonderlich überraschte - ein Mann mit dunkler Haut wie Nandi, aber viel größer und breiter gebaut. Der Fremde trug nichts weiter als eine Art Rock aus grobem Stoff und einen Leibriemen, in dem ein Bronzemesser steckte; seine bloße, sonnenverbrannte Haut hatte die Farbe einer Pflaume. Aber die wichtigste Feststellung war, daß seine Brust sich mit flachen Atemzügen hob und senkte, was Paul der Möglichkeit beraubte, ohne zusätzliche Last einfach zum Floß zurückzuschwimmen und sich sagen zu können, er habe jedenfalls seine Pflicht getan.

Auch wenn er sich mit seiner heilen Hand an das Treibholz klammerte, mußte Paul dennoch seinen anderen Arm weitaus mehr belasten, als ihm guttat, um den Schleier an den Enden zu verknoten und ihn dem Mann unter den Armen hindurch um die Brust zu schlingen. Zuletzt griff er sich das Messer des Fremden und schob es sich in den Gürtel. Er steckte seinen Kopf durch die Schlinge, nahm den Schleier zwischen die Zähne wie ein Trensenmundstück und legte sich den Mann behutsam auf den Rücken. Sie bildeten ein absonderliches Gespann.

Der Rückweg war noch zermürbender als der Hinweg, doch falls unter den Wellen Meeresungeheuer oder zürnende Götter wohnten, begnügten sie sich damit zuzuschauen, wie Paul sich mühsam mit einem Arm vorwärtskämpfte. Der Schleier schnitt ihm in die Mundwinkel, und der Fremde schien mehrmals beinahe zu erwachen, denn er bäumte sich auf und bremste Pauls ohnehin alles andere als olympischen Kraulschlag. Nachdem er sich für sein Empfinden eine gute Stunde lang durch die Wellen gequält hatte, von denen jede schwer wie ein Sandsack auf ihn klatschte, erreichte er endlich das Floß. Mit einem letzten heldenhaften Kraftakt hievte er den Fremden an Deck und sackte dann japsend neben ihm zusammen. Vor dem dunkler werdenden

Blau des Himmels tanzten ihm Lichtpünktchen wie winzige Sterne vor den Augen.

Wie so oft erschien sie ihm im Traum, aber diesmal ohne die Dringlichkeit ihrer sonstigen Besuche. Statt dessen sah er sie als Vogel im Wald von Baum zu Baum flattern, während er ihr zu Fuß folgte und sie beschwor herunterzukommen, weil er wider alle Vernunft befürchtete, sie würde abstürzen.

Sanft von den Wellen gewiegt wachte Paul auf. Der Körper, den er mit solchen Mühen durchs Wasser geschleppt und an Deck gewuchtet hatte, war fort. Mit der grausigen Gewißheit, daß der Fremde vom Floß gerollt und ertrunken war, setzte er sich auf, doch der Mann saß auf der anderen Seite des Decks und hatte Paul seinen muskulösen, dunkelbraunen Rücken zugekehrt. Er hatte die abgebrochene Mastspitze und ein Stück Segel auf dem Schoß.

»Du ... du lebst«, sagte Paul, nicht die scharfsinnigste Eingangsbemerkung, wie ihm sofort klar war.

Der Fremde drehte sich um, und sein schön geschnittenes, schnurrbärtiges Gesicht war geradezu die verkörperte Gleichgültigkeit. Er deutete auf die Gegenstände vor sich. »Wenn wir ein kleines Segel machen, können wir eine der Inseln erreichen.«

Paul hatte noch keinen rechten Sinn für ein Gespräch über Bootsausbesserungen. »Du ... als ich dich sah, dachte ich, du wärst tot. Du mußt stundenlang im Wasser getrieben sein. Was ist passiert?«

Der Mann zuckte mit den Achseln. »Die verdammte Strömung vor der Meerenge hat mich erwischt und gegen die Felsen geknallt.«

Paul setzte schon an, dem anderen zu sagen, wie er hieß, dann stockte er. Er durfte diesem Fremden auf keinen Fall seinen richtigen Namen sagen, und auch der Name »Odysseus« konnte problematisch werden. Er suchte sich zu erinnern, was die alten Griechen mit Worten gemacht hatten, in denen ein J vorkam. »Ich heiße ... Ionas«, sagte er schließlich.

Der andere nickte, aber hatte es offenbar nicht eilig, sich seinerseits vorzustellen. »Halt mal das Segel, damit ich es schneiden kann. Aus dem, was übrigbleibt, können wir uns ein Dach machen. Ich will nicht noch einen Tag in der prallen Sonne zubringen.«

Paul kroch übers Deck und hielt das schwere Tuch straff, während der Fremde es mit seinem Messer durchsägte, das er offenbar wieder an sich genommen hatte, als Paul schlief. Es wurde kein Wort über die

Besitzwechsel verloren, aber das scharfe, funkelnde Ding war wie eine dritte Person zwischen ihnen, eine Frau, die sie nicht beide haben konnten. Paul musterte den Mann, um sich darüber klarzuwerden, welche Rolle er in dem Ganzen spielte. Obwohl es unter den Untertanen des Odysseus auf Ithaka recht unterschiedliche Schattierungen gegeben hatte, schien der Fremde für einen Griechen dennoch zu dunkel zu sein, und er war der erste Schnurrbartträger, den Paul bis jetzt in dieser Simulation gesehen hatte. Der geschickte Umgang des Mannes mit Messer und Segeltuch brachte ihn zu dem Schluß, der Fremde müsse ein Phönizier oder Kreter sein, ein Angehöriger der Seefahrervölker, deren Namen noch einen staubigen Platz in Pauls Erinnerungen aus der Schulzeit innehatten.

Im letzten Licht der Dämmerung banden sie das abgebrochene Maststück mit Stoffstreifen als Rahe quer an den Rumpfmast und befestigten dann das Behelfssegel daran. Als die kühlen Brisen aufkamen, machte der Fremde mit dem übrigen Segel ein einfaches Zelt, obwohl unmittelbar kein Bedarf mehr bestand.

»Wenn wir uns in der Richtung halten«, erklärte er, wobei er zu den ersten Sternen des Abends emporspähte und dann nach Steuerbord zeigte, »stoßen wir in ungefähr einem Tag auf Land. Wir sollten bloß nicht in die Nähe von ...« Er stockte und blickte Paul an, als wäre ihm eben erst aufgefallen, daß es den anderen auch noch gab. »Wo willst du eigentlich hin?«

»Nach Troja.« Paul schaute seinerseits prüfend zu den Sternen auf, als könnte er ihnen irgend etwas entnehmen, aber er hatte keine Vorstellung davon, wo Troja lag, nicht mehr als davon, wie er jemals in sein reales und geliebtes irdisches England zurückkam.

»Troja?« Der Fremde zog eine kohlschwarze Braue hoch, aber sagte nichts weiter. Paul überlegte, ob er sich mit der Absicht trug, das Floß in seine Gewalt zu bringen - vielleicht war er ja ein Deserteur aus dem Trojanischen Krieg! Er mußte sich bezähmen, nicht auf das Messer zu blicken, das wieder im Leibriemen des Mannes steckte, wobei dieser zudem noch ein gutes Stück größer als er und um einiges schwerer war und nur aus Muskeln zu bestehen schien. Ihm kamen plötzlich Bedenken, sich schlafen zu legen, obwohl die Müdigkeit an ihm zerrte, doch er sagte sich, daß der Fremde ihm nach der Rettung, als Gelegenheit gewesen war, auch nichts getan hatte.

»Wie heißt du?« fragte Paul unvermittelt.

Der andere sah ihn abermals lange an, als ob die Frage sonderbar wäre. »Azador«, antwortete er schließlich mit dem Gebaren eines Mannes, der einen Streit schlichtet. »Ich heiße Azador.«

Nur gut, sinnierte Paul, daß er sich mittlerweile ans Alleinsein gewöhnt hatte, denn Azador war nicht gerade ein Ausbund an Gesprächigkeit. Der Fremde saß fast eine Stunde schweigend unter den Sternen, die über ihnen und an allen Seiten ihre Bahnen durch die ungeheure Schwärze zogen, und reagierte auf Pauls schläfrige Bemerkungen und Fragen nur mit einem gelegentlichen Knurren oder einem ausweichenden Lakonismus, bis er sich zuletzt an Deck ausstreckte, den Kopf auf den Arm bettete und die Augen schloß.

Zudem hatte Paul sich unlängst an der Gesellschaft Kalypsos sättigen können, und auch wenn sie meistens nicht mehr von sich gegeben hatte als süßes Gesäusel und leidenschaftliche Anfeuerungen, war das doch sehr viel besser gewesen als nichts, so daß ihn jetzt das Schweigen des Fremden mehr nachdenklich stimmte als daß es ihn verärgerte. Vielleicht war es ein getreuer Ausdruck der antiken Seele, überlegte er, das Verhalten eines Menschenschlags vor der Zeit höflicher Geschwätzigkeit.

Es dauerte nicht lange, bis er selber in der lauen Nacht einschlief, in der er weder Decke noch Kissen brauchte. Das langsame, himmelweite Feuerrad der Sterne war das letzte, was er sah.

Er wachte am Ende der Nacht kurz vor Morgengrauen auf und wußte zunächst nicht, was ihn aus dem Schlaf geholt hatte. Nach und nach wurde er sich einer eigentümlichen, sanften Melodie bewußt, so vielsträngig wie Penelopes Gewebe und anfangs so leise, daß sie beinahe ein Aushauch der See und ihres schillernden Schaums zu sein schien. Er lauschte lange in schläfriger Entrücktheit, verfolgte das Auf und Ab der einzelnen Elemente, die aus dem Chor hervortraten und sich wieder darin auflösten, bis ihm plötzlich klarwurde, daß er singende Stimmen hörte, menschliche Stimmen oder doch sehr menschenähnliche. Er richtete sich auf und stellte fest, daß Azador ebenfalls wach war und mit seitwärts gelegtem Kopf lauschte wie ein Hund.

»Was ...?« setzte Paul an zu fragen, doch der Fremde hob die Hand. Paul verstummte, und gemeinsam ließen sie sich von der fernen Musik berieseln. Die offensichtliche Anspannung des anderen Mannes hatte zur Folge, daß Paul die zuerst so wundersam schönen Klänge nunmehr als beinahe bedrohlich empfand, obwohl sie nicht lauter geworden waren, und er dem Drang widerstehen mußte, sich die Ohren zuzuhalten. Und noch ein Drang machte sich bemerkbar, schwächer, aber unheimlicher, ein Flüstern, das ihn bereden wollte, sich in das wohlige Wasser gleiten zu lassen und zu den Stimmen hinüberzuschwimmen, um ihr Geheimnis zu ergründen.

»Es sind die Sirenen«, sagte Azador abrupt. Im Gegensatz zu den fernen Tönen klang seine Stimme rauh wie die einer Krähe. Paul verspürte auf einmal eine Abneigung gegen den Mann, nur weil er etwas gesagt hatte, während die Stimmen noch sangen. »Hätte ich gewußt, daß wir ihnen schon so nahe waren, wäre ich nicht eingeschlafen.«

Paul schüttelte verwirrt den Kopf. Die ferne Musik schien an seinen Gedanken zu kleben wie Spinnweben. »Die Sirenen ...« Jetzt fiel es ihm wieder ein - Odysseus war an ihnen vorbeigefahren, nachdem er seinen Männern befohlen hatte, sich die Ohren mit Wachs zu verstopfen, während er selber festgebunden am Mast stand, damit er ihrem sagenumwobenen Gesang lauschen konnte, ohne sich ins Wasser zu stürzen.

Das Wasser ... das schwarze Wasser ... und uralte Stimmen, die singen ... singen ...

Paul beschloß, sich abzulenken, die Aufmerksamkeit auf irgend etwas zu richten, das seine Gedanken von der verführerischen, verstörenden Musik fernhielt, die über das schwarze Meer tönte. »Bist du früher schon mal hier gewesen?«

Azador gab abermals einen seiner nichtssagenden Laute von sich, doch dann ließ er sich zu einer Äußerung erweichen. »Ich bin schon an vielen Orten gewesen.«

»Wo bist du ursprünglich her?«

Der Fremde schnaubte. »Nicht von hier. Nicht von diesem dämlichen Meer, diesen dämlichen Inseln. Nein, ich suche hier jemand.«

»Wen?«

Azador sah Paul scharf an, dann wandte er sich wieder der singenden Finsternis zu. »Der Wind trägt uns an ihnen vorbei. Wir haben Glück gehabt.«

Paul schob seine Finger zwischen zwei Stämme und hielt sich fest, um sich gegen den Zug zu wehren, der jetzt zwar schwach war, aber ihm immer noch zu schaffen machte. Ein Teil von ihm wollte unbedingt herausfinden, wie diese Wirkung zustande kam, wollte das Warum und

Woher der virtuellen Sirenen ergründen - er hatte das vage Gefühl, daß es dort etwas Wesentliches zu entdecken gab -, doch als dann die Lockung der Musik ein wenig nachließ, erfaßte ihn eine stärkere, tiefere Empfindung, eine unerwartete Mischung aus Ehrfurcht und Entzücken. *Es mag sein, was es will*, dachte er, *dieses Netzwerk, diese ... egal was ... es ist tatsächlich eine magische Welt.*

Irgendwo in der lichter werdenden Dunkelheit gaben die Sirenen, vielleicht bewußt, vielleicht so automatisch wie im Gras sägende Grillen, weiter ihren unheimlichen Gesang von sich. Nunmehr vor ihrer Anziehung sicher segelte Paul Jonas langsam durch eine warme Nacht in der antiken Welt, und eine Weile überließ er sich dem Staunen.

Im Licht des folgenden Tages war Azador, sofern möglich, noch wortkarger als vorher: Wenn er Pauls Fragen nicht mit einem Achselzucken oder einem Knurren abtat, ignorierte er sie einfach.

Doch trotz seiner Widerborstigkeit war er ein brauchbarer Reisegefährte. Er kannte sich viel besser als Paul mit den einfachen, wichtigen Dingen aus, die gegenwärtig ihre Welt ausmachten: mit Winden und Gezeiten und Knoten und Holz. Er hatte es geschafft, aus abgerissenen Seilenden vom Segel neue Brassen zu spleißen, so daß sie jetzt das Floß viel besser führen konnten, und er hatte auch eine Ecke des unbenutzten Segeltuchs als Taufänger aufgespannt, und so hatten sie bei Sonnenaufgang Wasser zu trinken. Später am Tag gelang es dem Fremden sogar, mit einem raschen Griff in das flaschengrüne Wasser an der Backbordseite einen glänzenden Fisch zu fangen. Sie hatten kein Feuer, und wie üblich war Paul nicht besonders hungrig, aber obwohl er sich ein wenig überwinden mußte, hatte es doch etwas Wunderbares, das rohe Fleisch zu verzehren. Paul stellte verwundert fest, daß er beinahe Behagen verspürte - ein ungewöhnliches Gefühl.

Während er genüßlich Tauwasser aus der Hand schlürfte, erst einen kleinen Schluck, um sich den Fischgeschmack aus dem Mund zu spülen, bevor er den Rest trank, hatte er plötzlich eine Vision davon, daß er genau das gleiche tat, aber ganz woanders. Er schloß die Augen, und einen kurzen Moment lang sah er sich rings von Pflanzen umgeben, dicht wie ein tropischer Urwald. Frisches Wasser rann ihm durch die Kehle, dann spritzte ihm Wasser ins Gesicht ... eine Frauenstimme lachte ...

Ihre Stimme, begriff er plötzlich. *Es ist der Engel.* Aber nichts dergleichen war ihm jemals widerfahren - nicht in dem Teil seines Lebens, an den er sich erinnern konnte.

Eine ganz unwahrscheinliche Störung unterbrach ihn in seinen Gedanken, und die Anwandlung verwehte wie Rauch.

»Wo bist du her, Ionas?« fragte Azador.

Aus Erinnerungen gerissen, die ihm äußerst wichtig vorkamen, zumal durch eine Frage von seinem ansonsten so schweigsamen Gefährten, verschlug es Paul erst einmal die Sprache. »Aus Ithaka«, stieß er schließlich hervor.

Azador nickte. »Hast du dort eine dunkelhäutige Frau gesehen? Begleitet von einem zahmen Affen?«

Verdutzt konnte Paul die Frage nur wahrheitsgemäß verneinen. »Ist sie mit dir befreundet?«

»Ha! Sie hat etwas von mir, und ich will es wiederhaben. Niemand nimmt Azador was weg.«

Paul spürte eine Tür aufgehen, aber wußte nicht recht, wie er das Gespräch am Laufen halten sollte, und genausowenig, ob es sich überhaupt lohnte. Wollte er wirklich die vorprogrammierte Lebensgeschichte eines phönizischen Seemanns in einer virtuellen Odyssee hören? Die Chancen, daß ein Schiffbrüchiger ihm irgend etwas Nützliches zu sagen hatte, waren nahezu null. Auf jeden Fall gab es näherliegende und praktischere Erkundigungen, die er bei Azadors plötzlicher Redseligkeit einziehen konnte.

»Kennst du eigentlich diesen Teil des Meeres?« fragte Paul. »Wie lange werden wir bis Troja brauchen?«

Azador sah dem abgenagten Fischskelett ins Auge wie Hamlet dem Schädel Yoricks, dann schleuderte er es hoch über den Rand des Floßes. Eine Möwe kam wie aus dem Nichts herbeigeschossen und schnappte es sich, bevor es im Wasser aufkam. »Das weiß ich nicht. Die Strömungen sind tückisch, und es gibt viele Inseln, viele Felsen.« Er spähte übers Meer. »Wir müssen sowieso bald irgendwo an Land gehen. Es dauert nicht mehr lange, bis dieser kaputte Mast wieder bricht, wir brauchen also neues Holz. Außerdem muß ich Fleisch haben.«

Paul lachte über den Ernst, mit dem er das sagte. »Wir haben doch grade einen Fisch gegessen - obwohl er gebraten natürlich besser geschmeckt hätte.«

»Keinen Fisch«, knurrte Azador verächtlich, »*Fleisch*. Ein Mann braucht Fleisch zu essen, wenn er ein Mann bleiben will.«

Paul zuckte mit den Achseln. Ihm schien das ihr geringstes Problem zu sein, aber er wollte keinen Streit mit einem Kerl anfangen, der Seile spleißen und Tau fangen konnte.

Am späten Nachmittag kam gerade schlechtes Wetter auf, eine rasch von Westen aufziehende Wolkendecke, als sie die Insel und ihre dicht überwucherten grünen Berge erblickten. Unter dem Knarren des Ruders und des bruchgefährdeten Mastes kreuzten sie schlingernd in den Wind, doch sie konnten keinerlei Anzeichen menschlicher Behausungen erkennen, kein Schimmern von steinernen Mauern oder weiß getünchten Lehmhäusern. Falls irgendwo Feuer brannten, dann verlor sich der Rauch in dem dichter werdenden Wolkendunst.

»Ich kenne diese Insel nicht«, brach Azador ein gut einstündiges Schweigen. »Aber sieh mal, oben auf den Bergen wächst Gras.« Er grinste mit dünnen Lippen. »Vielleicht gibt es dort Ziegen oder sogar Schafe.«

»Menschen könnten dort auch leben«, gab Paul zu bedenken. »Wir können uns doch nicht einfach die Schafe von jemand anders nehmen, oder?«

»Jeder Mann ist der Held seines eigenen Liedes«, erwiderte Azador - ein wenig kryptisch, fand Paul.

Sie setzten das Floß auf den Strand und gingen einen Weg die felsigen Hügel hinauf, während die Wolken immer näher kamen. Zunächst war es eine Wohltat, dem Meer entkommen zu sein und festen Boden unter den Füßen zu haben, doch als sie nach einer Weile ihr hölzernes Gefährt klein wie eine Spielkarte unten am steinigen Strand liegen sahen, grollte der Donner schon direkt über ihnen und fielen gerade die ersten dicken Regentropfen. Bald waren die Steine schlüpfrig und glatt, aber der halbnackte Azador sprang trotzdem flink und wendig wie eine der von ihm begehrten Ziegen weiter, und Paul blieb nichts anderes übrig, als leise fluchend hinter ihm herzuächzen.

Nachdem sie über eine Stunde bei strömendem Regen und zuckenden Blitzen bergan gegangen waren, traten sie aus einem Hain windgeschüttelter Buchen und standen auf einmal knietief im rauhen Gras. Unmittelbar vor sich sahen sie den Gipfel, einen schroffen Felsengrat von mehreren hundert Metern Länge, von knorrigen Kiefern gesäumt. Ein großes Loch, der Eingang zu einer Höhle, klaffte in der Wand wie die Tür eines unförmigen Hauses. Der Anblick erinnerte Paul an irgend etwas, und während das im Wind wogende Gras seine Beine peitschte und der Regen niederprasselte, wurde ihm plötzlich bewußt, daß sie völlig ungeschützt waren.

Azador wollte weiter forsch voranschreiten, doch Paul packte seinen muskulösen Arm und hielt ihn zurück. »Nicht!«
»Was soll das?« fuhr Azador ihn an. »Willst du hier stehenbleiben, bis wir vom Blitz gegrillt werden? Haben sie dir ins Gehirn geschissen oder was?«

Bevor Paul sein ungutes Gefühl erklären konnte, vernahmen sie hinter sich im Wald ein schwaches, aber lauter werdendes Rascheln, das nicht vom Wind kam. Paul blickte Azador an. Ohne ein Wort zu sagen, warfen sie sich bäuchlings ins Gras.

Aus dem Rascheln wurde ein Trappeln. Etwas Großes bewegte sich nur einen Steinwurf weit entfernt durchs Gras. Ein Blitz zerriß das Halbdunkel und verwandelte die Welt in ein Schwarzweißbild; als Sekunden später der Donner krachte, zuckte Paul zusammen.

Azador stemmte sich auf die Ellbogen und schob die Halme ein Stück auseinander, um etwas sehen zu können. Wieder brüllte der Donner; in der anschließenden Stille hörte Paul zu seiner Überraschung ein leises Lachen.

»Guck«, sagte Azador und schlug Paul auf die Schulter. »Guck her, du Feigling!«

Paul schob sich ein wenig hoch und spähte durch die Lücke, die Azador gemacht hatte. Eine Schafherde zog an ihnen vorbei, ein Strom duldsamer Augen und triefend nasser Wolle. Azador hatte sich gerade aufgekniet, als sie ein neues Geräusch hörten, ein dumpfes, fernes Rumsen. Azador erstarrte, doch die Schafe wirkten unbekümmert und trotteten weiter über die Hochebene auf die Höhle zu. Das Geräusch ertönte erneut, lauter diesmal, dann wieder und wieder, wie das langsame Schlagen einer riesengroßen Trommel. Paul blieb gerade noch Zeit, sich zu fragen, wieso der Boden bebte, als der nächste Blitz den Himmel weiß aufleuchten ließ und sie ihr Floß über den Baumwipfeln auf sich zukommen sahen.

Azador fiel bei diesem Anblick vor Schreck der Unterkiefer herunter. Seine Hand stahl sich wie aus eigenem Antrieb an seine Brust und machte das Kreuzzeichen. Das Rumsen wurde lauter. Das Floß fuhr weiter knapp über den Wipfeln auf sie zu und schaukelte dabei, als ob die schwankenden Äste Meereswellen wären. Dem Blitz folgte der Donner, dann blitzte es abermals.

Die menschenähnliche Gestalt, die mit ihrem Floß über dem Kopf zwischen den Bäumen ins Freie gestampft kam, war das größte lebende Wesen, das Paul je gesehen hatte. Obwohl die Beine des Monstrums für menschliche Maßverhältnisse zu breit und zu kurz waren, befanden sich seine Knie dennoch so hoch über dem Boden wie der Kopf eines großen Mannes. Der übrige Körper war zwar halbwegs normal proportioniert, aber nicht minder riesig und maß von den Zehen bis zum zottigen Scheitel bestimmt sieben oder acht Meter. Azador stieß etwas hervor, das im Donner unterging, und Paul merkte plötzlich, daß der Kopf seines Begleiters über das Gras hinausschaute. Er zog Azador genau in dem Moment zu Boden, als der Riese anhielt und sich in ihre Richtung drehte, ohne jedoch das Floß abzusetzen. Er hatte den Mund voll lückenhafter Zahnstümpfe, sein Bart hing ihm auf die Brust wie eine nasse Filzmatte, aber es war das zwischen die Grashalme spähende tellergroße eine Auge, das Paul verriet, mit wem sie es zu tun hatten.

Abermals zuckte der Blitz. Das Auge starrte genau auf die Stelle, wo sie sich versteckten, und einen Moment lang war Paul überzeugt, daß er sie gesehen hatte, daß er gleich zu ihnen hinübertrampeln und ihnen sämtliche Knochen brechen würde. Während sie sich schreckensstarr duckten, blinzelte der Zyklop langsam wie ein Ochsenfrosch, dann tat er einen donnernden Schritt und noch einen, aber nicht in ihre Richtung, sondern zu seiner Höhle.

Mit immer noch angehaltenem Atem beobachtete Paul, wie der Unhold das Floß an die Felswand lehnte, einen wimmelnden Teppich aus Schafen um die Knöchel. Er bückte sich und rückte einen Stein zur Seite, der die dunkle Öffnung der Höhle verschloß, woraufhin die stillen Schafe eines nach dem anderen hineinströmten. Als sie sich vom Eingang verzogen hatten, warf er das schwere, aus Baumstämmen gezimmerte Floß hinterher, als ob es ein Teetablett wäre, und folgte ihnen.

Sobald sie hörten, wie der Stein knirschend wieder an seinen Platz gesetzt wurde, sprangen Paul und Azador auf und liefen so schnell in den Schutz des Waldes, wie ihre zittrigen Beine sie trugen.

Paul lag zusammengekrümmt auf dem Boden eines geschützten Grabens, der sich langsam mit Regenwasser füllte. Sein Herz raste immer noch, aber es fühlte sich nicht mehr so an, als würde es gleich zerspringen. Seine Gedanken waren ein einziges Chaos.

»Der Dreckskerl ... hat unser ... unser Floß!« Azador war so außer Atem, daß er kaum sprechen konnte.

Paul reckte das Kinn aus dem Wasser und krabbelte ein Stückchen höher. Bei allem Grauen, das er empfand, arbeitete doch noch etwas anderes in ihm, etwas, das mit Azador zu tun hatte ... mit der Art, wie er sich bekreuzigt hatte ...

»Wenn wir es nicht wiederkriegen, werden wir auf dieser elenden Insel verrecken!« zischte Azador, aber er hatte sich gefangen und hörte sich eher wütend als erschrocken an.

... Aber dies hier war nicht bloß irgendein altes Griechenland, dies hier war *Homers* Griechenland und damit ungefähr tausend Jahre vor ... vor ...

»Jesus Christus!« rief Paul. »Du bist überhaupt nicht von hier! Du kommst von außen!«

Azador drehte sich um und starrte ihn an. Jetzt, wo ihm die schwarzen Locken vom Regen am Schädel klatschten und der Schnurrbart otterähnlich herabhing, sah er etwas weniger kühn und stattlich aus. »Was?«

»Du bist gar nicht aus Griechenland - jedenfalls nicht aus diesem Griechenland hier. Du kommst von außerhalb des Systems. Du bist real!«

Azador blickte ihn herausfordernd an. »Und du?«

Paul erkannte, daß er den Vorteil, den dieses Wissen ihm womöglich hätte verschaffen können, verschenkt hatte. »Scheiße.«

Der andere Mann zuckte mit den Achseln. »Wir haben jetzt keine Zeit für sowas. Dieser verdammte Riese wird unser Floß verfeuern. Dann kommen wir hier nie mehr weg.«

»Und? Was sollen wir denn machen, an seine Höhlentür klopfen und es zurückverlangen? Das ist ein Zyklop! Hast du die Odyssee nicht gelesen? Die Kerle fressen Menschen so wie du Ziegen!«

Azador blickte mißmutig drein, sei es, weil von Lesen die Rede war oder weil er an das Ziegenfleisch denken mußte, das ihm entgangen war. »Er wird es verfeuern«, wiederholte er stur.

»Und wenn schon.« Paul bemühte sich, einen klaren Gedanken zu fassen, aber der Donner dröhnte ihm in den Ohren, und er hatte sich immer noch nicht von dem schrecklichen Anblick eines abgrundtief häßlichen Mannes erholt, der so groß wie ein zweigeschossiges Haus war. »Selbst wenn wir in der Lage wären, den Stein wegzuwälzen,

könnten wir ihn nicht davon abhalten. Vielleicht schmeißt er es ja auch bloß auf den Holzstoß. Oder er hat Verwendung für das Segeltuch und die Seile.« Er atmete zitternd aus und wieder ein. »Aber wir können so oder so nichts machen. Menschenskind, du hast doch gesehen, wie groß der Kerl ist!«
»Niemand nimmt Azador was weg«, sagte der andere Mann bissig. Diesmal klang es, fand Paul, weniger wie ein Ehrenstandpunkt als wie ein Symptom der Geisteskrankheit. »Wenn du mir nicht hilfst, warte ich, bis er rauskommt, und schneide ihm dann die Kniesehnen durch.« Er nahm sein Messer und schwenkte es in der Richtung des Gipfels. »Wollen wir doch mal sehen, wie groß er ist, wenn er auf dem Bauch liegt.«

Offensichtlich würde Azador in den sicheren Tod rennen, wenn Paul nicht auf eine Alternative kam, aber genauso offensichtlich gab es nicht viele Alternativen. Wenn sie auf der Insel blieben, war es nur eine Frage der Zeit, bis der Unhold sie irgendwo aufspürte, wo sie nicht entkommen konnten. Vielleicht hatte er auch noch Verwandte – war in der Odyssee nicht davon die Rede, daß alle Zyklopen auf derselben Insel lebten? Sie benötigten unbedingt eine Idee, aber Paul bezweifelte, daß ihm etwas Brauchbares einfallen würde. »Wir könnten ein neues Floß bauen«, schlug er vor.

Azador schnaubte. »Sollen wir die Bäume mit meinem Messer absägen? Und was nehmen wir als Segel, diese Windel hier, die ich anhabe?« Er deutete auf sich, dann auf Pauls abgerissenen Chiton. »Oder dein kleines Handtuch?«

»Schon gut, schon gut!« Paul sackte gegen den schlammigen Rand der Grube. Der Regen ließ gerade ein wenig nach, aber fühlte sich immer noch an, als trommelte ihm jemand mit den Fingern auf den Kopf – der jedoch auch ohne das Getröpfel nicht von glänzenden Ideen gestrotzt hätte. Ein geisteswissenschaftlicher Abschluß mochte einen dazu befähigen, mythische Ungeheuer zu erkennen, aber er nützte überhaupt nichts, wenn man ihnen leibhaftig gegenüberstand. »Laß mich nachdenken.«

Letztendlich fiel ihm nichts Besseres ein, als Odysseus' ursprüngliche List ihrer leicht veränderten Situation anzupassen.

»Sie waren *drinnen*, verstehst du, und mußten *raus*«, erklärte er Azador, der sich nicht die Bohne für die literarische Vorgeschichte des

Plans interessierte und emsig damit beschäftigt war, den Griff des Messers im gespaltenen Ende eines langen, geraden Astes festzubinden. »Wir müssen *rein*, aber dazu müssen wir warten, bis er schläft. Zu schade, daß wir keinen Wein haben.«

»Da hast du ausnahmsweise mal recht.«

»Ich meine, wie damals bei Odysseus - um den Zyklopen damit einzuschläfern.« Er rappelte sich auf. Sein Herz hämmerte bei dem Gedanken, was sie erwartete, aber er zwang sich, mit möglichst ruhiger Stimme zu sprechen. »Apropos, er müßte eigentlich mittlerweile schlafen - es ist seit einer Stunde dunkel.«

Azador wog den behelfsmäßigen Speer in der Hand, um sich davon zu überzeugen, daß er gut ausbalanciert war, dann stand er auf. »Na los, dann bringen wir den Kerl jetzt um.«

»Nein, doch nicht so!« Eine Welle der Angst überschwemmte Paul: Es war wirklich nicht der tollste Plan der Welt. »Hast du nicht gehört, was ich grade gesagt habe? Erst müssen wir zusehen, daß der Eingang auf ist ...«

Sein Gefährte schnaubte. »Weiß ich - meinst du, Azador ist blöde? Los jetzt.« Und damit kraxelte er den Rand des Grabens hinauf.

Auf dem Weg zurück zum Gipfel schauten sie sich nach einem gestürzten Stamm von der richtigen Dicke um; schließlich fanden sie ein Stück, das ihnen geeignet erschien, obwohl es dünner war, als Paul es sich gewünscht hätte. Es war gerade kurz genug, daß der kräftige Azador es hochheben und tragen konnte, wozu er allerdings seinen selbstgebastelten Speer abgeben mußte. »Wenn du mein Messer verlierst«, teilte er Paul feierlich mit, »reiß ich dir die Eier ab.«

Es hatte aufgehört zu regnen. Das lange Gras vor der Höhle klatschte ihnen noch naß an die Beine, aber der Himmel war klar und der Mond gab gerade genug Licht, daß sie den schroffen Umriß des Bergkamms vor sich erkennen konnten. Azador trat vorsichtig neben den Eingang, bemüht, den Stamm nicht über den Boden zu schleifen, während Paul Steine aufsammelte. Als Azador bereitstand, atmete Paul noch einmal tief durch, dann fing er an, die Wurfgeschosse gegen den Felsen zu schleudern, der den Eingang versperrte.

»Ho! *Einauge!*« schrie er, als die Wacker gegen den Türstein knallten. »Komm raus, du fettes Stinktier! Gib mir mein Floß zurück!«

»*Autsch!* Idiot!« fluchte Azador, als einer der Steine von der Tür abprallte und ihm ans Bein sprang.

»Komm raus, Einauge!« brüllte Paul. »Wach auf! Du bist potthäßlich, und deine Mutter zieht dir komische Sachen an!«

»So dämlich hab ich noch nie jemand schimpfen gehört«, zischte Azador, doch da rutschte die große Steinplatte im Eingang kratzend und knirschend zur Seite. Das verglimmende Licht eines Feuers im Innern ließ die Öffnung wie den Schlund der Hölle glühen. Eine ungeheure Gestalt schob sich vor die Glut.

»Wer verhöhnt Polyphem?« Die Stimme dröhnte über den Berg. »Wer ist dort draußen? Einer meiner nichtsnutzigen Vettern?«

»Niemand ist's!« Pauls Stimme, ohnehin ein Vogelzwitschern im Vergleich zu dem Rumpelbaß des Riesen, war mit einemmal geradezu peinlich piepsig geworden. Als der Zyklop auf die Schwelle trat, wehte mit ihm ein Gestank nach nassem Schafsfell und verfaulendem Fleisch heraus; Paul mußte den schier übermächtigen Drang bezähmen, laut kreischend davonzulaufen. Nur indem er sich nachdrücklich klarmachte, daß Azador in Reichweite des Riesen war und daß er selbst die Aufgabe hatte, das Scheusal abzulenken, konnte er sich zur Tapferkeit zwingen, wenn auch bloß in sehr bescheidenem Maße. »Ich bin Niemand, und ich bin ein Geist!« schrie er so eindrucksvoll, wie er konnte, wobei er sich tief ins Gras duckte. »Du hast mir mein Geisterschiff weggenommen, und ich werde dich bis ans Ende deiner Tage heimsuchen, wenn du es mir nicht zurückgibst.«

Polyphem beugte sich vor und drehte den Kopf hin und her, wobei sein Auge, in dem sich das Mondlicht spiegelte, wie ein breiter Suchscheinwerfer glänzte. »Ein Geist, der Niemand heißt?«

Paul war eingefallen, daß Odysseus sich dieses Namens bedient hatte, und obwohl er nicht mehr recht wußte, warum der Held das getan hatte, war es ihm irgendwie sinnig vorgekommen. »Genau! Und wenn du mir nicht mein Boot zurückgibst, werde ich so lange spuken, bis dir die Haare vom Kopf fallen und die Haut an den Knochen schlottert!«

Der Riese zog schnuppernd die Luft ein, daß es wie der Blasebalg eines Schmiedes klang. »Für einen Geist riechst du sehr wie ein Mensch. Ich denke, ich werde dich mir morgen holen, wenn es hell ist, und dich dann fressen. Vielleicht mit ein wenig Minzesoße.« Er wandte sich zum Eingang zurück.

Verzweifelt sprang Paul auf. »Nein!« Er griff sich einen Stein, so dick wie eine Grapefruit, nahm Anlauf auf die Höhle und schleuderte ihn mit aller Kraft. Der Stein traf in die filzigen Zottelhaare und mußte gegen den Schädel geprallt sein, doch der Riese drehte sich nur langsam um, und eine einzelne struppige Braue ging über dem großen Auge nach unten. »Komm und fang mich doch, wenn du dich für so klug hältst!« Vor Todesangst zitternd erhob er sich und zeigte sich dem Ungeheuer. »Vielleicht gehe ich lieber deine Mutter besuchen - wie ich höre, läßt sie sich *liebend* gern von Fremden besuchen.« Er schwenkte die Arme wie ein durchgedrehter Flaggenwinker. »Und nicht nur besuchen, wie man sich erzählt.«

Der Zyklop grollte und machte ein paar Schritte in seine Richtung, hoch aufragend wie der Bug eines Schlachtschiffes und stinkend wie eine ganze Tierverwertungsanlage. Paul mußte sich zusammennehmen, um nicht auf der Stelle umzukippen. »Was für ein kleiner Irrer bist du eigentlich?« donnerte Polyphem. »Über meine Mutter kannst du sagen, was du willst - die alte Hure hat mir nie einen Knochen gegeben, von dem sie nicht vorher das Fleisch abgenagt und das Mark ausgelutscht hatte -, aber du hast mich aufgeweckt und mich um meinen Nachtschlaf gebracht. Wenn ich dich kriege, werde ich dich zwischen den Bäumen aufspannen wie einen Schafsdarm und ein sehr garstiges Lied auf dir spielen.«

Beinahe hysterisch vor Furcht erspähte Paul in den Schatten hinter dem Zyklopen eine Bewegung - Azador. Paul fing an, einen verrückten Tanz aufzuführen, durch das nasse Gras hin und her zu schießen, zu springen und mit den Armen zu fuchteln. Der Riese trat näher, das Tellerauge nunmehr kritisch zusammengekniffen. »Ob es die Tollwut hat?« überlegte Polyphem laut. »Statt es zu essen, sollte ich es vielleicht lieber zu Brei zermahlen und rings um die Wiese auf die Felsen schmieren, um die Wölfe von den Schafen fernzuhalten.«

Obwohl er das Ablenkungsmanöver eigentlich fortsetzen wollte, waren der Gestank und die fürchterliche Größe der auf ihn zukommenden Gestalt für seinen schwindenden Mut zuviel. Paul schnappte sich den Speer und stürzte durch das Gras zum Wald zurück; er betete, daß er Azador genug Zeit verschafft hatte und daß der Mann nicht irrsinnig war und versuchte, das schwere Floß auf eigene Faust hinauszuschleifen.

Der Boden bebte unter zwei schweren Schritten, und Paul schlug das Herz bis zum Hals.

Ein Traum ... Ich bin schon mal in diesem Traum gewesen ... und der Riese wird zulangen und mich packen ...

Aber die Schritte hielten an. Als Paul den Schutz der Bäume erreichte, stand der riesenhafte Schatten immer noch da und schaute hin und her. Dann drehte er sich um und stampfte zur Höhle zurück. Es gab ein Rumpeln und Scharren, als er den Felsen wieder vor den Eingang setzte – war das ein Zögern, ein kurzes Stocken? Paul hielt den Atem an. Nur Stille schlug ihm entgegen. Mit Nerven wie durchschmorende Stromkabel taumelte er in die tiefere Finsternis.

»Ich hab den Stamm dazwischengeklemmt«, sagte Azador, als er sich ein wenig erholt hatte. »Es hat sich nicht so angehört, als ob der Stein ganz rangegangen wäre.«

»Dann können wir nur warten, bis er schläft.« In Wirklichkeit wünschte Paul, sie könnten viel länger warten. Die Vorstellung, sich in die Höhle des Menschenfressers mit ihren fluchtvereitelnden Wänden und ihrem Verwesungsgeruch einzuschleichen, machte ihn ganz krank.

Wieso lande ich ständig in irgendwelchen Märchen? fragte er sich. *Und auch noch so grausigen – wie in den schlimmsten Phantasien der Brüder Grimm.*

Er beäugte Azador, der es sich bereits an den Wänden der Mulde bequem machte und offensichtlich vorhatte, ein wenig zu schlafen. Das war eine gute Idee, aber Paul schwirrte der Kopf von Gedanken, und hinter allem saß die große Angst vor ihrem bevorstehenden Schritt, die ihn nicht zur Ruhe kommen ließ. Er wandte seine Aufmerksamkeit dem rätselhaften Mann neben ihm zu, der viel über die Simulation, aber nichts über ihren Ursprung zu wissen schien.

»Und, woher kommst du?« fragte er leise.

Azador klappte ein Auge auf und runzelte die Stirn, aber sagte nichts.

»Hör mal, wir sitzen hier in der Patsche. Wir müssen einander vertrauen. Warum bist du in diesem Netzwerk?« Jäh kam ihm ein Gedanke. »Gehörst du zu diesem Kreis?«

Sein Begleiter schnaubte voller Verachtung. »Eine Bande bescheuerter Gadscho-Pfaffen.« Er spuckte aus.

»Hast du ... hast du dann was mit den Gralsleuten zu tun?« Er flüsterte die Worte nur, weil ihm noch im Gedächtnis war, was Nandi über die mithörenden Apparate der Netzwerkbesitzer gesagt hatte. »Gehörst du der Bruderschaft an?«

Azadors eben noch verächtliche Miene nahm einen kalten, reptilienhaften Ausdruck an. »Wenn du mich das nochmal fragst, dann werde ich nachher keinen Finger krumm machen, um dich vor dem Einauge zu retten, dann soll er dich meinetwegen fressen.« In seinem Ton lag kein Hauch von Humor. »Das sind Schweine.«

»Wer bist du dann? Was machst du hier?«

Der schnauzbärtige Mann stieß sichtlich genervt die Luft aus. »Wie gesagt, ich bin hinter einer Frau her, die was von mir hat. Niemand stiehlt Azadors Gold und behält es. Ich werde sie finden, ganz gleich, in welcher Welt sie sich versteckt.«

»Sie hat dir Gold gestohlen?«

»Sie hat was gestohlen, das mir gehört.«

Paul stellten sich die Nackenhaare auf, denn ihm war etwas eingefallen. »Eine Harfe? War es eine goldene Harfe?«

Azador starrte ihn an, als hätte er angefangen, wie ein Hund zu bellen. »Nein. Ein Feuerzeug.« Er wälzte sich herum und drehte Paul demonstrativ den Rücken zu.

Ein Feuerzeug ...? Immer wieder meinte Paul, das Universum um ihn herum könne nicht mehr absurder werden, und immer wieder erwies sich das als Irrtum.

Als er unausgeruht aus einem flachen Schlaf aufwachte, sah er Azador vor sich knien, der ihm das scharfe Ende seines selbstgemachten Speeres dicht an den Hals hielt. In dem von den Wolken gefilterten Mondlicht sah das Gesicht des Mannes hart wie eine Maske aus, und einen Moment lang war Paul überzeugt, daß sein Gefährte ihn umbringen wollte.

»Komm«, flüsterte Azador. »In einer Stunde wird es hell.«

Benommenheit und Verwirrung waren nur ein dünner Schleier vor dem nackten Entsetzen, als Paul sich schwerfällig erhob. Zum erstenmal seit längerem dachte er sehnsüchtig an Kaffee - wenn sonst nichts, hätte das Ritual des Kaffeekochens wenigstens eine aufschiebende Wirkung gehabt.

Er folgte Azador den schlammigen Hang hinauf, auf dem er für zwei Schritte aufwärts einen Schritt wieder hinunterrutschte. Das Gewitter war abgezogen, und als sie die Gipfelwiese erreichten, standen sie unter einem sternenfunkelnden Himmelszelt. Azador legte einen Finger auf die Lippen - höchst überflüssigerweise, fand Paul, der vor Furcht, er könnte auf einen Zweig treten und das Scheusal wecken, ohnehin fast bewegungsunfähig war.

Je näher sie dem Höhleneingang kamen, um so langsamer wurden sie, bis es den Anschein hatte, die Zeit selbst sei eine zähe, schwere

Masse geworden. Schließlich beugte sich Azador spähend vor, dann richtete er sich auf, die Zähne zu einem grimmigen Grinsen gebleckt, und winkte Paul zu kommen. Der Stamm hatte tatsächlich verhindert, daß der Stein den Eingang ganz verschloß: eine rötlich scheinende Sichel zeigte die Lücke an.

Der Geruch nach Fleisch und tierischer Ausdünstung und saurem Schweiß war noch schlimmer, als Paul ihn in Erinnerung hatte. Sein Magen revoltierte schon seit dem Aufwachen; als sie jetzt über den Stamm stiegen und sich durch den schmalen Spalt in die Höhle zwängten, kostete es ihn seine ganze Selbstbeherrschung, sich nicht zu übergeben.

Die Schnarchtöne des Ungeheuers waren tief und feucht. Paul sank vor Erleichterung fast zusammen, und genauso erfreulich fand er es, daß ihr Floß unbeschädigt an der Wand lehnte, aber ihm blieb keine Zeit, sich lange zu freuen, denn Azador schritt unverzüglich weiter, und er mußte folgen. Die Höhle war hoch, und die trübe Glut drang nicht in jeden Winkel, doch an der Wand gegenüber konnte er den gewaltigen Körper des Zyklopen wie einen Berg neben dem Feuer liegen sehen. Die Schafe standen dichtgedrängt in einem hölzernen Pferch, der fast die Hälfte des vorhandenen Raumes einnahm. Daneben waren in befremdlich wirkender häuslicher Ordnung allerlei Gerätschaften zu sehen – Eimer voll Pech und eine Schere für die Schafschur, die, obgleich größer als normal, in der kolossalen Pranke des Riesen klein und fein wirken mußte wie ein Operationsbesteck.

Von seinen Beobachtungen abgelenkt trat Paul irgendwo dagegen, und das Ding rollte polternd über den Steinboden, daß ihm fast das Herz stockte. Ein paar Schafe drängelten nervös, und einen Moment lang veränderten sich die grollenden Schnarchtöne; Paul und Azador blieben regungslos stehen, bis sich der Rhythmus wieder normalisiert hatte. Der menschliche Schädel, der umgekehrt auf der Hirnschale liegengeblieben war, schien sie aus seiner Kopfstandposition mit grimmiger Belustigung zu betrachten.

Jetzt kam Azadors Teil, und Paul wäre am liebsten dicht am Eingang stehengeblieben und hätte den anderen machen lassen, aber Scham und ein vages Verbundenheitsgefühl zwangen ihn, näher heranzutreten. Er tastete sich zentimeterweise vorwärts, bis er vor den Füßen des Unholds stand, jeder so lang wie er und beinahe so breit wie lang, dazu ledriger und runzliger als Elefantenhaut. Azador schob sich langsam auf den Kopf des Schlafenden zu, deutlich hin und her gerissen, welches Ziel er wählen sollte, das geschlossene Auge oder die ungeschützte Kehle. Polyphem lag auf dem Rücken, den Kopf leicht zur Seite geneigt und einen mächtigen Arm über die Stirn gelegt: Der Winkel war weder für die eine noch für die andere Stelle günstig. Azador kletterte auf ein Felsgesims, auf dem er sich über dem Kopf befand, und warf Paul noch einen Blick zu, dann packte er fest den Speer, beugte die Knie und sprang dem Zyklopen auf die Brust.

Im Moment seines Sprunges blökte eines der Schafe erschrocken los. Der Riese wälzte sich in seinem Schlaf nur ein wenig zur Seite, aber das war genug: Azadors Klinge verfehlte die Halsgrube und schnitt statt dessen seitlich am Hals entlang.

Mit einem Gebrüll wie ein Düsentriebwerk wachte Polyphem auf und fegte Azador von seiner Brust herunter, so daß dieser durch die Luft flog, in einer Ecke aufschlug und wie tot liegenblieb.

Immer noch mit einer Lautstärke röhrend, daß man meinen konnte, die ganze Höhle werde zu Steinstaub zerbröseln, rollte sich Polyphem auf die Knie und richtete sich dann zu seiner vollen Größe auf. Sein langer, struppiger Bart flog herum, und sein einäugiger Blick fiel auf Paul, der einen stolpernden Schritt nach hinten machte.

Ich hatte recht, schoß es ihm durch den Kopf, als der Riese seine blutige Hand ausstreckte, um ihn zu fassen und zu Brei zu zerquetschen, *der Plan war wirklich nicht besonders gut ...*

Kapitel

Die Molkerei

NETFEED/NACHRICHTEN:
USA und China bei antarktischen Ausgrabungen kooperationsbereit
(Bild: Luftbild der antarktischen Grabungsstätte)
Off-Stimme: Die Entdeckung einer archäologischen Fundstätte auf der Antarktischen Halbinsel, von der bislang die Meinung bestand, sie sei bis in die neuere Zeit unbesiedelt gewesen ...
(Bild: der chinesische und der amerikanische Gesandte reichen sich in Ellsworth die Hand)
... hat die beiden wichtigsten Mitgliedstaaten der Züricher Vereinbarung veranlaßt, gemeinsam Kooperationsbereitschaft zu demonstrieren, was aufgrund ihrer Rivalitäten selten genug vorkommt.
(Bild: der chinesische Kulturminister Hua auf einer Pressekonferenz)
Hua: "Dieser historische Fund muß geschützt werden. Ich weiß, daß ich für das gesamte chinesische Volk spreche, wenn ich sage, daß wir sehr gerne tatkräftig mit den Vereinigten Staaten und den anderen Züricher Mitgliedstaaten zusammenarbeiten werden, um dieses einzigartige Stück menschlicher Geschichte zu bewahren, damit es eingehend erforscht und dokumentiert werden kann ..."

> Wenn er so die Kinder mit ihren hübschen Mamapapa-Klamotten und ihren sauberen Gesichtern auf dem Spielplatz herumtoben sah, kam selbst ihm unwillkürlich die Frage, was das wohl für ein Gefühl sein mochte. Doch obwohl er sich vorstellen konnte, daß ein Junge wie

er sich genauso aufführte, konnte er sich unter gar keinen Umständen vorstellen, daß *er selbst* sich jemals so aufführte - nicht Carlos Andreas Chascarillo Izabal. Nicht Cho-Cho.

Er sah sie allein herumspazieren und langsam in die Nähe seines Verstecks kommen. Er vergewisserte sich, daß die beiden Lehrer noch hinten vor dem Klassenzimmer im Schatten standen, dann rüttelte er die Büsche. Sie hörte ihn nicht, also rüttelte er heftiger und flüsterte dann so laut, wie er sich traute:»Eh, Tussi! Bise taub?«

Sie blickte erschrocken auf, und auch als sie ihn erkannte, sah sie immer noch ängstlich drein. Das machte ihn wütend, und einen Moment lang hatte er Lust, einfach abzuhauen und el viejo zu sagen, er hätte sie nicht gefunden.»Komm 'er«, sagte er statt dessen.»Soll dich was fragen, m'entiendes?«

Das kleine Mädchen drehte sich um und schaute nach den Lehrern, genau wie er es getan hatte. Damit stieg sie ein klein wenig in seiner Achtung: Für ein reiches weißes Mädchen war sie gar nicht *so* dumm. Sie schlenderte näher an den Zaun heran, aber hielt einen kleinen Abstand, als ob er hindurchlangen und sie packen könnte.

»Was?« fragte sie. Dann:»Ist Herr Sellars krank?« Sie sah richtig besorgt aus.

Cho-Cho schnitt ein Gesicht.»Is nich krank. Er will wissen, wieso du nich komms ihn besuchen und gar nix.«

Sie schaute, als ob sie gleich losheulen wollte. Cho-Cho hätte ihr am liebsten eine geknallt, obwohl er nicht wußte, warum. Wahrscheinlich weil der alte Krüppel sie so gern hatte und Cho-Cho den Laufburschen spielen mußte, um rauszukriegen, wie es ihr ging, wie wenn sie eine Prinzessin wäre oder so.

»Mein ... mein Papi hat mir die MärchenBrille weggenommen. Er sagt, ich darf sie nicht haben.« Ein schriller Schrei in der Nähe ließ sie aufschrecken. Einer ihrer Klassenkameraden hatte sich den Sweater von jemand anders geschnappt und lief damit fort, aber in die entgegengesetzte Richtung, weg vom Zaun, verfolgt von anderen Kindern.»Er will rausfinden, wieso ich ... wieso ich sie habe ... und ich darf nicht vor die Tür und spielen oder sonstwas, bis ich's ihm sage.«

Cho-Cho runzelte die Stirn.»Dann kriegse jetzt Strafe? Weil du nich sags, wo die Brille 'er is?«

Das kleine Mädchen - er konnte sich ihren Namen nicht merken, auch wenn ihn der alte Mann ständig sagte: Crystal Ball oder was Dämliches in der Art - nickte. Es wunderte Cho-Cho nicht, daß sie den Mund hielt, denn dort, wo er herkam, erzählte niemand den Eltern, was *wirklich* los war, falls sie überhaupt Eltern hatten, aber er fand es ganz interessant, daß sie nicht sofort umfiel. Ein reiches kleines weißes Mädchen wie die, da hätte er gedacht, die macht nach der ersten Tracht Prügel schlapp, und die mußte sie mittlerweile eigentlich hinter sich haben.

»Ich sags el viejo«, erklärte er.

»Will er, daß ich ihn besuchen komme?« fragte sie. »Das geht nicht - ich hab Hausarrest.«

Cho-Cho zuckte mit den Achseln. Er machte nur seinen Job. Er hatte nicht vor, seine Zeit mit irgendwelchem aufmunterndem Gesülze zu verplempern.

»La caridad es veneno«, hatte sein Vater immer gesagt, sein bettelarmer, saublöder Vater - Sozialhilfe ist Gift. »Die macht dich schwach, Junge«, lautete die Erklärung. »Die geben sie uns, wie sie Ratten Gift geben. Wir sind die Ratten in den Wänden, verstehst du? Und sie wollen uns schwach machen, damit sie uns ausrotten können.«

Carlos senior konnte seiner Familie befehlen, keine Almosen vom Staat oder der Kirche anzunehmen, aber das Problem war, daß er nie eine Stelle behielt. Er arbeitete hart und gebrauchte auch seinen Kopf (einer der Gründe, weswegen man Obst immer noch von menschlichen Arbeitskräften pflücken ließ), und wenn der Mann im Laster ihn als Tagelöhner auf den Zitrusfeldern außerhalb von Tampa angeheuert hatte, freute sich dieser Mann den ganzen Vormittag über seine glückliche Hand, denn Carlos senior stürmte die Reihen hoch und runter und füllte doppelt so viele Orangen- oder Grapefruitbehälter wie die anderen. Doch dann schaute jemand ihn schräg an, oder einer der Vorarbeiter stellte ihm eine Frage, die er als Beleidigung empfand, und wenig später lag jemand mit blutiger Nase am Boden, manchmal Carlos senior, aber meistens der andere. Und das war's dann. Wieder ein Job zum Teufel, wieder ein Feld, auf dem er sich nicht mehr blicken lassen durfte, solange sie keinen anderen Fahrer, keinen anderen Vorarbeiter hatten.

Aber er nahm keine Sozialhilfe, wie er ständig betonte. Carlos junior - niemals Carlito genannt, »Karlchen«, weil auch das aus irgendeinem Grund seinen Vater beleidigt hätte - bekam die Predigt so häufig zu hören, daß er sie an seiner Stelle hätte herbeten können.

Die Frau von Carlos senior dagegen war weniger fanatisch auf ihre Unabhängigkeit bedacht. Sie war allerdings auch nicht so dumm, ihren Gatten wissen zu lassen, daß manches, womit sie für die Ernährung ihrer fünf Kinder in der Wabensiedlung unter dem Highway 4 sorgte, nicht in dem Lebensmittelgeschäft verdient war, wo sie die schmutzigen Fußböden wischte und Kisten von einem Ende des Lagers zum anderen schleppte, sondern in Wirklichkeit seine verhaßte Sozialhilfe war, und zwar in Form staatlicher Unterstützung für notleidende Familien. Essensbons.

Es war nicht so, daß Carlos junior gegen die weltanschaulichen Positionen seines Vaters etwas einzuwenden gehabt hätte. Auf einer sehr elementaren Ebene verstand und billigte er das Mißtrauen gegen helfende Hände sogar, das Carlos senior hegte, und es wäre ihm auch alles andere als recht gewesen, wenn man ihn »Carlito« gerufen hätte. Seine Frontstellung gegen seinen Vater war viel grundsätzlicher. Er haßte ihn. Die Brutalität und Großmäuligkeit von Carlos senior wäre weitaus erträglicher gewesen, wenn die Izabals wenigstens in so etwas wie normaler Armut gelebt hätten, aber sie waren ärmer als arm. Wenn sein Vater ihre Lage mit der von Ratten verglich, traf das erschreckend genau zu.

Carlos junior betrachtete sich von seinem achten Lebensjahr an als Mann. Brachten er und seine Freunde nicht mindestens ebensoviel nach Hause wie ihre bescheuerten, hoffnungslosen Väter? Was machte es schon für einen Unterschied, daß sie durch Diebstahl ergatterten, wofür andere schwitzten und schufteten, außer daß es weniger Arbeit und unendlich viel aufregender war? Als er seine Freunde Beto und Iskander kennenlernte und sie ihn Carlito nennen wollten, gab er Iskander eine aufs Auge und versetzte Beto einen solchen Tritt, daß der kleinere Junge weinend nach Hause rannte. Er hatte für seine Ablehnung des Namens andere Gründe als sein Vater, aber seine Entschiedenheit war genausogroß. Dabei hatte er durchaus nichts gegen Spitznamen. Als Iskander später anfing, ihn »Cho-Cho« zu nennen, weil eine Puffreismarke so hieß, die er besonders gern klaute, ließ er sich den Namen gnädig gefallen.

Er und Beto und Iskander unternahmen viel zusammen, das meiste zu dem Zweck, Geld in die Taschen, Süßigkeiten in die verschwitzten Fäuste und Pharmapflaster auf alle Stellen der Haut zu bekommen, die sich mit Spucke so sauber reiben ließen, daß die Stoffübertragung klappte. Im Grunde genommen führten sie ein Unternehmen mit verschiedenen Sparten, von denen einige mindestens so spannend und kreativ waren wie das, was Leute mit Collegeabschluß auf die Beine stellten. Und auch in der Nacht, als das schreckliche Unglück passierte, waren sie mit einem ihrer Projekte zugange gewesen, mit der »Molkerei«, wie sie es nannten.

Die International Vending Company hatte den Grundgedanken der Speisen- und Getränkelieferung um ein interessantes Novum bereichert, eine Erfindung mit dem ziemlich affektierten Namen »Rollboter« - Verkaufsautomaten auf leisen Kettensohlen, die in großräumigen Revieren mittels einfacher Codes von Ort zu Ort gelenkt wurden. Die IVC rechnete nicht damit, aus ihnen soviel Geld herauszuholen wie aus den normalen stationären Automaten, aber die großen Kästen waren auch mobile Werbeträger, die schnell gespielte Reklameliedchen dudelten und Kunden, die in den Bereich des Infrarotauges kamen, mit fröhlichem Geplapper vom Band begrüßten. Es dauerte nicht lange, und Cho-Cho und seine Freunde (und Hunderte ihresgleichen in jeder größeren Stadt) hatten herausgefunden, daß die Automaten sich in andere Stadtviertel transportieren ließen und damit für die IVC unauffindbar waren (was ein simpler Chip hätte verhindern können, wenn die zuständigen Verkaufsstrategen nicht ganz so naiv gewesen wären). Sobald die Dinger in ihrer neuen Umgebung ausgesetzt worden waren, konnten die Einnahmen gefahrlos von Cho-Cho und seinem kleinen Konsortium abkassiert werden, bis die Vorräte ausgingen. Nachdem sie die Kreditschlitze blockiert hatten, die die meisten Leute ansonsten benutzt hätten, nahm jeder Automat immer noch genug altmodisches Münzgeld ein, um am Ende jedes Tages einen netten kleinen Profit abzuwerfen.

Binnen weniger Monate graste eine Freilandherde von Rollbotern zu ihren Gunsten ganz Tampa ab, so viele, daß Cho-Cho und seine Freunde allnächtlich stundenlang S-Bahn surfen mußten, um sie alle zu melken. Sie lebten auf so großem Fuß, daß Cho-Cho als aufstrebender Jungunternehmer sich sogar von einem Can-Man von der Straße in einem schmutzigen Hinterzimmer einen neuronalen Netzshunt implantieren ließ, doch sie alle wußten, daß die Zeit knapp war - die Leute von der IVC setzten alle Hebel in Bewegung, um sich jeden einzelnen Automaten zurückzuholen, den sie aufspüren konnten -, und deshalb forcierten sie ihr Geschäft, wo und wie sie nur konnten.

In der Unglücksnacht hatte der kleine Beto in Ybor City einen noch ungemolkenen Automaten ausfindig gemacht, ein imposantes neues Modell mit einem zweieinhalb Meter hohen Plastahlkorpus, über dem wie ein Heiligenschein das Hologramm eines sprudelnd aus der Flasche schießenden Getränkes schwebte. Beto war in einem richtigen Freudentaumel – das würde der König ihrer Herde werden, verkündete er –, und obwohl Cho-Cho sich zunächst sträubte, einen derart ungewöhnlich aussehenden Automaten ohne vorherige eingehende Prüfung abzuschleppen, ließ er Beto und Iskander schließlich ihren Willen. Blitzschnell hatten sie ihn auf den fahrbaren Wagenheber gehievt, den sie aus einer Werkstatt hatten mitgehen lassen, und machten sich damit aus dem Staub.

Das IVC-Modell 6302-B war als Lösung des Problems entwickelt worden, das man mit der vorherigen Generation mobiler Automaten gehabt hatte: Viele andere außer Cho-Cho und seinen Freunden hatten entdeckt, wie man die Rollboter entführen konnte, und die Firma hatte es satt, sich auslachen zu lassen. Die genervten Manager der International Vending Company ahnten nicht, daß durch ihre Lösung weitaus größere Probleme auf sie zukamen.

Als Cho-Cho und seine Partner eine spätnächtliche Verkehrspause auf dem Expressway dazu ausnutzten, ihren Automaten auf die andere Seite zu transportieren – sie waren schließlich noch Kinder und konnten unmöglich ein derart großes Gerät die Stufen des Fußgängerüberwegs hinaufbefördern –, überquerte das Modell 6302-B die Grenze seines vorgesehenen Verkaufsreviers, wodurch sein Alarmsystem aktiviert wurde. Ein Heulen von der Lautstärke einer Krankenwagensirene ertönte, Warnlichter blinkten, und eine theoretisch harmlose Pflanzenfarbe mit ultravioletten Leuchtelementen spritzte aus Düsen an der Seite des Getränkeautomaten, um die Diebe zu markieren.

Iskander bekam die Farbe direkt in die Augen. Von dem gellenden Alarm und seiner jähen Blindheit kopflos gemacht, taumelte er von dem Automaten zurück. Cho-Cho war ebenfalls von einer vollen Ladung im Gesicht getroffen worden und rieb sich wie wild die Augen, da schrie Beto entsetzt auf. Als Cho-Cho die schlimmste Farbe einigermaßen weggewischt hatte, sah er gerade noch Iskander wie angewurzelt im Scheinwerferlicht eines heranbrausenden Lasters stehen. Den Aufprall selbst kriegten sie kaum mit, aber der dumpfe Schlag war so furchtbar, daß Cho-Cho den schweren, immer noch Alarm schrillenden Automaten losließ, der schon bedenklich auf dem Wagenheber schwankte. Als er gleich darauf zu kippen begann, war das Gewicht viel zu groß, als daß Cho-Cho ihn noch hätte halten können, nicht einmal, als er die Gefahr erkannte. Der kleine Beto, der mit weit aufgerissenen Augen auf die Stelle starrte, wo Iskander eben noch gestanden hatte, bemerkte gar nicht, daß der wuchtige Kasten dabei war, auf ihn niederzustürzen. Ohne einen Laut wurde er darunter begraben.

Erschüttert konnte Cho-Cho sich eine ganze Weile nicht vom Fleck rühren. Der Wagen, der Iskander angefahren hatte, war mehrere hundert Meter weiter stehengeblieben, und jetzt kamen andere Scheinwerfer näher und drosselten das Tempo beim Anblick des großen Automaten, der in der Mittelspur blinkend auf der Seite lag. Auch wenn sein Gehirn völlig leer war, die Muskeln gehorchten Cho-Cho in dem Moment wieder; er floh in die Dunkelheit jenseits der Straße, wobei er beinahe noch über den fahrbaren Wagenheber gestürzt wäre, der langsam den abfallenden Expressway hinunter auf den Seitenstreifen zurollte.

Die International Vending Company wurde daraufhin mit einer solchen Flut negativer Berichte in den Sensationsnetzen überschüttet, die sich gegenseitig mit Geschichten darüber zu überbieten suchten, wie ein »Killerautomat« ein Kind auf der Autobahn in den Tod gejagt und einem anderen den Schädel zertrümmert habe, daß die Firma einen Monat nach dem Unfall ein Reorganisationsverfahren einleitete und ihre Vermögenswerte an ein anderes Unternehmen verkaufte. Cho-Cho sollte noch weitere Schicksalsschläge erleben - seine Mutter und seine kleine Schwester erstickten ein Jahr später, als ein Fernfahrer abends bei einer Fahrtpause unter dem Freeway den Motor laufen ließ, um warm zu bleiben, und dabei seine Abgase in ihr Wabennest blies -, aber das, was er sich vom Leben erwartete, war durch diese Nacht bereits weitgehend vorgeformt worden.

Wir sind die Ratten in den Wänden war das einzige, was er von seinem Vater mitnahm, als er von zuhause fortlief, um zu schauen, ob weiter oben an der Ostküste die Sommer kühler und die Polizisten nicht so scharf waren. *Sie werden uns fangen, uns vergiften. Sie wollen unsern Tod.*

Cho-Cho sah das kleine Mädchen mit gesenktem Kopf weggehen, langsam und traurig, als ob er ihr gerade verkündet hätte, er werde ihr Haus anstecken oder so. Warum hatte sich der alte Knacker überhaupt jemals mit ihr eingelassen? Der Typ war schräg, aber auf seine Art war er auch ziemlich schlau - er wußte einen Haufen Zeug, soviel war sicher. Warum also hatte er sich von einem Schoßhündchen wie der helfen lassen?

Weil er keine andere Wahl gehabt hatte, begriff der Junge plötzlich. Er hätte einen cleveren Straßenstreuner wie Cho-Cho genommen, wenn er gekonnt hätte, aber sie waren sich nicht rechtzeitig begegnet. Als das mal passiert war, hatte er das kleine Mädchen ziemlich umgehend ins Mamapapaland zurückgeschickt.

Bei dem Gedanken bekam Cho-Cho auf seinem Rückweg durch den Spazierpark direkt hinter der Schule ein leichtes Federn im Schritt, aber er vergaß dennoch nicht, zwischen den Bäumen zu bleiben, wo er von den Wegen aus nicht zu sehen war. Er hatte es langsam satt, den Militärfraß zu essen, den der alte Krüppel Sellars im Tunnel gelagert hatte, aber *so* satt hatte er es auch wieder nicht - es war viel besser, als gar nichts zu essen, und auch den abgepackten Mahlzeiten im Jugendknast vorzuziehen, wo sie ihn einbuchten würden, wenn sie ihn schnappten. Wenn er Glück hatte, hieß das natürlich, und sie ihn nicht einfach durch den Hinterausgang vom Stützpunkt schafften und erschossen - Jagd auf »Snipes« nannten das die azules. Leuten, die das Sagen hatten, durfte man nicht trauen. Im Netz machten sie einen Haufen schöne Worte, aber er wußte, daß sie Ratten nicht ausstehen konnten.

Sellars war anders, aber Cho-Cho blickte noch nicht richtig durch, warum. Eigentlich blickte er überhaupt nicht durch, was den Mann im Rollstuhl betraf. Der alte Krüppel versteckte sich vor den Leuten von der Armee, aber er machte das direkt unter einem Armeestützpunkt. Er hatte freien Zugang zum irrsten Teil des Netzes, den Cho-Cho je gesehen hatte - besser als die besten Spiele oder sonstwas -, aber er wollte, daß Cho-Cho reinging, obwohl sie es irgendwie nicht richtig hinkriegten, jedenfalls nicht sehr lange. Und er murmelte ständig vor sich hin, genau wie Cho-Chos abuela in den Bergen bei Guatemala City, wo er einmal mit seinem Papa hingefahren war - eine gräßliche, schweißtreibende Schiffsreise, die etliche Tage gedauert hatte, bloß um eine alte Frau in so einem Indianerdorf zu besuchen, die nicht mal mehr Zähne hatte und die in ihrem kleinen Haus einen dürren Affen an der Leine hielt. Sie hatte erfreut gewirkt, ihren Enkel kennenzulernen, aber er hatte ihre Sprache nicht verstanden, und von seinem Vater hatte er keine großen Übersetzungen erwarten können. Er wußte, daß er sein Leben lang nicht vergessen würde, wie das Haus gerochen hatte, nach gekochtem Mais und Affenscheiße.

Mit Sellars zu leben war nicht sehr anders, auch wenn es gracias a Dios keinen Affen gab. Aber die Sachen, die der Alte murmelte, gaben keinen Sinn, auch wenn sie in einer Sprache waren, die Cho-Cho konnte - er redete mit sich selbst über seinen Garten, so als ob er weiterhin ein eigenes Haus hätte, und er flüsterte Worte wie »Plattform« und »Kaël-Strukturen«, als ob er sich ein Haus bauen wollte, wenn er schon keines hatte. Was ziemlich beknackt war, denn wenn es einen alten vato gab, der einen Hammer nicht einmal heben, geschweige denn gebrauchen konnte, dann war es Sellars. Er hatte Arme wie Besenstiele, und obwohl er ständig dieses Sauerstoffzeug am Kochen hatte wie eine eklige Suppe, tat er sich mit dem Atmen so schwer, daß Cho-Cho wegen seinem Keuchen und Husten manchmal nicht schlafen konnte.

Aber es war komisch. Er wollte nicht, daß der Mann starb, auch wenn er ein alter Krüppel war. Nicht bloß weil er sich dann auf eigene Faust vor den Armeetypen verstecken mußte und die mu'chita wahrscheinlich nicht mal mehr was zu essen bringen würde. Nein, nicht bloß deswegen. Auch die Art, wie Sellars mit ihm redete, hatte irgendwie was Merkwürdiges, das er nicht recht verstand. Man konnte fast meinen, der Alte würde ihn leiden mögen oder so. Natürlich wußte Cho-Cho, daß das Quatsch war. Leute wie Sellars, Weiße, die ein eigenes Haus hatten - oder immerhin mal ein eigenes Haus *gehabt* hatten -, mochten keine Straßenratten leiden. Das behaupteten sie, wenn jemand eine Netzdoku darüber drehte, wie traurig alles war, oder wenn der Staat oder die Kirche irgendeinen aufgemotzten Caridad-Schuppen einweihten, aber in Wirklichkeit wollten solche Leute nicht mit einem schmutzigen kleinen Jungen mit ausgeschlagenen Zähnen, wunden Stellen an den Armen und ständig eiternden Beinen zusammensein.

Aber Sellars war echt schräg. Er redete sanft und nannte Cho-Cho »Señor Izabal«. Als er das zum erstenmal gemacht hatte, hätte Cho-Cho ihn fast aus seinem Rollstuhl geschmissen, aber es war kein Witz gewesen, jedenfalls nicht die Art, die Cho-Cho gewöhnt war. Und Sellars bedankte sich, wenn er ihm etwas brachte. Eine Zeitlang hatte Cho-Cho sicher geglaubt, der Alte wäre einer von der Sorte, die es mit Kindern hatte - warum sollte er sich sonst mit einer kleinen gatita wie dieser Christy Bell anfreunden, oder wie sie hieß? Wenn er sich schlafen legte, nahm er deshalb ein scharfes Metallstück in die Hand, das er in einer Mülltonne gefunden hatte, und hielt den mit Klebeband umwickelten Griff fest umklammert. Aber Sellars versuchte nie irgendwas.

War er also bloß un anciano loco? Aber wenn, wie kam er dann in diese wahnsinnstolle Welt, die besser war als das Netz, eine Welt, die Cho-Cho mit eigenen Augen gesehen hatte, sonst hätte er es nicht geglaubt? Und warum brachte Sellars ihn erst dann online, wenn er eingeschlafen war? Er mußte irgendwo geheim eine mordsgroße Station haben, die Cho-Cho nicht sehen sollte, ein Ding, das Unmengen cambio wert war. Die ganze Geschichte war so abgefahren, daß irgendwo Geld im Spiel sein mußte, und das wollte Cho-Cho sich nicht durch die Lappen gehen lassen. Wenn man eine Ratte war, mußte man nehmen, was man kriegen konnte, und immer auf dem Posten sein. Außerdem mußte er es so deichseln, daß auch dann, wenn der verbrannte alte Mann starb, Cho-Cho El Ratón dennoch in diese Netzwelt zurückkonnte, in diese absolut krasse, voll geile Welt.

> »Also ihr Vater hat die Brille ...« Sellars bemühte sich, ruhig zu klingen, aber diese Meldung war ein Schock. Es war ein hochriskantes Spiel mit dem Glück gewesen, aber zu dem Zeitpunkt hatte er keine andere Wahl gehabt – entweder ihr das Gerät geben oder das Risiko eingehen, daß sie ihn ständig zu verabredeten Zeiten in seinem Versteck aufsuchte, und wie lange ließ sich das mit einem Kind machen, bevor es Aufmerksamkeit erregte?

Cho-Cho zuckte mit den Achseln.»'ase gesagt.« Er war heute ungewöhnlich verschlossen, selbst für seine Verhältnisse. Eigentlich lief der Junge immer in einer permanenten dunklen Wolke des Mißtrauens und der Gereiztheit umher, aber das bedeutete, daß er ziemlich leicht zu durchschauen war. Sein Vorhaben war Sellars oft hoffnungslos vorgekommen, aber niemals so sehr wie bei der Erkenntnis, daß seine einzigen Verbündeten in der wirklichen Welt die kleine Tochter des Mannes, der hinter ihm her war, und ein wenig älterer Junge waren, der seit Jahren nicht mehr in einem Haus geschlafen hatte – ein Junge, der in diesem Moment die Ecke eines Plastikbeutels mit Puddingpulver aufbiß, damit er den Inhalt aussaugen konnte wie ein Schimpanse einen Markknochen.

Sellars seufzte. Er war so müde, so schrecklich müde, aber diese jüngste Krise duldete keinen Aufschub. Womöglich war es schon zu spät – die MärchenBrille würde einer normalen Untersuchung standhalten, aber wenn Techniker die Bauteile überprüften, die er mit geschicktem

Postbetrug und Manipulationen an den Bezugslisten im Lauf von zwei Jahren zusammengekratzt hatte, würden sie merken, daß der Empfangsbereich des Geräts sehr klein war. Selbst wenn Christabel nicht unter dem bestimmt riesengroßen Druck zusammenbrach, würden ihr Vater und seine Mitarbeiter wissen, daß die Person, die an die Brille sendete, gewissermaßen bei ihnen unterm Dach sitzen mußte. Beziehungsweise im Keller.

Wenn er ein ängstlicher Typ gewesen wäre, hätte er jetzt Angst gehabt. Als nächsten hätte er dann Yacoubian am Hals und damit – auch wenn Christabels Vater und seine sonstigen Untergebenen das vielleicht nicht wußten – die gesamte Gralsbruderschaft. Wenn erst einmal der richtige Schluß gezogen war, hatte die Sache in wenigen Stunden ein Ende und Sellars möglicherweise nicht einmal die Chance, mehr zu tun, als sich selbst und alles Beweismaterial zu vernichten. Es konnte sogar sein, daß seine Aufspürung in diesem Moment schon in vollem Gange war.

Er faßte sich, indem er an seinen Garten dachte, an die wuchernden und rankenden virtuellen Pflanzen. Man bekam nichts geschenkt, aber das galt für seine Gegner so gut wie für ihn. Kurz und gut, er mußte etwas tun, und der naheliegende Angriffspunkt war Christabels Vater, Major Michael Sorensen. Wenn Sellars das sonderbare Betriebssystem besessen hätte, mit dem die Bruderschaft arbeitete, hätte er den Mann einfach hypnotisieren können, wenn er das nächstemal online war, sein Gehirn manipulieren. Er hätte bewirken können, daß die Brille verschwand und die ganze Sache vergessen wurde. Freilich, erst hätte er bereit sein müssen, in das Gehirn des Mannes einzugreifen, die geistige Gesundheit von Christabels Vater aufs Spiel zu setzen und vielleicht sogar sein Leben.

Sellars sah Cho-Cho an, dessen schmuddeliges Gesicht derzeit durch den am Kinn verschmierten Schokoladenpudding noch schmuddeliger war. War es etwas anderes, im Innenleben eines Erwachsenen herumzupfuschen, als harmlose Kinder wie Christabel zu benutzen – oder wie diesen Jungen, der im Vergleich zu Sellars zweifellos harmlos war?

»Es wird auf eine Entscheidung hinauslaufen, Señor Izabal«, sagte er schließlich. »Und mein Freund Señor Yeats wäre der erste gewesen, der darauf gedrungen hätte ...

*... Ein alter Mann ist nichts, ein Mantel, der
Zerfetzt an einem Ständer hängt – das heißt,
Wenn nicht die Seele jauchzt und singt, je mehr
Ihr Erdenkleid in morsche Fetzen reißt ...*

... Und viel zerfetzter als du und ich können Mäntel nicht sein, was?« Cho-Cho glotzte ihn an und wischte sich den Mund, wobei er großzügig Pudding auf Handgelenk und Unterarm verteilte. »'äh?«
»Das ist aus einem Gedicht. Ich muß eine Entscheidung treffen. Wenn ich die falsche treffe, wird etwas sehr, sehr Schlimmes geschehen. Wenn ich die richtige treffe, könnte trotzdem etwas sehr Schlimmes geschehen. Hast du je vor einer solchen Entscheidung gestanden?«
Der Junge beäugte ihn unter langen Wimpern hervor, ein Tier, das sich lautlos zur Verteidigung oder Flucht bereit machte. Schließlich sagte er: »Immer muß ich denken, ist so – schlimm so und schlimm so. Am Ende immer sie kriegen dich. Siempre.«
Sellars nickte, aber er fühlte etwas wie Schmerz. »Wahrscheinlich. Jetzt höre mir genau zu, mein junger Freund. Ich werde dir sagen, was du dem kleinen Mädchen von mir ausrichten sollst.«

> Ihr war zumute, als wären vier volle Tage vergangen, seit sie von der Schule nach Hause gekommen war, und nicht nur vier Stunden, aber sie konnte nichts anderes tun als darüber nachdenken, was der gräßliche Junge ihr gesagt hatte. Sie wußte nicht einmal sicher, ob Herr Sellars ihm das wirklich aufgetragen hatte. Wenn dieser Cho-Cho sie nun anlog? Wenn Herr Sellars nun richtig krank war und der Junge bloß schlimme Sachen anstellen wollte? Sie hatte mal jemand im Netz sagen hören, Kinder wie dieser Junge würden das Gesetz mißachten, und das hieß, wie sie sehr wohl wußte, daß sie stahlen und gemein zu Leuten waren. Hatte er sie nicht hingeschubst? Ihr mit dem Messer gedroht?
Sie wollte so gern loslaufen und Herrn Sellars fragen, ihn selber und niemand anders, aber ihre Mutter saß nur ein paar Schritte vom Küchentisch weg, und obendrein guckte sie auch noch ständig über die Schulter, als dächte sie, Christabel könnte versuchen, sich davonzuschleichen.
Sie brütete über den Hausaufgaben, aber die vielen Gedanken machten sie so wirr im Kopf, daß sie ihre Teilaufgaben nicht mehr konnte

und nicht mehr wußte, was die Dividende und was der Investor war, oder wie das hieß, und so setzte sie einfach Zahlen ein und löschte sie wieder, ein ums andere Mal.

»Wie geht's dir, Liebes?« fragte ihre Mami mit ihrer süßen Stimme, aber sie hörte sich besorgt an, wie zur Zeit eigentlich immer.

»Okay«, gab Christabel zur Antwort. Aber es ging ihr nicht okay. Sie hatte Angst, daß ihr Papi nicht rechtzeitig heimkam. Noch mehr Angst hatte sie davor, daß er zwar rechtzeitig heimkam, aber daß dann etwas ganz Schlimmes passieren und nichts jemals wieder okay sein würde.

Es wurde nicht besser dadurch, daß ihr Papi schlechter Laune war, als er heimkam, und fluchte, weil er auf der Veranda eine Gießkanne umgestoßen hatte, die dort nicht hingehörte. Mami entschuldigte sich, dann entschuldigte sich Papi, aber guter Laune war er deswegen trotzdem nicht. Er sagte nur kurz hallo zu Christabel, ging gleich in sein Arbeitszimmer und zog die Tür hinter sich zu.

Christabel blickte auf die Uhr an der Wand über dem Spülbecken und sah, daß sie nur noch zehn Minuten hatte. Sie schenkte sich ein Glas Wasser ein, aber trank nicht, und starrte die Cartoons auf dem Kühlschrank an, obwohl sie die alle längst kannte.

»Ich will mit Papi reden«, sagte sie schließlich.

Ihre Mutter sah sie eindringlich an, wie sie es machte, wenn Christabel sagte, ihr wäre nicht wohl. »Er wird im Moment seine Ruhe haben wollen, Schätzchen.«

»Ich will mit ihm reden.« Sie hätte am liebsten geweint, aber sie durfte sich nichts anmerken lassen. »Ich will doch bloß mit ihm reden, Mami.«

So plötzlich, daß Christabel beinahe erschrocken gequiekt hätte, kniete sich ihre Mutter hin und schlang die Arme um sie. »Schon gut, Liebes. Klopf an die Tür und frag ihn. Du weißt, wie lieb wir dich haben, nicht wahr, das weißt du?«

»Sicher.« Christabel fühlte sich nicht besonders, und Beteuerungen, wie lieb Mami und Papi sie hatten, machten es nur schlimmer. Sie entwand sich den Armen ihrer Mutter und ging den Flur hinunter zum Arbeitszimmer.

Nur weil sie wußte, daß ihr bloß noch wenige Minuten blieben, schaffte sie es, an die Tür zu klopfen, denn ihr war zumute, als stände sie vor einer Drachenhöhle oder einem Spukhaus. »Papi, darf ich reinkommen?«

Einen Moment lang sagte er gar nichts. Als er antwortete, hörte er sich müde an. »Sicher, Kleines.«

Er hatte sich aus der Schon-so-früh-Mike?-Flasche einen eingeschenkt und saß in seinem drehigen Stuhl vor dem Wandbildschirm, der voll von Geschriebenem war. Er blickte auf, und obwohl er sich inzwischen wieder rasierte, wirkte sein Gesicht irgendwie alt und traurig, und das Herz tat ihr noch mehr weh. »Was gibt's? Essen fertig?«

Christabel holte tief Luft. Sie versuchte sich an ein Gebet zu erinnern, denn sie wollte beten, daß Herr Sellars das wirklich hatte ausrichten lassen, daß der fiese Junge mit den schlechten Zähnen sich das nicht bloß ausgedacht hatte, aber ihr fiel nur *Müde bin ich, geh zur Ruh* ein, und das kam ihr nicht richtig vor.

»Papi, hast du ... hast du meine MärchenBrille noch?«

Er drehte sich langsam um und sah sie an. »Ja, die habe ich, Christabel.«

»Hier?«

Er nickte.

»Dann ... dann ...« Das Reden fiel ihr schwer. »Dann mußt du sie aufsetzen. Weil der Mann, der sie mir gegeben hat, mit dir reden will.« Sie blickte in die Ecke des Wandbildschirms, wo in weißen Ziffern *18:29* stand. »Genau jetzt.«

Papis Augen wurden groß, und er setzte an, etwas zu fragen, dann sah er nach der Zeit und holte seine Schlüssel aus der Jackentasche. Er schloß die unterste Schublade des Schreibtischs auf und nahm die schwarze MärchenBrille heraus. »Ich soll sie aufsetzen ...?« fragte er. Seine Stimme war sehr leise, aber es war etwas darin, das ihr ganz doll Angst machte, etwas Hartes und Kaltes, wie ein Messer unter einem Bettlaken.

Es war noch schlimmer, als er die Brille aufhatte, weil da seine Augen weg waren. Er sah aus wie ein Blinder. Richtig wie ein Insekt sah er aus, oder wie ein Außerirdischer.

»Ich weiß nicht, was ...«, begann er, dann stockte er. Einen Moment lang war Stille. »*Wer bist du?*« stieß er schließlich grimmig und zischend wie eine Schlange hervor, und weil er noch in ihre Richtung sprach, hatte Christabel einen Moment lang die furchtbare Vorstellung, er fragte *sie* das.

Gleich darauf sagte er mit einer anderen Stimme: »Christabel, geh jetzt bitte aus dem Zimmer!«
»Aber, Papi ...!«
»Hörst du? Sag deiner Mutter, ich habe ein wenig länger mit etwas zu tun.«
Christabel stand auf und ging zur Tür. Ein paar Sekunden lang blieb es still, doch als sie die Tür schloß, hörte sie ihren Vater sagen: »So, gut. Fang an.«
Er kam nicht heraus.
Eine Stunde verging. Christabels Mutter, die zuerst so getan hatte, als wäre sie böse, wurde jetzt richtig böse. Sie ging zur Arbeitszimmertür und klopfte, aber Papi gab keine Antwort. »Mike?« rief sie und rüttelte an der Tür, aber sie war zugeschlossen. »Christabel, was hat er da drin gemacht?«
Sie schüttelte den Kopf. Sie befürchtete, wenn sie etwas sagte, würde sie so heftig anfangen zu weinen, daß sie nie wieder aufhören konnte. Sie wußte, was passiert war - der gräßliche Junge hatte etwas mit der Brille gemacht. Er hatte Christabels Papi umgebracht. Sie lag auf der Couch, das Gesicht im Kissen vergraben, während ihre Mutter im Wohnzimmer hin und her lief.
»Das ist doch lächerlich«, sagte Mami gerade. Sie ging zur Tür zurück. »Mike! Komm schon, du machst mir angst!« Etwas Furchtbares war in ihrer Stimme, wie ein Riß in einem Stück Papier, der immer größer wurde und gleich am Rand angekommen war. »Mike!«
Jetzt fing Christabel doch zu weinen an, und das Kissen wurde ganz naß. Sie wollte nicht hochschauen. Sie wollte, daß es aufhörte. Es war alles ihre Schuld. Alles ihre Schuld ...
»Mike! Mach sofort die Tür auf, oder ich rufe die MPs!« Mami trat jetzt gegen die Tür, laut krachend wie die Schritte eines Riesen, und Christabel weinte noch heftiger. »Bitte, Mike, bitte - o Gott, Mike ...!«
Es machte klick. Ihre Mutter hörte zu schreien und zu treten auf. Alles war still.
Christabel setzte sich auf und wischte sich die Augen; Tränen und Schnodder liefen ihr über die Lippe. Papi stand in der offenen Tür des Arbeitszimmers, die Brille in der Hand. Er war weiß wie ein Ei. Er sah aus, als wäre er gerade aus dem Weltraum zurückgekommen, oder aus Monsterland.

»Ich … Tut mir leid«, sagte er. »Ich hab …« Er sah die Brille an. »Ich hab … was zu erledigen gehabt.«

»Mike, was geht hier vor?« fragte Christabels Mutter. Sie klang noch fast genauso ängstlich.

»Das erzähl ich dir später.« Er schaute sie an, dann Christabel, aber in seinem Gesicht war kein Zorn oder dergleichen. Er rieb sich die Augen.

»Aber was … was ist mit dem Essen?« Mami lachte scharf und schrill.

»Das Hühnchen ist bestimmt knochentrocken.«

»Weißt du«, erwiderte er, »ich hab auf einmal gar keinen Hunger mehr.«

Kapitel

In Banditenhand

NETFEED/MODERNES LEBEN:
Treeport verklagt Wigger
(Bild: Treeport beim Besuch einer Kinderklinik)
Off-Stimme: Clementina Treeport, wegen ihrer Arbeit mit russischen Straßenkindern oft "die Heilige von Sankt Petersburg" genannt, hat gegen die PowerWig-Gruppe How Can I Mourn You If You Won't Stay In Your Hole? Strafanzeige erstattet. Die Gruppe benutzt Treeports Namen und Bild in ihrem Titel "Meat Eats Money, Children Are Cheap", der Straßenkinder als geeigneten Ersatz für teures Containerzuchtfleisch anpreist. Der Text scheint zu unterstellen, daß Treeport und ihr Hospiz "Goldene Gnade" zu eben diesem Zweck mit Kindern Handel treiben. Treeport hat sich nicht öffentlich dazu geäußert, aber ihre Anwältin hat erklärt, sie sei darüber "mit Sicherheit sehr betroffen".
(Bild: Cheevak, Soundmaster der HCIMYIYWSIYH?, vor dem laufenden Werbeclip)
Cheevak: "Nee, echt, das ist nix gegen Clemmy. Wir finden das ho-dsang, was sie abzieht. Das ist anerkennend gemeint, irgendwie. Sie ist ihrer Zeit weit voraus, kein Scheiß."

> Renie knackte an einer harten Nuß, die ihrem Programmiererhirn beharrlich trotzte, auch wenn sie sich noch so sehr damit abplagte.
Wie erzeugt man künstlich Güte?
Nach einer kurzen und unruhigen Nacht und einem zeitigen Frühstück im Refektorium des Klosters waren sie dabei, von den Bibliotheksbrüdern Abschied zu nehmen. Renie wunderte sich ein wenig,

daß die Mönche ihnen gegenüber so großzügig waren, und das deutlich nicht nur, weil sie für ihre zufällige Beteiligung an Martines Verschwinden Abbitte leisten wollten. Es erschien ihr ungewöhnlich, daß codierte Wesen einen solchen Eifer an den Tag legten, Fremden Gutes zu tun, und sie fragte sich, wie so etwas zustande kam.

Das ist nicht etwas wie Wut oder so, wo man einfach eine feindselige Reaktion auf jede Abweichung von der normalen Routine einprogrammiert, dachte sie, während sie sich mit einem Händedruck vom Abt verabschiedete. Der neben ihm stehende Bruder Epistulus Tertius schien tatsächlich mit den Tränen zu ringen, obwohl Renie keinen Zweifel hatte, daß er durchaus nicht ungern dablieb. *Es ist schon schwer genug, Güte überhaupt zu definieren, gar nicht zu reden davon, sie auf einem Level, das über stereotype Phrasen hinausgeht, in ein Verhaltensmuster einzubauen.*

Der Abt beugte sich vor und sagte leise zu ihr: »Ihr paßt uns bitte gut auf Bruder Factum Quintus auf, nicht wahr? Er ist sehr gescheit, aber in mancher Hinsicht ein wenig ... kindlich. Wir würden uns ewig Vorwürfe machen, wenn ihm etwas zustieße.«

»Wir werden ihn wie einen von uns behandeln, Primoris.«

Der Abt nickte und ließ ihre Hand los. Die anderen sagten ebenfalls Lebewohl, und außer !Xabbu, der sich bemühte, als bloßer Affe zu erscheinen, sah man allen aus Renies Schar eine gewisse Betrübtheit an. Die Güte der Bibliotheksbrüder war eines der wenigen Beispiele echter Herzlichkeit, die sie erlebt hatten, und es kostete sie Überwindung, sich davon zu trennen, auch wenn die Notwendigkeit, Martine zu retten, Vorrang vor allem anderen hatte. Nur der schlaksige Factum Quintus, der still vor sich hinsummend auf und ab marschierte, war mit den Gedanken woanders und sichtlich begierig aufzubrechen.

Echte Herzlichkeit - da liegt das Problem. Wie kann sie echt sein? Diese Figuren sind keine Menschen - sie sind Code. Sie zog die Stirn kraus. Ein neuronales Netz probierte so lange verschiedene Strategien aus, bis es mit einer oder mehreren Erfolg hatte, aber wie konnte man es hinkriegen, daß Güte als erfolgreiche Strategie bewertet wurde? Manchmal wurde Güte mit Verrat belohnt, wie im Fall der falschen Quan Li, die die Gastfreundlichkeit der Brüder schamlos ausgenutzt hatte.

Zum erstenmal verspürte Renie den ehrlichen Wunsch, die inneren Zusammenhänge des Gralsnetzwerks, dieses sogenannten Otherland, zu ergründen. Sie war davon ausgegangen, daß das, was die Bruderschaft mit all ihren Mitteln und Möglichkeiten geschaffen hatte, einfach eine größere und komplexere Version eines normalen Simulationsnetzwerks war - mehr Details, mehr Alternativen, mehr ausgestaltete »Lebensgeschichten« für die hineinversetzten Figuren. Aber allmählich fragte sie sich, ob hier etwas ganz anderes im Entstehen war, das viel weiter ging.

Sagt die Komplexitätstheorie nicht irgend etwas über derartige Systeme? Sie beobachtete, wie goldener Staub durch einen Lichtstrahl trieb, und versuchte sich an ihre lange zurückliegenden Seminare zu erinnern. *Daß sie nicht bloß verfallen können wie beim Sick Building Syndrome, sondern daß sie sich auch höher entwickeln und immer komplexer und turbulenter werden können, bis sie plötzlich einen Sprung in einen ganz andern Zustand tun ...?*

»Renie?« Florimel konnte eine gewisse ungeduldige Schärfe in der Stimme nicht ganz unterdrücken, aber für ihre Verhältnisse war es eine freundliche Anfrage. »Willst du den ganzen Morgen hier stehen und die Bücherregale anstarren?«

»Oh. Stimmt. Gehen wir.«

Sie mußte die Frage fürs erste auf sich beruhen lassen, aber sie nahm sich fest vor, sie nicht zu vergessen.

Der Bibliotheksmarkt, der eine permanente Einrichtung zu sein schien, war im vollen Gange; sie brauchten beinahe eine Stunde, bis sie das schlimmste Gedränge hinter sich hatten. Renie wurde das Gefühl nicht los, daß sie beobachtet wurden, obwohl sie nicht recht glauben konnte, daß sich der Entführer im Quan-Li-Sim so bald schon wieder in ihre Nähe wagen würde, nachdem seine Tarnung jetzt durchschaut war. Dennoch überlief es sie eiskalt, als sie sich vorstellte, daß sie womöglich von einem alles sehenden Auge beschattet wurden. Da Martine nicht da war, hätte sie gern !Xabbu deswegen zu Rate gezogen, aber ihr Freund gab sich weiterhin den Anschein, bloß ein Tier zu sein, und es kam keine Gelegenheit, sich heimlich zu einem Gespräch in einen Seitengang zu schleichen: Obwohl er einen fast ununterbrochenen Monolog über die diversen architektonischen Sehenswürdigkeiten und die beim Bau verwendeten Materialen und Methoden hielt, schlug Factum Quintus ein forsches Tempo an.

Die Gruppe begab sich zum Fluß zurück und folgte ziemlich lange seinem Lauf, der durch arme wie durch wohlhabende Ansiedlungen führte. Aus Minuten wurde eine Stunde, dann zwei und drei, und langsam kamen Renie Zweifel an ihrem Führer. Es war unwahrscheinlich, daß die als Quan Li getarnte Person Martine so weit vom Schauplatz der Entführung fortgetragen hätte.

Factum Quintus hielt den Zug an. »Der Weg muß euch lang vorkommen«, bemerkte er, als ob er Renies Gedanken gelesen hätte. »Von unserer Ebene aus ist es einfacher, nicht wahr, zum Glockenturm der sechs Schweine hochzusteigen. Leichter, aber auch weiter, doch, doch. Wir können durch die oberen Stockwerke zum Turritorium zurückkehren. Deshalb gehen wir zuerst zu dem weiter entfernten Ort. Dabei ist der Glockenturm selbst durchaus nicht uninteressant, denn ...«

»Eine Freundin von uns schwebt in Lebensgefahr.« Renie konnte nicht noch einen baukundlichen Vortrag aushalten. »Es kümmert uns nicht, was hier interessant ist. Eine Stunde kann entscheidend sein.«

Er hob eine lange, dünne Hand. »Selbstverständlich. Entscheidend. Ich wollte euch nur über mein Vorgehen in Kenntnis setzen.« Er drehte sich mit steifer Würde um und führte sie weiter die Flußpromenade entlang.

Florimel, die zwischen T4b und Emily gegangen war, ließ sich zurückfallen. »Ich bin froh, daß du das mal deutlich ausgesprochen hast, Renie. Gut zu wissen, daß wir diesen Mönch nicht nur auf einer Spaziertour begleiten.«

Renie schüttelte den Kopf. »Wir haben noch nicht mal drüber nachgedacht, was wir machen, wenn wir sie finden. *Falls* wir sie finden.«

»Es bringt nichts, sich den Kopf zu zerbrechen, wenn man nicht Bescheid weiß. Wir sollten abwarten, bis wir die Situation sehen.«

»Du hast recht. Es ist bloß ... ich hab so ein komisches Gefühl. Ich denke ständig, jemand beobachtet uns.«

»Mir geht's genauso.« Florimel grinste säuerlich über Renies Gesichtsausdruck. »Das ist eigentlich nicht verwunderlich. Ich glaube, wir beide sind uns sehr ähnlich - immer machen wir uns um andere Leute Sorgen. Immer haben wir die Verantwortung dafür, daß andern nichts passiert.« Sie streckte die Hand aus und gab Renie ein wenig linkisch einen zaghaften Klaps auf den Arm. »Vielleicht hatten wir deshalb vorher Konflikte. Es ist schwer, sich zu arrangieren, wenn zwei Leute gewohnt sind, dieselbe Position einzunehmen.«

Renie war sich nicht ganz sicher, ob die Erklärung, sie sei Florimel ähnlich, ein Kompliment war, aber sie beschloß, es als solches zu nehmen. »Du hast wahrscheinlich recht. Aber du hast ... dieses Gefühl auch? Daß wir beobachtet, ja verfolgt werden?«

»Ja. Aber ich habe nichts dergleichen gesehen. Ich bedauere es sehr, daß Martine nicht bei uns ist. Ich hätte fast gesagt, ich fühle mich blind ohne sie, aber ich fürchte, das würde sich wie ein geschmackloser Witz anhören.«

Renie schüttelte den Kopf. »Nein, es ist wahr.«

»Ich geh jetzt wieder nach vorn, zu den Jüngeren. Mir ist wohler, wenn ich in ihrer Nähe bin.«

Zuerst dachte Renie, der anderen Frau wäre wohler wegen T4bs Größe und seiner imposanten gepanzerten Erscheinung, doch dann begriff sie, daß sie etwas ganz anderes gemeint hatte. »Mir geht's genauso. Verantwortung - manchmal kann sie einem zuviel werden, was?«

Abermals lächelte Florimel, diesmal ein wenig freundlicher. »Wir wüßten nicht, was wir ohne anfangen sollten, glaube ich.«

Kurze Zeit später führte Factum Quintus sie um eine Flußbiegung und auf eine weitläufige Freifläche, die im ersten Moment der Eintritt in eine Höhle aus blankem Marmor zu sein schien, deren weißer Boden mit kleinen Gebäuden übersät war.

»Die Große Flußtreppe«, verkündete der Mönch. »Schockierend, wie lange ich nicht mehr hier war.«

Renie sah, daß die breite Fläche tatsächlich den Vorplatz zu einem gewaltigen düsteren Treppenschacht darstellte, der vom Fluß weg nach oben führte. Die neueren Bauten beiderseits davon, hingehudelte Konstruktionen aus Holz und rohen Steinen, verdeckten die Pracht der Treppe fast völlig.

»Aber ... aber sie ist ja ganz zugebaut«, sagte Renie erstaunt. »Sieh doch, sogar auf die Treppe selbst haben die Leute kleine Hütten hingestellt.«

Bruder Factum Quintus betrachtete sie pfiffig, und einen Moment lang verzog ein Ausdruck der Belustigung sein spitzes, unschönes Gesicht. »Wer sollte sie daran hindern?« fragte er milde. »Das Haus ist für diejenigen da, die darin wohnen. Unbedingt. Die Baumeister, falls es sie gibt, haben niemals etwas gegen spätere Bewohner einzuwenden gehabt.«

»Aber du liebst alte Sachen. Macht es dich nicht traurig, wenn sie dermaßen zugebaut werden?« Renie verstand etwas nicht richtig, aber sie konnte nicht sagen, was. »Sollten sie nicht ... erhalten werden oder so?«

Der Mönch nickte. »In einem idealen Haus würden wir Klosterbrüder vielleicht bestimmen, wo die Leute wohnen dürfen. Doch, dann könnten die besten Plätze im ursprünglichen Zustand studiert werden.« Er schien sich das durch den Kopf gehen zu lassen.»Aber vielleicht würde das an sich schon zu Mißbrauch führen - nur das Haus selbst ist vollkommen, die Menschen dagegen sind fehlbar.«

Derart zurechtgewiesen konnte Renie nur den Kopf senken und Factum Quintus die Treppe hinauf folgen, die durch diverse baufällige Konstruktionen an den Wänden und den ausladenden marmornen Geländern stark verengt war. Nur wenige dieser Bruchbuden waren erkennbar bewohnt, aber Renie konnte weiter hinten in dem Verhau Lichter sehen und Stimmen hören. Das Ganze kam ihr wie eine Korallenkolonie vor. Oder, um ein mehr menschliches Bild zu wählen, wie die Shantytowns und Wabensiedlungen von Durban.

Menschen suchen sich einen Platz zum Leben, dachte sie. *Mehr gibt's da nicht zu verstehen.*

Die Treppenbehausungen wurden weniger, je höher sie kamen, und als sie schließlich, nach Renies Schätzung, drei oder vier hohe Stockwerke zurückgelegt hatten, war die Treppe völlig unverschandelt. Die jetzt zu Tage tretenden Steinmetzarbeiten waren großartig und hätten aus einer Barockkirche sein können, wobei Renie nur einen Bruchteil des Dargestellten identifizieren konnte - menschliche Gestalten, aber auch weniger vertraute Formen und viele Figuren, deren Vorbilder sie nur vermuten konnte.

»Wer hat das gemacht?« fragte sie.

Factum Quintus freute sich sichtlich über die Frage.»Ah. Ja, doch, ich weiß, daß viele dies für das Werk der Baumeister selber halten, aber das ist ein Ammenmärchen. Das Haus ist voll von solchem Unsinn. Die Treppe ist selbstverständlich alt, vielleicht aus der Zeit des Ersten Geschirrkriegs oder noch älter, aber sie wurde mit Sicherheit in geschichtlicher Zeit geschaffen.« Er deutete auf die Balustrade.»Siehst du? Hier war mal eine Goldschicht drauf. Vor langer Zeit, versteht sich, vor langer, langer Zeit. Sie wurde abgekratzt und zweifellos für Münzen oder Schmuck eingeschmolzen. Aber die früheste Bautätigkeit, von der wir wissen, war lange vor solchen Zierarbeiten. Unendlich viel früher. Die Bauten damals waren ganz aus Stein, aus behauenen Blöcken, mit Mörtel verbunden - faszinierende Sachen ...« Und damit war er wieder bei seinem Thema und rasselte Fakten über das Haus herunter, während Renie und die anderen hinter ihm die Stufen hochstapften.

Aus Vormittag wurde Nachmittag. Sie verließen die große Treppe zwar irgendwann, aber erst nachdem sie viel höher gestiegen waren als die paar Stockwerke, von denen Factum Quintus ursprünglich geredet hatte. Renie wurden das Herz und die Füße schwer. Nur !Xabbu mit seinen vier Beinen schien das lange Gehen und Steigen nichts auszumachen.

Florimel machte immer noch den Eindruck einer Frau, die darauf gefaßt war, jeden Augenblick angefallen zu werden, obwohl das Gefühl, das sie und Renie gehabt hatten, weitgehend abgeklungen war. T4b und Emily gingen dicht hinter ihr. Das junge Paar hatte einen großen Teil des Tages in leisem Gespräch verbracht. Emilys anfängliche Abneigung gegen den Jungen schien beträchtlich nachgelassen zu haben, und Renie fragte sich, wie lange es wohl noch dauern würde, bis sie, um einen altmodischen Ausdruck zu bemühen,»miteinander gingen«, was auch immer das in diesem bizarren Universum, in dieser bizarren Situation bedeuten mochte. Sie stellte fest, daß sie Orlando und Fredericks vermißte, die anderen beiden Teenager, und überlegte, wo sie sein mochten, ob sie überhaupt noch am Leben waren. Es war sehr bedauerlich, daß Orlando mit seiner Krankheit, von der Fredericks erzählt hatte, diese kleine Chance zu einem Techtelmechtel versäumte, denn Emily machte zweifellos den Eindruck, für eine Beziehung reif zu sein.

Das kleine Gesicht und das freche Grinsen ihres Bruders Stephen kamen ihr plötzlich in den Sinn, und sie empfand einen stechenden Schmerz. Sofern nicht eine dramatische Veränderung eintrat, würde Stephen niemals ins Teenageralter kommen. Er würde nie die Freuden und Leiden der Liebe und auch keine der sonstigen bittersüßen Erfahrungen des Erwachsenseins erleben.

Renie fühlte, wie die Tränen kamen und überflossen. Sie wischte sie hastig weg, bevor die anderen es merkten.

»Der Glockenturm der sechs Schweine ist nur noch wenige Stockwerke über uns«, verkündete Factum Quintus. Er hatte die Gruppe auf einer großen runden Empore halten lassen, deren ganze Wand ringsherum von einem einzigen verblaßten Gemälde bedeckt war, Figuren, die aus Wolken mit blitzenden Sonnenstrahlen dazwischen hervorkamen und in vielverschlungenen gestikulierenden Scharen voranstrebten, bis die Wolken sie sich wieder einverleibten und das Kreisbild von vorn anfing.»Wir sollten hier eine Rast einlegen, denn die letzte Etappe steht bevor. Übrigens sehr hübsche Balustraden, die jetzt gleich kommen.« Er schaute sich in der Runde um; seine großen Augen waren weit geöffnet, als könnte er immer noch nicht recht glauben, in was für eine Gesellschaft er geraten war. »Und ihr möchtet vielleicht gern über euer Vorgehen diskutieren, hmmm? Euch beraten oder so?« Er breitete seine Kutte aus und setzte sich hin, wobei er seine langen Beine einklappte wie ein Campingstuhl.

Nicht mit !Xabbu reden zu können wurde allmählich lästig, und vor allem Renie wollte ohne seine Mitsprache keinen Angriff auf die falsche Quan Li planen. Sie blickte ihren Freund hilflos an. Er erwiderte ihren Blick mit stummem und dennoch beredtem Kummer.

»Eine Sache noch«, bemerkte Factum Quintus, als die anderen sich auf den alten Teppich sinken ließen, den das durch die hohen Fenster einfallende Sonnenlicht mit den Jahren dermaßen ausgebleicht hatte, daß von seinem Muster nur noch helle Schlieren zu sehen waren. »Oh, guckt mal«, sagte er plötzlich, als sein Blick auf den Fuß der Wand fiel. »Eine figürliche Stuckleiste. Die habe ich bis jetzt in keinem einzigen Plan verzeichnet gefunden. Und zudem eindeutig später hinzugefügt. Da wird Factum Tertius Augen machen, wenn ich ...«

»Du sagtest, ›eine Sache noch‹?« Renie bemühte sich um einen freundlichen Ton, aber ihr Geduldsfaden wurde langsam dünn. Außerdem hatte sie ein ungutes Gefühl dabei, daß sie hier herumplapperten wie bei einem Picknick im Grünen, wo doch der Mörder in der Quan-Li-Maske ganz in der Nähe sein konnte. »Eine Sache noch?« bohrte sie.

»Ah. Genau.« Der Mönch legte die Fingerspitzen über den Knien zusammen. »Ich vermute, daß der Affe reden kann, und falls er meinetwegen schweigt, kann er das bleibenlassen.«

Renie war so verdattert, daß sie zuerst nur stammeln konnte: »Er ... er ist ein Pavian.« Was sie eigentlich sagen wollte, war, daß !Xabbu ein Mensch war, und zudem ein sehr bemerkenswerter, aber sie wollte ihre Vorsicht noch nicht ganz aufgeben. »Wie kommst du auf sowas?«

»Gut, ein Pavian.« Factum Quintus zuckte mit den Achseln. »Ich habe gesehen, wie ihr beiden den ganzen Nachmittag über bedeutsame Blicke gewechselt habt. Es ist, als würde man die beiden Liebenden beobachten, denen die Zungen rausgeschnitten wurden, in diesem Stück ... wie hieß es nochmal?« Er runzelte die Stirn. »*Vergorene Zwiebelbrühe*, irgendwas in der Art, ein altes Küchenmelodram, sehr beliebt bei den Marktbesuchern ...«

!Xabbu setzte sich aufrecht hin. »Du hast recht, Bruder«, erklärte er. »Was wirst du deswegen unternehmen?«

»Unternehmen?« Factum Quintus schien die Frage merkwürdiger zu finden als !Xabbus menschliche Stimme. »Was sollte ich denn unternehmen? Ist es dort, wo ihr herkommt, Ketzerei, wenn Affen sprechen? Seid ihr deshalb fortgelaufen?« Er lächelte, sichtlich zufrieden mit sich. »Denn es ist klar wie ein Glasertraum, daß ihr aus einem sehr weit entfernten Teil des Hauses kommt. Hmmm. Vielleicht sogar aus einem der wilden Parks, von denen die Sage berichtet, den weitläufigen Gärten, die so groß wie ganze Hausflügel sein sollen. Ja, doch. Vielleicht seid ihr vorher überhaupt noch nie im Innern des Hauses gewesen, was?«

Florimel rutschte unbehaglich hin und her. »Was bringt dich auf solche Gedanken?«

»Es ist klar wie ein ... es ist offensichtlich. Dinge, die ihr sagt. Fragen, die ihr stellt. Aber mir ist das einerlei. Der Primoris hat gesagt, ich soll euch helfen. Wir kommen an vielen herrlichen Sehenswürdigkeiten vorbei. Wenn ihr irgendwelche Dämonenwesen aus einem völlig andern Haus wärt, wäre mir das auch egal, solange ihr mir nichts tut und die Tapeten nicht abreißt und von den Pilastern nichts abbrecht.«

Sie hatten ihn unterschätzt, erkannte Renie. Obwohl es sie beunruhigte, wie leicht sie als Außenstehende durchschaut worden waren, schöpfte sie daraus auch eine kleine Hoffnung für ihre Suche. Bruder Factum Quintus war nicht der reine Fachidiot, für den sie ihn gehalten hatte; vielleicht konnte er ihnen tatsächlich helfen, Martine zu finden, und sogar bei ihrer Befreiung von Nutzen sein.

Nach dieser Eröffnung herrschte erst einmal Schweigen, aber es hielt nicht lange an. Factum Quintus erhob sich, und zwar ungefähr so, wie wenn eine Marionette hochgezogen wird. »Ich werde den Glockenturm auskundschaften, dann könnt ihr derweil euer Vorgehen planen«, teilte er mit.

»Du?« fragte Florimel mißtrauisch. »Wieso das?«

»Weil ich der einzige bin, den euer Entführer nicht kennt«, antwortete er. »Doch, ganz gewiß. Ich glaube nicht, daß ich jemals einem der Abstaubenovizen begegnet bin - in den Krypten benötigen wir erfahrenere Hilfskräfte. Undenkbar, daß das junge Gemüse zwischen den Pergamenten herumfuhrwerkt, nicht wahr?« Sein Kopfschütteln verriet, daß es eine schreckliche Vorstellung sein mußte. »Wenn ich also auf diesen ... diese Person stoße, die ihr sucht, kann ich damit rechnen, unbehelligt davonzukommen. In der Bibliothek wissen alle, daß Bruder

Factum Quintus verrückt nach alten Bauwerken ist. Sie haben natürlich recht.« Er lächelte schief.

Renie war wider Erwarten gerührt. »Sei vorsichtig. Er ... er ist klein, aber sehr, sehr gefährlich - ein Mörder. Wir konnten ihn auch mit vereinten Kräften nicht festhalten.«

Der Mönch richtete sich zu seiner vollen dürren Länge auf. »Ich habe nicht vor, mit einem Banditen handgemein zu werden. Diese Hände müssen unverletzt bleiben, damit sie Lackschichten und Holzmaserungen fühlen können.« Er schritt auf den hinteren Ausgang der Empore zu. »Falls ich nicht zurück bin, wenn die Sonne hinter dem Fenster versinkt, dann ... tja, dann habe ich vermutlich Pech gehabt.«

»Wart mal!« rief Florimel ihm hinterher. »Du kannst doch nicht einfach ...« Aber Factum Quintus war fort.

Auch wenn sie sich nahezu eine Stunde lang verschiedene Szenarien und ihr Verhalten im einen oder anderen Fall ausmalten, wurde die zunehmende Sorge der kleinen Schar dadurch nicht geringer. Je länger der Mönch ausblieb, um so sicherer schien es, daß sie ihn demnächst suchen gehen mußten, und um so mehr hatte Renie das Gefühl, daß es ein schwerer Fehler gewesen war, sich den kriegerischen Aspekt der Sache nicht genauer zu überlegen. Sie hatten keine Waffen und hatten sich auch auf dem Bibliotheksmarkt, wo sich die Gelegenheit geboten hätte, keine besorgt, wobei es Renie allerdings schleierhaft war, wo sie das Geld oder einen entsprechenden Gegenwert hergenommen hätten. Dennoch wäre es dümmer als dumm von ihnen, sich einfach so auf Sweet Williams Mörder zu stürzen, der nichts zu verlieren hatte als seinen Online-Platz, während sie damit rechnen mußten, alles zu verlieren.

Sie hatten gerade beschlossen, von einigen der Möbel, die sie weiter hinten in einem der nahen Korridore erblickt hatten, die Beine abzubrechen, um wenigstens Keulen zu haben, als sie ein Geräusch aus der Richtung hörten, in der Factum Quintus verschwunden war. Das allgemeine Entsetzen legte sich, als gleich darauf der Mönch im Durchgang erschien, doch sein Gesichtsausdruck war merkwürdig.

»Der Glockenturm ... es ist in der Tat jemand drin«, begann er.

»Ist Martine dort?« fragte Renie aufgeregt und setzte hastig an, sich zu erheben.

»Steht nicht auf!« Factum Quintus hob beide Hände hoch. »Wirklich, laßt es lieber bleiben.«

Aus Florimels Stimme sprach die gleiche unbestimmte Angst, die auch Renie fühlte. »Was ist los? Was ist aus deiner ...«

Der Mönch stürzte abrupt nach vorn und warf sich mit einer grotesken Bewegung zu Boden – unfreiwillig, wie Renie erst erkannte, als hinter ihm die anderen Gestalten hereindrängten. Es waren wenigstens zehn, und Renie meinte, in dem Zimmer dahinter noch mehr zu erblicken. Gekleidet waren sie in eine bunte Mischung aus Mänteln, Fellen und Umhängen, die so schmutzig und lumpig waren, daß die geborgten Sachen von Renies Truppe sich daneben wie Galauniformen ausnahmen. Die meisten waren Männer, aber es befanden sich auch ein paar Frauen darunter, und alle hatten wenigstens eine Waffe und dazu einen unangenehm hämischen Blick.

Der größte Mann, der mit seinem dichten Bart noch mehr wie ein Seeräuber aussah als die anderen, trat vor und bedrohte Florimel, die ihm am nächsten stand, mit einer altertümlichen Schußwaffe, einer Steinschloßpistole, wie es schien. Sein Brustkasten war fast so breit wie eine Tür, und in seinem Mund war kein einziger Zahn zu sehen. »Wer seid ihr?« fragte Florimel den bärtigen Mann kalt.

»Banditen«, stöhnte der am Boden liegende Factum Quintus.

»Und *ihr* seid Fleisch für die Mutter«, erklärte der Mann mit dem Zottelbart und schwenkte die Pistole über Renies ganze Schar. Seine Genossen stimmten in sein rauhes Lachen ein; viele hörten sich noch betrunkener an als er. »Heut nacht wird gefeiert, gelt. Die Mutter der Scherben verlangt nach Blut und Wehgeschrei.«

> »*Code Delphi. Hier anfangen.*

Ich traue mich nicht einmal zu flüstern. Nur ich werde diese lautlosen, subvokalisierten Worte je wieder auffinden können, doch ich bezweifle, daß ich dazu noch Gelegenheit haben werde. Und wenn ich nicht überlebe, was macht das schon? Ich werde wie ein Schatten aus der Welt gehen. Wenn dieser Unmensch Dread mich tötet und mein Herz zu schlagen aufhört, oder wie der virtuelle Tod sich in der Wirklichkeit sonst darstellen mag, dann wird niemand meine Leiche finden. Selbst wenn jemand tief im Schwarzen Berg nach mir suchen sollte, wird er niemals an den Sicherheitsvorkehrungen vorbeikommen. Mein entsetztes Fleisch wird dort für alle Zeit begraben liegen. Ich dachte letztens, ich hätte viel mit dem Menschen gemeinsam, der dieses ungeheure Haus erbaut hat, aber vielleicht ist mein wahrer Seelenverwandter der Anführer der Bruderschaft, der nur in der Gestalt eines mumifizierten ägyptischen Gottes auftritt, wie mein Peiniger berichtet. In alle Ewigkeit in einem riesigen steinernen Grabmal zu liegen - das ist es, was mir meine Abkehr von der Welt eingetragen hat.

Diese Todesgedanken werden mich nicht mehr verlassen, und das nicht allein wegen der Anwesenheit des Mörders in dem gestohlenen Quan-Li-Sim, der nur wenige Meter entfernt friedlich im Sessel schlummert und in der falschen Unschuld des Schlafs einen noch täuschenderen Eindruck macht als ohnehin schon. Nein, der Tod ist mir noch in anderer Beziehung nahe.

Was er von seinem Gang mitbrachte, war eine Leiche. Er zerrte sie mit der ungezwungenen Fröhlichkeit eines Verkäufers durch die Tür, der einem Kunden eine schwergewichtige Warenprobe ins Wohnzimmer stellt. Vielleicht ist es ja genau so gemeint - als Kostprobe für mich, als Vorgeschmack.

Es ist der Körper einer jungen Frau, der jetzt neben mir an der Wand lehnt. Ich vermute, es wird die Obergeschoßküchenmamsell sein, von der Sidri meinte, sie sei weggelaufen, aber sicher weiß ich es natürlich nicht. Die Bestie hat ... Sachen mit dem Körper gemacht, und wenigstens dieses eine Mal bin ich dankbar, daß ich keinen Gesichtssinn besitze. Der äußere Umriß allein, die unnatürliche Sitzhaltung mit gespreizten Beinen und hängendem Kopf, sagt mir zur Genüge, daß ich nicht mehr wissen will. Erleichternd ist nur, daß der Kopf *wirklich* hängt - es ist offensichtlich nicht der erstarrte Sim eines ermordeten Benutzers, sondern die Leiche einer rein virtuellen Person. Trotzdem, ich muß bloß an den Ton denken, in dem Zekiel und Sidri von ihrer verbotenen, übermächtigen Liebe sprachen, oder an den Stolz in der Stimme von Epistulus Tertius, als er seine Bibliothek beschrieb, und schon stellt sich mir die Frage, worin sich die Todesängste und Todesqualen eines dieser Replikanten von denen eines echten Menschen unterscheiden. Ich bin sicher, sie wären genauso entsetzlich mit anzusehen, und bestimmt hat mein Peiniger genau deshalb einen harmlosen Replikanten mit gut simulierten Ängsten und Hoffnungen derart zugerichtet und dann die verstümmelte Trophäe hierhergeschleift wie eine Katze, die stolz ihre Beute vorzeigt.

›Die mußte ich noch aufräumen‹, erklärte er mir, als er das tote Ding absetzte und die schlaffen Glieder so hindrapierte, wie er sie haben wollte. Er ist ein Monster, und sein Herz ist so schwarz und böse, daß jeder erfundene Menschenfresser oder Drache dagegen verblaßt. Das einzige, was mich noch aufrecht hält, ist mein inbrünstiger Wunsch zu erleben, wie dieses Scheusal seine verdiente Strafe bekommt. Das ist eine schwache Hoffnung, aber welche Hoffnung wäre auf lange Sicht nicht schwach? Ein Happy-End ist nur ein Punkt, an dem man eine Geschichte willkürlich abbricht. Aber wahre Geschichten haben kein Happy-End - sie enden in Leid und Jammer und Tod, alle ohne Ausnahme.

O Gott, ich fürchte mich so! Ich kann nicht aufhören, davon zu reden, was ich kommen fühle. Obwohl er mich nicht angerührt hat, seit ich hier bin, hat er mich dermaßen in Panik versetzt, daß ich mir fast schon einbilde, in meinen Kleidern krabbelten Ratten. Ich muß ... ich muß wieder die Mitte finden. Mein ganzes Leben lang, die vielen dunklen Jahre über, habe ich um die Mitte gerungen, um den inneren Ort, wo eine Blinde weiß, was was ist. Die Furcht packt einen nur im unbekannten und vielleicht unendlichen Außen.

Er wollte wissen, auf welche Weise wir ihm in die Haussimulation gefolgt sind. Ich habe unser Geheimnis natürlich nicht preisgegeben - er kann mich quälen, bis ich weine und bettele, aber ich lasse mich nicht zur Verräterin machen. Statt dessen erzählte ich ihm, an derselben Stelle, wo er vorher entkommen war, habe sich noch einmal ein Gateway geöffnet, und wir seien alle hindurchgegangen. Ich merkte an Haltung und Stimme, daß er mir das nicht ganz abnahm, aber die Wahrheit ist so unglaublich - ein Pavian zeigte mir mit einem Stück Schnur, wie man den Durchgang herstellt -, daß er schwerlich darauf kommen wird.

Nachdem er die Ermordete als stumme Drohung so dicht neben mich plaziert hatte, daß ich sie mit dem Fuß berühren könnte, wenn ich wollte, zog er das Feuerzeug aus der Tasche und machte mir noch einmal klar, daß ich nur dann einen Nutzen für ihn hatte, wenn ich ihm half, die Geheimnisse des Dings zu ergründen. Ich vermute, daß er es bereits eingehend untersucht, ja vielleicht sogar irgendwo anders Rat eingeholt hat, denn bei all seiner raubtierhaften Intelligenz scheint er sich mit technischen Dingen nicht besonders auszukennen. Mit seinen ersten Fragen schien er mich primär testen und sich vergewissern zu wollen, daß ich mir ehrlich Mühe gab. Meine Sinne erkannten die Gestalt und Energiesignatur ganz deutlich, und ich mußte mich nicht einmal in die Richtung drehen, um zu wissen, daß es dasselbe Gerät war, mit dem ich mich in der Flickenwelt so ausgiebig beschäftigt hatte, ein rätselhaftes Ding, dessen ungeheure Möglichkeiten allerdings größtenteils blockiert waren.

›Eins ist klar‹, sagte ich zu ihm. ›Es gibt nicht viele solcher Objekte im Netzwerk.‹

Er beugte sich vor. ›Wieso das?‹

›Weil sie eigentlich nicht nötig sind. Diese Gralsleute haben das phänomenalste virtuelle Netzwerk gebaut, das man sich vorstellen kann. Sie verfügen ganz bestimmt über direkte neuronale Verbindungen, und ihre Interaktion mit dem Netzwerk muß so beschaffen sein, daß sie einfach mit einem Gedanken oder höchstenfalls einem Wort Wirkungen erzielen können. Die Mitglieder der Bruderschaft müssen hier so etwas wie Götter sein.‹

Das Monster lachte darüber und erzählte mir etwas von seinem Arbeitgeber, dem Herrn über Leben und Tod, auch bekannt als Felix Jongleur. Spürbar von Verachtung getrieben redete er erstaunlich lange. Ich hielt mich still, um ihn nicht zu unterbrechen – das alles sind neue Informationen, die viel Stoff zum Nachdenken bieten. Schließlich sagte er: ›Aber du hast recht, es ist undenkbar, daß jemand wie der Alte Mann sowas nötig hat. Aber wer? Und warum?‹

Ich grübelte angestrengt über das Problem nach – ich konnte ihn belügen, wenn es darum ging, wie wir hierhergekommen waren, aber er hatte deutlich gemacht, was passieren würde, wenn ich ihm keine Antworten auf seine Fragen lieferte. ›Es gibt, soweit ich sehe, zwei Möglichkeiten‹, sagte ich. ›Es könnte eine Art Gästeschlüssel sein, ein Hilfsmittel, das man einem kurzfristigen Besucher gibt – verstehst du? Oder es könnte jemandem gehören, der mehr als ein Gast ist, aber der wenig Zeit im Netzwerk verbringt. Den meisten Bruderschaftlern werden alle Befehle sicher zur zweiten Natur geworden sein, nicht anders als wenn sie ein Taxi herbeiwinken oder sich die Schuhe binden.‹ Trotz meines Grauens und Widerwillens ergriff mich, glaube ich, eine gewisse Erregung – ich bin gewissermaßen süchtig nach Problemlösungen, und wenn ich eine Spur entdeckt habe, fällt es mir schwer, ihr nicht zu folgen. Vorübergehend war es fast so, als wären das Monster und ich Partner, Rechercheure mit einem gemeinsamen Ziel. ›Das heißt, es könnte einer Person gehören, die sich nicht so häufig im Netzwerk aufhält wie die anderen, aber dennoch überall freien Zugang hat. Vielleicht muß sie im täglichen Leben viele andere Codes und Befehle im Gedächtnis behalten, und deshalb ist es einfacher für sie, das ganze Otherland-Zugangssystem in ein Ding zu packen, das man online zur Hand nehmen und dann wieder weglegen kann.‹

Der Mörder, der mir erzählt hatte, sein Arbeitgeber hasse den Namen ›Dread‹, so daß ich damit jetzt seinen Namen weiß, nickte langsam. ›Stimmt‹, sagte er, ›wobei ich wette, auch wenn dieses Gerät an Gäste ausgeliehen wird, soll der Buchstabe darauf nicht bloß den Eindruck eines altmodischen Feuerzeugs verstärken. Es ist ein Monogramm der Person, die es gemacht hat.‹ Seine Stimme war immer noch gut gelaunt, aber ich hörte den harten, herzlosen Ton, der immer dicht unter der Oberfläche mitklang. ›Damit sollte es sehr viel einfacher sein, herauszufinden, wem es gehört.‹

›Wieso interessiert dich das überhaupt?‹ Ich konnte mir die Frage nicht verkneifen. ›Ich dachte, du willst wissen, wie man es benutzt.‹

Er wurde still. Ich kann nicht erklären, was meine Sinne mir zeigen, aber es war, als würde er am ganzen Leib zu Eis erfrieren – ein Wandel, der sich möglicherweise nur in meiner Einbildung abspielte, als mir klarwurde, daß ich zu weit gegangen war. Nur die Tatsache, daß er mich noch gebrauchen konnte, rettete mich in dem Moment, das weiß ich.

›Weil ich Pläne habe‹, sagte er endlich. ›Und die gehen dich gar nichts an, Süße.‹ Er stand abrupt auf und ging zu der Leiche der Obergeschoßküchenmamsell, die ein Stück die Wand hinuntergerutscht war. Er faßte ihr in die Haare und riß den Körper hoch. ›Du hörst nicht aufmerksam zu, Nuba‹, sagte er zu dem Kadaver – das könnte ihr Name gewesen sein oder ein Wort, das das System nicht übersetzt. ›Martine gibt sich solche Mühe zu beweisen, wie klug und nützlich sie ist – du solltest besser aufpassen.‹ Er drehte sich um, und ich fühlte das breite Grinsen auf seinem Gesicht, hörte, wie es seine Stimme veränderte. ›Mädels können manchmal so dumm sein‹, sagte er und ... und lachte.

Wieder hämmerte mir das Herz in der Brust, und in meiner Angst tat ich mein Bestes, weitere Mutmaßungen über das Feuerzeug anzustellen, größtenteils wilde Spekulationen, die ich krampfhaft zu begründen versuchte. Schließlich sagte er: ›Gut, ich denke, du hast dir ein Erholungspäuschen verdient, meine süße Martine. Du hast schwer gearbeitet, und tatsächlich hast du dir noch mehr verdient: noch einen Tag!‹ Er machte es sich im Sessel bequem, wo er immer noch schläft. ›Und Daddy muß auch mal ein Nickerchen machen. Stell ja keine Dummheiten an.‹

Dann war er fort, oder wenigstens bewegte sich der Sim nicht mehr. Es ist möglich, daß er wirklich offline gegangen ist, um zu schlafen oder andere Sachen zu machen, aber genausogut kann er einfach in Quan Lis Körper schlafen wie ein grauenhafter Parasit.

Kann es sein, daß er die ganze Zeit, diese ganzen Wochen über, der einzige in dem Sim gewesen ist? Es ist schwer vorstellbar, daß er jemand anders vertraut, aber wenn nicht, wie lebt er dann? Wo befindet sich sein realer, physischer Körper?

Diese Fragen sind im Augenblick nicht zu beantworten, und ich bezweifle, daß ich lange genug leben werde, um die Wahrheit zu entdecken, aber ich habe einen Tag gewonnen - das Monster braucht mich noch. Wobei mir wieder mein eigener Körper einfällt, in meiner heimischen Höhle von Mikroautomaten versorgt, durch Berggestein genauso vollkommen vom Rest der Welt getrennt, wie ich hier durch das Netzwerk davon getrennt bin. Und was ist mit den anderen, Renie, !Xabbu und den übrigen, und mit ihren Körpern? Was ist mit ihren Hütern, Jeremiah und Renies Vater, die genau wie ich in einem Berg gefangen sind, aber sich nicht einmal damit trösten können, sich selbst dafür entschieden zu haben?

Seltsam, mir klarzumachen, daß ich Freunde habe. Ich habe Kollegen und Liebhaber gehabt - manchmal wurde aus einem das andere -, aber ich habe mich immer geschützt, mit dem Berg und mit anderen Mitteln. Jetzt, wo sich alles verändert hat, ist das bedeutungslos geworden, denn sie sind für mich unerreichbar und ich für sie.

Gott scheint einen ziemlich schwarzen Humor zu haben. Oder wer auch immer.

Code Delphi. Hier aufhören.«

> Es war gleichgültig, was er machte oder wohin er ging oder wie angestrengt er vorgab, nicht daran zu denken. Er dachte daran. Er wartete darauf.

Die Netfeed-Nachrichten flackerten über den winzigen Konsolenbildschirm, eine endlose Folge von Katastrophen und Beinahe-Katastrophen. Selbst in seinem isolierten Zustand konnte er sich nur schwer dem Eindruck verschließen, daß es draußen in der Welt immer schlimmer zuging: Es gab beängstigende Meldungen von wachsenden chinesisch-amerikanischen Spannungen sowie von einer befürchteten Mutation des

Bukavuvirus, die sich noch rascher ausbreiten und noch sicherer zum Tod führen sollte. Kleinere Schrecknisse schlossen sich zuhauf an, Industrieunfälle und Terroristenangriffe auf unbegreifliche Ziele, und immer übertrugen die automatischen Kameras sekundenschnell die Bilder vom jüngsten Blutbad. Das Netz lief auch heiß von Berichten über normale, alltägliche Morde, über Erdbeben und andere Naturkatastrophen, ja sogar über einen stillgelegten Satelliten, der sich durch einen Fehler nicht selbst zerstört hatte und statt dessen bei seinem Wiedereintritt in die Atmosphäre in einen suborbitalen Passagierjet eingeschlagen war wie eine Bombe, wodurch siebenhundertachtundachtzig Passagiere und Besatzungsmitglieder verbrannt waren. Sämtliche Kommentatoren erklärten mit ernsten Mienen, was für ein Glück es gewesen sei, daß das Flugzeug nur halb besetzt war.

Natürlich waren nicht alle Netznachrichten schlecht. Die Medien verstanden es immer wieder, die Leute bei der Stange zu halten, und wie ein Vogel weiß, wann er im Winter losfliegen muß, wußten sie, daß sie einen ansonsten unaufhörlichen Strom von schlechten Meldungen mit erfreulichen Geschichten auflockern mußten - Wohltätigkeitsveranstaltungen, gute Menschen, die ihren Nachbarn helfen, ein geistesgegenwärtiger Passant, der mit einem selbstgebastelten Schockstab ein Verbrechen vereitelt. Das Netz brachte außerdem Serien, Sport, Bildung und interaktive Environments in allen erdenklichen Formen. Kurz und gut, auch wenn er zum Zugang nur eine primitive Anlage besaß, hätte er damit eigentlich ausreichend beschäftigt sein müssen.

Aber Jeremiah Dako machte nichts anderes, als darauf zu warten, daß das Fon klingelte.

Er wußte, er hätte schon vor Tagen einen Vorschlaghammer auftreiben und das Ding von seiner Säule hauen sollen, aber die Sorge, irgendwie würde die Person oder der Apparat am anderen Ende die Veränderung merken und sie als Zeichen von Leben werten, hatte ihn davon abgehalten, denn er und seine Schutzbefohlenen bedurften unbedingter Geheimhaltung. Er hatte zudem die nicht recht faßbare Befürchtung, daß mit der Zerstörung des altertümlichen Telefons das Klingeln lediglich auf einen anderen Apparat des Stützpunkts überspringen würde. In einem Albtraum hatte er die gesamte technische Ausstattung des Stützpunkts zertrümmert, sogar die Steuerung der V-Tanks, mit dem Ergebnis, daß das gräßliche Schnarren des Fons danach aus der leeren Luft kam.

Er war schwitzend aufgewacht. Und natürlich hatte wieder das Fon geklingelt.

Es fiel ihm immer schwerer, sich auf seine Aufgabe zu konzentrieren. Zwei hilflose Menschen waren auf ihn angewiesen, aber Jeremiah wurde vollkommen von einem Geräusch in Anspruch genommen, einem bloßen elektronischen Signal. Wenn es doch bloß in einem festen Rhythmus gekommen wäre, dann hätte er sich vielleicht darauf einstellen und sich zu den betreffenden Zeiten ans entgegengesetzte Ende des Stützpunkts begeben können, außer Hörweite, doch es war perfide und unberechenbar wie eine Schlange, die von einem Rad überrollt worden war, aber noch lebte. Stundenlang konnte nichts sein, so daß er schon meinte, das Klingeln einen ganzen Tag lang nicht hören zu müssen, doch dann fing es ein paar Minuten später wieder an und hörte ewig nicht auf, viele Stunden lang, ein sterbendes Tier, das sein Gift in alles spritzte, was sich in seine Nähe wagte.

Es machte ihn langsam wahnsinnig. Jeremiah spürte es. Es war schwierig genug gewesen, nach Josephs Flucht nicht den Mut zu verlieren, mit den lebenden Toten in den V-Tanks als einziger Gesellschaft, aber Bücher und gelegentliche Nickerchen – wofür er in der Vergangenheit nie Zeit gehabt hatte – und streng dosierte Netzberieselung hatten ihm geholfen, über die Runden zu kommen. Doch inzwischen war dieses unbarmherzige Folterinstrument das einzige, woran er dachte. Selbst wenn er am meisten abgelenkt war, wenn ihn etwas im Netz so fesselte, daß er zeitweise vergaß, wo er war, wartete ein Teil von ihm weiterhin angespannt wie ein geschlagenes Kind, das genau weiß, daß die nächste Mißhandlung kommen wird. Dann ertönte wieder das durchdringende Schnarren. Sein Herz hörte zu schlagen auf, und sein Kopf hämmerte, und er hätte sich am liebsten unter dem Tisch verkrochen, bis es wieder aufhörte.

Aber heute nicht. Nie wieder.

Er wartete natürlich darauf – er wartete derzeit immer darauf –, doch diesmal wollte er etwas tun. Vielleicht war es eine lebensgefährliche Verrücktheit, dranzugehen, aber er hielt das elende Gefühl, ausspioniert zu werden, nicht mehr aus, wollte Schluß machen mit der immer manischer werdenden Abhängigkeit. Ein Gedanke nagte schon eine ganze Weile an ihm, und mittlerweile war außer diesem Gedanken und dem ängstlichen Warten auf das Geräusch in ihm kaum noch Platz für irgend etwas anderes.

Wie, wenn er drangehen *mußte*, damit es aufhörte?

Es war zunächst nur ein spontaner Einfall gewesen. Vielleicht war es eine Art automatischer Werberundruf, der auf Auswahl nach Zufall programmiert war. Vielleicht war nicht mehr nötig – und die ganze Zeit nicht mehr nötig gewesen –, als daß jemand an den Apparat ging und entweder die Mitteilung entgegennahm oder die Unfähigkeit der Leitung demonstrierte, komplexere Informationen als akustische Signale zu übertragen. Vielleicht hätte er nur beim ersten Mal abnehmen müssen, und es wäre auch das letzte Mal gewesen.

Er hatte bei dem Gedanken gelacht, ein hohles Schnauben voll bitterer Belustigung, das sich anfühlte, als könnte es in etwas Häßlicheres und Schmerzhafteres umschlagen, wenn er nicht aufpaßte.

Aber vielleicht ist das gar nicht alles, was passieren wird, hatte eine andere Stimme geflüstert. *Vielleicht ist das eine Art Killergear, eins von den Dingern, wie man sie im Netz ab und zu mal sieht, und es versucht einfach hier ins System reinzukommen. Womöglich will einer von diesen Gralsbrüdern damit die V-Tanks lahmlegen.*

Aber wenn dem so ist, hatte eine vernünftigere innere Stimme eingewandt, *warum dann ein Audio-Fon anklingeln? Und welchen Schaden kann so etwas über eine akustische Leitung anrichten, selbst wenn ich den Hörer abnehme?* Jeremiah verstand nicht viel von Technik, aber er wußte, daß es kein Gear gab, das aus einem altmodischen Hörer tropfte und dann über den Fußboden krabbelte. Er erinnerte sich düster an Gespräche darüber, daß Leute wie Renies Bruder bei der Benutzung einer billigen Station ins Koma gefallen waren, aber selbst wenn das stimmte, hatten sie verdammt nochmal immer noch eine *Station* benutzt und kein antikes Telefon!

Die Idee dranzugehen, trotz seiner ganzen Befürchtungen, war im Laufe der letzten achtundvierzig Stunden immer stärker geworden. Jedes Klingeln und jedes Zusammenzucken hatten der Idee Nahrung gegeben. Er hatte eigentlich schon beim letzten Klingeln abnehmen wollen, aber der Ton hatte ihm in den Ohren gehallt wie der Schrei eines kranken Tieres, und der Mut hatte ihn verlassen. Jetzt wartete er wieder. Er konnte nichts anderes tun. Er wartete.

Jeremiah war vor der Konsole der V-Tanks eingenickt. Als das Fon schnarrte, war es, als ob ihm jemand einen Eimer voll Eiswasser über den Kopf gegossen hätte.

Sein Herz schlug so schnell, daß er meinte, ohnmächtig zu werden. *Idiot,* herrschte er sich an, während er seine Beine zum Aufstehen zwang, *es ist bloß ein Fon. Du läßt dich von rhythmischen Stromstößen verrückt machen. Kein Mensch weiß, daß hier jemand ist. Fone klingeln laufend. Nimm einfach den Hörer ab, verdammt nochmal!*

Er schlich darauf zu, als hätte er Angst, das Ding zu erschrecken. Es klingelte zum drittenmal. *Nimm endlich ab! Streck die Hand aus! Nimm ab!*

Nach dem vierten Klingeln schlossen sich seine Finger um den rechteckigen Hörer. Er wußte, wenn es unter seiner Hand noch einmal klingelte, würde es sich wie ein Elektroschock anfühlen. Er würde ihn von der Gabel nehmen müssen. *Es ist bloß ein Fon*, sagte er sich. *Es hat nichts mit dir zu tun.*

Am andern Ende ist eine Spinne, flüsterte eine Stimme in seinem Kopf. *Sie preßt Gift durch die Leitungen ...*

Bloß ein Fon. Ein dummer Zufall. Nimm ab ...

Er nahm den Hörer fest in die Hand und hielt ihn an sein Ohr, sagte aber nichts. Er merkte, wie er schwankte, und legte seine freie Hand an die Säule. Einen Moment lang hörte er nur das statische Knistern, und Erleichterung breitete sich in ihm aus. Dann sprach jemand.

Es war eine Stimme, die verzerrt war, wenn nicht mit mechanischen Mitteln, dann durch irgendeine unvorstellbare Mißbildung. Es war die Stimme eines Ungeheuers.

»Wer spricht da?« zischte sie. Eine Sekunde verging, noch eine. Sein Mund arbeitete, doch selbst wenn er gewollt hätte, wäre keine Antwort herausgekommen. *»Joseph Sulaweyo?«* Surrend, knisternd. Die Stimme klang nicht im geringsten menschlich. *»Nein, ich weiß, wer du bist. Du bist Jeremiah Dako.«*

Die Stimme sagte noch mehr, aber Jeremiah konnte sie über dem Rauschen in seinen Ohren nicht verstehen. Seine Finger waren so leblos, als wären sie aus Holz geschnitzt. Der Hörer entglitt seinem Griff und polterte auf den Betonfußboden.

Kapitel

Warten auf den Exodus

NETFEED/UNTERHALTUNG:
"Concrete" kommt wieder
(Bild: Explosionen)
Off-Stimme: Nachdem die beliebte lineare Serie
"Concrete Sun" erst vor wenigen Wochen ausgelaufen
ist, wird sie bereits in eine Musikkomödie umge-
schrieben. Für die Eröffnung des neuen Theaters im
Disney Gigaplex, das derzeit in Monte Carlo fertig-
gestellt wird, wollen die Autoren Chaim Bendix und
Jellifer Spradlin eine Bühnenfassung erarbeiten.
(Bild: Spradlin vor einer Szene mit einem Mann,
der einen Hund in einen in der Luft stehenden Heli-
kopter wirft)
Spradlin: "Es ist alles drin — Ärzte in Nöten,
Haustiere, Krankheiten. Was soll da noch zu einem
großartigen Musical fehlen?"

> Während Orlando darauf wartete, daß die Erwachsenen beschlossen, was ihrer Meinung nach getan werden sollte, merkte er, daß er sich schon lange nicht mehr so sehr wie ein Teenager gefühlt hatte. Er war müde - völlig fertig -, aber zu nervös, um zu schlafen, und das untätige Herumsitzen langweilte ihn. Mit einem besorgten Fredericks im Gefolge brach er zu einem langsamen Rundgang durch den Tempel des Re auf.

Die Böse Bande wollte selbstverständlich mitkommen. Nach langwierigen Verhandlungen, die immer wieder von dem vielstimmigen schrillen Schrei »*Doof, doof!*« unterbrochen wurden, rang Orlando ihnen schließlich das Zugeständnis ab, daß sie die ganze Zeit über auf ihm oder Fredericks sitzenbleiben würden.

Normale Sterbliche wären bei einer Besichtigung des Tempels aus dem Staunen nicht herausgekommen - allein die unglaublich hohen ungestützten Steindecken, unter denen man Skywalker-Jets wie Klafterholz hätte stapeln können, waren nur in einer virtuellen Welt denkbar -, aber Orlando und Fredericks waren alte Hasen in Online-Fantasywelten, und das nicht erst, seit es sie in das Otherlandnetzwerk verschlagen hatte: Sie warfen kaum einen Blick auf die von Leben durchströmten magischen Reliefs, auf die sprechenden Statuen, die kryptische Weisheiten von sich gaben, nicht einmal auf die Vielzahl von Göttern und Göttinnen mit und ohne Tierkopf, die durch den riesigen belagerten Tempel irrten und offenbar genauso unsicher und beklommen waren wie die zwei Jugendlichen.

Als die beiden sich von einem Fakir abwandten, der zwei Schlangen aus rotem und blauem Feuer geschaffen und sie dann vor einer Gruppe gespannt zuschauender Kinder aufeinander losgelassen hatte, beschwerte die Böse Bande sich lautstark darüber, überhaupt keinen Spaß zu haben. Die Affen hielten sich zwar an die Abmachung und blieben weiterhin relativ still auf Orlando und Fredericks sitzen, aber sie wurden allmählich unruhig.

Eine große Menge hatte sich um Upuauts Thron in der Mitte des Saales versammelt, und Orlando zog es dorthin. Priester in weißen Gewändern knieten vor dem Wolfgott und vollzogen irgendein Ritual, bei dem sie psalmodierend mit den Köpfen auf die Steinplatten schlugen; Upuaut ignorierte sie und starrte mit dem Ausdruck eines weltmüden Philosophen in die Luft. Einige aus dem Gedränge um den Thron riefen ihm zu und wollten wissen, was getan werde, um sie vor dem Angriff zu schützen, mit dem alle fest zu rechnen schienen, doch der Wolf beherrschte mittlerweile die Pose himmlischer Königswürde, wenn sonst nichts; ihre Schreie blieben unbeantwortet.

Orlando führte Fredericks gerade zu einem Platz zwischen einem Mann mit nacktem Oberkörper, der ein Kind auf den Schultern trug, und einer kleineren Schutzgottheit mit dem Kopf einer Gans, als jemand ihn am Arm faßte. Er drehte sich um und erblickte Bonnie Mae Simpkins.

»Kein Wort zu dem Wolf da«, ermahnte sie ihn leise. »Der hat uns allen schon genug Ärger eingebrockt. Weiß der Himmel, was er als nächstes anstellt.«

»Wer sind diese Priester?« fragte Orlando. »Sind es seine?«
»Sie gehören zum Tempel, nehm ich mal an.« Sie verzog das Gesicht aus Abscheu davor, heidnische Gebräuche erörtern zu müssen. »Es sind Priester des Re. Das erkennst du an den goldenen Scheiben ...«
»Aber wenn das hier Res Tempel ist, wo ist dann Re? Ist er nicht der ... der Oberste hier? In Ägypten, meine ich?«
»Re?« Sie schüttelte den Kopf. »Das war mal, aber jetzt hat er sich quasi zur Ruhe gesetzt. Ungefähr so, wie sie's in der Mafia machen, nehm ich mal an, wenn der alte Don noch nicht tot ist.« Sie runzelte die Stirn. »Schau mich nicht so an, Junge, ich guck Netz wie jeder andere auch. Osiris ist der Enkel des Alten. Er ist es, der hier wirklich das Sagen hat. Alle legen sie Lippenbekenntnisse auf Re ab, aber im Grunde macht der Alte nichts anderes als in seinem Boot, das die Sonne ist, über den Himmel fahren, oder wie die Geschichte sonst geht. Aber achten müssen sie ihn, wenigstens öffentlich.« Bonnie Maes Miene wurde hart. »Deshalb warten sie auch ab, bis es Nacht ist, bevor sie irgendwas unternehmen, denn da ist Re in der Unterwelt. Was grinst du so? Meinst du, das wird lustig, was hier passieren wird?«

Das meinte er keineswegs, aber die Vorstellung einer ägyptischen Mafia in Leinenröckchen und schweren schwarzen Perücken reizte auf einmal seine Lachmuskeln. »Glaubst du, sie greifen heute nacht an?«

»Das weiß keiner. Aber es gibt Gerüchte, daß Osiris bald zurückkommt, und Tefi und Mewat werden bestimmt nicht wollen, daß er von dieser Sache Wind bekommt - sie geben gerade keine besonders gute Figur ab. Daher kann es gut sein. Aber wir schaffen euch beide vorher hier raus, Junge.«

»Prima, aber was wird aus dir und den andern?« fragte Fredericks.

Statt zu antworten bückte sich Bonnie Mae plötzlich und fing einen Miniprimaten der Bösen Bande, der an Fredericks' Umhang zu Boden gerutscht war. »Ich sollte mir ein klitzekleines Stöckchen besorgen und dich damit vertrimmen«, herrschte sie das zappelnde Äffchen an, bevor sie es behutsam wieder auf Fredericks' Schulter setzte.

»War teine Absicht!« plärrte es. »Hindefallen!«

»Wer's glaubt.« Bonnie Mae zögerte kurz, dann drückte sie beide Jungen kurz am Arm, bevor sie in die Ecke des Tempels zurückmarschierte, wo der Kreis sein Lager hatte.

»Mir paßt dieses Warten nicht ...«, begann Fredericks. Eine heisere Stimme unterbrach ihn.

»Ah! Da sind ja die Götter vom Fluß!« Upuaut hatte sie erspäht und winkte sie mit langen, haarigen Fingern zu seinem Thron. Orlando drehte sich um und begegnete Bonnie Maes Blick; sie war stehengeblieben und sah ihn mit ohnmächtiger Bestürzung an.

Er und Fredericks traten vor das Podest. Sie mußten fast drei Meter zu dem erhöht darauf thronenden Upuaut aufschauen, doch selbst bei dem Abstand erkannte Orlando, daß der Wolfgott nicht gut aussah: Seine Augen waren rotgerändert, und seine Zeremonialperücke saß leicht schief und hing halb über einem Ohr. Er hielt ein Geißelszepter und einen Speer in den Händen und klopfte mit der Geißel andauernd nervös an die Seite des Throns. Fredericks starrte ihn an wie hypnotisiert, als der Wolf sich mit einem übertrieben breiten Grinsen und einem widerlichen Aasgeruch zu ihnen herunterbeugte.

»Sieh einer an!« Sein jovialer Ton klang ein wenig hohl. »Ihr kommt mich besuchen. Ja, seht nur her! Wie ich es euch versprochen habe, führe ich die himmlischen Scharen gegen die Schurken an, die mir Unrecht getan haben.«

Orlando nickte und rang sich ein Lächeln ab.

»Und ihr seid den ganzen weiten Weg gekommen, um euch mir anzuschließen - gut, sehr gut! Immerhin war es das Geschenk eures Bootes, das mir zur Rückkehr aus dem Exil verholfen hat. Ich werde Sorge tragen, daß euer Vertrauen auf mich nicht unbelohnt bleiben wird - eure Namen werden in alle Ewigkeit in den himmlischen Hallen erschallen.« Er sah sich um. Eingedenk vielleicht seiner Situation sagte er in etwas weniger exaltiertem Ton: »Ihr seid doch gekommen, um euch mir anzuschließen, oder?«

Orlando und Fredericks wechselten einen Blick, aber ihnen blieb keine große Wahl. »Wir sind hier, um den Tempel zu verteidigen, ja«, log Orlando. »Und dir in deinem Kampf gegen diese beiden zu helfen - gegen ... gegen ...«

»Toffee und Wermut«, warf Fredericks helfend ein.

»Gut, gut.« Upuaut grinste, daß sämtliche Zähne zu sehen waren. Es interessierte ihn anscheinend wenig, ob die Namen seiner Feinde richtig ausgesprochen wurden, oder er hörte schlicht nicht mehr genau zu, wenn man ihm etwas sagte. »Hervorragend. Zum richtigen Zeitpunkt werden wir aus dem Tempel hervorstürmen wie Großvater Re, wenn er am östlichen Horizont erscheint, und unsere Feinde werden heulen und sich vor uns in den Staub werfen. Oh, sie ahnen nicht unsere Macht! Sie wissen nicht, wie gewaltig wir sind! Sie werden weinen und uns um Vergebung anflehen, wir aber sind streng und werden alle, die gegen uns die Hand erhoben haben, unbarmherzig bestrafen. Wir werden eine Million Jahre herrschen, und alle Sterne werden unser Lob singen!

O Höchster, Schöngeschmückter«,

fing er unvermittelt an, die Hymne an sich selbst zu dröhnen,

> *»Mit einer Rüstung so glänzend wie die Barke des Re,*
> *Stimmgewaltiger, Wepwawet!*
> *Wegeöffner, Herr im Westen,*
> *Dem sich alle Gesichter zuwenden -*
> *Du bist herrlich in deiner Hoheit ...!«*

Während die Priester des Re ein wenig holpernd das Lied aufgriffen - die meisten allem Anschein nach nicht so recht mit vollem Herzen -, begriff Orlando, daß das »Wir«, das alle diese Taten vollbringen sollte, Upuaut selber war und daß der Wolfgott so durchgedreht war wie ein Pfund Hackfleisch.

Als die erste Strophe der Hymne ausgeplätschert war und Upuaut, seiner eifrigen Haltung nach zu urteilen, die zweite anstimmen wollte, fragte Orlando ihn hastig: »Hast du noch mein Schwert?«

»Schwert?« Die großen gelben Augen verengten sich sinnend. »Schwert. Hmmm. Ja, ich glaube, ich habe es irgendwo hingelegt - sieh doch mal hinter dem Thron nach. Nicht ganz die rechte Waffe für einen König, wenn du verstehst. Oh, *Rüstung so glänzend wie die Barke des Re«*, krächzte er leise vor sich hin, während sein Kopf nach vorne sank. Seine Augen wurden noch schmäler, bis sie nur mehr Schlitze waren.

Orlando und Fredericks schlichen sich hinter den Thron, wo sie sich mit einem kurzen Augenrollen wortlos darüber verständigten, was sie von diesem Wolfgott hielten. In einem unappetitlichen Haufen von Hühnerknochen und hart gewordenen Kerzenwachsresten, die hinter den Thron gefegt worden waren, fanden sie rasch Orlandos Schwert, genauer gesagt, Thargors Schwert. Orlando hob es auf und spähte die Klinge entlang. Außer einigen Kerben und Flecken, die es vorher nicht gehabt hatte, war es im wesentlichen unbeschädigt, dasselbe Schwert, das Thargor bei seinen ersten Abenteuern als barbarischer Eindringling in den dekadenten Süden von Mittland geführt hatte.

Als sie gerade, um einen möglichst großen Abstand zwischen sich und dem Thron zu wahren, in einem weiten Bogen zum Lager des Kreises zurückgehen wollten, begannen die Affen (die sich während der Audienz bei Upuaut ungewöhnlich still verhalten hatten) auf Orlandos Schultern zu tanzen. Fredericks' Passagiere sprangen sofort hinüber und machten mit.

»Stinkgewaltiger, Lumpenwolf!«

sangen sie, wobei sie zwischen quietschenden Kicheranfällen Upuauts knurrende Stimme zu imitieren suchten,

»Flaschenöffner, Herr der Reste,
Dem alle den Rücken zuwenden -
Du bist scheußlich in deiner Doofheit ...!«

Orlando und Fredericks versuchten sie zum Schweigen zu bringen, aber die Äffchen hatten schon zu lange still sein müssen. Orlando beschleunigte seine Schritte, doch als er sich umblickte, sah er zu seiner Erleichterung, daß Upuaut völlig in Gedanken versunken war und anscheinend selbst die Priester zu seinen Füßen nicht mehr wahrnahm. Die lange Schnauze des Wolfgottes ging langsam auf und nieder, als witterte er jetzt erst etwas, das schon verschwunden war.

Nahe dem Hauptportal des Tempels lag ausgestreckt ein Wesen von so extremer Größe, daß es als einziges zu den wuchtigen bronzenen Torflügeln zu passen schien. Auch wenn die ruhende Gestalt nicht so gewaltig gewesen wäre, hätte Orlando sie nicht übersehen können, denn sie nahm die Mitte einer großen freien Fläche ein - höchst auffällig bei dem Massenandrang im Tempel. Zuerst dachte er, es sei Dua, der lavendelblaue Riese, der sie am Hintereingang abgefangen hatte, doch die Haut dieses Sphinx war rötlich gelb, die Farbe des Abendlichts auf Stein. Saf, wie sein Bruder ihn genannt hatte, war mit seinem wie gemeißelten Menschenkopf auf einem Löwenkörper von der Größe eines kleinen Busses nicht weniger eindrucksvoll als sein Zwilling. Die Augen des Wesens waren geschlossen, doch als Orlando und Fredericks sich auf ihrem Weg durch das Gewimmel brauner Leiber kurz einmal am Rand der Masse entlangstahlen, blähten sich seine Nüstern; gleich darauf gingen die dunklen Augen auf und fixierten sie. Obwohl der Sphinx sie ausdruckslos betrachtete und nicht einmal eine Tatze in ihre Richtung bewegte, hatten sie es auf einmal sehr eilig, mehrere Menschenreihen zwischen sich und diesen seelenruhigen, aber zutiefst erschreckenden Blick zu bringen.

Orlando mußte einen Moment anhalten und sich verschnaufen. Er wollte lieber gegen sechs rote Greife kämpfen, dachte er sich, als gegen einen von Res Tempelwächtern.

Fredericks schien seine Gedanken gelesen zu haben. »Diese Viecher sind voll schlotter.«

»Pah!« sagte jemand. »Alles Scheiße - ein Kaspertheater für Schwachköpfe.«

Es dauerte etwas, bis Orlando den jungen Mann erkannte, der ihnen vorher als Wassili vorgestellt worden war. Außer der leicht verwegenen Art, in der er seine dunklen Haare zurückgekämmt hatte, und der gockelhaften Pose sah sein ägyptischer Sim wie viele andere in dem großen Saal aus.

»Nämlich was?«

»Dies hier.« Wassili machte eine ausladende Geste, die ganz Ägypten oder vielleicht sogar das ganze Netzwerk einbegriff. Als sich Orlando und Fredericks wieder in Bewegung setzten, schloß er sich ihnen an. »Dieser ganze alte Quatsch. Pharaonen, Tempel, Pyramiden. Scheiße und Gottlosigkeit.«

Ein Blick auf die Unmenge von tierköpfigen Gottheiten überall bestärkte Orlando in dem Gefühl, daß Gottlosigkeit hier kaum das Problem war - es waren eher zuviel als zuwenig Götter vertreten -, aber er sagte nichts; etwas an dem jungen Mann machte ihn nervös. Fredericks jedoch musterte ihren neuen Begleiter recht interessiert, was Orlando einen Stich versetzte, der sich wie Eifersucht anfühlte. »Was würdest *du* denn mit so einem Netzwerk anfangen?« fragte er nicht zuletzt, um seine Verwirrung zu verbergen.

Wassili blickte ihn finster an und haschte dann einen der Bösen Bande aus der Luft, der auf einem Aufklärungsflug in die Nähe seines Kopfes gekommen war. Er betrachtete das Äffchen kurz und warf es dann mit einer Verächtlichkeit weg, die Orlando ärgerte. »Etwas Besseres als das hier«, antwortete der junge Russe, während der abgeschmetterte Affe auf Fredericks' Schulter zurückflatterte und dabei schrill und empört in einer Sprache schimpfte, die Orlando nicht verstand. »Etwas, das die wahre Herrlichkeit unseres Herrn zeigen würde, nicht diesen Scheißdreck hier. Ägypten ist nichts, die reine Platzverschwendung.« Seine finstere Miene hellte sich etwas auf, als eine Frau mit dem Kopf eines Vogels, die sorgenvoll auf eine Gruppe weißgewandeter Priester einredete, an ihnen vorbeiging. »Warum steht ein Storch auf einem Bein?«

Orlando war verdutzt. »Häh?«

»Das ist eine Scherzfrage, Mensch. Warum steht ein Storch auf einem Bein?« Wassili wedelte ungeduldig mit den Fingern. »Gibst du auf? Weil, wenn er es hochheben täte, würde er umfallen!« Er prustete vor Lachen.

Fredericks lachte mit, was in Orlando eine weitere kleine Eifersuchtsbombe zündete, doch der innere Aufruhr legte sich etwas, als Fredericks sich herüberbeugte und ihm ins Ohr flüsterte: »Ist der vielleicht *scännig*!«

Wassili hob einen kleinen Stein auf und fing an, ihn hoch in die Luft zu werfen und erst mit der einen, dann mit der anderen Hand aufzufangen; nach einer Weile fing er ihn hinter dem Rücken, wozu er mitten im Tempel stehenblieb und andere dadurch nötigte, ihm auszuweichen. Orlando hatte nicht vor, auf ihn zu warten, und kurz darauf kam Fredericks nach, aber Wassili, der völlig in seinem Spiel aufging, schien das nichts auszumachen. Orlando überlegte, wie alt Wassili in Wirklichkeit sein mochte und in was für Verbrechen er wohl verwickelt gewesen war. Er hatte gehört, daß einige der russischen Banden Kinder vorschickten, die nicht älter als zehn oder elf waren.

Bonnie Mae Simpkins wartete mit dem Kleinmädchensim der Frau namens Kimi auf sie. Sie fragte, ob sie Wassili gesehen hätten.

»Da drüben.« Orlando deutete mit dem Daumen. »Er spielt mit einem Stein.«

Auf Missus Simpkins' Stirn bildeten sich imposante Faltenwülste. »Dann werde ich ihn holen müssen, nehm ich mal an - die Männer wollen, daß er ihnen hilft. Ihr sollt auch kommen, Jungs, alle beide.«

»Helfen wobei?«

»Mit dem Gateway. Nandi versucht rauszufinden, ob seine Idee hinhaut.« Sie deutete auf die hinterste Ecke am Ende der Wand. »Geht schon mal los, zu der Tür da hinten. Sie warten auf euch. Aber ihr Affen nicht«, erklärte sie der Bösen Bande, die flatternd und schnatternd protestierte. »Ihr kommt mit mir und seht zu, daß ihr nicht im Weg umgeht.« Ihr strenger Blick zog selbst die widerspenstigsten Affen an wie ein Magnet. Sobald die gelben Winzlinge auf ihren Schultern saßen, setzte sie sich in Bewegung, doch dann drehte sie sich noch einmal um. »Paßt auf euch auf«, sagte sie ernst und blickte dabei Orlando an.

»Ich hab echt kein gutes Gefühl bei der ganzen Geschichte, Gardiner«, flüsterte Fredericks, als die anderen in der Menge verschwunden waren. »Es wird bald dunkel. Klarer Fall, daß dann was Schlimmes passieren wird, nicht wahr?«

Orlando konnte nur mit einem Achselzucken antworten.

Sowohl der Durchgang in der Ecke des großen Saales als auch der kleine Raum dahinter lagen in tiefem Schatten, als Orlando und Fredericks eintraten, aber nicht lange. Hinter einem anderen Durchgang auf der entgegengesetzten Seite des Raumes gab es ein Flackern, dann ein Leuchten. Sie gingen näher. In dem zweiten Raum standen Nandi Paradivasch und der alte Herr Pingalap im goldenen Licht eines Gateways. Einen Moment lang schlug Orlandos Herz höher, doch als er und Fredericks darauf zueilen wollten, hob Nandi warnend die Hand.

»Kommt nicht zu nahe! Ich hoffe, ihr habt die Affen woanders gelassen. Wir wollen sehen, ob irgend etwas durchkommt.«

Sie blieben stehen. Alle vier warteten still, bis das Gateway erlosch, so daß nur noch eine kleine Öllampe das fensterlose Steingelaß erhellte.

»Du hast es zugehen lassen ...!« protestierte Orlando.

»Ruhig, bitte.« Nandi hob abermals die Hand und wandte sich dann an Pingalap. »Wie lange?«

Der alte Mann wiegte den Kopf. »Ungefähr dreißig Sekunden, würde ich meinen.«

»Wir versuchen, die Dauer des aktiven Leuchtens festzustellen«, erläuterte Nandi. »Also wie lange das Gateway offen bleibt, wenn keine Leute durchgehen - so wie eine sensorgeregelte Fahrstuhltür, versteht ihr?« Er gestattete sich ein kleines Lächeln. »Doch noch wichtiger ist die Frage, wie lange es dauert, bis ein Gateway in eine beliebige Simulation die Verbindung wechselt - die Erfahrungen anderer Leute lassen vermuten, daß es fast sofort nach jeder Benutzung sozusagen eine Stelle weiterrückt. Wir kommen der Klärung näher, aber ein wesentliches Experiment müssen wir noch durchführen. Wir können hier zwar jederzeit ein

Gateway öffnen, wenn wir wollen, aber unser Problem ist folgendes: Wenn meine Hypothese über den Zyklus im ganzen nicht richtig ist, können wir nicht wissen, *wohin* es sich öffnet, in welche Simulation.« Er wandte sich wieder seinem Kollegen zu. »Bist du soweit, mein Herr?«

Herr Pingalap nickte. Dann zog er vor den erst überrascht, dann verlegen dreinschauenden Fredericks und Orlando sein leinenes Kleidungsstück aus, das so lang wie ein Laken und nur geringfügig schmaler war. Während Nandi den langen Lendenschurz in zwei Teile riß und die beiden Enden verknotete, wartete der alte Mann splitternackt, nahm dann das improvisierte Seil und band es sich um die Taille.

Als er das Erstaunen der beiden sah, schmunzelte Nandi. »Herr Pingalap wird jetzt hindurchgehen, aber wenn er nicht zurückkommen kann, wird uns das, was er entdeckt, wenig nutzen.«

»Aber es muß doch hier irgendwo ein Seil geben ...«, sagte Fredericks, der sich alle Mühe gab, den alten Mann in seiner gut simulierten runzligen Nacktheit nicht anzugaffen.

»Begreift doch«, versetzte Pingalap ein wenig ungehalten, »ein Seil aus dieser Simulation wird in der nächsten nicht erhalten bleiben, während die Sachen, die ich anhabe, übertragen werden.« Er lächelte, wie um seine Verdrießlichkeit wiedergutzumachen. Die wenigen Zähne, die er noch hatte, wiesen eine interessante Vielfalt von Farbschattierungen auf, aber Weiß war nicht darunter.

»Verstehe«, nickte Fredericks.

»Aber du hast doch gesagt, du wüßtest, wohin sich das Gateway öffnen wird«, wandte Orlando ein. Sein Traum, aus dieser Simwelt wegzukommen und mit diesem zermürbenden Abenteuer weiterzumachen, solange er noch die Kraft dazu hatte, kam ihm auf einmal albern vor.

»Ich glaube es«, antwortete Nandi ruhig. »Aber wenn wir uns nicht vergewissern, werde ich nicht wissen, in welchem Teil des Zyklus wir uns befinden, und damit auch nicht, ob meine hypothetische Reihenfolge stimmt. Bist du bereit, Herr Pingalap?«

Der alte Mann nickte und schlurfte in die Mitte des Raumes, wo das Lampenlicht auf eine Sonnenscheibe fiel, die in den Boden eingemeißelt war. Das hinterherschleifende Leinentuch sah auf bizarre Weise wie ein Brautschleier aus. Nandi folgte ihm bis an den Rand des Bodenreliefs und drehte sich dann zu den Teenagern um.

»Nehmt ihr beide bitte das Ende und haltet fest? Ich hatte eigentlich mit Wassilis Hilfe gerechnet, aber er scheint irgendwo herumzubummeln.«

»Wäre es nicht besser, wenn wir uns das Tuch auch umbinden würden?« fragte Orlando.

»Es wäre gewiß sicherer, aber er hätte dann keine Bewegungsfreiheit mehr. Es kann sein, daß er ein paar Schritte gehen muß, um etwas Markantes zu sehen. Haltet bitte einfach fest, und holt ihn zurück, wenn er zweimal kräftig zieht.«

»Wenn ich zweimal kräftig ziehe!« kam munter das Echo von Herrn Pingalap. Als er sah, wie Fredericks und Orlando die Augen abwandten, war sein glucksendes Lachen, mit dem er auf sein welkes Fleisch zeigte, so hoch und schrill, daß es von einem der Bösen Bande hätte sein können. »Der Körper selbst ist Illusion - und das hier ist nicht einmal ein wirklicher Körper!«

Orlando versuchte gar nicht erst zu erklären, daß ihre Reaktion eher ästhetische als sittliche Gründe hatte. Nandi Paradivasch machte ein paar Signalbewegungen mit der Hand, und über der Sonnenscheibe ging ein schimmerndes goldenes Rechteck auf. Herr Pingalap trat hindurch, und Nandi fing leise zu zählen an.

»Festhalten«, ermahnte er sie zwischendurch. »Wir wissen nicht, was er vorfindet.«

Orlando griff fester zu, doch der Tuchstreifen hing schlaff in seiner Hand.

»Wo wollt ihr beiden übrigens hin?« fragte Nandi. »Wenn wir Pech haben, ist Pingalap in diesem Augenblick genau an eurem Zielort, und wir müssen einen ganzen Umlauf des Gateways abwarten. Andererseits ist es nicht sehr wahrscheinlich, daß wir von allen möglichen Simulationen gerade eure als erste erwischen.«

Orlando hatte einen geistigen Aussetzer. Fredericks stupste ihn an und flüsterte: »*Mauern.*«

»Genau. Ilions Mauern - das war's, was die Frau aus dem Gefrierfach uns sagte.«

Nandi runzelte die Stirn, wenn auch mehr, weil er abgelenkt war, als über Orlandos Worte, aber unmittelbar darauf drehte er sich um und fragte: »Ilions Mauern? Troja?«

Orlando zuckte unsicher mit den Achseln.

»Das ist ein merkwürdiger Zufall«, sagte Nandi. »Nein, ich bezweifle, daß es ein Zufall ist ...«

Er wurde von Herrn Pingalaps plötzlichem Erscheinen im Gateway unterbrochen. In keiner schlechteren Verfassung als vorher - aber auch in keiner besseren, dachte Orlando - kam der alte Mann aus dem feurig leuchtenden Rechteck geschlurft. Als er zu erzählen begann, flackerte der Durchgang hinter ihm auf und verblich dann.

»Es war wie der Potala«, berichtete er, »ein mächtiger Palast im Hochgebirge. Aber es war nicht der Potala. Es war zu ... zu ...«

»Zu westlich?« fragte Nandi. »Dann ist es wahrscheinlich Shangri-La.« Er blickte auf die Handvoll Fliesen, auf die er seine Aufzeichnungen gekritzelt hatte. »Probieren wir es noch einmal und schauen wir, wo wir landen.«

Wieder wurde ein Gateway aufgerufen. Während es aufglühte, hörte Orlando eine Lärmwelle aus dem Hauptsaal des Tempels schwappen, ängstlich erhobene Stimmen, das Getrappel laufender Menschen. Herr Pingalap tauchte in den goldenen Glanz ein, und das Tuch spannte sich mit einem jähen Ruck. Orlando wurde vorwärtsgerissen; hinter sich fühlte er, wie Fredericks stolperte und sich bemühte, wieder festen Stand zu gewinnen.

»Nicht loslassen!« rief Orlando, der immer näher an das Gateway heranrutschte. »Zieh!«

»Zieht ihn nicht heraus«, mahnte Nandi. »Er wird uns Bescheid geben - er zählt ebenfalls mit, und er muß Zeit für Beobachtungen haben.«

»Beobachtungen?« schrie Orlando. »Irgendwas versucht ihn zu verschlingen!«

Nandi faßte helfend mit an. Im nächsten Moment war Orlando von einer irritierenden gelben Wolke umringt, dem bienenähnlichen Schwarm der Bösen Bande. Als Nandi mit seinem langsamen Zählen gerade bei zwanzig angekommen war, meinte Orlando, außer dem konstanten Ziehen noch ein Reißen an dem Tuchstreifen wahrzunehmen. Er warf sich mit seinem ganzen Thargorgewicht dagegen und zerrte mit aller Kraft. Halb rechnete er damit, irgendein schreckliches Ungeheuer durch die Öffnung zu ziehen, das den alten Mann wie einen Fischköder verschluckt hatte, aber statt dessen kam der ehrwürdige Pingalap wie ein Sektkorken aus dem goldenen Rechteck geflogen. Vom Gegenzug befreit stürzten Orlando und Fredericks zu Boden, Orlando auf seinen Freund obendrauf.

Begeistert schwirrte die Böse Bande über ihnen im Kreis wie ein Haufen Sterne über einer Comicfigur, die einen Schlag auf den Kopf bekommen hat. »Nochmal!« quiekten alle. »Zieh, zieh, plumps! Nochmal!«

»Es war eine Art Windkanal«, keuchte Herr Pingalap. Er stand vornübergebeugt, als wäre er soeben beim Marathon durchs Ziel gelaufen; seine dünnen Härchen standen vom Kopf ab, und er hatte einen Ausdruck der Glückseligkeit im Gesicht. »Im Grunde eine Schlucht, aber der Wind hat mich gepackt und mich über den Rand geblasen. Ich bin heilfroh, daß ihr mich fest an der Leine hattet.«

Nandi betrachtete stirnrunzelnd seine Berechnungen. »Eigentlich hätte das afrikanische Reich des Priesters Johann kommen müssen - könnte es das gewesen sein?«

Der alte Mann schlug sich auf seine knochigen Knie und richtete sich auf. »Ich weiß es nicht. Außer Felsen und Bäumen habe ich nichts gesehen - ich war vollauf damit beschäftigt, wie ein Drachen an einer Schnur zu fliegen.«

»Wir müssen es noch einmal machen«, meinte Nandi.

Die Bande ließ sich langsam nieder. »Was warn das fürn Leuchtedings?« fragte Zunni, die sich auf Orlandos Nase gesetzt hatte, so daß dieser nur einen bananenfarbenen Klecks sah. »Wieso Tür da, dann Tür weg?«

Orlando begriff, daß die Bande noch nie ein Gateway gesehen hatte, und im Hochstemmen vom Boden wunderte er sich abermals darüber, daß die Kinder geradewegs in diese ägyptische Simulation gekommen und dort gefangengesetzt worden waren, während er und Fredericks und die anderen, die der sogenannte Einsiedlerkrebs eingeschleust hatte, in Bolivar Atascos Temilún gelandet waren.

Wie ist das gekommen ... und warum ...?

Er wurde in seinen Grübeleien unterbrochen. Bonnie Mae Simpkins betrat den Raum mit Kimi und einem unlustigen Wassili im Schlepptau. »Am Eingangstor ist irgendwas los«, erklärte Bonnie Mae besorgt, an Nandi gewandt. »Die Soldaten draußen klingen, als machten sie sich bereit, und dieser große Sphinxkerl - wie heißt er noch? Saf? - hat sich hingestellt. Er sagt kein Wort, aber er steht da, als wenn er wartet. Mir gefällt das nicht.« Sie sah die auf Orlando verteilten Affen, und ihre Augen verengten sich. »Da seid ihr kleinen Monster ja. Ich werde euch Schlingel in einen Sack stecken.«

»Schon weg, schon weg!« kreischten die Äffchen, fuhren in einem gelben Wirbelwind auf und schossen an ihr vorbei und durch den Vorraum zurück in den großen Tempelsaal.

»Das ist *nicht witzig!*« schrie Bonnie Mae hinter ihnen her. »Kommt sofort zurück!« Zum erstenmal, seit Orlando sie kannte, hörte sie sich richtig ängstlich an, aber die Affen waren rasch genug außer Hörweite gekommen, um sich der zwingenden Kraft ihrer Stimme zu entziehen. »Es sind Kinder, sie begreifen nicht, wie gefährlich das hier ist«, sagte sie hilflos. »Wassili, Kimi, kommt und helft mir, sie wieder einzufangen.«

Die beiden Frauen eilten hinaus, doch Wassili blieb an der zweiten Tür stehen und ließ seinen Blick durch die Haupthalle schweifen. »Der Kampf wird bald losgehen«, rief er nach hinten gewandt. Der entrückte Ton, in dem er das sagte, machte den Eindruck, als könnte er es kaum erwarten.

»Ein Grund mehr, daß du ihnen hilfst, diese Kinder zu finden«, rief Nandi zurück. »Wir können hier keine Ablenkung gebrauchen.« Er drehte sich um und gab Herrn Pingalap einen Klaps auf die Schulter. »Vorwärts, wenn ich bitten darf.« Während Orlando und Fredericks erneut Aufstellung nahmen und sich das Tuch um die Fäuste wickelten, rief der schlanke Mann das nächste Gateway auf. »Geh hindurch!«

Als der nackte alte Mann im Licht verschwunden war, sagte Nandi zu Orlando: »Es ist eigenartig, daß ihr beide nach Troja wollt. Ich bin einem Mann begegnet, der auch dorthin unterwegs war, oder wenigstens in einen andern Teil derselben Simulation. Ein sehr ungewöhnlicher Mann war das. Kennt ihr jemanden mit dem Namen Paul ... Wie hieß er nochmal?« Er spielte an seiner Unterlippe und versuchte sich zu erinnern, war aber von dem Geschehen um ihn herum deutlich abgelenkt. »Brummond?«

Orlando schüttelte den Kopf. Er blickte Fredericks an, doch sein Freund zuckte nur mit den Schultern: Es war anscheinend kein Name, der Orlando während einer seiner akuten Krankheitsphasen entgangen war.

Ein paar Sekunden später war Herr Pingalap wieder da und gab eine Beschreibung ab, in der Nandi die Priester-Johann-Simulation zu erkennen meinte, von der er vorher gesprochen hatte. Seine Stimmung hob sich ein wenig. »Vielleicht habe ich das Schema jetzt heraus – die Variationsbreite ist ein wenig größer, als ich vermutet hatte, das ist alles. Als nächstes müßte Kalevala kommen und dann ein Ort, an dem ich noch nie war, aber den meine Informanten das Schattenland nennen – anscheinend ist es dort die ganze Zeit fast völlig finster.« Nachdenklich sortierte er die Fliesen mit seinen Berechnungen. »Selbst wenn wir den Zyklus so schnell durchlaufen, wie wir können, und ich mit allem andern recht habe, werden wir eine knappe Stunde brauchen, bis wir einen Durchgang nach Troja öffnen können.«

Der alte Mann trat gerade wieder an seiner Rettungsleine durch das nächste Gateway wie ein spindeldürrer Astronaut, der zu einem Spaziergang im Weltraum aufbricht, da sagte Nandi plötzlich:»Nein, es war nicht Brummond - so hat er sich zuerst genannt, aber es war nicht sein richtiger Name. Es hätte mir gleich einfallen müssen, aber im Moment habe ich einfach den Kopf zu voll. Er hieß Jonas, Paul Jonas.«

Orlando hätte beinahe Herrn Pingalaps Leine losgelassen.»Jonas! Das ist doch der Typ, den Sellars uns suchen geschickt hat!« Er wandte sich an Fredericks.»Hieß er nicht so? Jonas?«

Fredericks nickte.»Sellars hat gesagt, Jonas wär ein Gefangener der Bruderschaft gewesen. Er hätte ihm fliehen geholfen, glaub ich.«

Ein zweimaliges Reißen am Tuch erinnerte sie an ihre Pflichten; sie zogen Herrn Pingalap zurück, der meldete, er habe meilenweit verschneite Wälder und von großen Rentieren gezogene Schlitten gesehen, was Nandi sehr froh stimmte.»Kalevala, ausgezeichnet.« Seine Miene verfinsterte sich, als er wieder Orlando und Fredericks ansah.»Das heißt, der Mann, den ich kennengelernt habe, wurde von eurem geheimnisvollen Sellars befreit? Jonas hat mir erzählt, er werde von der Bruderschaft verfolgt, aber er habe keine Ahnung, warum. Hat Sellars euch gesagt, warum die Bruderschaft diesen Mann gefangengehalten hat?«

»Fen-fen hat Sellars uns gesagt«, antwortete Orlando.»Es war keine Zeit - jemand hatte Atasco in der wirklichen Welt getötet, und wir mußten alle zusehen, daß wir wegkommen.«

Nandis Erwiderung ging in einem gewaltigen gongenden Schlag unter, der den Boden erbeben und sie alle zusammenfahren ließ. Draußen vor dem Nebenraum ertönten Schreie der Wut und der Panik.

»Es geht los.« Nandis Gesicht war hart.»Das ist übel. Uns bleibt noch weniger Zeit, als ich gehofft hatte.«

Fiebrig vor Schreck und Erregung kam Wassili in den Gatewayraum gestürzt.»Sie brechen das Tor auf! Es ist Krieg! Die Bruderschaft kommt!«

»Das ist nicht die Bruderschaft.« Ein verhaltener Zorn schwang in Nandis Stimme.»Das alles geschieht nur in dieser Simulation, und die meisten Beteiligten sind Replikanten. Hilf mit, diese Kinder zu finden! Du erweist dem Kreis keinen Dienst, wenn du dich umbringen läßt.«

Wassili schien ihn gar nicht gehört zu haben. »Sie kommen! Aber der Herr hat sie gesehen, all ihre Lästerung hat er gesehen, und ihr Blut wird er vergießen!« Eine Reihe dröhnender Erschütterungen drang aus dem großen Saal herüber, als ob jemand einen riesigen Gong schlüge. Wassili rannte wieder in den Hauptteil des Tempels hinaus.

Nandi schloß kurz die Augen; als er sie wieder aufmachte, ging eine eiserne Ruhe von ihm aus. »Wir müssen mit den Werkzeugen arbeiten, die wir haben.« Er wandte sich an Herrn Pingalap. »Ich denke, wir sollten uns ein letztes Mal vergewissern, daß ich mich mit dem Schema nicht vertan habe. Dann fangen wir an, die Gateways so schnell wie möglich zu öffnen und zu schließen.«

Der alte Mann deutete eine Verbeugung an. Er trat gerade in das neu geöffnete Gateway, als ein ohrenbetäubendes, kirschendes Quiet schen die Luft zerriß, gleich darauf gefolgt von einem gewaltigen Krachen, das selbst die Bodenplatten durchzitterte. Nach einem Moment der Stille fing das Schreien wieder an.

»Klingt, als wäre das Tempeltor gefallen«, bemerkte Nandi. Er sah, wie Orlandos Blick zur Tür schoß. »Haltet fest«, mahnte er. »Wir wissen nicht sicher, was dort draußen geschieht, aber Herr Pingalap braucht euch hier.«

»Aber warum gehen wir nicht einfach durch eins von diesen Dingern?« wandte Fredericks ein. »Wir können doch diese Testerei auch woanders machen, oder?«

Nandi unterbrach sein Zählen. »So einfach ist das nicht ...«

»Und warum nicht?« Orlando hatte es allmählich satt, wie ein Kind behandelt zu werden. »Sollen wir hier warten, bis sie kommen und uns abmurksen? Diese ganzen Gateways führen doch irgendwohin!«

»Ja«, gab Nandi bissig zurück, »und viele führen an Orte, wo es noch viel schlimmer zugeht als hier.« Er faßte Orlando scharf ins Auge, und seine heftige Reaktion machte ihn einen Moment lang zu jemand ganz anderem – einem Krieger, einem Kreuzritter. »Ihr jungen Leute wißt nicht, was in meinem Herzen ist, woran ich alles zu denken habe. In vielen der Simulationen herrscht tödliches Chaos, und die meisten dieser Gateways führen in Welten, die mittlerweile nur noch einen funktionierenden Durchgang haben. Wenn ich uns in eine dieser Welten versetze und dieses eine Gateway ebenfalls ausfällt, was dann? Selbst wenn wir am Leben bleiben, haben wir dann den Kampf verloren!« Er gewann langsam seine Selbstbeherrschung wieder. »Ich tue die Arbeit, deretwegen ich hier bin«, sagte er sanfter. »Ich hatte nicht damit gerechnet, so kritische Probleme derart rasch lösen zu müssen, aber es ist meine Aufgabe, und ich werde sie erfüllen.«

Er wurde von Herrn Pingalap unterbrochen, der eilig durch das Gateway zurückkam. »Es ist mir nicht geheuer«, meldete der alte Mann, »aber ich denke, es ist dein Schattenland - dunkel, sehr dunkel. Ein paar schwache Lichter und Bewegungen wie von lebendigen Wesen - von großen Wesen, glaube ich.« Er schlang die knochigen Arme um seine dünne Brust.

»Dann müssen wir jetzt den Zyklus so schnell wie möglich durchlaufen lassen«, erklärte Nandi. »Ihr Jungs müßt los und Missus Simpkins und die andern finden. Überredet sie, sofort zurückzukommen. Seid versichert, wenn mir ein Ort einfällt, an den ich sie alle bringen kann, werde ich es tun. Es hat keinen Zweck, sich hier zu opfern - das ist nicht mehr unser Kampf.«

»Sie überreden?« Orlando bemühte sich zu verstehen, aber es fiel ihm schwer, die Geduld zu bewahren. »Kannst du's ihnen nicht einfach befehlen oder so?«

»Wenn ich ihnen Befehle geben könnte, wäre unsere Gemeinschaft kein Kreis.« Nandis Gesicht wurde einen Moment lang fast allzu menschlich, abgespannt und sorgenvoll, aber er rang sich ein schwaches Lächeln ab. »Wir haben eine große Aufgabe zu bewältigen, weißt du? Jeder trägt sein Teil dazu bei. Und dies hier ist mein Teil der Aufgabe.« Er wandte sich ab und machte die Handbewegungen, mit denen er ein neues Gateway aufrief.

Im Tempel war es unheimlich still geworden.

Orlando und Fredericks gingen vorsichtig aus Nandis Gatewaykammer und durch den anschließenden dunklen Vorraum, bis sie in der Tür standen. Sie wußten, daß sie die übrigen Mitglieder des Kreises finden mußten, aber es war ihnen unmöglich, die Vorgänge am anderen Ende des Saales zu ignorieren.

Wo vorher das haushohe Bronzetor gewesen war, sah man jetzt einen nachtschwarzen Ausschnitt des Himmels, aber der Vorderteil des Raumes war von den Fackeln mehrerer hundert Soldaten erhellt, die sich im Vorbau des Tempels drängten, Glied um Glied. Sie waren nicht die einzigen Besucher. Eine Phalanx merkwürdig ledrig aussehender Männer stand unmittelbar hinter den kaputten Torflügeln, alle mit glänzenden Glatzen und mit schlechtsitzender grauer Haut. Jeder steckte vom Hals bis zum Schritt in einem dicken Plattenpanzer, der irgendwie Teil des Körpers zu sein schien, und hielt in der Hand einen wuchtigen Schlegel mit einem massiven Holzstiel und einem Stein als Kopf. Die im Tempel Versammelten waren vom Eingang zurückgewichen und standen im hinteren Teil zusammengepfercht an den Wänden. Nur der gewaltige Sphinx Saf hatte sich vor den Eindringlingen aufgebaut und hielt sie ganz allein in Schach.

»Die Furcht vor Osiris war also größer als die Ehrfurcht vor Großvater Re«, sagte eine rauhe Stimme an Orlandos Knie. Der häßliche kleine Hausgott Bes kletterte auf eine Ziersäule neben ihm, wobei er eine schöne Vase umstieß, bevor er sich setzte. In dem nahezu stillen Tempel ließ selbst das Geräusch des zersplitternden Tongefäßes eine Panikwelle durch die Menge laufen, doch die Belagerer und der Sphinx verharrten regungslos wie ein Tableau. »Seht nur, sie haben die Kreaturen der Nacht in den Tempel des Sonnengottes gebracht.« Bes deutete auf die stummen, ledrigen Gestalten im Eingang. »Schildkrötenmänner! Ich dachte, sie wären alle vor langer Zeit von Seth in der roten Wüste getötet worden. Aber jetzt haben Tefi und Mewat sie im Herzen von Abydos losgelassen - selbst die Tür von Res Haus haben sie aufgebrochen.« Er schüttelte den Kopf, doch der Ausdruck auf seinem fratzenhaften Gesicht wirkte beinahe so fasziniert wie entsetzt. »Was sind das bloß für Zeiten!«

Die Szene vibrierte derart von potentieller Gewalt, daß Orlando nicht die Augen davon abwenden konnte. Er griff nach Fredericks' Arm und merkte, daß sein Freund vor Anspannung zitterte. »Was ...?« begann Orlando, doch er bekam die Frage nicht zu Ende.

Die fackeltragenden Soldaten teilten sich und traten links und rechts in zwei lange Reihen zurück, so daß ihre rot angeleuchteten Schatten einen Pfad bildeten, der bis zum Portal mit seinen umgebogenen und abgebrochenen Angeln führte. Zwei Gestalten näherten sich auf diesem Pfad langsam dem Tempel. Orlando blieb fast das Herz stehen: Wie groß auch das Grauen war, das die Soldaten und die stur schweigenden Schildkrötenmänner auslösten, so war es doch nichts im Vergleich zu dem würgenden Ekel und der niederschmetternden Ohnmacht, die er beim Anblick der beiden ungleichen Gestalten empfand. Viele der Verteidiger schienen dasselbe zu spüren, denn sie stöhnten auf und suchten noch weiter zurückzuweichen, aber die hintere Wand ließ keinen Raum zum Rückzug mehr. Eine Frau verlor das Gleichgewicht und ging mit einem schrillen Schrei in dem Gedränge unter, wie von Treibsand verschluckt. Als sie zwischen den Beinen der Menge verschwand, wurde es abermals nahezu völlig still im Tempel.

»Orlando«, sagte Fredericks mit der hauchigen Stimme eines Menschen, der aus einem bösen Traum aufzuwachen versucht, »Orlando, wir ... wir müssen ...«

Die beiden Angreifer traten durch das Tor. Einer war unmenschlich dick, und es war das reinste Wunder, daß er ohne Hilfe stehen, geschweige denn so behende gehen konnte. Eine Kapuze um den Kopf schien zuerst zu einer Art Mönchskutte zu gehören, war aber in Wirklichkeit ein Teil seiner Haut; sein übriger massiger Körper war nur mit einem Lendenschurz bekleidet, so daß man die öligen Schuppen, von denen er überzogen war, gut erkennen konnte, schwarz, blau und grau, fleckig wie von einem Ausschlag. Ein langer wulstiger Schwanz schleifte hinter dem Kobramann her wie totes Fleisch.

Die Gestalt daneben war nur geringfügig weniger abscheulich, ein großer, aber gebückter Mann mit der vorstehenden Brust eines Vogels und mit halbwegs menschlichen Füßen, nur daß sie anstelle der Zehen lange, krumme Krallen hatten. Doch während alles übrige an dem Geiermann nur schlicht häßlich war, hatte sein Gesicht ein wahrhaft bestialisches Aussehen: Wo jetzt sein Hakenschnabel prangte, mochte einmal ein menschliches Gesicht gewesen sein, doch aus irgendeinem Grund waren Fleisch und Knochen geschmolzen und Nase und Kiefer wie Kitt nach außen gezogen worden. Aber wo Menschen wie Vögel Augen haben, hatte die Kreatur nur verwachsenes Fleisch und leere Höhlen.

»*Halt!*« grollte der Sphinx mit einer Stimme, die so tief war, daß die Soldaten allesamt einen Schritt zurück machten. Sogar die Schildkrötenmänner wankten ein wenig wie Schilfhalme in einer steifen Brise.

Das Geierwesen verzog langsam das Gesicht zu einem Grinsen, so daß an seinem Schnabelgelenk Zähne zum Vorschein kamen. »Ach ja, der Wächter mit dem schönen Namen Gestern«, sagte er mit einer bizarr süßen Stimme. »Wie passend, treuer Saf, da du offensichtlich nicht mitgekriegt hast, wie die Dinge sich hier geändert haben.«

»Der Tempel des Re ist das Allerheiligste, Tefi«, erwiderte der Wächter. Dem von der Nebentür aus zuschauenden Orlando schien die mächtige Gestalt des Sphinx in dem Moment das einzige zu sein, was die Welt noch in den Angeln hielt. »Das ändert sich nicht. Das wird sich niemals ändern. Du und Mewat, ihr habt durch euren Angriff auf das Haus des Höchsten eure Befugnisse überschritten. Macht kehrt und flieht augenblicklich, und vielleicht wird euer Herr Osiris bei seinem Großvater für euch sprechen. Wenn ihr bleibt, bedeutet das eure Vernichtung.«

Der Kobramann Mewat lachte rauh und schnaufend, und in der Dunkelheit von Tefis leeren Augenhöhlen glitzerte es. »Das mag schon sein, Saf«, sagte der Geiermann. »Du und dein Bruder, ihr seid alt und mächtig, und wir sind nur emporgekommene Junggötter, einerlei wie hoch wir in der Gunst unseres Herrn stehen. Trotzdem sind wir nicht so dumm, euch selber zum Kampf herauszufordern.« Er hob die Hände, deren Finger so lang und dünn waren, daß sie wie Spinnenbeine aussahen, und klatschte. Wie zur Antwort schlugen daraufhin die Schildkrötenmänner mit den Fäusten einen langsamen Trommeltakt auf den Bäuchen, daß ihre Panzer nur so dröhnten.

Saf duckte sich ein wenig, als setzte er zum Sprung an. Die Muskeln spielten unter seiner steinernen Haut wie fließendes Wasser. Die entsetzte Menge stöhnte auf und brandete abermals gegen die hintere Wand wie eine Welle an eine Buhne. Menschen, die in dem allgemeinen Geschiebe zu Boden gedrückt wurden, schrien um Hilfe, doch ihre dumpfen, erstickten Töne währten nicht lange. »Wenn ihr nicht gegen mich kämpfen wollt, Aasfresser, wer dann?« knurrte Saf. »Ich werde unter deinen Schildkrötenmännern wüten wie Bastet in einem Rattennest.«

»Zweifellos«, erwiderte Tefi gelassen. »Zweifellos.« Er bewegte sich rückwärts auf das Tor zu. Mewat bleckte erst noch feixend seine windschiefen Fänge und folgte ihm dann.

»Sie ziehen ab!« freute sich Fredericks in unterdrücktem Flüsterton. Auch Orlando erfüllte der Rückzug des Geiers und der Kobra mit kolossaler Erleichterung, die sich jedoch schnell legte, als drei große Gestalten an den beiden vorbei durch den Tempeleingang traten.

»O Mann, das dumpft«, murmelte Orlando. »Das dumpft *ultra*!«

Die drei Götter – denn das waren die übermenschlich großen Erscheinungen zweifellos, die sich mit der Gewandtheit von Tänzern und dem Imponiergehabe von Motorradrowdys bewegten – stellten sich vor Saf auf, der sich nunmehr auf die Hinterhand setzte; sein Kopf überragte alles und jeden unter dem Tempeldach. Das Trommeln der Schildkrötenmänner wurde lauter.

»Interessant«, sagte der auf seinem Sockel sitzende Bes so ruhig, als schaute er in einer Eckkneipe bei einem Wettkampf im Armdrücken zu. »Ich frage mich, mit was für Versprechungen Tefi und Mewat die Kriegsgötter in die Sache reingezogen haben.«

»Kriegsgötter?« Die Frage bedurfte eigentlich keiner Antwort – ein Blick auf den riesenhaften, stierköpfigen Anführer reichte aus, um Orlando davon zu überzeugen, daß es stimmte. Bei all seiner Länge und Schärfe war das Krummschwert des Stiermannes doch noch weniger furchterregend als seine nackten Arme mit ihren Muskelpaketen, die aussahen, als hätte er das Tempeltor ganz allein aus den Angeln drehen können. Die anderen beiden Angreifer, ein Mann und eine Frau, wirkten nicht minder gewaltig. Dem Gott wuchsen lange Gazellenhörner aus dem Schädel; Blitze zungelten seine Arme hinauf und hinunter und sprühten um den Kopf seiner Streitkeule. Die Göttin, die größte der drei, war in ein Pantherfell gehüllt und hielt wurfbereit einen Speer in der Hand, mit dem sie ein Dutzend Männer gleichzeitig aufspießen konnte. Orlando war plötzlich klar, weshalb Bes sich über die Vorstellung lustig gemacht hatte, er und Fredericks könnten ebenfalls Kriegsgötter sein.

»Month kann ich ja verstehen«, fuhr der Zwerg fort. »Das ist der Stierschädel da. Er hat reichlich Probleme zuhause, denn seine Frau ist auf Amun scharf wie eine läufige Hündin, und die Leute reden hinter seinem Rücken. Aber Anath und Reschef? Klar, sie ist immer für einen Kampf zu haben, und Reschef ist ein neuer Gott – vielleicht will er sich einen Namen machen. Die Harfner würden ewig von einem singen, der mächtig genug war, einen der großen Sphinxe zu töten.«

»Kann denn niemand sie aufhalten?« fragte Orlando. Die Menge stöhnte wieder wie ein verwundetes Tier, gefangen, verängstigt, gebannt. Die Kriegsgötter machten einen Scheinangriff auf den Sphinx, und die Zuschauer schrien entsetzt auf. Ein blendender Blitz aus Reschefs Hand zuckte krachend zur Decke empor und hinterließ einen Brandgeruch in der Luft. »Warum tust du nicht was?«

»Ich?« Bes schüttelte seinen unverhältnismäßig großen Kopf. »Ich wollte gerade nach Hause gehen, aber jetzt ist es zu spät. Ich werde zusehen, daß ich den größeren Kindern bei ihren Spielen nicht in die Quere komme.« Er rutschte von der Säule herunter und eilte auf seinen O-Beinen überraschend flink an der Wand entlang davon.

»Wo läufst du hin?« schrie Orlando dem kleinen Gott hinterher.

»Einer der Vorteile an meiner Größe ist«, rief Bes über die Schulter, »daß sich mir viele prima Verstecke bieten, o Göttchen von jenseits des Großen Grünen. Urnen mag ich besonders gern.« Er verschwand im zügigen Trab im Schatten.

Ein Wutgebrüll gefolgt von einer weiteren gleißenden Funkenentladung zog Orlandos Aufmerksamkeit zum Kampf am Eingang zurück. Anath und Reschef hatten gleichzeitig angegriffen; die Göttin hatte ihren Speer in Safs haushohe Flanke versenkt und war dann rechtzeitig zurückgesprungen, der Gott mit den Gazellenhörnern jedoch hatte weniger Glück gehabt und krümmte sich jetzt unter der Pranke des Sphinx. Wieder flammte ein Blitz auf; Saf zog seine angesengten Klauen zurück, so daß Reschef außer Reichweite kriechen konnte. Month kam angestürmt, schlug mit dem Krummschwert nach dem Gesicht des Sphinx und wich dann knapp einem wuchtigen Hieb aus, der ihn an die Wand geschmettert hätte. Sein Säbel schnitt in Safs Hals. Es kam kein Blut, als Month die Klinge herausriß, aber der Sphinx stieß einen dumpfen Schmerzensschrei aus, der die Luft erzittern ließ. Die Schildkrötenmänner schlugen sich auf die Brust, und aus dem Trommeln wurde ein unablässiges Donnern.

»Sie werden ihn umbringen!« schrie Fredericks über den Tumult hinweg. »Wir müssen hier raus!«

»Wir müssen Bonnie Mae finden.« Mit hämmerndem Herzen hielt Orlando nach den anderen Ausschau, aber bei dem trüben Lampenschein war das ein vergebliches Ansinnen. Die Menge an ihrem Ende des Raumes war zwar weniger dicht zusammengedrängt, aber dennoch ein undurchdringliches Gewirr brauner ägyptischer Gesichter und Leiber und heller Gewänder, eine chaotische Masse von Menschen und kleinen Göttern, die in ihrem verzweifelten Kampf, sich nicht zermalmen zu lassen, an einen sicheren Ort zu entkommen suchten, obwohl es solche Orte im Tempel kaum mehr gab.

Orlando packte Fredericks am Arm und hatte seinen Freund gerade ein paar Schritte zur Mitte des großen Saales hingezogen, als durch das zerstörte Tor eine schwarze Wolke geflogen kam. Einen Moment lang meinte Orlando, Tefi und Mewat ließen giftigen Qualm einströmen, und er spürte, wie sein ohnehin rasendes Herz zu versagen drohte.

Ich bin für sowas zu müde ..., war das einzige, was er denken konnte.

»Fledermäuse!« kreischten mehrere Leute, aber sie hatten nur halb recht. Die Wolke bestand aus sausenden schwarzen Schatten, aber es flogen noch andere Wesen mit – Tausende von gräßlichen bleichen Schlangen mit durchscheinenden Libellenflügeln, die wie Dampfventile zischten.

Angst und Verzweiflung schlugen jetzt in die vollkommene Raserei um. Wilde Schreie zerrissen die Luft. Der vorher schon düstere Tempel wurde noch finsterer, denn die Wolke fliegender Bestien verdeckte das Licht der Wandfackeln. Kreischende Leute rannten überall kopflos durcheinander, wie in einem brennenden Haus gefangen; andere waren bereits von den Fledermäusen und fliegenden Schlangen angefallen worden und krümmten sich unter dem kriechenden, beißenden Getier am Boden.

Eine Gestalt, die eine Frau sein mochte, rannte seitlich in Orlando hinein und warf ihn um, bevor sie in dem Getümmel verschwand. Als er sich erhob, erschien einer der angreifenden Soldaten vor ihm und führte mit einem Kurzschwert so prompt einen Stoß nach seinem Bauch, daß Orlando kaum noch reagieren konnte. Zurückspringen konnte er nicht in seiner Situation, und so warf er sich statt dessen nach vorn und drehte sich dabei zur Seite, so daß der Stoß nur die Haut an der Brust ritzte. Sein eigenes Schwert, das er schon so lange fest umklammert hielt, daß der Griff schweißnaß war, hatte er beinahe vergessen, doch dank seiner hart erworbenen Kämpferreflexe führte er automatisch einen Rückhandschlag in die ungeschützten Kniekehlen des Soldaten. Der Mann schrie auf und fiel nach vorn. Orlando hackte ihm mit einem beidhändigen Hieb den Kopf ab und schlug sofort mit der flachen Klinge den jähen Angriff eines geflügelten Untiers ab.

Bevor er Fredericks entdecken konnte, traten zwei weitere Soldaten drohend aus dem Schatten. Der Anblick ihres toten Kameraden zu Orlandos Füßen provozierte sie, aber ihre Gesichter waren so fassungslos wie die der meisten anderen, und nach kurzem Zögern verschwanden sie wieder im Gewühl. Das grausige Schauspiel schien sogar Tefis und Mewats Krieger zu erschüttern.

Als Orlando in die Menge eintauchte, sah er mehrere Leute schreiend auf dem Rücken liegen, den Kopf von geflügelten Schlangen umschnürt, die immer wieder nach ihren Gesichtern schnappten. Ein blutender Mann kroch auf ihn zu, eine Hand flehend erhoben, aber die beiden Soldaten, die eben vor ihm zurückgewichen waren, rissen den Mann an seinem zerfetzten Gewand zurück und stachen ihm in die Seiten. Bevor Orlando etwas unternehmen konnte, plumpste ihm ein rot besudelter

Frauenkörper mit zertrümmertem Kopf vor die Füße, und der Schildkrötenmann, der soeben die Mutter mit seinem scheußlichen Steinhammer erschlagen hatte, drängte nunmehr ihr schreiendes Kind, einen Jungen, an die Wand und hob erneut die triefende Mordwaffe. Das ledrige Gesicht war ausdruckslos, die Augenlider halb gesenkt, als könnte der Täter kaum ein Interesse an der albtraumartigen Szene aufbringen.

So müde er war, konnte Orlando doch bei etwas derart Furchtbarem nicht tatenlos zusehen. Er sprang auf den stummen Killer zu und führte mit dem Breitschwert einen beidhändigen Bogenschlag, der den kahlen Schädel von dem unförmigen Körper trennen sollte. Im letzten Moment erblickte ihn das Scheusal und streckte sich mit einer leichten Drehung, so daß der Schlag am Oberrand seines Panzers abprallte. Obwohl die Schwertspitze ihm ins Gesicht fuhr, die Augenhöhle zertrümmerte und Fleisch und Knochen weghackte, wankte der Schildkrötenmann nicht einmal. Schlimmer noch, er gab trotz der schrecklichen Verwundung keinen Laut von sich, sondern wandte sich langsam voll zu seinem Angreifer um.

Jeder Muskel in dem versagenden Thargorkörper schmerzte, und die zitternden Beine drohten Orlando einzuknicken, als er sich diesem neuen Gegner stellte. In Mittland hätte ihm das schlaffhäutige Monster keine Angst gemacht, aber etwas an dem zerhauenen Gesicht und dem noch heilen gelben Auge sagte ihm, daß es keinerlei Selbsterhaltungstrieb besaß. Es würde auch dann noch versuchen, ihn umzubringen, wenn er ihm sämtliche Glieder vom Rumpf abgehackt hatte, und er wußte, daß er im Falle seines Scheiterns nicht damit rechnen konnte, in die wirkliche Welt zurückbefördert zu werden. Außerdem wuchs mit jeder Sekunde, die verstrich, die Gefahr, daß er Fredericks und die anderen nicht mehr wiederfinden würde.

Er nahm alle Kraft zusammen und machte einen Ausfall. Wie er befürchtet hatte, prallte die Spitze der Klinge von dem Bauchpanzer ab und hinterließ nur einen harmlosen Kratzer. Der Gegenschlag war langsam, aber nicht so langsam, wie Orlando gehofft hatte, denn er spürte den Luftzug des an seinem Gesicht vorbeizischenden großen Steines. Er taumelte zurück und rang um Atem. Sein Gegner ging zum Angriff über.

Er tauchte unter dem nächsten weit ausholenden Hammerschlag weg und ging mit dem Monster in den Clinch, doch es war furchtbar stark. Ihm blieb nur Zeit für einen kurzen Stoß in die Panzerspalte im

Schritt, aber die Lücke war zu schmal und das Fleisch am Schenkelgelenk hart wie ein alter Stiefel. Als er sich losriß, wechselte der Schildkrötenmann die Hände - ein überraschend kluger Zug bei einem derart schwerfälligen, unmenschlichen Wesen - und streifte Orlando mit dem Steinkopf seiner Keule so hart an der Schulter, daß er fast auf die Knie sackte. Ein stechender Schmerz schoß ihm durch den Arm, und seine Finger wurden taub. Sein Schwert fiel klirrend auf die Steinplatten, und er mußte es mit der anderen Hand aufheben. Sein getroffener Arm hing schlaff herab; er konnte nicht einmal mehr die Finger schließen.

Als der Schildkrötenmann sich drehte und wieder auf ihn zuschlurfte, das zerspaltene Gesicht immer noch ausdruckslos, abgesehen vielleicht vom Anflug eines grüngrauen Grinsens, wich Orlando zurück. Er konnte kehrtmachen und in den Nebenraum fliehen - in wenigen Sekunden wäre er da. Er konnte dort durch das gerade geöffnete Gateway springen, bevor jemand ihn aufzuhalten vermochte, und dies alles hier los sein. Einerlei, wo er landete, er wäre am Leben. Die letzten Wochen oder Monate, die ihm noch blieben, würden ihm gehören, er müßte sie nicht in diesem aussichtslosen Kampf vergeuden.

Aber Fredericks wäre verloren. Die Affen - die ganzen Kinder - wären verloren.

Ein unsagbares Gefühl stieg in seiner Brust auf, und Orlando bekam feuchte Augen. Doch selbst in einer Situation, die wie der sichere Weltuntergang aussah, schämte er sich seiner Tränen. Als er das schwere Schwert mit der Linken erhob, war er zwar dankbar, daß er es wenigstens schwingen konnte - Thargor hatte jahrelang hart trainiert, um für einen solchen Notfall gerüstet zu sein -, doch er wußte, daß es ihm wenig nützen würde. Der Schildkrötenmann führte schon den nächsten sausenden Rundschlag, und Orlando mußte rasch zurückspringen. Er hieb auf den Hammerstiel, aber das Holz war hart wie Eisen. Dann duckte er sich und stieß nach einem Bein, doch obwohl die Klinge traf, sickerten nur ein paar graue Tröpfchen aus der Wunde, und um ein Haar hätte die Kreatur ihn mit einem Abwärtsstreich erwischt.

Eine Fledermauswolke von einer beinahe körperlichen Dichte ging zwischen ihnen nieder und hüllte sie einen Moment lang in kreischende Dunkelheit. Als sie sich wieder hob, erkannte Orlando, daß der Schildkrötenmann ihn langsam auf das Getümmel zudrängte, wo sein Rücken völlig ungedeckt wäre und er ständig über Leichen treten müßte. Er wußte, daß er sich unter solchen Umständen keine Minute mehr halten konnte. Als letzte Möglichkeit wollte er versuchen, das stumme Scheusal zu erwürgen, und so täuschte er trotz seiner bleischweren Glieder einen Angriff an, rollte dann unter dem prompten Erwiderungsschlag nach vorn und warf sich gegen den gepanzerten Bauch. Da er in solchem Nahkampf sein Schwert nicht zum Einsatz bringen konnte, ging er das Risiko ein, es fallenzulassen, und legte die Hände um den lappigen Hals des Schildkrötenmannes, bevor es diesem einfiel, ihn zwischen Keule und Panzer zu zerdrücken. Als die Daumen die Stelle fanden, wo die Luftröhre sein mußte, bäumte sich sein Gegner auf, aber die Haut war zu dick: Orlando tat ihm weh, doch er konnte die ledrige Kehle nicht zupressen. Das Scheusal rammte ihm einen Arm gegen den Hals und drückte seinen Oberkörper nach hinten, damit es ihm den Schädel einschlagen konnte.

Abermals ging eine kreischende dunkle Wolke nieder und umschwirrte die Kämpfer mit pelzigen Flügeln und scharfen Krallen, aber Orlando, der unter dem Druck des schwieligen Armes nach Luft rang, war es ohnehin schon schwarz vor Augen. Eine der geflügelten Schlangen löste sich aus dem Schwarm und wand sich um seinen Kopf, und der schmähliche Tod schien ihm endgültig sicher zu sein. Aus reinem Rachereflex heraus nahm er keuchend eine Hand von der Kehle des Schildkrötenmannes, riß die Schlange weg und stieß sie seinem Feind in das zerschmetterte Auge.

Der Schildkrötenmann hörte augenblicklich zu drücken auf und taumelte mit den Armen fuchtelnd zurück, doch die Schlange hatte sich schon halb in seinen Schädel gefressen, und nur der peitschende Schwanz schaute noch heraus. Er ließ die Keule fallen und stürzte zu Boden, und sofort hob Orlando mit der kampftüchtigen Hand sein Schwert auf, nahm die andere Hand dazu, in die jetzt kribbelnd das Gefühl zurückkehrte, und stieß der Kreatur mit seinem ganzen Gewicht die Spitze in die Kehle.

Der Schildkrötenmann starb nicht schnell, aber er starb.

Orlando hatte sich gerade auf die Knie hochgestemmt und schnappte nach Luft, obwohl er das sichere Gefühl hatte, nie, nie wieder genug davon in seine brennenden Lungen bekommen zu können, als er hörte, wie Fredericks weiter vorn im Tempel seinen Namen schrie. Er richtete sich ganz auf und wankte auf den zertrümmerten Eingang zu. Überall um ihn herum wurden Unschuldige massakriert, aber in seiner verzweifelten Eile benutzte er sein Schwert nur, um geflügelte Schlangen wegzuschlagen und grapschende Hände und Klauen von seinen Knöcheln loszumachen. Dennoch brauchte er lange Minuten, um seinen erschöpften Körper durch den Tempel zu schleifen, ein Weg durch den schlimmsten Winkel der Hölle.

Der Kampf der Giganten am Eingangstor war langsamer geworden, aber keineswegs vorbei. Die Göttin im Pantherfell lag mit schauderhaft verdrehten Armen und Beinen zerschmettert an einer Wand, über sich ihren zerbrochenen Speer, doch der Sphinx zog jetzt ein Vorderbein nach und hatte am ganzen Leib Schnitt- und Stichwunden, aus denen statt Blut Sand quoll. Der Gott Reschef hatte Saf seine Hörner in die Seite gebohrt; kleine Blitze knisterten dort und schwärzten die rotgelbe Haut. Der stierköpfige Month, der seinerseits aus vielen Wunden blutete und dem beide Augen zugeschwollen waren, umklammerte mit seinen mächtigen Armen den Hals des Sphinx.

Als Orlando das schlimmste Gemetzel hinter sich hatte und auf die freie Fläche trat, wo der bedrängte Sphinx alles zermalmt hatte, was ihm zu nahe gekommen war, sah er etwas, das ihn den heroischen Kampf des Tempelwächters augenblicklich vergessen ließ.

Zwischen den verbogenen bronzenen Angeln, die einst die großen Torflügel getragen hatten, standen Tefi und Mewat. Der aufgedunsene Kobramann hielt eine kleine, zappelnde Gestalt in der Hand; sein geierköpfiger Kumpan untersuchte sie, als dächte er daran, sie zu kaufen.

»Orlando!« Fredericks' Schrei wurde von Mewats plumpen, schuppigen Fingern mit einem Schnipsen abgeschnitten. Orlandos Freund sackte ohnmächtig im Griff des Kobramannes zusammen. Angst wehte Orlando an wie ein eisiger Winterwind.

Tefi blickte auf, und der Schnabel verzog sich zu einem scheußlichen Grinsen.

»*Bürger*«, schnarrte er. Es klang wie ein ganz besonderer Leckerbissen. »Schau dir das an, Bruderherz, nicht bloß ein Bürger, sondern zwei! Obwohl alle netten kleinen Besucher heimgegangen sein sollten, stoßen wir immer noch auf welche, die in unserm Netzwerk herumstromern und sich nicht darum kümmern, daß sie längst im Bettchen liegen müßten. Da fragen wir uns doch, warum, nicht wahr?« Er streckte einen langen Finger aus und strich über Fredericks' schlaffes Gesicht; die Kralle kratzte die Haut auf, und es kam Blut. »O ja«, sagte Tefi heiter, als er mit seiner violettschwarzen Zunge die Klaue ableckte, »wir haben ganz viele Fragen!«

Drei

Scherben

Sind zwei Pforten dort des Traumgotts: eine, so heißt es,
ist aus Horn, läßt leicht die wahren Träume entschweben;
schimmernd aus gleißendem Elfenbein ist die andre vollendet,
falschen Traum aber senden aus ihr zum Himmel die Manen.

Vergil, *Aeneis*
(in der Übersetzung von J. und M. Götte)

Kapitel

Freitagabend am Ende der Welt

NETFEED/NACHRICHTEN:
Anford unterzieht sich weiteren Tests
(Bild: Anford winkend und lachend bei einer Wahlkampfveranstaltung)
Off-Stimme: Präsident Rex Anford soll sich weiteren Tests unterziehen, obwohl die Pressestelle des Weißen Hauses sich nach wie vor weigert, über die genaue Art seiner Krankheit Auskunft zu geben oder auch nur zu bestätigen, daß der erste Mann im Staat überhaupt krank ist. Anfords Präsidentschaft war von Anfang an von Gerüchten umwittert, und seine seltenen öffentlichen Auftritte wie auch sporadische Anzeichen von Verwirrung führten zu Meldungen, er leide an einem Gehirntumor oder an degenerativer Muskelschwäche. Das Weiße Haus gibt an, diese jüngste Testserie sei lediglich Teil einer routinemäßigen Kontrolle, und die Ärzte im Bethesda Naval Hospital schweigen sich wie üblich über den Gesundheitszustand des Präsidenten aus ...

> Auf ihrem Wandbildschirm prangte eine sechs Quadratmeter große Dateiencollage. Ihr Wohnzimmer war mit den Knabbereien und Abfällen und Aufzeichnungen des Nachmittags und Abends übersät. In einer winzig kleinen Wohnung häufte sich schnell alles an. Calliope überflog das Chaos und traf eine logische Freitagabendentscheidung.
Ich bräuchte mal einen Tapetenwechsel.
Sie hatte durchaus einiges erledigt, und das Wochenendgefühl hatte sich schon vor über einer Stunde unübersehbar in ihr breitgemacht wie

ein gelangweilter, fauler Verwandter, der alle einfach dadurch zermürbte, daß er da war. Außerdem hatte sie in letzter Zeit ihr Privatleben ziemlich schleifen lassen.

Die Erinnerung an die muffelige Kellnerin im Bondi Baby weckte plötzlich in ihr den Wunsch nach Kaffee und Kuchen. Oder bloß Kaffee. Oder vielleicht nur ein Platz am Rand des holographischen Ozeans und eine Chance, mit Little Miss Tattoo zu flirten. Sie blickte auf den Wandbildschirm, dessen Textreihen ihr auf einmal so undurchdringlich wie ein streng geheimer Militärcode vorkamen, und schaltete ihn mit einem Fingerschnalzen ab. Calliope starrte aus dem Fenster auf den mächtigen Buckel der Sydney Harbour Bridge, einen Lichterbogen, der wie die bildliche Darstellung einer Bachfuge wirkte. Manchmal reichte ihr der Anblick allein aus, um ihr Verlangen nach Kontakt mit der wirklichen Welt zu stillen, aber nicht heute abend. Sie wollte ausgehen, basta. Kein Mensch konnte die ganze Zeit nur arbeiten.

Der wohnungsinterne Aufzug war unglaublich langsam. Die Fahrt vom einundvierzigsten Stock in die Parkgarage schien Monate zu dauern. Als sie unten ankam und ausstieg, schlug ihr von fern johlendes Gelächter und Stimmengemurmel entgegen. Wie es sich anhörte, legte ein Trupp herumziehender Obdachloser vor den Garagentoren eine feuchtfröhliche Zwischenstation ein. Calliope war nicht von der Aussicht erbaut, beim Hinausfahren verhindern zu müssen, daß welche von ihnen hineinkamen. Dies passierte leider sehr häufig, da das ganze Viertel ziemlich arm war. Calliopes Freunde hatten recht, wenn sie sie gelegentlich darauf hinwiesen, daß es außer der Aussicht nicht viel gab, was für ihre Wohnung sprach. Aber als Polizistin hatte man kein tolles Einkommen, und wenn besagte Polizistin es sich in den Kopf gesetzt hatte, einen Blick auf die Brücke und den Hafen zu haben, dann mußte sie sich entweder mit einer Wohnung in einem ziemlich heruntergekommenen Teil der Stadt abfinden oder mit einer Wohnung, die so eng war wie eine Sardinenbüchse, oder, wenn sie einen Teil ihres Monatsgehalts regelmäßig an ihre verwitwete Mutter in Wollongong überwies, mit beidem.

Nach langem Hin- und Herrangieren hatte sie endlich den Wagen aus der extrem schmalen Parklücke manövriert, als sie merkte, daß sie ihr Portemonnaie und ihr Pad oben vergessen hatte. In der Garage war nicht genug Platz, um das Auto draußen stehenzulassen, ohne allen anderen den Weg zu versperren, die eventuell vorbeiwollten, und ganz gewiß würde sie es nicht auf der Straße abstellen, solange diese Typen da ihre Obdachlosenfete feierten oder sonstwas. Unter Flüchen, bei denen ihr altmodischer Vater vom Stuhl gefallen wäre, wenn er sie gehört hätte, fädelte sie mühselig den Wagen wieder in die Lücke und stampfte durch die Garage zurück zum Aufzug. Ihre Beschwingtheit hatte schon einen Dämpfer bekommen.

Portemonnaie und Pad lagen auf der kleinen Tansu-Kommode neben der Tür. Als sie sich hineinbeugte, um sich beide zu schnappen, sah sie das Licht für »Dringende Mitteilung« auf dem Wandbildschirm blinken. Sie war schon versucht, es einfach blinken zu lassen, aber ihre Mutter war krank, und eine Nachbarin hatte am Nachmitag nach ihr sehen wollen. Sie hätte doch bestimmt schon vor Stunden angerufen, falls etwas nicht in Ordnung gewesen wäre ...?

Ärgerlich vor sich hinschimpfend trat Calliope ganz ein und ließ die Mitteilung abspielen. Es war nur ihre Halbfreundin Fenella mit einer Einladung zu einer Stehparty nächste Woche. Calliope brach den Sermon mittendrin ab - sie wußte, wie er weiterging - und verfluchte sich dafür, daß sie der Frau letztes Jahr in einem schwachen Moment ihren Dringlichkeitscode gegeben hatte, weil Fenella ihr ein Rendezvous mit einer außerhalb wohnenden Freundin hatte vermitteln wollen. Fenella war die Tochter eines Politikers und saß gern an den Schalthebeln der Macht, und sei es in dem bescheidenen Rahmen des Lesbenkunstsalons, den sie leitete: Wenn sie einlud, dann stets zu einem »Event«, wobei »Event«, wie Calliope hatte feststellen müssen, nicht mehr bedeutete als eine Party mit Fotografen, bei der die Gäste einander nicht kannten. Sie fuhr wieder nach unten.

Irgendwo um den zwanzigsten Stock herum merkte sie, daß sie ihre Wagenschlüssel auf der Kommode vergessen hatte, wo vorher Portemonnaie und Pad gelegen hatten.

Als der Fahrstuhl es endlich wieder nach oben geschafft hatte, war auch das letzte Fünkchen Ausgehlaune in ihr erloschen, dem unsichtbaren (aber zweifellos allgegenwärtigen und allmächtigen) Gott der Arbeit zum Opfer gefallen. Nachdem sie ein Weilchen wütende Blicke in ihrer Wohnung herumgeworfen hatte, da diese an der Verschwörung gegen ihren Freitagabend quasi als Drahtzieher beteiligt gewesen war, machte sie sich eine Schüssel Streuselauflauf mit Pseudobeeren in der Welle warm, häufte ihr letztes Vanilleeis darauf und holte sich - äußerst widerwillig - die Merapanui-Unterlagen zurück auf den Bildschirm.

Auf Papier ausgedruckt hätten sämtliche vorhandenen Akten über John Wulgaru kaum fünfzig Seiten ergeben – eine geradezu verdächtig armselige Menge an Information, wenn man sich klarmachte, daß der Junge den größten Teil seines Lebens in Anstalten verbracht hatte. Mehr als die Hälfte des Materials bestand aus Doktor Danneys sporadischen Untersuchungsberichten, und ein gut Teil dieser Berichte war für Calliopes Zwecke nicht zu gebrauchen, wenig mehr als Punktzahlen diverser Verhaltenstests und trockene Bemerkungen dazu.

Eine Durchsuchung verschiedener Datenbanken hatte noch ein paar vereinzelte Seiten erbracht, darunter einen einsamen Todesvermerk, den sie in einem entlegenen Teil des Polizeisystems gefunden und an die wenigen erhaltenen Zeugnisse seiner kriminellen Laufbahn angehängt hatte (John Wulgaru alias blabla sei im Stadtteil Redfern von einem Wagen überfahren worden, als er gerade eine Straße überqueren wollte, seine Akte sei daher zu schließen). Aber alles in allem gab es herzlich wenig, als ob jemand mit einer groben, aber ausreichenden Kenntnis staatlicher Informationssysteme sein Bestes getan hätte, jeden Nachweis seiner Existenz zu beseitigen, und das weitgehend erfolgreich.

Der Todesvermerk erregte ihre Aufmerksamkeit, und obwohl das für den tödlichen Unfall angegebene Datum deprimierend war – wenn es stimmte, war John Wulgaru ein halbes Jahr vor dem Merapanuimord ums Leben gekommen, was ihm zweifellos ein Alibi verschaffen würde –, gab es noch etwas an dem Vermerk, das sie quälte wie ein wackelnder Zahn. Sie ließ die ganzen Dokumente vor- und zurücklaufen, bis der Flasher für die Abendnachrichten in der Statusleiste erschien, aber sie kam einfach nicht darauf. Sie beschloß, die Nachrichten später herunterzuladen, und klickte den Flasher weg. Bei der mehrmaligen Lektüre des Todesvermerks, in dem auch erwähnt war, daß Wulgaru keine lebenden Angehörigen mehr hatte, war ihr plötzlich ein neuer Gedanke gekommen, den sie auf keinen Fall wieder verlieren wollte.

Calliope hatte eine tiefe Abneigung gegen den Begriff »Intuition«, der ihrer Erfahrung nach meistens dann herhalten mußte, wenn ein Polizist, der beim Rest des Dezernats nicht gut angeschrieben war, gute Arbeit leistete, und mehr noch eine Polizistin. Was zum Teufel war Intuition denn schon? Im Grunde ein Raten auf gut Glück, und ein erstaunlich großer Batzen der Polizeiarbeit war seit jeher nichts anderes. Man mußte erst die Tatsachen haben, doch um einen Zusammenhang zwischen ihnen herzustellen, brauchte man in der Regel jenes Auge für subtile und doch bekannte Muster, das alle guten Gesetzeshüter nach einer Weile entwickelten.

Aber Calliope mußte wenigstens vor sich selbst zugeben, daß sie manchmal einen Schritt weiter ging und Ahnungen hatte, deren Faktenbasis so hauchdünn war, daß sie sie Stan nicht einmal erklären konnte. Das war einer der Gründe, weshalb sie viel mehr Wert auf Unmittelbarkeit legte als er: Wenn irgend möglich mußte sie Sachen anfassen, beriechen. Und gerade jetzt hatte sie eine solche Ahnung.

Sie sah sich die Bilder des Verdächtigen noch einmal an - drei, jedes auf seine Art völlig unbrauchbar. Das zur Jugendamtsakte gehörige Foto zeigte einen Jungen, dem man die Aborigineherkunft an der dunklen Haut und den kleinlockigen Haaren deutlich ansah, aber mit unerwartet hohen Backenknochen und wachsamen Augen, die einen ausgeprägten asiatischen Schnitt hatten. Darüber hinaus verriet die Aufnahme wenig. Sie hatte oft genug mißbrauchte Kinder gesehen, um den Blick zu kennen - zu, undurchdringlich wie eine Mauer. Ein Kind voller Geheimnisse.

Das einzige noch existierende Verbrecherfoto von ihm, geschossen bei seiner Internierung als junger Erwachsener, war noch weniger zu gebrauchen. Durch irgendeinen technischen Defekt, der damals unbemerkt geblieben war, hatte sich die Brennweite der Kamera leicht verstellt, so daß das Gesicht verschwommen war - es sah aus wie eines der nicht ganz gelungenen Experimente aus den Anfangstagen der Fotografie. Nur ein gläubiges Gemüt konnte die schattenhafte Erscheinung (mit am unteren Rand aufgedruckter Karteinummer) mit dem steinern blickenden kleinen Jungen des ersten Bildes in Verbindung bringen, und kein Zeuge der Welt hätte von der dargestellten Person mehr identifizieren können als die Hautfarbe und die ungefähre Kopf- und Ohrenform.

Das letzte Foto stammte aus Doktor Jupiter Danneys Unterlagen, doch auch hier hatte es der Zufall gewollt, daß John Wulgarus wahres Aussehen ein Geheimnis blieb. Das Bild war über die Schulter eines dunkelhaarigen Mädchens aufgenommen worden - Calliope wurde den Gedanken nicht los, es könnte sich um Polly Merapanui handeln, aber Danney hatte sich nicht erinnern können, und die Aufzeichnungen enthielten keinerlei Hinweis -, doch der junge Mann schien sich genau im Moment der Aufnahme bewegt zu haben. Statt eines Gesichts sah man nur einen verwischten Fleck mit einem wild glitzernden Auge und einer Masse dunkler Haare, alles andere war zerlaufen wie ein Traumbild, als ob ein dämonisches Wesen fotografiert worden wäre, als es sich gerade in Luft auflöste.

Erzteufel, hatte die Frau des Pfarrers gesagt. *Erzteuflischer Teufel.*

Wie lachhaft melodramatisch der Gedanke auch war, er jagte ihr dennoch einen kalten Schauder über den Rücken, und einen Moment lang glaubte sie beinahe, nicht die einzige Person in der winzigen Wohnung zu sein. In barschem Ton befahl sie dem System, die Jalousien zu schließen; obwohl sie sich deswegen über sich selbst ärgerte, wollte sie auf einmal das Gefühl haben, geschützt zu sein.

Calliope schaltete auf das Jugendamtsbild zurück, auf den Jungen mit dem Gesicht wie ein Haus mit verschlossenen Türen und Fenstern. Der kleine Johnny. Johnny Dark.

Wenn man einmal darüber gestolpert war, war es eigentlich unübersehbar, aber sie hätte sich schwergetan zu erklären, wo die Idee herkam oder, wichtiger noch, was diese Intuition, auch wenn sie sich als richtig herausstellte, ihrer Meinung nach bewies. John Wulgarus Mutter gab an, er sei von einem Mann gezeugt worden, der in der Jugendgerichtsakte als »philippinischer Bootsarbeiter mit krimineller Vergangenheit« bezeichnet wurde – also ein Pirat, wie Calliope verdammt gut wußte, eines jener menschlichen Raubtiere, die in der Korallensee Boote und kleine Schiffe überfielen, sich die Fracht unter den Nagel rissen und das geenterte Schiff gleich mit, wenn es das Risiko eines Schwarzmarktverkaufs in Cairns wert war, und dann die Matrosen und Passagiere mit Maschinengewehren niedermähten, damit es keine Zeugen gab. Calliope war schon lange genug Polizeibeamtin in diesem Teil der Welt, um zu wissen, was ein »Bootsarbeiter mit krimineller Vergangenheit« war, und sie hatte auch schon viele Male Augen gesehen, die geschnitten waren wie die des kleinen Johnny: Es war nicht bloß ein Gerücht, daß der Junge einen asiatischen Vater hatte.

Demnach stammte der australische Name des kleinen Johnny nicht von Papas Seite. Der richtige Nachname seiner Mutter Emmy, darüber waren sich die wenigen verbliebenen Sozialarbeiterberichte einig, lautete Minyiburu, obwohl sie unter diversen englisch klingenden Namen besser bekannt war, von denen sie »Emmy Wordsworth« am häufigsten benutzt hatte. Wo also kam »Wulgaru« her? Er hätte von einem aus der langen Reihe von Männern sein können, mit denen sie sich im Laufe der

Jahre zusammengetan hatte, ein Versuch, ihren Sohn durch den Namen eines Stiefvaters zu legitimieren, aber nach dem, was die Akte über ihre schnell wechselnden, gewalttätigen Partner zu melden wußte - anscheinend ohnehin alles keine Aboriginemänner -, hatte Calliope den starken Verdacht, daß der Name anderen Ursprungs war.

Aber welchen? Wieso sollte eine Aboriginemutter ihrem Sohn den Namen eines Ungeheuers aus den Sagen ihres Volkes geben?

Calliope grübelte darüber nach und fühlte, wie sich eine vage Gewißheit zu bilden begann, unzweifelhaft eine Intuition, wie sie selbst dem größten Verächter hätte zugeben müssen, als das andere bohrende Problem, das mit dem Todesvermerk, sich urplötzlich erledigte, so daß ihr die Frage von Johnnys Namen aus dem Kopf geblasen wurde wie von einem starken, kalten Wind.

Sie war so voll von ihrer frischen Entdeckung, daß sie nur unwesentlich verblüfft war, als ihr Gesprächspartner, der am anderen Ende ihren Anruf annahm, aussah, als hätte er einen Trip mit einer Zeitmaschine hinter sich, der ihn zwanzig Jahre jünger gemacht hatte. Erst als sie die Aknepickel bemerkte, konnte sie in ihrem zerfahrenen Zustand wieder einen halbwegs klaren Gedanken fassen. Sie hatte Mühe, sich an den Namen von Stans älterem Neffen zu erinnern, aber zuletzt fiel er ihr ein.

»Hi, Kendrick. Ist dein Onkel da?«

»Oh, yeah, Frau Skouros.« Er schien oberhalb von ihr etwas anzuschauen und konnte sich auch nicht davon losreißen, als er schrie: »Onkel Stan!« Es dauerte einen Moment, bis Calliope begriff, daß sie in einem Fenster in der Ecke des Wandbildschirms sein mußte.

»Na, wie geht's?« fragte sie den Jungen. »Läuft's gut in der Schule?«

Er schnitt ein Gesicht und zuckte mit den Achseln, offensichtlich nicht bereit, den Blick ganz von dem Knallen und Schreien auf dem oberen Teil des Bildschirms abzuwenden. Mehr war an Unterhaltung leider nicht drin, doch er war ein höflicher junger Mann und ignorierte sie nicht einfach: Beide warteten sie geduldig, bis Stan Chan erschien, woraufhin Kendrick blitzartig aus ihrem Blickfeld verschwand, wohl um das Geschehen auf dem Wandbildschirm von woanders aus besser verfolgen zu können.

»Was gibt's, Skouros?« Stan trug eines seiner gräßlichen Wochenendhemden, aber Calliope widerstand tapfer dem Drang, eine Bemerkung zu machen.

»Ich arbeite. Und du bist beim Babysitten. Für Freitagabend blockt das ganz schön, Stan. Wenigstens einer von uns sollte wirklich mit jemandem ausgehen.«

»Ich *bin* mit jemand ausgegangen.«

Sie zog eine Braue hoch. »Dann bist du früh wieder zuhause.« Stan ließ sich auf keine weiteren Diskussionen über das Thema ein, deshalb sagte sie: »Ist ja auch egal. Hör mal, ich hab was gefunden. Ich wollte schon aufgeben und weggehen, einen trinken oder so, aber dann hab ich doch noch ein bißchen länger gearbeitet - das solltest du auch mal probieren, Stan -, und ich glaube, ich hab 'nen Coup gelandet.«

Jetzt war es Stans Braue, die hochging. »Coup? Ist das aus 'nem Film oder so?«

»Sei still. Ich denke, ich habe voll ins Schwarze getroffen. Scheiße, jetzt rede ich wirklich schon wie im Film. Hier, ich will dir was zeigen. Ich tu's dir auf deinen Bildschirm.«

Seine Augen wanderten nach oben wie vorher die seines Neffen und studierten die Dokumente; er hatte sein kleines Na-und?-Zucken um den Mund, aber er las sie gründlich. »Na und?« sagte er, als er fertig war. »Ein Bericht von einem gewissen Buncie an seinen Bewährungshelfer, in dem er behauptet, er hätte unsern Johnny in Kogarah auf der Straße getroffen. Das liegt Jahre zurück, Skouros - was willst du damit?«

»*Verdammt*, Stan, ich wünschte, du würdest die Akten lesen. Hast du dir den Vermerk über seinen Tod nicht angeguckt?«

Sie sah kurz den Trotz in seinen Augen blitzen. »Wir haben das Ding erst heute nachmittag gekriegt, Skouros, als ich offiziell schon Feierabend hatte. Muß ich dafür um Verzeihung bitten, daß ich nicht jeden Tag vierundzwanzig Stunden auf der Matte stehe?«

»Entschuldige.« Hinter ihm auf der Couch sah sie seinen jüngeren Neffen wegen irgendeiner Sache mit Kendrick rangeln, hörte ihr prustendes Lachen. Man konnte an einem Freitagabend wirklich etwas Besseres machen als arbeiten. »Du hast recht, Stan. Tut mir leid. Soll ich bis Montag damit warten?«

Er lachte. »Nachdem du mich mitten in ›*Romeo Blood: TODESPAKT SIEBEN - Die Rückkehr der Geißel*‹ angerufen hast und ich deswegen die ausführliche Erklärung des Erzschurken verpaßt habe, was er alles zu tun gedenkt, um die Welt zu vernichten, und sie mir jetzt von diesen beiden Stubenhockern wiederholen lassen muß? Ist nicht drin, Skouros. Ich sag dir nur eins: Sieh zu, daß es das Opfer wert ist.«

»Okay. Gut. Also, dieser Buncie hat seinem Bewährungshelfer erzählt ...«

»Wieso haben wir das eigentlich?«

»Kam bei der Suche zum Vorschein. Falls jemand Johnny-Wulgaru-Sachen gelöscht hat, ist ihm das durch die Lappen gegangen. Jedenfalls gibt Buncie an, er hätte sich am 26. September mit Johnny unterhalten, über nichts Besonderes. Buncie meinte, unser Freund wäre ihm ›schräg gekommen‹, hätte ihn von oben herab behandelt. Sowas bleibt bei einer Straßenkanaille hängen.«

»Na und? Oder hab ich das schon gesagt?«

»Hast du, Stan. Komm, reiß dich mal eine Sekunde von Romeo Blood los. Das sind *zwei volle Wochen* nach dem Unfalldatum in dem Todesvermerk!«

Stan zuckte mit den Achseln. »Hab ich gesehen. Aber der gute Buncie ist vermutlich vor lauter Charge komplett durchgeknallt, und die Geschichte hat er ein Jahr danach erzählt. Ich halte es für wahrscheinlicher, daß er sich im Datum geirrt hat.«

»Das dachte ich auch erst, Stanley.« Sie konnte einen leisen Triumph in der Stimme nicht unterdrücken. »Aber zur Sicherheit hab ich das nachgeprüft ... und weißt du was? Buncie hat vielleicht vor lauter miesem Gear eine solche Matschbirne, daß er nicht weiß, wann er seine Mutter zuletzt gesehen hat, aber er ist erst drei Tage nach dem Datum, an dem Johnny Wulgaru tödlich verunglückt sein soll, aus dem Gefängnis gekommen. Also entweder er hat sich die ganze Sache aus völlig unerfindlichen Gründen aus den Fingern gesaugt, oder er hat mit einem Geist geredet, oder jemand hat einen falschen Todesvermerk verfaßt. Ich für mein Teil glaube nicht, daß der kleine Johnny Dread vor Polly Merapanui gestorben ist. Ich denke, er hat sie ermordet, und weißt du, was ich noch denke? Ich denke, das Schwein lebt noch.«

Stan schwieg eine ganze Weile. Sein jüngerer Neffe fragte ihn etwas, das Calliope nicht verstand, aber Stan beachtete ihn gar nicht.

»Weißt du was?« sagte er schließlich. »Du solltest dir fest vornehmen, nie wieder abends wegzugehen, Skouros. Du machst deine beste Arbeit, wenn du zuhause sitzt, dir selber leid tust und dir Eis auf den Pullover kleckerst.« Als sie an sich hinabsah und den langsam in die Fasern einsickernden weißen Schmierfleck erblickte, den sie überhaupt nicht bemerkt hatte, fuhr Stan fort: »Du bist ein cleveres Kerlchen, Partner, und das mein ich ganz ehrlich. Und jetzt werde ich mir das Ende

von Romeo Blood angucken, denn ich denke, daß sie jeden Moment anfangen, einen Haufen Sachen in die Luft zu jagen.«
»Ist das alles?«
»Na ja, auch wenn ich dich noch so sehr liebe, werde ich doch nicht noch ein Wochenende durcharbeiten. Aber am Montag, denke ich, machen wir Ernst mit der Jagd auf Johnny Dark. Okay?«
Sie lächelte. Das klang gut. »Okay.«
Erst als sie aus der Leitung gegangen war, fiel ihr ein, daß sie vergessen hatte, Stan ihre Idee zu dem Namen zu erzählen.

> An einem sonnigen Tag wie diesem, wenn in der Spring Street die Transparente vor den Geschäften flatterten, die Schaufenster voll von manieriert-animierten Auslagen waren und auf den Bürgersteigen jede Menge interessant aussehender Leute flanierten, erinnerte sich Dulcy Anwin wieder daran, wie sie sich gefühlt hatte, als sie seinerzeit nach New York gezogen war.

Für ihre Mutter, die keine Ahnung hatte, daß ihre Tochter die kriminelle Unschuld bereits als studentische Häckse im Stevens Institute verloren hatte (ein fließender Übergang vom Stehlen der Prüfungsunterlagen zu einem Kreditkartendreh, mit dem sie sich für ihre Kommilitoninnen völlig unerschwingliche Klamotten leisten konnte), war es absolut unverständlich, warum Dulcy die relative Sicherheit von Edison, New Jersey, für eine gefährliche, schmutzige Stadt wie Manhattan aufgeben wollte. Ruby Anwin hatte sich liebevoll eine Existenz in der Vorstadt zurechtgebastelt, die sie für aufregend hielt - Freunde, die Musiker und Künstler und Philosophieprofessoren waren, Liebhaber, die Ehemänner wurden oder mitunter schlicht Liebhaber blieben, darunter auch, pour épater le bourgeois, ein oder zwei Liebhaber*innen* -, und konnte sich nicht vorstellen, was ihr einziges Kind denn noch mehr haben wollte. Der Gedanke, daß eine freizügige Erziehung zur Rebellion führen konnte, war Ruby natürlich auch gekommen, und sie hatte Angst gehabt, eine Tochter großzuziehen, die einmal eine religiöse Fanatikerin werden würde oder eine geldgeile Republikanerin, die nur hinter materiellen Dingen her war. Tatsächlich war sie im stillen überzeugt, daß Dulcy sich in diese zweite Richtung verirrt hatte, da sie von der derzeitigen beruflichen Tätigkeit ihrer Tochter nicht mehr wußte, als daß sie mit Informatik zu tun hatte und viel reiste. Aber daß ein Kind aus einem Hause, in dem die eigenen High-School-Lehrer auf Mamas Partys in der Toilette Drogen schmissen, womöglich noch weiter gehen mußte, um eine Individualität zu entwickeln, war ihr nie in den Sinn gekommen.

In einer früheren Generation wäre Dulcy vielleicht eine politische Extremistin geworden, eine Bombenlegerin mit der Bereitschaft, ihr eigenes Leben - und das unbeteiligter Passanten - in einem Anschlag gegen »Das System« zu opfern. Doch als Dulcy langsam herausfand, wer die heimlichen Herren der Welt wirklich waren, hatte sie nicht gegen sie rebelliert, sondern sich in ihre Dienste gestellt.

Wenn darum ihre Mutter mit der aggressiven Fröhlichkeit, die ihr Markenzeichen war, zu ihr sagte: »Dulcy, Liebes, ich weiß, du hast viel zu tun, aber magst du mich nicht trotzdem eine Woche besuchen kommen? Du kannst bei mir genausogut arbeiten. Ich hab auch ein System, stell dir vor, ich lebe nicht in der Steinzeit«, dann konnte Dulcy ihr nicht die Wahrheit sagen. Sie versuchte es mit allem möglichen zu begründen: mit der ungenügenden Bandbreite, mit geschäftlichen Anrufen aus anderen Weltgegenden zu unmöglichen Zeiten, mit den ganzen Programmen, die sie zur Hand haben müsse, sogar mit dem dringend gebotenen Schutz - ihr System sei beinahe etwas Lebendiges, wimmle nur so von sich weiterentwickelnden Virenkillern, winzigem KL-Gear, das sich anpaßte und lernte und sich veränderte. Doch wenn sie gewollt hätte, hätte sie in Wirklichkeit ohne weiteres eine hinreichend schnelle Verbindung herstellen können, um vom Haus ihrer Mutter aus ihr eigenes System anzuzapfen. Daß sie auch nach acht Jahren nie länger als wenige Stunden am Stück nach Hause kam, obwohl sie nur eine relativ kurze Strecke fahren mußte, hatte schlicht den Grund, daß sie nicht wollte. Bei ihrer Mutter fühlte sie sich wie ein kleines Mädchen, und Dulcy hatte sich schon viel zu lange an das Ansehen gewöhnt, das sie bei internationalen Verbrechern genoß, um dieses Gefühl besonders zu mögen.

Das Stück im Galerieschaufenster war ihr ins Auge gefallen, und sie stand gerade blinzelnd in der prallen Sonne und fragte sich, ob sie Sonnenblocker auftragen sollte, als ihr Pad piepste.

Der Künstler hatte mehrere kleine Bauarbeiterfiguren genommen, wie man sie in jedem Andenkenladen und an den meisten Straßenecken kaufen konnte, und sie in eine komplizierte Konstruktion aus

Glasröhren gesetzt. Aber der besondere Kick daran war, daß er ihnen Baumaterialien gegeben hatte, die sich ihrer Sperrigkeit wegen in dem engen Gehäuse nicht handhaben ließen, womit er die Bemühungen der monomanischen Automaten gründlich vereitelte.

Soll das ein Kommentar über das moderne Leben sein? überlegte sie. Das Pad meldete sich wieder, diesmal mit einem zweiten Ton, dem Dringlichkeitssignal. Sie merkte, wie ihr Herzschlag sich leicht beschleunigte. Sie glaubte, ziemlich sicher zu wissen, wer dran war.

Er sendete kein Bild, aber seine Stimme war auch mit der leichten Verzerrung unverkennbar. »Ich muß mit dir reden.«

Sie beruhigte den jagenden Puls, so gut sie konnte. Wieso hatte er diesen Effekt auf sie? Es war wie ein Pheromoneinfluß, nur daß Pheromone nicht über Satellitenverbindungen von Kolumbien nach New York wandern konnten, wie eine unterschwellige Einwirkung, die ihr das Gefühl gab, von einem an ihr interessierten männlichen Wesen verfolgt zu werden, obwohl äußerlich keinerlei Anzeichen dafür zu erkennen waren. Was es auch sein mochte, sie verstand es nicht, und es war ihr auch nicht nur angenehm.

»Ich bin grade auf der Straße.« Sie konnte nicht davon ausgehen, daß er an seinem Ende ein Bild empfing. »Ich hab dich auf meinem Pad.«

»Ich weiß. Geh nach Hause. Ich muß jetzt sofort mit dir reden.«

Die Stimme war kalt, und Dulcy ärgerte sich über den Befehlston - einer ihrer frühen Stiefväter hatte diese Papastimme mit ihr probiert und war dafür von ihr mit ewiger Verachtung gestraft worden. Aber sie fühlte auch eine andere, eine versöhnlichere Reaktion. Er war schließlich ihr Auftraggeber. Er war ein Mann, der Männer als Gegenüber gewohnt war, dumme Männer oder wenigstens Männer von einem Schlag, den man nach ihrer Erfahrung allerdings herumkommandieren mußte. Und war da nicht ein Unterton echter Dringlichkeit in seiner Stimme, ein innerer Druck, den er sie nicht merken lassen wollte? Hatte er deshalb das Bild schwarzgestellt?

»Na ja, du hast mich wahrscheinlich davor bewahrt, einen Haufen Geld auszugeben«, sagte sie in möglichst lockerem Ton. Die kleinen Bauarbeiter im Galeriefenster versuchten gerade, eine Stahlnadel um eine S-Kurve in ihrer Pipette zu manövrieren, ein Kunststück, das sie niemals vollbringen konnten, und dennoch gaben sie nicht auf; sie hatte den Eindruck, wenn sie am anderen Tag wieder herkäme, würden sie sich immer noch an derselben Kurve mit derselben Nadel abrackern,

immer noch ohne Erfolg. »Ich wäre fast der Versuchung zu einem richtigen Großeinkauf erlegen ...«
»Ich ruf dich in dreißig Minuten an«, sagte er und war weg.

Der Handleser draußen an der Haustür war noch langsamer als der an ihrer Wohnungstür. Das Ding war aberwitzig alt und eine Plage bei kaltem Wetter, wenn man den Handschuh ausziehen mußte, um es zu bedienen. Während sie sich mit ihren Einkaufstüten durch die Tür quälte, rief ihr jemand einen Gruß zu. Sie hob den Kopf und sah gerade noch, wie der Mann mit der hochkünstlerischen Frisur, der auf Charlies Etage ein paar Türen weiter wohnte, ihr fröhlich zuwinkte, bevor die Fahrstuhltür zuzischte.

Arschloch. Hätte er sich nicht denken können, daß ich mitfahren will?

Immer wenn sie über das Leben nachgrübelte, das sie sich ausgesucht hatte - am Freitagabend schnell schnell nach Hause, nicht um sich ausgehfein zu machen, sondern um einen Anruf von einem internationalen Terroristen entgegenzunehmen -, kam ihr der Gedanke, wie sehr es ihrer Mutter gefallen würde, wenn sie statt dessen mit einem wie diesem Fahrstuhlwinker anbändeln würde, und sofort rückten sich die Dinge zurecht. Die Sorte kannte sie nur zu gut. Persönliche Freiheit wäre ganz groß geschrieben, solange es um seine Bedürfnisse ging - oh, er würde nur so um sich schmeißen mit unkonventionellen Sprüchen! -, aber ganz anders sähe die Sache aus, wenn Leute über ihm ein lautes Fest feierten und er arbeiten wollte oder wenn sie irgendwo hingehen wollte und er nicht.

Dulcy wartete auf den Fahrstuhl und haßte einen Mann, mit dem sie noch nie ein Wort gewechselt hatte.

Andererseits, dachte sie, als sie auf ihrer Etage ausstieg, was für Sorten Männer lernte sie sonst schon kennen? Sie arbeitete zuviel, selbst wenn sie unterwegs war, und wenn sie nach New York zurückkam, brachte sie kaum je die Energie auf, abends wegzugehen. Wen hatte sie denn schon zur Auswahl? Verbrecher und Nachbarn!

Selbst jemand wie Dread, jemand, der wenigstens *interessant* war - wie sollte man mit so jemandem eine Beziehung haben? Es war bescheuert. Selbst wenn es irgendwie gefunkt hätte, selbst wenn ihre undefinierbaren Gefühle irgendwie erwidert würden, was könnte es für eine Zukunft geben?

Andererseits hatte auch eine wilde Affäre ihre Reize.

Während sie darauf wartete, daß ihre Wohnungstür sie erkannte, fragte sie sich, ob sie inzwischen zu weit gegangen war, um noch jemals umzukehren und ein normales Leben zu führen. War es bloß der Adrenalinstoß? Den konnte sie sich bestimmt auch anderswo holen - mit Fallschirmspringen, Über-die-Autobahn-Laufen, irgendwas. Die ganze Sache war ihr am Anfang so aufregend vorgekommen, aber das dachten die Leute immer, bevor es bergab ging. Dulcy war nicht so dumm, davor die Augen zu verschließen. Lohnte es sich wirklich?

Es waren die Träume, die sie nervös machten, sagte sie sich, als die Tür widerwillig beschloß, sie einzulassen. Die bedrückenden Träume. Sie waren nicht sonderlich rätselhaft. Ihr Cockerspaniel Nijinski - der Name stammte von ihrer Mutter, Dulcy hatte ihn »Jinkie« gerufen -, der kleine Hund, der von einem Auto angefahren worden war, als sie zehn war, litt schrecklich. Sie wußte nicht genau, warum oder woran (im Traum kam kein Auto vor, kein Blut an der kleinen Hundeschnauze wie damals in Wirklichkeit), aber sie wußte, daß sie Jinkie von seiner Qual erlösen mußte, »sein Leiden beenden«, wie ihre Mutter damals gesagt hatte. Doch in den Träumen kam auch keine Tierarztpraxis vor, kein Geruch nach Alkohol und Haustierfell. In ihren Träumen hatte sie einen Revolver, und als sie dem kleinen Hund den Lauf an den Kopf hielt, drehte er ihr seine Augen zu, ohne sie wahrzunehmen, nur als Reaktion auf das Metall, das seinen Schädel anstupste.

Dulcy mußte sich nicht von einem Spezialisten aus der Park Avenue sagen lassen, wovon der Traum handelte, daß sie nicht von Jinkie träumte, sondern von einem kolumbianischen Gearfex namens Celestino. Sie war sehr zufrieden damit gewesen, wie gut sie die Sache erledigt hatte - prompt und sauber, wie wenn man eine Spinne mit einer Zeitungsrolle zerklatscht -, und stolz darauf, wie wenig sie ihr ausgemacht hatte. Aber Nacht für Nacht sah sie Jinkies kleinen Körper bei ihrem Näherkommen vor Furcht zittern. Nacht für Nacht wachte sie schweißgebadet auf und rief mit brüchiger Stimme die Raumbeleuchtung auf.

Es geht los, Anwin, sagte sie sich. *Du dachtest, du würdest ungeschoren davonkommen - falsch gedacht. Aber die Welt ist voll von unschuldigen kleinen Kindern, die jeden Tag an Hunger, Mißhandlungen, Prügel sterben, und ihretwegen hast du keine schlaflosen Nächte. Was grämst du dich wegen einer Ratte wie diesem Celestino? Er hat mit seinem Verhalten alle andern Beteiligten an der Operation in Gefahr gebracht. Du warst eine Soldatin, und er war ein Sicherheitsrisiko. Du mußtest deine Pflicht tun.*

Was ja stimmen mochte - ganz sicher war sie sich da nicht mehr -, aber es gab Momente, vor allem um zwei Uhr morgens, in denen die Vorstellung, für eine normale Firma tätig und mit einem Mann verheiratet zu sein, der sich wild und verwegen vorkam, wenn er sie auf der Wohnzimmercouch statt im Schlafzimmer vögelte, durchaus etwas für sich hatte.

Dulcy stellte die Einkäufe ab, und während Jones ihr schnurrend um die Knöchel strich, machte sie sich erst einmal einen Drink. Sie war sauer auf sich, wegen ihrer Anwandlung von Zimperlichkeit ebenso wie wegen der Promptheit, mit der sie nach Hause geeilt war, bloß weil Dread es ihr befohlen hatte. Sie hatte sich gerade einen Spritzer Soda in den Scotch getan, als die ruhige Stimme des Wandbildschirms einen Anruf meldete.

»Ich mach's kurz«, sagte er, als sie an die Leitung gegangen war. Was er in letzter Zeit getrieben hatte, sei es online oder in Cartagena, mußte ihm gut bekommen sein: Er sah gepflegt und zufrieden aus, wie ein gut gefütterter Panther. »Als erstes hätte ich gern ein paar nähere Ausführungen zu deinem Bericht.«

»Über das virtuelle Objekt - das Feuerzeug?« Sie nippte an ihrem Drink und versuchte sich zu sammeln. Sie hätte ihre Notizen aufrufen sollen, sobald sie zur Tür herein war, aber aus einem Schulmädchentrotz heraus war sie zuerst zum Scotch gegangen. »Na ja, wie gesagt, es ist nicht so einfach, wenn man mit dem Objekt nicht in seiner Matrix experimentieren kann. Es ist eine sehr gute Simulation eines altmodischen Feuerzeugs ...«

Er machte eine wegwerfende Handbewegung, aber hörte nicht auf zu lächeln. Sie fragte sich, wieso er so aufgekratzt war - soweit sie das gemeinsame Konto überblickte, das sie in letzter Zeit nicht mehr benutzt hatte, weil er es selber ständig beanspruchte, hielt er sich ungefähr sechzehn Stunden am Tag oder mehr im Netzwerk auf, was ziemlich anstrengend sein mußte. »Ich weiß, ich hab dir keine leichte Aufgabe gestellt«, sagte er. »Vergeude nicht meine Zeit mit Selbstverständlichkeiten - ich hab deinen Bericht bekommen. Erklär mir einfach, was es heißen soll, daß du keine ›Umkehrung‹ machen kannst, ohne die eingebauten ›Sperren‹ zu knacken.«

»Das heißt, ich kann nach der Kopie, die ich gemacht habe, keinen Umkehrentwurf von dem Ding anfertigen.«

»Du hast eine Kopie gemacht?« Die jähe Eiseskälte war ihr inzwischen geläufig, aber sie wurde dadurch nicht angenehmer.

»Hör zu, dieses Ding ist heiß, in mehr als einer Hinsicht. Es ist ein hochexplosives Objekt. Ich kann nicht einfach die Knöpfe drücken, bis irgendwas passiert, zumal wenn niemand erfahren soll, daß du es hast.«

»Weiter.«
»Deshalb mußte ich es auf mein System rüberkopieren, wo ich die nötigen Tools habe. Leicht war es weiß Gott nicht - ich mußte ungefähr fünf Verschlüsselungsstufen knacken, nur um die Basisfunktionen rüberzubekommen. Aber es gibt höhere Funktionen, die ich nicht kopieren konnte, auf die ich nicht mal Zugriff gekriegt habe. Es wird mich eine Megaarbeit kosten, da nur ranzukommen.«
»Erklär mir das.«
Sein Ton war jetzt entgegenkommender. Das gefiel ihr. Er *brauchte* sie. Ihr Preis war mit gutem Grund so hoch, und sie wollte nicht, daß er diesen Grund vergaß. »Dieses Ding ist letzten Endes ein Effektor - es sendet Positionsangaben und wertet aus, was von der Matrix zurückkommt. Das gilt für die niederen Funktionen, etwa die Fortbewegung des Benutzers durch das Netzwerk. Elementares Zeug. Vielleicht sollte man es besser als ›V-Fektor‹ bezeichnen, da alle Informationen, die es verarbeitet, sich auf einen virtuellen Raum beziehen. Es gibt nicht die wirkliche Position des Benutzers an, bloß seine Position im Netzwerk. Klar?« Sie fuhr zügig fort, als er nickte. »Aber bei diesem System ist gar nichts einfach, und ganz bestimmt nicht der Zugriff auf Informationen, auch nicht auf die allerelementarsten. Schau, wir haben vor längerem schon festgestellt, daß der größte Teil des Netzwerks Sperrcodes hat, damit Benutzer, die keine Besitzer sind, nichts tun können, was sie nicht sollen. Das heißt, sogar die Positionsinformationen, die dieses Gerät von der Matrix erhält, sind geschützt - es ist wie bei den Gebieten um streng geheime militärische Testgelände in der wirklichen Welt, für die du nirgends eine Landkarte bekommst, weil verhindert werden soll, daß die Leute aus dem, was angegeben ist und was nicht, Schlüsse ziehen. Um diese Informationen bekommen zu können, muß ich so tun, als wäre ich einer der Leute, die dazu berechtigt sind - und ich würde vermuten, daß das nur diese Gralsmitglieder sind. Sie alle haben Paßworte oder andere Zugangsmittel, und ich muß in Erfahrung bringen, wie ich die vortäusche, vor allem wenn ich die Protokolle so manipulieren soll, daß sie Nichtaktivität anzeigen, obwohl eine aktive Anwendung geschieht.«
»Es läuft also darauf hinaus, daß mehr Arbeit daran nötig ist.« Sein Gesichtsausdruck war nachdenklich, als fügte er diese Mitteilungen einem viel größeren Gesamtbild hinzu. »Du brauchst mehr Zeit.«
»Richtig.« Sie hoffte, er dachte nicht, daß sie ihn bloß hinhielt. »Ich

habe dennoch einen Weg gefunden, wie man die Telemetrie des Dings stören kann, was bedeutet, daß das System auch dann nicht imstande sein wird, es zu lokalisieren, wenn jemand versucht, es abzuschalten. Ich hab dir die Anleitung geschickt, wie du das machen kannst. Aber hinterher wirst du das Ding so lange nicht benutzen können, wie wir es nicht wieder umstellen. Wenn die Telemetrie nicht stimmt, wird auch keine der andern Funktionen richtig hinhauen. Sobald du diese Einstellungen veränderst, hast du praktisch nur noch die Attrappe eines Effektors.«

Dread nickte. »Verstehe.«

»Der Mensch, dem das gehört hat, muß ein Idiot sein«, sagte Dulcy voller Zufriedenheit, ihre Fähigkeit erneut unter Beweis gestellt zu haben. »Entweder das, oder er braucht ewig, um zu merken, daß es weg ist. Er oder sie hätte das Gerät jederzeit auf Anhieb finden können. Herrje, es ist ein direkter V-Fektor, es wartet einfach geduldig darauf, daß das Netzwerk fragt, wo es ist.«

»Dann sollte ich vielleicht deinem Rat folgen und die Telemetrie ändern. Ich denk mal drüber nach.« Er legte den Kopf schief, als lauschte er einer leisen Musik. Das Lächeln erschien wieder, aber diesmal war es ein wenig natürlicher, nicht so breit und übermütig. »Ich muß noch ein paar andere wichtige Sachen mit dir besprechen, Dulcy. Ich mache das Büro hier in Cartagena dicht. Das Luftgottprojekt ist jetzt offiziell abgeschlossen, und der Alte Mann hat andere Sachen, die ich für ihn erledigen soll.«

Sie nickte einsichtig, aber fühlte sich überrumpelt. Der Gedanke, daß dieser Mann aus ihrem Leben verschwinden würde, erfüllte sie ebensosehr mit Erleichterung wie mit Bedauern. Sie machte den Mund auf, aber im ersten Moment fiel ihr nichts ein, was sie sagen konnte. »Das ist ... tja, herzlichen Glückwunsch, was? Das war ein ziemlich wildes Ding. Also, ich beende dann meine Arbeit an dem V-Fektor und schick ihn dir zurück ...«

Eine seiner Augenbrauen ging langsam hoch. »Ich hab nicht gesagt, daß *mein* Projekt zu Ende wäre, oder? Nur daß ich das Büro in Cartagena dichtmache. O nein, es gibt eine Menge loser Fäden, um die ich mich noch kümmern muß.« Wieder das Grinsen, blitzlichtweiß diesmal. »Ich möchte, daß du nach Sydney kommst.«

»Sydney? Australien?« Sie hätte sich für die dumme Frage in den Hintern treten können, aber er schenkte sich den naheliegenden Rüffel und wartete einfach darauf, daß sie sein Angebot beantwortete, ein Angebot, das ihr plötzlich viel komplizierter vorkam, als sie unmittelbar verstehen konnte. »Ich meine ... wieso? Was soll ich machen? Du ... ich hab den Sim bestimmt schon eine Woche nicht mehr benutzt.«

»Ich brauche deine Hilfe«, sagte er, »und zwar nicht nur mit dem Gerät. Das ist ein sehr verzwicktes Projekt, das ich da angefangen habe. Ich möchte, daß du ... mithilfst, ein Auge auf bestimmte Sachen zu haben.« Er lachte. »Und dabei kann ich auch ein Auge auf dich haben.«

Sie zuckte kaum merklich, aber seine Stimme hatte nichts von dem drohenden Ton von neulich, als er ihr eingeschärft hatte, ja den Mund zu halten. Ein Gedanke kam ihr, ein überraschender, erschreckender, geradezu überwältigender Gedanke.

Vielleicht ... vielleicht will er mit mir zusammen sein. Ganz privat.

Sie verbarg ihre Verwirrung mit einem weiteren langen, ausgiebigen Nippen an ihrem Scotch mit Soda. Konnte das überhaupt sein? Und wenn ja, wäre sie so dumm, zu fahren? Er faszinierte sie, wie kein anderer es je getan hatte - wäre sie so dumm, *nicht* zu fahren?

»Ich muß drüber nachdenken.«

»Denk nicht zu lange«, sagte er. »Sonst ist der Zug abgefahren.« Sie meinte, ein Nachlassen seiner guten Laune zu bemerken, Müdigkeit vielleicht. »Du bekommst dein normales Honorar.«

»Oh! Nein, nein, das hab ich gar nicht ... Ich dachte bloß, es ist nicht so leicht ... so stehenden Fußes ...« Sie biß sich auf die Lippe. Geschwätz. Chizz, Anwin, echt chizz. »Ich muß mir bloß überlegen, wie ich das arrangiere.«

»Ruf mich morgen an.« Er stockte. »Ich arbeite mit noch einer Kontaktperson, die dieses Feuerzeug für mich untersucht, aber bei der Arbeit mit ihr wünsche ich mir die ganze Zeit, du wärst an ihrer Stelle.« Sein Lächeln diesmal war seltsam, beinahe schüchtern. »Einen schönen Freitagabend noch.« Sein Gesicht verschwand vom Wandbildschirm.

Dulcy kippte den Rest ihres Drinks in einem langen Zug. Als Jones ihr auf den Schoß sprang, kraulte sie die Katze gewohnheitsmäßig hinter den Ohren, aber wenn es eine ganz andere Katze gewesen wäre, hätte sie es nicht gemerkt. Draußen vorm Fenster erlosch langsam das Sonnenlicht, die steinernen Schluchten von Soho wurden düster, und überall in der Stadt gingen die Lichter an.

> Während der ganzen sonderbaren Entwicklung der letzten Tage war Olga Pirofsky beinahe empfindungslos gewesen. Wenn auch ein Teil von ihr felsenfest überzeugt war, daß sie endlich ihr Ziel im Leben gefunden hatte, einen Sinn jenseits des stumpfen Einerlei von Arbeit und Häuslichkeit, so war doch ein anderer Teil durchaus noch imstande zu erkennen, daß dies alles für Außenstehende wie der blanke Irrsinn aussehen mußte. Aber kein Außenstehender konnte nachfühlen, was sie gefühlt, konnte nacherleben, was sie erlebt hatte. Selbst wenn es kein Irrsinn war, selbst wenn es, wie es den Anschein hatte, das Wichtigste war, was sie überhaupt tun konnte, so begriff sie doch jetzt die Verlockung des Wahnsinns in einer Weise wie nicht einmal damals im Sanatorium in Frankreich.

Daß die Stimmen in ihrem Innern auf sie einredeten, war ihr äußerlich kaum anzumerken. Sie hatte weiter Angelegenheiten geregelt, Post abgeschickt, betroffene Stellen benachrichtigt und sich im ganzen mit der langsamen Vorsicht eines schwer angeschlagenen Menschen durchs Leben bewegt. Nur einmal hatte Olga noch geweint, nämlich als die Leute kamen, die Mischa abholen wollten.

Es handelte sich um ein kinderloses Ehepaar, beide in irgendwelchen leitenden Stellungen, für Olgas Verhältnisse ziemlich jung, aber schon mit allen Anzeichen ihrer späteren Gesetztheit als Fünfzigjährige. Sie hatte sie aus drei oder vier Anfragen ausgewählt, weil der Mann sie mit seinem freundlichen Ton in der Stimme auf unerklärliche Weise an ihren verlorenen Aleksander erinnert hatte.

Auf die schlichte Auskunft hin, sie ziehe um, hatten sie den Anstand besessen, nicht noch allzuviele Fragen zu stellen, und obwohl Mischa argwöhnisch wie immer gewesen war, hatten sie den Eindruck gemacht, großen Gefallen an dem kleinen Hund zu finden.

»Ach, wie thik-he!« sagte die Frau, ein Ausdruck, den Olga nicht kannte, aber der süß zu bedeuten schien. »Sieh doch nur die Ohren! Wir werden ihm ein gutes Zuhause geben.«

Als sie ihn in den Hundekorb verfrachteten, waren Mischa über Olgas Verrat fast die Augen herausgefallen, und er war gegen die verriegelte Klappe gesprungen, bis sie Angst bekommen hatte, er könne sich verletzen. Seine neuen Besitzer versicherten ihr, er würde bald wieder fröhlich werden, wenn er in seinem neuen Haus aus seinem gewohnten Napf fraß. Mischas scharfes Bellen wurde erst durch das Zusaugen der luftdichten Wagentür abgeschnitten. Als das blitzblanke Fahrzeug um die Ecke gebogen war, hatte Olga schließlich gemerkt, daß ihr Tränen übers Gesicht liefen.

Sie strich gerade den Druckstreifen am letzten Umzugskarton fest, als ein Quietschen von draußen sie ans Mansardenfenster holte. Ein Stück weiter weg drehte ein kompaktes Aeromobil unter einer der grellweißen Straßenlaternen schwindelerregend enge Kreise auf der Straße. Es war vollgepackt mit Teenagern, und die Mädchen auf dem Rücksitz kreischten und lachten. Ein Junge kam aus einem nahen Haus gelaufen und quetschte sich dazu, was weiteres Gelächter auslöste. Bevor es sich ausbalanciert hatte, strich das Aeromobil noch nach einer zu steil gekommenen Kurve über ein Blumenbeet. Als es beschleunigte und davonglitt, spritzte kurz ein buntes Ensemble geköpfter Blüten hervor in den Rinnstein.

Bloß wieder ein Freitagabend am Ende der Welt, ging es Olga durch den Kopf, aber sie wußte nicht genau, was sie damit meinte, wo sie die Worte herhatte. Es war Wochen her, daß sie zuletzt die Nachrichten verfolgt hatte, aber sie glaubte nicht, daß es auf der Welt viel schlimmer zuging als gewöhnlich - Krieg und Mord, Hunger und Seuchen, aber nichts Außergewöhnliches oder Apokalyptisches. Ihr eigenes Leben veränderte sich, verlor sich vielleicht sogar in irgendeiner unbegreiflichen Dunkelheit, aber alles andere würde doch bestimmt weitergehen wie gehabt, oder? Kinder würden groß werden, Teenager herumrüpeln und die Generationen eine nach der anderen weiter voranschreiten - war das nicht der Sinn von allem, was sie im Leben getan hatte? War es nicht der Sinn dessen, was sie jetzt tat, der einzige Sinn? Auf die Kinder kam es an. Ohne sie war das Erdenleben eine langweilige Witznummer, über die niemand lachte.

Sie schob den Gedanken beiseite, so wie sie sich bemüht hatte, die Verzweiflung im Bellen des kleinen Mischa nicht zu hören. Es war besser, empfindungslos zu sein. Wenn ihr eine große Aufgabe gestellt worden war, konnte sie es sich nicht leisten, Schmerz zu empfinden. Es würde noch viel mehr auf sie zukommen, aber sie würde sich zusammenreißen und durchhalten. Das war eine Sache, die das Leben ihr beigebracht hatte, eine Sache, die Olga gut konnte.

Sie schob den letzten Karton an seinen Platz, womit fast ihre gesamte weltliche Habe verstaut war wie der für das Jenseits aufbewahrte Reichtum eines toten Pharaos - und, dachte sie, mit etwa genausogroßen Chancen, noch einmal vom Besitzer benutzt zu werden. Dann zog sie die Tür zu und schloß sie ab.

Eine Zeitlang hatten die Stimmen geschwiegen.

In den ersten Tagen nach ihrer Kündigung hatte Olga jeden Tag die meiste Zeit mit eingestecktem Kabel im Stationsstuhl verbracht und auf Weisungen gewartet. Aber ob sie nun auf der untersten Ebene ihres Systems im grauen Licht badete wie ein halb in einen Lilienteich eingetauchter Frosch oder die aktiven Schichten des Netzes durchstreifte, die Stimmen sprachen dennoch nicht zu ihr. Einerlei, was sie tat, die Kinder kamen nicht wieder, als wären sie zu einer anderen, interessanteren Spielgefährtin weitergezogen. Dieses Ausbleiben ängstigte und betrübte Olga. Sie schaute sogar wieder bei Onkel Jingle rein, zwar mit der Befürchtung, dadurch einen neuen Anfall der mörderischen Kopfschmerzen zu provozieren, aber stärker noch von der Angst gepackt, sie hätte womöglich ihr ganzes Leben wegen irgendeiner Halluzination weggeworfen. Es war seltsam, die clownesken Kunststücke und Lieder des Onkels aus ihrer neuen Distanz zu verfolgen, ihn beinahe als unheimliche Figur wahrzunehmen, einen weißgesichtigen Rattenfänger, doch obwohl ihr die Sendung nur noch einmal klarmachte, wie unwahrscheinlich es war, daß sie jemals dahin zurückkehren konnte, geschah sonst nichts. Kein Schmerz im Schädel wie ein schartiges Messer, aber auch keine Kinder – wenigstens keine, die nicht zu Onkel Jingles kreischender Dschungeltruppe gehörten.

Jeden Abend hatte sie sich an das System angeschlossen und war mit einem zusammengerollten Mischa im Schoß dort geblieben, bis die Müdigkeit sie ins Bett trieb. Jeden Morgen wachte sie aus wilden, aber sofort vergessenen Träumen auf und setzte sich wieder in den Stuhl. Erst am Ende der ersten Woche ihres neuen Lebens trat endlich eine Veränderung ein.

In der Nacht war Olga mit ihrem eingestecktem Glasfaserkabel eingeschlafen.

Aus dem grauen Nichts der ersten Ebene in den Schlaf zu gleiten, geschah so sanft und unmerklich wie der Eintritt der Abenddämmerung, doch statt in den verworrenen Karneval des befreiten Unterbewußten einzutauchen, schwebte sie durch den stillen, leeren Raum, schwamm in einem kalten, öden Vakuum wie ein dunkler, kleiner

Mond. Es fiel ihr auf, daß ihre Gedanken für einen Traum viel zu klar und gesammelt waren. Dann fingen die Visionen an.

Zunächst sah sie wenig, nur einen Schatten in der allgemeinen Finsternis, doch nach und nach wurde daraus ein Berg, unfaßbar hoch, schwarz wie die Nacht, die ihn umgab, steil gegen die Sterne stoßend. Sie erschrak davor, aber konnte nichts gegen seine lichtlose Strahlung ausrichten, die sie durch die eisige Dunkelheit hinweg anzog wie die Flamme den Falter. Doch als der Berg immer höher vor ihr aufragte, fühlte sie plötzlich, wie die Kinder sich als unsichtbare Herde um sie scharten. Die tiefe, lebensfeindliche Kälte ließ nach, und dennoch wußte sie irgendwie, daß die Minustemperaturen nur vorübergehend zurückgehalten wurden.

Plötzlich, mit der Flüssigkeit eines normaleren Traumubergangs, war der Berg kein Berg mehr, sondern eine schlankere Form, ein Turm aus glattem schwarzen Glas. Das Morgengrauen oder ein anderes kühles Licht bestrich den Himmel und schob die Nacht zurück, und sie erkannte, daß der Turm sich aus dem Wasser erhob wie eine Burg mit einem Ringgraben, wie ein Schloß aus den Märchen, die ihre Mutter ihr vor langer Zeit erzählt hatte.

Die Kinder sagten nichts, aber sie fühlte, wie sie sich von allen Seiten an sie drängten, ängstlich, aber auch hoffnungsvoll. Sie wollten, daß sie verstand.

Das letzte, was sie vor dem Aufwachen gesehen hatte, war ein Funke der aufgehenden Sonne, eine Feuerlinie auf der glatten Obsidianfläche des Turmes. Doch in den letzten Augenblicken hatte sie auch die Stimmen der Kinder wieder gehört, und sie hatten ihr Herz erquickt wie der Wind in den Zweigen nach einem drückend heißen Nachmittag.

Nach Süden, hatten sie ihr zugeflüstert. *Fahr nach Süden.*

Olga überblickte ihr Gepäck. Die Schultern taten ihr weh, und ihr Rücken war ganz steif vom vielen Bücken, aber ihre feuchte Bluse und die im Nacken klebenden Haare waren ein erfreuliches Indiz für das, was sie geleistet hatte; selbst die Schmerzen bewiesen, daß sie endlich tätig wurde.

Es war eigenartig, wie wenig sie brauchte, nachdem sie so viele Jahre mit *Dingen* gelebt hatte. Es war, als ginge sie wieder mit ihrer Familie auf Fahrt, und mit Aleksander, und nur die wichtigen Dinge kämen mit, weil überflüssiger Plunder auf der Straße nicht zu gebrauchen war. Jetzt war sie im Begriff, Jahrzehnte ihres Lebens hinter sich zu lassen, und nahm nur zwei Gepäckstücke mit. Gut, drei.

Der Stuhl war natürlich an Obolos zurückgegangen, aber Olga hatte sich im Laufe der Jahre einiges zusammengespart: Neben der großen Reisetasche mit Kleidungsstücken und der kleineren mit Toilettensachen stand ein schmales Köfferchen ungefähr von der Größe eines altmodischen Bilderbuches für Kinder. Darin befand sich eine Dao-Ming-Reisestation der Spitzenklasse, die es ihr erlaube, wie der junge Mann im Laden mit leicht herablassender Miene ihr versichert hatte, alles zu machen, worauf sie überhaupt kommen könne. Es hatte eine Weile gedauert, bis er sich bequemte, den Apparat zu holen - er war sichtlich der Meinung, sie könne damit nicht mehr im Sinn haben, als im Urlaub ein paar Verwandte anzurufen oder vielleicht die Reiseerinnerungen einer alten Frau niederzuschreiben -, aber irgendwann half das Geld seiner Aufmerksamkeit auf die Sprünge. Sie war entschieden, aber zurückhaltend gewesen, obwohl sie sich ein höfliches Lächeln gestattet hatte, als er ihr erklärte, Dao-Ming bedeute »Leuchtender Weg«, als ob das ihre Kaufentscheidung beeinflussen könnte. Eigentlich war aus den Stimmen nicht schlau zu werden, und sie wußte selbst nicht, warum sie meinte, so eine leistungsstarke Station haben zu müssen, aber sie hatte einen Punkt erreicht, wo ein gewisser Glaube wichtiger war als alle sonstigen Erwägungen.

Mit dem gleich mitgekauften Knopf des Telematiksteckers, den sie bereits im Hals angebracht hatte, fühlte sie sich endlich beruhigt: Die Kinder konnten mit ihr reden, wann sie wollten. Jetzt war der Kanal immer offen, und jede Nacht überließ Olga ihnen das Feld ihrer Träume. Sie hatten ihr viel erzählt, manches, woran sie sich im Wachen erinnerte, anderes, das verblaßte, aber stets flüsterten sie ihr zu, sie solle nach Süden fahren, den Turm finden.

Sie wollte darauf vertrauen, daß sie ihr unterwegs halfen.

Draußen ertönte eine Hupe. Olga blickte überrascht auf und fragte sich, wie lange sie so in Gedanken versunken gewesen war. Das mußte das Taxi sein, das sie zum Bahnhof von Juniper Bay bringen sollte, der ersten Station einer Reise, deren letztliches Ziel sie sowenig ahnen konnte wie ihre Länge.

Der Fahrer stieg erst aus, um ihr zu helfen, als sie das Gepäck schon bis zum Bürgersteig geschleift hatte. Während er die zwei Reisetaschen in den Kofferraum warf, ging sie zurück, um nachzusehen, ob sie die Tür abgeschlossen hatte, obwohl sie stark bezweifelte, daß sie jemals zurückkehren würde. Als sie auf den Rücksitz stieg und dem Mann noch einmal sagte, wo sie hinwollte, knurrte dieser und fuhr kommentarlos an. Olga drehte sich um und sah ihr Haus immer kleiner werden, bis ein Baum ihr die Sicht nahm.

Ein Auto kam ihnen langsam entgegen. Im Vorbeifahren wurde Olga auf den Fahrer aufmerksam. Der durch die Windschutzscheibe fallende Schein einer Straßenlaterne erhellte kurz sein irgendwie bekannt wirkendes Gesicht. Er blickte starr geradeaus, und sie brauchte einen Moment, bis ihr Gedächtnis schaltete.

Catur Ramsey. Wenigstens hatte der Mann im Profil genauso ausgesehen. Aber nachdem sie ihm erklärt hatte, sie wolle nicht mit ihm reden, nach den vielen Mitteilungen, die er hinterlassen und auf die sie nicht reagiert hatte, würde er doch bestimmt nicht den ganzen weiten Weg hochgefahren kommen - oder doch?

Sie zögerte und überlegte, ob sie nicht vielleicht umkehren und wenigstens mit dem Mann reden sollte. Er war freundlich gewesen, und wenn er es wirklich war, dann war es mehr als gemein, einfach wegzufahren und ihn an die Tür eines leeren Hauses klopfen zu lassen. Aber was sollte sie sagen? Wie sollte sie es erklären? Es ging nicht. Und vielleicht hatte sie sich ja ohnehin in dem Gesicht geirrt.

Olga sagte nichts. Das Taxi erreichte das Ende der Straße und bog ab, und ihr Haus und der Mann, der vielleicht Catur Ramsey war und vielleicht auch nicht, blieben zurück. Obwohl sie in die ungreifbare Sicherheit der Stimmen und des Planes, den sie mit ihr verfolgten, gehüllt war, konnte Olga Pirofsky sich des Gefühls nicht erwehren, daß soeben etwas Schwerwiegendes geschehen war, ein Verpuffen überpersönlicher Kräfte, das viel mehr bedeutete, als sie fassen konnte.

Sie schüttelte die verstörende Vorstellung ab, ließ sich in den Sitz zurücksinken und mummelte sich in ihren Mantel ein. Alles erledigt. Entscheidung gefällt, kein Zurück mehr. Ohne es recht gewahr zu werden, fing sie leise zu singen an, während draußen die Straßenlaternen an den Fenstern vorbeiblinkten.

»... *Ein Engel hat mich angerührt ... ein Engel hat mich angerührt ...*«

Sie hatte das noch nie zuvor gesungen. Und gefragt hätte sie nicht sagen können, wo sie es herhatte.

Kapitel

Die Madonna der Fenster

NETFEED/NACHRICHTEN:
Rote Gesichter vorm Blauen Tor
(Bild: Werbung für Blue Gate Familienspaß)
Off-Stimme: Der virtuelle Vergnügungspark Blue Gate gab Millionen für eine der größten Einführungspartys in der Geschichte des Netzes aus. Jetzt sieht es so aus, als hätte das Management ein klein bißchen mehr für Sondierungen im Vorfeld ausgeben sollen. Anscheinend geriet fast ein Viertel der Gäste, die Eintritt für die Festivitäten des ersten Tages lösen wollten, statt dessen in einen Knoten namens Blue Gates — ein einziger Buchstabe, aber ein himmelweiter Unterschied.
(Bild: Roxanna Marie Gillespie, zahlende Kundin beim Blue Gate Familienspaß)
Gillespie: "Es ist ein Pornoknoten — aber es schreibt sich fast genauso. Ich bin echt schockiert! Meine Kinder kamen an und sagten: 'Wir wollten zum Daten-Dachs, aber dann war da auf einmal ein dunkles Zimmer, wo ganz viele Leute waren, die nichts anhatten …'"
Off-Stimme: Gate Family Product Industries, die den Blue Gate Vergnügungspark ins Leben gerufen haben, verhandeln derzeit mit dem Blue Gates Spielplatz für Große Kinder über die Rechte an ihrem Namen, doch der Knoten mit der etwas anders gearteten Zielgruppe stellt sich dem Vernehmen nach bis jetzt stur.
(Bild: Sal Chimura O'Meara, Eigentümer von Blue Gates Spielplatz für Große Kinder)
O'Meara: "Soll das'n Witz sein? Dafür werden sie megamäßig abdrücken müssen, Baby. Dicke Kredite."

> Der erzwungene Marsch die Treppe zum Glockenturm der sechs Schweine hinauf war nicht gerade vergnüglich. Die Banditen, die sie gefangengenommen hatten, waren nicht nur reichlich mit Schwertern und Messern bewaffnet, sondern hatten auch altertümliche Schießprügel - hießen die nicht Tromblons? überlegte Renie - mit weiten, glockenartigen Mündungen und gewundenen Formen, die zwar mehr nach Musikinstrumenten als sonst etwas aussahen, aber abgefeuert bestimmt eine schreckliche Wirkung hatten. Der Mann hinter ihr, der in einem fort kicherte und hickste, stieß ihr seine Waffe alle paar Schritte in den Rücken, so daß sie ständig das Gefühl hatte, das Ding werde beim nächsten Rempler losgehen und das werde dann das letzte sein, was sie in diesem Leben noch mitkriegte.

In gewisser Weise noch schlimmer war der Schnapsgestank, der über dem Räubertrupp hing wie ein Nebel. Der Rausch hatte alle in eine rohe Ausgelassenheit versetzt, einen jähzornigen Taumel, der den Eindruck machte, daß kein Kompromiß und kein Handel, einerlei wie einträglich für sie, sie interessieren konnte.

Das hielt Florimel nicht davon ab, es zu versuchen. »Wieso macht ihr das?« stellte sie den hünenhaften, bärtigen Anführer zur Rede. »Wir haben euch nichts getan. Nehmt euch, was ihr wollt, und laßt es gut sein, wobei wir nicht mal etwas haben, was sich zu stehlen lohnt.«

Der zahnlose Riese lachte. »Wir sind die Speicherspinnen. Wir entscheiden, was sich zu rauben lohnt. Und wir haben durchaus Verwendung für dich, Weiblein. Durchaus.«

Der Mann, der auf Renie aufpaßte, kicherte noch schriller. »Die Mutter«, sagte er wie zu sich selbst. »Es ist ihr Tag heute. Das Geburtstagsgeschenk für sie, das seid ihr.«

Renie unterdrückte einen Schauder. Die weite Mündung knuffte ihr abermals in den Rücken, und sie sprang förmlich die nächste Stufe hinauf.

Noch bevor sie den letzten Treppenabschnitt erklommen hatten, hörten sie ein Getöse über sich, das nach einem wilden Fest klang - mißtönendes Singen, eine kratzende Fidel, viele lärmende Stimmen. Der Glockenturm war ein großer sechseckiger Raum mit hohen Rundbogenfenstern, durch die an allen sechs Seiten der spätnachmittägliche Himmel zu sehen war. In jeder der sechs Ecken stand die Statue eines aufgerichteten Schweins in menschlicher Kleidung: eines war als gefräßiger Priester aufgemacht, ein anderes als aufgeputzte feine Dame, jedes der sechs anscheinend die satirische Darstellung eines menschlichen Lasters. Im Mittelteil des Daches hingen mehrere riesige Glocken, die völlig mit Grünspan bedeckt waren und den Eindruck machten, seit Jahren nicht mehr geläutet worden zu sein. Zwei oder drei Dutzend weiterer Banditen schwangen unter den Glocken das Tanzbein, tranken dazu aus Krügen oder Metallpokalen und brüllten Prahlereien oder Verwünschungen. Zwei Männer mit blutüberströmten Gesichtern rangen auf den steinernen Fliesen, und etliche andere standen dabei und sahen zu. Wenigstens ein Drittel der Feiernden waren Frauen, gekleidet im freizügig dekolletierten Stil einer Barockomödie und genauso betrunken und gackernd und unflätig wie die Männer. Als die Zecher die Neuankömmlinge bemerkten, stießen sie johlende Freuden- und Begrüßungsschreie aus und umringten taumelnd die heimkehrenden Genossen und ihre Opfer.

»Jiii, die sehn drall und knackig aus«, quiekte eine Schlampe und bohrte dabei der entsetzten Emily einen krummen Finger in die Rippen. »Auf, braten und fressen wir sie!«

Während andere Beifall grölten – ein grober Scherz, betete Renie –, blies T4b sich auf wie ein Kugelfisch und stellte sich zwischen Emily und die Horde. Renie beugte sich vor und faßte ihn am Ellbogen, wobei sie versehentlich in die unter der Kutte verborgenen Stacheln griff. »Keine Dummheiten«, flüsterte sie und rieb sich dabei mit schmerzverzerrtem Gesicht ihre gestochene Handfläche. »Wir wissen noch nicht, was hier gespielt wird.«

»Ich weiß, daß die ihre Dreckfinger bei sich behalten sollen«, knurrte der junge Bursche. »Sonst gibt's was auf die Rübe.«

»Du bist hier nicht in einer Spielwelt«, begann Renie, aber sie wurde von einer hohen, trägen Stimme aus dem Hintergrund unterbrochen.

»Liebe Jungs und Mädels, ihr müßt jetzt mal zur Seite treten. Ich kann unsern Neuzugang gar nicht sehen. Macht Platz da. Grapsch, zeig her, was du und deine Haderlumpen mitgebracht haben.«

Die abgerissene, stinkende Meute teilte sich, so daß Renie und ihre Freunde einen freien Blick auf die gegenüberliegende Seite des Glockenturms und die zwei dort sitzenden Personen bekamen.

Zuerst dachte sie, die in dem hohen Lehnstuhl lümmelnde lange, dünne Figur sei Zekiel, der durchgebrannte Messerschmiedlehrling, aber die Blässe dieses Mannes kam von dick aufgetragenem Puder, das allerdings an Stirn und Hals schon weitgehend weggeschwitzt war, und das weiße Haar war eine leicht schief sitzende alte Perücke.

»Die Mutter steh mir bei, das ist ja vielleicht ein komischer Haufen.« Die Garderobe des blassen Mannes war nicht neuer oder sauberer als die der anderen Banditen, aber aus Brokat- und Satinstoffen geschneidert, die bei seinen müden Bewegungen im Nachmittagslicht schimmerten. Er hatte ein schmales Gesicht, ganz hübsch, soweit Renie sehen konnte, aber mit stark rougeverkrusteten Wangen und einem schläfrigen, gleichgültigen Ausdruck. Ein kleinerer Mann in einem Harlekinkostüm hockte zusammengesunken auf einem Polster zu seinen Füßen und schien zu schlafen, den Kopf auf ein Bein des blassen Mannes gelegt. Die bunte Maske des Harlekins war nach unten gerutscht, so daß man durch die Augenlöcher nur die Backen sah. »Sei's drum«, fuhr der zerlumpte Dandy fort, »komisch oder nicht, keiner sieht aus, als könnte er fliegen, sie werden also ihren Zweck erfüllen. Grapsch, du und deine Strolche wart sehr wacker. Ich habe vier Fässer vom Feinsten aufgehoben, nur für euch.«

Renies Häscher gaben ein Freudengeheul von sich. Mehrere stürzten sofort auf die andere Seite des Glockenturms, um die Fässer zu öffnen, aber es blieben noch genug mit erhobenen Waffen da, um jeden Gedanken an einen Fluchtversuch im Keim zu ersticken.

Der maskierte Harlekin wachte auf und drehte seinen Kopf hin und her, brauchte aber einen Moment, bis ihm aufging, warum er nichts sehen konnte. Mit der Konzentration eines Gehirnchirurgen führte er einen Finger an die Maske und schob sie die Nase hinauf, bis seine Augen in den Schlitzen erschienen. Die Augen verengten sich, und der Mann in dem buntscheckigen Clownskostüm setzte sich auf.

»So, so«, sagte er zu Renie. »Ihr seid also immer noch auf eurer großen Tour, was?«

Der blasse Mann im Lehnstuhl sah zu ihm herunter. »Kennst du die Opfer, Kunchen?«

»Allerdings. Das heißt, wir sind uns schon mal begegnet.« Er nahm seine Maske ab, unter der schwarze Haare und asiatische Gesichtszüge zum Vorschein kamen. Renies erster grausiger Gedanke, man habe sie schnurstracks der Quan-Li-Bestie vorgeführt, blockierte zunächst ihre Erinnerung, wo sie das Gesicht schon einmal gesehen hatte.

»Kunohara«, sagte sie schließlich. »Der Insektenfan.«

Er lachte und klang dabei fast so betrunken wie die Räuber. »Insektenfan! Sehr gut! Ja, das bin ich.«

Der Bläßling setzte sich ein bißchen gerader hin. Seine Stimme hatte einen drohenden Unterton, als er sagte: »Dieses Gerede ermüdet mich, Kunchen. Wer sind diese Leute?«

Kunohara tätschelte das seidene Knie des anderen. »Reisende, die mir irgendwann über den Weg gelaufen sind, Viticus. Du brauchst dich nicht zu beunruhigen.«

»Aber wieso nennen sie dich mit einem andern Namen? Das gefällt mir nicht.« Viticus klang jetzt quengelig wie ein kleines Kind. »Sie sollen sofort getötet werden. Dann sind sie nicht mehr so lästig.«

»Jawoll! Sofort töten!« Diejenigen der Speicherspinnen, die nicht den Mund voll Schnaps hatten, griffen das Wort auf und wiederholten es rhythmisch. Renie sprang erschrocken auf. Sofort faßte jemand ihr Bein, aber es war nur !Xabbu, der ihr auf die Arme kletterte.

»Meine Idee ist, daß wir versuchen sollten, am Leben zu bleiben, bis sie vom vielen Trinken einschlafen«, flüsterte er Renie ins Ohr. »Vielleicht verfolgen sie mich, wenn ich fliehe, das würde euch übrigen Zeit geben ...«

Bei der Vorstellung, daß !Xabbu, und sei es in seinem flinken Paviankörper, von schwerbewaffneten Mördern durch dieses unbekannte Riesengebäude gejagt wurde, schnürte die Angst Renie die Kehle zu, aber bevor sie etwas sagen konnte, erfüllte ein tiefes, vibrierendes Brummen den Raum. Die Banditen verstummten, während der Ton zu einem lauten Gongen anschwoll und dann wieder verklang.

»Das ist unser Zeichen«, erklärte der bleiche Anführer. »Die Glocken haben getönt. Die Mutter wartet.« Er wollte noch etwas sagen, wurde aber von einem Hustenanfall daran gehindert, der außergewöhnlich lange dauerte und damit endete, daß er zusammengekrümmt und tuberkulös röchelnd auf seinem Stuhl hing. Als er sich wieder einigermaßen erholt hatte, erspähte Renie einen Blutfleck an seinem Kinn. Viticus zog ein schmutziges Taschentuch aus dem Ärmel und wischte ihn ab. »Führt sie ab«, keuchte er und zeigte mit einer schlaffen Handbewegung auf Renie und ihre Gefährten. Sofort nahmen die Speicherspinnen sie wieder in die Mitte.

Beim Auszug aus dem Glockenturm, vorbei an einem marmornen Schwein mit dem Barett eines Professors auf dem Kopf und einem Ausdruck aufgeblasenen Selbstwertgefühls im Gesicht, gesellte sich Kunohara zu Renie.

»Er ist natürlich schwindsüchtig, der Weiße Fürst«, sagte er wie in Fortführung einer angeregten Unterhaltung. »Ziemlich beeindruckend, daß er sich zum Herrn über diesen wilden Haufen aufgeschwungen hat.« Er hatte die Harlekinmaske irgendwo fallengelassen und stierte jetzt !Xabbu, der immer noch bei Renie auf dem Arm saß, mit einem Blick an, als ob dieser ein echter Affe in einem Zoo wäre. Wenn Kunohara nicht betrunken war, machte er den Zustand jedenfalls sehr gut nach.

»Wovon sprichst du?« fragte Renie. Sie hörte eine scharfe Stimme und schaute sich zu T4b um; der junge Mann vertrug das Gepuffe und Geschiebe schlecht, aber Florimel hatte sich bereits zu ihm begeben und redete begütigend auf ihn ein. Die Räuber führten sie eine Treppe hinunter und dann durch eine Bogentür in einen langen, dunklen Flur. Einige der Speicherspinnen hatten Laternen dabei, die Schatten an die Wände und an die stuckverzierte Decke warfen.

»Von Viticus, dem Anführer«, antwortete Kunohara. »Er ist ein Sproß aus einer der reichsten Familien, die Sorte, die ihre großen Häuser an der Gemalten Lagune hat, doch selbst in diesen alten und kauzigen Dynastien erregten seine Gewohnheiten Anstoß, und er mußte ins Exil gehen. Jetzt ist er der Weiße Fürst der Dachspeicher, ein Name, vor dem die Leute zittern.« Er rülpste, aber entschuldigte sich nicht. »Eine faszinierende Geschichte, aber Das Haus ist voll von solchen Sachen.«

»Ist dies deine Welt?« fragte !Xabbu.

»Meine?« Kunohara schüttelte den Kopf. »Nein, nein. Die Leute, die sie geschaffen haben, sind tot, aber ich kannte sie. Ein Ehepaar, ein Drehbuchautor und eine Künstlerin. Der Mann wurde sehr reich mit einer Netzserie, die er sich ausdachte - ›Johnny Icepick‹, kann das sein?« Kunohara schwankte ein wenig beim Gehen und rempelte an die Büchse von Renies Bewacher, demselben Mann, der sie die Treppe zum Glockenturm hinaufgeknufft hatte. »Du hältst bitte ein bißchen Abstand, Saufaus«, wies Kunohara ihn an.

Ausnahmsweise kicherte der Bandit nicht - Renie meinte sogar ein leises unwilliges Murren zu hören -, aber er gehorchte.

»Jedenfalls nahmen der Mann und seine Frau das Geld und bauten damit Das Haus. Eine Liebesarbeit, nehme ich an. Es ist einer der wenigen Orte im Netzwerk, die mir wirklich fehlen werden - eine überaus originelle Schöpfung.«

»Es wird dir fehlen?« sagte Renie verwundert. »Wie das?«

Kunohara gab keine Antwort. Der Trupp von Räubern und Gefangenen bog jetzt in einen anderen Gang ein, der genauso leer war wie der erste, aber von oben trübe beleuchtet wurde. Im Dach befindliche Oberlichter aus einem blaueren und weniger durchlässigen Material als gewöhnliches Glas verwandelten den verlöschenden Sonnenschein in ein Licht wie auf dem Grund des Meeres.

»Werden sie uns umbringen?« fragte Renie Kunohara. Er erwiderte nichts. »Wirst du das zulassen?«

Er blickte sie einen Moment lang an. Etwas von der Schärfe, die sie bei der ersten Begegnung an ihm bemerkt hatte, war fort, vielleicht durch mehr als bloß Alkohol abgestumpft. »Daß ihr noch hier seid, bedeutet, daß ihr irgendwie Teil der Geschichte seid«, sagte er schließlich. »Auch wenn das für mich nicht gilt, gebe ich zu, daß es mich interessiert, wie sie ausgeht.«

»Was soll das heißen?« Renie verlor langsam die Geduld.

Kunohara lächelte nur und verlangsamte seinen Schritt, so daß Renies Teil der Kolonne an ihm vorbeizog.

»Was hat er damit gemeint?« flüsterte Renie !Xabbu zu. »Geschichte? Wessen Geschichte?«

Auch ihr Freund blickte versonnen vor sich hin. »Ich muß nachdenken, Renie«, erklärte er. »Es ist seltsam. Dieser Mann könnte uns viel sagen, wenn er nur wollte.«

»Viel Glück.« Renie zog ein finsteres Gesicht. »Er ist ein Spieler. Ich kenne die Sorte. Er genießt es, der einzige zu sein, der Bescheid weiß.«

Der Wortwechsel wurde von Bruder Factum Quintus unterbrochen, der sich zwischen den anderen Gefangenen vorgedrängelt hatte, bis er bei Renie und !Xabbu angelangt war. »Hier bin ich noch nie gewesen«, sagte er staunend. »Diesen Gang habe ich noch auf keinem Lageplan gesehen.«

»Lageplan!« Hinter ihnen gestattete sich Saufaus ein glucksendes Auflachen. »Hör sich einer das an! Lageplan! Als ob die Spinnen einen Lageplan bräuchten! Sämtliche Dachspeicher sind unser.« Dann schmetterte er in den falschesten Tönen los:

»*Wer ist's, der im Dunkeln harrt*
Und webt Netze hauchfeinzart,
Doch für Opfer stahlseilhart?
Beugt euch vor den Spinnen!«

Andere betrunkene Stimmen fielen ein. Als sie in den nächsten dunklen Flur einbogen, sang die halbe Schar aus voller Kehle, schlug dazu die Waffen aneinander und machte im ganzen einen Radau wie ein Karnevalsumzug.

» *Frisch geraubt, wenn's keiner sicht,*
Nur das Süße, Bittres nicht.
Jeder Gegner wird vernicht'.
Beugt euch vor den Spinnen!«

An den Wänden des blau erleuchteten Ganges hingen stattliche Spiegel in schweren Rahmen, jeder übermannshoch und mit einem staubigen, fadenscheinigen Tuch verhängt, durch das die reflektierten Laternen der Banditen noch ganz schwach zu sehen waren. Factum Quintus beugte sich vor und verdrehte seinen langen Hals, um diese Sehenswürdigkeiten genauer betrachten zu können. »Es ist der Gang der verhüllten Spiegel«, sagte er schließlich atemlos. »Ein Mythos, dachten viele. Wunderbar! Ich hätte nie gedacht, daß ich ihn je zu Gesicht bekommen würde!«

Renie verkniff es sich, ihn darauf hinzuweisen, daß der Gang womöglich eines der letzten Dinge war, die er im Leben zu Gesicht bekommen würde.

Eine träge Stimme rief aus den hinteren Reihen: »Keine Überstürzung, wenn ihr eintretet, meine Mordbuben. Die gebotenen Formen wollen gewahrt werden.« Am Ende des Gangs mit seinen verhängten Spiegeln angelangt, blieben alle stehen; als Viticus nach vorn schritt, teilte sich seine Räuberbande und ließ ihn durch. »Wo ist Kunchen?« fragte er, als er an der Spitze des Zuges stand.

»Hier, Viticus.« Der Mann im Harlekinanzug löste sich aus der Menge. Er machte einen müden und geistesabwesenden Eindruck. Renie fragte sich, was das bedeuten mochte.

»Dann komm, mein Freund. Du wolltest doch sehen, wie wir die Mutter ehren, nicht wahr?« Der blasse Anführer trat mit Kunohara an der Seite durch die Tür am Ende des Flures.

Renie und die anderen waren jetzt zwischen den ungewaschenen Banditen eingekeilt, die sie schadenfroh piksten und stupsten. »Meinst du, Kunohara wird uns beschützen?« fragte Florimel leise. Renie konnte nur mit den Achseln zucken.

»Ich weiß nicht, was er tun wird. Ein merkwürdiger Kerl. Vielleicht sollten wir ...«

Sie bekam ihren Satz nicht zu Ende. Wie auf Kommando stürmte die ganze Räuberschar plötzlich durch die Tür und riß Renie und die anderen mit. Nachdem sie sich unter wüsten gegenseitigen Beschimpfungen durch den Engpaß eines kleinen, aber hohen Vorzimmers gedrängelt hatten, schwärmten die Banditen in dem weitläufigen Raum auf der anderen Seite aus, einem rechteckigen Saal, der noch größer war als der Glockenturm und in dem es empfindlich zog. Fenster säumten die beiden Längsseiten, doch an der linken Wand waren sämtliche Scheiben herausgeschlagen und mehrere an der rechten ebenfalls, angefangen am hinteren Ende. Durch diese klaffenden Öffnungen sah man die Dächer, Erker und Türme des Hauses sich schier endlos in die Ferne erstrecken, mattrot angehaucht vom letzten Licht der untergehenden Sonne. Kalter Wind wehte durch die kahlen Rahmen herein, an denen nur noch wenige scharfe Splitter hingen. Die noch nicht zerbrochenen Scheiben waren aus Buntglas, große vielfarbige Rechtecke, deren Motive in dem schwindenden Licht schwer zu erkennen waren, obwohl Renie Gesichter zu sehen meinte.

Ihre Aufpasser schleppten sie bis fast an das hintere Ende des Raumes, wo Viticus vor einem qualmenden Ölfeuer in einer breiten Bronzeschale kniete, während Hideki Kunohara etwas abseits stand und zusah. Hinter dem Feuer ragte größer als ein Mann eine schattenhafte Gestalt in die Höhe, von den Flammen unheimlich zuckend angeleuchtet, so daß die Silhouette roh und wechselhaft wirkte. Die hohe, in eine Kutte gewandete Figur saß mit über den Knien gefalteten Händen da, das Gesicht von der herabhängenden Kapuze verhüllt. Renie war einen Moment lang furchtbar erschrocken, ehe sie erkannte, daß es sich um eine Statue handelte; sie erschrak fast genausosehr, als sie sah, daß das Ding ganz aus Glasscherben zusammengesetzt war.

Die meisten der Räuber waren zurückgeblieben und wollten dem Götzenbild offensichtlich nicht zu nahe kommen, doch der bärtige Hüne Grapsch und ein Dutzend andere stießen Renie und ihre Gefährten auf die Knie.

Der blasse Viticus wandte sich von dem Glasgebilde ab. Seine Augen waren verschleiert, als könnte er sie nur mit Mühe und Not offen halten, aber es lag immer noch eine scharfe Wachsamkeit in ihnen. »Heute ist der Tag der Mutter«, erklärte er, wobei er Renie und die anderen prüfend betrachtete. »Alle preisen ihren Namen. Gut, wen sollen wir ihr zum Geschenk machen?« Er wandte sich an Kunohara. »Leider können wir ihr nur *ein* Opfer auf die gebührende Art bringen.« Er deutete auf das nächste noch unzerbrochene Fenster, von dem man jetzt, wo die Sonne hinter den fernen Dächern versunken war, überhaupt nicht mehr erkennen konnte, was es darstellen sollte. »Auch so werden wir in ein paar Jahren keine Fenster mehr haben und uns einen andern Ort suchen müssen ...« Ein kurzer Hustenanfall schüttelte ihn, woraufhin er sich die Lippen mit dem schmierigen Ärmel abtupfte. »Wir werden einen andern Ort finden müssen, wo wir der Mutter der Scherben Geschenke darbringen können.« Er spähte in die Runde und deutete lässig auf T4b. »Wir haben ihr in den letzten zwei Jahren keinen Mann mehr gegeben – ich denke, für diesen strammen Burschen wird sie uns dankbar sein.«

Grapsch und einer der anderen Räuber packten T4b an den Armen und schleiften ihn vor das erste noch heile Fenster. Der junge Mann wehrte sich vergebens: Als sein Ärmel zurückrutschte und seine schimmernde Hand zu sehen war, zuckte Grapsch zusammen und beugte den Kopf zur Seite, aber hielt weiterhin gut fest.

»Nein!« Florimel bäumte sich gegen die Männer auf, die sie ihrerseits in den Griff genommen hatten. Neben ihr stieß Emily einen Schrei nackten Entsetzens aus, heiser wie ein Todesröcheln.

»Der Fall dauert nicht lange«, versicherte Viticus T4b. »Nur kurz ein bißchen kalter Wind, dann wirst du nie wieder irgend etwas fürchten müssen.«

»Kunohara!« schrie Renie. »Willst du dabei einfach untätig zusehen?«

Der Harlekin verschränkte die Arme vor der Brust. »Ich glaube nicht.« Er wandte sich an den Räuberhauptmann. »Leider kannst du diese Leute nicht haben, Viticus.«

Der gepuderte Mann betrachtete die Gefangenen, dann Kunohara. Die Sache schien ihn mehr zu amüsieren als sonst etwas. »Du bist schrecklich langweilig, Kunchen. Bist du sicher?«

Bevor Kunohara antworten konnte, trat der Bandit, den sie Saufaus nannten, mit wutverzerrtem Gesicht vor. »Wie kommt dieser Wicht dazu, dem Weißen Fürsten etwas zu verbieten?« Zitternd vor beleidigtem Obrigkeitsgehorsam richtete er seinen Tromblon auf Kunohara. »Wie kommt er dazu, den Spinnen vorzuschreiben, wie sie die Mutter ehren sollen?«

»Ich glaube, das solltest du lieber nicht tun, Saufaus«, sagte Viticus milde, aber der Bandit war so empört, daß er den Hauptmann, dessen Ehre er verteidigte, gar nicht beachtete. Sein Finger krümmte sich um den Abzug. »Ich puste diesen kleinen Lackaffen ein für allemal aus dem Haus raus ...!«

Auf eine kleine Geste von Kunohara hin loderten Saufaus' Arme urplötzlich auf. Kreischend und um sich schlagend fiel er zwischen seinen Kumpanen zu Boden, die hastig zurückwichen, so daß augenblicklich ein rasch größer werdender Kreis um ihn herum entstand. Kunohara schwenkte den Finger, und die Flammen waren fort. Der Räuber lag zusammengekrümmt neben seinem vergessenen Schießgewehr, rieb sich die Unterarme und weinte.

Kunohara lachte still vor sich hin. »Manchmal ist es gut, einer der Götter von Anderland zu sein.« Er hörte sich immer noch ein bißchen betrunken an.

»Können wir gar keinen von ihnen nehmen?« erkundigte sich Viticus.

Kunohara musterte Renies Begleiter. Emily weinte. T4b, fürs erste gerettet, war vor dem Fenster auf die Knie gesunken. »Der Mönch?« sagte der Harlekin halb zu sich selbst. »Er ist schließlich keiner von euch«, gab er Renie zu bedenken. »Er ist ... na ja, du weißt, was ich meine.«

Renie war entrüstet, obwohl er formal natürlich recht hatte. »Bruder Factum Quintus hat genauso das Recht zu leben wie wir, ob er nun ...« Sie stockte. Sie hatte sagen wollen, *ob er nun ein richtiger Mensch ist oder nicht*, aber merkte noch rechtzeitig, daß diese Äußerung weder besonders freundlich noch besonders klug wäre. »Egal«, sagte sie statt dessen. »Er *ist* einer von uns.«

Kunohara drehte sich zu Viticus um und zuckte mit den Achseln.

»Tja, dann«, seufzte der Weiße Fürst. »Grapsch?«

Der Hüne bückte sich und hob den wimmernden Saufaus vom Boden auf. Er machte einen Schritt zur Seite, um an T4b vorbeizukommen, dann stemmte er den Unglücklichen, der vor fassungslosem Grauen laut aufheulte, als er begriff, was geschehen sollte, in die Höhe und wuchtete ihn durch das Buntglasfenster, das in tausend Scherben zerbarst.

Der sekundenlang schallende Schrei wurde immer leiser und brach dann jäh ab. In der anschließenden Stille rutschten noch ein paar Glassplitter aus dem Rahmen und klirrten zu Boden.

»Ich danke dir, Mutter, für alles, was du mir gegeben hast«, sagte Viticus und verbeugte sich vor der Statue aus Glasscherben. Er bückte sich, pickte mit seinen langen Fingern die Stücke auf, die aus dem zerschmetterten Fenster geflogen waren, und warf sie der Statue in den Schoß. Einen Moment lang schien sie ein wenig anzuschwellen, eine Täuschung durch den flackernden Feuerschein.

Zu Tode erschrocken über den brutalen Mord merkte Renie auf einmal, wie der kalte Raum noch kälter wurde, obwohl der Wind sich nicht erhoben hatte. Etwas veränderte sich, alles verschob sich irgendwie zur Seite. Zuerst meinte sie, wieder einen der bizarren Realitätsaussetzer zu erleben wie unlängst, als sie Azador auf dem Fluß verloren hatten, aber statt daß die ganze Welt zum Stillstand kam, wurde nur die Luft dichter und kälter, zäh wie Nebel. Auch das Licht veränderte sich, es schien sich zu strecken und alles viel weiter weg zu rücken. Einige der Banditen schrien vor Furcht, doch ihre Stimmen waren fern. Renie hatte das Gefühl, die Statue der Mutter werde jeden Augenblick zum Leben erwachen, von ihrem Sockel heruntersteigen, knirschend die Klauen spreizen ...

»Das Fenster!« ächzte Florimel. »Seht doch!«

Genau an der Stelle, wo nur Sekunden vorher Saufaus in den Tod gestürzt war, nahm etwas Gestalt an, so als ob das Buntglas wieder über das dunkle Loch wachsen wollte. Aus einem bleichen Fleck in der Mitte schälte sich der rohe Umriß eines Gesichts heraus. Gleich darauf wurde es klarer, und man sah das schwache, verwischte Bild einer jungen Frau mit blind starrenden schwarzen Augen.

»Die Madonna ...«, schrie jemand aus der Menge hinter Renie. Alle Geräusche waren verzerrt - es war nicht zu sagen, ob die Worte Freude oder Entsetzen ausdrückten.

Das Gesicht bewegte sich auf der milchigen Fläche, die den Rahmen ausfüllte, wie gefangen glitt es von einer Ecke in die andere. »Nein!« sagte es. »Ihr macht mir Albträume!«

Renie spürte, wie !Xabbu sich an sie klammerte, doch obwohl sein Kopf ganz dicht neben ihrem war, konnte sie nichts sagen, sowenig wie sie den Blick von der Ahnung eines Gesichts abwenden konnte, das jetzt von dunklen Haaren wie von einer Aura umgeben war.

»Ich gehöre hier nicht her!« Ihr unscharfer Blick schien Renie und ihre Gefährten wahrzunehmen. »Es schmerzt mich hierherzukommen! Ihr aber ruft mich - ihr beschwört meine schlimmsten Albträume herauf!«

»Wer ... wer bist du?« Florimels Stimme war kaum vernehmbar, so als ob jemand ihr mit starken Fingern den Hals zudrückte.

»*Er schläft jetzt - der Eine, der Anders ist -, doch er träumt von euch. Aber die Dunkelheit durchweht ihn. Der Schatten wird größer.*« Einen Moment lang wurde das Gesicht so gut wie unsichtbar; als es wieder erschien, war es so schwach, daß die Augen wenig mehr als kohlschwarze Punkte im blassen Oval ihres Gesichtes waren. »*Ihr müßt die andern finden. Ihr müßt zu Ilions Mauern kommen!*«

»Was bedeutet das?« fragte Renie, die endlich ihre Stimme wiederfand. »Welche andern?«

»*Dahin! Der Turm! Alles dahin!*« Das Gesicht verwehte wie eine vom Sturm zerrissene Wolke. Gleich darauf war nur noch die rechteckige Öffnung des Fensters da, eine klaffende Wunde im Fleisch der Nacht.

Es dauerte lange, bis Renie wieder etwas fühlte. Die eisige Kälte war fort, und an ihrer Stelle spürte man nur noch den nicht ganz so frostigen Hauch des Windes, der um die Türme strich. Draußen war aus Abend Nacht geworden; das einzige Licht, das in dem hohen Saal noch brannte, war das unstet flackernde Ölfeuer.

Der Räuberhauptmann Viticus saß auf dem Boden, wie von einer Bö umgeblasen, und sein geschminktes Gesicht war vor Bestürzung ganz lang. »Das ... das passiert sonst nicht«, sagte er leise. Die meisten Banditen waren geflohen, die noch übrigen hatten sich in flehenden Posen bäuchlings niedergeworfen. Viticus drückte sich auf seine zitternden Beine hoch und staubte mühsam beherrscht die Kniehosen ab. »Ich halte es für wahrscheinlich, daß wir nie wieder hierherkommen«, sagte er und schritt so würdevoll wie möglich zur Tür, jedoch mit angezogenen Schultern, als erwartete er einen Schlag. Er blickte sich nicht noch einmal um. Als er hinausging, rappelten sich die restlichen Speicherspinnen auf und hasteten hinter ihm her.

!Xabbu zupfte Renie am Arm. »Geht es dir gut?«

»Einigermaßen, denke ich.« Sie schaute nach den anderen. Florimel und T4b saßen auf dem Boden, und Factum Quintus führte auf dem Rücken liegend Selbstgespräche, aber Emily lag als schlaffes Bündel vor der gegenüberliegenden Wand, unter einem der zerbrochenen Fenster. Renie eilte zu ihr und vergewisserte sich, daß das Mädchen noch atmete.

»Sie ist bloß ohnmächtig, glaube ich«, rief Renie den anderen über die Schulter zu. »Das arme Ding.«

»Ilions Mauern, was?« Hideki Kunohara hockte mit entrückter Miene im Schneidersitz unter dem rohen Abbild der Mutter. »Ihr seid tatsächlich im Zentrum der Geschichte, wie es aussieht.«

»Was redest du da?« fuhr ihn Florimel an, die langsam ihre Fassung zurückgewann. Sie trat neben Renie zu Emily, und gemeinsam drehten sie das Mädchen in eine etwas bequemere Lage. »Das bedeutet Troja, nicht wahr? Die Festung des Königs Priamos, den Trojanischen Krieg - bestimmt wieder eine von diesen verdammten Simulationen. Was sagt dir das, Kunohara, und was meinst du mit ›Zentrum der Geschichte‹?«

»Ich meine die Geschichte, die sich überall um euch herum abspielt«, antwortete er. »Die Madonna ist erschienen und hat euch gerufen. Ziemlich eindrucksvoll, das muß sogar ich zugeben. Ihr werdet im Labyrinth erwartet, nehme ich an.«

»Labyrinth?« Renie schaute von Emily auf, die Anzeichen machte, wieder zu sich zu kommen. »Mit dem Minotauros und so?«

»Das war im Palast des Minos, auf Kreta«, sagte Florimel. »In Troja gab es kein Labyrinth.«

Kunohara kicherte, aber es war kein besonders liebenswerter Ton. Wieder fühlte Renie etwas Abnormes an ihm, eine fiebrige Wildheit. Sie hatte angenommen, es sei der Schnaps, aber vielleicht war es etwas anderes - vielleicht war der Mann schlicht und einfach wahnsinnig.

»Wenn ihr so viel wißt«, sagte er, »dann könnt ihr vielleicht eure ganzen Fragen selber beantworten.«

»Nein«, erwiderte Renie. »Tut uns leid. Aber wir sind verwirrt und erschrocken. Wer war diese ... diese ...?« Sie deutete auf das Fenster, in dem das Gesicht erschienen war.

»Das war die Madonna der Fenster«, sagte Bruder Factum Quintus hinter ihr mit ehrfurchtsvoller Stimme. »Und ich dachte, ich hätte heute schon alles gesehen, was es an Wundern zu sehen gibt! Sie ist Wirklichkeit! Nicht bloß ein altes Märchen!« Mit der grotesken Vielgelenkigkeit einer Stabschrecke setzte er sich kopfschüttelnd auf. »Davon werden sie sich in der Bibliothek noch in Generationen erzählen.«

Es schien ihm völlig entgangen zu sein, daß sie nur knapp dem Tod entronnen waren, dachte Renie säuerlich. »Aber was wollte sie, diese ... Madonna? Ich konnte mir überhaupt keinen Reim darauf machen.« Sie wandte sich Kunohara zu. »Was zum Teufel läuft hier eigentlich?«

Er breitete die Hände aus. »Ihr seid nach Troja bestellt worden. Das ist eine Simulation, wie deine Freundin schon sagte, aber zudem war es die erste Simulation, die von der Gralsbruderschaft erbaut wurde. Nahe dem Kern des Ganzen.«

»Was meinst du mit ›Kern des Ganzen‹? Und woher weißt du so viel - du hast gesagt, du würdest nicht zum Gral gehören.«

»Ich gehöre auch nicht zur Sonne und weiß doch, wann es am Nachmittag heiß wird oder wann der Abend kommt.« Zufrieden mit diesem Sinnspruch nickte er.

Florimel murrte: »Wir haben die Rätsel satt, Kunohara.«

»Dann wird Troja viele Enttäuschungen für euch bereithalten.« Er klatschte sich auf die Schenkel und stand auf, dann machte er eine ironische kleine Verbeugung vor der Statue der Mutter, ehe er sich ihnen wieder zudrehte. »Im Ernst, ihr könnt euch so eine Miesepetrigkeit nicht leisten - ihr schimpft auf Rätsel, aber wodurch wird man weise? Habt ihr die Rätsel gelöst, die ich euch beim letztenmal aufgegeben habe? Dollos Gesetz und Kishimo-jin? Ein bißchen Verständnis könnte für euren Teil der Geschichte nicht schaden.«

»Geschichte! Ständig redest du von einer Geschichte!« Renie hätte ihm am liebsten eine Ohrfeige gegeben, aber sie wurde die Erinnerung an das entsetzte Gesicht des Räubers Saufaus nicht los, an die Flammen, die Kunohara sekundenlang an ihm hatte auflodern lassen. Wer konnte sagen, was in einer irrealen Welt real war? Kunohara hatte sich als einen der Götter von Anderland bezeichnet, und damit hatte er recht.

»Bitte, Herr Kunohara, was bedeutet das?« fragte !Xabbu und griff dabei nach Renies Hand, um sie zu beruhigen. »Du sprichst von einer Geschichte, und die Frau - die Madonna der Fenster - sprach von einem, der uns träumt. Traum ist *mein* Name, in der Sprache meines Volkes. Ich dachte, wir wären in einer Welt rein mechanischer Dinge, aber ich bin mir nicht mehr sicher, ob das stimmt. Vielleicht, so frage ich mich, gibt es einen tieferen Grund für mein Hiersein - oder einen höheren Zweck. Wenn ja, würde ich ihn gern erfahren.«

Zu Renies Überraschung betrachtete Kunohara !Xabbu geradezu hochachtungsvoll. »Du hörst dich ein wenig wie die Leute vom Kreis an, aber vernünftiger«, sagte der Insektenfreund. »Zu Träumen kann ich nichts sagen - in einem derart komplizierten Netzwerk gibt es viel, was niemand wissen kann, nicht einmal die Erbauer, und es gab auch viele Details, die die Bruderschaft vor uns übrigen verborgen hielt. Aber daß es eine Geschichte gibt, müßtet ihr mittlerweile eigentlich gemerkt

haben. Das gesamte Netzwerk hat irgendwie seinen Zufallscharakter verloren«, er stockte grübelnd, »... oder vielleicht ist Zufall ja selbst nur ein Name für Geschichten, die wir noch nicht als solche erkannt haben.«
»Du willst damit sagen, daß irgend etwas das Netzwerk lenkt?« fragte Florimel. »Aber das wußten wir schon. Das liegt doch bestimmt in der Absicht der Gralsbruderschaft - es ist schließlich ihre Erfindung.«
»Vielleicht ist es das Betriebssystem selbst ...«, meinte Renie. »Es muß sehr kompliziert sein, sehr hoch entwickelt.«
»Nein, ich meine, daß etwas noch Subtileres am Werk ist.« Kunohara schüttelte ungeduldig den Kopf. »Was mir durch den Kopf geht, kann ich wahrscheinlich nicht erklären. Es spielt keine Rolle.« Er ließ mit gespielter Niedergeschlagenheit den Kopf hängen. »Die Hirngespinste eines einsamen Mannes.«

»Bitte, sag sie uns!« Renie hatte Angst, er könnte wieder verschwinden, wie er es schon zweimal getan hatte. Trotz seines Sarkasmus war sein Unbehagen an der Situation deutlich spürbar - er war kein Mann, der sich in der Gegenwart anderer wohlfühlte.

Kunohara schloß die Augen. Einen Moment lang schien er mit sich selbst zu sprechen. »Es geht nicht. Ein Geschichten-Mem? Wer würde so etwas machen? Wer *könnte* so etwas machen? Man kann keinen Mechanismus mit Worten infizieren.«

»Was redest du da?« Renie setzte an, ihn am Arm zu fassen, aber !Xabbus warnendes Drücken hielt sie davon ab. »Was ist ein ... ein Geschichtgenehm?«

»Geschichten-Mem. M-E-M.« Er öffnete die Augen. Sein Ausdruck war hart und ironisch geworden. »Wollt ihr nach Troja?«

»Was?« Renie blickte sich in der kleinen Runde um. T4b hielt Emily im Arm, die immer noch nur halb bei Bewußtsein war. Factum Quintus stand auf der anderen Seite des zugigen Raumes und inspizierte den Rahmen eines der zerbrochenen Fenster, anscheinend ohne von ihrem Gespräch etwas mitzubekommen. Nur Florimel und !Xabbu hörten aufmerksam zu.

»Du hast gehört, was ich gesagt habe - oder was die Madonna der Fenster gesagt hat. Man lädt euch ein oder befiehlt euch oder fleht euch an, dort hinzukommen. Wollt ihr? Ich kann ein Gateway für euch öffnen.«

Renie schüttelte langsam den Kopf. »Wir können nicht - noch nicht. Unsere Freundin ist entführt worden. Wirst du uns helfen, sie zu befreien?«

»Nein.« Kunohara wirkte jetzt distanziert, eisig, aber das halbe Lächeln blieb. »Ich bin auch so schon zu lange hier, habe mich eingemischt, gegen meine erklärten Vorsätze. Ihr habt euren Part in dieser Geschichte, aber ich nicht. Nichts davon betrifft mich.«

»Aber wieso kannst du uns nicht einfach *helfen?*« sagte Renie. »Du tust nichts weiter, als uns diese verwirrenden Rätsel vorzusetzen, als wäre das alles bloß ... eine Geschichte.«

»Hör zu«, entgegnete Kunohara, ohne ihre nahezu flehende Miene zu beachten. »Ich habe schon mehr getan, als ich sollte. Willst du eine ehrliche Auskunft von mir? Nun gut, ich werde ehrlich sein. Ihr habt euch gegen die mächtigsten Menschen der Welt gestellt. Schlimmer noch, ihr seid in ihr Netzwerk eingedrungen, wo sie mehr als Menschen sind - sie sind Götter!«

»Aber du bist auch ein Gott. Das hast du selbst gesagt.«

Kunohara gab einen verächtlichen Laut von sich. »Ein sehr kleiner Gott, und mit sehr geringer Macht außerhalb meines Bezirks. Jetzt sei still, und ich werde dir die volle Wahrheit sagen. Ihr habt euch eine unmögliche Aufgabe gestellt. Das ist eure Sache. Irgendwie seid ihr bis jetzt am Leben geblieben, und das ist interessant, aber es hat nichts mit mir zu tun. Jetzt wollt ihr von mir, daß ich eingreife, mich auf eure Seite schlage, als ob ich irgendein guter Geist aus einem Kindermärchen wäre, der nur auf euch gewartet hat. Aber ihr werdet es nicht schaffen. Kann sein, daß die Bruderschaft sich eines Tages vor lauter Klugheit selbst zerstört, aber das wird dann nicht euer Verdienst sein. Vorher werden sie euch fangen, entweder hier oder in der wirklichen Welt, und wenn sie das tun, werden sie euch foltern, bevor sie euch töten.«

Er drehte sich einem Mitglied der Schar nach dem anderen zu, zwar ein wenig schwankend, aber er hatte mit jedem Blickkontakt, mit einigen zum erstenmal. »Wenn das geschieht, werdet ihr ihnen alles sagen, was sie wissen wollen. Soll ich euch mein Herz ausschütten, nur damit ihr alle Informationen an sie weitergeben könnt? Soll ich dafür sorgen, daß ihr ihnen zwischen euren Schreien eine Geschichte darüber erzählen könnt, wie ich euch im Kampf gegen sie unterstützt habe?« Er starrte kopfschüttelnd seine Hände an; es war schwer zu sagen, wer der Gegenstand seines Unwillens war, Renie und ihre Gefährten oder er selbst. »Ich habe es euch schon einmal gesagt: Ich bin nur ein kleiner Mann. Ich will mit euerm eingebildeten Heldentum nichts zu tun haben. Die Bruderschaft ist viel, viel zu stark für mich, und ich kann nur deswegen hiersein und meine Freiheit im Netzwerk genießen, weil ich kein Störfaktor bin. Ihr denkt, ich spreche in Rätseln, bloß um euch zu quälen? Auf meine Art habe ich versucht, euch zu helfen. Aber soll ich für euch alles wegwerfen, was ich habe, mein kleines Leben inbegriffen? Ich glaube kaum.«

»Aber wir verstehen diese Dinge nicht mal, die du uns erzählt hast ...«, begann Renie. Im nächsten Moment sprach sie nur noch zur kalten Luft. Kunohara war verschwunden.

»Du bist in Sicherheit«, erklärte Renie Emily. Sie fühlte dem Mädchen die Stirn und den Puls, auch wenn ihr dabei klar war, daß das an einem Körper, der im besten Fall virtuell war und möglicherweise nicht einmal einem richtigen Menschen gehörte, eine fruchtlose Übung darstellte. Wie sollte man feststellen, ob Code ernsthaft krank war? Und was tun, wenn der Code angab, schwanger zu sein? Die ganze Sache war verrückt. »Du bist in Sicherheit«, wiederholte sie. »Diese Leute sind weg.«

Mit Florimels Hilfe bekam sie Emily in die Sitzstellung hoch. T4b stand nervös daneben und unternahm Beistandsversuche, die letzten Endes mehr störten als halfen.

»Sagt meinen Namen«, verlangte das Mädchen. Ihre Augen waren immer noch fast geschlossen; sie klang, als wäre sie noch halb im Traum. »Habt ihr ihn gesagt? Ich kann mich nicht erinnern.«

»Du heißt ...«, begann Florimel, aber Renie fiel wieder ein, was das Mädchen kürzlich gesagt hatte, und sie drückte Florimels Arm und schüttelte den Kopf.

»Was meinst du denn, wie dein Name ist?« fragte Renie zurück.

»Rasch, sag mir deinen Namen.«

»Er ist ... ich glaube, er ist ...« Emily stockte. »Warum sind die Kinder weg?«

»Kinder?« T4b klang ängstlich besorgt. »Ham die ihr was getan, die Schrottos da eben? Spinntse jetzt?«

»Was für Kinder?« erkundigte sich Renie.

Emilys Augen klappten auf und überflogen den Raum. »Es sind keine hier, was? Einen Moment lang hatte ich den Eindruck, ich dachte, der Raum wäre voll von ihnen, und sie machten ganz viel Lärm, und dann ... dann hörten sie auf ... einfach so.«

»Wie ist dein Name?« fragte Renie abermals.

Die Augen des Mädchens verengten sich, als befürchtete sie, hereingelegt zu werden.»Emily, wie sonst? Wieso fragst du mich das?«

Renie seufzte.»Schon gut.« Sie rutschte ein Stück zurück und ließ Florimel weitermachen, die nachprüfte, ob dem Mädchen etwas zugestoßen war.»Na, dann auf zu neuen Taten.«

Florimel blickte von ihrer Untersuchung auf.»Wir haben viel zu bereden. Viele Dinge zu klären.«

»Aber zuerst müssen wir immer noch Martine finden.« Renie wandte sich dem Mönch zu, der die Statue der Mutter mit stiller Verzückung inspizierte.»Factum Quintus, weißt du, wie man von hier zu diesem andern Ort kommt? Wo wir als zweites nachschauen wollten?«

»Zum Turritorium?« Mit abgeknickter Taille, die Nase nur Zentimeter vom Glasscherbengesicht der Mutter entfernt, sah seine hagere Gestalt aus wie ein hölzerner Pickvogel.»Ich denke schon, falls ich den Hauptdurchgang im Dachspeicher finde. Ja, doch, das wäre das beste. Wir können nicht mehr als wenige hundert Schritt Luftlinie davon entfernt sein, aber wir müssen einen Weg finden, und der Dachspeicher ist ein ziemliches Labyrinth.« Mit ernster Miene drehte er sich jetzt voll zu ihr um.»Hmmm, ja. Apropos Labyrinth ...«

»Ich bin sicher, du wüßtest gern, was es mit alledem auf sich hat«, sagte Renie aufseufzend.»Und wie du dir denken kannst, müssen wir selbst auch darüber reden.« Sie fragte sich, wieviel sie Factum Quintus erzählen durften, ohne befürchten zu müssen, daß er den Verstand verlor.»Aber unsere Freundin kommt zuerst, und wir müssen hier Stunden verloren haben.«

»Es sind ganz fremdartige Sterne am Himmel«, sagte !Xabbu vom Fensterbrett aus, wo er hockte.»Ich kenne sie alle nicht. Aber du hast recht, die Sonne ist schon seit längerem untergegangen.«

»Dann laßt uns aufbrechen.« Renie stand auf und merkte dabei zum erstenmal seit ihrer Gefangennahme, wie zerschlagen und müde sie war.»Martine braucht uns. Ich hoffe bloß, wir finden sie noch rechtzeitig.«

Während T4b Emily aufhalf, flüsterte Florimel Renie leise zu:»Eines haben wir jedenfalls gelernt: Das nächste Mal keine Aktion ohne vorherigen Plan. Und wir *müssen* es schaffen. Selbst wenn wir Martine retten, sind wir hilflos, wenn wir nicht auch das Feuerzeug wiederkriegen.«

»Amen.« Renie beobachtete nervös, wie !Xabbu auf dem Fensterbrett balancierte, und versuchte sich zu sagen, daß er in dieser Welt den Körper eines Affen hatte und zweifellos die Balance und die Kletterfertigkeit eines Affen besaß. Aber es fiel ihr dennoch schwer, ihm dabei zuzuschauen, wie er sich dort, wo erst wenige Minuten zuvor ein Mann in den Tod gestürzt war, in die kalte Abendluft hinauslehnte. »!Xabbu, wir gehen.«

Als er herunterhopste, sagte Florimel: »Ich muß zugeben, daß Kunoharas Worte mir noch nachhängen. Ohne ihn wären wir diesen stinknormalen Banditen hilflos ausgeliefert gewesen. Wie wollen wir dann mit den Herren dieses Netzwerks fertig werden? Was haben wir für eine Chance?«

»Die Frage ist nicht, was wir für eine Chance haben«, entgegnete Renie, »sondern was wir für eine *Wahl* haben.«

Darauf war nichts zu erwidern, und so drehten sie sich um und folgten den anderen zur Tür hinaus. Den Saal mit den zerbrochenen Fenstern überließen sie der Nacht und dem Wind.

Kapitel

Träume in einem toten Land

NETFEED/PRIVATANZEIGEN:
Bleibt mir gestohlen ...
(Bild: InserentIn M.J. [weibliche Version])
M.J.: "Nein, keine Entschuldigungen, ich will sie nicht hören — ich HASSE Schwächlinge! Bleibt mir gestohlen, ich will gar nicht wissen, warum ihr nicht angerufen habt. Wenn ihr nicht Mann genug seid ... oder Frau genug ... dann spart euch euern Atem und kriecht ab! Oooh, bin ich wütend! Wenn ihr jetzt anruft, werde ich Sachen mit euch machen — schreckliche, grausige, qualvolle, demütigende Sachen ..."

> Paul fühlte sich klein wie eine in die Ecke getriebene Maus, die gerade noch ein letztes Quieken ausstößt. Als die mächtige Hand des Zyklopen nach ihm griff, stolperte er zurück, und das Grauen saugte ihm alle Kraft aus den Beinen.

Nichts um dich herum ist wahr, hatte die goldene Harfe ihm gesagt, *und dennoch kann das, was du siehst, dich verletzen oder töten ...*

Mich töten, dachte er benommen, während er am Höhlenboden verzweifelt nach etwas tastete, das er als Waffe verwenden konnte. Das Brüllen des Riesen war so ohrenbetäubend laut, daß es ihm jeden Gedanken aus dem Kopf blies. *Er wird mich töten - aber ich will nicht sterben ...!*

Er bekam die Schafschere zu fassen, doch für eine brauchbare Waffe war sie viel zu kurz und zu schwer. Er hob sie hoch und schleuderte sie mit aller Kraft, aber Polyphem wischte sie einfach beiseite. Irgendwo hinter dem Zyklopen lag Azador, dem ein Schlag wahrscheinlich den

Schädel zerschmettert hatte. Die große Felsplatte, die die Höhle verschloß, war nicht ganz herangeschoben, aber Paul wußte, daß der Unhold ihn packen würde, bevor er sich durch die schmale Lücke zwängen konnte.

Er grapschte nach etwas, das sich wie ein Stein anfühlte, aber es war zu leicht; erst als es wirkungslos an der breiten Brust des Zyklopen abprallte, erkannte er, daß es ein menschlicher Schädel war. *Meiner ...!* Der Gedanke zischte vorbei wie ein Funke. *Der nächste Narr, der das versucht, wird meinen nehmen ...* Die niederdonnernde Riesenhand verfehlte ihn knapp. Paul taumelte zurück. Als der Zyklop sich vorbeugte, Hals und Hand mit Blut von Azadors fehlgeschlagenem Angriff beschmiert und das grollende, zahnlückige Maul nach faulem Fleisch stinkend, löste sich der Unterschied zwischen real und virtuell vollends in nichts auf.

Paul wuchtete einen Pecheimer hoch und warf ihn nach dem Gesicht des Zyklopen, in der Hoffnung, ihn zu blenden. Der Eimer erreichte sein Ziel nicht und krachte dem Riesen statt dessen ans Brustbein, was zwar seine gewaltige Brust mit zäher schwarzer Brühe überzog, aber ihn sonst nicht weiter störte. Paul sprang zur Seite und schlüpfte hinter ihr Floß, das nahe dem Feuer an der Wand lehnte. Polyphem schleuderte es zur Seite, als ob es aus Papier wäre, und laut krachend schlug es am anderen Ende der Höhle auf. Die Bestie schürzte voll grimmiger Vorfreude die Lippen, als Paul abermals floh und rückwärts in eine Ecke zurückwich, mit nur einem Ast aus dem Brennholzstapel als Waffe. Die gewaltigen Pranken kamen von beiden Seiten auf ihn zu, und Paul drosch unsinnig auf die schmutzigen, breiten Finger ein.

Plötzlich schoß der Zyklop hoch, hieb nach etwas hinter ihm und ließ dabei einen Schrei los, von dem Paul die Trommelfelle zu platzen drohten. Azador stolperte vom Bein des Schreienden zurück, in dessen dickem Wadenmuskel jetzt die Schere zitterte, die Paul vorher geworfen hatte. Der Riese tat einen Schritt auf seinen neuen Angreifer zu, dann schaute er sich mit seinem großen, blutunterlaufenen Auge nach Paul um, der immer noch in der Ecke kauerte. Polyphem stampfte zur Höhlenwand und griff sich seinen Hirtenstab, einen gut sechs Meter langen, bronzebeschlagenen schlanken Baumstamm, fuhr dann mit überraschender Schnelligkeit herum und holte damit nach Azador aus, der sich gerade noch auf den Bauch fallen lassen konnte, so daß der Stamm ganz knapp über seinen Kopf hinwegzischte. Polyphem reckte den Stab in die Höhe, um ihn wie einen Fisch zu durchbohren.

In seiner Verzweiflung warf Paul das Stück Brennholz, das er in der Hand hielt, nach dem Zyklopen, doch es prallte harmlos von dessen Rücken ab. Er sprang vor und stemmte den hölzernen Eßnapf des Riesen in die Höhe, sah dann aber ein, daß er damit nicht mehr würde ausrichten können als mit dem Ast. Der Zyklop stieß immer wieder nach Azador, und dieser konnte zwar mehrmals gerade noch wegrollen, aber schließlich hatte er keine Ausweichmöglichkeit mehr. In seinem ohnmächtigen Entsetzen merkte Paul erst nach einem Moment, daß er auf etwas stand, das ihm den Fuß verbrannte.

Der Zyklop hatte schon den Stab erhoben, um Azador an die Wand zu nageln, als Paul den Fuß an die Schere setzte, die noch in der mächtigen Wade wackelte, und sie ein Stück tiefer ins Fleisch hineintrieb. Der Riese wirbelte brüllend herum und drosch mit dem Handrücken nach Paul, doch dieser hatte den Schlag erwartet und konnte sich darunter wegducken, um dem Wütenden im nächsten Moment den Napf voll schwelender Glut ins Gesicht zu schleudern.

Er hatte sich nicht mehr davon versprochen, als das Ungeheuer einen Moment lang zu blenden, so daß sie die Flucht zum Höhlenausgang probieren konnten. Er hatte nicht erwartet, daß sich das im Gesicht und am Oberkörper klebende Pech entzünden und das Feuer prasselnd den Bart hinaufflodern würde.

Flammen hüllten den Kopf des Zyklopen ein. Seine Schmerzensschreie waren so laut, daß Paul zu Boden sank und sich die Ohren zuhielt. Polyphem drehte sich um und stürzte nach draußen, wobei er die große Steinplatte zur Seite stieß. Als sie polternd ins Innere rollte, konnte Azador Paul gerade noch aus der Bahn ziehen, bevor sie ein letztes Mal schlingerte und auf den Höhlenboden krachte.

Eine ganze Weile konnte Paul nur zusammengekrümmt auf der Seite liegen. Sein Schädel fühlte sich an, als wäre er innen zu Brei zermatscht worden, und er hörte nichts als einen einzigen gellenden Ton. Als er aufblickte, stand Azador vor ihm, blutig, aber am Leben. Er bewegte die Lippen, aber Paul konnte kein Wort verstehen.

»Ich glaube, ich bin taub«, sagte Paul. Seine eigene Stimme, leise wie ein Flüstern und fast völlig übertönt von dem schmerzhaften Singen im Kopf, schien vom anderen Ende eines riesengroßen Raumes zu kommen.

Azador half ihm auf. Sie blickten zum offenen Eingang, beide mit der unausgesprochenen Frage, wie lange es dauern würde, bis der Riese die Flammen gelöscht hatte und voller Verbrennungen und Rachedurst zurückkam. Azador deutete auf das Floß, offensichtlich mit der Absicht, es abzutransportieren, aber Paul schüttelte nur den Kopf und stolperte zum Ausgang hinaus. Sie konnten nicht wissen, wieviel Zeit ihnen blieb; länger zu verweilen als unbedingt nötig war reiner Selbstmord. Er konnte den anderen Mann nicht hören, aber er wußte, daß Azador seine Feigheit verfluchte.

Draußen färbte das erste Licht des Morgengrauens den Himmel und ließ die Bahn erkennen, die sich der Riese durch den Wald gebrochen hatte, wohl auf der Suche nach Wasser. Sie folgten dem Pfad der Verwüstung, aber hielten sich links und rechts zwischen den Bäumen versteckt. Der Pfad führte im Zickzack bergab bis hinunter zum Meer.

Sie fanden den Zyklopen mit dem Gesicht nach unten auf einem Felsplateau liegen, von Rauch umringt wie ein besiegter, brennend vom Olymp zur Erde geschleuderter Titan. Im Schafsfellkittel züngelten hier und da Flammen, vom Wind angefacht. Auch der Kopf des Unholds, nur mehr ein unförmiger schwarzer Klumpen auf den Schultern, schwelte noch. Er war mausetot.

Paul ließ sich auf den Stein daneben sinken und hätte weinen können vor Glück, daß er am Leben war und wieder das Licht des Himmels sehen durfte. Er konnte Azadors Worte nicht verstehen, aber die verächtliche Miene des Mannes war leicht zu deuten.

Nachdem das Ungeheuer vernichtet war, wußten sie zwar immer noch nicht, wie sie von der Insel wegkommen sollten, aber sie hatten es damit auch nicht besonders eilig.

Den ersten Tag brachten sie einfach damit zu, sich von dem Kampf zu erholen, zu schlafen und ihre angeschlagenen Körper zu pflegen. Die meisten Blessuren waren nicht viel mehr als Schnitte und Prellungen, doch Azadors Rippen hatten einen harten Schlag abbekommen, und Paul konnte zwar wieder hören, aber hatte Verbrennungen an den Füßen und an den Stellen an Händen und Brust, wo er mit der Glut in Berührung gekommen war. Als die Sonne am Abend auf den Horizont zusank, schlug Azador vor, in der Behausung des Riesen zu schlafen, doch Paul wollte nicht mehr Zeit in dem stinkenden Loch verbringen als unbedingt nötig. Zu Azadors Verdruß bestand er darauf, daß sie ihr Lager vor der Höhle aufschlugen, wo sie zwar den Elementen ausgesetzt waren, aber frische Luft atmen konnten.

Azador fing und schlachtete eines der Schafe des Zyklopen, die sich nach dem Tod ihres Herrn über den ganzen Berg verstreut hatten. Paul erinnerte der Bratengeruch etwas zu sehr an das Geschehen, das sie gerade überlebt hatten, aber Azador speiste mit gutem Appetit. Als er schließlich sein Mahl beendete, wirkte er einigermaßen wiederhergestellt und gratulierte Paul sogar knurrend zu seiner raschen Reaktion.

»Das war gut, das mit dem Feuer«, sagte er. »Wie eine Fackel hat der Mistkerl gebrannt - *wusch!*« Azador wackelte mit den Fingern, um Flammen anzudeuten. »Und jetzt essen wir sein Fleisch.«

»Bitte nicht«, sagte Paul, dem von der Wortwahl allein schon übel wurde.

Das Floß war zu groß, als daß sie es zum Wasser hätten tragen können, deshalb zerlegten sie es widerwillig in ein halbes Dutzend kleinerer Stücke, wobei sie alle Taue zur späteren Verwendung sorgfältig aufhoben, und schleiften diese aus der Höhle zum Strand hinunter, um sie dort wieder zusammenzubauen.

»Saumäßig stark war der Kerl, das muß man ihm lassen«, knurrte Azador, als sie mit einer Anzahl vertäuter Stämme den Berg hinunterstapften. »Wie er das Ding einfach so über dem Kopf getragen hat - als ich es über den Bäumen ankommen sah, dachte ich erst, es wäre die heilige Schwarze Kali.«

Paul stolperte über eine Wurzel und hätte beinahe sein Ende losgelassen. »Die heilige was?«

»Die heilige Kali. Sie wird von meinem Volk verehrt. Wir tragen sie jedes Jahr in ihrem Boot zum Meer.« Er sah, daß Paul ihn erstaunt anstarrte. »Eine Statue. Am Tag der Heiligen wird sie zum Wasser getragen. Sie wird auch die Schwarze Sara genannt.«

Paul hatte sich nicht über die Absonderlichkeit des Rituals gewundert, sondern darüber, daß Azador etwas von sich selbst preisgab. »Sie ist ...« Er stockte. »Zu welchem Volk gehörst du denn?«

Azador zog eine Augenbraue hoch. »Zu den Roma.«

»Zigeuner?«

»Wenn du willst.« Azador hingegen schien es nicht zu wollen, denn er hüllte sich den restlichen Weg zum Strand über in Schweigen.

Sie konnten die Werkzeuge des Riesen benutzen, auch wenn diese für sie schwer und unhandlich waren. Besonders nützlich war ein Bronzemesser mit Wellenschliff, lang wie ein Schwert, aber doppelt so breit, zum Sägen von Ästen gut geeignet. Gebremst nur von einem gelegentlichen Regenschauer und ihren schmerzenden Muskeln schafften es die beiden Männer im Lauf von zwei Tagen, das Floß wieder zusammenzubauen und aus dem biegsamen Stamm eines jungen Baumes einen neuen Mast zu fertigen, aber die Arbeit war viel mühsamer als bei Pauls erstem Bootsbauprojekt. Mehr als einmal wünschte er, Kalypsos magische Axt hätte den Angriff der furchtbaren Skylla überstanden.

Am Abend des zweiten Tages feierten sie ihre für den Morgen geplante Abfahrt von der Insel des Polyphem mit einem üppigen Schmaus. Außer dem unglücklichen Tier, dessen Keule gerade an einem Spieß über den Flammen brutzelte, suchte Azador noch mehrere von den fettesten Schafen des Riesen aus, um sie mit auf das Floß zu nehmen. Der Gedanke an einen Frischfleischvorrat hob seine Stimmung sichtlich. Während ihr Feuer hoch in die Luft schlug und die Funken über die Wipfel hinaus sprühten, tanzte er und sang dazu ein Lied, dessen Text die Programme des Netzwerks nicht übersetzen wollten oder konnten. Die Grimassen, die der Zigeuner bei einigen der schwierigeren Schritte schnitt, die grimmig konzentrierte und dabei doch eigentümlich freudige Miene weckten in Paul sogar eine gewisse Sympathie für den Mann.

Auch wenn das Hammelfleisch und der letzte Krug vom sauren, aber starken Wein des Zyklopen Azador in eine gehobene Stimmung versetzten, hatte das doch keine lockernde Wirkung auf seine Zunge. Als er fertig getanzt und gegessen hatte, rollte er sich ohne weitere Worte auf die Seite und schlief ein.

Nachdem sie am nächsten Tag in See gestochen waren, wehte die ganze Zeit über ein steifer Wind und gingen die Wellen hoch, und ihr restauriertes Floß ging hingebungsvoll mit wie mit einem neuen, glühenden Liebhaber. Zermürbt von dem ständigen Auf und Ab kauerte Paul den Großteil des Tages an Deck, die Arme um den Mast geschlungen, und fragte sich, wie eine virtuelle Erfahrung seinem Innenohr derart zusetzen konnte. Gegen Sonnenuntergang legte sich der Wind ein wenig, und als laue Abendlüfte sie umspielten, sah die Welt für Paul schon wesentlich besser aus. Azador navigierte nach den Sternen, indem er sich einer Methode der Koppelrechnung bediente, von der Paul zwar in Büchern gelesen hatte, ohne ihr jedoch einen größeren praktischen Wert beizumessen als der Mumifizierung oder der Alchimie. Jetzt war er außerordentlich dankbar, einen Reisegefährten zu haben, der sich mit solchen antiquierten Sachen auskannte.

»Kommen wir bald nach Troja?« fragte er, als der Mond hinter den Wolken verschwand und Meer und Himmel sich verdunkelten. Bei dem Rauschen und Murmeln der See und der weiten sternenlosen Leere um ihn herum fühlte er sich wie im Innern einer riesigen Muschel.

»Keine Ahnung.« Azador saß hinten im Floß, eine Hand leicht auf der Ruderpinne, so seelenruhig über den Wellen thronend, als ob er bei sich zuhause auf einer Matte säße. »Hängt von vielen Dingen ab.«

Paul nickte, als verstünde er, aber nur um sich die mittlerweile bekannte - und im allgemeinen fruchtlose - Mühe zu sparen, aus Azador eine Erklärung herausholen zu wollen. Vom Wetter, vermutete er, und der Genauigkeit der Navigation.

Irgendwann nach Mitternacht band Azador das Ruder fest, um eine Runde zu schlafen. Der Mond war inzwischen untergegangen, und am schwarzen Himmel leuchteten die Sterne. Paul beobachtete, wie sie über seinem Kopf ihren langsamen Kreistanz aufführten und dabei so nahe erschienen, daß er meinte, sie berühren und sich an ihrem kalten Licht die Finger erfrieren zu können. Er schwor sich, falls er jemals nach Hause gelangte, wollte er die Gestirne nie wieder für eine Selbstverständlichkeit halten.

Am späten Vormittag ihres dritten Tages nach der Abfahrt von Polyphems Insel erblickten sie wieder Land. Kurz nach Sonnenaufgang war abermals eine Bö über sie hinweggegangen und hatte sie gezwungen, das Segel vorübergehend einzuholen, und seitdem hatten sie rauhen Wellengang. Azador zerrte gerade an den Schoten, um das Segel gut prall zu bekommen. Paul kniete vorne im Floß und hielt ebenfalls eines der Seile, aber kämpfte vor allem mit seiner Übelkeit, als er am Horizont etwas Dunkles sah.

»Schau!« rief er. »Ich glaube, da ist wieder eine Insel!«

Azador kniff die Augen zusammen. Scharf wie ein Messer schnitt plötzlich ein Sonnenstrahl durch die jagenden Wolken und ließ die fernen grünen Hügel über das dunkle Wasser leuchten.

»Ja, eine Insel«, pflichtete Azador bei. »Sieh nur, sie zwinkert uns zu wie eine schöne Hure.«

Paul fand den Vergleich ein wenig grob, aber er freute sich so, sie gesichtet zu haben, daß ihm das gleichgültig war. Er war jetzt, wo das Floß wieder seetüchtig war und er einen starken und fähigen Begleiter hatte, viel weniger traurig und ängstlich als vorher, aber dennoch wurde ihm die Eintönigkeit des Homerischen Meeres langsam ein bißchen zuviel - etwas trockenes Land wäre eine nette Abwechslung. Vielleicht gab es dort Beeren, dachte er, und sogar Brot und Käse, falls am Fuß der fernen grünen Hänge ein Dorf oder eine Stadt lag, und ihm lief das Wasser im Mund zusammen. Es war merkwürdig, daß er selten Hunger hatte, aber dennoch das *Verlangen* nach Nahrung sehr stark empfinden und sich Geschmäcke und Kaugefühle sehr lebhaft und lustvoll vorstellen konnte. Zweifellos verursacht dadurch, daß sein Körper von Apparaten am Leben erhalten wurde, die ihn wahrscheinlich über Tropfe und Schläuche mit Nährstoffen versorgten. Aber er freute sich auf den Tag, an dem er nicht nur wieder in seinem heimischen England, sondern auch in seinem wirklichen Körper sein würde. Wie den gestirnten Himmel wollte er auch das nie wieder für eine Selbstverständlichkeit halten.

Als der Tag den Mittagspunkt überschritten hatte und sie in die Nähe der Insel gekommen waren, verzogen sich die Wolken; es wehte zwar noch eine milde Brise, doch die Sonne erwärmte rasch Himmel und Meer, und Pauls Stimmung wurde immer optimistischer. Auch Azador schien sich ein wenig von dem Gefühl anstecken zu lassen. Einmal, bei einem kurzen Umdrehen, sah Paul ihn beinahe lächeln.

Die vor ihnen größer werdende Insel wölbte sich in der Mitte zu einer Gruppe steiler, grasbewachsener Hügel auf, die in der Sonne wie grüner Samt glänzten. Davor kam am Ufer eine Meile oder mehr weißer Sand, reizvoll verdoppelt in den Matten weißer Blumen, die dick wie Schnee viele der Hänge bedeckten. Flüsse und Bäche glitzerten in den Wiesen oder ergossen sich von den Felsen der höchsten Hügel in Wasserfällen, die weitere weiße Flecken bildeten. Paul sah keine menschlichen Bewohner, aber meinte, auf einigen der niedrigeren Hügel regelmäßige Formen zu erkennen, die flache Gebäude sein konnten. Es wäre in der Tat erstaunlich gewesen, wenn es keine Anzeichen menschlicher Bebauung gegeben hätte, denn die Insel war die schönste, die er bis jetzt in dieser ganzen imaginären Mittelmeerwelt gesehen hatte. Selbst die Düfte, die der Wind ihnen schon seit einiger Zeit zutrug, blühende Bäume und feuchtes Gras und etwas nicht so recht Definierbares, stark wie Parfüm und doch so fein wie der Sprühnebel von einem Wasserfall, gaben Paul das Gefühl, daß das Leben, wenigstens in diesem Augenblick, gut war.

Als sie ihr Floß durch die sanfte Brandung auf den Sand zogen, der fein wie Knochenasche war, merkte Paul auf einmal, daß er vor Vergnügen lachte.

Er und Azador fegten den Hang zur ersten Wiese hinauf und rempelten und stupsten sich dabei wie Schuljungen, die Hitzefrei bekommen hatten. Bald schon standen sie hüfttief in weichen Sträuchern voll dicker weißer Blumen, deren Blütenblätter durchsichtig wie Rauchglas waren. Das Blumenfeld erstreckte sich fast eine Meile weit, und sie wateten mit hochgehobenen Händen hinein, um die wunderschönen Blüten nicht mehr zu beschädigen, als unvermeidbar war. Der Duft war hier noch stärker, aber schwerer zu bestimmen, berauschend wie ein alter Cognac. Paul hatte das Gefühl, er könnte für den Rest seines Lebens glücklich und zufrieden an diesem Ort bleiben und immer nur diesen einen herrlichen Duft genießen.

Als sie das Feld halb durchquert hatten, schien ihr Floß nicht nur eine weite Strecke, sondern auch eine lange Zeit zurückzuliegen, aus einem anderen Leben zu stammen. Menschen erschienen in den Türen der langen weißen Häuser auf den Hügeln vor ihnen und kamen langsam den Pfad hinunter, um sie zu begrüßen. Als die Inselbewohner den Rand der blühenden Wiese erreicht hatten, wo sie auf Paul und Azador warteten, lachten auch sie aus purer Freude über die kommenden Gäste.

Es waren schöne Menschen, Männer, Frauen und Kinder, alle hochgewachsen, alle wohlgestaltet. Ihre Augen strahlten. Einige sangen. Kleine Jungen und Mädchen nahmen Paul und seinen Gefährten an der Hand und führten sie den gewundenen Weg zu ihrem Dorf hinauf, dessen breite Dächer und weiße Mauern in der Sonne glänzten.

»Was ist das für eine Insel?« fragte Paul schläfrig.
Der lächelnde, würdevolle alte Dorfvorsteher nickte langsam, als ob Pauls Frage die Quintessenz aller Weisheit enthielte. »Die Lotosinsel«, sagte er schließlich. »Kleinod der Götter. Juwel der Meere. Hort der Seefahrer.«
»Aha.« Paul nickte ebenfalls. Es war herrlich hier. All diese Ehrentitel sagten viel zuwenig. Er und Azador hatten ein Mahl vorgesetzt bekom-

men, das noch üppiger und köstlicher gewesen war als selbst das Ambrosia der Nymphe Kalypso. »*Lotos*. Ein schöner Name.« Und auch irgendwie bekannt, ein exotisches Wort, das sein Gedächtnis angenehm kitzelte, aber ihn zu keiner weiteren Denkarbeit nötigte.

Neben ihm nickte Azador noch langsamer. »Gutes Essen. Alles ist sehr, sehr schön.«

Paul lachte. Es war witzig, daß Azador das sagte, da es überhaupt kein Fleisch gegeben hatte, nur Brot und Käse und Honig und Beeren und - seltsam, aber irgendwie passend - die weißen Blüten, von denen die Hänge überzogen waren. Aber es war erfreulich, daß der Zigeuner sich wohlfühlte und daß seine übliche griesgrämige Miene verschwunden war, wie weggeweht von der warmen Brise. Etliche der Dorfmädchen hatten bereits Azadors dunkle Männerschönheit bemerkt und saßen jetzt um ihn herum wie die Jüngerinnen eines großen Lehrers. Paul wäre vielleicht eifersüchtig gewesen, aber er hatte seinen eigenen Fan-Club, der nur wenig kleiner war als der des Zigeuners, und alle bestaunten jede seiner Bewegungen und hingen an seinen Lippen, als hätten sie seinesgleichen noch nie gesehen, ja sich nicht einmal träumen lassen, daß ein solches Inbild der Vollkommenheit auf Erden wandeln könnte.

Es war gut, befand Paul. Ja, alles war gut.

Er hatte das Zeitgefühl verloren. Er erinnerte sich düster, daß die Sonne mehr als einmal weggegangen war, vielleicht hinter die Wolken geschlüpft, aber die Dunkelheit war genauso erfreulich wie das Tageslicht gewesen, und es hatte ihm nichts ausgemacht. Jetzt war es wieder dunkel. Irgendwie mußte Paul nicht aufgepaßt haben, und es war Nacht geworden. Ein Feuer war in einem Steinkreis auf dem blanken Boden angezündet worden, obwohl sie sich mitten in dem idyllischen Dorfkern befanden, aber dadurch wurde alles nur noch anheimelnder. Viele der Lotosbewohner sorgten noch für das Wohlbefinden der Gäste, während andere sich zuletzt zurückgezogen hatten, zweifellos in ihre hübschen, gemütlichen Häuser.

Azador entwand sich den langen Gliedmaßen einer dunkelhaarigen, bildschönen jungen Frau und setzte sich auf. Die Frau protestierte schläfrig und versuchte ihn wieder zu sich herunterzuziehen, aber Azador schien innerlich mit etwas beschäftigt zu sein.

»Ionas«, sagte er. »Mein Freund Ionas.«

Paul blickte ihn begriffsstutzig an, ehe ihm einfiel, daß dies der Name war, den er sich selbst gegeben hatte. Er lachte - es war lustig, daß Azador ihn so nannte.

Azador wedelte mit der Hand und versuchte sich trotz der streichelnden Finger der Frau zu konzentrieren. »Hör zu«, sagte er. »Du weißt es nicht, aber ich bin ein sehr schlauer Mann.«

Paul hatte keine Ahnung, was er damit meinte, aber es war unterhaltsam, der Stimme seines Freundes zu lauschen. Das leicht stockende Englisch klang genauso, wie ein Azador reden mußte.

»Nein, hör auf zu lachen«, sagte Azador. »Die Bruderschaft, diese Schweine - ich bin der einzige Mensch, der ihnen je entkommen ist.«

Verdutzt versuchte Paul sich zu erinnern, wer diese Bruderschaft sein mochte, aber er fühlte sich so wohl, daß es ihm als Zeitverschwendung erschien, allzu lange nachzudenken. »Du bist ... entkommen ...?« brachte er schließlich heraus. »Wem? Dieser Frau? Mit dem Zigarettenaffen und dem Feuerzeug?« Irgend etwas stimmte an dem Satz nicht, aber er kam nicht darauf, was.

»Nein, der nicht, die Frau ist unwichtig. Keine Bange, ich werde sie bald finden und mir mein Eigentum zurückholen.« Azador winkte ab. »Ich rede von der Bruderschaft, den Männern, denen diese Welt hier gehört und alle andern.«

»Die Bruderschaft.« Paul nickte ernst und bedächtig. Er erinnerte sich jetzt, oder meinte es wenigstens. Ein Mann namens Nandi hatte ihm davon erzählt. Nandi ... die Bruderschaft ... Etwas an dem Thema bedrängte ihn, aber er schob es sanft beiseite. Der große elfenbeinweiße Mond, der hinter einem dünnen Wolkenschleier über den Himmel glitt, war so wunderschön, daß Paul kurzzeitig vergaß, Azador zuzuhören.

»... Sie benutzen nicht bloß die paar Kinder, die sie gestohlen haben«, sagte Azador gerade, als der Mond hinter einer dickeren Wolkenbank verschwand und Pauls Aufmerksamkeit zurückkehrte.

»Von wem sprichst du?«

»Von den Gralsleuten. Der Bruderschaft. Komisch, wie weit weg das jetzt alles ist. Dabei kam es mir so wichtig vor.« Azador legte der dunkelhaarigen Frau die Hand auf die Stirn. Sie führte die Hand an den Mund und küßte sie, doch als auch das zu nichts führte, schlief sie wieder zusammengekuschelt neben ihm ein. »Die Roma haben sie sich natürlich als erste geholt.«

»Die Roma ...«

»Zigeuner. Meine Leute.«

»Und als erste wofür?« Es war nett, sich mit Azador zu unterhalten, sinnierte Paul, aber zu schlafen wäre auch ganz schön.

»Für ihre Maschinen, ihre Ewigleben-Maschinen.« Azador lächelte, aber ein wenig traurig. »Immer trifft es die Roma, wen sonst? Niemand mag uns. Nur hier ist das anders. Hier auf dieser Insel sind alle freundlich, aber sonst ...« Er driftete einen Moment lang ab, dann riß er sich mit einem Ruck aus seinen Träumen heraus. Auch Paul versuchte sich zu konzentrieren, obwohl er nicht recht einsah, wieso Azadors Worte wichtiger sein sollten als die nächtlichen Vögel und das ferne Rauschen des Meeres. »Jedenfalls haben sie sich unsere Kleinen geholt. Manche verschwanden, manche wurden geraubt, manche ... ach Gott, da stellten die Eltern sich blind und sagten sich, sie hätten zwar nie wieder von ihnen gehört, aber da das Geld von den Firmen weiterfloß, müßten ihre Kinder gesund und wohlauf sein und ihre Arbeit zur Zufriedenheit machen.«

»Ich verstehe nicht.«

»Sie benutzen die Kinder, Ionas. Dieses Netzwerk, es wird mit den Gehirnen von Kindern betrieben. Tausende haben sie gestohlen, so wie meine Leute, und viele tausend andere haben sie krank gemacht und kontrollieren sie mit ihren Maschinen. Und dann sind da noch die Millionen Ungeborenen.«

»Ich verstehe immer noch nicht.« Er war fast böse auf Azador, daß dieser ihn zu denken zwang. »Wovon redest du?«

»Aber mich konnten sie nicht festhalten - Azador ist ihnen entkommen.« Der Zigeuner schien Pauls Anwesenheit beinahe vergessen zu haben. »Seit zwei Jahren streife ich frei durch ihr System. Wenigstens denke ich, daß es so lange ist - erst als ich das Feuerzeug hatte, konnte ich die Zeit in der wirklichen Welt feststellen.«

»Du bist ... der Bruderschaft entkommen?« Er bemühte sich nach Kräften, aber der Nachtduft drückte seine Lider herunter wie eine kühle, sanfte Hand, schläferte ihn ein.

»Das begreifst du nicht.« Azadors Lächeln war gütig, verzeihend. »Du bist ein netter Kerl, Ionas, aber das ist zu hoch für dich. Du kannst nicht begreifen, was es heißt, von der Gralsbruderschaft gesucht zu werden. Du bist hier gefangen, ich weiß. Das geht vielen andern außer dir auch so. Aber du kannst dir nicht vorstellen, wie es für Azador ist, der sich nicht aufspüren lassen darf und den Schweinen, die das alles besitzen, immer einen Schritt voraus sein muß.« Bewegt von seiner eigenen

Tapferkeit schüttelte er den Kopf. »Jetzt aber habe ich diesen Ort gefunden, wo ich sicher bin. Wo ich ... glücklich bin ...«

Azador versank in Schweigen. Zufrieden, daß er nicht mehr denken mußte, ließ Paul sich in die wohlige Dunkelheit abgleiten.

Irgendwann später stand die Sonne am Himmel, und Paul speiste abermals mit den schönen, freundlichen Bewohnern der Insel und labte sich an den süßen Blüten und anderen wunderbaren Gerichten. Das Licht auf der Insel war seltsam sprunghaft, wie es so fast übergangslos von hellem Tag zu finsterer Nacht und wieder zurück wechselte, aber das war eine minimale Unannehmlichkeit, wenn man dagegen die tiefen Beglückungen, die einem hier zuteil wurden, in die Waagschale warf.

Während eines der sonnigen Abschnitte merkte er plötzlich, daß er auf einen Gegenstand starrte, der ihm unerklärlich bekannt vorkam, ein schimmerndes Stück Tuch mit dem Emblem einer Feder, ein hübsches Ding, das auf den Boden gefallen war. Nachdem er es eine Weile bestaunt hatte, wollte er schon weggehen, um einem Chor singender Stimmen zu folgen - die Inselbewohner sangen gern, einer ihrer vielen entzückenden Bräuche -, aber brachte es dann doch nicht fertig, das Tuch einfach liegenzulassen. Er blickte es eine Weile an, die ihm recht lang vorkam, obwohl es schlechter zu erkennen war, als die Sonne sich wieder hinter eine Wolke verzog. Eine kühle Brise kam auf und plusterte es. Paul bückte sich und hob es auf, dann stolperte er hinter den Sängerinnen her, die inzwischen längst nicht mehr zu sehen, aber noch leise zu hören waren. Sogar das Gefühl des weichen, glatten Stoffes war ihm eigentümlich bekannt, doch obwohl er das Tuch fest in der Hand hielt, hatte er es beinahe schon vergessen.

Er konnte sich nicht erinnern, daß er sich zum Schlafen hingelegt hatte, aber er wußte irgendwie, daß er träumte. Er war wieder in dem Himmelsschloß des Riesen, in dem hohen Saal voll staubiger Pflanzen. Hoch über sich hörte er Vogelstimmen in den Baumwipfeln girren. Die geflügelte Frau stand dicht bei ihm, eine Hand auf seinem Arm. Blätter und Zweige umgaben sie beide, eine grüne Laube, verschwiegen wie ein Beichtstuhl.

Die dunkeläugige Frau war jetzt nicht mehr traurig, sondern glücklich, erfüllt von einer strahlenden, geradezu fiebrigen Freude.

»Jetzt kannst du mich nicht mehr verlassen«, sagte sie. »Du kannst mich nie wieder verlassen.«

Paul wußte nicht, was sie damit meinte, aber scheute sich, ihr das zu gestehen. Bevor ihm einfiel, was er sagen konnte, wehte ein kühler Wind durch den Zimmerwald. Ohne zu wissen, wieso, war Paul klar, daß noch jemand den Raum betreten hatte. Nein, nicht bloß einer. Zwei.
»Sie sind hier!« stieß sie atemlos vor Schreck hervor. »Wabbelsack und Nickelblech. Sie suchen dich!«
Paul konnte sich nur noch erinnern, daß er sie fürchtete, aber nicht, warum, oder wer sie überhaupt waren. Er blickte sich um, wollte sich entscheiden, wohin er laufen sollte, aber die Vogelfrau hielt ihn noch fester. Sie schien jetzt jünger zu sein, ein ganz junges Mädchen. »Rühr dich nicht! Sonst hören sie dich!«
Die beiden blieben stocksteif stehen wie Mäuse im Schatten einer Eule. Die Geräusche - raschelnde Blätter, knackende Zweige - kamen von beiden Seiten. Paul verspürte ein tiefes, würgendes Grauen bei der Vorstellung, daß die zwei Verfolger sie in die Zange nahmen wie zukneifende Finger, daß sie in der Falle saßen, wenn sie noch einen Moment länger blieben. Er packte die Frau am Arm - vogelzarte Knochen, fühlte er trotz seines Entsetzens - und zerrte sie auf der Suche nach einem Fluchtweg tiefer in die grüne Wildnis hinein.

Eine Weile hörte er nur das Krachen am Boden liegender Äste und das Peitschen und Klatschen von Zweigen und Blättern, dann jedoch ertönte hinter ihm ein wortloser Ruf, der von einer anderen, genauso kalten Stimme beantwortet wurde. Im nächsten Moment war er aus dem Dickicht heraus und prallte gegen das unüberwindliche Hindernis einer kahlen weißen Wand.

Noch bevor er in den schützenden Dschungel zurückeilen konnte, erschien in der Wand ein ungeheures, träge blinzelndes Auge, rotgerändert und gnadenlos grausam.

»Der Alte Mann!« heulte die Frau neben ihm auf, doch ihr Schrei wurde vom tiefen Grollen einer Stimme verschluckt, die unmenschlicher war als das Dröhnen eines Düsentriebwerks.

»HINTER MEINEM RÜCKEN!« Sie war so laut, daß Paul Tränen ohnmächtiger Angst in die Augen traten. Vögel schossen erschrocken kreischend in die Luft, und Federn schwebten hernieder wie bunter Schnee. Die geflügelte Frau stürzte zu Boden wie von einem Schuß getroffen. »ABER ICH SEHE DICH!« donnerte die Stimme, und das Auge weitete sich, bis es größer zu sein schien als der ganze Raum. »ICH SEHE ALLES ...!«

Der Boden bebte unter der Gewalt der Stimme. Obwohl er sich nur mühsam auf den Beinen halten konnte, bückte Paul sich, um die Frau auf die Füße zu ziehen, doch als sie sich ihm zudrehte, war die Panik in ihrem Gesicht einem Blick ernster Eindringlichkeit gewichen.

»Paul«, sagte sie. »Du mußt mir zuhören!«

»Lauf! Wir müssen laufen!«

»Ich glaube nicht, daß ich noch einmal in diese Welt kommen kann.« Bei diesen Worten verblaßte der große, staubige Garten. Die Donnerstimme des Alten Mannes klang zu einem wortlosen Hintergrundrauschen ab. »Es schmerzt mich, an einem Ort zu sein, wo sich eine Spiegelung von mir befindet. Es schmerzt mich schrecklich und macht mich schwach. Du mußt mir zuhören.«

»Was redest du da ...?« Ihm ging jetzt auf, daß er träumte, aber er verstand immer noch nicht, was mit ihm geschah. Wo war das grauenhafte Auge? War dies jetzt ein anderer Traum?

»Du bist gefangen, Paul. Der Ort, wo du bist – er wird dich töten, so gewiß, wie deine Feinde dich töten würden. Du bist umgeben von ... von Zerrbildern. Ich kann sie ausschalten, aber nur kurz, und es wird mich fast meine ganze Kraft kosten. Nimm den andern mit, den andern Waisen. Ich werde wahrscheinlich nicht in der Lage sein, noch einmal zu dir zu kommen, ob du die Feder hast oder nicht.«

»Ich verstehe nicht ...«

»Ich kann sie nur kurz ausschalten. Geh jetzt!«

Paul faßte nach ihr, aber jetzt löste auch sie sich auf, nicht in die Dunkelheit, sondern in ein mattes Zwielicht. Paul blinzelte, aber das häßliche graue Licht ging nicht weg, nichts Schönes trat an seine Stelle.

Er stützte sich auf die Ellbogen. Ringsherum bot sich ihm ein unsäglich trostloser Anblick, nichts als Schlamm und verkrüppelte blattlose Bäume, und das bleiche Dämmerlicht machte das Ganze noch deprimierender. Gebilde, die er zunächst für bloße Aufstülpungen der schlammigen Erde hielt, gaben sich langsam als erbärmliche Behausungen aus Stöcken, Steinen und schiefen Lehmziegeln zu erkennen. Noch verstörender waren die erbärmlichen menschlichen Gestalten, struppig und zahnlos, die wie nickende Bettler dasaßen oder im Schlamm lagen und träge Arme und Beine bewegten, als schwämmen sie durch die tiefsten und zähesten Träume. Alles war schmutzig und elend, selbst die schmierigen Wolken am grauen Himmel waren dick und klebrig wie Schleim.

Mit zitternden Knien rappelte Paul sich auf. Er hatte Mühe, sich auf den Beinen zu halten – wie lange hatte er nicht mehr gestanden? Wo war er?

Zerrbilder, hatte die Vogelfrau gesagt. Langsam, erschreckend wurde ihm der Sinn klar.

Ich bin ... schon die ganze Zeit hier? Habe hier geschlafen? Hier gegessen? Einen Moment meinte er, sich übergeben zu müssen. Er würgte den brennenden Magensaft hinunter, der ihm in die Kehle gestiegen war, und taumelte blindlings los, bergab Richtung Meer. Sie hatte gesagt, er solle den andern mitnehmen - wie hatte sie ihn genannt? Den andern Waisen? Sie mußte Azador meinen, aber wo war er? Paul brachte es kaum über sich, die wimmernden, wispernden Gestalten anzugucken, die sich zwischen den primitiven Hütten herumtrieben. Und er hatte sie schön gefunden. Wie war eine solche Verblendung möglich?

Lotosesser. Die Erinnerung stieg an die Oberfläche seines Bewußtseins und platzte wie eine Blase. *Die Blumen. Ich hätte es ahnen müssen ...!*

Doch während er noch durch den Matsch des völlig heruntergekommenen Dorfes glitschte, wechselte der Wind die Richtung, und der Geruch weißer Blüten trieb den Hügel herunter. Die Brise, die ihm ihren süßen, stechenden Duft zutrug, war warm - alles wurde sofort wärmer. Die Sonne erschien, und die Wolken droben verflüchtigten sich augenblicklich und gaben den Blick auf den endlos weiten blauen Himmel dahinter frei.

Paul blieb stehen, wie gebannt von den freundlichen weißgetünchten Steinmauern des Dorfes, den ordentlichen Wegen und umfriedeten Gärten, den heiter blickenden Menschen, die im Schatten des Olivenhains beisammen saßen, erzählten und sangen. War es schlicht ein Albtraum gewesen - der Verfall, der Schlamm? Bestimmt gab es keine andere Erklärung. Die berauschend duftende Luft von den Wiesen hatte ihn wieder zur Wahrheit erwachen lassen. Unmöglich, sich wieder von soviel Schönheit umgeben zu sehen und es dabei zu bedauern, daß der scheußliche Anblick von vorher weg war, auch wenn noch ein letzter kalter Schatten über ihm hing.

Azador, dachte er. *Ich wollte Azador suchen gehen. Aber ich kann ihn sicher auch später beim Abendessen finden, oder morgen ...*

Paul merkte plötzlich, daß seine Hand krampfhaft etwas hielt. Er starrte den einst makellosen Schleier an, der jetzt derart mit grauem Schlamm besudelt war, daß man die eingewobene Feder kaum mehr sah. Plötzlich hörte er wieder die Stimme der Frau genauso deutlich, als ob sie an seiner Schulter stände.

»Ich kann sie ausschalten, aber nur kurz, und es wird mich fast meine ganze Kraft kosten ...«

Er wollte nicht die Sicherheit des herrlichen Dorfes und die warme Sonne verlieren, aber er konnte ihre Stimme nicht vergessen, den rauhen, gebrochenen Ton der Sorge in ihren Worten. Sie hatte ihn gebeten ... ihn angefleht, sich zu besinnen, *hinzuschauen*. Er hatte die schmutzige Feder in der Hand, und wo er sie umklammert hatte, war der Stoff ganz zerknüllt.

Der Himmel verdüsterte sich, das Dorf verfiel wieder, als wäre ein Evolutionsrad vor ans Ende der Zeit oder zurück zu den armseligen Vorstufen der Zivilisation gedreht worden. Paul drückte sich den Schleier fest an die Brust, damit der Zauber der falschen Schönheit ihn nicht noch einmal übertölpelte und er für alle Zeit blind für die Wirklichkeit in diesem Morast hängenblieb.

»Azador!« schrie er, während er sich bemühte, auf dem ekligen, modrigen Hang nicht auszurutschen. »Azador!«

Er fand seinen Gefährten in einem Gewirr von nassen, nackten Leibern, ineinander verschlungen wie sich paarende Schnecken. Er bückte sich, faßte den Zigeuner an einem glitschigen Arm und zerrte ihn aus dem Haufen heraus. Als dünne, zerschundene Arme sich reckten, um sie beide wieder hinabzuziehen, stieß Paul einen Schrei des Abscheus aus und versetzte der nächstbesten verdreckten Gestalt einen Tritt. Alle Arme zuckten gleichzeitig zurück wie die Tentakel einer erschrockenen Seeanemone.

Zuerst schien Azador kaum etwas mitzubekommen und ließ sich den Hügel hinunter zum Strand und auf ihr Floß befördern, doch als Paul das Floß über die vorderste Linie der Brecher hinausmanövrierte und der Geruch der Lotosblumen schwächer wurde, versuchte der andere Mann sich in die Brandung zu werfen und zum Ufer zurückzuschwimmen. Paul packte ihn und hielt fest. Nur die Tatsache, daß Azador noch im Bann des Blütenzaubers war, kraftlos und zitternd, gestattete es Paul, den immer verzweifelter werdenden Widerstand des Mannes zu brechen.

Als zuletzt die Insel hinter dem Horizont ihren Blicken entschwand und der Wind jeden Geruch außer dem von Seetang aus der Luft wusch, gab Azador auf. Er robbte von Paul weg, streckte sich lang auf dem Deck des Floßes aus und schluchzte, wenn auch tränenlos, als ob man ihm das Herz aus dem Leib gerissen hätte.

Kapitel

Von einem Herzschlag zum nächsten

NETFEED/KUNST:
Gott sei Dank ist sie nicht schon wieder schwanger!
(Entre-News-Kritik einer Inszenierung der Djanga
Djanes Dance Creation)
Off-Stimme: "... Wer wie ich das gelegentlich faszinierende, aber im ganzen grauenerregende Spektakel von Djanes' Schwangerschaft und Entbindung in seiner Gesamtheit durchlitten hat, inbegriffen die unabsichtlich urkomische letzte Phase, wo tanzende Ärzte und Hebammen durch Blut und Fäkalien glitschten, wird sich freuen zu hören, daß Djanes uns in ihrem neuen Stück etwas mehr Terpsichore und etwas weniger Kloake gönnt, auch wenn sie wieder einmal ihr Intimleben vor uns ausbreitet, wie schon der Titel 'Bestimmt drei Stunden hab ich vor dem Lokal auf dich gewartet, Carlo Gunzwasser, du mieser kleiner Pinscher' nur zu deutlich macht ..."

> Orlando war so müde, daß er kaum noch stehen konnte. Ein Arm hing schlaff herab, fast gebrochen von einem Keulenschlag, den ein Schildkrötenmann ihm versetzt hatte. Bis auf das tiefe, grollende Schnaufen des um sein Leben kämpfenden Sphinx war es in dem düsteren Tempel beinahe still; die wenigen Überlebenden der Belagerung hockten wimmernd in dunklen Winkeln oder versteckten sich hinter Statuen, aber es half ihnen wenig. Die Luft war mittlerweile so gut wie leer von fliegenden Bestien, aber nur weil die meisten sich zum Fressen niedergelassen hatten - der Tempelboden war übersät von Fle-

dermäusen und Schlangen in zuckenden, zusammengeklumpten Haufen, die in etwa die Form menschlicher Leiber hatten.

Aber sterbende Sphinxe und geflügelte Schlangen waren Orlandos geringste Sorge.

Die größere der beiden grotesken Gestalten vor ihm hatte Fredericks' bewußtlosen Körper in der Hand baumeln wie einen ausgenommenen Fisch. Mewats zähnefletschendes Lachen zeigte, wie sehr der aufgeschwemmte Kobramann sich an der Macht weidete, die er und der augenlose Tefi besaßen. Trotz der vielen Schrecklichkeiten, die Orlando gesehen und überlebt hatte, erfüllten diese beiden ihn mit einem kaum zu bezwingenden Grauen, einer Panik, die ihm die Luft abschnürte und das Herz stocken ließ. Gleichzeitig jedoch wurde er bei Fredericks' Anblick von noch einem anderen Gefühl ergriffen. Die Art, wie er seinen Freund – seine Freundin! – wahrnahm, wandelte sich plötzlich auf unerwartete Weise. Mit seinen letzten Kraftreserven hob er sein Schwert hoch und hoffte dabei, daß seine Feinde in dem flackernden Fackelschein nicht sahen, wie es zitterte. »Laßt sie gehen«, sagte er. »Sie und ich werden sofort verschwinden. Wir haben keinen Streit mit euch.«

Tefis Geierschnabelgrinsen wurde noch breiter. »Sie?« Er richtete die leeren Augenhöhlen auf Fredericks' männlichen Pithlitsim. »Wir haben uns also ein bißchen kostümiert, was? Und wie war das – sie gehen lassen? Ich glaube kaum. Nein, aber du wirst mit uns kommen, oder wir pflücken sie vor deinen Augen in Stücke. Willst du das etwa? Du und deine Leute, ihr müßt doch inzwischen gemerkt haben, daß es kein Entkommen aus dem Netzwerk gibt – daß alles, was hier mit euch geschieht, nur zu real ist.«

Orlando trat einen Schritt näher. »Das ist mir egal. Wenn ihr meiner Freundin was tut, nehme ich wenigstens einen von euch mit. Einen von euern Schildkrötenheinis hab ich schon geext.« Er fühlte sich nicht bemüßigt hinzuzufügen, daß ihn das beinahe sein letztes bißchen Kraft gekostet hatte.

Der dicke Mewat riß vergnügt die Augen auf und stieß einen lauten, langgezogenen Rülpser aus. »Oho, so ein böser Junge bist du?« zischte er Orlando an. »Ist das zu glauben?«

Ein lautes Krachen unmittelbar hinter ihm ließ Orlando zusammenfahren. Er wirbelte herum und sah, wie der Türsphinx Saf von dem stierköpfigen Kriegsgott Month, der ihm wie ein Terrier am Hals hing, zu Boden gezerrt wurde. Reschef bohrte Saf abermals seine langen Hörner in die Seite, und der große Sphinx gab ein langes, tiefes Ächzen von sich, das sich anhörte, wie wenn ein Windstoß durch eine menschenleere Straße fegt. Der riesige Wächter kämpfte sich wieder auf seine Löwenbeine hoch, aber er wurde sichtlich immer schwächer.

»Hier sind wir so gut wie fertig.« Tefi stakste einen Schritt auf Orlando zu. »Ihr habt verloren, du und deine Leute. Wenn du ohne Gegenwehr mitkommst, lassen wir deine Freundin laufen - wir brauchen schließlich nur einen von euch. Denn wenn wir dich in unser Geheimversteck bringen, wirst du uns alles erzählen, was du weißt, und dir wünschen, du hättest noch mehr zu erzählen.«

Meine Leute? Wissen sie von Renie und den andern? Orlando konnte sich Tefis Worte nicht anders deuten. Der Geiermann wußte, daß Orlando ein Bürger war, ein echter Mensch - er konnte nicht auf die Idee verfallen, daß er mit diesem Aufstand in der ägyptischen Simwelt irgend etwas zu tun hatte.

Nein, begriff er plötzlich, *sie denken, daß wir zum Kreis gehören.* Die Gruppe war *wirklich* eine Bedrohung für die Gralsleute, wenigstens wollte sie gern eine sein. Konnte er daraus irgendeinen Vorteil ziehen? Vor Angst vermochte er kaum einen klaren Gedanken zu fassen, und er war so müde.

»Gut«, sagte er schließlich. Auf die Art war es am besten - wenn sie ihn nahmen, tauschten sie Fredericks gegen Ausschuß ein. Er hatte kaum Aussichten, ein Verhör durchzustehen, und viel konnte er ihnen sowieso nicht verraten: Er wußte wenig vom Kreis und konnte nicht einmal davon ausgehen, daß Renie und die anderen noch am Leben waren. »Na gut. Laßt sie gehen. Nehmt mich.«

Mewat streckte eine schuppige Hand aus. »Dann komm her, mein junger Freund. Hab keine Angst ... das eine oder andere wirst du vielleicht sogar genießen ...«

Als ihre herabhängenden Füße den Boden berührten, gingen Fredericks' Augen flatternd auf und richteten sich einen Moment lang wie verschleiert auf Orlando, bevor sie Tefis eckige Gestalt erblickten.

»Lauf, Orlando!« Fredericks zappelte vergeblich, was zur Folge hatte, daß Mewat sie wieder hochriß und in seiner Pranke in der Luft baumeln ließ wie an einem Fleischhaken. »Lauf doch!«

»Sie lassen dich gehen«, suchte Orlando seine Freundin zu beruhigen. Wenn es überhaupt eine Aussicht gab, hier zu entkommen, durften sie keinen Fehler machen.« Mach jetzt bloß nichts Überstürztes, Frederico.«

Fredericks schlug ohnmächtig um sich. »Sie werden mich nicht gehen lassen! Du bist mega durchgecännt, wenn du denen das abnimmst!« Orlando schob sich näher heran. »Sie haben es versprochen.« Er beäugte Tefi, der seine unglaublich langen, knochigen Finger rieb und sich freute wie ein Kind, das Geburtstag hat. »Stimmt's?«
»Meine Güte, ja doch.« Der mißgebildete Schnabel verzog sich zu einer Miene gekränkter Aufrichtigkeit. »Auf unsere Art sind wir ... Ehrenmänner.«

Orlando tat einen weiteren Schritt vor. Die Aura des Schreckens, die die beiden umgab, schlug ihm entgegen wie ein steifer kalter Wind. Er mußte seinen ganzen Mut zusammennehmen, um sich nicht umzudrehen und wegzulaufen. Wie hielt Fredericks das aus, ohne wie wild zu schreien?

»Okay«, sagte er, als er nur noch wenige Meter vor Mewat stand. »Laß sie los.« Er senkte das Schwert, bis es auf den bleichen, öligen Schmerbauch des Widerlings deutete.

»Erst wenn ich dich berühren kann«, erwiderte der Kobramann.

Orlando überwand seine Angst und warf Fredericks den vielsagendsten Blick zu, den er hinkriegte. Das würde heikel werden – wie weh konnte er dem Monster tun, wenn er einen Streich gegen diese schwabbelige Hand führte?

Ein abermaliges Krachen ließ den Boden erbeben, und der Kobramann blickte zur Seite. Der große Sphinx war erneut zu Fall gebracht worden, und diesmal wand er sich unter den beiden Kriegsgöttern am Boden.

»Dua!« Das Brüllen des Sphinx drohte die Tempelmauern zum Einsturz zu bringen. »*Dua, mein Bruder, ich bin gefallen! Komm mir zur Hilfe!*«

Orlando nutzte den Augenblick und hieb auf die Hand, die Fredericks hochhielt. »Lauf!« schrie er. Als Mewat überrascht zusammenfuhr, konnte Fredericks sich seinem Griff entwinden. Orlando sprang vor, um mit blanker Klinge ihren Rückzug zu decken, und schlug nach dem fauchenden, zähnefletschenden Gesicht, doch Mewat lenkte den Hieb mit seiner verwundeten Hand ab und stieß dann seinerseits mit unvorstellbarer Schnelligkeit zu, so daß Orlando die Waffe aus der Hand flog. Sein Partner Tefi kümmerte sich um Fredericks und schnappte sie mit seinen langen Fingern, bevor sie zwei Schritte gemacht hatte.

Ein mächtiger Arm schlang sich um Orlando und drückte zu, bis er kaum noch Luft bekam. Er wehrte sich, doch gegen diesen Griff war nicht anzukommen. Mewats Mund streifte sein Ohr.

»Wenn du alles, alles, alles ausgespuckt hast, was wir wissen wollen ... werde ich dich fressen.« Die Bestie rülpste wieder und hüllte Orlando in eine stinkende Wolke ein. Helle Punkte tanzten ihm vor den Augen, aber sie waren nur Fünkchen vor der rasch ausufernden Schwärze.

Eine donnernde Stimme hallte von den steinernen Wänden des Tempels wider. »Ich komme, mein Bruder!«

Orlandos Bezwinger stockte. Aus den Schatten im hinteren Teil des Tempels näherte sich eine weitere riesenhafte Gestalt. Der zweite Sphinx schleifte seine lahm geschlagenen Hinterbeine nach, und aus seinen Wunden strömte dabei eine schimmernde Spur aus Wüstensand.

»Ich habe meinen Posten verlassen, o Bruder«, klagte er, »zum erstenmal seit Anbeginn der Zeit.« Die Haut, die vorher die blaßblaue Farbe des Morgenhimmels gehabt hatte, war jetzt hellgrau. »Aber ich komme zu dir.«

Das Scheusal, das Orlando im Griff hatte, sah zu Tefi hinüber, der Fredericks mit seinen langen Flügeln umschlossen hielt. Sie schienen lautlos zu kommunizieren, vielleicht zu beratschlagen, wie sicher sie hier im Angesicht von zwei mächtigen Sphinxen waren, die ihre Kräfte zu einem Kampf auf Leben und Tod vereinigten. Dua kroch durch eine Phalanx angreifender Schildkrötenmänner, deren Schläge er kaum zur Kenntnis nahm, auf seinen Bruder zu. Etliche verschwanden unter Duas wuchtigem Rumpf mit weit aufgerissenen Mäulern, die selbst im Todeskampf stimmlos blieben. Schreie und noch ungeheurere Geräusche wurden wieder in dem düsteren Tempel laut, als die in ihrem Fraß gestörten Fledermäuse und Schlangen aufstoben wie ein schwarzer Schneesturm.

»Wir sollten in unser Geheimversteck ...«, begann Tefi, als ein sausender Windstoß vom Tempeleingang ihn lang zu Boden streckte. Fredericks hätte sich beinahe losgerissen, aber Tefi hatte sie gleich wieder erhascht und stellte sich schwankend auf seine gespreizten Geierfüße. Der viel massivere Mewat hatte gewackelt, aber das Gleichgewicht bewahrt. Sie alle hörten draußen vor dem Tempel ein anschwellendes Heulen wie von einem anrückenden Tornado.

Ein Soldat krabbelte zerschunden und blutend durch das offene Tor. »Er kommt!« kreischte der Mann. »Osiris kommt! Er reitet auf Benu, dessen Flügel Sturm und schwarzes Feuer sind, und in seinem Zorn erschlägt er sogar seine eigenen Anhänger!« Er stürzte bäuchlings hin und schluchzte.

Der Blick nackter Angst, den Tefi und Mewat diesmal wechselten, war viel leichter zu deuten, aber das verschaffte Orlando wenig Befriedigung. Auch wenn die beiden Diener sich vor ihrem Herrn fürchteten, konnte Osiris' Ankunft die Aussichten für Orlando und Fredericks bestimmt nur verschlechtern. Hatte Bonnie Mae Simpkins nicht gesagt, er sei einer der höchsten Gralsherren?

Der pfeifende, gellende Wind steigerte sich zu einer solchen Lautstärke, daß die Menschen im Tempel, die noch am Leben waren, aus Ohren und Nasen blutend auf die Knie sackten. Plötzlich brach in Eingangsnähe ein hausgroßes Stück hoch oben aus der steinernen Decke heraus, zerschmetterte eine Gruppe Schildkrötenmänner und zersplitterte dann in mehrere mächtige Brocken, die hierhin und dorthin flogen und rollten und andere zermalmten, die den ersten Aufprall überlebt hatten. Diejenigen, die sich noch bewegen konnten, versuchten sich vom Eingang wegzuschleifen. Weitere massige Steine lösten sich aus den Mauern und krachten wie Bomben herunter. Die Kriegsgötter und einige wenige Schildkrötenmänner kämpften weiter selbstvergessen gegen die schwächer werdenden Sphinxe an, aber ringsherum schien die Welt unterzugehen.

Während Orlando sich machtlos im klebrigen Griff seines Häschers wand, wurde das Heulen des Windes vor dem Tempel noch stärker und furchtbarer. Orlando knackten die Ohren mit einem stechenden, heißen Schmerz. Die gesamte Vorderseite des Tempels wölbte sich wie der Bauch eines gigantischen steinernen Lebewesens, dann stürzte die Wand nach innen ein.

Er konnte gerade noch eine unvorstellbar riesige Gestalt draußen am Nachthimmel erkennen, ein von Flammen umrissenes schwarzes Etwas von der Größe eines Passagierflugzeugs, das mit schlagenden Flügeln das in der Tempelfassade aufgerissene Loch ausfüllte, als einer der mächtigen Torsteine an ihnen vorbeisauste und dabei den Kobramann Mewat hart am Kopf streifte, so daß er über Orlando zusammenbrach.

Einen kurzen Moment lang fühlte Orlando, von dem kolossalen Gewicht schier erstickt, die endgültige Finsternis so nahe wie ein Flüstern im Ohr. Das Brüllen des Windes hatte aufgehört, und eine große, pulsierende Stille war eingetreten. Er verspürte den starken Drang, loszulassen, in die Freiheit und Ruhe einzutreten, die auf ihn warteten.

> 434

Aber ich kann nicht ... war sein einziger Gedanke. Es gab etwas, das er noch tun mußte, auch wenn er sich im Augenblick nicht vorstellen konnte, was das sein mochte.

Ein wenig Luft strömte wieder in seine Lungen ein, brannte ihm die Kehle hinunter. Der enorme Wanst des Kobramannes preßte ihm Kopf und Schulter auf die Steinplatten, so daß er das Gefühl hatte, in einer übelriechenden, schuppigen schwarzen Masse zu ertrinken. Er stemmte sich dagegen, aber Mewats schlaffe Leibesfülle war nicht vom Fleck zu bewegen. Er drückte mit den Armen, um sich nach hinten zu schieben, aber bekam sie nicht so weit frei, daß er die Ellbogen krümmen konnte. Vor Anstrengung wurde ihm in der äußeren Schwärze auch noch von innen heraus schwarz vor Augen. Auf den ersten rettenden Atemzug war kein zweiter gefolgt, und jetzt konnte er beinahe mitverfolgen, wie ihm der Brustkasten einfiel.

Ich kann nicht mehr ... Schlicht am Leben zu bleiben erschien ihm schwerer als alles andere, eine titanische Last, die er lange genug getragen hatte. *Ich geb auf ...*

Erst als er urplötzlich ein kleines Stück nach hinten rutschte, gerade weit genug, um endlich zum zweitenmal Atem schöpfen zu können, wurde ihm bewußt, daß jemand ihn heftig am Bein zog. In der veränderten Lage konnte er jetzt die Ellbogen ein wenig anziehen, so daß sein Brustkasten Platz zum Ausdehnen bekam. Selbst mit Sauerstoff in den Lungen war es qualvoll und widerlich, sich rückwärts unter Mewats Bauch hervorzuwinden, doch die Gier nach Licht und Luft ließ das Adrenalin einschießen, und die Person, die seinen Knöchel hielt, wer es auch sein mochte, zerrte weiter. Nach einem langwierigen stückchenweisen Schieben und Ziehen flutschte er zuletzt unter dem wabbelnden Fleischberg hervor.

Keuchend und würgend zurückgekehrt in das winddurchtoste Chaos des zertrümmerten Tempels, stellte er zu seiner Überraschung fest, daß nicht Fredericks ihn am Bein gezogen hatte, sondern der kleine Hausgott Bes.

»Hier draußen ist die Aussicht auch nicht viel besser«, teilte ihm der Gott grinsend mit.

Orlando stemmte sich mühsam auf die Knie. Die Frontwand des Tempels war fort. Der riesige Vogel war gelandet, schlug aber noch mit den ausgebreiteten feuersprühenden Schwingen und peitschte heftige Windstöße durch das riesige Loch, wo einst die Wand gestanden hatte.

Eine bleiche Gestalt in flatternden, glimmenden Mumienbinden und mit einer goldenen Gesichtsmaske, die der Inbegriff zürnender Macht war, saß auf seinem Hals. Orlando wollte nichts wie weg. Er robbte auf Händen und Knien durch den Schutt, bis er sein Schwert gefunden hatte, dann erinnerte er sich plötzlich wieder.
»Fredericks! Fredericks, wo bist du?«
»Dort drüben«, sagte Bes und blickte von seiner Betrachtung der regungslosen Gestalt Mewats auf. »Du kannst ihm wahrscheinlich noch helfen, wenn du dich beeilst.«
Orlando verfluchte im stillen den heiteren Gleichmut des kleinen Gottes und quälte sich auf die Füße, den Tränen nahe. Ungerecht war das, total ungerecht. Er wollte doch nur seine Ruhe haben. Er wollte schlafen. Kümmerte es denn gar niemanden, daß er ein kranker Junge war?

Er konnte in dem dunklen Tempel kaum etwas sehen, und noch weniger verstand er, was er sah, doch nach einem kurzen Umblicken erspähte er Fredericks und Tefi, die sich hinter einem der niedergegangenen Torsteine auf dem Boden wälzten. Der Vorteil, den der Überraschungsauftritt des großen Gottes Fredericks verschafft hatte, war schon verspielt: Der augenlose Tefi hatte seine langen Finger um Fredericks' Hals gekrallt und drückte ihren Kopf nach hinten, drohte ihr jeden Moment die Wirbelsäule zu brechen.

Mit jedem Schritt, den Orlando auf die beiden zutat, wuchs sein Grauen, so als ob der Geiermann von einem giftigen Nebel umhüllt wäre, aber Fredericks war in Lebensgefahr und brauchte ihn. Er hob sein Schwert mit beiden Händen über den Kopf, lief taumelnd auf die beiden zu, so schnell er noch konnte, und holte dann zu einem der weiten Rundschläge aus, mit denen Thargor gefährlichen Bestien den Bauch aufzuschlitzen pflegte. Aber ein Schlag gegen den Körper kam nicht in Frage, solange Fredericks zappelnd und strampelnd zwischen den knochigen Beinen des Scheusals eingeklemmt war.

»Du!« schrie Orlando, als er das Schwert herumzog. »Du scännige, häßliche, beschissene Geierfratze!«

Tefi richtete die blicklosen, unergründlichen Augenhöhlen auf ihn, da zischte auch schon die Klinge Zentimeter über Fredericks' fuchtelnden Händen hinweg. Da Orlando sein ganzes Gewicht in den Schlag gelegt hatte, bot Tefis dürrer Hals wenig Widerstand, und der abgetrennte Schnabelkopf trudelte durch die Luft wie ein unförmiger Fußball. Als der knochige Körper zusammenbrach, riß Fredericks sich völlig außer Atem davon los.

»Du lebst!« rief sie, kaum daß sie wieder Luft schöpfen konnte. »Ich dachte schon, dieser Riesenschleimsack hätte dich geext!«

Orlando war so erschöpft, daß er kein Wort herausbrachte. Er hielt sich mit einer Hand an Fredericks' Arm fest und blieb vornübergebeugt stehen, bis die schwarzen Flecken vor den Augen wieder weggingen.

»Dafür habt ihr jetzt keine Zeit«, rief Bes aus nächster Nähe. Wie zur Antwort kreischte Fredericks plötzlich vor Ekel und Schreck laut auf.

Orlando richtete sich mühsam auf und drehte sich um. Tefis Körper krabbelte über die Fußbodenplatten und suchte mit krallenden Fingern nach seinem Kopf. Ein paar Meter weiter machte Mewat Anstalten sich aufzurappeln, obwohl er ein großes Loch im Schädel hatte und eines seiner Reptilienaugen ihm über die Backe hing.

»Das Gateway«, keuchte Orlando und zerrte Fredericks am Arm. »Wir müssen sofort ... müssen ... zum Gateway.«

»Was ist mit den Leuten vom Kreis?« fragte Fredericks, als sie von dem in Trümmern liegenden Tempelportal fortstolperten. »Und den Affen?«

Orlando konnte nur den Kopf schütteln.

»WO SIND MEINE DIENER?« donnerte eine Stimme vom Tor. Osiris war mindestens so groß wie die Sphinxe, aber wirkte irgendwie unkörperlich, als bestünde er nicht ganz aus Materie. Ein bläßliches Licht quoll zwischen seinen Binden hervor. »TEFI? MEWAT?«

Nur weitergehen, sagte sich Orlando. Auch andere, Angreifer wie Verteidiger, suchten in panischer Angst vor Osiris schreiend das Weite.

Einen Schritt, noch einen Schritt, noch einen ...

Da reckte sich vor ihnen eine hagere Gestalt auf, die bis zur Decke zu reichen schien. »Du hast mir unrecht getan!« kreischte sie. Orlando wäre beinahe zusammengebrochen, weil er sicher meinte, Osiris habe sie gestellt. Statt dessen stand der wolfsköpfige Upuaut, verlassen von den wenigen seiner noch lebenden Anhänger, auf seinem Thron wie mitten im Hochwasser, und seine gelben Augen funkelten haßerfüllt.

Erst nach einem Moment der Verwirrung begriff Orlando, daß der Wolfgott nicht sie anschrie, sondern die flackernde Gestalt am anderen Ende des weiten Tempels. »Unrecht! Du nahmst mir, was mein war, Osiris! Du hast mich verhöhnt!«

Orlando konnte sich nichts Dümmeres vorstellen, als in der Nähe dieses schwachsinnigen Gottes zu bleiben. Er zog Fredericks am Arm, und sie hasteten am Fuß von Upuauts Thron vorbei. Der Möchtegern-Usurpator deutete auf den fernen Osiris und tanzte förmlich vor Wut und Empörung.

»Aber sieh her! Ich habe dein Land gegen dich aufgewiegelt!« schrie Upuaut, als plötzlich eine große Wolke pulsierenden weißen Lichtes durch den Tempel auf ihn zuschoß. Fredericks packte Orlando an seinen langen Barbarenhaaren und riß ihn fort. Als die blendend helle Woge Upuaut überströmte, wurde aus dem Gebrüll des Wolfgottes ein kurzer, pfeifender Schrei der Qual. Das vibrierende Leuchten gab keine Hitze ab; als es nur einen halben Meter vor ihnen zum Stillstand kam, war Orlando so benommen, daß er fast die Hand danach ausgestreckt hätte, aber Fredericks schleifte ihn weiter, bis das Licht verlosch und der Thron wieder zum Vorschein kam. Upuaut stand immer noch in der Haltung gerechten Zorns da, aber dann erkannte Orlando, daß der Gott sich nicht bewegte. Augenblicklich zu Kohlenstoff verbrannt war er jetzt eine vollkommen lebensechte wolfsköpfige Statue aus feiner Asche. Im nächsten Moment fiel die Figur in einer lautlosen grauen Implosion in sich zusammen, und auf dem Thron blieb nur ein winziges Pulverhäuflein zurück.

In dem Halbdunkel, in dem das flirrende Licht des Osiris und der schwache Schein der fernen Sterne jetzt die einzigen Lichtquellen waren, wimmelte der zerstörte Tempel von wildgewordenen Schatten. Gestalten erschienen vor ihnen und verschwanden wieder; der Boden war mit dunklen Hindernissen übersät. Orlando merkte kaum etwas von alledem. Er klammerte sich an Fredericks' Arm und wußte nur eines: daß er die Entfernung zwischen sich und dem schrecklichen Herrn über Leben und Tod vergrößern mußte.

Wie sind wir je auf den Gedanken gekommen, wir könnten gegen sie kämpfen? fragte sich Orlando. *Sie sind Götter. Mit allen Konsequenzen. Wir hatten nie eine Chance.*

Ein markerschütterndes Aufbrüllen ließ den riesigen Saal erzittern, ein Ton wie von einem zerschellenden Holzschiff – der Todesschrei eines der großen Sphinxe. Abermals brachen Steine aus der Decke. Der gesamte Tempel stand kurz vor dem Einsturz.

Grauenhaft langsam schlugen sich Orlando und Fredericks zur hinteren Wand des Tempels durch. Hier, weiter abseits vom Geschehen, bewegten sich noch Körper wie in einem lebenden Bild der Höllenqualen. Schattenhafte Figuren wälzten sich in wildem Handgemenge auf dem Boden - Tempelasylanten, Soldaten, Schildkrötenmänner. Einige der gepanzerten Kreaturen bekämpften sich sogar untereinander und bissen in gespenstisch lautlosem Ringen gegenseitig nach ihren Gesichtern.

Als die beiden Freunde sich gerade einen Weg durch den Wall aus verrenkten Leibern bahnten, der die Tür in der Rückwand versperrte, schmetterte die mächtige Stimme des Gottes abermals so laut durch den Tempel, daß sie meinten, er stünde direkt hinter ihnen.

»NATÜRLICH BIN ICH WÜTEND, IHR NICHTSNUTZIGEN IDIOTEN! UND SETZ DEINEN VERDAMMTEN KOPF AUF, WENN ICH MIT DIR REDE!«

In einem anderen Universum hätte Orlando vielleicht gelacht, aber hier war nichts auch nur im geringsten komisch.

Irgend etwas knallte ihm an den Kopf, und er sah den Fußboden auf sich zustürzen. Er spürte, daß Fredericks ihn hochriß, aber er wußte im ersten Moment nicht, wie er seine Beine bewegen sollte. Nur einen Meter vor ihm lag, fast bis zur Unkenntlichkeit verformt, der Körper, der einmal dem jungen Wassili vom Kreis gehört hatte. Fredericks schlang einen Arm um Orlandos Brust, und irgendwie kam er wieder auf die Füße, aber er fühlte sich eigenartig abgetrennt, als ob sein Kopf selbständig über dem Körper schwebte ... sich in der Luft drehte wie Tefis Geierschädel ...

»Bonnie ... Nandi ...«, murmelte er. Sie konnten sie nicht einfach zurücklassen. Und die Böse Bande ...

»Steh auf, Gardiner!« schrie seine Freundin. Fredericks schleifte ihn weiter in den Nebenraum hinein. »So hilf uns doch jemand!« Am anderen Ende des Zimmers wurde ein flackerndes Licht unversehens zu einer goldenen Flammenwand.

Das bedeutet etwas, sagte sich Orlando, aber er konnte nicht mehr denken. Ein Sturm schwarzer Gestalten kam auf ihn zugewirbelt - Fledermäuse oder Affen, Affen oder Fledermäuse. Er wußte nicht, wer was war, und es war ihm auch egal.

»Hilfe!« schrie Fredericks wieder, aber leiser jetzt, als ob sie in einen tiefen Tunnel gestürzt wäre.

Das goldene Licht war das letzte, was Orlando sah, ein zitterndes Leuchten, das noch eine Sekunde lang in der Dunkelheit schien, als alles andere schon weg war, aber zuletzt verblaßte auch dieser helle Fleck und ging aus.

> Es gab für so etwas keine Verhaltensmaßregeln, das wußte Catur Ramsey. Er fühlte sich wie der erste Abgesandte auf einem fremden Planeten. In der Gegenwart von Eltern, deren Kind im Sterben lag, gab es keine Worte, keine Gesten, mit denen man eine solche unfaßbare Kluft überbrücken konnte.

Als er sein Gewicht verlagerte, war ihm das kratzige Rascheln seines sterilen Wegwerfkittels unangenehm. Andererseits spielte es keine Rolle; vermutlich hätte er mit einem Gewehr in die Luft feuern können, und die Eltern hätten dennoch nicht vom bleichen, verrunzelten Gesicht ihres Kindes aufgeschaut.

Tief eingesunken in das Komabett mit den langsam vor sich hinarbeitenden Apparaten, die Wangen eingefallen und der Schädel beinahe durch die Haut scheinend, sah Orlando Gardner wie der öffentlich ausgestellte Leichnam eines uralten Herrschers aus. Und doch war er noch am Leben: Ein winziges Flämmchen tief im Gehirn sorgte dafür, daß sein Herz noch schlug. Ein winziges Etwas, doch wenn es erlosch, war alles aus. Ramsey fühlte sich schuldig, daß er das sterbende Kind betrachtete, wie ein unbefugter Eindringling in jemandes Privatsphäre – und in gewisser Hinsicht war er das auch, ein Eindringling in die privateste Sphäre überhaupt, die letzte und einsamste Reise. Nur der schimmernde Knopf der Neurokanüle, der immer noch im Hals des Jungen steckte wie ein Stöpsel, der das Entweichen des letzten Lebensfunkens verhinderte, wirkte unpassend. Er störte Ramsey, denn er erinnerte ihn an Dinge, die er sagen sollte und nicht sagen wollte.

Orlandos Mutter strich über das schlaffe Gesicht des Jungen. Ihr Blick war so furchtbar, daß Ramsey nicht mehr hinschauen konnte. Er schlich zur Tür und trat in den Flur hinaus, jetzt voller Schuldgefühle wegen der Erleichterung, die er verspürte.

Im Aufenthaltsraum der Klinik fühlte Ramsey sich auch nicht viel wohler als auf den Stationen. Der Raum war in einem aggressiv fröhlichen Stil aufgemacht, der ihn deprimierte, auch wenn er das Kalkül dahinter verstand. Die Spielsachen und Hologramme und bunten, zu dick gepolsterten Möbel konnten den Schmerz und die Angst nicht kaschieren, die über einem solchen Ort hingen, einerlei, wie die Aufmachung war. Man mußte nur einen Blick auf die Familien werfen, die zusammengedrängt darauf warteten, ihren Besuch machen zu dürfen, oder nach einem solchen Besuch um Fassung rangen, dann sah man die

Wahrheit. Dagegen machte das muntere Dekor den Eindruck, daß es ein Zeichen von Undankbarkeit wäre, diesen Schmerz oder diese Angst auszudrücken. *Spiel mit!* schienen die Teddybärlampen und die auf dem Wandbildschirm tollenden Comicfiguren zu mahnen. *Immer lächeln! Bloß nichts Falsches sagen!* Wenn das die angestrebte Wirkung war, dann ging sie an Vivien Fennis und Conrad Gardiner vorbei.

»Es ist so ... so hart.« Mit der Achtlosigkeit einer Verhungernden, die eine Fliege verscheucht, strich sich Vivien eine Haarsträhne aus den Augen. »Wir wußten, daß es passieren würde. Wir wußten, daß es nur eine Frage der Zeit sein konnte - Kinder mit Progerie leben einfach nicht sehr lange. Aber man kann nicht das ganze Leben in Wartestellung verbringen.« Sie starrte auf ihre Hände, kämpfte gegen den Zorn an. »Man muß weitermachen, als ob ... als ob ...« Tränen kamen, und ihr Zorn schien sich gegen sie selbst zu richten, als sie sich die Augen wischte. Ihr Mann blickte sie nur an, als säße er in einem Glaskasten und wüßte, daß es sinnlos war, die Hand auszustrecken.

»Es tut mir sehr leid.« Ramsey streckte ebenfalls nicht die Hand aus und reichte ihr auch nicht die Schachtel mit Papiertüchern, die mitten auf dem Tisch stand. Es wäre ihm wie eine Beleidigung vorgekommen.

»Es ist sehr freundlich, daß du vorbeikommst«, sagte Vivien schließlich. »Leider - bitte entschuldige - ist es uns im Moment einfach nicht so wichtig. Gib uns bitte trotzdem nicht auf. Später werden wir bestimmt einen Sinn dafür haben, wenn ... wenn wir wieder für andere Sachen zugänglich sind.«

»Hast du jemand gefunden, den wir verklagen können?« Conrad Gardiners Witz war so gräßlich hohl, so bitter, daß Ramsey sich innerlich wand.

»Nein, eigentlich nicht. Aber ... aber ich bin auf ein paar merkwürdige Dinge gestoßen.« Es war höchste Zeit, daß er ihnen von Beezle erzählte, das wußte er. Wahrscheinlich war ihr Sohn nicht mehr zu retten - wenn man sich den Jungen ansah, war etwas anderes kaum vorstellbar -, aber wie konnte er sie der Gelegenheit berauben, mit ihm zu kommunizieren? »Mir ist aufgefallen, daß Orlando seine Neurokanüle noch hat«, sagte er, um das Thema irgendwie anzuschneiden.

»O ja, das bringt die Ärzte auf die Palme.« Vivien gab einen kurzen, rauhen Lacher von sich. »Sie sind ganz versessen drauf, sie wieder rauszunehmen. Aber wir haben gesehen, was bei ihrem letzten Versuch passiert ist. Es war grauenhaft. Und selbst wenn es diesmal nicht wieder passieren würde, wozu das Risiko eingehen? Jedenfalls ist das Gehirn noch aktiv.« Sie schüttelte den Kopf über die Absurdität der Vorstellung. »Noch ... Und wenn es ihm irgendwas gibt ...«

Conrad stand so abrupt auf, daß sein Stuhl am Teppich hängenblieb und umkippte. Vivien setzte an, ebenfalls aufzustehen, doch ihr Mann winkte ab und wankte vom Tisch weg. Er irrte mehrere Sekunden lang ziellos umher, bis er vor einem Aquarium mit tropischen Fischen stehenblieb. Er lehnte sich mit dem Rücken zu ihnen an die Scheibe.

»Unsere eigenen Fische sind alle krank«, sagte Vivien leise. »Wir haben seit Wochen kaum das Aquarium saubergemacht. Wir haben überhaupt kaum etwas gemacht. Wir leben fast nur noch in diesem verdammten Krankenhaus. Aber es ist besser, als anderswo zu sein, wenn ... wenn ...« Sie schluckte schwer und verzog dann den Mund zu einem Lächeln, das Ramsey genausowenig anschauen konnte wie vorher Orlando. »Aber du tu bitte, was du tun mußt, in Ordnung? Also, was hast du uns zu sagen, Herr Ramsey? Warte nicht auf Conrad - ich erzähle ihm später alles Wichtige.«

Nun war also der unausweichliche Augenblick gekommen, wo er eigentlich das Geheimnis lüften mußte, aber Catur Ramsey erkannte plötzlich, daß er dieser tapferen, traurigen Frau nichts davon sagen wollte. Was hatte er ihnen schon zu bieten? Eine Geschichte, die für jeden schwer zu verstehen und zu glauben war, vor allem für die Eltern eines Jungen, der offensichtlich auf der Schwelle des Todes stand. Und gesetzt den Fall, er konnte sie überzeugen, daß Beezles unglaublich klingende Geschichte wahr war, daß der Softwareagent mit Orlando reden konnte, obwohl dieser im tiefsten Koma lag, und daß der Junge selbst irgendwie in einem anderen Universum gefangen war wie ein Flaschengeist - was wäre, wenn Beezle dann nicht wieder Kontakt zu Orlando herstellen, nicht das richtige Traumfenster zu ihm finden konnte? Wie grausam wäre das, ihre Hoffnungen zu wecken, die ganze undankbare, trostlose Trauerarbeit zunichte zu machen, die sie leisteten, um sich mit der Wirklichkeit abzufinden, und dann mit leeren Händen dazustehen? Ramsey konnte nicht einmal behaupten, persönlich mit Orlando gesprochen zu haben. Er hatte alles aus zweiter Hand, aus der Hand eines Stücks Gear, das sich für einen sprechenden Käfer hielt.

Er war wie gelähmt. Das Risiko war zu groß. Er hatte sich eingebildet, als pflichtbewußter Mensch keine andere Wahl zu haben, aber jetzt, wo er Vivien so gramgebeugt vor sich sah, als ob Orlandos Koma schon Jahre und nicht bloß Tage währte, und am Aquarium ihren still vor sich hinweinenden Mann, da traute er seinem vorherigen Entschluß nicht mehr.

Eines der faszinierendsten Dinge an seinem Beruf war damals am Anfang das gottgleiche Gefühl gewesen, das Leben anderer Menschen in der Hand zu haben - als Beichtvater, Fürsprecher, manchmal sogar Retter. Jetzt hätte er alles gegeben, um den Kelch an sich vorbeigehen zu lassen.

Aber kann ich ihnen wirklich die einzige Chance nehmen, Lebewohl zu sagen? Bloß weil ich fürchte, es könnte ein Irrtum sein?

Ein kleiner, feiger Teil in ihm flüsterte: *Wenn du es ihnen heute nicht sagst, kannst du morgen immer noch deine Meinung ändern. Aber sobald du es ausgesprochen hast, ist es zu spät - du kannst es nicht ungesagt machen.*

Zu seiner Schande hörte er auf diesen flüsternden Teil und gab ihm recht.

Vivien bemühte sich, aufmerksam zuzuhören, aber sie hatte sichtlich Schwierigkeiten, sich zu konzentrieren. »Das soll also heißen, es war irgend etwas in dieser Spielwelt? Jemand hat ihn ... geködert?«

Conrad hatte sich wieder dazugesellt, aber schien Vivien gern das Fragenstellen zu überlassen. Er machte vor sich auf dem Tisch einen Haufen aus winzigen Fetzen, die er von einem mittlerweile zerfledderten Papiertuch abriß und dann immer auf die anderen drauflegte.

»Ich vermute es, obwohl noch nicht ganz klar ist, wieso jemand Interesse haben sollte, ihn zu ködern, ihn oder die andern Kids, die sonst noch auf dieses Bild gestoßen sind.«

»Dieses Bild ... einer Stadt.«

»Ja. Soweit ich sehen kann, hat jemand eine Menge Aufwand getrieben und muß auch eine Menge Geld ausgegeben haben - alles, was ich entdeckt habe, sieht danach aus, als wäre viel Arbeit darin investiert worden. Aber warum? Ich habe im Grunde immer noch keine Ahnung.«

»Das heißt, jemand hat Orlando das *angetan*.« Zum erstenmal hatte Viviens Stimme einen halbwegs normalen Ton - den Ton einer zornigen Mutter.

»Vielleicht. Es wäre sonst ein merkwürdiger Zufall, zumal ja Salome Fredericks ebenfalls im Koma liegt, und sie hat Orlando bei seiner Suche geholfen.«

»Dieses verdammte Mittland - ich hasse es! Die letzten paar Jahre hat er praktisch dort gelebt.« Vivien fing plötzlich zu lachen an. »Monster! Mein armer Sohn wollte Monster haben, die er töten konnte. Nicht sehr erstaunlich, vermute ich, wenn man seine reale Situation bedenkt, gegen die er gar nichts machen konnte. Er war übrigens sehr gut darin.«
»Der Meinung waren alle dort.«
»Na gut, dann verklagen wir die Schweine.« Sie sah ihren Mann an, der mit dem leisen Anflug eines Lächelns ihren Return seines vorherigen Aufschlags quittierte. »Diese Mittlandschweine. Dann sollen sie bezahlen. Es wird uns Orlando nicht zurückbringen, aber vielleicht kann es andern Kindern noch helfen.«
»Ich glaube nicht so recht, daß Mittland daran schuld ist, Frau Fennis.« Ramsey hatte beschlossen, das heikle Thema der Kommunikation mit Orlando zu vermeiden, aber das war jetzt ein weiterer Punkt, wo ihm nicht ganz wohl war. Alles, was er bis jetzt über Orlandos Fall herausgefunden hatte, schrie wie eine Sensationsschlagzeile: Weltweite Verschwörung! Kinderraub mit Science-fiction-Mitteln! Er durfte trauernden Eltern auf keinen Fall solche Gedanken einreden, solange er nicht mehr Beweise hatte. »Laßt mich die Sache noch ein bißchen genauer unter die Lupe nehmen, dann kann ich vielleicht bei unserem nächsten Zusammentreffen ein paar konkrete Vorschläge machen. Und macht euch bitte keine Gedanken wegen der Arbeitszeit. Ich werde weiterhin von den Fredericks' bezahlt, und einiges mache ich auch auf eigene Rechnung.«
»Das ist sehr freundlich von dir«, sagte Vivien.
Verlegen schüttelte er den Kopf. »Nein, so hab ich das nicht gemeint. Es ist bloß ... es hat mich einfach gepackt. Ich muß der Sache auf den Grund gehen. Ich hoffe, wenn ich sie aufkläre, wird das ... ich weiß nicht, dir und deinem Mann ein bißchen Frieden geben. Aber ich könnte nicht aufhören, mich damit zu beschäftigen, selbst wenn ich es wollte.«
Er spürte, daß er alles gesagt hatte, was er sagen konnte. Er stand auf und hielt ihnen die Hand hin. Conrad Gardiner faßte zögerlich zu, drückte kurz und ließ wieder los. Viviens Händedruck war nur geringfügig fester. Ihre Augen glänzten wieder, aber ihr Mund war ein harter Strich.
»Es liegt mir nichts dran, irgendwelche Leute zu verklagen«, sagte sie. »Solange sie nichts Unrechtes getan haben, heißt das, solange sie meinem Jungen nichts angetan haben. Aber es ist alles so undurchschaubar. Es wäre schön, ein bißchen Klarheit zu haben.«

»Ich werde versuchen, euch Klarheit zu verschaffen. Ganz bestimmt.« Als er sich umdrehte und über den bunten, mit jungen Hunden und Katzen gemusterten Teppich zum Ausgang schritt, ließ sie ihren Mann am Tisch sitzen und begleitete ihn. »Weißt du, was das schlimmste ist?« fragte sie. »Wir waren darauf gefaßt, wirklich, jedenfalls soweit Eltern auf etwas derart Schreckliches und Ungerechtes gefaßt sein können. Wir haben seit Jahren damit gerechnet. Aber wir dachten immer, wir hätten wenigstens die Chance, Abschied zu nehmen.« Sie blieb abrupt stehen, als wäre sie gegen eine unsichtbare Wand gelaufen. Als Ramsey zögerte, winkte sie ihm weiterzugehen und begab sich zu ihrem Mann zurück, der auf sie wartete, damit sie gemeinsam wieder in die fremde Welt des Leids eintauchen konnten, zu der normale Menschen keinen Zutritt hatten.

Ramsey nahm seinen eigenen, ganz anders gelagerten Schmerz mit, als er durch die Eingangshalle und hinaus auf den Parkplatz schritt.

> Es war schwer, aus der Dunkelheit wieder zurückzufinden, schwerer als je zuvor. Etwas hielt ihn fest, nicht brutal, aber mit einem Griff, der so elastisch und doch so unnachgiebig war wie ein zwischen den Sternen aufgespanntes Spinnennetz. Er kämpfte dagegen an, doch seine Fesseln strafften sich bloß, und seine ganze Energie verpuffte nutzlos; und trotzdem kämpfte er weiter, jahrhundertelang kam es ihm vor. Schließlich sah er ein, daß alles weitere Ringen sinnlos war. Wie lange konnte ein Mensch das Unvermeidliche abwehren? Ewig? Vielleicht jemand anders, aber er nicht.

Als er abließ, wurde es nicht finsterer um ihn herum, wie er erwartet hatte. Vielmehr fing die Dunkelheit selbst zu leuchten an, erwärmte sich fast unmerklich von äußerster Schwärze zu einem nordpoldunklen Dämmerviolett, einem Ton, den er nur fühlen, nicht sehen konnte. Dann sprach etwas zu ihm - keine Stimme und nicht in Worten, aber er verstand es und verstand auch, daß dieses Etwas von ihm verschieden war oder wenigstens verschieden von seinem denkenden Teil.

Du hast eine Wahl, sagte es.

Ich verstehe nicht.

Es gibt immer eine Wahl. Dieses Gesetz liegt allem zugrunde. Mit jeder Wahl erscheinen und verschwinden Universen - und mit jedem Hauch werden Welten zerstört.

Erklär's mir. Ich versteh's nicht.

Eine Stelle in der samtig violetten Dunkelheit wurde eine Idee heller, als ob sich dort der Stoff des Nichts verdünnte. Auf einmal erkannte er Formen, unerklärliche Rechtecke und Winkel, aber ihr schlichter Anblick erfüllte ihn mit neuem Lebenshunger.

Das ist deine Wahl, erklärte ihm sein stimmloser, wortloser Berater.

Als das unscharfe Bild deutlicher wurde, erkannte er, daß er von oben auf etwas hinabblickte. Zunächst überlegte er, ob es sich bei den Linien und seltsamen Formen um eine fremdartige Landschaft handeln mochte, doch dann lösten sich die dunklen und hellen Stellen in ein Gesicht auf, ein schlafendes Gesicht ... sein Gesicht.

Krankenhaus, dachte er, und das Wort war wie etwas Eiskaltes und Hartes - ein Messer, ein Knochen. *Da liege ich. Im Sterben.* Seine Gesichtszüge, durch die Krankheit fast bis zur Unkenntlichkeit eingefallen und doch so grausam bekannt, schienen sich unmittelbar hinter einer beschlagenen Scheibe zu befinden. *Warum zeigst du mir das?*

Das gehört mit zu deiner Wahl, lautete die Antwort. *Schau genauer hin.*

Und jetzt sah er auch die gebückten, dunklen Gestalten neben dem Bett. Eine streckte eine schattenhafte Hand aus, um sein gefühlloses Gesicht - sein eigenes Gesicht! - zu berühren, und da wußte er, wer sie waren.

Vivien und Conrad. Mama und Papa.

Das sprachlos sprechende, abwesend anwesende Etwas, das eigentlich nichts weiter als ein rational nicht zu erklärendes Wissen war, sagte nichts, aber plötzlich sah er die Wahl, vor der er stand.

Ich kann zurückkehren und Abschied nehmen ..., sagte er langsam oder hätte es gesagt, wenn es Worte zu sprechen, Töne zu hören gegeben hätte. *Ich kann zurückkehren und sie nochmal sehen, bevor ich sterbe - aber damit verlasse ich meine Freunde, stimmt's? Ich verliere Fredericks und Renie und Bonnie Mae und die andern ...*

Er fühlte, wie die Frage stumm bejaht wurde. Es stimmte.

Und ich muß jetzt wählen?

Keine Antwort, aber es war auch keine nötig.

Während er die schattenhaften Formen anblickte, überkam ihn eine furchtbare Einsamkeit. Wie sollte er es fertigbringen, nicht zurückzukehren, und sei es nur für eine letzte Berührung, einen letzten Blick in das Gesicht seiner Mutter, bevor die Tür ins Dunkel sich endgültig öffnete? Aber Fredericks und die ganzen Kinder, die armen, verlorenen Kinder ...

Die Zeit, die er anfangs im Kampf gegen die Finsternis zugebracht hatte, war nichts im Vergleich zu der, die jetzt verstrich, während er zwischen zwei Welten hing, vor einer diffizileren und schwereren Wahl als schlicht zwischen Leben und Tod. Es war eine unmögliche Entscheidung, aber sie ließ sich nicht umgehen. Es war das Schrecklichste, was er sich vorstellen konnte.

Aber zuletzt wählte er ...

Es dauerte eine Weile, ehe Orlando begriff, daß er jetzt träumte, einfach träumte. Zuerst schienen das eigenartige gefilterte Licht und die verschwommenen Gestalten eine Fortsetzung der Szene vorher zu sein, doch dann lichtete sich der Nebel, und er starrte auf ... einen Bären. Das Tier saß auf dem Hinterteil auf nassem grauen Beton, die gepolsterten ledrigen Sohlen von sich gestreckt. Ein nahezu weißer Kragen am Hals bildete einen erstaunlichen Kontrast zum restlichen schwarzen Pelz.

Etwas prallte von der Brust des Bären ab. Er schnappte zu, doch die Erdnuß war schon heruntergefallen und sprang in den Betongraben, wo er sie nicht erreichen konnte. Die Augen des Bären war so abgrundtief traurig, daß Orlando wieder weinen mußte, obwohl es ein Traum aus ferner Vergangenheit war. Conrads Kopf erschien am Rand seines Gesichtsfeldes und spähte durch das Netz, mit dem seine Eltern ihn vor hellem Sonnenlicht und neugierigen Blicken schützten.

»Was ist los, mein Schatz? Macht der Bär dir Angst? Er heißt Malaienbär - sieh nur, er ist ganz freundlich.«

Auf der anderen Seite bewegte sich etwas. Viviens Hand kam durch das Netz und nahm seine Finger, drückte sie. »Schon gut, Orlando. Wir können woanders hingehen. Wir können uns auch andere Tiere anschauen. Oder bist du müde? Willst du nach Hause?«

Er versuchte, die richtigen Worte zu finden, aber der sechsjährige Orlando - viel zu alt für einen Kinderwagen, wenn er ein normaler Junge gewesen wäre, aber wegen seiner zerbrechlichen Knochen und sofort überstrapazierten Muskeln dazu verurteilt, in einem zu sitzen - war unfähig gewesen, die tiefe Traurigkeit des Bären zu erklären. Selbst in dieser Traumversion konnte er sie seinen Eltern nicht begreiflich machen.

Jemand warf abermals eine Erdnuß. Der Bär haschte mit den Tatzen danach und hätte sie beinahe erwischt, doch die Erdnuß glitt von seinem Bauch ab und in die Grube. Der Bär blickte ihr kummervoll hinterher, dann sah er wieder auf und wartete mit wiegendem Kopf auf den nächsten Wurf.

»*Boß?*« sagte jemand. Orlando sah nach unten. In seiner knochigen kleinen Hand hatte er eine geschälte Erdnuß, die er sich nicht zu werfen getraute, weil er befürchtete, es nicht einmal über den Graben zu schaffen, aber die Erdnuß bewegte sich. Winzige Beine waren an den Seiten gewachsen und wedelten lebhaft in der Luft. »*Boß, kannst du mich hören?*«

Er starrte sie an. Vivien und Conrad redeten immer noch mit ihm und fragten ihn, ob er die Elefanten sehen wolle oder vielleicht etwas Kleineres und nicht so Erschreckendes, die Vögel zum Beispiel. Orlando wollte sie nicht verlieren, wollte nicht verpassen, was sie sagten, aber das Zappeln der Erdnuß lenkte ihn ab.

»*Boß? Kannst du mich hören? Red mit mir!*«

»*Beezle?*«

»*Ich verlier dich, Boß! Sag was!*«

Die Erdnuß, die Stimme der Erdnuß, seine Eltern, der Malaienbär mit dem weißen Kragen, alle begannen sie zu verblassen.

»*Beezle? Meine Eltern, sag ihnen ... sag ihnen ...*«

Aber der Traum hatte sich in Luft aufgelöst, und Beezle und seine Eltern waren fort - so spurlos verschwunden, daß er sicher war, ein für allemal von ihnen gegangen zu sein.

Das diffuse Licht ließ alles nahezu grau erscheinen. Diesmal gab es nicht den automatischen Mutterschoß eines teuren Krankenhausbettes, keinen Blick aus der Engelsperspektive auf einen sterbenden Jungen, nur das wechselhafte Licht einer schwelenden Glut hinter einem durchsichtigen Stoff.

Draußen schwoll der Wind an, wie ungeduldig suchend. Die Unterlage, die er wahrnahm - eine Art Bett, aber rauh und unbekannt -, fühlte sich an wie ein Haufen Mäntel, so als hätte ihn jemand während einer Party seiner Eltern im Garderobenzimmer abgelegt und dann vergessen, ihn wieder zu holen.

Orlando versuchte sich hinzusetzen, aber selbst diese geringfügige Anstrengung ließ ihn beinahe in die Ohnmacht zurücksinken. Ein so starkes Schwindelgefühl überkam ihn, daß er sich erbrochen hätte, wenn es nicht zuviel Mühe gewesen wäre, wenn er noch etwas zu erbrechen gehabt hätte.

Schwach, dachte er. *So schwach. Ich halt das nicht nochmal aus, oder? Noch eine Runde?*

Aber er mußte. Er hatte gewählt. Wenn er seine letzten Momente mit Vivien und Conrad geopfert hatte, dann mußte es das auch wert sein. Er schloß die Augen und ließ die Ereignisse Revue passieren. *Wir waren im Tempel,* entsann er sich. *Und dieser ... wie hieß er noch gleich? ... dieser Osiris kam an und hat die Mauern eingerissen. Dann sind wir ins Hinterzimmer gelaufen, und irgendwas hat mich am Kopf getroffen. Bin ich durchs Gateway gekommen?* Das einzige, woran er sich erinnerte, war Licht, ein Licht, das genauso geflackert hatte wie hier auf dem Stoff um sein Bett.

Er drehte langsam den Kopf zur Seite. Durch das dünne Tuch des Bettvorhangs sah er dunkle Wände: Er schien sich in einer roh gezimmerten Hütte zu befinden. Was er vom Dach sehen konnte, war trockenes Stroh. Holzkohle glühte in einem großen Becken nahe der hintersten Wand. Die Anstrengung, die es ihn kostete, den Kopf zu bewegen, erschöpfte ihn, und eine Zeitlang lag er nur da und betrachtete das Spiel des Feuers über der Glut.

Als ihm ein klein wenig die Kraft wiederkehrte, schob er sich nach oben, bis er etwas Weiches, Nachgebendes am Kopf fühlte. Er nahm sich zusammen und drückte sich mit Beinen ab, die nicht recht zu ihm zu gehören schienen, bis der Kopf auf die Rolle über ihm rutschte und nach vorn kippte, so daß er sehen konnte, was sich vor ihm befand.

Die Hütte war groß, mehrere Meter lang und fast völlig leer. Der Fußboden war gestampfte Erde; an den unteren Rändern drang Licht ein. Ein eleganter Henkelkrug stand nahe bei ihm am Boden, und daneben lag ein zusammengerolltes Kleiderbündel. Die einzigen anderen Gegenstände im Raum standen gegenüber dem Kohlenbecken – eine sehr lange Lanze und ein paar etwas kleinere Speere, ein kurzes Schwert, das er noch nie gesehen hatte, aber das ihm unerklärlich bekannt vorkam, und ein mächtiger Rundschild, gelehnt an ein absonderliches Gebilde, das einer gestutzten Vogelscheuche glich.

Die menschenähnliche Gestalt war eine Rüstung aus funkelnder Bronze auf einem plumpen Ständer - eine Brustplatte, ein paar andere Stücke und ein Helm mit einem Roßhaarbusch obendrauf.

Orlando seufzte. Ein Krieger also. Natürlich.

Nach meinem Lächeln oder meinem Humor fragt nie einer, dachte er. *Viel ist von beiden sowieso nicht mehr übrig.*

Wo war er also? Es sah altertümlich aus, aber er war zu müde, um groß darüber nachzudenken. Troja? Hatten sie mit dem Gateway Glück gehabt?

Ein Schatten strich draußen vor der Hütte über den Schlitz am Fuß der Wand. Gleich darauf stieß ein Mann die Tür auf und trat ein. Er trug eine einfachere Rüstung als die auf dem Ständer, weichgekochtes Leder, mit Schnüren, Riemen und Spangen zusammengehalten, und eine Art Hemd, aus Lederstreifen geflochten. Er ging in der Tür auf ein Knie, das dunkle, bärtige Gesicht nach unten gerichtet.

»Verzeih, Herr«, sagte der Krieger. »Mehrere Männer wünschen mit dir zu sprechen.«

Orlando konnte nicht glauben, daß es so rasch schon wieder losgehen sollte. Wo war Fredericks? Bonnie Mae und die anderen? »Ich will niemand sehen.«

»Aber sie kommen vom stabführenden König, Herr.« Der Krieger, verdutzt von Orlandos Weigerung, war nervös, aber entschlossen, seinen Auftrag auszurichten. »Er schickt einen Boten, um dir zu sagen, daß die Hoffnung der Achäer auf dir ruht. Und Patroklos bittet ebenfalls, vorgelassen zu werden.«

»Sag ihnen allen, sie sollen weggehen.« Orlando schaffte es, eine zitternde Hand zu heben. »Ich bin krank. Ich kann mit niemand reden. Vielleicht später.«

Der Krieger schien noch etwas sagen zu wollen, doch dann nickte er, stand auf und ging auf leisen Sohlen hinaus.

Orlando ließ die Hand sinken. Konnte er sich aufraffen, das Ganze noch einmal auf sich zu nehmen? Wie? Zu wählen war eine Sache, eine andere war es, die Kraft zum Durchhalten aufzubringen. Was war, wenn es nicht ging? Wenn er sich einfach nicht mehr erholte?

Es kratzte an der Hüttenwand, leise, aber beharrlich. Orlando fühlte Ärger in sich hochkochen – hatte er nicht gerade laut und deutlich erklärt, sie sollten ihn alle in Ruhe lassen? Er sammelte seine Energie, um zu schreien, doch dann blieb ihm der Mund offen stehen, als eine kleine Gestalt durch die Lücke gekrochen kam, die zwischen Wand und Boden klaffte.

»Kennst du dich nicht aus?« fragte die Schildkröte und fixierte ihn mit einem Auge wie ein Teertropfen. »Keine Sorge, ich werde dir sagen, was du wissen mußt. Der stabführende König ist Agamemnon, und er grämt sich, weil du dich mit ihm wegen eines erbeuteten Mädchens überworfen hast.«

> 450

Orlando stöhnte. Es klang wie eines der üblichen dämlichen Thargorabenteuer, aber diesmal war er nicht mehr imstande mitzumachen. »Ich will bloß, daß sie mich in Frieden lassen.«

»Ohne dich können die Achäer nicht gewinnen.«

»Achäer?« Er schloß die Augen und ließ den Kopf hängen, aber die Stimme der Schildkröte war nicht so leicht abzustellen.

»Die Griechen, sagen wir dann halt. Das Heer der Verbündeten, die ausgezogen sind, Troja zu erobern.«

Also war er doch nach Troja gekommen. Aber dieses Wissen verschaffte ihm keine Befriedigung. »Ich muß dringend schlafen. Was wollen sie alle von mir? Wen zum Teufel stelle ich eigentlich dar?«

Es entstand eine Pause, in der das Kriechtier über den Erdfußboden bis dicht an seine herabhängende Hand krabbelte. »Du bist Achilles, der größte aller Helden«, sagte sie und stupste dabei mit ihrem kühlen, rauhen Köpfchen seine Finger an. »Macht dich das nicht stolz?« Orlando versuchte die Schildkröte wegzuwischen, aber sie kroch mit überraschender Flinkheit aus seiner Reichweite. »Der große Achilles, dessen Taten Legende sind. Deine Mutter ist eine Göttin! Die Barden singen deinen Ruhm! Selbst die Helden Trojas zittern bei deinem Namen, und viele Städte hast du in rauchende Trümmer gelegt ...«

Orlando hielt sich die Ohren zu, und trotzdem hörte er weiter die referierende Stimme. Er vermißte Beezle mehr denn je.

»Bitte, laß mich allein«, murmelte er, aber anscheinend nicht laut genug, daß die Schildkröte es hörte. Mit der gräßlichen Munterkeit eines Reiseleiters trug sie ihm weiter seine phantastische Lebensgeschichte vor, auch als Orlando sich längst umgedreht und sich das Bettzeug fest um den Kopf geschlungen hatte.

Kapitel

Beim Elefanten

NETFEED/NACHRICHTEN:
Ermittler spricht von "Volksverdummung"
(Bild: Warringer bei Nachforschungen in Sand Creek)
Off-Stimme. Die Verwüstung, die ein aus der Flugbahn geratener Satellit angerichtet hat, und die Entdeckung alter Besiedlungsspuren in der Antarktis haben die UFO-Debatte in den Medien neu angeheizt, ein Fall von "periodisch wiederkehrender Volksverdummung", wie der Autor und Ermittler Aloysius Warringer meint.
(Bild: Warringer zuhause vor dem Wandbildschirm)
Warringer: "Alle paar Jahre geht das wieder los. Seit Jahrzehnten suchen wir nach intelligentem Leben auf anderen Planeten und finden keines, aber sobald das Thema Weltraum in irgendeinem Zusammenhang aktuell wird, werden jedesmal wieder die alten Verschwörungstheorien vom Misthaufen geholt. 'Außerirdische sind gelandet, und die Regierung verheimlicht es!' Roswell, Sand Creek in South Dakota, die ganzen ollen Kamellen werden wieder breitgetreten. Aber wer kümmert sich um die wirklichen Probleme? Was ist mit Anfords Gekungel mit den Antimonetaristen, die den Goldstandard wieder einführen wollen? Was ist mit dem Atasco-Attentat? Mit der anhaltenden Fluorisierung unseres Wassers?"

> »Ich faß es nicht.« Del Ray Chiume verdrehte so theatralisch die Augen, daß Long Joseph ihm am liebsten in den Hintern getreten hätte. »Du mußt doch wissen, wie du wieder zurückkommst! Was hättest du gemacht, wenn du mich nicht getroffen hättest?«

»Getroffen?« Joseph stieß sich von der Wand ab, um etwas auf Distanz zu Renies nervendem Exfreund zu gehen, aber nach zwei Schritten stand er im Nieselregen und zog sich rasch wieder unter das kahle Betonvordach zurück. Sie tranken ihren Kaffee in Einwegbechern auf der Straße. Selbst in diesem heruntergekommenen Teil von Durban hatte der Inhaber des Cafés nur einen Blick auf Del Rays fleckigen, zerknitterten Anzug und Josephs leicht torkelnden Gang werfen müssen, um sie mit ihrem Kaffee und ihren Problemen vor die Tür zu schicken. Joseph hätte ihn gern als Rassisten beschimpft, aber leider war der Mann ein Schwarzer. »Dich getroffen? Spinnste? Du bist mit 'ner Knarre auf mich los, Freundchen, war's nich so?«

»Und habe dir damit wahrscheinlich das Leben gerettet, auch wenn du den Teufel tust, es mir zu danken.« Del Ray fluchte, als ihm heißer Kaffee aus dem Styroporbecher ans Kinn spritzte. »Wieso ich mich habe überreden lassen, nochmal mit dir in das Krankenhaus da zu gehen, ist ...«

»Ich mußte meinen Jungen sehen.« So bedrückend die Erfahrung gewesen war, Joseph bereute nichts. Dafür war er schließlich aus diesem Gebirgsloch abgehauen. Was war so verwunderlich daran, daß er nicht wußte, wie er wieder zurückfand - hätte er sich vielleicht eine Landkarte malen sollen oder was?

»Na schön, wir werden es irgendwie rauskriegen müssen. Es ist irgendwo in den Drakensbergen - wir können nicht einfach da oben rumlaufen und hoffen, daß wir über eine geheime Militärbasis stolpern.« Er runzelte die Stirn. »Ich wünschte, mein Bruder würde sich ein bißchen beeilen.«

Joseph sah zu dem schwarzen Van hinüber, der am hinteren Ende der Straße parkte; ein Schwall Regenwasser von einem der Dächer trommelte auf den silbernen Antennenstreifen über der Windschutzscheibe. Es war eines von den breiten Dingern, die die Leute in Pinetown »Pig« nannten, und wirkte etwas zu edel für das Viertel. Er überlegte, ob er Del Ray darauf aufmerksam machen sollte, aber er hatte keine Lust, sich die nächste lange Rede darüber anzuhören, daß es der reine Schwachsinn gewesen war, sich in das Krankenhaus einzuschleichen, und daß sie wahrscheinlich von Burenkillern verfolgt wurden ...

Seine Gedanken wurden von einer alten Limousine zerstreut, die neben ihnen anhielt. Im ersten Augenblick erschrak Joseph, als er das

Auto erkannte, in dem er vorher entführt worden war, doch dann sah er ein, daß es *natürlich* dasselbe Auto sein mußte und derselbe Bruder hinterm Steuer. Del Ray stieg vorne ein, und so machte Long Joseph die Hintertür auf, wo allerdings bereits drei kleine Kinder saßen und lautstark »Ich hau dich, du haust mich« spielten. »Was soll'n der Quatsch?« grummelte er.

»Du hast die Kinder mitgebracht?« Del Ray bekam vor Ärger eine ganz quiekende Stimme. »Hast du sie noch alle, Gilbert?«

»Hör zu, Mann, ihre Mama ist grade nicht da.« Der Bruder, den Joseph jetzt zum erstenmal richtig sah, hatte den mürben Blick eines Mannes, der den ganzen Vormittag über Babysitter gespielt hatte. »Was soll ich denn machen?«

»Ich setz mich nich da hinten zu so 'ner Kinderhorde«, verkündete Joseph. Murrend stieg Del Ray aus und quetschte sich zu seiner Nichte und seinen Neffen auf den Rücksitz. Als Joseph endlich seine langen Beine vorne verstaut hatte - Del Rays Bruder war klein und hatte die Sitzbank dicht ans Steuer gerückt -, waren sie schon an der Stelle vorbei, wo der schwarze Van stand, so daß Joseph ihn sich nicht genauer ansehen konnte.

»Hör zu, ich kann dich und diesen alten Mann nicht den ganzen Tag in der Gegend rumkutschieren«, sagte Gilbert. »Ich hab schon genug Zeit damit verplempert, vor diesem Krankenhaus rumzuwarten. Wo wollt ihr hin?«

»Danke, ich freu mich auch, deine Bekanntschaft zu machen«, fauchte Joseph. »Als wir das letztemal Zeit zusammen verplempert haben, hast du'n Verbrechen an mir begangen. Kannste von Glück sagen, daß ich dir nich die Bullen auf den Hals hetz. Alter Mann, pff.«

»Oh, bitte sei still«, stöhnte Del Ray.

»Das war nicht meine Idee«, sagte sein Bruder leise. »Ich *hab* Arbeit.«

»Jetzt fang nicht auch noch mit *mir* an, Gilbert«, eiferte sich Del Ray. »Wer hat dir denn die Arbeit verschafft? Wir wollen zum Elefanten. Er wohnt in Mayville.« Er beschrieb den Weg, dann ließ er sich zurücksinken, wobei er vorher noch die beiden Jungen auseinanderreißen mußte, die sich allerdings bereits lauthals zu bejammernde Verletzungen beigebracht hatten.

»Elefant!« Joseph schüttelte den Kopf. »Was'n das für'n Name? Ich will doch nich in'n Zoo.«

Del Ray seufzte. »Sehr witzig.«

»Ich hab in der Schule einen Elefant gemalt, Onkel Del«, teilte das Mädchen neben ihm mit. »Ich hab ihn ganz grün gemalt, und die Lehrerin hat gesagt, das wär nicht richtig.«

»Deine Lehrerin is bescheuert, Kind«, rief Long Joseph über die Schulter. »Die Schulen sind voll von Leuten, die keine anständige Arbeit kriegen können und meinen, sie wüßten alles besser. Du kannst deinen Elefant bunt malen, wie du willst. Das kannst du deiner Lehrerin von mir ausrichten.«

»Hör zu«, knurrte Gilbert, während der Wagen auf alten Stoßdämpfern schaukelnd eine enge Kurve nahm, »du hast meiner Tochter keine Aufsässigkeit gegen ihre Lehrerin einzureden. Wenn du mit meinem Bruder rumrennst und Johnny Icepick spielst, ist das deine Sache, aber laß meine Kinder in Ruhe.«

»Ich sag ihr bloß, daß sie sich nix gefallen lassen soll.« Joseph war tief gekränkt. »Mach nich mich an, bloß weil du nich deine Pflicht tust.«

»Herrgott nochmal!« bellte Del Ray. »Seid ihr jetzt endlich *still*!«

Gilbert ließ sie vor der Tür des Elefanten raus, der in einem Lagerhochhaus vom Anfang des Jahrhunderts wohnte, einem häßlichen Kasten aus abwechselnd braunen und grauen Betonblöcken. Bei dem dunklen Himmel und dem kalten Regen fand Joseph es beinahe so deprimierend wie das Krankenhaus. Del Ray legte den Daumen auf den Öffner, und die Haustür ging mit einem lauten Klicken auf.

Es gab keinen Fahrstuhl, und Joseph schimpfte den ganzen Weg bis in den dritten Stock. Neben einigen der weit auseinanderliegenden Türen waren kleine Namensschildchen angebracht, aber viele andere waren kahl. Dennoch hatten alle Türen zusätzliche Sicherheitsschlösser, und manche waren derart mit Ketten und Hochdruckriegeln bestückt, daß es aussah, als müßten dahinter schreckliche Monster eingesperrt sein.

»Was nützt dir das, wenn de drin bist?« fragte Joseph. »Wie willste den ganzen Krempel abschließen?«

»Das ist kein Mietshaus, es ist ein Speicher.« Del Ray schnaufte nach dem Treppensteigen nur geringfügig weniger als Joseph. »Da wohnen keine Leute drin, das soll verhindern, daß Fremde reinkommen.« Er berichtigte sich, als sie vor einer der kahlen, namenlosen Türen stehenblieben. »In den *meisten* wohnen keine Leute.«

Auf sein Klopfen hin sprang die Tür fast augenblicklich auf. Drinnen war es ziemlich dunkel, so daß Joseph Del Ray vorgehen ließ und wartete, bis seine Augen in der Düsterkeit etwas erkennen konnten.
»Was is das hier?« fragte er. »Sieht total altmodisch aus.«
Del Ray warf ihm einen ärgerlichen Blick zu. »Es gefällt ihm so. Fang bloß nicht wieder mit deiner üblichen charmanten Art an, hörst du? Er tut uns einen Gefallen - hoffe ich jedenfalls.«
In dem weitläufigen, fensterlosen Raum fühlte man sich tatsächlich ein wenig in eine der Netzserien aus Josephs Jugend versetzt, eine von diesen Science-fiction-Faxen, die er immer verachtet hatte. Es sah aus wie in einer vergammelnden Raumstation oder im Labor eines wahnsinnigen Wissenschaftlers. Jede freie Fläche war mit Apparaten vollgestellt, und auch sonst hatten sie den Raum komplett erobert, hingen in Netzen von der Decke oder standen zu abenteuerlichen Stapeln aufgetürmt auf dem Boden. Alles war mit allem verbunden zu einem großen Stromkreis mit Tausenden von verschiedenen Leitungen; riesige Kabelbündel lagen fast überall herum, so daß man kaum irgendwo hintreten konnte. Auch wenn nur eine normale Lichtquelle in der Mitte brannte, eine hohe Stehlampe mit einem gebogenen Schirm, gab es so viele kleine rot blinkende Anzeigelichter und so viele blaß schimmernde Skalen und Zähler, daß der höhlenartige Raum glitzerte wie ein Weihnachtsschaufenster auf der Golden Mile.

Im Lampenschein stand ein uralter Fernsehsessel, von dem sich schon das Leder abschälte. Ein schwergewichtiger schwarzer Mann in einem gestreiften Stahlwollpullover, den Schädel kahl rasiert bis auf ein Haarbüschel, das an einen Schopfadler erinnerte, saß darin, über einen niedrigen Tisch gebeugt. Er blickte sich kurz nach ihnen um, bevor er sich wieder seiner Beschäftigung zuwandte. »Del Ray, voll irre, daß du angerufen hast«, sagte er mit einer kindlich hohen Stimme. »Grade hab ich an dich denken müssen.«

»Tatsächlich?« Del Ray bahnte sich einen Weg durch die anscheinend wahllos zusammengesetzten Gerätetürme; Joseph, der dicht dahinter folgte, war es schleierhaft, wozu die ganzen Apparate gut sein sollten. »Wieso?«

»Beim Ausmisten von Speichern hab ich das Ding gefunden, das ich vor 'ner ganzen Weile mal als Demostreifen für dich zusammengebastelt hab - für dein Projekt ›Kommunikation auf dem Lande‹, weißt du noch? Wo die kleinen tanzenden Bullenboxen drin vorkamen?«

»Ach so, ja. Das ist wirklich schon eine Weile her.« Del Ray hatte sich mittlerweile bis zum Sessel vorgearbeitet. »Das ist Joseph Sulaweyo. Ich war früher mal mit seiner Tochter Renie zusammen, erinnerst du dich?«

»Klarer Fall. Die war in Ordnung.« Der wuchtige junge Mann nickte anerkennend. Er warf Joseph einen Blick zu, ohne jedoch aufzustehen oder ihm die Hand zu reichen.

»Wie kommst du zu so 'nem Namen wie Elefant?« wollte Joseph wissen.

Der Elefant wandte sich an Del Ray. »Wieso hast du ihm das gesagt? Ich kann den Namen nicht leiden.«

»Wirklich? Aber er ist doch respektvoll gemeint«, beeilte sich Del Ray zu versichern. »Weil ein Elefant nie was vergißt, weißt du. Und die sind schlau und kommen mit ihrem Rüssel überall rein.«

»Echt?« Der Elefant legte seine Stirn in Falten wie ein kleiner Junge, der weiter an den Weihnachtsmann glauben will.

Long Joseph glaubte zu wissen, wie der Name gemeint war - respektvoll ganz gewiß nicht. Nicht nur war der Bauch des jungen Mannes breiter als seine Schultern, er hatte auch die schlaffe Haut und graue Gesichtsfarbe eines Menschen, der nicht viel an die Sonne kam. Eine Schicht von leeren Knabberpackungen, Plastikflaschen und Fertiggerichtschachteln unter dem Tisch und darum war der Beweis.

»Und wie schon gesagt«, fuhr Del Ray hastig fort, »ich bräuchte deine Hilfe. Du bist der einzige, dem ich zutraue, daß er das hinkriegt.«

Der Elefant nickte wissend. »Könntest du am Fon nicht sagen, hast du gemeint. Glaub ich gern. Mann, deine frühern Chefs bei der UNComm spielen grad total verrückt. Man kann keinen Furz lassen, ohne daß gleich jemand an der Tür klingelt und dir was von EBE erzählt.«

»Electronic Breaking and Entering«, erklärte Del Ray Joseph, dem das völlig schnurz war. »Häcken, um den altmodischen Ausdruck zu benutzen. Mein Freund hier ist einer *der* Experten für Datenbeschaffung auf der ganzen Welt - legal, ganz legal, deshalb hat er ja auch soviel für uns bei der UNComm gemacht! -, aber es gibt einfach jede Menge Bürokratie, Zollschranken und was nicht noch alles ...« Er drehte sich wieder dem besagten jungen Experten zu. »Und jetzt hätte ich gern, daß du was für mich rausfindest.«

Nachdem ihm nun die gebührende Reverenz erwiesen war, neigte der Elefant sein Haupt. »Schieß los.«

Während Del Ray Long Josephs bruchstückhafte Erinnerungen an den Militärstützpunkt in den Bergen wiedergab, ging es Joseph durch den Kopf, ob dieser dicke junge Mann vielleicht irgendwo Bier versteckt hatte. Er wollte erst fragen, aber die Aussicht, sich den nächsten leidigen Vortrag von Del Ray anhören zu müssen, bewog ihn dann, sich auf eigene Faust umzuschauen. Die geräumige Lagerhalle erschien ihm groß genug, um alles mögliche zu bergen, auch einen Kühlschrank mit erfreulichen Überraschungen drin, und überhaupt hatte er damit wenigstens eine sinnvolle Beschäftigung. Als er davonschlenderte, zauberte der Elefant bereits über dem Schreibtisch Bilder in die Luft, eine bunte Figur nach der anderen, die so hell leuchteten, daß die Geräte-türme lange Schatten warfen.

»Up an, Mann«, sagte der Elefant stolz. »So'n Hologrammdisplay findste privat südlich von Nairobi nicht nochmal.«

Der doppelt breite Mammutkühlschrank, der Long Joseph zunächst so fröhlich gestimmt hatte, schien nur alkoholfreie Getränke zu enthalten - massenweise Plastikflaschen in Reih und Glied wie chinesische Soldaten beim Waffenappell. Joseph fand schließlich eine einzelne Flasche mit der Aufschrift »Janajan« hinter den Beuteln mit Ersatzteilen, die unerklärlicherweise neben den Colareserven und Fertiggerichten des Elefanten lagerten. Es hatte einen unangenehm fruchtigen Geschmack, aber es war immerhin Bier - man merkte sogar ein klein bißchen was davon in den Knien. Joseph süffelte es langsam, während er durch die Apparatelandschaft spazierte, denn er wußte ja nicht, wann er das nächste bekommen würde.

Er hatte es nicht eilig, zu Del Ray und seinem fetten Freund zurückzukehren, die gebückt vor den schillernden Luftbildern saßen. Dieser ganze Blinkeblinkeblödsinn war schuld, daß sein Sohn nicht mehr da war. Wozu sollte das nutze sein? Nicht mal richtig tot wurde einer davon, so wie seine Frau von dem Feuer, so daß man ihn begraben und irgendwie damit fertig werden konnte. Statt dessen wurden die Leute zu Apparaten gemacht, zu Apparaten, die nicht mehr funktionierten, aber die man dennoch nicht ausstöpseln durfte. Der dicke Mann machte ein großes Getue um seine Spielsachen, aber die ganze Sache hinterließ in Josephs Mund einen sauren Geschmack, den kein Fruchtbier der Welt wegbekam. Als Studentin hatte Renie versucht, ihm solchen Quatsch nahezubringen, hatte ihn ganz aufgeregt ins Unilabor geschleift, um ihm vorzuführen, wie die Sachen gemacht wurden, die er sich im Netz anguckte, doch selbst damals war ihm das alles merkwürdig und verwirrend gewesen, und es hatte ihm nicht gepaßt, daß seine junge Tochter ihm so viele Sachen zeigte, von denen er keine Ahnung hatte. Jetzt, wo er dadurch Stephen verloren hatte - und Renie letztendlich auch -, war sein Interesse so gut wie null. Das alles machte ihm Durst und sonst gar nichts.

»Joseph!« Del Rays Stimme riß ihn aus seinen Gedanken. »Kannst du mal herkommen?«

Long Joseph merkte, daß er minutenlang mitten im Raum gestanden und ins Leere gestarrt hatte, schlaff wie eine Stoffpuppe. *Was wird bloß aus mir?* dachte er. *Ich könnte grad so gut tot sein. Nix im Sinn als trinken, trinken.*

Selbst diese Erkenntnis hatte nur zur Folge, daß er noch mehr nach etwas zu trinken lechzte.

»He«, sagte Del Ray, als er näher trat. Sein schmales Gesicht war von einem Hologramm des Elefanten ganz bunt geschminkt. »Ich dachte, du hättest gesagt, dieses Ding wäre mordsgeheim, dieser Militärstützpunkt.«

Joseph zuckte mit den Achseln. »So hat's mir Renie erzählt.«

Der Elefant blickte von einem leuchtenden Schlangennest von Daten auf. »Nennt sich ›Wespennest‹, nicht ›Bienenstock‹.«

»Ja, stimmt.« Joseph nickte. »Jetzt fällt's mir wieder ein.«

»Tja, es *ist* geheim, aber irgendwer will's anscheinend genauer wissen.« Die fleischige Hand des Elefanten machte eine Geste, und ein weiteres Gewimmel von Formen, Zahlen und Worten erschien vor ihm in der Luft. »Siehst du? Ganz vorsichtig und diskret kratzt da jemand von außen dran rum und stellt Nachforschungen an.«

Joseph beäugte kritisch das Hologramm, das ihm so wenig sagte wie ein modernes Kunstwerk der aggressivsten Sorte. »Das muß diese Französin sein - wie hieß sie noch? -, diese Martine. Sie war ständig zugange, alles für Renie herzurichten. Und noch so'n alter Mann, mit dem sie geredet haben, der auch.«

»In den letzten paar Tagen?«

»Keine Ahnung.« Er zuckte abermals mit den Achseln, aber hatte ein flaues Gefühl im Magen, als ob das Bier mit dem Fruchtgeschmack nicht ganz in Ordnung gewesen wäre. »Aber eigentlich waren sie mit dem Kram vor 'ner ganzen Weile schon durch. Diese Martine, sie is mit

Renie und diesem kleinen Buschmann mit, was weiß ich wohin und wozu.«

»Tja, irgendwer schnüffelt rum.« Der Elefant lehnte sich zurück und verschränkte die Arme vor der Brust. »Checkt die Datenleitungen, prüft die Verbindungen.« Er legte die Stirn in Falten. »Gibt's da Fone?«

»Ich glaub ja. Doch, die alte Sorte, die wo man sich an den Mund hält.«

»Ich denke, jemand versucht anzurufen.« Der Elefant drehte sich schief grinsend zu Del Ray um. »Ich hab dir deine Landkarten besorgt, Mann, aber ich bin voll froh, daß ich da nicht hin muß.« Er wedelte mit dem Arm, und die bunten Bilder verschwanden so prompt, daß ein dunkles Loch in der Luft zurückblieb, wo sie gewesen waren. »Ich sag dir eins: Es gibt nichts Schlimmeres, als mit Geheimnissen rumzumachen, die keine richtigen Geheimnisse mehr sind.«

> Die Schwäche und Demütigung, die er empfand, hatte ihn nicht abgehalten, herzukommen. Selbst er mußte sich manchmal Erleichterung verschaffen.

Er schloß die Augen und fühlte das linde Fächeln der Luft, mit dem die stummen Sklaven und ihre Palmwedel bereits seine Entspannung besorgten. Das Lustschloß der Isis war immer kühl, eine Erholung von der Wüste, vom Lärm des Palastes, von den Strapazen der Herrschaft. Er fühlte, wie ein Teil von ihm, ein stählerner, kalter Teil, sich dem Bedürfnis loszulassen widersetzte. Es war schwer, diesen Teil abzustellen - die Gewohnheit, völlig autark zu regieren, niemandem seine Gedanken mitzuteilen, war sehr hartnäckig und jetzt in diesen letzten Tagen wichtiger denn je -, doch selbst er konnte nicht immer nur hart sein. Immerhin hatte er sich diesmal mit seinem Kommen lange Zeit gelassen.

Auch mit geschlossenen Augen wußte er, daß sie gekommen war, spürte ihre Anwesenheit wie eine kühle Hand auf der Stirn. Ihr Duft, der hier in ihrem Raum schon vorher stark gewesen war, wurde noch betörender, Zedern und Wüstenhonig und andere, subtilere Gerüche.

»Mein Herr und Gebieter.« Ihre Stimme hatte den Klang feiner silberner Glöckchen. »Du beehrst mich mit deinem Besuch.« Sie stand in der Tür, schlank wie eine Gerte in einem langen Kleid aus heller, mond-

farbener Baumwolle, barfuß. Ihr angedeutetes Lächeln berührte ihn so tief wie ein altes Lieblingslied, das man nach vielen Jahren wiederhört.
»Wirst du eine Zeitlang bleiben?«
Er nickte. »Das werde ich.«
»Dann ist heute ein Freudentag.« Sie klatschte in die Hände. Zwei Sklavinnen, eine mit einer Karaffe und zwei Bechern, die andere mit einem Tablett voller Süßigkeiten, kamen leise und flink wie Schatten angehuscht. »Laß dich von mir verwöhnen, mein Gemahl«, sagte Isis. »Wir werden die Welt und ihre Sorgen für ein Weilchen vergessen.«
»Für ein Weilchen, ja.« Osiris lehnte sich zurück und gebot seinem inneren Aufpasser, Ruhe zu geben, während er zusah, wie die Göttin ihm einen Becher mit schäumendem, goldenem Bier einschenkte, jede Bewegung ein wortloses Gedicht.

»... Und so mußte ich bei meiner Rückkehr entdecken, daß diese beiden Schwachköpfe in meiner Abwesenheit einen richtigen Volksaufstand heraufbeschworen hatten - und um ihre Unfähigkeit zu verbergen, hatten sie obendrein noch den Tempel des Re geschändet und seine Wächter Dua und Saf getötet.«

»Dein Zorn muß groß gewesen sein, mein Gemahl.« Ihr mitfühlender Blick war vollkommen, nichts anderes als verständnisinniger Kummer über seinen Verdruß sprach daraus.

»Sie machen eine Zeitlang nähere Bekanntschaft mit den Strafprogrammen«, sagte er. Winzige Fältchen erschienen bei dem unbekannten Wort auf ihrer Stirn, aber sie ließ sich nicht davon ablenken, sein Knie zu streicheln. »Doch ich werde sie bald wieder entlassen müssen. Leider brauche ich sie noch, damit sie mir diesen Jonas finden.«

Isis schüttelte den Kopf, daß ihre seidigen blonden Haare wie ein Vorhang schwangen. »Es betrübt mich, daß du Diener haben mußt, die dein Mißfallen erregen, mein Gebieter. Aber noch trauriger stimmt mich die Vorstellung, daß andere gegen deine gnädige Herrschaft aufbegehren sollten.«

Osiris winkte ab. Hier an diesem sicheren Ort hatte er seiner Frau gestattet, ihm die Mumienbinden von den Händen zu wickeln, so daß die totenbleichen Finger mit den golden lackierten Nägeln zu sehen waren. »Dies alles ist es nicht, was mich wahrhaft beunruhigt. Leute, die den Mächtigen ihre Macht mißgönnen, gibt es immer - solche, die nichts

Eigenes schaffen können, die nicht stark genug sind, sich zu nehmen, wonach sie begehren, aber dennoch meinen, die Starken wären verpflichtet, ihnen einen Teil abzugeben. Ob reale Bauern oder Automaten - codierte Simulationen -, es ist immer dasselbe mit ihnen.«

Ein leerer Blick trat kurz in ihr Gesicht, aber trotz der fremden Begriffe ließ Isis' warmes Mitgefühl nicht nach. Ihre großen grünen Augen blieben immer auf ihn gerichtet, so wie eine Blume der Sonne folgt. Sie war die perfekte Zuhörerin, und das war kein Zufall: sie war eigens zu dem Zweck konstruiert worden. In ihrer hellen, zarten Schönheit hatte er Züge seiner ersten Frau Jeannette neu erstehen lassen, die seit über einem Jahrhundert tot war, und in ihrer selbstlosen Fürsorge hatte er gewissermaßen seiner Mutter ein Denkmal gesetzt, wobei er sich allein auf seine Erinnerungen verlassen hatte, um Isis mit diesen Eigenschaften auszustatten. Sie war gänzlich irreal, ein singuläres Stück Code, seine einzige unbedingt zuverlässige Vertraute. Sie verstand ihn vielleicht nicht, aber sie würde ihn nie verraten.

»Nein«, sagte er, »ich stehe an einem Scheideweg und muß eine schwere Entscheidung treffen. Die Ungeschicklichkeit meiner Diener ist nur ein kleines Ärgernis, das schnell aus der Welt geschafft war.« Er gönnte es sich, einen Moment lang mit stiller Befriedigung daran zurückzudenken, wie er auf dem Rücken des unsterblichen Vogels Benu in den Tempel des Re eingefallen war und den Aufstand mit einem Schlag beendet hatte. Diener und Rebellen gleichermaßen hatten sich bäuchlings niedergeworfen und aus Furcht vor seiner Majestät geweint. Er hatte seine Macht als etwas Reales und Greifbares erfahren, das in Wellen von ihm ausging wie die Zerstörungswirkung einer Explosion. Und das war es, was Wells und die anderen - selbst der schlaue Jiun Bhao - nicht verstanden. Sie hielten die Art, wie er sich in seinen Simulationen heimisch einrichtete, für das Hobby eines alten Mannes, ein Zeichen der Schwäche, aber wie wollte man sich darauf vorbereiten, für alle Zeit in einem virtuellen Universum zu leben, wenn man sich nicht ganz darauf einließ? Und wie wollte man ein solches Universum regieren, wenn es einem nicht am Herzen lag?

Der Rest der Gralsbruderschaft, vermutete er, würde die Ewigkeit als eine sehr, sehr schwere Bürde erleben ...

Der Gedanke an das Projekt brachte ihn zu seinen Problemen zurück. Isis wartete, still wie ein Teich im Hochgebirge.

»Nein«, wiederholte er, »das eigentliche Problem ist, daß ich meinem eigenen Betriebssystem nicht traue - dem Andern, dem Wesen, das du als Seth kennst.«

Ihr Gesicht verdüsterte sich. »Dunkel ist er. Verloren und ruhelos.«

Er konnte sich ein leises Lächeln der Befriedigung nicht verkneifen. Obwohl sie nichts weiter war als Code, sagte sie manchmal Sachen, die über ihren engen Horizont hinausgingen. Sie war echte Wertarbeit. »Ja. Dunkel und ruhelos. Aber so, wie die Dinge stehen, bin ich auf ihn angewiesen. Seine Macht ist groß. Und ausgerechnet jetzt, wo die Zeremonie unmittelbar bevorsteht, ist er unruhiger denn je.«

»Du hast schon früher von der Zeremonie gesprochen. Ist das der Zeitpunkt, von dem an du immer und ewig mit mir leben wirst?« Ihr Gesicht glänzte erwartungsvoll, und einen Moment lang sah er etwas in ihr, das er vorher noch nie gesehen hatte, eine Mädchenhaftigkeit, die weder von Maman noch von Jeannette kam.

»Ja, von da an werde ich immer und ewig hier leben.«

»Dann darf bei der Zeremonie nichts mißlingen«, sagte sie mit ernstem Kopfschütteln.

»Aber genau da liegt das Problem. Es gibt womöglich keine zweite Chance. Wenn doch irgend etwas danebengeht ...« Er blickte finster. »Und wie gesagt, Seth ist seit einiger Zeit unruhig.«

»Gibt es keinen andern Zauber, mit dem du die Zeremonie zum Gelingen bringen kannst? Bist du wirklich auf den Eingesargten angewiesen?«

Osiris seufzte und lehnte sich zurück. Die kühle Säulenhalle war ein Ort des Rückzugs, aber seine Probleme ließen sich nicht auf Dauer verdrängen. »Ein anderer ist vielleicht noch imstande, den Zauber zu wirken, den ich brauche - aber er ist mein Feind, Ptah.« Ptah war der Welt ansonsten unter dem Namen Robert Wells bekannt, aber Jongleur war jetzt in die beruhigenden Rhythmen der Osirisrolle eingetaucht und wollte sich die wohltuende Wirkung nicht verderben.

»Dieser gelbgesichtige Intrigant!«

»Ja, mein Liebes. Aber er ist der einzige, der unter Umständen ein alternatives System ...« Er besann sich. »Er ist der einzige, der unter Umständen einen Zauber von solcher Stärke besitzt, daß ich auf Seth verzichten könnte.«

Sie glitt von der Liege und kniete sich zu seinen Füßen hin. Sie nahm seine Hand, und ihr hübsches Gesicht wurde ernst. »Du beherrschst den dunklen Seth, mein Gemahl, aber Ptah beherrschst du nicht. Wenn du ihm solche Macht verleihst, wird er sie dann nicht gegen dich mißbrauchen?«

»Vielleicht, aber Ptah wünscht genausowenig wie ich, daß die Zeremonie mißlingt. Sie *muß* gelingen, für uns alle - wir haben so lange gewartet, so hart gearbeitet, so viel geopfert ... und so viele.« Er lachte bitter. »Aber du hast recht. Wenn ich Ptah zu meinem Vertrauten machte, wenn ich seine Macht benutzte, um das Gelingen der Zeremonie und die weitere reibungslose Durchführung des Gralsprojekts zu gewährleisten, welche Sicherheit hätte ich dann, daß er sie hinterher nicht gegen mich verwendet?« Diese Sorgen laut auszusprechen war sowohl bedrückend als auch köstlich - die Freiheit, die Erleichterung, jemandem seine Ängste zu zeigen, und sei es nur einem Codekonstrukt, war geradezu berauschend. »Ptah haßt mich, aber er fürchtet mich auch, nicht zuletzt wegen der Dinge, die ich geheimgehalten habe. Was würde geschehen, wenn dieses Gleichgewicht kippte?«

»Du beherrschst Seth, aber Ptah beherrschst du nicht«, wiederholte Isis hartnäckig. »Dein Feind ist wie eine Natter, mein Gebieter. Sein gelbes Gesicht verbirgt ein Herz, das schwarz und treulos ist.«

»Es tut immer wohl, mit dir zu sprechen«, sagte er. »Es ist ein viel zu riskantes Spiel, diese Waffe Wells ... ich meine Ptah ... in die Hand zu geben. Er wird sie bestimmt gegen mich einsetzen - die Frage ist nur, wann. Wenn man einem Mann die Ewigkeit einräumt, hat er viel Zeit zu intrigieren.«

»Dein Wohlgefallen an mir macht mich glücklich, mein Gebieter.« Sie legte den Kopf auf seinen Schenkel.

Er streichelte geistesabwesend ihr Haar, während er darüber nachdachte, wie er seine Machtposition festigen konnte. »Jiun Bhao wird nicht der einzige sein, der auf Nummer Sicher gehen möchte«, murmelte er so gut wie unhörbar vor sich hin und vergaß dabei einen Augenblick lang, daß seine Gespielin sowenig seine Gedanken lesen konnte wie ein richtiger Mensch. Er drehte sich um und sprach direkt zu ihr. »Ich selbst werde mit Jiun ... mit dem weisen Thot, wollte ich sagen ... abwarten, was geschieht. Wenn der Andere sich als unzuverlässig erweist - nun, dann werde ich eine Notlösung bereit haben, und Thot und ich werden das Problem gemeinsam meistern. Wenn die andern deswegen zu leiden haben oder gar die Zeremonie nicht überleben ...« Er gestattete sich ein eisiges Lächeln. »Dann werden Thot und ich ihr Opfer zu ehren wissen.«

»Du bist so klug, mein Gemahl.« Isis rieb ihre Wange an seinem Bein wie eine Katze.

Mit der Wiederkehr des Selbstvertrauens verspürte Osiris auf einmal eine Regung, die er seit vielen, vielen Jahren nicht mehr gehabt hatte. Er ließ seine Finger den Schwung ihres Halses nachfahren und dann weiter die rauhe Weichheit ihres Kleides fühlen. Er hatte den physischen Akt seit fast einem Jahrhundert nicht mehr vollzogen, und alle virtuellen Vitalisierungstechniken hatten den Trieb nach dem Erlöschen der natürlichen Virilität nur um wenige Jahrzehnte verlängern können. Es war seltsam, ihn wieder zu spüren.

Dabei bin ich so ein alter Mann, dachte er. *Es lohnt sich doch kaum - der ganze Schweiß, die ganze Anstrengung, und wofür?*

Doch obwohl in seinem realen Körper nichts geschah als ein schwaches elektrochemisches Funken vom Gehirn zu den Ganglien und zurück, fühlte er dennoch den so gut wie vergessenen Druck im Hinterkopf und beugte sich vor, um die himmlische Isis in den Nacken zu küssen. Sie schlug strahlend die Augen zu ihm auf. »Du bist stark, mein Gebieter, und schön in deiner Hoheit.«

Er sagte nichts, aber ließ sie gewähren, als sie wieder auf die Liege stieg und sich an ihn schmiegte, ihre Brüste sanft gegen seine bandagierten Rippen drückte und ihn in eine Wolke süßer Düfte einhüllte. Sie hatte den Mund an seinem Ohr, atmend, murmelnd, summend, beinahe singend. Er vergaß sich im Muschelgeflüster ihrer Zärtlichkeiten, bis ihre Stimme, ihre leisen, unverständlichen Worte und alles andere mehr und mehr im Aufwallen seines Blutes untergingen. Nur nicht die Melodie ...

Seine Hand, die sanft ihr Handgelenk umfaßt hielt, drückte plötzlich zu. Sie schrie auf, zunächst mehr vor Überraschung als vor Schmerz. »Mein Gebieter, du tust mir weh!«

»Was ist das für ein Lied?«

»Lied?«

»Du hast gerade gesungen. Was war das? Sing es so, daß ich es hören kann.«

Die Augen vor Schreck über seinen schroffen Ton weit aufgerissen, schluckte sie. »Ich habe nicht ...«

Er schlug ihr ins Gesicht, daß ihr Kopf nach hinten flog. »Sing!«

Mit versagender Stimme und glitzernden Tränen auf den Wangen gehorchte sie.

> 466

> »... Ein Engel hat mich angerührt,
> Ein Engel hat mich angerührt,
> Der Fluß hat mich gewaschen
> Und mich rein und hell gemacht ...«

Sie stockte. »Mehr weiß ich nicht, mein Gebieter. Warum bist du so zornig auf mich?«

»Wo hast du das her?«

Isis schüttelte den Kopf. »Ich ... ich weiß es nicht. Es ist nur ein Lied, wie meine Mägde es singen, ein hübsches kleines Lied. Die Worte kamen mir einfach in den Sinn ...«

Vor Wut und Bestürzung schlug er abermals zu, und sie flog von der Liege auf den Fußboden, doch die stillen Sklaven änderten ihren Rhythmus nicht, und die Palmwedel gingen weiter langsam auf und nieder. Isis sah entsetzt zu ihm hoch. Er hatte diesen Ausdruck bei ihr noch nie gesehen, und er brachte ihn beinahe so sehr aus der Fassung wie das Lied.

»Wie kannst du das kennen?« tobte er. »Wieso kennst du das? Du bist nicht mal ein Teil des Gralssystems - du bist abgeschottet, dicht, ein dediziertes Environment, auf das niemand sonst Zugriff hat. Es kann nicht sein!« Er stand auf und blickte drohend auf sie nieder. »Wer war bei dir? Wer hat dich angerührt? Hast auch du mich verraten? Alle meine Geheimnisse ausgeplaudert?«

»Ich verstehe deine Worte nicht«, schrie sie flehentlich. »Ich bin dein, mein Gemahl, ganz allein dein!«

Er stürzte sich auf sie und schlug sie, bis sie nichts mehr sagen konnte, doch dann provozierte ihn ihre Stummheit nur noch mehr. Ein schwarzes Grauen toste in seinem Innern, ihm war, als ob eine Tür ins Nichts aufgesprungen wäre und er hindurchgestoßen würde. Die Nemesis seiner Kindheit erwartete ihn auf der anderen Seite - der unausweichliche Mister Jingo mit seinem höhnischen Gelächter. In einem Zustand völliger Umnachtung prügelte Jongleur auf sie ein, bis sie leblos und zerschunden vor ihm lag, dann floh er aus ihrem Lustschloß in die anderen Welten seines künstlichen Universums, allesamt plötzlich verdächtig, allesamt trostlos geworden.

In der kühlen Säulenhalle trat Stille ein. Die unbeteiligten Sklaven schwenkten weiter ihre Wedel über der regungslos auf dem Boden liegenden Gestalt auf und nieder, auf und nieder.

>»Hätt ich nich gedacht, daß dein Bruder dir das Auto gibt, in 'ner Million Jahre nich«, sagte Joseph, nachdem sie Gilbert und die Kinder zuhause abgesetzt hatten. Nach dem Besuch beim Elefanten hatten sich die beiden Brüder die ganze Strecke über gestritten. Joseph hatte sich dabei so köstlich amüsiert, daß er nicht einmal seine eigene Meinung zum Besten gegeben hatte, nämlich daß das Auto sowieso eine häßliche alte Karre war und er lieber was Luxuriöseres hätte. Es war erstaunlich, daß es in einem so großen und klotzigen Ding so wenig Platz für seine langen Beine gab.

»Die Anzahlung hat er von mir«, erwiderte Del Ray grimmig. »Die schuldet er mir noch. Und mit dem Zug kommen wir nicht in die Drakensberge, wenigstens nicht in den Teil.«

»Hättst ja nen netten Mietwagen nehmen können. Du haat duuh Zinte, oder?« Renie hatte ihm seine abgenommen, was ihn heute noch wurmte, aber sie hatte ihm seinerzeit ein Ultimatum gestellt - wenn sie das Geld verdienen und die Rechnungen bezahlen mußte, kam es nicht in Frage, daß er für seine »faulen, versoffenen Kumpane«, wie sie sie nannte, ständig Lokalrunden schmiß.

»Nein, hätte ich nicht«, versetzte Del Ray bissig. »Meine sämtlichen Karten sind gesperrt. Ich weiß nicht, ob Dolly das war oder ... oder diese Männer, die hinter mir her waren. Ich habe nichts, gar nichts, verdammt nochmal! Meine Arbeit bin ich los, mein Haus ...« Er verstummte, das Gesicht zu einer finsteren Grimasse verzogen, die ihn Jahre älter aussehen ließ. Joseph verspürte eine unbestimmte Befriedigung.

Sie bogen auf die N3 ab und scherten in den Verkehrsstrom ein. Die Regenwolken waren durchgezogen, und der Himmel war klar. Joseph sah weder einen schwarzen noch sonst einen Van: Die Autos in ihrer unmittelbaren Nähe waren kleine Stadtflitzer und ein paar lange Lastzüge. Er entspannte sich ein wenig, und gleich kam der Wunsch, etwas zu trinken, wieder hoch. Er machte sich an der Musikanlage des Wagens zu schaffen und fand einen Tanzmusiksender. Nachdem er mit Del Ray einen schwierigen Kompromiß wegen der Lautstärke ausgehandelt hatte, lehnte er sich gemütlich zurück.

»Wieso haste eigentlich mit meiner Renie Schluß gemacht?« fragte er.

Del Ray blickte ihn kurz an, aber sagte nichts.

»Oder hat sie mit dir Schluß gemacht?« Joseph feixte. »Damals hattste die ganzen flotten Anzüge und so noch nich.«

»Und heute habe ich sie auch nicht mehr.« Del Ray besah sich seine zerknitterten Hosen, die an den Knien ganz dunkel von Schmutz waren. Er fuhr eine Weile schweigend weiter. »Ich habe Schluß gemacht. Ich bin von ihr weggegangen.« Er warf Joseph einen gereizten Blick zu. »Was kümmert's dich? Du hast mich nie gemocht.«
Joseph nickte, immer noch gut gelaunt. »Nein, da hast du recht.« Del Ray schien eine scharfe Bemerkung auf der Zunge zu haben, aber schluckte sie herunter. Als er doch etwas sagte, war es, als redete er mit jemand anders, einem dritten Mitfahrer, der tatsächlich verständnisvoll zuhörte. »Ich weiß im Grunde nicht, warum wir auseinander sind. Irgendwie kam es mir richtig vor. Ich glaube, ich ... ich war ... einfach zu jung, um eine Familie zu haben, mich voll drauf einzulassen.«
»Was redste da?« Joseph schielte ihn von der Seite an. »Mit Familie hatse nix im Sinn gehabt. Sie wollt den ganzen Unikram studieren.«
»Sie hatte ein Kind, oder so gut wie. Ich wollte kein Vater sein.«
»Kind?« Joseph drückte sich aus seinem Sitz hoch. »Was is das jetzt? Meine Renie hat nie'n Kind gehabt!« Aber eine panische Stimme in seinem Innern fragte: *Hast du das auch nicht mitgekriegt? Was ist alles gelaufen, als ihre Mama tot war und du jeden Tag bis zum Umfallen gesoffen hast?*
»Das sollte dir eigentlich klar sein«, sagte Del Ray. »Ich rede von deinem Sohn, Stephen. Renies Bruder.«
»Spinnst du oder was?«
»Es war, als wenn Renie seine Mutter wäre, das meine ich. Du warst die meiste Zeit über nicht da. Sie hat ihn großgezogen wie ihr eigenes Kind. Das war's, denke ich, womit ich nicht umgehen konnte - einen kleinen Jungen zu haben, während ich selbst noch ein Junge war. Davor hat mir gegraut.«
Joseph ließ sich wieder zurücksinken. »Ach so, Stephen. Du hast bloß Stephen gemeint.«
»Ja.« Del Rays Stimme war voller Sarkasmus. »Bloß Stephen.«
Joseph sah draußen die Hügel mit den Vorstädten von Durban vorbeigleiten, fremd wie ein anderer Kontinent, von unzähligen Leben wimmelnd, von denen er sich nur sehr vage Vorstellungen machen konnte. Es stimmte, Renie war eingesprungen, als Stephen die Mutter gestorben war. Das lag ja wohl in der weiblichen Natur, oder? Dafür konnte er schließlich nichts. Er mußte Geld verdienen gehen, dafür sorgen, daß sie was zu essen hatten. Und daß er irgendwann arbeitsunfähig wurde - tja, dafür konnte er auch nichts, nicht wahr?

Die Vorstellung von Stephen in seinem Krankenhausbett, von der verschwommenen Gestalt unter dem Plastikzelt, ließ Joseph schaudern. Er beugte sich vor und fummelte sinnlos an den Musikreglern herum. Er wollte nicht glauben, daß es derselbe Stephen war wie der kleine Junge, der damals in Port Elizabeth auf den Baum gekraxelt war und sich geweigert hatte herunterzukommen, ehe er ein Affennest gefunden hatte. Es war leichter, in ihnen zwei ganz verschiedene Menschen zu sehen - den echten Stephen und die schreckliche Attrappe da im Bett, eingekrümmt wie ein toter Käfer.

Als seine Frau Miriam auf der Verbrennungsstation gelegen hatte und das Licht in ihren Augen langsam erloschen war, hatte er sich gewünscht, er könnte irgendwie hinter ihr her, ihr in den Tod folgen und sie nehmen und wieder in die Welt tragen. Er hätte gutwillig, er würde alles tun, alles wagen, jeden Schmerz ertragen, um sie zu finden und zurückzubringen. Aber er konnte nichts tun, und *der* Schmerz war viel schlimmer gewesen als alles, was er sich hatte ausmalen können. Trinken? Wenn der Ozean Wein gewesen wäre, hätte er ihn von Küste zu Küste ausgetrunken, damit bloß dieses zerreißende Gefühl aufhörte.

Aber machte Renie nicht genau das, was er damals gewollt hatte? Ging sie nicht hinter Stephen her, auch wenn es noch so wenig Hoffnung gab, und tat alles, um ihn zu finden und aus dem Tod zurückzuholen?

Gerade bogen sie hinter einem Laster auf die Überholspur, und einen Moment lang stach die Nachmittagssonne Joseph in die Augen und blendete ihn. Sich vorzustellen, daß so viel Liebe in ihr war, daß diese Liebe am Leid wuchs wie eine grüne Ranke, die an einem toten Baum emporkletterte. Es war, als ob das, was insgeheim in Joseph vorgegangen war, als Renies Mutter im Sterben gelegen hatte, wortlos von ihm auf seine Tochter übergesprungen wäre. Es war ein Rätsel, ein großes, schreckliches Rätsel.

Er blieb lange still, und Del Ray schien nichts dagegen zu haben. Die Musik dudelte weiter, muntere, fröhliche Rhythmen, dazu gedacht, die Sorgen zu vertreiben. Hinter ihnen legte sich die Abenddämmerung über Durban.

> Nachdem Gilberts alte Limousine vom Lagerhaus abgefahren war, warteten sie nur zwei Minuten, ehe sie aus dem schwarzen Van heraus-

sprangen. Die drei Männer, zwei schwarze, ein weißer, verloren keine Zeit. Einer schob eine Karte in den Haustürschlitz, die den Handleser außer Kraft setzte. Schweigend stiegen sie hintereinander die Treppe hinauf. Sie brauchten nicht lange, um die Tür zu den Räumlichkeiten des Elefanten zu finden.

Einer der beiden Schwarzen klatschte eine Halbkugel selbsthaftendes Hammergel dicht unter der Klinke auf die Tür, dann traten alle drei zurück. Die lokale Explosion zertrümmerte den Riegel und zerschmorte die innere Elektronik der Tür, aber dennoch mußten sie sich noch zweimal dagegenwerfen, bevor sie aufsprang.

Der Elefant hatte einen Haken in den automatischen Sicherheitskameras des Lagerhauses, was ihm fast eine Minute verschaffte, reichlich Zeit, um den Systemspeicher zu löschen (nur den internen Speicher, denn er hatte Sicherungskopien unter Codenamen auf verschiedene Knoten verteilt) und gegen einen sorgfältig ausgetüftelten, rechtlich völlig einwandfreien Ersatz auszutauschen. Als die drei Männer durch die Tür brachen, saß er mit demonstrativ erhobenen Händen da, einen Blick gekränkter Unschuld auf seinem runden Gesicht.

Dies alles wäre gut und schön gewesen, wenn es sich bei dem Trio um ein UNComm-Einsatzkommando gehandelt hätte, wie der Elefant erwartet hatte. Aber Klekker und Co. hatten völlig andere Absichten als die UNComm und - zu seinem Pech - auch völlig andere Methoden.

Sie hatten ihm bereits zwei Finger gebrochen, bevor er überhaupt Gelegenheit hatte, sie davon in Kenntnis zu setzen, wie gern er ihnen alle Informationen über seine vorherigen Besucher preisgab, die sie haben wollten. Er begriff, daß mit diesen Männern nicht zu handeln war, und versuchte deshalb gar nicht erst, einen Deal zu machen, sondern gab zu, daß die Auskunft, die Del Ray Chiume und sein Freund von ihm gewollt hatten, jedem zugänglich war, der sie zu finden verstand. Mehr als Karten von den Drakensbergen und Angaben über einen dichtgemachten Militärstützpunkt namens »Wespennest« hätten Chiume und der alte Mann nicht von ihm bekommen. Sie waren zusammen mit dem Systemspeicher gedrezzt worden, aber der Elefant beeilte sich, seinen neuen Besuchern zu versichern, daß er sie mit Freuden wiederbeschaffen würde.

Klekker und Co. hatten einmal einen Fehler gemacht, als sie davon ausgegangen waren, daß eine alte Frau namens Susan Van Bleeck den Anschlag auf ihr Haus nicht überleben würde. Sie hatte ihn überlebt, wenigstens eine Zeitlang, und dieser Fehler sollte ihnen nicht noch einmal passieren. Zwei kleinkalibrige Kugellöcher im Hinterkopf bluteten nicht sehr stark, aber als die drei Männer schließlich alles beisammen hatten, was sie haben wollten, breitete sich die rote Pfütze unter dem Kopf des Elefanten immer noch langsam auf der Tischplatte aus. Einer der drei blieb kurz in der Tür stehen und warf noch eine kleine Brandbombe mit Streuwirkung in den überfüllten Raum, dann gingen sie zügig, aber ohne erkennbare Hast die Treppe hinunter.

Der Van war einen halben Kilometer gefahren, bevor der Feueralarm im Haus losging.

Kapitel

Das Turritorium

NETFEED/KUNST:
Künstler fordert Künstler zum Selbstmord heraus
(Bild: Bigger X beim Vorverfahren in Toronto)
Off-Stimme: Ein Guerillakünstler, der sich No-1
nennt, hat den bekannteren Gewaltperformance-
künstler Bigger X zu einem Selbstmordwettbewerb
herausgefordert. In seiner Attacke gegen Bigger X,
in der er ihm vorwirft, ein "Bluffer" zu sein,
"der nur mit dem Tod anderer Leute arbeitet", schlägt
No-1 einen Selbstmordwettbewerb zwischen ihnen
beiden vor, der live von "artOWNartWONartNOW" gesendet werden soll. Der Gewinner wäre der mit dem
künstlerisch interessantesten Selbstmord, wobei er
allerdings den Preis nicht mehr selbst in Empfang
nehmen könnte. Von Bigger X, der von der Polizei
gesucht wird, weil sie ihn gern zu einem Bombenanschlag in Philadelphia vernommen hätte, war noch
kein Kommentar zu bekommen, aber ZZZCrax von
"artOWNartWONartNOW" bezeichnete den Vorschlag als
"eine spannende Sache".

> »Uns bleibt nur noch wenig Zeit bis Sonnenaufgang«, sagte Bruder Factum Quintus. »Renie, Florimel, möchtet ihr mich vielleicht beglei-ten?« Er deutete auf die Treppe.

Renie betrachtete T4b und seine Bemühungen, Emily zu trösten, die nach der Stunden zurückliegenden Begegnung mit der Madonna der Fenster die ganze Zeit wie eine Schlafwandlerin vor sich hingetappt war. Die beiden saßen jetzt auf einem staubigen, abgewetzten Sofa, das aussah, als würde es jeden Moment unter dem Gewicht des gepanzerten

T4b zusammenbrechen, doch ansonsten wirkte das kleine Turmzimmer einigermaßen sicher. »Ihr zwei bleibt hier, okay?«

»Wir gehen nicht weit«, beruhigte sie der Mönch. »Es ist nur ein kurzes Stück. Aber wenn wir nicht von wachsamen Augen entdeckt werden wollen, sollten wir aufbrechen, bevor die Sonne aufgeht.«

!Xabbu zögerte nur kurz, dann schloß er sich dem kleinen Trupp an. Renie wußte, daß er sich beherrschte, da er in seiner Paviangestalt in der Lage gewesen wäre, die Treppe viel schneller hinaufzueilen.

»Wir befinden uns hier am Rand des sogenannten Turritoriums«, bemerkte Factum Quintus, »des Türmegebietes. Ein sehr faszinierender Teil des Hauses.« Sein Atem ging etwas schwer, doch ansonsten hatte er die Gefangenschaft bei den Banditen und die unerwartete heilige Erscheinung viel besser verkraftet als Renies vermeintlich abgehärteres Grüppchen. Der Mönch hatte eine beinahe kindliche Art, sich für alles zu interessieren, auch für Schauriges und Gefährliches – in vieler Hinsicht eine gute Eigenschaft, aber Renie konnte nicht umhin, sich um seine Sicherheit zu sorgen.

Jetzt mach halblang, ermahnte sie sich. *Er ist bloß ein Replikant. Genausogut könntest du um die Figuren in Netzfilmen bangen.*

Aber an der Vorstellung von Factum Quintus als einem künstlichen Wesen, einem Ensemble codierter Verhaltensweisen, war schwer festzuhalten, wenn dieses Ensemble leicht gerötet neben ihr herspazierte und vor Freude über einen antiken Endpfosten leise vor sich hinbrabbelte.

»Wieso ist es wichtig, ob die Sonne aufgegangen ist oder nicht?« erkundigte sich Florimel.

»Weil der Ort, zu dem wir wollen, viele Fenster hat – und die andern Orte auch. Ihr werdet schon sehen.« Der Mönch blieb auf dem Treppenabsatz stehen und wollte gerade noch etwas hinzufügen, als plötzlich das ganze Universum einen Ruck machte, als wollte es etwas abschütteln, das ihm über den Rücken krabbelte.

Renie hatte nur noch Zeit zu denken: *O nein, nicht schon wieder ...!,* bevor die Welt wegkippte.

Schlagartig verschwamm ihre Umgebung und floh in alle Richtungen davon, so daß es Renie vorkam, als schrumpfte sie selbst auf die Größe eines Atoms, doch gleichzeitig stürzte alles auf sie ein, schien die ganze Realität zusammenzuklappen und sie zu zermalmen. Für einen Sekundenbruchteil durchfuhr sie ein fürchterlicher, reißender Schmerz, so als ob ihre Nerven die Zähne eines Kammes wären, der über eine grobe

Backsteinmauer gezogen wurde. Dann verschwand der Schmerz und alles andere auch.

Sie hatte diese Realitätsbeben schon mehrmals erlebt, aber noch nie war eines über einen solchen Zeitraum gegangen.

Sie schwebte lange in der Finsternis - auch wenn ihr Zeitempfinden wahrscheinlich verzerrt war, konnte sie während der Finsternis über viele Dinge nachdenken.
Mir ist ... anders zumute. Anders als die vorigen Male. Als wenn ich tatsächlich irgendwo wäre. Aber wo?
Sie konnte auch ihren Körper fühlen, was ungewöhnlich war. Soweit sie sich erinnern konnte, war sie bei den früheren Aussetzern immer körperlos gewesen - ein freischwebendes Bewußtsein, das einem Traum zuschaute. Aber jetzt konnte sie sich selbst wahrnehmen, und zwar bis in die Finger- und Zehenspitzen hinein.
Wie hieß das nochmal, diese Ganzkörperwahrnehmung? War ihr das Wort entfallen, so wie ein Großteil ihres wissenschaftlichen Vokabulars und andere Wissensbrocken nach dem Studium im grauen Alltag untergegangen waren, in dem sie Prüfungarbeiten bewerten und versuchen mußte, beschränkte Kenntnisse zu ordentlichen Seminaren aufzublasen? *Nein, es hieß ... Propriozeption. Das war das Wort.*

Ein mildes warmes Glühen erfüllte sie, die Zufriedenheit, darauf gekommen zu sein. Aber damit einher ging der immer stärker werdende Eindruck, daß etwas nicht stimmte, anders war als vorher. Propriozeption war in der Tat das richtige Wort, und ihre propriozeptiven Sinne übermittelten ihr seltsame Wahrnehmungen. Sie war schon so lange im Netzwerk, daß es eine Weile dauerte, bis sie schließlich begriff.
Ich hab ein Gefühl, als hätte ich wieder einen Körper. Ein richtigen Körper. Meinen Körper!

Sie bewegte die Hände. Sie bewegten sich. Eigenartige Strömungen schlugen dagegen, Druck und Zug wirkten auf sie ein, aber sie fühlte ihre eigenen Hände. Sie berührte sich, strich sich mit den Händen über die Arme, die Brüste, den Bauch und staunte, wie verblüffend normal sich ihr Körper anfühlte. Ihre Finger glitten zum Gesicht hoch und trafen auf Schläuche ... und eine Maske.

Das bin ich! Der Gedanke war so bizarr, daß sie es im ersten Moment gar nicht fassen konnte. Die Vermengung von Real und Irreal war ihr dermaßen zur Gewohnheit geworden, daß sie sie nicht auf Kommando sein lassen konnte, doch die Tatsachen schienen unbestreitbar zu sein:

Sie berührte ihren eigenen nackten Körper. Sie hatte wieder die Blasenmaske mit den daranhängenden Schläuchen und Kabeln vorm Gesicht. Was das zu bedeuten hatte, war ihr nicht gleich klar, doch als es ihr langsam aufging, war es wie eine himmlische Offenbarung.

Ich ... ich bin draußen!

Der Kräftefluß auf ihrer Haut mußte das Gel im V-Tank sein, das bis auf weiteres vom Otherlandnetzwerk abgekoppelt war und Zufallsmuster erzeugte, statt Realitäten nachzuahmen. Das hieß ... das hieß, daß sie einfach den Griff an der Innenseite des Tankdeckels ziehen und aussteigen konnte! Nach den vielen Wochen war die reale Welt zum Greifen nahe.

Wie aber, wenn das nur vorübergehend war? Oder wenn !Xabbu nicht das gleiche erlebte und er ihn Netzwerk zurückblieb? Es fiel ihr schwer, klar zu denken - vor Aufregung, daß die Welt, die sie so weit weg gewähnt hatte, sie auf einmal wieder umgab, bekam sie regelrecht Klaustrophobie. Wie konnte sie hier in dem unbeleuchteten Tank schwimmen, wo sie doch mit wenigen Bewegungen an die wirkliche Luft und das wirkliche Licht kommen konnte? Selbst ihren Vater zu sehen, diesen elenden alten Saftsack, wäre eine solche Freude ...!

Bei dem Gedanken an Long Joseph kam ihr die Erinnerung an Stephen, und plötzlich schlug ihre Aufregung in einen kalten, schweren Druck um. Wie konnte sie aussteigen, wenn sie gar nichts für ihn getan hatte? Sie wäre frei, sicher, aber er würde weiter wie eine Leiche unter diesem grauenhaften Zelt liegen und verkümmern.

Das Adrenalin breitete sich rasend in ihr aus wie ein Buschfeuer. Wofür sie sich auch entschied, sie hatte vielleicht nur Minuten oder gar nur Sekunden, bevor es vorbei war. Sie schob sich durch das zähe Gel auf eine Seite des Tanks, bis ihre Hände auf etwas Hartes und unregelmäßig Glattes stießen - die Innenwand des Tanks und seine Millionen Druckdüsen. Sie ballte die Finger zur Faust und suchte sich eine Stelle, wo der Gegendruck schwächer war, dann pochte sie an die Wand. Ein dumpfer Ton wie von einem in eine Decke gewickelten Gong drang so leise zu ihr, daß es ihr undenkbar erschien, irgend jemand könnte ihn hören, bis ihr einfiel, daß sie nicht bloß eine Maske, sondern auch Kopfhörer aufhatte. Sie klopfte wieder und immer wieder, und je öfter sie dies tat, ohne daß etwas passierte, um so stärker wurde der Drang, alle Verantwortung fahrenzulassen und einfach den Tank zu öffnen. Fliehen. Es wäre so wunderbar, fliehen zu können ...

> 476

»H-Hallo?« Es klang zögernd, aber sehr nahe.
»Jeremiah? Bist du das?« Seine Stimme in ihrem Ohr zündete einen Erinnerungsfunken, und sein Gesicht trat ihr so deutlich vor Augen, als wäre er plötzlich neben ihr in der Dunkelheit erschienen. »O Gott, Jeremiah?«
»Renie?« Seine Stimme zitterte, und er klang noch überraschter als sie. »Ich ... ich laß dich raus ...«
»Nicht den Tank aufmachen! Ich kann's nicht erklären, aber ich will nicht, daß der Tank geöffnet wird. Ich weiß nicht, wieviel Zeit ich habe.«
»Was ...?« Er stockte, hörbar erschüttert. »Was ist mit euch, Renie? Nach den ersten paar Minuten, die ihr drin wart, konnten wir nicht mehr mit euch reden. Das ist Wochen her! Wir hatten keine Ahnung, was ...«
»Ich weiß, ich weiß. Hör einfach zu. Ich weiß nicht, ob es irgendwas bringt, aber jedenfalls sind wir immer noch in dem Netzwerk. Es ist riesig, Jeremiah. Es ist ... ach, es ist überhaupt nicht zu beschreiben. Es ist der reine Wahnsinn. Wir versuchen immer noch, das alles zu verstehen.« Dabei verstanden sie so gut wie nichts - wie sollte sie bloß schildern, was sie erlebt hatten? Und was sollte es für einen Nutzen haben? »Ich weiß nicht, was ich sagen soll. Irgendwas hält uns online - ich bin jetzt zum erstenmal, seit wir uns reingehäckt haben, aus diesem Irrsinnsnetzwerk draußen. Und es hängen noch andere Leute mit drin. Verdammt, wie kann ich das erklären? Irgendwer hat uns grade gesagt, wir sollen zu Ilions Mauern kommen, was wahrscheinlich eine Simulation des Trojanischen Krieges ist, aber wir wissen nicht, warum und wer uns da hinhaben will ... und überhaupt ...« Sie atmete tief durch und wurde sich dabei wieder bewußt, daß sie in der Dunkelheit schwamm, von einer dünnen Wand voller Mikroapparaturen von der Außenwelt getrennt. »Herrje, ich hab mich noch gar nicht nach dir erkundigt, nach meinem Vater! Wie geht's euch? Ist alles in Ordnung?«

Jeremiah zögerte. »Dein Vater ... deinem Vater geht's gut.« Pause. Trotz ihres jagenden Herzens hätte Renie beinahe geschmunzelt. Bestimmt trieb er Jeremiah zum Wahnsinn. »Aber ... aber ...«

Sie hatte plötzlich den sauren Geschmack der Furcht im Mund. »Aber was?«

»Das Fon.« Er schien nach Worten zu ringen. »Das Fon hier hat geklingelt.«

Renie sah nicht, was daran besorgniserregend sein sollte. »Na und? Das ist eine alte Anlage - früher haben Fone immer geklingelt.«

»Ja, aber es hat geklingelt und geklingelt und geklingelt.« Eine statische Störung rauschte durch ihre Kopfhörer und machte die letzte Wiederholung fast unhörbar. Dann war er abrupt wieder sehr klar zu verstehen. »Da bin ich drangegangen.«
»Was bist du? Warum um Himmels willen hast du das gemacht?«
»Renie, schimpf nicht mit ...« Wieder ein lautes Rauschen. »... meinte, ich werde verrückt. Schließlich war, nachdem ihr ...« Die Pause entstand diesmal durch Jeremiah, aber gleich darauf kam die nächste Störung. »Jedenfalls bin ... gangen ... andern Ende ... sagte ...«
»Ich kann dich nicht hören! Sag das nochmal!«
»... war es ... hat ... erschreckt ...«
»Jeremiah!«
Seine Stimme war schwach geworden und klang jetzt wie eine Biene, die in einem mehrere Meter entfernten Pappbecher summt. Renie rief abermals seinen Namen, doch es war zu spät: die Verbindung war weg. Unmittelbar darauf fühlte sie, wie ihre Wahrnehmung der Tankumgebung ebenfalls schwächer wurde, so als ob eine starke Hand mit unwiderstehlichen und doch samtweichen Fingern ihr Bewußtsein gepackt hätte und es ihr nach und nach aus dem Körper zöge. Sie hatte gerade noch Zeit, sich zu fragen, was geschehen wäre, wenn sie den Tank tatsächlich verlassen hätte, da wurde sie auch schon zurück in die Leere gesaugt. Die Dunkelheit dauerte nur einen Moment, dann flog die Welt - die virtuelle Welt - in einem Sturm vielfarbiger Partikel wieder zusammen wie ein eingestürztes Kartenhaus in einem rückwärts laufenden Film, bis Renie abermals die Treppe unter den Füßen hatte und das Gesicht von Bruder Factum Quintus vor sich sah, den Mund noch zu der Bemerkung geöffnet, zu der er vorher angesetzt hatte.

»Hinzu kommt ...«, war alles, was er sagen konnte, bevor Renie zu seiner Überraschung erschlaffte und auf den Stufen zusammenbrach.

»Factum Quintus hat also gar nichts davon gemerkt«, sagte Renie leise. Sie hatte ihre Ohnmacht als einen Schwindelanfall ausgegeben, und der Mönch hatte sich schon wieder umgedreht und stieg weiter die Treppe hinauf. »Für ihn war es, als ob nichts passiert wäre. Er hat einfach abgeschaltet und dann wieder an.«

»Bestimmt deshalb, weil er ein Replikant ist«, flüsterte Florimel, die sich genau wie Renie an die seltsame Höflichkeitsregel hielt, in Factum Quintus nicht den Verdacht aufkommen zu lassen, er könnte ein künstliches Wesen sein.«Meine Erfahrung war in etwa wie deine. Von all diesen ... spasmischen Anfällen, die ich hier im Netzwerk durchgemacht habe, war das der merkwürdigste. Ich war wieder in meinem eigenen Körper. Ich ... ich habe meine Tochter neben mir gefühlt.« Sie zögerte, dann wandte sie sich abrupt ab und eilte dem Mönch hinterher.

»Was mir widerfuhr, war anders«, sagte !Xabbu, der neben Renie einherhoppelte. »Aber ich würde gern ein Weilchen darüber nachdenken, bevor ich dir davon erzähle.«

Renie nickte. Sie war von der kurzen Rückkehr sehr mitgenommen und hatte noch keine große Lust zum Reden. »Ich denke, wir haben eh keine Chance, da durchzublicken. *Irgendwas* ist im Gange - ich kann nicht glauben, daß es normal ist, wenn alles dermaßen verrückt spielt. Aber was es damit auf sich hat ...«

Renie verstummte, als sie auf den letzten Treppenabsatz traten, von dem aus eine Tür in das Dachzimmer des Turmes führte. Der Raum, ein Achteck mit einem altmodischen Bleiglasfenster in jeder Wand, maß nur wenige Meter. Der Himmel draußen war kobaltblau, aber an den Rändern wurde die Nacht schon aufgezehrt, und im blassen Morgenrot zeichnete sich der wunderliche Horizont ab.

Aber Horizont, dachte Renie, war eigentlich nicht das richtige Wort - was sie an Horizont sehen konnte, waren nur die fernsten, dem Auge gerade noch erkennbaren Teile des Hauses. Es ging ihr kurz durch den Kopf, ob die Hauswelt gekrümmt war wie die natürliche Erdoberfläche oder so flach, wie sie unendlich zu sein schien, aber sehr viel fesselnder als solche Spekulationen war das Panorama des Turritoriums, das sich rings um sie herum entfaltete.

Es war offensichtlich, wo der Name herkam. Statt von Satteldächern, Flachdächern und Kuppeln wie bei den bisherigen Ansichten des Hauses sah sich Renie jetzt beim Blick durch die Turmfenster von einer Unmenge vertikaler Formen in erstaunlicher Vielfalt umringt - Obelisken mit Fenstern, Uhrtürme, steile Pyramiden und nadelspitze Minarette, von dunklen Plastiken strotzende gotische Stümpfe, sogar mächtige zinnengekrönte Hochwarten, die mit ihrem reichen Ornamentschmuck wie in luftiger Höhe thronende Schlösser aussahen. Selbst in dem trüben Licht konnte Renie Hunderte von Türmen erkennen, die hoch über das Dächermeer des Hauses hinausragten.

»Von einigen weiß ich die Namen, aber nicht von allen«, bemerkte Factum Quintus. »Viele der älteren Namen sind unwiederbringlich verloren, es sei denn, wir finden sie bei der Übersetzung alter Bücher. Der hohe, dünne da ist der Turm zu Spargel. Näher dran ist der Hugolinusturm, und der dort noch weiter vorn wird aus Gründen, die keiner weiß, Gelolitas Herz genannt. Diese zarte Silhouette ganz da hinten könnte, denke ich, der Lugaus der Gartenkönige sein - ja, er scheint die berühmten Höcker zu haben, über die seinerzeit viel diskutiert wurde, auch wenn es zu dunkel ist, um das mit Sicherheit sagen zu können.«

»Und ... und unsere Freundin ist in einem davon?« fragte Renie schließlich.

»Höchstwahrscheinlich. Und ihr Entführer ebenfalls, weshalb wir zwar sehen, aber nicht gesehen werden wollen und aus dem Grund auch hier eintreffen mußten, solange es noch dunkel war. Aber ich fürchte, es gibt ein weiteres ernstes Problem.« Bei aller aufrichtigen Sorge erlosch doch nicht ganz das faszinierte Leuchten in Bruder Factum Quintus' Blick, mit dem er den Türmegarten überflog, während dieser mit den ersten Sonnenstrahlen langsam plastische Gestalt gewann.»Das Stuckteilchen, mit dem diese Suche angefangen hat, sagt mir, daß der Entführer eurer Freundin wahrscheinlich durch die langen Korridore aus der Epoche des Fünfsälebunds gegangen ist, die die meisten dieser Türme miteinander verbinden. Man darf annehmen, daß ein Verbrecher sich einen dieser hochgelegenen Punkte als Versteck aussuchen würde - als ›Adlerhorst‹, wie es in alten Schriften heißt -, da sie einerseits abgelegen sind und andererseits doch recht nahe bei der Bibliothek liegen. Aber in *welchem* von ihnen allen eure Freundin sich tatsächlich aufhält ... das kann ich leider auch nicht sagen.«

»Das ist absurd«, erklärte Renie kategorisch.»Es ist zu riskant.« Sie war erschöpft und brauchte dringend Schlaf, aber dies hier mußte zuerst noch klargestellt werden.»Wir können es uns nicht erlauben, anders zu suchen als in der geschlossenen Gruppe. Deswegen hat der Kerl Martine überhaupt erst in seine Gewalt gebracht - weil sie ein Stück zurückblieb. Er hat sie aus der Herde ausgespäht wie ein Löwe eine Antilope.«

»Aber was er sagt, ist richtig, Renie ...«, begann Florimel.

»Nein! Ich laß es nicht zu!«

!Xabbu zockelte durch den staubigen Raum, nicht auf allen vieren, aber auch nicht ganz aufgerichtet, wodurch sich der Unterschied zwischen seiner wirklichen Person und seinem Simkörper in einer

Weise verwischte, die sie immer leicht nervös machte.»Es freut mich, daß du dich um mich sorgst, meine Freundin, aber ich halte es für das beste.«

Die Müdigkeit machte Renie stur. Auch wenn !Xabbus Argumente ziemlich hieb- und stichfest waren, Renie wollte partout nicht nachgeben.»Wir sollen dich also einfach allein losziehen lassen, was? Es toll finden, daß du nicht bloß hinter einem Mörder herjagen, sondern auch noch in mörderischen Höhen rumklettern willst?«

»Können wir das langsam exen, damit ich 'ne Weile auf Delta kann?« knurrte T4b.»Er issen Affe, tick? Affen klettern.«

Auf der Suche nach Verbündeten blieb Renies Blick an Factum Quintus hängen, doch der zuckte mit den Achseln.»Ich habe dazu keine Meinung«, sagte er.»Aber, wie gesagt, es wird Tage dauern, wenn wir treppauf und treppab laufen und diese ganzen Türme zu Fuß durchsuchen wollen, und in sehr wenigen würden wir in die oberen Räume gelangen können, ohne vorher die Aufmerksamkeit etwaiger Bewohner zu erregen.«

Renie preßte die Lippen zusammen und verkniff sich eine bissige Erwiderung, die niemanden überzeugt hätte. Sie hatte nichts davon, wenn sie ihre Freunde gegen sich aufbrachte. Zumal sie ihren Hauptbeweggrund gar nicht nennen konnte, wenn sie sich nicht als Egoistin bloßstellen wollte: Sie hatte schreckliche Angst davor, !Xabbu zu verlieren. Nach allem, was sie zusammen erlebt hatten, konnte sie sich nicht vorstellen, wo sie die Kraft hernehmen sollte, ohne ihn weiterzumachen. Nachdem Stephen so gut wie tot war, war der kleine Mann der liebste Mensch, den sie noch hatte.

»Wir sind müde, Renie.« Florimel mußte sich deutlich beherrschen, keinen ärgerlichen Ton anzuschlagen.»Wir müssen schlafen.«

»Aber ...«

»Sie hat recht«, sagte !Xabbu.»Ich werde meine Meinung nicht ändern, aber du wirst es vielleicht anders sehen, wenn du dich ein wenig erholt hast. Ich übernehme die erste Wache - bevor es dunkel ist, werde ich ohnehin nirgends hingehen, wir können also den Tag über so lange schlafen, wie wir wollen.«

»Ich will nicht schlafen«, meldete sich Emily mit zitternder Stimme. »Ich will nach Hause. Ich ... ich finde es *furchtbar* hier.«

Renie betete um Geduld.»Du bist schon an schlimmeren Orten gewesen.«

»Nein.« Das Mädchen klang sehr überzeugt. »Es macht mich ganz krank, hier zu sein. Und für mein Baby ist es auch schlecht.«

Renie überlegte, ob es hier Vorgänge gab, die ihnen verborgen blieben, aber sie hatte nicht die Kraft, weiter nachzufragen. »Tut mir leid, Emily. Wir verschwinden hier, sobald wir unsere Freundin Martine befreit haben.«

»Ich will *gar nicht* hier sein«, grummelte Emily, aber leise, wie ein Kind, das trotzig der Mutter widerspricht, obwohl diese das Zimmer bereits verlassen hat.

»Schlaf«, sagte Florimel. »Nutz die Gelegenheit und schlaf.«

Das minutenlange Schweigen, das darauf folgte, war keineswegs erholsam, und an Schlafen, wie Florimel es empfohlen hatte, war gar nicht zu denken. Renie bemerkte, daß sie immerzu die Fäuste ballte und öffnete. Sie spürte, daß !Xabbu sie ansah, aber sie wollte seinem Blick nicht begegnen, auch nicht, als er näher heranrutschte.

»Es gibt da eine Geschichte, die sich meine Leute erzählen«, sagte er leise zu ihr. »Vielleicht möchtest du sie hören?«

»Ich würde sie auch gern hören«, verkündete Bruder Factum Quintus, » - oh, wenn das nicht unhöflich ist, heißt das!« fügte er rasch hinzu, aber er konnte sein ethnologisches Interesse offensichtlich nur schwer bezähmen. Renie fragte sich, in was für ein wissenschaftliches Archiv !Xabbus Geschichte wohl wandern würde, um einen weiteren Faden in dem eigenartigen Historienteppich des Hauses abzugeben. »Und wenn die andern nichts dagegen haben, versteht sich.«

T4b stöhnte auf eine Art, die für Renie endgültig bestätigte, daß er tatsächlich ein Teenager war, aber trotz dieses Protestlauts machte er keinen Einwand.

»Spielt das gegenwärtig noch eine Rolle, was wir andern denken?« knurrte Florimel.

»Es ist eine gute Geschichte«, versicherte !Xabbu, »eine der schönsten meines Volkes. Sie handelt von der Käferin und dem Striemenmäuserich.« Er machte eine Pause und setzte sich in eine gemütliche Position. Sie hatten die schweren Vorhänge des Raumes zugezogen - anders als das Turmzimmer darüber hatte er nur ein Fenster -, aber ein feiner Strahl Morgenlicht stahl sich durch eine Lücke und ließ den Staub in der Luft silbern schimmern.

»Die Käferin war eine sehr schöne junge Frau«, begann er. »Alle jungen Männer hätten sie gerne geheiratet, aber ihr Vater Eidechs war ein böser alter Mann und wollte nicht, daß seine Tochter ihn verließ. Er hielt sie in seinem Haus, einem Loch tief unter der Erde, und ließ sie nicht ans Sonnenlicht hinaus. Kein Mann durfte sie freien.

Alle ersten Menschen gingen zu Großvater Mantis, beschwerten sich und sagten, es sei ungehörig, daß der alte Eidechs eine schöne junge Frau wie das Käfermädchen versteckt hielt und keinem der jungen Männer erlauben wollte, sie zu heiraten und Anteil an ihrer Schönheit zu haben. Großvater Mantis schickte sie mit der Auskunft fort, er müsse die Sache überdenken.

In der Nacht hatte der Mantis einen Traum. Ihm träumte, der Eidechs habe auch den Mond in sein Loch in der Erde verschleppt, und ohne Mond am Nachthimmel irrten die ersten Menschen orientierungslos und verangstigt umher. Als er aufwachte, beschloß er, es nicht zuzulassen, daß der Eidechs seine Tochter versteckte.

Der Mantis ließ den Langnasenmäuserich kommen, der ein stattlicher Bursche war, und erzählte ihm, was anlag. ›Du mußt den Ort finden, wo sie versteckt gehalten wird‹, sagte Großvater Mantis. Der Langnasenmäuserich war eine der besten Spürnasen unter den ersten Menschen, und so willigte er ein und machte sich auf die Suche nach der Tochter des Eidechs.

Als der Langnasenmäuserich sich schließlich dem Loch in der Erde näherte, erblickte ihn die Käferin. Vor Aufregung konnte sie sich nicht beherrschen. Sie rief: ›Schau nur, schau, da kommt ein Mann!‹ Ihr Vater hörte den Ruf, und als der Langnasenmäuserich in die Erde eindrang, fiel ihn der Eidechs im Dunkeln an und tötete ihn.

›Wer will einem Vater vorschreiben, was er tun darf und was nicht?‹ sagte der Eidechs. Er war so stolz und froh, daß er tanzte. Das Käfermädchen weinte.

Als dem Mantis zu Ohren kam, was geschehen war, war er traurig und angsterfüllt. Die Sippe der Langnasenmäuse hörte es ebenfalls, und ein Mäuserich nach dem anderen begab sich in das Eidechsenloch, um den Bruder zu rächen, doch der Eidechs versteckte sich jedesmal, bis der Mäuserich sich in den dunklen Gängen verirrt hatte, fiel dann über ihn her und tötete ihn. Bald waren alle Männer der Langnasenmäuse tot. Ihre Frauen und Kinder erhoben ein großes Klagegeschrei, und es war so laut, daß es Großvater Mantis schmerzte, so laut, daß er drei Tage lang nicht schlafen konnte.

Als er zuletzt doch einschlief, hatte er abermals einen Traum, und als er daraus erwachte, rief er sein ganzes Volk zusammen. ›In meinem Traum habe ich den Eidechs die Langnasenmäuse töten sehen, und das ist etwas, das nicht sein darf. In meinem Traum habe ich mich mit mir selbst besprochen und viel nachgedacht, und ich finde, daß es jetzt am Striemenmäuserich ist, auszuziehen und die junge Frau zu retten, die Käferin.‹

Der Striemenmäuserich war jung, still und schlau, und er wußte, daß man sich über die Träume des Mantis nicht hinwegsetzen durfte. ›Ich werde gehen‹, sagte er und brach auf. Doch als er an den Ort gelangte, wo der Eidechs wohnte und wo so viele vor ihm gefallen waren, dachte der Striemenmäuserich bei sich: ›Warum soll ich mich durch dieses Loch ins Dunkel hinabgeben, wenn ich doch weiß, daß der Eidechs auf der Lauer liegt? Ich werde mir selbst ein Loch graben‹, sprach'er und wühlte sich in die Erde ein, denn Striemenmäuse sind gute Gräber, bis er schließlich auf den Gang des Eidechs stieß. Weil er aber still und schlau war, kam der Striemenmäuserich mit seinem Loch hinter der Stelle heraus, wo der Eidechs lauerte, und so konnte er den Eidechs von hinten anfallen. Sie kämpften lange, bis der Striemenmäuserich zuletzt die Oberhand gewann.

Voll Angst und Verzweiflung schrie der Eidechs: ›Warum tötest du mich? Warum erhebst du gegen mich die Hand?‹

›Die Freunde zu retten töte ich dich, auf mich allein gestellt‹, rief der Striemenmäuserich, und damit fiel der Eidechs tot vor ihm zu Boden. Der Striemenmäuserich fand das Käfermädchen, und obwohl sie sich fürchtete, führte er sie aus dem Loch hinaus ans Licht. Als er das tat, geschah etwas Wunderbares, denn alle Langnasenmäuse, die gefallen waren, erwachten mit dem Ruf ›Da bin ich!‹ wieder zum Leben. Einer nach dem anderen traten sie hinter dem Striemenmäuserich und der Käferin ans Tageslicht, und jeder hatte einen Fliegenwedel in der Hand und hielt ihn über den Kopf wie eine Fahne. Der Striemenmäuserich war sehr stolz, als er neben der Käferin einherging, und beide waren von großem Glück erfüllt, denn er fühlte sich bereits als Mann der jungen Frau und sie fühlte, daß sie ganz und gar ihm gehörte.

So gelangten sie zum Mantis, und dieser stand auf und schloß sich ihnen an. Als sie in das Dorf einzogen, wo die Langnasenmäuse lebten, und ihre Fliegenwedel schwenkten, wogte das Steppengras dazu. Alle Frauen und Kinder der Langnasenmäuse kamen herausgestürzt und stießen Jubelschreie aus, weil ihre Männer wieder am Leben waren, und

Großvater Mantis sah es voll Staunen und Freude mit an und wunderte sich nicht wenig, wie gut er geträumt hatte.«

Merkwürdigerweise fühlte Renie sich entspannter, als !Xabbu mit seiner Geschichte fertig war, aber sie konnte sich nicht völlig von den nagenden Sorgen freimachen. »Das war eine schöne Geschichte«, sagte sie zu ihm, »aber ich würde mir trotzdem lieber etwas anderes ausdenken, wie wir Martine suchen können.«

Selbst nach all dieser Zeit fiel es ihr immer noch nicht ganz leicht, das Pavianmienenspiel zu deuten, doch er schien zu lächeln. »Aber genau davon handelt meine Geschichte, Renie. Manche Dinge können nur von einem bestimmten Menschen getan werden - vom richtigen Menschen. Ich spüre, daß ich dieser Mensch bin. Und manchmal, will uns die Geschichte sagen, müssen wir alle auf den Traum vertrauen, der uns träumt.«

Es gab nichts dagegen einzuwenden, keinen Spalt, in den sie sich mit den Fingernägeln eines Gegenarguments hätte krallen können, und die Müdigkeit lastete schwer auf ihr. Renie gähnte, wollte etwas sagen, aber gähnte abermals.

»Wir reden drüber, wenn du aufwachst ...«, verhaspelte sie sich. »Ich wollte sagen, wenn du mich *aufweckst* und ich mit der Wache dran bin.«

»Schlaf jetzt«, sagte er. »Schau, die anderen schlafen schon.«

Sie sah gar nicht hin. Sie hörte Florimels Atem einen Meter neben sich gleichmäßig rasseln, und je länger sie lauschte, um so mehr schien das Geräusch sie tief hinunterzuziehen, tief, tief, tief.

»Er ist *was?*« Sie schüttelte die Lethargie nach dem Aufwachen ab; das Herz in der Brust fühlte sich plötzlich an wie ein fest zugezogener Drahtknoten. »Der Mistkerl! Er hat doch gesagt, wir wollten nochmal drüber reden!«

»Er hat gewartet, bis es zu dämmern anfing, aber er war entschlossen, Renie.« Florimel hatte die letzte Wache gehabt und damit !Xabbu als einzige gehen sehen. Er hatte Renie nicht geweckt. »Du hättest ihn nicht aufhalten können, du hättest es nur schwerer gemacht.«

Renie war wütend, doch sie wußte, daß Florimel recht hatte. »Ich bin bloß ... Was ist, wenn wir ihn auch noch verlieren? Wir brechen auseinander, werden immer weniger ...«

Florimel packte sie hart am Arm. Abendlicht drang zwischen den Vorhängen hindurch, so daß der Unmut auf dem Gesicht der anderen Frau schwer zu übersehen war.»Die andern wachen auf. Sie müssen solche Sachen nicht hören, schon gar nicht von dir.«

»Aber du weißt, daß ich recht habe.« Renie ließ den Kopf hängen. Das war das problematische daran, alles fest in der Hand haben zu wollen, auch wenn die Widrigkeiten immer größer wurden: Sobald die Dinge dem Griff entglitten, war die Versuchung aufzugeben fast übermächtig. »Quan Li und William und Martine sind schon fort, von Orlando und Fredericks ganz zu schweigen - und jetzt auch noch !Xabbu. Wo soll das hinführen? Daß zuletzt nur noch du und ich übrig sind und wir uns streiten, von welchem Felsen wir uns stürzen sollen?«

Florimels Lachen war jäh und unerwartet.»Da würden wir wahrscheinlich lange streiten, Renie. Ich hätte bestimmt einen viel besseren Blick für den richtigen Felsen als du.«

Renie brauchte einen Moment, um zu begreifen, daß Florimel einen Scherz gemacht hatte - die Deutsche entwickelte sich zu einer regelrechten Ulknudel. Renie ließ sich von ihrem grimmigen Galgenhumor anstecken. Vielleicht würden plötzlich alle ganz neue Rollen übernehmen, wenn die Gruppe weiter schrumpfte. Was wäre als nächstes dran, T4b als ihr Diplomat? Emily als Ordnungshüterin?»Ich glaube kaum, daß ich die Energie haben werde zu streiten, Florimel«, sagte Renie schließlich und rang sich ein Lächeln ab.»Weißt du was? Ich versprech dir, daß du den Felsen aussuchen darfst.«

»Tapfer gesprochen, Soldat.« Florimel lächelte zurück und klopfte ihr auf die Schulter. Ihre Unbeholfenheit bei der freundlichen Geste machte sie Renie auf einmal sympathischer als je zuvor.

»Gut«, sagte sie.»Also warten wir. Herrje, ich hasse Warten! Aber wenn wir schon wegen !Xabbu nichts unternehmen können, können wir doch wenigstens planen, wie wir vorgehen, wenn er wieder da ist, oder?«

»Wieso sind wir hier?« fragte Emily schläfrig von der Bank, wo sie ihren Kopf auf T4b gebettet hatte, ziemlich unbequem, wie es aussah. »Ich will nicht mehr hier sein.«

»Nein, natürlich nicht.« Renie seufzte.»Aber wir andern finden es hier so toll, daß wir noch ein bißchen bleiben möchten.«

Renies leicht gehobene Laune hielt nicht lange an. Obwohl sie das Warten auf !Xabbus Rückkehr nutzten, um sich ein paar Waffen zusammenzuklauben - gesplitterte Tischbeine und schwere Vorhangstangen als

Keulen und Speere, sogar ein Zierschwert, das in einem der unteren Säle unbeachtet in einer Nische hing -, hielt sich das, was sie planen und vorbereiten konnten, in Grenzen. Als es langsam Nacht wurde und die Nacht sich dehnte und dehnte, ohne daß der Mann im Paviansim sich blicken ließ, wurde der Knoten in Renies Brust unerträglich.

»Ich hab ja gesagt, wir hätten ihn nicht allein gehen lassen sollen!« Florimel schüttelte den Kopf. »Er muß viele Türme auskundschaften. Und selbst wenn ihm was zustößt - was wir natürlich alle nicht hoffen wollen -, wäre deswegen doch sein Plan nicht falsch. Wir übrigen kommen nie dorthin, wo er mit seinem Körper hinkann.«

Renie wußte, daß das stimmte, aber das änderte nichts an ihrer Hilflosigkeit, an dem furchtbaren Druck der Verzweiflung, der sich in ihr aufbaute. »Was sollen wir also tun? Einfach hier sitzen bis zum Sankt Nimmerleinstag, obwohl wir wissen, daß der Mörder mittlerweile wahrscheinlich beide hat?«

Factum Quintus blickte auf. »Anders als euer Affenfreund sind wir für die Suche nicht auf die Dunkelheit angewiesen«, sagte er. »Im Gegenteil, wir tun uns tagsüber leichter, weil wir dann sehen können, in welchen Fluren der Staub nicht aufgerührt wurde - auf unserem Spähgang am Abend sind mir ein paar aufgefallen.«

»Das heißt, wenn !Xabbu bis zum Morgen nicht wieder da ist«, erklärte Renie, »können wir anfangen, uns umzuschauen.« Es war unglaublich, wie sehr die schlichte Möglichkeit, etwas zu *tun*, sie erleichterte.

»Dann sollten wir vorher alle noch ein bißchen zu schlafen versuchen«, meinte Florimel. »Wir waren nicht untätig, seit unser Freund aufgebrochen ist, und wir sind immer noch müde. Wir wissen nicht, worauf wir bei der Suche stoßen werden.«

»Tacko«, pflichtete T4b bei. »Ist wie wenn du'n Auto anhast, dieser Panzer.«

»Dann zieh ihn doch aus«, muffte Renie.

»Voll cräsh oder was?« T4b war schockiert. »Soll ich hier rumrennen und meinen churro baumeln lassen, irgendwie?«

Emily kicherte. Renie winkte genervt ab und machte sich wieder daran, das Ende ihrer Vorhangstange an der nackten Steinmauer zu schärfen.

Die Nacht rückte vor, aber niemand konnte schlafen. !Xabbu kam nicht wieder. Zuletzt fand niemand mehr etwas zu tun, und alle saßen schweigend da, eingesponnen in Gedanken und Sorgen. Draußen zog der Mond langsam über das Turritorium, als müßte er aufpassen, daß er sich nicht an den dornigen Türmen stach.

> »*Code Delphi. Hier anfangen.*

Etwas Eigenartiges und Erschreckendes ist geschehen. Noch jetzt fällt mir das Sprechen schwer, aber ich bezweifle, daß mir viel Zeit bleibt, und darum muß ich die Gelegenheit nutzen.

Das Ungeheuer in der Maske von Quan Li, das sich ›Dread‹ nennt, hat mich gründlich in die Mangel genommen, um mehr über das Zugangsgerät zu erfahren. Einige seiner Fragen waren unerwartet präzise, und ich bin mir jetzt sicher, daß er auch jemand Außenstehenden zu Rate zieht - was nicht verwunderlich ist, da er ja anders als wir das Haus immer verlassen und dann in seinen gestohlenen Sim zurückkehren kann, wann es ihm beliebt. Aber die Art, wie er mich aushörte, hatte auch eine unterschwellige Schärfe. Ich könnte mir vorstellen, daß er die Kenntnisse von außen zum großen Teil dazu benutzt, mich auf die Probe zu stellen, sich zu vergewissern, daß ich ihm zutreffende Informationen liefere. Und obwohl ich ihn darüber, wie wir in das Haus gekommen sind, belogen habe, bin ich in allen anderen Ausführungen über das Zugangsgerät zum Glück ehrlich gewesen. Er ist zu gerissen, als daß ich es wagen könnte, ihn zu betrügen, und ich mache mir keine falschen Hoffnungen, daß er mich eine Sekunde länger am Leben läßt, als er mich brauchen kann.

Doch nein, das ist es gar nicht, was ich erzählen wollte. In meiner Aufregung habe ich falsch angefangen, es geht nämlich gar nicht um Dread. Als ich vor einer Weile aus einem kurzen, bleiernen Schlaf erwachte, war er wieder verschwunden, vielleicht um sich mit seinem anderen Informanten zu beraten, und ich war allein. Das heißt, ich dachte es.

Als ich benommen und mehr aus Gewohnheit als aus Hoffnung mein Kontrollritual durchführte, um zu prüfen, ob meine Fesseln noch fest waren und ob das Ding, an dem ich hänge, seinerseits noch fest an der Wand hing, wurde mir langsam bewußt, daß etwas an meinem Gefängniszimmer anders war. Es blieb mir nicht lange verborgen, was. Ich hatte mittlerweile zwei Leichen als Zellengenossen, die neben mir an der Wand lehnten.

Mir stockte das Herz, und ich betete, daß dieser neue Körper nur ein anderer Sim war und nicht einer meiner Gefährten, der auf der Suche nach mir gefangen und getötet worden war. Doch als ich mich konzentrierte, machte ich eine außerordentlich seltsame Entdeckung. Der erste Körper war nach wie vor die bekannte virtuelle Leiche der jungen Frau, die Dread umgebracht hatte. Der zweite Körper jedoch schien ihre Zwillingsschwester zu sein. Alles an dieser zweiten unbewegten Gestalt war ein Abbild der ersten - Form, Größe, Lage. Irgendwie hatte Dread ein Opfer ermordet, das genauso aussah wie das andere, und es dann, während ich schlief, in identischer Haltung hingesetzt. Aber wie? Und warum?

Da fing die zweite Leiche zu sprechen an.

Ich schrie auf. Ich sollte mich mittlerweile eigentlich an den Wahnsinn dieses Netzwerks gewöhnt haben, aber obwohl ich wußte, daß der erste Körper virtuell war, war er für mich doch eine Leiche, und der zweite war genauso kalt, genauso still. Bis er zu reden begann. Und die Stimme - sie mochte einmal dem ursprünglichen Replikanten gehört haben, der beklagenswerten, toten jungen Obergeschoßküchenmamsell, aber jetzt wurde sie von einem völlig sprachungewohnten Wesen benutzt, das sich anhörte wie ein Mittelding zwischen einem Leseautomaten und einem Apoplektiker. Ich kann das nicht wiedergeben. Ich probiere es erst gar nicht, denn schon bei dem Gedanken wird mir übel.

›Hilfe ... erbeten‹, sagte die Leiche. ›Flußkorrektur. Umsteuerung. Hilfe.‹

Falls ich darauf reagierte, dann mit einem Schreckenslaut. Ich war bestürzt, vollkommen überrascht.

›Hilfe erbeten‹, sagte sie abermals in genau dem gleichen Tonfall. ›Unerwarteter Feedback. Gefahr, daß Unterprogramm zentrale Direktive außer Kraft setzt.‹ Sie stockte, weil ein Schauder oder etwas ähnliches sie durchlief. Die drallen Arme bewegten sich ungerichtet, und eine der Hände stieß an die daneben liegende Doppelgängerin. ›Hilfe erbeten.‹

›Wer ... wer bist du?‹ stieß ich hervor. ›Was für Hilfe brauchst du denn?‹

Der Kopf schraubte sich zu mir herum, wie wenn die Leiche meine Anwesenheit erst jetzt wahrnahm, wo ich sprach. ›Sprache ist Sekundärfunktion. Unterprogramme sind gestört. Nemesis Zwei erbittet Klärung oder Umsteuerung ...‹ Sie spuckte daraufhin eine Liste von Zahlen und Namen aus, wahrscheinlich Programmiercodes, aber vermischt mit anderen, kaum verständlichen Lautfolgen - wie es sich anhörte, keine Gearskripte, die mir je begegnet sind. ›Nemesis Eins funktionsunfähig durch Betriebssystemproblem‹, sagte sie langsam. ›Kein Kontakt, Zyklen nahe

›XAbbruchschwelleX. Nemesis Drei noch tätig, aber gerichtet auf die größere Anomalie, kein Kontakt, Zyklen nahe XAbbruchschwelleX. Für Weißer Ozean lies Meer des silbernen Lichts. Starker Zug. Nemesis Drei in Betrieb, aber als funktionsunfähig zu betrachten.‹ Trotz der mechanischen Stimme deutete irgend etwas an den Worten auf ein verheerendes Unglück hin; es war wie die täuschend normale Redeweise eines Menschen, der eine schreckliche Katastrophe überlebt hatte. ›Nemesis Zwei gefangen in expandierender Unterprogrammschleife. Kann Suche nach XPauljonasX nicht fortsetzen. Hilfe erbeten.‹

Ich holte tief Luft. Was dieses Wesen auch war, es sah nicht so aus, als wollte es mir etwas tun, und bei dem Namen ›Paul Jonas‹ hatten sich bei mir sämtliche Antennen aufgestellt. Sellars hatte von einem Mann namens Jonas gesprochen - war dies hier etwas, das Sellars geschaffen hatte, um ihn zu finden? Oder kam es von den Gralsleuten? Wie auch immer, es hatte auf jeden Fall Probleme. ›Nemesis Zwei - bist ... bist du das?‹ fragte ich.

Es versuchte aufzustehen, oder jedenfalls nahm ich das an, doch es glückte nicht. Die kopierte Leiche kippte vornüber und lag nun mit dem Gesicht nach unten auf dem Boden des kleinen Raumes. Eine der zuckenden Hände berührte mich, und ich zog rasch meine Beine weg. Ich konnte nicht anders.

›Abkoppeln nicht möglich‹, sagte sie. ›Abkoppeln von Beobachtung für Nemesis Zwei nicht möglich. Anomalie hier gegeben. Nicht XPauljonasX ... aber auch nicht NICHT XPauljonasX. Abkoppeln für Nemesis Zwei nicht möglich.‹ Ausgeliefert wie ein gestrandeter Wal lag das Ding da. Ich könnte schwören, daß seine unmenschliche Stimme flehend klang. ›Hilfe erbeten.‹

Bevor ich noch etwas sagen konnte, verschwand es. Im einen Moment lag es langsam herumfuchtelnd vor mir, im nächsten war es einfach nicht mehr da, und ich war wieder mit dem ursprünglichen toten Sim allein.

Was es auch gewesen sein mag, mir ist zumute, als ob ich von einem ruhelosen Gespenst heimgesucht worden wäre. Wenn es ein Programm ist, daß diesen Jonas finden soll, dann beißt es sich wohl an Otherland die Zähne aus, so wie wir alle, habe ich langsam den Eindruck. Wie trainierte Laborratten, deren Befriedigungsknopf plötzlich Elektroschocks auszuteilen beginnt, scheint das Ding auf etwas fixiert zu sein, das es nicht verstehen kann und von dem es doch nicht loskommt.

Ich höre Geräusche - Dread kommt zurück. Vielleicht ist es jetzt

soweit, und ich bin ihm entbehrlich geworden. Ach, und wenn schon! Ich bin es so leid, mich zu fürchten ...
Code Delphi. Hier aufhören.«

> »Könnte es sein, daß du dich irrst?« fragte Florimel Bruder Factum Quintus. Das Häuflein saß mutlos zusammengekauert auf dem Treppenabsatz. »Könnte der Kerl unsere Freundin irgendwo anders gefangenhalten als im Turritorium? War das Stuckteilchen vielleicht eine vorsätzliche falsche Fährte?«

Renie ergriff das Wort, bevor der Mönch antworten konnte. »Wie könnte das sein? Der Mörder wußte nicht, daß wir hierherkommen wurden, und er konnte nicht wissen, daß wir einen wie Factum Quintus finden würden, der uns anhand dieses einen kleinen Krümels so viel sagen konnte.«

Nachdem sie alle Flure ausgeschieden hatten, deren geschlossene Staubschicht darauf hinwies, daß sie seit langem nicht mehr betreten worden waren, hatten die Sucher damit angefangen, eine Turmtür nach der anderen zu öffnen und jedes mögliche Versteck zu überprüfen, ehe sie in den nächsten Gebäudetrakt wechselten. Die Abgelegenheit des Turritoriums, das laut Factum Quintus seit Jahrzehnten von allen Bewohnern außer Räubern und ein paar Ausreißern und Exzentrikern verlassen war, machte das Wagnis geringer, als es zunächst den Anschein gehabt hatte, und obwohl sie ihren ganzen Mut zusammengenommen und Tür um Tür aufgebrochen hatten, jedesmal mit bereiten Waffen und hämmernden Herzen, hatten sie den ganzen Tag über nur leere Räume vorgefunden. Die Spuren der Benutzung aus neuerer Zeit, die sie in ein oder zwei Zimmern entdeckten, waren deutlich schon Jahre alt.

»Es tut mir leid, daß wir eure Freundin nicht gefunden haben.« Factum Quintus sprach ein wenig steif; die Mühsal des langen Tages hatte ihn sichtlich mitgenommen. »Aber das ändert nichts an dem, was ich aus dem Stück von der Ballenblume geschlossen habe. Sie waren nicht im Glockenturm der sechs Schweine, also müssen sie irgendwo hier sein. Oder wenigstens muß das Versteck hier sein - ob die Person, die ihr sucht, es noch benutzt, kann man nicht wissen.«

Mit diesem deprimierenden Gedanken wollte Renie sich lieber nicht aufhalten. Die einzige Hoffnung, die sie hatten, war, daß die falsche

Quan Li es seit Martines Entführung nicht für nötig erachtet hatte, den Unterschlupf zu wechseln.»Sie müssen hier sein. Sie *müssen* einfach. Außerdem, wenn sie nicht hier sind, wo zum Teufel ist dann !Xabbu?«
»Vielleicht hat er einen Unfall gehabt«, warf Emily ein.»Ist abgestürzt oder so.«
»Sei still, Emily«, sagte Florimel.»Solche Bemerkungen können wir nicht brauchen.«
»Wollt doch bloß helfen, äi«, murmelte T4b.
Renie widerstand dem Impuls, sich die Ohren zuzuhalten. Es mußte etwas geben, das sie übersahen, etwas Offensichtliches ...»Wartet mal!« sagte sie unvermittelt.»Woher wissen wir, daß er sich nicht irgendwie *über* dem Fußboden fortbewegt, an Seilen oder was weiß ich?«
Die anderen blickten fasziniert, doch Factum Quintus runzelte die Stirn.»Hmmm. Ein glänzender Einfall, aber denk mal an die Flure zurück, die wir ausgeschieden haben - da hingen keine Seile, und die Wände waren ebenfalls staubig. Es wäre wohl ziemlich schwierig für eine einzelne Person, sich mit eurer Freundin im Arm kletternd oder schwingend über dem Fußboden zu bewegen und dann noch hinter sich die Seile zu entfernen, ohne daß eine Spur zurückbliebe. Außerdem, wie du schon sagtest, kann diese Person wirklich mit einer zielgerichteten Verfolgung rechnen? Sie wird sich wohl eher in der Nähe der benutzten Gänge verstecken, um nicht von Banditen oder Raubtieren aufgespürt zu werden.«
Renie dachte an die uralten, gespenstisch stillen Flure zurück, in denen sich der Schmutz von Jahrhunderten gesammelt hatte, und an die Dutzende von leeren, unbewohnten Türmen, die sie mit bangem Herzen erkundet hatten. Da kam ihre eine andere Idee.»Moment mal«, sagte sie.»Vielleicht sind *wir* diejenigen, die vom Boden abheben.«
»Was soll das heißen?« Florimel brachte nicht die Energie auf, sehr interessiert zu klingen.
»Weil er Stuck von einem Turmfensterornament am Ärmel hat, denken wir, daß unser Mann sich in einem der Turmzimmer aufhalten muß. Aber vielleicht benutzt er nur eines als ... was weiß ich ... als Ausguck? Vielleicht hat er sich in Wirklichkeit ein paar Stockwerke tiefer verkrochen, wo es mehr Ausgänge gibt.« Kaum hatte sie das ausgesprochen, war sie überzeugt, daß sie recht hatte.
»Das heißt ... das heißt, wir müssen die ganzen Gebäude nochmal

durchschauen.« Florimel zog ein finsteres Gesicht, doch sie überlegte.

»Alle Stockwerke, die wir uns geschenkt haben?«

»Nein.« Bruder Factum Quintus stand auf, und in seinen Fischaugen strahlte das Feuer der Begeisterung.»Nein, wenn du recht hast, benutzt er einen der Türme mit guter Aussicht ringsherum als Beobachtungsposten - vielleicht um nach Banditen Ausschau zu halten oder nach Suchern aus dem Haus weiter unten. Ich würde auf den Hugolinusturm tippen.«

»Welcher ist das?« Renie war schon dabei, ihre Waffen aufzusammeln, ihre Tischbeinkeule und ihren Vorhangstangenspeer.

»Erinnerst du dich an den runden Turm? Da haben wir gesehen, daß jemand im obersten Raum gewesen war, vielleicht sogar kürzlich, hatte ich den Eindruck, aber da nichts auf einen richtigen Aufenthalt hindeutete, sind wir wieder umgekehrt.«

»Ich erinnere mich, ja.«

»Ein paar Stockwerke tiefer war ein Treppenabsatz, und wir sind dran vorbeigegangen, den Spuren auf den Stufen hinterher. Die Fenster waren herausgeschlagen, und er war mit Laub bedeckt.«

Die Stelle war Renie noch gut in Erinnerung. Factum Quintus' bekümmerte und empörte Miene angesichts der allgemeinen Verwahrlosung war beinahe komisch gewesen.»Aber von dem Treppenabsatz gingen doch keine Türen ab, oder?«

»Nein«, sagte Florimel, die sich ebenfalls erhoben hatte,»aber da hingen Wandteppiche, fällt mir jetzt ein. Manche waren ganz entfärbt vom Regen, der durch die Fenster hereinkommt.«

»Stimmt. Nichts wie hin. Mein Gott, ich hoffe, wir kommen nicht zu spät.«

Als T4b ihr auf die Beine half, jammerte Emily 22813:»Aber ich dachte, wir wollten uns ausruhen!«

Renie blieb im Stockwerk vor dem Treppenabsatz stehen.»Emily«, flüsterte sie,»du und Factum Quintus haltet euch hinten, weil ihr keine Waffen habt. Seht zu, daß ihr nicht in die Quere kommt, wenn es losgeht.«

»Und still jetzt«, fügte Florimel hinzu.»Es kann sein, daß er Martine *und* !Xabbu hat. Wir wollen ihn nicht dazu provozieren, daß er ihnen was antut.«

Der Hugolinusturm - in einer untypischen Anwandlung von Verschwiegenheit hatte der Mönch erklärt, den Namen nicht erläutern zu wollen, da es zum gegenwärtigen Zeitpunkt eine zu unerfreuliche Geschichte sei – war deutlich ein späterer Anbau an das Haus, denn seine mehrfach ausgebesserte Steinfassade war nur eine dünne Schicht über einem plumpen Balkengerüst. Das Holz der Treppe war noch dürftiger, und daß es durch die zerschmetterten Fenster seit Jahren der Witterung ausgesetzt war, hatte auch seinen Tribut gefordert. Einige Stufen gaben beängstigend nach, und das Knarren, das eine hören ließ, war zwar sehr leise, aber zerrte dennoch an Renies Nerven wie ein jäher Schrei.

Aus Sorge, daß die Dielen des Treppenabsatzes ähnlich geräuschvoll sein könnten, signalisierte Renie den anderen, auf den obersten Stufen stehenzubleiben, und machte sich dann so verstohlen wie möglich daran, die durchnäßten Wandteppiche einen nach dem anderen vorsichtig anzuheben. Sie fand darunter nichts als bemooste Holzwände, bis sie zum letzten Teppich vor dem Fenster auf der Seite kam. Als sie die Ecke lüftete, fiel das Licht der untergehenden Sonne auf eine Tür in einer Wandvertiefung.

Mit klopfendem Herzen winkte Renie T4b und Florimel herbei und hob dabei den Teppich ein wenig höher, damit sie ihre Entdeckung sehen konnten. Als die beiden Gefährten neben ihr standen, Florimel mit weiten Augen vor Anspannung, der Teenager unergründlich unter seinem Helm, tupfte Renie T4b an den Arm. Sie und Florimel faßten den Teppich an den Rändern und rissen ihn von der Wand; er sackte Renie wie eine nasse Leiche in die Arme. Behutsam wie eine Matrone, die durch eine Pfütze waten muß, raffte T4b seine Kutte über die silberblau schimmernden gepanzerten Beine, trat dann die Tür aus den Angeln und sprang hinein.

Auf den Lärm folgte Totenstille. Im Innern war es düster.

»Ich glaub, es ...«, begann T4b, als mit lautem Krachen eine Stichflamme aus der Dunkelheit zuckte.

Auf die Knie geworfen und unter dem schweren Wandteppich halb begraben dachte Renie zunächst, eine Bombe wäre losgegangen, bis sie T4b mit brennender Brust, ein rauchendes Loch in Kutte und Panzer, rückwärts aus der Tür kommen sah. Der zurücktaumelnde Teenager schlug wie wild auf die schwelende Stelle ein, dann stolperte er und stürzte die Treppe hinunter, knapp an Emily vorbei, aber direkt in Factum Quintus hinein, mit dem zusammen er als ein zappelnder schwarzer Schneeball weiterrollte.

Bevor Renie sich aufrappeln konnte, schleuderte eine weitere Explosion Florimel nach hinten gegen das Geländer. Sie sackte schlaff zusammen und rührte sich nicht mehr, eine Puppe mit herausgerissener Füllung.

Mit dröhnenden Ohren und so benommen, als wäre sie in tiefem Wasser versunken, strampelte sich Renie schließlich aus dem Wandteppich frei, doch kaum war sie ein paar Meter auf die Treppe zugekrabbelt, setzte ihr jemand einen Fuß aufs Bein. Sie rollte herum und sah sich dem Quan-Li-Monster gegenüber, das bekannte Gesicht zu einem irren Grinsen verzerrt, wie von Dämonen besessen. Es hielt in jeder Hand eine Steinschloßpistole, von denen eine noch rauchte.

»Ich wünschte, ich hätte mehr als eine von diesen alten Tromblons gefunden«, sagte es. »War doch goldrichtig für den Scheppersepp, nicht wahr? So gut wie 'ne Schrotflinte. Aber diese kleinen Knallbüchsen sind auch nicht schlecht.« Es beäugte die rauchende Pistole, feixte und warf sie über das Geländer. Renie hörte sie die Treppe hinunterpoltern. »Jede nur ein Schuß. Bißchen steinzeitlich ... aber andererseits, wenn ich mir ein ausgiebiges Spielchen mit einer von euch genehmige, brauche ich sowieso nur noch eine Kugel.« Es schoß einen Blick auf Emily ab, die im Schock auf den obersten Stufen kauerte, und wandte dann das schaurige Grinsen wieder Renie zu.

»Ja, ich denke, ich nehme die Kleine«, sagte es und richtete die Pistole auf Renies Gesicht.

Kapitel

Wäsche wider Willen

NETFEED/INTERAKTIV:
GCN, Hr. 7.0 (Eu, NAm) — "Spasm!"
(Bild: Pelly wird mit dem Hubschrauber von einem Hochhausdach gerettet)
Off-Stimme: Pelly (Beltie Donovan) und Fooba (Fuschia Chang) glauben, die vermißten Kinder gefunden zu haben, aber der unheimliche Mister B. (Herschel Reiner) hat eine Überraschung für sie bereit — einen Herzinfarktstrahl! 2 Nebenrollen, 63 Statisten offen, medizinische Interaktiverfahrung für die Krankenhaushandlung erwünscht. Flak an: GCN.SPSM.CAST

> Es war windig, und die Lollipop-Familie wehte es bei ihrem Nachmittagstee ständig weg. Christabel hatte keine große Lust zum Spielen, aber ihre Mami hatte sie vor die Tür spielen geschickt, und so saß sie jetzt neben dem Zaun auf dem Rasen, unter dem großen Baum. Sie hatte einen Stein auf den Tisch gelegt, damit er nicht umkippte, aber sie konnte nichts dagegen machen, daß Mutter Lollipop jedesmal das Gleichgewicht verlor, wenn sie nach dem Tee griff.

Eigentlich waren sie Spielzeug für drinnen. Es war doof, mit ihnen im Garten zu spielen.

Alles war unnormal, das war's überhaupt. Erst hatte Christabel sich so gefreut, daß die MärchenBrille ihren Papi doch nicht getötet hatte, und noch mehr, daß er sie danach nicht mehr wegen des Geheimnisses mit Herrn Sellars geschimpft hatte. Sie war sich sicher gewesen, daß jetzt alles wieder normal werden würde. Alles würde so werden wie vorher - Herr Sellars würde aus seinem Versteck in der Erde herauskommen und wieder in sein Haus ziehen, und Christabel würde ihn besuchen gehen, und dieser gräßliche Cho-Cho würde verschwinden, und alles würde wieder gut werden. Ganz sicher war sie sich gewesen.

Doch statt dessen war es nur noch unnormaler geworden. Zuerst kam Papi fast überhaupt nicht mehr aus dem Arbeitszimmer heraus, in das er sich jeden Abend einschloß, kaum daß er von der Arbeit da war. Manchmal hörte sie ihn sogar mit jemand reden, und sie fragte sich, ob es Herr Sellars war, aber ihr Papi sagte nicht, was er machte, und ihre Mami sah bloß die ganze Zeit ängstlich und unglücklich aus und schickte sie spielen.

Das schlimmste war, wie Mami und Papi sich stritten. Jeden Abend zankten sie sich, aber ganz anders als vorher. Sie zankten sich total *leise*. Wenn Christabel sich vor die Tür des Arbeitszimmers oder des Wohnzimmers schlich, wenn ihre Eltern meinten, sie würde schlafen, dann konnte sie kaum ein Wort verstehen, das gesprochen wurde. Anfangs dachte sie, sie wollten es vor ihr verheimlichen, daß sie sich stritten, und hatte Angst. Genau das hatten die Eltern von Antonia Jakes auch gemacht, und eines Tages hatte dann ihre Mutter knallfall den Stützpunkt verlassen und Antonia mitgenommen. Am selben Tag, wo ihre Mutter sie aus der Schule holte, hatte Antonia noch gesagt: »Meine Eltern streiten sich nie«, weil jemand sie geärgert und ständig von Scheidung geredet hatte.

Anfangs war es daher das, was Christabel Angst machte. *Scheidung.* Dieses Wort, das sich anhörte, wie wenn jemand eine Tür zuschlägt. Wenn deine Mami und dein Papi nicht mehr zusammenleben und du mit einem von ihnen mitgehen mußt.

Doch als sie schließlich den Mut aufgebracht hatte, zu fragen, hatte ihre Mutter sehr überrascht abgewehrt und gesagt: »Nein, nein, Christabel! Nein! Wir streiten uns nicht! Dein Papi macht sich Sorgen, das ist alles. Und ich mache mir auch Sorgen.« Aber sie wollte Christabel nicht sagen, worüber sie sich Sorgen machte, dabei wußte Christabel genau, es hatte etwas mit der MärchenBrille und Herrn Sellars' Geheimnis zu tun, und was es auch war, es war Christabels Schuld.

Als ihre Eltern mit ihrem geflüsterten »Wir-streiten-uns-nicht!«-Streiten weitermachten, kam Christabel ein anderer Gedanke. Ihre Eltern hatten Angst, jemand könnte sie hören, aber vielleicht war es gar nicht Christabel, vor der sie so heimlich taten. Daß sie sich zankten, war geheim, aber vor wem wollten sie es geheimhalten?

In ihrer Vorstellung sah Christabel eine Szene aus einer Kindersendung im Netz, in der der Nordwind vorkam, ein erschreckendes, zorniges Gesicht, das am Himmel erschien. Vielleicht war irgend sowas in der Nähe und versuchte ihre Eltern zu belauschen, sie beim laut Reden zu ertappen. Etwas, das dünn und pustig war wie die Luft, dunkel wie eine Regenwolke. Etwas, das an jedem Fenster horchen konnte. Woran es auch lag, nichts war mehr normal. Christabel wünschte, sie wäre dem doofen alten verkrüppelten Herrn Sellars niemals begegnet. Gestern abend war es am schlimmsten gewesen. Zum erstenmal seit Tagen war das Streiten laut geworden. Ihre Mami hatte geweint, und ihr Papi hatte mit ganz kratziger Stimme geschrien. Sie waren beide so unglücklich, daß Christabel schon reinstürmen und sie anflehen wollte, aufzuhören, aber sie wußte, daß sie ihr dann böse gewesen wären, weil sie gehorcht hatte. Als Christabel heute morgen zum Frühstück heruntergekommen war, war ihr Papi draußen in der Garage gewesen, und ihre Mami hatte ganz traurig geguckt mit so roten, schwelligen Augen und ganz leise gesprochen. Christabel hatte kaum ihre Frühstücksflocken essen können.

Irgendwie war alles unnormal, unnormaler denn je, und sie wußte nicht, was sie tun sollte.

Christabel schaltete schließlich Mutter Lollipop ab, weil, wenn sie nicht ständig nach der Teekanne griff, fiel sie wenigstens nicht mehr um, da hörte sie hinter sich ein Geräusch. Sie drehte sich um und erwartete schon, den schmutzigen Jungen mit dem kaputten Zahn zu sehen, aber es war nur Vaters Freund Captain Parkins, der allerdings anders als sonst aussah. Er trug seine Uniform, aber das war sie gewohnt – sie hatte ihn kaum je ohne gesehen. Erst nach einem Moment wurde ihr klar, daß es der Blick auf seinem Gesicht war, der anders war. Er wirkte sehr ernst, knurrig und kalt.

»So, hallo, Chrissy«, sagte er. Sie haßte den Namen, aber sie schnitt kein Gesicht wie sonst meistens. Sie wäre am liebsten weggelaufen, aber das war albern. »Ist dein Papa zuhause?«

Sie nickte. »Er ist in der Garage.«

Er nickte ebenfalls. »Aha. Dann schau ich mal rein und red einen Moment mit ihm.«

Christabel sprang auf. Sie wußte nicht, warum, aber sie hatte plötzlich den Drang, vorauszulaufen und ihrem Papi Bescheid zu sagen, daß

Captain Parkins im Anmarsch war. Statt dessen ging sie ihm über den Rasen ein kleines Stück voraus und lief dann nur die letzten Schritte.

»Papi! Captain Parkins ist da!«

Ihr Vater blickte verdutzt, und einen Moment lang war es wie das eine Mal, wo sie zufällig ins Bad gesprungen war, als er nackt vor der Dusche stand, aber er war nur dabei, die Sitze aus dem großen Van zu nehmen - aus dem »Wehickel«, wie er dazu sagte, wenn er gute Laune hatte - und sie auf den Boden zu stellen. Er hatte Shorts und ein T-Shirt an, und an Händen und Armen war er voll schwarzer Schmiere.

»Ist recht, Schätzchen«, sagte er. Er lächelte nicht.

»Tut mir leid, dich am Samstag zu stören, Mike«, sagte Captain Parkins, als er in die Garage trat.

»Macht doch nichts. Willst du ein Bier?«

Captain Parkins schüttelte den Kopf. »Ich hab heute Duncan mit, und du kannst dir ausrechnen, daß er das irgendwo in einem Bericht erwähnen würde. ›Ich glaubte, bei Captain Parkins einen Alkoholgeruch zu bemerken, als er zurückkam.‹« Er runzelte die Stirn. »Mieser Wichser.« Da fiel sein Blick auf Christabel, die neben der Tür stand. »Ups. Ist mir nur so rausgerutscht.«

»Geh wieder spielen, Schätzchen«, sagte ihr Vater zu ihr.

Christabel lief auf die Wiese hinaus, aber sobald sie durch das offene Garagentor nicht mehr zu sehen war, machte sie langsamer. Irgend etwas zwischen ihrem Vater und Captain Parkins war anders als sonst. Sie wollte wissen, was. Vielleicht hing es ja damit zusammen, daß ihre Mutter ständig weinte, daß sie sich jeden Abend zankten.

Sie kam sich sehr, sehr unartig vor, als sie still und heimlich zurückging und sich neben dem Garagentor auf den Weg setzte, wo die Männer sie nicht sehen konnten. Da sie immer noch Baby Lollipop in der Hand hielt, machte sie einen kleinen Erdhaufen und setzte es darauf. Es bewegte langsam seine dicken Ärmchen hin und her, als drohte es jeden Augenblick das Gleichgewicht zu verlieren.

»... erzählen dir, daß diese Dinger sich einfach rein- und rausploppen lassen«, sagte ihr Papi gerade, »aber Tatsache ist, diese Affenärsche lügen wie gedruckt. Ich hab mir an diesen verdammten Schrauben schon die ganze Haut von den Knöcheln geschrammt.« Er sprach fast mit seiner normalen muntern Wochenendstimme, aber irgendwie klang sie schief. Christabel zog sich dabei alles zusammen, als ob sie aufs Klo gehen müßte.

»Hör zu, Mike«, sagte Captain Parkins. »Ich mach's kurz und schmerzlos. Ich hab grade von diesem Kurzurlaub gehört, den du dir genommen hast ...«

»Nur ein paar Tage«, versicherte ihr Vater rasch.

»... Und ich muß sagen, ich bin davon nicht begeistert. Um ehrlich zu sein, ich bin stinksauer.« Als seine Stimme plötzlich lauter wurde, setzte Christabel schon an wegzulaufen, doch dann merkte sie, daß er nur zwischen dem Tor und dem hinteren Ende der Garage, wo ihr Papi war, hin- und herging. »Herrje, ausgerechnet jetzt! Wo der Yak uns wegen diesem verdammten Alten Feuer unterm Arsch macht! Da willst du ein paar Tage lang auf 'nen kleinen Familienurlaub ausbüxen und alles auf mich abwälzen? Das stinkt zum Himmel, Mike, und das weißt du genau.«

Ihr Vater schwieg eine Weile. »Ich nehm's dir nicht übel, daß du wütend bist«, sagte er schließlich.

»Du nimmst es mir nicht übel? Vielen *Dank* aber auch! Mann, ich hätte nie gedacht, daß du mich mal dermaßen hängenläßt. Und nicht mal vorher mit mir drüber geredet hast du. Scheiße!« Es gab ein dumpf knallendes Geräusch, als Captain Parkins sich auf eine der Mülltonnen setzte.

Christabel war aufgeregt und erschrocken und verwirrt wegen der unanständigen Ausdrücke und Captain Parkins' wütendem Ton, aber vor allem wegen dem Urlaub, von dem da die Rede war. Was für ein Urlaub? Warum hatten Mami oder Papi ihr nichts davon gesagt? Sie hatte plötzlich sehr große Angst. Vielleicht brachte ihr Papi sie irgendwohin weg. Vielleicht machten er und Mami doch eine Scheidung.

»Hör zu, Ron«, sagte ihr Papi. »Du sollst die Wahrheit erfahren.« Er zögerte einen Moment. Christabel rutschte, so leise sie konnte, ein Stück näher ans Garagentor. »Wir ... Bei uns gibt's schlechte Neuigkeiten. Eine ... eine Krankheitssache.«

»Hä? Krankheit? Du?«

»Nein ... Kaylene. Wir haben es jetzt erst erfahren.« Er hörte sich so merkwürdig an, daß Christabel einen Moment lang gar nicht verstand, was er sagte. »Sie hat Krebs.«

»O mein Gott, Mike! Lieber Himmel, tut mir das leid! Ist er bösartig?«

»Einer von den bösartigen, ja. Selbst mit diesen dings, diesen Karzinophagen stehen die Chancen nicht sehr gut. Aber man kann noch hoffen. Man kann immer noch hoffen. Es ist halt so, daß wir's grade erfahren haben und sie sehr bald schon mit der Behandlung anfangen muß. Ich ... wir wollten einfach ein bißchen zusammen wegfahren, mit ... mit Christabel. Bevor die Sache losgeht.«

Captain Parkins beteuerte wieder, wie leid es ihm tue, aber Christabel konnte nicht mehr zuhören. Ihr war am ganzen Leib kalt, als ob sie gerade von einer Brücke in das dunkelste, tiefste, eisekälteste Wasser gefallen wäre, das sie sich vorstellen konnte. Mami war krank. Mami hatte *Krebs*, dieses gräßliche grausame schwarze Wort. Deshalb weinte sie so!

Christabel fing auch an zu weinen. Es war so viel schlimmer, als sie gedacht hatte. Sie stand auf und starrte mit tränenblinden Augen auf den Boden, wo das kleine Baby Lollipop nur ein bunter Fleck war. Sie trampelte es in die Erde und lief ins Haus.

Sie hatte das Gesicht in den Schoß ihrer Mutter gepreßt und weinte so sehr, daß sie keine von Mamis Fragen beantworten konnte, als sie Papi aus der Garage hereinstampfen und sagen hörte: »Mann, war das schrecklich. Ich mußte Ron gerade eine ganz und gar grauenhafte ...« Er hielt inne. »Christabel, was ist los? Ich dachte, du bist draußen und spielst.«

»Sie ist gerade schluchzend reingekommen«, sagte Mami. »Ich kriege kein vernünftiges Wort aus ihr heraus.«

»Du darfst nicht sterben!« kreischte Christabel. Sie drückte das Gesicht noch fester an den Bauch ihrer Mutter und schlang die Arme um ihre schlanke Taille.

»Christabel, Liebes, du zerquetschst mich«, rief ihre Mutter. »Was redest du denn da für Sachen?«

»O Gott«, sagte Papi. »Bist du ... Christabel, hast du gehorcht? Schätzchen, hast du gehorcht, als Papi und Onkel Ron miteinander geredet haben?«

Christabel hatte jetzt auch noch Schluckauf, und es fiel ihr schwer zu sprechen. »Du darfst nicht st-sterben, Ma-Mami!«

»Was ist hier eigentlich los?«

Sie fühlte plötzlich, wie sich die starken Hände ihres Papis unter ihre Arme schoben. Er zog sie von ihrer Mutter weg, auch wenn es nicht leicht war, und hob sie hoch in die Luft. Sie wollte ihn nicht anschauen, aber er drückte sie mit einem Arm an sich, faßte sie mit der anderen Hand unterm Kinn und hob ihr Gesicht an.

»Christabel«, sagte er. »Sieh mich an. Deine Mami ist nicht krank. Ich hab das erfunden.«

»Ni-nicht?«
»Nein.« Er schüttelte den Kopf. »Es stimmt nicht. Sie ist gesund. Ich bin gesund, du bist gesund. Niemand hat Krebs.«
»Krebs!« Ihre Mutter hörte sich tief erschrocken an. »Himmel Herrgott ... was geht hier vor, Mike?«
»Herrje, ich mußte Ron anlügen. Das war schon übel genug, ihn so zu hintergehen ...« Er legte seinen anderen Arm um Christabel und zog sie an seine Brust. Sie weinte immer noch. Alles war unnormal, total unnormal, alles war verrückt und unnormal. »Christabel, hör auf zu weinen. Deine Mami ist nicht krank, aber es gibt ein paar wichtige Dinge, über die wir reden müssen.« Er tätschelte ihr den Rücken. Er klang immer noch komisch, als ob ihn etwas am Hals würgte. »Sieht so aus, als müßten wir einen kleinen Familienrat abhalten«, sagte er.

> In seinem Traum war Cho-Cho wieder auf der schönen Insel in dem geheimen Teil des Netzes, in der Bucht mit dem Sand und den Palmen, aber er war mit seinem Vater da, der ihn beschwor, nichts von alledem zu glauben - das blaue Meer und der weiße Sand wären bloß ein Trick, die reichen Gringoschweine wollten sie nur fangen wie bichos und sie umbringen.
Unterdessen aber hing Cho-Chos Vater an dem Sandstrand fest wie an einem Fliegenfänger. Der Sand zog ihn nach unten, aber er klammerte sich die ganze Zeit bloß an Cho-Chos Arm und sagte: »Glaub ihnen nicht, glaub ihnen nicht«, obwohl er dabei war, Cho-Cho mit in den klebrigen Sand hineinzuziehen.
Während er sich noch wehrte und zu schreien versuchte, dabei aber keinen Ton aus der Kehle herausbrachte, merkte Cho-Cho auf einmal, daß es der alte Mann war, Sellars, der an seinem Arm zog. Er war gar nicht am Strand, er war wieder in diesem Tunnel, und el viejo versuchte, ihn zu wecken.
»Cho-Cho, alles in Ordnung. Wach bitte auf.«
Cho-Cho wollte weiterschlafen und machte sich von ihm los, doch der entstellte alte Mann hörte nicht auf, an ihm zu zerren.
»Was zum Teufel ist das?« sagte eine neue Stimme.
Augenblicklich riß Cho-Cho sein selbstgebasteltes Messer aus der zusammengerollten Jacke, die er als Kopfkissen benutzte. Er krabbelte hastig auf die andere Seite des Tunnels und preßte den Rücken an die

Wand, dann hielt er das scharfe, längliche Stück Altmetall hoch und richtete es auf den Fremden.

»Kommse zu nah, ich stech dich ab!«

Der Mann war normal gekleidet, nicht in Uniform, aber Cho-Cho roch einen Bullen zehn Meilen gegen den Wind, und der da war definitiv ein Bulle - aber außerdem kam er ihm noch irgendwie bekannt vor.

»Das hast du mir verschwiegen, daß hier noch jemand ist, Sellars«, sagte der Mann und blickte Cho-Cho mit harten Augen an. »Wer ist das?«

»Ich gebe zu, daß ich vergessen habe, meinen Freund hier zu erwähnen, Major Sorensen«, erwiderte Sellars, »aber ich versichere dir, daß er mit beteiligt ist. Er muß bei jedem Plan berücksichtigt werden.«

Der Mann musterte Cho-Cho finster. »Aber ich hab nicht genug Platz! Noch eine Person war nicht vorgesehen, auch wenn es bloß ein Kind ist.« Er zuckte mit den Achseln und drehte Cho-Cho den Rücken zu, sehr zu dessen Erstaunen. War das ein Trick? Cho-Cho blickte Sellars an und überlegte fieberhaft, wieso der alte Mann ihn verpfiffen hatte.

»Ich sag ihm alles«, zischte Cho-Cho den alten Mann an. »Von dir und die kleine mu'chita, die für dich stiehlt Essen und alles. Die kleine Christy dings, Bell.«

Der große Polizist wandte sich ihm wieder zu. »Christabel? Was ist mit Christabel?«

Plötzlich wurde Cho-Cho klar, wieso ihm der Mann bekannt vorkam. »Claro que si, bise ihr Papa, eh? 'ängse da auch mit drin?« Vielleicht machte das die ganze verquere Geschichte ein bißchen klarer - vielleicht wollte der Papa des kleinen Mädchens seine Bosse irgendwie um viel Geld betrügen, und Sellars half ihm dabei. Irgendeine Erklärung für das alles *mußte* es geben. Leute wie Sorensen stiegen nicht ohne Grund in stinkende Löcher wie dies hier - man sah es ihm an, wie sehr ihm der Geruch zuwider war, die feuchten Wände.

»Abgesehen von Cho-Cho hier«, sagte Sellars ruhig, »habe ich dir alles wahrheitsgemäß dargestellt, Major Sorensen. Der Junge ist hier, weil er sich in den Stützpunkt eingeschlichen hat und weil er, wenn ich ihn an die Luft gesetzt hätte, dich und deine Kollegen bei seiner Festnahme bestimmt über mich informiert hätte.«

»O Mann«, sagte der Polizist grimmig. »Ooo Mann. Okay. Ich laß mir was einfallen. Aber jetzt sollten wir zusehen, daß wir loskommen. Ich nehme ihn einfach vorne zu mir, bis wir bei uns sind.«

> 504

»Ich geh 'ier nich weg.« Cho-Cho hatte allmählich den Eindruck, daß alles nur eine Ausrede war, um ihn ohne Aufsehen zu kaschen. Männer wie dieser Sorensen waren genau die Sorte, die Straßenkids einkassierte und spurlos verschwinden ließ. Cho-Cho hatte so Typen kennengelernt, weiß und saubere Fassade, aber hart und gemein, wenn niemand hinguckte.

»Mein Lieber Señor Izabal, wir haben keine Wahl«, sagte Sellars zu ihm. »Wir sind hier nicht mehr sicher. Hab keine Angst, ich komme auch mit. Major Sorensen wird uns beschützen.«

»Major Sorensen«, sagte der weiße Bulle mit finsterem Blick, »hat langsam das Gefühl, daß ein Kriegsgericht und ein Exekutionskommando wahrscheinlich die schmerzlosere Alternative wäre.«

Sie brauchten gut zwei Stunden, bis sie alles weggeschafft und saubergemacht hatten. Der Vater des kleinen Mädchens wollte nicht, daß irgend etwas dablieb.

»Aber wir halten uns damit doch nur auf«, sagte el viejo in dem gleichen milden Ton, in dem er mit Cho-Cho sprach.

»Sieh mal, wenn sie diesen Ort entdecken und merken, daß jemand sich hier aufgehalten hat, dann gehen sie mit einem Teilchensauger über jeden Quadratzentimeter. Sie werden Spuren von dir finden, aber auch Spuren von meiner Tochter und jetzt auch von mir. Vergiß das, was ich vorhin gesagt habe – ich begehe vermutlich beruflichen Selbstmord, aber den anderen würde ich mir lieber ersparen.« Der Mann, der Sorensen hieß, zerlegte den Rollstuhl des alten Mannes, steckte die Teile in Reisetaschen und schleppte sie nach draußen, immer zwei auf einmal. Danach nahm er einen Klappspaten und grub ziemlich weit von dem Betonhäuschen entfernt, in dem sich der Tunneleingang befand, ein Loch im Gras. Als er fertig war, kam er zurück, holte die Chemietoilette und leerte sie in das Loch aus.

Als die Toilette, der kleine Kocher und die übrigen Sachen des alten Mannes in den draußen bereitstehenden Van geladen waren, wies er Cho-Cho und Sellars an, sich zwischen die Rücksitze zu legen, wo sie nicht zu sehen waren. Zuerst wollte er Cho-Cho bewegen, ihm das selbstgebastelte Messer auszuhändigen, aber Cho-Cho dachte gar nicht daran, und schließlich gab er auf und ließ es ihm.

»Wenn wir anhalten, keinen Laut«, sagte Sorensen, als er eine Decke über sie breitete. »Egal was passiert, ihr gebt keinen Mucks von euch.«

Cho-Cho traute dem Braten immer noch nicht, aber der alte Mann machte keine Zicken, und so beschloß er, erstmal mitzuspielen. Der Wagen fuhr nur eine kurze Strecke. Als er hielt und die Decke weggezogen wurde, waren sie in einer Garage.

»Mike?« Im offenen Tor stand eine Frau, die einen dieser Schlafgehmäntel anhatte wie die Weiber in so Netzsendungen. »Du warst so lange weg. Ich hab mir schon Sorgen gemacht.« Sie klang eher, als ob sie gleich einen Schreikrampf kriegte, aber sie riß sich zusammen. »Ist alles in Ordnung?«

»Das Aufräumen hat eine Weile gedauert«, knurrte ihr Mann. »Ach, und wir haben noch einen Gast bekommen.« Er faßte Cho-Cho am Arm, kräftig, aber nicht grob, und zog ihn aus dem Wagen. Cho-Cho schüttelte ihn ab. »Sellars hat vergessen zu sagen, daß er nicht allein war.«

»O je.« Die Frau musterte Cho-Cho. »Was machen wir mit ihm?«

»Finger weg, sonst bise ex, ma'cita.« Cho-Cho durchbohrte sie mit seinem eisigsten Blick.

»In der Radmulde ist kein Platz für ihn, also muß er vorne bei uns sitzen.« Der Mann schüttelte den Kopf. »Ich denke, wenn jemand fragt, müssen wir sagen, daß er Christabels Cousin ist oder so.«

»Nicht wenn er so aussieht, ausgeschlossen.« Sie runzelte die Stirn, aber nicht auf die ärgerliche Art. Cho-Cho wurde aus alledem nicht schlau. »Na schön, dann komm mal mit, junger Mann.«

Er zückte das Messer. Ihre Augen wurden groß. »Mit mir nich, klar?« Sie streckte die Hand aus, aber langsam, als wollte sie einen bissigen Hund dran schnüffeln lassen. Irgendwie war ihm das noch viel unangenehmer als das Stirnrunzeln vorher. »Gib das bitte sofort her. Das kommt mir nicht in unser Haus.«

»Bitte, sei so gut, Señor Izabal.« Sellars hatte sich soeben auf die Stufen des Vans gehievt und atmete schwer.

Cho-Cho starrte die Frau an. Sie kam ihm überhaupt nicht wie ein wirklicher Mensch vor – sie war hübsch und sauber wie eine aus der Werbung. Was wollten diese Leute von ihm? Er faßte das Messer noch fester, aber ihre Hand blieb ausgestreckt.

»Bitte, gib es mir«, wiederholte sie. »Niemand wird dir hier etwas tun.«

Sein Blick wanderte von ihr zu ihrem breitschultrigen Polizistenmann, der nichts sagte, und dann zu Herrn Sellars, der nickte und ihn mit seinen seltsamen gelben Augen ganz ruhig und friedlich ansah.

Schließlich überwand sich Cho-Cho und legte das Messer auf ein Bänkchen am Tor, neben eine Plastikkiste mit Nägeln und Schrauben. Er legte es hin, weil *er* es wollte - er ließ es sich von niemandem abnehmen.
»Gut«, sagte die Frau. »Komm jetzt.«

Als das Wasser abgestellt war, stand die Frau auf. Cho-Cho war voll damit beschäftigt gewesen, sich die ganzen fremdartigen Dinge im Bad zu betrachten - kleine Kinderspielsachen und getrocknete Blüten und ungefähr neunhundert Sorten Seife, von denen die meisten mehr wie Süßigkeiten als sonstwas aussahen -, und hatte sie gar nicht beachtet. Als sie jetzt sagte: »Rein mit dir«, brauchte er daher einen Moment, um zu verstehen, was sie meinte.

»Da ... da rein?«

»Ja. So wie du jetzt bist, fährst du auf keinen Fall irgendwohin. Du ...« Sie schauderte beinahe. »Du starrst vor Schmutz. Um deine Sachen kümmere ich mich.«

Er guckte auf das warme Wasser, die weißen Handtücher auf den Haltern. »Ich soll da rein?«

Sie verdrehte die Augen. »Ja. Na los, beeil dich, wir haben nicht viel Zeit.«

Cho-Cho langte an den Kragen seiner Jacke, dann stockte er. Sie stand immer noch da, die Arme über der Brust verschränkt. »Was is?« fragte er sie. »Bise päddo oder was?«

»Wie bitte?«

»Meinse, ich zieh mich aus mit dir 'ier drin!« erklärte er zornig.

Die Mutter des kleinen Mädchens seufzte. »Wie alt bist du?«

Er überlegte einen Moment, ob er mit der Frage irgendwie reingelegt werden sollte. »Zehn«, sagte er schließlich.

»Und wie heißt du?«

»Cho-Cho.« Er sagte es so leise, daß sie noch einmal fragte.

»Na gut«, sagte sie, als er es wiederholt hatte. »Ich geh raus, Cho-Cho. Paß auf, daß du nicht ertrinkst. Aber wirf mir deine Sachen raus, sobald du sie ausgezogen hast. Ich verspreche, ich guck nicht hin.« Die Tür war schon so gut wie zu, da machte sie sie noch einmal einen Spalt weit auf und sagte: »Und nimm Seife! Hörst du?«

Als der Vater des kleinen Mädchens ungefähr eine halbe Stunde später hereinkam, war Cho-Cho immer noch wütend.

»Das is Diebstahl«, rief er, den Tränen nahe. »Ich find mein Messer wieder, dann wird's dir leid tun!«

Der große Mann sah erst ihn an, dann die Frau. »Worum geht's?«

»Ich hab diese scheußlichen Sachen weggeschmissen, Mike. Ehrlich, die rochen wie ... Ich will gar nicht dran denken. Die Schuhe hab ich ihm gelassen.«

Cho-Cho hatte die Wahl gehabt, entweder nackt zu bleiben oder die Sachen anzuziehen, die sie ihm gab, deshalb hatte er eine Hose des Mannes an, unten mehrmals umgeschlagen und von einem Gürtel gehalten. Das war gar nicht so schlecht - mit so sackigen Hosen sah er ein bißchen aus wie ein Goggleboy in Chutes -, aber das Hemd, das er an seine nackte, feuchte Brust gepreßt hielt, das war etwas anderes.

»Ich zieh's nich an.«

»Hör zu, Junior.« Der Mann kniete sich neben ihn hin. »Niemand ist glücklich über diese Geschichte, aber wenn du ein großes Theater machst und wir geschnappt werden, dann sitzen wir *alle* im Dreck, dreckiger geht's nicht. Verstehst du? Mich stecken sie in den Knast und dich in eine von diesen Kinderanstalten, und keine von der netten Sorte. Ich wette, du weißt, wovon ich rede. Also sei so gut und hör mit dem Getue auf, ja?«

Cho-Cho hielt ihm zitternd das Hemd hin. »Das? So 'ne mierda soll ich anziehn?«

Der Mann blickte auf das Bild von Prinzessin Poonoonka, der rosaroten Otterfee, und wandte sich der Frau zu. »Vielleicht könntest du ihm was raussuchen, was nicht so nach ... Mädchen aussieht?«

»Oh, lieber Himmel«, sagte die Frau, aber ging nachschauen.

Dann verblüffte der Mann Cho-Cho damit, daß er ihn angrinste. »Untersteh dich, es ihr zu verraten«, sagte er leise, »aber in dem Fall muß ich dir recht geben, Junge.« Er klopfte ihm auf die Schulter und ging durch den Flur zur Garage zurück. Jetzt war Cho-Cho noch verwirrter, als er in dieser ganzen verrückten Nacht ohnehin schon gewesen war.

Als ihre Mutter sie weckte, war es draußen noch dunkel, doch der Himmel begann sich zu röten. »Wir brechen jetzt zu unserer kleinen Reise auf, Christabel«, sagte sie. »Du mußt dich nicht anziehen - du kannst im Auto weiterschlafen.«

Nachdem sie in ihre warmen Pantoffeln geschlüpft war und sich ihre dicke Jacke über den Schlafanzug gezogen hatte, sagte Mami etwas so

Seltsames, daß Christabel einen Moment lang beinahe meinte, sie schliefe noch und träumte.

»Herr Sellars möchte mit dir reden, bevor wir losfahren.«

Papi war in der Küche, trank Kaffee und studierte Autokarten. Er lächelte sie an, als sie mit Mami an ihm vorbeiging, doch es war ein kleines, müdes Lächeln. Draußen in der Garage standen alle Wagentüren offen, aber Christabel konnte Herrn Sellars nirgends erblicken.

»Er ist hinten drin«, sagte ihre Mutter.

Christabel ging zum hinteren Ende des Vans herum. Ihr Papi hatte den Reifen und die anderen Sachen herausgenommen, die normalerweise hinten unter der Bodenabdeckung lagen. Auf einem Schlafsack zusammengerollt lag Herr Sellars in der leeren Mulde wie ein Grauhörnchen im Nest.

Er sah auf und lächelte. »Hallo, kleine Christabel. Ich wollte nur, daß du siehst, daß es mir gutgeht, bevor dein Vater die Abdeckung wieder drauftut. Sieh her, ich habe Wasser«, er deutete auf ein paar neben ihm liegende Plastikflaschen, »und ein schönes kuscheliges Plätzchen.«

Sie wußte nicht, was sie sagen sollte. Alles war so seltsam. »Er tut die Abdeckung wieder drauf?« fragte sie.

»Ja, aber mach dir um mich keine Sorgen.« Er lächelte wieder. Er sah auch müde aus. »Ich bin enge Verstecke gewohnt, und außerdem gibt es genug, womit ich mich hier drin beschäftigen kann und worüber ich nachdenken muß. Mach dir keine Sorgen. Es ist ja auch nur für ein kurzes Weilchen. Tu einfach, was deine Mama und dein Papa dir sagen. Sie sind beide sehr tapfer, und ich hoffe, du wirst auch tapfer sein. Weißt du noch, wie ich dir von Hans erzählt habe, wie er zum Schloß des Riesen hochkletterte? Er hatte Angst, aber er machte es trotzdem, und am Schluß wurde alles gut.«

Ihre Mutter, die ein Stück hinter ihr stand, machte ein komisches Geräusch, wie ein Schnauben. Christabel schaute sich nach ihr um, aber Mami schüttelte nur den Kopf und sagte: »Gut, Liebling, komm jetzt. Wir müssen los.«

»Wir sehen uns bald wieder«, sagte Herr Sellars. »Das hier ist immer noch ein Geheimnis, aber für deine Mami und deinen Papi nicht mehr, und das ist sehr gut für uns alle.«

Ihr Papi wischte sich noch die Hände ab, als er aus der Küche kam. Während er die Bodenabdeckung über Herrn Sellars legte und dabei leise mit dem alten Mann redete, half ihre Mutter Christabel in den Mittelteil hoch, wo die Sitze waren.

»Wenn dich jemand fragt«, erklärte ihre Mami, »sagst du, daß Cho-Cho dein Cousin ist. Wenn du sonst noch Fragen gestellt bekommst, sagst du einfach, du weißt es nicht.«

Christabel versuchte zu begreifen, wieso ihre Mami so etwas sagte, da erblickte sie den gräßlichen Jungen auf dem Rücksitz; er hatte eines von Papis Jacketts an. Christabel erstarrte vor Schreck, doch ihre Mutter nahm sie am Arm und drückte sie sanft auf den Sitz. Der Junge glotzte sie nur an. Es war komisch, aber er sah auf einmal viel kleiner aus. Seine Haare waren naß und klebten ihm am Kopf, und Jackett und Hose waren so groß, daß er ihr wie ein richtig kleiner Junge vorkam, der sich verkleidet hatte.

Aber leiden konnte sie ihn immer noch nicht. »Kommt er mit uns?«

»Ja, Liebling.« Ihre Mami war ihr beim Anschnallen behilflich. Christabel quetschte sich auf eine Seite, damit zwischen ihr und dem gräßlichen Jungen möglichst viel Abstand war, aber er beachtete sie nicht weiter. »Heute ist alles ein wenig ... ungewöhnlich«, sagte ihre Mutter. »Weiter nichts. Schlaf, wenn du kannst.«

Sie konnte nicht schlafen, und sie konnte nicht aufhören, über den Jungen nachzudenken, diesen Cho-Cho, der dicht in ihrer Nähe saß und aus dem Fenster guckte. Sie konnte auch nicht aufhören, über Herrn Sellars nachzudenken, der hinten unter der Schutzmatte lag. Wollten sie den Jungen nach Hause bringen? Wieso wollte Herr Sellars, daß er mitkam? Und wieso versteckte sich Herr Sellars, wenn Mami und Papi doch von ihm wußten und einsahen, daß er kein schlechter Mensch war? Sie hoffte, es tat seinen Beinen nicht weh, wenn er so krumm liegen mußte. Sie hoffte, er hatte keine Angst. Er hatte gesagt, er werde sich beschäftigen, aber womit konnte er sich schon im Dunkeln beschäftigen, auf so engem Raum?

Am Himmel war es ein ganz klein bißchen hell, als sie auf das Haupttor des Stützpunkts zufuhren, gerade genug, um die Bäume wie schwarze Scherenschnitte aussehen zu lassen. Die meisten Häuser hatten vorne dran oder innen drin ein Licht brennen, aber die ohne sahen düster und traurig aus.

Ihr Papi redete ein paar Minuten lang mit dem Soldaten beim ersten Wachhäuschen. Ein anderer Soldat schien sie und Cho-Cho durch das

Fenster anzuschauen, aber sie war sich nicht sicher, weil sie sich schlafend stellte.

Beim zweiten Wachhäuschen hielten sie kürzer, dann waren sie draußen vor dem Zaun und fuhren die Straße hinunter. Sie konnte jetzt den Himmel sehen, ganz grau, aber mit Licht unten am Rand. Ihre Eltern unterhielten sich leise, aber sie zankten sich nicht. Der gräßliche Junge hatte die Augen geschlossen.

Christabel konnte an nichts mehr denken. Das sanfte Geschuckel des Wagens und das Geräusch des Motors weckten in ihr den Wunsch, richtig einzuschlafen, und sie schlief ein.

> »Ich hatte gehofft, wir wären hier fertig«, sagte Ramsey.
»*Nicht meine Schuld*«, erwiderte Beezle. »*Die Mitteilung war nicht von mir.*«
Catur Ramsey seufzte. Die Straßen und Gassen von Madrikhor gewannen langsam eine triste Vertrautheit. »Wo, hast du gesagt, muß ich hin?«
»*In die Straße der Silbertaler*«, antwortete ihm die körperlose Stimme. »*Wenn du zum Nornenbrunnen kommst, rechts. Es ist nicht allzu weit.*«
»Du hast leicht reden«, grummelte Ramsey.

Er war dem letzten von mehreren Hinweisen nachgegangen, die er den Dateien des jungen Polito - hier in Mittland bekannt als Zauberer Dreyra Jarh - entnommen hatte, und wie vorher auch war nichts dabei herausgekommen. Wie vorher auch war dieses Nichts zudem auf die besondere mittländische Art herausgekommen, die anscheinend stets einen langen Fußmarsch irgendwohin erforderte. Wie sich herausstellte, war die Kontaktperson - ein anderer Möchtegernzauberer - aus seinem Hexerhaus im Finsterwald ausgezogen, doch als Ramsey auf der malerisch verfallenen Veranda stand und den fruchtlosen Gang verfluchte, hatte er in seiner Tasche eine kryptische Mitteilung gefunden, ein zusammengefaltetes viereckiges Stück Pergament, auf dem »Das Blaue Buch des Salpetrius« stand und das, wie er sehr genau wußte, zu Beginn der Expedition noch nicht dagewesen war.

»Wie ist das dahin gekommen?« hatte er von Beezle wissen wollen.
»*Schlag mich tot*«, hatte der Agent geantwortet, dessen Gear anspruchsvoll genug war, um ein verbales Schulterzucken zu übermitteln. »*Eins*

von den schwarzen Fuchshörnchen vielleicht. Von denen sind heute 'ne Menge rumgesprungen.«

Ramsey hatte nur den Kopf schütteln können. Wie sollte man in einem Fall, bei dem es um Leben und Tod ging, Fortschritte machen, wenn man halbwüchsigen Zauberern hinterherlaufen mußte und gedungene Fuchshörnchen einem Informationen zuschmuggelten?

»He, Beezle, ist das Scriptorium nicht da drüben?« Ramsey deutete auf einen wuchtigen Turm, der sich ein paar Ecken weiter über die umstehenden Gebäude erhob. Seine Basaltmauern glühten im Fackelschein des mitternächtlichen Madrikhor, das Dach war mit fratzenhaften Gesichtern gespickt wie ein Nußeisbecher mit Nüssen. »Wir gehen in die verkehrte Richtung.«

»Nö«, entgegnete sein unsichtbarer Begleiter. »*Das ist das Scriptorium Arcanum, wo sie die Bücher mit Zauberformeln und so Zeug aufbewahren. Echt datenintensiver Betrieb, irrer Leihverkehr. Das Salpetriusding ist so 'ne Art Amtsschrieb, dafür müssen wir ins Scriptorium Civilis. Guck, da sind wir schon.*«

Ramsey hatte zuerst keine Ahnung, was Beezle meinte, da das Gebäude vor ihnen ausgesprochen winzig und selbst für diesen Teil von Madrikhor heruntergekommen war. Er ging ein paar Schritte näher, kniff die Augen zusammen und entdeckte die Tafel über dem Eingang - »*Scrip or um*«. Anscheinend hatten sie ein kleines Holzwurmproblem.

Wie die meisten Gebäude in Madrikhor, vor allem nahe dem Stadtkern, war das Scriptorium innen größer, als es von außen den Eindruck machte, aber da es von außen geradezu hundserbärmlich klein war, war das kein großes Kunststück. Hinter der Tür kam ein dunkler, von wenigen kümmerlichen Lampen erhellter Raum, dessen vom Boden bis zur Decke reichende Bücherregale mit Schriftrollen und gebundenen Folianten in allen erdenklichen Verfallsstadien vollgestopft waren.

Die altertümliche Erscheinung hinter dem Tisch am Eingang brauchte so lange, um auf seine Frage zu reagieren, daß Ramsey sie zunächst für einen unbelebten Sim hielt. Als das hagere, bärtige Wesen sich schließlich rührte, sich streckte, gähnte, sich an mehreren Stellen kratzte und dann auf eine kleine Treppe am hinteren Ende des Raumes deutete, hätte man meinen können, ein mechanisches Aufziehspielzeug, dessen Feder abgelaufen war, in den letzten Zuckungen zu beobachten.

»*Du führst mich an die entzückendsten Plätze, Beezle*«, subvokalisierte er.

»Hä? Gefällt dir der Laden?« Anscheinend war der Agent nicht auf Sarkasmus programmiert.

Der Scriptor, der im Keller Dienst hatte, stellte zunächst einen krassen Gegensatz zu seinem Kollegen oben dar. Jung, schlank, hochgewachsen, mit goldenen Haaren, spitzen Ohren und einem katzenartigen Gesicht war er ein Elfenprinz wie aus dem Bilderbuch, doch als er sich Ramseys Frage mit einem Blick stumpfen Desinteresses anhörte, fiel diesem auf, daß das Gesicht des Elfensims nicht ausgeprägter und individueller war als das eines Mannequins, so als hätte sich der Scriptor mit einem unmodifizierten Startset begnügen müssen.

»Salpetrius?« Der Elfenprinz runzelte die Stirn wie eine Aushilfskraft an einem Fast-food-Büffet, die über die Herkunft des Containerfleischs Auskunft geben sollte. »Nie gehört. Da hinten irgendwo.« Er zeigte mit einem bleichen Daumen hinter sich auf einen schmalen Gang zwischen zwei schiefen Regalwänden. »Unter S wahrscheinlich. Andernfalls unter B, für ›Blaues Buch‹ ...«

Muß sich wohl bei minimaler Entlohnung langsam wieder in die Heldenklasse hochquälen, vermutete Ramsey.

Der Kellerraum war eher noch dunkler und beengter als das kerkerähnliche Erdgeschoß. Ramsey mußte etliche Minuten lang in dem düsteren S-Gang herumspähen und -wühlen und dabei ein paar potentiell tödlichen Bücherlawinen ausweichen, bevor er den fraglichen Band fand, ein schmales Büchlein mit einem speckigen Ledereinband. Er hatte Glück, daß der Name »Salpetrius« groß auf dem Buchrücken prangte, denn um die Farbe erkennen zu können, hätte er erst mit ein paar Dutzend anderen Bänden ein Feuer entzünden müssen.

Ramsey nahm es mit an den hellsten Fleck, der in dem Raum zu finden war. Der Scriptor hing schlaff hinter seinem Tisch, gaffte ausdruckslos ins Leere und klopfte mit einem spitzstiefeligen Fuß wohl den Takt zu irgendeiner mitreißenden Heldenhymne, die er allein hören konnte.

Der Inhalt des Buches bestand aus extrem engzeiligem, unleserlichem handschriftlichen Gekritzel. Ramseys Verwunderung drohte schon in Ärger umzukippen, als ein viereckiges Stück Pergament herausglitt und zu Boden trudelte. Mit einem verstohlenen Blick auf den Scriptor hob er es rasch auf, doch Seine elfische Hoheit machten nicht den Eindruck, daß es ihr aufgefallen wäre, wenn Ramsey sich in ein Krokodil verwandelt und »Streets of Laredo« angestimmt hätte.

»Geh durch die Hintertür«, stand auf dem Zettel. Ramsey verglich ihn mit der Notiz, die er in seiner Tasche gefunden hatte. Es sah aus, als ob beide von derselben Hand stammten.

»Ich soll zur Hintertür rausgehen«, flüsterte er Beezle zu. »Was meinst du, ist das ein Hinterhalt oder sowas?«

»Wär'n Haufen Aufwand, bloß um dir den Schädel einzuschlagen«, gab der Agent zu bedenken. »Hier kannste in jeder Spelunke 'n paar Typen anheuern, die dich für 'nen halben Humpen Bier pro Nase am hellichten Tag zu Tapioka zermatschen.«

Mann, langsam fange ich an zu spinnen, dachte Ramsey angewidert. Hinterhalt! Als ob ich echt in Gefahr wäre und nicht bloß in einem Rollenspiel.

»Stimmt«, antwortete er Beezle und stopfte sich den zweiten Zettel in seine Manteltasche. »Dann werde ich mal die Hintertür suchen gehen.«

Sie war nicht schwer zu finden, wenn er auch über Berge von noch nicht eingeordneten Schriftrollen steigen mußte, um hinzugelangen. Ramsey vermutete, daß sich niemand in Mittland groß um Brandschutzbestimmungen kümmerte.

Die Gasse war erwartungsgemäß naß und dunkel. Nachdem Ramsey sich umgeschaut und weder jemand warten noch eine geeignete Versteckmöglichkeit gesehen hatte, ließ er die Tür hinter sich zufallen.

»Ich komm mir vor wie der sprichwörtliche Lehrjunge«, meinte er zu Beezle. »Der immer losgeschickt wird, um die Lambrieleiter zu holen ...«

Da leuchtete etwas so abrupt vor ihm auf, daß er zurücktaumelte und sich instinktiv die Hände vors Gesicht schlug, um es vor Verbrennung zu schützen. Aber nicht nur gab die pulsierende weiße Erscheinung keine Wärme ab, sondern trotz ihrer gleißenden Helligkeit blieb auch die Gasse um sie herum in Dunkel gehüllt.

»Was zum Teufel ...?« rief Ramsey. Er griff nach seinem Schwert, doch während er sich noch damit abmühte, es aus der Scheide zu zerren, verdichtete sich der weiße Fleck zu einer halbwegs menschenähnlichen Gestalt. Sie hob die plumpen Gebilde hoch, die ihre Arme waren, aber trat nicht auf ihn zu.

»Guten Abend, Herr Ramsey«, sagte sie eben leise genug, um eine gewisse Heimlichkeit anzudeuten. Die Stimme war ganz offenbar gefiltert; sie klang nicht wie von einem Menschen. »Ich entschuldige mich für diese ganze Geheimniskrämerei, aber sie ist wirklich nötig, auch wenn du wenig davon halten magst. Mein Name ist Sellars ... und ich glaube, es ist an der Zeit, daß wir beide uns unterhalten.«

Kapitel

Dem Wind überlassen

NETFEED/MUSIK:
Trennung der Horrible Animals geht noch weiter
(Bild: Benchlows zuhause im Pool)
Off-Stimme: Die Zwillinge Saskia und Martinus Benchlow, Gründer von My Family and Other Horrible Horrible Animals, haben nicht nur dieses Jahr ihre Band aufgelöst, sondern jetzt zusätzlich beschlossen, sich auch im wortwörtlichen Sinne zu trennen.
(Bild: Nahaufnahme von Gewebsbrücke)
Off-Stimme: Die Benchlows, bei denen es sich um einen seltenen Fall zweigeschlechtlicher siamesischer Zwillinge handelt, sind zu der Ansicht gekommen, daß es für ihre individuelle künstlerische Weiterentwicklung am besten ist, wenn sie sich operativ trennen lassen.
S. Benchlow: "Es ist echt ein großer Schritt, aber wir müssen beide unsere Flügel ausbreiten und voll auf dem Boden ankommen. Klar, der Abschied fällt schwer, aber wir können ja auf die Art Kontakt halten, wie andere Zwillinge das auch machen ..."
M. Benchlow: "Stimmt total, gelt, weil, wir haben zwar beide unsern Privatjet, aber wir haben nie mehr als einen auf einmal benutzt."

> In der letzten Sekunde, die ihr vor dem sicheren Tod von der Hand des Quan-Li-Monsters blieb, durchschoß Renie ein überraschend heftiges Bedauern darüber, daß sie ihren Vater nie mehr wiedersehen würde.
Ich kann ihm nicht mal mehr sagen, daß er recht gehabt hat - es war idiotisch von mir, hierherzukommen ...

Doch bevor der Hahn des Steinschlosses zuschnappen konnte, flog dem Mörder ein Wesen mit krallenden Händen und Füßen ins Gesicht. Es warf sich blitzartig vor seine Augen und riß seinen Arm in die Höhe, so daß er das Gleichgewicht verlor und wutbrüllend zurücktaumelte.

Der Mörder und der sich anklammernde gelbbraune Angreifer wirbelten über den Treppenabsatz wie ein einziges wahnsinniges Tier, das sich selbst in den Schwanz zu beißen versuchte. Der erschrockene Aufschrei des Quan-Li-Sims hatte Renies Lebensgeister geweckt. Sie sprang auf, mußte sich aber gleich wieder ducken, als Arm und Pistole auf Kopfhöhe vorbeisausten.

»!Xabbu!« Sie war von Staunen und Angst ergriffen. Der Mann im Paviansim machte der falschen Quan Li die Hölle heiß, aber die Pistole war noch nicht abgefeuert worden, und falls ihr Gegner den Arm auch nur für einen ungehinderten Schuß freibekam ...

Sie tat einen Schritt auf die beiden zu, da stolperte sie über etwas. Erst als sie auf Händen und Knien in Blut rutschte, erkannte sie, daß es Florimels lebloser Körper war. Sie stand vorsichtig auf, um nicht auszugleiten, und stürzte sich dann mit einem Satz auf den im Kreis sausenden Gegner, bekam ihn zu fassen und schleuderte ihn nahe einem der zerbrochenen Fenster an die Wand. Er ging in die Knie, aber nicht zu Boden. Er kämpfte immer noch mit !Xabbu, den er einfach nicht von seinem Gesicht wegbrachte, doch es war ihm gelungen, die Pistole aus dem Griff des Pavians zu lösen. Bevor er sie auf einen seiner Bedränger richten konnte, packte Renie das schlanke Handgelenk mit beiden Händen und schmetterte es an die Wand. Die Waffe fiel polternd zu Boden und weiter die Treppe hinunter ins Dunkel.

Als Renie sich umdrehte, sah sie gerade noch, wie das ineinander verklammerte Paar !Xabbu und Quan Li auf das Fenster zuschlingerte. Das Fensterbrett stieß dem Mörder im dunkelhaarigen Frauensim in die Kniekehle; er wedelte Gleichgewicht suchend mit den Armen, doch der krallende Affe nahm ihm die Sicht. Er kippte, faßte ins Leere und fiel dann mit !Xabbu, der immer noch an seinem Kopf hing, rückwärts hinaus.

Renie schrie auf, doch das Fenster rahmte nur noch den leeren Abendhimmel ein.

Da ertönte von draußen ein Geräusch, und sie stürzte vor, um hinauszuschauen. Zu ihrer Verblüffung hatten sich die beiden nicht zu Tode gestürzt, sondern waren ein paar Meter tiefer auf ein Schrägdach gefallen, das seitlich vom Turm abstand wie eine Markise und mit einer niedrigen Brüstung abschloß. Hinter der Brüstung kam nur noch Luft, der endgültige Sturz auf die weit unten liegenden Dächer des Hauses. !Xabbu war das Dach zur Hälfte hinuntergerutscht. Die falsche Quan Li hatte den höheren Standort.

Der Mörder hatte eine Stange mit einem Metallhaken an einem Ende gefunden, ein Werkzeug, das wohl ein schon lange verstorbener Arbeiter liegengelassen hatte, und schwang sie wie eine Sichel, so daß !Xabbu immer weiter nach unten zurückweichen mußte, bis er schließlich auf der Brüstung stand. Renie sah mit Bangen, wie die Bestie in Quan Lis Körper die Stange ein ums andere Mal sausen ließ und !Xabbu zwang, auf der Randbegrenzung zurückzutänzeln. Nur seine Kleinheit und seine schnellen Reflexe retteten ihn, aber er mußte sich über die Brüstung fallen lassen, um dem letzten Schlag auszuweichen. Einen Moment drohte Renie das Herz stehenzubleiben, als er an den Händen im Freien baumelte, bevor er sich wieder hochzog, aber der Angreifer schwang weiter blitzschnell und tückisch die Stange und hatte es offenbar darauf abgesehen, ihn in die Ecke der Brüstung zu treiben. Renie wollte !Xabbu unbedingt zu Hilfe kommen, wußte aber, daß sie nicht so tief springen und danach auf der Dachschräge sicheren Stand behalten konnte.

Die Pistole! dachte sie, doch dann fiel ihr ein, daß sie die Treppe hinuntergefallen war. Selbst wenn sie nicht schon in mehrere antike Stücke zerbrochen war, wäre !Xabbu sicher schon tot, ehe sie sie gefunden hatte.

Da hörte sie ein Scharren hinter sich. Sie fuhr herum und sah T4b die Treppe hochwanken.

»Er hat dich doch erschossen«, sagte Renie und merkte erst, als die Worte heraus waren, wie dumm die Bemerkung war.

»Siehste.« Er zögerte einen Moment auf der obersten Stufe, wo Emily zusammengekauert die Hände vors Gesicht hielt und weinte, dann stieg er, ohne hinzugucken, aber doch mit einer gewissen Vorsicht über Florimel hinweg. T4bs gepanzerte Brust war eine aufgeworfene schwarze Masse, die nach geschmolzenem Plastik aussah. Von seiner weiten Kutte waren nur noch Fetzen übrig. »Deshalb hab ich 'nen Manstroid D-9 Screamer genommen. Sattes Gear.«

»Hilf mir hier runter! Er treibt !Xabbu auf dem Dach in die Enge.«

T4b beäugte das Fenster, dann wieder Renie. »Echt?«

»Herrgott, natürlich echt! Er bringt ihn um!« Sie schnappte sich die auf dem Boden liegende geschärfte Vorhangstange, die ihr beim ersten Schuß vor Schreck aus der Hand gefallen war, lehnte sie an die Wand und stieg aufs Fensterbrett, wenigstens dafür dankbar, daß die Scherben schon vor langem aus dem Rahmen gefallen waren. »Nimm meine Hand, stütz dich ab, und laß mich möglichst vorsichtig runter. Ich schau, ob ich irgendwo Fuß fassen oder mich festhalten kann.«

T4b gab einen skeptischen Laut von sich, aber tat, was sie wollte, und faßte sie mit seinen Panzerhandschuhen am Handgelenk. Sie spürte ein Kribbeln von der Hand, die sich in der unfertigen Simwelt zeitweise in nichts aufgelöst hatte, doch ansonsten so stark und zupackend war wie die andere. Als sie das Fensterbrett losließ und sich frei baumeln ließ, blickte sie nach unten. !Xabbu wurde immer noch von dem Quan Li Monster am Dachrand festgehalten und mußte seine ganze Affenbehendigkeit aufbieten, um am Leben zu bleiben. Der Gegner drehte sich um und warf Renie einen kurzen, scheinbar beiläufigen Blick zu, dann zog er ein langes, häßliches Messer aus dem Gürtel, bevor er mit beängstigender Schnelligkeit wieder nach dem Pavian peitschte. !Xabbu hatte sich die Ablenkung zunutze machen wollen und war von der Brüstung gehopst, mußte jetzt aber wieder hinaufspringen. Die Stange zischte so knapp an ihm vorbei, daß Renie meinte, sie müsse sein Fell gestreift haben.

Konzentrier dich drauf, einen Halt zu finden, dachte sie, während sie über dem Schrägdach schwang. T4b hatte nur die niedrige Fensterbrüstung, um sich abzustützen, sie konnte daher nicht erwarten, daß er sich sehr weit hinauslehnte.

»Ich ... ich ...« T4b klang, als wäre ihm schlecht.

»Halt einfach fest.« Dabei konnte der Mörder !Xabbu schon in die Tiefe gestoßen haben und mit dem scharfen Messer unter sie getreten sein, wartend, grinsend ...

Gar nicht dran denken!

Die verputzte Fassade des Hugolinusturmes hatte Risse, aber nichts, was ihr Gewicht gehalten hätte. Sie maß mit den Augen den Abstand zwischen ihren baumelnden Füßen und dem abfallenden Dach, wobei sie darauf bedacht war, nicht weiter als unmittelbar unter sich zu gucken. Es war im Grunde gar nicht so tief, und an der Stelle, wo das Dach an den Turm stieß, gab es mehrere Zierstäbe an der Fassade. Wenn sie vorsichtig sprang und sich an diesen Vorsprüngen festhielt, durfte eigentlich nichts passieren. Wenn es ein paar Meter weiter nicht steil in die Tiefe gegangen wäre, hätte sie keinen Moment gezögert.

»Ich faß jetzt dein Handgelenk und laß mich dann fallen«, sagte sie atemlos zu T4b. »Es ist nicht so tief. Aber laß es mich machen.«

»Das ... das ist gefährlich, Renie.«

»Ich weiß.« Sie verkniff sich die bissige Erwiderung, und beruhigen konnte sie den jungen Mann jetzt auch nicht, ob Höhenangst oder nicht – überhaupt, wer mußte hier eigentlich springen? Sie umklammerte T4bs gepanzertes Handgelenk und spreizte die Beine, um sich besser auszubalancieren, dann ließ sie los. Die Turmmauer hatte eine leichte Neigung nach außen, durch die sie vom Dach kullern konnte, doch es gelang ihr, einen Fuß nach hinten zu strecken; als sie auf den Dachplatten aufschlug, grapschte sie nach den Zierstäben. Zu ihrer unendlichen Erleichterung hielten sie.

Sie blickte über die Schulter. Der Mörder beobachtete sie, während er gleichzeitig seelenruhig nach !Xabbu ausholte, aber er machte keinerlei Anstalten, sie aufzuhalten. Seine Gelassenheit war verblüffend, aber Renie wollte keine Zeit mit müßigen Überlegungen verschwenden. »Wirf mir den Speer runter«, rief sie T4b zu. Sie fing die Vorhangstange, drehte sich um und bewegte sich vorsichtig Schritt für Schritt die Schräge hinunter. Zwei Schornsteine standen in der Mitte des Daches wie einsame Bäume an einem Berghang, ansonsten aber konnte nur die einen halben Meter hohe Brüstung verhindern, daß sie in den Tod stürzte, sollte sie ausrutschen.

Sie versuchte, sich im Winkel auf ihren Gegner zuzubewegen, um ihn von !Xabbu abzudrängen, doch er blieb in Bewegung und schlug weiter mit der Stange nach !Xabbu, bis der Mann im Paviansim den nächsten atemberaubenden Sprung über die Kante machen mußte. Der Kerl machte sich ein Spiel daraus, die Mitte zwischen Renie und ihrem Freund zu halten. Er fing sogar an zu lachen.

Ihm macht das Spaß! begriff sie. *Aber selbst wenn er fällt, stirbt er nicht, er wird lediglich offline befördert. Für uns wird es nicht so glimpflich abgehen.*

Sie wagte einen zaghaften Angriff und stieß mit der scharfen Vorhangstange nach dem Quan-Li-Gesicht, aber der Mörder war erschreckend flink; er drehte sich zur Seite, haschte nach dem improvisierten Speer und hätte ihn Renie beinahe aus der Hand gerissen. Obwohl sie ihn wieder an sich bringen konnte, plumpste sie auf die Knie und mußte sich an den Dachplatten festhalten, um nicht wegzurutschen.

Sie robbte gerade rechtzeitig zurück, um einem weiten Konterschlag mit dem Hakenstab zu entgehen.

T4b schrie zu ihr herunter: »Ich ... ich komme, Renie!« Er hatte das überschnappende Kreischen eines panischen Jugendlichen in der Stimme.

»Nein!« brüllte sie. »Nicht!« Es wäre eine Katastrophe, einen kopflos herumstolpernden T4b mit auf dem Dach zu haben. »Tu's nicht, Javier! Geh nach Emily und den andern schauen!«

T4b hörte nicht auf sie. Er hatte seinen Robotersim bereits über das Fensterbrett gelegt und mühte sich jetzt damit ab, die Beine nach unten zu schieben und sich gleichzeitig festzuhalten.

Der Mörder ließ sich einen Moment lang von dem Schauspiel ablenken. !Xabbu sprang von der Brüstung und flitzte über das Dach zu Renie hoch. Er blutete an Händen und Beinen, doch seine einzige Sorge galt ihr. »Du kannst nicht gegen ihn kämpfen«, keuchte er. »Er ist sehr schnell, sehr stark.«

»Wir kommen nie von diesem Dach runter, solange er am Leben ist«, erwiderte Renie, da geschah das Unglück.

T4b war ganz über den Rand gerutscht, hing jetzt in der Luft und strampelte wie wild, als ob das ihm das Dach irgendwie näher bringen könnte, aber das alte Fensterbrett hatte die Grenze seiner Belastbarkeit erreicht und brach heraus, so daß T4b mit einem Mörtelregen auf das Schrägdach stürzte.

Als sie den jungen Mann mit den Armen rudern sah, dachte Renie zunächst, er könne sich vielleicht fangen, aber als sein blasses Gesicht hochging und er den Wald der Türme um sich herum und die gähnenden Abgründe zwischen ihnen erblickte, bekam er es mit der Angst zu tun und streckte unkontrolliert die Arme nach dem unerreichbar hohen Fenster aus. Die Beine glitten ihm weg. Im nächsten Moment rollte er das Dach hinunter wie eine Kanonenkugel.

Bevor Renie Atem für einen Schrei schöpfen konnte, prallte T4b gegen die Brüstung. Sie war nicht solider gebaut als der übrige Turm, nur Bretter mit einer dünnen Putzschicht, und zerbrach splitternd. Mit verzweifeltem Grapschen gelang es T4b, seinen Fall zu bremsen, bevor er über den Rand hinausschoß, doch nur sein Bauch und sein Oberkörper waren noch auf dem Dach, seine Beine baumelten im Leeren. Er klammerte sich an die nachgebenden Bretter und fing an zu schreien.

!Xabbu sauste bereits zu ihm hinunter wie ein vierbeiniger goldbrauner Strich. Renie wollte ihrem Freund zurufen, er solle wegbleiben, sonst werde T4b in seiner Panik ihn höchstens noch mit in die Tiefe reißen, aber sie wußte, daß der kleine Mann nicht auf sie hören würde.

!Xabbu warf sich auf die Brüstung und schlang einen Arm um T4bs Kopf wie ein Rettungsschwimmer, der einen Ertrinkenden abschleppen will. Mit seinem anderen langen Arm hielt er sich an der zertrümmerten Holzkonstruktion fest, doch da sackte diese weiter ab, und T4b rutschte noch ein Stück mehr über den Rand. !Xabbu war jetzt zwischen T4b und den Überresten der Brüstung langgezogen wie auf einer mittelalterlichen Streckbank. Mit einem lauten Knirschen gaben die Bretter abermals ein Stück nach; uralte Nägel sprangen heraus, und Putzstaub stieg auf wie Rauch. Renie machte den Mund zu einem Warnruf auf.

Im Augenwinkel sah sie den Schatten, doch zu spät, um sich zu ducken. Sie konnte gerade noch die Hand hochreißen und die schlimmste Wucht des Schlages abfangen, aber die Stange schleuderte sie trotzdem zur Seite. Sie robbte wie besessen die Schräge hinauf, nur weg von ihrem Angreifer, doch da traf sie ein noch härterer Schlag im Kreuz, und ein Schmerz durchzuckte sie, als ob sie auf eine Handgranate gefallen wäre. Sie schrie auf und brach zusammen.

Harte Hände packten sie und rissen sie herum, und sofort plumpste ihr ein Gewicht auf die Brust. Das höhnische Grinsen in dem Quan-Li-Gesicht war einer seltsamen maskenartigen Schlaffheit gewichen, die Augen jedoch schienen auf eine gänzlich unmenschliche Art lebendig zu sein - der gierige, brennende Blick eines rauschhaften biologischen Triebes. Finger, unerbittlich wie mechanische Greifer, krallten sich in Renies Haare und zogen ihren Kopf zurück, daß die Kehle freilag. Sie hörte !Xabbu ihren Namen rufen, aber er war zu weit weg. Das Messer zuckte hoch, stumpfgrau die Klinge wie die bleiernen Dachplatten, grau wie der Himmel.

Es gab einen Knall wie von einem zerbrochenen Teller und gleichzeitig einen Ruck - überraschend leicht, wie ein Klaps auf den Bauch. Renie fühlte klebriges Naß über sich strömen.

Meine Kehle ist durchgeschnitten, dachte sie fassungslos, da fiel das Quan-Li-Monster schwer auf ihr Gesicht. Renie machte eine instinktive Abwehrbewegung, auch wenn sie erwartete, sogleich die Kräfte versagen zu fühlen, doch statt dessen war sie imstande, den auf ihr lastenden Körper hochzudrücken und schwindlig und benommen darunter hervorzukriechen.

Der Quan-Li-Sim war bereits hart und steif geworden wie in Wasser gegossenes heißes Wachs. Die Augen waren offen, doch der Ausdruck animalischer Triebhaftigkeit war daraus verschwunden. Der ganze Hals war eine zerfetzte Masse aus Blut und Gewebe.

Renie konnte nicht begreifen, was geschehen war, schon gar nicht, warum. Sie wandte den Kopf, und sofort wurde ihr übel. Wenige Meter unter ihr hingen !Xabbu und T4b immer noch an der Brüstung. Sie kroch auf sie zu, stockte dann aber, weil sie befürchtete, ihr zusätzliches Gewicht könnte das Wegbrechen der Brüstung beschleunigen, selbst wenn sie einen gewissen Abstand hielt. Sie faßte einen der Schornsteine, schlang die Arme fest darum, so daß ihre Wange an den kalten Ziegeln klebte, und schob dann ihre untere Körperhälfte vorsichtig nach unten, bis sie voll ausgestreckt auf dem Dach lag. Sie war so matt und zerschlagen, daß sie kaum sprechen konnte. Keuchend stieß sie hervor: »Faß ... meine Beine ... wenn's geht.«

Sie konnte nicht zurückblicken und hätte es auch nicht getan, wenn sie gekonnt hätte. Statt dessen stierte sie die Dachschräge hinauf, wartete darauf, einen Griff an ihrem Knöchel zu fühlen, und betete, keine brechenden Bretter mehr hören zu müssen. Eine Gestalt hing oben aus dem Fenster wie eine auf der Spielbühne zurückgelassene Kasperpuppe. Darunter krochen langsam Blutstropfen die Mauer hinab und zogen lange rote Streifen. Renie konnte nicht erkennen, wer es war, und mußte es sich im Augenblick auch egal sein lassen.

Eine kleine Hand packte ihren Fuß.

Sie ächzte vor Schmerz, als !Xabbu richtig zufaßte und sie nach und nach mit T4bs Gewicht belastete. Es dauerte nur eine Minute, aber es kam ihr wie Tage vor. Renies Gelenke brannten. Ihr Kopf fühlte sich an, als ob jemand ihr den Schädel geöffnet hätte und ihr Gehirn unsanft mit einem Löffel umrührte.

Endlich wurde der Zug geringer, als es T4b mit !Xabbus Hilfe gelang, seinen Körper aufs Dach zu ziehen. Sie hörte, wie der junge Mann sich auf die Dachplatten sacken ließ, gierig die Luft einsaugte und sie in keuchenden Schluchzern wieder ausstieß. !Xabbu eilte nicht sofort an ihre Seite; sie hörte ihn leise auf T4b einreden. Renie konnte nur vermuten, was für Schmerzen ihr Freund selber litt, nachdem er das Gewicht des gepanzerten Kampfroboters so lange gehalten hatte.

Schließlich rafften sie sich alle auf, die Schräge hinaufzukrabbeln. Als sie die Mauer erreichten, hob die schlaff über der Fensterbrüstung liegende Gestalt das blutige Gesicht. Florimel sah lange mit einem Blick auf sie nieder, dem keinerlei Erkennen anzumerken war, dann nickte sie mit müder Befriedigung. Ihre linke Gesichtshälfte war fast völlig mit Blut bedeckt, und ihre Haare auf der Seite standen steif und schwarz ab und sahen aus wie von einem Präriefeuer versengtes Gras. Mit einer zitternden, rot verschmierten Hand hob sie die Steinschloßpistole ein wenig an.

»Den hab ich erwischt«, japste sie. »Das Schwein.«

Obwohl sie sich sofort für alles zuständig machte, Emily herbeirief, damit sie Florimel half, und selber !Xabbu und T4b nach ernsten Verletzungen untersuchte, dauerte es eine ganze Weile, bis die Betäubung wich und Renie wieder einen klaren Gedanken fassen konnte. Zweimal binnen weniger Minuten war sie dem Tod so nahe gewesen, daß sie sich schon aufgegeben hatte. Am Leben zu sein fühlte sich beinahe wie eine Last an.

Sie ließ ihre beiden Gefährten unter dem Fenster hocken und ging vorsichtig über das Dach zu der Stelle zurück, wo der Quan-Li-Sim in einer grotesken Haltung liegengeblieben war, eine dreidimensionale Momentaufnahme seiner Sterbenssekunde. Er war in einer Krümmung erstarrt, so als ob Renies Körper immer noch darunter läge.

Aber der Mann, der ihn benutzt hat, ist nicht tot. Er ist lediglich offline befördert worden. Die Gedanken hüpften ihr durch den Kopf wie Schießbudenballons. *Er hätte mich beinahe umgebracht. Er wollte es. Für ihn war das wie Sex. Aber ich bin noch hier, er nicht.*

Mit einem Schütteln versuchte sie vergeblich, die Kälte loszuwerden, die ihr bis in die Seele gedrungen war, dann bückte sie sich und fing an zu suchen.

Der Körper war zwar steif wie in Bronze gegossen, aber daß Renie vorher unter dem sterbenden Sim gelegen hatte, erwies sich als Glücksfall. Der Bäuerinnenkittel hatte sich beim Vornüberfallen gebauscht, so daß die Innentasche offen geblieben war, nachdem der Sim und seine Kleidung hart geworden waren. Sie steckte die Hand hinein, nachdem sie ihren Widerwillen überwunden hatte, einen Leichnam, und sei er simuliert, zu berühren. Ihre Finger schlossen sich um etwas Schweres, Glattes.

»Gott sei Dank.« Sie zog das Feuerzeug heraus. Das massive kleine Metallding war unter dem grauen Himmel kaum zu erkennen; das Tageslicht schwand rasch. »Gott sei Dank.«

Und wenn die Tasche jetzt nicht offengestanden hätte? überlegte sie. *Kann man noch durch den virtuellen Stoff an einem Sim schneiden, wenn er mal in diesen Zustand übergegangen ist? Ist es schlicht unmöglich, oder ginge es mit einem Brennschneider, oder wie die Dinger heißen - einem Schneidbrenner? Nicht daß wir sowas in dieser Welt hier gefunden hätten.*

Dankbar, wenigstens in diesem Punkt Glück gehabt zu haben, stand sie auf und kroch wieder zurück. Die Vorstellung, die Quan-Li-Leiche durch das ganze Haus schleifen und ein Werkzeug suchen zu müssen, mit dem man die Kleidung aufschneiden konnte, war höchst unangenehm.

Emilys weitgehend untaugliche Versuche, erste Hilfe zu leisten, wurden vollends dadurch vereitelt, daß sie unbedingt aus dem zersplitterten Fenster auf ihren Helden 14b hinabschauen wollte wie eine kurz geschorene Julia, und so kletterte !Xabbu empor, um nach Florimel zu sehen. Die Behendigkeit, mit der er die Mauer erklomm, machte Renie nachdenklich.

»Und wie kommen wir zwei wieder hoch?« rief sie zu ihm hinauf.

!Xabbu blickte über die Schulter. »Bruder Factum Quintus kommt gerade die Treppe hoch«, erwiderte er. »Er kann uns helfen. Wir können euch mit einem dieser Stoffvorhänge hochziehen.«

Der Mönch erschien am Fenster; er blinzelte und hielt sich den Kopf.

»Ich bedaure, daß ich keine Hilfe war«, sagte er, »aber es freut mich sehr, euch am Leben zu sehen. War das euer Feind? Ein selten gefährliches Individuum. Er sieht allerdings einer Frau erstaunlich ähnlich.« Er stützte sich auf die Fensterbank und stöhnte. »Ich glaube, ich habe mir den Kopf an jeder einzelnen Treppenstufe angeschlagen.«

»Florimel muß dringend versorgt werden, Renie«, meldete !Xabbu. »Sie blutet stark aus ihren Kopfwunden, und ein Ohr ist ab. Wir müssen einen warmen und geschützten Ort finden.«

»Die Ohren ... an diesem Sim ... haben mir sowieso ... nie gefallen«, bemerkte Florimel matt.

»Auf dich muß man erst schießen, damit du einen Witz machst, was?« sagte Renie. Sie bemühte sich um einen lockeren Ton, aber es kostete sie fast soviel Anstrengung, wie vorher !Xabbus und T4bs Gewicht zu halten. »Okay, los geht's. Ach so, könnt ihr noch einen von diesen Wandteppichen runterschmeißen, bevor ihr uns hochzieht?«

!Xabbu sprang drinnen zu Boden. Kurz darauf erschien er wieder, den schweren Teppich im Schlepptau. »Er ist ein bißchen zerrissen, wo ich ihn von der Wand gezogen habe«, erklärte er, während er ihn über die Fensterbrüstung schob.

»Das macht nichts«, entgegnete Renie. »Ich ... ich möchte bloß Quan Li zudecken.«

»Das war nicht Quan Li, das war ein Monster«, fauchte Florimel und verzog gleich darauf vor Schmerz das Gesicht, als !Xabbu sich wieder ihren Verletzungen zuwandte. »Er hat William getötet und vielleicht auch Martine.«

»Lieber Himmel«, sagte Renie, »Martine! Hat irgendwer nach ihr geschaut? !Xabbu?«

Aber der kleine Mann war bereits unterwegs zu dem Zimmer, in dem der Mörder im Hinterhalt gelegen hatte.

»Sie ist hier!« rief er. »Sie ist ... Ich denke, sie lebt, aber sie ist ... nicht wach.« Dann fiel ihm das Wort ein. »Bewußtlos! Sie ist bewußtlos.«

»Gott sei Dank.« Renie schwankte ein wenig. »Ich ... ich möchte das hier grade noch erledigen«, sagte sie. »Auch wenn ein Monster diesen Sim benutzt hat, hat er doch einmal Quan Li gehört - der echten Quan Li -, und sie war eine von uns, wenn auch nur für die ersten Stunden.« Sie schritt wieder das Dach hinunter und breitete behutsam den Teppich über die erstarrte Gestalt. »Ich glaube, in einem Punkt wenigstens hat dieses ... Scheusal die Wahrheit gesagt«, meinte sie und schaute dabei zu den anderen hoch. »Die echte Quan Li muß tot sein. Ich wünschte, wir könnten sie ordentlich bestatten. Ich finde es schrecklich, sie hier liegenzulassen.« Sie senkte den Kopf.

»Meine Leute«, sagte T4b plötzlich, »die Indianer ... von denen machen das manche.«

Renie und die anderen wandten sich ihm zu. Der junge Mann verstummte schüchtern. Sein bleiches Gesicht mit den angeklatschten glatten, schwarzen Haaren sah zart und verletzlich aus, wie es da aus der überdimensionalen kaputten Hülse seines Panzers herausschaute.

»Sprich weiter, T4b«, sagte Renie sanft. »Javier. Was meinst du?«

»Von den Indianerstämmen, da legen manche die Toten auf so Plattformen in Bäumen. Luftbestattung nennen sie's. Sie werden den Vögeln und dem Wind überlassen, irgendwie.« Er war ernst und gefaßt; sein schnoddriges Straßengehabe war weitgehend von ihm abgefallen. »Das hier ist ähnlich, tick? Weil, wir könnten sie eh nicht schleppen, bis wo's Erde gibt oder so, nicht?«

»Nein, da hast du recht.« Renie nickte. »Das gefällt mir. Wir überlassen sie hier ... dem Wind.« Renie zog den Teppich zurück, bis Quan Lis Kopf freilag, dann trat sie von dem leeren Sim zurück und begab sich wieder zu ihren Gefährten. Hinter ihr lag die kleine dunkle Gestalt auf der Seite wie ein eingeschlafenes Kind, das eben noch das Aufschimmern der ersten Sterne über den spitzen Schattenrissen des Turritoriums beobachtet hatte.

Wie !Xabbu gemeldet hatte, war Martine am Leben. Bis auf eine Beule hinter dem Ohr schien sie auch unverletzt zu sein, obwohl sie immer noch bewußtlos war: Sie reagierte kaum, als sie sie von dem Rohr abschnitten, an das sie gefesselt worden war.

Florimel hatte weniger Glück gehabt. Als die Gruppe schließlich den Hugolinusturm hinuntergestiegen war und unten ein mit Teppichen ausgelegtes, fensterloses Zimmer gefunden hatte - !Xabbu hatte darauf bestanden, daß es keinen Blick auf das Turritorium und seine schwindelerregenden Winkel haben dürfe -, kümmerte Renie sich weiter um die Pflege ihrer Gefährtin, während !Xabbu zerbrochene Möbel in einen Kamin steckte, der dem Aussehen nach seit Jahrzehnten, wenn nicht noch länger, nicht mehr benutzt worden war.

»Dein Ohr ist ab«, teilte sie Florimel mit, die von dem schrecklichen Geschehen so mitgenommen und erschlagen zu sein schien wie Renie von ihren eigenen Begegnungen mit dem Tod. »Und ich kann's zwar nicht sicher sagen, solange das Blut nicht ganz weggewaschen ist, aber dein linkes Auge sieht auch nicht sehr gut aus. Es ist völlig zugeschwollen.« Renie drehte sich fast der Magen um, als sich Gewebestreifen in Florimels Gesicht bei ihrer sorgfältigen Säuberung wie Seetang bewegten. Das Wissen, daß dieser Körper und somit auch seine Verletzungen rein virtuell waren, machte die Aufgabe nicht weniger unangenehm. »Sieht aber so aus, als hätte die Kugel dich verfehlt - abgesehen vom Ohr stammen die Wunden nur vom Schießpulver. Schätze, wir sind alle nochmal davongekommen.«

»Mach sie einfach sauber und verbinde sie«, sagte Florimel schwach. »Und schau mal, ob du noch was findest, was ich mir umlegen kann. Mir ist kalt, vermutlich vom Schock, fürchte ich.«

Sie legten ihr einen samtenen Wandbehang um die Schultern, aber Florimel zitterte trotzdem noch. Als !Xabbu das Feuer angezündet hatte, rückte sie näher heran. Bruder Factum Quintus entdeckte in einem der anderen Räume ein paar ältliche Leinenservietten in einer Truhe; in

Streifen gerissen und zusammengebunden gaben sie halbwegs brauchbare Bandagen ab. Als Renie fertig war, sah Florimel mit den knotigen, unförmigen Binden am Kopf aus wie einem Horrorfilm entsprungen, aber die schlimmste Blutung war endlich gestillt.

Florimels gutes Auge lugte grimmig unter den Leinenstreifen hervor. »Das reicht«, sagte sie zu Renie. »Ruhe und Wärme werden mir jetzt am meisten helfen. Kümmere dich um die andern.«

Die sonstigen Verletzungen waren erstaunlich leicht. Sein Panzer hatte T4b vor fast allem außer Schnitten und Abschürfungen im Gesicht und an seiner natürlichen Hand geschützt - die andere schimmerte immer noch schwach und war unverändert -, aber Renie hatte das sichere Gefühl, daß sein Oberkörper unter der zerschossenen Brustplatte etwas abbekommen haben mußte.

Er wehrte ab. »Will ihn nicht ausziehen, klar? Hält mich wahrscheinlich zusammen, äi.«

Renie bezweifelte das und wünschte, er ließe sie etwaige Splitter von dem zerschmetterten Panzer entfernen, die sich in seine virtuelle Haut gebohrt hatten - wer konnte wissen, was für mögliche Infektionen in diese quasimittelalterliche Hauswelt einprogrammiert worden waren? Aber T4b schien lieber bei jeder Bewegung heldenhaft das Gesicht verziehen zu wollen, was Emilys große Augen mit Mitleidstränen füllte, während sie neben ihm saß und seine Hand hielt.

»Was war mit dir?« fragte Renie !Xabbu, während sie die Schnitte an seiner runzligen Affenhand säuberte. Die unterdrückte Gefühlswallung ließ ihre Stimme zittern; sie hoffte, sie hörte sich nicht so an, als wäre sie ihm böse. »Du warst so lange weg - wo warst du? Ich hatte solche Angst um dich. Wir alle natürlich.«

Bevor er etwas erwidern konnte, stöhnte Martine plötzlich auf und versuchte sich hinzusetzen. Der Versuch mißlang; die blinde Frau wälzte sich auf die Seite und gab würgende Geräusche von sich.

Renie kroch zu ihr. »Martine, es ist alles gut. Du bist in Sicherheit. Dieser Kerl, dieses Monster - er ist tot.«

Martines Augen irrten ziellos umher. »Renie?« Ihr kamen die Tränen. »Ich dachte nicht, daß ich deine Stimme noch einmal hören würde. Er ist tot? Richtig tot oder nur offline?«

»Jedenfalls ist er aus dem Netzwerk draußen.« Sie strich Martine übers Haar. »Müh dich nicht mit Reden ab - du hast einen Schlag auf den Kopf bekommen. Wir sind alle hier.«

»Er wollte nicht, daß ich ein Geräusch mache«, erklärte Martine. »Ihr solltet nicht merken, daß er auf der Lauer lag.« Eine zitternde Hand stahl sich zur Beule hinter dem Ohr hoch, betastete sie. »Obwohl er hinter mir war, fühlte ich den Schlag kommen. Ich beugte mich vor, so daß er mich nicht direkt traf. Ich denke, er wollte mich töten.« Mit einer anrührenden Geste legte sie sich die Finger über die Augen. »Ich wünschte, er wäre wirklich tot. Gott, wie sehr ich das wünschte!«

Renie legte Martine die Hand auf den Arm, und diese ergriff sie mit überraschender Heftigkeit und hielt sie fest.

»Wir können nirgendwo hingehen, solange es uns nicht besser geht, wenigstens ein bißchen«, sagte Florimel langsam. »Wir sollten erstmal hierbleiben und uns überlegen, was wir als nächstes tun wollen. Oder lauern hier noch andere Gefahren, von denen wir nichts wissen...?«

Bruder Factum Quintus, der sich still mit der Bandagenherstellung beschäftigt hatte, blickte auf. »Keine außer Banditen, und mit ein paar von denen habt ihr neulich schon Bekanntschaft gemacht.« Er legte nachdenklich die Stirn in Falten. »Hmmm. Vielleicht solltet ihr die Schußwaffen eures Feindes aufsammeln. Ja, doch. Selbst wenn wir kein Pulver und keine Munition finden, könnten sie einen potentiellen Gegner dazu bewegen, euch in Ruhe zu lassen.«

Renie nickte. »Gute Idee. Aber du hast uns gegenüber schon mehr als deine Pflicht erfüllt, und es tut uns leid, daß du dadurch in solche Gefahr gekommen bist. Falls du jetzt in die Bibliothek zurückkehren möchtest ...«

»Oh, das werde ich, wenn ich hier soweit geholfen habe, wie ich kann. Und für meine eigenen kleinen Unbilden bin ich reichlich entschädigt worden - ich habe genug neue Dinge gesehen, um auf Jahre hinaus Stoff zum Schreiben und Studieren zu haben.« Ein listiger Blick trat in seine Augen. »Aber ich glaube, in deinem Gesicht Enttäuschung zu erkennen. Könnte es sein, daß ich euch irgendwie gekränkt habe, daß ihr meiner Gesellschaft überdrüssig seid?«

»O nein! Natürlich nicht ...!« stammelte Renie.

»Dann liegt es vermutlich daran, daß ihr Dinge zu besprechen habt, die ihr nicht gern in meiner Gegenwart erörtern möchtet.« Der Mönch faltete die Hände im Schoß. »Ich weiß, daß eure Gruppe ungewöhnlich ist, und es ist mir natürlich nicht entgangen, wie ihr zueinander sagtet, euer Feind sei keineswegs ›richtig tot‹, er sei nur ›aus dem Netzwerk‹ befördert worden.« Factum Quintus kniff die Brauen zusammen. »Um was für ein Netz könnte es sich dabei handeln? Ich bezweifle, daß ihr die Schnüre meint, mit denen wir die Bücher in der Bibliothek sichern. Was sagen die Alten zu dem Wort?« Er besann sich einen Moment. »Ja, ich glaube, die Stelle lautet: ›... ein beliebiges Knüpfwerk mit gekreuzten Fadenlegungen in gleichen Abständen, dergestalt daß regelmäßige Maschen entstehen ...‹ Hmmm. Nicht sehr hilfreich.« Sein unansehnliches Gesicht hellte sich auf. »Vielleicht eine übertragene Bedeutung? Ein Netzwerk kann eine politische Gruppierung bedeuten, auch eine Art Labyrinth. Was es auch sein mag, auf jeden Fall geht es hier um Zusammenhänge, die ich nicht verstehe ... und möglicherweise nicht verstehen kann. Doch selbst wenn ihr mich fortschicken wollt, würde ich darum bitten, erst noch die Geschichte eures Affenfreundes hören zu dürfen, da das Turritorium heutzutage weitgehend unerforscht ist und mir der Gedanke an interessante Entdeckungen, die er gemacht haben könnte, keine Ruhe läßt.«

Ein seltsam bitteres Lächeln verzog !Xabbus Pavianschnauze. »Ich habe nichts dagegen, meine Erlebnisse zu berichten, auch wenn es mir keine Freude macht.«

»Erzähl.« Renie nickte ihrem Freund zu. Etwas an den Bemerkungen des Mönches oder an der Art, wie er sie machte, hatte sie verstört, und sie brauchte Zeit, um sich darüber klarzuwerden, was es war.

»In den ersten Stunden geschah wenig«, begann !Xabbu. »Ich kletterte an vielen Türmen hoch, spähte in viele Fenster, aber entdeckte nichts. Das ging nicht schnell, denn fast jedes Mal mußte ich nach beendeter Erkundung wieder bis ganz hinunter zu den Hausdächern, um sicherzugehen, daß ich in der Dunkelheit auch keinen der Türme übersah. Es sind so viele! Vielleicht hundert, und alle stellen sie ganz unterschiedliche Anforderungen.

Spät am Abend, als ich mich gerade an einem steinernen Wasserspeier ausruhte, der sich an einem der höheren Türme etwa auf halber Höhe befand, hörte ich Stimmen. Zunächst meinte ich, sie kämen aus dem Turminneren. Ich lauschte aufmerksam, weil ich dachte, es wären vielleicht die Banditen, denen wir vorher begegnet waren, oder andere ihres Schlages, als mir aufging, daß die Leute, die da sprachen, über meinem Kopf auf dem Turmdach waren!

Ich kletterte vorsichtig weiter, bis ich eine Stelle fand, wo ich mich hinter einem Ornament an der Dachecke verstecken und sie beobachten konnte. Es waren insgesamt vielleicht ein Dutzend, größtenteils

Männer, aber ich hörte auch wenigstens eine Frauenstimme, und ein paar der Gestalten waren klein genug, um Kinder zu sein. Sie hatten mitten auf dem Dach ein Feuer entzündet, direkt neben einem der Schornsteine, und waren dabei, sich ihr Abendessen zuzubereiten. Sie waren noch verlotterter als die Banditen: Kleider und Gesichter starrten dermaßen von Schmutz, daß die Leute selbst aus kurzer Entfernung kaum zu erkennen waren. Auch ihre Redeweise war ungewöhnlich - ich verstand zwar vieles, aber nur, wenn ich genau hinhörte. Die Worte klangen ganz roh und verschliffen.«

»Turmsteiger!« erklärte Factum Quintus mit tiefer Befriedigung. »Es gibt nur noch wenige, ja, manche glauben, daß gar keine mehr übrig sind. Sie leben schon so lange auf den Dächern des Hauses, daß sie angeblich zum Teil schon Vögel geworden sind. Hatten sie Flügel oder Schnäbel?«

»Nein, es sind Menschen«, antwortete !Xabbu. »Und es sind durchaus nicht nur wenige übrig, wenn ich sie richtig verstanden habe, da sie von anderen Familien sprachen. Allerdings gibt es jetzt weniger als vorher, als ich ihnen noch nicht begegnet war«, setzte er kummervoll hinzu.

Nachdem er ein Weilchen geschwiegen hatte, fragte Renie ihn: »Was meinst du damit?«

»Ich komme gleich darauf. Wie gesagt, ich beobachtete sie von meinem Versteck aus. Sie hatten lange, dünne Speere und Netze und Seile mit Haken, und ich sah, daß sie kleine Vögel über dem Feuer brieten. Ich hätte mich entfernen sollen, aber ich blieb, weil ich hoffte, sie würden etwas sagen, das mir von Nutzen wäre, was sie auch taten, allerdings erst nach längerer Zeit.

Als die Vögel durch waren und sie die kleine Fleischmenge unter sich aufgeteilt hatten, fingen zwei einen freundschaftlichen Streit über einen Schatten an, den einer von ihnen mehr als einmal an einem ansonsten verlassenen Ort, ›Huckelinstrumm‹ genannt, gesehen haben wollte, von einem Menschen, wie dieser schwor. Der andere meinte, daß abends dort weder Lampen noch Feuer brannten und daß niemand aus dem Haus - keiner von den ›Unnerndachern‹, sagte er, was wohl ›Die unter den Dächern Wohnenden‹ heißen sollte - sich irgendwo aufhalten würde, ohne Kerzen oder Öllampen zu haben, ›Hauslicher‹ nannte er sie.

Als jemand, der sich verspätet hatte, von der anderen Seite auf das Dach hochgestiegen kam und sie fragte, wovon sie redeten, deuteten sie

in die Richtung des Huckelinstrumms - ich konnte den Turm erkennen, den sie meinen mußten, einen dunklen Schatten, der sich undeutlich vom Abendhimmel abhob.«
»Huckelinstrumm«, sagte Factum Quintus nachdrücklich nickend.
»Damit ist der Hugolinusturm gemeint.«
»Ja, obwohl ich mich nicht an den Namen erinnern konnte«, sagte !Xabbu.»Ich hätte über vieles genauer nachdenken sollen, aber ich ließ mich von ihrer Unterhaltung und der Vorstellung fesseln, der ungewöhnliche Schatten, den der Mann gesehen hatte, könnte unser Feind sein. Ich kam nicht auf den Gedanken, daß noch andere zu spät zu der Zusammenkunft kommen könnten, und zudem noch aus anderen Richtungen. Ich hörte sie, kurz bevor sie auf mich stießen, aber zu spät, um noch ein besseres Versteck zu finden. Sie klettern flink und lautlos, diese Turmsteiger, wie du sie nennst. Wir jagten uns gegenseitig einen ziemlichen Schrecken ein. Ich war so verblüfft, daß ich tatsächlich auf die um das Feuer versammelten Leute zusprang, ihnen fast in die Arme. An einem anderen Ort hätte das unter Umständen keine Rolle gespielt, da die meisten Leute erst einmal fassungslos gegafft und mir damit die Gelegenheit gegeben hätten, mich vom Dach zu schwingen und zu entkommen. Aber diese Leute waren Jäger, und ich glaube, daß ihnen selten viel Fleisch auf einmal über den Weg läuft. Auf Dächer klettern ist anstrengend, und die Vögel, die sie fangen, sind vermutlich meistenteils klein. Auf jeden Fall dauerte es nur einen Moment, bis jemand aufschrie und ein Netz über mich warf.«

»Sie leben nicht ausschließlich von Vögeln, wenn die alten Geschichten wahr sind«, bemerkte Factum Quintus.»Sie stehlen und wildern in den Dachgärten und auf den Dachweiden. Manche behaupten sogar, daß sie durch Fenster in die Obergeschosse des Hauses einsteigen und Dinge entwenden, Glitzerdinge manchmal, mit denen sie sich schmücken, aber hauptsächlich Dinge zum Essen.«

»Ich bin bereit, alles über sie zu glauben«, sagte !Xabbu.»Sie sind flink und schlau. In gewisser Weise erinnern sie mich an mein eigenes Volk, wie sie dort oben unter härtesten Bedingungen ums Überleben kämpfen.« Er schüttelte den Kopf.»Aber ich hatte keine Zeit für mitfühlende Überlegungen. Es gelang mir ganz knapp, unter dem Netz hervorzuschlüpfen, bevor sie es zuziehen konnten - wenn ich wirklich ein Tier gewesen wäre, würde ich jetzt auf einem Bratspieß stecken oder wäre bereits ein Häuflein abgenagter Knochen. Ich sprang über die Dachkante und kraxelte so rasch die Turmmauern hinunter, wie es mir im Dunkeln möglich war, aber der Überraschungseffekt war weg. Mehrere von ihnen kamen wie ein Jagdrudel hinter mir her und pfiffen sich gegenseitig zu, wenn sie mich in der Dunkelheit erspähten. In jeder Richtung, die ich einschlug, schien schon einer vor mir zu sein, der seinen Gefährten zurief.«

»!Xabbu!« rief Renie. »Wie schrecklich!«

Er zuckte mit den Achseln. »Jäger und Gejagte. Wir sind fast immer eins von beiden. Vielleicht ist es ganz gut, wenn man beides erlebt. Ich bin auf jeden Fall mehr als einmal gejagt worden, seit wir in diesem Netzwerk sind.

Sie konnten mich nicht erwischen, aber ebensowenig konnte ich sie abschütteln. Sie kannten das Gelände viel besser als ich, und als ich einmal von dem Turm herunter war und über die Dächer lief, wo die Absturzgefahr geringer war, konnten sie ausschwärmen, um mich zu umzingeln.

Die Jagd zog sich über Stunden hin, ging von einem Dach zum nächsten. Manchmal gelang es mir, mich irgendwo zu verstecken und Atem zu schöpfen, aber jedesmal hörte ich sie wieder näher kommen, mich einkreisen, und ich mußte abermals fliehen. Wieder hätte ein wirkliches Tier keine Chance gehabt, denn mehrmals warfen sie ihre Speere nach mir, die mit langen Schnüren an ihren Besitzern festgemacht waren. Weil ich ein Mensch bin – weil ich selbst schon mit dem Speer gejagt habe –, wußte ich, daß ich sie nicht frei zum Wurf kommen lassen durfte, und es gelang mir immer, in dem Moment auszuweichen, wo der Speer flog. In ihren Augen war ich von allen Tieren, auf die sie jemals Jagd gemacht hatten, bestimmt mit das schlaueste oder das mit dem meisten Glück. Doch kein Glück währt ewig, und ich wurde allmählich sehr müde.

Als letzten Ausweg kletterte ich an einem sehr hohen und sehr dünnen Turm derart hoch hinauf, daß ich mir sicher war, sie könnten mich nicht erreichen, ja nicht einmal nahe genug an mich herankommen, um einen Speer zu werfen. Dort oben klammerte ich mich an einer eisernen Spitze fest, ganz weit über den Dächern. Die Sonne ging auf. Ich hatte keine Ahnung, über welchem Punkt des Hauses ich mich befand, aber ich meinte, wenigstens sicher zu sein.

Aber die Turmsteiger sind nicht nur erwachsene Männer und Frauen. Sie schickten einen Jungen zu mir hinauf. Er war vielleicht elf oder zwölf Jahre alt, aber er konnte so gut klettern wie ich, auch ohne den Vorteil dieses Paviankörpers. Er zog sich Griff um Griff in die Höhe, bis er nur wenige Meter unter mir einen Platz zum Stehen fand, von dem aus er mich mit einem Speerwurf leicht erreichen konnte. Da er die Waffe an der Schnur hängen hatte, konnte er einfach so lange werfen, bis er mich traf. So klein er war, war er doch immer noch um einiges größer als ich, so daß ich nicht hoffen konnte, den Speer zu erhaschen, ohne daß er mich einfach heruntergezerrt hätte.

Seine Augen waren weit aufgerissen, doch sein Gesicht war so schmutzig, daß ich selbst im Licht des anbrechenden Tages sonst nicht viel mehr davon erkennen konnte. Er war sichtlich erregt, daß er an eine Stelle klettern konnte, wo keiner der älteren Männer hinkam, freute sich darüber, daß er es war, der seinen Leuten diese Beute heimbringen würde. Vielleicht war es seine erste Jagd mit den erwachsenen Männern. Er sang oder betete leise, während er den Arm nach hinten schwang.

Ich rief: ›Bitte, töte mich nicht!‹

Seine Augen wurden noch weiter, und er schrie: ›Spenst!‹ Das könnte ein Name gewesen sein oder schlicht die Art, wie er ›Gespenst‹ aussprach. Er wollte wohl ein Stück nach unten rutschen, doch statt dessen verlor er den Halt. Als seine Füße abglitten und er sich nur noch mit einer Hand hielt, starrte er mich trotz seiner Angst vor mir an, als könnte ich ihn irgendwie retten ... doch ich war machtlos. Er stürzte. Die Männer kletterten rasch zu der Stelle, wo er aufgeschlagen war. Einer hob ihn auf und drückte ihn an die Brust, aber der Junge war eindeutig tot. Da kehrten sie mir den Rücken zu, als ob ich für sie nicht mehr existierte, nahmen den Jungen und begaben sich zurück zum übrigen Stamm.«!Xabbus Augen waren ungewöhnlich hart, als ob er beschlossen hätte, nicht über etwas zu sprechen, das ihn sehr betroffen gemacht hatte.»Ich wagte eine ganze Weile nicht herunterzukommen, und sie verzogen sich rasch. Ich mußte mehr oder weniger dem Weg folgen, den sie genommen hatten. Ich brauchte einen gut Teil des Tages, um wieder zum Turritorium zurückzufinden - die Dächer dieses Hauses ziehen sich wirklich endlos hin -, und eine weitere qualvolle Stunde, um den Turm zu finden, den sie ›Huckelinstrumm‹ genannt hatten.«

»Aber du hast ihn gefunden, !Xabbu«, sagte Renie sanft.»Und du hast mir das Leben gerettet. Schon wieder.«

!Xabbu ließ den Kopf hängen.»Er war noch ein Kind.«

»Ein Kind, das dich töten wollte«, wandte sie ein.

»Damit seine Familie zu essen hatte. Ich habe viele Male dasselbe getan.«

»Es ist traurig, doch, doch«, meldete sich Bruder Factum Quintus zu Wort. »Vielleicht schulden einige von uns, die wir dieses Haus bewohnen, unseren weniger vom Glück begünstigten Brüdern etwas mehr, als wir ihnen bisher gegeben haben. Darüber lohnt es sich allerdings nachzudenken. Aber ich bin erstaunt, daß es auf den Dächern direkt über der Bibliothek tatsächlich noch Turmsteiger gibt. Sehr erstaunt. Was für Entdeckungen ich doch gemacht habe!«

»Ich glaube, ich habe genug davon, ein Tier zu sein«, sagte !Xabbu leise.

> »*Code Delphi. Hier anfangen.*

Ich will versuchen, mich zu sammeln, aber es ist nicht leicht. Seit Renie und die anderen mich aus dem kleinen Zimmer befreit haben, ist mir zumute, als hätte man mir die Haut vom Leib gezogen. Kalt, schutzlos. Ich weine leicht. Irgendwie bin ich verändert, und nicht positiv verändert, habe ich den Eindruck.

Wir sind wieder durch eine der Pforten getreten, in eine andere Welt übergewechselt. Ich kann das Meer riechen und die Demarkationspunkte wahrnehmen, die Sterne an einem unendlich weiten Himmel sein müssen. Aber nein, es ist noch zu früh, das zu erzählen. Ordnung. Ich muß zu einer Ordnung finden. Wenn schon das Universum keine hat, wenigstens keine, die wir erkennen können, dann ist es wohl unsere Aufgabe, ihm eine zu geben. Das habe ich immer geglaubt. Ich denke, ich glaube es immer noch.

Ich fange noch einmal von vorne an.

Wir konnten das Haus nicht sofort verlassen, hätten es auch nicht gekonnt, wenn wir alle gesund und bei Kräften gewesen wären - was wir durchaus nicht waren. Besonders Florimel hatte böse Verletzungen abbekommen. Es ist der reine Zufall, daß sie noch am Leben ist. Ich glaube, was sie gerettet hat, war allein die Unzuverlässigkeit solcher altertümlichen Waffen, denn Dread hatte direkt auf sie abgedrückt. Auch so ist sie immer noch sehr mitgenommen von den Wunden und dem Blutverlust, und sie kann nur auf einem Auge sehen, wie wir befürchtet hatten. Renie hat sich früher einmal über die Schwierigkeit beschwert, die drei Sims von Quan Li, mir und Florimel auseinanderzuhalten. Das Problem besteht nicht mehr.

Doch selbst wenn Florimel schon am ersten Tag wieder reisefähig gewesen wäre, hätten wir die Haussimulation nicht verlassen können. Wir hatten zwar der von Dread zurückgelassenen Leiche das Feuerzeug abgenommen, aber letztes Mal hatten !Xabbu und ich es damit gerade einmal geschafft, ein Gateway zu öffnen, von dem wir bereits wußten, daß es existierte. Wir hatten keine Ahnung, ob es in der Nähe des Hugolinusturms irgendwo einen Durchgang gab, und ein Marsch zurück zu der Stelle, wo wir seinerzeit in das Haus eingetreten waren, wäre für Florimel zu lang gewesen. Wir nutzten die Gelegenheit, das Feuerzeug näher zu untersuchen.

Ich hatte von Dread mehr erfahren, als er ahnte, und das war eine gewisse Hilfe. Ich wunderte mich, daß das Gerät überhaupt noch funktionstüchtig war, da er sich ausdrücklich bei mir erkundigt hatte, wie leicht es wohl aufzuspüren sei, und ich ihm erklärt hatte, wenn es in Betrieb sei, könne sein Besitzer es höchstwahrscheinlich lokalisieren. Aus irgendeinem Grund jedoch hatte Dread sich entschlossen, es nicht abzuschalten.

Die abstrakte Zeichensprache, die !Xabbu und ich neulich entwickelt hatten, war nicht ... tja, stabil wäre, glaube ich, das richtige Wort ... war nicht stabil genug, so daß wir das Gerät nicht benutzen konnten, wie es nötig gewesen wäre. Renie hatte mir von ihrer seltsamen Begegnung mit der Erscheinung erzählt, die der Mönch die Madonna der Fenster genannt hatte, und obwohl ich nicht besser wußte als Renie, *warum* es dazu gekommen war, erschien es mir nicht geraten, ihren Ruf zu ignorieren, da es sein konnte, daß Sellars uns damit auf einem seiner üblichen notgedrungenen Umwege Informationen zukommen lassen wollte. Doch obwohl wir das Gerät in der Hand hatten, reichte der schlichte Wunsch, in eine Troja-Simulationswelt versetzt zu werden, sowenig aus, wie ein Auto und eine Landkarte einem Menschen helfen können, der niemals Autofahren gelernt hat.

Es ist schwer zu erklären, was zwischen !Xabbu und mir vorgeht, wenn wir zusammen an diesen Dingen arbeiten. Sein Verständnis ist fast durchweg impressionistisch, unterstützt, denke ich, dadurch, daß er inzwischen Netzwerkinformationen auf die gleiche direkte Art empfängt, wie er einst lernte, Winde, Gerüche und Sandbewegungen als Zeichen zu lesen. Obwohl wir eine Art Sprache gefunden haben, in der wir uns begegnen und verständigen können, bekomme ich nur mit, *was* er erfahren oder erspürt hat, nicht *wie* das vonstatten gegangen ist. Was ich ihm übermittle, ist genauso persönlich, genauso subjektiv, so daß wir, gelinde gesagt, langsam vorankommen. Zum Glück habe ich aus Dread so viele neue, praktische Informationen herausgezogen, daß Renie bei unseren Experimenten ihre Erfahrung als Virtualitätstechnikerin einbringen und uns Aufschlüsse darüber geben kann, wieso bestimmte Dinge bestimmte andere verursachen und was für elementare Funktionen das Gerät aller Wahrscheinlichkeit nach wahrnimmt.

Ich bin froh, daß wir diese Arbeit hatten. T4b und die kindliche Emily sind immer damit zufrieden, im Augenblick zu leben, und der Mönch hatte alle Hände voll damit zu tun, Listen und Zeichnungen der Einrichtungen und der Architektur anzufertigen. Florimel war zu geschwächt, um viel mehr machen zu können, als sich auszuruhen. Aber Renie wird von der Unruhe gepackt, wenn sie nichts zu tun hat.

Und dennoch, obwohl sie eigentlich an der Nuß des Zugangsgeräts genug zu knacken haben mußte, war sie oft geistesabwesend und zerstreut. Ich realisierte es zunächst gar nicht richtig, da mich meine eigenen Verletzlichkeitsgefühle bedrückten, doch am zweiten Abend nach meiner Rettung gestand sie, daß die Worte von Bruder Factum Quintus ihr zu schaffen machten.

Sie sagte: ›Was ist eigentlich unser Ziel? Wozu machen wir das alles?‹

Ich antwortete, wir versuchten, ein Rätsel zu lösen und vor allen Dingen die Kinder wie ihren Bruder zu retten, die von den Gralsleuten mißbraucht wurden.

›Aber wenn wir nun das Netzwerk zerstören müssen, um sie zu retten, sie zu befreien?‹ Die Niedergeschlagenheit in ihrer Stimme war nicht zu überhören. ›Nicht daß wir die geringste Chance dazu hätten. Aber nur mal angenommen. Was passiert dann mit Factum Quintus? Schau ihn dir an! Er beabsichtigt, die nächsten paar Jahre über das alles zu schreiben. Er ist so glücklich wie der Mops im Haferstroh. Er lebt! Wenn er nicht, wer dann? Aber was passiert mit ihm und all den andern, falls wir das Netzwerk zerstören? Die Bibliotheksbrüder, dieses junge Liebespaar, das wir getroffen haben, dein Flugvolk in dieser andern Simwelt - was passiert mit ihnen allen? Es wäre, als würde man eine ganze Galaxie zum Untergang verdammen!‹

Ich versuchte ihr klarzumachen, daß wir es uns an diesem Punkt nicht leisten konnten, uns über solche Probleme den Kopf zu zerbrechen, daß sie weit davon entfernt waren, real zu sein, und wir unsere Energie in andere Dinge stecken mußten, aber sie blieb bekümmert. Und ich bin es auch. Ich muß immer wieder an die Freundlichkeit denken, mit der uns das Flugvolk in Aerodromien behandelte, bevor Dread ein Mädchen des Stammes ermordete. Das war eine komplette kleine Welt dort in dem Tal, und es gibt ungezählte andere Welten in diesem Netzwerk.

Wie dem auch sei, mit viel Arbeit gelang es !Xabbu, Renie und mir, einige der Probleme im Umgang mit dem Zugangsgerät zu lösen, aber wir schafften es einfach nicht, ein Gateway an einer nicht eigens dafür vorgesehenen Stelle aufzurufen, und so machten wir uns am dritten Tag auf den Weg zu dem Ort, an dem wir ursprünglich in das Haus gekommen waren – die Festsäle, wie Factum Quintus sie nannte. Obwohl es Florimel viel besser ging, war es mehr als ein Tagesmarsch, so daß wir in jener Nacht noch einmal in einem höheren Stockwerk schliefen und uns dann hinunterbegaben, bis wir auf der Höhe der Festsäle waren. Factum Quintus mußte noch etliche Stockwerke tiefer gehen, um nach Hause zu kommen, und nachdem er uns einen Plan gezeichnet hatte, der nach Renies Worten so detailliert war, daß er wie eine Gravierung aussah, trennte er sich von uns. Es war ein eigentümlicher, trauriger Abschied. Ich hatte den kleinen Mönch nur flüchtig kennengelernt, und seine Welt wird für mich ewig mit dem Grauen jenes kleinen Zimmers verbunden bleiben, aber den anderen war er zweifellos ein echter Freund geworden. Sie waren alle sehr, sehr betrübt, ihn scheiden zu sehen.

›Ich weiß nicht, woran ich beteiligt gewesen bin‹, meinte er, als wir Lebewohl sagten, ›doch ich weiß, daß ihr gute Menschen seid, und ich bin glücklich, euch geholfen zu haben. Doch, glücklich. Ich hoffe, wenn eure Aufgabe erledigt ist, werdet ihr uns in der Bibliothek besuchen kommen und uns erzählen, was ihr gesehen und herausgefunden habt. Ich werde ein Kapitel in meinem Buch allein für eure Entdeckungen reservieren.‹

Renie versprach, daß wir ihn, wenn irgend möglich, wieder besuchen würden, aber es war wie eine Lüge, die man erzählt, um die zarte Seele eines Kindes zu schonen. Während die anderen zusahen, wie seine hohe, knochige Gestalt sich den Flur hinunter entfernte, spürte ich, daß sie weinte. Es ist fast unmöglich, ihre Gefühle nicht zu teilen – wenn Bruder Factum Quintus kein lebendiges Wesen ist, dann muß ich bekennen, daß ich die Bedeutung des Wortes nicht verstehe. Und auch wenn es für mich immer belastet sein wird, hat das große Haus doch eine eigentümliche Schönheit. Für seine Bewohner ist es die ganze Welt, und es ist eine Welt wie keine andere.

Was haben diese Gralsschurken erschaffen? Begreifen sie es eigentlich? Interessiert es sie überhaupt, oder sind für sie wie einst für die Sklavenhalter die Leben anderer Menschen so bedeutungslos, daß es ihnen unvorstellbar ist, jemand anders als sie selbst könnte Träume und Wünsche haben?

Das Scheiden von Factum Quintus brachte mir noch eine andere, überraschendere Erkenntnis. Der Schmerz, den ich empfand, als er von uns ging, war Teil eines größeren und verwirrenderen Gefühls. Es ist in gewisser Hinsicht viel erschreckender als alle Todesängste, in die Dread mich stürzte, so erschütternd diese Erfahrung auch war.

Ich habe Freunde. Und ich kann die Vorstellung nicht ertragen, sie zu verlieren.

So lange Zeit habe ich abgeschottet gelebt, habe mich nie ganz hingegeben, selbst gelegentlichen Geliebten nicht. Jetzt bin ich mit Menschen verbunden. Es ist ein schmerzhaftes, beängstigendes Gefühl. Ein Paar, das ich in meiner Studienzeit kannte, erzählte mir einmal nach der Geburt ihres ersten Kindes, daß sie sich damit dem Schicksal verpfändet hätten und nie wieder unbesorgt sein könnten. Das verstehe ich jetzt. Es tut weh zu lieben. Es tut weh, sich zu sorgen.

O je, jetzt kann ich kaum mehr weiterreden. Absurd ist das. Ich bin froh, daß die anderen schlafen und mich nicht sehen können.

Wir erreichten die Festsäle und den Raum, in dem der Durchgang war. Die Überreste unseres ersten Feuers waren noch da, ein runder Brandfleck und ein Häuflein Asche. Seltsam, sich vorzustellen, daß wir erst vor wenigen Tagen dort waren, höchstens eine Woche. Es kam mir vor wie ein Jahr.

!Xabbu, Renie und ich nahmen nach der Rückkehr zu unserem Eintrittspunkt die Bemühungen wieder auf, bis wir nach einigen Stunden das Gefühl hatten, alle wesentlichen Probleme gelöst zu haben. Wir waren zwar nicht in der Lage, das Environment so zu bearbeiten, wie es einer aus der Gralsbruderschaft vermocht hätte, aber wir konnten einige der Zugangskanäle öffnen. Es war ein zähes Ringen, ein unablässiges Probieren ...

Mein Gott, bin ich müde, so müde! Ich kann jetzt nicht alles berichten. So viel ist geschehen, und im Moment möchte ich nichts als schlafen. Wir schafften es, das Feuerzeug zu betätigen. Wir traten in das von uns aufgerufene Gateway, in das goldene Licht, ließen die düstere Pracht des Hauses hinter uns und gingen hinüber an einen anderen Ort, wie wir es erhofft hatten.

Aber zum erstenmal seit unserem Eintritt in das Netzwerk sind wir ... verändert.

Nein. Das muß warten. Wenn ich dies hier aufschreiben würde, wie die Alten es taten, mit Tinte auf Papier, dann wäre mir der Federhalter schon längst aus der Hand gefallen. Wir sind verändert. Wir befinden uns in einem neuen Land, haben die Decken und trüben Lampen des Hauses getauscht gegen einen schier unendlichen Nachthimmel und Sterne, die feurig leuchten, nicht matt funkeln.

Mir ist nicht bang um mich, nicht mehr, aber ich fürchte mehr, als ich sagen kann, für diese lieben, tapferen Menschen, die meine Freunde sind. Wir sind wenige und werden, scheint es, mit jedem Tag weniger.

Ich bin so müde ... und die anderen rufen mich.

Code Delphi. Hier aufhören.«

> Sie umringten ihn in der Dunkelheit, obwohl sie kaum wesenhafter waren als die Dunkelheit selbst - die Schattengesichter, die Tiermänner, die hungrigen Bestien, die ganzen Traumzeitungeheuer, die sich laufend verwandelten und ihm dabei immer näher rückten.

Am allernächsten aber war ihr Gesicht, *ihr* Gesicht, grinsend, kalt, sich weidend an seiner Not. Er war gefangen in der Dunkelheit bei all den ewig lauernden Greueln, und das war ihr Werk.

Der Tod konnte ihr nichts anhaben. Er konnte sie eine Million Mal töten, und sie war immer noch da, pumpte ihn weiter mit Schatten voll, um sein Herz zu zermalmen.

Das Gesicht verwandelte sich, doch es blieb dasselbe. Er bemühte sich, ihm unter den ganzen verwehenden Schatten einen Namen zu geben, doch Namen hatten nichts zu besagen. Es war sie. *Sie* hatte ihm das angetan.

Seine verhurte Mutter.

Die kleine Polly damals - noch so eine traumbesoffene Nutte.

Die Gesichter strömten vorbei, Tausende, schrien und bettelten, obwohl sie letzten Endes allem zum Trotz immer triumphierten. Alle waren sie ein und dieselbe. Sie konnten nicht sterben - *sie* konnte nicht sterben.

Als er sich den Klauen des Albtraums entwand, stand noch das letzte Gesicht vor ihm, blutig und höhnisch.

Renie Sulaweyo. Die Drecksau, die mich getötet hat.

Dread setzte sich auf. Der Traum, wenn es denn einer gewesen war, saß ihm immer noch in den Gliedern. Mit einem Würgen im Hals wälzte er sich aus dem Stuhl auf die Knie und übergab sich.

So fühlt es sich also an, wenn man stirbt, dachte er und legte den Kopf auf den Betonboden. *Das ist mindestens so schlimm wie alles, was der Alte Mann je mit mir gemacht hat.*

Nachdem er den Boden aufgewischt hatte und ins Bad gestolpert war, um sich den Mund auszuspülen, hockte er sich auf die Kante des Stuhls und starrte die weißen Wände an. Der Raum, seine neue Sydneyer Operationsbasis, war so gut wie kahl. Der Teppichboden sollte später am Tag gelegt werden. Die Komacouch stand lieferbereit im Lager. Dulcy Anwin würde in gut vierundzwanzig Stunden eintreffen. Es gab noch einiges zu erledigen.

Er konnte sich nicht aufraffen. Etwas blinkte am Rande seines Gesichtsfeldes, das Zeichen für eine auf Abruf wartende Mitteilung, aber fürs erste wollte er nichts weiter als hier sitzen und die letzten Reste des Traumes abschütteln.

Verdammte Drecksau! Wie war es passiert? Hatte sie ihn erstochen, oder hatte sie die ganze Zeit über eine Schußwaffe versteckt gehabt? Er schüttelte den Kopf und holte sich etwas Musik herbei, eine Folge ruhiger Schubertlieder, ein bewährtes Linderungsmittel, wenn der Kopf schmerzte und die Nerven glühten. Er hatte das Mantra des Alten Mannes vergessen, *das* war passiert - *selbstsicher, großspurig, faul, tot.* Ein virtueller Tod, aber dennoch eine nützliche Lektion. Ein dummer Tod. Er hatte mit ihnen gespielt, wie er mit einem einzelnen Opfer gespielt hätte, einer seiner üblichen Jagdbeuten. Er hatte sie unterschätzt. Den Fehler würde er nicht noch einmal machen.

Die silbrigen Töne der Sängerin berieselten ihn und entspannten ihn ein wenig. Es war ein Rückschlag, aber nur ein vorübergehender. Er hatte immer noch Dulcys Kopie des Feuerzeugs und viel mehr Informationen über alles als diese beschissene Sulaweyo und ihre Freunde. Er würde sie finden, alle. Er würde sie voneinander losreißen, einen nach dem anderen, und vernichten. Die afrikanische Hure würde er sich als letzte vorknöpfen.

O ja, es ist ein Film, dachte er. Er wechselte den Schubert gegen etwas anderes aus, das primitiver und aufwühlender war, quietschende Streicher und prasselnde Trommeln, der richtige Sound, um sich vorzustellen, daß ein Tier mit einem sehr kleinen Gehirn von einem schnelleren und tückischeren Feind zerfleischt wird. *Aber sie wissen nicht, daß ich das Drehbuch schreibe. Sie wissen nicht, daß wir erst in der Mitte sind. Und das Ende wird ihnen gar nicht gefallen.*

Es war Zeit, sich für Dulcys Ankunft zu rüsten, Zeit, in die wichtigste Phase seines Plans einzutreten. Diesen Haufen Flaschen abzuservieren war schließlich nur eine Episode am Rande. Das durfte er nicht vergessen.

Er rief die Mitteilung auf, womit das lästige Geflimmer in seinem Augenwinkel aufhörte. Klekker erschien, bullig und unglaublich häßlich. Der südafrikanische Mordunternehmer war angeblich neu zusammengeflickt worden, nachdem er einen Bombenanschlag nur knapp überlebt hatte – Zellerneuerung und weitgehende Ersetzung der Knochen durch Fibramic, vor allem im Gesicht und an den Händen. Wenn man sein ursprüngliches Gesicht nicht gekannt hatte, war es schwer zu sagen, ob die Chirurgen Genies oder komplette Versager gewesen waren.

»Die Sulaweyo und ihre Genossen sind in einem aufgelassenen Luftwaffenstützpunkt in den Bergen bei Durban«, schnarrte Klekkers Bild vom Band. »Es sollte möglich sein, sie binnen zirka zweiundsiebzig Stunden auszuheben, je nach den Sicherheitsvorkehrungen, die sie dort haben. Ich nehme vier Männer und Spezialausrüstung mit, sobald du die Vollmacht erteilst.«

Dread runzelte die Stirn. Er wollte nicht bloß Renie Sulaweyos Fleisch, er wollte ihre Seele. Er wollte ihr nacktes Grauen in den Händen halten. Andererseits hätte er mit ihrem Körper einen potentiell nützlichen Handelschip in der Hand, und er war sich ziemlich sicher, daß der kleine Buschmann bei ihr war und sich möglicherweise noch besser als Druckmittel einsetzen ließ als die Angst um die eigene Sicherheit. Vielleicht lag sogar Martine, die süße, verängstigte, blinde Martine, schlummernd neben ihnen, falls sie sein kleines Abschiedsgeschenk doch überlebt hatte.

Er gab Klekkers Nummer ein. Als das Gesicht des Mannes erschien, aufgequollen und emotionslos wie eine Gewitterwolke, sagte Dread:

»Vollmacht erteilt. Aber ich will sie lebendig, und dem Körper der Frau und dem Körper des Buschmanns darf nichts passieren. Überhaupt sollen alle, die online zu sein scheinen, so bleiben. Steck sie nicht aus, solange ich es nicht sage.«

Dread stellte seine innere Musik lauter, nachdem er sich weggeklickt hatte. Seine gute Laune kehrte zurück, Tageslicht und entschlossenes Handeln vertrieben die Traumzeitgespenster. Der Held hatte eine Schlappe erlitten, aber so ging das immer in diesen Geschichten. Schon sehr bald würden einschneidende Dinge geschehen, und eine Menge Leute würde große Augen machen.

Sehr große Augen.

Kapitel

Ernste Spiele

NETFEED/NACHRICHTEN:
Jingle und Kompanie wollen Jixy exen
(Bild: Onkel Jingle neben Captain Jixy und den
ExtraVaganten)
Off-Stimme: Onkel Jingle, der altehrwürdige Moderator einer weltberühmten interaktiven Kindersendung, hat offenbar beschlossen, daß es an der Zeit ist, sich das Image des netten Onkels abzuschminken. Die Firma Obolos Entertainment, die die Rechte für Onkel Jingles Dschungel und die Jingle-Dschungelhorde besitzt, fährt schwere juristische Geschütze gegen die schottische Firma WeeWin auf, der sie "eklatante Verletzung eines Warenzeichens" vorwirft. WeeWin hat unter dem Titel "Captain Jixys Crew" eine Serie von Spielzeugfiguren auf den Markt gebracht, mit der das Unternehmen nach Meinung von Obolos den Erfolg von Onkel Jingle für sich ausschlachten will.
(Bild: Obolos-Sprecherin mit Zoomer Zizz und Wee-Wins Ztripey Ztripe in der Hand)
Off-Stimme: Auf einer Medienkonferenz stellten Obolos-Vertreter heute ihre berühmtesten Figuren denen der Konkurrenz gegenüber, um den von ihnen behaupteten "unverfrorenen geistigen Diebstahl in fast jedem einzelnen Fall" zu beweisen ...

> *Das weindunkle Meer.*

So hatte Homer es genannt, erinnerte sich Paul - eine der stehenden Redewendungen wie »rosenfingrig« für die Morgenröte, die zum Entzücken antikenbegeisterter Lehrer und zum Grauen gelangweilter Schüler ständig wiederkehrten. Sie waren einst eine Hilfe gewesen, um den Dingen Form und Gestalt zu verleihen, eine Erinnerungsstütze für die Barden, die vor Alphabeten und Büchern Generation für Generation die alten, starken Worte weitergegeben hatten.

Aber natürlich war es nicht bloß dunkel wie Wein, dieses Homerische Meer. Die Tage, die Paul in Wind und Wetter, Regen und Sonne auf dem Floß dahinfuhr, zeigte sich das Meer noch wandelbarer als der Himmel. Gelegentlich nahm es ein derart helles und durchscheinendes Blau an, daß es an den Rändern eisweiß zu werden schien, zu anderen Zeiten war es stumpfgrau und opak wie Stein. Wenn die Sonne am Morgen tief stand, übergoß sie manchmal die ganze Wasseroberfläche mit funkelndem Feuer, doch wenn sie dann in den Zenit stieg, konnte die See ein Feld aus beweglicher Jade werden. Wenn die große Feuerkugel am Abend unterging und in die mandarinenfarbenen Wolken am Horizont eintauchte, gab es einen kurzen Augenblick, in dem das Meer schwarz und der Himmel seinerseits unnatürlich grün wurde, womit sich das Erscheinen der prachtvollsten Sterne ankündigte, die Paul je zu Gesicht bekommen hatte.

Trotz seines ungeduldigen Sehnens nach zuhause und nach Frieden hatte Paul zeitweise, wenn er Himmel und Meer in ihrem Spiegelspiel betrachtete, ein Gefühl, das nur Freude genannt werden konnte - allerdings eine Freude, die er für sich behielt. Seit ihrer Flucht von der Lotosinsel war Azador wieder in seine vorherige Verschlossenheit verfallen, mehr noch, er zog sich in ein noch brummigeres Schweigen zurück und war stachlig wie ein eingerollter Igel. Das Äußerste, was Paul aus dem Mann herausbrachte, war die Bestätigung, daß sie in der Tat langsam Richtung Troja segelten.

Es gab Umstände, in denen es schlimmer gewesen wäre, praktisch allein zu sein; Paul stellte fest, daß ihm das Schweigen längst nicht mehr soviel ausmachte wie früher. Seit dem letzten Erscheinen der geflügelten Frau war er voll von flüchtigen Gedanken und Spekulationen. Falls sein Gedächtnis noch verschlossene Türen barg, gab es keinen Grund, weshalb er nicht versuchen sollte zu erraten, was hinter diesen Barrieren liegen mochte, zumal er jetzt endlich ein paar Anhaltspunkte hatte.

Das erste und größte Rätsel war natürlich die Frau selbst. Ihr kurzes Auftauchen neulich, als er sich knapp vor dem Ertrinken an der Spiere seines zerschellten Bootes festgeklammert hatte, war anders gewesen als die Male vorher: Wenn sie sonst zu ihm gekommen war, ob im Traum oder in den Simulationen selbst, hatte sie immer etwas getragen, das zu der Umgebung gepaßt hatte. Die Sachen aus dem frühen zwanzigsten Jahrhundert, die sie bei dieser Gelegenheit angehabt hatte, waren trotz des Alters an sich nicht besonders merkwürdig gewesen - er hatte sie in vielen exotischen Verkleidungen gesehen -, aber sie hatten nicht das geringste mit dem alten Griechenland oder dem Schloß des Riesen aus seinen Träumen zu tun gehabt. Die Vision hatte etwas in ihm gezündet. Er fragte sich jetzt, ob er sie in einer Gestalt gesehen hatte, die ihrem wirklichen Aussehen ähnlicher war, oder wenigstens seinen verschütteten Erinnerungen an sie.

Wer also war sie? Offensichtlich eine, die ihn kannte, sofern sie nicht einfach ein Teil des Netzwerks und darauf codiert war, sich so zu verhalten, wie sie es tat. Doch das erklärte noch nicht, warum er sich so sicher fühlte, daß er sie seinerseits kannte. Wenn er einmal die grausige Möglichkeit außer acht ließ, daß sie sich *beide* aufgrund irgendwelcher äußerer Manipulationen an eine rein imaginäre Beziehung erinnerten - womit höchst unangenehmen Spekulationen über seine eigene Realität Tür und Tor geöffnet würde -, dann blieb letztlich nur eine Möglichkeit übrig: Sie kannten sich wirklich, aber diese Tatsache war aus seinem Gedächtnis gelöscht worden und aus ihrem auch. Und eigentlich kam für eine solche Gehirnwäsche nur die Gralsbruderschaft in Frage. Nandis Ausführungen über ihren Charakter und ihre Pläne waren von Azador in seiner Lotstrance bestätigt worden, auch wenn er sich jetzt kategorisch weigerte, weiter darüber zu reden.

Dies aber stellte Paul vor eine ganz andere und unbeantwortbare Frage. Warum? Warum scherten sich derart mächtige Leute um Robert Paul Jonas? Und selbst wenn, warum hielten sie ihn in ihrem teuren System am Leben, statt einfach seinen Stecker zu ziehen? Hieß das, daß sich sein Körper nicht in ihrer Gewalt befand? Aber warum hatten sie ihn dann in den Situationen, in denen sie ihn beinahe geschnappt hatten, nicht schlicht und ergreifend vernichtet? In diesem virtuellen Universum, wo die ihm drohenden Gefahren real waren, wie ihm erklärt worden war, hätten die scheußlichen Zwillinge doch bestimmt einfach eine Bombe auf ihn werfen können, sobald sie ihn ausfindig gemacht hatten.

Es gab keine einleuchtenden Antworten.

Paul bemühte sich, seine letzten zusammenhängenden Erinnerungen hervorzuholen, denn wenn er herausfand, wo seine Gedächtnislücke anfing, hoffte er, konnte ihm das vielleicht einen Hinweis darauf geben, was danach gekommen war. Vor seiner Flucht durch die Welten des Netzwerks - vor den mittlerweile verblaßten Schrecken der Erste-Weltkriegs-Simulation, die er für seinen Ausgangspunkt hielt - kam ... was? Die Erinnerungen vor diesem Punkt stammten aus der Routine seines täglichen Lebens, dem langweiligen Einerlei, das er so lange gelebt hatte - allmorgendlich der Gang zur Upper Street, das leise Klicken des elektrischen Busses voller Leute auf dem Weg zur Arbeit, die sich geflissentlich ignorierten, dann der Abstieg in die trotz des hochgemuten Namens sehr wenig an Engel erinnernde U-Bahn-Station Angel und die Fahrt auf der schnaufenden Northern Line nach Bankside. Wie viele Tage hatte er genau auf diese Art angefangen? Tausende wahrscheinlich. Aber woher sollte er wissen, welcher der letzte gewesen war, die letzte klare Strecke, bevor die Felder der Erinnerung im silbernen Nebel versanken? Seine Tage waren so banal gewesen, so immer gleich, daß sein Freund Niles öfter bemerkt hatte, er habe es so eilig, alt zu werden, wie andere Leute es eilig hatten, eine Geliebte oder einen lange nicht gesehenen Freund zu treffen.

Bei dem Gedanken an Niles durchzuckte ihn noch etwas anderes, vage und ungreifbar wie ein fernes Geräusch in der Nacht. Niles' Sticheleien waren irgendwann selbst durch sein dickes Fell gedrungen. Beschämt von seinem kosmopolitischen Freund hatte Paul angefangen, seiner gar nicht so fernen Vergangenheit nachzutrauern, seinen Jugendjahren, als er sich noch mehr vom Leben erhofft hatte als den jährlichen Winterurlaub in Griechenland oder Italien. In seiner normalen konsequenzlosen, typisch Paulschen Art hatte er sich sogar irgendwelchen Phantasien hingegeben, wobei ihm insgeheim klar gewesen war, daß aus diesem Drang, auszubrechen, nicht mehr herauskommen würde als eine kurze, unglückliche Liebesaffäre oder vielleicht ein Urlaub in etwas exotischeren Gefilden, Osteuropa oder Borneo.

Und dann hatte Niles eines Tages gesagt ... er hatte gesagt ...

Nichts. Er kam nicht darauf, es lag dicht verhüllt unter der silbernen Wolke. Die wunderbare Lebensweisheit, die der Mund seines Freundes ausgespuckt hatte, war weg, und so sehr er sich auch anstrengte, er konnte sie nicht zurückholen.

Da er den Nebel in seinem Kopf nicht durchdringen konnte, kam Paul auf den Mechanismus des falschen Universums um ihn herum zurück.

Wenn die Frau, Vaala oder wie sie sonst heißen mochte - er kam sich allmählich wie ein Idiot vor, sie in seinen Gedanken immer »die Vogelfrau« oder »den Engel« zu nennen -, wenn sie sich ebenfalls in dem Netzwerk aufhielt, warum erschien sie dann auf so viele Weisen und in so vielen Gestalten, während er stur Paul Jonas blieb, wenn auch mit gelegentlichem Garderobenwechsel? Wieso konnte es mehr als eine Version von ihr geben, wie neulich am windigen Strand von Ithaka, als Penelope und die geflügelte Gestalt sich beim Feuer gegenübergestanden hatten?

Vielleicht ist sie gar keine reale Frau. Der Gedanke flößte ihm ein jähes Grauen ein. *Vielleicht ist sie tatsächlich bloß Code wie die andern Figuren in diesem verdammten Laden, eine etwas kompliziertere Sorte, aber im Grunde nicht menschlicher als ein elektrischer Bleistiftspitzer.* Aber das würde bedeuten, daß außer einigen wenigen Herumirrenden - »Waisen«, war das ihr Wort gewesen? - wie Azador und diese Eleanora in Venedig er in diesem Zirkusuniversum allein war.

Das kann ich nicht glauben, dachte er. Die Majestät des blassen grünlichblauen Himmels verlor kurzfristig ihre bezaubernde Wirkung auf ihn. *Ich kann es mir nicht leisten, das zu glauben. Sie kennt mich, und ich kenne sie. Sie haben mir einfach die Erinnerungen geraubt, nur daran liegt es.*

Hatte die Vielfalt der Gestalten, in denen sie erschien, etwas mit den Pankies gemeinsam, dem bizarren Ehepaar, das den Zwillingen so ähnlich sah, aber nicht mit ihnen identisch war? Die Überlegung lag nahe, aber er kannte nicht genug Tatsachen.

Wie die Wahrheit auch aussehen mochte, daß die von Nandi beschriebenen verbrecherischen Plutokraten ein einzigartiges technisches Wunderwerk geschaffen hatten, war nicht zu bezweifeln - allein diese spektakuläre Fahrt übers Meer, realer als real, wäre als sensationelle Meldung durch sämtliche Nachrichtennetze gelaufen. Hatte Azador recht, wurde dieses System tatsächlich mit den Seelen geraubter Kinder gebaut? Doch selbst wenn, wie funktionierte es? Und was würde geschehen, wenn sie Troja erreichten?

Dieser letzte Gedanke plagte ihn schon seit Tagen. Er war in einer Simulation der Odyssee - er war Odysseus persönlich! -, aber er hatte am Ende angefangen und bewegte sich rückwärts auf den Punkt zu, an dem die Geschichte seiner Figur eigentlich hätte anfangen sollen, zog in den Trojanischen Krieg. Hieß das, er würde bei seiner Ankunft den Krieg beendet finden, wie es die epische Tradition verlangte, nach der dies die Voraussetzung für die leidvolle Heimreise des Odysseus gewesen war? Wie aber, wenn jemand anders gerade jetzt die Simulation des Trojanischen Krieges benutzen wollte, einer von den reichen Stinkern, die dafür bezahlt hatten? Es war eine bizarre Vorstellung, daß allein deshalb, weil Paul in der Rolle des Odysseus mehrere hundert Kilometer entfernt herumgondelte, selbst die Leute, die das Netzwerk gebaut hatten, anstelle von Trojas einst so stolzen Mauern nur noch eine ausgebrannte, schwarze Ruine erleben konnten.

Der kleine Gally hatte ihm erzählt, daß auf dem Achtfeldplan, der Alice-hinter-den-Spiegeln-Simulation, alle Schachfigurpersonen gegeneinander kämpften, bis das Spiel aus war, und daß dann alles zum Ausgang zurückkehrte und sie wieder von vorn anfingen, buchstäblich mit dem ersten Zug. Hieß das, daß die Simulationen zyklisch waren? Abermals stellte sich dabei die Frage, wie wohl den Besitzern zumute war, wenn sie zum Beispiel Gäste nach Pompeji brachten, damit diese den Ausbruch des Vulkans beobachten konnten, dann aber feststellen mußten, daß die Asche soeben niedergegangen war und es Tage oder Wochen dauern würde, bis das Schauspiel das nächste Mal stattfand.

Paul kam einfach nicht hinter die Logik. Möglicherweise gab es hinter dem ganzen Geschehen einfache Regeln, die es für die Erbauer nur wenig komplizierter als ein Brettspiel machten, aber er war keiner dieser Erbauer, besaß weder ihre Informationen noch ihre Macht. Und falls er anfing, in dem Ganzen nicht mehr als ein Spiel zu sehen, und diese Welt nicht mehr richtig ernst nahm, würde sie ihn wahrscheinlich umbringen.

Als am dritten Tag der Morgen graute und die Seenebel sich langsam lichteten, erblickten sie die Küste.

Paul dachte zuerst, der graue Strich am Horizont wäre einfach der nächste Nebelstreif, doch dann zerriß die Wolkendecke, die Sonne kam durch, und das Meer nahm einen warmen türkisblauen Ton an. Als das Floß näher kam und die Sonne höher stieg, wurde aus dem Grau das helle Gold der Hügel, die die Ebene umlagerten wie schlafende Löwen. Obwohl er wußte, daß es nur Schein war, gab Paul unwillkürlich einen Ton der Bewunderung von sich. Selbst Azador neben dem Ruder knurrte beeindruckt und setzte sich gerade hin.

Während die Wellen sie dem breiten, flachen Strand zu trugen, der sich zu beiden Seiten kilometerweit erstreckte, begab sich Paul zum

Bug, kniete sich hin und beobachtete, wie einer der sagenumwobensten Orte der Welt vor ihm Gestalt annahm.

Ilion, erinnerte er sich, als jetzt der dröge Unterrichtsstoff von einst in der Ferne zu funkelndem Leben erwachte. Eine Fälschung, ja, aber bei aller Falschheit doch unerhört großartig. *Die schöne Helena, um deretwillen ganze Völkerschaften in den Krieg zogen. Achilles und Hektor und das hölzerne Pferd. Troja.*

Die Stadt selbst stand dicht vor den Hügeln auf einer Anhöhe und hatte breite, mächtige Mauern wie aus dem nackten Fels gehauen, glatt wie die Facetten riesiger Edelsteine. Die alles überragende Burg in der Stadtmitte hatte rot und blau bemalte Säulen und goldverzierte Dächer, doch es gab noch viele andere imposante Bauwerke. Troja lebte, in seine Wehr war noch keine Bresche geschlagen. Selbst aus dieser Entfernung sah Paul Wachposten auf den Mauern und die dünnen Rauchfähnchen häuslicher Herdfeuer.

Feuer brannten auch am Strand, wo sich ein Fluß von der Ebene her ins weite Meer ergoß und wo die tausend schwarzen Schiffe des Epos Bug an Bug auf dem Sand lagen. Die Griechen hatten ihren Landeplatz mit einer mächtigen Einfriedung aus Steinen und Stämmen umgeben, hinter der zahllose Zelte standen und Menschenmassen wimmelten. Das griechische Lager war nicht minder eine Stadt wie Troja, und wenn es keine bunt bemalten Säulen und keine glitzernden Golddächer hatte, dann unterstrich das nur nachhaltig seinen kriegerischen Zweck. Es war eine Stadt, die nur dazu da war, der hochragenden Festung den Untergang zu bereiten.

»Warum bist du hier?« fragte Azador unvermittelt.

Es dauerte etwas, bis Paul sich vom Anblick der umhereilenden winzigen Gestalten im griechischen Lager, dem fernen Funkeln der Rüstungen losgerissen hatte. »Was?«

»Warum bist du hier? Du hast gesagt, du mußt nach Troja. Wir sind da.« Azador deutete mit finsterer Miene auf die gepichten Schiffe und die in der hellen Sonne weiß wie Zähne glänzenden Mauern. »Hier ist ein Krieg im Gange. Was hast du vor?«

Paul fiel nicht gleich eine Antwort ein. Wie sollte er, zumal diesem barschen Zigeuner, von dem Traumengel und dem schwarzen Berg erzählen - eine Geschichte, die nicht einmal ihm einen Sinn ergab?

»Ich habe hier ein paar Dinge zu klären«, sagte er schließlich und hoffte dabei inbrünstig, daß es ihm gelingen möge.

Azador schüttelte unwillig den Kopf. »Ich will damit nichts zu tun haben. Diese Griechen und Trojaner, die spinnen. Sie wollen nichts weiter, als dir eine Lanze in den Leib rammen und dann ein Lied drüber singen.«

»Du kannst mich gern hier absetzen. Ich erwarte bestimmt nicht von dir, daß du dich meinetwegen in Gefahr begibst.«

Azador runzelte die Stirn, aber sagte nichts mehr. Er war vielleicht kein Vertreter des archaischen Griechentums, wie Paul zuerst angenommen hatte, aber er gehörte eindeutig einem anderen Menschenschlag an als die ständig plappernden Bildungsbürger, unter denen Paul den größten Teil seines Lebens verbracht hatte: Der Mann ging so sparsam mit Worten um wie ein Wanderer durch die Wüste mit seinen letzten Wasserreserven.

Mit heftigem Staken gelang es ihnen, das Floß längsseits des Strandes zur Mündung des Flusses zu lenken. Als sie sich dort stromaufwärts weit genug hochgearbeitet hatten, um vor dem launischen Meer sicher zu sein, wateten sie ans Ufer und zogen ihren salzverkrusteten Untersatz aus Stämmen und Tauen an Land. Das griechische Lager war einen halben Kilometer entfernt. Paul knüpfte das Tuch mit der Feder vom Handgelenk und band es sich um die Taille, dann schritt er auf den Wald geneigt stehender Masten zu.

Azador schloß sich ihm an. »Nur für ein Weilchen«, sagte er mürrisch, ohne Paul in die Augen zu sehen. »Ich brauche was zu essen und zu trinken, bevor ich wieder aufbreche.«

Ein kurzes Grübeln darüber, ob Azador wirklich essen mußte oder ob das nur eine Angewohnheit war, die er im Netzwerk beibehalten hatte und nicht ablegen wollte, fand ein rasches Ende, als sie zwei männliche Gestalten vom griechischen Lager auf sich zukommen sahen. Einer war schlank und wirkte schmächtig, der andere sah wie ein wuchtiger Kraftprotz aus, und einen Moment lang durchschoß es Paul siedend heiß vor Angst bei dem Gedanken, die Zwillinge könnten ihn schon wieder aufgespürt haben. Er zögerte, doch die über den sandigen Grund auf ihn zustapfenden Gestalten lösten in ihm nicht die mittlerweile gewohnte Panik aus. Ohne auf Azadors gereizte Blicke wegen seines Anhaltens und Wiederlosgehens zu achten, näherte er sich ihnen mit innerem Widerstreben. Der Kleinere hob die Hand zum Gruß.

Wenn ich in dieser Simulation wirklich Odysseus bin, dachte er, *dann muß das System mich irgendwie einpassen. Ich habe keine Ahnung, was ich hier veranstal-*

ten soll, aber Odysseus war einer von den Hauptpersonen vor Troja, soviel weiß ich noch. Ich muß hinschauen und zuhören und aufpassen, daß ich mich nicht verhaspele.

Der Wind wechselte und trug ihm jetzt die Gerüche des griechischen Lagers zu, die Ausdünstungen von dicht an dicht lebenden Tieren und Menschen, den beißenden Rauch vieler Feuer.

Aber wenn diese beiden da nicht seine ungeheuerlichen Verfolger waren, dachte er plötzlich, vielleicht waren *sie* dann der Grund dafür, daß Penelope und ihre sonstigen Inkarnationen ihn hierhergeschickt hatten. Vielleicht suchte ihn irgend jemand - ein realer Mensch. Vielleicht wollte jemand ihm tatsächlich dazu verhelfen, aus diesem endlos erscheinenden Albtraum freizukommen.

Bei dem Gedanken an Rettung wurden ihm die Knie beinahe so weich wie beim Gedanken an die Zwillinge; Paul schob ihn beiseite und versuchte sich zu konzentrieren. Die beiden herankommenden Männer waren jetzt besser zu erkennen. Einer war ein winziger alter Mann mit einem weißen Rauschebart und dünnen Armen, die nußbraun waren, wo sein wallendes Gewand sie freiließ. Der große Mann war zum Kampf gerüstet mit einer Brustplatte, die aus Leder mit Metallbeschlag zu sein schien, und einer Art Metallhemd. Er hielt unter einem Arm einen Bronzehelm und in der anderen Hand eine furchterregend lange Lanze.

Mit diesem Ding könnte man jemand drei Häuser weiter abstechen, dachte Paul beklommen. Azadors Weigerung, sich in den Krieg dieser Leute hineinziehen zu lassen, kam ihm auf einmal sehr vernünftig vor.

Jetzt, wo die Fremden ziemlich nahe gekommen waren, erkannte Paul, daß der alte Mann keineswegs klein war; vielmehr war der Krieger riesig, gut über zwei Meter groß, und hatte dazu einen stachligen Bart und Brauen wie überhängende Felsen. Ein Blick auf das harte Gesicht und den Stiernacken des mächtigen Mannes reichte aus, und Paul wußte, daß er sich hüten würde, sein Mißfallen zu erregen.

»Mögen die Götter dir hold sein, Odysseus!« rief der alte Mann. »Und mögen sie mit freundlichen Augen auf uns Griechen und unser Unternehmen blicken. Wir suchen dich schon eine ganze Weile.«

Als Azador begriff, daß die Anrede Paul galt, warf er ihm einen halb amüsierten, halb verächtlichen Blick zu. Paul wollte ihm sagen, daß er sich die Rolle des Odysseus nicht ausgesucht hatte, aber der Alte und der Hüne standen schon vor ihnen.

»Und der wackere Eurylochos, wenn ich mich recht entsinne«, bemerkte der alte Mann zu Azador und nickte ihm flüchtig zu. »Du wirst einem alten Mann verzeihen, falls er sich in deinem Namen irren sollte - es ist viele Jahre her, daß Phoinix in voller Mannesblüte stand wie ihr beiden, und mein Gedächtnis läßt nach. Jetzt aber muß ich mit deinem Herrn sprechen.« Er wandte sich Paul zu, als ob Azador verschwunden wäre. »Wir bitten dich, uns zu begleiten, erfindungsreicher Odysseus. Der kühne Ajax und ich sollten Achilles dazu bewegen, wieder am Kampf teilzunehmen, aber er ist hochfahrend wie immer und will nicht vor die Tür treten. Er ist der Meinung, daß der gebietende Agamemnon ihm unauslöschliche Schmach zugefügt hat. Wir bedürfen deiner Klugheit und deiner Zungenfertigkeit.«

Na, das war ja eine nette Kurzfassung, dachte Paul bei sich. *Liefert mir das System, was ich brauche, damit ich von hier an meinen Part übernehmen kann? Dennoch wünschte ich, ich würde mich besser an alles erinnern. Für einen richtigen Altphilologen wäre das hier der siebte Himmel - abgesehen von der sehr realen Möglichkeit, ins Gras zu beißen.*

»Klar«, sagte er zu dem alten Phoinix. »Ich komm mit euch.«

Azador kam hinterher, aber keiner der beiden anderen nahm von ihm Notiz.

Das Tor des griechischen Lagers war aus Balken mit schweren Bronzebeschlägen gebaut und von mehreren bewaffneten Männern bewacht. Das Lager selbst sah aus, als wäre es am Anfang, vielleicht als sich die Belagerer noch Hoffnungen auf ein baldiges Ende gemacht hatten, nur ein notdürftiges Biwak gewesen, aber nach einem knappen Jahrzehnt auf der trojanischen Ebene war daraus eine hochorganisierte Anlage geworden, wenngleich noch immer nicht im geringsten anheimelnd. Ein tiefer Graben mit überhängenden Rändern und dichten Reihen spitzer Pfähle auf beiden Seiten bildete den äußersten Ring, und hinter dem Graben erhob sich zweimal mannshoch eine Mauer aus aufgeschichteten Steinen, verstärkt durch mächtige Baumstämme. Ein kurzes Stück hinter der Mauer wiederum war ein gewaltiger Erdhaufen aufgeschüttet worden, wie zur Nachahmung der fernen Hügel. An mehreren Stellen sickerte Rauch durch, es hatte also einen großen Brand gegeben, und die Überreste schwelten noch. Mit einem kleinen Schock, den selbst das Wissen um die Virtualität der Szene nicht ganz abpuffern konnte, ging Paul auf, was dort verbrannt und begraben worden war. Das Gemetzel mußte grauenvoll gewesen sein.

Ajax erhielt bei ihrem Weg durch das Schiffslager viel Aufmerksamkeit, viele ehrfürchtig zugenickte Begrüßungen und so manchen Zuruf, doch Paul als Odysseus erhielt nicht weniger. Es war äußerst seltsam, durch diese archaische Feste zu spazieren und von altgriechischen Kämpen mit Hochrufen bedacht zu werden, ein zurückkehrender Held, der in Wirklichkeit noch niemals hiergewesen war. Das waren vermutlich die Sachen, die die Gralsbrüder toll fanden, aber er kam sich dabei wie ein Schwindler vor.

Was er im Grunde auch war.

Es war eine richtige Stadt, begriff Paul. Auf jeden griechischen Krieger, von denen es Tausende geben mußte, kamen zwei oder drei dienstbare Wesen, die in der Schlacht oder bei den alltäglichen Geschäften halfen. Ochsenlenker mit Versorgungsschlitten, Stallburschen für die Wagenpferde, Wasserträger, Zimmerleute und Maurer, die an den Befestigungen arbeiteten, sogar Frauen und Kinder - ein großes emsiges Gewimmel. Paul sah zu den schimmernden Mauern von Troja hinauf und überlegte, wie Leuten zumute sein mußte, wenn sie jahrelang dort drinnen eingesperrt waren und Tag für Tag diese unglaubliche Menschenmaschinerie dort unten sahen, die unermüdlich ihre Vernichtung betrieb. Die Ebene war früher einmal wahrscheinlich von Viehherden und Hirten bevölkert gewesen, jetzt aber waren alle Tiere in den beiden Städten eingepfercht, der festen und der provisorischen, und die Menschen hatten sich ebenfalls verzogen und ihre Wahl zwischen Belagerern und Belagerten getroffen. Abgesehen von Aasvögeln, den niedrigen Gewitterwolken ähnelnden Krähenschwärmen, war die Ebene so leer, als ob ein großer Besen alles weggefegt hätte, was keine tiefen Wurzeln besaß.

Während sie durch das Lager schritten, verhielten sich Phoinix und der gewaltige Ajax weiterhin so, als ob Azador gar nicht vorhanden wäre, doch der Zigeuner war wieder einmal in ein wachsames Stillschweigen verfallen und schien nichts dagegen zu haben. Sie gingen zum Meeresrand, wo die auf den Sand gezogenen Schiffe in einer langen Reihe eines am anderen lagen, mächtige Rümpfe mit zwei Ruderzeilen auf jeder Seite, dazu etliche kleinere, schnellere Segler. Alle waren glänzend schwarz, und bei vielen krümmte sich der Bug hoch über das Deck hinaus wie der stichbereite Schwanz eines Skorpions.

Die vier schritten über ein Feld flatternder Zelte auf eine große hölzerne Hütte zu, die auch, wenn sie aus Zeltplane gewesen wäre, durch ihren reichen Schmuck, die bemalten Türpfosten und das Blattgold am

Türsturz unter den anderen hervorgestochen hätte. Paul meinte zuerst, sie müsse Achilles gehören, doch Phoinix hielt vor den beiderseits der Tür Wache stehenden Lanzenträgern an und bemerkte zu ihm:»Er grollt dem Achilles, aber er weiß, daß mit seiner eigenen Beirrung alles anfing. Dennoch ist er der Höchste unter uns und hat Zeus ihm den Herrscherstab verliehen. Mag er sagen, was er zu sagen hat, und alsdann wollen wir zum Sohn des Peleus eilen und sehen, ob wir ihn irgend besänftigen können.«

Ajax ließ ein unwilliges Grunzen hören, einen tiefen, grollenden Ton wie von einem Stier, der mit dem Hinterteil an eine Nessel gekommen war. Beim Eintreten fragte sich Paul, auf welchen der beiden Streithähne der Hüne nicht gut zu sprechen war, und war nur froh, daß er nicht in Frage kam.

Paul konnte zunächst kaum etwas erkennen. Trotz des Lochs in der Decke verräucherte ein großes Feuer die Luft in der Hütte. Im Innern befanden sich viele Gestalten, größtenteils bewaffnete Männer, aber auch ein paar Frauen. Der alte Mann trat schnurstracks auf eine Gruppe am hinteren Ende zu.

»Großer Agamemnon, Hirt der Völker!« sagte Phoinix laut.»Ich habe den vielklugen Odysseus gefunden, trefflich im Rat und wortgewaltig. Er wird mit uns zu Achilles gehen, um des großen Kriegers Herz zu erweichen, daß er abläßt von seinem Zorn.«

Der bärtige Mann, der von der Bank zu ihnen aufsah, war kleiner als Ajax, aber immer noch groß genug. Sein lockiges Haupt saß kurzhalsig auf breiten Schultern, und ein schmaler Goldreif über der Stirn war das einzige Zeichen seiner Königswürde. Auch wenn er den Bauch eines Mannes hatte, der gern viel aß, war er dennoch muskulös und stattlich. Seine kleinen Augen lagen unter den buschigen Brauen tief in ihren Höhlen, aber Stolz und scharfer Verstand funkelten aus ihnen. Paul konnte sich nicht vorstellen, einen solchen Mann zu mögen, aber ihn zu fürchten, ohne weiteres.

»Gottgleicher Odysseus.« Der heerführende König zog eine breite Hand unter seinem dicken dunkelroten Mantel hervor und winkte Paul, sich zu setzen.»Jetzt ist deine Klugheit mehr denn je vonnöten.«

Paul nahm auf einer der mit Decken belegten Bänke Platz. Azador hockte sich neben ihn auf die Fersen, weiterhin in stoisches Schweigen gehüllt und den anderen, schien es, so gleichgültig wie eine Stubenfliege. Paul fragte sich, was wohl geschähe, wenn Azador das Wort ergriffe – ob sie ihn weiter wie Luft behandeln würden? Aber es war unwahrscheinlich, daß es dazu kommen würde, da der Zigeuner seit dem Strand keinen Mucks mehr getan hatte.

Ein paar Auslassungen über den Fortgang der Belagerung gingen hin und her, und Paul hörte genau zu und nickte zustimmend, wenn es ihm angebracht erschien. Einige der Details kamen ihm anders vor, als er sie von der Ilias in Erinnerung hatte, aber das war nicht verwunderlich: Zweifellos ergaben sich bei einem so komplexen System mit derart lebensechten Charakteren, daß sie von wirklichen Personen praktisch nicht zu unterscheiden waren, zahllose Abweichungen von der ursprünglichen Geschichte.

Die Belagerung lief nicht gut, darüber waren sich alle einig. Die Stadt hatte den Angriffen beinahe zehn lange Jahre getrotzt, und die Trojaner, allen voran Hektor, der Sohn des Königs Priamos, hatten sich als heldenmütige Kämpfer erwiesen; zur Zeit gab ihnen zudem das Fehlen von Achilles, dem größten Krieger der Griechen, noch zusätzlich Auftrieb. Mehrmals hatten sie in den letzten Tagen nicht nur die Griechen von den Mauern abgeschlagen, sondern waren auch bis dicht an die griechischen Befestigungen vorgestoßen und verfolgten offensichtlich den Plan, die Schiffe in Brand zu stecken und Agamemnons versammelte Heerscharen im Feindesland jeder Rückzugsmöglichkeit zu berauben. Die Liste der auf beiden Seiten Gefallenen war herzzerreißend lang, doch die trojanischen Krieger – geführt von Sarpedon und Hektors Bruder Paris (mit dessen Raub der schönen Helena der ganze Krieg überhaupt erst angefangen hatte), vor allem aber von dem gewaltigen, schier unaufhaltsamen Hektor – hatten den Griechen furchtbare Verluste zugefügt, so daß diese allmählich den Mut verloren.

Paul mußte innerlich grinsen, während der große Agamemnon und die anderen sich besprachen und alle wichtigen Punkte aufführten. Die zuständigen Programmiergewaltigen hatten in Rechnung gestellt, daß auch die wenigen wie Paul, die Homer tatsächlich gelesen hatten, das wahrscheinlich vor langer Zeit und vielleicht nicht mit der größten Aufmerksamkeit getan hatten.

»Doch wie ihr wißt«, sagte Agamemnon gedrückt und zupfte sich kummervoll den Bart, »beleidigte ich in meiner Habgier den Achilles, indem ich ihm ein gefangenes Mädchen abnahm, das er als Ehrgeschenk erhalten hatte, weil ich Ersatz für die Einbuße meines eigenen Ehrgeschenks begehrte. Ob Zeus, der König der Götter, sich in seinem

Sinn gegen mich gewandt hat - jeder weiß, daß der Donnerer über die Geschicke des Achilles wacht -, vermag ich nicht zu sagen, aber ich fühle großes Unheil über den Häuptern der Griechen und ihren gutverdeckten Schiffen hängen. Wenn der erhabene Zeus sich von uns abgekehrt hat, so fürchte ich, wir werden alle unsere Gebeine hier am fremden Gestade zurücklassen, denn kein Mensch kann sich dem Willen des unsterblichen Kronos-Sohnes widersetzen.«

Agamemnon listete rasch all die prächtigen, großzügigen Gaben auf, mit denen er den Achilles für das weggenommene Ehrgeschenk zu entschädigen gedachte, wenn der große Krieger ihm nur verzeihen wollte - das Mädchen selbst wollte er ihm zurückgeben, dazu diverse Gegenstände aus Edelmetall und schnelle Pferde, freie Wahl der Beute, wenn sie Troja endlich einnähmen, obendrein Städte und Ländereien in Agamemnons heimischem Argos und eine von seinen Töchtern zur Frau. Dann beschwor er Paul, sich mit Phoinix und Ajax zu Achilles zu begeben und ihn umzustimmen. Nachdem sie mit ihm Wein aus schweren metallenen Kelchen getrunken und etwas davon als Opfer an die Götter gespendet hatten, traten Paul und die anderen wieder ins Freie. Die Sonne war hinter den Wolken verschwunden, und die Ebene von Troja sah mit einemmal tot und trostlos aus, ein grauer, brauner und schwarzer Sumpf, der bereits ganze Armeen von Helden verschlungen hatte.

Ajax schüttelte sein mächtiges Haupt. »Agamemnons eigene Halsstarrigkeit ist schuld, daß es so um uns steht«, grollte er.

»Alle beide sind sie halsstarrig«, erwiderte der alte Phoinix. »Warum sind die Großen immer so rasch zornentbrannt, so maßlos stolzgeschwellt?«

Paul hatte das Gefühl, daß eine Bemerkung von ihm erwartet wurde, vielleicht irgendein tiefgründiger odysseischer Sinnspruch über die Torheit der Mächtigen, aber er war noch nicht ganz soweit, bei dieser klassischen Konversation mithalten und solche hochtrabenden improvisierten Reden schwingen zu können. Zum Ausgleich dafür versuchte er, gebührend besorgt dreinzublicken.

He, wart mal, dachte er plötzlich. *Ich hab weiß Gott Grund, besorgt zu sein. Wenn die Trojaner über uns herfallen und uns ins Meer treiben - was durchaus der Ausgang in dieser Runde der Simulation sein könnte -, dann erwischt es nicht bloß einen Haufen geschwollen daherredender Replikanten. Es erwischt auch mich und Azador.*

Eingelullt von der Bekanntheit der Namen, nachgerade bezaubert davon, so einen berühmten Ort zum Leben erweckt zu sehen, hatte er genau das aus den Augen verloren, was er sich geschworen hatte, nie wieder zu vergessen. *Wenn ich es nicht ernst nehme*, ermahnte er sich erneut, *bringt es mich um*.

Das Lager von Achilles und seinen Myrmidonen lag am äußersten Rand der griechischen Flotte; Paul und seine Begleiter gingen lange im grauen Schatten der Schiffe dahin. Die Myrmidonen saßen oder standen würfelspielend und streitend vor ihren Zelten und kamen Paul ziemlich gereizt und angespannt vor. Als er und die anderen näher traten, waren die Mienen der ihnen entgegenblickenden Männer grimmig oder verschlossen vor Scham; keiner rief ihnen einen fröhlichen Gruß zu wie die anderen Griechen. Das Zerwürfnis zwischen Agamemnon und Achilles wirkte sich sichtlich ungut auf die Moral aus.

Achilles' Hütte war nur wenig kleiner als die des Agamemnon, aber roh gezimmert und unverziert - ein Platz, wo ein berühmter Held nicht viel anderes tat als schlafen. Ein schlanker junger Mann saß auf einem Hocker vor der Tür, das Kinn in die Hände gestützt und mit einem Blick, als hätte er seinen besten Freund verloren. Sein Panzer saß ein wenig schief, so als wären die einzelnen Teile nicht richtig angeschnallt worden. Als er ihre Schritte hörte, hob er den Kopf und sah Paul und die anderen nervös an, schien aber niemanden zu erkennen.

Der alte Phoinix jedoch erkannte ihn sehr wohl und grüßte ihn. »Bitte, treuer Patroklos, sage dem edlen Achilles, daß Phoinix sowie der wackere Ajax und der vielberühmte Odysseus ihn zu sprechen wünschen.«

»Er schläft«, sagte der junge Mann. »Ihm geht's nicht gut.«

»Auf! Er wird doch gewiß seine alten Freunde nicht abweisen.« Phoinix konnte seinen Unmut nicht ganz verbergen. Patroklos blickte erst ihn, dann Paul und den mächtigen Ajax an, als versuchte er sich darüber klarzuwerden, was er tun sollte.

Etwas an dem Zögern des jungen Mannes rief in Paul abermals das Gefühl der Bedrohung wach. Daß dieser Patroklos in so einer heiklen Situation, hin- und hergerissen zwischen den Wünschen geehrter Waffenbrüder und dem Stolz seines Herrn Achilles, nicht recht wußte, wie er sich verhalten sollte, war natürlich, aber irgend etwas an dem Mann kam ihm unstimmig vor.

»Ich sag's ihm«, erklärte Patroklos schließlich und verschwand in der Hütte. Kurz darauf kam er mit mißbilligender Miene wieder heraus und nickte ihnen, einzutreten.

Jemand hatte einige Mühe darauf verwendet, die Behausung sauber aufzuräumen; der sandige Boden war mit einem Zweig gefegt und der Panzer und ein paar andere Habseligkeiten waren alle ordentlich an einer Wand deponiert worden. In der Mitte des Raumes, auf einem aus Ästen gebauten Bett, lag auf einer Wolldecke ausgestreckt der Gegenstand aller Sorgen von Trojanern wie Griechen gleichermaßen. Auch er war kleiner als Ajax, der der größte Mann weit und breit zu sein schien, aber für sonstige Maßstäbe war er hochgewachsen und wie eine Marmorstatue gebaut mit seiner sonnengebräunten Haut, unter der sich jeder einzelne Muskel deutlich abzeichnete. Halb nackt, einen Mantel wie ein Laken über sich gezogen, sah er aus wie ein zum Leben erwachtes romantisches Gemälde.

Achilles hob sein schönes Haupt mit den dunkelblonden Locken und sah sie an. Er neigte kurz den Kopf zur Seite, als lauschte er einer Stimme, die sonst niemand hören konnte, und wandte sich dann wieder seinen Gästen zu. Er sah nicht krank aus - seine Hautfarbe wirkte gesund, soweit Paul das in der dunklen Hütte erkennen konnte -, aber eine große Mattigkeit kennzeichnete seine Bewegungen.

»Sagt Agamemnon, daß ... daß ich krank bin«, erklärte er. »Ich kann nicht kämpfen. Egal, wen er schickt, da kann niemand was dran ändern, auch ...«, wieder stockte er, die Augen in unbestimmte Fernen gerichtet, »... auch du nicht, mein alter Erzieher Phoinix.«

Der alte Mann warf Paul einen Blick zu, als sei es jetzt an ihm, die ersten aufrüttelnden Worte zu sprechen, aber Paul hatte es mit seinem Einsatz durchaus nicht eilig. Während Phoinix notgedrungen seinerseits Agamemnons großzügiges Wiedergutmachungsangebot in allen ermüdenden Einzelheiten herunterbetete, beobachtete Paul, wie Achilles reagierte. Falls der berühmte Zorn in ihm schwelte, war jedenfalls nichts davon zu merken. Er war zwar sichtlich ungehalten, aber allem Anschein nach war das nichts weiter als die Verstimmung eines Mannes, den man ohne triftigen Grund aus dem Schlaf gerissen hatte, was dafür sprach, daß Patroklos die Wahrheit gesagt hatte. Aber Paul konnte sich nicht erinnern, daß Achilles in der Ilias irgendwie krank gewesen wäre. Vielleicht war dies eine der Abweichungen, entstanden aus der Komplexität eines sich immer wieder neu entfaltenden Environments.

Phoinix' gutes Zureden vermochte Achilles nicht umzustimmen. Ajax sprach brüsk von der Pflicht, die er den übrigen Griechen schulde, doch das schien den goldlockigen Krieger genausowenig zu beeindrucken. »Ihr begreift nicht«, sagte er mit leicht anschwellender Stimme. »Ich kann nicht kämpfen - jetzt nicht. Noch nicht. Ich bin schwach und krank. Eure ganzen Geschenke sind mir egal.« Er zögerte abermals, als versuchte er sich an etwas zu erinnern oder als spräche ihm eine leise Stimme ins Ohr. »Erbeuten kann ein Mann viel«, fuhr er schließlich langsam und bedächtig fort, als zitierte er einen berühmten Ausspruch, »das Leben eines Mannes aber kann weder erbeutet noch ergriffen werden, wenn es einmal dem Gehege der Zähne entflohen ist.«

Mehr wollte er nicht sagen, und selbst Phoinix blieb zuletzt nichts anderes übrig, als enttäuscht zu kapitulieren und mit Paul, Ajax und dem schweigenden Azador wieder abzuziehen.

»Wirst du mit uns kommen, um Agamemnon diese traurige Kunde zu überbringen?« fragte der alte Mann, als sie die Reihe der Schiffe entlang zurückstapften. Er sah zehn Jahre älter aus, und erneut erkannte Paul, wie todernst diese Dinge für alle hier waren.

»Nein, ich möchte allein sein und nachdenken«, antwortete er. »Wenn ich es ihm sage, wird es auch nicht besser, aber es könnte sein, daß mir was einfällt ... äh, daß ich in meinem Gemüt eine List ersinne.« Er wußte nicht, warum er sich eigentlich anstrengte, wie sie zu reden. Das System würde sich an jede Ausdrucksweise anpassen, die er wählte.

Als Phoinix und der hünenhafte Ajax abmarschierten, um vom traurigen Ausgang ihrer Mission zu berichten, ging Paul plötzlich auf, was ihn störte. Er setzte schon an, es Azador zu erzählen, doch dann erschien es ihm geratener, die Beobachtung für sich zu behalten.

Sie haben nicht wie die andern geredet und sich nicht wie die andern verhalten, dachte er. Achilles war noch ein bißchen besser gewesen als sein Freund Patroklos, doch auch er hatte sich angehört, als bekäme er Sachen souffliert. Konnte es sein, daß sie von außen kamen, nur zu Besuch im Netzwerk waren? Natürlich war damit noch lange nicht gesagt, daß sie keine Feinde waren. Sie konnten sogar Mitglieder der Gralsbruderschaft sein, die gerade einen Abenteuerurlaub auf einem ihrer milliardenteuren Spielplätze verbrachten. Er nahm sich vor, sie im Auge zu behalten und genau nachzudenken. Er war aus einem ganz bestimmten Grund hier, daran mußte er glauben - Penelope, Vaala, wie sie auch heißen mochte, mußte *irgend etwas* hier in Troja mit ihm im Sinn haben.

Der schwarze Berg. Sie sagte, ich muß ihn finden ... aber hier in der Nähe sind gar keine richtigen Berge.

»Ich geh zum Floß zurück«, sagte Azador plötzlich. »Sieh dir die Leute an - die werden sich alle bald gegenseitig umbringen. Ich hab nicht vor, mich auch umbringen zu lassen.«

»Wo willst du hin?«

Das Achselzucken des Zigeuners sagte genug. »Spielt keine Rolle. Azador kommt immer durch, was auch geschieht. Aber du, Ionas ...« Er grinste unvermittelt. »*Odysseus*. Du wirst dir noch wünschen, du wärst mit mir gekommen. Solche Sachen sind für dich zu gefährlich.«

Paul war ein wenig gekränkt, bemühte sich aber, unbeeindruckt zu klingen. »Kann sein. Doch es hilft nichts, ich muß hierbleiben. Ich wünsche dir aber viel Glück. Ich werde dich nicht vergessen. Danke für deine Hilfe und deine Kameradschaft.«

Azador lachte schallend los. »Du mußt ein Engländer sein, bei den Manieren. Sie riechen förmlich nach so einer englischen Schnöselschule. Bist du ein Engländer?« Pauls verärgertes Schweigen provozierte den nächsten Lachanfall. »Ich hab's gewußt! Du, mein Freund, wirst mehr als Glück nötig haben.« Er drehte sich um und schritt den Strand hinauf.

Was zum Teufel mache ich eigentlich? dachte Paul. *Er hat recht, ich sollte zusehen, daß ich schleunigst wegkomme. Hier wird demnächst die Hölle los sein, es wird bestimmt so schlimm werden wie im Ersten Weltkrieg. Aber ich muß unbedingt den Rätselfuchs spielen und hier rumlatschen, um rauszukriegen, warum mich irgendein Engel hergeschickt hat, und unterdessen wollen jede Menge übergeschnappte Muskelmänner mit Lanzen mich abstechen. Ein Idiot, das bin ich, und ich bin es gründlich leid.*

Aber was bleibt mir denn übrig?

Irgendwo auf der anderen Seite der Mauer erhoben sich Krähen vom Schlachtfeld und schraubten sich im Schwarm in die Höhe wie eine träge schwarze Windhose, bevor sie auseinanderflogen und sich über den Himmel zerstreuten. Paul sah ihnen nach, und es kam ihm so vor, als könnte kein Mensch darin etwas anderes erblicken als ein schlechtes Omen. Er trat verdrossen Sand in die Luft und überlegte, was er als nächstes tun sollte.

Es würde wahrscheinlich nichts schaden, wenn ich mich ein bißchen umschaue, mir das Lager angucke, mit ein paar Leuten rede. Vielleicht geh ich dann später nochmal bei Achilles vorbei, dem größten aller Krieger ...

Kapitel

Ein Job zu ungewöhnlichen Konditionen

NETFEED/NACHRICHTEN:
Funkstille auf der Marsbasis
(Bild: Archivbilder vom MBC-Projekt — der Bau der Basis)
Off-Stimme: Vom größten Bauprojekt auf dem Mars kommt keine Meldung mehr, und die Arbeit steht still. Mitarbeiter der Weltraumbehörde erwägen die Möglichkeit, daß sich bei den Baurobotern ein Reproduktionsfehler eingeschlichen hat.
(Bild: Corwin Ames, PR-Chef von General Equipment, auf einer Pressekonferenz)
Ames: "Das Problem ist, daß wir diese Dinger nicht kontrollieren. Wir haben lediglich die Originale gebaut und sie losgeschickt. Es sind hochkomplexe Systeme, die sich mechanisch reproduzieren. Falls im Code eine Mutation auftritt — zum Beispiel durch einen Kratzer auf einer der Schablonen —, kann sie allein durch natürliche Selektion wieder aufgehoben werden. Wir müssen einfach hoffen, daß die negativ veränderten Exemplare eine hohe Sterblichkeitsrate haben und die Reproduzenten deshalb in der nächsten Generation wieder davon abgehen ..."

> Brigadegeneral Daniel Yacoubian erschien einfach in dem imaginären Speisesaal; wenn sein Eintritt von einem Rauchwölkchen begleitet gewesen wäre, hätte es einen netten Zaubertrick abgegeben. »Ich hab deine Mitteilung erhalten«, knurrte er. »Ich kann nur hoffen, daß es wichtig ist - ich bin grade unterwegs und hab tausend Sachen am Hals.«

Robert Wells schien ein geradezu perverses Vergnügen daran zu finden, sich auch in der VR ehrlich darzustellen. Bei näherer Betrachtung sah man seinem Sim jeden Tag seiner einhundertelf Jahre an - die Haut an manchen Stellen stumpf, an anderen glänzend, die Bewegungen langsam und tatterig. Die alterungshemmenden Maßnahmen hielten ihn am Leben und sogar einigermaßen in Schwung, aber sie konnten ihn nicht wieder jung machen, und er ließ es zu, daß seine virtuelle Darstellung diese harte Tatsache widerspiegelte. Yacoubian fand es absurd und irritierend.

»Du bist doch auf einer sicheren Leitung, Daniel, nicht wahr?« fragte Wells.

»Na klar, Mensch. Ich bin doch kein Idiot. In deiner Mitteilung war von höchster Dringlichkeitsstufe die Rede.«

»Aha. Gut. Danke, daß du so schnell gekommen bist.« Wells setzte sich und wartete, bis Yacoubian seinem Beispiel gefolgt war. Draußen vor der Panoramaglaswand toste der Pazifik in den engen Felsenbuchten und schleuderte die Gischt in die Höhe wie Konfetti. Der General überlegte kurz, ob das Schauspiel nur Code war oder ob Wells' Ingenieure es sich leicht gemacht hatten und RL-Bilder des Ozeans benutzten. Er hatte das Gefühl, daß die leichte Art Wells nicht befriedigen würde, und sei es in einem Environment, das so wenige andere Menschen jemals zu Gesicht bekommen würden.

»Und, was gibt's? Ich denke, wir haben beide im Moment keine Zeit zu verplempern, jetzt wo der Countdown nur noch zweiundsiebzig Stunden oder so läuft.«

»Du klingst ein wenig nervös, Daniel.« Wells hatte die entnervende Angewohnheit, sehr, sehr still zu sitzen, im RL ebenso wie in der VR. Es machte Yacoubian ganz kribbelig. Der General zog eine Zigarre aus der Brusttasche, aber zündete sie nicht an.

»Meine Fresse, hast du mich deshalb an die Strippe geholt? Um drüber zu diskutieren, ob ich nervös bin oder nicht?«

Wells machte eine beschwichtigende Handbewegung. Unter der nahezu durchsichtigen Haut traten die Knochen hervor. »Nein, natürlich nicht. Selbstverständlich sind wir alle ein wenig ... besorgt. Nach den vielen Jahren des Planens und Wartens ist es schwer, jetzt vor dem großen Moment nicht eine gewisse Unsicherheit zu empfinden. Und es ist in der Tat die Zeremonie, über die ich reden wollte.«

Yacoubian steckte sich die Zigarre in den Mund, dann nahm er sie wieder heraus. »Ja?«

»Ich hatte gerade einen überaus merkwürdigen Anruf von Jongleur. Ich weiß nicht so recht, was ich davon halten soll. Zum Beispiel war es das erste Mal überhaupt, daß ich mit dem Alten Mann geredet habe und er nicht in seiner Pharaos-Fluch-Maske erschien. Er rief mich an und blieb auf Nur-Ton - leerer Bildschirm. Das Ganze machte einen ziemlich ... antiquierten Eindruck.«

Yacoubian zog ein finsteres Gesicht. »Bist du sicher, daß er es war?«

»Bitte, Daniel. Frage ich dich vielleicht, ob du sicher bist, daß du das richtige Land bombardierst oder den richtigen Dschungel entlaubst? Es *war* der Alte Mann.«

»Und was wollte er? Herrje, Bob, spann mich nicht so lange auf die Folter und komm endlich zur Sache!«

»Wie alt bist du, Daniel - siebzig oder so? Entzückend, daß du immer noch jung genug bist, um ungeduldig zu sein. Wir werden hinterher, falls alles glatt läuft, lange, sehr lange Zeit haben, um über diese Dinge nachzudenken, aber gar keine Zeit, falls nicht.«

»Was soll das heißen? Jetzt hast du's geschafft, mich unruhig zu machen.« Yacoubian stand auf und schritt an den Rand des Raumes. Draußen erstreckte sich der Pazifik auf beiden Seiten so weit, wie er schauen konnte, und schmiegte sich an die zerklüftete Küste, als wären Land und Meer ein unvorstellbar großes zweiteiliges Puzzle.

»Das soll heißen, daß wir nichts überstürzen dürfen, Daniel. Auf die Art entstehen Fehler.« Wells schob seinen Stuhl ein Stückchen zurück und legte seine Hände auf die Tischkante. »Jongleur will nicht, daß ich zusammen mit allen andern die Zeremonie mitmache. Er will, daß ich mit ihm und Jiun Bhao abwarte, sie nur vortäusche, könnte man wohl sagen.«

»Himmel, Arsch und Zwirn!« Yacoubian fuhr mit wutverzerrtem Gesicht herum. »Was zum Teufel soll das? Will er uns andere abservieren oder was?«

Wells zuckte kaum merklich mit den Achseln. »Ich weiß es nicht. Es hätte nicht viel Sinn - für das Gelingen sind wir alle aufeinander angewiesen. Ich hab ihn natürlich gefragt, warum. Er sagt, Jiun Bhao möchte zusehen und als letzter die Zeremonie durchlaufen, und Jongleur meint, ihm das nicht abschlagen zu können. Der Alte Mann sagte, es wäre nicht fair gegen mich als einen der drei Projektleiter, wenn ich nicht das gleiche Privileg erhielte.«

»Das ist leeres Gewäsch, und das weißt du genau.«

»Ja, größtenteils ist es das bestimmt. Aber da läuft irgend etwas, das ich nicht zu fassen kriege. Es hätte keinen Zweck, mit Jiun darüber zu reden - genausogut kannst du versuchen, einen Stein zum Steppen zu bringen. Ich denke mir, daß sie nervös sind. Sie wollen Zeit gewinnen, weil sie sich nicht sicher sind, daß es richtig funktioniert, und sie wollen mich dabeihaben, weil ich der einzige bin, der die technischen Probleme lösen kann, falls doch etwas schiefgeht.«

Yacoubian hatte die Fäuste geballt. »Und ... und wir andern sind bloß sowas wie ... wie Versuchskaninchen? Kanarienvögel in irgendeinem scheiß Bergwerksschacht?«

»Du nicht, Daniel.« Wells lächelte milde. »Ich hab ihm erklärt, du müßtest bei allem dabeisein, was ich mache.«

»Du ... uh.« Der General wußte nicht so recht, was er sagen sollte. »Ich ... das ... vielen Dank, Bob. Aber kapieren tu ich's immer noch nicht.«

»Ich auch nicht, und daß dies alles auf die letzte Minute passiert, gibt mir ein etwas mulmiges Gefühl. Wie wär's, wenn wir ein paar Anrufe machen? Sei so gut und hör einfach zu - ich schalte dich nicht mit ins Bild.«

In krassem Gegensatz zu Wells unterhielt Ymona Dedoblanco, zu fünfundvierzig Prozent Besitzerin von Krittapong Electronics und damit eine der reichsten Personen der Erde, einen öffentlichen Sim, der grob irreführend war. In ihm hatte sie ihre äußere Erscheinung zu ihrer Zeit als Miss-Welt-Kandidatin verewigt - eine Begebenheit aus grauer Vorzeit, die für niemand anders eine Bedeutung hatte als für Dedoblanco selbst.

Die frühere Miss Philippinen schob sich ihre glänzenden schwarzen Haare aus dem Gesicht. »Was willst du? Ich hab grad schrecklich viel zu tun. Es gibt jede Menge rechtliche Dinge zu regeln ...« Sie funkelte ihn an. »Nun?«

»Die Freude ist ganz meinerseits«, sagte Wells mit einem bezaubernden Lächeln. »Ich wollte nur hören, ob du noch irgendwelche letzten Fragen hast.«

»Fragen?« Es war nicht schwer, das Gesicht der Löwengöttin zu sehen, das Jongleur für sie geschaffen hatte, als sie jetzt verärgert den Kopf schüttelte. »Ich warte seit zwanzig Jahren auf diesen Augenblick. Ich hab meine sämtlichen Fragen gestellt. Meine Anwälte und ... Technikleute, oder wie man die nennt, haben alles genau geprüft.«

»Machst du dir irgendwelche Sorgen? Es ist für uns alle ein großer Schritt.«

»Sorgen? So etwas überlasse ich Zwergen und Angsthasen. Ist das alles, was du wissen wolltest?«

»Ich denke schon. Dann sehen wir uns also bei der Zeremonie.«

Sie vergeudete keine Zeit mit langen Abschiedsfloskeln, sondern brach die Verbindung so jäh ab, daß Yacoubian beinahe die transozeanische Stille hören konnte, bis Wells die nächste Nummer wählte.

Edouard Ambodulu war zwar sichtlich geschmeichelt, daß Wells sich nach ihm erkundigte, aber hatte nichts von Belang mitzuteilen. Der afrikanische Präsident auf Lebenszeit war mit seinen eigenen Vorbereitungsmaßnahmen beschäftigt, viele von einer Art, daß diverse Menschenrechtsgruppen Sonderanträge an die Vereinten Nationen gestellt hatten, die jedoch von UNCov-Bürokraten mit einem sicheren Auge für hoffnungslose Fälle allesamt geflissentlich ans hinterste Ende des Tagungskalenders gerückt worden waren. Und auch weder Ferenczi noch Nabilsi noch sonst jemand aus dem inneren Kreis der Gralsbruderschaft hatte irgendwelche neuen Probleme, wenigstens keine, die Wells mit seinem dezenten Nachhorchen aus ihnen herausholen konnte. Von all diesen geschäftigen Autokraten schien nur Ricardo Klement den Anruf nicht als Störung zu empfinden.

Der lateinamerikanische Geschäftsmann - ein Euphemismus, der selbst den hartgesottensten Absolventen des Harvardschen MBA-Studiums empört hätte - war anfangs ein wenig zurückhaltend, vielleicht weil Robert Wells allgemein als Gegner von Jongleur bekannt war. Klement war von Anfang an als hundertprozentiger Jongleuranhänger aufgetreten und auf dem Weg dieser Anhängerschaft in immer peinlichere Niederungen abgesunken, in eklige Schleimerei und unterwürfige Zustimmung zu allem, was der Alte Mann vorschlug. Der unsichtbar zuschauende Yacoubian war wider Willen beeindruckt, wie Wells den anderen Mann mit harmlosem Geplauder auflockerte und geschickt davon überzeugte, daß dies kein Versuch in letzter Minute war, ein Komplott gegen Klements geliebten Herrn und Meister zu schmieden.

»Nein, ich wollte nur nachhören, ob jemand noch irgendwelche Fragen hat«, sagte Wells. »Wir hatten unsere Differenzen, du und ich, das will ich gar nicht leugnen, aber letzten Endes sitzen wir alle im selben Boot. Wir werden gemeinsam siegen oder verlieren.«

»Wir werden siegen«, erklärte Klement leidenschaftlich. Eigenartigerweise war der Argentinier von allen Bruderschaftsmitgliedern, die Wells kontaktiert hatte, der einzige, der seine brutale Ehrlichkeit teilte. Sein Sim stellte ihn genauso dar, wie er war, mit Schläuchen behängt und vor lauter Pharmapflastern kaum noch zu erkennen - ein Mann, der in einer Privatklinik in Buenos Aires mit dem Tode rang. »Wir haben zu hart gearbeitet, um noch verlieren zu können. Señor Jongleur hat ein Wunder geschaffen. Mit deiner Hilfe natürlich, Señor Wells.«

»Danke, Ricardo. Sehr freundlich. Das heißt ... es ist alles bereit?« Unausgesprochen blieb dabei die bekannte Tatsache, daß Klement mehr als alle anderen diesen lange hinausgeschobenen Moment dringend herbeisehnte. Der Schwarzmarkthändler hatte jede Chance einer längerfristigen physischen Konservierung, und sei es nach der makabren Jongleurschen Methode, geopfert und alles auf eine Reihe aggressiver Therapien gesetzt, die seine mannigfachen Karzinome so lange vom Hirnstamm fernhalten sollten, bis er sich dem Gralsprozeß unterziehen konnte.

»O ja. Mit Señor Jongleurs Erlaubnis habe ich ein wunderschönes Ambiente geschaffen - du erinnerst dich vielleicht, daß ich bei unserem Treffen davon berichtet habe. Zum ewigen Gedenken an diesen großen Tag. Wir werden die angemessene Umgebung haben, um Götter zu werden!«

»Ah, richtig.« Wells hatte offensichtlich auf der Sitzung nicht sonderlich aufgepaßt, und er hatte auch keine Lust, lang und breit über Dinge zu reden, die letzten Ende nichts weiter als Partydekorationen waren. »Ich bin sicher, es wird großartig werden, Ricardo. Und sonst nichts Neues vom Alten ... von Jongleur?« Wells behielt den lockeren Plauderton bei. »Ich hatte die letzten Tage keine Gelegenheit, mit ihm zu reden, bei den vielen Dingen, die es vorher noch zu regeln gibt.«

Klement schüttelte den Kopf. Wenn er irgend etwas verheimlichte, dann tat er das sehr geschickt. »Nur die Einladung. Ich bin sicher, daß er ebenfalls an vieles zu denken hat. Señor Jongleur ist ein Mann mit sehr vielen Pflichten, vielen subtilen Gedanken.«

»Das ist er gewiß. Na schön, dann sehen wir uns bei der Zeremonie, Ricardo. Vaya con Dios.«

»Danke ... Robert. Nett, daß du angerufen hast.« Mit einem fröhlichen Nicken klickte Klement aus.

Wells lachte. »Hast du das gehört, Daniel? ›Nett, daß du angerufen hast.‹ Und das von einem emporgekommenen Leichenfledderer. Oh, wir sind eine vornehme und ehrenwerte Gesellschaft, was?«

»Falls einer von denen was wußte, ist es mir jedenfalls nicht aufgefallen.«

»Mir auch nicht.« Wells runzelte ein wenig die Stirn. »Was letztlich nichts beweist. Aber ich glaube, wir haben keine große Wahl - wir müssen zum Angebot des Alten Mannes ja sagen, auch wenn wir nicht genau wissen, worauf es hinausläuft.«

»Verdammt nochmal, Bob, wird die Sache hinhauen?« Yacoubians Sim behielt seinen üblichen sonnengebräunten Teint, aber die Stimme klang sehr danach, daß er blaß geworden war.

»Beruhige dich, Daniel. Wir haben jeden Test gemacht, den du dir vorstellen kannst - ganz zu schweigen von dem Gefangenen des Alten Mannes, dem Typ, der uns durch die Lappen gegangen ist. *Der* hat den Prozeß durchlaufen, und soweit wir wissen, geht es ihm gut. Ein bißchen zu gut, ehrlich gesagt.«

»Apropos Mister X, oder wie du ihn sonst nennst - was ist eigentlich mit deinem Agenten passiert, der ihn aufspüren sollte? Du hast gesagt, du hättest Probleme damit.«

Wells schüttelte den Kopf. »Ich will dich nicht belügen, Daniel. Das Ganze ist mir ein Rätsel. Wir bekommen keinerlei brauchbare Rückmeldungen von Nemesis. Meine Jungs und Mädels vom J-Team sagen, das Gear habe sich ›integriert‹. Wir gehen dem weiter nach, aber für die Zeremonie hat das überhaupt nichts zu besagen. Anders als das Gralsprojekt haben wir, fürchte ich, die Sache mit dem Nemesiscode ein wenig überstürzt, und jetzt müssen wir dafür bezahlen.«

»Anders als das Gralsprojekt.«

»Sag das nicht so. Es wird funktionieren. Der Gral ist etwas, womit wir seit langem arbeiten, und er hat, wie gesagt, Tausende von Tests bravourös bestanden. Das sind Maschinen, Daniel, kompliziert, aber dennoch nur Maschinen. Wir haben dem System seit der Einspeisung und Flucht von Mister X keine neuen Funktionen mehr hinzugefügt. Es läuft. Es wird bei uns einwandfrei laufen.«

»Aber jetzt treibt der Alte Mann mal wieder irgendein hinterfotziges Spiel. Mann, ich *hasse* dieses alte Schwein. Ich kann's nicht fassen, daß wir ihm die Kontrolle über den Prozeß so weitgehend überlassen haben.«

»Es war seine Idee, Daniel«, sagte Wells milde. »Wir mußten ihn die Spielregeln bestimmen lassen, wenigstens einige.«

»Wie auch immer, ich würde ihn liebend gern umbringen. Wie sagen die Kids heute? Ich könnt ihn dicke exen.«

»Ich glaube, es heißt ›thik-he‹. Das ist Hindi.« Wells verzog seine Lippen zu einem Lächeln, ohne daß sich der Ausdruck seiner ruhigen, gelblichen Augen veränderte. »Du bist wirklich blutrünstig, Daniel. Es ist kein Zufall, daß du beim Militär gelandet bist, was?«

»Was soll das nun schon wieder heißen?« Yacoubian setzte sich und klopfte gereizt auf seine Tasche, merkte dann aber, daß er immer noch eine unangezündete Zigarre in der Hand hielt. Er ignorierte die Streichhölzer, die Wells auf dem Tisch erscheinen ließ.

»Nichts weiter, Daniel. Laß uns nicht streiten, wir haben noch eine Menge Klärungsarbeit vor uns, wenn wir uns auf Jongleurs Vorschlag einlassen wollen.«

»Was sollen wir tun?«

Wells nickte. »Um nochmal die jungen Leute von heute zu zitieren: ›Süß sabbeln, satt troublen.‹ Wir sagen ›Ja, danke‹ zum Alten Mann, aber ich denke, wir halten ein paar eigene Überraschungen auf Lager, für alle Fälle.«

»Gut.« Yacoubian zog ein großes goldenes Feuerzeug aus der Tasche, drückte die Minisolarflamme und zündete seine Zigarre an. Draußen vor dem imaginären Raum schwoll das Donnern des hungrigen Ozeans an.

> In der Warteschlange über dem neuen Flughafen zogen sie anderthalb Stunden lang weite Schlaufen, die sie hinaus über die Tasmanische See und wieder zurück über das Herz der Metropole führten. Abgesehen von den Massen von Flugzeugen, die auf freie Landebahnen warteten, war der Himmel klar. Zu angespannt, um zu lesen, beobachtete Dulcy Anwin, wie die Stadt alle fünfzehn Minuten vorbeirotierte wie ein Display in einem Schaufenster.

Sie fand, daß Sydneys berühmte Oper, abgebildet auf Millionen von Postkarten und Kalendern, weniger wie die geblähten Schiffssegel aussah, die alle ständig im Mund führten, als wie ein Haufen gevierteilter hartgekochter Eier. Die kleinen Tupperboxen, die ihre Mutter ihr immer in die Schule mitgegeben hatte, gefüllt mit Selleriestangen oder Eiern -

oder sogar, wenn ihre Mutter sich wahnsinnig mondän vorgekommen war, mit übriggebliebenen Dim Sum -, waren eine der wenigen anheimelnden Erinnerungen, die sie sich aus ihrer Kindheit bewahrt hatte.

Jedesmal, wenn der Hafen hinter der Tragfläche des Flugzeugs verschwand und der Blickwinkel sich veränderte, nahm die Oper einen Moment lang andere, weniger erinnerungsträchtige Formen an - von Melonenschalenstreifen oder dem vielgliedrigen Chitinkörper eines Krustentiers.

Wie eine Garnele, dachte sie. *Eine Riesengarnele. Ich frag mich, ob diese ganzen Essensassoziationen eine Metapher für Sex sind oder sowas.*

Der Hafen, die Brücken, sie alle waren monatelang ihr Blick aus Dreads virtuellem Büro gewesen. Es war seltsam, sich klarzumachen, daß sie etwas derart Bekanntes in Wirklichkeit zum allererstenmal sah.

Aber so ist das moderne Leben, nicht wahr? sagte sie sich, als der Kapitän bekanntgab, daß die Landeerlaubnis endlich erteilt war. *In unserm Leben haben wir es die meiste Zeit über gar nicht mehr mit realen Dingen zu tun. Wir beschäftigen uns und reden mit Leuten, die wir persönlich gar nicht kennen, tun so, als würden wir uns an Orte begeben, wo wir in Wirklichkeit niemals hinkommen, erörtern Dinge, die bloß Namen sind, als wären sie so real wie Steine oder Tiere oder sonstwas. Informationszeitalter? Blödsinn, es ist das Imaginationszeitalter. Wir leben in unsern Köpfen.*

Nein, entschied sie, als das Flugzeug zum steilen Landeanflug ansetzte, *eigentlich leben wir in den Köpfen anderer Leute.*

Dread war nicht da, um sie abzuholen, aber das hatte sie auch nicht erwartet. Sie war schließlich eine erwachsene Frau. Er war ihr Boß, nicht ihr Liebhaber, und auch wenn sein Wunsch nach ihrer persönlichen Anwesenheit in ihr gewisse Verdächte nährte - Verdächte und Gefühle, die zu ambivalent waren, um Hoffnungen oder Ängste genannt zu werden -, so hatte sie doch nicht vor, sich in eine peinliche Lage zu bringen, indem sie von irgend etwas anderem ausging als von Business As Usual.

Außerdem hatte sie das Gefühl, daß ihr unzweifelhaft anstrengender Auftraggeber einer von der Sorte war, die *niemanden* vom Flughafen abholte.

Der erst wenige Jahre zuvor eröffnete neue Sydney Airport, fünfundzwanzig Kilometer vor der Küste auf ein künstliches Atoll gepflanzt, war mit dem Festland durch einen langen, geraden Straßendamm auf hohen Fibramicsäulen von hundert Meter Durchmesser verbunden, die tief in den Ozeanboden getrieben und mit druckverteilenden Schichten durchpuffert waren, damit seismische Erschütterungen möglichst wenig Schaden anrichteten. Der Damm selbst war mit seinen Hotels, Geschäften, Restaurants und sogar einigen Wohnblocks so etwas wie ein eigener ausgelagerter Stadtteil geworden. Während Dulcy in der Hochgeschwindigkeitsbahn saß und die Türen an jeder Station - Whitlam Estates, ANZAC Plaza, Pacific Leisure Square - aufzischen sah, fragte sie sich angesichts der Begeisterung, mit der viele Unternehmen in diese schicken neuen Dammimmobilien investierten, ob die nächste Stadt, die einen Flughafen vor der Küste baute, nicht den Abstand und damit die kommerzielle Ausnutzung verdoppeln könnte. Wenn dann alle großen Städte am Pazifik immer weiter auf den Ozean hinausstießen, kam vielleicht irgendwann der Tag, an dem sie alle in der Mitte zusammentrafen, und jemand mit genug Zeit und einer hohen Unempfindlichkeit gegen Einkaufsennui wäre dann imstande, den Pazifik von einem Shopping-Atoll zum nächsten zu Fuß zu überqueren.

Was eine amüsante Vorstellung hätte sein sollen, gemütlich von Laden zu Laden und Hotel zu Hotel bummeln, während Haie und andere Tiefseeungeheuer unsichtbar unter einem schwammen, fühlte sich statt dessen prekär und beunruhigend an. *So also geht's einem, wenn man richtig wo hinfährt,* dachte sie. *Vielleicht hat die VR doch ihr Gutes ...*

Auf dem Festland angekommen raste die Bahn weiter bis zum alten Flughafenkomplex an der Botany Bay, der jetzt dem neuen Airport als Zubringerbahnhof diente. Dulcy verbrachte eine weitere Viertelstunde in der Taxischlange, aber schließlich saß sie auf dem Rücksitz eines altmodischen Taxis mit Rädern, unterwegs Richtung Norden. Der Fahrer, ein verquasselter junger Mann von den Salomoninseln, fragte sie fast sofort, ob sie mit ihm essen gehen wolle.

»Ich muß mehr über Amerika erfahren«, erklärte er. »Ich könnte dein spezieller Freund in Sydney sein. Du brauchst irgendwas, du mußt irgendwo hin? Ich fahr dich.«

»Du fährst mich bereits«, erinnerte sie ihn. »Und ich muß nach Redfern, wie schon gesagt. Das ist alles, was ich brauche, vielen Dank.«

Er wirkte nicht übermäßig enttäuscht und erbot sich sogar, anzuhalten und ihr im Centennial Park ein Eis zu spendieren. »Ich lad dich gern ein«, sagte er. »Und ich erwarte auch keinen Sex als Gegenleistung.«

Wider Willen amüsiert von diesem komplett verrückten jungen Mann lehnte sie dennoch auch dieses Angebot dankend ab.

Die Auskünfte, die sie bei verschiedenen Reiseknoten eingeholt hatte, hatten Redfern als einen aufstrebenden Stadtteil dargestellt, deshalb war Dulcy beim ersten Blick darauf überrascht und ein wenig enttäuscht; wenn das hier aufstrebend war, mußte es verdammt weit unten angefangen haben. Es waren viele Aborigines auf den Straßen, aber wenige hatten den heiteren Blick der Tänzer, Schauspieler und kleinen Ladenbesitzer in der virtuellen Werbewelt der Knoten. Der Stadtteil war nicht zu knapp mit Restaurants und Kneipen bestückt, aber um diese Tageszeit waren die meisten noch geschlossen. Dulcy sagte sich, daß er am Abend, wenn überall Lichter funkelten und Musik ertönte, vielleicht ein ganz anderes Bild bot.

»Oh, es ist schon viel besser geworden«, erzählte ihr der Fahrer. »Früher war's ganz schlimm. Mein Cousin hat hier mal gewohnt, der wurde dreimal ausgeraubt. Dabei hatte er gar nichts, was sich zu stehlen lohnte!«

Die Adresse stellte sich als ein kahles, fahrstuhlloses Mietshaus in einer Einkaufsstraße mit überwiegend geschlossenen Läden heraus, die zwar nicht so heruntergekommen war wie so manche andere, aber gänzlich ohne Fußgänger auf den Bürgersteigen. Die Vorstellung, hier allein auf der Straße zu stehen, begeisterte sie nicht, aber Dread ging nicht dran, als sie mit dem Pad seine Nummer anrief, und nachdem sie sich noch einmal vergewissert hatte, daß die Adresse stimmte, bezahlte sie das Taxi und bat den Fahrer, ein paar Minuten zu warten, auf die Gefahr hin, daß diese Vorsichtsmaßnahme falsch verstanden wurde und zu weiteren Annäherungsversuchen führte.

Dreads Stimme schallte überraschend deutlich aus dem Lautsprecher am Eingangstor, als ob er direkt neben ihr stände. »*Dulcy? Komm rein.*« Das Tor schnappte auf. Sie winkte dem Taxifahrer zum Abschied, und dieser grinste und blies ihr noch einen Kuß zu, bevor sie sich umdrehte und die feuchten Betonstufen hinaufstieg. Die Tür oben ging ohne sichtbare äußere Einwirkung auf, unheimlich wie der Anfang eines Horrorstreifens.

Sie zögerte auf der Türstufe. *Vielleicht hätte ich mich doch lieber an den Typ im Taxi halten sollen ...*

Der Hauptraum war erstaunlich groß, eine Fläche, die früher für mehrere winzige Apartments oder einen kleinen Betrieb ausgereicht haben könnte, und fast vollkommen leer. Er war einheitlich weiß gestrichen und mit einem neuen weißen Teppichboden ausgelegt. Die hohen Fenster waren mit lichtundurchlässigen Vorhängen verdunkelt, die ihrerseits mit weißen Bettlaken verhängt waren.

Dread stand an der hinteren Wand und nahm gerade etwas in Augenschein, das wie ein mobiles Exekutionsgerät aussah. Ein ähnliches Befremden wie vorher bei der berühmten Oper, nur viel verstörender, beschlich Dulcy, als sie sich klarmachte, daß sie ein dermaßen bekanntes Gesicht zum erstenmal wirklich sah. Er hatte sich nicht verfälschend dargestellt. Er war nicht größer als sie und ganz in Schwarz gekleidet.

Dread kam auf sie zu und hielt ihr die Hand hin, die sie nach einem kurzen Moment der Verwirrung ergriff. Ein knapper, fester Händedruck, dann ließ er sie wieder los. »Schön, daß du da bist. Ich hoffe, du hattest einen guten Flug. Warst du das, die vor ein paar Minuten angerufen hat?«

»J-ja, wahrscheinlich. Ich wollte mich vergewissern, daß du hier bist, bevor ...«

»Entschuldige, daß ich nicht drangegangen bin. Ich war gerade damit beschäftigt, aus diesem blöden Bett schlau zu werden.«

»Bett?«

»Bett. Ein Komabett. Damit kann ich lange Zeit online bleiben, ohne mich wundzuliegen und Krämpfe zu kriegen und was weiß ich noch alles. Viele kleine Mikrofaserschlaufen, reichlich Sauerstoff und Hautmassage.« Ein kurzes Lächeln ließ seine strahlend weißen großen Zähne aufblitzen. »Komm, hilf mir mal kurz damit, dann gehen wir einen Happs essen.«

Er drehte sich um und schritt durch den kahlen Raum zurück. Dulcy hatte Mühe, ihre Eindrücke zu sortieren. *Er strahlt wie ein Honigkuchenpferd. Ob er auf irgendwas drauf ist? Aber er scheint guter Laune zu sein - wenigstens etwas.* Sie setzte sich zögernd in Bewegung, fühlte ein inneres Widerstreben. Ein Teil von ihr, merkte sie, war von der flüchtigen Begrüßung verletzt. *Business As Usual*, ermahnte sie sich. *Business.*

»Ein schönes Stück, dieses Bett«, sagte er. »Erste Sahne, findest du nicht? Wie ein Rolls Royce Silver Shadow oder eine Trohner-Maschinenpistole.«

»Heißt das, du planst, viel Zeit online zu verbringen? Im Otherlandnetzwerk?« Sie lächelte den wartenden Kellner automatisch an, aber eigentlich fühlte sie sich nervös und gereizt.

»Wir sind noch nicht soweit«, teilte Dread dem jungen Mann mit kalter Stimme mit. »Schwirr erst nochmal ab. Nein, bring uns Kaffee.« Er wandte sich wieder Dulcy zu, und sein träges Lächeln kehrte zurück, aber seine dunklen Augen blickten beängstigend eindringlich. »O ja, ich plane so manches. Ich hab grade ein paar interessante Sachen rausgefunden, *sehr* interessante Sachen. Ich bin nämlich gestern rausgeflogen. Aus dem Netzwerk. Dann hab ich deine Kopie genommen«, er senkte seine Stimme ein wenig, »von dem *Gerät*, und hab damit versucht, wieder reinzukommen. Aber ich bin auf ein Hindernis gestoßen. Wußtest du, daß das Betriebssystem eine Art KI ist? Dieses Ding, über das sie am Anfang alle gejammert haben, als sie in Atascos Simwelt waren?«

»Langsam. Ich komm da nicht ganz mit.« Dulcy spürte allmählich den Jetlag. Seit ihrer Ankunft hatte er ohne Punkt und Komma geredet, aber seine Offenheit war durchaus nicht schmeichelhaft, im Gegenteil - sie hatte das sichere Gefühl, daß er bei jeder anderen halbwegs qualifizierten, halbwegs interessierten, halbwegs vertrauenswürdigen Person das gleiche getan hätte. »Ich glaube nicht, daß das Betriebssystem eine künstliche Intelligenz ist«, erklärte sie, »nicht im üblichen Sinne. Es ist irgendein verrücktes neuronales Netz - oder mehrere verteilte Netze. Ich bin überhaupt nicht in die Architektur reingekommen. Aber kein Mensch arbeitet heute noch mit KIs, sie sind schwerfällig und unzuverlässig. Die würden bestimmt keine nehmen, um sowas Komplexes zu betreiben.«

Er schüttelte ungeduldig den Kopf. »Von mir aus. Dann eben keine KI, sondern eins von diesen andern Dingern, ein KL-System. Aber ich sag dir eins, am andern Ende der Leitung dort ist irgendwas Lebendiges. Irgendwas, das *denkt*.«

Sie wollte etwas einwenden, aber schluckte es herunter. »Wie kam's, daß du rausgeflogen bist?«

»Ich bin getötet worden.« Er brach ab und starrte den Kellner an, der mit dem Kaffee gekommen war. Der junge Mann stellte laut klirrend eine Tasse ab, vielleicht aus Nervosität, und entfernte sich schleunigst. Dread zuckte mit den Achseln. »Blöde Sache, ein unglücklicher Zufall. Ich hab nicht richtig aufgepaßt.«

»Und die andern?« Es war komisch - Dulcy vermißte sie, ihre Persönlichkeiten und ihre Courage, ja, sie vermißte überhaupt das ganze Abenteuer. Manchmal war es ihr in dem Quan-Li-Körper schwergefallen, daran zu denken, daß sie selbst nicht online gefangen war wie die anderen, daß sie am Ende des Tages von der Strippe gehen und in ihrem eigenen Bett schlafen konnte, ohne fürchten zu müssen, ein Fehler im virtuellen Universum, ein Unglück oder ein Moment der Unachtsamkeit könnte ihr zum Verhängnis werden.

Er schürzte die Lippen und durchbohrte sie mit einem Raubtierblick. »Die sind mir doch scheißegal. Hörst du jetzt vielleicht endlich zu? Hast du vergessen, wer dich bezahlt?« Er sah aus, als wollte er sie gleich am Hals packen.

»Tut mir leid. Ich bin müde.«

»Da am andern Ende ist irgendwas, kapier das mal. Wenn es keine KI ist, dann denk dir meinetwegen einen anderen Namen aus, das ist dein Job, nicht meiner. Aber ich weiß, es lebt, und ich weiß, es will verhindern, daß ich reinkomme. Wir haben den Quan-Li-Sim verloren, und damit ist dieser Zugang zum Netzwerk futsch.«

»Könntest du durch ... durch deinen Arbeitgeber irgendwas rauskriegen? Es ist schließlich sein System.«

»Mensch!« Er zischte das Wort heraus. Wenn er gebrüllt hätte, wäre sie nur erschrocken, so aber erstarrte sie wie ein Kaninchen vor der Schlange. Einen Moment lang kam ihr die Sorge, er könnte sie packen, geradezu lachhaft gering vor. »Hast du denn *alles* vergessen? Wenn der Alte Mann auch nur vermutet, daß ich mich an seinem Netzwerk zu schaffen mache, wird er ...« Er setzte sich zurück; sein Gesicht war schlagartig zugegangen. »Langsam frage ich mich, ob es ein Fehler war, dich herzuholen.«

Ein Teil von ihr wußte, daß sie jetzt um Verzeihung bitten sollte. Ein anderer, vielleicht gesünderer Teil wünschte sich, er möge sie wegschicken, so daß sie das nächste Flugzeug nach New York nehmen konnte. Aber eine kalte Trägheit war in ihr Rückgrat gekrochen. »Wie gesagt«, erklärte sie in einem Ton, der fast so ausdruckslos war wie der Dreads, »ich bin müde.«

Die harte Maske wurde augenblicklich weich. Wieder blitzten die Zähne. »Natürlich. Ich mach zu sehr Druck, die Sache putscht mich ziemlich auf. Wir können heute abend weiterreden, oder auch morgen früh. Komm, wir gehen, damit du dich ausschlafen kannst.« Er schnappte so blitzschnell die Rechnung vom Tisch, daß sie vor dem Schwung zurückzuckte. Bevor sie sich versah, hatte er eine Karte über den Tischleser gewischt und schritt auf die Tür zu. Sie brauchte ein Weilchen, bis sie sich soweit gefaßt hatte, daß sie aufstehen und ihm folgen konnte.

»Das Zimmer ist in Ordnung«, sagte sie langsam. »Ich dachte bloß ... ich würde in einem Hotel logieren. Oder so.«

Er schien schon wieder vor Energie zu bersten. »Nein, nein. Das wäre nichts. Ich werde dich hier zu allen möglichen und unmöglichen Zeiten brauchen. Manchmal wirst du mit aufgesetzter Brille schlafen müssen. Du wirst dir dein saftiges Beraterhonorar verdienen, Süße.«

Sie überflog das Zimmer, das es in seiner spartanischen Einfachheit mit dem großen Atelierraum weiter vorn aufnehmen konnte. Sie fand es eine seltsame, geradezu ruhrende Geste, daß er ihr die Steppdecke und das obere Laken umgeschlagen hatte. »Okay. Du bist der Boß.«

»Ach, keine Bange«, sagte er grinsend. »Wenn du gut spurst, dann springt bei dieser Sache mehr für dich raus als ein Haufen Geld.«

»Prima.« Außerstande, ihm weiter zuzuhören, ließ sie sich auf das Bett plumpsen. Ihr Kopf fühlte sich an wie mit nasser Wäsche vollgestopft. Alle Befürchtungen - oder Hoffnungen -, er könnte sie anmachen, waren in der Dumpfheit ihres Jetlags untergegangen. »Ganz prima.«

»Das ist kein Witz, Dulcy.« Er blieb in der Tür stehen und musterte sie eingehend, taxierend, auch wenn ihr schleierhaft war, was an ihr er taxierte. »Wie würde es dir gefallen, wenn du ewig leben könntest?« fragte er sie. »Im Ernst, ich möchte, daß du darüber nachdenkst. Wie würde es dir gefallen, wenn du ... ein Gott wärst?«

Kapitel

Vor der Schlacht

NETFEED/NACHRICHTEN:
Ethische Bedenken gegen kosmetische Chirurgie
(Bild: junger Mann mit zwölf Fingern)
Off Stimme: Auf seiner diesjährigen Hauptversammlung in Monte Carlo hat der Weltverband der kosmetischen Chirurgen eine etwas umfangreichere Tagesordnung als gewöhnlich. Die generative Kosmetik, eine Weiterentwicklung der Stammzellentechnologie, ist seit etlichen Jahren der letzte Schrei bei der rebellischen jungen Generation, aber neuere Fortschritte gestatten jetzt nicht nur die Erzeugung von zusätzlichen Fingern und Zehen, sondern auch die Anfügung von Gliedmaßen und sogar von nichtmenschlichen Körperteilen wie Schwänzen.
(Bild: Animation eines Goggleboys mit Rückenflosse und Hörnern)
Off-Stimme: Einige Chirurgen und Bioethiker befürchten, daß Teenagermoden nicht das eigentliche Problem sind.
(Bild: Doktor Lorelei Schneider bei ihrem Vortrag auf der Tagung)
Schneider: "... Aus ärmeren Teilen der Welt erreichen uns bereits beunruhigende Meldungen, wonach Handarbeiter massiv unter Druck gesetzt werden, damit sie sich der Gliedervermehrung unterziehen, sich also nicht nur zusätzliche Finger und Zehen generieren lassen, sondern auch zusätzliche Hände und sogar Arme. Wer sich weigert, ist damit im Wettbewerb auf einem außerordentlich angespannten Arbeitsmarkt deutlich benachteiligt ..."

> Sie waren durchgekommen, aber etwas war anders. Vieles war anders.
Renie legte eine Hand auf die steinerne Mauer, ebensosehr um sich festzuhalten wie um die beruhigende Festigkeit zu fühlen. Über dem verlassenen Garten, über dem Steinplattenweg und dem leeren Teich, über Renie und ihren desorientierten Gefährten brannten die Sterne mit einer Strahlkraft, die von dem Schimmern der trüben Pünktchen in der Hauswelt so verschieden war wie ein Wolf von einem Schoßhündchen. Aber die neuen Sterne waren ihre geringste Sorge.
»Ich ... ich bin ein Mann«, sagte Renie. »Lieber Himmel, Martine, was ist geschehen?« Sie strich sich mit den Händen über den Leib, fühlte die harten Brustmuskeln durch das wollene Gewand, die strammen Schenkel, das fremde *Etwas* zwischen den Beinen. Ihre Hände zuckten zurück, als ob sie einen eigenen Willen hätten, als ob sie dieses unversehens fremd gewordene Gelände lieber nicht näher erkunden wollten. »Hast du das gemacht?«
»Sind alle mitgekommen?« fragte Florimel. Sie wenigstens sah in etwa genauso wie vorher aus, verbunden und blutverkrustet, abgerissen gekleidet, nur ihr Gesicht, oder was Renie davon erkennen konnte, war anders. »Sind wir alle da?«
»Gott, natürlich. Tut mir leid.« Renie fing an, Köpfe zu zählen, aber fand es kaum glaublich, daß die Fremden um sie herum ihre Gefährten sein sollten. »!Xabbu? Bist ... bist *du* das?«
Der schlanke junge Unbekannte lachte. »Jemand hat meine Bitte erhört, wie es scheint. Es ist ... ungewohnt, mit geradem Rücken zu stehen.«
»Wie ist ...« Renie zwang sich, ihre Frage herunterzuschlucken. »Nein, das muß warten. T4b, das bist du, stimmt's?« fragte sie einen hochgewachsenen jungen Mann. Er trug einen Panzer, wie man ihn normalerweise in Museen oder auf antiken Keramiken abgebildet sah, und war damit der einzige von ihnen, der den Eindruck machte, für den Trojanischen Krieg gerüstet zu sein. Als er die Frage bejahte, blickte sie auf die vor seinen Füßen liegende kleine Gestalt. Emily hatte ihr Gesicht behalten, aber ihre Haare waren länger und hatten Locken bekommen. Ihr grober Kittel war durch ein langes weißes Kleid ersetzt worden, doch im Unterschied zu ihrer Kleidung hatte das Mädchen selbst sich nicht verändert, sofern man ihr Weinen als Indiz werten durfte. »Was ist los?« fragte Renie.
»Sie macht das, seit wir hier sind«, sagte T4b hilflos. »Weint und weint, irgendwie, schlimmer als vorher.«

»Es tut weh!« wimmerte Emily.

»Nicht so laut, bitte.« Renie kniete sich hin und beugte sich über Emily, um sie zu beruhigen. Sie schienen den dunklen Garten ganz für sich zu haben, doch wenn sie wirklich im belagerten Troja gelandet waren, dann konnte jemand, der in einem der Gärten herumschrie, nicht lange unbemerkt bleiben.

»Aber es tut weh!« schluchzte das Mädchen. »Egal, wo ihr mich hinbringt, überall tut es weh.«

»Was denn?«

»Ich will hier nicht sein. Ich gehöre hier nicht her!«

Renie stand achselzuckend auf und überließ es T4b, ihr Trost zu spenden. Die letzte Gestalt, die am Rand des wasserlosen Teiches saß trug ebenfalls ein helles Kleid. »Martine?«

Sie antwortete mit einer leichten Verzögerung, wie in Gedanken versunken. »Ja, ich bin es, Renie.«

»Was ist los? Warum bin ich ein Mann?«

Die blinde Frau machte eine winzige Schulterbewegung. Es war schwer, im Sternenlicht ihr Gesicht zu erkennen, aber sie schien erschöpft zu sein. »Ich mußte Entscheidungen treffen«, war ihre ganze Auskunft.

»Ist das hier wirklich Troja?«

»Soweit ich das sagen kann. Du kannst erkennen, was ihr hier anhabt, ich nicht. Kommt dir die Tracht richtig vor?«

Renie beäugte T4bs buschigen Helm mit einem Seitenblick. »Doch, ich denke schon.«

»Es war anders als beim vorigen Mal, das Durchkommen«, sagte Martine langsam. »Wir mußten diesmal eine ganz bestimmte Simwelt finden, nicht bloß ein Gateway öffnen - du weißt doch noch, wie wir versuchten, einen Zugang zum zentralen Index des Netzwerks zu bekommen, nicht wahr? Wir mußten die Einträge finden, die Einträge für die ... die ...«

»Die Knoten?« half Renie nach.

»Die einzelnen Weltknoten, ja. Und als ich den richtigen Knoten schließlich hatte und der Eingang sich öffnete, stand ich vor einer ganzen Palette von Wahlmöglichkeiten. Ich vermute, die Gralsbrüder oder ihre Gäste bekommen jedesmal, wenn sie die Simwelt wechseln, eine solche Liste angeboten, aber dies ist das erste Mal, das wir ... tja, man könnte wohl sagen, durch die Vordertür in eine reingekommen sind. Jedenfalls mußte ich rasch entscheiden. Ich wollte nicht länger als unbedingt nötig mit dem zentralen System verbunden bleiben - schließlich wurde unser Gerät, das Feuerzeug, einem aus der Bruderschaft gestohlen. Es könnte durchaus sein, daß sie danach suchen - ich bin nicht sicher, ob es klug ist, das Feuerzeug zu behalten.«

»Aber wegwerfen dürfen wir es auch nicht«, sagte Florimel matt. »Es ist der einzige Sieg, den wir bis jetzt errungen haben. Sollen wir es einfach in einem Loch verbuddeln und darauf vertrauen, daß wir es uns irgendwann wiederholen können?«

»Darüber können wir später reden«, meinte Renie. »Du mußtest Entscheidungen treffen, hast du gesagt. Sind wir in Troja drin? In der Stadt selbst?«

Martine nickte. »Die Erscheinung, die ihr gesehen habt, die Madonna der Fenster, sagte: ›Ihr müßt die andern finden. Ihr müßt zu Ilions Mauern kommen.‹ Solange uns niemand eines Besseren belehrt, müssen wir das wörtlich nehmen. Wir mußten nach Troja hinein, wenn wir sicher sein wollten, die Mauern zu erreichen.«

Renie zog eine Grimasse. »Schau, Martine, ich will nicht behaupten, daß ich mich mit diesem Trojakram besonders gut auskenne, aber eines weiß ich noch, nämlich daß es ein großes hölzernes Pferdemonstrum gab und daß eine Horde Griechen die ganze Stadt in Brand steckte. Die werden uns abschlachten, wenn wir hierbleiben!«

»Der Krieg hat zehn Jahre gedauert, Renie«, erwiderte Martine. »Wir haben keine Ahnung, welche Phase wir gerade erwischt haben - oder ob er überhaupt nach demselbem Schema abläuft.«

»Martine mußte ihre Entscheidungen sehr schnell treffen«, bemerkte Florimel. Es war als Zurechtweisung gemeint, begriff Renie - und Florimel hatte recht.

»Okay, tut mir leid. Das alles ist einfach ein ziemlicher Schock. Mit einemmal ein Mann zu sein - herrje, das ist ganz schön heftig. Ich hab ... einen ... einen Penis!«

»Viele Menschen sind mit dem gleichen Schicksal geschlagen und führen dennoch ein nützliches Leben«, gab Florimel zu bedenken.

Renie mußte wider Willen lachen. »War das auch etwas, das du entscheiden mußtest, Martine?«

»Ja, aber mir blieb nicht viel Zeit dazu.« Die Blinde klang, als würde sie gleich im Sitzen einschlafen. »Ich habe versucht, in jedem Fall die beste Wahl zu treffen, aber wer weiß, ob das geglückt ist? Ich werde euch meine Überlegungen sagen. Wir wissen nicht, was wir hier tun sollen oder wer uns hierhaben will. Wenn wir Glück haben, ist es vielleicht Sellars, der einen Weg gefunden hat, in das System einzudringen und uns zu treffen. Doch selbst dann gibt es keine Garantie, daß er tatsächlich die Mauern als Treffpunkt im Sinn hatte - er könnte jeden beliebigen Platz in dieser trojanischen Simwelt gemeint haben, selbst da draußen auf der Ebene oder im griechischen Lager.«

»So weit kann ich dir folgen«, sagte Renie.

»Dies ist eine Stadt im Kriegszustand. Niemand darf zu den Toren hinaus außer Männern, kämpfenden Männern. Ich dachte, vielleicht möchtest du !Xabbu und T4b lieber begleiten können, wenn sie ausziehen müssen.«

Renie war sich nicht ganz sicher, ob Martine damit den Verdacht aussprach, Renie werde niemand anderem als sich selbst die Führung so einer wichtigen Operation zutrauen, oder ob sie meinte, Renie werde nicht von !Xabbu getrennt werden wollen, wobei sie wahrscheinlich mit beidem recht hätte. Renies Verärgerung zerschmolz zu Scham. Martine hatte unter den gegebenen Umständen sehr rasch und scharf nachgedacht. »Red weiter.«

»Florimel ist schlimm verletzt, und ich werde, denke ich, hier in der Stadt nützlicher sein, wo ich vielleicht Näheres herausfinden kann, als draußen im Schlachtgetümmel. Emily ist ein Kind oder verhält sich wie eines, außerdem scheint sie schwanger zu sein. Sie sollte auf jeden Fall so lange wie möglich in sicherer Obhut bleiben. Aus dem Grund habe ich aus uns dreien Frauen gemacht.«

»Sollen wir jemand Bestimmtes darstellen?« fragte Renie. »Achilles oder ... Paris oder einen von denen?«

»Du, !Xabbu und T4b, ihr seid, glaube ich, keiner der richtig berühmten Helden«, antwortete Martine. »Ich wollte euch nicht ins Zentrum des Geschehens rücken. Nach dem, woran ich mich aus der Ilias erinnere, ging es im Trojanischen Krieg so zu, daß ständig Helden mit Lanzen gegeneinander kämpften und fast jedesmal einer von ihnen umkam. Wenn diese Simulation sich nach Homers Epos richtet, ist das ein zu großes Risiko. Als einfache Krieger habt ihr bessere Chancen, euch aus dem Gemetzel herauszuhalten.«

»Du hast klug überlegt, Martine«, sagte !Xabbu. »Wir können von Glück sagen, daß wir dich haben.«

Zu müde, das Gewicht eines Kompliments zu tragen, winkte sie ab.

»Wir übrigen sind Frauen der königlichen Familie. Dadurch werden wir so gut auf dem laufenden sein, wie es möglich ist, und wenigstens eine gewisse Bewegungsfreiheit haben - Frauen genossen in der archaischen Welt keine große Unabhängigkeit.«

»Ich schnall's noch nicht«, sagte T4b plötzlich. »Sind wir in so 'ner Sandalenarmee? Wie in so Herkulesschinken? Gegen wen geht's?«

»Du bist ein Trojaner«, erklärte Florimel ihm. »Dies hier ist deine Stadt, Troja. Die Griechen sind draußen und versuchen sie zu erobern.«

»Cräsh«, sagte T4b nickend. »Dann werd ich mir'n paar Griechen exen.«

»Liebe Güte«, stöhnte Renie. »Es muß einen leichteren Weg geben, die Welt zu retten.«

Trotz ihrer Müdigkeit hatten Renie und ihre Gefährten viel zu besprechen; eine Stunde verstrich schnell.

»Wir wissen immer noch nicht, warum wir hier sind«, bemerkte Florimel. Von ihnen allen hatte sie Ruhe am dringendsten nötig - ihre Wunden bereiteten ihr offensichtlich immer noch Schmerzen -, doch ungeachtet dessen hatte sie darauf bestanden, an dem Gespräch teilzunehmen, eine Form der Selbstverleugnung, die Renie nicht unbekannt war. »Was machen wir, wenn die Person, die mit uns in Kontakt treten will, gar nicht Sellars ist? Was ist, wenn es irgendeine Laune des Systems oder sogar ein Täuschungsmanöver unserer Feinde ist? Erinnert ihr euch an das Nemesisding, von dem Martine erzählt hat? Wir haben schlicht keine Ahnung, wer nach uns sucht und was sie von uns wollen könnten.«

»Ich glaube, wir stellen für unsere Feinde keine derart große Bedrohung dar, daß sie solche mühseligen Umwege nötig hätten«, warf !Xabbu ein. »Bis jetzt sind wir wie Fliegen auf einem Elefanten - man vertreibt sie mit einem kurzen Zucken, mehr Aufwand sind sie nicht wert.«

»Wir sind unseren wirklichen Feinden noch nicht einmal begegnet«, sagte Martine. »Wir haben Bekanntschaft mit ihren Handlangern gemacht, den Zwillingen - falls es sich bei euerm Gespann Blechmann und Löwe tatsächlich um sie gehandelt hat, wie dieser Azador meinte. Und Dread haben wir weiß Gott mehr als genug kennengelernt. Aber Dreads Herr und Meister und die anderen sind immer noch weit über uns, unerreichbar fern. Wie Kunohara sagte, sie sind wie Götter.«

»Heißt das, wir sollen einfach warten und hoffen?« eiferte sich Florimel. »Damit wäre unser Scheitern besiegelt, denke ich.«

»Hast du einen besseren Plan?« fragte Renie. »Das ist nicht sarkastisch gemeint. Was bleibt uns anderes übrig? Wir versuchen immer noch, aus alledem hier schlau zu werden. Wir haben das Feuerzeug und damit ein bißchen mehr Einflußmöglichkeiten als vorher, aber wir können damit sowenig das ganze System in die Knie zwingen, wie wir ... äh, mit einem Schlüssel ein Haus einreißen können.«

»Ich glaube, die Situation ist komplexer«, sagte !Xabbu plötzlich. »Dieser Kunohara meinte, wir befänden uns in einer Geschichte. Ich verstehe nicht ganz, was das heißen soll, aber ich fühle, daß an seinen Worten etwas Wahres ist. Vielleicht ist ›Glaube‹ das Wort, das ich suche - wir müssen fest daran glauben, daß wir irgendwann Klarheit gewinnen werden.«

Renie schüttelte den Kopf. »Ich sehe keinen Unterschied zwischen deinem Glauben und dem, worüber Florimel sich beklagt, Warten und Hoffen. Du weißt, daß ich deine Sichtweise achte, !Xabbu, aber ich bin nicht wie du - ich glaube nicht, daß das Universum mich retten wird oder daß es überhaupt einen Sinn hat.«

Er lächelte traurig. »Das Universum hat sicher noch nie große Anstrengungen unternommen, meine Leute zu retten, Renie, ganz gleich, was sie geglaubt haben.« Seine Miene heiterte sich auf, und Renie fiel ein, daß sie sein menschliches Lächeln seit geraumer Zeit nicht mehr gesehen hatte; der Anblick tat ihr wohl. »Aber du selbst hast vielleicht einen wichtigen Hinweis gegeben. Darin gleichst du wieder einmal dem geliebten Stachelschwein.«

Auch wenn er sich sonst an dem Gespräch kaum beteiligte, entfuhr T4b bei diesem Wort ein Schnauben. Auch Florimel war verdutzt. »Stachelschwein?«

»Großvater Mantis' Schwiegertochter, die er von allen am meisten liebt«, erklärte !Xabbu. »Wo andere verzweifeln, sieht sie einen Ausweg. Renie weiß manchmal selbst nicht, wie wahrhaftig sie sieht.«

»Das reicht.« Renie war verlegen. »Was meinst du mit dem wichtigen Hinweis?«

»Du sagtest, wir könnten sowenig mit dem Gerät das System zerstören, wie man mit einem Schlüssel ein Haus vernichten kann. Aber ein Schlüssel *kann* ein Haus vernichten. Er schließt die Tür auf, und dann können andere eindringen, entweder Leute, die es ausrauben und verwüsten, oder Leute, die erkennen, was dort versteckt ist, und es ans Licht bringen.«

»Du meinst, wie Polizisten?« Sie war sich da nicht so sicher. »Na ja, falls wir hier jemals wieder lebend rauskommen und falls wir das Feuerzeug nicht verlieren, können wir es wahrscheinlich jemandem bei den UN oder so übergeben ...« Aber bei der Erinnerung an Del Rays Verrat fiel es ihr schwer, großes Vertrauen darauf zu setzen.

»Es ist nur eine Idee«, sagte er. »Aber ich wollte damit sagen, daß es trotz allem Hoffnung geben könnte. Ob unsere Geschichte ein bereits feststehendes Ende hat oder nicht, wir können nur auf unser Glück vertrauen und handeln, wie es der Augenblick verlangt. Aber Hoffnung zu haben ist niemals verkehrt.«

Sie nickte. Zum erstenmal, seit sie das Haus verlassen hatten, schien der neue Sim wirklich der !Xabbu zu sein, den sie kannte und liebte. *Und wenn wir nun für alle Zeit so leben müssen,* ging es ihr durch den Kopf, *im ständigen Wechsel der Körper? Würde das die Liebe erleichtern oder erschweren?* Im Moment fühlte sie sich zu !Xabbu in einer Weise körperlich hingezogen, wie seine Paviangestalt es verhindert hatte, denn sein neuer Sim war jung und recht ansehnlich, und der wirkliche !Xabbu war deutlich darin zu spüren. Gleichzeitig regte sich dieses Verlangen in ihr, während sie selbst einen männlichen Körper hatte - eine Situation, die in gewisser Weise fast genauso entmutigend war wie vorher, als !Xabbu in dem Affensim herumgelaufen war.

Ich vermute mal, wenn ein Mann einen andern Mann liebt, gibt es dafür ungünstigere äußere Bedingungen als ein Heer im antiken Kleinasien, tröstete sie sich.

»Wer seid ihr?« rief plötzlich eine Stimme aus der Dunkelheit.

Renie schrak zusammen und rappelte sich hastig auf. In ihrer Gedankenlosigkeit hatten sie und die anderen völlig vergessen, daß sie an einem fremden Ort waren, in einer kriegführenden Stadt. Doch der Mann, der aus den Schatten am Rand des Gartens auf sie zugeschritten kam, war so groß und breitschultrig, daß sie einen Augenblick lang sicher meinte, einen bekannten Barbarensim vor sich zu sehen.

»Orlando? Bist du das?«

Der Mann, im Sternenlicht gerade eben zu erkennen, blieb stehen. »Ich kenne diesen Namen nicht, aber da ich den edlen Glaukos dort unter euch sehe und zudem meine Schwester, müßt ihr meinen kennen. Kassandra, was tust du hier, fern von den Frauengemächern? Unsere Mutter Hekabe macht sich Sorgen.«

> 584

Zu Renies Überraschung erhob sich Martine.»Dieses ... dieses Mädchen hatte einen schlimmen Albtraum, Bruder«, sagte sie und deutete dabei auf Emily, die zusammengekauert auf den Steinplatten hockte.»Sie lief davon, und wir gingen sie suchen. Diese Männer halfen uns, sie zu finden.«
Der neu Hinzugekommene ließ seinen Blick über Renie und ihre Gefährten schweifen. Er schien die Geschichte nicht ganz zu glauben.
»Meine Familie ist dir Dank schuldig, Glaukos«, sagte er schließlich zu T4b, der nervös schwieg.»Ihr Lykier seid die edelsten Männer, das ist wahr, und Verbündete, die allen Feinden Furcht einflößen. Jetzt aber kann ich diese Frauen mit zurücknehmen und ihre Ängste beschwichtigen, und du kannst zu deinem Truppenteil am Skäischen Tor zurückkehren.« Er musterte Renie und !Xabbu streng.»Säumt nicht, ihr Männer! Bald ist es Zeit, daß ihr euch rüsten müßt - blutige Taten werden geschehen, wenn die Sonne aufgeht, und viel Ehre ist zu gewinnen.«
Renie fühlte ihren Mut sinken. Kampf! Und dabei waren sie noch keine Stunde in Troja.
»Großer ... Hektor«, sagte Martine mit einem Zögern, das die leichte Unsicherheit verriet, ob sie sich nicht im Namen irrte,»stehen denn die Griechen so dicht vor den Mauern? Ist keine Aussicht auf nur ein paar Tage Ruhe?«
Sie hatte seine Identität offensichtlich richtig geraten.»Die Griechen schlafen noch bei ihren meerdurchfahrenden Schiffen«, antwortete er,»aber die Götter haben gesprochen und uns kundgetan, daß der gottgleiche Achilles sich mit Agamemnon überworfen hat und nicht kämpfen wird. Jetzt bietet sich uns die Gelegenheit, mit großer Macht gegen sie anzustürmen und sie ins Meer zurückzutreiben, während ihr größter Krieger zürnend bei seinen schwarzen Schiffen sitzt. Aber genug geredet! Es ziemt sich nicht, daß ich vor euch Frauen allzu viel vom Kriege spreche und eure Sorge damit nur vermehre.«
Martine und Florimel halfen Emily auf.»Ich gehöre hier nicht her!« klagte das Mädchen, aber so leise und ohne Nachdruck, als spräche sie mit sich selbst.
»Keiner von uns ist gefeit gegen den Willen der wandelmütigen Götter«, sagte Hektor sanfter als in seinem vorherigen Befehlston zu ihr.»Komm, Mädchen. Ich werde dich wenigstens sicher zu den Frauengemächern zurückbringen.« Als er vortrat, waren seine Züge im Ster-

nenlicht besser zu erkennen, die blasse Stirn und die lange gerade Nase unter den kohlschwarzen Haaren.

Einer der männlichen Protagonisten, dachte Renie unwillkürlich. *Ein stattlicher Bursche, wenigstens in dieser Version. Aber ich glaube, am Schluß beißt er ins Gras, also was hat er letztlich davon?*

Hektor ging den Frauen durch den Garten voraus, doch bevor sie das Bogentor erreichten, das in die Burg führte, drehte er sich noch einmal um und rief T4b zu: »Glaukos, sage dem edlen Sarpedon, daß ich eine Stunde vor Sonnenaufgang am Skäischen Tor sein werde. Wenn es deinen Männern irgend an Waffen oder Rüstung mangelt, dann schicke sie in die Rüstkammer beim Tor, und richte den Männern dort von mir aus, man gebe ihnen, was sie brauchen. Jeder Mann, der jetzt in Trojas Mauern weilt, muß bereit sein, wenn wir den Griechen und ihren wohrhaften Lanzen entgegentreten.«

Renie blickte ihnen noch nach, als sie schon längst verschwunden waren.

»Was denkst du?« fragte !Xabbu sie.

»Ich bin bloß in Gedanken wieder mit diesem System beschäftigt - es ist so erstaunlich.« Sie seufzte. »Ich könnte Jahre damit zubringen, dieses Netzwerk zu erforschen. Aber wir machen uns lieber auf die Socken und sehen zu, daß wir Rüstungen für uns auftreiben. Falls die Griechen auch nur annähernd so wie Hektor sind, möchte ich möglichst gut geschützt sein, auch wenn wir die meiste Zeit über bloß weglaufen und uns verstecken.«

Renie hatte sich gefragt, wie sie sich in der trojanischen Feste im Dunkeln zurechtfinden sollten, aber noch andere bewaffnete Männer zogen zum Tor hinunter, und Renie, !Xabbu und T4b mischten sich einfach unter sie.

»Weißt du, was mir durch den Kopf geht, ist, wie fest diese ganze Geschichte codiert sein mag.« Sie sprach leise, obwohl der kleine Trupp Wehrpflichtiger unmittelbar vor ihnen ein Lied über die schönen Hänge des Idagebirges sang und die Stimmen den aggressiven Ton angetrunkener Männer hatten, die beweisen wollten, daß sie keine Angst hatten. »Du hast ja Hektor gesehen - er hatte Zweifel an Martines Geschichte, aber er hatte keine Zweifel, daß sie seine Schwester war. Diese Replikanten müssen also sehr flexibel sein, in der Lage, sich auf Veränderungen einzustellen. Vermutlich knacke ich an dem Problem rum, wie bestimmt oder unbestimmt die ganze Sache ist. Mit andern Worten, wenn niemand von außen dazukäme, Leute wie wir oder die Gralsbruderschaft, würde dann einfach immer wieder dieselbe Geschichte wie ein Uhrwerk ablaufen? Geschehen Veränderungen nur dadurch, daß reale Personen in den Mix reinkommen? Oder ist es ein turbulentes System, so kompliziert, daß es niemals etwas zweimal machen kann, auch wenn gar keine realen Personen mitwirken?«

»Geschnuppt wie geduppt«, knurrte T4b. »So Reps wollen uns exen, tick? Also müssen wir sie erst exen! Wozu noch mehr wissen?«

»Willst du damit sagen, wir sollten nicht versuchen, hinter das System zu kommen?« Renie war empört, obwohl sie wußte, daß sie sich das schenken konnte. »Herauszukriegen, wie dieses Ding funktioniert, ist vielleicht unsere einzige Hoffnung, jemals hier rauszukommen.«

T4b zuckte mit den Achseln; sein Interesse am Gespräch war erschöpft. *Mein Gott,* dachte Renie, *er ist einfach ein Teenager, wie er im Buche steht.*

»Ich denke, ich verstehe dich, Renie«, sagte !Xabbu. »Aber meinst du denn, daß es überhaupt noch so etwas gibt wie ... wie kann man das nennen? Etwas wie ... ein unverfälschtes Environment? Wenn es tatsächlich so ist, wie Azador sagte, nämlich daß zum Beispiel diese Zwillinge von einer Simulation zur anderen ziehen und die Gralsbrüder und Leute wie Kunohara überall eintreten können, wo sie wollen, dann ist das System nicht mehr, was es am Anfang war.«

Renie nickte. »Stimmt. Ich frage mich, ob das ein Grund für diese Vorfälle sein könnte, diese Zusammenbrüche, bei denen das ganze System stehenbleibt. Vielleicht wird das System einfach zu kompliziert, so daß unvorhersehbare Dinge passieren, gravierende Störungen, alles mögliche.«

»Dann wäre das Otherlandnetzwerk der wirklichen Welt sehr ähnlich«, meinte !Xabbu. Er lächelte nicht.

Die Rüstkammer war ein riesiger Lagerraum mit einer genauso großen Schmiede direkt nebendran, auf der Hofseite gegenüber von dem wuchtigen, düsteren Skäischen Tor. Zu dieser Stunde war sie das einzige gut erleuchtete Gebäude im ganzen Umkreis, und ihre Essen brannten viel heller als die Feuer der Krieger, die auf dem großen Hof hinter dem Tor lagerten. Als sie eintraten, waren sie sofort von Rauch und Dampf und dem Geruch von Schweiß und geschmolzenem Metall eingehüllt. Der turnhallengroße Raum war ein grandioses Durcheinander,

der Traum jedes Archäologen, und enthielt alles nur erdenkliche Kriegsgerät - zerlegte Streitwagen, haufenweise Lanzen mit zersplitterten Schäften, Helme mit Beschädigungen, die vermuten ließen, daß ihre früheren Besitzer sie wahrscheinlich nicht mehr zurückverlangen würden -, aber Renie blieb wenig Zeit, das alles auf sich wirken zu lassen. Die Arbeiter, fast durchweg alt oder verkrüppelt und somit vom Kriegsdienst ausgenommen, drängten sich mit großen Augen heran, um sich die Neuankömmlinge näher zu betrachten. Im Fackelschein wurde rasch klar, aus welchem Grund.

»Wie es im Liede heißt«, sagte einer der ältesten Rüstmeister mit ehrfürchtigem Blick auf T4b, »der edle Glaukos trägt einen Panzer, der nicht seinesgleichen hat.«

Erstaunt sah T4b an sich nieder. Die genau dem Oberkörper angepaßte Brustplatte, die Armschienen und die Beinschienen, die von den Knien bis zu den Knöcheln reichten, waren alle aus funkelndem Gold. Anscheinend hatten die Programme des Netzwerks den Panzer weiter ausgestaltet, den sein Sim beim Eintritt in die Trojawelt schon angehabt hatte. Die Rüstmeister scharten sich um den jungen Mann wie Autogrammjäger um einen Spitzensportler.

»Stimmt es, daß dein Großvater Bellerophontes ihn schon trug, als er gegen Ungeheuer kämpfte?« fragte ein Mann mit einem Arm.

»Glaukos hat einen Schlag an den Hals bekommen«, half Renie ihm aus der Verlegenheit. »Bei ... beim Ringen. Seine Stimme ist schwach.«

T4b warf ihr einen dankbaren Blick zu.

»Solange sein Arm noch stark ist«, meinte der Mann, der zuerst gesprochen hatte. »Viel Blut und Tränen werden fließen, wenn die Sonne aufgeht. Beten wir zu Vater Zeus, daß die Griechen den größten Teil davon lassen müssen.«

Die Rüstmeister, die sich geehrt fühlten, den Gefährten des allem Anschein nach berühmten Glaukos aus Lykien zu Diensten zu sein, beeilten sich, Renie und !Xabbu zu wappnen. Als die Arbeiter mit völliger Selbstverständlichkeit an ihr herumfingerten, bemühte Renie sich nach Kräften, nicht zurückzuzucken, und sagte sich immer wieder, daß sie jetzt ein Mann war. Sie banden ihr eine gefütterte Linnenmatte um die Brust, hängten ihr dann einen zweischaligen bronzenen Glockenpanzer über die Schultern und knoteten ihn an den Seiten zu. Als sie versuchsweise die Arme hob, um zu sehen, wie man in so einer schweren Montur weglaufen oder gar kämpfen konnte, fügten sie noch einen herabhängenden Schurz zum Schutz des Unterleibs und der Leistengegend hinzu und legten ihr dann die linnengefütterten bronzenen Beinschienen an. !Xabbu ließ geduldig eine ähnliche Prozedur über sich ergehen, und Renie konnte nicht anders, als seinen sehnigen, schlanken Körper zu bewundern. Sie fand es sehr erfreulich, daß er kein Pavian mehr war. Er sah sie schauen und lächelte amüsiert.

Verdammt, Frau, das hier ist blutiger Ernst, schalt sie sich. *Es ist egal, wie gut er aussieht oder wie du aussiehst und ob du jetzt in Gottes Namen ein Mannsbild bist. Draußen vor diesem Tor lagern Männer, die es gar nicht erwarten können, dich mit Pfeilen zu spicken und dir mit der Axt den Kopf abzuhacken.*

Gebührend von sich selbst gemaßregelt ließ sie sich zu einem Haufen ausrangierter Helme führen und erhielt einen Kopfschutz, der wenig Ähnlichkeit mit T4bs mächtigem goldenen Helm hatte. Es war vielmehr eine Art Kappe aus steifem Leder, mit langen Ohrenschützern und außen umgeben von Reihen gespaltener Eberzähne, die an beiden Enden durchbohrt und auf das Leder genäht worden waren. Sie hoffte, daß die Hauer einen stabilen Schutz darstellten und nicht nur der Zierde dienten.

»Du hast Glück«, erklärte ihr der Einarmige. »Das ist ein sehr schönes Stück.«

Als !Xabbu seinerseits eine Lederhaube erhalten hatte, begaben sie sich zu einem Stapel hölzerner Schilde, kreisrund oder wie Achten geformt, mit Stierhaut bespannt und am Rand mit Bronze beschlagen. Renie nahm sich einen runden, weil sie sich von dem kleineren Format mehr Mobilität versprach, und !Xabbu folgte ihrem Beispiel. Nachdem sich beide mit einem kurzen Schwert versehen hatten, traten sie zuletzt noch vor den kleinen Wald an der Wand lehnender Lanzen, die alle mehr als doppelt so lang waren wie sie, und suchten sich je eine aus. Statt mehr Sicherheit gab die neue Rüstung Renie das Gefühl, schwerfällig und behindert zu sein. Schon jetzt scheuerte die vordere Platte an ihrer ungewohnt flachen Brust. Während sie die Lanzen mit ihren Bronzespitzen in Augenschein nahm, mußte sie unwillkürlich an die ganzen Griechen draußen vor den Toren denken, die mit ähnlichen Mordinstrumenten versuchen würden, sie aufzuspießen, und einen Moment lang rutschte ihr vor Angst das Herz in die Hose.

Wir gehören hier nicht her. Wir stecken schon wieder bis zum Hals in der Patsche.

»Wenn ich fragen darf, edler Glaukos«, sagte ein alter Mann, der Renie gerade die Schwertscheide an den Gürtel knüpfte, zu T4b, »warum haben deine Freunde keine eigenen Rüstungen? Gibt es eine Geschichte dazu? Die Griechen nehmen den Besiegten meistens den Panzer ab, aber nicht, ohne den Besitzer vorher zu töten.«

T4b, der vor sich hingeträumt hatte, während Renie und !Xabbu ausgerüstet wurden, blickte überrascht auf.

Will er sagen, wir seien Feiglinge? überlegte Renie. *Wahrscheinlich bräuchte man eine Weile, um solche Sachen sicher beurteilen zu können, aber wir müssen ja immer gleich mitten reinplatzen.* Sie versuchte sich etwas Glaubwürdiges auszudenken. »Unsere ... unsere Pferde sind mit unsern Sachen durchgegangen.« Bis jetzt hatten alle Replikanten außer Bruder Factum Quintus ihre Worte für bare Münze genommen; sie hoffte, daß diese trojanischen Sklaven und Freigelassenen das ebenfalls tun würden.

Ihre Hoffnung trog nicht. »O weh, ohne Pferde muß euch der Weg von Lykien hart geworden sein.« Der alte Mann nickte mit ernster Miene. »Aber wir sind dankbar, daß ihr hier seid. Ohne euch Lykier und Dardaner und die andern wäre Troja schon vor Jahren gefallen.«

»Ist doch selbstverständlich.« Renie machte T4b mit dem Kinn eine auffordernde Geste. Es dauerte einen Moment, bis er begriff, dann winkte er ihnen zum Zeichen, ihn hinauszubegleiten. Die Rüstmeister kamen wieder an die Tür, um ihnen alles Gute zu wünschen und einen letzten Blick auf den goldenen Panzer zu werfen.

Das Lager um das Skäische Tor herum war riesig. Einen Moment lang kehrte Renie die Zuversicht wieder. Selbst wenn die Griechen eine Streitmacht von gleicher Größe aufbieten konnten, gab es hier bestimmt genug Männer, daß es nicht weiter auffiel, wenn sie und ihre Freunde sich aus den vordersten Schlachtreihen verdrückten.

Einer der Wachposten erkannte T4b und führte sie zu Sarpedon, der irgendwie mit Glaukos verwandt zu sein schien. Der Anführer der lykischen Verbündeten war ebenfalls ein Filmstartyp, nicht ganz so imposant wie Hektor, aber dennoch hochgewachsen und gebaut wie ein olympischer Athlet. Er nahm Renie die hastige Erklärung für T4bs Schweigen ohne weiteres ab.

»Solange dein Arm noch stark ist, Glaukos«, war auch sein Kommentar, und dazu gab er T4b einen derben Schlag auf die Schulter, bei dem der junge Mann einen Schritt nach vorn taumelte. »Blutige Taten harren unser, wenn die Sonne heraufzieht, und die Griechen werden nicht darauf warten, dich sprechen zu hören, bevor sie deine Stärke mit ihren langschattenden Lanzen erproben.«

T4bs Lächeln war verkniffen, aber Sarpedon war bereits davongeeilt, um mannhaft von Lagerfeuer zu Lagerfeuer zu schreiten und die lykischen Truppen zum Kampf zu ermuntern. Renie hatte die Trojaner und ihre adligen Muskelprotze bereits gründlich satt. Wenn ihr noch einer etwas von den blutigen Taten erzählte, die bei Tagesanbruch geschehen sollten, würde sie einen Schreikrampf kriegen, hatte sie das Gefühl.

Sie fanden einen Platz neben einem der Feuer, um das herum ein gutes Dutzend Männer kauerte. Nachdem sie einander grüßend zugenickt hatten, hüllte T4b seinen Mantel um den schimmernden Panzer und sich selbst in Schweigen. !Xabbu hockte sich neben Renie und blickte auf die flackernden Flammen, vielleicht in Gedanken an andere Feuer an vertrauteren Orten. Zum erstenmal konnte Renie die übrigen Krieger betrachten, die Truppen, die den Trojanern zur Hilfe gekommen waren. Während die Männer stumm ins Feuer starrten oder leise miteinander flüsterten, bemerkte Renie etwas, das ihr vorher entgangen war, das aber jetzt in den niedergeschlagenen Augen und geduckten Haltungen nur allzu offensichtlich war. Ungeachtet der kühnen Reden ihrer Anführer wie Hektor und Sarpedon hatten diese zum Kriegspielen eingezogenen einfachen Männer eine Heidenangst vor dem, was der Morgen bringen würde.

> *»Code Delphi. Hier anfangen.*

Abgesehen von Emily, die seit unserer Ankunft hier leise vor sich hinweint, ist es jetzt still in den Frauengemächern. Auch an mir zerrt das Bedürfnis zu schlafen, obgleich ein Teil von mir dagegen aufbegehrt und mir vorhält, daß jede Minute, in der ich nicht an der Lösung dieses oder jenes Rätsels arbeite, vergeudet ist. Ich nehme mir jetzt die Zeit, diese Gedanken festzuhalten, da lautlos zu flüstern nicht anstrengend ist, aber zu mehr fehlt mir die Kraft.

Wir sind in Troja. Abermals hat sich unsere Gruppe gespalten, aber diesmal, weil es mir richtig erschien. Ich habe so sorgfältig überlegt, wie ich konnte, aber jede Entscheidung, die so weitreichende Konsequenzen hat und in solcher Hast getroffen wird, muß zwangsläufig fragwürdig sein. Als der große Hektor, der Löwe von Troja, Emily, Florimel und mich wegbrachte, fürchtete ich schon, einen schrecklichen Fehler begangen zu haben. Das Hauptgewicht meiner Entscheidung werden Renie und die anderen tragen müssen - in wenigen Stunden werden sie bei einem Angriff auf die Griechen mitmachen müssen. Ich komme mir vor wie ein ganz kleiner, ganz unbedeutender Gott, ausgestattet mit der Macht über Leben und Tod, aber ohne die Überlegenheit, die einen göttlichen Souverän normalerweise auszeichnet.

Und dennoch, trotz all meiner Schuldgefühle, kann ich mich der Großartigkeit und Komplexität dieser Simulation nicht verschließen, kann ich Hektor, seine Frau und seine Eltern nicht ansehen, ohne an ihr bekanntes furchtbares Schicksal zu denken und an die Jahrtausende, in denen sie die Phantasie der Menschen schon beschäftigen. Ich weiß wahrscheinlich zuviel. Vielleicht ist T4b in seiner völligen Unkenntnis von allem, was sich vor seiner Geburt, und vielem, was sich seither zugetragen hat, in der besten Position von uns allen. Er kann sich einfach unmittelbar zu dem verhalten, was er vor sich sieht. Aber ich kann mein Wissen nicht abschütteln. Ich kann das Leben nicht ausklammern, das ich vor meinem Eintritt in diese aberwitzige Welt geführt habe.

Hektor führte uns durch den Palast zu diesem abgesonderten Frauenteil. Bis auf wenige Fackeln an den Wänden waren die Gänge dunkel, und bis auf wenige Wächter waren sie leer. Zum erstenmal seit längerem hatte ich Anlaß, mich über meine Blindheit zu ärgern. Meine anderen Sinne haben uns in diesem Netzwerk unschätzbare Dienste geleistet, aber ich hätte zu gern die Fresken gesehen. Das wenige, was ich mit meinen Möglichkeiten erkennen kann, macht mich sicher, daß die Gralsbruderschaft sich um eine weitgehend originalgetreue Ausführung der Wandgemälde bemüht hat. Als Kind verliebte ich mich in die Fresken von Knossos auf Kreta, die in prächtigen Farben in einem Kunstband meiner Eltern reproduziert waren: springende Delphine und Vögel und Stiere. Ich hätte gern gesehen, wie die Wände im Palast des Priamos geschmückt waren.

Hektors Frau Andromache und seine Mutter Hekabe waren auf und warteten auf uns, denn sie sorgten sich um mich - beziehungsweise um Kassandra, in deren Rolle ich geschlüpft bin. Wenn ich mich recht entsinne, war Kassandra die Tochter des Königs, die von dem Gott Apollon die Sehergabe verliehen bekam, wobei dieser später die Gabe vergiftete, indem er bewirkte, daß keiner ihren Prophezeiungen Glauben schenkte. Vielleicht habe ich schlecht gewählt, vielleicht werde ich meine Wahl zu einem späteren Zeitpunkt sogar bereuen, aber soweit ich mich erinnern kann, ist Kassandra während des Trojanischen Krieges nur eine Randfigur.

Andromache freute sich noch mehr, ihren Hektor zu sehen als mich, und hoffte offensichtlich, er würde etwas bleiben, doch seiner romantischen Aura zum Trotz ist er ein brüsker und nüchterner Pflichtmensch und machte sofort klar, daß er jetzt, wo wir drei wohlbehalten abgeliefert waren, unverzüglich zum trojanischen Heer zurückmüsse. Um ihn nicht merken zu lassen, wie tieftraurig sie das machte, hielt seine Frau ihm ihren kleinen Sohn Astyanax zu einem Abschiedskuß hin, Hektor aber hatte seinen Bronzehelm mit dem großen Roßhaarbusch auf, und der Anblick des ungeheuerlichen Wesens, das der Vater damit darstellte, erschreckte das Kind.

Ich stand still erschüttert daneben, denn dies ist eine der ergreifendsten Szenen der ganzen Ilias, wenn sie auch im Epos in einen leicht anderen Zusammenhang eingebaut ist. Niemand außer mir, mit der möglichen Ausnahme von Florimel, wußte, daß der stolze, tapfere Hektor nicht mehr lebend zurückkehren und daß sogar seine Leiche vor den Augen seiner machtlosen Angehörigen geschändet werden würde, und dieses Wissen machte meine Gewißheit, daß dies Replikanten waren, nichts weiter als codierte Marionetten, vollkommen zunichte. Ja, als Hektor niederkniete und seinen Helm abnahm, um die Tränen seines Sohnes zu stillen, war es beinahe unmöglich zu glauben, daß eine derart menschliche Geste, einerlei wie berühmt oder wie vielkommentiert, ausschließlich vom Algorithmus eines Technikers erzeugt sein konnte.

Ich bin müde, schrecklich müde, aber die Erinnerung geht mir nicht aus dem Kopf. Was ist schlimmer für Hektor und seine Lieben - diesen traurigen Moment einmal zu durchleben, als reale Menschen, oder wie Dantes Sünder das tragische Geschehen wieder und immer wieder durchspielen zu müssen, ohne Hoffnung auf Erlösung?

Es ist albern, soviel über diese Gespenster nachzugrübeln - denn in gewisser Weise sind sie nichts anderes -, wenn gleichzeitig soviel zu tun ist, damit meinen wirklichen, lebendigen Freunden nichts zustößt. Die Erschöpfung ist schuld, daß ich diesen Augenblick immer wieder vor mir ablaufen lasse - wie Hektor sich hinkniet und den Helm mit dem nickenden Busch abnimmt, wie er die Arme nach dem weinenden Jungen ausstreckt, der noch nicht recht glaubt, daß es wirklich sein Vater ist. Andromache und die alte Hekabe sehen mit bitterem Lächeln zu, denn sie ahnen, auch wenn sie es nicht zugeben können, daß die Ängstlichkeit des Kindes zwar grundlos scheint, in Wahrheit aber berechtigt ist, daß es die Gegenwart des Todes im Haus spürt.

Es war ein langer Tag - er hat schließlich in einer ganz anderen Welt angefangen. Mir gehen allmählich die Worte aus. Die Frauen haben sich alle zu Bett begeben. Neben mir liegt Florimel und schnarcht. Emily ist endlich in einen flachen Schlummer gesunken, murmelt und wälzt sich herum, aber weint wenigstens nicht mehr. Ich bin ganz sicher, daß ihre Verstörtheit sich nicht allein mit ihrer Jugend und Unbedarftheit erklären läßt - sie hat sich nicht mehr beruhigt, seit Renie und die anderen mich gerettet haben -, aber mir fehlt die Kraft, noch weiter nachzudenken. Genau wie die Tragödie dieser von den launischen Göttern zum Untergang bestimmten Stadt hänge ich in der immergleichen Schleife fest ...

Schlafen. Morgen können wir versuchen, alles besser zu verstehen. Schlafen ...

Code Delphi. Hier aufhören.«

> Es war ein merkwürdiger Traum gewesen, wie er häufig bei einem flachen, unruhigen Schlaf auftrat. Stephen war vorn an ein riesiges hölzernes Pferd gefesselt gewesen und hatte ihr zugerufen, er könne alles sehen, er könne ihr Haus in Pinetown sehen und seine Schule, und unterdessen war Renie immer wieder erfolglos hochgesprungen, um ihn zu fassen und wieder auf den Boden herunterzuziehen, wo er sicher gewesen wäre.

Sie werden das Pferd benutzen, dachte Renie. *Sie werden damit die Tore aufbrechen, und sie werden Stephen zerquetschen ...*

Halb im Aufwachen schoß ihr noch ein gegenteiliger Gedanke durchs Traumbewußtsein: *Nein, warte, das Pferd wird uns retten, weil nur wir darüber Bescheid wissen. Wir werden hineinsteigen und entkommen.*

Aber sie konnten nicht hinein - das Pferd stand vor den Mauern, voll wütender Kinder mit Klauen und verschatteten Gesichtern, und sie und die anderen waren in der Stadt und warteten hilflos ...

Sie schnappte nach Luft und riß die Augen auf. !Xabbu saß über sie gebeugt neben ihr, und aus dem noch unbekannten Gesicht sprach Sorge. »Du hast gequälte Töne gemacht«, sagte er. »Im Traum, meine ich. Sie klangen nicht glücklich.«

Sie blickte sich um, suchte sich wieder zurechtzufinden. Der Boden war feucht vom Tau. Am Himmel war es noch dunkel, aber die meisten Lagerfeuer waren heruntergebrannt. Über ihnen ragte Trojas berühmtes

Tor auf, nur schwach vom Schein der Glut beleckt, links und rechts von Wachtürmen flankiert wie von mächtigen Grabsteinen.

»Es war bloß ... Ich hab von Stephen geträumt.« Sie schüttelte sich. Mehrere andere am Feuer schliefen ebenfalls unruhig; T4b war einer davon. »Bloß ein Traum.«

Sie unterhielten sich ein Weilchen leise über nichts Wichtiges, tauschten Eindrücke von ihren neuen Körpern aus und bemühten sich dabei um einen Ton der Normalität, obwohl sie beide wußten, daß nichts an ihrer Situation normal war. Läufer eilten von Lagerfeuer zu Lagerfeuer und ermahnten die Männer, sich zu rüsten. Im Osten wurde der Himmel fast unmerklich vom Licht behaucht.

T4b wirkte nach dem Aufwachen aufgewühlt und verschlossen, seine Großspurigkeit von vorher war weg. Renie war das nur recht - in dem Zustand war kaum zu erwarten, daß er aus jugendlichem Übermut eine Dummheit machte.

»Kämpfen wir oben von den Mauern runter, irgendwie?« fragte er und ließ seinen Blick über die hohen Zinnen schweifen. In seinen weit aufgerissenen Augen sah man das Weiße rund um die Pupillen.

»Ich glaube nicht. Ich denke, wir werden die Griechen draußen auf der Ebene angreifen.« Sie runzelte die Stirn. »Aber ich will nicht, daß du *überhaupt* kämpfst, wenn's sich vermeiden läßt. Hörst du mich, Javier? Zieh nicht so ein Gesicht - wir haben genug zusammen durchgemacht, daß ich dich bei deinem richtigen Namen nennen kann.«

Er zuckte mit den Achseln.

Sie drehte sich etwas zur Seite, um !Xabbu einzubeziehen. »Wir dürfen uns nicht da draußen abschlachten lassen. Wir sind kein Code wie diese Leute. Wir haben die Pflicht, am Leben zu bleiben. Laßt euch bloß nicht von diesem ganzen Ruhm-und-Ehre-Quatsch einseifen - das hier ist wie ein Film. Es ist nicht real. Versteht ihr?«

!Xabbu schenkte ihr ein Lächeln, aber ein kleines. T4b zögerte kurz, dann nickte er. »Habt ihr ... Muffe?« fragte er leise. »Angst, irgendwie?«

»Und ob.« Renie hörte, wie der Läufer am nächsten Lagerfeuer zum Kampf rief, hörte, wie die Männer sich schwerfällig aufrappelten und sich den Tau von Panzer und Waffen klopften. Das allgemeine Regen und Reden wurde lauter. »Eine Heidenangst hab ich. Diese Lanzen und Pfeile können uns genauso gefährlich werden wie im RL. Deckt euch mit euren Schilden! Wir bleiben alle zusammen und schützen uns gegenseitig. *Wir dürfen nicht getrennt werden!*«

Als die Herolde ihre Gruppe erreichten und sie aufriefen, sich den übrigen anzuschließen, erhob sich Renie, setzte ihren Helm auf und ergriff dann ihre schwere Lanze und den Schild. *Schade, daß ich nie eine Kampfkunst geübt hab oder sowas,* dachte sie traurig, während sie zu dritt mit den anderen Männern auf die hinter dem Tor bereitstehende Masse zutappten. *Statt als Nichtschwimmerin gleich ins Wasser springen zu müssen.*

!Xabbu streckte die Hand aus und drückte sie unter dem Schulterschutz am Arm. Auf ihrer anderen Seite trabte T4b, dessen goldener Panzer noch unter dem Mantel verborgen war, und bewegte die Lippen, als würde er beten.

Hektor stand hoch aufgerichtet neben dem Tor, ein lebendes Monument. Seine Lanze war dreimal so lang wie er, aber er schwenkte sie so leicht, als wäre sie eine dünne Angelrute.

»Trojaner, Dardaner, all ihr Verbündeten, jetzt ist es soweit!« schrie er. »Auf, schlagen wir die Griechen in die Flucht! Auf, stecken wir ihre schwarzen Schiffe in Brand! Jede einzelne unserer zerstörten Städte, jede einzelne unserer versklavten und geschändeten Frauen und Töchter wollen wir rächen! Möge jeder Mann dem Tod kühn ins Auge blicken, daß die Götter selbst über den Heldenmut Trojas weinen!«

Da erhoben die versammelten Truppen, von denen vorher nur ein dumpfes Murmeln zu hören gewesen war, ein tierisches Gebrüll, und im selben Moment lugte der feine Rand der aufgehenden Sonne über die östlichen Berge und verbreiterte sich alsbald zu einem lodernden, gleißenden Halbrund.

Die mächtigen Angeln kreischten wie Raubvögel, als das Skäische Tor sich öffnete. Dann stürmte das trojanische Heer auf die Ebene hinaus.

Vier

Sonnenuntergang auf den Mauern

»Du hast mir den Osten genommen, du hast mir den Westen genommen, du hast genommen, was vor mir und was hinter mir ist; du hast mir den Mond, du hast mir die Sonne genommen, und meine Furcht ist groß, daß du mir Gott genommen hast.«

Klage des irischen Mädchens, gesammelt von W.B. Yeats

Kapitel

Unterwegs nach Hause

NETFEED/NACHRICHTEN:
"Sklavenarbeitslager" in Arizona?
(Bild: marschierende Jugendliche unterwegs zum Arbeitseinsatz auf dem Truth and Honor Rancho)
Off-Stimme: Bürgerrechtsgruppen prangern ein vom Staat Arizona verabschiedetes Gesetz an, das die rechtliche Handhabe dazu gibt, die meisten minderjährigen Straffälligen des Staates in "Jugenddienstanstalten" einzuweisen, die nach Meinung der Bürgerrechtler nichts anderes darstellen als Sklavenarbeitslager.
(Bild: Anastasia Pelham von Rightswatch vor dem Parlamentsgebäude)
Pelham: "Wir haben das schon in Texas erlebt, und es ist grauenhaft. Im texanischen Strafvollzug sind in einem Jahr zwanzig Kinder an Erschöpfung und Hitzschlag gestorben. Das ist institutionalisierter Mord."
(Bild: Senator Eldridge Baskette aus Arizona)
Baskette: "Ja, ich hab den Quatsch gehört, Auschwitz und dieser ganze Blödsinn. Tatsache ist, wir haben riesige Anstalten, die randvoll mit jugendlichen Straftätern sind, viele von der übelsten, gewalttätigsten Sorte, und wir geben Millionen für ihren Unterhalt aus. Was wir ihnen sagen, ist schlicht dies: 'Du willst einen Urlaub auf Staatskosten? Na schön, dann wirst du dafür arbeiten müssen.' Nur fair, wenn du mich fragst."

> Als Fredericks wieder hereinkam, quälte Orlando sich gerade damit ab, sich auf seinem rohen Bett aufrecht hinzusetzen. Die Sonne war

gesunken, und die Glut in dem Kohlenbecken war das einzige, was in der Hütte Licht gab, so daß Orlando sich nahe heranbeugen mußte, um zu erkennen, was er erkennen wollte.

»Was machst du da?«

»Ich versuch ... bloß ...« Er war von der Anstrengung schon völlig erschöpft, aber er gab nicht auf. Es gelang Orlando, das Umkippen zu verhindern, dann machte er sich an das schwierige Werk, sein Bein einzuknicken, damit er den Fuß betrachten konnte. »Ich versuch bloß, meine Fersen anzugucken.«

»Du meinst, deine *Füße*? Im Scännen bist du Weltmeister, Gardiner, soviel steht fest.«

»Wenn ich Achilles bin, dann muß irgendwas mit meiner Ferse nicht in Ordnung sein. Hast du den Ausdruck noch nie gehört? Machst du noch der Schule eigentlich gar nichts anderes, als rumzuhängen und drauf zu warten, daß du zu 'ner Party im Palast der Schatten eingeladen wirst?«

»Block dich.« Fredericks klang nicht so überzeugend, wie es ihr lieb gewesen wäre. »Und wieso soll mit deiner Ferse was nicht in Ordnung sein?«

»An der Stelle wurde Achilles getötet - so steht's in den alten Geschichten. Ich weiß nicht wie, ich weiß nur, daß es so war.«

»Dann zieh dir Schuhe an. Hör auf damit!« Fredericks wollte deutlich nicht über die Möglichkeit reden, daß Orlando getötet wurde. »Wir müssen was tun, Orlando. Ständig kommen hier Leute an und bitten dich, daß du gegen die Trojaner kämpfst.«

»Ich kämpf nicht, und wenn sie sich auf den Kopf stellen.« Die Anstrengung, seine Fersen zu untersuchen, hatte ihn ermüdet, aber einen sichtbaren Schwachpunkt hatte er nicht entdecken können. Mit hämmerndem Schädel stöhnte er auf und ließ sich in die Waagerechte zurückfallen. »Ich kann nicht. Es ist schlicht unmöglich. Ich hab nicht die Kraft dazu. Dieser dämliche ägyptische Tempel hat mich geliefert.«

»Wir hauen hier ab«, sagte Fredericks mit dem Mut der Verzweiflung.

»Dann wirst du schon wieder.«

Orlando ersparte sich, ihr zu erklären, was sie beide wußten. »Nein, wir müssen hierbleiben, wenigstens bis wir wissen, ob Renie und die andern kommen.«

»Sie müssen kommen. Das hat die Frau im Gefrierfach gesagt.«

»Hat sie nicht. Sie hat gesagt, wir würden hier finden, was wir suchen, oder so ähnlich. Sie hat nicht versprochen, daß unsere Freunde hier auftauchen würden. Du hast doch in Mittland diesen Wahrsagekram zur Genüge kennengelernt, Frederico - es klingt immer, als wär klar, was gemeint ist, aber dann kommt es doch anders, als du denkst. Meistens tippst du daneben.«

»Ich will einfach weg. Ich will irgendwie hier raus.« Fredericks ließ den Kopf hängen, und die zusammengesunkene, niedergeschlagene Haltung bildete einen merkwürdigen Gegensatz zu dem neuen, stattlichen Patrokloskörper. »Ich will meine Mama und meinen Papa wiedersehen.«

»Ich weiß.« Orlando durfte das Schweigen nicht zu lange andauern lassen - es gab ein paar Dinge, die auch er sich nicht zu deutlich klarmachen wollte. »Hast du da draußen was entdeckt? Irgendeine Spur von Bonnie Mae oder den Kids?«

Fredericks seufzte. »Nein. Wenigstens hat niemand was von ihnen erzählt. Wenn hier ein Schwarm gelber Affen rumfliegen würde, wär das wahrscheinlich jemandem aufgefallen.«

»Es sei denn, sie hätten sich auch verändert. So wie wir.«

»Klar.« Fredericks schnitt eine Grimasse. »Also was sollen wir tun? Jeden, der uns über den Weg läuft, fragen:›He, sag mal, warst du vorher ein Affe?‹ Alles, was wir hier machen, ist immer scheißkompliziert! Es ist schlimmer als in der wirklichen Welt.«

»Du hast nicht gesehen, ob sie dir gefolgt sind, als wir aus dem Tempel raus sind?«

»Ich hab gar nichts gesehen, Gardiner! Da waren Fledermäuse und ... und Ungeheuer, und dieser Typ da, dieser Mandy, sagte bloß:›Schnell ins Gateway!‹ Da hab ich dich reingeschoben und bin gleich mit.«

»Nandi. Er hieß Nandi.«

»Ist doch Wurscht. Jedenfalls hab ich nicht sehen können, was aus ihnen geworden ist.«

Orlando ließ der Gedanke keine Ruhe, daß die Kids der Bösen Bande womöglich in der einstürzenden ägyptischen Simwelt einem rasenden Osiris ausgeliefert waren. Sie waren schließlich noch Kinder, Mikros.

»Wir hätten sie nie aus ihrer Urne rausholen sollen«, sagte er düster.

»Das war echt trans scännig.« Fredericks zog die Stirn kraus. »Ob sie die ganze Zeit einfach dort gewartet haben? Während wir in dieser Cartoonküche waren und im Insektenland und so? Einfach im Topf und Deckel drauf, als ob sie'n Pfund Erdnußbutter wären?«

»Ich weiß es nicht.« Orlando mußte unwillkürlich gähnen. Obwohl er den ganzen Tag lang gedöst hatte, war er kein bißchen wacher geworden. Es war gut und schön zu beschließen, daß er seine Energie für einen künftigen Entscheidungskampf aufsparen wollte, aber wo sollte die Energie herkommen? Im Moment war er zu schwach, um ein Kätzchen durchs Zimmer zu tragen. »Irgendwer pfuscht an diesem Netzwerk rum. Jeder erlebt Abenteuer in einer Simwelt - in Simwelten ist das ganz natürlich. Aber daß eine in 'nem Kühlschrank auftaucht, und auf einmal, zack, ist sie in 'ner andern Simulation 'ne ägyptische Göttin? Und hilft uns und sagt uns, wo wir hinsollen? Ich krieg's nicht gebacken.« Er schüttelte müde den Kopf. »Gar nichts. Versucht wirklich jemand, mit uns zu kommunizieren ...?«

Ein Wortwechsel vor der Tür lenkte ihn ab, Stimmen, die stritten oder herumrechteten. Es klang nicht allzu ernst hochstwahrlichulich der übliche Zank, der unter Achilles' sich langweilenden, nervösen Kriegern beim Würfelspiel immer wieder ausbrach -, aber Orlandos Thargorreflexe ließen seine Hand kraftlos nach seinem Schwert tasten, das noch immer an dem Rüstungsständer auf der anderen Seite der Hütte lehnte.

»Die Soldaten, die Mürmeldrohnen, oder wie sie sonst heißen ...«
»Myrmidonen«, sagte Orlando. Aufzustehen und das Schwert zu holen war zu anstrengend; er ließ die Hand fallen. »Hörst du nie der Schildkröte zu?«

»Zu viele Namen. Ich komm da nicht mit. Jedesmal, wenn das Vieh den Mund aufmacht, sagt es: ›Und das ist Bonkulos, Sohn des Gronkulos, der Held der Hornochsianer ...‹«

Orlando grinste. »Myrmidonen. Das sind unsere Leute, Frederico. Du merkst dir besser den Namen - vielleicht müssen sie dir demnächst mal das Leben retten.«

»Sie wollen gegen die Trojaner kämpfen. Jedesmal, wenn ich rausgehe, fragen sie mich, ob du jetzt bald deinen strahlenden Panzer anlegst und uns gegen die Trojaner führst. Es ist nicht bloß König Agamickelmack - *alle* hier wollen unbedingt, daß du kämpfst.«

Orlando zuckte mit den Achseln und kuschelte sich tiefer ins Bett. »Ich kann kaum sitzen. Ich denk nicht dran, uns beide abmurksen zu lassen, bloß um einem Haufen virtueller Lanzenlackel zu imponieren.«

Die Stimmen draußen waren immer noch laut, aber sie klangen etwas weniger gereizt. Fredericks lauschte einen Moment, dann wandte er sich wieder Orlando zu. »Aber ich glaube, sie fragen sich, wieso wir beide die ganze Zeit hier drin zusammenglucken. Sie denken wahrscheinlich, daß wir Schwuchteln sind oder so.«

Da es so überraschend kam, brauchte das Lachen etwas, bis es von Orlandos Bauch bis zum Mund emporgeblubbert war, doch als es endlich aus ihm herausprustete, war es so laut, daß Fredericks erschrocken vom Fußboden aufsprang. »Was? Was ist denn daran so komisch?«

Mit Tränen in den Augen winkte Orlando schwach ab. Wenn Fredericks es nicht witzig fand, daß ein Mädchen in einem Männerkörper sich Sorgen machte, ob ein Haufen imaginärer Leute sie beide für schwul hielt, konnte er ihr auch nicht helfen.

Es klopfte an der Tür. Fredericks schaute sich hilflos um und wußte nicht so recht, ob Orlandos Anfall, der inzwischen zu einem hicksenden Gekicher abgeklungen war, Anzeichen eines ernsteren Problems war oder nicht.

Orlando faßte sich wieder. »He-herein.«

Die Tür schwang auf, und einer der bärtigen Myrmidonen stand ihnen mit verlegenem Gesicht gegenüber. »Es ist der König von Ithaka, Herr«, sagte er zu Orlando. »Wir haben versucht, ihn wegzuschicken, aber er besteht darauf, dich zu sprechen.«

»Wer?« fragte Fredericks.

»Odysseus«, meldete sich eine Stimme hinter dem Wächter. »Tut mir leid, euch zu stören, aber ich glaube, es ist wichtig, daß wir uns nochmal unterhalten.«

Orlando schnaufte leise, aber sagte: »Laß ihn eintreten.«

Odysseus nickte erst Fredericks, dann Orlando grüßend zu, bevor er sich einen Hocker nahm und sich setzte. In seiner Ermattung und Verzagtheit hatte Orlando dem Mann bei seinem ersten Besuch keine große Beachtung geschenkt. Jetzt sah er ihn sich genauer an. In seinem Benehmen lag eine Wachsamkeit, eine listige Zurückhaltung, die darauf hindeutete, daß von ihm mehr zu erwarten war als dichterische Ergüsse über die Erhabenheit des männermordenden Kampfes, wie Orlando sie von den anderen Griechen zu hören bekommen hatte.

»Was gibt's?« fragte Orlando.

»Ich hatte das Gefühl, daß verschiedene Dinge nicht zur Sprache gekommen sind, als ich vorhin mit Ajax und Phoinix hier war«, antwortete der König von Ithaka. »Ich dachte, wir könnten uns vielleicht ohne diese beiden unterhalten und schauen, ob mehr dabei herauskommt.«

»*Schildkröte*«, subvokalisierte Orlando. Nach noch nicht einem Tag hatte er sich schon an die Dienste des Agenten gewöhnt, obwohl seine begrenzte Brauchbarkeit zur Folge hatte, daß er Beezle noch mehr vermißte. »*Erzähl mir, was ich über diesen Odysseus wissen muß.*« Laut sagte er: »Ich glaube nicht, daß es viel zu bereden gibt. Ich kann nicht kämpfen. Ich bin krank. Mir geht's nicht gut.« Er hätte gern noch eine passende Bemerkung über die Götter gemacht, aber hatte nicht die Geistesgegenwart, etwas aus dem Ärmel zu schütteln.

»*Odysseus, Sohn des Laërtes, König von Ithaka*«, flüsterte die Schildkröte. »*Er ist der klügste von allen Griechen, berühmt für seine Listen. Obwohl er ein gewaltiger Krieger ist, vielleicht der beste Bogenschütze unter den Angreifern, wollte er nicht nach Troja ziehen und stellte sich wahnsinnig ...*«

Der Mann, dessen Lebenslauf Orlando gerade ins Ohr gesagt bekam, hatte wieder angefangen zu reden, und Orlando hatte die ersten Worte verpaßt. »... zu einer Verständigung zwischen uns kommen.«

»Wir wissen nicht, wovon du sprichst.« Fredericks hörte sich beunruhigt an. Orlando gab seiner Freundin mit einer knappen Geste zu verstehen, sie solle still sein.

»Ich hab grade nicht gehört, was du gesagt hast - ich kann wegen meiner Krankheit manchmal nicht klar denken. Sag das bitte nochmal.«

»Krankheit?« fragte Odysseus. Sein Lächeln milderte die Härte seines Tons kein bißchen. »Oder war es eine Stimme in deinem Ohr? Ist es bei dir ein Vogel oder was anderes? Eine Biene? Eine Fliege? Eine Göttin vielleicht?«

Orlando wurde das Herz kalt wie nasser Lehm. »Ich ... ich verstehe dich nicht.«

»Komm schon, ich gehe auch ein Risiko ein.« Odysseus beugte sich vor, und seine Miene war wieder listig und wachsam. »Ihr seid nicht von hier, stimmt's? Ihr seid gar nicht Teil dieser ganzen Geschichte, dieser ... Simulation.«

Fredericks Schwert zischte, als sie es aus der Scheide riß. Odysseus rührte sich nicht, auch nicht, als Orlandos Freundin ihm die Spitze an den Hals hielt. »Soll ich ... soll ich ihn töten?« fragte Fredericks.

Du könntest wenigstens versuchen, ein bißchen überzeugender zu klingen, Frederico. Orlando fühlte sich schwach und kurzatmig, hilflos wie in einem schlechten Traum. Abermals trauerte er seiner früheren Vitalität nach. Als Thargor zu seiner besten Zeit hätte er selbst diesen gestandenen Krieger mit Leichtigkeit in die Pfanne gehauen, aber Fredericks mochte er das nicht zutrauen, einerlei welchen Sim seine Freundin anhatte.

»Laß ihn reden«, sagte er resigniert. Wenn die Bruderschaft sie wirklich ausfindig gemacht hatte, würde es ihnen nicht viel nützen, den Boten zu töten, sofern sie dazu überhaupt imstande waren.

»Gut.« Odysseus stand auf, dann breitete er die Arme aus und hielt seine leeren Hände hin, um klarzumachen, daß er sich in friedlicher Absicht erhoben hatte. »Ich sagte, ich gehe ein Risiko ein, und ich werde mich noch weiter vorwagen, um euch zu zeigen, daß ich es ehrlich meine.« Er blickte von Fredericks zu Orlando und dann kurz über die Schulter, wie um sich zu vergewissern, daß niemand im Schatten lauerte. Als er weiterredete, hatte er den feierlich-förmlichen Ton, mit dem ein Botschafter einen anderen begrüßt. »Die goldene Harfe hat zu mir gesprochen.«

Orlando wartete, daß mehr kam, aber anscheinend war es das schon. »Was soll das heißen?«

»Die goldene Harfe.« Odysseus kniff die Augen zusammen und erwartete offensichtlich, daß seine Worte einen tiefen Eindruck machten. »Die *goldene Harfe*.«

Orlando blickte Fredericks fragend an. Hatte er etwas nicht mitgekriegt? Aber seine Freundin erwiderte seinen Blick mit der gleichen Verständnislosigkeit.

»Wir wissen nicht, wovon du redest.« Plötzlich kam Orlando ein Gedanke, bei dem sich ihm sämtliche Nackenhaare sträubten: War das ein Codewort der Bruderschaft? Waren sie zu weit gegangen, als sie erst ihre Nichthingehörigkeit in diese Simulation zugegeben und dann den Code nicht erkannt hatten, der bestätigte, daß sie sich rechtmäßig hier aufhielten? Der einzige Trost war, daß auch Odysseus von dem Scheitern seines Vorstoßes wie vor den Kopf geschlagen war und viel eher ratlos als mißtrauisch wirkte. Er beäugte Orlando und wußte offensichtlich nicht, was er als nächstes tun sollte.

»Vielleicht ... vielleicht habe ich einen Fehler gemacht.« Der Fremde setzte sich wieder. »Ich nehme an, ich kann nicht mehr so tun, als wäre ich doch gekommen, um dich zu überzeugen, daß du gegen die Trojaner kämpfen mußt, was?«

Orlando hätte fast gegrinst, aber die Furcht war zu nahe, zu groß. »Erzähl uns einfach, wer du wirklich bist, dann haben wir vielleicht etwas, worüber wir reden können.«

Der König von Ithaka machte eine abwehrende Geste. »Wirst du mir erzählen, wer *du* bist, ohne sicher zu wissen, mit wem du es zu tun hast? Ich glaube kaum. Nun, dann kannst du meine Lage verstehen.«

Fredericks stand immer noch mit dem Schwert in der Hand da. Orlando musterte den Fremden und überlegte. Die Situation mochte sein, wie sie wollte, jedenfalls schien keine unmittelbare Bedrohung von dem Mann auszugehen. Ein Schrei, und Achilles' Krieger kämen zur Tür hereingestürmt, und er zweifelte nicht, daß die Myrmidonen nach der Devise »Erst stechen, dann fragen« verfahren würden. »Okay, reden wir. Sei so gut und setz deinen Hocker ein bißchen zurück, damit wir ein bißchen Abstand voneinander haben.«

Der Fremde nickte langsam und stellte dann den Hocker in die Mitte zwischen Bett und Tür. Als er wieder saß, hatte er ein schiefes Lächeln im Gesicht. »Wir haben ein kleines logisches Problem, was? Jeder von uns weiß Sachen, die er nicht sagen kann, weil er nicht genau weiß, mit wem er redet.« Er biß sich nachdenklich auf die Lippe. »Wie wär's, wenn wir möglichst allgemein angefangen? Wir unterhalten uns darüber, was wir wissen, aber vermeiden Aussagen, die uns als dies oder jenes entlarven würden.«

Fredericks blickte skeptisch, aber Orlando fand an dem Vorschlag nichts auszusetzen. »Okay.«

»Ich möchte nicht hyperkritisch erscheinen«, sagte Odysseus, »aber es war nicht schwer zu vermuten, daß ihr nicht in die Simulation gehört. Ihr redet einfach nicht so wie die andern. Zum einen benutzt ihr zu viele Verschleifungen - was nicht zu dem altmodischen Operneffekt paßt, auf den hin das Ganze programmiert ist.«

»Ich bin besser, wenn ich nicht so müde bin«, sagte Orlando ein wenig verlegen. »Meistens ist es ...« Um ein Haar hätte er Fredericks' Namen genannt - hatte der Fremde ihn dazu verleiten wollen? »Meistens ist es Patroklos hier, dem es langweilig wird, so schwülstig zu reden, und der dann anfängt ... Sachen zu sagen. Wie er sie normalerweise sagen würde.«

»Vielen Dank.« Fredericks funkelte ihn wütend an.

»Wir wissen alle, daß es eine Simulation ist«, sagte Odysseus. »Wir wissen, daß sie Teil eines großen Simulationsnetzwerks ist, stimmt's?«

Orlando nickte. »Klar. Das kann jeder wissen.«

Der Fremde setzte an, etwas zu sagen, aber bremste sich. »Gut, dann sind wir uns in dem Punkt einig«, erklärte er nach kurzem Zögern. »Die meisten Leute hier sind Replikanten, aber einige kommen von außen. Aus der wirklichen Welt. Wie wir drei.«

»Soweit okay.«
»Und wenn ich nun eine bestimmte ... Bruderschaft erwähnte?« fuhr Odysseus fort.

Fredericks warf ihm einen besorgten Blick zu, doch Orlando war klar, daß die Richtung nahelag und sich eigentlich kaum vermeiden ließ.
»Die Gralsbruderschaft, stimmt's?«
»Stimmt.«

Aber keine Seite wollte sich genauer über die Bruderschaft äußern: Zustimmung oder Ablehnung zu verraten konnte das wacklige Vertrauensgerüst, das sie bauten, sofort zum Einsturz bringen.

Es ging quälend langsam voran. Fast eine Stunde lang rangen sie sich minutenlang überlegte Bemerkungen über den Charakter des Netzwerks ab, ständig behindert von der Notwendigkeit, alles im Vagen und Allgemeinen zu lassen. Das Feuer brannte herunter, bis der Raum fast ganz im Schatten lag. Draußen rief jemand bei der Wachablösung die Mitternachtsstunde aus.

Zuletzt meinte Orlando, nicht länger warten zu können - wenn sich nichts tat, konnte dieses Taktieren noch tagelang so weitergehen, und ihm war seit langem klar, daß die Zeit nicht für ihn arbeitete. »Dann erzähl uns halt was von dieser goldenen Harfe«, sagte er. »Ganz am Anfang hast du behauptet, sie hätte zu dir gesprochen. Was hat's damit auf sich? Wieviel kannst du uns sagen?«

Odysseus strich sich durch seinen Bart. »Tja, ohne zuviel preiszugeben ... es war eine Botschaft, die mir jemand geschickt hat. Sie sagte mir ...« Er hielt inne und dachte nach. »Sie sagte mir, irgendwelche Leute würden nach mir suchen. Und sie würden mich erkennen, wenn ich ihnen sagte, daß ich mit der goldenen Harfe gesprochen hätte.« Er zog eine Braue hoch. »Aber du hast gesagt, du hättest nie davon gehört.«

»Richtig«, sagte Orlando. »Aber mir kommt da, glaub ich, eine Idee.« Er zögerte - es war, als faßte man in ein dunkles Loch im Boden, eine Grube, die einen Schatz oder einen scheußlichen, giftigen Wächter bergen konnte. »War diese Harfe ... vorher etwas anderes?«

»Etwas anderes?« Odysseus saß auf einmal sehr still. »Was meinst du damit?«

»Du hast schon verstanden.« Die Spannung machte Orlando langsam schwindlig; ihm war, als müßte er gleich loslachen oder schreien. »*Du* hast mit dieser dämlichen Harfe angefangen, also erzähl schon.«

Der Fremde schien versteinert zu sein. »Nein«, sagte er schließlich. »Aber ... hinterher war sie etwas anderes, keine Harfe mehr.«

»Hinterher?« Das brachte Orlando aus dem Konzept - er hatte an das Bild der goldenen Stadt gedacht, das Renie und den anderen zuerst als ein kleines goldenes Juwel erschienen war. Aber jetzt hatte er sich einmal darauf eingelassen, und langsam ging ihm die Energie aus; auch wenn er damit möglicherweise das Schicksal seiner Freunde gefährdete, konnte er nicht ewig mit diesem Spionspielen weitermachen. Von einem tiefen Fatalismus erfaßt sagte er: »Okay, gut, also *hinterher*, als es keine Harfe mehr war, war es ... war es da immer noch golden?«

»Ja.« Es war, als deckte jemand in einem Spiel mit hohem Einsatz eine Karte auf. »Ja. Es war ein ... ein kleines, goldenes Ding.«

»Dsang! Genau wie Sellars sie ausgestreut hat!« sagte Fredericks aufgeregt.

»Fredericks!« Orlandos Haut wurde eiskalt. Er drehte sich wieder um, doch der Fremde war nicht im Begriff, sich mit einem höhnischen Grinsen im Gesicht drohend vor ihm aufzubauen. Er wirkte vielmehr noch verwunderter als vorher.

»Sellars?« Seine Verwirrung war nicht gespielt. »Wer ist Sellars?«

Orlando starrte ihn an und überlegte, wie er sich versichern konnte, daß dies kein Trick war. »Schauen wir mal, ob wir dasselbe meinen. Also, jemand hat dir eine Harfe gegeben oder eine Harfe gezeigt, und nachdem sie dir eine Botschaft übermittelt hatte, verwandelte sie sich in ein kleines goldenes ... was?«

Der Fremde ließ sich seinen inneren Zustand nicht anmerken, aber er brauchte eine ganze Weile, bis er antwortete. »Ein Juwel. Wie ein Diamant, aber aus Gold, und mit einer Art Licht drin.«

Eine Welle der Erleichterung überkam Orlando. Entweder die Bruderschaft ging bei der Jagd auf Sellars' Leute unglaublich umständlich vor, oder der Fremde war selber einer. »Ein Juwel. Genau das haben wir auch gefunden.«

»Ich bin ganz durcheinander«, sagte Odysseus. »Habt ihr ... Wie habt ihr eures bekommen? Ich dachte, ich wäre der einzige, der ... Ich dachte, es gäbe sonst keinen wie mich.«

»Nein, es gibt durchaus mehrere.« Ein kummervoller Gedanke flackerte jäh in ihm auf. »Wenigstens gab es mehrere. Aber aus irgendeinem Grund bist du nicht in die goldene Stadt durchgekommen und hast sie deshalb nicht kennengelernt und Sellars auch nicht.«

»Goldene Stadt?« Er schüttelte ratlos den Kopf. »Ihr habt zweimal den Namen ›Sellars‹ erwähnt. Kannst du mir sagen, wer das ist?« Orlando überlegte einen Augenblick. »Wurde dir in deiner ... Botschaft sonst noch was mitgeteilt?«

Der Mann, den sie als Odysseus kannten, zögerte, dann rezitierte er: »*Wenn du das gefunden hast, bist du entkommen. Du warst ein Gefangener und befindest dich nicht in der Welt, in der du geboren wurdest.*« Er runzelte nachdenklich die Stirn. »So ungefähr. Ich hätte es mir Wort für Wort einprägen sollen«, meinte er entschuldigend, »aber ... na ja, es ging alles ziemlich drunter und drüber.«

»War das alles?«

»Nein. ›*Nichts um dich herum ist wahr, aber trotzdem kann das, was du siehst, dich verletzen oder töten. Man wird dich verfolgen, und ich kann dir nur in deinen Träumen helfen ...*‹«

»Träume ...«, sagte Orlando. Er fühlte, wie sich ihm wieder die Nackenhaare aufstellten, diesmal vor banger Erregung. »In Träumen ...?«

»*Die andern, die ich dir schicke, werden auf dem Fluß nach dir suchen. Sie werden dich erkennen, wenn du ihnen sagst, daß die goldene Harfe zu dir gesprochen hat.*« Der Fremde schwieg ein Weilchen. »Sagt euch das irgendwas?«

»Heißt du Jonas?« fragte Orlando plötzlich.

Im ersten Moment dachte er, der bärtige König von Ithaka würde zur Tür hinausspringen und in die Nacht flüchten. Die Augen des Fremden wurden groß und glänzend, ein Hirsch, der aus dem Gehölz in den Lampenstrahl eines Jägers trat. Dann sah Orlando, daß sie deshalb glänzten, weil sie sich mit Tränen füllten.

»Mein Gott«, sagte er leise. »Ja, ich bin Paul Jonas. O lieber Himmel. Seid ihr gekommen, um mich hier rauszuholen?«

»Es ist Jonas!« rief Fredericks aufgeregt. »Dsang, Gardiner, wir ham's geschafft! Das ist absolut megachizz!«

Orlando aber sah die Hoffnung im Gesicht des bärtigen Mannes leuchten, und ihm war klar, wenn der Fremde entdeckte, wer ihn da gefunden hatte und wie machtlos sie selber waren, würde ihm dieser grausame Augenblick der Zuversicht leid tun.

Als der Gesprächsfluß schließlich zu versiegen begann, setzte sich Paul Jonas auf seinem Hocker zurück. »Du siehst müde aus«, sagte er zu Orlando. »Wir haben die ganze Nacht durchgeredet und könnten noch stundenlang weiterreden, aber besser wär's, wenn wir uns alle ein Weilchen schlafen legten.«

»Ich bin müde«, gab Orlando zu. »Ich bin nicht ... Ich bin ziemlich krank. Im realen Leben.« Fredericks sah ihn besorgt an. Orlando versuchte zu lächeln.

»Ich komm einfach nicht drüber weg«, meinte Jonas. »Nach so langer Zeit. Wahnsinn, was euch alles passiert ist - die Insekten, die Comicfiguren.« Er lachte ein wenig befangen. »Wobei mir ja auch ein paar ziemlich verrückte Sachen passiert sind, würde ich sagen.«

Selbst in seinem völlig zerschlagenen Zustand konnte Orlando nicht anders, als Mitleid mit dem Mann zu empfinden. »Ich könnte das nicht, was du getan hast«, sagte er. »So eisern durchzuhalten, ohne zu wissen, warum.«

»Doch, du könntest es«, erwiderte Jonas. »Was bleibt einem denn anderes übrig? Aber das Warum wissen wir im Grunde immer noch nicht, stimmt's? Warum das alles? Ich werde nicht damit fertig, daß ihr der Vogelfrau auch begegnet seid.«

Orlando fand, daß er sich beinahe ein wenig enttäuscht anhörte. »Aber wir *kennen* sie nicht, anders als du. Sie hat bloß ... ich weiß nicht, Anteil an uns genommen oder so.«

Jonas zupfte an seinem Bart und überlegte. »Es gibt so viel, was noch ungeklärt ist. Wer ist sie, und warum zieht sie von einer Simulation zur andern wie ... wie ein Engel? Und die Zwillinge ...«

»Die sind das Scännigste überhaupt«, meinte Fredericks. »Sowas von grauenhaft, und dabei sind wir ihnen nur einmal begegnet. Ich kann mir voll nicht vorstellen, wie es sein muß, wenn sie ständig hinter einem her sind.«

»Schlimm, das kann ich dir sagen«, entgegnete Jonas düster.

»Sellars hat uns erzählt, daß du ein Gefangener der Bruderschaft warst.« Orlando hatte Mühe, die Augen offenzuhalten, aber es gab soviel zu besprechen, daß er nicht schlafen wollte, und wenn er noch so krank war. »Daß du irgendwie eine Bedrohung für sie darstellen mußt. Deshalb sollten wir dich suchen.«

»Tja, ich wünschte, euer mysteriöser Herr Sellars hätte euch gesagt, *warum* ich angeblich eine Bedrohung darstelle. Zum einen komme ich mir nicht sehr bedrohlich vor, zum andern würde das vielleicht das riesige Loch in meinem Gedächtnis ein bißchen stopfen. Herrje, als du vorhin meinen Namen gesagt hast, da ... da dachte ich, jetzt bekomme ich meine ganzen Erinnerungen zurück. Begreife endlich, warum das alles geschieht.« Sein Gesicht straffte sich. »Aber genug davon. Gerade eben habe ich die geheimnisvolle Frau einen Engel genannt. Ich habe über sie und diese ganzen Rätsel nachgedacht, als ich hier in diese Welt kam und feststellte, daß es mehr als eine Version von ihr am selben Ort geben kann - was auch für diese andern Leute gilt, von denen ich euch erzählt habe, die Pankies, die genau wie die Zwillinge *wirkten*, aber die nicht die Zwillinge *waren*.«

»Mann, diese Pankies hören sich an wie meine Tante und mein Onkel aus Minnesota«, meinte Fredericks. »Die haben mir noch Puppen geschenkt, als ich vierzehn wurde. Igitt!«

»Es kommt mir so vor, als ob es vier verschiedene Kategorien von Leuten hier in diesem Netzwerk gäbe«, fuhr Paul fort, ohne auf Fredericks' eingeworfene Familienanekdote einzugehen. »Replikanten natürlich - Figuren, die reiner Code sind, Teile der Simulationen - und Leute wie wir. Oder wie die Gralsbruderschaft, versteht sich. Reale Personen, Bürger nennt man sie, glaube ich.« Er stutzte, als er draußen Geräusche hörte, Schritte und Gesprächsfetzen der eben erwachten Myrmidonen, die Holz für ein Morgenfeuer herbeiholten. »Liebe Güte«, sagte Jonas, »es ist schon fast Tag. Aber laßt mich noch diesen Gedanken zu Ende bringen. Außer Replikanten und Bürgern gibt es, glaube ich, in diesem Otherlandnetzwerk noch zwei andere Gruppen, die ich Engel und Waisen nenne. Die Engel sind wie die Version der Vogelfrau, die mir im Traum und hier in der Odysseewelt erschien und die für euch in Ägypten eine Göttin war - sie können sich von Simulation zu Simulation bewegen und bewahren sich dabei stets einen Teil ihrer Identität. Möglicherweise gehören die Zwillinge auch zu dieser Kategorie, es sei denn, sie sind letztlich nichts weiter als zwei brutale sadistische Schweine im Dienst der Bruderschaft. Ich weiß nicht, was schlimmer wäre.« Er verzog das Gesicht zu einem freudlosen Grinsen. »Was die Waisen betrifft ... ich denke, sie sind wie der Junge, mit dem ich zusammen war, Gally, und wie die Version der Vogelfrau, die mir in der Marswelt begegnet ist, und wie meine Frau ... das heißt die von Odysseus, hier im alten Griechenland. Sie ... schlagen irgendwie Wurzeln in den Simulationen, füllen eine Lücke darin, vielleicht in der gleichen Weise, wie wirkliche Menschen bestimmte Rollen übernehmen, ihr zum Beispiel die Rollen von Achilles und Patroklos und ich die von Odysseus.«

»Sag mal, wer zum Teufel ist dieser Patroklos eigentlich?« fragte Fredericks dazwischen. »Wir wissen, daß Achilles der Typ mit der schlappen Ferse ist, aber von diesem Patroklos haben wir noch nie was gehört.«

Orlando fand, daß Jonas auf die Frage hin ein wenig leidend dreinblickte, aber sich bemühte, es nicht zu zeigen. »Das erzähl ich dir später. Erst würde ich das gerne fertig sortieren, nachher krieg ich's vielleicht nicht mehr zu fassen.«

Fredericks nickte betreten. »Chizz.«

»Also, was können das für Personen sein«, fragte Jonas, »diese Waisen, die einfach herumirren, bis sie eine Figur finden, in die sie schlüpfen können?«

Trotz seiner Erschöpfung fühlte Orlando, wie sein Interesse wieder wach wurde. »Die Kinder, so wie Renies Bruder?«

»Könnte sein.«

»Puh.« Orlando schüttelte ratlos den Kopf. »Und auch wie die Kinder im Gefrierfach. Das wäre total scännerös.« Er überlegte. »Aber würde das nicht bedeuten, daß deine Vogelfrau auch eine von der Sorte ist?«

»Tja, möglicherweise.« Jonas schien die Vorstellung unangenehm zu sein. »Irgendwie kommt es mir nicht so vor - aber wie soll man hier irgendwas richtig beurteilen können?«

»Hast du eine Idee, wer aus deinem Leben sie sein könnte? Ich meine, aus deinem Leben vorher ...?«

»Eine kleine Schwester? Meine erste Liebe?« Paul zuckte mit den Achseln. »Nein. Aber möglich ist alles.«

»O Mann, ist das alles viel!« klagte Orlando. »Diese ganze Geschichte wird nur immer noch und noch und noch verrückter.«

Jonas wurde durch ein energisches Klopfen an der Erwiderung gehindert. Als Fredericks sich erhob und aufmachte, stand der greise Phoinix im ersten Schimmer des Morgengrauens kaum erkennbar in der Tür. Der Alte hielt sich nicht mit förmlichen Begrüßungen auf.

»Ihr Herren, ich komme, um euch mitzuteilen, daß die Trojaner in mächtigen Heerscharen durch das große Skäische Tor strömen. Mit donnernden Rädern jagen ihre Wagen bereits über die Ebene. Odysseus, deine Ithakesier sind in hellem Aufruhr, da sie nicht wissen, wo du bist.«

»O Gott«, sagte Paul leise. Seine Augen huschten umher, als suchte er einen Platz, um sich zu verstecken, oder eine freundliche Hintertür, durch die er aus der Simulation hinausspazieren konnte.

»Ich werde nicht kämpfen«, erklärte Orlando. »Ich kann kaum die Augen offenhalten. Ich kann noch nicht mal stehen!«
»Bitte, edler Achilles«, bat Phoinix, »vergiß deinen Streit mit Agamemnon. Die Trojaner drängen mit Macht heran und haben es in ihrem Sinn, unsere wohlverdeckten Schiffe anzuzünden, damit wir nicht in die Heimat und zu unseren Familien zurückkehren können.«
»Wenn er sagt, er kann nicht kämpfen, kann er nicht kämpfen«, fertigte Jonas den Alten barsch ab. Er wandte sich an Orlando und Fredericks. »Ich kann mich nicht einfach dünnemachen«, sagte er leise. »Damit würde ich riskieren, daß alles vor die Hunde geht.«
»Du hast doch nicht etwa vor zu kämpfen?« Orlando entsetzte die Vorstellung, sie könnten Jonas schon wieder verlieren, nachdem sie ihn eben erst gefunden hatten.

Der Mann, den die Griechen Odysseus nannten, drehte sich zu dem im Eingang stehenden Phoinix um, der hin- und hergerissen zwischen Schrecken und Erregung von einem Fuß auf den anderen trat. »Geh zurück und sage den Ithakesiern, ich komme. Achilles ist noch nicht fähig zu kämpfen. Spute dich, es wird noch andere geben, die deines Rates bedürfen. Ich folge dir auf dem Fuße.«

Phoinix zögerte, dann nickte er kurz und eilte davon.

»Ich werde mir alle Mühe geben, mich nicht umbringen zu lassen«, sagte Jonas, als der alte Mann fort war. »Glaubt mir, es liegt mir nichts dran, daß irgendwelche Lieder über mich gesungen werden. Aber wenn die Trojaner die Griechen schlagen, kommen wir nie in die Stadt, sofern das wirklich unsere Aufgabe ist, höchstens als Gefangene. Soweit ich mich an das verdammte Epos erinnere, waren die Kräfte ziemlich ausgeglichen, zumal solange Achilles nicht mitkämpfte. Wenn alle Männer, die mit Odysseus gekommen sind, kopflos die Flucht ergreifen, weil ich nicht da bin, könnte das die ganze Sache kippen - dann stecken die Trojaner vielleicht in wenigen Stunden eure Schiffe in Brand.«

Orlando betrachtete ihn, als er zur Tür schritt. Nach seiner eigenen Darstellung war Paul Jonas ein Niemand, ein Angestellter in einem Museum, ein Mensch, dessen Wochenendbeschäftigung es war, Regale zusammenzubauen und die Zeitung zu lesen. Aber jetzt ging er geradewegs in eine mörderische Schlacht und riskierte sein Leben, weil er das Kräfteverhältnis so lange im Gleichgewicht halten wollte, bis er Antwort auf seine Fragen hatte.

Orlando hoffte inbrünstig, daß er nicht gerade Zeuge war, wie ein sehr tapferer Mann in den Tod zog.

> Obwohl sie jetzt seit über einer Woche in den Staaten war und schon vor Tagen die alte Mason-Dixon-Linie überquert hatte, wurde es Olga Pirofsky erst in Georgia endlich spürbar, daß sie sich tatsächlich in einem anderen Land aufhielt.
Es gab dafür keinen offensichtlichen Grund. Sicher, der Osten der USA war bisher von Kanada kaum zu unterscheiden gewesen - bis weit nach Süden entsprach das äußere Bild dem Märchen von der nordamerikanischen Einheit -, aber es gab auch keinen großen Unterschied zwischen Atlanta und den großen Städten im Norden, die sie kannte, sei es Toronto oder New York. Nur an dem berühmten roten Lehm, den Stellen mit der eigenartigen lachsfarbenen Erde, die zwischen dem Pflanzengrün zutage lagen wie langsam verheilende Wunden, erkannte sie, daß die gesichtslosen, großbürgerlichen Vororte nicht die ihrer Heimat waren und daß die aus allen Nähten platzenden Obdachlosenlager abseits der Hauptstraßen von Leuten aus Georgia und nicht aus Pennsylvania oder gar Kanada bevölkert waren.

Wenn es etwas gab, woran man eine wirkliche Veränderung festmachen konnte, dann waren es die atmosphärischen Untertöne. Es waren die unausgesprochenen Überzeugungen der örtlichen Rundfunksprecher, die leicht aggressive Tendenz der religiösen Werbesprüche auf Wänden und Reklametafeln und sogar die leuchtenden holographischen Kundenfänger, grellbunte Jesusbilder wie auch weltlichere, aber genauso magische Figuren - Chicken Boy, Hungry Hillcat, The Price-Killer -, die wie überirdische Erscheinungen neben den nächtlichen Freeways auftauchten und ein paar Herzschläge lang vor der dunklen Häusermasse blinkten, bevor sie im Rückspiegel verschwanden.

Hast Du Gott heute schon gedankt? erkundigte sich eine neonrote Leuchtschrift an der Seite eines scheunenähnlichen Gebäudes, in dem Olga eine Kirche vermutete. *Such die Wahrheit Jetzt!* verkündete eine andere, die langsam an einer fünfzig Meter über dem Boden schwebenden Glaskonstruktion umlief wie die erste Proklamation eines extraterrestrischen Raumschiffs.

Nicht alle diese dringenden Mitteilungen waren im Dunkeln zu lesen. Nach echter demokratischer Sitte ließen auch Leute, die sich nicht mehr als eine Farbsprühdose leisten konnten, die Welt wissen, was sie zu sagen hatten. *Christus kam wieder,* meldete ein krakeliges Graffito an einer Freeway-Überführung, *und die Juden haben ihn nochmal gemordet.* Sie vermutete, daß dahinter der Keever-Kult stand, dessen Führer zehn Jahre zuvor in Jerusalem erschossen worden war, als er versucht hatte, den Felsendom zu erobern.

Olga war empfänglich für Stimmen geworden und hatte den Eindruck, in diesen Zeichen und Wundern Stimmen zu hören, die beinahe aus Träumen stammen konnten. Aus dunklen Träumen. Bedrückenden Träumen.

Immer die Verlierer, schien es ihr, *die Leute, denen etwas Wichtiges im Leben brutal genommen wurde - die klammern sich an Geheimnisse. Die glauben an Zeichen.* Sie dachte an ihre Jugend unter Zigeunern und anderen Zirkusleuten zurück, an die seltsamen Sicherheiten dieser Menschen und ihr ständiges Ringen mit einem Universum, das sein Geheimnis hartnäckig wahrte. *Aber diese Leute hier haben ihren Kampf schon vor zweihundert Jahren verloren. Sie sind jetzt reich und mächtig, modern. Wonach suchen sie noch?*

Wie es aussah, ließ sich die Trauer trotzdem nicht immer auf Knopfdruck abstellen.

Sie war in Washington, D.C., aus dem Zug gestiegen, weil ihre eigenen Stimmen schwächer wurden. Sie wußte, daß sie in die richtige Richtung fuhr, wußte es, wie eine sonnenbadende Frau die Richtung der Sonne weiß, aber die Stimmen waren unbeständig und undeutlich geworden, als ob etwas sie erschreckte oder ablenkte. Die Vision der großen schwarzen Bergspitze erschien ihr immer noch im Schlaf, doch jetzt kam sie ihr oft nur wie eine Erinnerung aus den früheren Träumen vor. Olga fühlte, daß der Radar in ihrem Kopf, der sie anfangs so untrüglich geführt hatte, langsam unzuverlässig wurde. Sie mußte aus dem blitzschnellen Metallgeschoß heraus, in dem sie von Toronto nach Süden gerauscht war. Sie wollte wieder unrecycelte Luft atmen, Wind im Gesicht spüren. Der schwarze Berg war irgendwo weiter im Süden, aber sie mußte die Welt richtig fühlen können, um zu merken, wo genau in der Welt er sich befand.

Wenn sie ihren Mietwagen durch die dichten dunklen Wälder von Nordgeorgia lenkte oder wenn sie unauffällig in einem Restaurant am Straßenrand saß, konnte sie sich manchmal aus der Perspektive einer Außenstehenden betrachten - eine Frau von sechsundfünfzig, die ihren hervorragenden Job hingeschmissen und ihr Haus und sogar ihr Land verlassen hatte, um irgendeinem unbegreiflichen Ziel hinterherzujagen, und das nur, weil Stimmen in ihrem Kopf sie dazu genötigt hatten - und wußte dann genau, daß sie sich nur für verrückt erklären könnte, wenn sie diese Außenstehende wäre. Wer sonst hörte schließlich innere Stimmen? Wer sonst wäre felsenfest davon überzeugt, daß die Kinder der Welt im Traum zu ihr sprachen? Nur Verrückte, Wahnsinnige. Merkwürdigerweise jedoch störte die Vorstellung sie nicht im geringsten.

Ich fürchte mich nicht davor, wahnsinnig zu sein, erkannte sie eines Abends beim Warten auf eine müde Kellnerin, die ganz vergessen hatte, ihre Bestellung aufzunehmen. *Nicht solange ich mir bewußt bin, was ich tue. Ich bin nach wie vor Olga, nach wie vor weitgehend derselbe Mensch.*

Es war seltsam, gleichzeitig in sich zu stecken und außerhalb zu stehen, aber es war irgendwie auch beruhigend. Trotz ihres theoretischen Wissens, daß ihr Verhalten unvernünftig, ja geradezu ein Schulbeispiel für Schizophrenie war, konnte sie nichts dagegen machen. Die Stimmen mochten Einbildung sein, Symptom einer Geisteskrankheit, aber sie waren ein Teil von ihr, genau wie der besonnenere Teil auch, und sie waren das Tiefste und Wahrste, was sie seit langem empfunden hatte. Sie mußte sie achten und ehren - alles andere würde auf Selbstvernichtung hinauslaufen, und Olga hatte keinerlei Selbstmordtendenzen. Wenn sie welche gehabt hätte, wäre es nie so weit gekommen, daß sie hier in diesem schlecht beleuchteten Restaurant auf ein Käsesandwich wartete, daß sie immer noch lebte, Jahrzehnte, nachdem ihr geliebter Aleksander und ihr gemeinsames Kind gestorben waren.

Sie fuhr aus Atlanta hinaus und durch Südgeorgia nach Alabama, durch Wälder und Brachland voller Wohnwagen und noch notdürftigerer Behausungen oder durch schwindelerregende innenstädtische Metroplexe, wo die Spiegelglastürme der Telemorphikmagnaten die Skyline beherrschten und jeder schimmernde Wolkenkratzer unmißverständlich klarmachte, daß auch in einer von Informationen gesteuerten Welt die Informationen irgendwo herkamen, selber irgendwo gesteuert wurden. *Hier ist dieses Irgendwo,* verkündeten die Gebäude stellvertretend für ihre Besitzer. *Hier in diesen Firmenpalästen und in vielen tausend andern auf dem ganzen Erdball. Wir kontrollieren die Gateways. Uns gehören selbst noch die Elektronen. Die Mühlseligen und Beladenen unter euch können auf Jesus warten, wenn sie wollen, aber in der Zwischenzeit sind wir die Beherrscher der Erde, die Herren der unsichtbaren Räume. Wir leuchten.*

Nacht für Nacht lag Olga in einem der zahllosen austauschbaren Autobahnmotels im Bett, ungestört von den vorbeifahrenden Lastern, deren Dröhnen durch ihren telematischen Shunt fast vollkommen ausgeschaltet wurde, den Kopf voller Bilder und leiser Stimmen. Die Kinder umgaben sie wie scheue Gespenster, und traurig wisperte jedes von einer verloren scheinenden individuellen Vergangenheit, begnügte sich jedes damit, als Teil eines zersprengten Chores diese Geschichte immer und immer wieder vorzutragen. Wie Tauben fanden sie sich stupsend und gurrend bei ihr ein, und Nacht für Nacht brachten sie sie an einen Ort, wo sie den großen schwarzen Zacken steil in den Himmel stoßen sehen konnte.

Schon näher, erklärte ihr die murmelnde Menge. *Näher.*

Jeden Morgen wachte sie müde, aber mit einem eigentümlichen Hochgefühl auf. Selbst die gelegentlichen grellen Schmerzen im Schädel, die sie noch wenige Wochen zuvor mit ständigem Schrecken erfüllt hatten, kamen ihr beinahe angemessen vor, als ein weiterer Beweis, daß sie an etwas Wichtigem dran war. Zum erstenmal seit Jahren passierte ihr etwas, und es war *bedeutsam*. Wenn die Kopfschmerzen das bewirkten, dann waren sie trotz allem kein Fluch, sondern ein Segen.

Die heiligen Märtyrer des Altertums müssen sich so gefühlt haben, ging ihr eines Morgens auf, als sie auf die Interstate 10 fuhr, einen Wärmebecher mit Kaffee in der Hand, dessen Polyesterpolster sich in ihrer Hand erwärmte wie ein kleines, zum Leben erwachendes Tier. *Jede Wunde eine Gabe Gottes. Jeder Peitschenschlag ein göttlicher Kuß.*

Aber die Märtyrer starben, sagte sie sich. *Dadurch wurden sie erst Märtyrer.*

Selbst dieser Gedanke konnte sie nicht aus der Ruhe bringen. Der Himmel war grau und kalt, die zusammengekauerten Vögel saßen als regungslose Knäuel auf den Straßenschildern, aber etwas in ihr war so lebendig, daß sie fast nicht an den Tod glauben konnte.

Tausend Meilen von allem entfernt, was sie kannte, und viele tausend mehr von dem Ort, wo sie geboren war, wußte Olga Pirofsky auf unerklärliche Weise, daß sie dabei war, endlich nach Hause zu kommen.

Kapitel

Ein Obolos für Persephone

NETFEED/SITCOM-LIVE:
"Sprootie" peppt dein Liebesleben auf!
(Bild: Wengweng Chos Wohnzimmer)
Cho: Chen Shuo, hilf mir! Ich kann mein Sprootie-Implantat nicht finden, und jeden Augenblick wird die Witwe Mai zu unserem Rendezvous erscheinen. Ohne Implantat wird sie mich wegen meiner Impotenz verspotten!
Shuo (flüstert Zia zu): Dein Vater setzt viel zuviel Vertrauen in dieses chimärische Sprootie-Implantat. (Laut) Hier, Bürgermeister Cho. Ich habe es gefunden.
Cho: Dem Himmel sei Dank! (Stürzt davon.)
Zia: Du bist ein garstiger Kerl, Chen Shuo. Das war mein Panda-Implantat für den Biologieunterricht.
Shuo: Sorg dafür, daß genug Bambussprossen im Kühlschrank sind!
(Off: Lachen)
Cho (aus dem Off): Ich bin heilfroh, daß ich jetzt die Witwe Mai mit stolzgeschwellter Männlichkeit beglücken kann — sie ist so attraktiv! Ihre Augen, ihre feuchte Nase, ihr schönes Fell ...!
(Off: anschwellendes Gelächter)
Shuo: So geht's, wenn ein Schwachkopf meint, daß Sprootie seine ganzen sexuellen Probleme löst.
(Off: Lachen und Applaus)

> Das angreifende Trojanerheer wirkte mehr wie eine rohe Naturgewalt als wie eine formierte Menschenansammlung - eine bronzen und silbern funkelnde gepanzerte Masse, die brüllend aus dem Skäischen Tor auf die Ebene hinausfegte wie ein alles niederwerfender Sturm. Die

Griechen waren noch dabei, sich ihrerseits zu panzern, als die ersten trojanischen Streitwagen bereits die Mauer um das griechische Schiffslager erreichten. Pfeile flogen über die Brustwehr und zischten herab wie ein tödlicher Regen. Männer taumelten und fielen in der sandigen Erde aufs Gesicht, von gefiederten Schäften starrend. Ihre Gefährten konnten nicht einmal die Getroffenen bergen oder die Verwundeten von den Toten trennen - Leichen und Lebende wurden gleichermaßen von den Fliehenden niedergetrampelt, als die Griechen vor den trojanischen Bogenschützen Schutz suchten.

Die Sonne lugte gerade erst über die Berge, und schon war das Tor des griechischen Lagers Schauplatz eines wütenden Gefechts. Der riesige Ajax, der in seinem Panzer so gewaltig wirkte wie ein in die Schlacht eingreifender Gott, war ausgesperrt worden, als man das Tor hastig geschlossen und verriegelt hatte; er hielt dem ersten trojanischen Angriff stand, aber er hatte nur wenige Männer dabei, und mehrere waren bereits von Pfeilen durchbohrt gefallen.

Paul hatte noch nie im Leben etwas derart grauenhaft Entmenschtes gesehen. Als die erste Welle der trojanischen Wagen und Schützen ihre Pferde von der Mauer weglenkte und am Rand des großen Verteidigungsgrabens entlangjagte, kam die zweite Welle herangebraust, daß die Hufe donnerten wie gedämpfte Kesselpauken. Einer von Pauls Ithakesiern ging mit einem schwarzgefiederten Pfeil im Bauch zu Boden und rief noch hustend und Blut speiend die Götter an, ihm zu helfen.

Wie kann ich mich aus einer Schlacht raushalten, in der ich mitten drin stehe? dachte Paul verzweifelt, als der verwundete Mann seine Beine ergriff. Er duckte sich tiefer und bemühte sich, das sterbende, spuckende Wesen neben sich möglichst zu ignorieren. Zwei in den Schild schlagende Pfeile rissen an seinem Arm. *Was soll ich tun?* Die Lanze, die er gepackt hielt, war ihm schon so schwer in der Hand wie eine Laternenstange. *Ich kann mit diesen Scheißdingern nicht kämpfen, das hat mir nie jemand beigebracht!*

Die griechischen Bogenschützen hasteten jetzt die Böschung hinter der Mauer hinauf, einige nur in der halben Rüstung. Viele starben, bevor sie überhaupt den Bogen spannen konnten, aber anderen gelang es, die Schüsse zu erwidern. Die trojanischen Schützen und ihre Wagenlenker konnten sich beim Schießen nicht mit den Schilden decken, und als jetzt von der griechischen Mauer Pfeile angeflogen kamen, zogen sich die Wagen in einen sicheren Abstand zurück.

Ein wilder Jubelschrei erscholl aus den Kehlen von Pauls Ithakesiern, als der Pfeilregen nachließ, doch falls sie so dumm waren zu meinen, sie hätten den trojanischen Angriff abgeschlagen, hielt dieser Irrtum nicht lange an. Die letzte Welle der trojanischen Streitwagen rollte auf den Graben zu, aber diesmal nicht, um zu schießen und wieder davonzupreschen. Während das trojanische Fußvolk auf breiter Front über die Ebene heranflutete, stiegen die Vorkämpfer aus den Wagen und rückten mit hocherhobenen Langschilden vor, die alles bis auf die unmenschlichen, insektenartigen Helme und die langen Lanzen verbargen.

Einer aber schritt schneller aus als alle anderen und stürmte auf die griechische Mauer zu, als wollte er sie ganz allein einreißen.

»Hektor!« schrie einer der Griechen. »Es ist der große Hektor!« Paul spürte, wie die Männer um ihn herum das Grauen packte. An anderen Stellen der Mauer riefen einige Schmähworte zum Sohn des Priamos hinunter, doch selbst die hatten einen schrillen Klang.

»Ohne Achilles können wir ihm nicht entgegentreten«, murmelte einer der Ithakesier. »Wo ist er? Wird er kämpfen?«

Der trojanische Führer reagierte auf keine der Beleidigungen, sondern eilte voran, als hätte er Angst, einer seiner Kameraden könnte die Mauer als erster erreichen. Zu dem Zeitpunkt, als er unten im Graben war und auf der anderen Seite emporzuklettern begann, war sein Schild bereits über und über mit griechischen Pfeilen gespickt, aber er trug ihn so mühelos, als wäre er aus Papier. Er sprang an den Fuß der Mauer hinauf und wischte mit seinem Schild eine auf ihn geworfene Lanze beiseite, so daß sie abprallte und zitternd im Boden steckenblieb; gleich darauf zuckte seine lange Lanze vor, schnell und tödlich wie ein Blitz. Der aufgespießte Schütze konnte gerade noch aufschreien, dann hatte Hektor ihn schon von der Mauer gezogen wie einen gespeerten Fisch und erledigte ihn unten mit einem brutalen Stoß und Ruck seines Schwertes.

Die anderen Trojaner sprangen von ihren Wagen. Etliche kamen bereits hinter Hektor aus dem Graben geklettert, wobei sie nicht nur Lanzen und Schwerter mitführten, sondern auch lange, an Schiffsplanken erinnernde Bohlen. Während ihre Kameraden vorne und die Bogenschützen auf der anderen Seite des Grabens die Griechen beschäftigten, begannen diese Männer, die Mauer zu untergraben, damit sie die Bohlen als Hebel ansetzen und Steine herausbrechen konnten. Einige wurden von Pfeilen durchbohrt und fielen, aber andere setzten das Vernichtungswerk fort. Paul wußte, daß es ihnen mit ausreichend Zeit gelingen würde - anders als die befestigten Mauern Trojas waren die Abwehranlagen des griechischen Lagers nicht dafür geschaffen, einer entschlossenen Belagerung standzuhalten.

Im Licht der steigenden Morgensonne sah Paul, wie die griechischen Verteidiger mal an diesen, mal an jenen Teil der improvisierten Mauer hasteten - je nachdem, wo die Trojaner in dem allgemeinen Chaos gerade das Übergewicht hatten und einzudringen drohten - und es immer nur mit knapper Not schafften, die Angreifer zurückzudrängen. König Agamemnon selbst machte in Begleitung des Helden Diomedes einen Ausfall über die Mauer, um Ajax zu retten, der fast alle seine Männer verloren hatte und in höchster Bedrängnis sein Heil nur noch darin suchen konnte, Trojaner mit einer ihrer eigenen Hebelbohlen zu Klump zu hauen. Diomedes hatte Paul bisher noch nicht kennengelernt, aber er hatte mehrere Leute von ihm als dem besten griechischen Kämpfer nach Achilles sprechen hören, und ein Blick auf den Mann sagte ihm, daß dieser ein Star und kein kleiner Nebendarsteller war. Hektor erspähte Agamemnon aus hundert Meter Entfernung, aber ehe er sich durch das Gewühl seiner eigenen, um ihr Leben kämpfenden Männer einen Weg bahnen konnte, hatten der griechische Heerführer und Diomedes den Hünen schon gerettet. Auf einer leidenschaftlich verteidigten Leiter kletterten alle zurück über die Mauer, und Hektor konnte nur noch vergeblich unten toben, mit der Lanze auf seinen großen Schild schlagen, daß man es über den ganzen Schlachtenlärm hinweg hörte, und die Geflohenen auffordern, zurückzukommen und sich mit ihm zu messen.

Ein Bote entdeckte Paul und bestellte ihn zu Agamemnon, der breitbeinig und zitternd ein kurzes Stück hinter der Mauer stand, mit blutigen Schrammen bedeckt.

»In diesem Augenblick, edler Odysseus«, keuchte der König, »fühle ich, wie Vater Zeus die Waagschalen auseinanderspannt. Unsere Todeslose senken sich bis zum Hades hinab, der Schicksalstag der verfluchten Trojaner hingegen erhebt sich bis zum Himmel. Ajax und Diomedes haben sich gleich wieder in den Kampf gestürzt, aber ich denke, keiner von ihnen kann Hektor aufhalten, über den sichtlich die Hand eines Gottes wacht. Was sollen wir tun?« Er wischte sich den Schweiß aus dem Gesicht. »Nur Achilles kann gegen ihn antreten. Wo ist er? Wirst du noch einmal zu ihm gehen und ihn bitten, uns in unserer großen Not beizustehen?«

Wenn man sah, wie grau dieser mächtige Mann geworden war und wie sehr die Anstrengung an ihm zehrte, war es fast unmöglich, nicht wenigstens ein bißchen Mitleid zu empfinden. »Er ist krank. Er kann kaum aufrecht stehen. Das habe ich mit eigenen Augen gesehen.« Agamemnon schüttelte den Kopf, und Schweißtropfen flogen aus seinem gelockten Bart. Ganz in der Nähe wurde ein griechischer Verteidiger von einem Speer durchbohrt, so daß die blutige Spitze ihm zum Rücken herausfuhr, und er stürzte laut aufschreiend rückwärts von der Mauer. »Dann hat ein Gott das über ihn verhängt, so wie Apollon uns vorher mit einer Seuche schlug, weil wir einen seiner Priester beleidigt hatten.« Immer noch keuchend stützte sich der Heerführer auf die Knie. »Es ist hart. Haben wir es jemals an den gebührenden Opfern fehlen lassen?«

»Das Problem ist Hektor, nicht wahr?« sagte Paul. »Wenn wir den aufhalten könnten, würde das einigen Wind aus den trojanischen Segeln nehmen, was?«

Agamemnon zuckte schwerfällig mit den Schultern. »Ich glaube, nicht einmal der gottgleiche Diomedes vermöchte ihn aufzuhalten. Hast du nicht gesehen, wie Hektor die Griechen hinschlachtet und sich gar nicht ersättigen kann am Mord? Der Priamossohn ist wie ein Löwe, der brüllend in ein Gehöft eingefallen ist, daß alle Hunde sich hinter den Häusern verstecken.«

»Dann sollten wir vielleicht nicht im Zweikampf gegen ihn antreten«, meinte Paul. Irgend etwas mußte geschehen, oder der Plan, oder was es sonst war, das ihn hierhergebracht und zu den Jungen Orlando und Fredericks geführt hatte, würde in einem Meer von Blut untergehen. »Wir sollten einen Stein auf ihn schmeißen oder so.«

Agamemnon sah ihn seltsam an, und erst dachte Paul, er werde jetzt wegen seiner unheroischen Gesinnung getadelt. Statt dessen sagte der Herrscher: »Du bist fürwahr der klügste von allen Griechen, erfindungsreicher Odysseus. Besorge mir Ajax und sage ihm, er möge zu mir kommen.«

Paul eilte durchs Lager. Schon jetzt war der Boden von Körpern übersät, die man hastig von den Mauern weggezogen hatte, damit sie die anderen Verteidiger nicht behinderten, und an vielen Stellen war soviel Blut geflossen, daß der Schlamm ekelerregend rot war.

Wie bringen sie das fertig? war sein ohnmächtiger Gedanke, als er seine Schritte zu den kämpfenden Knäueln auf der griechischen Mauer lenkte, jedes bestehend aus zwei oder mehr Männern, die sich bemühten, zu töten, bevor sie selber getötet wurden. *Dieses ... organisierte Morden? Wie kann ein Mensch, und sei es in einer virtuellen Welt, sich in so einen Irrsinn stürzen, wenn er weiß, daß Tausende nur darauf warten, ihm eine Lanze in den Leib zu rammen oder einen Pfeil ins Auge zu schießen?* Er konnte jetzt Ajax hören, der laut wie ein wütender Stier im Kampf schrie. *Aber was habe ich eigentlich hier verloren? Warum verstecke ich mich nicht einfach, bis dieser ganze Spuk vorbei ist? Weil ich diese beiden Jungen beschützen will, damit sie mir helfen herauszufinden, warum ich das alles mitmachen muß?*

Ob man es nun schreckliches Pech nennt, oder ob man es auf den Willen der Götter schiebt, entschied er, während die Schreie der Verwundeten zum Himmel emporschollen und selbst das ruhige Kreisen der Raben störten, *ich vermute, so geht's einem, wenn alle Lose, die man ziehen kann, Nieten sind*

Paul war gezwungen, Ajax' Platz auf der Mauer einzunehmen, und seine grundsätzlichen Betrachtungen wurden von der Notwendigkeit verdrängt, sich nicht umbringen zu lassen.

Die Trojaner rollten unablässig heran wie ein gegen die Felsen brandendes Meer. Hinter den vielen Hunderten an und auf den griechischen Mauern drängten Tausende und Abertausende nach, die es allem Anschein nach kaum erwarten konnten, einen Platz neben ihren Kameraden einzunehmen. Zeitweise sah es so aus, als wären die Trojaner tatsächlich von einem göttlichen Wahnsinn befallen, denn einerlei, wie viele getötet wurden, rückten immer wieder neue nach, die willig die Leichen fortschleiften und die Lücken füllten.

Mehrere trojanische Helden führten den Angriff an - Paul hörte, wie ihre Namen von Freund und Feind gerufen wurden, ganz als ob der Krieg eine wilde, gefährliche Sportveranstaltung und das Fußvolk auf beiden Seiten dort begeistert, hier entsetzt wäre, zusammen mit lebenden Legenden wie Sarpedon, Äneas und Deïphobos auf ein und demselben Schlachtfeld zu sein. Der gewaltigste und furchtbarste von allen aber war Hektor, der Sohn des Königs Priamos, der überall gleichzeitig zu sein schien, indem er im einen Moment drohte, das griechische Tor allein mit seiner Arme Kraft aufzusprengen, und gleich darauf ganz woanders einen Angriff auf einen schwachen Punkt der Abwehr führte. Auch die Griechen boten ihre großen Vorkämpfer auf, Diomedes und den greisen Nestor und Helenas verschmähten Gatten Menelaos, aber zu dem Zeitpunkt konnte keiner von ihnen es mit Hektor aufnehmen, der einmal sogar zwei griechische Krieger mit einem Lanzenstoß durchbohrte, so daß sie ihr Leben aneinandergeschmiegt wie Löffel in einer Besteckschublade aushauchten. Hektor hielt sich nicht damit auf, über seine eigene Kraft zu staunen, sondern stemmte den Fuß gegen den vordersten und schob die Körper von der Lanze herunter, so daß sie leblos übereinanderfielen, während er mit seiner Aufmerksamkeit schon wieder woanders war. Agamemnons Vergleich traf zu: Er wirkte wahrhaftig wie der Löwe unter den Hunden.

Paul war in den allgemeinen gleichmäßigen Rhythmus von Stoßen und Zurückweichen verfallen, nahm anderen das Leben, um das eigene zu retten. Diese antike Kriegführung war anders als alles, was er je gesehen hatte, kein überlegter Angriff und Gegenangriff geschulter Schwertkämpfer. Wenn die Pfeile und Speere zischend niedergegangen waren, preschten die Überlebenden schreiend vor. Schild prallte auf Schild, und die Nahkämpfer versuchten, sich mit ihren kurzen Klingen gegenseitig abzustechen. In dem wilden Gemetzel waren sich alle so grauenhaft nahe, daß andere Männer sich beim Kämpfen an Paul abstützten, und man wußte kaum, woran man Freund und Feind unterscheiden sollte. Er selbst erhielt mehrere Wunden, doch die schlimmste war eine zwar schmerzhaft blutende, aber ziemlich flache Schramme am Arm von einem Speer, der sich durch seinen Schild gebohrt hatte. Er wünschte sich nichts sehnlicher, als von der Mauer herunter und der Gefahr entronnen zu sein, aber während die Sonne sich blutrot über die Ebene erhob, wurde klar, daß die Trojaner Sieg witterten, und je länger Hektor in seiner funkelnden Rüstung unglückliche Griechen zerfleischte wie eine auf einem Kinderfest losgelassene Dschungelbestie, um so mehr erkannte Paul seine eigene Schwäche und Müdigkeit in den Bewegungen der anderen Verteidiger wieder. Es würde bald vorbei sein. Er würde zuletzt den schwarzen Frieden bekommen, den er so oft herbeigesehnt hatte, gerade jetzt, wo er ihn am wenigsten wollte.

Wieder scharten sich Trojaner vor dem Tor zusammen, um es aufzubrechen. Um Atem ringend beobachtete Paul, wie sie drängelnd aus dem Graben emporkamen und gegen ihn und die anderen erschöpften Griechen anrannten. Mit ihren Schilden über den Köpfen sahen die Angreifer mehr wie Insekten als wie Menschen aus - Paul hatte beinahe den Eindruck, auf einen Schwarm Kakerlaken hinabzublicken. Nur ein Gesicht war zu sehen: das des schwarzhaarigen Hektor, der wie ein Kriegsgott in ihrer Mitte stand, unbekümmert um griechische Pfeile, die bluttriefende Lanze hoch erhoben in einer Hand, während er mit der anderen seine Landsleute auf das in den Angeln ächzende Tor zutrieb. Diomedes war von der Mauer gesprungen, um den Kampf mit Hektor zu suchen, doch andere Trojaner umringten den griechischen Helden; er hatte zwar schon mehrere getötet, aber wurde weiter von ihnen bedrängt, einige Dutzend Meter von Hektor entfernt.

Als Paul, hypnotisiert von der Welle der ihm langsam entgegensteigenden Schilde, gerade in einen schicksalsergebenen Fiebertraum abgleiten wollte, gab es neben seinen Füßen einen schweren Bums, woraufhin sich eine Hand wie ein Schraubstock um seinen Knöchel schloß. Er hob mit dumpfer Benommenheit sein Schwert und merkte erst mitten in der Bewegung, daß er von hinten gepackt worden war, von der griechischen Seite der Mauer.

Der Riese Ajax stand unter ihm auf dem Boden. Er streckte die Hand aus, die Pauls Bein umklammert gehalten hatte.

»Hilf mir hoch, Odysseus.«

Paul suchte sich eine Stütze, dann hielt er Ajax die Hand hin, so daß dieser sie fassen konnte, und mußte dabei erkennen, daß er mit all seiner Kraft den Koloß gerade einmal von einem Teil seines Gewichts entlasten konnte. Ajax zog sich auf die Mauer hinauf, wo er sich kurz verschnaufte und dabei mit grimmiger Miene auf die heranschwärmenden Trojaner niederblickte.

»Ich wäre früher zurückgekehrt«, grollte er, »aber dieser Schönling Paris hatte mit einigen seiner Männer die Mauer genommen. Wir trieben ihn recht flugs wieder hinunter.« Ajax, hochrot im Gesicht und schweißüberströmt, war sichtlich erschöpft, aber sein Anblick war dennoch überwältigend. Wenn Hektor ein Kriegsgott war, dann war er ein Vertreter eines älteren, rauheren Göttergeschlechts, ein Gott der Berge, der Erde ... des Steins.

Paul sah fassungslos zu, wie Ajax sich bückte, den Felsblock hochhob, den er zu Pauls Füßen auf die Mauer gewuchtet hatte, und sich mit einem tiefen Schnaufen aufrichtete. »Viel weiter hätte ich den nicht tragen mögen«, röchelte er, die Halssehnen zum Zerreißen gespannt. Dem Aussehen nach hatte der Stein das Gewicht eines Kleinwagens.

Helden, dachte Paul. *Gottverdammte Helden sind das und für nichts anderes gemacht. So heißt es ja auch ständig in der Ilias: ein Stein,* »*wie nicht zwei Männer ihn tragen, so wie heute die Sterblichen sind*«.

»So, wo ist jetzt dieser Hund Hektor?« krächzte Ajax. Gleich darauf hatte er den mächtigen Sohn des Priamos erspäht, der sich gerade in die vorderste Angriffsreihe schob. »Ah«, grunzte der Hüne, stemmte dann mit so laut knarrenden Muskeln, daß Paul unwillkürlich zurückwich, den Felsblock hoch und hielt ihn mit zitternden, baumstammstarken Armen über dem Kopf. »Hektor!« schrie er. »Hier hast du ein Geschenk von den Griechen!«

Hektors stolzes Gesicht kam genau in dem Moment hoch, als Ajax den großen Stein auf ihn niederschleuderte. Dem Helden von Troja blieb gerade noch Zeit, seinen Schild hochzureißen und die Muskeln anzuspannen, bevor der Stein ihn zu Boden schmetterte. Im Weiterrollen tötete er drei Männer, und die trojanische Angriffslinie spritzte erschrocken brüllend auseinander. Ein paar hatten noch die Geistesgegenwart, Hektors schlaffen Körper mitzuschleifen, als sie sich in den trojanischen Haufen zurückzogen.

»Du hast ihn getötet!« sagte Paul entgeistert.

Ajax stand vornübergebeugt, die Unterarme auf die Schenkel gestützt, und bebte am ganzen Leib. Er schüttelte den Kopf. »Der große Hektor bewegt sich noch – das sah ich, als sie ihn fortzogen. Er ist zu stark, um sich von einem Stein töten zu lassen. Aber unter der Sonne dieses Tages wird er nicht mehr kämpfen, denke ich.«

Zu Pauls großer Erleichterung verbreitete sich der Schrecken der Niederlage in den trojanischen Reihen wie die Panik beim Geruch eines Buschfeuers in einem Hirschrudel. Die Mauerstürmer ließen ab, und obwohl weiterhin Pfeile flogen, wich die Mehrzahl der Trojaner mit Hektors bewußtlosem Körper auf die andere Seite des Grabens zurück. Die Götter, schien es, hatten der Streitmacht des Priamos ihre Gunst entzogen ... wenigstens fürs erste.

> *»Code Delphi. Hier anfangen.*

Die Sonne steht hoch, und sämtliche Mitglieder der königlichen Familie haben sich auf dem Wachturm versammelt und versuchen zu ergründen, was in der Schlacht beim griechischen Lager geschieht, die auf diese Entfernung eigentlich nicht anders aussehen kann als ein wimmelnder Ameisenhaufen. Das Kämpfen dauert schon seit Stunden an. Alle wissen, daß es auf beiden Seiten schon viele Tote gegeben haben muß. Wie furchtbar, ohnmächtig warten zu müssen, bis man erfährt, wer überlebt hat und wer nicht! Und ich verstehe Priamos und

Hekabe und die anderen nur zu gut, denn auch meine Freunde sind dort irgendwo in dem Schlachtgetümmel. Selbst in dieser imaginären Welt scheint die Menschheit eine Maschine zu sein, die kein anderes Ziel verfolgt, als sich selbst zugrunde zu richten. Falls hier die Hand der Evolution am Werk ist, falls der gewaltsame Tod irgendeinem höheren Zweck dient, kann ich nichts davon sehen.

Aber natürlich sehe ich sowieso nichts. Wie dumm von mir, mir einzubilden, diese neuen Sinne und meine Gewöhnung an die neue Situation würden mich weniger blind machen. Ich bin im Dunkel verloren.

Nein. Ordnung. Ich muß meine Gedanken ordnen. Ich weiß nicht, wieviel Zeit mir bleibt, bevor die Entscheidung des Tages fällt und die Trojaner entweder im Siegeszug anmarschiert kommen oder geschlagen zu den Toren fliehen. Möglicherweise brauchen meine Freunde Hilfe, wenn sie zurückkehren. Falls sie zurückkehren. Nein. Ich muß meine Gedanken ordnen.

Ich konnte nach meinem letzten Diktat nur wenig schlafen. Bei Tagesanbruch erwachte ich aus einem beklemmenden Traum, in dem ich wieder im nachtschwarzen Pestalozzi-Institut war und die jammernden Stimmen verlorener Kinder durch die Gänge hallten. Ich konnte nicht wieder einschlafen und versuchte es gar nicht erst lange. Auch wenn ich ziemlich wenig tun kann, seitdem ich die Rollen festgelegt und meine Freunde in den Krieg geschickt habe, kann ich meine Zeit doch zweifellos besser nutzen, als in den frühen Morgenstunden schlaflos wachzuliegen und vor mich hinzubrüten.

Emily erwachte, als ich aufstand. Sie war bockig wie ein kleines Kind, aber vielleicht hing mir der Traum noch nach, denn zum erstenmal hatte ich wirklich herzliches Mitgefühl mit ihr. Was sie auch sein mag, es war auf jeden Fall nicht ihr Wunsch, in unsere Schwierigkeiten hineingezogen zu werden, und sie hat darunter zu leiden. Wobei die Art, wie sie leidet, vielleicht sogar etwas Wichtiges zu bedeuten hat ... aber ich greife schon wieder vor. Ordnung, Martine.

Florimel schlief Gott sei Dank noch - sie muß sich dringend ausruhen -, und da das Mädchen sich fürchtete, allein in den Frauengemächern zu bleiben, nahm ich sie mit. Ich hatte keine Ahnung, wo ich hinwollte, aber ich war entschlossen, etwas über diese berühmte Stadt zu erfahren. Es hat einen Grund, daß wir hier sind, daran muß ich glauben. Die Erscheinung - die Madonna der Fenster, wie der Mönch sie nannte - kann nicht bloß ein Teil der Hauswelt gewesen sein, da sie von dieser Simulation hier sprach. Jemand hat mit uns kommuniziert oder es probiert. Jemand wollte, daß wir hierherkommen. Aber wer ... und warum? Und wohin genau sollen wir uns begeben? Es gibt so viele Möglichkeiten.

Als wir die Frauengemächer verließen und durch den Palast gingen, hörte ich in vielen Zimmern Stimmen - Gebete, leise Wortwechsel, auch Weinen. Emily und ich waren nicht die einzigen, die den Tag voll Unruhe erwarteten. Mehrmals wurden wir von Männern angehalten, manche bewaffnet, manche mit eiligen Botschaften unterwegs zum König Priamos, aber alle waren sie in Gedanken woanders und wollten wenig mehr als sich vergewissern, daß wir nicht vorhatten, zum Tor zu gehen, wo die Männer sich zum Gefecht versammelten. Ich hatte mich gefragt, ob Priamos selbst im Brennpunkt unseres Auftrags von der Madonna der Fenster stehen mochte, aber konnte dafür keinen Anhaltspunkt finden. Jedenfalls hatte ich mir vorgenommen, die königlichen Gemächer erst bei Tag zu erkunden, wenn er und seine Berater von der Schlacht auf der Ebene abgelenkt waren, weil sich in dieser Nacht sicher Trojas männliche Führungselite dort versammelte.

Draußen schien die ganze sagenumwobene Stadt bewegungslos, aber angespannt dazuliegen wie jemand, der sich schlafend stellt. Als wir über den großen Platz schritten und selbst meine erweiterten Sinne von den wallenden Frühnebelschleiern getrübt wurden, kam mir die Burg hinter uns wie ein Traumpalast vor, in den man nicht so leicht wieder hineinkam, wie man hinausgekommen war.

Emily neben mir war still, aber wachsam und mißtrauisch wie eine Katze, die in ein unbekanntes Zimmer tritt. ›Fühlst du etwas?‹ fragte ich sie.

Sie nickte, aber fast widerwillig. Ich konnte ... tja, riechen, hören, sehen, alle diese Worte treffen es nicht ... ich konnte *spüren*, wie sie sich innerlich zusammenzog, als ob die Umstände sie zwängen, sich in sich selbst zu verkriechen. ›Irgendwas ... Ich fühle ... irgendwas.‹

Wie ein Pferd, das jeden Moment durchgehen kann, lenkte ich sie mit gutem Zureden und kleinen Berührungen ab und lotste sie dabei langsam in die Richtung, die ihr am meisten angst zu machen schien. Ich kann es nicht recht erklären, sowenig wie ich die Sinneswahrnehmungen benennen kann, die mich für meinen fehlenden Gesichtssinn entschädigen, aber ich habe eine Ahnung, daß sie aus irgendeinem Grund empfindlich auf Anomalien im System reagieren könnte oder wenigstens auf die spezielle Anomalie, die uns hierhergebracht hat. Renie hat mir erzählt, daß das Erscheinen der Madonna der Fenster Emily beinahe wie ein Elektroschock traf. Ich hoffte, daß ihr Unbehagen nicht bloß allgemeiner Natur war, daß es jetzt vielleicht auf die Nähe zu einem ähnlichen Phänomen hindeutete.

Es war grausam. Ich tat nur ungern, was ich tun mußte, und ich fürchte, ich werde noch Schlimmeres auf dem Gewissen haben, bevor dies alles hier zu Ende ist, aber ich weiß auch, daß wir furchtbar unter Druck stehen - daß unsere Unwissenheit bereits Zeit und Menschenleben gekostet hat.

Lange bevor wir das Stadtinnere Trojas verließen, war Emilys Unbehagen so stark, daß ich das sichere Gefühl hatte, wir näherten uns einem wichtigen Punkt. Wir durchquerten den Markt, wo die leeren Stände uns wie Augenhöhlen entgegenstarrten und noch ein paar im Wirrwarr des Krieges vergessene Stoffbahnen im Wind flatterten. Als sie irgendwann so zitterte wie bei einem Anfall von Schüttellähmung und weinend flehte, wir möchten in die Burg zurückkehren, erkannte ich, daß am Ende der Straße, in der wir haltgemacht hatten, ein großes Gebäude stand. Mit Versprechungen, daß wir bald umkehren würden, drängte ich sie weiterzugehen, und obwohl sie vor Furcht kaum mehr aus noch ein wußte, gelang es mir, sie die Stufen zu dem mächtigen, säulengeschmückten Kasten hinaufzuführen. Ich hatte einen Verdacht, was es für ein Bauwerk war, aber ich wollte mir sicher sein.

›Ich weiß, daß du Angst hast, Emily‹, sagte ich. ›Paß auf, ich gehe nachsehen, was das hier ist, dann komme ich zu dir zurück.‹ Aber zu meinem Erstaunen bestand sie darauf, mich zu begleiten, weil sie sich mehr davor fürchtete, allein zu sein, als vor ihren inneren Qualen.

Männer in langen Gewändern kamen mir entgegen, als ich durch das große Bronzetor trat. Es waren Priester, und wie ich vermutet hatte, war dies der berühmte Tempel der Athene. Als sie mich erkannten - nicht Stolz oder Luxusbedürfnis hatte mich bewogen, die Priamostochter Kassandra zu verkörpern, sondern die relative Bewegungsfreiheit -, wichen sie zur Seite und ließen mich ein.

Trotz der vorgezogenen Vorhänge sagten mir meine Sinne, daß die Gestalt an der Rückwand des hohen Raumes die große Holzstatue der Athene war, das sogenannte Palladion. Erinnerungen an die Rolle Athenes in der Ilias, gekoppelt mit meinem Verdacht zur Ursache von Emilys Empfindlichkeit, ließen mich vermuten, daß an diesem Ort eine

Verbindung bestehen oder wenigstens eine Gestalt wie die Madonna der Fenster in Erscheinung treten konnte - es gibt einen starken Hang zum Metaphorischen in diesem Otherlandnetzwerk, vielleicht schon in der ursprünglichen Anlage, vielleicht auch nur im Zusammenhang mit unserer ›Geschichte‹, wie Kunohara es genannt hat. Doch als wir uns dem verhüllten Altar näherten, legte Emily zu meiner Überraschung keineswegs ein größeres Widerstreben an den Tag, eher schienen die soliden Steinmauern des Tempels sie zu beruhigen. Sie blieb stehen und wartete nahezu geduldig, während ich den Raum nach etwaigen Anzeichen eines verborgenen Eingangs absuchte, der zu dem von Kunohara erwähnten Labyrinth führte, aber ich hatte keinen Erfolg.

Ich führte sie wieder hinaus und nahm mir vor, noch einmal bei Tag zu kommen, wo ich in aller Ruhe herumstöbern konnte, ohne Emily zu quälen und dadurch ständig abgelenkt zu sein. Aber seltsamerweise kehrte ihr Unbehagen zurück, kaum daß wir den Athenetempel verlassen hatten, so daß sie schließlich, als wir auf gewundenen Pfaden beinahe wieder die Burg erreicht hatten, nicht nur zitterte, sondern auch leise weinte. Als es zuletzt ganz schlimm wurde, mußte ich einwilligen, daß sie sich auf ein niedriges Mäuerchen setzte, um sich wieder zu fassen. Der Ort, wo wir uns befanden, mußte ein für trojanische Verhältnisse relativ alter und zwielichtiger Teil der Akropolis sein. Die Tempel und sonstigen Gebäude waren klein und, soweit ich sagen konnte, in schlechtem Zustand. Die Bäume, die das Sträßchen säumten, verdeckten den Himmel fast vollständig. Wasser, das irgendwo auf Stein träufelte, machte in der Stille ein eindringliches Geräusch.

›Ist sie krank?‹ fragte mich jemand. Die Ansprache war in der letzten Stunde vor Morgengrauen so unerwartet, daß ich auffuhr. ›Ich kann euch Unterkunft bieten. Oder wolltet ihr ein Opfer bringen?‹

Der Fremde schien ein vom Alter gebeugter und auf einen Stab gestützter Mann zu sein, der in einen schweren, wenn auch fadenscheinigen Wollumhang gehüllt war. Ich konnte natürlich sein Gesicht nicht erkennen, jedenfalls nicht so, wie ein sehender Mensch es gekonnt hätte, aber die Information, die es mir gab, ließ vermuten, daß er nicht nur alt, sondern sehr alt war, zumal er außer einem dünnen Bart am Kinn keine Haare hatte, und die Art, wie er den Kopf hielt, deutete darauf hin, daß er blind war. Diese Ironie entging mir nicht, als ich mich bei ihm bedankte und ihm sagte, wir seien fast zuhause.

Er nickte. ›Dann müßt ihr aus dem Palast sein‹, meinte er. ›Ich kann es an deiner Stimme hören. Einige andere haben in den letzten Wochen von dort hierhergefunden und ansonsten vergessene Götter und Göttinnen aufgesucht.‹

›Bist du ein Priester?‹ fragte ich.

›Ja. Und meine Schutzgöttin Demeter erlegt ihren Priestern als besondere Pflicht die Sorge um die Frauen und ihre unglücklichen Schicksale auf. Dennoch, wenn man die schreckliche Blüte des Witwentums derzeit bedenkt, sollte man meinen, der Tempel meiner Herrin wäre nicht so verödet, die Altäre so bar der Gaben. Da jedoch ihre Tochter Persephone wider Willen die Frau des Todesgottes ist, mag es vielleicht denn doch nicht so sehr verwundern.‹

Etwas an seinen Worten elektrisierte mich. ›Darf ich den Demetertempel besuchen?‹

Er deutete auf eine noch tiefer im Baumschatten liegende Stelle abseits der Straße, wo ein kleiner, unscheinbarer Bau an einer Anhöhe klebte. ›Kommt mit. Ich fürchte, daß es wegen meines erloschenen Augenlichts darin nicht so sauber ist wie früher einmal. Ich werde Hilfe erhalten, wenn die Zeit der Mysterien kommt, aber das restliche Jahr über ...‹

Plötzlich sprang Emily auf. ›Nein!‹ schrie sie. ›Nein, geh nicht, geh nicht da rein!‹ Sie gebärdete sich völlig hysterisch und wollte keinen Schritt näher an den winzigen Tempel herangehen, nicht einmal um mich davon wegzuziehen. ›Nicht! Oh, bring mich zurück! Ich will hier weg!‹

Mein Herz schlug heftig, als ich mich bei dem Priester entschuldigte und ihm einen Obolos, eine kleine Münze, in die Hand drückte. Emily war so erleichtert, daß sie den restlichen Weg zur Burg beinahe rannte, und mit jedem Schritt wurde sie froher. Was mich betrifft, so war ich - und bin ich noch - voller Gedanken, voller Verdruß über meine nur düsteren Erinnerungen an die antike Mythologie, aber auch voller Hoffnung.

Demeter, die Göttin, welcher der heruntergekommene Tempel an dieser einsamen Straße geweiht ist, war die Erdmutter, aber sie war auch die Mutter der Persephone, der von Hades, dem Gott des Todes, entführten Jungfrau, und Demeter begab sich selbst in das Reich des Hades hinab, um ihre Tochter zurückzuholen. An vieles andere kann ich mich nicht mehr erinnern - es kommt mir so vor, als hätte Persephone als Gefangene in der Unterwelt Granatapfelkerne gegessen, so daß ihre Mutter sie nicht wieder ans Tageslicht zurückführen konnte -, aber eine wichtige Sache weiß ich, glaube ich, noch. Die eleusinischen Mysterien - die Mysterien, die der alte Priester bestimmt meinte - waren eine rituelle Fahrt durch den Tod ins Leben, eine religiöse Zeremonie von höchster Bedeutung. Und wenn ich mich recht entsinne, wurden die Teilnehmer durch ein Labyrinth geführt. Ja, da bin ich mir sicher ... ein Labyrinth. Es gibt viel zu bedenken, aber vielleicht haben wir endlich einen Fingerzeig erhalten, der uns weiterhilft. Wenn ja, dann haben wir das auch Emily zu verdanken - vielleicht verdanken wir ihr unser Leben. Mir tut es jetzt schon leid, daß ich mehr als einmal nur mit Gereiztheit auf sie reagieren konnte.

Viel zu bedenken. Innere Ordnung habe ich noch nicht geschaffen, aber es kommt mir so vor, als könnte ich die ersten Andeutungen von etwas in der Art erkennen. Mein Gott, ich hoffe bloß, das stimmt!

Code Delphi. Hmmm. Mein Codewort zur Kennzeichnung dieser Diktate scheint sich als ziemlich ... delphisch zu erweisen. Na, jedenfalls ... *Code Delphi. Hier aufhören.*«

> Obwohl er so tief und bleischwer schlief wie kaum je zuvor in seinem Leben, konnte Paul seinen Träumen nicht entkommen.

Das Bild schälte sich nach und nach aus dunklerem und verwaschenerem Traumstoff heraus wie eine bunte Koralle, die auf den schwarzen, vermodernden Planken eines tief im Schlamm steckenden Schiffswracks wuchs. Die Schatten vor seinem inneren Auge bekamen einen roten Schimmer, aus dem sehr bald steile Streifen wurden, die hoch und immer höher strebten, auf einen dem Blick entzogenen Scheitelpunkt zu, und so den Umriß eines ins Unendliche zeigenden schwarzen Riesenpfeiles mit roten Flecken bildeten - eines unvorstellbar mächtigen, unfaßbar hohen Berges. Der oberste Teil des Kegels, den er erkennen konnte, wirkte kalt und dunkel - von der Schwärze des leeren Raums nur durch die wenigen blutroten Reflexionen abgehoben, die über die gewendelte Oberfläche zuckten -, aber unten, wo der unmögliche Berg breit wie ein ganzer Kontinent auf der grenzenlosen Ebene vor Paul stand, brannte er lichterloh.

Paul sah zu, wie die Flammen am Fuß des gewaltigen schwarzen Undings emporzüngelten, und wußte, daß er ihn in einem anderen Traum schon einmal gesehen hatte. Es war keine große Überraschung, als er ihre Stimme hörte.

»*Paul, die Zeit wird immer knapper. Du mußt zu uns kommen.*«

Er konnte sie nicht sehen, konnte überhaupt nichts sehen außer der hochragenden Endlosigkeit des Berges in seinem Flammennest. Seine Augen wanderten zurück in die Höhe, wo das Schwarz des Berges vom Schwarz des Raumes nicht mehr zu unterscheiden war. Ein Lichtpünktchen glänzte dort, wo vorher nichts gewesen war, als ob die höchste Spitze des Berges einen Stern vom Firmament gekratzt hätte. Langsam und allmählich wie eine Feder, die an einem milden Frühlingstag herniederschwebt, glitt es auf ihn zu.

»Wie kommt es, daß du mir auf die Art erscheinst, in Träumen?« fragte er. »Wie kommt es, daß ich mit dir reden kann und doch weiß, ich träume?«

Die Stimme wurde immer deutlicher und näher, je weiter der Lichtfunke ihm entgegensank. »*Träumen, das ist ein Wort, das wenig zu bedeuten hat*«, sagte sie in seinem Ohr. »*Du bist kein Ding, getrennt von allen andern Dingen. Nicht hier. Du bist wie ein Fischschwarm im Meer - du bist eine Ballung, eine Versammlung, aber das Meer fließt dennoch durch dich hindurch, um dich herum, über dich hinweg. Es gibt Zeiten, in denen du ruhst, da fließt die Meeresströmung, in der wir alle schwimmen, gut und gerade von mir zu dir.*« Der schimmernde Punkt war jetzt größer und diffuser, eine leuchtende, transparente Gestalt, ein X aus einem wäßrigen Licht, das den Anschein erweckte, als käme die Frau tatsächlich durch ein flüssiges Medium mit seinem Druck und seinen Brechungen zu ihm.

Zuletzt konnte er ihr Gesicht sehen. Trotz seiner Verwirrung und seiner Not erwärmten ihm die vertrauten Züge das Herz. »Nenn es, wie du willst, Traum oder nicht Traum, ich bin jedenfalls froh, daß du wieder da bist.«

Ihre Miene war eher leidend als zärtlich. »*Ich gebe mein Letztes, Paul. Ich glaube nicht, daß ich noch einmal die Kraft aufbringen kann, diese Distanz zu überwinden, auch nicht im Traum, wie du es nennst. Du mußt begreifen, daß die Zeit drängt.*«

»Was kann ich tun? Ich kann nicht zu dir kommen, wenn ich nicht weiß, wo du bist.« Er lachte, aber so grimmig und traurig, wie er es vorher noch nie im Traum gehört hatte. »Ich weiß nicht mal, was du bist.«

»*Was ich bin, ist jetzt nicht wichtig, denn wenn du nicht zu uns kommst, werde ich bestimmt bald gar nicht mehr sein.*«

»Aber was kann ich tun?« rief er.

»*Die andern, die du suchst - sie sind ganz in der Nähe. Du mußt sie finden.*«

»Den jungen Orlando und seinen Freund? Die hab ich doch schon gefunden ...«

»*Nein.*« Er konnte ihre Ungeduld hören, obwohl ihr Gesicht immer noch wenig mehr als eine helle Membran war, ein lichter Hauch vor der Silhouette des schwarzen Berges. »*Nein, es gibt noch andere, und sie warten zwischen der alten und der neuen Mauer. Alle sind nötig. Ich werde versuchen, dich zu ihnen zu führen, aber du mußt dich anstrengen - meine Kraft ist begrenzt. Ich habe den Spiegel schon zu oft bemüht.*«

»Bemüht ... Was soll das heißen? Und selbst wenn ich sie finde, wo bist *du*? Wo kann ich *dich* finden?«

Sie machte eine Handbewegung, und ihr Licht begann zu verblassen. Zuerst hielt er es für eine Abschiedsgeste, und er schrie enttäuscht auf - ganz vage spürte er, wie sein Körper, ein fernes Ding, mit einem matten Zucken reagierte -, doch dann erkannte er, daß sie, noch während sie flackernd verlosch, auf etwas deutete.

»*Auf dem ... Berg ...*« Ihre Stimme drang aus weiter Ferne zu ihm, bevor sie der schimmernden Gestalt ins Nichtsein folgte.

Der schwarze Berg hatte sich verändert. Die endlos langen, messerscharfen Kanten waren ganz bucklig und knorrig geworden und ergaben irgendwie eine andere Gestalt, so als ob eine Hand aus dem Weltraum ihn in seiner stolzen Starrheit wie Papier verformt hätte. Er ragte immer noch in unfaßbare Höhen empor, aber seine Linien wirkten jetzt gekrümmt und die Oberfläche im Flammenschein auf ganzer Breite uneben und rissig, während er sich hoch oben weit über den Himmel ausspannte wie ein schwarzer Wolkenpilz, wie ... wie ein Baum.

Paul sehnte sich dorthin, sehnte sich zu verstehen, was er da sah, wollte sich jede Einzelheit einprägen, aber schon brannten die Feuer nieder und löste sich der schwarze Baum in den Hintergrund der Nacht auf. Als er schließlich mit der Finsternis verschmolz, wechselte die Perspektive, als ob Paul gewachsen oder der Gottesbaum geschrumpft wäre. Etwas, das vorher nicht dagewesen war, schimmerte in den obersten Ästen.

Er spähte angestrengt. Es sah glänzend aus, eigenartig tonnenförmig, ein im Geäst liegendes silbriges Gebilde. Erst im letzten Moment, bevor es wieder ganz entschwand, erkannte er, was es war.

Eine Wiege.

Stöhnend rappelte Paul sich auf. Ringsherum lagen die Ithakesier, die den Tag überlebt hatten, kreuz und quer an den Plätzen, wo sie sich nach der Schlacht hatten hinplumpsen lassen, und schliefen mit hängenden Mündern oder verkniffenen Stirnen, als wollten sie die unglücklichen Toten nachahmen.

Die Trojaner hatten sich nur ein kurzes Stück vom griechischen Schiffslager zurückgezogen, und obwohl das Sinken der Sonne dem Kampf ein Ende gemacht hatte, lagerten die Trojaner zum erstenmal seit langem auf der Ebene und nicht im Schutz der Mauern ihrer großen Stadt. Ohne Zweifel würden sie bei Tagesanbruch starken Druck machen und versuchen, das Übergewicht vom Vortag wiederzugewinnen und die Griechen ins Meer zu drängen.

Wie kann ein virtueller Körper nur so weh tun? ging es Paul durch den Kopf. *Oder wenn es mein wirklicher Körper ist, der weh tut, warum haben diese Idioten dann das Ding so codiert, daß ich dermaßen von dem System gezüchtigt werde? Ist es wirklich so wichtig, daß eine Schlacht sich auch realistisch anfühlt?*

Er schlurfte auf die Mauer zu und stieg zu einer Stelle hinauf, von wo aus er die Lichter der trojanischen Feuer und dahinter die Schattenmasse der fernen schlafenden Stadt sehen konnte. Der Traum war ihm noch so gegenwärtig, daß er halb einen riesenhaften schwarzen Gipfel zu sehen erwartete, der die Sterne verdeckte, aber nichts durchbrach die Linie niedriger Hügel hinter Troja.

Was sollte das darstellen? Eine Wiege? In einem Baumwipfel? Er massierte seinen schmerzenden Arm und ließ den Blick über das trojanische Lager schweifen, tausend Feuer, die wie Spalten in einem abkühlenden Lavastrom glühten. *Und wer ist dort draußen?* Er mußte vermuten, daß »zwischen der alten und der neuen Mauer« gleichbedeutend war mit »auf der Ebene«. Warum mußte die Frau, wer sie auch sein mochte, immer in Rätseln sprechen? Es war, als würde er durch einen griechischen Mythos mit seinen ganzen Orakeln und Tragödien geschleift.

Es gibt einen Grund, sagte er sich. *Es muß einen geben. Ich habe ihn bloß noch nicht erkannt. Vielleicht liegt es irgendwie am System – oder an ihr.*

Paul schlang seinen Umhang fester um sich und stieg wieder von der Mauer herunter. Während er durch das schlafende Lager zum Tor schritt, wunderte er sich, daß solche Stille in einer Welt herrschte, in der es nur Stunden zuvor noch drunter und drüber gegangen war wie auf einem Gemälde von Bosch. Er würde den Wachen erzählen, er wolle sich als Späher an die Trojaner heranschleichen – hatte Odysseus nicht tatsächlich so etwas getan? Er hätte viel lieber geschlafen und seine Wunden gepflegt, aber ihm war klar, daß dies womöglich seine letzte Chance war, jene unbekannten Anderen zu finden, die zwischen den Mauern warteten. Wenn es wieder so lief wie gestern, konnte es gut sein, daß es am Abend keine neue Mauer mehr gab und ihn selbst genausowenig.

> Salome Melissa Fredericks war kein Durchschnittsmädchen.

Ihre Mutter hatte das schon früh gemerkt, als nämlich ihre Tochter sich nicht nur weigerte, auf ihren Taufnamen zu hören, sondern auch auf »Sally«, »Sal«, »Melissa« - ein gescheitertes Ausweichmanöver - und (was vielleicht am wenigsten überraschte) auf »Lomey«, den letzten verzweifelten Versuch ihrer Mutter, um »Sam« herumzukommen. Aber Sam war sie und blieb sie, sobald sie alt genug war, sich damit durchzusetzen, und sie tat dies, indem sie gewaltlosen Widerstand leistete und schlicht auf nichts anderes reagierte.

Ihr Vater, dem der Name Salome von Anfang an zuwider gewesen war, hatte fünfte Kolonne gespielt und ständig das seiner Frau gegebene Versprechen »vergessen«, Salome nicht mit diesem gräßlichen maskulinen Namen zu rufen, und schließlich hatte Enrica Fredericks sich geschlagen gegeben.

Diese frühe Erfahrung hatte Sam vom Wert des schweigenden Ungehorsams überzeugt. Sie galt bei ihren Lehrern als gute, wenn auch nicht übermäßig motivierte Schülerin und bei ihren Freundinnen und Freunden als stilles, aber überraschend selbstbewußtes Mädchen. Viele ihrer Schulkameradinnen hatten schon mit Sex herumexperimentiert, bevor sie richtig ins Teenageralter gekommen waren. Sam Fredericks wußte nicht so recht, was sie von der Liebe wollen sollte - sie hatte eine Menge Gedanken und Phantasien, allesamt nicht sehr klar -, aber sie wußte sehr genau, was sie *nicht* wollte, und dazu gehörte auf jeden Fall, sich von irgendeinem der Jungen, mit denen sie zur Schule ging, begrapschen zu lassen. Auch Drogen hatten auf ihrem Radar keinen großen Impuls gegeben. Mehr als alles andere, mehr als gute Noten, als Anerkennung in ihrer Clique und als die aufregende Palette realer und virtueller Erlebnisse, die sich einem jungen Menschen ihres Alters bot, wollte Sam frei sein vom Zwang und Druck ihrer Eltern und ihrer Klassenkameraden, bis sie erwachsen war und selbst entscheiden konnte, was sie vom Leben wollte. Sie sah diese Schwelle in einer fernen, aber nicht unerreichbaren Zukunft kommen, vielleicht wenn sie sechzehn war oder so.

Orlando Gardiner kennenzulernen hatte sie in mehrerlei Hinsicht verwirrt, wobei keine dieser Hinsichten einem selbstsicheren Mädchen wie Sam sofort klar war, einer, die leicht Freundschaften schloß, wenn auch nicht tieferer Art, die so gut Fußball spielte, daß sie zweimal zur Mannschaftsführerin gewählt worden war (und beide Male die Ehre abgeschlagen hatte), und die Lehrer mit dem Ernst ihrer Miene davon überzeugte, daß sie wahrscheinlich die richtige Antwort wußte, auch wenn das gar nicht stimmte, und sie dazu brachte, sich abzuwenden und ihr Lehrercharisma auf ein bedürftigeres Opfer zu verschwenden. Selbst in der Welt der Rollenspiele war Sam immer eine gutmütige Individualistin gewesen, nie eine Anführerin, nie eine Anhängerin, bis der Dieb Pithlit eines Tages in der kleinen Lotterkneipe »Zur Fuchtel«, einer der netteren Lokalitäten im Diebesviertel von Madrikhor, einem jungen Barbaren namens Thargor begegnete. Thargor, bereits eine sagenumwobene Figur in Mittland, kannte Pithlit ebenfalls dem Namen nach und hatte gehört, daß der schlanke Mann für einen Dieb ungewöhnlich vertrauenswürdig sein sollte, und da er gerade einen geübten Schloßknacker brauchte, weil er einen reichen Kriegerfürsten um ein paar Kleinigkeiten erleichtern wollte, bot er Sams Alter ego einen anständigen Prozentsatz an.

Der Einbruch ging glatt, nachdem der Barbar drei unerwartete Wächter mit Bulldoggenköpfen und menschlichen Körpern aus dem Weg geräumt hatte, und danach hatte ihre Ad-hoc-Partnerschaft in weiteren Unternehmungen eine Fortsetzung gefunden.

Ein Jahr später hatte Sam Fredericks mit Befremden festgestellt, daß Orlando Gardiner, ein Junge, den sie noch nie wirklich gesehen hatte, irgendwie ihr bester Freund auf der Welt geworden war und der einzige Mensch außer ihren Eltern, von dem sie ehrlich sagen konnte, daß sie ihn liebte – eine Phase leidenschaftlicher Verehrung von Pain Sister nicht mitgerechnet, einer der Musikerinnen und Heldinnen aus der Sendung *PsychiActress*, die Sam inzwischen trotz des vielen Taschengelds, das sie früher für Poster, Hologramme und Interaktivdramen ausgegeben hatte, nur noch als dummen Kinderkram ansah.

Was Sam für Orlando empfand, war nicht die Art Liebe, die man in den ganzen Teeniesendungen im Netz sah – schon deswegen, weil sie anscheinend nichts mit Sex zu tun hatte. Selbst Pain Sister, die sich doch wie eine Comicfigur gebärdete, hatte bei Sam - schwach, aber immerhin - ein warmes Prickeln ausgelöst, aber diese Liebe jetzt war viel schwieriger einzuordnen. Ein- oder zweimal hatte sie natürlich daran herumgegrübelt, ob es die wahre Liebe sein könnte, die Liebe, deretwegen Leute wie ihre Eltern irgendwann heirateten und Leute in Netzsendungen Banken in die Luft jagten, von Steilküsten hinunterrasten oder sich erschossen, aber sie kam ihr irgendwie trans anders vor. Bevor sie von Orlandos Zustand gewußt hatte, hatte sie sich oft gefragt, wie er wohl aussehen mochte, und hatte sich in ihrer Phantasie sogar ein Bild von ihm zurechtgemacht - dünn, mit lockerer Tolle, einer altmodischen Brille und einem sympathisch schiefen Lächeln -, aber die Vorstellung, ihn persönlich kennenzulernen, war immer ein wenig peinlich gewesen und mit der Zeit regelrecht beklemmend geworden.

Beklemmend natürlich deswegen, weil Orlando Gardiner dachte, Sam Fredericks wäre ebenfalls ein Junge.

Daher war sie, als die Monate dahingingen und aus einem Jahr Freundschaft zwei und mehr wurden, in ihren Gefühlen ihm gegenüber immer zwiespältiger geworden. Die Verbindung zwischen ihnen war tief. Ihre Fähigkeit, sich übereinander lustig zu machen und sich sogar zu beschimpfen, ohne sich je zu fragen, ob der andere vielleicht beleidigt war, stellte eine der größten Freiheiten dar, die sie je erlebt hatte. Sein bissig spottender Humor war gewissermaßen das Ideal ihres eigenen, und Sam war uneingebildet genug, um ihn nicht zu übelzunehmen, und helle genug, um ihn schätzen zu können. Sie fand, daß Orlando auf seine Art genauso gewitzt war wie die Leute im Netz, die Millionen Kredite dafür bekamen, von Berufs wegen schlau zu sein. Und sie war zudem sein bester Freund, der einzige Mensch, auf den er, nach eigenem halben Eingeständnis, nicht verzichten konnte. Wie sollte sie ihn da nicht lieben?

Gleichzeitig war sie, ohne es zu merken, immer abhängiger von einer Freundschaft geworden, die nie das Netz verlassen konnte, weil eine persönliche Begegnung offenbar gemacht hätte, daß ihre vertiefte Beziehung auf falschen Voraussetzungen beruhte, die sie ihm, wenn auch unabsichtlich, vorgespiegelt hatte. Was ihr von Anfang an angenehm gewesen war, nämlich wie ein anderer Junge behandelt zu werden und in aller Freiheit ungehobelt und hemmungslos und rüpelhaft sein zu dürfen, ohne daß ihre Eltern oder sonst jemand sich darüber entsetzten, war ihr immer kostbarer geworden.

Bis zu dem gräßlichen Moment der Entdeckung und dem Nachspiel, als Orlando seinerseits die Karten auf den Tisch legte, war ihr nicht bewußt gewesen, daß die Sache zweischneidig sein konnte. Einsehen zu müssen, daß Orlando, als er sich ihr offenbarte und sie daraufhin von Gewissensbissen wegen ihres doppelten Spiels gepeinigt wurde, die ganze Zeit über ein Geheimnis gehütet hatte, das noch schwerwiegender war als ihres, hatte überraschend weh getan.

Aber die schreckenerregenden Wunder des Otherlandnetzwerks hatten sie beide abgelenkt, und in den letzten Tagen war Orlando noch mehr von seiner Krankheit absorbiert gewesen, jenem unabänderlichen gesundheitlichen Verfall, über den er deutlich gerne reden wollte, aber den zu besprechen Sam nicht ertragen konnte. Sie war zu klug, um sich einzubilden, die Wirklichkeit würde sich ändern, nur weil sie ihr nicht paßte, aber sie war auch abergläubisch genug, um tief im Innern zu glauben, daß sie etwas länger fernhalten konnte, indem sie es ignorierte. Trotz ihrer gelegentlichen Schwierigkeiten und Reibereien hatte Sam Fredericks am Rand von Charleston in West Virginia ein glückliches Leben geführt, und sie wußte sehr wohl, daß sie nicht dafür gerüstet war, so etwas zu verkraften.

Orlando schlief. Sein goldlockiger, muskulöser Achilleskörper lag bäuchlings auf dem Bett, sein dünner Überwurf war verrutscht. Er sah aus, fand sie, wie eine Reklame für ein Männerparfüm. Falls sie überhaupt dadurch zu erregen war, daß sie ein Zimmer mit einem Jungen teilte, dann war das jetzt die Gelegenheit, sie aber konnte an nichts anderes denken, als wie krank er war, wie tapfer er sich hielt.

Die Schlacht vom Vortag war am Nachmittag so nahe herangerückt, daß sie gehört hatte, wie die trojanischen Angreifer den griechischen Verteidigern Schmähungen zuriefen. Achilles' Myrmidonen, die so danach lechzten zu kämpfen, daß sie wie angeleinte Hunde zitterten, hatten ihr regelmäßig Meldung über den Fortgang der Attacke gemacht, und obwohl die Trojaner zuletzt zurückgedrängt worden waren, schien niemand daran zu zweifeln, daß eine Art himmlische Waage weiterhin zu ihren Gunsten ausschlug. Etliche der Myrmidonen hatten nicht einmal davor zurückgeschreckt, sich den Ruf von Feiglingen einzuhandeln – für diese Leute anscheinend ein Schicksal, das schlimmer war als der Tod –, und hatten Orlando geraten, den Befehl zur Abfahrt zu geben. Wenn sie schon nicht kämpfen durften, hatten die Männer erklärt, warum sollten sie dann dasitzen und sich abschlachten lassen, wenn die Trojaner morgen über die Mauer kamen?

Orlando, der seit ihrer Ankunft in Troja einen Schwächeanfall nach dem anderen gehabt hatte, war an diesem Punkt zu wenig mehr in der Lage gewesen, als ihnen mit trüben Augen und mühsam hochgehaltenem Kopf zuzuhören. So sehr es Sam quälte, ihn in diesem Zustand zu sehen, graute ihr doch noch mehr davor, was passieren konnte, wenn die Männer recht hatten. Selbst in ihrem derzeitigen Sim konnte sie seinen Achilleskörper nicht mehr als wenige hundert Meter weit tragen - wenn die Trojaner durchbrachen, mußte sie entweder Orlando im Stich lassen oder beschließen, mit ihm zusammen zu sterben. Jonas hatte bestätigt, was ihr und Orlando bereits geschwant hatte: Wenn man hier getötet wurde, dann in echt.

Paul Jonas selbst war nach den Kämpfen des Tages nicht zu ihnen zurückgekehrt, was möglicherweise nichts zu besagen hatte, aber was genausogut bedeuten konnte, daß er eine der Leichen war, die in dem Massengrab neben der Mauer lagen, oder gar einer der Unglücklichen, die unbestattet draußen auf der Ebene erstarrten. Wenn sie sich getraut hätte, Orlando allein zu lassen, wäre sie Jonas auf der Stelle suchen gegangen. Sie brauchte dringend einen Rat.

Sam Fredericks war keine, die sich mit Lesen abgab, das hatte Orlando ihr immer wieder aufs Brot geschmiert, doch sie war alles andere als dumm. Sie konnte einwandfrei lesen, doch das Leben kam ihr einfach zu kurz vor, um viel Zeit mit langwierigem Textentziffern zu verbringen, wenn man alle Geschichten, die man haben wollte, im Netz finden oder selber machen konnte. Aber Orlandos Sticheleien hatten ihre Wirkung nicht ganz verfehlt, und seine ständigen Schwärmereien über den *Herrn der Ringe* hatten ihr das Gefühl gegeben, daß ihr etwas entging - wenn sonst nichts, so doch ein wesentlicher Teil der Persönlichkeit ihres besten Freundes. Deshalb hatte sie sich, ohne es ihm zu sagen, den Text heruntergeladen und ihn gelesen. Es war ihr nicht leichtgefallen und hatte sie fast ein Jahr Arbeit gekostet, weil sie immer mal danach griff und ein Stück las, sich dann aber langweilte und lieber etwas Leichteres machte. Auch als sie die monumentale Aufgabe bewältigt hatte - wer konnte auch nur im Traum daran denken, so viele Wörter über irgendwas zu schreiben? -, hatte sie Orlando nichts davon erzählt, zum Teil weil ihr das Buch im Grunde nicht besonders gefallen hatte und die langen, blumigen Beschreibungen von Bäumen, Fußmärschen und

Mahlzeiten ziemlich an ihr vorbeigegangen waren. Aber sie hatte danach, schien es ihr, ein wenig besser verstanden, was Orlando daran fand - handelte es doch zum großen Teil vom Verlieren geliebter Dinge. Und als sie jetzt darüber nachdachte, während sie den schlafenden Achilles betrachtete, der zugleich ihr bester Freund war, fand sie es noch verständlicher.

Aber eines war ihr ganz besonders im Gedächtnis geblieben, und sie wußte, daß dies für Orlando mit das wichtigste im ganzen Buch war, nämlich die Frage, was eigentlich einen Helden ausmachte. Er redete immer davon, daß die echten Helden ganz anders waren als Bulk U Six in *Boyz Go 2 Hell* oder einer von der Sorte, nicht einfach Typen, die alle anderen abmurksen konnten und dabei noch coole Sprüche abließen. Echte Helden waren wie die Figuren in der Geschichte von diesem Tolkien, sie taten, was sie tun mußten, auch wenn sie es furchtbar fanden, auch wenn sie dabei ihr eigenes Leben aufgaben.

Sam hatte Angst. Sie wußte nicht, was als nächstes passieren würde, aber sie hatte wenig Zweifel daran, daß die Trojaner am kommenden Tag die Mauer einnehmen würden, weil Achilles, der größte Krieger der Griechen, derzeit der Sim eines sterbenden Jungen war. Den ganzen Tag über waren Boten von Agamemnon gekommen und hatten alle Reichtümer der Erde versprochen, wenn Achilles doch bloß herauskommen und kämpfen wollte, wobei sie ihm immer wieder vorhielten, daß schon der bloße Anblick von ihm in seinem Panzer die Herzen der Griechen mit Mut und die der Trojaner mit Schrecken erfüllen würde.

Jetzt starrte sie den blanken Panzer auf seinem Ständer an. Im roten Schein der Glut schien er aus Rubin oder mit Blut lackiert zu sein.

Es gab im *Herrn der Ringe* eine Figur mit ihrem Namen. Er war der Gefährte des Hauptheldens, und als der Held krank war, so gut wie tot, war es dieser Sam, der die Bürde auf sich nahm und sie weitertrug. Für Sam war der Moment gekommen, hatte Orlando immer wieder erklärt. Der Moment, ein Held zu sein. *Wenn es soweit ist,* hatte er oft gesagt, *weißt du es. Du willst es vielleicht nicht wissen, aber du weißt es.*

Sie hatte gemeint, er rede von Phantasiehelden wie seinem Thargor, der Geißel von Mittland, aber jetzt glaubte sie, daß er im Grunde von sich selbst gesprochen hatte, von der Arbeit, die es kostete, aus dem Bett herauszukommen und den Tag durchzustehen, Tag für Tag. Zudem beschlich sie langsam das Gefühl, daß er damals zu einer Person gesprochen hatte, die sie noch gar nicht gewesen war - zu der Sam Fredericks nämlich, die in dieser Nacht auf einem kalten Erdfußboden in einem Heerlager auf der trojanischen Ebene kauerte und mit ansehen mußte, wie Orlando sich unruhig im Schlaf herumwälzte. Und jetzt verstand sie.

Für Sam war der Moment gekommen, ein Held zu sein.

Kapitel

Fahrten ins Ungewisse

NETFEED/NACHRICHTEN:
"Coralsnake" soll unter Ausdrucksfreiheit fallen
(Bild: Möven bei der Verhaftung vor seinem Haus in Stockholm)
Off-Stimme: Der freiberufliche Gearschreiber Diksy Möven, Urheber des Virus "Coralsnake", der letztes Jahr im ganzen Netz Knoten zerstörte und den Datenverkehr lahmlegte, will bei seiner Verhandlung die Auffassung vertreten, seine Verhaftung stelle eine widerrechtliche Beschneidung der Ausdrucksfreiheit dar.
(Bild: Anwalt Olaf Rosenwald)
Rosenwald: "Mein Mandant steht auf dem Standpunkt, daß das Netz allen gehört. Es ist ein freies Medium, genau wie die Luft, die wir atmen. Die maßgebenden UN-Richtlinien stellen klar, daß alle Bürger der Welt das Recht auf freien Ausdruck haben — von einem Unterschied zwischen Worten und Codezeilen ist nirgends die Rede! Wenn Leute seinen Code akzeptieren und dadurch ihre Anlagen Schaden nehmen, dann kann man meinem Mandanten genausowenig die Schuld daran geben, wie man einem Autor, der ein Buch über Verbrechen schreibt, die Schuld geben kann, wenn Leute das Buch lesen und dann ein Verbrechen begehen. Mein Mandant hat nun einmal eine Vorliebe dafür, sich mittels komplizierter Symbolketten auszudrücken, und wenn man diese Symbole unsachgemäß benutzt, kann es natürlich sein, daß sie eine zerstörende Wirkung haben ..."

> Calliope Skouros war bereits seit einer halben Stunde in der Yirbana Gallery, als ein mißmutiger und abgekämpfter Stan eintraf. »Was Besseres, um sich zum Essen zu treffen, ist dir nicht eingefallen?« Er versuchte, seine heruntergerutschte Brille mit Naserümpfen wieder nach oben zu schieben, da seine Hände tief in den Manteltaschen vergraben waren. »Weißt du, wie schwer es ist, hier 'nen Parkplatz zu finden?«

»Du hättest mit öffentlichen Verkehrsmitteln fahren sollen«, entgegnete sie. »Wir brauchen den Wagen heute nachmittag nicht.«

»Wir hätten erst gar nicht aus dem Büro zu gehen brauchen«, meinte er. »Wir hätten uns Yum Cha bringen lassen können.«

»Wenn ich die Woche noch einen einzigen Knödel esse, platze ich. Außerdem gibt es einen Grund, weshalb ich herkommen wollte.« Sie deutete auf die Ausstellung, ein Ensemble hingebungsvoll bearbeiteter Holzpfosten, das aussah, als ob ein expressionistischer Künstler eine Stadtsilhouette nachgeschaffen hätte. »Weißt du, was das ist?«

»Wirst du mir bestimmt gleich erzählen.« Stan ließ sich auf die Bank fallen. Für einen Mann, der viel Zeit im Fitneßstudio verbrachte, stellte er sich ziemlich an, wenn er einmal laufen mußte.

»Tiwi-Grabpfähle.«

Er betrachtete die Sammlung holzgeschnitzter Unikate skeptisch. »Aha. Suchst du nach irgend'nem rituellen Motiv? Ich dachte, dein Opfer Polly Merapanui wäre 'ne Tiwi gewesen, nicht der mutmaßliche Mörder.«

»Na ja, soweit wir wissen, fühlte er sich in keiner Weise als Aborigine. Doktor Danney meinte, er hätte alles gehaßt, was damit zusammenhing. Seine Großmutter stand noch ganz in der Stammestradition, aber Johnny Dread selbst hatte nie eine Chance, direkt damit in Berührung zu kommen, da seine Mutter anscheinend von zuhause weglief, als sie noch ganz jung war, und als dann der Junge kam, war Mami zu sehr damit beschäftigt, anschaffen zu gehen und sich schwarzes Eis in die Adern zu jagen, um sich für das Aboriginal Cultural Revival zu engagieren.«

»Tja, unsere verstorbene Freundin Polly scheint auch nicht grade ein ACR-Typ gewesen zu sein.«

»Ich weiß, aber ... aber irgendwas könnte da im Busch sein. Ich hab ein paar Ideen, ich krieg sie bloß nicht richtig festgemacht.« Sie beugte sich vor, um den Begleittext zu lesen, der zwei Fingerbreit vor der Wand gespenstisch in der Luft schwebte.»Da steht: ›Tiwi-Grabpfähle hießen *pukumani*, eine allgemeine Bezeichnung, die heilig oder tabu bedeuten konnte. Sie wurden auf dem Grab aufgestellt, manchmal Monate nach der eigentlichen Bestattung, und dienten als Mittelpunkt für komplizierte Trauerzeremonien mit teilweise mehrtägigem Singen und Tanzen.‹«

»Schade, daß ich das verpaßt hab - im Moment geht's hier ja eher ruhig zu.«

Calliope verzog das Gesicht.»Irgendwas ist da dran, und ich versuch rauszukriegen, was. Es muß einen Grund für die Woolagaroo-Nummer geben - die Steine in den Augen. Es muß auch einen Grund dafür geben, daß er gerade auf Polly Merapanui verfiel. Er kannte sie aus dem Feverbrook Hospital. Wieso waren sie in Sydney zusammen? Womit hat sie seinen Haß erregt?«

»Alles gute Fragen«, sagte Stan gelassen.»Nur, was haben sie mit hölzernen Grabpfählen zu tun?«

»Wahrscheinlich nichts«, seufzte sie.»Ich suche nach Anhaltspunkten. Immerhin ist das hier eine der bedeutendsten Tiwi-Ausstellungen in der Stadt - ich dachte einfach, ich schau mal rein.«

Sein Lächeln war überraschend herzlich.»Vielleicht sollten wir uns 'nen Happs zu essen holen - schließlich ist das unsere Mittagspause. Gibt's hier drin nicht 'nen Imbiß oder sowas?«

Calliope hatte gerade ihre Salatwoche und widerstand sogar tapfer dem Feta, den sie sich mit einigermaßen gutem Gewissen hätte draufbröckeln können. Sie hatte sich fest vorgenommen, ein wenig abzuspecken. Sie war noch nicht wieder ins Bondi Baby gegangen, um die Kellnerin wiederzusehen, und benutzte die Aussicht darauf als Köder: fünf Kilo runter, neue Klamotten, dann schauen, ob das Mädchen mit der Tätowierung ihr wirklich vielsagende Blicke zugeworfen oder lediglich vergessen hatte, ihre Kontaktlinsen einzusetzen.

Stan war einer von diesen ekelhaften Typen, die wie ein Schwein fressen konnten und dennoch nicht zunahmen. Er hatte sich sein Tablett nicht nur mit Sandwich und Pommes, sondern auch noch mit zwei Portionen Nachtisch vollgeladen.

»Ich hab eine Theorie«, sagte Calliope, während sie kummervoll auf ein Tomatenscheibchen einstach.»Hör sie dir einfach an, und sag erst, wenn ich fertig bin, daß ich spinne, okay?«

Stan Chan grinste mit sandwichprallen Backen. »Okö. Fief lof.«
»Seit ich drauf gekommen bin, läßt es mir keine Ruhe. Der wirkliche Name von unserm Johnny, jedenfalls der Name in der Geburtsurkunde, lautet John Wulgaru. Aber sein Vater war mit ziemlicher Sicherheit dieser Filipino ...«
»Ber Pirab.«
»Der Pirat, genau. Und von den festen Freunden seiner Mutter war kein einziger Aborigine. Zudem hat sie niemals den Namen Wulgaru geführt, und in den drei Generationen ihrer Vorfahren, die ich recherchiert hab, taucht er auch nirgends auf.« Calliope gab ihre Versuche auf, die Tomate aufzuspießen, und nahm sie mit den Fingern. »Was soll das also? Wieso gibt sie ihm diesen Namen? Wenn es bloß ein Name wäre, der nichts zu bedeuten hätte, würde ich nicht so drauf rumreiten, aber es ist der Name eines extragruseligen Aboriginemonsters, einer Holzpuppe, die lebendig wird, und es ist auch das Vorbild für die Art, wie er Polly Merapanui umgebracht hat, es muß also *irgendwas* dran sein.«
Stan hatte endlich den Mund leer. »So weit, so gut, aber alles bis hinauf zum ›Was soll das?‹ ist dabei der einfache Teil.«
»Ich weiß.« Sie runzelte die Stirn. »Jetzt kommen wir zu meiner Theorie. Der Woolagaroo war ... wie sagte diese Professor Jigalong nochmal? ›Eine Metapher dafür, daß die Bestrebungen des weißen Mannes, die Urvölker zu kontrollieren, irgendwann auf ihn selbst zurückschlagen könnten‹, oder so ähnlich. Vielleicht hatte seine Mutter das von Anfang an mit ihm vor. Vielleicht wollte sie ein Monster aus ihm machen - oder zumindest ein Werkzeug ihrer Rache.«
»Langsam, Skouros. Du hast selbst gesagt, daß seine Mutter zu sehr mit Strichen und Spritzen beschäftigt war, um sich irgendwie politisch zu engagieren.«
»Ich rede nicht unbedingt von Politik.« Sie merkte, daß ihre Stimme laut wurde; mehrere Touristen an anderen Tischen hatten sich umgedreht und schauten, worum die Auseinandersetzung ging. »Ich rede schlicht von ... was weiß ich ... Haß. Wenn du eine Aboriginefrau im Ghetto von Cairns wärst, womöglich von deinem eigenen Vater geschlagen und vergewaltigt - es gibt entsprechende Hinweise in den Sozialamtsunterlagen - und mit Sicherheit von Kunden geschlagen und vergewaltigt, könnte es dann nicht sein, daß du es der Welt gern heimzahlen würdest? Nicht alle Armen können obendrein auch noch edel und gut sein.« Sie beugte sich näher heran. »Die wenigen Jugend-

amtsberichte, die wir von Johnny Darks Kindheit haben, sind grauenerregend - du hast sie selbst gesehen. Gepeitscht und gebrannt, tagelang in Wandschränke gesperrt, einmal als Dreijähriger längere Zeit auf der Straße ausgesetzt, bloß weil er einen der sogenannten Freunde seiner Mutter geärgert hatte. Und wenn einiges davon nun vorsätzlich geschah? Wenn sie ihn damit ... formte? Aus ihm eine Waffe gegen die Welt machte, die ihr Gewalt angetan hatte?«

Stan war bereits bei seinem ersten Nachtisch angelangt, und so wie er löffelte und kaute, hatte sie zunächst den Eindruck, er habe nicht zugehört. »Interessant, Skouros«, sagte er nach einer Weile. »Ja, da könnte durchaus was dran sein. Aber erstmal hab ich ein paar Probleme damit. Zum einen hat er seine Mutter *gehaßt* - das hat dieser Danney klipp und klar gesagt. Wenn sie am Leben geblieben wäre, hätte er sie umgebracht. Wieso sollte er ihretwegen einen Kreuzzug führen?«

»Aber genau das hat er getan, denke ich! Ich denke, seine Mutter wollte ihn dazu abrichten, dieser ... Woolagaroo zu sein, dieses mörderische Monster, aber mehr als alles andere hat sie ihn dazu gebracht, *sie* zu hassen.«

»Und wie paßt unser Opfer in diese Geschichte?«

»Vielleicht hat sie versucht, gut zu ihm zu sein, und ist dabei einem gefährlich kaputten Punkt in seinem Innern zu nahe gekommen. Vielleicht hat sie sogar versucht, für ihn zu sorgen, wie Mädchen das manchmal machen. Vielleicht ... vielleicht hat sie versucht, seine Mutter zu sein.«

Stan verlangsamte sein Eßtempo, als er mit seinem zweiten Nachtisch anfing, und sagte fast eine Minute lang nichts, so daß man nicht recht wußte, ob er nachdachte oder bloß wiederkäute. »Na schön, ich verstehe«, sagte er schließlich. »Ich bin nicht völlig überzeugt, aber es ist interessant. Ich hab allerdings meine Zweifel, daß es uns irgendwie weiterhilft, und ich seh ums Verrecken nicht, was es mit Grabpfählen zu tun haben soll.«

Calliope zuckte mit den Achseln, dann langte sie mit ihrer Gabel hinüber und zwickte sich eine Ecke von Stans Kuchen ab. Er zog die Augenbrauen hoch, aber sagte nichts - es war eine alteingespielte Nummer. »Das kann ich dir nicht sagen. Ich hab einfach so ein Gefühl, daß dieser Mythenkram nicht bloß Staffage ist. Er hat das Mädchen nicht so zugerichtet, weil er sein kulturelles Erbe irgendwie runtermachen wollte. Nein, es sieht eher nach ... nach einem Versuch aus, sich von dem Zeug zu befreien. Es seiner Mutter ins Gesicht zu schlagen, wie um ihr zu sagen: ›Das halte ich von deinen Plänen.‹ Aber sie war fort, war schon tot. Er mußte jemand anders finden, an dem er seine ganze Wut auslassen konnte.«

Stan schob sich ein wenig vom Tisch zurück, damit er die Beine überschlagen konnte. Der durch die hohen Fenster schräg einfallende Sonnenschein, das Grün der Bäume im botanischen Garten, die schrillen Stimmen der im Serviergang schliddernden Kinder, alles ließ Polly Merapanuis Tod nahezu unwirklich fern erscheinen. *Aber genau so soll es sein, nicht wahr?* dachte Calliope. *Wir machen unsere Arbeit, damit die Leute das Gefühl haben können, daß der ganze Schmuddelkram von ihnen ferngehalten wird und sie nicht damit in Berührung kommen, daß sofort, wenn jemand was Scheußliches macht, solche wie wir aufkreuzen und ihn aus dem Verkehr ziehen.*

»Ich hab mir auch ein paar Gedanken gemacht«, verkündete Stan plötzlich. »Aber vorher eine Frage. Sag mir nochmal, warum genau sie diesen Fall aus der Fahndung nach dem ›Sang Killer‹ rausgeschmissen haben - oder nach dem ›Real Killer‹, oder wie sie den Scheiß diese Woche sonst nennen ... ›Sang-Real-Good-Killer‹ vielleicht. Warum haben sie die Merapanuisache davon abgekoppelt?«

»Das Sonderdezernat hat überhaupt nur deshalb jemals einen Blick drauf geworfen, weil die Tatwaffe die gleiche war - ihr Mörder benutzt auch eines von diesen großen Zeissing-Metzgermessern. Ach so, und außerdem gab es geringfügige Ähnlichkeiten bei der Art der Wunden, hauptsächlich wegen der Größe und Form des Messers, nehme ich an. Das und das Fehlen von forensischen Daten. Aber sonst ist alles anders. Der Real Killer - den Namen bekam er nur, weil sein erstes Opfer Real hieß und weil er nie von den Überwachungskameras aufgenommen wird - ist auf gutsituierte weiße Frauen aus, meistens jünger, aber gewiß keine Mädchen wie Polly. Die Verstümmelungen, die er an seinen Opfern vornimmt, sind auch viel weniger bizarr als bei Merapanui. Warum?«

»Weil mir irgendwas an den Informationen in diesem Fall komisch vorkommt und ... na ja, die Art, wie die Unterlagen gelöscht wurden, ist ziemlich merkwürdig.«

»Leute häcken sich ständig in alle möglichen Systeme, Stan, selbst in unser System. Erinnerst du dich nicht mehr an den mehrfachen Mord am Bronte Beach, wo die Freundin von dem Kerl ...«

»Das mein ich nicht«, unterbrach ihr Kollege sie ungeduldig. »Es erstaunt mich nicht, daß sich jemand in das System reingehäckt und an den Dateien von dem Typ rumgepfuscht hat, was mich erstaunt, ist die Art, wie. Ich kenn mich mit dem Zeug aus, Skouros, ich hab vor wenigen Jahren erst 'nen Auffrischungskurs auf der Polizeischule gemacht. Es gibt in der Regel zwei Möglichkeiten. Entweder sie schuften und schwitzen, bis sie in ein System reinkommen, aber machen sich nicht klar, wie viele parallele Systeme es gibt, und lassen alle ausgelagerten Sachen stehen, oder sie gehen ordentlich professionell vor, sobald sie drin sind, und setzen ein Dataphage an.«

»So ein Datenfressergear.«

»Genau. Das verfolgt planmäßig den Namen, oder was auch immer, von System zu System, bis alles eliminiert ist - alles, auch Sachen über andere Leute mit demselben Namen! Du kannst dir so ein Ding in jedem Häckerladen auf dem schwarzen Markt besorgen. Aber was unser Freund gemacht hat - falls er es war -, liegt irgendwo dazwischen. Er hat überall kleine Datenfitzelchen rumliegen lassen. Ziemlich schlampig, wenn du mich fragst. Es ist, als hätte er Sachen geschafft, die kein normaler Gearfex hinkriegt, nämlich in jede Menge verschiedene Systeme eindringen, ohne ertappt zu werden, aber als hätte er nicht genug Grundkenntnisse gehabt, um sich einen Datenfresser zu besorgen und die Sache gründlich zu machen.«

Calliope war sich nicht sicher, worauf das hinauslief. »Und?«

»Und da mache ich mir so meine Gedanken über den Real Killer und das unheimliche Glück, mit dem er sämtlichen Überwachungssystemen, automatischen Kameras und Dings und Bums entgeht. Ich weiß nicht. Ich bin noch nicht zu 'nem Schluß gekommen.«

»Das kommt mir ziemlich weit hergeholt vor, Stan. Und wenn die Leute vom Sonderdezernat keine handfeste Verbindung zwischen unserm einen Mord und ihren vielen finden, brauchen wir mit Spekulieren gar nicht erst anzufangen. Es ist leider so: Wir haben einen kleinen, unbedeutenden Fall und sollten uns damit abfinden.«

Stan nickte. »Kann sein, aber du hast noch nicht alles gehört, was ich mir so denke, und ein paar von den Sachen, die du heute gesagt hast, deine Theorie, bestärken mich eher noch darin. Nehmen wir mal an, was du gesagt hast, stimmt, okay? Dieser Knabe ist in brutalen Verhältnissen aufgewachsen, mißbraucht von der Mutter und einer ganzen Latte von Liebhabern - soviel *wissen* wir, da brauchen wir gar nicht zu spekulieren. Aber gehen wir mal von deiner These aus und denken uns, seine Mutter hat ihn systematisch gequält, um sowas wie 'ne Terrorwaffe aus

Fleisch und Blut aus ihm zu machen. Hat ihn vollgepfropft mit Horrorgeschichten, mit religiösen Wahnvorstellungen, ihm praktisch das Messer in die Hand gedrückt und ihn aufgefordert zu morden, morden, morden. Gut. Das Profil paßt - er ist von klein auf ein Polizeifall, den ganzen Lebenslauf über gibt es immer wieder verdächtige Todesfälle, dazu ein paar, bei denen wir wissen, daß es Mord war, ob man nun die Geschichte von der vorübergehenden Geistesgestörtheit abkaufen will oder nicht. Dann kommt er ins Feverbrook Hospital, und alle bepissen sich darüber, wie clever und schnell und böse er ist - es hat nicht viel gefehlt, und der alte Doktor Danney hätte ihn den Antichrist persönlich genannt. Dort lernt er Polly Merapanui kennen. Kurze Zeit später kommt unser Johnny Dark alias John Dread plötzlich ums Leben. Aber wir mögen das nicht mehr glauben, nicht wahr? Auf jeden Fall sind seine sämtlichen Unterlagen gefälscht, deshalb können wir nicht wissen, was wirklich mit ihm ist. Ein paar Monate nach dem angeblichen Tod unseres Knaben stirbt Polly Merapanui, brutal verstümmelt, eine echte Psychonummer. Hört sich das alles halbwegs richtig an?«

Calliope hatte vorher Hunger gehabt, aber jetzt war ihr nicht mehr danach, ihren Salat aufzuessen. »Ja. Halbwegs richtig.«

»Du siehst, wo das hingeht, nicht?« Stan stellte die Füße auf, beugte sich vor und sah sie durchdringend an. »Der kleine Johnny Dread ist quasi von Geburt an dazu dressiert worden, Schmerz und Leid zu bereiten. Bis jetzt ist er immer mit allem durchgekommen. Er ist ein intelligenter, grausamer, soziopathischer Schweinehund - wer weiß, vielleicht ist er wirklich der Antichrist.« Sein Grinsen war freudlos. »Also ... warum sollte er aufhören zu morden? Für seine Begriffe ist er wie ein Erwachsener in einer Welt von Kindern. Ihn kann keiner. *Warum sollte er aufhören zu morden?*«

Calliope lehnte sich zurück und schloß einen Moment lang die Augen. »Er würde nicht aufhören.«

Stan nickte. »Das denke ich auch. Das heißt, entweder er ist auf und davon, weit weg, nach Amerika oder Europa, oder er ist hier. Möglicherweise sogar noch in Sydney. Direkt vor unserer Nase. Und er mordet weiter.«

Die Sonne verschwand hinter einer Wolke, und ein Schatten strich über die hohen Fenster des Museumsrestaurants. Vielleicht war es Einbildung, aber es kam Calliope so vor, als ob in dem Moment alle Gäste in dem großen, hallenden Raum verstummten.

> Sie hielten am Straßenrand an, um sich ein wenig die Beine zu vertreten. Schroff und abweisend erhoben sich die Drakensberge vor ihnen. Die blasse Sonne war bereits dabei, hinter den Gipfeln zu versinken; Schatten lagen auf den Flanken der Berge, und die hohen verschneiten Stellen leuchteten unheimlich.

»Das ... Ich bin hier noch nie gewesen.« Del Rays dunstiges Atemfähnchen verwehte in der kalten, klaren Luft, als er zu der Kette zackiger Gipfel emporblickte. »Ganz eindrucksvoll irgendwie. Ich kann nicht behaupten, daß es wie ein lauschiges Plätzchen für einen längeren Aufenthalt aussieht.«

»Du hast ja keine Ahnung, Mann«, sagte Long Joseph gutgelaunt. Er *war* schon einmal hiergewesen, noch vor gar nicht so langer Zeit, und er betrachtete die Gegend mit einem gewissen umfassenden Besitzerstolz. Außerdem war es immer gut, einem jungen Bescheidwisser wie Renies Ex einen Dämpfer aufzusetzen. »Das hier is dein Erbe. Es is ... es is Geschichte, verstehste? Die kleinen Leute, die Buschmänner, die ham hier überall gelebt. Bevor der weiße Mann gekommen is und sie alle abgeknallt hat.«

»Tolles Erbe.« Del Ray klatschte in die Hände. »Komm, ich will nicht im Dunkeln nach diesem Stützpunkt suchen, und weiß der Geier, wie weit wir fahren müßten, um hier eine Übernachtungsmöglichkeit zu finden.«

»Nein, das wär nix für dich, hier im Dunkeln rumzumachen«, stimmte Long Joseph zu. »Das is kein Zuckerschlecken.«

Die Fahrt war lang und öde gewesen, aber nachdem Joseph einmal durchgesetzt hatte, daß er das Radio anstellen und gelegentlich mitsingen durfte – erkauft mit dem Versprechen, die Füße nicht aufs Armaturenbrett zu legen, auch wenn er noch soviel an der Beinfreiheit auszusetzen hatte –, waren er und Del Ray halbwegs einvernehmlich miteinander ausgekommen. Die Stimmung war weiter gestiegen, als Joseph in der Sitzspalte ein paar Münzen fand und Del Ray bewegen konnte, an einem Laden mit Kneipe am Straßenrand anzuhalten, einem Rasthaus, das zwar zu klein war, um ein Hologramm oder auch nur eine Neonreklame zu haben, aber auf dessen handgemaltem Schild die einzigen Worte standen, auf die es ankam – »KALTE GETRÄNKE«. Trotz einiger halbherziger Einwände von Del Ray, der meinte, das Geld gehöre von Rechts wegen seinem Bruder Gilbert, da es sein Wagen sei, legte

Joseph den glücklichen Fund in vier Flaschen Mountain Rose an. Er hatte eine schon halb ausgetrunken, bevor sie von dem matschigen Parkplatz herunter waren, doch dann fiel ihm ein, daß es im »Wespennest« keinen Alkohol gab, und so stöpselte er die Flasche zu, stolz auf seine eiserne Selbstdisziplin.

Während Del Ray am Steuer saß, ließ Joseph ihn ein wenig in den Genuß seiner Weltanschauungen und Gedanken kommen und las zwischendurch bei Bedarf die Landkarte, was nicht zu vermeiden war, da der Routenleser in dem alten Wagen schon vor langem den Geist aufgegeben hatte. Zu Del Rays Verblüffung stellte sich Joseph mit der Karte des Elefanten recht geschickt an, und er lobte den älteren Mann sogar einmal, als er sie glücklich durch ein besonders verschlungenes Gewirr von kleinen Straßen gelotst hatte.

Joseph seinerseits hätte sich nicht dazu hinreißen lassen zu sagen, er könne den jungen Mann *leiden*, aber er überwand immerhin zwei seiner Vorurteile - seinen eingestandenen Argwohn gegen jeden, der einen Anzug trug und geschliffenes Netzsprecherenglisch redete, und seine uneingestandene Abneigung gegen einen, der seiner Tochter den Laufpaß gegeben hatte. Long Joseph fand zwar gelegentlich, daß Renie ein bißchen zuviel keifte und sich mit ihrem Wissen dicketat, aber das war *sein* Privileg. Wenn jemand anders etwas an ihr auszusetzen hatte, dann war das nicht viel anders, als wenn er etwas an Joseph selbst auszusetzen hätte. Sie war schließlich seine Tochter, oder? Alles, was sie war, hatte sie seiner harten Arbeit und guten Erziehung zu verdanken.

Daher hatte es zwar gedauert, aber zuletzt war es doch zu einem Auftauen zwischen ihnen gekommen, und während das Auto schlecht gefedert die gewundenen Bergstraßen hinaufschaukelte, kam Joseph langsam zu dem Schluß, daß für diesen jungen Mann trotz allem vielleicht noch Hoffnung bestand. Wenn man seinen anstudierten Theorien die Luft rausließ und dafür sorgte, daß er sich am wirklichen Leben ein bißchen schmutzig machte - obwohl *die* Lektion anscheinend schon gelaufen war -, dann konnten er und Renie unter Umständen doch noch ein Paar werden. Seine Frau war ihm davongelaufen, und wenn dieser ganze Quatsch mit virtuellen Badewannen in militärischen Anlagen vorbei war, konnte er sich bestimmt einen neuen Anzug und einen ordentlichen neuen Job besorgen, was? So ein Studium mußte noch für irgendwas anderes gut sein als bloß zum gespreizt Daherreden.

Joseph kam nicht von dem Gedanken los, daß es nett wäre, Renie in festen Händen zu wissen. Eine Frau ohne Mann - nee, sie konnte nicht wirklich glücklich sein. Es würde ihr sicher schwerfallen, ihrem Vater an seinem Lebensabend die gebührende Aufmerksamkeit und Pflege zukommen zu lassen, wenn sie den ganzen Tag über arbeiten mußte.

»Ist das die Straße?« fragte Del Ray und brach damit in eine sonnige Träumerei ein, in der Joseph in seiner teuren neuen Wohnung auf der Couch vor dem ständig laufenden großen Krittapong-Wandbildschirm thronte und seine Enkelkinder mit Geschichten darüber unterhielt, wie aufsässig und schwierig ihre Mutter gewesen war. »Straße kann man das kaum nennen.«

Joseph spähte durch das eingegraute Fenster. Als er die von Sträuchern überwucherte Schneise am Straßenrand erblickte, mußte er gar nicht erst auf die Karte schauen. »Hier is es«, sagte er. »Sieht aus, als hätten wir'n bißchen was weggefetzt, als wir mit Jeremiahs Wagen durch sind - vorher war's dichter zugewachsen. Aber das is die Straße.«

Del Ray bog auf die schmale Piste ab. Kurz darauf verbreiterte sie sich zu einer gut ausgebauten Straße, die sich in steilen Serpentinen den Berg hinaufschlängelte und von unten durch die hohen Sträucher und Bäume nicht zu sehen war. Die Sonne war inzwischen untergegangen, aber der Himmel war immer noch blaßblau; an der Flanke des Berges mit seinen dunklen Rot- und Grautönen waren die Pflanzen kaum mehr als Schattenrisse.

»Ich muß dir noch was zu diesem Ort sagen«, erklärte Joseph. »Einmal is er sehr groß. Und er is 'ne Militärbasis, du kannst also nich rumrennen und alles mögliche anfassen - nur wenn ich's dir sage. Egal, was dein Elefantenfreund meint, er is geheim, und wir wollen, daß das so bleibt.«

Del Ray gab einen Ton von sich, der sich beinahe unwirsch anhörte. »Gut.«

»Die andere Sache, die du wissen solltest ... Dieser Jeremiah Dako?« Joseph deutete vage bergaufwärts. »Der Mann, der dageblieben is und mir'n bißchen hilft? Na ja, er is homosexuell.« Er nickte. Er hatte seine Pflicht getan.

»Und?« fragte Del Ray nach einer Weile.

»Was, und?« Joseph hob die Hände. »Da gibt's kein Und, Mann. Ich sag's dir bloß, damit du nich blöd reagierst. Du hast keinen Grund, ihn zu beleidigen - er hat dir nix getan.«

»Warum in aller Welt sollte ich ihn beleidigen wollen? Ich kenne den Mann doch gar nicht.«

»Dann is ja gut. Er und ich, wir ham da was klären müssen. Das heißt, ich hab ihm begreiflich machen müssen, wie die Dinge liegen. Aber er is auch 'n Mensch, verstehste? Er hat Gefühle. Darum will ich nich, daß du 'ne blöde Bemerkung machst - außerdem glaub ich nich, daß du sein Typ bist. Er mag reife Männer. Deshalb ham wir uns auch unterhalten müssen, er und ich, damit ihm klar is, daß ich keiner von seiner Sorte bin.«

Del Ray fing an zu lachen.

»Was is?« Joseph blickte finster. »Meinste, das is 'n Witz, was ich dir erzähle?«

»Nein, nein.« Del Ray schüttelte den Kopf und rieb sich den Augenwinkel, als ob es ihn dort juckte. »Nein, ich dachte bloß grade, daß du eine einmalige Nummer bist, Long Joseph Sulaweyo. Du solltest im Netz kommen. Sie sollten dir eine eigene Sendung geben.«

»Ich glaub nich, daß du das ernst meinst.« Joseph war verstimmt. »Du willst dich bloß über mich lustig machen. Wenn du mir so kommst, beacht ich dich gar nich mehr. Dann kannst du von mir aus alle Fehler machen, die du willst.«

»Hoffentlich überleb ich das«, sagte Del Ray, bevor er im nächsten Moment laut »Scheiße!« schrie. Er trat hart auf die Bremse, und der Wagen schleuderte ein wenig auf dem Kies. Del Ray stellte das Fernlicht an. »Das hätte ich beinahe nicht gesehen.«

»Das is das Tor«, erklärte ihm Joseph. In dieser kritischen Situation wollte er ausnahmsweise seinen neuen Vorsatz, kein Wort mehr zu sagen, brechen.

Del Ray stieß die Tür auf und stieg aus, dann beugte er sich wieder hinein und stellte den Schalthebel auf Parken. Joseph trat mit ihm an den Maschendrahtzaun. »Zu. Ich dachte, du hättest gesagt, ihr hättet es aufbrechen müssen.«

»Ham wir auch. Ich hab Jeremiah dazu gebracht, aufs Gas zu treten, obwohl er Schiß hatte, und dann sind wir durchgebrettert wie der Typ in *Zulu 942*, wo sie das gepanzerte Auto haben. Bumm!« Er klatschte in die Hände. In dem dichten, feuchten Buschwerk, das die Straße säumte, erstarb der Ton rasch. »Und schon war es auf.«

»Tja, jetzt ist es zu.« Del Ray warf ihm einen giftigen Blick von der Seite zu. »Wir werden drüberklettern müssen. Ich stell den Motor ab, derweil kannst du einen Stock suchen gehen, damit wir das Stachelband hochdrücken und uns drunter durchzwängen können, ohne die Haut abgezogen zu bekommen.«

Obwohl er sich ärgerte, daß er den Laufburschen spielen sollte, ging Joseph einen abgebrochenen Ast holen, der ihm geeignet erschien, als er sich plötzlich an die kostbaren Einkäufe erinnerte, die er im Wagen gelassen hatte. Er steckte sich eine Flasche Mountain Rose in jede Hosentasche, die übrigen zwei fanden in seinem Hemd Platz.

Del Ray hatte bereits die Spitze seines abgestoßenen, einst so schicken Stiefels in eine Masche des Tors geschoben, als Joseph ihm plötzlich eine Hand auf die Schulter legte.

»Was ist?«

»Ich ... ich überleg grad.« Er starrte auf die blanke Kette, die die beiden Hälften des Tors zusammenhielt, auf das sehr massiv aussehende Schloß. »Wer hat die Kette da hingehängt?«

Del Ray stellte seinen Fuß wieder auf den Boden. »Ich dachte, dein Freund Jeremiah.«

»Er is nich mein Freund, wie schon gesagt, er is bloß ein Mann da im Berg, und ich war auch in dem Berg.« Joseph schüttelte den Kopf. »Aber Jeremiah hat da kein Schloß hingetan, kann ich mir nich vorstellen. Es is nich leicht, aus dem Stützpunkt rauszukommen – zum Reinkommen haben wir schon fast 'nen Tag gebraucht, und dabei ham wir noch Hilfe von dem alten Mann und der Franzosenfrau gehabt.« Er rieb sich seine Bartstoppeln. »Ich weiß nich. Vielleicht mach ich mir zuviel Gedanken, aber ich kapier nich, wie das Tor hier 'ne Kette vorhaben kann – wieso es so ordentlich verschlossen is.«

Del Ray sah sich um. »Vielleicht gibt es hier ... was weiß ich, Parkwächter oder so. Gehört das hier nicht zu einem Naturschutzgebiet?«

»Kann sein.« Joseph sah vor seinem inneren Auge das unangenehme Bild des schwarzglänzenden Vans und seiner getönten Scheiben. »Kann sein, aber mir gefällt das ganz und gar nich.«

»Aber wenn du hier nicht wieder raus bist, wie dann?« Del Ray ließ sich von Long Joseph den Stock geben und stieß damit gegen die Kette. Sie gab ein schweres Klirren von sich.

»Durch einen von diesen – wie sagt man? – Luftschächten.« Er machte eine deutende Handbewegung. »Der kommt da drüben auf der andern Seite des Buckels raus.«

Del Ray seufzte, aber er sah besorgt aus. »Also was denkst du? Daß jemand nach dir und Renie hier reingekommen ist? Wer könnte das gewesen sein?«

Long Joseph Sulaweyo sah ein, daß er jetzt eigentlich den Van erwähnen mußte, aber wußte nicht, wie er das machen sollte, ohne daß er Del Ray einen Grund gab, darüber herzuziehen, was für ein alter Idiot er doch sei. »Ich weiß nich«, sagte er schließlich. »Aber mir gefällt das nich.«

Sie wendeten Gilberts alten Wagen an der breiten Stelle vor dem Tor und fuhren ein paar hundert Meter zurück. Del Ray fand einen Platz, wo das Buschwerk am Rand hoch war, und obwohl die immer rutschiger und holpriger werdende Fahrt und die häßlichen Kratzgeräusche am Fahrgestell darauf hindeuteten, daß das Zurückkommen auf die Straße schwieriger werden würde, als das Herunterkommen gewesen war, versteckten sie ihn dort, bevor sie wieder bergauf gingen. Als das Abendlicht schwand, kühlte sich die Gebirgsluft rasch ab, und Joseph zitterte auf ihrem Rückweg über das unwegsame Gelände und wünschte sich, er hätte sich wärmere Sachen mitgenommen. Anfangs hatte er sich mit den schlenkernden Plastikflaschen im Hemd wie ein Guerillakämpfer mit umgebundenen Granaten gefühlt. Jetzt waren die Flaschen bloß noch schwer.

Obwohl es rasch dunkel wurde, suchten sie sich eine von der Straße und dem Tor entfernte Stelle aus, um über den Zaun zu klettern. Del Ray drückte den Bandstacheldraht hoch, so daß er beim Drübersteigen nur ein paar Risse in seine ohnehin arg mitgenommenen Sachen bekam, aber der festgeklemmte Stock rutschte heraus, als Joseph gerade sein Bein nachzog, und er stürzte kopfüber vom Zaun und verfluchte Del Ray für seine Unfähigkeit. Die Wunden waren schmerzhaft, aber nicht tief, und die Plastikflaschen hatten den Aufprall unbeschadet überstanden, so daß Joseph es schließlich für zumutbar hielt, weiterzugehen. Er setzte eine Leidensmiene auf und humpelte hinter Del Ray den Hang hinauf, auf das riesige Eingangstor der Basis zu.

Das Gebüsch war niedrig, und Del Ray meinte, sie sollten sich lieber ducken und auf den Knien kriechen. Nach Josephs Ansicht konnte nur einer, der zuviel Netzkrimis guckte, auf so einen Blödsinn kommen, aber der jüngere Mann bestand darauf. Es war kalt und unbequem, und da Del Ray sich weigerte, die Taschenlampe anzuknipsen, die er mitgenommen hatte, waren sie fast so lange damit beschäftigt, aus

Gräben voll Dornensträuchern zu klettern oder unerklimmbare Felsen zu umkrabbeln, wie mit dem Vorwärtskommen. Als sie endlich eine Stelle erreicht hatten, von der aus sie den Eingang sehen konnten, waren sie beide zerkratzt und außer Atem. Josephs Drang, Del Rays sturem Schädel eine Kopfnuß zu verpassen, wurde von dem breiten Lichtfleck auf der Felswand und dem Geräusch von Stimmen im Keim erstickt.

Als er das vor dem wuchtigen Tor parkende Fahrzeug sah, war er tatsächlich im ersten Moment erleichtert, daß es kein schwarzer Van war. Der Lastwagen, der dort mit herabhängender Ladeklappe stand, war größer und mit dicken grauen Panzerplatten verkleidet, die ihm das primitive Aussehen eines Safarilasters gaben. Ein Scheinwerfer auf dem Dach des Fahrerhauses strahlte die Betonplatte an, die den Gebirgsstützpunkt versperrte. Drei Männer, die lange schwarze Schatten warfen, standen mit hochgezogenen Schultern vor dem Schaltkasten. Zwei weitere saßen hinten auf der Ladefläche des Lasters und rauchten. Die Gesichter dieser beiden waren schwer zu erkennen, aber einer hatte ein großes, häßlich aussehendes Automatikgewehr im Schoß liegen.

Joseph blickte Del Ray an und hatte die unwirkliche, traumartige Hoffnung, der andere möge etwas sagen und dadurch alles normal und selbstverständlich machen, doch Del Rays Augen waren schreckensweit. Er packte Joseph schmerzhaft fest am Arm und zog ihn aus der unmittelbaren Nähe des bulligen grauen Lasters fort.

Sie hielten fünfzig Meter weiter unten an, jetzt alle beide noch heftiger keuchend.

»Das sind sie!« flüsterte Del Ray, als er wieder zu Atem gekommen war. »Oh, lieber Gott! Das ist dieser verdammte Bure, der Kerl, der mein Haus niedergebrannt hat!«

Joseph setzte sich auf den Boden und pumpte Luft in seine Lungen. Ihm fiel nichts ein, was er sagen sollte, und so überlegte er gar nicht erst. Er holte die angebrochene Flasche Wein aus seinem Hemd und nahm einen langen Schluck. Seltsamerweise fühlte er sich danach kein bißchen besser.

»Wir müssen hier weg! Das sind Mörder! Die reißen uns nur zum Spaß den Kopf ab!«

»Geht nich«, sagte Joseph. Es klang nicht einmal wie seine eigene Stimme.

»Was soll das heißen?«

»Die wollen in den Berg rein. Du hast gesagt, diese Leute, die wollen Renie was. Meinst du, ich kann einfach abhauen und meine Tochter da drin allein lassen? Du hast nicht kapiert, was ich vorher gesagt hab, nich? Sie is in so 'nem großen alten Apparat drin. Sie ... sie is hilflos.«
»Was sollen wir denn machen? Hingehen und sagen: ›Entschuldigung, wir wollen nur mal kurz rein, hoffentlich macht es euch nichts aus, hier zu warten.‹ Sollen wir's damit versuchen?« Sarkasmus und Todesangst ergaben eine unangenehme Mischung. »Ich habe mit diesen Leuten zu tun gehabt, Mann. Das sind keine kleinen Ganoven - das sind Killer. Profis.«

Joseph begriff so gut wie gar nichts, aber er sah vor sich das Bild von Stephen, wie er in diesem gräßlichen Krankenhausbett lag, in Kunststoff gepackt wie ein Stück Fleisch im Laden, und er schämte sich. Alles andere in seinem Kopf außer diesem Bild war schattenhaft. Stephen und jetzt auch noch Renie, beide wie Tiere in Fallen gefangen. Seine Kinder. Wie hätte er wieder weggehen können?

»Wieso gehen wir nich da rein, wo ich raus bin?« sagte Joseph plötzlich.

Del Ray starrte ihn an, als ob er den Verstand verloren hätte. »Und dann? Verstecken wir uns im Berg und warten ab, bis sie kommen?«

Joseph zuckte mit den Achseln. Er nahm einen weiteren Schluck Wein, dann drückte er den Pfropfen zu und schob die Flasche in sein Hemd. »Es is 'n Militärbunker. Vielleicht gibt's da drin Waffen, und wir können die Kerle abknallen. Aber du mußt nich mit - ich denke, das is nix für einen wie dich.« Er stand auf. »Ich geh jetzt.«

Del Ray hatte einen Ausdruck, als erblickte er gerade zum erstenmal eine völlig neue Tierart. »Du bist ja verrückt. Wieviel von dem Wein hast du getrunken?«

Joseph wußte, daß der andere Mann ihn zu Recht für verrückt hielt, aber so sehr er sich auch anstrengte, er wurde das Bild von Stephen im Bett nicht los. Er versuchte es durch ein anderes Bild zu ersetzen, ein vernünftiges Bild davon, wie er mit Del Ray ins Auto stieg und wieder den Berg hinunterfuhr, aber er konnte es sich einfach nicht vorstellen. Manchmal gab es Dinge, die mußten sein, Punkt. Frau gestorben, Mann allein mit zwei Kindern? Was bleibt dir übrig? Du machst weiter, selbst wenn du dich die meiste Zeit über betrinken mußt, um durchzuhalten.

Joseph machte sich schwerfällig auf, den mondbeschienenen Hang wieder hochzusteigen, diesmal aber in weitem Bogen um den Eingang herum, zu der Stelle an der anderen Seite, wo er seiner Erinnerung nach herausgekommen war. Ein Rascheln im Gebüsch erschreckte ihn dermaßen, daß er sich fast in die Hose gemacht hätte. Del Ray hatte ihn eingeholt; seine Augen waren immer noch weit, sein Atem dampfte. »Du bist verrückt«, wiederholte er flüsternd. »Die werden uns beide umbringen, ist dir das klar?«

Joseph war bereits völlig erledigt, aber er arbeitete sich verbissen weiter zwischen den schroffen Felsen empor. »Wahrscheinlich.«

Aus irgendeinem Grund war der Weg durch den Belüftungsschacht hinein viel schwieriger, als er hinaus gewesen war. Vier Flaschen Mountain Rose, die an seinem Leib knufften und schwappten, mochten mit daran schuld sein, gar nicht zu reden von der Schimpf- und Jammerlitanei, die der hinter ihm im Rohr steckende Del Ray ständig vor sich hinmurmelte.

»Warum fährst du dann nich einfach?« sagte Joseph schließlich, als er eingeklemmt in einen Winkel des Schachtes eine Verschnaufpause einlegte. »Fahr doch.«

»Ganz einfach: Wenn sie dich und deine ganze verdammte Familie umbringen, heißt das noch lange nicht, daß sie nicht danach mich holen kommen, quasi der Vollständigkeit halber.« Del Ray bleckte die Zähne. »Dabei weiß ich nicht mal, worum es dabei eigentlich geht - jedenfalls nicht richtig. Vielleicht können wir von Renie erfahren, was sie wissen wollen. Und dann einen Handel machen oder so.«

Der beengte und beschwerliche Abstieg kam zum Abschluß, als sie das Ende des Luftrohrs erreichten und dort feststellten, daß das Gitter, das Joseph seinerzeit entfernt hatte, wieder ordentlich angeschraubt worden war.

»Verdammt nochmal, Mann!« fauchte Del Ray. »Jetzt tritt endlich dieses Scheißding raus!«

Joseph versetzte dem Gitter einen kräftigen Tritt mit dem Absatz, so daß eine der Schrauben herausflog und eine Ecke sich löste. Nach einigen weiteren Tritten polterte es auf den Betonfußboden.

Sie eilten durch die weitläufige Garagenhöhle ins Innere der Basis, und Del Ray kam aus dem Staunen nicht heraus. Unter anderen Umständen hätte Joseph ihn mit dem größten Vergnügen herumgeführt und ihm stolz alles erklärt - soweit er das bei seinen Erkundungsgängen selbst herausbekommen hatte -, aber jetzt wollte er nichts weiter als sich in den tiefsten, sichersten Winkel der unterirdischen Anlage verkriechen und sich mit allem verschanzen und zudecken, was er finden konnte. Er bereute bereits die hirnverbrannte Rührseligkeit, die ihn gezwungen hatte, durch den Luftschacht einzusteigen. Der leere Stützpunkt war voller Echos und Schatten. Bei dem Gedanken, von bewaffneten Männern durch diese Hallen gejagt zu werden, wurde ihm speiübel.

Es dauerte ein Weilchen, bis er den ersten, dann den zweiten Fahrstuhl gefunden hatte. Als sie ganz unten in dem tief im Berg versteckten Labor ankamen und die Tür aufzischte, zögerte Joseph mit klopfendem Herzen. Die Dunkelheit draußen schien etwas unheimlich Lauerndes zu haben.

»Jeremiah ...?«

»*Komm raus!*« sagte eine gepreßte Stimme, die er nicht gleich erkannte. Joseph trat aus dem Fahrstuhl. Ein jäher Lichtstrahl blendete ihn.

»Oh, dem Himmel sei Dank, du bist es doch. Sulaweyo, du alter Knallkopf, was treibst du bloß?« Es klickte, und die Leuchtstoffröhren über ihnen gingen zur Hälfte an und verbreiteten ein warmes gelbes Licht in dem riesigen unterirdischen Labor. Jeremiah Dako stand mit einer Taschenlampe in der Hand vor ihnen; er hatte einen Bademantel und ungeschnürte Stiefel an. »Und wer ist das ...?« fragte er mit einem Blick auf Del Ray.

»Wir haben keine Zeit für lange Erklärungen«, antwortete Del Ray. »Ich bin ein Freund. Da draußen sind Männer, Verbrecher, die hier einzudringen versuchen ...«

Jeremiah sprach klar und gefaßt, aber er hatte sichtlich Angst. »Ich weiß. Ich dachte schon, ihr wärt das. Ich wollte mich verstecken, dann jemand damit eins überbraten und mich wieder verstecken.« Er hob das metallene Tischbein hoch, das er in der anderen Hand hielt. »Wenn ich Zeit gehabt hätte, hätte ich den Fahrstuhl blockiert. Das könnten wir eigentlich jetzt machen. Kommt, wir schieben den Tisch da rein.«

»Woher weißt du das?« fragte Joseph. »Woher weißt du das mit diesen Männern? Und wie geht's meiner Renie?«

»Deiner Renie geht's soweit ganz gut«, erwiderte Jeremiah, dann verzog er das Gesicht. »Wenn du dir solche Sorgen um sie machst, wieso zum Teufel bist du dann abgehauen?«

»Menschenskind, du bist nicht meine Frau!« Joseph stampfte wütend auf. »Woher weißt du das mit diesen Männern da draußen?«

»Weil ich mit jemand geredet habe und er mich informiert hat. Er ist ein Freund, wenigstens behauptet er das.« In dem Moment merkte man Jeremiah die Anspannung, unter der er stand, erst richtig an. Als er weiterredete, klang aus seiner Stimme der erschöpfte Fatalismus eines Mannes, der soeben eine Herde fliegender Schweine gesehen oder einen unwiderleglichen Beweis für Schneegestöber in der Hölle erhalten hat. »Er ist übrigens grade am Fon. Sagt, er heißt Sellars. Willst du mit ihm reden?«

> Christabel war müde, obwohl sie einen Großteil der Fahrt über auf dem Rücksitz geschlafen hatte. Sie wußte nicht, wo sie waren, aber es kam ihr so vor, als ob ihr Papi einen großen Kreis gefahren wäre. Sie hatten mehrmals gehalten, immer an abgelegenen Rastplätzen oder Nebenstraßen, und jedesmal war ihr Papi nach hinten gegangen, hatte die Abdeckung von der Radmulde genommen und mit Herrn Sellars geredet. Der gräßliche Junge hielt sich weiterhin still, aber er hatte einen ganzen Schokoriegel gegessen, den Christabels Mami eigentlich für sie beide gedacht hatte, und sich sogar die Schokolade von den Fingern geschleckt, als würde er nie etwas Süßes bekommen oder so.

Sie fuhren langsam durch eine Stadt. Christabel war alles unbekannt, was sie sah, aber an vielen Geschäften stand der Name »Courtland«, und daher nahm sie an, daß die Stadt so hieß.

»Wir müssen ein kurzes Päuschen einlegen«, sagte ihr Vater. »Ich hab was zu erledigen. Ihr andern bleibt im Wagen. Es dürfte nicht allzu lange dauern.«

»Sind wir deshalb den ganzen Weg bis Virginia gefahren, Mike?« fragte ihre Mutter.

»Mehr oder weniger, aber ich dachte, es könnte nicht schaden, einen kleinen Umweg zu machen.« Er blickte eine Weile aus dem Fenster und sagte nichts, dann lenkte er den Wagen an eine Tankstelle. »Tankst du ihn bitte voll, Liebling?« bat er Mami. »Und bezahl bar. Ich bin in zwanzig Minuten wieder da. Aber wenn ich in einer halben Stunde noch nicht aufgetaucht bin, dann fahr einfach diese Straße weiter, bis du zum Traveler's Inn kommst. Auch dort Barzahlung. Ich komm dann später nach.« Er lächelte plötzlich, und das war gut, denn Christabel hatte es nicht gefallen, wie ernst sein Gesicht gewesen war. »Und mampft mir nicht alle Nachttischpralinen weg.«

»Du machst mir angst, Mike«, sagte ihre Mami so leise, daß Christabel es kaum hörte.

»Keine Bange. Ich will bloß ... Ich möchte nicht, daß wir irgendwas Dummes machen. Ich werde aus alledem immer noch nicht richtig schlau.« Er drehte sich auf seinem Sitz zu Christabel um. »Du tust, was deine Mutter sagt, okay? Ich weiß, im Moment ist alles ein bißchen komisch, aber es wird wieder gut werden.« Er sah den Jungen an, der den Blick erwiderte. »Das gilt auch für dich. Hör auf das, was die Señora dir sagt, dann gibt es keine Probleme.« Er warf seiner Frau die Schlüssel zu und stieg aus.

Während ihre Mutter losging, um dem Mann im Glaskasten Geld zu geben, beobachtete Christabel, wie ihr Vater um die Tankstelle herumging und verschwand. Sie wollte sich gerade abwenden, als sie ihn auf der anderen Seite wieder hervorkommen und über den Parkplatz zu einem Gebäude gehen sah, das ein großes Schild mit der Aufschrift *Jenrette's* über der Eingangstür hatte. Es sah aus wie die Lokale, wo sie zu Mittag einkehrten, wenn sie sonst Ausflüge mit dem Auto machten, Restaurants, wo es am Tresen Kuchenstücke unter kleinen Glasglocken gab, und dabei kam Christabel der Gedanke an Essen. Ihr Vater ging hinein. Sie war irgendwie traurig, als die Tür hinter ihm zuklappte.

Es war alles sehr verstörend und verwirrend. Sie war froh, daß ihre Eltern Herrn Sellars kennengelernt hatten und daß sie seine Freunde sein wollten - das furchtbare große Geheimnis hatte sich langsam in ihrem Bauch angefühlt wie etwas Lebendiges, das niemals still lag. Doch seitdem sie sich kannten, war alles anders. Sie fuhren durch die Gegend, aber niemand sagte ihr, wohin, und Mami und Papi hatten immer noch häufig heftige Wortwechsel im Flüsterton. Außerdem war da noch die komische Sache, daß Herr Sellars sich versteckte und zusammengerollt hinten in dem kleinen Fach lag wie eine von diesen ägyptischen Mumien, die Christabel einmal in einer echt interessanten und gruseligen Sendung im Netz gesehen hatte, bis ihre Mutter gemerkt hatte, daß sie etwas über Tote guckte, und sie auf einen anderen Knoten umschalten mußte, damit sie keine Albträume bekam. Aber genau so sah das aus, nur daß er nicht tot war. Sie wußte nicht so recht, was sie davon halten sollte.

Ihre Mutter führte ein langes Gespräch mit dem Mann im Glaskasten. Vielleicht war es nicht so einfach, mit Papiergeld zu bezahlen - Christabel hatte ihre Mutter das noch niemals tun sehen, aber Papi hatte vor ihrer Abfahrt eine ganze Menge davon aus der Bank geholt, ein dickes Bündel Scheine mit Bildern drauf, genau wie in alten Comics.

»'ase Bammel, deine Mama 'aut ab und bise allein mit mir?« sagte der gräßliche Junge hinter ihr, Cho-Cho. »Klebse mit Nase an Scheibe, seit se weg ist, mu'chita. Meinse, ich freß dich oder was?«

Sie guckte ihn mit ihrem bösesten Geh-weg-Blick an, aber er grinste bloß. Er sah jetzt, wo er sauber war und andere Sachen anhatte, kleiner und nicht mehr so zum Fürchten aus, aber die Zahnlücke störte sie. Er machte ständig den Eindruck, wenn er nahe genug war, würde er zubeißen.

Sie wußte nicht genau, warum, aber sie zog plötzlich die Autotür auf und sprang hinaus. »Du bist doof«, sagte sie zu dem Jungen, knallte die Tür zu und rannte zu ihrer Mutter.

»Was willst du, Herzchen?«

Sie konnte nicht recht erklären, warum sie ausgestiegen war, deshalb sagte sie: »Ich muß mal aufs Klo.«

Ihre Mutter fragte den Mann im Glaskasten etwas, und der deutete auf die Seite des Gebäudes. Ihre Mutter runzelte die Stirn. »Ich will nicht, daß du da alleine reingehst«, meinte sie. »Und ich hab die Hände voll. Siehst du das Restaurant da drüben? Wo ›Jenrette's‹ draufsteht? Da gehst du hin und fragst, ob du die Toilette benutzen darfst. Sprich nicht mit Fremden außer mit den Frauen hinter der Theke. Verstanden?«

Christabel nickte.

»Und komm gleich wieder. Ich warte, bis du drin bist.«

Christabel hüpfte über den Parkplatz, und einmal drehte sie sich um und winkte. Der Wagen sah weit weg und komisch aus, ein bekanntes Ding an einem unbekannten Ort, und sie mußte an Herrn Sellars denken, der zusammengekrümmt dort im Dunkeln lag.

Im Restaurant herrschte Hochbetrieb, und viele Frauen und Männer in brauner Dienstkleidung gingen von Tisch zu Tisch, servierten Essen und schenkten Wasser ein. Die Sitze waren von der Art, die sie mochte, flatschige Polsterbänke, auf denen man von einem Ende zum anderen rutschen konnte, was ihren Vater regelmäßig ganz fuchtig machte. »Christabel«, sagte er immer, »du bist ein Kind, keine Flipperkugel. Bleib jetzt bitte vor deinem Teller sitzen, ja?«

Ihr Papi war da drin, fiel ihr dabei ein. Er machte irgendwas, vielleicht telefonieren. Sie mußte eigentlich gar nicht aufs Klo, nicht dringend, deshalb stellte sie sich vor der Theke auf die Zehenspitzen und schaute sich in dem großen Raum um, ob sie ihn irgendwo sah. Hinten in der Kommzelle war er nicht. Zu ihrem Erstaunen saß er nur ein kleines Stück weiter auf einer der Polstergruppen, den Rücken zu ihr gekehrt. Er war es - sie kannte seinen Kopf von hinten fast genauso gut wie von vorn -, aber es saß noch jemand mit ihm am Tisch.

Einen Moment lang glaubte sie an das nächste große, schlimme Geheimnis, und sie wollte sich schon umdrehen und über den Parkplatz zurückgehen und in den Van steigen, auch wenn der Junge über sie grinsen und Sachen sagen würde, daß sie sich schämte. Aber der Mann, mit dem ihr Papi redete, sah gar nicht unheimlich aus, und außerdem wollte sie gern das Gesicht ihres Papis sehen, wollte sehen, ob er lächelte oder ernst war oder was, weil sie das wissen mußte, damit die verwirrende Situation nicht mehr so verwirrend war.

Sie ging so langsam auf den Tisch zu, daß zwei von den Frauen in Braun sie beinahe umgerannt hätten. »Paß auf, wo du hingehst, Dummchen«, sagte eine, und als Christabel der weitereilenden Kellnerin ihre Entschuldigung hinterhergestammelt hatte und sich wieder umdrehte, starrte ihr Papi sie an.

»Christabel! Was zum ... was machst du denn hier, Kleines?« Dann schien ihm ein Gedanke zu kommen. »Ist alles in Ordnung?«

»Ich wollte bloß aufs Klo.« Sie blickte scheu auf den Mann, der bei ihrem Vater saß. Er trug einen braungrauen Anzug und hatte sehr dunkle Haut und ganz kurz geschnittene schwarze Kringelhaare. Als er ihren Blick sah, lächelte er. Es war ein nettes Lächeln, aber wahrscheinlich sollte sie lieber nicht zurücklächeln, auch nicht, wenn ihr Papi dabei war.

»Also ... herrje«, sagte ihr Vater. »Ich bin grad mitten in was Wichtigem, Schätzchen.«

Der ihm gegenüber sitzende Mann sagte: »Das macht doch nichts, Major Sorensen. Vielleicht möchte dein Töchterlein sich einen Augenblick zu uns setzen.«

Ihr Papi zog ein Gesicht, aber zuckte mit den Achseln. »Ich kann sowieso nicht mehr lange bleiben - meine Frau wollte bloß noch tanken.«

»Wie heißt du?« fragte der Mann sie. Als sie es ihm gesagt hatte, hielt er ihr die Hand hin. Seine Hände wirkten innen ganz rosig, weil die übrige Haut so dunkel war, fast als ob er sie saubergeschrubbt hätte, aber sie waren trocken. Er drückte nicht fest zu, und das mochte sie. »Schön, dich kennenzulernen, Christabel. Ich heiße Decatur, aber meine Freunde nennen mich einfach Catur.«

»Sag Herrn Ramsey guten Tag«, forderte ihr Papi sie auf.

»Oh, bitte, nicht Herr Ramsey. Wie in dem alten Witz: Herr Ramsey, das ist mein Vater. Wenn ich genau sein wollte, müßte ich wahrscheinlich sagen: *Captain* Ramsey ist mein Vater. Weißt du, ich habe das Soldatenleben auch ein wenig kennenlernen dürfen. Als Junge habe ich auf etlichen Stützpunkten gelebt.« Lächelnd wandte er sich wieder Christabel zu. »Gefällt es dir auf dem Stützpunkt, wo du wohnst, Mäuschen?«

Sie nickte, aber sie sah ihrem Papi am Gesicht an, daß er sie nicht wirklich dahaben wollte, und so sagte sie gar nichts und setzte sich einfach auf den Platz neben ihm.

»Nun gut, Major«, sagte der andere Mann, »jetzt haben wir uns gegenseitig beschnuppern können, und ich hoffe, ich habe die Prüfung bestanden. Ich kann verstehen, wenn ihr euch erstmal ein Quartier suchen wollt, vor allem mit der Kleinen hier – sie muß müde sein nach einem Tag Autofahren. Aber wie wär's, wenn ich heute abend bei euch im Motel vorbeikäme? Ich muß diesen Sellars dringend persönlich sprechen, das ist fast noch wichtiger, als daß wir uns begegnet sind. Es ... es gibt einfach so vieles zu bereden.«

»Das seh ich ein, Ramsey.« Ihr Vater rieb sich die Schläfe. »Ich will nicht ... mißtrauisch wirken oder starrsinnig, aber du verstehst sicher, daß das alles sehr rasch gekommen ist in den letzten paar Tagen.«

»Für mich auch«, sagte Ramsey und lachte. »Rasch ist gar kein Ausdruck.« Er griff nach der Rechnung. »Sicher, wenn ihr einen Abend für euch allein braucht, verstehe ich das vollkommen. Es gibt weiß Gott genug Arbeit, die auf mich wartet, und mit meinem Pad und einem Moteltisch ist es kein Problem für mich, den Abend sinnvoll zu verbringen. Aber ich kann nicht ewig hier in der Stadt bleiben, und ich muß wirklich unbedingt ein persönliches Gespräch mit Sellars führen.«

»Er ... na ja, was das betrifft, solltest du dich auf was gefaßt machen. Er ist ein leicht erschreckender Anblick.«

Ramsey zuckte mit den Achseln. »Das erstaunt mich nicht. Nach den paar Gesprächen, die wir hatten, habe ich den Eindruck, daß er viel Zeit in geschlossenen Räumen verbringt.«

»Die letzten dreißig Jahre ungefähr.« Das kurze Auflachen ihres Vaters hatte einen scharfen Klang, dessen Grund Christabel nicht verstand. »Na, wie dem auch sei, mir graut total bei dieser ganzen Geschichte, aber ich bin auch gespannt darauf, ihm leibhaftig zu begegnen - egal, wie er aussieht. Er muß ein ziemlich erstaunlicher Mensch sein.« Ihr Vater lachte wieder, aber diesmal war der Ton eindeutig unfroh. »Tja, das ist das wirklich Interessante daran. Er ist im Grunde gar kein Mensch im üblichen Sinne des Wortes ...« Er brach plötzlich ab und warf Christabel, die mit den Fersen gegen die Unterseite der Sitzbank buffte, einen Blick zu, als hätte er sich soeben erst erinnert, daß sie auch noch da war. Sein Gesicht war genauso wie damals, als er sich bei ihrer Mami darüber beklagt hatte, daß »die Zeit für den Weihnachtsmumpitz« schon wieder gekommen war, ohne mitzukriegen, daß sie auf dem Küchenboden saß, wo er sie nicht sehen konnte.

Christabel verstand nicht, was er damit meinte, und wollte ihn gerade fragen, als sie merkte, daß jemand direkt hinter ihrem Vater stand. Der Mann, der Catur Ramsey hieß, blickte mit ganz schmalen Augen zu dieser Person auf. Christabel drehte sich gleichzeitig mit ihrem Vater um. Im ersten Moment war sie völlig verwirrt, weil sie ein Gesicht vor sich sah, das sie gut kannte, so gut, daß sie gar nicht wußte, warum es ihr nicht richtig vorkam.

»So, hier bist du also«, sagte Captain Parkins. »Menschenskind, Mike, wenn du von der Bildfläche verschwindest, bist du wirklich weg. Ich hab ganz North Carolina nach dir absuchen lassen, und dann stellt sich raus, daß du mir in einen andern Bundesstaat entwischt bist.«

Christabels Papi war sehr blaß geworden. Einen Moment lang dachte sie, ihm wäre vielleicht nicht gut, so wie ihrer Mutter vor einiger Zeit, als sie erst darüber geredet hatten, ob Christabel vielleicht ein Brüderchen oder Schwesterchen bekommen sollte, und dann plötzlich kein Wort mehr darüber gefallen war. Noch tagelang war sie so grau im Gesicht gewesen wie Papi jetzt.

»Ron. Was zum Teufel machst du denn hier? Wie hast du mich gefunden?«

Captain Parkins machte eine vage Handbewegung. Ein paar Leute am Tisch gegenüber schauten sich nach dem Mann in Uniform um, dann wandten sie sich wieder ab. »Wir haben eine Fahndung nach dir eingeleitet und um Hilfe gebeten. Eine örtliche Polizeistreife hat dich gesehen und es uns gemeldet.«

»Was soll das?« Ihr Papi versuchte zu lächeln. Ihm gegenüber war Herr Ramsey sehr still geworden, aber seine Augen glänzten. »Kann man nicht mal ein paar Tage seine Ruhe haben, Ron? Du ... du weißt doch, daß wir eine Zeit für uns brauchen. Ist irgendeine Katastrophe auf dem Stützpunkt passiert? Ich wüßte nicht, warum du sonst ...«
»O ja, Katastrophe, so könnte man es nennen«, schnitt Parkins ihm das Wort ab. Jetzt, wo sie ihn näher anschaute, sah sie, daß er den gleichen verkniffenen Gesichtsausdruck hatte wie neulich, als er das letztemal vorbeigekommen war. »Unser alter Freund General Yak ist auf dem Kriegspfad. Er will dich persönlich sprechen - persönlich, verstehst du? -, und das heißt, daß alle Urlaubsvereinbarungen null und nichtig sind.« Seine Miene veränderte sich, als ob in eine starre Maske plötzlich Leben käme. »Tut mir leid, Mike, aber das ist ein Befehl von ganz oben, gegen den ich nicht das geringste machen kann. Ich weiß nicht, was los ist, und ich hoffe, daß ich immer noch dein Freund bin, aber du wirst mit mir kommen müssen.« Er zupfte an seinem Schnurrbart. »Wir haben's auch nicht weit - Yacoubian hat direkt hier in der Stadt einen Kommandoposten errichtet. Ich weiß nicht, ob das was mit dir zu tun hat. Ich hoffe nicht.« Erst jetzt schien er Christabel zu bemerken. »Hallo, Chrissy. Wie geht's dir, Kleines?«

Sie gab keine Antwort. Sie wäre am liebsten weggelaufen, aber sie wußte, das wäre das allerverkehrteste. Sie konnte beinahe Herrn Sellars' Stimme in ihrem Ohr hören: »Geheimnisse sind bedrückend, Christabel, aber wenn sie einen guten Grund haben, können sie das Wichtigste auf der Welt sein. Sei vorsichtig.«

Parkins wandte sich wieder ihrem Papi zu. Er hatte Herrn Ramsey ein paarmal angeblickt, aber offenbar beschlossen, so zu tun, als ob der andere Mann gar nicht da wäre. »Komm, wir liefern die Kleine bei ihrer Mutter ab und machen uns auf die Socken.«

Ihr Vater schüttelte den Kopf. »Kaylene ... sie ist unterwegs ... was besorgen. Wir warten hier auf sie. Es kann noch 'ne gute Stunde dauern - wir wollten uns gerade was zu essen bestellen.«

Parkins legte die Stirn in Falten. »Tja, dann werden wir sie wohl mitnehmen müssen. Ich hinterlaß hier im Restaurant eine Nummer, dann kann sie dort anrufen und erfahren, wo sie deine Tochter abholen kann.«

Selbst Christabel fiel auf, daß er »deine Tochter abholen« gesagt hatte, nicht »dich und deine Tochter abholen«. Sie bekam es richtig mit der Angst zu tun.

Ihr Vater rührte sich nicht und sagte kein Wort. Captain Parkins deutete mit einer Kopfbewegung zum Eingang des Restaurants, und jetzt erst bemerkte Christabel zwei Soldaten mit MP-Helmen, die draußen vor der Tür an der Scheibe standen. »Machen wir's kurz und schmerzlos, Mike, okay?«

»Vielleicht sollte ich mich vorstellen«, meldete sich Herr Ramsey plötzlich zu Wort. »Ich heiße Decatur Ramsey, und ich bin Major Sorensens Anwalt.« Er richtete seine glänzenden Augen auf Christabels Papi, wie um ihn zu ermahnen, ja nichts Gegenteiliges zu sagen. »Ist dies eine Festnahme?«

»Das ist eine militärische Angelegenheit, Sir«, erwiderte Captain Parkins. Seine Stimme war höflich, aber er blickte verärgert. »Ich glaube kaum, daß sie in dem Ressort fällt, und ...«

»Vielleicht entscheiden wir das, wenn wir eine genauere Vorstellung haben, worum es eigentlich geht, ja?« sagte Herr Ramsey. »Wenn es nur eine Routinesache ist, dann ist es sicher kein Problem, wenn ich mitkomme und auf ... auf Mike warte. Ich kann auch bei Christabel bleiben, bis ihre Mutter zurückkommt. Aber falls dieses höchst ungewöhnliche Vorgehen *doch* einen polizeilichen Charakter hat, wird meine Anwesenheit, denke ich, für alle Beteiligten von Vorteil sein.« Er setzte sich etwas gerader hin. Seine Stimme war sehr hart geworden. »Ich will es noch ein bißchen deutlicher formulieren, Captain. Du hast MPs mit, und du ordnest an, daß Major Sorensen dich begleitet, obwohl er sich auf einer genehmigten Urlaubsreise befindet. Falls es sich um eine offizielle Verhaftung handelt, dann ist deine Zuständigkeit klar, und ich werde in dem gesetzlich vorgeschriebenen Rahmen handeln. Falls dies jedoch *keine* offizielle Verhaftung ist und du dennoch vorhast, meinen Mandanten gegen seinen Willen abführen zu lassen, ohne daß ich ihn begleiten darf ... nun, ich kenne eine erstaunliche Menge Leute bei der Polizei hier in Virginia, und ich weiß zum Beispiel auch, daß dort drüben in der Ecke ein paar Staatspolizisten bei Kaffee und Kuchen sitzen. Es wäre mir ein Vergnügen, sie zu einer Diskussion darüber hinzuzuziehen, wie legal es ist, einen Mann ohne ordentliche Vollmacht aus einem öffentlichen Restaurant hinauszuschleifen.«

Christabel verstand nicht, was gerade geschah, aber sie wollte mehr als alles in der Welt, daß es aufhörte. Aber nichts hörte auf. Ihr Papi und Captain Parkins und Herr Ramsey blieben einfach sitzen oder stehen, wie sie waren, und eine Weile, die ihr furchtbar lange vorkam, sagte keiner etwas.

Als Captain Parkins schließlich das Wort ergriff, klang er eher traurig als böse, obwohl auch reichlich Ärger in seiner Stimme schwang. »Na schön, Herr - wie war nochmal dein Name? Ramsey? Dann komm halt mit. Wir nehmen das kleine Mädchen auch mit und machen einen Familienausflug draus. Wie gesagt, ich weiß nicht mehr, als daß ein Offizier von höchstem Rang eine sofortige Unterhaltung mit diesem Mann über eine Frage der militärischen Sicherheit wünscht. Also tun wir ihm den Gefallen. Willst du meine Dienstnummer haben?«

Herrn Ramseys Lächeln war sehr kalt. »Oh, ich glaube, das ist nicht nötig, Captain. Wir werden bestimmt noch reichlich Gelegenheit haben, uns kennenzulernen.«

Als sie aufstanden, kamen die beiden Militärpolizisten zur Tür herein und stellten sich wartend bereit. Christabel hielt die Hand ihres Papis, während Captain Parkins an die Theke ging und eine Nachricht für Mami hinterließ, dann verließen sie alle gemeinsam Jenrette's Restaurant. Alle Leute an den Tischen gafften mittlerweile.

Draußen wartete ein dunkles Armeefahrzeug. Christabel konnte es sich nicht verkneifen, über den Parkplatz zur Tankstelle hinüberzublicken, um zu sehen, ob ihre Mami guckte und ihnen vielleicht zu Hilfe kam, aber der Familienvan stand nicht mehr da.

Ihr Vater drückte ihre Hand und half ihr dann in das Armeefahrzeug hoch. Die beiden MPs setzten sich zu ihnen. Es waren junge Männer, solche, wie ihr immer zuwinkten, wenn sie auf dem Stützpunkt an ihr vorbeifuhren, aber diese jungen Männer hatten Gesichter wie Holzfiguren, und sie lächelten nicht und sagten auch nichts. Eine Drahtglasscheibe war zwischen ihnen und dem Führerhäuschen, wo Captain Parkins neben dem Fahrer saß - als ob Papi und sie und Herr Ramsey alle in einen Tierkäfig gesperrt worden wären.

Und ihre Mami und Herr Sellars waren einfach weggefahren.

Christabel dachte, daß sie wahrscheinlich zu tapfer war, um zu weinen, aber vollkommen sicher war sie sich nicht.

Kapitel

Spielball der Götter

NETFEED/WIRTSCHAFT:
Diskretes Abstoßen von Krittapongaktien
Off-Stimme: Wertpapierhändler beobachten ein "sehr kalkuliertes Abstoßen" von Krittapongaktien, wie ein Kenner der internationalen Finanzmärkte es ausdrückte. Nach Informationen aus der Elektronikbranche soll Ymona Dedoblanco Krittapong, die reisefreudige Witwe des Firmengründers Rama Krittapong, ihren beträchtlichen Anteil am Vermögen des in Thailand ansässigen Konsumelektronikgiganten seit einiger Zeit heimlich reduzieren, vielleicht in Erwartung der Produzentenhaftungsklagen, von denen gemunkelt wird …

> Es war der schrecklichste Tag ihres Lebens gewesen.

Renie war so todmüde und erschöpft, daß selbst ihre Knochen sich schwer anfühlten, aber sie konnte nicht schlafen. Die nächtliche Stille war fast vollkommen, aber das Krachen der Waffen und die Schreie der Verwundeten hallten ihr immer noch in den Ohren. Sie lag mit dem Kopf auf !Xabbus Brust, einen Mantel über ihre nackten Beine gezogen, und wußte, daß sie keinen weiteren Tag dieses blutigen Wahnsinns überleben würde.

Renie wußte auch, daß der Wahnsinn mit Sonnenaufgang wieder losgehen würde.

Im Laufe des entsetzlichen Nachmittags, als die Schlacht unter der fern am Himmel stehenden Sonne auf einem wüsten Planeten am Rand des Sonnensystems stattzufinden schien und jede Sekunde so zäh dahinschlich, als ob die Zeit selbst müde geworden wäre, hatte Renie irgendwann das Gefühl gehabt, endlich zu verstehen, was Krieg war.

Die blitzartige Einsicht war ihr mitten im dichtesten, wildesten Kampfgeschehen gekommen, als Lanzen und muskelbepackte Arme und schreiende Gesichter so schnell auftauchten und verschwanden, daß sie ihr wie flüchtige Wellen im aufgewühlten Meer der rohen Materie vorkamen. *Patriotismus, Treue, Pflicht* - verschiedene Worte, die ein und denselben Zweck erfüllten. Die meisten Menschen würden für ihre Freunde und Angehörigen kämpfen, aber warum sollte ein normaler Mensch sich bereit finden, Fremde im Interesse anderer Fremder zu ermorden? Menschen brauchten Ordnung; andere grundlos umzubringen - zu riskieren, daß andere einen grundlos umbrachten - war unsinnig, zerstörend. Wenn das Chaos einen mitriß, mußte man an irgend etwas glauben, auch wenn es noch so nebulös war. Renie war mit einemmal klargeworden, daß man den Feenstaub der *Vaterlandsliebe* oder der *Pflicht* über die näher stehende Gruppe von Fremden sprenkeln mußte, sich einreden mußte, daß diese Leute irgendwie mit einem verbunden waren und man mit ihnen, oder man wurde verrückt.

Fremde zu töten und für Fremde zu sterben war schon bizarr genug, doch das Schlimmste für sie während der Schlacht war es, ihre virtuellen trojanischen Kameraden neben sich fallen zu sehen und ihre schmerzgepeinigten Hilferufe ignorieren zu müssen. *Es sind keine richtigen Menschen,* sagte sie sich ein ums andere Mal, obwohl sämtliche Sinneswahrnehmungen ihr das Gegenteil zuschrien. *Wenn ich einem von ihnen helfe, setze ich mein eigenes Leben aufs Spiel* - und damit das Leben ihrer realen Gefährten und auch ihres Bruders und der anderen verlorenen Kinder. Dennoch kam ihr die Unterscheidung verlogen vor.

Ein solcher furchtbarer Augenblick war, als ein von hinten durchbohrter Lykier auf sie zutaumelte. Der junge Mann, der Renie erst Minuten vorher noch einen Schluck aus seinem Wasserschlauch angeboten hatte, kam durch das wütende Gefecht geradewegs auf sie zu, als ob er sonst niemand sehen könnte, die Spitze der tödlichen Lanze aus den Rippen ragend, den langen Schaft nachschleifend wie einen erstarrten Schwanz. Mit letzter Kraft hatte er die Hände nach ihr ausgestreckt, das Haltsuchen eines Ertrinkenden, eines Mannes, der in seinem eigenen Blut versank. Renie war schleunigst zurückgewichen, damit er sie nicht packte und wehrlos machte. Der Blick in seinen rasch glasig werdenden

Augen hatte sich ihr so tief eingebrannt, daß sie sicher war, ihn niemals vergessen zu können.

Steht uns das bevor? hatte sie sich mit hilflosem Grauen gefragt. *Wird so die Zukunft aussehen? Wir bauen uns Welten, wo alles möglich ist, sehen jeden Tag mit an, wie reale, atmende, schwitzende Menschen vor unsern Augen getötet werden, morden sogar selber welche, und hinterher setzen wir uns zum Abendessen hin, als ob nichts gewesen wäre?*

Was für eine Zukunft erschufen sich die Menschen da? Wie konnte das menschliche Gehirn, ein Organ, das Millionen Jahre alt war, solche irrsinnigen futuristischen Zerreißproben bestehen?

Der Tag war weiter zäh dahingeschlichen.

Zum Angriff stürmen, eingekeilt und von hinten geschoben. Ausweichen und ducken, sich nach hinten zurückdrängeln, die ganze Zeit über den Schild gegen den mörderischen Pfeilregen erhoben. !Xabbu und T4b im Auge behalten, nicht vergessen, daß sie das einzig Wirkliche in diesem wüsten Land schreiender Geister sind. Ducken, ausweichen.

Lanzen hatten hinter Schilden hervor auf sie eingestochen wie unter Steinen verborgene Nattern. Völlig überraschend hatten sich ganze Frontabschnitte verschoben, so daß das schlimmste Gemetzel plötzlich hinter ihr tobte statt vor ihr und sie und ihre Freunde all ihrer Umsicht zum Trotz wieder mittendrin im dicksten Gefecht waren.

Nächste Runde. Ausweichen und ducken. Sich nach hinten zurückdrängeln ...

Und überall ringsumher – Tod. Er war während des langen Tages keine stille Gestalt im Hintergrund, keine blasse Jungfrau, die Erlösung vom Leiden brachte, kein behender Schnitter mit scharfer Sense. Der Tod auf der trojanischen Ebene war eine tolle Bestie, brüllend, reißend, zermalmend, die überall gleichzeitig war und die in ihrem unaufhörlichen Wüten vorführte, daß selbst gepanzerte Männer höchst verletzliche Wesen waren: Im Handumdrehen konnte diese ganze eherne Härte zu Blutdunst und blubbernden Schreien und weichem, zerfetztem Fleisch werden ...

Renie setzte sich zitternd auf.

»!Xabbu?« Sie brachte nur mühsam einen Ton heraus. »Bist du ... bist du wach?«

Sie fühlte, wie er sich neben ihr regte. »Ja. Ich kann nicht schlafen.«

»Es war so grauenhaft ...« Sie hielt sich die Hände vors Gesicht, wünschte sich wie ein kleines Kind, wenn sie sie wieder wegnahm, möge all das Fremdartige um sie herum verschwunden sein, die allzu hellen Sterne und ihre schwachen Reflexionen, die tausend Lagerfeuer. »Lieber Himmel, ich dachte eigentlich, diese posttraumatischen Zustände würde man erst Jahre später kriegen.« Ihr verzweifeltes Auflachen löste beinahe einen Weinkrampf aus. »Ich sage mir immer wieder, es ist nicht real ... aber wenn doch, wäre es auch nicht schlimmer. Menschen haben sich das wirklich gegenseitig angetan. Menschen *tun* sich das gegenseitig an ...« Er suchte und fand ihre Hand. »Ich wünschte, ich wüßte etwas zu sagen. Du hast recht, es war grauenhaft.«

Sie schüttelte den Kopf. »Ich weiß schlicht nicht, wie ich das nochmal durchstehen soll. O Gott, in wenigen Stunden wird es wieder hell sein.« Ein Gedanke schreckte sie auf. »Wo ist eigentlich T4b?«

»Er schläft.« !Xabbu deutete auf eine schattenhafte Gestalt, die eingerollt ein Stück vom Feuer entfernt lag. Erleichtert wandte sich Renie wieder ihrem Freund zu und stellte dabei verwundert fest, wie rasch sie sich an !Xabbus neuen, menschlichen Körper gewöhnt hatte, wie rasch sich dieses Gefäß mit !Xabbuhaftigkeit gefüllt hatte. Das schmale, jugendliche Gesicht, vor einem Tag noch das eines Fremden, tat ihr jetzt schon gut, wenn nur ihr Blick darüberstrich.

»Gut. Das ist die richtige Einstellung. Wer weiß, vielleicht sind diese ganzen Kampfspiele doch zu irgendwas nutze. Vielleicht härten sie einen ab.«

»Er hatte schreckliche Angst, genau wie wir.« !Xabbu drückte ihre Hand. »Wenn er schläft, dann ist er morgen vielleicht wacher und ausgeruhter. Wir müssen alle gegenseitig auf uns aufpassen, so wie heute.«

»Wir hatten Glück. Wir hatten einfach ein Mordsglück.« Renie wollte nicht an das Wagenrad denken, das !Xabbu beinahe überrollt hatte, oder an den Speer, der ihr über die Schulter gezischt war, eine Handbreit neben ihrem Gesicht. Eine schreckliche Vorstellung, daß sie ihn um ein Haar verloren hätte. Sie sehnte sich danach, ihn in die Arme zu nehmen, einen Bannkreis um sie beide zu ziehen, der sie dagegen abschirmen würde, was gewesen war und was noch kam, und sei es nur für ein Weilchen.

»Was ... was'n nu?« T4b setzte sich auf. Die schwarzen Haare, die ihm wie ein Trauerschleier ins Gesicht hingen, ließen seine düstere Gestalt noch fremder erscheinen. »Geht's wieder los?«

»Nein.« Renie versuchte zu lächeln, aber gab es auf. »Noch nicht. Wir haben noch ein paar Stunden.«

T4b strich sich die Haare zur Seite. Sein Gesicht hatte einen gehetzten, fiebrigen Ausdruck, der beim Kampf auf dem Dach des Hugolinusturms erstmals sichtbar geworden und seitdem nicht mehr ganz weggegangen war. »Sagt mal, wie wär's, wenn wir hier den Off machen? Einfach ... abschwirren?« Er brachte das Grinsen zustande, das Renie nicht gelungen war; als sie es sah, war sie eher froh darüber. »Yeah, yeah«, sagte er, »lach tot. Der Typ im Manstroidpanzer hat die Hosen voll. Aber ... das ist mir schnurz, äi. Hätt ich nie gedacht, daß das so sein könnte. Nie hätt ich das gedacht ...«

Renie hätte ihn gern getröstet - Furcht und Niedergeschlagenheit umgaben ihn förmlich wie eine Wolke -, aber als sie sich vorbeugte, um ihm die Hand auf den Arm zu legen, zuckte er zurück. »Wir haben alle große Angst, und wir tun alles, was wir können, um nicht getötet zu werden«, sagte sie. »Du kannst natürlich machen, was du willst, Javier - unser Clübchen ist nicht die Armee, und du hast dich zu nichts verpflichtet. Aber ich glaube, wir sind mit einem ganz bestimmten Auftrag hier, und ich kann nicht weglaufen, solange noch die Chance besteht, diesen Auftrag zu erfüllen.«

Liebe Güte, dachte sie. *Ich hör mich an wie der Militärgeistliche.*

T4b schwieg eine Weile. Irgendwo rief eine Eule, eine gewöhnliche Eule wie in einer Naturdoku, aber erst als T4b wieder etwas sagte, merkte Renie, daß es seit Stunden das erste fremde Geräusch war, das sie hörten. Sie befanden sich am äußersten Rand des trojanischen Heerlagers, und obwohl sie nicht daran zweifelte, daß bei den anderen Trojanern ein ähnliches Heulen und Zähneklappern herrschte, von ihren griechischen Feinden ganz zu schweigen, war das nächste Lagerfeuer ihres Heeres einen weiten Steinwurf entfernt, so daß ein normal geführtes Gespräch nicht an Renies Ohren dringen konnte. Es war fast, als wären sie allein unter den flammenden Sternen.

»Die werden morgen nicht abziehn, was?« sagte T4b langsam. »Dieser Hektor, der Typ will's echt wissen, tick? Der ist einer von den tschi-sin Oberschrottern - der hört nicht auf, ehe du ihm die Leitung kappst. Und jetzt isser gigasatt verätzt, weil er den Stein abgekriegt hat und dann vor allen Leuten abgeschleppt worden ist.« Er schien über etwas nachzudenken, das ihm keine Ruhe ließ. »Also hat's Megachancen, daß wir alle geext werden, hn?«

Renie fiel keine diplomatische Antwort ein - sie wußte, daß sie an seiner Stelle nichts anderes als die Wahrheit würde hören wollen. »Es wird mindestens so schlimm werden wie heute. Und wir haben Glück gehabt.«

»Dann will ich euch was sagen. Euch beiden.« Er stockte abermals. »Weil's mich quält, irgendwie. Also falls ich hier ausgeknipst werde ...«

»Renie.« Es war !Xabbu, und er hatte eine seltsame, verhaltene Dringlichkeit in der Stimme, aber Renie spürte, daß T4b dabei war, sich etwas abzuringen.

»Warte.«

»Renie«, sagte er wieder, »da ist jemand in unserem Feuer.«

Es dauerte einen Moment, bis seine Worte bei ihr ankamen. Sie drehte sich abrupt zu !Xabbu um und folgte dann seinem Blick, der auf die niedrigen Flammen gerichtet war. Sie konnte nichts dergleichen wie einen Menschen oder überhaupt eine Gestalt erkennen, aber das Feuer schien eine neue Qualität gewonnen zu haben, oder vielmehr hatte es eine Qualität verloren, die vorher dagewesen war, und war irgendwie einfacher geworden, vielleicht daß seine Flammen nicht mehr so wild flackerten oder daß es eher einfarbig wirkte.

»Ich sehe nichts.« Sie blickte auf T4b, der ebenfalls angestrengt in das Feuer starrte, nachdem er auf der Schwelle zu irgendeiner schwierigen Eröffnung unterbrochen worden war.

»Es ist ... Ich glaube, es ist ...«!Xabbu beugte sich spähend näher heran, so daß das langsam wellende goldene Licht seine Wangen und seine Stirn bestrich. »Ein Gesicht.«

Bevor Renie die naheliegende Frage stellen konnte, sprach eine weibliche Stimme in ihrem Ohr, beinahe in ihrem Kopf - fern, aber klar, wie eine Glocke, die aus einer menschlichen Kehle läutete.

»*Es kommt jemand zu euch. Fürchtet euch nicht.*«

Die anderen hörten es ebenfalls. T4b schnappte sich seine Lanze, sprang auf und blickte sich verstört um. Das Feuer war wieder nur noch ein Feuer, aber am Rand seines Lichtkreises bewegte sich jetzt etwas. Wie von der geheimnisvollen Stimme herbeigerufen, trat eine Figur aus der Dunkelheit auf sie zu, von Kopf bis Fuß vermummt, so daß Renie sich fragte, ob hier nun der Tod in dieser künstlichen Welt endlich so erschien, wie man ihn sich traditionell vorstellte.

»Halt!« zischte sie mit instinktiv gedämpfter Stimme. Der Fremde gehorchte, dann hob er langsam die Hände und breitete sie aus, um zu zeigen, daß er keine Waffen führte. Die vermeintliche Kapuze war nichts weiter als eine Falte in einem dicken wollenen Überwurf, den der

Mann sich über die Schultern gezogen und vor der Brust mit einer Spange zusammengesteckt hatte. Glänzende Augen blickten sie aus dem Schatten an. »Wer bist du?«

T4b machte einen drohenden Ausfallschritt und stieß mit der Lanze nach dem verhüllten Gesicht.

»Nicht!« rief Renie scharf. Der Fremde war einen Schritt zurückgewichen. Als T4b stehenblieb, schlug er die Kapuze zurück, und ein unbekanntes bärtiges Gesicht kam zum Vorschein. »Ich frage dich nochmal«, sagte Renie, »und zum letztenmal. Wer bist du?«

Der Mann blickte langsam von ihr zu ihren beiden Gefährten und wieder zurück. Sein Zögern war merkwürdig. Normalerweise, schien es Renie, würde jemand, der mitten in der Nacht beim Umschleichen eines Heerlagers ertappt und angerufen wurde, sich als befreundeter Mitkämpfer ausgeben, ob wahrheitsgemäß oder nicht.

»Ich ... ich wurde hierhergeführt«, erklärte der bärtige Mann schließlich. »Von einer fliegenden Erscheinung. Einer Gestalt, einem Licht. Es ... es kam mir bekannt vor.« Er musterte die drei. »Habt ihr das auch gesehen?«

Renie fiel das Feuer ein, aber sie verriet nichts davon. »Wer bist du?«

Der Fremde ließ die Hände sinken. »Wichtiger ist, wen ich suche.« Er schien zu zögern wie vor einem nicht wieder rückgängig zu machenden Schritt. »Die Frage mag euch seltsam vorkommen. Kennt ihr ... kennt ihr zufällig eine Frau, die Renie heißt?«

T4b zog scharf die Luft ein und setzte an, etwas zu sagen, aber Renie winkte ihm zu schweigen. Ihr Herz hämmerte, doch sie zwang sich, so ruhig wie möglich zu sprechen. »Schon möglich. Warum willst du ...?«

Sie wurde von T4b unterbrochen, der seine Erregung nicht mehr bezähmen konnte. »Bist du das, Orlando?«

Der Fremde sah ihn scharf an, dann trat ein müdes, erleichtertes Lächeln in sein Gesicht. »Nein. Aber ich kenne ihn - ich habe noch vor wenigen Stunden mit ihm geredet. Mein Name ist Paul Jonas.«

»Heiliger Bimbam! Jonas!« Renie faßte unwillkürlich !Xabbus Hand und drückte sie, dann deutete sie mit zitterndem Finger auf einen Platz neben dem Feuer. »Komm, setz dich. Irgendwie ... irgendwie dachte ich, du wärst größer.«

Renie betrachtete den Neuankömmling eingehend, weniger aus Mißtrauen - obwohl ihre Erfahrungen im Netzwerk sie nicht dazu ermutigten, irgend jemandem zu trauen - als vielmehr aus neugierigem Interesse an einem Mann, der soviel durchgestanden hatte. Es verblüffte sie, daß Jonas' Selbstbeschreibung haargenau zu stimmen schien: Er war niemand Besonderes, ein durchschnittlicher Mann ohne herausragende Eigenschaften, der in Ereignisse hineingezogen worden war, die er nicht verstand. Aber er war zweifellos kein Dummkopf. Er stellte intelligente Fragen und dachte gründlich nach, bevor er seinerseits darauf antwortete, was Renie und die anderen ihn fragten. Er hatte außerdem unterwegs auf alles genau achtgegeben und sich bemüht zu verstehen, was mit ihm geschah. Am bemerkenswertesten war, daß er sich bei all seinen furchtbaren Heimsuchungen einen trockenen Humor mit einem ordentlichen Schuß Selbstironie bewahrt hatte.

»Du bist wirklich Odysseus«, entfuhr es ihr an einer Stelle.

Er sah verdutzt auf. »Was meinst du damit?«

»Na ...« Es war ihr peinlich, daß sie den Gedanken laut ausgesprochen hatte. »Na, was du alles durchgemacht hast. Auf der Suche nach dem Heimweg irrst du durch fremde Länder, verfolgt von den schicksalsbestimmenden Mächten ...« Sie machte eine ausladende Handbewegung, die nicht nur das Schlachtfeld, sondern das gesamte Netzwerk einbegriff. »Es ist, als ob du die Figur geworden wärest, der du am meisten gleichst.«

Sein Lächeln war matt. »Kann schon sein. Ich bin einer geworden, der sich überall durchmogelt, wie's aussieht. In einem Bewerbungsschreiben wäre das keine Empfehlung, aber hier kann man sich vielleicht was drauf einbilden.«

»Andererseits ...« Renie sah zu !Xabbu hinüber. »Das erinnert mich irgendwie an das, was Kunohara gesagt hat - daß wir in einer Geschichte drin wären. Aber was könnte das heißen? Daß wir keinen freien Willen haben oder so?«

!Xabbu zuckte mit den Achseln. »Es gibt noch andere mögliche Deutungen. Wir können darin Handelnde sein, aber jemand anders könnte versuchen, den Ereignissen eine bestimmte Gestalt zu geben. Es gibt vielerlei Weisen, wie man sich den Gang der Welt erklären kann - jeder Welt.« Er warf Renie einen verschmitzten Blick zu. »Hatten wir diese Diskussion nicht schon einmal, du und ich? Über die Unterschiede und Gemeinsamkeiten von Wissenschaft und Religion?«

»Aber das haut irgendwie nicht hin. Wer sollte so eine Geschichte gestalten, und warum?« Sie wollte nicht auf !Xabbus Köder anbeißen: So erfreulich es war zu erfahren, daß Orlando und Fredericks noch lebten, die wesentlichere Erkenntnis war doch, daß Jonas keine unmittelbar brauchbaren Antworten zu bieten hatte. Bisher hatte Renie angenommen, falls sie Sellars' entflohenen Gefangenen jemals finden sollten, würde dieser wie ein Spion in einem altmodischen Krimi im Besitz hart erkämpfter Geheimnisse sein. Die Informationen, über die Jonas verfügte, waren zwar in der Tat hart erkämpft, aber keine warf in irgendeiner Weise Licht auf die entscheidenden Fragen. »Die einzigen, die derart mit unserm Leben schalten und walten könnten, wären die Gralsleute selber. Oder vielleicht diese mysteriöse Frau.« Sie wandte sich wieder an Jonas. »Ich habe ihre Stimme gehört, kurz bevor du hier aufgetaucht bist. Wir sollten uns nicht fürchten, meinte sie. Es war dieselbe, die uns vorher als Madonna der Fenster erschienen ist, todsicher.«

Jonas nickte. »Ja, sie hat mich zu euch geführt. Orlando und Fredericks haben sie auch gesehen - sie scheinen überhaupt beinahe soviel Kontakt mit ihr gehabt zu haben wie ich. Ich bin sicher, daß sie wichtig ist - mehr als bloß eine der Jahrmarktsattraktionen, versteht ihr? Ich hatte von Anfang an das Gefühl, daß sie mir etwas bedeutet, aber daran, was das sein könnte, komme ich immer noch nicht ran.«

»Daß sie dir was bedeutet? Du meinst, du hast sie vorher schon gekannt?« Renie dachte zurück, aber die Erscheinung, die sie in der Hauswelt gesehen hatten, war so hauchzart gewesen wie das letzte Bild eines Traumes. »Hast du nicht wenigstens eine Ahnung, was sie in deinem Leben gewesen sein könnte? Geliebte, Freundin ... Schwester, Tochter ...?«

Jonas zögerte. »Einen Moment lang war etwas da, als du das eben sagtest, aber jetzt ist es wieder weg.« Er seufzte. »Wir müssen vielleicht alle unsere Erfahrungen austauschen. Ist von eurer Gruppe sonst niemand mehr übrig? Ich hatte Orlando so verstanden, daß es einige mehr sein müßten.«

»Drei von uns sind noch in Troja drin.« Renie schüttelte ratlos den Kopf. »Wir sollten zu ›Ilions Mauern‹ kommen, hieß es, aber wir hatten keinen Dunst, wohin genau oder wozu, und deshalb haben wir uns geteilt.«

»Speicher voll, äi«, sagte T4b plötzlich. Er hatte mit ungewöhnlicher Konzentration zugehört, aber jetzt schien seine jugendliche Geduld langsam erschöpft zu sein. »Los, wir kloppen Fredericks und Orlando da aus dem Lager raus, und dann ab die Pest nach Troja City.«

!Xabbu nickte. »T4b hat recht. Die Heere werden bei Tagesanbruch wieder zusammenstoßen, und seht«, er deutete auf den östlichen Himmel: »Der Morgenstern ist bereits auf dem Rückweg von seiner Jagd durch die Nacht. Er wird gleich den ersten roten Staub am Horizont aufwirbeln.«

»Stimmt, wir können nicht einfach hier rumsitzen, wenn das Kämpfen wieder losgeht.« Renie wandte sich Jonas zu, aber dieser war dabei, !Xabbu zu beäugen.

»Du hast eine poetische Art, dich auszudrücken, mein Freund«, sagte er. »Bist du sicher, daß du ein realer Mensch bist? Du würdest unter den Griechen kaum auffallen.«

!Xabbu lächelte. »Renie lehrte mich, daß es unhöflich ist, sich zu erkundigen, ob jemand real ist, aber ich bin mir ziemlich sicher, daß ich nicht bloß Code bin.«

»Er ist ein Buschmann«, bemerkte Renie. »Ursprünglich aus dem Okawangodelta. Hab ich das richtig ausgesprochen, !Xabbu?«

Jonas zog die Augenbrauen hoch. »Ihr seid ein spannendes Grüpplein, keine Frage. Ich kann mir vorstellen, daß wir Tage mit Geschichtenerzählen verbringen könnten, aber wir sollten zusehen, daß wir vor Tagesanbruch im griechischen Lager sind.« Er legte nachdenklich die Stirn in Falten. »Ich glaube nicht, daß die Griechen allzu begeistert wären, wenn ich ein paar trojanische Freunde zum Frühstück mitbrächte. Vielleicht wäre es besser, ihr seid meine Gefangenen.« Er erhob sich. »Auf, schnüren wir eure Waffen zusammen, so daß ich sie tragen kann, und dann gehe ich mit einer Lanze hinter euch her, damit es schön echt aussieht.« Er sah die düstere Miene des jüngsten Mitstreiters und lächelte schief. »Du wirst mir vertrauen müssen ... entschuldige, wie heißt du nochmal? T2v? Wir haben einfach keine andere Wahl.«

»T4b, aber du kannst ihn Javier nennen«, sagte Renie, wobei sie dem Teenager einen strengen Blick zuwarf. »Das kann man sich leichter merken.«

T4b warf ihr einen giftigen Blick zu, aber die Nennung seines richtigen Namens hatte seine harte Fassade ein wenig aufgeweicht, und er händigte Jonas brav seine Lanze aus.

Sie waren kaum hundert Schritte gegangen, als T4b plötzlich erstarrte und mit einem Fluch zurücksprang. »Scheiße!« rief er. »Gib mir das Stechdings wieder!«

»Was soll das?« fuhr Renie ihn an. »Wir haben dir doch erklärt ...«

»Da ist 'ne vollblock dicke Schlange!« sagte T4b und streckte den Finger aus. »Genau da!«

Renie und !Xabbu konnten nichts sehen.

»Ich dupp nicht!« Paul Jonas trat neben den schlotternden Teenager. »Frag sie, was sie will.«

»Kannst *du* sie sehen?« fragte Renie.

»Nein, aber ich denke, ich weiß, was es ist«, erwiderte Jonas. »Ich hatte vorher auch sowas - bei mir war's eine Wachtel.«

Mit noch bestürzterem Blick drehte T4b sich ihnen zu. »Habt ihr das gehört? Sie hat mit mir geredet!«

»Sie ist Teil des Systems«, erklärte Paul. »Ich glaube, jeder bekommt so ein Ding, jedenfalls alle wichtigen Personen, vermutlich damit sie die ganzen Details auf die Reihe kriegen. Orlando hatte auch eins.« Er wandte sich an T4b. »Was hat sie gesagt?«

»Mich gefragt, ob ich echt zum griechischen Lager will. Weil das 'ne schlechte Idee wär, irgendwie. Aber wenn sie mich fangen, soll ich nach so 'nem Griechen fragen, der Die-Omi-isses heißt oder so, der würde meine Familie kennen.«

»Diomedes - das ist eins von den Assen auf der griechischen Seite.« Paul legte den Kopf schief. »Na, deine Schlange hätte ergiebiger sein können, aber immerhin klingt es, als wärst du so wichtig, daß ich eventuell ein anständiges Lösegeld für dich bekomme.«

T4b starrte ihn eine ganze Weile voller Argwohn an, bevor er begriff, daß das ein Witz gewesen war. »Oh, chizz, Mann«, knurrte er. »Lach tot, äi.«

Der Himmel im Osten hatte sich ins Dunkelgraue aufgehellt, als sie am Tor ankamen. Die Wächter erkannten Odysseus und waren ganz aufgeregt, als sie sahen, daß er trojanische Gefangene bei sich hatte. Die hohen Flammen des Wachfeuers beleuchteten auch etwas, das Renie und ihre Gefährten völlig vergessen hatten.

»Beim Donnerer!« Einer der Wächter glotzte T4b staunend an. »Seht euch seinen Panzer an - ganz aus Gold!«

»Odysseus hat einen Helden gefangengenommen!« sagte ein anderer, dann drehte er sich um und rief den gerade erwachenden Männern am nächsten Feuer zu: »Der listenreiche Odysseus hat den Lykier Glaukos gefangengenommen! Den Mann mit dem goldenen Panzer!«

Sehr zu Renies Kummer waren sie alsbald von einer johlenden Meute umringt, die sie zur Hütte Agamemnons schleppte, damit dieser sich an der guten Neuigkeit mitfreuen konnte.

Paul Jonas beugte sich dicht zu ihr heran, während ihm ringsherum Leute auf den Rücken schlugen und zu seinem Heldenmut gratulierten. »Wir können uns das nicht leisten. Der Engel, die Vogelfrau ... sie sagte, die Zeit sei knapp.«

»Guck nicht *mich* an!« zischte Renie entnervt. »*Du* bist angeblich der klügste Mann in ganz Griechenland - laß dir was einfallen!«

Von dem Lärm alarmiert kam Agamemnon aus seiner Hütte heraus. Mit halb angeschnalltem Panzer und zersausten Ringellocken sah der mächtige Mann aus wie ein im Winterschlaf gestörter Bär. »Ah, gottgleicher Odysseus, du hast wahrlich eine unvergeßliche Heldentat vollbracht«, sagte der Griechenführer mit einem harten Grinsen. »Sarpedon wird das Herz in der Brust schwer werden, wenn er erfährt, daß wir seinen Vetter lebendig in unserer Gewalt haben. Selbst den männermordenden Hektor werden Zweifel befallen, ob die Götter ihm noch gewogen sind.«

»Wir haben nicht viel Zeit«, erklärte Jonas. »Ich habe diese Trojaner vernommen, und sie sagen, daß der Angriff bei Tagesanbruch erfolgen wird.« Er blickte Renie und !Xabbu an, und diese nickten - selbst aus dem wenigen, was sie mit anderen Trojanern nach der Schlacht geredet hatten, war das deutlich hervorgegangen. »Diesmal wollen Hektor und die andern uns vollends ins Meer treiben.«

Agamemnon streckte einen Arm aus, damit ihm einer seiner Bediensten eine kunstvoll verzierte bronzene Armschiene anlegen konnte. »Das war zu erwarten. Wir werden jedoch alle bereit sein - du, edler Odysseus, und mein Bruder Menelaos und der gewaltige Ajax und der Rufer im Streit, Diomedes. Die Trojaner werden zu spüren bekommen, was für Männer in den griechischen Gauen geboren werden, und viel trojanisches Blut wird ihre Erde tränken.«

Renie hätte beinahe vor Ungeduld geschrien, als Agamemnon sie alle in seine Hütte befahl, damit er seine Garderobe beenden konnte. Trotz Jonas' Versicherungen, die Gefangenen hätten sich ergeben und solche Vorsichtsmaßnahmen seien überflüssig, wurden sie und ihre beiden Freunde von Lanzenträgern mit hohen Helmen umstellt, deren halb verschreckte, halb zornige Mienen sie noch nervöser machten als Agamemnons unpersönliche Härte.

»Möglicherweise verheimlichen uns diese Feinde noch mehr«, meinte der Oberbefehlshaber. »Wir werden sie ein bißchen stechen und bluten lassen und so herausfinden, ob sie uns alles gesagt haben, was sie wissen.«

»Bitte«, sagte Jonas, der sich zusammenreißen mußte, damit man seine Verzweiflung nicht durchhörte. »Ich werde sie mit ... subtileren Mitteln bearbeiten. Überlaß sie mir.«

Agamemnon hatte eben noch das rituelle Trankopfer aufs Feuer gegossen und zögerte jetzt, da ihm die Aussicht, ein paar Trojaner zu foltern, sichtlich behagte. Da waren draußen plötzlich aufgeregte Stimmen zu hören, und ein alter Mann kam wild gestikulierend zur Tür hereingestürzt.

»Die Trojaner sind vor den Mauern!« heulte er. »Apollons goldener Wagen hat sich noch nicht über die Hügel geschwungen, und doch rennen sie bereits gegen unser Tor an wie tolle Hunde!«

Agamemnon klatschte in seine fleischigen Hände zum Zeichen, daß er seinen buschigen Helm haben wollte. »Dann auf, gehen wir! Laß die Gefangenen bei diesen Wachen, hehrer Odysseus. Deine Ithakesier warten auf dich, und es wird ein furchtbares Morden geben.«

»Gewähre mir noch ein kleines Weilchen«, bat Jonas ihn. »Unter Umständen vermag ich diesen Trojanern etwas zu entlocken, das den großen Achilles zum Kampf bewegen könnte. Das wäre die Zeit doch sicher wert, nicht wahr?«

Der Heerführer legte den Kopf schief. Sein Roßhaarbusch wippte wie ein Pfauenschweif. »Gewiß, allerdings bezweifele ich, daß du den Sinn des Unbeugsamen jetzt noch mit irgend etwas ins Wanken bringen kannst.« Er marschierte zur Tür, sein Gefolge hinterher. Als Renie eben erleichtert aufatmen wollte, blieb er stehen und drehte sich um, das Gesicht von Mißtrauen verzogen. »Schworst du mir nicht, vielkluger Odysseus, Achilles könne nicht kämpfen, weil er krank sei?«

»So ist es«, antwortete Jonas, der darauf nicht vorbereitet gewesen war. »Ja, so ist es. Aber ... aber vielleicht ist es ein von den Göttern gesandtes Leiden, und wenn sie jetzt beschlossen haben, uns hold zu sein, haben sie ihn ja vielleicht wieder geheilt.«

Agamemnon starrte ihn einen Moment lang an, dann nickte er bedächtig. »Sei es drum. Aber ich muß daran denken, daß auch du dich einst dagegen sträubtest, mit uns zu ziehen, Odysseus. Ich hoffe, du bist an diesem Tag unserer großen Not nicht wieder wankelmütig geworden.«

Die Tür schloß sich knarrend hinter ihm, aber ein halbes Dutzend Bewaffneter war noch in der Hütte geblieben, dazu der Rest von Agamemnons Haushalt, mehrere Frauen und alte Männer. Das Kampfgetöse draußen war bereits laut, und Renie konnte fast körperlich fühlen, wie der Vorteil, Paul Jonas gefunden zu haben, ihnen wie Wasser zwischen den Fingern zerrann.

»Wir müssen was tun!« flüsterte sie ihm zu. Er schreckte auf, als ob er geträumt hätte.

»Ich ... Gerade hatte ich was auf der Zunge«, erklärte er ihr leise. »Da war was an dem, was du vorhin gesagt hast, über die Frau. ›Schwester, Tochter‹, hast du gesagt ... und mir war, als hätte ich einen Namen gehört.« Seine Augen drifteten wieder ab. »Avis? Könnte es das gewesen sein?«

»Wir wissen, daß es wichtig ist, Herr Jonas«, sagte !Xabbu fast unhörbar, »aber vielleicht könnten wir zu einem späteren Zeitpunkt darüber reden ...«

»O Schreck, natürlich.« Er drehte sich zu den Wächtern um, die ihren leisen Wortwechsel mißtrauisch beäugt hatten. »Wir müssen diese Leute zu Achilles bringen«, erklärte er ihnen.

Einer der Wächter, ein glattrasierter Mann mit einer Narbe über seiner gebrochenen Nase, schwang sich zum Sprecher auf. »Der Herrscher der Männer sagte, du solltest sie verhören ...«

»Ja, aber er sagte nicht, daß das hier zu geschehen habe«, versetzte Jonas. »Kommt mit, wenn ihr wollt, aber wir müssen sie zu Achilles bringen. Was sie zu sagen haben, könnte in diesem Krieg die entscheidende Wende bringen.« Sein Gesicht wurde hart. »Woher stammst du?« Der Mann blickte verdutzt, als ob Jonas das eigentlich wissen müßte. »Aus Argos, edler Odysseus. Aber ...«

»Möchtest du je wieder in deine Heimat zurückkehren? Du hast doch gesehen, was gestern passiert ist, nicht wahr? Wenn Achilles uns nicht beisteht, wer wird dann die Trojaner aufhalten?« Die Wächter waren immer noch unsicher; Renie sah, daß Jonas sich innerlich einen Ruck gab. »Die Götter wollen es so! Willst du mich einen Lügner nennen? Was meinst du, warum ich den mächtigen Glaukos und diese andern gefangennehmen konnte? Weil die Götter mir einen Traum sandten!«

Dies erschütterte die Männer sichtlich, und Jonas ließ ihnen keine Zeit zu langwierigen theologischen Grübeleien. Er raffte die zusammengeschnürten Waffen auf und dirigierte Renie, !Xabbu und T4b mit vorgehaltener Lanze zur Tür. Die Wächter tauschten besorgte Blicke aus, aber folgten ihnen dann nach draußen in das lärmende Durcheinander der griechischen Verteidigung.

Sie hatten sich gerade zehn Schritte von Agamemnons Hütte entfernt, als das mächtige Tor des Schiffslagers aufbrach und derart heftig nach innen schlug, daß zwei Männer allein von der Wucht des Aufpralls getötet wurden. Der große Hektor stand wie ein Turm in der Bresche, den mächtigen Baumstamm noch in den Händen, mit dem er den Riegel aufgesprengt hatte, und die Griechen taumelten voll abergläubischem Entsetzen vor ihm zurück. Stunden vorher erst war der Priamossohn vom Feld getragen worden; jetzt stand er wutschnaubend vor ihnen, von Verletzungen genesen, die jeden normalen Mann umgebracht hätten. Im nächsten Moment kamen seine Trojaner durch das zerschmetterte Tor geströmt wie Flutwasser über einen einstürzenden Deich und metzelten alles nieder, was ihnen im Weg stand. Verzweifelte griechische Verteidiger sprangen von der Mauer, um ihren Vorstoß aufzuhalten, und auch der letzte Rest von Ordnung löste sich in nichts auf. Das Feuer der Schlacht wütete jetzt mitten im griechischen Lager.

Die Wächter, die Renie und den anderen aus Agamemnons Behausung gefolgt waren, stürzten sich unverzüglich ins Gefecht und ließen die Gefangenen Gefangene sein. »Mist!« schimpfte Jonas. »Die Trojaner sind zwischen uns und Orlando! Da kommen wir nie vorbei, ohne daß uns jemand bemerkt.«

Ein Trupp kämpfender Männer war bereits aus dem Schlachtgetümmel ausgeschert und bewegte sich geschlossen und wie blindlings in ihre Richtung, als ob der Krieg selbst ein Tentakel nach Renie und ihren Gefährten ausstreckte, um sie in sich hineinzuziehen. Jonas warf ihre zusammengebundenen Waffen hin und zerschnitt mit seinem Schwert die Schnur, doch es war fast zu spät: Ein seinen Kameraden zur Hilfe eilender Grieche erblickte T4b, wechselte abrupt die Richtung und ging mit der Lanze auf ihn los. Der Angegriffene schnappte sich eine der am Boden liegenden Lanzen und konnte den ersten Stoß gerade noch abschlagen, aber der andere Mann hatte einen Schild und er nicht. Während Renie noch verzweifelt auf eine Lanze zusprang, traf ein trojanischer Pfeil den Griechen in seinen ungedeckten Rücken und streckte ihn zu Boden. Eine rote Blutspur blieb auf der sandigen Erde zurück, als er davonkroch.

»Zieh die verdammte Rüstung aus!« herrschte Renie T4b an.

»Voll cräsh oder was?« brüllte er zurück. »Wieso ausziehn ...?«

»Wir haben nicht die geringste Chance, wenn du ständig von allen erkannt wirst.« Sie zogen sich in den dürftigen Schutz von Agamemnons bemalter Hütte zurück, aber Renie bildete sich nicht ein, daß sie dort ein sicheres Versteck gefunden hatten. »Zieh sie aus!«

»Wenn du Glück hast, halten sie dich für einen Sklaven«, bemerkte Jonas. »Das meine ich ernst - diese Verrückten sind zu sehr damit beschäftigt, sich gegenseitig umzubringen, um sich mit Sklaven abzugeben. Das ist unter ihrer Würde.«

So unglücklich und erbittert, daß er gleich in Tränen auszubrechen schien, entledigte sich T4b seines goldenen Panzers, bis er nur noch mit einem einfachen, zerknitterten Chiton bekleidet vor ihnen stand. Renie legte die einzelnen Teile der Rüstung hinter Agamemnons Hütte auf einen Haufen und hoffte, daß niemand darauf aufmerksam wurde, bevor sie und die anderen weit weg waren.

»Wir müssen zu Orlando und Fredericks«, sagte sie. »Wenn er noch krank ist, sind sie hilflos.« Aufblickend sah sie, wie Hektor und einige andere führende Trojaner mit lodernden Fackeln in den Händen auf die nächsten griechischen Schiffe zustürmten. Dabei stand die Sonne noch nicht sehr hoch über den fernen Hügeln.

»Da kommen wir nie durch«, meinte Jonas entmutigt. Die Trojaner bauten ihre Position in der Mitte des offenen Bereichs hinter dem Tor aus, doch die Griechen warfen sich den Eindringlingen aus allen Richtungen entgegen, und in dem Bestreben, ein weiteres Vorrücken zu verhindern, opferten sie ihre Leben wie Antikörper, die einen Bazillenherd vertilgen wollen. »Wir müssen runter ans Meer und schauen, ob wir über den Strand weiterkommen. Scheiße!« Er streckte die Hand aus. »Orlando und Fredericks sind ganz da hinten, am andern Ende des Lagers.«

»Folgt mir«, sagte !Xabbu, drehte sich um und lief zwischen den Zelten voraus.

Die anderen eilten hinter ihm her. Obwohl mehrere Griechen, die auf den Kampf am Tor zusprinteten, Odysseus wütende Bemerkungen zuschrien und hin und wieder unvorhergesehen ein Pfeil angeschwirrt kam, gelangten sie unbeschadet zum Strand hinunter, wo sie feststellen mußten, daß Gruppen von Trojanern bereits zum Wasser vorgedrungen waren, derweil ihre Kameraden in der Lagermitte die Kräfte der griechischen Verteidiger banden. Zwölf oder fünfzehn jubelnde Angreifer hatten eines der langen schwarzen Schiffe erklommen und waren dabei, es in Brand zu stecken. Flammen schossen den Mast hinauf, und pechschwarze Rauchfahnen wehten zum Morgenhimmel empor. Als Renie und die anderen die Stelle passierten, hatte eine Schar Griechen die Brandstifter gerade entdeckt und kletterte ebenfalls auf das Schiffsdeck, um weiteres Unheil abzuwenden. Einzelne Scharmützel brachen zwischen den Feuern aus. Renie sah, wie einem der Trojaner der Kopf mit einem Schwertstreich fast ganz vom Hals gehauen wurde, aber gleich darauf taumelte der Sieger mit einem Speer in der Brust zurück und fiel kreischend in die Flammen.

Die Hölle, dachte sie. *Krieg ist wirklich die Hölle.* Das uralte Klischee ging ihr nicht mehr aus dem Kopf; während sie den Strand entlangjagte, wiederholte sie es in einem fort wie einen blödsinnigen Kinderreim.

Vor ihnen breiteten sich schon auf weiteren griechischen Schiffen die Flammen aus und schossen kleine Feuerwellen durch die Takelage und an den pechbeschmierten Masten empor zu den eingerollten Segeln, die sogleich wild auflodertern. Hundert Meter weiter war Hektor durch die Abwehrreihen gebrochen und eilte jetzt, gut kenntlich an seinem im Frühlicht funkelnden Panzer, einer Gruppe schreiender Männer voraus zu einem der anderen Schiffe. Die in den hinteren Reihen kämpfenden Griechen lösten sich vom Hauptgewühl und unternahmen den verzweifelten Versuch, zwischen ihren größten Feind und die kostbaren Schiffe zu gelangen, aber keiner konnte dem Sohn des Priamos Einhalt gebieten. In den wenigen kurzen Momenten, die Renie beobachten konnte, schmetterte Hektor einem Mann seine brennende Fackel ins Gesicht und durchbohrte einen anderen mit der Lanze, woraufhin er beide Körper mit Tritten zur Seite stieß, als ob sie nicht schwerer als Fußschemel wären. Seine Schlachtreihe rückte unaufhaltsam zum Meer vor, eine Wand schreiender, kriegstoller Trojaner, die damit auch Renies Schar von ihrem Ziel abschnitt.

!Xabbu blieb ein paar Schritte vor den anderen stehen und wußte nicht mehr weiter.

»Das schaffen wir nie«, japste Renie.

Jonas war kreidebleich. »Vielleicht mit einem Trick ... oder sonstwas? Wir können sie nicht einfach ...«

»Sie denken, daß T4b ein Trojaner ist - uns *alle* außer dir halten sie für Trojaner. Vielleicht hilft das ja was.« Sie konnte sich nicht damit abfinden, daß sie untätig zusehen sollten, wie Orlando gefangengenommen oder abgeschlachtet wurde.

»Meinste, sie sagen deswegen: ›Nur zu, schon gebongt!‹ oder so?« warf T4b ein, während er heftig nach Luft schnappte. »Das ist ein verblockter Bandenkrieg hier, äi! Da kannste nicht mitten reinrennen und 'tschuldigung sagen!«
Er hatte natürlich recht. Von ohnmächtigem Grauen erfüllt ließ Renie sich auf ein Knie sinken, als sie sah, wie Hektor in seinem gleißenden Panzer die Schiffe erreichte und damit die letzte Lücke im Sperriegel bewaffneter Männer vor ihnen schloß. Der trojanische Held schleuderte seine Brandfackel hoch in die Luft; einen Moment lang wandten sich die Gesichter schauend empor, und überall auf dem Schlachtfeld schien es still zu werden. Die wirbelnde Fackel zog einen Flammenschweif wie ein Komet und schlug in die Takelage des am nächsten liegenden Schiffes ein. Im Nu fingen die raue Feuer.
»Endlich schenkt Zeus uns den Tag, der uns für alles entschädigt!« schrie Hektor. Das Beifallsgebrüll der Trojaner schwoll ringsherum an.
Renie dachte so krampfhaft über eine Möglichkeit nach, die anscheinend ausweglose Situation doch noch zu wenden, daß sie, als der Lärm immer lauter wurde, zuerst gar nicht die eingetretene Veränderung bemerkte. Männer schrien aufgeregt, und wo der Kampf es kurz zuließ, stießen sie freudig grüßend ihre Lanzen in die Luft. Aber zum erstenmal an diesem Morgen waren es die Griechen, die jubelten.
»Die Myrmidonen kommen!« jauchzte einer. »Seht, sie greifen die Trojaner von der Seite an!«
»Myrmidonen?« Renie sah genauer hin. Auf der anderen Seite von Hektors Stoßtrupp herrschte in der Tat ein großer Aufruhr; sie sah Streitwagen in voller Fahrt auf den dicksten Tumult zusausen, daß die Erde unter den Hufen der Pferde nur so spritzte.
Jonas blickte fassungslos. »Die Myrmidonen ... das sind Achilles' Männer.«
»Du meinst ...?« Noch während sie überlegte, was das heißen konnte, ließ ein näher am Geschehen stehender Mann einen Schrei los, von dem nicht zu sagen war, ob er Freude oder Entsetzen ausdrückte.
»Achilles! Achilles! Der Sohn des Peleus zieht in die Schlacht!«
Eine Gestalt in funkelnder Rüstung stand auf dem allen anderen voranjagenden Wagen, wo sie sich mit nicht ganz so stattlicher Haltung aufrecht hielt, wie man es von einem Helden erwarten würde, aber eine Lanze hoch über den Kopf reckte. Allein die Macht ihres Erscheinens hatte schon einige der vordersten Trojaner zerstreut; etliche konnten

nicht schnell genug fliehen und wurden von den schäumenden Pferden überrannt. Als der Wagenlenker auf eine größere Gruppe zuhielt, lehnte sich die strahlende Gestalt hinaus und stieß mit der Lanze zu. Weitere Wagen und eine wilde Meute bewaffneter Männer kamen dahinter angestürmt, und alle zusammen schnitten sie die Schlachtreihen auf wie ein übermenschlicher Dolch.

»Mein Gott, was macht er?« schrie Renie. »*Orlando! Laß den Quatsch!*« Aber es war aussichtslos - selbst wenn er nur zehn Meter entfernt gewesen wäre, hätte er sie über das Brüllen der Männer und das ängstliche Wiehern der verwundeten Pferde hinweg schwerlich gehört, aber dort an der Spitze seiner Myrmidonen war er zehnmal weiter entfernt und mehr.

Die Rückkehr des Achilles verbreitete so schlagartig Zuversicht unter den Griechen, als ob die Götter selbst ihnen wieder Mut in die Herzen gegossen hätten.

»Er ist zu krank dafür«, sagte Renie verzweifelt. »Wo ist Fredericks? Warum läßt er seinen Freund sowas machen? Wegen einer imaginären Schlacht!«

»Es wäre keineswegs imaginär, wenn die Trojaner die Schiffe verbrennen und das Lager niedermachen würden«, gab !Xabbu zu bedenken.

Die Trojaner, die gerade noch den endgültigen Sieg nahe gewähnt hatten, flohen jetzt in einem heillosen Durcheinander zum Tor zurück. Hektor und seine Männer waren vom Rest der angreifenden Streitmacht abgeschnitten; umzingelt und in Gefahr, überwunden zu werden, trat Priamos' großer Sohn den grimmigen, blutigen Rückzug von den Schiffen zur Hauptmasse seines Heeres an.

»Und sieh nur, sie weichen zurück«, fügte !Xabbu hinzu. »Orlando hat getan, was nötig war.«

»Op an«, sagte T4b beeindruckt.

»Mehr, als was nötig war.« Auf den Zehenspitzen stehend versuchte Jonas zu erkennen, was in dem Gewühl der Leiber in der Mitte des Lagers vor sich ging. »Der junge Knallkopf hat die Trojaner in die Flucht geschlagen, aber jetzt rasen er und seine Männer zum Tor hinaus. Gott, wenn er uns doch bloß hören könnte!«

!Xabbu kletterte auf das am nächsten liegende Schiff, das jetzt so gut wie leer war, da der Kampf sich ganz nach vorn an die Mauer verlagert hatte, wo die Trojaner sich alle Mühe gaben, Ordnung in ihre Reihen zu bringen. Renie und die anderen folgten ihm und eilten über das ansteigende Deck vor zum Bug. »Was macht er?« fragte Renie. »Wo ist er?« Ein

Teil der Heere hatte sich bereits durch das Tor auf die Ebene ergossen, und diesmal trieben die Griechen die Trojaner vor sich her, die sich ein verzweifeltes Rückzugsgefecht lieferten.

»Orlando fährt hinter einigen der trojanischen Kampfkutschen her. Nein, Streitwagen muß es heißen, nicht wahr?«!Xabbu schüttelte den Kopf.»Es ist schwer zu erkennen, aber ich glaube, der dort drüben ist Hektor. Er hat sich nach draußen durchgeschlagen und besteigt jetzt ebenfalls seinen Streitwagen.«

Renie sah zu, wie die restlichen Krieger zum Tor hinaus auf die Ebene quollen, wie Sand durch den Hals eines Stundenglases rinnt.»Wir müssen hinter ihm her«, verkündete sie.»Hinter Orlando, meine ich. Wir können ihn nicht da draußen allein lassen - Hektor wird ihn in Stücke hauen, wenn er ihn erwischt.«

»Da raus?« fragte T4b entsetzt.»Ohne Panzer?«

»Wir finden unterwegs einen für dich«, sagte Jonas.»Da liegen reichlich Männer rum, die ihren nicht mehr brauchen.«

»Wir müssen hinterher«, wiederholte Renie.»Jetzt, wo wir uns alle gefunden haben, müssen wir zusammenbleiben.« Sie tappte wieder das Deck hinunter.»Wenn wir Glück haben, holen wir ihn noch ein; dann ziehen wir ihn aus dem Kampf raus und eilen schleunigst weiter.«

»Weiter? Wohin denn?« fragte Jonas, während er neben sie auf den Sand sprang.

»Nach Troja?« Renie zuckte mit den Achseln.»Wenn wir es schaffen, nicht umgebracht zu werden, bevor wir Orlando erreichen, können wir uns dann Gedanken darüber machen.« Sie grinste ihn schief an.»Herzlich willkommen in unserm Chaosladen.«

!Xabbu schwang sich vom Bug und lief auf dem Weg durch das Lager voraus. Die Sonne hatte gerade eben den Zenit erreicht, aber war bereits hinter den Rauchschwaden von den brennenden Schiffen verschwunden, so daß ein vorzeitiges Dämmerlicht über dem Schlachtfeld lag. Während sie über die im ganzen Lager verstreuten Leichen traten und sich bei der Suche nach einem neuen Panzer für T4b blutige Hände holten, fing die kleine Stimme in Renies Hinterkopf wieder zu singen an und sagte ihr unablässig vor, was der Krieg in Wahrheit war.

> Orlando erwachte aus einem seltenen traumlosen Schlaf in einer Wirklichkeit, die ihm leicht verändert vorkam.

> 692

Er fühlte die grobe Decke unter sich, die Blätter und Zweige, die ihn in den Rücken pieksten wie kleine, spitze Finger. Er roch den beißenden Rauch eines Feuers, so als ob es in dem Kohlenbecken in der Ecke vor sich hinschwelte. Er hörte die Stimmen von Männern, aber sie waren weit entfernt, murmelten wie das Meer. Nichts von alledem war neu.

Nein, ich fühle mich ... kräftiger. Er setzte sich auf, und obwohl ihm dabei leicht mulmig wurde, verflog das Schwindelgefühl rasch. *Im Grunde fühle ich mich ziemlich gut.*

Die letzte Krankheitswelle, in der er nach der Flucht aus dem Tempel des Re beinahe ertrunken wäre, schien wieder verebbt zu sein. Er war zwar keineswegs vollständig wiederhergestellt - die Welt um ihn herum kam ihm geradezu durchsichtig vor, und er fühlte sich zerbrechlich, als ob sein Körper aus biegsamem Glas bestände -, aber es ging ihm dennoch besser als die ganzen Tage vorher.

Die düstere Hütte war leer. Er rief: »Fredericks!« - aber nichts rührte sich. Er war nicht hungrig, und trotzdem hatte er einen mächtigen Drang, irgend etwas zu essen, zu trinken, das Energiefeuer seines Organismus mit etwas Soliderem zu schüren als mit den Nährstofflösungen vom Tropf, die seinen wirklichen Körper am Leben hielten.

Aber was du hier ißt, wird wohl kaum allzu solide sein, was, Gardiner?

Es war ihm egal. Er war wieder lebendig, halbwegs. Das wollte er feiern.

Er setzte schwungvoll die Füße auf den Boden und fühlte Erde unter den Sohlen. Schon das war ein Vergnügen, und er genoß es eine Weile. Als er sich hinstellte, wackelten seine Beine ein bißchen, bevor seine Knie sich fest durchdrücken ließen, aber die schreckliche Schwäche, die ihn seit seiner Ankunft hier die meiste Zeit über ans Bett gefesselt hatte, war weg. Er machte ein paar Schritte. Es ging.

Ich lebe! Fürs erste wenigstens.

Nach einigen weiteren vorsichtigen Schritten lehnte er sich an den Türpfosten, überprüfte erneut das Orlandinische Allgemeinbefinden und fand es recht ordentlich. Er drückte die Tür auf und trat blinzelnd in die Morgensonne hinaus. Der Himmel war blau und mit eigenartigen schwarzen Wolkenkrakeln beschmiert. Der Geruch brennenden Holzes war sehr stark.

Wo sind sie alle?

Er rief abermals nach Fredericks - keine Antwort. Das Lager schien ausgestorben zu sein. Ein paar Feuer glommen noch, aber sie konnten nicht die Ursache des starken Brandgeruchs in der Luft sein. Er ging ein Stück weiter und sah sich um, aber von den Myrmidonen keine Spur.

Bei seinem Gang durch das gespenstisch leere Lager versperrten ihm die Buge der großen schwarzen Schiffe den Blick auf die griechische Hütten- und Zeltstadt, aber er sah in der Ferne menschliche Gestalten und hörte undeutliche Stimmen. Aufgeschreckt von einem über die Sonne ziehenden Schatten blickte er auf und sah, daß die Streifen am Himmel keine natürlichen Wolken waren, sondern die windverwehten äußeren Ränder einer riesigen schwarzen Rauchsäule, die in ziemlich geringer Entfernung aus der Reihe der Schiffe aufstieg.

»Scännig!« Vom Anblick des Rauchs abgelenkt trat er auf einen spitzen Stein; er fluchte und hupfte kurz auf einem Bein, dann kehrte er zur Hütte zurück, um seine Sandalen zu holen.

Als er sich bückte, um sie vom Boden aufzuheben, fiel ihm auf, daß sich noch etwas verändert hatte, seit er eingeschlafen war. Der Panzer und die Waffen, die in einer Ecke seiner Hütte gestanden hatten, waren fort, und zurückgeblieben war nur der leere Ständer, traurig wie ein Grabstein am Wegrand, und eine einzelne lange Lanze, die auf dem nackten Erdfußboden lag.

Ordentlich beschuht, aber von einem neuerlichen leichten Schwindelgefühl befallen trat er mit einem heftigen Stoß gegen die Tür wieder hinaus und wäre fast mit einem gebückten alten Mann zusammengeprallt, der sich mit einem Armvoll Brennholz abschleppte. Der Mann taumelte zurück, glotzte Orlando fassungslos an, dann schrie er auf und ließ die Holzscheite fallen.

»Wo sind sie alle?« erkundigte sich Orlando.

Der alte Mann tatterte seitwärts vor ihm zurück wie eine gichtbrüchige Krabbe, aber konnte den Blick nicht von ihm abwenden, so als ob Orlando ein ungeheuerliches Fabelwesen wäre. Er machte den Mund auf, wie um zu antworten, aber brachte nur ein Stöhnen heraus.

»Oh, chizz, was ist los? Hast du einen Dachschaden?« Orlando blickte sich um, aber sonst war niemand zu sehen. »Kannst du mir nicht sagen, wo alle hin sind?«

»Mächtiger Achilles, bist du es?« Der zahnlose Kiefer des alten Mannes klappte auf und zu.

»Ja, wer denn sonst?« Orlando deutete auf die Hütte. »Ich wohne hier, oder etwa nicht?«

Der gekrümmt dastehende Mann wimmerte beinahe. »Aber wer hat dann die tapferen Myrmidonen ins Gefecht geführt?« Er schüttelte den Kopf. »Haben die Götter uns mit einer grausamen Täuschung genarrt? Verflucht sei der Tag, an dem wir an dieser Küste landeten!«

»Die Myrmidonen geführt ...?« Orlando überlief es eiskalt. Plötzlich gab ihm die gläserne Klarheit, mit der er alles sah, das unheimliche Gefühl, zu verschwimmen und sich aufzulösen, während alles andere fest blieb. »Ich? Du hast *mich* gesehen?«

»Du mußt es gewesen sein, mein König. Jedermann kennt deinen glänzenden bronzenen Panzer, deinen berühmten Schild, dein Schwert mit den silbernen Nägeln. Du mußt dich doch daran erinnern! Die Trojaner brachen sich siegreich Bahn durch unser Lager, schon brannten mehrere Schiffe, und Hektor wütete unter unseren Männern wie ein verwundeter Eber. Beinahe war alles verloren, da kamst du zum Kampf gerüstet heraus und sprangst auf deinen Wagen. Die Myrmidonen ließen ein großes Freudengeschrei ertönen! Oh, wie schwoll da mein Herz vor Glück!« Das frohe Leuchten der Erinnerung erlosch plötzlich wieder in seinen Augen, und sein runzliges Gesicht fiel ein wie eine Papiertüte. »Aber jetzt bist du hier, obwohl ich vor noch nicht einer Stunde selbst gesehen habe, wie du die fliehenden Trojaner auf die Ebene hinaustriebst.«

»O Gott«, sagte Orlando langsam. »Fredericks. O Fredericks, du Oberscänner!«

Der alte Mann duckte sich furchtsam. »Ich verstehe deine Worte nicht, mein König. Bist du in der Schlacht den Trojanern erlegen wie ein Bär der Meute der Hunde? Ist dies dein Geist, der hier ein letztes Mal verweilt, bevor er die staubige Straße zum Hades hinabzieht?«

»Sei so gut und halt den Schnabel, ja?« Orlando spürte die Sonne wieder hervorkommen, roch den Rauch. Die Welt war soeben aus den Angeln gesprungen. Fredericks, die in Mittland sogar Kneipenschlägereien aus dem Weg gegangen war, hatte den Panzer des Achilles angelegt und führte die Myrmidonen gegen das trojanische Heer. Diese Irre! Wußte sie nicht, daß sie hier sterben konnte? »Wie heißt du?« fragte Orlando den alten Mann.

»Thestor, mein König. Nicht Thestor, Vater des Kalchas, auch nicht jener, der den Alkmaon zeugte, sowenig wie jener andere Thestor, Sohn des Enops, der den Tod auf dem Schlachtfeld von den Händen deines Freundes Patroklos empfing ...«

»Genug.« Die Sonne war jetzt ganz hinter den Rauchwolken hervorgetreten, und Orlando konnte schattenhafte Bewegungen auf der Ebene wahrnehmen, aber sie waren weit entfernt, beinahe schon im Schatten von Trojas großer Mauer. Was konnte er tun? Sich ohne Panzer und ohne Waffen in die Schlacht stürzen?

»Du siehst, es gibt viele Thestors«, fuhr der Alte fort, »und ich bin nur einer der geringsten ...«

»Genug, okay? Ich muß mich rüsten. Wo krieg ich einen Panzer her?«

»Aber ich erblickte doch deinen berühmten bronzenen Panzer, als du ausfuhrst - wie ein Gott sahst du aus ...«

Orlando wandte sich ab. Der alte Mann war weniger wert als nichts. Da kam ihm ein Gedanke. »Schildkröte!« rief er. »Schildkröte, komm her!«

»Aber ich heiße Thestor, großer Achilles ...«

Orlando beachtete ihn gar nicht. Gleich darauf kam eine kleine runde Gestalt blinzelnd unter der Hüttenwand hervor. »Was gibt's, mein Held?«

»Ich brauche einen Panzer. Ich brauche Waffen. Wo finde ich welche?«

»Wenn du noch eine Nacht warten würdest, könnte deine unsterbliche Mutter den Schmiedegott Hephaistos bitten, dir welche anzufertigen. Er schmiedet sehr schöne Stücke, mußt du wissen.«

»Keine Zeit. Ich brauche die Sachen sofort.«

Die Schildkröte schloß die Augen und prüfte den aktuellen Stand der Simwelt. Der alte Thestor, sei es, weil das System ihn kurzfristig abgekoppelt hatte, sei es, weil göttlicher Wahnsinn bei Helden an der Tagesordnung war, wartete geduldig, während sein Herr Achilles sich angeregt mit der leeren Luft unterhielt.

»Aus irgendeinem Grund hat der Lykier Glaukos seinen Panzer abgeworfen«, teilte die Schildkröte mit. »Er liegt im Moment hinter Agamemnons Hütte. Er müßte dir eigentlich passen, und die Geschichte seiner Herkunft ist lang und heldenhaft ...«

»Mir egal. Er wird's tun.« Er wandte sich an Thestor. »Weißt du, wo Agamemnons Hütte ist?«

Der alte Mann nickte zitternd. »Selbstverständlich ...«

»Dahinter liegt ein Panzer. Finde ihn und bring ihn mir. Die ganze Rüstung. Lauf!«

»Meine Beine sind schwach, großer König ...«

»Dann lauf halt, so schnell deine Beine können. Aber setz dich in Bewegung!«

Thestor trottete gehorsam los. Orlando ging wieder in die Hütte und hob die Lanze auf, die liegengeblieben war. Sie war ungemein schwer und so lang, daß sie nicht leicht aus der Tür zu manövrieren war, aber sie lag ihm mit einer Vertrautheit in der Hand, die eigentümlich befriedigend war.

Die Schildkröte betrachtete ihn wohlgefällig. »Deine große Lanze - sie war für den wackeren Patroklos zu gewichtig, auch wenn er sonst alles mitgenommen hat.«

»Ist er - Patroklos - noch am Leben?«

»Nur die Götter wissen, was Menschen nicht sehen können«, erwiderte die Schildkröte. »Er fuhr aufs Feld hinaus und trieb die Trojaner vor sich her wie Schafe. Groß war ihr Entsetzen, als sie den Panzer des Achilles erblickten.«

»Menschenskind, Fredericks, warum bist du nicht umgekehrt, nachdem du den Angriff zurückgeschlagen hattest?« jammerte Orlando. »Du totale Scäntüte!«

Mit Hilfe der Schildkröte hatte Orlando ein Schwert und einen Schild als Ersatz gefunden, als Thestor, unter der Last von Glaukos' schwerer Rüstung keuchend, endlich zurückkam. Die Brustplatte glänzte wie ein volles Bowlengefäß.

»Das ist ja Gold!« sagte Orlando beeindruckt.

»Von der Schwere her hätte ich Blei vermutet«, japste der Alte. »Aber Helden sind stärker als gewöhnliche Sterbliche - zweifellos wirst du, mein König, das erdrückende Gewicht kaum merken, das einen alten Mann beinahe umgebracht hätte.«

»Hilf mir sie anziehen.«

Nachdem er sich erst um Geduld bemüht und dann ärgerlich versucht hatte, die Sache zu beschleunigen und die Stücke, bei denen das ging, selbst anzuschnallen, begann Orlando schließlich, in dem an den Beinschienen herumfummelnden Alten etwas anderes zu sehen als nur einen Teil der Kulisse. Einerlei, was dahinter stand, einerlei, was für ein Code sein Verhalten festlegte, der greise Thestor schien wahrhaftig zu sein, was er scheinen sollte - ein erschrockener, müder alter Mann mit zittrigen Händen. Orlando bereute seine Unbeherrschtheit.

»Schon gut.« Sanft, aber bestimmt entwand er den Händen des alten Freigelassenen die Leibbinde. »Das kann ich selber machen.« Das weißstopplige Kinn des Mannes erinnerte ihn plötzlich an seinen Vater, wenn er Sonntag morgens unrasiert so tat, als wäre es ein ganz normales Wochenende wie bei anderen Leuten auch, ungeachtet der Tatsache, daß er und sein Sohn nicht zum Baseball oder ins Museum oder zum Spazieren in den Park gingen. Trotz der Flüchtigkeit des Gefühls traf die Erinnerung ihn wie ein Fausthieb in den Magen; einen Augenblick befürchtete Orlando, gleich in Tränen auszubrechen.

»Hast du ... hast du Kids zuhause?« fragte er Thestor.

Der alte Mann sah ihn perplex an. »Kitze? Von Ziegen? Nein, mein König, Ziegen habe ich gar keine. Ich habe nie Tiere besessen außer einem weißen Hühnchen und einmal zwei Hunden, aber ich verfügte nicht über die Mittel, sie zu füttern.«

Orlando verfluchte sich für seine Dummheit. »Nein, ich meinte Kinder. Hast du Kinder?«

Thestor schüttelte den Kopf. »Ich hatte eine Frau, aber sie ist tot. Ich diene deiner Familie jetzt seit vielen Jahren, Herr, und bin mit deinem Vater und dann mit dir in vielen Ländern gewesen, aber ich habe nie eine andere gefunden, die mir so gut gefiel wie sie.« Er richtete sich auf. »So. Jetzt bist du zum Krieg gewappnet, mein König. Du siehst aus wie Phoibos Apollon, wenn ich das sagen darf, ohne den Zorn des Gottes zu erregen.« Er dämpfte die Stimme. »Von Sterblichen leicht zu reizen sind sie, die Götter, Herr, falls du es noch nicht wußtest.«

»Oh, das weiß ich sehr wohl.« Orlando seufzte. »Das kannst du mir glauben.«

Er hielt sich mit Mühe auf dem ungesattelten Rücken des Pferdes, das ihn in rasendem Galopp über das Schlachtfeld trug. Überall lagen die Körper von Griechen und Trojanern in starren Posen auf dem Boden, als ob eine Wandplastik in einem Museum heruntergefallen und zerbrochen wäre. Die Sklaven, die hinter der weitertobenden Schlacht zurückgeblieben waren, um für ihre Herren oder für sich selbst die trojanischen Leichen zu plündern, richteten sich bei seinem Nahen auf und deuteten auf ihn, verwundert sowohl über seinen strahlenden goldenen Panzer als auch über den Anblick eines Kriegers, der auf einem Pferd ritt.

Aufgepaßt! dachte Orlando grimmig, während er die Rippen des Pferdes mit den Fersen bearbeitete, um es anzuspornen. *Hier kommt die erste und kleinste Kavallerie der Welt.*

Vor ihm rückte die glitzernde, brodelnde Masse der Kämpfer mit jedem Moment näher. Er hörte die Wut- und Schmerzensschreie der

Männer, die wie dünne Fäden zum Himmel aufstiegen. Aasvögel kreisten in der Höhe und verfolgten das Anrichten des Festschmauses mit einer über Tausende von Generationen erlernten Geduld.

Ich komme, Fredericks. Bitte, sei nicht tot! Halte durch, bis ich da bin!

Mit trommelnden Hufen sauste das Pferd über das rauchende Feld.

Kapitel

Die Stätte, wo sie ruhen

NETFEED/NACHRICHTEN:
Kritik an Obdachlosenknoten
(Bild: Eingang zu Streethouse)
Off-Stimme: Streethouse, ein für die Obdachlosen
eingerichteter gemeinnütziger Knoten, hat sich bei
kommerziellen Knoten mit ähnlichen Namen unbeliebt
gemacht, zum Beispiel bei dem Bekleidungsunternehmen StreetSmart.
(Bild: Vy Lewin von StreetSmart)
Lewin: "... Nein, die Unterstützung der Obdachlosen
liegt uns sehr am Herzen — wir spenden wohltätigen
Organisationen jedes Jahr viel Geld —, aber hier
geht es um direkte Geschäftsschädigung. Leute, die
diesen Streethouse-Knoten suchen, platzen einfach
in unsere Ausstellungsräume rein und belästigen
unsere Kunden. Wir hatten eine Gruppe Zigeuner, oder
wie sie sich heutzutage sonst nennen, die in den
großen Ausstellungssaal unseres Hauptverkaufsknotens
eindrangen und nicht wieder gehen wollten. Wenn sie
einmal einen Knoten wie unseren gefunden haben,
einen mit vielen Unterhaltungsprogrammen und privaten Umkleidekabinen, kommen sie unter verschiedenen Tarnidentitäten immer wieder. Es ist ein
echtes Problem."
(Bild: Condé del Fuego von Streethouse)
Del Fuego: "Im Grunde genommen wollen die Händler
schlicht, daß die Armen sich verdrücken, auch
online. Es ist immer wieder das alte Lied: 'Jaja,
ganz furchtbar, aber geht bitteschön woanders
hin, um zu leiden.'"

> In dem Film, der ständig in seinem Hinterkopf lief, war Dread jetzt ein Ritter in glänzender Rüstung, ein einsamer Held, der sich zum Gefecht bereit machte. Seine Burg war ein ausgebautes Lagerhaus im Stadtteil Redfern, sein Knappe eine junge Frau namens Dulcinea Anwin, die er langsam und planmäßig seelisch zerstörte. Statt in einen Panzer mit Arm- und Beinschienen war er in eine Pflegestation Clinsor LR-5300 (prosaischer auch als Komabett bezeichnet) und - über immaterielle, aber keineswegs irreale Verbindungen - in die Matrix seines stark modifizierten Systems eingetaucht. Anstelle eines funkelnden Schwerts führte der Mann, der sich einst Johnny Dark genannt hatte, die einzige Waffe, der er vertraute, das weißglühende Feuer seiner Willenskraft - seinen *Dreh*.

»Wie sind die Werte?« fragte er, während er die letzten Vorbereitungen traf. Er zuckte nicht, als er den Katheter einführte.

Zersaust und ungewaschen blickte Dulcy zu ihm auf, die Augen noch hohl vom Jetlag. »Gut. Alles einsatzbereit.«

Von Ungeduld und drei Adrenaxpillen aufgeputscht, hatte er mitten in der Nacht ihre Tür aufgestoßen. Sie war mit den weit aufgerissenen, ängstlichen Augen aus dem Schlaf aufgeschreckt, die Dread mit Vorliebe bei seinen weiblichen Bekanntschaften hervorrief, aber für diese Frau hatte er eine andere, wichtigere Verwendung, wenigstens bis auf weiteres.

Während das Adrenalin ihn durchströmte wie heißes Gold, hatte er seine Euphorie kontrolliert in Charme umgelenkt. Amüsiert von der scheinbaren Intimität, die nur er voll begriff, hatte er sich auf ihre Bettkante gesetzt und sich dafür entschuldigt, wie distanziert und schroff er seit ihrer Ankunft gewesen sei. Er erzählte ihr, wie wichtig sie für ihn sei, wie dringend er ihre Hilfe brauche. Er gab sich sogar ein wenig schüchtern, als er andeutete, seine Gefühle für sie könnten mehr sein als bloß Kollegialität und fachliche Wertschätzung. Ein kurzes Aussetzen ihrer Wachsamkeit, eine aufschießende Verwirrung, die sie erröten ließ, hatten seine Vermutung bestätigt.

Bevor er wieder aus dem Zimmer gegangen war, hatte er sich vorgebeugt, mit der einen Hand sanft und fest zugleich ihren Hinterkopf und mit der anderen ihre Handgelenke gefaßt und sie zart auf den Mund geküßt. Scheinbar selbst überrascht von dieser plötzlichen Anwandlung der Leidenschaft hatte er ihr verlegen gute Nacht gewünscht und war dann zur Tür hinausgeschlüpft.

Er war sich ziemlich sicher, daß sie danach nicht mehr viel Schlaf gefunden hatte.

Mit einem Lächeln beobachtete Dread, wie sie sich übermüdet und durcheinander zwischen den Bildschirmen herumbewegte wie eine Schlafwandlerin. Er hatte sie jetzt soweit, daß sie haltlos zwischen Furcht und Begehren hin- und herpendelte. Wenn er seine Karten richtig ausspielte, kam irgendwann der Punkt, an dem sie sich aus dem Fenster oder vor ein Auto werfen würde, wenn er ihr es sagte – wobei er natürlich nicht vorhatte, ihren unvermeidlichen Tod auf eine so unpersönliche, so unbefriedigende Weise zu betreiben. Aber diese letzte Lust mußte noch warten; im Moment nützte sie ihm lebendig viel mehr. Er zog ins Unbekannte aus, um ein Ungeheuer zu bekämpfen. Er brauchte eine treue Seele, die ihm den Rücken deckte.

»Ich laß einen Kanal offen«, sagte er. »Ich weiß nicht, ob er noch funktionieren wird, wenn ich erstmal im Netzwerk drin bin, aber wenigstens bis dahin werde ich mit dir reden können.«

Sie nickte. Die herabhängenden Haare verschleierten ihr Gesicht.

»Gut. Wünsch mir Glück, Süße.«

»Na klar. Viel Glück.«

Dread subvokalisierte einen Befehl und sank auf die leere Oberflächenebene seines Systems. Er schloß die Augen, um sich zu sammeln, und durchfühlte die Ganglienketten der Systemmatrix, die er so gut kannte wie seinen eigenen Körper oder noch besser. Er prüfte die neuen Fähigkeiten, die größere Geschwindigkeit und die enorm gesteigerte Speicherkapazität, und war zufrieden. Er hatte nur eine vage Vorstellung davon, was ihn erwartete und was geschehen würde, wenn es zur Konfrontation kam; er wollte auf alle Eventualitäten vorbereitet sein.

Aber irgend etwas fehlte, ging ihm auf. Der Held zog ohne Musik ins Gefecht. Dread überlegte. Sicher, es war gefährlich, auch nur das winzigste Quentchen seiner Ressourcen zu vergeuden, aber andererseits – Stil mußte sein. Machte es nicht einen Helden aus, daß er immer ein bißchen Energie für große Gesten übrig hatte? Er rief seinen Katalog auf – er bildete sich nicht ein, während eines solchen Angriffs selbst ein Thema gestalten zu können – und entschied sich schließlich für einen alten Freund, Beethovens Neunte. Manche mochten das abgedroschen finden. Na schön. Sollten die Rotzlöffel doch kommen und mit ihm dem Drachen entgegentreten. Ansonsten, wenn sie davor kniffen, sollten sie die Klappe halten. Besser noch sie kamen und traten gegen Dread selbst an. Nein, ein wenig Musik konnte ihm zu noch größerer Entschlossenheit und Konzentration verhelfen, und falls sie seine Ressourcen oder seine Aufmerksamkeit zu sehr beanspruchte, würde er sie einfach abschalten.

Bei den ersten unheilraunenden Streicherklängen rief er mit Dulcys Kopie des gestohlenen Zugangsgerätes die Eintrittssequenz auf. Als er nach dem Rausschmiß aus dem System zum erstenmal wieder versucht hatte hineinzukommen, war die Reaktion prompt und brutal gewesen - ein bestialischer Inputstoß wie schlechtes Charge, schlimmer als alles, was der Alte Mann ihm jemals verpaßt hatte. Diesmal war er vorbereitet. Er hatte einen Weg gefunden, seinen Anschlußpunkt zu verbergen, während das Otherlandsystem die Anmeldung prüfte. Jede Aktion würde verpuffen und nur die Herkunft der Abwehr markieren.

Aber zu Dreads Erstaunen erfolgte diesmal kein Gegenschlag, sondern die Sequenz kam durch und das System ging auf und stellte ihn vor die anfängliche Wahl der Parameter - eine Art Besucherfoyer für das exklusive Ambiente des Otherlandsystems. Begeistert, daß Dulcys Gebastel die Zugangspanne vom letztenmal behoben hatte, wollte er gerade die erste Wahl treffen, als er sich einer ungewöhnlichen Empfindung bewußt wurde.

Etwas wartete auf ihn.

Es war grotesk, vollkommen widersinnig, aber Dreads Instinkte waren sehr scharf, und als das Raubtier, das er war, vertraute er ihnen immer. Er spürte nach, was er da eigentlich fühlte. Er war auf einer der Vorstufen des Otherlandsystems, viel zu weit von den VR-Environments entfernt, um Informationen anders als auf den gewöhnlichen Wegen zu empfangen, über Bild und Ton. Jeder normal empfindende Mensch hätte den Eindruck als Folge der eigenen Nervosität abgetan und mit dem Wählen weitergemacht, aber Dread war noch nie sehr normal gewesen.

Er zögerte, dann startete er das erste der Unterprogramme, die er und Dulcy für diesen Einbruch geschrieben hatten, ein Programm, das einen Scheinanruf durchführte, eine gefälschte, aber sehr realistische Anmeldung auf einer anderen Leitung. Als es mit der Vorstufe verbunden war, traf es unter den gebotenen Alternativen eine willkürliche Auswahl. Eine Sekunde später existierte es nicht mehr.

Dulcys Stimme, in deren müdem Ton auf einmal das geweckte Interesse durchklang, surrte in seinem Kieferknochen.»*Den ersten Scheinanruf hat's grade geext. Irgendwas hat ihn nicht bloß abserviert, sondern völlig zerstört – auch die Leitung ist jetzt außer Betrieb.*«

Ein Sicherheitssystem, das Fallen stellen und dann den Fang brutal liquidieren konnte. Dread schmunzelte. *Du bist ein cleveres Kerlchen, was?* Wenn man das zutiefst bösartige Lauern hinter der Fassade des Systems fühlte, war es kaum vorstellbar, daß da nicht ein Mensch am Werk war – und zwar, nach der prompten, präzisen Tücke der Reaktion zu urteilen, ein Mensch, der sich nicht allzusehr von ihm unterschied. *Neuronales Netz, Künstliches Leben, was du auch sein magst ... ich werde dich mit Wonne auseinandernehmen.*

Bei ihrer Untersuchung des Zugangsgerätes hatte Dulcy etwas entdeckt, das sie für ein Prioritätssignal hielt, genau das Privileg, das Mitglieder der Gralsbruderschaft für sich beanspruchen würden, zumal in früheren Zeiten, als sie sich das System noch mit anderen teilen mußten, die nicht zu ihrem Klüngel gehörten. Dread aktivierte den nächsten Scheinanruf und versah ihn mit diesem Prioritätssignal, was zu funktionieren schien – diese Sonde wurde nicht angegriffen und hatte die äußere Ebene sofort geöffnet. Nun bot das System zusätzliche Abwehrmaßnahmen auf, die Dread und Dulcy zum Teil nur in der allerallgemeinsten Form hatten voraussehen können: Da ihr Zugangsgerät eine Kopie war, war es nicht regelmäßig aktualisiert worden. Die Sonde wurde von einem blitzschnellen Wall von Fragen gestoppt, auf die sie erstmal keine Antworten parat hatte. Dread beschloß, daß es an der Zeit war, aggressiv zu werden.

Er schickte seinen eigentlichen Anruf durch die in dem Moment aktive Leitung, nistete die neue Sonde auf der sekundären Ebene des Otherlandsystems ein, so daß er hineinschlüpfen konnte wie in einen Anzug, und brachte seine besondere Fähigkeit – seinen *Dreh* – langsam zur Wirkung. Die hochkomplexen Schachtelungen, die Schicht um Schicht aufeinander folgenden Unterprogramme waren so viel labyrinthischer als selbst das erstklassige Sicherheitssystem der Atascos, daß er zuerst fast verzweifelte, doch er krallte sich in dem Spalt fest, den er in dem System geöffnet hatte, und sah sich die Situation an.

Dulcy rüstete ihn mit sämtlichen Tools auf, die sie vorbereitet hatten, und improvisierte sogar ein paar, aber obwohl seine Sonde nicht angegriffen wurde wie die erste, schaffte sie es auch nicht, die nächste Abwehrstufe zu durchdringen. Bei einem einfacheren System wäre an diesem Punkt möglicherweise das automatische Scheitern des Angriffs erfolgt, aber das Otherlandsystem schien mit dem Paradox eines Codes, der Priorität hatte und dennoch unvollständig war, leben zu können. Sie hielten ihren Brückenkopf, aber kamen nicht weiter.

Die Neunte Sinfonie hatte geendet und fing gerade wieder von vorne an, dunkle, verschwebende Streichertöne dicht an der Hörschwelle, als Dread endlich eine Schwachstelle fand. Er hatte seinen Dreh bisher sparsam eingesetzt, da dieser im Gegensatz zu dem übrigen Arsenal, das er und Dulcy aufgeboten hatten, organisch und erschöpfbar war; als er jetzt den Reaktionen des Otherlandsystems noch einmal auf den Zahn fühlte, entdeckte er etwas, das er sich nur als Zaudern erklären konnte, einen Punkt, an dem das System, das ihm so hartnäckig Widerstand leistete, eine fast unmerkliche Verzögerung aufwies.

Einem gewöhnlichen Hacker, der nur mit Zahlen und Online-Erfahrung operierte, hätte es entgehen können, aber Dreads eigentümliche Begabung hatte ursächlich nichts mit Informationssystemen zu tun, auch wenn sie sich zufällig gegen solche Systeme einsetzen ließ: Welchem rätselhaften genetischen Umstand sie sich auch verdanken mochte, sie war ein Teil von ihm. Dread war ein Jäger, hatte das Talent eines Jägers. Der Sekundenbruchteil, um den das System bei jedem Zyklus zu spät reagierte, war viel zu kurz, um mit noch so feinen natürlichen Sinnen wahrgenommen zu werden – aber mit dem Dreh spürte er ihn, so wie ein Hai in einer Meile Entfernung einen Löffel Blut im Wasser wittern konnte.

Er vergaß alles – Dulcy, die Unterprogramme, seinen eigenen fleischlichen Körper –, bis es nur noch den Dreh gab, einen Energiepuls am äußersten Wirkungshorizont seines Willens. Er ignorierte die inzwischen ununterbrochenen Migräneschmerzen, verlangsamte seine Atmung und schickte dann seine Geisteskraft durch die Fasern seines Bewußtseins ins Weite aus, bis er selbst zu jenem Punkt im hypothetischen Raum wurde – bis er der Dreh *war*. Und er wartete.

Das Otherlandsystem mochte sich den Anschein geben, eine undurchdringliche Mauer zwischen seiner Sonde und dem, was er suchte, aufgerichtet zu haben, aber diese Mauer war von derselben Art wie die Festigkeit der Materie – ein falscher Anschein, eine Kapitulation vor den Grenzen der Wahrnehmung. Genau wie die Festigkeit eine Illusion war, erzeugt durch wirbelnde, gebundene Energie, so war die Schutzmauer, mit der das System ihn aussperrte, die durch höchste Geschwindigkeit erzeugte Illusion der Lückenlosigkeit. Tief im Innern des nahezu kontinuierlichen Informationsstroms gab es einen so gut wie nicht wahrnehmbaren Aussetzer.

Dread wartete, das Bewußtsein ausgefahren wie eine Antenne, die Sonde im Zustand potentieller Erregung wie eine Synapse kurz vor der Impulsübertragung. Die Zyklen des widerständigen Systems rasten vorbei. Dread wartete. Und aus einem unerklärlichen Impuls heraus, den man kaum als Instinkt bezeichnen konnte, setzte er plötzlich den Dreh an.

Es war eine unmögliche Aufgabe, ungefähr so, als wollte man einen Strohhalm unbeschädigt durch die wirbelnden Blätter eines Propellers werfen. Es glückte.

Das System sprang vor ihm auf und entfaltete eine phantastische Vielzahl von Leitungen zu einer fast genauso riesigen Menge von Informationsknoten, alle offen, alle so problemlos zugänglich, als ob er sie selbst gebaut hätte. Das System, oder wenigstens seine Sicherheitsmaschinerie, lag jetzt überwunden und neutralisiert hinter ihm. Mit denselben gottgleichen Privilegien, die ein Mitglied der Bruderschaft genoß, konnte er sich überall hinbegeben, jede beliebige Form annehmen. Er hatte genausoviel Macht im Netzwerk wie der Alte Mann selbst.

Er fühlte sich wie ein starker grauer Wolf, der ein Tal voll fetter, unbeaufsichtigter Schafe gefunden hatte.

Dread hielt inne, um sich von dem dumpfen, brennenden Schmerz hinter den Augen zu erholen. Ein weiteres Mal hatte der Dreh ihm gute Dienste geleistet. Er stellte den Beethoven wieder lauter, gerade rechtzeitig zum warmen, melodischen Auftakt des dritten Satzes.

»Es hat geklappt«, meldete er Dulcy. »*Kannst du mich hören? Sendet der Haken das nach außen?*«

Sie hörte ihn nicht, oder sie antwortete nicht, aber ihm war das einerlei. Seine Freuden waren schon immer einsam gewesen.

Sollte er sich sofort aufmachen, dieses Hurenaas von Sulaweyo und ihre Freunde zu finden und zu vernichten, was jetzt so leicht wäre wie Fliegen zu zerklatschen, oder sollte er erst einmal Vorsicht walten lassen, damit er sein langfristiges Ziel nicht gefährdete - den Alten Mann zu stürzen und seine Macht an sich zu reißen? Dread ließ sich die vielen aufregenden Möglichkeiten durch den Kopf gehen, als seine Phantasie auf einmal in eine andere, unerwartete Richtung gezogen wurde.

Was *war* das Otherlandsystem eigentlich? War es eine KI-Form, oder war es ein noch unfaßbareres, noch revolutionäreres flexibles Betriebssystem, das Produkt einer Zufallsentdeckung in den Codeminen von Telemorphix? Dread wußte, daß er dem Alten Mann in dieser Beziehung noch nicht ebenbürtig war - er hatte Macht, aber es fehlte ihm an Wissen. Vielleicht war es möglich, sich in das Betriebssystem selbst reinzuhäcken, dem Alten Mann damit die Hölle heiß zu machen? Wenn ja, konnte er unter Umständen die Schutzvorkehrungen des Alten Mannes und seiner Gralskumpane ausschalten, so daß sie realen Bedrohungen innerhalb des Systems genauso ausgesetzt waren wie Sellars' Rekruten. In dem Falle konnte er sein Ziel sehr viel rascher erreichen und sich überdies später eine Menge Risiken ersparen.

Kann sein, aber ... selbstsicher, großspurig, faul, tot, ermahnte er sich. *Es ist ein verrücktes System. Werd nicht übermütig, bloß weil du einmal gewonnen hast, Amigo.*

Dennoch, wenn er achtgab, konnte es nicht schaden, sich die Sache einmal anzuschauen.

Er wandte sich dem Innenleben von Otherland zu und begann es zu erforschen. Instruiert von Dulcys Ausführungen über die wahrscheinliche Netzwerkarchitektur und im Besitz ihrer jederzeit abrufbaren Erläuterungen drückte er an dieser interessanten Struktur und zog an jener, bohrte tiefer, wo er auf Widerstand stieß, und benutzte seine gestohlene Zugangsgenehmigung wie ein Inquisitor seine päpstliche Vollmacht, um Abwehrwall für Abwehrwall zu durchdringen. Er hatte den inneren Kreis erreicht, daher war alles Vorangegangene uninteressant; wenn das Sicherheitssystem ihn vorher als möglichen Eindringling betrachtet hatte, wurde das jetzt durch die schlichte Tatsache seines Eingedrungenseins aufgehoben - er war drin, also war er dazu berechtigt. Apparate waren nicht nachtragend. Von seiner privilegierten Position aus fing er an, die Komplexitäten der Plattform aufzuschlüsseln und nach der Zentralinstanz zu suchen, von der die Befehle ausgegeben wurden.

Endlich fand er sie, einen unvorstellbar komplexen Kern, der keinen offensichtlichen Ursprung innerhalb des Systems hatte, das Nervenzentrum, vermutete er, worüber das Betriebssystem das gesamte Netzwerk und sein wunderbares Zusammenspiel steuerte. Einen Augenblick lang hatte er Zeit, sich daran zu weiden, dann fiel irgendein *Etwas* über ihn her wie ein mörderischer Polarwind.

Bild und Ton, überhaupt sämtliche Eingaben verschwanden mit einem Schlag. Seine Willenskraft schien in einer alles überschwemmenden, eiskalten Schwärze zu ersticken. Abgeschnitten von allem schlug Dread ohnmächtig um sich. Ein Körper, der einmal ihm gehört hatte und dessen Reaktionen jetzt von dem telematischen Anschluß unterdrückt wurden, rang an einem weit entfernten Ort darum zu schreien, aber es ging nicht.

Etwas brach in sein Gehirn ein, und aus der Schwärze wurde in einer Mikrosekunde ein weiß gleißendes, alles verzehrendes Licht. Er fühlte, wie sein Ich sich auflöste, wie seine Gedanken verbrannten und einschrumpften wie Ameisen in einer blauweißen Gasflamme.

Es versteckte sich nicht mehr, begriff er gerade noch, dieses Etwas im Herzen des Netzwerks. Er hatte seine Finger hineingesteckt, es verletzt, es verhöhnt, und jetzt hatte es ihn.

Und es haßte ihn.

> Die bandagierte Hand ging hoch und deutete auf den langen, niedrigen Tunnel und die schwarzen Wände voll eingemeißelter Bilder und Zeichen, die im Licht der ersterbenden Sonne glitzerten. »Und dies ist der ›Gottesgang auf dem Weg des Schu‹, so genannt, weil er zur Luft hin offen ist. Die Prozession wird hier beginnen.« Als die mumifizierte Erscheinung sich umdrehte, war die Totenmaske des Gesichts starr und undurchdringlich, aber in der Stimme lag ein Anflug von Gereiztheit. »Ich nehme mir die Zeit, dir eine persönliche Führung zu geben, Wells«, murrte Osiris, andernorts als Felix Jongleur bekannt. »Gerade heute ist meine Zeit außerordentlich kostbar. Ich bin sicher, deine auch. Du könntest wenigstens Interesse heucheln.«

Die zweite mumifizierte Gestalt wandte sich von den Reliefs an den Wänden ab. Auf dem gelben Gesicht des Gottes Ptah erschien ein ganz winziges Lächeln. »Entschuldige, Jongleur. Ich habe gerade ... nachgedacht. Aber das alles hier ist sehr eindrucksvoll – ein angemessener Schauplatz für die Zeremonie.«

Felix Jongleur gab ein abschätziges Geräusch von sich. »Du hast noch kaum einen Bruchteil davon gesehen. Ich wollte dir damit einen Gefallen tun. Ich dachte, du würdest die Zeremonie vielleicht gern mit mir durchgehen, um spätere Überraschungen zu vermeiden. Ich will offen sein. Wir sind als Verbündete kaum vorstellbar, deshalb will ich, daß du über alles im Bilde bist, was geschehen wird – wir sollten uns nicht mit Verdächtigungen das Leben schwer machen.« Er gestattete sich seinerseits den Anflug eines harten Lächelns. »Na ja, jedenfalls nicht über das gebotene Maß hinaus, versteht sich.«

»Versteht sich.«

Eine Handbreit über dem blank polierten Silberboden schwebend bewegte Jongleur sich tiefer ins Innere hinein. Wells ging lieber zu Fuß, eine von biederer Sturheit zeugende Marotte, die Jongleur ungemein amüsierte. »Dies ist der ›Gottesgang des Re‹«, sagte er, während sie durch den zweiten Korridor zogen, der breiter war als der erste und Stützpfeiler beschichtet mit glänzender Gold-Silber-Legierung hatte. »Der äußerste Ort, an den das Sonnenlicht noch dringt. Und dieser Gang hier, wo die Statuen der Götter in Nischen an den Wänden stehen, heißt ›Die Stätte, wo sie ruhen‹. Du wirst feststellen, daß deine Figur nicht weniger schmeichelhaft dargestellt ist als die der andern. Wolle Ich bin noch nie kleinlich gewesen.«

»Zugegeben.«

Jongleur führte ihn über den tiefen senkrechten Schacht hinweg, die sogenannte ›Stätte des Abschneidens‹, wo Wells sich notgedrungen kurz in die Luft erheben mußte, um zur anderen Seite zu gelangen, und dann die lange, feierliche ›Rampe‹ hinauf, deren Figuren auf den Wandgemälden nicht nur leuchteten, sondern auch Musik machten und sich grazil bewegten; es war die einzige Abweichung von den klassischen Vorbildern, die Jongleur auf die inständigen Bitten von Ricardo Klement hin, den letzten Teil der Prozession »dramatischer« gestalten zu dürfen, zugelassen hatte. Selbst der Herr über Leben und Tod mußte zugeben, daß die Resultate erstaunlich subtil und geschmackvoll waren – der ansteigende Gang schien sich auf beiden Seiten in einen wunderschönen stilisierten Jenseitsgarten zu öffnen, in dem die Götter im Schatten von Sykomoren sich anmutig tummelten, sangen und Datteln und andere Früchte verzehrten, die ihnen von jugendlichen Dienerinnen gereicht wurden.

»Du magst dieses Zeug wirklich, was?« bemerkte Wells plötzlich.

Jongleur, der vergessen hatte, wo er war, weil er von dem unmittelbar bevorstehenden Sieg über seinen so lange bekämpften Feind geträumt hatte – einen Feind, der viel älter und mächtiger war als Robert Wells –, schwieg einen Moment, um den gemessenen Ton wiederzufinden, mit dem er die Führung begonnen hatte. »Ja, ja, ich mag ›dieses Zeug‹, Wells. Mehr noch, ich brauche es so dringend wie das Blut, das meinen physischen Körper am Leben erhält – beziehungsweise wie den Blutersatz, die ganzen Chemikalien, deren Namen ich mir nie merken kann.«

Um mit Jongleur mitzuhalten, der wie eine Magnetschwebebahn die Rampe hinaufglitt, hatte Wells angefangen, eilige Schritte zu machen. Vor die Wahl zwischen zwei Entwürdigungen gestellt, entschied er sich für die geringere; gleich darauf schwebte er neben dem älteren Mann einher. »Du brauchst es dringend, sagst du?«

»Ja. Weil die Welt zu klein ist.«

Ein längeres Schweigen trat ein. Die gemalten Szenen glitten beiderseits vorbei, und Licht flackerte über die Gesichter der beiden Götter, das buttrig gelbe und das hellgrüne, dessen Farbe zwischen Fäulnis und pflanzlicher Wiedergeburt lag.

»Sei so gut und erklär mir das.«

»Die Welt ist zu klein für einen großen Glauben, Wells. Du und ich, wir haben den Rohstoff des Chaos genommen und haben daraus Imperien gebaut. Beide verfügen wir über mehr Macht als jemals ein Pharao, ein Herrscher von Babylon oder ein Kaiser von Rom. Wir haben alle Macht, die sie hatten. Wir heben einen Finger oder blinzeln mit einem Auge, und Menschen sterben. Auf unser Wort hin rücken Flotten aus, setzen sich Armeen in Marsch, werden Länder erobert, auch wenn die betreffenden Länder das manchmal gar nicht merken. Aber unsere Macht übersteigt die der Alten. Wir legen Meere trocken. Wir richten Berge auf, wo es vorher keinen Berg gab. Wir bevölkern das Firmament mit unseren selbstgebauten Sternen.« Er verstummte einen Moment, als ob ein Detail in der vorbeiziehenden Bilderwelt seine Aufmerksamkeit erregt hätte. »Bald werden wir etwas vollbringen, das selbst der erhabenste Monarch Ägyptens sich nur erhoffte, aber woran er nicht wirklich glaubte – denn wenn er daran glaubte, wieso ließ der große König es sich dann soviel Geld und Zeit kosten, seiner eigenen Unsterblichkeit Monumente zu bauen und die Götter um den Schutz seiner Seele anzuquengeln? Mich dünkt, der Pharao gelobt zuviel.« Ein kaltes Grinsen. »In einigen Stunden werden wir in Wahrheit Götter sein. Meßbar, faktisch, wissenschaftlich. Wir werden ewig leben. Unsere Macht wird nie vergehen.« Er nickte langsam, aber fuhr nicht fort.

»Entschuldige, Jongleur, aber ich verstehe nicht ganz ...«, hakte Wells nach einer Weile nach.

»Was? Ach so. Ich will damit sagen, wenn du nicht wie ein Gott *lebst*, wirst du niemals wahrhaft ein Gott *sein* können. Man braucht Mut und

Verstand und immense Ressourcen, um Mister ... um dem Tod ins Gesicht zu spucken. Aber ich denke, man braucht außerdem noch etwas. *Verve* ist vielleicht das Wort. Stil. Um sich mit dem Universum auf eine Stufe zu stellen und zu sagen: ›Ich bin das Maß. Es gibt kein anderes.‹ Verstehst du?«

Eine Zeitlang gab Wells keine Antwort. Die unter ihnen dahinfließende Rampe hatte sich irgendwann in eine Fläche aus Diamantfacetten verwandelt, die ihre Gestalten millionenfach spiegelte.

»Du ... du bist sehr eloquent«, sagte Wells schließlich. »Du gibst mir viel Stoff zum Nachdenken.«

Jongleur neigte sein mächtiges Haupt und verschränkte die Arme vor der Brust. Gleich darauf hatten sie das Ende der Rampe erreicht und hielten vor dem letzten Raum, einem ungeheuer weiten goldenen Saal, dessen Wände, Fußboden und Decke alle wie die Sonne leuchteten, obwohl nur ein einziger senkrechter Strahl des Re mehrere hundert Meter über ihnen durch ein Loch im Dach herniederstach. Grüne Marmorsitze von einer Pracht, daß sogar das Worte »Throne« zu dürftig wirkte, standen in einem weiten Kreis um den Lichtfleck in der Mitte des Raumes, glitzernd wie ein juwelenbesetztes Stonehenge-Souvenir. Auf einem Podest neben jedem Sitz stand ein mächtiger, kunstvoll verzierter Sarkophag aus schimmerndem, blutfarbenem Stein.

»Hier wird die Zeremonie stattfinden«, erklärte Jongleur feierlich. »Es nennt sich das ›Goldhaus‹. Im Grab eines gewöhnlichen Pharaos wäre diese Totenkammer, wo sich seine schließliche Einswerdung mit den Göttern vollzog, nicht viel größer als ein Wohnzimmer. Ich fand diese Größe eher zu unserer Zahl und zum Charakter unseres Rituals passend.«

Die beiden beobachteten eine Weile schweigend, wie der einzelne Sonnenstrahl, der durch das Ziehen nicht zu sehender Wolken verschleiert und wieder entschleiert wurde, so mannigfaltige Veränderungen in dem gewaltigen goldenen Saal bewirkte wie ein Stein, der in einen stillen Teich geworfen wird.

»Es ist ... erstaunlich«, sagte Wells zuletzt.

»So ist es gedacht.« Jongleur nickte zufrieden. »Ich darf sagen, daß Jiun Bhao die gleiche Reaktion gezeigt hat.« Er rieb die Hände aneinander, daß die altersschwachen Binden zwischen den Fingern ausfaserten. »Wenn der Zeitpunkt gekommen ist, werden wir alle feierlich unsere Kelche erheben. Deiner und meiner – und natürlich die der beiden andern - werden, metaphorisch gesprochen, nicht das enthalten, was die übrigen Mitglieder unserer Bruderschaft bekommen. Du kannst ihn trinken oder nicht - ich bin sicher, du kannst dich zu deiner Zufriedenheit davon überzeugen, daß ich keinen Trumpf im Ärmel habe -, aber wenn du, Yacoubian, Jiun und ich offensichtlich nicht das gleiche tun wie alle andern, wird das Verdacht erregen. Ich werde dafür sorgen, daß wir in jeder Hinsicht den Anschein erwecken, die gleiche Erfahrung zu durchlaufen.« Er drehte sich voll zu dem anderen Mumiengott um.»Da ich gerade von deinem Kollegen Yacoubian spreche, wo ist er eigentlich? Ich hätte gedacht, bei seinem mißtrauischen Charakter würde er als erster sehen wollen, was ich dir heute gezeigt habe.«

Wells schien an der Frage keinen Anstoß zu nehmen.»Da wir vier die Zeremonie später vollenden, fand Daniel es besser, sich noch Zeit für eine dringende militärische Angelegenheit zu nehmen, eine Sache, die er vor dem Gralsschluck gern noch abgeschlossen hätte. Er meinte heute morgen zu mir, es sei damit jetzt alles klar; kurz nach der Zeremonie werde er alles erledigt haben und dann völlig frei sein.«

»Gut.« Jongleur konnte es nicht mit allzu großer Überzeugungskraft sagen.»Dann wirst du mich jetzt bitte entschuldigen, ich habe meinerseits noch ein paar Dinge zu regeln.«

»Eine letzte Frage. Die andern aus der Bruderschaft sind nicht gerade vertrauensselig, wie du wohl weißt. Meinst du nicht, einige könnten befürchten, daß du oder ich etwas in der Art planen ...?«

Jongleur schüttelte den Kopf.»Wir können mit Verrat nichts gewinnen, jedenfalls nicht viel. Du und ich, wir werden einfach den ersten Durchlauf der Zeremonie abwarten. Wir könnten uns sogar auf den Standpunkt stellen, daß wir das zum allgemeinen Besten tun *sollten*, damit diejenigen, die das System kennen, eventuell auftretende Probleme beheben können.«

»Klingt gut, aber ich kann mir nicht vorstellen, daß eine wie Ymona Dedoblanco uns das abkaufen würde.«

Jongleur lachte säuerlich.»Nein, ich auch nicht. Aber selbst die Mißtrauischsten aus unserer Schar sollten wissen, daß sie nichts zu befürchten haben. Mit den riesigen Anteilen unserer Vermögen, die wir für dieses System abgezweigt haben, konnten wir es gerade so zum Laufen bringen, und auch wenn wir unsterblich geworden sind, werden wir noch weitaus höhere Investitionen vornehmen müssen, bevor es wahrhaft dauerhaft und unzerstörbar ist. Sämtliche Mitglieder der Bruder-

schaft müssen innerhalb des Netzwerks am Leben sein, aber dennoch die volle Verfügungsgewalt über ihre Finanzen in der Außenwelt haben. Wenn sie keine Idioten sind, müssen sie das einsehen.«
»Reichtum und Macht hindern einen nicht daran, ein Idiot zu sein - Anwesende natürlich ausgenommen.« Wells bleckte lächelnd seine gelben Zähne. »Gut, dann laß ich dich jetzt zu deinen sonstigen Geschäften zurückkehren. Ich weiß deine Großzügigkeit zu schätzen.« Sein Kopf deutete eine winzige Verbeugung an; soweit Jongleur das sagen konnte, gehörte sie nicht zur vorprogrammierten Etikette von Abydos-Olim. »Vielleicht werden du und ich in Zukunft entdecken, daß es gewinnbringender ist zusammenzuarbeiten, als sich gelegentlich ... zu konterkarieren.«

Jongleurs Geste war höflich. »Wir werden reichlich Zeit haben alle Möglichkeiten zu prüfen. Leb wohl.«

Im nächsten Moment waren das listige Lächeln und die still forschenden Augen Ptahs verschwunden.

Jongleur badete im weißen Nichts seines neutralsten Environments, um sein Gleichgewicht wiederzufinden. Nach der entsetzlichen Erfahrung, die er im Boudoir der Isis gemacht hatte, war es ihm furchtbar schwergefallen, sein einst so geliebtes ägyptisches Reich wieder zu betreten, aber er durfte sich nicht durch Zimperlichkeit vom Gral abhalten lassen.

Er hatte sich mehr als einmal gefragt, ob Wells von dem Verrat gewußt, ja ihn womöglich sogar angestiftet hatte, und er hatte die Worte des Mannes nach einer versteckten Bedeutung abgeklopft, wie ein taoistischer Mönch die Unsagbarkeit des Weges begrübelte, aber ohne Erfolg. Falls Wells wirklich so tief in Jongleurs private Bereiche vorgedrungen war, dann war es um so dringender geboten, seine Energien zu binden und ihn mit dem Problem zu beschäftigen, was Jongleur wohl im Schilde führte - es war immer leichter, einen Verbündeten zu überwachen als einen Feind. Und genau bis zu dem Augenblick, wo er selbst den Gral geschmeckt hatte, brauchte Jongleur den Amerikaner als Rückversicherung gegen die Launen des Andern.

Jetzt trieb alles auf den Höhepunkt zu. Nach jahrzehntelangem Warten galt es, einer hundert Jahre alten Furcht in einer einzigen Nacht entgegenzutreten und den Garaus zu machen. Noch immer konnte ein Zusammentreffen unglücklicher Umstände seine Hoffnungen zunichte machen, doch dann nicht deswegen, weil er es an langjährigem, obsessivem Planen hätte fehlen lassen oder gar weil sein Spielerinstinkt versagt hätte, mit dem er ganze Nationen in seine Gewalt gebracht und es geschafft hatte, der älteste lebende Mensch auf der Erde zu werden.

Er ließ seine Gedanken abkühlen und befahl der teuren medizinischen Anlage, die ihm seit langem schon die Herztätigkeit abnahm, ihren exakten Pulsschlag zu verlangsamen. Alles war bereit. Jetzt mußte er nur noch die Zeremonie abwarten. Er konnte sich sogar ein wenig Schlaf gönnen.

Noch einmal würde die Sonne vor seinem mächtigen Glasturm im Lake Borgne aufgehen, und noch einmal würde Felix Jongleur mit der Last seines uralten Fleisches erwachen. Der nächste Tag, an dem er die Augen öffnete, würde dann das unermeßliche Licht der Ewigkeit sein.

> Im ganzen ausgestorbenen Universum gab es nichts anderes mehr als Dread und das Ding.

Durch die Leere, die Licht und Lichtlosigkeit zugleich war, drang es auf ihn ein. Halb ohnmächtig fühlte er, wie es in ihn hineinlangte und ihn aufriß, so daß alles, was ihn als Persönlichkeit ausmachte, vor der Gewalt zu vergehen schien. Als ob es Schalter ausknipste, legte es die Regler seines autonomen Nervensystems lahm, und sein ferner Körper, von dem er nur noch eine vage Empfindung hatte, fing an zusammenzubrechen: Sein Herz raste, sein Atem wurde flach, und die Schüttelanfälle hörten gar nicht mehr auf. Je mehr sein Körper jeden Moment zu zerspringen schien, um so mehr wurde aus Betäubung Schmerz, ein brutaler, zerreißender Schmerz, der die telematischen Puffer unwirksam machte und sich anfühlte, als ob jeder einzelne Nerv, den er hatte, zuckend aus seiner Bindegewebshülle gezogen würde.

Doch es war der Schmerz, der ihn rettete. Von allen Menschen auf der Welt kannten sich nur wenige besser damit aus als der Mann, der einmal Johnny Wulgaru gewesen war. Der Schmerz war seine wahre Mutter, sein erster Lehrer, zeitweise die einzige Konstante in seinem Leben und damit sein einziger echter Freund. Von frühster Kindheit an hatte der Schmerz ihn geformt, ihn scharf und unbarmherzig gemacht, ihn in ständiger zitternder Alarmbereitschaft gehalten wie ein lidloses Auge. Schmerz war sein Wesen.

Und jetzt in dem Nichts, das ihn verschlungen hatte, war er etwas Bekanntes, an das er sich klammern konnte – eine Rettungsleine. Er hielt sich am Schmerz fest, obwohl - oder weil - der ihn auszulöschen drohte. Wie in zahllosen Züchtigungen, die er als Kind durchlitten hatte, und in den Mißhandlungen durch Rudel größerer Kinder in den Anstalten, so kauerte er sich hinter dem Schmerz zusammen, als ob dieser ein Schild wäre, behütete sein innerstes Ich vor der Vernichtung, trotzte der Grausamkeit. Aber das konnte er nicht lange durchhalten. Auf einen winzigen zerfasernden Bewußtseinspunkt reduziert versuchte er verzweifelt zu verstehen, was ihm geschah.

Was sich auch hinter dem angreifenden Ding verbergen mochte, es war ein Teil des Otherlandsystems. Die Gralsbruderschaft würde nicht so etwas Wichtiges bauen, ohne es steuern zu können, was bedeutete, daß es irgendwo eine Steuerungsmöglichkeit geben mußte.

Held, dachte er mit einem inneren Aufbäumen, und mit dem Gefühl brach die Wut aus der Mitte seines Wesens hervor. *Nicht mit mir!* Das Ding drosch auf ihn ein, peitschte den Kern, der sein Bewußtsein war, benutzte seinen eigenen treulosen Körper gegen ihn selbst, aber Dread zehrte von seiner Wut. Er wußte, wie man eine Tracht Prügel einsteckte, wußte, wie man sich selbst bewahrte, den einen gierigen Punkt, der niemals geduckt werden konnte, der sich gegen alle Gewalt behauptete und darauf wartete, hervorzuschießen und alles zu fressen. Er machte sich klein und hart wie ein in sich zusammenstürzender Stern, zog seinen *Dreh* zu einem nahezu unendlich feinen Willensstachel zusammen und schickte sein Bewußtsein hindurch, hinaus.

Das Ding umgab ihn ganz und gar, aber auf einmal erkannte er, daß dieses Ding selbst mit irgend etwas gefesselt war. Dies mußten die Steuerungsmechanismen der Bruderschaft sein, die Sicherungen, die eine derart komplizierte und reaktionsschnelle Intelligenz fest unter Kontrolle halten konnten; wenn er sie fand, konnte er sich ihrer bedienen. Er verband seine spezielle Begabung mit den Suchalgorithmen, die er bei seinem Angriff auf das System in Gang gesetzt hatte, und ließ die Milliarden von Knotenstellen vorbeischießen, aus denen die Systemmatrix bestand, wohl wissend, daß er für eine planvolle Überprüfung keine Zeit hatte.

Der Dreh war alles, was ihm noch blieb. Während das hyperkomplexe Innenleben des Netzwerks vor ihm dahinströmte, richtete er seine ganze Aufmerksamkeit auf die eine Sache, die er brauchte.

Es war sinnlos. Irgendwo krümmte sich sein Körper in Schüttelkrämpfen, waren seine Lungen gelähmt, schlug sein Herz so panisch, daß es immer wieder stolpernd aus dem Rhythmus kam. Sein Gehirn bekam praktisch keinen Sauerstoff mehr zugeführt. Der lodernde, mörderische Punkt, der Dread war, ein einzelner weißer Zwerg in einem riesengroßen leeren Universum, stand kurz vor dem totalen Kollaps.

Da fand er sie. Er war kaum mehr bei Bewußtsein, und sein Verständnis dieser Systeme war aufgrund seines Desinteresses immer schon begrenzt gewesen - mußte ein Tänzer sich theoretisch mit der Schwerkraft beschäftigen? -, aber als er jetzt den Scan anhielt und tief in die Matrix vorstieß, wußte er, daß er die Strukturen lokalisiert hatte, die das Otherland-Betriebssystem banden und kontrollierten. In höchster Not nahm er sich wahllos die erste vor, die er ausmachen konnte, dann drehte er.

Das ungeheuerliche Ding, das ihn umschloß, zuckte zurück - die Plötzlichkeit und Heftigkeit der Reaktion ließ sich nicht anders beschreiben. Die Wirkung war dermaßen gewaltsam, daß sie beinahe das schwache Band zerriß, das Dread noch in der Welt der Lebenden hielt. In irgendeiner Ferne bäumte sich sein Körper auf und schnappte nach Luft - er sah ihn förmlich vor sich, sah Dulcy Anwin neben dem Bett und den schrillenden Alarmanzeigen stehen, das Gesicht von Furcht und Hoffnung verzerrt -, und er dehnte sein zusammengepreßtes Bewußtsein aus, bis es den ganzen wieder frei gewordenen Raum ausfüllte. Er drehte abermals, und abermals fuhr das Ding, das ihn angegriffen hatte, in alle Richtungen gleichzeitig zurück und zerstreute sich im System wie eine im hellen Sonnenschein verdunstende Wolke. Als es geflohen war, ließ Dread schließlich los. Er war dem Tod näher, als er es in einem Leben ständiger Todesnähe jemals gewesen war.

Noch lange danach begnügte Dread sich damit, einfach zu *sein* - wie ein Blatt, das auf einer Pfütze schwamm, ein Tautropfen, der dick an der Spitze eines Grashalmes hing. Das eintönige Grau der Systemplattform war zurückgekehrt; er schwamm darin, und sie wartete auf seine Befehle. Er sammelte langsam seine Kraft und seinen Willen, holte sie sich zurück, so wie ein fahrender Ritter seine Rüstung Stück für Stück wieder anzieht, nachdem ihn der feurige Atem des Drachen beinahe zu Asche verbrannt hätte.

Aber ich bin Sieger, dachte er. *Ich hab's geschafft - ich. Der Held. Der einsame Reine. Der Durchschauer der Lügen. Der Unüberwindliche.*

Er ließ den Beethoven wieder lauter werden, und die mitreißenden Triumphmarschklänge im vierten Satz tönten durch seinen Schädel. *Held.*

Er wandte sich erneut den Steuerungsmechanismen des Otherlandsystems zu. Vieles daran war merkwürdig, selbst für seine zwar scharfe, aber ungeschulte Wahrnehmung. Er probierte herum und entdeckte, daß die Sicherungen eigenartig unpräzise funktionierten. Selbst ein derart kompliziertes System war im Grunde eine Maschine und damit einfachen Befehlen unterworfen - halt, weiter; an, aus. Aber als er jetzt eine davon aktivierte und das Ding, das ihn beinahe umgebracht hatte, fühlte - obwohl es sich so weit wie möglich von dem Eindringling und seinem feurigen, schmerzhaften Stachel zurückgezogen hatte -, da meinte er zu spüren, daß etwas wie ein Schauder das System durchlief.

Je mehr er überlegte, um so mehr hatte Dread den Eindruck, daß die Bruderschaft ihr ungewöhnliches Betriebssystem irgendwie mittels Schmerzen steuerte. Und wenn es etwas gab, womit Dread sich auskannte, wenn es eine Sprache gab, die Dread meisterhaft beherrschte ...

Der letzte Satz der Neunten dröhnte jetzt in seinem Kopf, und mit dem Chor, dessen Stimmen wie angreifende Kriegerengel jubilierten, summten seine Knochen die gewaltige Ode »An die Freude« mit.

Freude, schöner Götterfunken,
Tochter aus Elysium,
Wir betreten feuertrunken,
Himmlische, dein Heiligtum.

Das Ding, das versucht hatte, ihn zu töten, das Sicherheitssystem, war geschlagen und geflohen und verbarg sich jetzt in den hintersten Winkeln seiner unvorstellbar riesigen Matrix. Aber Dread hatte herausgefunden, wie er ihm Schmerz bereiten konnte. Es fürchtete ihn. Was es in Wahrheit auch sein mochte, künstliches Wesen oder irrsinnig kompliziertes neuronales Netz ... es war vor ihm davongelaufen.

Alles andere konnte warten. Der Alte Mann, das Hurenaas von Sulaweyo, alles.

»*Feuertrunken*«. *Von Feuer berauscht. Wie ein Gott* ... Dread lachte, lachte im Takt der Musik, ja schrie fast vor Lust an seinem Sieg und seiner wiederkehrenden Kraft.

Es war an der Zeit, auf die Jagd zu gehen.

Kapitel

Das Trojanische Pferd

NETFEED/NACHRICHTEN:
Gute Staatsbürger durch Chemie?
(Bild: virtuelle Versuchsperson)
Off-Stimme: Trotz Beschwerden von zahlreichen Menschenrechtsgruppen hat der US-Senat ein Gesetz zur Förderung von Forschungen verabschiedet, welche die Durchführbarkeit einer zwangsweisen Persönlichkeitsharmonisierung mit chemischen Mitteln klären sollen; dafür in Frage kämen Personen "mit einem angeborenen Hang zu strafbaren Handlungen", wie einige Senatoren es nennen. Proteste von Rightswatch, der UNCLU und diversen anderen Gruppen konnten nicht verhindern, daß das Margulies-Wethy-Gesetz eine große Mehrheit fand.
(Bild: Gojiro Simons von Rightswatch auf einer Pressekonferenz)
Simons: "Es ist eine ganz üble, illegale, verfassungswidrige Kombination von vorgreifender Freiheitsbeschränkung und Doktor Frankenstein. Es ist einfach eine unsäglich grausige Idee. Was kommt als nächstes? Gedankenkontrolle? Verhaltensimplantate wie in Rußland, aber für gesetzestreue Bürger, nur um ganz sicherzugehen, daß sie auch ja nichts Unrechtes tun ...?"

> Einen einzigen strahlenden Augenblick lang stimmte alles.

Sam Fredericks hatte eine mehr oder weniger schlaflose Nacht damit zugebracht, sich mit Ideen herumzuschlagen, die viel zu schlüpfrig waren, um sich mit Worten wie *Pflicht* und *Treue* fassen zu lassen, und als sie in den frühen Morgenstunden kurz einschlief, hatte sie sich immer noch nicht ganz entschieden. Geweckt vom Lärm der Schlacht, den Schreien und Flüchen und dumpfen Schlägen von Schwertern auf Panzer, die klangen, als kämen sie aus dem Zimmer nebenan, packte sie die Angst - nicht nur davor, was sie hörte, sondern vor allem davor, was sie jetzt tun mußte.

Orlando schlief noch, schlief tiefer und friedlicher als die ganzen letzten Wochen. Er wurde nicht einmal wach, als die Myrmidonen an die Hüttentür klopften und ihren König anflehten, herauszukommen und in den Streit zu ziehen, bevor die Trojaner das ganze Lager zerstörten.

Sam kauerte sich neben das Bett. Orlandos Gesicht, oder wenigstens sein Achillesgesicht, war so schön und ruhevoll wie eine Statue in einem Museum. Dann krampfte sich ihr das Herz zusammen bei dem Gedanken, daß solche Museumsstücke lang verstorbene Leute darstellten. Sie legte ihm die Hand auf die Stirn, fuhr mit den Fingern über seine Schläfe und in seine zerzausten goldenen Haare.

Ob ich in ihn verliebt wäre, wenn er so aussähe? überlegte sie. *Groß und stark und schön?*

Es fiel ihr schwer, ihn anzuschauen. Es rührte zuviel auf, zu viele Gefühle, für die sie keine Namen hatte. Sam erhob sich.

Es war kein leichtes, den Panzer anzulegen, aber vorher bei ihrem eigenen waren ihr Sklaven zur Hand gegangen, und sie hatte aufgepaßt. Sie wußte, daß sie sich eigentlich jemand dazuholen sollte - es war von größter Wichtigkeit, daß alles ordentlich saß -, aber sie wollte das Geheimnis nicht preisgeben, und noch weniger wollte sie, daß die stille Verbindung zwischen ihr und ihrem schlafenden Freund von jemandem gestört wurde.

Achilles' Panzer war schwerer als ihrer, und der war schon schwer genug gewesen; sie war dankbar, daß das System sie mit einem männlichen Heldenkörper und den dazugehörigen Muskeln ausgestattet hatte. Als sie die schweren Bronzeteile schließlich mühsam angelegt hatte, trat sie wieder an Orlandos Seite. Sie zögerte, dann bückte sie sich und küßte ihn auf die Wange.

Draußen rannten die Männer in voller Kriegsmontur hin und her und durften doch nicht kämpfen, weil ihr König es verboten hatte. In der Hüttentür stehend zog Fredericks noch den Lederriemen des geborgten Helms unterm Kinn fest. Einer der Männer bemerkte sie und taumelte vor Überraschung zurück. Er sank mit einer spontanen Geste der Untertänigkeit auf ein Knie, die Fredericks die Röte der Scham und auch einer gewissen stillen Befriedigung ins Gesicht trieb.

Andere erblickten sie, und Hochrufe erschollen. Einige umringten sie sofort und sprudelten Fragen heraus, die sie nicht beantwortete; andere eilten davon, um den übrigen Myrmidonen auszurichten, daß ihr König ins Gefecht zog. Sam winkte dem nächsten Wagenlenker, und dieser sprang herbei wie unter Strom gesetzt und brüllte nach seinen Kameraden. Auf der Stelle begannen die Lenker, die Pferde anzuschirren, Menschen wie auch Tiere so aufgeregt, daß alle beinahe zitterten.

Der Wagen des Achilles erschien; die angespannten Pferde schnaubten und stampften, und der Lenker hatte alle Hände voll zu tun, damit sie nicht quer durchs Lager auf den sich emporringelnden schwarzen Rauch und das Getöse der Schlacht zurasten. Nach Kräften bemüht, die Lässigkeit eines Helden zu imitieren, reichte Fredericks ihm ihre geborgten Lanzen und sprang dann hinter ihm auf. Die Myrmidonen, die Wagenfahrer ebenso wie die Fußtruppen, nahmen hinter ihr in lockeren Reihen Aufstellung; sie konnte gerade noch den am Wagenrand angebrachten Lederriemen entdecken und fest umklammern, als die Pferde sich aufbäumten und ihr fast den Wagen unter den Füßen weggerissen hätten. Der Lenker bändigte sie mit der Peitsche, aber sie wirkten wild wie Dämonen.

Jemand deutete den Strand hinunter. Als Fredericks sich umdrehte, sah sie eine Meute Männer hinter einem der Schiffe hervorkommen und einen hin und her gehenden Teufelstanz mit Lanzen und Schilden aufführen. Die Trojaner waren so nahe! Sie überlegte, ob sie etwas Anspornendes rufen sollte, aber kam auf nichts, was sich nicht wie schlechtes Schülertheater angehört hätte; vor allen Dingen wollte sie nicht riskieren, erkannt zu werden. So reckte sie statt dessen die Lanze, stieß damit in die Richtung, wo die Griechen verzweifelt die Trojaner mit ihren Fackeln von der Linie der Schiffe abzuwehren versuchten, und schrie ihrem Wagenlenker mit voller Lautstärke »Los!« ins Ohr, lauter als der Radau der aufgeregten Myrmidonen.

Der Wagen schoß so blitzartig vor, daß nur der Riemen sie davor bewahrte, hinten herauszupurzeln. Mit einem wilden, tierischen Gebrüll jagten ihre Truppen hinter ihr her.

Die Trojaner, die sich zu den Schiffen vorgekämpft hatten, wo sie dem zurückhängenden Teil der Verteidiger zahlenmäßig leicht überlegen waren, sahen erschrocken auf, als sie das Schreien der gegen sie anstürmenden Myrmidonen hörten. Beim Anblick der lanzenschwingenden Sam, die sich in dem hüpfenden Wagen um einen möglichst aufrechten Stand bemühte, verwandelte sich die Überraschung in ihren Mienen rasch in Entsetzen. In Windeseile wandten sie sich von ihren griechischen Gegnern ab und eilten als desorganisierter Haufen quer durch das Lager davon. Etliche gingen von Pfeilen durchbohrt zu Boden, und Sams Wagenlenker riß mit einem Ruck an den Zügeln die Pferde herum und nahm die Verfolgung auf.

Überall im griechischen Schiffslager lösten sich Knäuel kämpfender Männer auf, kaum daß sie die Myrmidonen und ihren Anführer erkannten, und eine Welle des Schreckens breitete sich schneller aus, als die Männer laufen konnten. Kurz darauf kämpften die Trojaner darum, wieder zum Tor hinauszukommen, doch da hatten Sam und ihre Wagen schon die Mitte des Lagers erreicht. Der Myrmidonenangriff traf mit voller Gewalt auf den Engpaß, wo die Fliehenden sich drängten. Sam klammerte sich an den Rand des Wagens, denn ringsumher flogen schreiende Männer durch die Luft. Sie hatte noch keinen Schlag getan, aber Menschen starben unter den Wagenrädern, und die Überlebenden wurden von den Fußtruppen aufgespießt wie Fische in einem auslaufenden Teich. Die Myrmidonen riefen den Namen Achilles, als ob er ein Zauberwort wäre, und hackten und stachen dabei alles nieder, was sich ihnen in den Weg stellte.

Die Stockung am Tor löste sich rasch auf, und die Krieger, die erst eine Viertelstunde zuvor die griechische Feste so gut wie genommen hatten, strömten jetzt in panischer Flucht auf die Ebene hinaus. Eine grausame Freude schoß Sam aus dem Unterleib durch die Wirbelsäule und entfaltete sich in ihrem Kopf wie eine heiße Blutblume. Wie mächtig sie sich fühlte! Es war, wie wenn man ein Gott war - man schwenkte seine Lanze, und wimmernde Männer warfen sich in den Dreck.

Als ihr Wagenlenker die Pferde durch das Gedränge am Tor manövrierte, rappelte sich zwanzig Meter weiter ein hingefallener trojanischer Krieger ohne Waffen und Schild auf und lief vollkommen kopflos davon, so daß er nicht links oder rechts zur Seite abbog, sondern stur geradeaus vor dem Streitwagen einherstrauchelte. Sam nahm die lange, schwere Lanze und wog sie in der Hand. Sie war vielleicht nicht Achilles, wahrscheinlich nicht einmal Orlando mit seiner langen Erfahrung als Thargor in den Kriegen von Mittland, aber diese Simulation hatte ihr die Muskeln eines Helden, den Arm eines Helden, die Zielsicherheit eines Helden verliehen. Sie holte mit der Lanze aus und ließ sie fliegen. Einen einzigen strahlenden Augenblick lang stimmte alles.

In Sams Lieblingssportarten Fußball und Baseball gab es Momente vollkommener Klarheit, in denen es nur noch dich und den Ball gab, in denen die Welt völlig still und die Sekunde lang und länger wurde. Während ein Läufer auf das Mal zurennt, zielst du, schreitest aus und wirfst, und auch wenn du nicht den stärksten Arm der Welt hast, gibt es Zeiten, goldene Zeiten, in denen der Wurf perfekt ist und du, auch wenn der Ball ein- oder zweimal auftitscht, beim Loslassen weißt, daß er sich genau auf der richtigen Höhe in den Handschuh des Fängers schmiegen, daß alles zusammenkommen wird, Läufer, Mal, Ball ... aber du bist bereits auf dem Weg vom Feld, weil du den Ausgang schon vorher kennst.

Die Lanze flog aus Sams Hand, als ob sie auf einer Schiene liefe, und zischte ganz leicht gekrümmt durch die Luft, doch obwohl der Mann über holpriges Gelände stolperte, wußte Sam beim Abwurf, daß die Fluglinie und die Lauflinie sich wie mit dem Lineal gezogen schneiden würden.

Die Lanze traf den fliehenden Trojaner wie ein Blitz und mit solcher Wucht, daß er nach vorn von den Füßen geschleudert wurde. Er stürzte aufs Gesicht und rutschte ein Stück; die durch die Brust gedrungene Lanzenspitze riß die schlammige Erde wie eine Pflugschar auf, und der lange Schaft wackelte. Ein wildes Beifallsgeschrei erhob sich von den Myrmidonen, als sie den Treffer ihres Anführers sahen, so als ob die blutige Tat endlich die Wahrheit des Wunders besiegelt hätte.

Sams Wagen war so schnell bei dem Gefallenen, daß der Lenker gar nicht erst auszuweichen versuchte. Die schweren Räder rollten mit einem kurzen, widerlichen Knirschen über Arm und Kopf des getroffenen Mannes hinweg.

Und plötzlich entsann sich Sam Fredericks, wo sie war.

Mein Gott. Inmitten der wie eine Springflut über die Ebene brausenden Wagen mit ihren triumphierenden Insassen, die den fliehenden Trojanern in die Beine säbelten und sie den gnadenlosen Lanzen des Fußvolks überließen, hatte Sam auf einmal das Gefühl, sich übergeben zu müssen. *Mein Gott, diese Leute bringen sich gegenseitig um. Was habe ich hier zu schaffen?*

Aber es war zu spät. Selbst wenn sie dem Wagenlenker laut schreiend befehlen würde umzukehren, er würde sie nicht hören, und außerdem

würden die dicht auf den Fersen folgenden anderen Wagen das gar nicht zulassen. Nichts konnte den wilden, donnernden Ansturm der Myrmidonen aufhalten, solange sie die Mitte der Ebene nicht erreicht hatten, wo die immer dichter werdende gepanzerte Masse der Trojaner sich jetzt endlich ihren Feinden stellte und ihnen die mörderischen Lanzen entgegenstreckte wie die Abwehrstacheln eines riesenhaften Ungeheuers.
Es ist zu spät. Sie krallte sich an dem Wagen fest, der lebensgefährlich über den aufgerissenen Boden schlingerte und sprang. Ringsumher stieg das Kriegsgeschrei der Achilleischen Scharen auf wie das Gekläffe eines Jagdhunderudels. *O Gardiner, was hab ich getan?*

> »Es ist aussichtslos«, keuchte Renie. »Es müssen fünftausend Mann zwischen Orlando und uns sein - ich kann ihn nicht mal mehr sehen.«
Alle vier rangen angestrengt nach Luft. Sie waren weit den Strand hinaufgeeilt, doch als Griechen und Trojaner wieder aufeinander einhackten wie überdrehte Aufziehmännchen, waren Renie und ihre Gefährten an diesem relativ ruhigen Ort abseits der Schlacht stehengeblieben, wo es viel mehr Sklaven als Krieger gab und mehr Verwundete als Gesunde. Wenn ihr langverschollener Freund nicht dort auf der Ebene um sein Leben gekämpft hätte, wäre es ein guter Platz zum Ausruhen gewesen.
!Xabbu hatte einen Felsen erklommen. »Ich glaube, ich sehe Orlando«, rief er hinunter. »Er ist immer noch in seinem Wagen, aber von einer großen Menge umringt. Der Wagen wird angehalten.«
»Himmelherrgott nochmal, das macht mich noch wahnsinnig!« Renie pfefferte ihre Lanze zu Boden. »Ein Versuch, in seine Nähe zu kommen, wäre reiner Selbstmord.«
»Noch übler für mich«, merkte T4b an. »Ihr habt wenigstens eure eigene beblockte Rüstung.« Er war nicht glücklich darüber, daß er seinen goldenen Panzer gegen die Einzelteile hatte eintauschen müssen, die sie auf dem Schlachtfeld zusammengeklaubt hatten.
Paul Jonas stützte sich mit schweißtriefendem Odysseusbart schwer auf seine Lanze. »Und, was sollen wir tun?«
Renie ließ erschöpft den Kopf hängen. Nachdem sie mehrere Scharmützel mit umherstreifenden Horden am Rande des Gefechts gehabt hatten, waren sie und die anderen außerdem noch fast zwei Kilometer

gerannt, in schwerer Bronzerüstung und mit Schilden und Waffen. »Laß mich erstmal nachdenken.« Sie nahm ihren Helm ab und ließ ihn fallen, dann stützte sie sich vorgebeugt auf die Knie und wartete, bis das in ihrem Kopf zirkulierende Blut sich nicht mehr wie geschmolzenes Metall anfühlte. Sie richtete sich auf. »Einmal müssen wir unbedingt Martine und den andern Bescheid geben. Wir müssen das sofort tun, damit sie weiß, daß Orlando und Fredericks am Leben sind und daß wir dich gefunden haben.«

»Was soll uns das nützen?« fragte Jonas. »Du hast gesagt, sie wären in den Frauengemächern. Sie werden wohl kaum angeritten kommen und uns retten.«

»Nein, aber was ist, wenn die Schlacht einfach weitergeht? Was ist, wenn Orlando überlebt und wir noch eine Nacht hier draußen verbringen müssen, um an ihn ranzukommen? Martine weiß nicht mal, daß !Xabbu, T4b und ich noch leben!«

Der Buschmann war von dem Felsen heruntergestiegen und schöpfte tief Luft. Er war deutlich besser bei Kräften als seine Gefährten, doch auch er ermattete langsam. »Soll ich gehen?« fragte er. »Ich kann an einem Tag lange laufen, Renie, und wenn es sein muß, danach noch mehr. Das habe ich als Kind gelernt. Wir sind jetzt näher an Troja als am griechischen Lager. Ich kann in einer Stunde dort sein, vielleicht sogar schneller.«

Sie schüttelte den Kopf. »Hinkommen ist nur eines, reinkommen mußt du auch noch.« Sie wandte sie an T4b. »Du solltest gehen, Javier.«

»Nenn mich nicht immer so!«

»Hör zu. Du bist derjenige, den alle kennen. Ich weiß nicht, wer dieser Glaukos war, aber er muß sowas wie ein trojanischer Strahlemann gewesen sein. Der beste Weg, ohne Probleme reinzukommen, dürfte sein, daß einer behauptet, er hätte eine Botschaft für den König oder so, und von uns allen kommst du wahrscheinlich am ehesten damit durch.«

Während T4b mürrisch darüber nachdachte, berührte !Xabbu ihren Arm. »Aber ich sollte mit ihm gehen, Renie. Wenn sie das Tor nicht öffnen, kann es sein, daß er über die Mauer klettern muß, um in die Stadt zu gelangen. Dazu sind unter Umständen zwei Leute erforderlich.« Vor allem, wie er nicht eigens zu sagen brauchte, wenn einer davon T4b war.

»Klettern? Da hoch?« T4b deutete auf die ferne weiße Steinfläche der trojanischen Außenmauer. Er sah nicht sehr glücklich aus.

»Aber ...« Sie sah ein, daß !Xabbu recht hatte. »Natürlich. Es ist auf jeden Fall sicherer, wenn zwei gehen statt einem. Schließlich ist das hier ein Schlachtfeld.« Sie faßte ihren Freund bei der Hand, zog ihn zu sich heran und umarmte ihn. »Paß ja gut auf. Alle beide. Wenn ihr Martine findet, sagt ihr, was passiert ist. Ihr trojanischer Name ist Kassandra, und sie ist die Tochter des Königs, es dürfte euch daher nicht allzu schwerfallen, sie ausfindig zu machen. Sagt ihr, daß Orlando mitten im Schlachtgewühl steckt und daß wir uns was überlegen, um ihn da rauszuholen.«

»Mir ist grade was aus dem Epos eingefallen«, sagte Paul Jonas, »vielleicht nützt es euch was. Es gibt eine Stelle an einer der Mauern, die leichter zu ersteigen ist, weil da ein Feigenbaum steht – ich glaube an der Westmauer. Ich weiß noch, daß einer meiner Lehrer sich ausführlich darüber verbreitet hat.«

!Xabbu nickte. »Das ist gut zu wissen.«

»Also ... über die Mauer?« fragte T4b zögernd.

»Wenn er nicht will, kann ich gehen«, sagte Jonas.

»Nein, du würdest keine von ihnen erkennen, und wir dürfen uns keinen Fehlschlag mehr leisten. Javier und !Xabbu werden es schaffen.« Renie faßte T4b an den Schultern. »Du wirst wahrscheinlich nirgends drübersteigen müssen. Tu einfach wichtig, und wenn sie dir am Tor zu viele Fragen stellen, ätz sie tüchtig an. So, und jetzt viel Glück.«

Er ließ eine kurze Umarmung zu, dann trat er zurück. »Bong, ich bin startklar«, sagte er barsch und blickte dann !Xabbu an. »Du auch?«

!Xabbu nickte und warf Renie ein letztes Lächeln zu, dann trabten die beiden auf das ferne Troja zu, dessen viele Türme hell und makellos glänzten wie elfenbeinerne Schachfiguren.

»Der Buschmann – er bedeutet dir viel, nicht wahr?« meinte Paul Jonas, während sie die beiden in einer Staubwolke verschwinden sahen.

»Ja. Ja, viel.«

»Mensch, da fällt mir noch was ein«, sagte Jonas betroffen. »Wo ist eigentlich Orlandos Freund? Wir haben gar nicht nachgeschaut, ob er vielleicht noch im Lager ist.«

Renie schüttelte den Kopf. »Kann ich mir nicht vorstellen. Die beiden sind wie siamesische Zwillinge – wenn einer von ihnen da draußen ist, muß der andere irgendwo in der Nähe sein.« Sie spähte in die Richtung, dann fluchte sie. Der Wind blies den Staub anrollender Streitwagen auf sie zu. Ein Teil der trojanischen Wagenstreitmacht war einen großen

Bogen gefahren, um den Griechen in die Flanke zu fallen, und Renie und Paul Jonas waren in bedrohlicher Nähe der Angriffslinie. Andere Nachzügler flohen bereits um ihr Leben und eilten vom Rand des Gefechts auf sie zu. Renie packte Jonas' Arm und zerrte ihn zurück zum abschüssigen Strand, der zwar wenig, aber immerhin etwas Sicherheit bot.

»Herrje, ich bin ein Trottel!« schimpfte sie, als sie die Böschung hinunterstolperten. »!Xabbu und T4b - wir haben vergessen, einen Treffpunkt auszumachen.« Pfeile flogen über ihre Köpfe hinweg, weniger als vorher, aber nicht minder tödlich, und bohrten sich in den sandigen Boden.

Jonas tat sein Bestes, sich beim Rennen den Schild über den Kopf zu halten, und war dabei nur mäßig erfolgreich. »Darüber können wir uns gramen, wenn wir da sind«, keuchte er. »Falls wir so lange leben.«

> Auf Sam Fredericks, eingekeilt in einem Gedränge von Menschen und Wagen in der Mitte des Feldes, machten die Mauern von Troja immer noch den Eindruck eines fernen Märchenschlosses, das sich weiß und unberührt über alles Niedere erhob. Um sie herum schrien und starben Männer. Die meisten Myrmidonenhelden und ihre wiedererstarkenden Bundesgenossen waren aus ihren Streitwagen gestiegen und suchten den Zweikampf mit den Trojanern.

»Jetzt ist es soweit, König«, rief ihr der Lenker über den Lärm hinweg zu. »Jetzt kannst du diese letzte Stellung des Priamosheeres niederwerfen und sie alle zu den Mauern zurücktreiben, wo wir sie abschlachten werden.«

Sam war wie gelähmt. Als sie den Entschluß gefaßt hatte, den Panzer anzulegen, hatte sie lediglich die Trojaner von Orlando fernhalten wollen - weiter hatte sie nicht denken können. Sie hatte sich einen tapferen Auftritt ausgemalt, mit dem sie vielleicht sogar den übrigen Griechen die Gelegenheit verschaffen konnte, ihren Mut wiederzugewinnen und die Trojaner zurückzuwerfen, aber sie hatte sich nicht annähernd so etwas wie die jetzige Situation vorgestellt, in der sie kurz vor den Mauern Trojas im dichtesten Männersterben war und der Ausgang der Schlacht vielleicht davon abhing, was sie als nächstes tat ...

Der Wagenlenker brüllte einen Fluch, als ein schlecht geworfener Speer von der Wand des Wagens abprallte und sich kurz im Geschirr der Pferde verfing. Eines der stolzen Tiere strauchelte leicht, und wieder flog Sam beinahe hinaus, aber die nackte Angst hatte sie rasch die Kunst des Festhaltens gelehrt.

»Dahin!« schrie sie und deutete auf ein Stück freies Gelände jenseits des Tosens der lanzenschwingenden Männer. Sie mußte aus diesem Scänhaus raus, bevor sie völlig die Nerven verlor. »Fahr dahin!«

Der Wagenlenker warf ihr einen befremdeten Blick zu, aber er hob die Zügel und peitschte die Pferde durch eine Lücke im Schlachtgetümmel ins Freie. Unterdessen waren die vorwärtsdrängenden Griechen hinter ihnen abermals siegreich. Dutzende von Trojanern wendeten ihre Wagen und eilten überstürzt zu den Mauern ihrer Heimatstadt zurück. Beim Anblick ihres Rückzugs lösten sich andere aus dem Gefecht und schlossen sich ihnen an, und einen Moment lang kam Sam sich wie der Spitzenreiter in einem absonderlichen Wettrennen vor, ihr Wagen vorn, die fliehenden Trojaner dicht dahinter, hart verfolgt von den griechischen Truppen, deren lautes Geschrei deutlich machte, daß sie den Sieg greifbar nahe wähnten.

Auf der sausenden Fahrt über den zerfurchten Boden, wo der Wagen hüpfte und quietschte wie das klapprigste Jahrmarktskarussel der Welt, konnte sie sich nur krampfhaft festhalten, bis die mächtigen weißen Mauern auf einmal nur noch einen guten Steinwurf weit entfernt waren. Da riß der Wagenlenker mit einem harten Ruck an den Zügeln die Pferde scharf zur Seite und ließ sie einen weiten Bogen laufen, der sie direkt vor die in wilder Flucht heimwärts stürmende trojanische Meute bringen würde.

»Jetzt werden sie dich sehen und das Fürchten lernen, Herr!« schrie der Wagenlenker.

»Was? Bist du *voll* durchgescännt?«

Sam hatte ihre Lanze weggelegt, damit sie sich mit beiden Händen am Rand des Wagens festklammern konnte, der auf einem Rad rollte und jeden Moment umzukippen drohte. Der schwachsinnige Wagenlenker hatte vor, aus ihrem schlichten Versuch, dem Hexenkessel der Schlacht zu entkommen, irgendeine todesmutige Heldennummer gegen hundert durchgedrehte Trojaner zu machen. Sie glitt auf die Knie, so daß die Fliehkraft sie gegen die Innenwand preßte, und versuchte mit einem Griff nach seinem geschienten Bein seine Aufmerksamkeit auf sich zu ziehen. Sie vollendeten die Wende, und die Mauern waren jetzt unmittelbar hinter ihnen. Sam meinte sogar, winzige Gestalten auf den Zinnen erkennen zu können.

»Halt!« schrie sie und zog den Lenker am Bein. »Hast du sie noch alle? Halt!«

Er staunte sichtlich, als er den großen Achilles auf dem Boden des Wagens knien sah. Im nächsten Augenblick zischte etwas in seine Brust. Er ließ die Zügel los und faßte nach dem zitternden schwarzen Schaft, doch da hob es den Wagen, und er wurde hinausgeschleudert wie unnötiger Ballast.

Der einzige Segen war, daß Sam nicht weiter darüber nachdenken konnte. Der schwankende Wagen kam ins Schleudern, dann prallten die Räder auf irgend etwas Festes, wodurch er fast auf die Seite kippte. Er sprang in die Höhe und schlug noch einmal und noch härter auf, diesmal begleitet von einem endgültig klingenden Krachen und Splittern. Ein letzter Stoß, und Sam flog hoch durch die Luft.

Sie landete denkbar unsanft, überschlug sich und rollte dann so schnell, daß ihre Gedanken wie rasende schwarze Flügel flatterten, herum und herum und herum.

Zuerst dachte Sam, sie wäre erblindet. Ihre Augen brannten, und sie konnte nichts sehen. Ihr geschwollener, schmerzender Kopf schien gleich platzen zu wollen wie ein praller Wasserballon.

Du bist ein Vollidiot. Du bist der vollste Idiot der Welt ..., sagte sie sich und stemmte sich auf Hände und Knie. Als sie sich übers Gesicht wischte, wurde ihre Hand davon klebrig naß. Sie wimmerte vor Entsetzen und rieb sich die Augen.

Licht.

Im ersten Moment sah sie nur einen schmierigen graubraunen Schimmer, doch nach dem Blindheitsgefühl vorher kam er ihr wie ein stereoptischer Vollsurround in den herrlichsten Farben vor. Sie rieb noch einmal und sah jetzt durch einen Blutschleier ihre nicht minder von Blut triefenden Hände.

Ich hab mir das Gesicht aufgerissen. O Gott, ich bin wahrscheinlich total lädiert, total häßlich. Ein Gedanke zuckte ihr durch den Kopf – sie konnte in diesem Netzwerk sterben, aber konnte sie auch eine entstellende Verletzung bekommen? –, dem gleich darauf der nächste, noch größere Schreck folgte. *Woher will ich wissen, daß ich nicht daran sterbe?*

Eine schwere Kopfverletzung. Schon die Worte hatten den niederschmetternden Klang von »Endstation«.

Sie wischte sich das Blut soweit ab, daß sie sich umschauen konnte, doch die Augen brannten ihr immer noch. Der Wagen lag ein ganzes Stück von ihr entfernt, genauer gesagt, seine Trümmer. Eines der Pferde war zweifellos tot, das andere schlug zuckend mit den Beinen aus. Männer in anderen Wagen preschten auf sie zu, aber sie hatte keine Ahnung, zu welcher Seite sie gehörten.

Vor sich sah Sam eine der aus dem Wagen geflogenen Lanzen und nahm sie als Stütze, um sich hinzustellen. Ihre ganze rechte Seite war ein einziger feuriger Schmerz, den sie nur wegen des Dröhnens in ihrem Kopf erst nicht wahrgenommen hatte, aber soweit sie sagen konnte, hatte sie sich nichts gebrochen.

Sie sah die fernen Wagen auf sich zukommen und fragte sich, was sie jetzt tun sollte. Die anderen in ihrer Nähe bemerkte sie erst, als eine Stimme hinter ihr sie anredete.

»Endlich werden wir die Kraft unserer Arme messen, Sohn des Peleus. Wie ich sehe, hast du deinen Wagen verloren. Was wirst du an diesem Tage wohl noch verlieren?«

Sam Fredericks fuhr so schnell herum, daß ihr schwarz vor Augen wurde und sie beinahe umfiel. Der vor ihr stehende Mann kam ihr trotz seiner perfekten Proportionen unglaublich riesig vor. Seine Augen funkelten aus dem Schlitz seines Helms hervor. »Wer ...?« krächzte sie.

Der Mann schlug mit seiner langen Lanze derart dröhnend an seinen Schild, daß Sam meinte, ihr werde der Kopf zerspringen. »Wer?« donnerte er. »Du hast meine Brüder gemordet, die Städte meines Vaters zerstört, und doch kennst du den Priamossohn Hektor nicht, wenn du ihm von Angesicht zu Angesicht gegenüberstehst?« Der Mann nahm den Helm ab, daß sein Schopf dichter schwarzer Haare herabwallte, doch dabei trat ein eigentümlicher Ausdruck in sein schön geschnittenes, grimmig blickendes Gesicht. »Du kommst mir verändert vor, Achilles. Kann das die Folge deines Sturzes sein?«

Sam taumelte zurück und wäre beinahe in eine flache Grube gefallen. »Ich ... ich bin nicht ...«

»Beim olympischen Zeus, du bist gar nicht Achilles, sondern Patroklos in seiner Rüstung! Entsprang diese ganze schmähliche Niederlage der Furcht vor einem Blendwerk?« Er schnaubte wie ein wütendes Pferd. »Hast du Trojas Streitmacht allein mit der äußeren Hülle des Achilles in die Flucht geschlagen?« Seine Miene wurde hart, als wäre sie unter einem eisigen Windstoß augenblicklich gefroren. Er nahm seine wuchtige Lanze hoch. Sam starrte wie gebannt die tödliche bronzene

Spitze an. »Nun, du wirst dich nicht lange über deinen Scherz freuen können ...«

Ihr Schild lag außer Reichweite. Sie meinte fast, jemanden ihren Namen rufen zu hören, eine ferne Stimme, wie man sie an der Schwelle des Erwachens im letzten Moment eines Traumes hört, aber das war jetzt bedeutungslos. Sam konnte sich nur noch zusammenkrümmen und die Hände vors Gesicht schlagen, als Hektor ein paar Schritte anlief und dann die schwarze Lanze auf sie fliegen ließ.

> Während er sein Pferd über die Ebene trieb, gab es Momente, in denen er über einen antiken Wandteppich aus dem Museum zu reiten schien, vorbei an erstarrten Vignetten von auf der Flucht erschlagenen Männern und in gegenseitiger tödlicher Umarmung gefallenen feindlichen Kriegern - Dutzende von kleinen, aber vielfältigen Darstellungen zum Thema »Menschlicher Irrsinn«. Er achtete nicht weiter darauf, denn obwohl er zum Teil noch mit der übernatürlichen Klarheit sah, mit der er aufgewacht war, stand ihm der Sinn allein nach Vorwärts, Vorwärts, Vorwärts.

Selbst an den Stellen, wo nicht mehr gekämpft wurde, machten die Leichen von Männern und Pferden und die Wolken von Krähen und anderen Aasfressern ein schnelles Vorankommen unmöglich. Obwohl Thargor einer der besten Reiter ohne Sattel in ganz Mittland war - und Orlando sich zu seiner Erleichterung anscheinend eine gewisse virtuelle Beherrschung dieser Kunst bewahrt hatte -, hätte er dennoch im Moment nichts lieber gehabt als einen festen gesattelten Sitz.

In der Not frißt der Teufel Fliegen, sagte er sich. Es war kein sehr inspirierendes Motto.

Orlando meinte, Fredericks jetzt in der Ferne erkennen zu können, da der spiegelblanke Bronzepanzer - sein eigener Panzer - bei einem gelegentlichen Sonnenstrahl blinkte. Der Wind wurde stärker. Staubwolken wirbelten auf und wehten ihm ins Gesicht, während er sich weit über den Hals des galoppierenden Pferdes lehnte und es mit den Fersen zu noch größerer Schnelligkeit antrieb. Die Klarheit des Morgens verblaßte zusehends, und zurück blieb nur das verbissene Wissen um die vor ihm liegende Aufgabe. Ab und zu war es, als wäre das Fieber zurückgekehrt, und er meinte, überall flüsternde Stimmen zu hören.

Obwohl ihm jetzt an den Ausläufern der Schlacht mehr Männer begegneten als vorher, erhoben wenige die Hand gegen ihn. Einige verwechselten ihn offensichtlich mit dem Mann, dessen Panzer er trug, doch er sprengte an ihnen vorbei, ohne ihre Erkennensschreie zu beachten. Hier und da stellten sich ihm andere in den Weg, um ihn zum Kampf zu zwingen, Griechen wie Trojaner, doch Orlando umritt sie geflissentlich, denn er wollte keine Zeit mit sinnlosen Scharmützeln vertun. Wenn es nicht anders ging, stieß er sie mit dem Schwung seines Pferdes und mit seiner langen Lanze zurück, und wenn er dabei einen oder zwei tötete, dann eher versehentlich als vorsätzlich. Aber die meisten Überlebenden, die sich auf den Hauptpulk der Schlacht zubewegten oder sich bewußt davon fernhielten, schienen wenig Lust zu verspüren, sich mit dem einsamen Reiter im goldenen Panzer anzulegen. Die meisten beeilten sich, ihm den Weg freizumachen.

Insoweit war es für Orlando eine bekannte Situation. Als Thargor seine letzten großen Schlachten am Godsorrücken und in den Pentalischen Sümpfen geschlagen hatte, war sein Name so weithin gefürchtet, daß nur die berühmtesten Helden oder einige wenige selbstmörderische Ehrgeizlinge, die sich ihrerseits einen Namen zu machen hofften, im offenen Gelände zum Zweikampf gegen ihn antraten. Die Erinnerung an diese Spiegelfechterkriege berührte ihn seltsam in diesem Moment, wo er nahezu losgelöst von seinem Körper dahinflog. In Mittland hatte er adrenalinstrotzend und blendend gelaunt als barbarischer Herr des Schlachtfelds die Männer zu Dutzenden niedergemäht und eine Schneise verstümmelter Körper zurückgelassen, wenn er allein um der Ehre willen gegen zwei, drei und auch vier Männer gleichzeitig kämpfte. Jetzt wollte er nur lange genug überleben, um eine einzige kleine Aufgabe zu vollbringen.

Er näherte sich dem dichtesten Teil der Schlacht, die sich wie ein lebendiger Organismus über die Erde geschoben hatte und inzwischen nur noch etwas mehr als einen Pfeilschuß weit von Trojas mächtigen Mauern entfernt war. Als er am Halfter des Pferdes riß, um einem am Boden dahinkriechenden Verwundeten auszuweichen, fiel ihm ein funkelnder Punkt ins Auge, der aus der Mitte des Kampfes ausbrach und auf die Mauern zuhielt, als wollte er den Verteidigern Trojas eine Botschaft von entscheidender strategischer Bedeutung überbringen. Es war Fredericks, da war er ganz sicher - was da funkelte, war der Panzer seiner hinter dem Wagenlenker kauernden Freundin -, aber Orlando konnte sich nicht erklären, was sie machte. Ein paar der trojanischen Wagen in ihrer Nähe nahmen eilends die Verfolgung auf, und zwei oder drei drängten sich an anderer Stelle aus dem Chaos heraus, als wollten sie Fredericks in die Zange nehmen, aber sie lagen alle zu weit zurück, um sie einzuholen.

Aber was hatte Fredericks vor?

Orlando verdoppelte jetzt seine Anstrengungen, seine Freundin zu erreichen, und als er eine freie Strecke vor sich sah, spornte er sein Pferd noch mehr an. Plötzlich beschrieb Fredericks' ferner Wagen vor der Mauer einen großen Bogen und wendete.

Sieht sie denn nicht, daß diese Männer hinter ihr her sind? Orlando bearbeitete die Flanke des Pferdes mit dem stumpfen Lanzenende, dann lenkte er es mit hangenden Zügeln auf eine Lücke im Kampf zu, bevor er in die geflochtene Mähne griff und sich festkrallte.

Etwas war mit Fredericks' Wagen passiert. Er stieg an einer Erdwelle in die Höhe, krachte herunter und stieg wieder, diesmal aber nur auf einer Seite. Fast drei Sekunden lang schlingerte er auf einem Rad, dann überschlugen sich Pferde und Wagen und gingen in einem wirren Gemenge zu Boden. Ein Rad flog in die Luft und drehte sich mehrmals wie eine emporgeworfene Münze. Dann versperrten die auf das Wrack zustürmenden Streitwagen Orlando die Sicht.

Er schrie den Namen seiner Freundin, aber nur wenige drehten auch nur die Köpfe - die Schlacht um ihn herum war ein erbitterter Entscheidungskampf geworden, und niemand war seines Lebens sicher. Ein behelmter Mann wankte aus einem Kriegerknäuel direkt in seine Bahn. Bevor er Orlando überhaupt sah, rannte das Pferd ihn über den Haufen.

Im Nu war die dichte Masse des Hauptgefechtes hinter ihm zurückgeblieben und jagte er wieder übers offene Feld. Als er am ersten der Wagen vorbeikam, die Fredericks verfolgt hatten, hob Orlando die Lanze, um entweder den sich duckenden Lenker oder seinen gepanzerten Herrn zu durchbohren.

Nein, es sind bloß Reps, sagte er sich und bog ab. *Wie mechanische Spielzeuge. Reine Energieverschwendung, wütend zu werden.* Aber er *war* wütend. Statt der lachenden Hochstimmung von Thargors Kämpfen in Mittland erfüllte ihn eine kalte, unpersönliche Wut.

Er konnte die Trümmer des Wagens jetzt wenige hundert Meter vor sich deutlich erkennen; sein Herz drohte zu versagen, als er daneben einen furchtbar verwinkelten Körper liegen sah, aber gleich darauf kroch eine andere Gestalt aus dem hohen Gras hervor und rappelte sich auf. Der Panzer, den sie anhatte, war seiner. Bevor er noch Erleichterung fühlen konnte, hielt dahinter ein großer bronzener Wagen mit spritzenden Rädern an, und ein hochgewachsener Mann sprang heraus und lief auf Fredericks zu.

»Halt!« schrie Orlando, doch der Wind riß ihm die Worte vom Mund weg. »Ich bin's, den du haben willst!«

Fredericks humpelte sichtlich und machte keine Anstalten, vor dem gepanzerten Mann zu fliehen. Orlando trat seinem Pferd in die Rippen und streckte die Hand nach den beiden kleinen Gestalten aus, als ob ihm nur noch wenige Zentimeter fehlten, um zu verhindern, was gleich geschehen würde. Der größere Mann hob eine Lanze, sprang vor und schleuderte sie auf Fredericks.

Orlandos Freundin machte einen unbeholfenen Schritt nach hinten und fiel in einen Graben. Die Lanze durchschnitt die Luft an der Stelle, wo sie eben gestanden hatte, und flog noch zwanzig Meter weiter, bevor sie sich tief in die Erde bohrte.

Andere Wagen kamen angefahren, als Fredericks sich aus dem Graben quälte und sich am Rand auf Händen und Knien hinkauerte. Orlando preßte den Kopf an den Hals des Pferdes, und die Entfernung wurde immer kürzer, aber so langsam, so furchtbar langsam ...! Der Mann, dessen Wurf danebengegangen war, ging zu seinem Wagen zurück und riß dem Lenker eine andere Lanze aus der Hand.

Orlando konnte jetzt die Stimme des Mannes ganz schwach hören. »Die Götter haben dich gerettet, Patroklos. Du hast auch eine Lanze - erprobe doch deinen Arm, daß du erfährst, ob er stark genug ist, meinen Schild einzubeulen.«

Fredericks schwankte, aber stand nicht auf. Nur am Panzer erkannte Orlando, daß es seine Freundin war, denn ihr Gesicht war blutüberströmt.

»Halt!« schrie Orlando. »Mich willst du, du Penner!«

Der Mann drehte sich um. Als er die üppigen schwarzen Haare und die mächtigen Muskeln des Fremden sah, meinte Orlando im ersten Augenblick, sich selbst in seinem Thargorsim vor sich zu haben. »Glaukos?« rief der Mann. »Was schreist du mich an, edler Lykier? Ist dein Haus nicht durch Liebes- und Blutsbande an das meines Vaters Priamos geheftet?«

> 734

Erst jetzt wurde Orlando klar, wen er vor sich hatte, und ihm sank der Mut. Er hatte in den letzten zwei Tagen genug Geschichten von Hektor gehört, um zu wissen, daß er sich keinen schlimmeren Feind hätte aussuchen können, aber jetzt gab es kein Zurück mehr. Er zügelte das Pferd und sprang ab. Der Boden fühlte sich eigenartig instabil unter seinen Füßen an, so als ob er auf Wolken ginge.

O Gott, ich glaube kaum, daß ich stark genug bin.

Die beiden baumlangen Männer traten sich auf dem welligen Gelände gegenüber, jeder eine lange Lanze in der Faust. Andere Wagen hatten angehalten, aber die Insassen schienen die Tragweite der Begegnung zu ahnen und sahen nur schweigend und mit offenen Mündern zu.

»Ich bin nicht Glaukos.« Orlando nahm seinerseits den Helm ab und schüttelte die goldenen Haare. »Und ich werde auch nicht zulassen, daß du meinen Freund tötest.«

Hektor zeigte keine Reaktion. Stille schien ihn zu durchströmen, eine so vollständige Stille, daß Orlando sich fragte, ob der Trojaner sich überhaupt noch einmal bewegen würde.

»Da bist du also«, sagte Hektor langsam. Er hob seinen Helm auf und stülpte ihn über den Kopf, so daß seine Augen in dem schwarzen Sehschlitz unsichtbar waren. »Zerstörer von Städten. Mörder von Unschuldigen. Großer Held der Griechen, mehr darauf bedacht, Lobliedern auf deinen Ruhm zu lauschen, als dir die Hände mit Kämpfen schmutzig zu machen. Aber jetzt endlich ... bist du da.« Schallend schlug er den Lanzenschaft gegen den Schild. »Einen von uns wird man, des Lebens beraubt, von diesem Felde tragen. So lautet der Ratschluß der Götter!«

»Gardiner, nicht!« schrie Fredericks. »Du bist nicht stark genug. Du bist krank.«

Sie hatte recht, aber ein Blick in die Runde zeigte Orlando, daß zwar der größte Teil der griechischen Streitmacht sich mittlerweile in ihre Richtung bewegte, doch auch die am nächsten Herangekommenen noch Minuten entfernt waren. In unmittelbarer Nähe dagegen hatten ein Dutzend trojanische Krieger und Wagenlenker einen Halbkreis gebildet; auch wenn sie sich damit begnügten, bei diesem packenden Duell zuzuschauen, wußte Orlando, daß sie ihn nicht weglaufen lassen würden.

Mit aller Ruhe, die er aufbringen konnte, schritt er auf das Wrack von Fredericks' Wagen zu. Der Schild des Achilles lag daneben auf dem Boden, eingeklemmt unter dem verstümmelten Lenker. Orlando wälzte den Mann zur Seite und merkte dabei mit einer gewissen Erleichterung, daß er doch nicht ganz unkräftig war, daß ein kranker Achilles immer noch wenigstens so stark war wie ein gewöhnlicher Sterblicher. Er streifte sich den Schild über den Unterarm und schloß die Faust um den Griff. Als er sich wieder zu Hektor umdrehte, schlug sein Herz so heftig, daß ihm der Kopf weh tat.

Ich kenn mich mit Lanzenkampf nicht genug aus. Ich muß dicht an ihn rankommen, damit ich das Schwert einsetzen kann und meine ganze Thargorerfahrung sich vielleicht bezahlt macht. Aber noch während er das dachte, wußte er, daß er mit dieser kraftstrotzenden, gottgleichen Erscheinung nicht lange Schwertstreiche wechseln konnte. Allein der Ritt hatte ihn so erschöpft, daß seine sämtlichen Muskeln zitterten.

»Gardiner! Nein!« schrie Fredericks wieder. Orlando bemühte sich, gar nicht darauf zu achten.

»Okay, Baby«, rief er Hektor zu. »Dann zeig mal, was du drauf hast.« Wie gut diese unzeitgemäße Flapsigkeit in die Welt Homers übersetzt wurde, konnte Orlando nicht wissen, aber Hektor schien keinerlei Verständnisschwierigkeiten zu haben. Er lief ein paar Schritte an, holte aus, und schon sauste die Lanze auf Orlando zu. Sie flog so schnell, daß er gerade noch den Schild hochreißen konnte, bevor sie mit einer Donnerwucht einschlug, die ihn von den Füßen fegte. Im Fallen spürte er einen sengenden Schmerz in den Rippen.

Das war's. Er hat mich erwischt.

Er stemmte sich auf die Knie und sah Blut an seiner Seite, doch obwohl er sich fühlte, als hätte ein Auto ihn angefahren, erkannte er schnell, daß die Wunde zwar schmerzhaft, aber nicht tödlich war. Ein Stück weiter weg lag sein durchbohrter Schild, aus dem Hektors Lanze einen vollen Meter weit herausragte.

Er stellte sich wacklig auf die Beine. Immer mehr Männer eilten über das Schlachtfeld herbei, und die den Zweikampf umringende Menge wuchs. Mit herunterhängendem Schild stand Hektor abwartend bereit. Atemlos, wie er war, vertat Orlando keine Energie mehr mit Provokationen. Ihm war ohnehin nicht danach. Er hob seine hingefallene Lanze auf, maß die Distanz mit dem Auge, lief an und schleuderte sie so hart und gerade, wie er konnte.

Schnell und weit genug flog sie immerhin - soweit gehorchten ihm seine virtuellen Muskeln also noch -, aber es war lange her, daß Thargor mit einer Lanze gekämpft hatte: Orlandos Fertigkeiten waren eingerostet. Hektor brauchte den Schild, den er hochgenommen hatte, nicht einmal, sondern duckte sich einfach zur Seite und ließ die Waffe harmlos vorbeiflitzen. Auch er schien der Meinung zu sein, daß man auf lange Beschimpfungen verzichten konnte. Er zog sein Bronzeschwert und lief auf Orlando zu.

Ich hab ihm nicht mal den Schild weggeschlagen, dachte Orlando bitter. *Er ist so muskelbepackt wie ich, eher noch mehr, und er hat einen elenden, ätzigen Schild.* Er zog ebenfalls sein Schwert und fand, daß es ihm fremd und ungewohnt in der Hand lag. Orlando unterdrückte den fiebrigen Drang, es einfach fallenzulassen und sich hinzulegen. *Mein Schwert - Thargors Schwert - ist bisher mit mir in jede Simwelt gekommen. Es muß das sein, das Fredericks genommen hat. Es liegt wahrscheinlich noch dort im Wagen.* Er zog zusätzlich einen langen Dolch aus seiner anderen Scheide und trat vor, um dem Angriff des gottgleichen Priamossohnes zu begegnen.

Vom ersten Moment an, als er Hektors brutalem Rundschlag auswich und seinerseits einen kurzen, harten Konter führte, bei dem ihm ein flammender Schmerz durch die Seite schoß, aber der unschädlich vom Schildrand des anderen abprallte, wußte Orlando, daß es schlecht um ihn stand. Falls Thargors jahrelange Rauferfahrungen in den Tavernen von Madrikhor ihm überhaupt einen Vorteil verschafften, so wurde dieser von dem gewölbten Ding aus Holz und Metall zunichte gemacht, das Hektor hatte und er nicht. Dies war nicht der ungedeckte Kampf, den Thargor kannte - der Trojaner focht, als ob er immer noch eine Lanze hätte, und stach hinter dem Schild hervor nach Orlandos relativ ungeschützten Gliedern, wenn dieser eine Attacke versuchte.

Schon in der ersten Minute hatte Orlando zwei Schwerthiebe mit der Parierstange seines Dolches abfangen müssen, so daß diese fast ganz nach hinten gebogen war. Hektor war unglaublich stark - auch wenn er keinen Schild gehabt hätte, wäre Orlando, soweit er sah, in solchem Hauen und Stechen mit ihm nicht sehr lange am Leben geblieben. Ein Großteil seiner wiedergewonnenen Kraft, die bereits der lange Ritt über die Ebene ziemlich strapaziert hatte, war beim ersten hitzigen Schlagabtausch dahingeschmolzen, und jedesmal, wenn er Hektors Schild mit seinem Schwert zurücktreiben mußte, merkte er, wie er schwächer wurde. Wer keine Kampferfahrung hatte, konnte nicht ahnen, wie rasch die Kraft zerrann, wenn das Herz raste und harte Streiche hin und her gingen.

Aber falls Hektor seinerseits die Wirkung eines langen Tages auf dem Schlachtfeld spürte, so ließ er sich das jedenfalls nicht anmerken. Er bewegte sich wie eine Dschungelkatze, tänzelnd, zuschlagend. Als die Sonne ihn einmal direkt anstrahlte, glitzerten seine Augen unter den finster herabgezogenen Brauen im Schlitz des Helmes.

Indem er sich langsam im Kreis bewegte und wohlüberlegt zurückwich - was er auf jeden Fall hätte tun müssen, da er Hektors hämmernden Angriffsschlägen nicht standhalten konnte -, gelang es Orlando, sich der Stelle zu nähern, wo Fredericks stand und vor Angst fast verging.

»Lauf doch, Orlando!« jammerte sie.»Das lohnt nicht!«

Er knirschte mit den Zähnen. Fredericks schien zu meinen, dieser Kampf sei wie der gestrige Waffengang, bei dem beide Seiten am Abend voneinander abgelassen hatten. Aber Orlando verstand den Blick in Hektors Augen, erkannte den Haß und wußte, daß der Mann ihn auch dann noch verfolgen würde, wenn er ins Meer lief und sich ertränkte.

»Hol mein Schwert!« schrie er Fredericks zu.»Das, was du hattest - hol es und wirf es mir hin, daß ich drankomme!«

»Und wenn Hephaistos selbst deine Klinge geschmiedet hätte«, fauchte Hektor,»wird sie dein Leben nicht retten können, Achilles.« Er stieß Orlando seinen Schild ins Gesicht und hackte nach seinen Beinen. Orlando taumelte keuchend zurück. Er fühlte, wie seine Knie immer schwächer wurden, und wußte nicht, ob er noch so einen Streich überstehen würde. Beide Männer schnauften laut, aber es waren Orlandos Lungen, die sich nicht ganz zu füllen schienen.

Der Schild muß weg, sagte er sich. *Weg...*

Etwas landete hinter ihm auf der Erde. Orlando schaffte es knapp, darüber hinwegzutreten, ohne mit den Fersen hängenzubleiben und zu straucheln. Er tauchte unter einem tückischen Stoß weg, der hinter Hektors Schild hervorgezuckt kam wie eine Schlangenzunge, dann ließ er in blindem Vertrauen darauf, daß Fredericks getan hatte wie geheißen, sein Schwert fallen und griff nach unten.

Es war tatsächlich seine eigene Waffe - er erkannte sie sofort am Gefühl in der Hand und hielt sich nicht mit dem grausigen Gedanken auf, was er gemacht hätte, wenn es etwas anderes gewesen wäre, vielleicht ein von einem Zuschauer geworfener Stein. Hektor versuchte den Wechsel auszunützen, und Orlando konnte gerade noch dem nächsten Hieb nach seinem Gesicht ausweichen. Als er zurücksprang und beim Heben des Schwertes die bekannte Ausgewogenheit fühlte, keimte kurz Hoffnung in ihm auf.

Aber nur sehr kurz. Auch mit der vertrauteren Waffe war er unterlegen. Hektor drang weiter auf ihn ein, machte ihm mit wuchtigen Schildstößen Arm und Schulter taub, führte krachende Streiche gegen Orlandos Klinge, bis diesem die Hand so sehr schmerzte, daß er kaum noch den Griff halten konnte. Orlando verlor immer mehr an Boden, und obwohl er sah, daß er langsam auf die Mauern von Troja zugetrieben wurde, war er außerstande, etwas dagegen zu machen. Der Wind, der über die Ebene strich, ließ seine verschwitzte Haut erschauern. Seine letzte Kraft schien förmlich weggeweht zu werden, zu verdunsten.

»Die Griechen!« schrie Fredericks aufgeregt. »Die Griechen kommen!«

Zwischen dem Parieren der Schläge bekam Orlando aus dem Augenwinkel mit, daß viele der Trojaner, die dem Duell zugeschaut hatten, ihren von den griechischen Truppen zurückgetriebenen Landsleuten zu Hilfe eilten, aber er wußte, daß dies für sein eigenes Schicksal bedeutungslos war: Selbst wenn die Griechen letztendlich gewinnen sollten, hätte Hektor ihn schon lange vorher zu blutigem Brei verhackstückt.

Die Sonne sank in die Umarmung des Meeres, und einen Augenblick lang ergoß sich Feuer über die Wellen. Der Himmel entfärbte sich langsam, aber immer noch sah Orlando, wie Hektors glänzende Augen sich in seine bohrten. Ihm fielen fast die Arme ab, und das eigenartige distanzierte Gefühl war zurückgekehrt, als ob sein Bewußtsein kurz davor stand, seinen zum Tode verurteilen Körper zu verlassen. Orlando konnte gerade noch das Schwert hochreißen, um einen gewaltigen Rückhandschlag abzulenken, aber seine eigene Erwiderung mit dem Dolch kam zu spät, denn Hektor hatte den Schild sofort nachgezogen. Die Klinge prallte hart gegen den Schildbuckel, und der Schock schoß wie ein Stromstoß durch Orlandos Arm; der Dolch entfiel seinen tauben Fingern.

Bevor Orlando sein Schwert ganz hochnehmen konnte, schwang Hektor seinen Schild herum und traf Orlando damit so fest seitlich am Helm, daß dieser vom Kopf flog und Orlando von den Füßen gerissen wurde. Er ließ sich fallen und rollte ab, weil er richtig vermutete, daß Hektor mit dem Schwert nachschlagen würde, doch obwohl der Angriff nicht die Lücke im Panzer traf, spürte er, daß die Klinge den ungeschützten Unterschenkel streifte und ihm beinahe die so passend benannte Achillessehne durchgeschnitten hätte. Er versuchte sich aufzurappeln, doch seine Beine versagten ihm den Dienst.

Orlando drehte sich auf den Knien um und suchte mit dem Schwert den Kopf zu schützen. Der Griff war schlüpfrig von Blut und schwer zu halten. Hektor stand vor ihm und blickte auf ihn nieder, dann streckte er die Klinge aus, bis die Spitze dicht vor Orlandos Gesicht schwebte, so dicht, daß sie ihm fast die Sicht nahm.

»Ich werde für deine Leiche keine Lösung nehmen«, sagte Hektor. »Nach allem Leid, das du dem Volk meines Vaters angetan hast, wird man dich den Hunden zum Fraß vorwerfen. Du wirst es in den modrigen Häusern des Hades heulend mit ansehen müssen.«

Orlando versuchte noch einmal, seine Beine zu einem letzten Sprung zu zwingen, aber sie wollten ihm nicht gehorchen. Er duckte sich zitternd.

Die Leute ringsherum johlten und jubelten, wollten das Ende sehen. Orlando holte rasselnd Luft und spürte, wie ihm der Atem in der Kehle und in den Lungen brannte. *Kein Mensch denkt je groß übers Atemholen nach,* sagte er sich. *Solange es einfach so geht ...*

Auf einmal wurden die Schreie der Männer von einem ohrenbetäubenden Quietschen und Knirschen übertönt, das sich anhörte, als würden die Fingernägel Gottes über eine quadratmeilengroße Tafel kratzen. Verdutzt schaute Hektor über die Schulter.

»Das Tor ...?« sagte er wie vom Donner gerührt. »Aber welcher Narr ...?«

Orlando wußte, daß seine Kraft nicht ausreichte, um an Hektors Kehle zu kommen, deshalb packte er das Schwert mit beiden Händen und stieß es dem Mann mit einem letzten Aufbäumen zwischen die Beine. Als Hektor mit einem Entsetzenslaut auf die Knie sackte und das Blut aus seinem Unterleib sprudelte, riß Orlando die Klinge wieder heraus und rammte sie seinem Feind in den Sehschlitz.

Orlando merkte erst, daß er ebenfalls gestürzt war, als er den Himmel über sich sah, aus dessen dämmerigem Abendschleier die ersten Sterne hervorlugten wie scheue Kinder.

Ich hab verloren. Er hat mich geschlagen. Orlando bemühte sich, den Anblick des Himmels festzuhalten, aber vor seinen Augen wurde es schwarz. Irgendwo rief Fredericks seinen Namen, doch die Stimme verhallte in einem mächtigen Getöse brüllender Männer und donnernder Hufe. *Er ist tot - doch er hat mich geschlagen.*

> *»Code Delphi. Hier anfangen.*

Ich weiß nicht, wieviel Zeit mir bleibt, diese Gedanken aufzuzeichnen, sowenig wie ich weiß, ob sie jemals wieder auffindbar sein werden. Ich weiß nur, daß dies meine letzte Chance sein könnte. Überall schreien Menschen und tobt das Feuer. Eben hatte ein Funke Emilys Haare in Brand gesetzt, und wenn Florimel nicht direkt neben ihr gewesen wäre, hätte sie vermutlich schwere Verbrennungen davongetragen.

Wir haben uns in einem der verlassenen Häuser in der Nähe des Tores versteckt, aber überall, wo man hinsieht, werden Frauen auf die Straße gezerrt, vergewaltigt und ermordet. Die Griechen sind nahezu wahnsinnig vor Rachedurst - auch Kinder schlachten sie ab, und sei es in den Armen ihrer Mütter. In nur einer Stunde ist aus dem großen Troja die Hölle geworden. Ich darf gar nicht daran denken, was ich getan habe.

T4b und !Xabbu kamen unter dem Vorwand, eine dringende Botschaft für König Priamos zu haben, heil wieder in die Stadt. Sie fanden uns im Frauenteil des Palastes und berichteten uns atemlos, was seit ihrem Fortgang geschehen war. Florimel und ich hörten mit Staunen, daß Orlando und Fredericks noch am Leben sind, aber mit Schrecken, daß Orlando sich in die Schlacht gestürzt hat. Mir fiel nichts ein, was ich hätte unternehmen können, und ich war wütend, daß wir nicht besser gelernt hatten, mit dem Zugangsgerät umzugehen, das nutzlos wie ein Stein in einem Beutel an meinem Gürtel baumelte. Wir redeten Emily gut zu, dann eilten wir alle fünf durch die Stadt zur Mauer ...

Mein Gott. Das Dach des Nachbarhauses ist soeben eingestürzt, und der Fensterrahmen dieses Hauses, wo wir uns versteckt halten, brennt auch schon. Ich weiß nicht, wie lange wir noch hier bleiben können, aber es sind zu viele Griechen auf den Straßen - wenn wir vor die Tür gehen, werden sie ...

Nein, Ordnung. Ordnung. Ich werde aufzeichnen und retten, was ich kann.

Mit !Xabbu und T4b liefen wir zur Stadtmauer. T4b bahnte uns mit Lanze und Schild einen Weg durch die Menge. Überall wimmelten Menschen ängstlich und aufgeregt durcheinander und schrien einander Gerüchte zu: Die Griechen ständen kurz vor der Niederlage, ihre Schiffe seien in Brand gesteckt ... Nein, schrie jemand anders, der große Hektor sei gefallen und das trojanische Heer in die Flucht geschlagen. Leute auf den Mauern versuchten etwas zu erkennen und riefen widersprüchliche Meldungen hinab.

Wir hasteten die Treppe eines der Wachtürme hinauf. Das Treffen unter uns war zu weit entfernt, als daß ich etwas anderes als Bewegungs- und Wärmemuster hätte wahrnehmen können, fraktale Wirbel.

Der Lärm von den Beobachtern auf der Mauer war für uns lauter als das Getöse der Schlacht, aber der Kampf rückte deutlich näher. !Xabbu erzählte mir, die Griechen schienen die Trojaner zur Stadt zurückzudrängen, dann gab er einen schnalzenden Laut der Überraschung von sich. Orlando sei seitlich ausgebrochen und stürme allen anderen voran, sagte er, der schimmernde Bronzepanzer des Achilles sei gar nicht zu übersehen. Er sauste auf die Mauern von Troja zu, als wollte er sie ganz allein Stein für Stein einreißen. Dann machte sein Wagen eine Kehrtwende, blieb mit einem Rad hängen und überschlug sich. Neben mir gab Florimel einen erstickten Schreckenslaut von sich.

Die Beschreibungen, die die anderen gaben, waren verworrener als meine eigenen Wahrnehmungen – erst hieß es, Orlando sei anscheinend von Hektors Lanze getroffen worden, dann, statt dessen sei jemand anders in T4bs abgelegter Rüstung gekommen und trete gegen Hektor an. Ich hatte eine vage Ahnung, was vorgefallen sein könnte – entweder hält das System uns grausam zum Narren, indem es uns zwingt, Teile des alten Epos zu durchleben, oder solche Dinge gehören einfach zu den Unvermeidlichkeiten der Simulation. Wie dem auch sei, welcher nun Orlando und welcher Fredericks sein mochte, keiner von beiden hatte die Kraft, dem mächtigen Hektor lange standzuhalten.

Jenseits dieser Auseinandersetzung rückten die Griechen weiter vor und drängten die tapferen, aber zahlenmäßig unterlegenen Trojaner zurück. Es hatte den Anschein, als könnte nur der Tod des ersten griechischen Helden Achilles sie noch aufhalten und Troja retten – das jedoch würde den Tod eines unserer Freunde bedeuten. Ich ballte die Fäuste so fest zusammen, daß meine Nägel in die Handflächen schnitten.

Da kam mir in meiner Verzweiflung eine Idee. Ich führte Florimel und die anderen den Wachturm hinunter zu dem Halbdutzend trojanischer Posten, die innen hinter dem wuchtigen Skäischen Tor aufgestellt waren. Genau wie wir bemühten sie sich, aus den von der Mauer kommenden widersprüchlichen Meldungen schlau zu werden.

Ich rief dem, der ihr Anführer zu sein schien, laut zu: ›König Priamos gibt Befehl, das Tor zu öffnen!‹ Ich konnte sein Gesicht nicht sehen, aber seinen Ausdruck konnte ich ahnen.

›Bist du von Sinnen?‹ herrschte er mich an. Seine Stimme war zornig, aber auch ängstlich gepreßt – ich denke, er erkannte mich.

Ich schrie: ›Ich bin des Königs Tochter – was meinst du, warum er mich geschickt hat? Damit du mein Gesicht erkennst und weißt, daß du meinem Wort Glauben schenken kannst. Und hier ist auch Glaukos, der lykische Held. Hektor wird von Achilles zum Tor zurückgetrieben. Priamos will, daß ihr das Tor öffnet und ihn einlaßt, ansonsten wird der gottgleiche Sohn des Königs jeden Augenblick den Tod finden!‹

Die anderen Wachen traten nervös und unsicher von einem Bein aufs andere, doch ihr Anführer war nicht so leicht zu beeindrucken. ›Keine Frau kann mir befehlen, das Tor zu öffnen, ob Königstochter oder nicht!‹ Ich sondierte !Xabbu und merkte, daß ich ihm nicht zutraute, ohne Nachfragen zu handeln. Zu meiner Schande zögerte ich nicht einmal, sondern wandte mich statt dessen an T4b und sagte: ›Töte diesen Mann!‹

Sogar der junge Javier stockte, aber nur kurz - sein Blut kochte vor Erregung und Furcht. Vor den ungläubigen Augen der erschrockenen Wächter rammte T4b dem Anführer seine Lanze in den Bauch. Der Mann ging zu Boden, aber war nicht gleich tot. Während er stöhnend dalag, war mir klar, daß ich den anderen keine Zeit zum Nachdenken geben durfte. ›Schnell jetzt, macht das Tor auf!‹

Wie im Traum legten sich die anderen Männer in die Seile, die den mächtigen Riegel bewegten, wobei sie sich öfter fassungslos nach ihrem Anführer umsahen, der sich immer noch auf der Erde in seinem Blut wand. Als der Riegel zurückgeglitten war, zogen wir alle zusammen am Tor, und dieses schwang in quietschenden Angeln auf.

›Jetzt lauft und rettet Hektor!‹ rief ich und lud damit noch fünf weniger direkte, aber genauso sichere Morde auf mein Gewissen, denn ich hetzte die Männer in den reißenden Schlund des griechischen Angriffs.

Meinen Freunden und mir blieben nur wenige Augenblicke. Gemeinsam schleppten wir einen großen Stein herbei und schoben ihn unter die Unterkante des Tores, um zu verhindern, daß jemand es schnell wieder schloß, dann suchten wir eilends Schutz. Hinter uns hörten wir das Gebrüll der Trojaner auf den Mauern und in den Straßen, als die ersten Griechen durch das offene Tor stürmten.

Ich kann nicht mehr weitersprechen, auch wenn dies mein letztes Diktat ist. Das Feuer greift auf die Mauer unseres Verstecks über. Die Luft ist so heiß, daß unsere Gewänder rauchen. Wir müssen unser Heil auf den Straßen suchen. Wir werden versuchen, die anderen zu finden, aber wenn uns das nicht gelingt, müssen wir zusehen, daß wir zum Tempel der Demeter kommen. Es ist eine schwache Hoffnung, aber es gibt keine andere.

Ich höre draußen die Griechen wie Wölfe johlen und lachen, bereits von Mord und Rache berauscht. Und ich habe das getan. Um meine Freunde zu retten, habe ich den Untergang Trojas verschuldet. Männer, Frauen und Kinder werden in der ganzen Stadt abgeschlachtet wie von meiner eigenen Hand.
Ich wußte nicht, was ich sonst machen sollte. Doch o weh, die Schreie sind schrecklich! Auch Florimel weint, ich kann es hören, aber ich kann ihr mein Gesicht nicht zuwenden, auch wenn mich die Blindheit schützt. So oder so kann ich förmlich ihre Gedanken fühlen, ihr Entsetzen darüber, was ich angerichtet habe.
Die Griechen sind in den Mauern. Troja brennt, geht unter.
Ach, Gott steh mir bei, und ich bin das Trojanische Pferd.
Code Delphi. Hier aufhören.«

Kapitel

Ein Stück des Spiegels

NETFEED/NACHRICHTEN:
Obolos in immer größerer Bedrängnis
(Bild: Obolos-Zentrale in New York)
Off-Stimme: Für Obolos Entertainment ist es ein hartes Jahr. Erst sanken die Einschaltquoten bei einigen ihrer beliebtesten Spielshows, dann strengte das Unternehmen selber eine spektakuläre Klage gegen einen schottischen Konkurrenten wegen Diebstahl geistigen Eigentums an, aber das scheint noch nicht das Schlimmste gewesen zu sein. Vor einem französischen Gericht sind Anschuldigungen erhoben worden, wonach zwei Obolos-Manager sich am Rande einer Tagung in Marseille im letzten Jahr an einer blutigen Treibjagd auf Straßenkinder, "Snipes" genannt, beteiligt hätten.
(Bild: Unternehmenssprecher Sigurd Fallinger)
Fallinger: "Das sind furchtbare Beschuldigungen, aber es muß betont werden, daß die fraglichen Männer als unschuldig zu betrachten sind, solange ihnen nicht das Gegenteil bewiesen ist. Selbstverständlich sind wir hier bei Obolos sehr betroffen, denn das Glück und das Wohlergehen der Kinder — aller Kinder — ist schließlich unser Geschäft ..."
Off-Stimme: Der Megakonzern Obolos hat in der Vergangenheit manchem Sturm trotzen müssen, um seine Spitzenposition auf dem Kinderunterhaltungssektor zu halten, aber viele Beobachter fragen sich im stillen, ob ein Sturm dieser Stärke das Schiff nicht doch zum Kentern bringen könnte ...

> Paul und Renie fanden Fredericks weinend über Orlandos Körper gebeugt.

Der Achillessim war über den Beinen des toten Hektor zusammengebrochen, dessen zerspaltenen Schädel Paul nicht anschauen konnte. Statt dessen drehte er Orlandos Kopf zur Seite und hielt eine seiner blanken Armschienen vor den Mund des gestürzten Helden. »Er atmet noch«, meinte Paul zu Renie. »Was sollen wir tun?«
»Tun? Wir müssen in die Stadt, die andern finden. Ich denke, wir tragen ihn.« Nur wenige hundert Meter entfernt waren die Griechen bereits durch das sperrangelweit offenstehende Skäische Tor in die Stadt eingefallen. Über dem Brüllen der Sieger hörte Paul Schreckens- und Schmerzensschreie, und von den Häusern gleich hinter der Mauer stiegen schon die ersten Flammen auf.

Erst als Renie sich hinkniete, um Orlandos Füße zu fassen, schien Fredericks zu merken, daß sie Gesellschaft bekommen hatte. Sie schlug Renie auf die Hände. »Wer bist du? Laß ihn in Ruhe!«

»Ich bin's, Fredericks - Renie Sulaweyo.«

»Aber ... du bist ja jetzt ein Mann ...« Fredericks' Augen wurden weit, dann warf sie sich Renie verzweifelt in die Arme. »Ach, Renie, es ist meine Schuld! Er ist hinter mir hergeritten, dabei wollte ich, daß sie ihn in Frieden lassen, weil ... weil ...« Als Fredericks wieder zu weinen anfing, griff sich Renie einen Zipfel des Patroklosgewandes und wischte ihr das Blut aus dem tränenverquollenen Gesicht.

»Du hast eine Kopfwunde, aber sie ist nicht tief«, sagte Renie sanft. »Die bluten nur stark.«

»Orlando lebt noch, aber wir müssen ihn in die Stadt schaffen.« Paul sprach mit schneidender Stimme, um Fredericks aufzurütteln. »Du mußt uns helfen, sonst ist er zu schwer zu tragen. Reiß dich zusammen. Er braucht dich.«

Fredericks hörte auf zu weinen, dann kroch sie schniefend an Orlandos Seite zurück und strich über das schöne Gesicht. »Er stirbt.«

»Das wissen wir«, sagte Renie.

»Aber er hätte noch länger gelebt, wenn ich nicht so dumm gewesen wäre! Ich war ... ich dachte, meine Zeit wäre gekommen. Was ... was zu tun.«

»Du hast getan, was du konntest«, erklärte Paul. »Du bist ein tapferer Mann.«

Fredericks' schrilles Auflachen ließ Paul und Renie zusammenzucken. »Das ist klasse! Das ist ... das ist alles so scännig! Ich bin ja nicht mal ein Junge, in Wirklichkeit. Ich bin ein Mädchen.«

Renie wirkte verdutzt, aber für Paul war es unerheblich. »Das ändert nichts an dem, was wir tun müssen«, sagte er. »Komm jetzt, ziehen wir ihm diesen verdammten Panzer aus, und dann hilfst du uns, ihn hochzuhieven.«

Abwechselnd still vor sich hin lachend und weinend schnallte Fredericks die vergoldeten Beinschienen ab, während Paul und Renie den Oberkörper von der Brust- und der Rückenplatte befreiten. Als sie ansetzten, ihn hochzuheben, stockte Fredericks. »Er wird sein Schwert wollen«, sagte sie leise. Sie löste Orlandos Finger vom Griff und schob sich dann die Klinge in den eigenen Gürtel. Paul und Renie packten Orlando unter den Armen, Fredericks nahm die Füße. Der bewußtlose Junge stöhnte einmal auf, als sie auf das Tor zuwankten. Paul fühlte es mehr, als daß er es hörte, da die Todesschreie aus Troja jetzt sehr laut wurden.

Es war schlimm, noch schlimmer, als Paul es sich vorgestellt hatte. Kinder und alte Leute wurden von lachenden Griechen ins Freie gejagt und wie Tiere abgestochen oder gleich in ihren Häusern verbrannt. Es war ihm unbegreiflich, wie die würdevollen, so auf ihre Ehre bedachten Krieger Agamemnons sich im Handumdrehen in solche Bestien verwandeln konnten.

»Schau nicht hin«, sagte er zu Fredericks, deren Miene immer blasser und schockierter wurde und befürchten ließ, sie könnte jeden Moment kopflos die Flucht ergreifen. »Und wenn uns jemand anhält - Griechen jedenfalls -, laßt mich reden. Jeder weiß, wer ich bin.«

Eine Gruppe der Eroberer hatte einen Kreis um einen alten Mann gebildet und warf unter höhnischen Bemerkungen den Leichnam eines kleinen Kindes über seinem Kopf hin und her, während er von einem zum anderen taumelte und sie anflehte aufzuhören. Die grauenhafte Szene versperrte die Straße. Paul und Renie drückten sich an eine im Schatten liegende Wand, um Atem zu schöpfen und abzuwarten, bis die Griechen genug hatten und den Weg freimachten.

»Wo sollen wir hin?« fragte er Renie. Er versuchte sich immer wieder zu sagen, daß nichts von alledem real war, aber das half nicht viel. »Hast du eine Idee?«

Sie sah aus, als wollte sie selbst gleich zusammenbrechen. »Bei unserer Ankunft in dieser Simwelt sind wir in einem der Burggärten gelandet. Ich denke, wir sollten uns zur Burg begeben.«

Paul knurrte. »Ja, so wie alle andern Griechen auch.«

»Ich hab ihn umgebracht«, klagte Fredericks wieder.

Paul prüfte Orlandos Atem. »Du hast ihn nicht umgebracht - er ist noch am Leben. Du hast einfach getan, was in deinen Kräften stand.« Er atmete tief aus. »Herrje, ich weiß nicht mehr weiter.«

Auf einmal sprang aus einer Gasse hinter ihnen eine Gestalt und packte Renie am Arm. Sie kreischte auf; Paul stockte das Herz, bevor es wie rasend zu schlagen begann. Er griff hastig nach seinem Schwert.

»!Xabbu!« Renie schlang die Arme um die rußbeschmierte Erscheinung. »Oh ... wie schön, dich zu sehen!«

»Wie der Striemenmäuserich das Käfermädchen, so werde auch ich dich immer finden, Renie.« Der Mann lächelte, aber sein Gesicht zeugte von großer Anspannung. »Wie der Honiganzeiger seinen Freund den Honigdachs, so werde auch ich dich zu mir rufen.« Er warf einen raschen Blick auf Orlando, dann richtete er seine Aufmerksamkeit auf Fredericks. »Und du bist Fredericks? Wieder da nach so langer Zeit? Ich vermute das deswegen, weil du von euch beiden der etwas Kleinere bist, wie vorher auch.«

Fredericks blickte ihn mit rotgeränderten Augen an; ein Streifen angetrockneten Blutes, den Renie nicht ganz abbekommen hatte, umgab ihre Züge wie der Rand einer Maske. »Ja, ich bin's, !Xabbu. Aber du warst doch vorher ein Affe.«

Er trat einen Schritt vor und umarmte sie. »Es ist so eine Freude, dich zu sehen, mein Junge. Wie steht es um Orlando?«

»Er stirbt, !Xabbu. Er ist hinter mir hergekommen - dabei wollte ich ihn doch retten! Er hat diesen Hektor getötet!« Sie hielt krampfhaft die Tränen zurück. »Und ich bin gar kein Junge ... ich bin ein Mädchen!« Dieses Geständnis war offenbar zuviel. Sie hielt sich den Arm vor die Augen, und ihre Brust zuckte.

»Du kannst sein, was du willst, Fredericks«, sagte !Xabbu sanft. »Ein Junge oder ein Mädchen. Es ist nur gut, dich wiederzusehen.« Er drehte sich zu Renie um und legte ihr eine Hand auf den Arm. Paul staunte, wie sicher er von einer emotionalen Situation zur nächsten wechselte. Er wußte so gut wie nichts über Buschleute, aber es war faszinierend, wie die unerschütterliche Ruhe des Mannes sich durch den Trojanersim zur Geltung brachte.

Er hätte keinen sehr guten antiken Helden abgegeben, ging es Paul durch den Kopf. *Nicht genug Sinn für Dramatik. Nicht genug Egozentrik vielleicht.*

»Martine und die anderen warten auf uns«, berichtete !Xabbu, »jedenfalls vorhin noch, als ich loszog, aber in dieser Stadt ist man jetzt seines Lebens nirgends mehr sicher. Martine glaubt, sie weiß einen Weg, wie man hinauskommt.«

Renie nickte matt. »Dann wollen wir uns beeilen.«

!Xabbu führte sie von der Hauptstraße hinunter und schräg den Hügel hinauf. Sie kamen nicht schnell voran, weil Orlandos schlaffer Körper mühselig zu tragen war, aber die meisten griechischen Eroberer hielten sich an die großen Straßen und fanden vor allem auf dem gewundenen Weg zur Burg hinauf viele lockende Ablenkungen. Obwohl der Wind das Feuer bereits über einen Großteil der Stadt ausgebreitet hatte und einige Straßen von brennenden Trümmern versperrt waren, begegneten Paul und seine Gefährten nur kleinen Grüppchen griechischer Plünderer; diese warfen dem König von Ithaka einen kurzen Blick zu, winkten fröhlich und gingen weiter ihrem blutigen Geschäft nach.

Auf dem ruckelnden Marsch den Hügel hinauf wurde Orlando wach. Murmelnd und ächzend wehrte er sich mit traumbenommenen Bewegungen gegen den Griff seiner Freunde.

»Wir können ihn so nicht weitertragen«, erklärte Paul, nachdem sie sich noch ein kurzes Stück mit ihm abgeplagt hatten. Er und Renie ließen Orlando zu Boden gleiten. »Der Hügel ist zu steil.«

!Xabbu kam und kniete sich neben den Liegenden. Er legte ihm eine Hand auf die Brust, die andere auf die Stirn. »Wie lautet sein voller Name?« fragte er Fredericks. »Ich habe es vergessen.«

»Orlando G-Gardiner.«

»Kannst du mich hören, Orlando Gardiner?« !Xabbu beugte sich so weit vor, daß seine Lippen beinahe das Ohr des sich unruhig herumwälzenden Jungen streiften. »Orlando Gardiner, deine Freunde brauchen dich. Wir können dich nicht mehr tragen, und wir fliehen um unser Leben. Komm zu uns zurück, Orlando. Wir brauchen dich. Komm zu uns zurück.«

Ein Schauder lief Paul über den Rücken. Das glich so sehr dem, was die Vogelfrau zu ihm gesagt hatte, den altehrwürdigen Worten eines Zauberspruchs. »Meinst du, er kann ...?«

!Xabbu bat mit erhobener Hand um Schweigen. »Komm zu uns zurück, Orlando Gardiner«, sagte er langsam und deutlich. »Deine Freunde sind hier.«

Orlandos Augenlider flatterten. Er stöhnte. !Xabbu stand auf.
»Wir werden ihn stützen müssen, aber ich denke, er wird gehen können. Es sind, glaube ich, nicht die Beine, die ihm Beschwerden machen – sein Geist ist erschöpft.«
»Zwing ihn doch nicht, zu Fuß zu gehen«, bat Fredericks kläglich. »Er ist krank!«
!Xabbu widersprach sanft. »Ich glaube, er würde lieber selber gehen, ganz gleich, wie krank sein Körper ist.«
»Stütz dich auf uns, Orlando.« Renie griff ihm wieder unter den Arm, diesmal aber so, daß er nach vorn blickte. Paul nahm die andere Seite. Nach einer Weile streckte Orlando die Beine durch und machte mit ihrer Hilfe ein paar stolpernde Schritte. Dicht unterhalb stürzte eine in Flammen stehende Gestalt schreiend eine schmale Straße hinunter, von lachenden Griechen mit Fackeln gehetzt. »Gut so«, sagte Renie gepreßt. »Geh weiter und guck gar nicht hin.«

Da sie auf Orlando Rücksicht nehmen mußten, kamen sie bergauf nur langsam voran. Schließlich hatten sie fast die Burg des Priamos erreicht, aus deren Dächern Rauch und Flammen quollen. !Xabbu bog ab und lotste sie durch einen gepflegten Hain mit einer niedrigen Steinmauer daran vorbei. Im Innern des Pinienwäldchens, wo sie kurzfristig vom Anblick der Katastrophe verschont waren und wo Nadeln und Zweige den Lärm von Trojas qualvollem Untergang dämpften, war es fast, als wären sie dem Grauen entronnen. Dann stießen sie auf den Hüter des Gartens, der von blutigen Wunden zerfleischt blind zu den fernen Sternen emporstarrte.

!Xabbu führte sie durch ein Gewirr von schmalen Gäßchen hinter der Burg. Alle Häuser hier waren verlassen, oder die Bewohner hatten in der müßigen Hoffnung, der Aufmerksamkeit der siegreichen Griechen zu entgehen, die Lichter gelöscht. Als sie an diesen engstehenden Fassaden vorbei auf eine Zypressenallee mit großen, niedrigen Gebäuden kamen, erblickte Paul ein Häuflein im Schatten wartender Menschen.

»Da vorn sind Leute«, flüsterte er.
»Es sind die anderen«, beruhigte !Xabbu ihn. »Martine!« rief er mit gedämpfter Stimme. »Wir sind da.«

Die vier Gestalten traten auf die kopfsteingepflasterte Straße. Die größte, in der Paul sogleich T4b erkannte, hielt eine unangezündete Fackel in der Hand. Die anderen drei waren Frauen, von denen zwei mit der dritten rangelten, die so etwas wie einen Anfall zu haben schien.

Eine dieser beiden hatte das Aussehen einer jungen, gutgekleideten Trojanerin, die andere das einer alten Frau mit einem Verband, der ihren Kopf und ihr Gesicht zu einem großen Teil verdeckte.

Die jüngere der beiden drehte sich bei ihrem Nahen um, aber behielt die dritte Frau fest im Griff, die weiter weinte und sich wehrte. »Renie?« sagte sie. »Und dies sind wirklich Orlando und Fredericks?«

»Orlando ist krank, Martine«, erwiderte Renie. »Er ist kaum bei Bewußtsein.«

»Und Emily dreht durch«, sagte die ältere Frau hart. »Sie will keinen Schritt weiter gehen.« Sie richtete ihr eines gutes Auge auf Paul. »Das also ist Jonas?«

»Wir haben keine Zeit, uns lange miteinander bekannt zu machen«, sagte Renie. »In der Stadt ist die Hölle los, sie morden und plündern und vergewaltigen. Ja, das ist Paul Jonas.« Sie deutete auf die beiden Frauen. »Das ist Martine, und die mit dem Verband ist Florimel.« Sie runzelte die Stirn. »Das Mädchen, das da weint und verrückt spielt, heißt Emily.«

»Es tut weh! Bringt mich hier weg!« jammerte das Mädchen und riß sich plötzlich aus Florimels Griff los. Sie tat einen ruckartigen Schritt auf die neu Hinzugekommenen zu, und erst jetzt sah Paul ihr Gesicht.

»Großer Gott, wißt ihr denn nicht, wer das ist?« Halb davon überzeugt, daß er schon wieder in einen Traum geraten war, trat Paul vor. Er faßte das Mädchen an den schmalen Schultern und konnte es nicht fassen, daß er abermals in dieses unheimlich bekannte Gesicht blickte. Ihr entsetzter Blick gab seinem Gedächtnis einen Stoß, und er spürte, wie plötzlich ein Name an die Oberfläche stieg, der lange verdüstert gewesen war, aber jetzt aufblitzte wie ein bunter Vogelflügel in einem Sonnenstrahl. »Ava?«

Das Mädchen, das sie Emily genannt hatten, erstarrte und blickte ihn mit verweinten Augen an. »Ich heiße ...«, sagte sie langsam, dann rutschten ihre Augen nach hinten, bis nur noch das Weiße zu sehen war, und sie brach auf der Straße zusammen, bevor einer ihrer bestürzten Gefährten sie auffangen konnte.

»Ava ...«, sagte Paul ungläubig, und als er es jetzt wiederholte, ging eine Tür in ihm auf ...

»Du bist ideal«, hatte Niles ihm lachend erklärt. »Keine Fehden, keine Affären, keine festen politischen Positionen. Und wie das Glück es will, bist du anscheinend auch noch auf die richtige Privatschule gegangen.«

Es war natürlich Niles gewesen, der ihm die Stelle vermittelt hatte - Niles, dessen Familie ihre Sommerhäuser an Netzstars und ausländischen Hochadel auslieh und der den Erzbischof von Canterbury von klein auf »Cousin Freddy« genannt hatte. Wenn Niles oder seine Familie jemanden nicht kannten, dann kannte ihn höchstwahrscheinlich auch sonst niemand. »Die Bedingungen sind ein wenig kurios, Hombre, aber du hast gesagt, du hättest gern etwas Zeit, um über das eine oder andere nachzudenken, die Routine ginge dir langsam auf den Keks und so weiter ...«

Das kam dabei heraus, wenn man in Gegenwart von Niles unbedacht davon schwadronierte, daß man sein Leben ändern wollte - bevor man sich versah, hatte man einen Botschaftsjob in Brasilien oder war Eigentümer eines Nachtclubs in Soho oder etwas noch Merkwürdigeres. Die Schwester eines von Niles' anderen Freunden hatte gerade beschlossen, daß sie zwar liebend gern in den USA arbeiten würde, aber doch nicht unter ganz so isolierten Bedingungen, und darum hatte Niles ersatzweise ein gutes Wort für seinen Freund Paul eingelegt. So kam es, daß Paul nach einer sechsmonatigen Sicherheitsüberprüfung und einem achtstündigen Flug über die Rollbahn des internationalen Flughafens von New Orleans zu einem wartenden Hubschrauber befördert wurde, der schnittig und glänzend dastand wie eine schwarze Libelle.

Als Paul seinen Gurt angelegt hatte, schoß der Hubschrauber sofort in die Höhe. Er war der einzige Passagier.

»Für die ältere Dame, die sie eigentlich wollten, bist du zwar einen Tick zu jung und einen Tick zu männlich«, hatte Niles erklärt, »aber ich hab dich von Onkel Sebastian empfehlen lassen.« Der fragliche Onkel war ein früherer Finanzminister, vermutlich die Sorte Mensch, auf deren Empfehlung selbst internationale Wirtschaftsmagnaten etwas gaben. »Also mach ja kein Dummheiten, hörst du?« hatte Niles noch hinzugefügt.

Als der Hubschrauber losflog, fragte sich Paul, mit was für Dummheiten selbst einer wie er so eine Sache noch vermasseln konnte. Er würde auf dem Anwesen wohnen, daher war es unwahrscheinlich, daß er verschlief und zu spät zur Arbeit kam. Und er hatte Kinder gern, daher war es genauso unwahrscheinlich, daß er vergaß, wer sein Arbeitgeber war, nämlich einer der mächtigsten Männer der Welt, und einem seiner Schüler eine brutale Tracht Prügel verabreichte.

Der schwarze Hubschrauber flog jetzt über den Lake Borgne. Ein loser Schwarm Möwen zerstob vor ihnen in alle Himmelsrichtungen. Vögel. Paul war vorher noch nie in Louisiana gewesen, hatte nicht gewußt, wie sehr das Land hier einem tropischen Urwald glich. Es gab so viele Vögel, in so vielen Formen und Farben ...

Trotz der spionagefilmreifen Vorsichtsmaßnahmen und des übertriebenen Aufwands wie für einen Netzstar - alles Anzeichen dafür, daß diese ganze Geschichte etliche Nummern zu groß für ihn war - hatte Paul es dennoch beinahe geschafft, sich in eine zuversichtliche Stimmung zu bringen. Da sah er den Turm aus dem Lake Borgne aufragen wie einen riesigen schwarzen Drachen.

Mein Gott, dachte er, der ist ja riesig. Er hatte Aufnahmen davon im Netz gesehen, aber die waren weit hinter der Wirklichkeit zurückgeblieben. Es ist wie etwas aus einem Märchen - das Schloß eines Menschenfressers. Oder einer der Wachtürme der Hölle ...

Der Hubschrauber landete nicht auf der Spitze des gewaltigen Hochhauses, sondern flog ein paar Kilometer weiter zur anderen Seite der Insel und ging dort langsam auf einem großen Kuppelbau nieder, dessen Dach über dem Landeplatz aufging wie die Blende einer Kamera. Paul, dem mehr denn je zumute war, als wäre er in einen Traum geraten, wurde von mehreren auffallend gut bewaffneten und gut gedrillten Männern in militärischen Uniformen in Empfang genommen. Nach einer knappen förmlichen Begrüßung begleitete ihn einer davon auf einer viertelstündigen Busfahrt zu dem schwarzen Wolkenkratzer. Sie passierten Straße um Straße mit niedrigen Gebäuden und gepflegten Parks, eine ganze kleine Stadt, die wie eine Pilzkolonie im Schatten des Turms gewachsen zu sein schien.

Der bewaffnete Mann lieferte ihn vor den vergoldeten Türen des Turms ab und beobachtete mit professioneller Geduld, wie Paul unter dem mächtigen stilisierten »J« über dem Eingang hindurch in das Foyer trat, einen ungeheuer weitläufigen Raum mit gedämpfter Beleuchtung, angestrahlten Skulpturen, rieselndem Wasser und gut gepolsterten Sitzgruppen. Es kam Paul so vor, als hätte die gesamte britische Armee in diesem Foyer auf einen Termin warten können.

Abermals fast zwei Stunden vergingen mit einer minuziösen Sicherheitskontrolle - wobei Fingerabdrücke und Netzhautmuster noch das wenigste waren, was sie haben wollten -, ehe er schließlich in einen von mehreren Aufzügen gebeten und lautlos in den einundfünfzigsten Stock hinaufgepustet wurde. Dort erwartete ihn ein Mann namens Finney.

Das Büro, das fast den halben Umfang des Turmes einnahm, hatte den herrlichsten Ausblick, den Paul je gesehen hatte - ein Panoramafenster auf ganzer Breite -, aber Finney schien nicht der Typ zu sein, der das genossen hätte. Er war vielleicht knapp vierzig, aber geschlechtslos wie ein Eunuche, ein dünner Mann mit langen Chirurgenhänden, kleinen Augen, die von dicken, altmodischen Brillengläsern grotesk vergrößert wurden, und dem Lächeln eines gelangweilten Sadisten.

»Also dann.« Finney beobachtete, wie Paul es sich in dem zu großen Sessel auf der anderen Seite des Schreibtischs bequem zu machen versuchte. »Nach reiflicher Überlegung haben wir beschlossen, daß die guten, ja wirklich hervorragenden Referenzen, die du vorzuweisen hast, deine nicht eben reiche Erfahrung als Hauslehrer wettmachen. Ich denke, du hast Verständnis für unsere Sicherheitsmaßnahmen - wobei ich natürlich hoffe, daß du dennoch keinen Grund zur Beanstandung hattest, oder?« Sein Lächeln wurde an- und wieder ausgeknipst, ein reines Mittel zum Zweck. »Herr Jongleur ist einer der mächtigsten Männer der Welt, und du wirst mit einer sehr verantwortungsvollen Position betraut. Er legt großen Wert auf eine traditionelle Erziehung - eine ›gute alte britische Privatschulbildung‹, wie er es ausdrückt.«

Vermutlich ohne die Prügel, das Arschficken und den kalten Fraß, dachte Paul, aber sprach es nicht aus - sich gegenüber diesem bleichen, gefühllosen Mann einen Witz zu erlauben, konnte er sich sowenig vorstellen, wie vor seiner Großmutter zu fluchen. Er verlegte sich lieber auf harmlose Höflichkeit. »Ich bin sicher, Herr Jongleur wird mit meiner Arbeit zufrieden sein. Und ich meinerseits freue mich auf die Kinder.«

Eine dünne Augenbraue kroch ein Stück Finneys Stirn hinauf. »Kinder? Nein, ich fürchte, da schießt du etwas übers Ziel hinaus. Fürs erste gibt es nur ein Kind.« Er beugte sich vor und fixierte Paul durch die flaschenglasdicken Gläser mit einem unangenehm indiskreten Blick, als hätte er ihn unter einem Mikroskop. Paul konnte diesem Blick nicht lange standhalten und schlug schuldbewußt die Augen nieder. »Ich bin sicher, es gibt hier Dinge, die du überraschend finden wirst, Herr Jonas. Wir sind ein Familienunternehmen, und wir haben unsere eigenen Spielregeln. Die letzte Hauslehrerin ... nun ja, es war sehr schwierig und unerfreulich mit ihr. Ich glaube sagen zu dürfen, daß sie nie wieder in diesem Beruf tätig sein wird.« Er richtete sich auf. »Aber die Sache beruhte zum großen Teil auf Mißverständnissen, und deshalb möchte ich eines vollkommen klarstellen. Herr Jongleur wird mit allen gebotenen Mitteln dafür sorgen, daß niemand von seinen Angehörigen oder Vertrauten zu Schaden kommt, Herr Jonas. Dazu gehört auch unerwünschtes öffentliches Aufsehen. Wenn du ein loyaler Angestellter bist, wirst du das nach einer Weile zu schätzen wissen, genau wie ich es tue. Aber ich möchte dir nicht raten, jemals auf der falschen Seite zu stehen. Ganz und gar nicht.«

»Ich ... verstehe nicht recht.«

»Reiche Männer sind von Entführung und Erpressung besonders gefährdet, Herr Jonas, und je reicher sie sind, desto größer der Reiz, den sie auf kriminelle Gehirne ausüben. Selbstverständlich haben wir gründlich Vorsorge gegen solche Dinge getroffen - wie du zweifellos bemerkt haben wirst, scheut Herr Jongleur weder Mühe noch Kosten, wenn es um die Sicherheit seiner Privatsphäre und seines Unternehmens geht ... und um die deines Zöglings. Aber genau wie er sich wirtschaftlich gegen jederlei Aggression entschlossen zur Wehr setzt, so betrachtet er auch unerwünschtes Medieninteresse als eine Art Angriff. Dein Arbeitsvertrag enthält sehr deutliche

Bestimmungen betreffend die Geheimhaltung aller Dinge, die mit der Familie Jongleur zu tun haben, und zwar sowohl während als auch nach deiner Anstellung. Ich hoffe, du hast ihn aufmerksam gelesen. Die Strafen bei Verstößen sind ... streng.« Er wußte, was erwartet wurde, und sagte es. »Ich nehme meine Verpflichtungen sehr ernst, Herr Finney.«

»Gut, gut. Natürlich.« Obwohl Finney weder eine Hand bewegt noch sonst ein erkennbares Zeichen gegeben hatte, ging weiter hinten eine Tür auf, und eine kolossale Gestalt kam herein. »Herr Mudd wird dich hinaufbringen und dich bekannt machen.«

»Mit ... mit Herrn Jongleur?« Paul konnte den Blick nicht von Finney abwenden, aber aus den Augenwinkeln kam ihm die eintretende Person groß und breit wie ein Bus vor.

Finneys Lachen hatte einen beklemmenden Ton. »O nein! Nein, Herr Jongleur ist ein außerordentlich vielbeschäftigter Mann. Ich glaube kaum, daß du ihn je zu Gesicht bekommen wirst. Nein, mein Kollege wird dich zu deinem Zögling bringen.« Er schüttelte stillvergnügt den Kopf.

Im Fahrstuhl war für Paul kaum Platz neben Mudd, einem unglaublich dicken, rosigen Mann, dessen kahlrasierter Schädel übergangslos auf seinen massigen Schultern saß.

»Jonas ...« Mudd grinste und entblößte dabei zwei Reihen makelloser, großer weißer Zähne. Seine Stimme war überraschend hoch. »Ist das griechisch?«

»Nein, ich glaube kaum. Könnte irgendwann mal französisch gewesen sein.«

»Französisch.« Mudd grinste wieder. Er schien das alles sehr lustig zu finden.

Der Aufzug hielt so sanft, daß Paul erst, als die Tür aufglitt, merkte, daß sie angekommen waren. Vor dem Aufzug befand sich ein nischenartiger kleiner Raum mit einer Tür am anderen Ende, die zur Stahlkammer einer Bank gepaßt hätte. Mudd legte seine dicken Finger auf das Lesefeld und blies dann in ein Sprechgitter. Die Tür öffnete sich mit einem Zischen.

»Was ... was ist das?« fragte Paul verdutzt. Sie schienen eine Art Zimmergarten zu betreten, nur daß er so groß wie ein Fußballfeld war, wenn Paul danach gehen konnte, was er von der hohen Decke und den fernen Wänden sah. Ein von der Tür ausgehender Pfad schlängelte sich zwischen hohen Bäumen hindurch, die in richtiger Erde wurzelten.

»Der Park.« Mudd nahm ihn am Arm und machte dabei den Eindruck, daß er Pauls Ellbogen mit einem leichten Zudrücken zertrümmern könnte. »Da ist sie immer drin.«

Halb von einem Baum verdeckt kniete sie neben dem Pfad – er sah den Saum ihres Rocks, bevor er den Rest von ihr sah, einen Streifen hellblaue Baumwolle mit einem darunter hervorlugenden weißen Spitzenunterrock.»Er ist da, Prinzessin.« Mudd sprach mit der jovialen Vertrautheit eines Seemanns, der seine Lieblingshure begrüßt.»Dein neuer Hauslehrer.«

Als sie aufstand und hinter dem Stamm hervorkam wie eine die Rinde abstreifende Dryade, flatterte ein bunter Vogel von der Stelle auf, wo sie gehockt hatte, und schwang sich mit leuchtenden Flügeln in die höheren Äste empor. Die Augen des Mädchens waren riesig, ihre Haut sahnig wie Seide. Sie musterte Paul von Kopf bis Fuß, schenkte ihm ein seltsames, ernstes Lächeln und schaute sich dann nach dem verschwundenen Vogel um.

In einer Persiflage guten Benehmens streckte Mudd seine Hand aus.»Herr Paul Jonas, dies ist Fräulein Avialle Jongleur.«

»Ava«, sagte sie träumerisch, wobei sie weiter in die andere Richtung blickte.»Sag ihm, er soll mich Ava nennen.«

»... Und ... und das ist alles«, sagte Paul, nachdem eine Weile verstrichen war.»Ich spüre, daß das übrige ... zum Greifen nah ist. Aber ich krieg's nicht zu fassen.« Er schüttelte den Kopf. Es war alles so rasch gekommen, so umfassend, wie wenn von einer alten Wand der Putz abfällt und darunter ein kunstvolles Fresko zum Vorschein kommt, aber die wiedergekehrten Erinnerungen waren auch genauso abrupt abgebrochen. Er blickte auf Emily, die vor ihm auf der düsteren Straße lag, den Kopf auf das Knie der neben ihr kauernden Florimel gebettet, und wünschte, er hätte die Zeit, den anderen mehr als nur eine kurze Zusammenfassung dessen zu geben, was ihm wieder eingefallen war. Dies war eindeutig der Kern des Ganzen; selbst die kleinsten Details konnten wichtig sein.

»Du warst Angestellter von ...?« Renie hielt sich die Hände an die Stirn, als ob sie ihr weh täte.»Und die Frau, die uns immer wieder erscheint, ist Jongleurs Tochter? Aber was macht sie hier? Und womit hast *du* diese Leute so gegen dich aufgebracht?«

»Darüber können wir später nachdenken«, sagte Martine leise.»Erst einmal müssen wir uns irgendwie in Sicherheit bringen - vielleicht diese Simulation ganz verlassen.«

»Aber es war das Mädchen, das uns hierherbestellt hat - oder eine andere Version von ihr.« Renie kniff fest die Augen zusammen, wie um richtig wach zu werden.»Was zum Teufel läuft hier bloß? Und wie kann es sein, daß sie Emily ist? Ich meine ... Emily?«

Von der Straße unter ihnen scholl lautes Geschrei herauf. Ein Knäuel bewaffneter Männer mit Fackeln kam aus der Dunkelheit gestürmt, zwei Gruppen, die auf Leben und Tod miteinander kämpften.

»Und da geht es schon planmäßig mit der Aeneis weiter«, sagte Martine. Paul blickte sie an, aber falls das als Witz gemeint war, ließ sie sich das nicht anmerken. »Wir können hier nicht reden. Vielleicht können wir überhaupt erst wieder reden, wenn wir irgendwo eine Zuflucht gefunden haben.«

»Endlich haben wir Antwort auf unsere Fragen, wenigstens auf einige«, widersprach Renie stur. »Wenn wir jetzt einen Fehler machen, weil wir nicht gründlich nachgedacht haben, kriegen wir vielleicht keine zweite Chance.«

»Ich höre mit Staunen, daß du einmal lieber erst nachdenken als gleich handeln möchtest, Renie«, schaltete sich die verbundene Frau namens Florimel ein. »Aber Martine hat recht - wenn wir hier stehenbleiben, haben wir wahrscheinlich bald zu beidem keine Gelegenheit mehr.«

Renie zuckte hilflos mit den Achseln. »Was meinst du denn, wo wir hinfliehen sollen, Martine?«

»Nehmt Emily auf den Arm. Es ist vielleicht gar nicht so schlecht, daß sie ohnmächtig geworden ist - sie hatte einen unüberwindlichen Widerwillen gegen den Ort, wo wir hinwollen.«!Xabbu und T4b faßten Emilys schlanke Gestalt unter den Achseln und an den Beinen, und Martine wandte sich unterdessen an Renie und Paul. »Soweit ich sehen kann, ändert das, was Paul Jonas uns erzählt hat, nichts an dem, was ich herausgefunden habe. Emily ist fast ... allergisch, könnte man sagen, gegen einen Tempel der Demeter - die Reaktion ist ganz ähnlich wie bei der Madonna der Fenster in der Haussimulation, die der Beschreibung nach ebenfalls eine im System umgehende Version von ihr war. Es muß etwas in dem Tempel geben, das bei ihr dieses Verhalten auslöst, ein Gateway vielleicht oder irgendeinen anderen Teil der Otherland-Infrastruktur - Kunohara hat euch ja erzählt, daß dies hier die erste Simulation überhaupt war. Auf jeden Fall glaube ich, daß sich in dem Tempel ein Labyrinth befindet, und auch das stimmt mit dem überein, was Kunohara gesagt hat.«

Renie seufzte. »Ich steig da nicht durch, Martine.« Der Lärm von unten wurde lauter, da einige der Kämpfenden die Flucht ergriffen und den Hügel hinaufeilten. »Wir müssen uns einfach auf deine Instinkte verlassen.«

»Auf jetzt!« drängte Florimel.

Orlando, der während Pauls hastig erzählter Geschichte benommen auf dem Straßenpflaster gesessen hatte, richtete sich jetzt mit einem Ruck auf und machte sich von Fredericks los. »Wo sind wir?« fragte er. Sein Kopf wackelte, als er die dunkle Straße hinauf und hinunter blickte. »Wo ist Hektor?«
»Du hast ihn getötet, Gardiner. Du hast mir das Leben gerettet.« Fredericks nahm Orlandos Arm und wollte ihn hinter T4b und !Xabbu herführen, die bereits Emily davontrugen, aber er schüttelte ihre Hand ab.
»Nein«, sagte er langsam. »Ich hab niemand gerettet. Ich hab verloren.«
Das edle Gesicht des Patroklos verzog sich schmerzlich, doch als Paul hinschaute, senkte Fredericks beschämt den Kopf und schob ihren Freund hinter den anderen her.
»Er hätte mich töten sollen«, murrte Orlando. »Er hat mich besiegt.«

Der Demetertempel lag tief im Schatten am Hang, als wartete er halb schlafend auf sie, aber Paul hatte kaum Augen dafür. Das schlaffe Gesicht der jungen Frau, in der er niemand anders als Ava sehen konnte, faszinierte und peinigte ihn zugleich. Der jähe Erinnerungsschub hatte zunächst eine volle Wiedergewinnung seines Gedächtnisses verheißen, doch er war dann genauso plötzlich abgebrochen, wie er begonnen hatte, so daß Paul jetzt eine tiefe Enttäuschung empfand, die fast noch quälender war als die Amnesie vorher.
Ich hab für den Mann gearbeitet, der das alles gebaut hat? Ja, das hatte er - er konnte sich daran erinnern, daß er die Stelle bekommen hatte, an die Ankunft, an das grauenhafte Gespann Finney und Mudd ...
Finch und Mullet ... die Zwillinge ...
Da hatte er ein Stück des Puzzles - oder nicht? Wenn sie wirkliche Menschen waren, Jongleurs engste Vertraute, wie konnten sie dann in verschiedenen Gestalten durch das Otherlandnetzwerk streifen und in belanglosen Simwelten herumspielen wie dem Oz, wo Renie und !Xabbu gewesen waren?
Er ließ diese Spekulation sein. Es gab wichtigere Fragen, und die allerwichtigste galt möglicherweise dieser jungen Frau. Er beobachtete, wie die Schatten, die !Xabbus Fackel machte, über ihre blassen Züge glitten. Gab es irgendwo eine reale Ava, war sie vielleicht noch in der wirklichen Welt, wo sie das Netzwerk manipulierte, um ihm zu helfen? Aber

aus welchem Grund sollte sie das tun? Was bedeutete ihr Paul? Und wenn sie ihm beizustehen versuchte, wie erklärten sich dann die anderen Versionen - diese Emily hier, Odysseus' Frau Penelope, die Vogelfrau Vaala -, die alle wie verlorene Seelen durch das Netzwerk irrten?

Paul war den anderen in den Tempel gefolgt, ohne es zu merken. Es war ein niedriges, schmales Gebäude und von einem Ende zum anderen kaum zwanzig Meter lang; im Fackelschein sah man, daß es wenig mehr enthielt als einen kleinen Altar und das Standbild einer Frau mit einer Getreidegarbe im Arm.

»Hier ist nichts ...«, begann Renie, doch ihre nächsten Worte gingen in dem anschwellenden Radau von der Straße unter, grölenden und kreischenden Stimmen, auf dem Pflaster zersplitternden Tonwaren und anderen Dingen. Die griechischen Plünderer hatten endlich den stillen alten Tempelbezirk erreicht.

»Doch, hier ist etwas«, widersprach Martine.

Paul schob die obsessiven Gedanken an Ava beiseite. In wenigen Momenten konnten die Eroberer kommen, um nachzuforschen, ob Demeter irgendwelche Schätze in ihrem Tempel versteckte. »Haltet nach Stufen Ausschau«, riet er, denn die Katakomben in Venedig waren ihm wieder eingefallen.

»Da drüben.« Florimel hatte in der Wand hinter dem Altar, verborgen von einem breiten Behang, eine Treppennische mit einer Tür gefunden. Wie in einem Albtraum gefangen stöhnte Emily auf, als !Xabbu und T4b sie herantrugen, und Paul spürte, wie sich sein Herz, vielleicht unter einer versunkenen Erinnerung oder einer Vorahnung, kurz zusammenkrampfte.

»Wer ist da?« rief Martine plötzlich und drehte sich zur Eingangstür des Tempels um. »Ist da jemand?«

Renie nahm T4b die Fackel ab, aber abgesehen von ihnen war der kleine Tempel menschenleer. »Niemand da, aber draußen kommt ein Haufen unangenehmer Typen die Straße rauf. Gucken wir mal, wo die Treppe hinführt.«

Martine zog an der Tür, doch sie war fest verschlossen. Sie konnten jetzt das Schreien und Lachen betrunkener Männer und das schrille Schluchzen einer Gefangenen in unmittelbarer Nähe hören. Renie trat fluchend gegen das schwere Holz, aber die Tür zitterte kaum.

Wenn doch bloß dieser Mordskerl Ajax hier wäre, dachte Paul verzweifelt. *Der hätte das Ding in einer Sekunde aus den Angeln gerissen.*

»Moment mal«, sagte er und trat hastig vor. »Ich vergesse immer wieder, daß wir in einer Simulation sind. Fredericks, komm her. T4b, du auch.« Paul winkte ungeduldig, und T4b reichte schließlich Emilys Beine an Florimel weiter. »Wir sind Helden, schon vergessen? Praktisch Halbgötter, doppelt so stark wie gewöhnliche Sterbliche. Ihr seid Patroklos und Glaukos, Stars des Trojanischen Krieges. Wenn Orlando nicht so erledigt wäre, würde er dieses Ding wahrscheinlich ganz allein eintreten, aber wir schaffen es auch. Kommt, wir werfen uns zusammen dagegen.« Er stellte sich in Position, Fredericks und T4b quetschten sich neben ihn in die enge Nische am Fuß der Stufen, dann zählte er bis drei. Sie sprangen zugleich. Die Tür zerbarst unter ihrem vereinten Aufprall, als wäre sie aus Streichhölzern, und sie purzelten in das Dunkel auf der anderen Seite.

»Chizz.« T4b rappelte sich wieder auf. »Chizzy Miss Lizzy. Habt ihr das geopt?«

»Ich wünschte, ihr hättet was übriggelassen, was wir hinter uns zumachen könnten«, sagte Renie.

!Xabbu kam mit der Fackel herbei, und ihr Schein fiel auf Wände, die viel älter waren als die des Tempels darüber, so abgescheuert und glitschig, daß sie organisch wirkten, wie Darmkanäle geradezu. Überreste von Ritzzeichnungen ließen menschliche und tierische Gestalten nur noch in vagen Andeutungen erkennen.

»Folgt mir jetzt«, sagte Martine und trat an !Xabbu vorbei. »Wenn dies ein Labyrinth ist, dann bin ich am ehesten geeignet, den Weg zu finden.«

»Was hat sie vor?« fragte Paul Renie. »Will sie nicht die Fackel nehmen ...?«

»Die braucht sie nicht. Sie ist blind, das vergesse ich selber manchmal.«

Paul starrte sie an, dann Martines Rücken, aber so sehr er sich auch bemühte, er wußte mit der Auskunft nichts anzufangen. Es war auch egal. Es gab zu viele Fragen; dies war nur eine mehr.

Die angeblich blinde Frau war bereits um die erste Biegung verschwunden. !Xabbu blieb wartend mit der Fackel stehen, bis die anderen aufgerückt waren, und führte sie dann hinter ihr her. Paul, der nur noch Renie hinter sich hatte und fast völlig im Dunkeln ging, folgte mehr dem Schattenriß Florimels vor sich als dem trüben Fackelschein weiter vorn an den Wänden. Durch Pfützen spritzend, die er nicht sah, machte er eine Biegung nach links mit, dann wieder eine Biegung nach links, so daß er einen Spiralpfad vermutete. Nach einigen weiteren Linksbiegungen wurden die Gänge noch enger, und Paul konnte beim Gehen auf nichts anderes mehr achten als darauf, nicht an die Wände zu stoßen.

Menschenstimmen schwebten heran, Murmelgeräusche, in denen er zuerst Bemerkungen vermutete, die seine vor ihm gehenden Gefährten wechselten, doch dann kamen ihm die Stimmen unbekannt vor, und was er verstand, war wirr und unzusammenhängend. Es war keine Sinnestäuschung, oder jedenfalls nicht nur seine, denn die anderen hörten es auch.

»Martine, ist das so wie die Stimmen in der Stätte der Verlorenen?« fragte Florimel gedämpft. Sie hörte sich ängstlich an, aber versuchte sich zu beherrschen.

Martines zurückhallende Worte klangen fast so dünn wie die Geisterstimmen. »Es fühlt sich nicht so an.«

»Ich glaube, hinter uns sind Leute«, bemerkte Renie bissig. »Nichts Ernstes, bloß Männer mit Schwertern und Lanzen. Geht weiter.«

Paul war sich da nicht so sicher - warum sollten Männer, die eine ganze Stadt zum Plündern hatten, sich in ein Labyrinth in einem kleinen Tempel verirren? -, aber er behielt seine Zweifel für sich.

Sie beschleunigten ihr Tempo, so gut es ging, aber in den dunklen, engen Gängen rempelten sie immer wieder aneinander, und außerdem mußte Emily umständlich getragen werden und humpelte Orlando noch wie nach einem Schlaganfall. Sie kamen an Stellen vorbei, wo der Raum weiter wurde und das Fackellicht auf Statuen und eigenartige, rohe Objekte fiel, Steintische, auf denen leere Schalen standen, aber Martine duldete keine nähere Betrachtung, und keiner widersprach ihr - zu stark war das Gefühl, verfolgt, vielleicht sogar in eine Falle getrieben zu werden. Paul erblickte etwas wie das Schimmern von Flammen hoch oben an den Wänden und dachte zunächst, sie kämen in einen Bereich, wo das Labyrinth erleuchtet war, doch nach einer Weile wurde deutlich, daß das Licht entweder eine Mehrfachspiegelung ihrer eigenen Fackeln in dem komplexen unterirdischen Tunnelgewirr war oder daß sich tatsächlich noch andere in dem Labyrinth befanden, die ebenfalls Fackeln dabeihatten. Was es auch sein mochte, die Geräusche begleiteten sie weiter, manchmal geflüsterte Unterhaltungsfetzen, hin und wieder einfach akustisch verstärkte Schritte.

Kurz darauf sah Paul mit Staunen hoch über ihren Köpfen Sterne auftauchen, ein einzelnes klares mitternachtsblaues Fenster mit feurigen weißen Punkten; als sie um die nächste Ecke bogen, verschwand es. Der flüchtige Anblick ließ Paul erst die bis dahin kaum wahrgenommene Abschüssigkeit ihres Weges begreifen: Die Wände des Labyrinths erstreckten sich mittlerweile vielleicht zwanzig Meter und mehr in die Höhe.

Zwei weitere kurze Ausblicke auf den sternenübersäten Himmel waren vorbeigezogen, als Paul hinter Florimels nahezu unsichtbarer Gestalt in einen größeren Raum kam, dessen weit auseinandertretende gekrümmte Wände von !Xabbus Fackel nur zum Teil beleuchtet wurden. Die Seiten des runden Raumes ragten himmelwärts, aber über ihnen war nur sternenlose Schwärze zu sehen. Sie hätten am Grund eines großen Brunnens stehen können, aber in dem Fall hatte jemand oben den Deckel daraufgelassen.

In der Mitte stand auf dem höckerigen Steinfußboden das einzige, was sich außer ihnen dort befand, ein kleiner pyramidenförmiger Altar aus rohen, feuchten Blöcken, nicht ganz zwei Meter hoch. Auf der steinernen Abschlußplatte lag ein halber Granatapfel, der aussah, als ob er eben erst dort hingetan worden wäre. Als !Xabbu sich mit der Fackel näherte, konnten alle die Kerne erkennen, die wie Rubine die trockenen weißen Fächer füllten.

Ein Augenblick geradezu andächtigen Schweigens wurde von einem Schwall von Echos unterbrochen, die lauter und näher als vorher durch den Gang hinter ihnen tönten.

»Und was sollen wir jetzt *machen*?« fragte Fredericks verzweifelt. »Sie sind hinter uns her, wahrscheinlich Hektors Freunde. Die bringen uns um!«

Die jetzt auf dem nackten Boden liegende Frau, deren Kopf T4b fürsorglich hielt - in Pauls Augen niemand anders als Ava -, regte sich und murmelte gequält vor sich hin. Paul fühlte sich eigentümlich von ihr getrennt, und es kam ihm nicht wie eine gute Trennung vor. Er spürte, daß etwas angestoßen worden war und daß es unabhängig davon, was er tat, seinen Gang nehmen würde, aber die Erfahrung hatte ihn auch gelehrt, daß er nicht in Lähmung verfallen durfte.

»Das Feuerzeug, Martine«, meinte Renie. »Öffne einen Durchgang.«

Die Frau holte es aus einem Beutel an ihrem Gürtel hervor. Obwohl Renie und die anderen des längeren von dem Zugangsgerät gesprochen hatten, sah Paul es zum erstenmal. Er war ein wenig enttäuscht, daß es einem gewöhnlichen Feuerzeug so sehr ähnelte.

»Emily! Komm zurück!« rief T4b plötzlich. Das Mädchen hatte sich unter seinem Arm hervorgewunden und kroch stöhnend über den harten Boden. Sie warf sich Martine zu Füßen und preßte ihr Gesicht gegen die Knöchel der Frau wie eine Katze, die gefüttert werden will. Aber Katzen schluchzen nicht.

»Oh, bitte, bring uns hier weg!« wimmerte sie. Es versetzte Paul einen Stich ins Herz, das vertraute Gesicht so schmerzverzerrt zu sehen, aber er fühlte sich nach wie vor handlungsunfähig. »Mach einen Durchgang auf, ja, mach einen Durchgang auf! Ich muß hier weg!« Sie schlang ihre Arme um die Beine der blinden Frau. »Sie wollen mir mein Kind wegnehmen! Es tut weh!«

Martine wankte und schüttelte verstört und unwillig den Kopf. »Ich kann gar nichts ausrichten, wenn sie mich umstößt. Könnte bitte jemand ...!«

T4b kam eilig herbei und hob das weinende Mädchen auf. Martine hielt das Feuerzeug vor sich und runzelte mit solcher Konzentration die Stirn, daß Paul halb damit rechnete, gleich einen Strahlenkranz um sie herum aufflammen zu sehen, aber nichts derart Dramatisches geschah. Es geschah überhaupt nichts.

»Es ... es funktioniert nicht«, sagte Martine mit bebender Stimme, nachdem eine lange Minute verflossen war. »Nicht einmal die einfachsten Befehle. Das Gerät reagiert nicht.«

Von allen Seiten umraunten sie jetzt die Verfolgerstimmen, begleitet vom hallenden Geräusch trappelnder Schritte. Paul hörte sie, aber nur noch mit einem Ohr, denn eine kalte Gewißheit wuchs in ihm und wurde mit jeder Sekunde stärker.

»Wie kann das grade *jetzt* kaputtgehen?« rief Renie. »Grade wo wir's am dringendsten brauchen? Da muß jemand dahinterstecken!«

»Vielleicht sollen wir nicht weggehen«, meinte Florimel nachdenklich. »Haben wir getan, was uns hier in Troja zu tun bestimmt war?«

»Von *wem* bestimmt?« Renie schrie fast vor Anspannung.

»Wenn ich vielleicht einen Versuch mit dem Feuerzeug mache ...«, erbot sich !Xabbu.

»Nein.«

Alle drehten sich um. Paul spürte ihre Blicke, er jedoch schaute nur auf den merkwürdigen, kargen Altar. »Ich weiß, warum wir hier sind, hier unten an diesem Ort ... wenigstens glaube ich es zu wissen. Ich verstehe nicht alles, aber ...« Er trat vor. Die anderen wichen zurück, als ob er einen hochexplosiven Sprengstoff in der Hand hätte, aber er hatte nichts weiter als ein dünnes Tuch, einen Schleier mit einer eingewobenen Feder. Er blieb vor dem Altar stehen und legte das Tuch behutsam auf den kalten Stein.

»Ava!« rief er. Das von T4b gehaltene Mädchen wand sich und wimmerte, aber Paul beachtete sie nicht. »Ava ... Avialle. Du bist am Strand zu mir gekommen, als ich zum Unterweltsherrscher gebetet habe, aber von allen Orten in dieser Welt ist dies hier *deine* Stätte.« Er versuchte, sich auf die einfache, beschwörende Art zu besinnen, mit der !Xabbu vorher gesprochen hatte. »Ich brauche dich, Ava, du mußt zu mir zurückkommen, noch dieses eine Mal. Komm zu mir!«

Er konnte fühlen, wie die anderen die Luft anhielten, wie sie warteten und sich fragten, ob er tatsächlich einen Plan verfolgte oder lediglich unter dem Druck den Verstand verloren hatte, aber obwohl der Raum vor gespannter Erwartung förmlich vibrierte, geschah nichts. Ein Lachen ertönte so nahe aus dem Tunnel, daß einige der anderen zusammenzuckten.

»Verdammt nochmal, Ava! Eine Welt nach der andern hab ich durchquert, hab nach dir gesucht. Du hast gesagt, ich soll kommen, und jetzt bin ich da. Ich brauche dich - wir alle brauchen dich. Komm zu uns! Wofür du mich auch haben willst, was es mich auch kostet, egal, aber es muß jetzt sein! *Jetzt!*«

Die Luft über dem alten Altar begann sich zu verdichten und zu verformen wie ein Hitzeschleier über einer Wüstenstraße. Einen Augenblick lang sah es so aus, als würde dort eine weibliche Gestalt erscheinen und sich wie ein Schmetterling entfalten - im Fackelschein sah man schimmernde Augen, Umrisse von Schultern und gespreizten Fingern -, aber irgendeine entscheidende Verbindung kam nicht zustande. Die Gestalt blieb amorph und waberte in der Luft wie Rauch.

Während die aus dem Irrgang hinter ihnen dringenden Stimmen sich zum Greifen nah anhörten, schienen die folgenden Worte Millionen Meilen weit durch den leeren Raum zu ihnen herabzuschweben.

»... Ich ... nicht nochmal ... zu spät ...«

Das Mädchen, das sich Emily nannte, wand sich mit krampfartig tretenden Beinen vor Martine am Boden, die Hände vor den Mund gehalten, als wollte sie ihr Stöhnen dämpfen. T4b bemühte sich, sie zu beruhigen, aber sie wurde offensichtlich von einem Anfall geschüttelt.

»Du mußt«, sagte Paul. »Wir sitzen hier in der Falle. Was du von uns willst, wirst du sonst nicht bekommen. Komm zu uns, Ava. Komm zu mir.«

»Dann muß ... Stück ... Spiegels zurücknehmen ...«

Er konnte sich nicht vorstellen, was er ihr an diesem alles entscheidenden Punkt nicht gegeben hätte. »Nimm es. Egal was, nimm es - oder sag uns, wie wir es besorgen können. Tu, was du tun mußt, aber mach schnell!«

Urplötzlich sprang Emilys ersticktes Jammern eine Oktave höher und wurde zu einem schrillen Schrei des Grauens und der Qual, der durch Pauls Konzentration schnitt wie ein rostiges Messer. Der zuckende Körper des Mädchens wurde steif. Ihre Augen weiteten sich und quollen hervor, als wollten sie ihr aus dem Kopf springen, und ihr Gesicht drehte sich langsam und ruckweise Paul zu.

»Du ...«, würgte Emily zwischen blau werdenden Lippen hervor. »... Mein Baby ...!« Dann bäumte sich das Mädchen noch einmal auf wie ein Fisch an der Angel, der an die tödliche Luft gezerrt wird, und eine flirrende Welle floß von ihr zu dem schimmernden Schattenriß über dem Altar. Im nächsten Moment fiel sie grau und schlaff mit dem Gesicht vornüber auf den Stein.

»Emily!« kreischte T4b auf und riß sie hoch in seine Arme, wo sie leblos baumelte.

Die Gestalt über dem Altar gewann jetzt körperliche Dimensionen und formte sich zu dem Traumwesen aus, das Paul so gut kannte, doch es erfüllte ihn nicht mit Freude. Es war klar, was er ihr ahnungslos zu nehmen gestattet hatte, und obwohl es vieles gab, was ihm unfaßbar blieb, war das, was er verstand, erschütternd genug.

Sie war schön wie eine Göttin, diese Ava, ein vollkommener Engel. Sie führte die Arme über den Kopf und zog dabei glitzernde Lichtspuren durch die Luft, die wie Flügel aussahen. »Es ist spät«, sagte sie, und ihre Stimme klang jetzt ganz nahe. »*Ihr solltet ihn eigentlich ersteigen - ihr solltet selbst euren Weg finden ...*«

Noch während sie diese rätselhaften Worte sprach, entstand über ihrem Kopf ein Leuchten, ein gleißendes rotes Strahlen, eingerahmt von ihren erhobenen Armen. Sie führte die Arme langsam nach unten, und das Leuchten breitete sich aus, bis es den Anschein machte, daß die Wände des Raumes, das Labyrinth, ja das ganze große Troja sich hinter ihr aufgelöst hatten und einem kohlschwarzen Himmel gewichen waren, mit Sternen, die selbst die hellen Himmelslichter des Heldenzeitalters wie funzlige Kerzen erscheinen ließen. Vor den ungläubigen Augen von Paul und seinen Begleitern schälte sich ein hoch in die Nacht aufschießendes, das Gesichtsfeld übersteigendes Gebilde heraus. Es war eine unnatürlich verzerrte, umwölkte Form, deren von Blitzen umflackerte Nebengipfel einen dunkelroten, glasigen Schein hatten, doch deren Hauptmasse schwarz, schwarz, schwarz war.

»Der schwarze Berg ...«, flüsterte Paul. Neben ihm murmelte auch Orlando vor sich hin.

»*Es ist spät.*« In der Stimme des Engels schwang Erschöpfung und Bedauern. »*Vielleicht ist es zu spät.*« Sie hob wieder die Arme hoch. Der Anblick des unmöglichen schwarzen Gipfels blieb, aber wo ihre schwach flimmernden Hände sich durch die Luft bewegten, pulsten auf einmal Linien aus geschmolzenem Gold. Im nächsten Moment war die Frau verschwunden; wo sie gestanden hatte, bauschte sich ein schmales Oval aus goldenem Feuer in einem nicht zu spürenden Wind.

Renie machte einen zögernden Schritt auf das Licht zu. »Es ... ist ein Gateway.«

»Ja und nein.« Martine hörte sich genauso überwältigt wie sie an. »Es fühlt sich nicht an wie die anderen Gateways, aber es ist offensichtlich ein Durchgang irgendwohin.«

»*Ihr müßt euch beeilen.*« Die Stimme kam jetzt von überall. »*Das ist alles, was ich hier noch habe ... aber es wird euch ... zum Kern ...*«

Ihre kristallklaren Töne erstarben; Paul konnte nicht erkennen, ob das nächste Wort »*des*« oder »*der*« gewesen war.

Er zwang sich, auf das pulsierende Licht zuzutreten. Die Erscheinung des schwarzen Berges lag immer noch dahinter, doch sie wurde merklich trüber. »Wir sollten lieber ...«, begann er, da bekam er einen harten Stoß in den Rücken und flog in das goldene Feuer.

Paul hatte schon mehrere Gateways passiert, zu Lande und zu Wasser, aber auch abgesehen von der Plötzlichkeit des Eintritts war dies das merkwürdigste. Zuerst war es, als befände er sich in einem endlosen Tunnel leuchtender bernsteingelber Flammen, aber gleichzeitig schien er *selbst* Feuer zu sein - der Tanz der unbändigen Energie durchtobte ihn, drohte ihn in ein größeres und völlig blindwütiges Schöpfungschaos aufzulösen. Während er darum rang, die Form zu bewahren, die Paul

Jonas war und die er um keinen Preis loslassen wollte, auch wenn er letztlich nicht wußte, welche Kraft sie zusammenhielt, wirbelten Gedankenfetzen durch ihn hin. Es konnten Erinnerungen sein, zerstreute Schnipsel, die ein innerer Wind aufwehte, doch sie kamen ihm nicht recht bekannt vor ...

Vögel ... wie eine Rauchwolke aufwallend ... über den Himmel schwärmend.

Ein Regen funkelnder Eissplitter, die in der Sonne glitzerten, ein zerschmettertes Kaleidoskop ...

Ein Schatten in einer kalten, leeren Räumlichkeit, der wartete ... wartete ... und sang ...

Mehr Vögel strömten zusammen, ganz viele Schattenvögel, riefen einander mit den Stimmen von Kindern durch die Dunkelheit zu, klagten gemeinsam an einem wüsten Ort ...

Und als ob sich die Flammen alles geholt hatten, was an ihm zu verzehren war, und jetzt erstarben, wurde das endlos scheinende turbulente Leuchten mit einemmal schwächer. Dunkle Stellen erschienen, Formen von fiktiver Festigkeit, ein Gefühl von oben und unten. Die goldenen Flammen leckten noch einmal an Paul und verzogen sich dann, kühl wie schmelzender Schnee, und er wurde sich bewußt, daß er auf einem harten, ebenen Untergrund stand, links von sich eine große schwarze Wand und rechts das Gefühl eines gähnenden Abgrunds. Da traf ihn der nächste Stoß und schleuderte ihn zu Boden, und jemand warf sich auf ihn, schloß die Hände würgend um seinen Hals und rollte mit ihm herum.

»Geext!« schrie eine Stimme ihn an. »Total geext hast du sie!« Pauls Gesicht wurde mit roher Gewalt auf kalten Stein gepreßt; er konnte seinen Angreifer nicht sehen. Er versuchte verzweifelt, auf die Beine zu kommen, was ihm nicht gelang, aber er schaffte es immerhin, sein Gewicht so weit zu verlagern, daß er einen Arm unter die Brust schieben, sich ein kleines Stück hochdrücken und mit der anderen Hand die Finger an seinem Hals lockern konnte.

Sein Kopf wurde nach hinten gerissen, und in seiner ungünstigen Lage konnte er kaum etwas dagegen machen. Schlimmer als der Schmerz jedoch war das, was er sah: Er wand sich hart am Rand eines fast senkrechten Steilabfalls, in die Zange genommen von den Schenkeln seines Bedrängers, der auf ihm saß wie auf einem Schaukelpferd. Unmittelbar vor seiner stemmenden Hand stürzte die schwarz glänzende Bergwand ins Nichts, wie es schien, denn ein Grund war nicht zu erkennen, sei es wegen der großen Entfernung oder wegen der Mitternachtsfarbe des Steins.

Paul versuchte vom Rand wegzukrabbeln, aber sein weinender Angreifer registrierte die Gefahr entweder nicht, oder sie war ihm gleichgültig. Die Beine um seinen Brustkasten drückten fester, und er machte sich bereit, entweder einen Ruck nach hinten abzuwehren, der ihm den Hals brechen sollte, oder einen Stoß nach vorn, der sie beide in den Abgrund befördern würde. Statt dessen jedoch ging das Gewicht auf seinem Rücken plötzlich ein Stück weit in die Höhe, und die hartnäckig weiter pressenden Beine zogen ihn sogar mehrere Zentimeter vom Rand zurück.

»Laß ihn los!« schrie jemand aus einiger Entfernung.

»Du dumpfst doch!« keuchte jemand anders, und dabei wurde sein Angreifer ganz von ihm heruntergezerrt. Paul kroch ein Stück von dem furchtbaren Absturz weg, dann brach er zusammen und hatte nur noch ein Interesse: wieder Sauerstoff in die Lungen zu bekommen. Er konnte nichts mehr hören als einen einzigen dünnen, stetigen Ton, doch das war ihm völlig gleichgültig.

Die erste Stimme, die er identifizieren konnte, als sein Gehör zurückkehrte, war Renies.

»Er hat sie nicht getötet, du Idiot! Sie hat überhaupt nicht wirklich gelebt, nicht wie du denkst.«

»Er hat sie dieser ... dieser Dings da gegeben.« Die Stimme klang trotzig und unglücklich.

»Diese Engelfrau war im Grunde Emily in anderer Gestalt.« Die Bemerkung kam von einer anderen Frau, vielleicht von der, die Florimel hieß. »Sie hat ... sie sich einfach wiedergeholt.«

Paul setzte sich auf und rieb sich den Hals. Sie hockten auf einem am Berg entlangführenden Weg, ganz dicht an einer steilen, schwarz glänzenden Felswand, aber der Abgrund und der grenzenlose Himmel waren dennoch unangenehm nahe. Paul, der um ein Haar dort hinuntergestürzt wäre, konnte nicht länger als eine Sekunde über den Rand blicken, ohne zu schaudern. Der Himmel hatte den düsteren graublauen Ton eines herannahenden Gewitters, aber schien sich wunderbar klar ins Unermeßliche zu erstrecken, und am abendlichen Firmament funkelten Sterne.

Der junge Mann hatte zwar aufgehört zu toben, aber dennoch umringten ihn einige der anderen und tätschelten ihn begütigend und zugleich bereit, ihn zur Not sofort wieder festzuhalten. »Ich kann's ihm nicht verdenken«, sagte Paul heiser. »Ich weiß, wie es ausgesehen hat.« Er versuchte, dem jungen Burschen in die Augen zu sehen, aber dieser erwiderte den Blick nicht. »Javier ... T4b ... Ich wußte nicht, was sie mit der Bemerkung meinte, sie müßte etwas zurücknehmen. Aber ich glaube, die andern haben recht – Emily war irgendwie ein Teil von ihr. Ich denke, sie mußte sich diesen Teil zurückholen, bevor sie die Kraft hatte, uns hierher durchzubringen.« Er hielt inne und blickte den kahlen schwarzen Weg hinauf und hinunter. Wegen der Steilheit der Felswand war es schwer zu sagen, ein wie großer Teil des Berges noch über ihnen war, aber daß ein beträchtlicher Teil unter ihnen lag, war deutlich. »Aber ...«, fügte Paul konsterniert hinzu, »aber *wohin* hat sie uns gebracht?«

»Orlando, nicht!« sagte Fredericks, als ihr Freund sich mühsam auf die Beine stellte. »Ruh dich aus. Du mußt sparsam mit deiner Kraft umgehen.« Sie stand mit ihm auf, um ihn wieder zum Hinsetzen zu bewegen, aber der Junge in dem blonden, heroischen Achilleskörper stapfte bereits unsicheren Schritts den Pfad hinauf.

»Tja, da geht er hin.« Renies Stimme war tonlos und müde. »Wahrscheinlich sollten wir ihm folgen. !Xabbu, was meinst du? Martine?« Sie blickte zu !Xabbu hinüber, aber der hatte sich zu der neben Martine kauernden Florimel begeben. »Martine, geht's dir nicht gut?«

»Sie zittert am ganzen Leib«, berichtete !Xabbu.

»Es ... es ist ungefähr so wie ... am Anfang hier in diesem System.« Martines Augen waren zugekniffen, und ihre Hände drückten von beiden Seiten ihr Gesicht, als wollte sie verhindern, daß ihr der Schädel platzte. »Soviel Rauschen ... soviel ...« Sie zog eine Grimasse.

»Beweg dich nicht.« Florimel wollte ihr an der Halsschlagader den Puls nehmen, aber Martine schüttelte sie ab.

»Nein. Folgt Orlando. Ich ... ich komme auch gleich. Dort oben ist etwas – etwas ganz Großes. Es fühlt sich an wie ... wie ein Vulkan.« Sie stemmte sich auf die Füße, die Augen weiter geschlossen. Sie stolperte, aber !Xabbu hielt sie fest, bevor sie nach außen taumeln und in die

Tiefe stürzen konnte. »Es wäre gut ... wenn jemand mit mir ginge«, räumte sie ein. »Ich bin noch wacklig auf den Beinen.« »Paul, kannst du mit Orlando und Fredericks gehen, während wir mit dem Rest hinterherzockeln?« fragte Renie. Paul nickte, stand auf und drehte seinen Kopf hin und her, um das noch nachwirkende unangenehme Gefühl von T4bs Fingern an seiner Kehle loszuwerden. Der junge Mann fixierte ihn wieder, die schweißnassen dunklen Haare in Ringellocken über der Stirn, das Gesicht eine Maske, die nichts verriet.

Paul hatte Orlando und Fredericks rasch eingeholt, da Orlando zwar entschlossen, aber langsam und staksig ausschritt; er schien überdies schlecht Luft zu bekommen. Auch die anderen rückten bald nach, und gemeinsam stiegen sie den gleichmäßig gewundenen Bergpfad hinauf. Der Steig hatte nichts Natürliches an sich, erkannte Paul, aber wahrscheinlich wäre das Gegenteil überraschender gewesen. Er war schlicht ein rein funktionaler, in die Bergwand gekerbter Fußweg – ein senkrechter, spiralig um den Berg herumführender Schnitt und rechtwinklig dazu ein schräger Schnitt für die Lauffläche. Der Pfad war rauher als der übrige Stein, als ob die titanische Klinge, die ihn geschabt hatte, eine gesägte Schneide gehabt hätte, und das war auch gut so: Paul wollte gar nicht daran denken, wie es wäre, diese heikle Piste zu gehen, wenn die Oberfläche des schwarzen Vulkangesteins hier genauso glasglatt gewesen wäre wie überall sonst. Tief dankbar war er auch dafür, daß kein Wind wehte, vor allem, als der Weg schmaler wurde; es war auch so schwer genug, Orlando und Martine in der Mitte des Weges zu halten. Als leicht paradox allerdings empfand es Paul, daß T4b, der ihn soeben noch mit Todesverachtung am Rande des Abgrunds gewürgt hatte, allem Anschein nach Höhenangst hatte und darauf bestand, so weit innen wie möglich zu gehen.

Wie sich herausstellte, mußten sie nicht allzu weit steigen. Nach einer knappen Stunde langsamen Dahinschleichens bogen sie um einen vorspringenden Felsen, hinter dem der Weg einen scharfen Knick nach innen machte und jetzt zwischen dem Vorsprung und einer anderen steinernen Spitze hindurchführte statt weiter am äußeren Umkreis entlang.

Paul war froh, den bodenlosen Absturz hinter sich zu lassen, aber erst als sie endlich ein gutes Stück davon weg waren und auf beiden Seiten Felswände den Pfad einfaßten, merkte er, wie heftig sein Herz die ganze Zeit über geschlagen hatte.

Die äußersten Höhen des Berges lagen weiterhin ein gutes Stück über ihnen, und nachdem sie die Strecke zwischen den beiden Gipfeln zurückgelegt hatten, kamen zunächst einmal noch etliche andere, ein regelrechter Wald hochragender Felsnadeln. Ein sanftes rotes Licht, dessen Quelle sie wegen der dazwischenliegenden Bergspitzen nicht erkennen konnten, spielte auf den Flanken der höchsten schwarzen Zinnen, als ob dahinter ein Feuersee läge. Paul fiel Martines Bemerkung über einen Vulkan ein, und er fragte sich, ob sie jetzt wohl eine genauere Vorstellung davon hatte, was sie alle erwartete, aber die Blinde brauchte ihre ganze Energie, um sich mühselig vorwärtszuschleppen; es kam ihm grausam vor, ihr Erklärungen abzuverlangen.

Schließlich führte der Pfad noch einmal steil hinauf und zwischen zwei weiteren wächtergleichen Gipfeln hindurch. Direkt dahinter breitete sich das warme Licht aus, als ob das bergwandernde Häuflein den Ursprungsort des Sonnenaufgangs entdeckt hätte, und die nächste Gipfelkette war sehr weit entfernt - auf der anderen Seite des Leuchtens, vermutete Paul, da diese gegenüberliegenden Hänge davon angestrahlt schimmerten. Orlando und Fredericks waren vorn und konnten daher als erste erkennen, was jenseits des Passes lag. Paul sah, wie sie auf der Höhe stehenblieben und ihre Silhouetten vor dem orangeroten Licht erstarrten.

»Was ist es?« rief er, aber keiner von beiden drehte sich um. Als er sich die letzten paar Meter emporgekämpft hatte und neben ihnen stand, begriff er, warum.

Hinter ihm kam der Rest der Schar angekeucht, die meisten mit derselben Frage auf den Lippen, aber Paul Jonas konnte nur dastehen und schweigend staunen. Einer nach dem anderen erklommen sie die Kuppe, und einer nach dem anderen verstummten auch sie.

In der Mitte des Gipfelkranzes, in einem weiten, flachen Tal, das so kahl war wie eine Mondlandschaft, aber groß genug, um eine ganze Stadt zu fassen, lag ein Körper. Er war von menschlicher Gestalt, jedenfalls schien es so, aber eigenartig unscharf - zeitweise schien er deutliche Konturen annehmen zu wollen, die jedoch gleich wieder verwischten. Er lag ausgestreckt auf dem Rücken, die Arme wie festgebunden an den Seiten, und schien die Quelle des Lichtes zu sein, das die umliegenden Hänge beleuchtete und sanft unter dem schwarzen Himmel flackerte. Die gigantische Gestalt füllte das ganze Tal aus.

»Das gibt's nicht«, flüsterte Renie an Pauls Schulter, als eine gute halbe Minute vergangen war.

Winzige Figuren wimmelten auf der ungeheuerlichen Erscheinung; die nächsten von ihnen stiegen auf den Füßen herum, die fast so hoch waren wie die umgebenden Gipfel, und wirkten genauso eigenartig verschwommen wie der Riese selbst. Auch sie waren in etwa wie Menschen geformt, schienen aber in flatternde weiße Gewänder gehüllt zu sein, die an Leichentücher erinnerten.

Oder an Laborkittel, dachte Paul, dessen Gehirn bei diesem erschlagenden und unbegreiflichen Anblick nach der winzigsten faßlichen Einzelheit haschte. Das einzig Vergleichbare, was er je gesehen hatte, trieb aus Kindertagen nach oben, ein Bild in einem alten Buch, wie Gulliver von den Lilliputanern gefangengenommen wurde, aber es kam in keiner Weise an die absolute Absonderlichkeit dieses Ortes, dieser Szene heran. Einen Moment lang fühlte er sich wieder wie neulich am Strand von Ithaka, wo die Luft ihn drückend umschlossen hatte und jedes Molekül wie fieberheiß aufgeladen gewesen war.

»Oh«, hauchte jemand. Paul hatte das Gefühl, es könnte Fredericks gewesen sein, aber seine Aufmerksamkeit konnte bei nichts anderem verweilen: Das überwältigende Schauspiel, das sich ihm bot, versprengte seine Gedanken immer wieder aufs neue, bevor sie sich sammeln konnten. »Oh, sie haben Gott getötet.«

Ein ungeheures Seufzen wie eine Sturmbö brummte hallend durch den großen Talkessel, ein derart tiefer Ton, daß sie ihn mehr in den Knochen und im Vibrieren des Berges unter ihren Füßen fühlten, als daß sie ihn hörten. Es kam wieder, aber diesmal hatte der hörbare Teil einen deutlichen Rhythmus, klang traurig und wie nicht von dieser Welt.

»Ich glaube nicht, daß er tot ist.« Paul mußte sich wundern, daß er noch zusammenhängende Wörter hervorbringen konnte. »Er singt.«

Martine stieß plötzlich einen leisen Schreckenslaut aus und sank auf die Knie. Florimel bückte sich, um ihr zu helfen. Sie bewegte sich langsam, wie in vereisendem Wasser schwimmend, und nahm dabei nicht die Augen von der kolossalen Gestalt, die vor ihnen lag.

»Herr, steh mir bei!« murmelte Martine mit tränenerstickter Stimme. »Ich kenne das Lied.«

Kapitel

In Ewigkeit

NETFEED/MODERNES LEBEN
Robinette Murphy wartet immer noch
(Bild: FRM bei einem Auftritt in der Spielshow "Hättest du's gewußt?")
Off-Stimme: Die VIP-Hellseherin Fawzi Robinette Murphy, die erklärt hatte, sich zur Ruhe setzen zu wollen, weil sie "das Ende der Welt" vorausgesehen habe, scheint sich nicht davon stören zu lassen, daß die Welt keinerlei Anzeichen erkennen läßt, enden zu wollen.
(Bild: Murphy beim Verlassen einer Kirche)
Auf die Frage, ob sie ein Comeback plane, antwortete sie mit einem grimmigen Lachen. Und auf die Frage, ob sie ihre apokalyptische Prophezeiung bedauere, antwortete sie:
(Bild: Murphy beim Einsteigen in ein Auto)
Murphy: "Ihr armen Würstchen. Kommt und fragt mich das in ein paar Monaten nochmal — wenn ihr könnt."

> Sie hatten offensichtlich einen Endpunkt erreicht, einen Ort der Entscheidung, aber nachdem der Schock des unheimlichen Anblicks sich ein wenig gelegt hatte, empfand Renie vor allem Enttäuschung.
»Hat das alles auch irgendwas zu *bedeuten?*« fragte sie irritiert. »Martine, du hast was über ein Lied gesagt.« Sie blickte auf den Boden, wo die Französin kniete und sich wiegte wie von Kummer überwältigt. Sie sprach sie noch einmal sanfter an. »Martine?«
»Ich ... ich kenne es. Ich habe es vor langer Zeit jemand Unbekanntem vorgesungen. Oder ... etwas Unbekanntem. Ich glaube, das hier ist dieses Etwas.« Ihr Kopf drehte sich mechanisch hin und her, als ob sie

wieder völlig in der Gewalt der Blindheit wäre.»Es ist schwer zu erklären, und die hier wirkenden Kräfte sind sehr verwirrend für mich. Ich habe mein Augenlicht vor langer Zeit bei einem Unfall verloren. Ich war ein Kind, das als Testperson ...«
Renie blickte erschrocken auf. T4b hatte sich aufgemacht, den Hang hinunter auf die ungeheure, leuchtende Gestalt zuzugehen.»Was macht er? Javier!«
Dumpf und brüchig scholl sein Lachen zu ihnen zurück.»Ich geh Gott 'n paar Fragen stellen, bong? Hab jede Menge Fragen auf der Latte ...«
»Jemand muß ihn aufhalten«, sagte Renie beschwörend.»Wir haben keine Ahnung, was das alles darstellt, und wir wollen ganz bestimmt nicht, daß ein Teenager mit einer Lanze das Gespräch eröffnet.«
!Xabbu und Florimel waren bereits dabei, hinter ihm herzueilen. Paul Jonas setzte an, sie zu begleiten, dann zögerte er.»Vielleicht bin ich dafür nicht der Geeignetste«, meinte er.
»Wahrscheinlich nicht.« Renie wandte sich wieder Martine zu.»Rasch, was hast du gerade gesagt?«
Die blinde Frau ächzte.»Entschuldige. Es fällt mir schwer zuzuhören, zu denken. Es sind so viele ... Stimmen in meinem Kopf ...!« Sie legte die Hände an die Schläfen.»Ich war in einer Versuchssituation. Irgend etwas - vielleicht ein neuronales Netz, eine Art künstliche Intelligenz - war auch da, aber ich dachte, es wäre ein anderes Kind. Es war seltsam, es dachte und sprach ganz seltsam. Aber es war einsam, oder es machte den Eindruck. Ich brachte ihm ein paar Spiele und Lieder bei.« Sie lächelte, doch wie unter großen Schmerzen.»Ich war auch einsam, weißt du? Das Lied, das du eben gehört hast, ist ein altes Lied aus meiner Kindheit.« Sie legte die Stirn in Falten und sang dann mit krächzender Stimme:

»*Ein Engel hat mich angerührt,*
Ein Engel hat mich angerührt,
Der Fluß hat mich gewaschen
Und mich rein und hell gemacht ...«

»Es geht noch weiter«, sagte sie.»Es ist halt ... so ein Kinderlied, das ich kannte, aber es kann unmöglich ein Zufall sein, daß ich es an diesem Ort wiederhöre.«
»Du willst damit sagen, daß der Riese da drüben eine KI ist?« fragte

Renie. »Ist das ... das Betriebssystem? Für dieses ganze verrückte Otherlandnetzwerk?«

»Der Eine, der anders ist«, murmelte Paul Jonas so versonnen, als hörte auch er ein altes, halb vergessenes Lied.

Martine nickte, dann verzog ihr der Schmerz wieder das Gesicht, und sie preßte die Hände fester an den Schädel. »Der Eine, der anders ist. Das war es auch, was die Stimme der Verlorenen sagte.«

Am Fuße des Hangs hatte T4b Florimel und !Xabbu abgeschüttelt und marschierte jetzt weiter auf die mächtige Figur zu. Renie sah es mit zunehmender Verzweiflung. »Er wird alles verderben, dieser Idiot. Wir werden alle hier umkommen, bloß weil er sich wie ein bockbeiniges Kind aufführt.«

»Aber um Kinder geht's doch bei alledem, oder?« Orlando, gestützt von Fredericks, stellte sich wacklig auf die Beine. »Stimmt's?« Seine Augen schienen nicht richtig fixieren zu können. »Du bist hier, weil du die Kinder retten wolltest, stimmt's?« Er zog sein Schwert aus Fredericks' Gürtel, dann schob er sie sanft von sich und begann den Paß hinunterzustolpern, wobei er sich mit der Waffe abstützte.

»Was hast *du* denn jetzt vor?« fragte Renie gereizt.

Er hielt schwankend an, schon wieder außer Atem. »Der Eine, der anders ist. Ich kenne den Namen auch. Und das muß der Grund sein, weshalb ... ich hier bin.« Er warf Fredericks, die den staubigen Hohlweg hinuntergeschliddert kam, einen finsteren Blick zu, aber seine Freundin ließ sich nicht abschrecken. »Weißt du, ich war schon mal fast hinüber, aber ich ... ich bin zurückgeschickt worden. Nein, ich bin freiwillig zurückgekommen.« Orlando ließ einen Moment lang den Kopf sinken, dann hob er ihn wieder. Zum erstenmal blickte er Renie voll an. »Aber es muß einen Grund geben. Und wenn er das ist, gut. Ich weiß nicht, ob ich den Fürsten der Dunkelheit da drüben mit einem Schwert töten kann, aber ich kann's auf jeden Fall versuchen. Wenn es nicht klappt ... na ja, dann fällt euch andern vielleicht was Besseres ein.« Er drehte sich um und setzte seinen Weg bergab fort.

»Orlando!« Fredericks rutschte hinter ihm her.

»Das ist kein Fürst der Dunkelheit oder sowas«, schrie Renie. Ihr Grüppchen war jetzt eine weit auseinandergezogene Linie am Hang. »Das ist eine verfluchte VR-Simulation! Das ist bloß wieder so eine Simwelt!«

Falls er sie gehört hatte, machte es jedenfalls keinen Eindruck auf ihn.

»Ich bin mir nicht sicher, ob das stimmt«, sagte Paul Jonas. Auf Renies konsternierten Blick hin setzte er hinzu: »Ich will damit nicht sagen, daß es Gott ist oder Orlandos Fürst der Dunkelheit, aber ich glaube auch nicht, daß dies hier eine normale Simwelt ist.« Er runzelte sorgenvoll die Stirn und wirkte dabei fast so betroffen wie Martine. »Ava, oder wer sie auch sein mag, hat uns aus einem ganz bestimmten Grund hierhergebracht. Es hat sie unendlich viel gekostet - deshalb mußte sie sich auch Emily wieder einverleiben. Ich denke, wir befinden uns jetzt im Kern des Systems, auch wenn das hier«, er deutete mit der Hand auf das Tal und die Berge ringsherum, »alles bloß eine Metapher ist. Was diesen Riesen da betrifft, so weiß ich nicht, ob wir wirklich die Aufgabe haben, ihn zu töten, aber ich bin mir ziemlich sicher, daß wir seinetwegen hier sind.«

»Wenn er das Betriebssystem ist«, sagte Renie finster, »dann hat er unsern Freund Singh umgebracht. Seinetwegen vegetiert mein Bruder nur noch dahin, und Florimels Tochter auch. Wenn es eine Chance gibt, ihn zu töten, dann bin ich, glaube ich, doch auf Orlandos Seite. Aber wir sollten zusehen, daß wir sie einholen, ehe jemand eine unverzeihliche Dummheit begeht.« Sie drehte sich zu Martine um und half ihr auf. »Wirst du gehen können?«

Die blinde Frau nickte schwach. »Ich glaube schon. Aber es kommen und gehen ... ungeheure Informationsmengen an diesem ... Ort.«

»Du bist dir also sicher, daß dieses Ding da das ganze Netzwerk betreibt?«

Martine winkte ab. »Ich weiß gar nichts sicher, nur daß mein Kopf sich anfühlt, als wollte er gleich platzen.«

»Wir beeilen uns lieber.« Renie sah, daß die übrige Schar bereits den Fuß des Abhangs erreicht hatte, und T4b an der Spitze war dem einen der hochhausgroßen Füße erstaunlich nahe gekommen. Sie fluchte.

»Wieso haben die plötzlich einen solchen Vorsprung?«

Bevor sie noch einen Schritt tun konnte, ging etwas von der Riesengestalt aus, eine Energiewelle, die alles verschwimmen ließ. Eine Sekunde lang dachte Renie, es sei wieder die seufzende, erderschütternde Stimme des Dings, doch da wurde sie gepackt und versteinert und zerbrochen und in tausend Einzelteilen über ein plötzlich entleertes Universum versprengt. Sie konnte gerade noch denken: *Jetzt geht's wieder los ...*, dann verlor sie jedes Selbstempfinden.

Das Bewußtsein war diesmal praktisch ausgeschaltet; erst als der Auslöschungszustand nachließ, konnte Renie überhaupt einen Gedanken fassen, aber es dauerte sehr lange, bis die Wirkung abgeklungen war. Zuletzt kam alles wieder nach und nach mit der Langsamkeit von schwerelosen Wassertröpfchen zusammen, erst einzelne Bewußtseinsstückchen, die sich verbanden, gefolgt von einfachen Gedankenfolgen. Körperempfindung und Gehörsinn stellten sich schwerfällig wieder ein, dann schälte sich eine Farbwahrnehmung – zunächst nur die Möglichkeit von Farbe, noch keine Farben selbst – aus der Schwärze heraus. Die umgebende Leere gewann Zusammenhalt und erkennbare Konturen, und schließlich floß die wüste Gebirgsszene wieder zusammen wie eine rückwärts abgespielte Zeitlupenaufnahme vom Verlaufen eines Ölgemäldes.

Renie richtete sich aus der gebückten Haltung auf, in der sie sich befand, und sah dabei, daß einige der anderen sogar hingefallen waren.

»Das war ... heftig diesmal«, murmelte Paul Jonas. Sie halfen Martine aufzustehen, aber sie war wie betäubt und konnte kaum gehen und noch weniger reden.

»Die Ausfälle des Systems werden immer schlimmer«, meinte Renie, als sie sich mühsam wieder in Bewegung gesetzt hatten. »Länger und dunkler. Vielleicht brauchen wir das Ding gar nicht zu töten. Vielleicht stirbt es von selber.«

Paul sagte nichts, aber seine düstere Miene drückte deutlich Zweifel aus.

Binnen weniger Momente waren sie der Riesengestalt viel näher gekommen, als es mit rechten Dingen sein konnte, und Renie verstand jetzt das forsche Tempo, mit dem die anderen sich bewegt hatten. Irgendein Effekt verkürzte die Distanz, so daß die Landschaft mit jedem Schritt beängstigend schnell an ihnen vorbeirauschte. Der Weg, der sonst Stunden gedauert hätte, verging dadurch wesentlich rascher.

Als sie dichter an den gewaltigen Körper herankamen, konnte Renie die winzigen weißen Gestalten besser erkennen, die darauf herumkrabbelten wie Flöhe auf einem schlafenden Hund. Wie schon vorher aus der Ferne erinnerten sie an Menschen, und sie schienen fast so groß zu sein wie Renie und ihre Freunde, doch selbst bei genauerer Betrachtung aus der Nähe hatten sie keine klar erkennbare Form – gesichtslose, beinahe gestaltlose Phantome, die das Auftauchen der kleinen Schar gar nicht zu registrieren schienen.

Renie fühlte auf einmal einen Kloß im Hals. *Konnten das ... die Kinder sein? Stephen und die vielen andern?*

!Xabbu und die übrigen waren kurz vor dem Fuß des Titanen stehengeblieben. In der Hoffnung, daß es ihm und Florimel gelungen war, Orlando und T4b halbwegs zur Vernunft zu bringen, spornte Renie Paul an, schneller zu gehen, und gemeinsam hoben sie Martine fast vom Boden ab.

»Seht«, rief !Xabbu, als er sie kommen sah, und deutete in die andere Richtung.

Beinahe eine Meile entfernt war die Hand des langgestreckten Riesen, die in einer lockeren Faust neben ihm auf dem Boden gelegen hatte, jetzt im Begriff, sich zu öffnen.

Während sie in gebanntem Schweigen darauf schauten, gingen die mächtigen Finger langsam in die Höhe und auseinander, als führten sie das Finale eines äonenlangen Zauberkunststücks aus. Es dauerte Minuten, aber als die Hand sich schließlich zur Form eines ungeheuren Sterns gespreizt hatte, war nichts darin zu sehen als die weite, leere Innenfläche.

»Faßt sie nach uns?« grübelte Renie laut.

»Wir sollen kommen«, meinte !Xabbu.

»Oder weggehen«, fügte Florimel leise hinzu.

Sie bewegten sich darauf zu; wieder schnurrte die Entfernung zusammen, so daß sie sich nach kaum hundert Schritten schon am Fuß des riesenhaften Gebildes befanden, das ein ganzes Stadion wie eine Teetasse hätte umfassen können. Aus der Nähe war die Hand noch beängstigender, denn sie schimmerte und verschwamm an den Rändern und auf der ganzen Fläche, so daß es weh tat, sie zu lange oder zu intensiv anzuschauen.

»Die ist wie meine«, wunderte sich T4b mit heiserer Stimme. Der Zorn in seinem Gesicht war dem reinen Staunen gewichen. »Wie meine.« Er hielt die Hand hoch, die in dem Flickenland verändert worden war. Sie sah tatsächlich aus wie eine Miniaturversion der vor ihnen aufragenden unsäglich großen Extremität.

»Was hat das zu bedeuten?« fragte Fredericks ratlos. »Das ist so ... scännig!« Selbst Orlando hatte vor der unfaßbaren Größe des Dings sein Schwert gesenkt.

»Wir können nicht einfach ...«, begann Renie, dann brach sie erschrocken ab, als sich vor den gespreizten Fingern ein Leuchten im

Raum ausbreitete. »Mein Gott.« Das Zauberkunststück war noch langsamer, als sie vermutet hatten, und es war noch nicht vorbei.

Beim ersten Aufglimmen des goldenen Lichtes dachte sie, ein Gateway entstände, aber die Helligkeit dehnte sich nach hinten aus, bis deutlich war, daß sie nicht *auf* etwas, sondern durch etwas *hindurch* blickten: Ein unregelmäßiges Fenster bildete sich in der leeren Luft zwischen den Fingerspitzen des Riesen und dem Boden, und das gelbe Licht kam von der anderen Seite. Mit zunehmender Schärfe und Tiefe erkannte Renie durch das Loch einen außerordentlich großen, ganz mit spiegelndem Blattgold überzogenen Raum, in dem tierköpfige Gestalten thronten, still und majestätisch wie Statuen. Neben jedem Thron lag ein großer Sarkophag, rot und glänzend wie ein überdimensionaler Blutstropfen.

»Wer ist das?« flüsterte Paul.

Renie schüttelte fassungslos den Kopf. »Weiß ich nicht, aber ich glaube nicht, daß sie uns hören können. Es ist, als würden wir sie durch eine halbverspiegelte Scheibe sehen.«

»Ich weiß, wer das ist«, sagte Orlando matt. »Einem davon sind wir schon mal begegnet, in dieser ägyptischen Welt. Der da ist Osiris. Was wir vor uns haben, ist die Gralsbruderschaft.«

Die gekrönte Figur in der Mitte des goldenen Raumes erhob sich, streckte lange, mit weißen Binden umwickelte Arme aus und richtete dann an seine schweigenden Genossen auf ihren Thronen das Wort.

»*Die Stunde ist gekommen.*« Die Stimme des Osiris tönte leise zu Renie und ihren Gefährten herüber wie durch einen langen, staubigen Korridor, ein Hauch aus dem Grab. »*Die Zeremonie beginnt ...*«

> Felix Jongleur sammelte sich. Der heftige Spasmus, der wenige Minuten vorher durch das ganze System gegangen war, hatte ihn genauso erschüttert wie die anderen Herren des Grals: Er hörte, wie die Mitglieder der Neunheit immer noch untereinander flüsterten und sich dabei nicht einmal um Geheimhaltung bemühten.

»Die Zeremonie beginnt«, verkündete er abermals. »Wir haben alle lange auf diesen Augenblick gewartet. Mein Diener wird euch jetzt die Kelche bringen.«

Der schakalköpfige Gott Anubis tauchte aus dem Schatten auf, einen großen goldenen Pokal in den schwarzen Fingern. Jongleur schluckte seinen Ärger hinunter - eigentlich hätte Dread zu diesem Anlaß seine vorgegebene Rolle in der Simulation spielen sollen, aber er hatte sich unerreichbar gemacht, so daß Jongleur gezwungen gewesen war, diese seelenlose Replikantenversion des Todesboten zusammenzuschustern. Er tröstete sich mit dem Gedanken an die Strafen, die er über seinen untreuen Diener verhängen würde, sobald er ihn ausfindig gemacht hatte. »Nehmt, was er euch darreicht«, wies er die anderen an. »Es ist für jeden ein Kelch da.« Und tatsächlich, als der ibisköpfige Jiun Bhao den Pokal genommen hatte, erschien in den Händen des Anubis sogleich ein neuer, den der Schakal gehorsam dem nächsten in der Reihe hinhielt, dem gelbgesichtigen Ptah. Als Robert Wells seinen Pokal in Empfang genommen hatte und Anubis zu Daniel Yacoubian mit dem Falkenkopf des Horus weitergegangen war, machte Wells eine leichte Drehung und prostete Jongleur ironisch zu.

Von mir aus, dachte Jongleur, obwohl er sich über den Amerikaner ärgerte. *Das kann er haben. Aber ich werde ihn ewige Qualen leiden lassen, wenn er unser Spiel durch irgend etwas verrät.*

Als jeder der Neunheit einen der sich augenblicklich erneuernden Pokale in der Hand hielt, verschwand der dienstbare Schakal wieder untertänig im Schatten. *Wahrscheinlich ist es letztlich sogar besser, daß Dread nicht da ist,* dachte Jongleur bei sich. *Ich hätte mich nicht darauf verlassen können, daß der junge Narr nicht eine flegelhafte Dummheit begeht und den feierlichen Moment verdirbt ...*

Die leicht peinliche Pause wurde von Sachmet unterbrochen. Die löwenköpfige Göttin spähte in ihren Pokal und sagte: »Wozu soll das nötig sein? Können wir nicht einfach einen Knopf drücken oder ... oder was man sonst so macht? Wozu dieses ganze Brimborium?«

Jongleur zögerte. *Es ist jetzt so nahe, so nahe. Hab Geduld.* »Weil wir etwas tun, was noch niemand getan hat, Madame. Dies ist ein Augenblick, wie es in der Geschichte noch nie einen gegeben hat - ist das nicht eine kleine Zeremonie wert?« Er versuchte zu lächeln, aber das Osirisgesicht war für so etwas nicht geschaffen.

Ymona Dedoblanco war nicht so leicht zu besänftigen. »Mir ist das alles nicht geheuer. Wir sollen ... wir sollen Gift trinken?«

»Nur symbolisch, verehrte wilde Sachmet. In Wirklichkeit hast du, wie alle anderen auch, die Methode gewählt, die dir für deinen ... Übergang am besten erscheint. Die zu deinen sonstigen Arrangements am besten paßt.« Was natürlich bedeutete, daß bei einigen aus der Bruderschaft das leibliche Ableben eine Zeitlang nicht bekannt werden durfte, sei es, damit ihre Macht gesichert blieb, sei es einfach, damit die Welt nicht merkte, daß eine erstaunliche Anzahl berühmter und mächtiger Personen alle zum gleichen Zeitpunkt gestorben waren.»Aber wenn du fragst, ob der Tod deines physischen Leibes notwendig ist, dann lautet die Antwort ja. Bitte, Madame, über alles, was damit zusammenhängt, bist du ausführlich aufgeklärt worden.«

Der afrikanische Präsident auf Lebenszeit mit dem Krokodilskopf hatte ebenfalls Bedenken.»Warum kann ich meinen wirklichen Körper nicht behalten?«

Nun erlitt Jongleur im Kampf mit seinem Ärger doch eine Niederlage.»Ich fasse es nicht, daß du jetzt im letzten Moment noch solche Fragen stellst, Ambodulu. Der Grund ist schlicht der, daß du nicht nur außerstande sein wirst, in deinen physischen Leib wieder einzutreten, sondern daß du praktisch zwei Versionen von dir erzeugen würdest, deine jetzige physische Form und eine eigenständige, aber unsterbliche Form innerhalb des Netzwerks. Du würdest dir selbst den erbittertsten Rivalen erschaffen, den man sich vorstellen kann, einen Zwilling, der deine sämtlichen Machtmittel kennt, der frei über alle deine Finanzen verfügen kann.« Er schüttelte den Kopf.»Wells, du hast dieses System entwickelt - sei so gut und erkläre es ihm. Ich verliere langsam die Geduld.«

Das zitronengelbe Gesicht des Ptah blieb ernst, aber Jongleur meinte, einen Anflug von Belustigung erkennen zu können, als Wells sich erhob. *Das ist das Problem mit diesen Amerikanern,* dachte Jongleur säuerlich, *sie lieben das Chaos um des Chaos willen.*

»Die meisten von euch haben dies längst schon verstanden und eingesehen«, sagte Wells glattzüngig,»aber ich werde es nochmal erläutern, nur um sicherzugehen, daß keine Zweifel bestehenbleiben. Ich weiß, es ist ein erschreckender Schritt.« Er warf seinem falkenköpfigen Vertrauten einen kurzen Blick zu - nicht als Bitte um Hilfe, vermutete Jongleur, sondern als stille Aufforderung, der aufbrausende Yacoubian möge gefälligst den Mund halten.»Das Problem ist, daß eine Geistübertragung im eigentlichen Sinne nicht möglich ist ...«

»Was?« Mit gebleckten Fängen sprang Sachmet beinahe von ihrem Sitz auf.»Was machen wir dann hier ...?«

»Ein bißchen Beherrschung, wenn ich bitten darf. Du warst nicht verpflichtet, dich näher mit dem Gralsprozeß auseinanderzusetzen, Frau

Dedoblanco, aber meines Erachtens wäre es eine durchaus lohnende Beschäftigung gewesen.« Wells runzelte die Stirn.»Ich wollte sagen, daß Geistübertragung in der Form, wie sie häufig in Science-fiction-Phantasien vorkommt, nicht möglich ist. Der Geist ist kein Ding, auch keine Ansammlung von Dingen - man kann nicht einfach eine elektronische Kopie von allem machen, was sich im Geist befindet, und sie dann ... anknipsen.« Er deutete das Knopfdrücken an, das sie vorher vorgeschlagen hatte.

»Der Geist ist gewissermaßen ein Ökosystem, eine Kombination neurochemischer Elemente und die Beziehung zwischen diesen Elementen. Er funktioniert derart komplex, daß sogar die Leute, die unsern Gralsprozeß perfektioniert haben, ihn immer noch nicht ganz begreifen, aber sie - wir - haben herausgefunden, wie man das zuwege bringt, was wir brauchen. Wir können den Geist nicht einfach aus seiner physischen Einbindung heraus auf ein Computersystem übertragen, und wenn das System noch so leistungsstark und komplex ist. Statt dessen haben wir für jeden von uns eine Spiegelversion erzeugt, einen virtuellen Geist sozusagen, und es dann so eingerichtet, daß unser Gehirn sie mit dem Original identisch machen konnte. Nachdem die Ausgangsmatrix einmal geschaffen war - das Rohsystem, in dem ein künstlicher Geist - existieren konnte -, wurdet ihr alle, wie ihr euch sicher erinnert, mit einem sogenannten Thalamusdoppler ausgestattet, einem gentechnisch erzeugten organischen Teil, das sämtliche Gehirnaktivitäten kopiert. Von dem Punkt an habt ihr durch schlichte Betätigung eures Gehirns angefangen, das Duplikat hier im Gralssystem entstehen zu lassen.

Bestimmte in den Doppler eingebaute Elemente haben euren leiblich gebundenen Geist dazu angeregt, sich in dem Online-Geist selbst zu kopieren, etwa einen gespiegelten Erinnerungsspeicher anzulegen, bis beide Versionen parallel existierten. Eure körperlosen Duplikate sind natürlich während dieses Wartens auf den heutigen Tag ohne Bewußtsein geblieben und in einer Art von traumlosem Schlaf gehalten worden. Das ist sehr grob vereinfachend dargestellt, aber sämtliche Unterlagen liegen euch seit langem vor. Ihr könnt alles jederzeit nachschlagen, wenn ihr wollt.« Jetzt lächelte er doch.»Es dürfte allerdings ein bißchen spät dafür sein.

Jetzt ist der Zeitpunkt gekommen, den Prozeß abzuschließen - doch es handelt sich *nicht* um eine Übertragung. Während wir hier in diesem virtuellen Raum sitzen und uns unterhalten, wird euer schlafender

Online-Geist immer noch weiter aktualisiert. Aber wenn wir ihn einfach weckten, würdet ihr keine Veränderung bemerken - ihr wäret immer noch in euren sterbenden fleischlichen Körpern gefangen. Dafür würde es auf einmal eine identische Version von euch geben, die eure sämtlichen Erinnerungen bis zum Augenblick des Erwachens besäße, eine Version von euch, die ganz und gar im Netzwerk leben könnte. Aber sie würde nicht lange mit euch identisch bleiben, denn im Augenblick der Bewußtwerdung würde sie sofort divergieren und etwas Eigenständiges werden, ein Wesen mit euren Erinnerungen, darauf erpicht, sein eigenes Leben zu führen. Doch obwohl es unsterblich wäre, würdet ihr - und damit meine ich euch, die ihr mir gerade zuhört - dennoch immer älter und kränker werden und schließlich sterben.«

Mit sichtlichem Vergnügen an der Rolle des Lehrers beugte Wells sich vor und sah dabei aus, als spräche er zu einer Gruppe frisch eingestellter Telemorphix-Informatiker und nicht zum Kreis der Mächtigsten auf der Erde. »Aus dem Grund müßt ihr eure physischen Körper ablegen. Wenn ihr das tut, wird in dem Moment, wo euer Körper stirbt, eure virtuelle Kopie zu leben anfangen. Und sie wird dann keine Kopie mehr sein - sie wird die einzige Version sein, die es von euch gibt, mit eurem vollständigen Gedächtnis bis zu dem Moment, wo der Kelch eure Lippen berührte.« Er blickte auf die Runde weitgehend unbewegter Tiergesichter. »Wenn ihr euch abends schlafen legt, habt ihr dann Angst, daß ihr beim Aufwachen nicht mehr derselbe Mensch sein werdet? Dies hier wird nicht einmal wie Schlafen sein - noch keine Sekunde, und ihr lebt im Netzwerk, ohne jede Einschränkung durch Leiblichkeit, durch Alter, Krankheit oder Tod.«

»Aber wenn wir richtig sterben«, fragte der Gott mit dem Krokodilskopf, »und es bloß eine andere Version von uns ist, die überlebt, was passiert dann mit unserer Seele?«

Wells lachte. »Wenn du wirklich an sowas glaubst, hättest du dein Geld anders anlegen sollen.«

Ein Schweigen legte sich über den Raum. »Genug«, erklärte Jongleur und erhob sich. »Dies ist nicht der Zeitpunkt für Diskussionen. Alle haben vor langer Zeit Gelegenheit gehabt, ihre Entscheidung zu treffen. Wenn einige noch im letzten Moment abspringen möchten, werden wir sie nicht vermissen - sie haben bereits ihr Scherflein zum Bau des ewigen Lebens beigetragen, das wir übrigen genießen werden. Erhebt eure Kelche!« Die Mehrzahl schloß sich ihm an, aber ein paar Mitglieder der

Neunheit schien immer noch Bedenken zu haben. »Wenn ihr nicht trinkt, wenn ihr nicht den leiblichen Tod eures alten Körpers in der von euch vorbereiteten Form auslöst, werdet ihr nicht hinübergehen. Ihr werdet nicht wie wir anderen zu Göttern werden.«

Die Unsicherheit blieb. Jongleur überlegte, ob er die Prozedur selbst beginnen sollte, aber da er seinen physischen Körper noch gar nicht wirklich ablegte, sondern nur so tat, erschien es ihm nicht geraten zu riskieren, daß man ihn, Wells oder die anderen beiden einer allzu genauen Überprüfung unterzog.

Die Situation wurde durch Ricardo Klement gerettet, der seinen Pokal erhob und ausrief: »Ich glaube daran. Ich glaube an Señor Jongleur, und ich glaube an den Gral. Ad Aeternum! In Ewigkeit!« Er setzte den Pokal an seinen seltsam geformten Käfermund und leerte den Inhalt. Irgendwo in der wirklichen Welt hörten seine Lebenserhaltungssysteme auf zu arbeiten.

Selbst Jongleur sah ihn gebannt an. Einen Moment lang saß Chepri nur da und blickte mit seinem Skarabäusgesicht freundlich von einem zum anderen, dann wurde der Sim schlagartig steif: Der Körper, der ihn beseelt hatte, starb. Die zuckenden, vielgliedrigen Fühler erstarrten, und Klement rutschte von dem großen steinernen Thron und polterte auf den goldenen Boden.

Eine ganze Weile verging; niemand wagte zu atmen. Alle Augen wandten sich von Klements Käfersim ab, der auf der schimmernden Fläche lag wie eine tote Kakerlake in der Mitte des Petersdoms, und richteten sich auf den Sarkophag neben seinem frei gewordenen Sitz. Der blanke tiefrote Deckel ging auf, und zunächst sah man nur Dunkel. Eine Gestalt setzte sich langsam in das Sonnenlicht auf, das von den goldenen Wänden abstrahlte. Sie war menschlich, eine idealisierte Version von Ricardo Klement als nackter junger Mann, gertenschlank und gutaussehend, aber mit ungerichtet blickenden Augen. Mit jeder Sekunde, die die Gestalt bewegungslos schweigend dasaß, wurde das Raunen der Neunheit lauter.

»Wer bist du?« rief Jongleur. Um des dramatischen Effekts willen stand er auf und streckte die Arme aus. »Wie lautet dein Name, du auferstandene Seele, du neugeborener Gott?«

»Ich ... ich bin Klement«, sagte der nackte junge Mann. Mit einer langsamen Kopfdrehung schaute er sich die anderen an. »Ich bin Ricardo Klement.«

Ein Laut des Erstaunens machte im Saal die Runde. Ein paar Freuden- und Erleichterungsrufe waren zu hören. »Und wie fühlst du dich?« fragte Jongleur, der mit Verwunderung feststellte, daß sogar sein fernes, unendlich müdes Herz vor Aufregung heftig pumpte. Sie hatten es geschafft! Die älteste Geißel der Menschheit war überwunden, und bald würde auch er unsterblich sein. Die Bruderschaft hatte den Tod getötet, sie hatte den schrecklichen, kaltäugigen Mister Jingo ein für allemal in die Flucht geschlagen.

»Mir ... geht es gut.« Das hübsche Gesicht zeigte kein großes Mienenspiel, nur die Augen zwinkerten wie überrascht. »Es ist gut ... einen Körper zu haben.«

Andere riefen Fragen. Der neue Klement beantwortete sie langsam, aber die Antworten waren richtig. Nun erhoben auch die übrigen Bruderschaftler ihre Kelche und tranken sie mit dem Ruf »Ad Aeternum!« in langen Zügen gierig aus; einige lachten und riefen einander zu, während sie ihre zeitgebundenen irdischen Leiber ermordeten. Je nach der Methode, die sie sich für ihren RL-Selbstmord ausgesucht hatten, erstarrten die tierköpfigen Sims der Neunheit sofort oder erst nach einigen Minuten auf ihren Thronen. Manche der Götter taten ein paar torkelnde Schritte und stürzten dann zu Boden, andere wurden einfach an Ort und Stelle hart und steif wie Statuen.

Jongleur, Wells, Yacoubian und Jiun Bhao leerten ihre Kelche ohne auch nur eine Spur des leichten Bangens, das einige der anderen doch noch verrieten, da diese vier ihren Selbstmord im Augenblick nur mimten.

Binnen einer Minute öffneten sich vier Sarkophage wie Schmetterlingspuppen, und vier gutaussehende neue Körper richteten sich auf, je einer für Jongleur, Wells, Jiun Bhao und Yacoubian – die falschen Auferstehungsleiber, die Jongleur installiert hatte, um die anderen Mitglieder der Bruderschaft in dem Glauben zu wiegen, sie hätten den Übergang alle gemeinsam vollzogen. Die leeren Sims setzten sich auf, zwinkerten und blickten sich mit gespielter Verwunderung um, eine vorprogrammierte Farce für ein nicht mehr anwesendes Publikum.

Keiner der anderen Sarkophage war aufgegangen.

Aus Verblüffung wurde Schrecken. Jongleur schaltete die vier falschen Wiedergeburten ab und schwebte zu dem nächsten Gralsbruder, einem portugiesischen Industriellen namens Figueira. Seine widderköpfige Verkörperung des Gottes Chnum war halb zu Boden geglitten und hart wie Marmor.

»Gibt es ein Problem?« fragte Jiun Bhao mit gespielter Sanftheit.

»Wenn das ein Trick ist, den du da abziehst, alter Mann ...«, knurrte Yacoubian.

»Sie sind tot.« Es war, als hörte er jemand anders im Traum sprechen. Jongleur konnte es sich nicht erklären - hatte der Andere jetzt endgültig den Geist aufgegeben? Aber sonst machte alles einen ganz normalen Eindruck. »Sie sind alle tot, sie haben alle ihre wirklichen Körper umgebracht. Es ist kein Trick - aber sie sollten doch hier aufwachen ...« Er wandte sich Ricardo Klement zu. Der schöne Jüngling saß immer noch in seinem Sarkophag, fraglos lebendig, aber anscheinend damit zufrieden, in seinem neuen Körper einfach zu existieren, denn er achtete gar nicht auf das, was um ihn herum vor sich ging. »Aber es hat doch bei Klement funktioniert! Wie können dann alle anderen ... einfach ...?«

Wells inspizierte die verrenkte und versteinerte Simleiche von Ymona Dedoblanco. »Wie es aussieht, war es ein kluger Zug von dir, mit deiner Wiedergeburt noch etwas zu warten, Jongleur.« Er stand auf. Das gelbe Lächeln war wieder da, wenn auch in den Mundwinkeln ein wenig verkniffen. »Na, ich denke, wenn wir dieses kleine Problem ausgebügelt haben, bedeutet das schlicht, daß jeder von uns Verbliebenen ein größeres Stück von der Geburtstagstorte bekommt.«

> »Ich verstehe das nicht«, sagte Renie atemlos. »Was ist da los? Sind diese ganzen Gralsleute echt tot?«

Orlando hörte sie kaum. Die Stimmen in seinem Kopf waren wieder da, machten ihn ganz wirr mit ihrem Flüstern, tausend zwitschernde Vögel, die mit samtenen Flügeln durch einen leeren Dom schwirrten und flitschten. Mit dem letzten Rest seiner schwindenden Kraft klammerte er sich an einen Gedanken.

»Das ist es«, sagte er. Das Sprechen fiel ihm schwer - mit jedem Wort vergeudete er kostbaren Atem. Irgendwo weit weg war sein Körper dabei aufzugeben, und diesmal würde es kein Erstarken mehr geben. »Deshalb bin ich noch hier.«

Fredericks zupfte ihn fragend am Arm, aber Orlando schüttelte seine Freundin ab. Er war bereit gewesen, der gigantischen Gestalt auf dem

Berg seinen erschöpften Körper entgegenzuwerfen, aber hatte es nicht getan. Es war ihm schon vor seinem Abstieg ins Tal klar gewesen, daß das Ungeheuer selbst seinen vehementesten Vernichtungsangriff gar nicht spüren würde, aber etwas ganz anderes als die Gewißheit, nichts ausrichten zu können, hatte ihn schließlich abgehalten: Beim Näherkommen hatte die titanische Erscheinung, so grauenhaft sie wegen ihrer unglaublichen Größe war, auch mitleiderregend auf ihn gewirkt - gefangen, gequält, ohnmächtig. Dieser Eindruck hatte Orlando völlig verwirrt, denn damit war er zwar ein todgeweihter Held, allerdings ohne Ziel und Aufgabe. Jetzt aber meinte er zu verstehen, warum er noch lebte und atmete, wenn auch äußerst mühsam.

Er streckte eine Hand nach der schimmernden Vision des Gralssaales aus. Die anderen diskutierten heftig und nahmen es kaum wahr, aber Fredericks sah es.

»Orlando? Was tust du?«

Er fühlte einen gewissen unkörperlichen Widerstand, aber die Bildfläche war nicht fester als die Oberflächenspannung auf einem Becken voll Quecksilber. Als seine Finger hindurchstießen, lief ein Schauder durch die gewaltige Hand, die das Fenster umrahmte, was wiederum den goldenen Raum erzittern ließ und die ohnehin schon grotesken Gestalten der Gralsbrüder verzerrte. Orlando tat noch einen tiefen, brennenden Atemzug, dann trat er hindurch.

Der Raum aus Gold umgab ihn jetzt auf allen Seiten. Es gab keine Spur des Gateways hinter ihm, nur die glänzenden Wände mit ihren schwach hervortretenden Reliefs. Orlando erhob sein Schwert und ging ein paar Schritte auf den Kreis der Throne und die vier noch lebenden Gralsherren zu. Der Gott mit dem gelben Gesicht sah ihn als erster; seine Augen wurden weit, und die beiden Götter mit Vogelköpfen, die wissen wollten, was ihren Genossen so bestürzte, drehten sich um. Im nächsten Moment kam Fredericks hinter Orlando aus dem Nichts gepurzelt und plumpste zu Boden.

»Tu's nicht«, beschwor ihn seine Freundin, während sie sich aufrappelte. »Tu's nicht, Gardiner.«

Orlando ignorierte Fredericks und richtete sein Schwert auf den mit Namen Osiris, dessen mumifizierter Körper sein Erschrecken verriet, auch wenn seinem maskenartigen Gesicht nichts anzusehen war. »Du da!« rief Orlando. »Ja, du, Windelheini! Jetzt wirst du dran glauben!«

Der Gott mit dem Falkenkopf wandte sich zuerst Osiris, dann dem gelbgesichtigen Gott zu. »Scheiße, Bob, was zum Teufel geht hier ab?« bäffte er.

»Ihr scännigen alten Drecksäcke habt vielen Leuten Leid und Unglück gebracht.« Orlando bemühte sich krampfhaft, seine Stimme stark und selbstsicher klingen zu lassen. »Jetzt werdet ihr dafür bezahlen.«

Der Gott Osiris starrte ihn an. »Wer bist du?« fauchte er. »Einer dieser Jammerlappen vom Kreis? Ich bin zu beschäftigt, um mir von euch Pinschern die Zeit stehlen zu lassen.« Er hob einen verbundenen Arm, streckte den Zeigefinger aus, und dieser begann zu glimmen. Orlando stellte sich schützend vor Fredericks.

»Halt!«

Osiris hielt verblüfft inne, als noch ein Fremder wie durch Zauber erschien.

Renie stolperte auf die Gralsherren zu und hielt dabei etwas Glänzendes in der Hand, das sie ihnen drohend entgegenstreckte wie ein Selbstmordterrorist eine Handgranate. Sie gab sich alle Mühe, ruhig und gelassen zu wirken, aber Orlando erkannte, daß sie vor Angst fast verging. »Ich hab eins von euern Zugangsgeräten, und ich weiß, wie man damit umgeht«, schrie sie. »Eine falsche Bewegung, und ich garantiere euch, daß euch dasselbe passiert wie den andern von euerm Verein. Und falls ihr meint, ihr wärt schneller als ich, dann probiert's doch - dann gehen wir alle zusammen drauf.«

Dabei kann sie gar nicht damit umgehen, dachte Orlando wie im Traum, *und wir hatten auch gar nichts damit zu tun, daß die andern gestorben sind. Gute Idee, aber es wird nicht hinhauen.* »Schon gut, Renie«, sagte er. »Ich weiß, was ich tue.«

Bevor sie etwas entgegnen konnte, drängelte sich der falkenköpfige Gott an den anderen vorbei. »Das ist ja mein Feuerzeug!« brüllte er. »Also *du* bist der kleine Scheißkerl, der es geklaut hat!«

»Laß den Unsinn!« herrschte Osiris ihn an, aber der Falkengott beachtete ihn gar nicht. Mit jedem Schritt schwoll Horus mehr an, bis er fast dreimal so groß wie Orlando war, und seine Augen brannten wie blau glühende Kohlen. Orlando erhob abermals das Schwert und stellte sich ihm in den Weg.

»Daniel!« rief der Gott mit dem gelben Gesicht. »Wir müssen nicht ...«

Orlando fühlte, wie ein tiefes Beben nicht nur durch den Saal, sondern durch ihn, die Luft, durch alles lief. Die Stimmen in seinem Kopf steigerten sich jäh zu einem schrillen und derart entsetzten Kreischen, daß er ohnmächtig zu werden drohte. Punkte tanzten vor seinen Augen. Einen zeitlosen Augenblick lang hing alles in der Schwebe, golden und schwarz und hallend, dann stürzte die Wirklichkeit in sich zusammen. Licht und Ton kamen wieder zurückgerauscht wie eine Sturmflut, gefolgt von einem furchtbaren donnernden Stöhnen, bei dem Orlandos Knochen zu zerfließen schienen.

Das Licht zerbrach. Aus dem goldenen Saal wurden mit einem Schlag tausend goldene Säle in einem vierdimensionalen Hyperkubus, so daß Orlando, Fredericks und die anderen sich wie Gefangene in einem riesenhaften Kaleidoskop vorkamen. Zahllose Geisterbilder des Raumes erstreckten sich in alle Richtungen wie die aufgereihten Reflexionen einander spiegelnder Spiegel, doch gleichzeitig, als ob eine Grenze zwischen den Welten gefallen wäre, wurde alles von dem schwarzen Berggipfel und dem sich in seinen Fesseln windenden Riesen überragt.

Nicht nur der Raum, auch die Personen waren endlos vervielfacht worden.

»Orlando!« schrie Fredericks - schrien eine Million Frederickse. »Paß auf!«

Inmitten des unvorstellbaren Chaos drehte Orlando sich so langsam um, als tappte er durch einen Albtraum. Der falkenköpfige Gott stürzte immer noch auf ihn zu, samt der vielen durchsichtigen Geisterbilder, die nach allen Seiten von ihm ausgingen. Eine mächtige Multihand griff nach Orlando; als er sich zur Seite warf, fühlte er die Klauen über seinen Rücken kratzen wie Baggerzähne und Stoff und Haut wegreißen.

Der Tempel und der Berg hatten sich nicht bloß vervielfacht, sondern waren verschmolzen: Die schwarzen Gipfel waren durch sämtliche Spiegelungen der Tempelwände zu sehen, und die Talsohle glänzte wie das blanke Gold des Tempels. Fredericks, die fassungslos auf dem Saalboden kauerte, der zugleich ein schwarzer Grund unter einem Hochgebirgshimmel war, Renie, die Götter der Gralsbruderschaft und die übrigen Gefährten, die Orlando auf dem Berg zurückgelassen hatte - sie alle waren jetzt an ein und demselben Ort versammelt und gleichzeitig in schwindelerregender Brechung ins Unendliche zerstreut. Das einzige, was sich nicht vermehrt hatte, war der lang auf dem Berg liegende Riese, der Andere, der das leidende Herz eines Universums zu sein schien, das in einem kollabierte und expandierte. Selbst an den Sternen zeigte sich der gleiche Effekt, so daß jede ferne Sonne in eine fraktale Lichtwolke gehüllt war.

Unbekümmert um dieses Chaos fuhr der blindwütig rasende Falkengott herum und griff wie besessen brüllend abermals an. Während Orlando entkräftet und benommen zu entscheiden versuchte, welches der zahllosen, sich identisch bewegenden Schattenbilder das richtige war, bäumte sich die verschwommene Titanengestalt des Andern mit einemmal noch heftiger auf und krümmte sich in der Mitte, um die Fesseln zu zerreißen und sich aufzusetzen.

Der Riese schrie. Sein erdbebenartiges Gebrüll klang wie die Geburt oder der Untergang eines ganzen Universums, und einen Moment lang drohte die Wirklichkeit völlig zu zerfallen.

Über ihnen nahm das unscharfe Gesicht plötzlich deutlichere Züge an, als ob etwas im Innern der amorphen Figur mit aller Kraft nach draußen drängte. Unter den fassungslosen Blicken Orlandos und der anderen verzog und verdunkelte es sich zu einer fauchenden Raubtierfratze, die eine Meile hoch über der Ebene hing. Das davon ausgehende Flimmern ließ ein wenig nach.

»*Hallo, Großvater.*« Das gelbe Auge der Bestie war hell und groß wie der Mond, die Stimme laut genug, um die Sterne vom Himmel zu pusten. »*Wie nett, dich hier zu treffen. Ach, und sieh einer an, wer noch mit von der Partie ist!*«

Im Zentrum seiner eigenen Galaxie von Spiegelungen blickte der Gott Osiris wie versteinert nach oben. »Dread ...?« krächzte er.

Bei diesem Namen hörte Orlando einige aus seiner Schar aufschreien.

Die Schakalfratze lachte. »*Ich hab dein Geheimnis rausgekriegt, alter Mann. Und bald wird dein System machen, was ich ihm befehle. Ich denke, es wird mir Spaß machen, Herr über ein ganzes Universum zu sein.*«

Das nächste furchtbare Beben lief durch den Körper des Riesen, und einen Moment lang wurden die Raubtierzüge wieder von dem unscharfen Gesicht von vorher überlagert. »*Das Ding wehrt sich noch*«, sagte die Stimme mit etwas geringerem Donnerhall, aber immer noch so laut, daß sie in Orlandos Schädel und über den ganzen Berg dröhnte. »*Aber ich hab entdeckt, wie man ihm weh tut, nicht?*« Die gigantische Gestalt heulte und zuckte, und wieder drohte die Erschütterung den ganzen Berg zu zersprengen. »*Kleinen Moment, gleich benimmt er sich wieder anständig ...*«

Das flimmernde Feld pulste. Der Riese kämpfte weiter gegen eine unsichtbare Macht, aber sein Widerstand wurde schwächer. Da hörte

Orlando über den ganzen rasenden Irrsinn hinweg einen Schrei, und als er sich umdrehte, sah er, daß der Falkengott Fredericks gepackt hatte und sie vor sein wutschnaubendes Schnabelgesicht hielt.

»Was macht ihr Schweine mit unserm System?« brüllte Horus. »Was habt ihr gemacht, verdammt nochmal?«

Ohne auf die panischen Stimmen in seinem Kopf und die in alle Richtungen von ihm ausgehenden Schattenbilder zu achten, wankte Orlando auf die beiden zu. Reflexen folgend, die ihm die Hälfte seines jungen Lebens über zur zweiten Natur geworden waren, hatte er trotz allem sein Schwert eisern festgehalten und hackte jetzt mit letzter Kraft dem Gralsmonster in die Kniekehle. Es ließ Fredericks zu Boden plumpsen und wandte sich gegen ihn.

»Lauf weg!« schrie Renie irgendwo hinter ihm, aber Orlando beachtete sie gar nicht. Das Falkenwesen war vor sinnloser Wut anscheinend nur von dem einen Gedanken besessen, ihn mit seinen Krallenhänden zu packen und zu zerquetschen. Orlando tauchte unter einem zuschlagenden Arm weg und versuchte, es in die ungeschützte Seite zu stechen, doch die andere große Hand fuhr ihm in die Parade und brach das Schwert entzwei. Orlando wollte noch wegspringen, aber er hatte keine Kraft mehr. Die Hand schlug abermals zu und traf ihn wie die Stoßstange eines Lasters; die Wucht war so groß, daß er gerade noch mitbekam, wie er durch die Luft flog, bevor er auf dem Boden aufprallte.

Dunkelheit ging über ihn nieder, und diesmal hätte sie ihn beinahe verschlungen. Er konnte kaum noch etwas erkennen. Das Atmen war nicht mehr nur qualvoll, sondern so gut wie unmöglich. Selbst seine inneren Stimmen schienen von dem Schock verstummt zu sein.

Am schlimmsten war, daß er sein Schwert verloren hatte. Er sah den Griff mit dem Stumpf der abgebrochenen Klinge nur wenige Meter entfernt liegen, wie es schien, doch die Verzerrung war immer noch so stark, daß er die Distanz schwer abschätzen, ja nicht einmal sicher sagen konnte, ob es wirklich das Schwert war und nicht eines der zahllosen Spiegelbilder. Orlando kroch unter Schmerzen darauf zu, nur mehr von dem Bewußtsein erfüllt, daß seine Aufgabe noch nicht erledigt war. Seine inneren Verbindungen waren irgendwie gestört – er fühlte es überall knirschen und scheuern –, und ein winziger, entlegener Teil von ihm wunderte sich, daß er solche Qualen empfand, obwohl es doch bloß ein imaginärer Körper war. Schwarze Wellen mit roten Rändern rollten über ihn hinweg, während er weiterkroch und dabei versuchte, die Punkte vor seinen Augen wegzublinzeln. Er hoffte nur, daß er sich nicht in der Richtung irrte.

Als seine Hand sich eben um den Griff schloß, wurde er am Fuß geschnappt und in die Luft emporgerissen. Er hing kopfunter vor zwei mächtigen Beinen. Das Blut stürzte ihm in den Kopf, und er führte einen Stoß gegen das Bein, das ihm am nächsten war, um wenigstens die Haut des Gottes mit seinem zerbrochenen Schwert aufzukratzen, aber der Abstand war zu groß. Stimmen riefen seinen Namen, doch sie riefen auch Fredericks' Namen, sogar T4bs Namen. Das alles hatte nichts mehr zu besagen. Die Bestie hatte ihn an der Ferse gefaßt und ließ ihn baumeln wie ein Uhrpendel.

»Ihr Saboteure habt Mumm, das muß man euch lassen«, grollte der Falkengott. »Aber umbringen werd ich dich trotzdem, du kleiner Scheißer.«

Fredericks drosch verzweifelt auf die Beine des Ungeheuers ein, bis ihre Hände bluteten, aber es schien sie nicht einmal zu bemerken. Orlando hing hilflos in den Klauen des Gralsherrn und wartete auf den Tod.

> Paul schrie entsetzt auf, als das Universum zersplitterte, aber vor lauter Lärm hörte er sich selbst nicht einmal. Alles fiel auseinander, und er begriff überhaupt nichts mehr.

Es war alles so rasch gekommen - daß Orlando direkt in das Bild mit der Gralsbruderschaft hineinmarschiert und Fredericks hinter ihm hergeeilt war. Renie hatte Martine zugeschrien, sie solle ihr das Feuerzeug geben, und war dann ebenfalls hindurchgesprungen, aber in dem Moment, wo sie verschwand, hatte sich die Szene des goldenen Saales verdüstert, und die das Tal ausfüllende riesige Gestalt hatte angefangen, zu stöhnen und sich herumzuwerfen wie in einem Albtraum, und damit den ganzen Berg zum Beben gebracht. Dann waren Renie und die anderen mitsamt den Gralsleuten blitzartig wieder sichtbar geworden, und ringsherum stürzte die Realität ein.

Irgend etwas nahm von dem gigantischen Wesen Besitz, ein wölfisches Ungeheuer, das die Gralsleute anscheinend kannten und bei dessen bloßer Stimme Martine bereits aufkreischte und sich die Ohren zuhielt, dann erlosch diese Erscheinung wieder, und der Riese wand sich abermals in Krämpfen. Die ganze Bergszene schien in tausend reflektierende Stücke zersplittert zu sein ...

Der Gedanke durchzitterte seinen Kopf wie ein Echo: *Zersplittert ... stürzende Glasscherben ... zersplittert ...*

... Und Orlando kämpfte auf Leben und Tod gegen einen der Gralsherren, der erschreckend angewachsen war, obwohl er immer noch bloß ameisengroß war im Vergleich zu dem lang hingestreckten riesigen Andern, dessen Spasmen in Wellen über sie hinweggingen und alles verzerrten. Leute heulten, Renie und !Xabbu jagten hinter dem Burschen namens T4b her, der seinerseits auf Orlando und das falkenköpfige Scheusal zurannte, und ... und ...

Paul tat einen Schritt, um ihnen zu folgen, doch tausend Pauls bewegten sich gleichzeitig in alle Richtungen, und er blieb benommen und verwirrt stehen.

»Jonas, hilf mir!« Die Frau, die Florimel hieß, streckte tausend Geisterhände nach ihm aus, und ihr Grauen starrte ihm aus genausovielen verletzten, einäugigen Gesichtern entgegen. »Martine - ich glaube, sie stirbt!« Mit hinter die Lider gerutschten Augen lag die blinde Frau steif zu ihren Füßen.

Paul wollte zu ihnen gehen, aber ihm war zumute wie in einem Spiegelsaal. Als Florimel wieder schrie, schloß er die Augen und stolperte in die Richtung ihrer Stimme, bis er buchstäblich auf sie stieß.

»Sie braucht Luft«, erklärte Florimel, ließ sich auf die Knie fallen und bearbeitete die Brust der Blinden mit rhythmischen Stößen. Paul hatte keine Ahnung, was sie meinte, und starrte nur begriffsstutzig vor sich hin, bis Florimel nach einigen Sekunden aufblickte. »Luft, du Idiot!« schrie sie. »Mund-zu-Mund-Beatmung!«

Paul schloß wieder die Augen, um den schwindelerregenden Kaleidoskopeffekt auszuschalten. Er ertastete sich Martines Gesicht, preßte seinen Mund auf ihren und blies. Er wußte nicht, was es nützen sollte, einen irrealen Körper künstlich zu beatmen, aber es war sinnlos, darüber nachzudenken - solche hausbackenen Mittel inmitten eines derartigen Tohuwabohus waren so, als wollte man in einem Sandsturm mit der Kleiderbürste saubermachen.

Florimel stieß einen Schreckenslaut aus. Als Paul die Augen aufschlug, blickte sie nicht ihre Patientin an, sondern irgend etwas über ihnen. Die Riesengestalt des Andern hatte einen Arm zum Himmel emporgereckt, und gewaltig wie ein Planet hing er über ihren Köpfen und über dem Tal. Als der Gigant aufstöhnte, immer noch wie von Albträumen gepeinigt, wackelte der Boden und verwehten die visuellen Verzerrungen wie Flammen im Wind.

Da er wie gebannt auf die Bewegung des Andern gaffte, hörte Paul nur halb, wie Martine nach Luft schnappte. Ihre Hand kam hoch, als wollte sie es dem Riesen über ihnen nachmachen, und krallte nach ihm. »Martine, halt dich ruhig!« Florimel nahm ihr Handgelenk, um den Puls zu fühlen. »Du hattest einen schlimmen ...«
Die blinde Frau wehrte sich gegen die sanfte Gewalt ihrer Freundin und versuchte sich aufzusetzen. »Nein!« würgte Martine hervor. »Die Kinder ... sie haben solche Angst! Sie sind ganz allein! Wir müssen zu ihnen!«
»Was redest du da?« sagte Florimel unwillig. »Du gehst nirgendwo hin. Die ganze Welt spielt verrückt, und du warst beinahe gestorben.«
Martine fing an zu weinen. »Aber verstehst du denn nicht? Ich kann sie hören! Ich kann sie fühlen! Die Vögel fürchten sich so. Etwas ist bei ihnen eingedrungen, eine hungrige Bestie, und sie können nicht fliehen!« Sie griff sich in die Haare, als wollte sie sie ausreißen. »Tu doch was dagegen! Ich halte ihr Schreien nicht mehr aus!«
Paul konnte nur hilflos daneben hocken, während Florimel die Arme um Martine schlang. »Wir sind ja bei dir«, suchte sie die Blinde zu beschwichtigen. »Wir sind ja bei dir.« Auch ihre Augen hatten sich mit Tränen gefüllt.

»Aber sie f-f-fürchten sich s-so«, schluchzte Martine.

Eine noch stärkere Flimmerwelle lief über Pauls Gesichtsfeld, und die beiden Frauen schienen sich einen langen Korridor hinunter von ihm zu entfernen. Er erhob sich taumelnd, bemüht, nicht das Gleichgewicht zu verlieren. Der Arm des Riesen schwebte immer noch über ihren Köpfen, aber niemand sonst schien das zu bemerken. Das falkenköpfige Gralsmonster hatte den jungen Orlando in die Höhe gerissen, wo er regungslos hing, tot oder so gut wie tot. Paul meinte Fredericks an den Füßen der Bestie erkennen zu können und eine andere Gestalt, die auf die beiden zulief, aber sobald er irgend etwas genauer ins Auge fassen wollte, wurde ihm schwindlig und übel. Zwei weitere Gestalten, vielleicht Renie und !Xabbu, rannten stolpernd über das sich ständig verändernde Terrain auf den Falkengott und sein Opfer zu, aber sie waren noch weit weg. Alles ging zu Bruch. Alles war hoffnungslos gescheitert.

»Ava?« schrie Paul in die Luft. »Warum hast du uns hergebracht? Was hast du mit uns gemacht ...?«

Wie von seinem Verzweiflungsschrei gerufen erschien aus dem Nichts die Engelfrau. Ihr flackerndes und verwackeltes Bild wiederholte sich endlos auf allen Seiten, und ihre tausend klagenden Stimmen schrien alle zugleich.

»Halt! Du bringst ihn um!«

Paul hatte keine Ahnung, wem der Ruf galt und ob es Orlando war, um den sie bangte, der auf dem Berg liegende Riese oder vielleicht sogar Paul selbst.

Der vervielfachte Engel schrie abermals, und der Schrei fand ein Echo in der erderschütternden, dumpfen Stimme des Andern. Der über ihnen hängende Riesenarm zitterte einen Moment, dann fiel die Hand nach unten wie ein aus der Umlaufbahn ausbrechender Mond und krachte auf Renie, !Xabbu, Orlando und die übrigen nieder. Der Boden ruckte, als ob eine Bombe explodiert wäre, und Paul wurde von den Füßen geschleudert. Ein Augenblick hallender Stille folgte. Die Engelfrau und ihre sämtlichen Geisterbilder verharrten mit offenen Mündern und schreckensweiten Augen in der Luft. Der von der Hand aufgewirbelte Staub legte sich langsam wieder.

Orlando, Renie - sie sind ... weg ..., war alles, was Paul noch denken konnte, dann erstarrte und zersplitterte alles, tausend Engel zerstoben, ein zerschmettertes Buntglasfenster, das in glitzernde, fliegende Scherben sprang, und er ...

Zersplittert ... stürzende Glasscherben ... zersplittert ...

Er war in dem schwarzen Turm, und alles geschah noch einmal, war nicht mehr aufzuhalten, zu spät ...

... Das Zerbersten der Scheibe und der Aufschrei von tausend und abertausend Avas, und dann die Vögel, wie sie aufwirbelten wie bunte Rauchwolken, die Vögel und die Scherben und die Stimmen entsetzter Kinder ...

Das Glas zersplitterte, und Paul zersplitterte mit, zerbrach und zerstreute sich immer weiter, damals wie jetzt, bis die Bruchstücke zu klein wurden und seine Gedanken keine Verbindung mehr hielten.

> Einen Moment lang waren Renie und !Xabbu in dem großen goldenen Grabsaal der Gralsbruderschaft gewesen. Im nächsten Moment war die Welt vollkommen aus den Fugen geraten.

!Xabbu packte sie, als zahllose identische Schattenbilder von ihnen in alle Richtungen sprangen. Das Grab und der Berg waren irgendwie eins geworden - die übriggebliebenen Gralsherren, Orlando, Paul, selbst der geheimnisvolle, riesenhafte Andere, alle waren in denselben wellenden, flirrenden Raum versetzt.

»Alles bricht zusammen!« schrie Renie.

Ein mächtiges Ungeheuer mit einem Falkenkopf und irrsinnig funkelnden blauen Augen stürzte sich auf Orlando. Irgendwo in der Nähe kreischte Martine. Wohin Renie auch schaute, überall waren Freunde und Feinde vervielfacht worden wie endlose Ketten von Papierfiguren.

Allein zu begreifen, was da geschah, war völlig aussichtslos, und es anzuhalten erst recht, aber Orlando war in höchster Lebensgefahr, soviel war Renie klar. Doch als sie mit !Xabbu im Schlepptau zu ihrem bedrohten Freund hineilte, begann der Andere, der groß war wie ein ganzer Gebirgszug, sich in Krämpfen zu winden. Sein geismisches Schmerzensgebrüll warf sie und !Xabbu auf die Knie.

Aus dem schattenhaften Riesengesicht schälte sich etwas anderes heraus, raubtierhafte Züge, dunkel, verzerrt und böse. Ein großes gelbes Auge ging auf.

»*Hallo, Großvater*«, dröhnte eine Stimme. Renie erkannte sie und stieß einen Schreckensschrei aus.

»Er ist es! Der Mörder!«

Jedes Wort, das die Bestie sprach, ließ den Boden erbeben. Renie griff nach !Xabbu, doch ihr Freund lag langgestreckt da, das Gesicht gegen den schwarzen Grund gepreßt, der irgendwie auch der Fußboden des goldenen Saales war.

»Steh auf!« schrie sie, obwohl sie selber kurz vorm Verzweifeln war und sich kaum mehr aufrecht halten konnte. »Steh auf! Wir müssen Orlando helfen.«

»Es ist der Allverschlinger«, ächzte !Xabbu. Er drückte sich an den Boden, als wäre dieser das Deck eines im Sturm kenternden Schiffes. »Jetzt holt er uns alle. Das ist das Ende!«

Renie hätte am liebsten geweint. »Steh auf! Das ist nicht dein Allverschlinger, das ist dieses Quan-Li-Monster - es will das System in seine Gewalt bringen!« Sie packte ihn am Arm, um ihn in die Höhe zu ziehen, und versuchte sich dabei an die Geschichte zu erinnern, die er ihr einmal erzählt hatte. »Du hast mir mal gesagt, das Stachelschwein hätte den Allverschlinger besiegt, weißt du nicht mehr? Das hast *du* mir erzählt! Du hast gesagt, *ich* wäre das Stachelschwein, nicht wahr? Na schön, dann steh jetzt auf, verdammt nochmal! Ich brauche dich!« Sie beugte sich dicht an sein Ohr und zog weiter heftig an seinem Arm. »!Xabbu! Auch das Stachelschwein hätte es nicht allein geschafft!«

Was die mörderische Quan-Li-Bestie auch mit dem Andern gemacht haben mochte, sie hatte jedenfalls den Widerstand des Riesen nicht völlig gebrochen. Mit seiner hartnäckigen Gegenwehr gelang es ihm, daß das Raubtiergesicht verschwamm und wieder verschwand, doch die Wirklichkeit blieb weiter in tausend Stücke zerbrochen.

!Xabbu ließ sich in die Hocke hochziehen. Gleich darauf stand er auf, aber er blickte Renie nicht in die Augen. Sein Sim war leichenblaß geworden, doch als er ihr schließlich das Gesicht zuwandte, war wieder eine gewisse schuldbewußte Entschlossenheit zu erkennen.

»Ich schäme mich, Renie«, sagte er.

»Tut mir leid, aber wir müssen ...«

»Nein!« Er winkte ab. »Du hast genau das Richtige getan. Laß uns schnell Orlando zur Hilfe eilen.«

Eine unscharfe, flimmernde Gestalt schoß an ihnen vorbei auf die Stelle zu, wo Orlando und der Falkengott sich bekämpften.

»Javier!« schrie Renie dem Laufenden hinterher. »T4b! Was hast du vor?«

Ohne sie zu beachten, rannte er zu dem ungleichen Kampf zwischen Orlando und dem überdimensionalen Gralsmonster hin.

»Herrgott nochmal!« brüllte Renie und nahm die Verfolgung auf. »Ich werde nie, nie, nie, *nie* wieder mit halbstarken Teenagern irgendwo hingehen!«

Dicht gefolgt von !Xabbu sprintete sie aller Schwindligkeit und Desorientierung zum Trotz über die verwackelte Landschaft. Irgendwo, vielleicht zehn, vielleicht tausend Meter vor ihr, wurde Orlando von einem furchtbaren Schlag seines Feindes zur Seite geschleudert. Renie schrie auf, denn sie meinte gewiß, er sei tot. Zu ihrem Erstaunen stemmte sich Orlando samt seiner Armee durchsichtiger Doppelgänger mühsam auf Hände und Knie hoch und setzte sich kriechend in Bewegung, doch im nächsten Augenblick hatten ihn die unzähligen Spiegelungen des Gralsmonsters schon geschnappt. Blutend und zerschlagen baumelte Orlando mit dem Kopf nach unten im Griff der Bestie wie ein ausgenommenes Tier. Renie lief aus Leibeskräften, aber trotz der Verzerrungen merkte sie jetzt, daß sie und !Xabbu noch zu weit entfernt waren. Sie würden zu spät kommen.

Eine Welle von Engelsgestalten breitete sich auf einmal über den Himmel aus, und tausend entsetzte Frauenstimmen riefen gleichzeitig: »Halt! Du bringst ihn um!«

Die Stimme klang so elend, so voll von Verzweiflung und Vergeblichkeit, daß Renie strauchelte und beinahe gefallen wäre. Als sie sich wieder gefangen hatte, sah sie, daß jemand den Rücken des Falkengottes hochkletterte. Erst meinte sie, es sei Fredericks, die unter Einsatz des Lebens ihren Freund retten wollte.

»Nein - es ist T4b!« stieß Renie hervor. !Xabbu sagte nichts, sondern lief wortlos neben ihr weiter.

Das Gralsungeheuer hatte gemerkt, daß etwas an seinem Rücken hing: Es schnappte mit seinem scharfen, klappenden Schnabel nach dem Angreifer und versuchte dann mit seiner freien Hand T4b wegzuwischen wie eine Fliege, aber dieser tauchte unter dem Schlag weg und kraxelte auf den mächtigen Schädel. T4b reckte seine verwandelte Hand - einen kurzen Moment lang sah Renie mit halluzinatorischer Klarheit ihr kühles, graublaues Leuchten -, dann stieß er sie direkt neben dem blinzelnden Auge in den Falkenkopf. Sie trat widerstandslos in den Schädel ein, doch die Wirkung war verblüffend: Das Gralsungetüm wurde jählings steif und kerzengerade, als ob ihm ein starker Stromstoß durchs Rückgrat schießen würde. Als es zitternd die Hände zum Kopf führte, fand Orlando einen Halt, um zuzulangen und sich näher heranzuziehen, dann rammte er ihm den abgebrochenen Stumpf seines Schwertes in die Brust.

Mit einemmal fand der Falkengott die Stimme wieder, brüllte und würgte. Er schleuderte T4b in hohem Bogen von sich und hob dann Orlando vor sein starr glotzendes Auge, als könnte er nicht begreifen, was für ein Wesen ihm solche Schmerzen bereitete. Im nächsten Moment verstummte Horus, wankte und ließ Orlando fallen. Dann brach er über ihm zusammen wie ein gesprengtes Haus.

»Orlando!« schrie Fredericks und drosch mit den Fäusten auf die mächtige, leblose Gestalt des Gestürzten ein. »Orlando!«

Jetzt hatten auch Renie und !Xabbu den niedergestreckten Gott erreicht. Er war so hart aufgeschlagen, daß ein richtiger Krater entstanden war. Nur einer von Orlandos Füßen ragte unter dem Brustkasten der Bestie hervor; Fredericks bemühte sich vergeblich, den gewaltigen Leib zur Seite zu schieben, damit sie ihren Freund darunter hervorziehen konnte.

> 798

Renie konnte gerade noch einen erschütterten Blick auf die Szene werfen, als sie eine Bewegung über ihrem Kopf wahrnahm, einen Schatten, eine Luftdruckveränderung. Im Aufschauen sah sie die Hand des Andern herunterfallen, und sie war so titanenhaft groß, daß sie den Himmel und alles Licht verfinsterte.

»O nein ...«, war alles, was sie noch sagen konnte, ehe das Dach der Welt über ihnen einstürzte.

> Orlando wehrte sich diesmal nicht gegen die Dunkelheit.

Er spürte, wie er verging, wie ihm alles entglitt, aber er war machtlos dagegen. Alles, was ihn ausmachte, schien sich zu zerstreuen wie der zarte Stoff einer Wolke im heißen Sonnenschein - doch es war das Dunkel, nicht das Licht, das ihn verdunsten ließ und in sich aufnahm.

Einen Moment lang hatte er den Eindruck, das Krankenhauszimmer und seine Eltern noch einmal zu sehen. Er versuchte, zu ihnen zu sprechen, sie zu berühren, doch er hatte seine Entscheidung schon vorher getroffen und war jetzt so wesenlos wie ein flüchtiger Gedanke: Er konnte nur an ihnen vorbei in das ausufernde Dunkel gleiten.

Jetzt bin ich bloß noch eine Erinnerung. Die Erkenntnis hätte schrecklich und traurig sein müssen, aber irgendwie war sie das nicht. Und doch, obwohl er bereits von ihnen gegangen war, wollte er sie furchtbar gern wissen lassen, daß er sie nicht vergessen hatte. Er konnte nur hoffen, daß irgendein unausdenklicher Wind seine Stimme durch die leeren Räume zu ihnen zurücktrug.

Ich liebe dich, Mama. Ich liebe dich, Papa.
Es war nicht eure Schuld ...

Er sank weiter. Die Stimmen, ob wirklich oder nicht, waren wieder da, doch jetzt hießen sie ihn freudig willkommen. Und in seinem Verschwinden wurde er zugleich immer weiter, immer tiefer, bis fast nichts mehr von ihm übrig war und er dennoch ganze Welten umspannte.

Und nach allem, was er getan hatte, um dagegen anzukämpfen, davor zu fliehen, seine Furcht davor abzutöten, merkte Orlando Gardiner, als der letzte Moment endlich kam, daß er gar keine Angst vor der Dunkelheit hatte.

Kapitel

Der Weiße Ozean

NETFEED/NACHRICHTEN:
Ambodulus Abwesenheit löst Chaos in Westafrika aus
(Bild: Präsident auf Lebenszeit Edouard Ambodulu
bei einem Staatsempfang)
Off-Stimme: ... Durch das Verschwinden von Präsident
Ambodulu sind die Verhältnisse in dem westafrikanischen Staat noch instabiler geworden. Während
Gerüchte von Krankheit, Abdankung und Tod auf dem
politischen Markt kursieren, scheinen seine Stellvertreter den Kampf um die Macht aufgenommen zu
haben. Trotz wiederholter Aufforderungen von seiten
einflußreicher Politiker des Landes wie auch internationaler Medien hat es seit 48 Stunden keine
offizielle Verlautbarung aus dem Präsidentenpalast
gegeben. Dies wiederum heizt Spekulationen an, ein
Putsch innerhalb Ambodulus eigener Stammesgruppe
könnte das Land seines Führers beraubt haben ...

> Jemand zog an ihrer Hand. Stephen natürlich - er schaffte es regelmäßig, dem Weckruf ihres Pads um fünf Minuten zuvorzukommen, riß sie immer aus den letzten paar Minuten Schlaf, die sie doch so dringend nötig hatte. Renie stöhnte und versuchte sich umzudrehen. Sollte er sich sein Frühstück doch einmal selber machen. Schließlich war er mittlerweile acht ...
Doch nein, das war er nicht mehr, er war jetzt ... wie alt? Zehn? Elf? Fast schon ein Teenager. Tatsächlich war er jetzt derjenige, der schwer zu wecken war, der sich immer tiefer ins Kissen vergrub und sich nicht darum scherte, wenn sie ihm vorhielt, er werde zu spät zur Schule kommen ... im Schlaf versunken, im tiefen, tiefen Schlaf, wo sie ihn nicht erreichen konnte ...

Stephen. Auf einmal war die Erinnerung deutlich, als ob eine Spielkarte umgedreht worden wäre. Stephen liegt im Koma. Sie mußte etwas unternehmen. Doch wenn es nicht Stephen war, der an ihr zog, wer dann ...?

Sie schlug die Augen auf, versuchte klar zu sehen. Eine Sekunde lang konnte sie mit dem Gesicht über ihr nichts anfangen, doch dann wußte sie plötzlich, wer es war, erkannte die hellbraune Haut und die Pfefferkornhaare ...

»!Xabbu ...!« Sie richtete sich auf und sank von Schwindel überwältigt sofort wieder um. »!Xabbu, du bist's! Ich meine, du, wie du wirklich bist!«

Er lächelte, aber mit einem eigenartigen Ausdruck, so als ließe er etwas bewußt unausgesprochen. »Ich bin es, Renie. Geht es dir gut?«

»Aber ... aber du hast ja deinen richtigen Körper!« Sein richtiger Körper war allerdings das einzige, was er hatte, denn er hockte vollkommen nackt neben ihr. »Sind wir ... sind wir wieder zurück? Zuhause?« Sie setzte sich abermals auf, diesmal ein wenig langsamer. Der seltsame schwarze Gipfelkranz umgab sie immer noch, aber die Linien waren anders - selbst die Oberfläche der Steine war anders, eigentümlich glatt und eckig. Doch der größte Unterschied zu vorher war, daß die riesige menschenartige Gestalt, die das Tal ausgefüllt hatte, verschwunden und nur ein leerer Krater zwischen den Gipfeln zurückgeblieben war, ein Krater, der an einer Seite aufgebrochen war, so daß man in der Richtung einen freien Blick ins Weite hatte.

Es war keine Sonne zu sehen, und doch machte der eigentümlich bekannte Grauton am Himmel den Eindruck einer Morgendämmerung. Verwirrt vom Anblick des veränderten Berges schaute Renie an sich selbst hinunter und sah, daß auch sie nackt war wie ihr Freund. Außerdem war sie wieder eine Frau. »Liebe Güte, was geht hier vor?« Trotz !Xabbus unbekümmerter Nacktheit legte sie die Arme über ihre Brüste. »Bin ich ...?«

»Ja.« Sein trauriges Lächeln kehrte wieder. »Du siehst wie die Renie aus, die ich einst kennenlernte.«

»Nur mit weniger an. Was ist passiert? Wo sind die andern?«

»Die meisten sind nicht da, wo, weiß ich nicht. Nur ...« Er streckte die Hand aus.

Renie drehte sich um. Ein paar Meter hinter ihr, im Schatten desselben Felsens, in dem auch sie saßen, und doch wie durch eine dicke Glasscheibe getrennt, lagen zwei unbewegte Gestalten. Die eine war der goldlockige Achillessim von Orlando Gardiner, immer noch in seiner zerschlissenen griechischen Tracht. Die andere, die zusammengekrümmt über seiner Brust lag, als wäre sie eine Schiffbrüchige und er das Stück Treibholz, das ihr das Leben gerettet hatte, war ein nacktes Mädchen, das Renie noch nie gesehen hatte.

»O Gott.« Renie stemmte sich hoch, aller Flauheit im Magen zum Trotz, und ging eilig zu den beiden hinüber. Sie kniete sich hin und berührte Orlandos Arm, sein Gesicht; beides war kalt und hart wie Stein. Ihr traten Tränen in die Augen, doch sie wischte sie weg und strengte sich an, einen klaren Gedanken zu fassen. Das Mädchen, das noch am Leben war, klammerte sich an den leeren Sim und schluchzte beinahe lautlos vor sich hin, und das vermutlich schon ziemlich lange. Renie berührte sie sanft. »Bist du ... bist du Fredericks?«

Das Mädchen klammerte sich nur noch fester an den leblosen Sim. Tränen quollen unter ihren fest zugepreßten Lidern hervor und kullerten über ihre Wangen auf Orlandos Brust. Als Renie das sah, löste sich in ihr eine lange gehaltene Anspannung, und sie fing ebenfalls zu weinen an, heftig und hemmungslos. Sie fühlte, wie sich !Xabbus Hand auf ihre Schulter legte, aber sonst versuchte er nicht, sie zu trösten. Renie weinte eine lange Zeit.

Als sie sich wieder einigermaßen gefaßt hatte, richtete sie sich erschöpft auf. Fredericks ließ sich nicht von Orlandos leerem Sim wegziehen, und Renie sah keinen Anlaß, darauf zu dringen. Sie waren an einem wüsten Ort, wo sie die einzigen Menschen zu sein schienen. Die Riesengestalt des Andern, die überlebenden Gralsbrüder und ihre übrigen Kameraden waren alle verschwunden.

»Was ist passiert?« fragte sie !Xabbu. »Zum Schluß war alles ... irgendwie der komplette Irrsinn.«

»Ich weiß es nicht. Ich schäme mich sehr, daß ich mich so gehenließ.« Sein Blick war düster und kummervoll. »Ich dachte, ich hätte Angst, als ich den Riesen hier auf diesem Berg erblickte, aber was danach kam, war schlimmer. Ich verachte mich selbst, daß ich zu einem Zeitpunkt, wo du mich brauchtest, so vor Schreck gelähmt war, aber das ändert nichts an meiner Auffassung. Ich glaube, daß wir wirklich dem Allverschlinger begegnet sind.«

»Sag doch nicht sowas.« Renie erschauerte. »Sowas dürfen wir nicht mal denken. Alles hat eine Erklärung, auch wenn sie unangenehm ist. Der Riese war das Betriebssystem - das hat Martine auch gesagt -, und der Mörder in der Quan-Li-Maske hat versucht, es sich zu unterwerfen.«

»Das verstehe ich«, sagte !Xabbu. »Und ich gebe dir recht. Aber ich weiß auch, was ich weiß.«

»Ein fürchterlicher Gedanke, daß ein Ungeheuer wie er soviel Macht hat. Was sagte Martine, wie er heißt? Dread.« Sie schüttelte den Kopf und hätte am liebsten gleich wieder losgeweint. »Ich wünschte, Martine wäre bei uns.«

!Xabbu setzte sich in die Hocke. »Vielleicht sollte ich ein Feuer machen. Es ist zwar nicht allzu kalt hier, aber es könnte wenigstens etwas Wärme in unsere Herzen bringen.«

»Meinst du, das geht hier?«

Er zuckte mit den Achseln. »Es ging auch an diesem anderen Ort, der Flickenwelt, wie du dazu sagtest. Und hier sieht es nicht viel anders aus.«

»Ja, kommt dir das auch so vor?« Renie warf einen kurzen Blick auf Fredericks. Das Mädchen war von Orlandos starrer Gestalt heruntergerutscht und lag jetzt an ihn geschmiegt am Boden. Renie richtete ihre Aufmerksamkeit wieder auf den merkwürdigen abgebrochenen Berg. »Dieser Ort hat sich irgendwie verändert. Er sieht jetzt sehr wie diese unfertige Welt von neulich aus, als wäre er noch im Entstehen. Was mag das wohl zu bedeuten haben? Und vor allem, wie kommen wir hier weg, damit wir die andern finden können?« Ein jäher Gedanke durchzuckte sie wie ein Blitz. »Mein Gott! Das Feuerzeug!« Sie strich sich tatsächlich mit den Händen über die Haut, bevor sie begriff, daß sie ohne Kleidung auch keine Taschen haben konnte. »Es ist weg.«

!Xabbu schüttelte den Kopf. »Ich habe es neben dir gefunden.« Er machte die Hand auf. Das glänzende Ding sah in dieser trostlosen Umgebung recht unpassend aus.

»Funktioniert es?« fragte Renie aufgeregt. »Hast du's versucht?«

»Ja, das habe ich. Ich konnte nichts damit ausrichten.«

»Laß mich mal probieren.« Sie ließ es sich von ihm geben, wog es kurz in der Hand, zufrieden mit der vertrauten Schwere, und drückte dann mit den Fingern eine der Sequenzen, die sie und Martine entdeckt hatten. Das Ding reagierte nicht. Kein Gateway leuchtete auf. Renie fluchte leise und versuchte eine andere Sequenz.

»Was du da tust, ist sinnlos«, sagte eine neue Stimme.

Renie erschrak dermaßen, daß sie das Feuerzeug fallen ließ. Der Fremde, der hinter dem Felsen hervorgetreten war und jetzt nur wenige Meter entfernt stand, war ein großer, schlanker Europide von muskulöser Geschmeidigkeit, dem man das fortgeschrittene Alter nur an den weißen Haaren und den Falten in seinem langen, scharfnasigen Gesicht ansah. Renie überlegte, wer von ihren Gefährten das sein konnte, aber sie kam auf keinen. Sie klaubte rasch das Feuerzeug vom Boden auf.
»Wer ... wer bist du?«
Der Mann verengte langsam die Augen. Sein Blick war kalt, fast reptilartig. »Vermutlich könnte ich mir etwas ausdenken, aber ich wüßte nicht, warum ich lügen sollte.« Seine Sprache war überlegt, prägnant und so emotionslos wie sein Blick, mit dem leisen Anflug eines Akzents, den Renie nicht bestimmen konnte. »Ich heiße Felix Jongleur. Um euch die zweite und dritte Frage zu ersparen - ja, ich bin der Führer der Gralsbruderschaft, und nein, ich habe keine Ahnung, wo wir uns befinden.« Er gestattete sich ein hartes, humorloses Lächeln. »Ich weiß es zwar zu schätzen, daß ich einen gesunden Körper bekommen habe - ich bin seit weit über einem Jahrhundert nicht mehr so jung gewesen -, aber ich wäre lieber ein Gott geblieben.«

Renie starrte ihn entgeistert an. Dies war einer der Männer, die sie schon so lange jagte, daß sie gar nicht mehr wußte, wie lange - einer der Verbrecher, die Stephens Leben zerstört hatten, die den Befehl gegeben hatten, Susan Van Bleeck zu Tode zu prügeln. Unwillkürlich ballte sie die Fäuste und ging sprungbereit in die Hocke.

Er zog amüsiert eine Augenbraue hoch. »Ihr könnt mich angreifen, doch es wird euch nichts nützen - vorausgesetzt, ihr könntet mich tatsächlich überwältigen, was womöglich schwieriger ist, als ihr denkt. Vielleicht kann ich euer Gewissen mit der Mitteilung erleichtern, daß ich euch genauso unausstehlich finde wie ihr mich. Aber wie es aussieht, werden wir uns gegenseitig brauchen, wenigstens eine Zeitlang.«

»Uns brauchen?« fragte sie. »!Xabbu?« Sie wandte sich ihm zu, wobei sie Jongleur im Augenwinkel behielt, obwohl der Mann nicht die kleinste Bewegung in ihre Richtung gemacht hatte. »Gibt es irgendeinen Grund, weshalb wir dieses fiese Schwein nicht einfach vom Berg runterschmeißen sollten?«

Ihr Freund war ebenfalls angespannt - sie spürte ihn neben sich wie eine zusammengedrückte Sprungfeder. »Was soll das heißen, wir brauchen uns gegenseitig?« fragte er den Fremden scharf.

»Wir sitzen hier zusammen in der Falle, deshalb. Euer gestohlenes Zugangsgerät - ich nehme mal an, ihr habt es diesem Idioten Yacoubian abgeknöpft - wird nicht funktionieren. Meine Codes und Befehle genausowenig. Ich habe meine Gründe, weshalb ich eure Hilfe brauche, aber inwiefern ich euch nützen kann, dürfte offensichtlich sein.«
»Weil du das ganze Netzwerk gebaut hast.«
»Mehr oder weniger, ja. Kommt mit, ich möchte euch etwas zeigen.« Er deutete auf die Seite, wo die Bergspitzen verschwunden waren und nur eine glatte Bruchkante aus schwarzem Stein geblieben war. »Wenn ihr mir nicht traut, trete ich ein Stück zur Seite.« Er wich zurück, wobei er ohne Neugier einen kurzen Blick auf Fredericks warf, die immer noch neben Orlandos verlassenem Körper lag. »Nur zu, seht es euch an.«

Sie und !Xabbu begaben sich mit äußerster Vorsicht an den Steilabbruch des Berges. Renie vermutete, daß sie dort standen, wo sich vorher die Schulter des Riesen befunden hatte. Irgend etwas hatte sauber und gründlich wie ein heißes Messer den glänzenden schwarzen Stein weggeschnitten, doch das war es nicht, was ihre Aufmerksamkeit fesselte. Sie und !Xabbu traten noch ein paar Schritte vor, bis sie einen guten Ausblick hatten.

Der große schwarze Berg stürzte vor ihnen weit in die Tiefe ab. Auch wenn sie eine Talsohle gesehen hätten, wäre die Höhe ihres Standorts schwer abzuschätzen gewesen, aber es war keine zu erkennen. Statt dessen war der Berg vollkommen von etwas umringt, das Renie zunächst für eine Nebelbank hielt, einem flachen weißen Wolkenmeer, das sich in alle Richtungen erstreckte, bis es schließlich in den grauen Horizont auslief. Bei näherem Hinschauen sah sie in der formlosen Masse ein merkwürdiges Glitzern und Funkeln, das der endlosen Wolkenfläche einen leicht silbrigen Glanz verlieh und dennoch ihre weiße Gleichförmigkeit nicht beeinträchtigte.

Es ist wie in dem alten Märchen von Hans und der Bohnenranke, dachte sie. *Als ob wir in den Himmel gestiegen wären.* Dann kam ihr ein anderer Gedanke, der weitaus weniger beschaulich war. *Wir werden irgendwie hier runterklettern müssen. Dafür braucht er uns. Kein vernünftiger Mensch würde einen solchen halsbrecherischen Abstieg auf eigene Faust versuchen.*

»Seht ihr es?« rief Jongleur mit leiser Ungeduld in der Stimme.
»Ja. Was ist das für ein weißes Zeug?«
»Ich weiß es nicht.« Er beobachtete sie, als sie zurückkamen. Die Nacktheit schien ihn noch weniger zu stören als !Xabbu, falls das über-

haupt möglich war.»Ich dachte, ich wüßte alles, was ich wissen muß, aber das war offensichtlich ein Irrtum. Einem Diener habe ich mißtraut, aber verraten hat mich ein anderer.«

»Dread ... er arbeitet für dich.« Es kostete Renie ungeheure Überwindung, auch nur ein Wort mit dem Mann zu wechseln.

»Das war einmal.« Jongleur machte eine wegwerfende Handbewegung.»Ich wußte, daß er ehrgeizig ist, aber ich muß gestehen, er hat mich überrascht.«

»Überrascht?« Renie versuchte den heiß in ihr aufwallenden Zorn zu unterdrücken.»Er hat dich überrascht? Er hat unsere Freunde umgebracht! Er hat Menschen gefoltert! Und du hast ebenfalls Freunde von uns umgebracht, du Schwein! Du bist ein egoistischer, bösartiger alter Dreckskerl, und wir sollen dir helfen, von hier wegzukommen?«

Jongleur sah ruhig zu, wie !Xabbu einen Arm um sie legte. Renie verstummte, vor Wut und Abscheu zitternd.

»Ja, ja, es geht traurig zu auf der Welt«, sagte Jongleur lakonisch.»Es interessiert mich nicht, ob ihr mich ermorden wollt - Tatsache ist, ihr traut euch nicht. Ich habe dieses System gebaut, und wenn ihr hier rauskommen wollt, braucht ihr mich. Soweit ich es überblicke, sind nur noch wir fünf in dieser ganzen Welt am Leben, was immer sie darstellen mag.«

»Vier«, entgegnete Renie bitter. Sie deutete auf die Stelle, wo Fredericks an den Körper ihres Freundes gekauert lag.»Dein Kumpan mit dem Falkenkopf hat Orlando ermordet.«

»Euer gefallener Kamerad war nicht mitgezählt.« Jongleur setzte ein schiefes Grinsen auf.»Ich habe *meinen* Kollegen gemeint.«

Renie blickte auf und sah noch jemanden neben dem Felsen stehen, einen hübschen jungen Mann, der ausdruckslos vor sich hinglotzte.»Das ... das ist der erste, der deine Zeremonie durchlaufen hat.«

»Ja«, bestätigte Jongleur, während der Mann mit dem leeren Blick sich abwandte und wieder davonschlenderte.»Ricardo ist bis jetzt unser einziger Erfolg - ein begrenzter Erfolg allerdings, denn er scheint beim Übergang einen leichten Hirnschaden davongetragen zu haben. Dies und das generelle Scheitern der Gralszeremonie haben wir vermutlich meinem untreuen Diener zu verdanken.« Er schüttelte den Kopf.»Ich nehme an, daß der junge Dread das Netzwerk mittlerweile wenigstens teilweise unter Kontrolle hat und seine neu gewonnene göttliche Macht genießt, indem er eifrig Plagen schickt und Städte zerstört. Es wird wohl zugehen wie im Alten Testament - nur ohne auserwähltes Volk.« Er ließ ein leises, trockenes Kichern hören, das klang, als ob ein Eidechsenbauch über einen Stein schabte. »Ihr meint, *ich* sei bösartig? Dann habt ihr noch nicht erlebt, was das heißt.«

Renie beherrschte sich, so gut sie konnte. »Aber wenn dieser Dread das Netzwerk kontrolliert und er dich so sehr haßt, wieso bist du dann noch am Leben? Wieso ...«, sie schwenkte beide Arme, »... wieso geht dann nicht einfach der Himmel auf, und ein Donnerkeil fährt herab und verbrennt dich zu Asche?«

Jongleur musterte sie einen Moment lang schweigend und unbewegt. »Ich werde deine Frage beantworten - es wird die einzige Information sein, die du ohne Gegenleistung von mir erhältst. Johnny Dread mag jetzt der Gott des Netzwerks sein, aber ich habe das Ding zum großen Teil selbst konstruiert, und nichts ist ohne meine Zustimmung geschehen. Dieser Ort, wo wir uns jetzt befinden?« Mit einer Handbewegung deutete er auf den farblosen Himmel, das unnatürliche Gestein. »Er wurde nicht von der Gralsbruderschaft gebaut. Ich habe keine Ahnung, wo wir sind oder was hier mit uns geschieht - aber dies ist kein Teil des Netzwerks.«

Der weißhaarige Mann setzte wieder sein hartes Lächeln auf, bei dem sich nur die dünnen Lippen verzogen, während die Augen kalt und tot blieben. »Also ... sind wir uns handelseinig?«

Ausblick

> Sie hatte so hart und plötzlich an die Ersatzradmulde geklopft, daß er heftig erschrocken war. Was sie gesagt hatte, war noch schlimmer gewesen. »Mike und mein kleines Mädchen sind gerade von MPs abgeholt worden.« Sie hatte so leise gesprochen, daß er sie durch die Metallabdeckung und den Bodenbelag kaum verstanden hatte, aber ihre Angst war nicht zu überhören gewesen. »Ich weiß nicht, was ich tun soll. Ich fahre hier weg.« Er hatte versucht, sie zurückzurufen, aber da war die Hecktür des Vans auch schon zugefallen.
Sellars war Dunkelheit und Warten gewöhnt. Beengte Verhältnisse machten ihm nichts aus. Dies jedoch war eine Tortur. Der Van fuhr immer noch - durch die Stoßdämpfer und das Fahrgestell spürte er jede kleine Unebenheit auf der Straße -, und das war immerhin etwas, aber nach zwei Stunden war es doch ein sehr schwacher Trost.

Er hatte bereits mehrfach den Privatanschluß der Sorensens probiert, was ihn mit dem Innern des Wagens hätte verbinden müssen, aber Kaylene Sorensen ging nicht dran. Sie war die Frau eines Sicherheitsoffiziers und befürchtete wahrscheinlich, Anrufe könnten abgehört werden. Sellars hatte auch versucht, Ramsey zu kontaktieren, doch auch der reagierte nicht auf Anrufe. Wahrscheinlich trennten ihn in dem dunklen Loch, in dem er eingesperrt war, nur wenige Meter von der Erklärung für dies alles, aber er kam nicht an die Schrauben der Abdeckung heran, und solange er sich nicht sicher war, wer im Wagen saß - Frau Sorensens Mitteilung an ihn konnte im letzten freien Moment erfolgt sein, bevor eine bewaffnete Eskorte dazustieg -, wagte er nicht, mit lautem Klopfen auf sich aufmerksam zu machen. Die Erklärung konnte zum Greifen nahe sein, aber sie konnte auch am anderen Ende der Welt liegen.

Sellars tauchte wieder in sein System ein, und zum drittenmal, seit Christabels Mutter ihre alarmierenden Sätze gesprochen hatte, rief er seinen metaphorischen Garten auf. Sein Informationsmodell war weiterhin ein einziges erschütterndes Chaos, und obwohl mehrere der neuen Strukturen sich weiter verändert und ausgebreitet hatten, konnte er doch wenig Sinn darin erkennen. Eine merkwürdige Krankheit hatte den Garten befallen. Ganze Pflanzen waren von der Bildfläche verschwunden, ganze Bereiche gespeicherter Daten waren verstümmelt oder mit Zugangsverboten belegt. Andere Informationsquellen hatten seltsame neue Formen angenommen. Der saprophytische Wucherpilz, der das mysteriöse Betriebssystem darstellte, war bis zur Unkenntlichkeit mutiert, als ob er eine mörderische Strahlendosis abbekommen hätte. Seine Verbindungspunkte mit dem übrigen Otherlandmodell hatten sich verformt und die wenigen Stellen, wo er ungeschützt mit der metaphorischen Luft des Gartens in Berührung kam - mit anderen Worten, wo Sellars genug Informationen über das Betriebssystem hatte, um seine Tätigkeit wirklich verfolgen zu können -, in nicht wiederzuerkennende, gespenstische Auswüchse verwandelt, Eruptionen farbloser langer Triebe, Wolken austretender Sporen.

Es war entsetzlich deprimierend. Irgend etwas Entscheidendes war geschehen - *geschah in diesem Augenblick* -, aber er verstand es nicht. Die erschreckend vitale Otherlandflora, die sehr rasch alles andere dominiert hatte, war binnen weniger Stunden noch weitaus erschreckender geworden ... deswegen nämlich, weil sie mittlerweile seinen Informationsgarten nicht nur dominierte, sondern ihn zu vergiften drohte. Schon jetzt begannen Wuchsformen, die seine verschiedenen Interessen darstellten - die Leute, die er in das System geholt hatte, und die anderen, die er in der Außenwelt überwachte -, entweder zu verkümmern oder in den immer rasanteren Fäulnisprozeß im Zentrum des Gartens hineingezogen zu werden.

Sellars mußte der Wahrscheinlichkeit ins Auge sehen, daß er gescheitert war. Er hatte alles getan, was er konnte - in den letzten paar Tagen hatte er in seiner zunehmenden Verzweiflung sogar mehrere neue Kontakte hergestellt, um nur irgendwie das brüchige Netz des Widerstands zu stärken -, aber jetzt sah es so aus, als hätte er selbst in seinen schlimmsten Befürchtungen das Ausmaß der Gefahr unterschätzt.

Er konnte nichts anderes tun als warten. Warten, daß der Van irgendwann anhielt, warten, daß jemand ihm mitteilte, was los war, warten, daß die schauerlichen Veränderungen in seinem Garten irgendeinen Sinn gaben, irgendeinen Aufschluß, auf Grund dessen er weitermachen konnte.

Es war natürlich mit beinahe hundertprozentiger Sicherheit zu spät. Er wußte das, aber es beirrte ihn eigentlich nicht; er hatte keine andere Wahl.

Sellars betrachtete seinen verwüsteten Garten. Sellars wartete.

> 810

Auf der anderen Seite des Kontinents hatte für zwei Menschen in einem Krankenhauszimmer in Kalifornien das Warten endlich ein Ende genommen.

Die Geräte in dem weißen Raum waren abgeschaltet worden. Apparate, die gesummt oder getickt oder nur ganz leise gesirrt hatten, schwiegen jetzt. In wenigen Minuten, wenn die beiden das Zimmer verlassen hatten, würden Pfleger die teuren Geräte holen kommen und sie anderswo anschließen.

Zwei Menschen, die sich restlos ausgeweint hatten, beugten sich über eine stille Gestalt in einem Krankenhausbett, schwiegen gemeinsam Seite an Seite, aber ohne sich zu berühren, wie verirrte Polarforscher. Ihr Warten war vorbei. Das Morgen war unvorstellbar. Sie standen im unbewegten, leeren Zentrum der Zeit, tränenlos und gebrochen.

Für die Frau auf dem Balkon eines Motels in Louisiana hatte das Warten gerade erst angefangen.

Sie lehnte am Geländer und blickte über eine weite, nebelverhangene Wasserfläche hinaus. In der Mitte des großen Sees ragte ein senkrechter schwarzer Streifen über den Dunstschleier hinaus wie der Mast eines Geisterschiffes.

Sie war von weither gekommen, um diesen Ort zu finden, diesen Turm. Die Stimmen in ihrem Kopf hatten sie tage- und nächtelang über kiefernbestandene Berge und eine regengepeitschte Küste gelotst, wo jenseits der Wattengebiete die orangegelben Lichter von Bohrtürmen wie Raumschiffe glommen, die nach einer trockenen Stelle zum Landen suchten. Die Stimmen hatten sie an diesen Ort geführt. Dann hatten sie sie unvermittelt im Stich gelassen.

Sie waren jetzt fort, sämtliche Stimmen, vollkommen fort. Die Nächte waren auf einmal leer. In den ganzen Jahren ihres weitgehend einsam verbrachten Lebens hatte die Frau sich niemals so allein gefühlt.

Sie lehnte sich an das Balkongeländer und wartete auf das Ende der Welt.

Dank

Die Liste der Freundlichen, Hilfreichen und Geduldigen, die zu den OTHERLAND-Büchern beigetragen haben, umfaßt inzwischen die folgenden großherzigen Seelen: Barbara Cannon, Aaron Castro, Nick Des Barres, Debra Euler, Arthur Ross Evans, Amy Fodera, Sean Fodera, Jo-Ann Goodwin, Deb Grabien, Nic Grabien, Jed Hartmann, Tim Holman, Nick Itsou, John Jarrold, Katharine Kerr, Ulrike Killer, M. J. Kramer, Jo und Phil Knowles, Mark Kreighbaum, LES..., Bruce Lieberman, Mark McCrum, Joshua Milligan, Hans Ulrich Möhring, Eric Neuman, Peter Stampfel, Mitch Wagner, Michael Whelan sowie meine Freunde vom Tad Williams Listserve und alle Teilnehmer an der Tad Williams Fan Page und der Memory, Sorrow and Thorn Interactive Thesis.

Wie immer bin ich besonders dankbar für die Unterstützung und Ermutigung durch meine Frau Deborah Beale, meinen Agenten Matt Bialer und meine Lektorinnen Sheila Gilbert und Betsy Wollheim.

Miesmacher go home!

Klett-Cotta
Die Originalausgabe erschien unter dem Titel »Otherland«
bei Daw Books, Inc. New York
© 1998-2001 Tad Williams
Für die deutsche Ausgabe
© J. G. Cotta'sche Buchhandlung Nachfolger GmbH, gegr. 1659,
Stuttgart 1998-2002
Fotomechanische Wiedergabe nur mit Genehmigung des Verlags
Printed in Germany
Kassette und Umschlag: Dietrich Ebert, Reutlingen
Gesetzt aus der 11 Punkt Prospera von
Offizin Wissenbach, Höchberg bei Würzburg
Druck und Bindung: Clausen & Bosse, Leck
ISBN 3-608-93425-1(Bände 1-4)

Erste Auflage dieser Ausgabe, 2004

Peter S. Beagle:
Das letzte Einhorn
Aus dem Amerikanischen von Jürgen Schweier
271 Seiten, englisch broschiert, ISBN 3-608-95204-7

Dies ist die phantastische Geschichte einer großen Suche: Das letzte Einhorn, ein Geschöpf von ursprünglicher Anmut, verläßt seinen in ewigem Frühling blühenden Fliederwald, begibt sich auf die Landstraße, dringt in die Zeit, um das Schicksal seiner entschwundenen Artgenossen zu erkunden. Auf der abenteuerlichen Expedition wird es begleitet von Schmendrick, einem drittklassigen Zauberer, und von Molly Grue, der ehemaligen Lagergefährtin eines verhinderten Edelräubers. Das seltsame Trio muß bald erkennen, daß die Erkundungsfahrt nicht ohne Kampf und äußerste Gefahr beendet werden kann. Es gilt, dem Roten Stier zu begegnen, der unter König Haggards verfluchtem Schlosse haust...

Die Brautprinzessin
S. Morgensterns klassische Erzählung von wahrer Liebe und edlen Abenteuern. Die Ausgabe der »spannenden Teile«. gekürzt und bearbeitet von William Goldman. Und das erste Kapitel der lange verschollenen Fortsetzung »Butterblumes Baby«
Aus dem Englischen von Wolfgang Krege
420 Seiten, gebunden, zweifarbiger Druck, ISBN 3-608-93226-7

Worum geht es in diesem Buch? – Fechten. Ringkämpfe. Folter. Gift. Wahre Liebe. Haß. Rache. Riesen. Jäger. Böse Menschen. Gute Menschen. Bildschöne Damen. Schlangen. Spinnen. Wilde Tiere jeder Art und in mannigfaltigster Beschreibung. Schmerzen. Tod. Tapfere Männer. Feige Männer. Bärenstarke Männer. Verfolgungsjagden. Entkommen. Lügen. Wahrheiten. Leidenschaften. Wunder.

»...ein wahrer Leckerbissen für die Freunde des schwarzen Humors.«
Frankfurter Allgemeine Zeitung

»...da steht alles drin, was man über Liebe, Leidenschaft, Sehnsucht wissen muß.«
Campino, Die Toten Hosen

Ricardo Pinto:
Der Steinkreis des Chamäleons

Die Auserwählten

Aus dem Englischen von Wolfgang Krege
603 Seiten, gebunden, Lesebändchen, Karten und Illustrationen,
ISBN 3-608-93241-0

Verborgen in einem Vulkankrater liegt das paradiesische Osrakum. Dort ist das Herz der Drei Lande – ein riesiges Reich, über das die Grausamen Gebieter herrschen. Der junge Karneol wuchs auf einer Insel auf, umsorgt und geliebt. Der Pomp und die blutigen Rituale der Gebieter sind ihm fremd. Als ein Schiff übers stürmische Eismeer kommt, zerbricht Karneols Welt. Das unheimliche Schiff bringt drei Gebieter. Sie tragen rituelle Goldmasken und bitten Karneols Vater zurückzukehren, um an der Wahl des Gottkaisers teilzunehmen. Zu Karneols Erstaunen kann sein Vater die Bitte nicht abschlagen. Und so treten sie die weite, gefahrvolle Reise nach Osrakum an.
In den hohen Hallen, im Verwehrten Garten lernt Karneol das gefährliche Spiel von Macht und Intrigen kennen. Und er lernt die Spielregeln. Ohne es zu wissen, setzt er eine viertausend Jahre alte Überlieferung wieder in Gang, die sein Schicksal bestimmen soll...

Die Ausgestoßenen

Aus dem Englischen von Wolfgang Krege
624 Seiten, gebunden, Lesebändchen, Karten und Illustrationen,
ISBN 3-608-93242-9

Im zweiten Band, »Die Ausgestoßenen«, entgehen Karneol und sein Freund Osidian um Haaresbreite dem Schicksal, lebendig begraben zu werden. Osidian, ein menschliches Raubtier, das in den Perlschnur-Archiven von Osrakum die zynischen Geheimnisse der Staats- und Kriegskunst erforscht hat, kann nicht vergessen, wer er in Osrakum gewesen ist, und er bereitet seine Rückkehr vor – mit Feuer und Schwert und mit allen Tücken planender Intelligenz.

Steven Brust:
Jhereg
Aus dem Englischen von Olaf Schenk
307 Seiten, Breitklappenbroschur, ISBN 3-608-93264-X

Ein Roman wie ein Videospiel, und du solltest besser deinen Shuriken oder den Dolch mit der vergifteten Spitze zur Hand zu haben, während dein reptilischer Vertrauter sich um die anderen Angreifer kümmert. Solltest du getötet werden – kein Grund zur Panik. Du bist gut versichert, und man wird dich wiederbeleben.

In dieser bizarren, halb vertrauten, halb fremden Welt deckt Vlad Geheimnisse auf, entrinnt mit knapper Not dem Tod und macht sich pfefferscharfe Pilzomeletts. Er findet Liebe. Er wetzt seine Messer. Er versorgt mit zusammengebissenen Zähnen seine Jhereg-Wunden.

Steven Brust:
Taltos
Aus dem Englischen von Olaf Schenk
251 Seiten, Breitklappenbroschur, ISBN 3-608-93577-0

Vlad Taltos, aus dem Reich der Dragaener, ist Berufskiller und ein aufstrebender Gangsterboß, aber kein Dieb. Und als Fürst Morrolan und seine Kusine, die Vampirhexe Aliera, ihn anheuern wollen, um den Zauberstab von Loraan zu stehlen, versucht er sich herauszureden. Außerdem gibt es noch einen Grund: Der Stab gehört einem der mächtigsten Zauberer und wird im Reich der Toten aufbewahrt. Dorthin zu gehen mag gelingen, doch keiner fand den Weg zurück. Schließlich, da er mit Morrolan befreundet ist und da ihm keine Ausrede mehr einfällt, erklärt er sich zu dem Abenteuer bereit. Es steht in der Tat auf Messers Schneide. Auch sein Vertrauter, der Jhereg Loiosh, kann ihm diesmal nicht helfen.

Steven Brust:
Phönix
Aus dem Englischen von Olaf Schenk
298 Seiten, Breitklappenbroschur, ISBN 3-608-93648-3

Vlads Ehe geht in die Brüche, und er überdenkt seine Karriere als Mörder. Da erhält er einen Auftrag direkt von Verra, der Dämonengöttin: Er soll einen König töten. Fast wäre daraus ein blutiger Krieg entstanden, und ihm sind die Rächer auf den Fersen. Vlad Taltos bleibt keine Wahl. Er steigt aus dem Mördergeschäft aus, übergibt alles seinem treuen, etwas sonderbaren Mitarbeiter Kargar und flieht. Seine Messer allerdings nimmt er mit, ebenso Spellfinder und einen schwarzen Stein, den er bei diesem Abenteuer bekommen hat und der einen Gegenzauber gegen Hexerei und Telepathie aufbauen kann.

Steven Brust:
Yendi
Aus dem Englischen von Olaf Schenk
267 Seiten, Breitklappenbroschur, ISBN 3-608-93470-7

Wenn es einem einmal gelingt, seinem Mörder zu entkommen, dann war man einfach besser; wenn man zweimal entkommt, kann es Glück gewesen sein, doch wenn dies häufiger geschieht, dann ist Vorsicht angebracht – etwas ist faul.
Vlad Taltos, auf dem Weg zur Nummer eins im Amüsiergeschäft und immer rasch mit dem Messer bei der Hand, denn er ist im Hauptberuf Auftragskiller, kommt ins Grübeln. Bei seinen Recherchen wird ihm ziemlich rasch klar, daß er benutzt werden soll, um einen seit Jahrhunderten schwelenden Konflikt wieder anzufachen. Doch als er dies merkt, ist es fast schon zu spät: Die Zeichen stehen bereits auf Krieg.

Steven Brust:
Teckla
Aus dem Englischen von Olaf Schenk
276 Seiten, Breitklappenbroschur, ISBN 3-608-93515-0

»Die Teckla proben den Aufstand. Ich wußte, irgendwann mußte das passieren. Teckla sind faule, dumme, feige Bauern. Aufstand! Ein Witz mit so einem Bart. Aber jetzt revoltieren sie gegen das Imperium. Ein neuer Witz. Und ein Jhereg-Herrscher mit kriminellen Ambitionen stachelt sie ordentlich an. Leider kein Witz.
Aber der eigentliche Witz ist, daß ich sie schütze. Ich Lord Vlad Taltos – treuer Enkel, liebender Ehemann, Jhereg, Zauberer, Auftragskiller. Alles eben, was diese Typen hassen. Und gerade ich beschütze auch noch diese Parolen sabbernden, schwachsinnigen Revoluzzer, von denen jeder einzelne mir die Pest an den Hals wünscht. Aber es kommt noch dicker: Der ganze Haufen imperialer Edelleute, alle aus dem Haus der Jhereg, setzt alles daran, mich um die Ecke zu bringen...«